HEYNE

Das Buch
»Tatianas und Alexanders Liebe ist bedingungslos und soll ein Leben lang halten. Danach sehnen wir uns alle.« *Paullina Simons*

Auf wundersame Weise haben sich Tatiana und Alexander in Amerika, dem Land ihrer Träume und Hoffnungen, wiedergefunden. Doch nur langsam gelingt es ihnen, ihrer großen Liebe wieder zu vertrauen und mit ihrem Sohn Anthony ein neues Leben zu beginnen. Tatiana vermisst den Alexander, in den sie sich einst verliebt hatte. Die Vergangenheit will sie einfach nicht loslassen, die Stärke ihrer leidenschaftlichen Liebe ist in Gefahr.

Bestsellerautorin Paullina Simons setzt mit *Land der Lupinen* der Romantrilogie um Tatiana und Alexander ein fulminantes Ende.

»Wer mitreißende Liebesromane vor zeitgeschichtlichem Hintergrund mag, ist mit Paullina Simons bestens bedient.«

Daily Express

Die Autorin
Paullina Simons, geboren 1963 in Leningrad, emigrierte Anfang der Siebzigerjahre mit ihrer Familie in die USA. Sie arbeitete in Rom und Dallas und war vier Jahre als Wirtschaftsjournalistin in London tätig, bevor sie sich als Fernsehproduzentin in New York niederließ. Mit der Romantrilogie *Die Liebenden von Leningrad, Tatiana und Alexander* und *Land der Lupinen* gelangen ihr internationale Bestseller. Paullina Simons lebt mit ihrer Familie in Brooklyn, New York.

Lieferbare Titel
Die Liebenden von Leningrad
Tatiana und Alexander
Land der Lupinen

PAULLINA SIMONS

Land der Lupinen

Roman

Aus dem Amerikanischen von
Claire Roth, Jens Plassmann
und Martin Ruf

WILHELM HEYNE VERLAG
MÜNCHEN

Die Originalausgabe THE SUMMER GARDEN erschien 2005
bei Harper Collins Publisher Ltd., New York

3. Auflage
Vollständige Taschenbuchausgabe 02/2019

München in der Penguin Random House Verlagsgruppe GmbH,
Neumarkter Straße 28, D-81673 München
produktsicherheit@penguinrandomhouse.de

Umschlaggestaltung: Nele Schütz Design, München unter Verwendung von
© shutterstock (Gary Rolband, Ysbrand Cosijn)
Satz: Buch-Werkstatt GmbH, Bad Aibling
Druck: GGP Media GmbH, Pößneck
Printed in Germany
ISBN: 978-3-453-42234-6

www.heyne.de

An den Wassern zu Babel saßen wir und weinten,
wenn wir an Zion gedachten.
Unsere Harfen hingen wir an die Weiden,
die daselbst sind.
Denn dort hießen uns singen, die uns gefangen hielten,
und in unserm Heulen fröhlich sein:
»Singet uns ein Lied von Zion!«
Wie sollten wir des Herrn Lied singen
in fremden Landen?

Psalm 137

Das Lied der Lieder
Das Hohelied Salomons

Buch Eins

Das Land der Lupinen und Lotusfrüchte

Der Lotos steht auf jedem blumigen Hag,
Der Lotos blüht an jedem Murmelbach …
Laßt uns schwören einen Eid und treu ihn halten nun,
In dem Lotosland zu leben, und im Moos zu ruhn,
Göttern gleichend, unbekümmert um der Menschen Thun.

Alfred Lord Tennyson

I

Deer Isle, 1946

Der Schutzpanzer

Panzer, m., dicke, harte Schale aus Knochen oder Chitin, die den Körper eines Tieres teilweise umhüllt, wie den eines Hummers.

Es war einmal in Stonington, Maine, am Ende eines heißen Krieges und Anfang eines kalten, als eine junge, weiß gekleidete Frau vor Sonnenuntergang auf einer Bank am Hafen Eis aß. Sie wirkte ruhig, doch ihre Hände zitterten.

Neben ihr saß ein kleiner Junge, der ebenfalls an einem Eis schleckte, er hatte Schokolade. Beiläufig plauderten sie miteinander. Das Eis schmolz schneller, als die Mutter essen konnte. Der Junge hörte zu, wie sie ihm ein russisches Lied vorsang: »Leuchte, leuchte mein Stern«. Sie wollte ihm den Text beibringen, aber der Junge machte sich einen Spaß daraus, die Verse zu verstümmeln. Die beiden hielten Ausschau nach den heimkehrenden Hummerbooten. Für gewöhnlich hörte die Frau schon die zankenden Möwen, bevor sie die ersten Boote sah.

Ein leiser Windhauch wehte und ihr Sommerhaar umspielte sanft ihr Gesicht. Aus ihrem dicken, langen Zopf hatten sich ein paar Strähnen gelöst und strichen ihr über die Schulter. Sie war blond und betörend schön, Haut und Augen durchscheinend hell, das Gesicht mit Sommersprossen gesprenkelt. Der sonnengebräunte Junge neben ihr hatte dunkle Augen, schwarzes Haar und rundliche Kinderbeinchen.

Sie schienen sich dort nur die Zeit zu vertreiben, doch es war eine trügerische Ruhe. Konzentriert beobachtete die Frau die Boote am blauen Horizont. Sie sah hin und wieder auf den

Jungen hinab, dann auf das Eis, aber meist stierte sie gebannt aufs Meer hinaus, als sei sie davon besessen.

Tatiana will ihren Platz in der Gegenwart, weil es für sie kein Gestern gibt, nur den Augenblick hier auf Deer Isle, einer steil aufragenden Insel vor der Küste Zentral-Maines, verbunden mit dem Festland durch eine Fähre und eine dreihundert Meter lange Hängebrücke, über die sie mit ihrem Wohnmobil gekommen waren, einem gebrauchten Schult Nomad Deluxe. Sie hatten die Penobscot Bay überquert und waren dann nach Süden gefahren, bis es nicht mehr weiterging und sie Stonington erreichten, eine kleine weiße Stadt, versteckt in einer mit Eichen bewachsenen Bucht am unteren Ende von Deer Isle. Tatiana, die ausschließlich im Heute leben möchte, glaubt, dass es nichts Schöneres und Friedlicheres gibt als die weißen Holzhäuser, die entlang der schmalen Schotterstraßen in den Hang gebaut und der weiten Bucht mit dem sich kräuselnden Wasser zugewendet sind, das sie selbst tagein, tagaus beobachtet. Das ist Frieden. Das ist die Gegenwart. Fast so, als hätte es nie etwas anderes gegeben.

Doch hin und wieder, während die Möwen kreischend ihre Bahnen ziehen, wird selbst die Ruhe auf Deer Isle gestört.

Als Tatiana und Anthony am Nachmittag aufbrechen wollten, um zum Hafen zu gehen, waren nebenan laute Stimmen zu hören gewesen.

Zwei Frauen lebten dort, Mutter und Tochter. Die eine war vierzig, die andere zwanzig.

»Sie streiten schon wieder«, sagte Anthony. »Du und Dad, ihr streitet nie.«

Streit.

Wenn sie doch wenigstens streiten würden.

Alexander wurde nicht im Mindesten laut ihr gegenüber. Wenn er überhaupt mit ihr sprach, dann in einem ruhigen, tiefen Tonfall, als imitierte er den freundlichen, aufmerksamen Dr. Edward Ludlow, der sich damals in New York in sie verliebt hatte. Der verlässliche Arzt, den nichts aus der Fassung brachte. Alexander verhielt sich allmählich auch wie ein Arzt.

Streit hätte eine aktive Anteilnahme am Leben eines anderen Menschen erfordert. Wenn sich Mutter und Tochter, vor allem um diese Zeit nachmittags, im Nachbarhaus wütend anschrien und ihre Wortfetzen durch die offenen Fenster drangen, geschah dies nicht ohne Grund. Es gab eine gute Nachricht: Der Ehemann und Vater, ein Colonel, war gerade aus dem Krieg heimgekehrt. Die schlechte Nachricht bestand darin, dass der Ehemann und Vater wieder in ihr Leben getreten war. Sie hatten seit 1942, als der Colonel in England eingezogen wurde, auf ihn gewartet, und nun war er zurück.

Aber auch er beteiligte sich nicht an den Streitereien. Als Anthony und Tatiana auf die Straße traten, sahen sie, dass man ihn mit seinem Rollstuhl in dem zugewachsenen Vorgarten abgestellt hatte. Er saß unbeweglich in der Sonne Maines und wirkte wie einer der Büsche ringsum, während drinnen seine Frau und Tochter herumbrüllten. Tatiana und Anthony verlangsamten die Schritte und näherten sich dem Nachbargarten.

»Mama, was stimmt denn nicht mit ihm?«, flüsterte Anthony.

»Er wurde im Krieg verwundet.« Der Colonel hatte keine Beine und keine Arme mehr, er war nur ein Torso mit Stümpfen und Kopf.

»Kann er sprechen?« Sie waren vor dem Tor angelangt.

Plötzlich sagte der Mann mit lauter, deutlicher Stimme, einer Stimme, die es gewohnt war, Befehle zu erteilen: »Er kann sprechen, aber er zieht es vor zu schweigen.«

Anthony und Tatiana blieben stehen und beobachteten ihn einen Augenblick. Dann drückte Tatiana die Klinke des Tores und sie betraten den Garten. Der Mann hatte sich nach links geneigt, wie ein Sack, der auf einer Seite zu schwer war. Die runden Armstümpfe hingen bis auf halbe Höhe herab, wo normalerweise die Ellbogen waren. Die Beine fehlten komplett.

»Lassen Sie mich Ihnen helfen.« Tatiana richtete ihn auf und steckte ihm die Stützkissen unter die Rippen. »Ist es so besser?«

»Ach«, sagte der Mann, »und wenn schon.« Seine kleinen blauen Augen starrten ihr ins Gesicht. »Wissen Sie, was ich jetzt wirklich gern hätte?«

»Was?«

»Eine Zigarette. Ich rauche überhaupt nicht mehr; kann mir ja keine in den Mund stecken, wie Sie sehen können. Und die«, er machte eine Kopfbewegung nach hinten, »würden eher krepieren, als mir eine zu geben.«

Tatiana nickte. »Sie kriegen eine von mir. Ich bin gleich zurück.«

Der Mann wandte den Kopf von ihr ab und sah auf die Bucht hinunter. »Sie kommen bestimmt nicht zurück.«

»Oh doch, das werde ich. Anthony«, sagte sie, »komm, setz dich zu dem netten Herrn, bis Mama wieder da ist. Es dauert nur eine Minute.«

Anthony nickte und Tatiana hob ihn auf den Schoß des Mannes. »Du kannst dich an seinem Hals festhalten.«

Nachdem sie losgelaufen war, um die Zigaretten zu holen, fragte Anthony ihn: »Wie heißt du?«

»Colonel Nicholas Moore«, antwortete der Mann. »Aber du kannst Nick zu mir sagen.«

»Warst du im Krieg?«

»Ja, ich war im Krieg.«

»Mein Dad auch«, sagte Anthony.

Der Mann seufzte. »Ist er zurück?«

»Ja, er ist wieder bei uns.«

Tatiana betrat den Garten, zündete die Zigarette an und hielt sie Nick an den Mund, während er gierig daran zog, als inhalierte er den Rauch nicht nur in die Lunge, sondern bis hinein in sein Innerstes. Anthony saß auf seinem Schoß und beobachtete sein Gesicht, die Erleichterung beim Einatmen und den Missmut beim Ausatmen, als wollte er das Nikotin nicht aus seinem Körper lassen. Der Colonel rauchte zwei Zigaretten am Stück, während Tatiana sich zu ihm hinunterbeugte und sie nacheinander an seinen Mund hielt.

Anthony sagte: »Mein Dad war ein Hauptmann, aber jetzt ist er ein Hummermann.«

»Captain, mein Sohn«, korrigierte Tatiana. »Captain.«

»Mein Dad ist ein Captain *und* ein Hummermann«, sagte Anthony. »Er ist jetzt auf See. Und während wir auf ihn warten, essen wir immer ein Eis. Sollen wir dir eins mitbringen?«

»Nein«, sagte Nick und schmiegte leicht den Kopf in Anthonys schwarzes Haar. »Aber so glücklich wie in diesen fünfzehn Minuten war ich die letzten achtzehn Monate nicht.«

In dem Augenblick stürzte seine Frau aus dem Haus. »Was machen Sie da mit meinem Mann?«, schrie sie.

Tatiana nahm Anthony auf den Arm. »Ich komme morgen wieder«, flüsterte sie rasch.

»Sie kommen bestimmt nicht wieder«, sagte er und starrte ihnen nach.

Jetzt saßen sie mit ihrem Eis auf der Bank am Hafen.

Und schon hörten sie die Möwen in der Ferne kreischen.

»Da ist Daddy«, sagte Tatiana atemlos.

Das Boot, auf das sie zeigte, war eine Sechs-Meter-Schaluppe mit Focksegel, dabei wurden die meisten Fischerboote mit Gasmotoren betrieben. Es gehörte Jimmy Schuster, der es von seinem Vater geerbt hatte. Jimmy gefiel das Boot, weil er damit ganz allein auf Hummerfang gehen konnte, ein Ein-Mann-Job, wie er sagte. Doch dann hatte sich unglücklicherweise sein Arm an der Seilwinde verfangen, an der die schweren Hummerkörbe aus dem Wasser gezogen werden. Um freizukommen, musste er seine Hand am Gelenk abtrennen, was ihn vor dem Tod – und der Einberufung – bewahrte, und jetzt brauchte ausgerechnet er Hilfe bei der Routinearbeit an Deck. Dummerweise waren sämtliche Decksmänner seit vier Jahren im Hürtgenwald und auf Iwo Jima.

Vor zehn Tagen schließlich hatte Jimmy einen Helfer gefunden und so konnte er sich ins Cockpit zurückziehen, während der schweigsame, stattliche Mann in Habtachthaltung stramm an Deck stand; er trug eine orangefarbene Latzhose sowie hohe schwarze Gummistiefel und fixierte unaufhörlich das Ufer.

Als das Boot nahe genug war, wenn auch noch außerhalb der Bucht, hob Tatiana den Arm und winkte eifrig. Alexander, hier bin ich, hier bin ich, sollte das heißen.

Als er so nahe war, dass er sie in ihrem weißen Kleid sehen konnte, winkte er zurück.

Sie vertäuten das Boot am Pier, wo die Kundschaft bereits wartete, und öffneten die Hummerbecken. Der Mann sprang von Bord und rief Jimmy zu, dass er gleich zum Ausladen und Saubermachen zurück sei. Dann wusch er sich rasch die Hände unter dem Wasserhahn am Kai und ging hinauf zu der Bank, an der die Frau und der Junge warteten.

Der Junge rannte ihm entgegen. »Hallo«, sagte er und blieb unsicher stehen.

»Hallo Kumpel.« Der Mann konnte Anthony nicht durchs Haar wuscheln, denn seine Hände waren immer noch schmutzig.

Unter seinem orangefarbenen Ölzeug trug er eine dunkelgrüne Armeehose und einen langärmeligen grünen Armeepullover, der nach Schweiß, Fisch und Salzwasser roch. Seine schwarzen Haare waren kurz geschoren und sein hageres Gesicht schweißglänzend. Auf den Backenknochen lag jetzt am Nachmittag ein schwarzer Bartschatten.

Der Mann kam auf die Frau in dem reinweißen Baumwollkleid zu, die auf der Bank sitzen geblieben war. Sie blickte langsam an ihm hinauf, immer höher und höher, denn er war sehr groß.

»Hallo«, sagte sie und atmete hörbar aus. Sie hielt noch ihr Eis in Händen.

»Hallo«, sagte er. Er berührte sie nicht zur Begrüßung. »Dein Eis schmilzt.«

»Oh, ich weiß.« Sie schleckte um die Waffel herum und versuchte die Flut einzudämmen, doch es war sinnlos, das Vanilleeis war zu Kondensmilch geworden und tropfte unaufhörlich. Er beobachtete sie. »Irgendwie schaffe ich es nie, es ganz aufzuessen, bevor es zerläuft«, murmelte sie und stand auf. »Willst du den Rest?«

»Nein, danke.« Sie nahm noch ein paar Mundvoll und warf die Waffel in den Abfalleimer. Er zeigte auf ihren Mund.

Sie leckte sich die verbliebene Vanillemilch von den Lippen. »Gut so?«

Er antwortete nicht. »Gibt es heute wieder Hummer zum Abendessen?«

»Natürlich«, sagte sie. »Wenn du es willst.«

»Ich muss noch mal aufs Boot und meine Arbeit beenden.«

»Ja, gut. Sollen wir mit hinunter zum Pier kommen? Und dort auf dich warten?«

»Ich will dir helfen«, sagte Anthony.

Tatiana schüttelte energisch den Kopf. Der Junge würde den Fischgeruch so schnell nicht mehr loswerden.

»Du bist schön sauber«, sagte Alexander. »Warum bleibst du nicht bei deiner Mutter? Ich bin bald fertig.«

»Ich will aber mit aufs Boot.«

»Na, dann komm schon. Vielleicht finden wir etwas Arbeit für dich.«

»Er soll die Fische nicht anfassen«, murmelte Tatiana.

Sie hatte nicht viel für Alexanders Job als Hummermann übrig. Er stank nach Fisch, wenn er zurückkam. Alles, was er berührte, roch danach. Vor ein paar Tagen, als sie ein kleines bisschen murrte, ja fast stichelte, meinte er nur: »In Lazarewo hast du dich nie beschwert, wenn ich Fische gefangen habe.« Sie musste wohl recht niedergeschlagen ausgesehen haben, denn er fügte hinzu: »Das ist die einzige Arbeit, die ein Mann in Stonington bekommen kann. Wenn du willst, dass ich anders rieche, müssen wir woanders hinziehen.«

Tatiana wollte nirgendwo anders hin. Sie waren eben erst hier angekommen.

»Und was das andere betrifft«, sagte er, »werde ich nicht mehr davon anfangen.«

Ganz richtig, fang nicht von Lazarewo an, wo sie schon einmal am Wasser gelebt hatten, vor fast einer Ewigkeit. Aber das war damals, in dem alten blutgetränkten Land. Stonington nun – mit seinen warmen Tagen und kühlen Nächten und dem ruhigen Salzwasser so weit das Auge reichte, dem Makrelenhimmel und den purpurnen Lupinen, die sich in der gläsernen Bucht mit den weißen Booten spiegelten – war mehr, als sie verlangen konnten. Es war mehr, als sie je für möglich gehalten hätten.

Mit seinem unversehrten Arm gab Jimmy Alexander ein Zeichen.

»Und, wie lief es heute?«, fragte Tatiana und versuchte, ein Gespräch in Gang zu bringen, während sie zusammen hinunter zur Anlegestelle gingen, Alexander in seinen großen, schweren Gummistiefeln. Sie kam sich ungemein klein neben ihm vor, in Anbetracht seiner überwältigenden Erscheinung. »Habt ihr einen guten Fang gemacht?«

»Ging so«, antwortete er. »Meist waren es Babyhummer. Die sind zu klein, sodass wir sie freilassen mussten. Auch waren eine

Menge eiertragender Weibchen darunter, die mussten ebenfalls wieder weg.«

»Du magst keine eiertragenden Weibchen?« Sie trat etwas näher an ihn heran und blickte zu ihm auf.

Er blinzelte und wich zur Seite. »Doch, aber wir müssen sie zurück ins Wasser werfen, damit die Jungen schlüpfen können. Vorsicht, ich bin ganz schmutzig. Anthony, wir haben die Hummer noch nicht gezählt. Willst du mir dabei helfen?«

Jimmy mochte Anthony. »Kumpel, komm her! Willst du sehen, wie viele Hummer dein Dad heute gefangen hat? Wir haben bestimmt hundert Stück, sein bester Tag bisher.«

Tatiana richtete den Blick auf Alexander. Er zuckte die Schultern. »Wenn wir zwölf Hummer in einem Korb haben und zehn davon freilassen müssen, halte ich das nicht für einen guten Tag.«

»Zwei brauchbare Hummer pro Korb sind großartig, Alexander«, sagte Jimmy. »Keine Sorge, du hast schon bald den Dreh raus. Anthony, schau mal in das Becken.«

Anthony hielt respektvoll Abstand, als er in das Bassin lugte, in dem die Hummer, schon abgemessen und mit zusammengebundenen Scheren, übereinanderkrabbelten. Er sagte zu seiner Mutter, dass er die Scheren der Tiere nicht besonders möge, auch nicht gefesselt. Vor allem nach dem, was sein Vater ihm über Hummer erzählt hatte: »Sie sind Kannibalen, Ant. Ihre Scheren müssen zusammengebunden werden, sonst würden sie sich im Becken gegenseitig auffressen.«

Anthony versuchte mit fester Stimme zu sprechen, als er Jimmy fragte: »Du hast sie schon *gezählt?*«

Alexander warf Jimmy einen Blick zu und dieser schüttelte den Kopf. »Oh nein, nein«, sagte Jimmy schnell. »Ich war damit beschäftigt, das Boot abzuspritzen. Ich habe nur geschätzt. Willst du sie zählen?«

»Ich komme aber nur bis siebenundzwanzig.«

»Ich helfe dir«, sagte Alexander. Er nahm einen Hummer nach dem anderen heraus, ließ Anthony zehn abzählen und setzte sie dann vorsichtig, damit die Scheren nicht brachen, in große, blaue Transportbehälter.

Schließlich sagte Alexander zu Anthony: »Einhundertzwei.«

»Siehst du«, sagte Jimmy. »Vier für dich, Anthony. Damit bleiben mir achtundneunzig. Und sie sind alle perfekt, so groß es nur geht. Die Panzer gut um die zwölf, dreizehn Zentimeter – das ist die Schale, Kumpel. Wir kriegen fünfundsiebzig Cent pro Stück. Dein Dad hat mir heute fast fünfundsiebzig Dollar eingebracht«, sagte er. »Es ist sein Verdienst, dass ich jetzt endlich meinen Lebensunterhalt bestreiten kann.« Er warf einen Blick auf Tatiana, die gebührend Abstand zu der Schmutzlache vor dem Boot hielt. Sie lächelte höflich; Jimmy nickte ihr kurz zu und erwiderte das Lächeln nicht.

Während die Einkäufer vom Fischmarkt, von Gemischtwarenläden und Fischlokalen bis aus Bar Harbour heranströmten, säuberte Alexander das Boot, reinigte die Körbe, rollte die Leinen auf und ging den Pier hinunter, um drei Fässer Heringsköder für den nächsten Tag zu kaufen, die er in Säcke packte und ins Wasser hängte. Die Heringsköder waren gut heute. Er hatte genug, um morgen hundertfünfzig Hummerkörbe damit zu bestücken.

Er bekam zehn Dollar Tageslohn und schrubbte sich gerade am Wasserhahn die Hände mit extra starker Industrieseife, als Jimmy an ihn herantrat. »Willst du sie mit mir verkaufen?« Er zeigte auf die Hummer. »Ich zahle dir noch mal zwei Dollar für den Abend. Danach könnten wir einen trinken gehen.«

»Geht nicht, Jimmy. Trotzdem danke. Vielleicht ein andermal.«

Jimmy blickte zu Tatiana, die ganz sonnig und weiß war, und wandte sich ab.

Sie gingen den Berg hinauf zu dem Haus, in dem sie wohnten.

Alexander nahm ein Bad, rasierte sich und schor sich die Haare, während Tatiana die Hummer zur Betäubung in den Kühlschrank legte und Wasser aufsetzte. Hummer zuzubereiten war kinderleicht, einfach zehn bis fünfzehn Minuten in kochendes Salzwasser. Sie schmeckten köstlich. Man brach die Scheren, holte das Fleisch heraus und tunkte es in geschmolzene Butter. Manchmal würde sie jedoch lieber zwei Dollar für einen Hummer im Laden ausgeben, als vier Hummer umsonst zu bekommen, wenn Alexander dafür nicht dreizehn Stunden täglich auf einem Boot verbringen müsste. So umsonst waren sie nämlich nicht. Bevor Alexander aus dem Bad kam, klopfte sie vorsichtig an die Tür und fragte: »Brauchst du etwas?«

Drinnen war es still. Sie klopfte lauter. Die Tür öffnete sich und er ragte vor ihr auf, ganz frisch rasiert, gewaschen und angezogen. Er trug einen sauberen grünen Pullover und eine grüne Armeehose. Sie räusperte sich und senkte den Blick. Barfuß stand sie da, die Lippen auf Höhe seines Herzens. »Brauchst du was?«, wiederholte sie im Flüsterton und fühlte sich so verwundbar, dass sie Schwierigkeiten beim Atmen hatte.

»Alles bestens«, sagte er und ging seitlich an ihr vorbei. »Essen wir.«

Es gab zu den Hummern mit zerlassener Butter einen Eintopf aus Karotten, Zwiebeln und Kartoffeln. Alexander aß drei Hummer, fast den gesamten Eintopf, den Brotlaib und die ganze Butter. Tatiana hatte ihn abgemagert in Deutschland wiedergefunden. Jetzt aß er für zwei Männer und war trotzdem so dünn wie im Krieg. Sie belud seinen Teller, füllte sein Glas. Er trank ein Bier, Wasser, eine Cola. Schweigend nahmen sie ihr Essen in der kleinen Küche ein, die sie benutzen durften, solange sie entweder bis sieben Uhr fertig waren oder für die Hauswirtin mitkochten. Sie hatten die Zeit eingehalten *und* Tatiana ließ ihr etwas Eintopf übrig.

»Alexander, tut dir … die Brust weh?«

»Nein, alles in Ordnung.«

»Die Wunde ist noch nicht ganz verheilt und du ziehst die ganze Zeit diese Körbe hoch. Ich will nicht, dass sie sich wieder entzündet. Vielleicht sollte ich etwas Karbolsäure auftragen.«

»Mir geht es gut.«

»Willst du einen neuen Verband?«

Er sagte nichts, sah sie nur an. Und einen Moment, als seine bronzefarbenen Augen ihre meergrünen trafen, kehrte Berlin zurück und *das Zimmer in der amerikanischen Botschaft, wo sie beide gewiss waren, ihre letzte Nacht auf Erden zu verbringen. Sie nähte seine klaffende Brustwunde und weinte; er saß wie versteinert da und sah durch sie hindurch* – ganz ähnlich wie jetzt. *Damals sagte er zu ihr: »Wir hatten nie eine Zukunft.«*

Tatiana konnte wie immer seinem Blick nicht standhalten und stand auf.

Alexander ging nach draußen und setzte sich auf den Stuhl vor dem Haus, von wo er die Bucht überblicken konnte. Anthony wich nicht von seiner Seite. Während Alexander reglos dasaß, lief Anthony in dem verwilderten Garten umher, hob Steine und Kiefernzapfen auf und suchte nach Würmern, Käfern, Marienkäfern.

»Du wirst keine Marienkäfer finden, mein Sohn. Ihre Zeit ist im Juni«, sagte Alexander.

»Ach so«, sagte Anthony. »Und was ist dann das?«

Alexander machte einen langen Hals. »Ich kann nichts sehen.«

Anthony kam näher.

»Ich kann einfach nichts erkennen.«

Anthony streckte ihm den Zeigefinger mit dem Marienkäfer entgegen.

Alexanders Gesicht war nur ein paar Zentimeter von dem Käfer entfernt. »Wie ist es nur möglich, dass ich immer noch nichts sehen kann?«

Anthony blickte auf den Marienkäfer, dann auf seinen Vater und kletterte schließlich langsam auf seinen Schoß. Unsicher zeigte er ihm den Käfer noch einmal.

»Schon gut«, sagte Alexander und schloss den Jungen in die Arme. »Jetzt kann ich ihn sehen. Ich nehme alles zurück. Du hattest Recht. Marienkäfer im August. Wer hätte das gedacht?«

»Hast du schon mal einen Marienkäfer gesehen, Dad?«

Alexander schwieg. »Vor langer Zeit, bei einer Stadt namens Moskau«, sagte er schließlich.

»In der Sowjetunion?«

»Ja.«

»Da gibt es Marienkäfer?«

»Es gab sie – bis wir alle aufgegessen haben.«

Anthony machte große Augen.

»Es gab sonst nichts zu essen«, fügte Alexander hinzu.

Tatiana kam heraus. Sie hatte die letzten Worte gehört. »Anthony, dein Vater macht nur Spaß mit dir«, sagte sie und wischte sich die nassen Hände an einem Geschirrtuch ab. »Er versucht nur, lustig zu sein.«

Anthony sah Alexander forschend an. »*Das* soll lustig sein?«

»Tania«, sagte Alexander. Seine Stimme klang abwesend. »Ich kann nicht aufstehen. Kannst du mir meine Zigaretten bringen?«

Sie lief rasch ins Haus und holte sie. Da es nur einen Stuhl gab und sie sich nirgends hinsetzen konnte, steckte sie Alexander die Zigarette in den Mund. Sie beugte sich über ihn, legte eine Hand auf seine Schulter und zündete sie ihm an, während Anthony ihm den Käfer auf die Hand setzte.

»Dad, iss den Marienkäfer nicht.« Sein kleiner Arm legte sich um Alexanders Hals.

»Keine Angst, mein Sohn. Ich bin schon satt.«

»Viel lustiger ist«, sagte Anthony, »dass Mama und ich heute einen Mann getroffen haben. Einen Colonel. Nick Moore.«

»Ach ja?« Alexander sah in die Ferne und zog tief an seiner Zigarette. »Wie war er so?«

»Er war wie du, Dad«, antwortete Anthony. »Er war genau wie du.«

Roter Nagellack

Mitten in der Nacht wachte der Junge auf und schrie. Tatiana ging ihn trösten. Er beruhigte sich, wollte aber nicht, dass sie ihn allein im Bett ließ. Auch wenn es gleich auf der anderen Seite des Nachttisches stand. »Alexander«, flüsterte sie, »bist du wach?«

»Jetzt schon«, sagte er und stand auf. Er schaffte den Nachttisch aus dem Weg und schob die beiden Einzelbetten zusammen, sodass Anthony neben seiner Mutter liegen konnte. Sie versuchten, wieder Ruhe zu finden, Alexander an der Wand, mit dem Gesicht zu Tatiana, die ihm wiederum den Rücken zuwendete und Anthony in den Armen hielt. Das Kind schlief sofort wieder ein. Tatiana hingegen tat nur so. Sie wusste, dass Alexander gleich aufstehen würde.

Und einen Augenblick später war er auch schon verschwunden. Sie flüsterte ihm nach. *Shura, Liebling.* Nach ein paar Minuten stand sie auf, zog einen Morgenmantel über und ging hinaus. Er war weder in der Küche noch im Garten. Sie suchte den ganzen Weg zum Pier nach ihm ab. Alexander saß auf der Bank, wo Tatiana sonst auf ihn wartete. Sie sah die glühende Zigarette in seinem Mund. Er hatte nur seine Unterwäsche an und zitterte am ganzen Körper. Die Hände um den Kopf gelegt, wiegte er sich vor und zurück.

Sie blieb stehen.

Sie wusste nicht, was sie tun sollte.

Sie wusste nie, was sie tun sollte.

Schließlich drehte sie sich um und wankte zurück ins Haus. Mit stumpfem Blick legte sie sich ins Bett und starrte am Kopf des schlafenden Anthony vorbei ins Dunkel, bis Alexander eiskalt und schlotternd zurückkam und sich hinter ihr auf seinen Platz legte. Sie bewegte sich nicht und er sagte nichts, machte kein Geräusch. Nur sein kalter Arm umschlang sie. Sie lagen da bis vier Uhr morgens, als es Zeit für ihn war aufzustehen. Während er mit einem Stößel Kaffeebohnen mahlte, schmierte sie ihm ein frisches Butterbrötchen, füllte seine Wasserkanister auf und machte ihm ein Sandwich fürs Boot. Er aß und trank seinen Kaffee. Seine freie Hand wanderte unter ihr Nachthemd, verharrte kurz auf ihren nackten Pobacken und zwischen ihren Beinen. Dann ging er.

Schon nach fünf Minuten auf Deer Isle, in denen sie die salzige Nachmittagsluft einatmeten und die Hummerboote in den Hafen einlaufen sahen, hatte Tatiana verkündet, dass ein Monat hier zu wenig sei. Ihre Vereinbarung lautete, nur ein Monat pro Staat und dann weiterziehen. Achtundvierzig Staaten, achtundvierzig Monate, angefangen mit Deer Isle. »Ein Monat hier ist zu wenig«, wiederholte sie, als Alexander nichts erwiderte.

»Findest du?« Das war alles.

»Gefällt es dir nicht auch hier?«

Ein leichter Anflug eines Lächelns huschte zur Antwort über seine stummen Lippen.

Realistisch betrachtet hatte Stonington alles, was sie brauchten: einen Gemischtwarenladen, ein Discountgeschäft, eine Eisenwarenhandlung. Im Gemischtwarenladen konnte man Zeitungen, Magazine und, was am wichtigsten war, Zigaretten kaufen. Außerdem Kaffeebohnen und Schokolade. Im Norden und Süden von Deer Isle gab es Kühe, somit Milch, Käse und Butter, und Hühner, die Eier legten. Getreide kam per Schiff. Es gab jede Menge Brot. Eine Menge Äpfel, Pfirsiche, Birnen, Mais, Tomaten, Gurken, Zwiebeln, Karotten, Rüben, Rettich, Auberginen und Zucchini. Hummer, Forelle, Wolfsbarsch und Hecht waren günstig und im Überfluss vorhanden. Sogar Rindfleisch und Hühnchen konnte man kaufen. Wer würde meinen, dass das Land eine Depression und einen Weltkrieg hinter sich hatte?

Alexander sagte, zehn Dollar am Tag genügten nicht zum Leben.

Tatiana erwiderte, es sei eine Menge Geld.

»Was ist mit neuen Schuhen für dich? Schönen Kleidern? Kaffee? Zigaretten?«

»Mit Sicherheit reicht es nicht für deine Zigaretten.« Sie rang sich ein Lächeln ab, als sie sein Gesicht sah. »Ich habe nur Spaß gemacht. Es reicht für alles.«

Sie wollte nicht zur Sprache bringen, dass er für Zigaretten fast genauso viel ausgab, wie sie zu dritt in einer Woche für Lebensmittel brauchten. Doch Alexander war der Einzige, der arbeitete. Er konnte sein Geld ausgeben, wofür er wollte.

Sie sprach Englisch mit ihm, während sie ihren Sonntagskaffee trank. Und er antwortete auf Russisch, während er seine Sonntagszigaretten rauchte und seine Sonntagszeitung las.

»Da braut sich Ärger in Indochina zusammen«, sagte er auf Russisch. »Indochina war im Besitz der Franzosen, bis sie es im Krieg an Japan verloren haben. Die Japaner haben zwar den Krieg verloren, aber sie wollen nicht abziehen. Die Franzosen, die von den Siegern gerettet wurden und somit zu den Siegermächten gehören, verlangen ihre Kolonie zurück. Dagegen protestieren die Japaner. Die Vereinigten Staaten wollen neutral bleiben. Sie helfen den alliierten Franzosen, aber sie stecken wirklich in der Zwickmühle, weil sie ja auch Japan unterstützen.«

»Ich dachte, die Japaner dürfen gar keine Armee mehr haben?«, fragte Tatiana auf Englisch.

Und er antwortete auf Russisch: »Dürfen sie auch nicht. Aber sie haben ein stehendes Heer in Indochina, und da nicht genug amerikanische Soldaten da sind, um sie zu vertreiben, weigern sich die Japaner, die Waffen niederzulegen.«

»Warum interessiert dich das so?«

»Zu allem Überfluss hat Stalin jahrzehntelang einen Kleinbauern namens Ho Chi Minh umgarnt. Er hat seine Bildungsreisen nach Moskau finanziert, ihn mit Wodka und Kaviar gefüttert und am lauschigen Kamin den Marxismus gelehrt. Außerdem gab er ihm ein paar alte Schpagins-Maschinenpistolen und Mörser und ein paar hübsche amerikanische Lend-Lease-Studebaker, während er nebenbei seine kleine Gruppe Vietminh direkt auf sowjetischem Boden ausbilden ließ.«

»Er ließ die Vietminh ausbilden, damit sie gegen die Japaner antreten, die wiederum die Sowjets hassen und bekämpfen?«

»Glaub es oder nicht: Um ausgerechnet gegen die früheren Alliierten der Sowjets, das imperialistische Frankreich, zu kämpfen.« Alexander drückte die Zigarette aus und legte die Zeitung aus der Hand. »Wo ist Anthony?«, fragte er leise auf Englisch. Doch bevor er nur nach ihrem Handgelenk greifen konnte, kam Anthony in die Küche marschiert.

»Ich bin hier, Dad«, sagte er. »Was ist?«

Sie brauchten ein Zimmer für sich, doch Anthony war anderer Meinung, und davon abgesehen hatte die alte Hauswirtin kein weiteres zur Verfügung. Zur Wahl stand entweder ein winziges Zimmer in einem schmalen Haus mit Blick auf die Bucht – zwei Einzelbetten, nebenan die Küche, Bad und Toilette am Ende des Flurs – oder ihr Wohnmobil mit einem großen Bett, ohne Bad und ohne Toilette.

Sie hatten sich andere Häuser angesehen. In einem lebte eine fünfköpfige Familie, im nächsten eine dreiköpfige, dann sogar eine mit sieben Personen, alles Frauen. Generationen an Frauen bevölkerten die weißen Häuser, während alte Männer tagsüber aufs Meer hinausfuhren und jüngere aus dem Krieg nach Hause tröpfelten – manchmal unversehrt, manchmal nicht.

Mrs Brewster, ihre Hauswirtin, lebte allein. Ihr einziger Sohn war nicht heimgekehrt. Tatiana glaubte aber nicht, dass er bei den Truppen war. Es lag an der Art, wie die alte Frau sagte: *Er musste eine Weile weg von hier.* Sie war sechsundsechzig und seit achtundvierzig Jahren Witwe. Ihr Mann starb im amerikanisch-spanischen Krieg.

»1898?«, flüsterte Tatiana Alexander zu.

Er zuckte die Achseln. Seine große Hand drückte ihre Schulter, womit er seine Abneigung gegen Mrs Brewster zum Ausdruck brachte. Doch Tatiana fand es schön, dass seine Hand auf ihr lag, egal welchen Anlass es dafür gab. »Das ist Ihr Ehemann, richtig?«, fragte Mrs Brewster misstrauisch, bevor sie ihnen das Zimmer vermietete. »Er ist nicht nur ein …« Sie fuchtelte herum. »So was kommt mir nämlich nicht ins Haus.«

Alexander schwieg. Der dreijährige Anthony sagte: »Was denn?«

Die Hauswirtin kniff die Augen zusammen und sah den Jungen an. »Ist das dein Vater?«

»Ja«, sagte Anthony. »Er ist Soldat. Er war im Krieg *und* im Gefängnis.«

»Oh, das ist hart.« Mrs Brewster sah nun Tatiana mit zusammengekniffenen Augen an. »Woher kommen Sie? Ihr Akzent hört sich nicht amerikanisch an.«

Anthony wollte sagen: »Russ…«, doch Alexander zog seinen Sohn hinter sich und kam Tatiana zuvor. »Bekommen wir nun das Zimmer oder nicht?«

Sie vermietete es ihnen.

Später fragte Alexander Tatiana: »Warum haben wir uns das Wohnmobil zugelegt, wenn wir gar nicht drin wohnen? Wir können es genauso gut wieder verkaufen. Was für eine Geldverschwendung.«

Was sollten sie tun, wenn sie in die Wüsten im Westen kämen, entgegnete sie. In die Weinberge von Kalifornien? Den Hell's Canyon in Idaho? Trotz seines plötzlichen Anflugs von Sparsamkeit behielten sie den Nomad. Der Traum davon war noch so frisch. Doch auch wenn Tatiana wusste, dass ihm die *Vorstellung* eines mobilen Zuhauses gefiel – er war schließlich derjenige, der so ein Gefährt wollte –, konnte er in Wirklichkeit nicht viel damit anfangen.

Tatiana hatte den Eindruck, dass es ihm in seinem neuen Leben als Zivilist mit vielen Dingen so ging.

Im Wohnmobil gab es kein fließendes Wasser. Und Alexander

hatte ständig das Bedürfnis, sich zu waschen. Die ganzen Jahre, die er während des Krieges auf zu engem Raum mit anderen Männern verbracht hatte, waren schuld daran. Er wusch sich zwanghaft die Hände und natürlich klebten häufig Fischreste daran. In ganz Maine konnte man nicht so viel Seife, Zitronen und Essig auftreiben, um seinem Sauberkeitsanspruch gerecht zu werden. Sie mussten Mrs Brewster für das ganze Wasser, das sie verbrauchten, wöchentlich fünf Dollar extra zahlen.

Vielleicht hatte ihm die Vorstellung, einen Sohn zu haben, gefallen, doch die Wirklichkeit, das Leben mit einem dreijährigen Jungen, der jeden Augenblick, in dem er nicht schlief, um sie herum war, seiner Mutter nie von der Seite wich und im selben Raum mit ihnen nächtigte, der jeden Abend zu ihnen ins Bett kam, war zu viel für einen Soldaten, der nie Kinder um sich gehabt hatte.

»Alpträume sind schlimm für einen kleinen Jungen«, erklärte Tatiana.

»Ich verstehe schon«, sagte er höflich.

Vielleicht hatte Alexander auch einmal die Vorstellung, eine Frau zu haben, gefallen, aber die Wirklichkeit – da war Tatiana sich nicht so sicher. Vielleicht suchte er Lazarewo an jedem Tag ihres Lebens, doch nach seinem Verhalten zu urteilen, spürte sie keine Gewissheit, ob er sich überhaupt daran erinnerte.

Seine Augen, einst wie Karamell, hatten die Farbe von hartem Kupfer angenommen, kein Leuchten, kein Leben spiegelte sich mehr darin. War er freundlich zu ihr, tat sie es ihm gleich. Wollte er Ruhe, war sie still. Wollte er Spaß haben, versuchte sie, lustig zu sein. Wollte er Essen, servierte sie ihm eine Mahlzeit. Wollte er spazieren gehen, begleitete sie ihn. Wollte er Zeitungen, Magazine, Zigaretten, besorgte sie ihm alles. Wollte er schweigsam auf seinem Stuhl sitzen, nahm sie stumm neben ihm auf dem Boden Platz. Alles, was er wollte, war sie bereit, ihm jederzeit zu geben.

Jetzt, an einem sonnigen Nachmittag, stand Tatiana barfuß vor dem Spiegel. Sie trug ein gelbes, leicht transparentes Musselinkleid, das Gewand eines Bauernmädchens, und betrachtete sich abschätzend und nachdenklich.

Ihre Haare waren offen. Ihr Gesicht gewaschen, ihre Zähne

sauber und weiß. Die Sommersprossen auf ihrer Nase und ihren Wangen hatten die Farbe von geschmolzenem Zucker, ihre grünen Augen funkelten. Sie cremte sich die Hände mit Kakaobutter ein, damit sie weicher wurden, falls er ihre Hand nehmen wollte, wenn sie nach dem Abendessen zur Main Street gingen. Dann rieb sie etwas Moschusöl hinter die Ohren, falls er sich zu ihr beugte. Sie legte etwas Gloss auf ihren trotzigen Mund und presste die Lippen zusammen, damit sie weicher und rosiger wurden. Unbeweglich stand sie da, besah ihr Spiegelbild und dachte nach. Sie setzte ein nettes, gezwungenes Lächeln auf, damit sie nicht mehr so widerspenstig wirkte, und seufzte.

Ihre Hände fuhren unter ihr Kleid und legten sich um ihre Brüste. Ihre Brustwarzen wurden steif. Seit Anthony geboren war, hatte sich ihr Körper verändert. Das Kind und das amerikanische Essen, die ganzen Nährstoffe. Nach der Stillzeit hatten ihre wohlgenährten Brüste ihre Üppigkeit, ihre warme Fülle nicht verloren. Die wenigen Büstenhalter, die Tatiana besaß, waren zu locker, so dass sie nicht genug Halt gaben. So trug sie manchmal stattdessen ein enges weißes Unterhemd, eng genug, um ihre Brüste zu bändigen, die sich beim Gehen oft hin und her wiegten und die Blicke der Männer auf sich zogen. Nicht unbedingt ihres Mannes, aber anderer Männer, des Jungen, der die Milch brachte, zum Beispiel.

Langsam hob sie das Kleid und betrachtete ihre schlanken, wohlgeformten Hüften und ihren flachen Bauch. Sie war dünn, aber durch Anthonys Geburt hatte sie überall Rundungen bekommen, als wäre von dem Zeitpunkt an, als er zur Welt gekommen war, ihr Mädchendasein beendet gewesen.

Und für eben dieses unschuldige Mädchen hatte der Soldat mit dem Gewehr auf dem Rücken einst die Straße überquert.

Sie zog ihren dünnen Slip herunter und betrachtete den Fleck blonder Haare über ihrer Scham. Dann berührte sie sich und versuchte zu erahnen, was er früher dabei gefühlt haben mochte. Plötzlich fiel ihr etwas im Spiegel auf. Sie sah genauer hin, neigte den Kopf und betrachtete ihre Beine. Innen auf den Schenkeln waren frische kleine Blutergüsse, Abdrücke seiner Hände.

Als Tatiana sie untersuchte, spürte sie ein feuchtes Pochen im Unterleib. Sie richtete sich auf und brachte ihre Kleider in Ordnung. Mit gerötetem Gesicht bürstete sie ihr Haar und überlegte, was sie damit machen sollte. Alexander hatte es noch nie zuvor in dieser Länge gesehen. Es reichte ihr bis zum Po. Sie dachte, es würde ihm gefallen, doch erschreckenderweise ließ es ihn kalt. Sie wusste, dass Farbe und Struktur nicht wie früher waren. Ehe sie vor acht Monaten nach Europa gegangen war, hatte sie es schwarz gefärbt und letzten Monat in Hamburg mühsam gebleicht. Nun war das Haar spröde und stumpf. Überhaupt nicht mehr seidig. Berührte er es deshalb nicht? Sie wusste nicht, was sie dagegen tun sollte.

Schließlich flocht sie es wie üblich zu einem Zopf, zog vorn Strähnen heraus und fädelte am Ende ein gelbes Satinband ein, für den Fall, dass er ihr Haar anfasste. Dann rief sie Anthony, der draußen im Staub spielte. Sie klopfte ihn sauber, prüfte Shorts und Hemd auf Flecken und zog ihm die Strümpfe hoch. »Warum spielst du im Dreck, Anthony, wo wir gleich Daddy treffen? Du weißt doch, dass er es mag, wenn du sauber bist.« Alexander hatte es gern, wenn seine Frau und sein Sohn ordentlich zum Pier kamen. Sie wusste, dass ihm ihr frisches, gepflegtes Aussehen gefiel, er ihre aufgeräumte und sommerliche Erscheinung schätzte. Die Blumen in Stonington waren atemberaubend schön, die Lupinen leuchteten in Purpur und Blau. Tatiana und Anthony hatten zuvor welche gepflückt und sie hatte sich eine Blüte in ihr goldenes Haar gesteckt, das ihm früher einmal so sehr gefallen hatte.

Sie inspizierte ihre Fingernägel und vergewisserte sich, dass sie sauber waren. Schmutzige Nägel waren ihnen beiden ein Gräuel. Nun, da Tatiana nicht mehr arbeitete und Alexander bei ihr war, ließ sie sie etwas länger. Das sanfte Auf-und-ab-Reiben ihrer Nägel auf seiner Haut nahm er kommentarlos hin. Heute hatte sie ein paar Minuten übrig gehabt und sie rot lackiert.

Er verlor kein Wort über die Nägel. Oder die fliederfarbenen Lupinen, das Satinband im Haar, den Lipgloss, das Kleid, ihre Brüste, den dünnen weißen Slip. Erst am folgenden Tag sagte er: »Bekommt man so schillernden Nagellack im Kaufhaus von Stonington?«

»Ich weiß nicht. Den hier habe ich mitgebracht.«

Er schwieg so lange, dass sie schon glaubte, er habe sie nicht gehört. Schließlich sagte er: »Die Invaliden, die du in New York gepflegt hast, wussten ihn bestimmt zu schätzen.«

Ah, Interesse. Nicht übermäßig, aber es war ein Anfang. Doch was sollte man darauf erwidern? *Oh, er war gar nicht für sie gedacht.* Sie wusste, dass es eine Falle war, eine verschlüsselte Aussage, mit der er eigentlich meinte: *Krankenschwestern dürfen doch keinen Nagellack tragen, also wofür brauchtest du ihn, Tania?*

Später am Abend saß sie am Küchentisch und entfernte den Lack mit Azetat. Als Alexander sah, dass er verschwunden war, sagte er stirnrunzelnd: »Also sind andere Invaliden den Aufwand wert, dass man rote Nägel für sie trägt, aber ich nicht?«

Sie hob den Blick. Er ragte über ihr auf. »Machst du Witze?«, fragte sie. Ihre Fingerspitzen bebten.

»Natürlich«, sagte er ohne das leiseste Lächeln.

Tatiana warf den Nagellack aus New York weg, ebenso ihre verspielten Rüschen- und Plisseekleider, die nach dem Krieg in New York Mode gewesen waren, und ihre hochhackigen, glitzernden Ferragamo-Schuhe. Irgendetwas geschah mit ihm, wenn er Sachen aus New York an ihr sah. Was hast du, fragte sie dann, und er antwortete, gar nichts, und mehr sagte er nicht. Sie kaufte sich ein gelbes Musselinkleid, ein Chintzkleid mit Blumenmuster, ein weißes Baumwollkleid und ein blaues Wickelkleid – alles aus Maine. Alexander verlor kein Wort über die neue Garderobe, war aber allgemein etwas weniger schweigsam. Jetzt sprach er mit ihr über andere Themen, wie Ho Chi Minh und seine Kampftruppe.

Sie versuchte verzweifelt mit ihm Spaß zu haben, so wie früher. »Hey, willst du einen Witz hören?«

»Sicher, erzähl mir einen.« Sie stiegen gerade einen Hang in Stonington hinauf, Anthony vor ihnen schmollte.

»Ein Mann betete jahrelang darum, ins Paradies zu kommen. Einmal, als er einen schmalen Pfad hinauf in die Berge ging, stolperte er und fiel in den Abgrund. Wie durch ein Wunder bekam er einen dürren Strauch zu fassen und schrie: ›Ist da jemand? Bitte, helft mir! Ist da jemand?‹ Nach ein paar Minuten Stille antwortete eine Stimme: ›Ich bin da.‹ ›Wer sind Sie?‹ ›Ich bin Gott.‹ ›Wenn du Gott bist, dann unternimm etwas.‹ ›Du hast mich so lang darum gebeten, ins Paradies zu kommen. Öffne einfach deine Hände und sogleich wirst du dich im Paradies wiederfinden.‹ Nach kurzem Überlegen schrie der Mann: ›Ist da sonst noch jemand? Bitte, helft mir!‹«

Zu behaupten, Alexander hätte nicht über diesen Witz gelacht, wäre eine glatte Lüge gewesen.

Tatianas Hände zitterten, wenn sie nur an ihn dachte. Den ganzen Tag bebte sie. Wie eine Schlafwandlerin ging sie durch Stonington, bewegte sich steif und unnatürlich. Sie beugte sich zu ihrem Sohn hinunter, richtete sich auf, brachte ihr Kleid in Ordnung, ihr Haar. Das mulmige Gefühl in ihrem Magen flaute nicht ab.

Zunehmend zeigte sich Tatiana im Umgang mit Alexander wagemutig, weniger ängstlich.

Doch er küsste sie nie vor Jimmy oder den anderen Fischern oder überhaupt irgendjemandem. An manchen Abenden, wenn sie die Main Street entlanggingen und einen Blick in die Schaufenster warfen, kaufte er ihr auch mal Schokolade. Sie wandte ihm das Gesicht zu, um sich mit einem Kuss zu bedanken, und er drückte seine Lippen auf ihre Stirn. Die Stirn!

Eines Tages war Tatiana es leid. Sie sprang von der Bank auf und schlang die Arme um ihn. »Genug mit der Stirn«, sagte sie und küsste ihn mitten auf den Mund.

Mit der Zigarette in der einen Hand und Anthonys Eis in der anderen konnte er nicht mehr tun, als dagegenzuhalten. Er erwiderte den Kuss leidenschaftslos. »Setz dich hin«, sagte er leise. »Was ist bloß in dich gefahren?«

Auf ihren regelmäßigen Spaziergängen durch die Hügel von Stonington schloss Tatiana Bekanntschaft mit den Geschäftsinhaberinnen und den Milchjungen. Oben auf der Eastern Road freundete sie sich mit einer Farmerin in den Dreißigern an, deren Mann, ein Marineoffizier, noch immer in Japan war. Jeden Tag putzte die Frau das Haus, jätete Unkraut im Vorgarten, setzte sich draußen auf die Bank und wartete darauf, dass er heimkehrte. So war Tatiana ihr begegnet, als sie gerade mit Anthony vorbeikam. Nachdem sie zwei Minuten mit Nellie gesprochen hatte, fühlte sie sich unwillkürlich an ihre Trauer um Alexander erinnert. Sie empfand solches Mitgefühl für Nellie, dass sie sie fragte, ob sie auf der Farm Hilfe brauche. Nellie besaß einen halben Hektar Land, auf dem sie Kartoffeln, Tomaten und Gurken anbaute. Tatiana kannte sich damit aus.

Freudig stimmte Nellie zu und sagte, sie könne Tatiana vom Sold ihres Mannes zwei Dollar am Tag zahlen. »Mehr kann ich mir nicht leisten«, sagte sie. »Wenn mein Mann zurückkommt, gebe ich Ihnen gern mehr.«

Doch der Krieg war vor einem Jahr zu Ende gegangen, und sie hatte immer noch nichts von ihm gehört. Tatiana sagte, sie solle sich keine Sorgen machen.

Beim Kaffee wurde Nellie etwas offener. »Was ist, wenn er zurückkommt und ich nicht weiß, wie ich mit ihm reden soll? Wir waren erst so kurz verheiratet, bevor er in den Krieg gezogen ist. Was ist, wenn wir feststellen, dass wir uns völlig fremd sind?«

Tatiana blickte zu Boden und schüttelte den Kopf. Auch damit kannte sie sich aus.

»Wann ist *Ihr* Mann zurückgekommen?«, fragte Nellie neidvoll.

»Vor einem Monat.«

»Was für ein Glück.«

Anthony sagte: »Dad ist nicht zurückgekommen. Mama hat mich verlassen und sich auf die Suche nach ihm gemacht.«

Nellie starrte Anthony sprachlos an.

»Anthony, geh eine Minute nach draußen zum Spielen. Lass mich noch schnell mit Nellie zu Ende reden.« Tatiana wuschelte ihm durchs Haar und führte ihn hinaus. »Die Kinder heutzutage. Man bringt ihnen das Sprechen bei und gibt auf sie Acht. Ich habe nicht die leiseste Ahnung, wo er das herhat.«

Am gleichen Abend erzählte Anthony Alexander, dass Mama einen Job bekommen habe. Alexander wollte Genaueres wissen, und da das Kind liebend gern Auskunft gab, berichtete es seinem Vater von Nellie und ihren Kartoffeln und Tomaten und Gurken und ihrem Ehemann, der nicht da war, und dass Nellie losziehen solle, um ihn zu finden, »so wie Mama dich gefunden hat«.

Alexander stellte keine Fragen mehr. Nach dem Abendessen

sagte er lediglich: »Hast du nicht gemeint, dass wir mit zehn Dollar am Tag zurechtkämen?«

»Es ist nur für Anthony. Ich möchte von dem Geld Süßigkeiten und Eis kaufen.«

»Das wirst du nicht tun. Ich werde abends arbeiten. Wenn ich beim Hummerverkaufen helfe, bringt das noch mal zwei Dollar.«

»Nein!« Tatiana senkte rasch die Stimme. »Du arbeitest eh viel. Anthony und ich spielen sowieso nur den ganzen Tag.«

»Das ist gut«, sagte er. »Spielen.«

»Uns bleibt für alles genügend Zeit«, sagte Tatiana. »Anthony und ich würden ihr sehr gern helfen. Und außerdem ist sie so einsam.«

Sie wandten sich voneinander ab.

Als er am nächsten Tag vom Fischen zurückkam, sagte er: »Sag Nellie, sie kann sich ihre zwei Dollar sonst wo hinstecken. Jimmy und ich haben was ausgehandelt. Wenn ich ihm mehr als hundertfünfzig Hummer fange, zahlt er mir fünf Dollar extra. Und noch mal fünf für jeweils weitere fünfzig Hummer nach den ersten hundertfünfzig. Was meinst du?«

Tatiana überlegte. »Wie viele Körbe sind an eurem Boot?«

»Zehn.«

»Bei zwei Hummern pro Korb ... zwanzig höchstens pro Fang ... einem Fang pro Stunde ... die Körbe hochziehen, die meisten Hummer wieder ins Meer zurückwerfen ... Da reicht das nicht.«

»Entwickelst du dich nicht gerade zu einer kleinen Kapitalistin?«, sagte er.

»Du verkaufst dich unter Wert, Alexander«, sagte sie.

Jimmy war das wohl auch klar geworden – der steigende Marktpreis für Hummer, Jobangebote für Alexander von anderen Booten hatten ihn eines Besseren belehrt –, und er änderte ungefragt die Bedingungen und gab ihm fünf Dollar extra für jeweils fünfzig Hummer zusätzlich zu den ersten *fünfzig*. Am Abend war Alexander zu müde, um sein Bierglas zu halten.

Tatiana legte Nellies Tomaten ein, machte ihr eine Kartoffelsuppe und wollte Alexander Tomatensoße kochen. Von ihren

Freunden in Little Italy hatte sie einen sehr guten Sugo gelernt, der fast schmeckte wie von einer echten Italienerin. Sie wollte ihn genau wie seine italienische Mutter früher zubereiten, doch dazu brauchte sie Knoblauch, und auf ganz Deer Isle war keiner zu bekommen.

Plötzlich fehlte Tatiana New York, der laute, belebte Markt am Samstagmorgen auf der Lower Eastside, ihre fröhliche beste Freundin Vikki, ihre Arbeit auf Ellis Island, das Krankenhaus. Die Schuldgefühle bei dem Gedanken daran versetzten ihr einen Stich in die Brust. Sie sehnte sich nach dem alten Leben und konnte doch nicht ohne Alexander sein.

Tatiana arbeitete allein auf dem Feld, während Nellie auf Anthony aufpasste. Sie brauchte eine Woche, um den ganzen Acker umzugraben – einhundertfünfzig Scheffel Kartoffeln. Nellie konnte nicht glauben, dass es so viel war. Tatiana handelte mit dem Gemischtwarenladen einen Preis von fünfzig Cent pro Scheffel aus und verschaffte Nellie so fünfundsiebzig Dollar. Nellie war begeistert. Nach zwölf Stunden auf dem Boot half Alexander Tatiana die hundertfünfzig Scheffel zum Laden zu tragen. Am Ende der Woche zahlte Nellie Tatiana immer noch zwei Doller am Tag.

Als Alexander davon erfuhr, verlor er die Beherrschung. »Dank dir hat sie fünfundsiebzig Dollar verdient. Wir haben die ganzen Scheißscheffel für sie den Berg heruntergetragen und deine sogenannte *Freundin* zahlt dir immer noch denselben niedrigen Tageslohn?«

»Pscht ... leise ...« Sie wollte nicht, dass Anthony etwas von ihrer Diskussion mitbekam.

»Vielleicht bist du ja am Ende doch keine so gute Kapitalistin, Tania.«

»Sie hat kein Geld. Sie verdient keine hundert Dollar am Tag wie dieser Jimmy mit dir. Aber weißt du, was sie uns angeboten hat? Bei ihr einzuziehen. Sie hat zwei Extrazimmer in ihrem Haus. Wir könnten mietfrei darin wohnen und müssten nur für Wasser und Strom zahlen.«

»Wo ist der Haken?«

»Kein Haken.«

»Es gibt einen. Ich höre es an deiner Stimme.«

»Gut«, sagte sie und spielte nervös mit ihren Daumen, »sie hat nur die Bedingung gestellt, dass wir ausziehen müssen, wenn ihr Mann zurückkommt.«

Alexanders Blick war unergründlich, während er Tatiana von der anderen Tischseite aus ansah. Schließlich stand er auf und trug seinen Teller zur Spüle.

Tatianas Hände zitterten, als sie das Geschirr wusch. Sie wollte ihn nicht aufregen. Nein, das stimmte so nicht ganz. Vielleicht wollte sie *irgendetwas* in ihm regen. Er war so ausgesucht höflich, so überaus zuvorkommend. Wenn sie ihn um Hilfe bat, war er sofort zur Stelle. Er trug die verfluchten Kartoffeln, er brachte den Müll weg. Doch in Gedanken war er nicht bei den Kartoffeln oder dem Müll. Wenn er sich hinsetzte, rauchte und das Wasser beobachtete, wusste Tatiana nicht, wo er war. Wenn er nachts um drei nach draußen ging und sich auf der Bank krümmte, wünschte Tatiana, sie wüsste nicht, wo er war. Wo war sie in ihm? Sie wollte es nicht wissen.

Als sie den Abwasch erledigt hatte, ging sie nach draußen und setzte sich zu seinen Füßen in den Kies. Sie spürte, dass er sie ansah, und blickte auf. »Tania …«, sagte er leise. Doch dann sah Anthony seine Mutter auf dem Boden, pflanzte sich sofort auf ihren Schoß und zeigte ihr die vier Käfer, die er gefunden hatte, zwei davon ineinander verkeilte Hirschkäfer. Als sie erneut den Blick hob, sah Alexander sie nicht mehr an.

Nachdem Anthony eingeschlafen war und sie im Bett lagen, flüsterte sie: »Willst du nun bei Nellie einziehen?« Das Bett war so schmal, dass sie nur auf der Seite schlafen konnten. Wenn Alexander auf dem Rücken lag, beanspruchte er die ganze Matratze.

»Du meinst, so lange bis ihr Mann zurückkommt und sie uns rauswirft, weil *sie* sich vielleicht etwas Privatsphäre mit dem Kriegsheimkehrer wünscht?«, sagte Alexander.

»Bist du wütend?«, fragte Tatiana und wünschte sich damit *bitte, sei wütend.*

»Natürlich nicht.«

»Wir werden mehr Privatsphäre in ihrem Haus haben. Sie hat zwei Zimmer für uns. Besser als das eine hier.«

»Wirklich?«, sagte Alexander. »Hier sind wir immerhin am

Meer. Ich kann mich draußen hinsetzen, rauchen und auf die Bucht hinabsehen. Nellie wohnt in der Eastern Road, wo wir das Salz und den Fisch nur riechen können. Und Mrs Brewster ist taub. Glaubst du, Nellie hat etwas an den Ohren? Sie ist jung, wird vor unserer Schlafzimmertür stehen und an ihren Ehemann denken, der seit fünf Jahren weg ist, nennst du das etwa ungestört? Glaubst du«, sagte er, »man kann noch *weniger* Privatsphäre haben?«

Ja, wollte Tatiana sagen. Eindeutig. In der Gemeinschaftswohnung in Leningrad, wo ich mir zwei Zimmer mit Babuschka, Deda, Mama, Papa, meiner Schwester Dascha – erinnerst du dich? – und meinem Bruder Pascha – weißt du noch? – geteilt habe. Wo die Toilette am Ende des Flurs, zu der man erst die an der Treppe gelegene Küche durchqueren musste, nie richtig spülte, nie gereinigt und von neun anderen Bewohnern mitbenutzt wurde. Wo es kein heißes Wasser für vier Bäder am Tag gab und keinen Gasherd für vier Hummer. Wo ich im selben Bett mit meiner Schwester schlief, bis ich siebzehn war und sie vierundzwanzig, bis zu jener Nacht, als du uns auf die Straße des Lebens geführt hast. Tatiana konnte ihr gequältes Stöhnen kaum unterdrücken.

Sie konnte und wollte nicht, sie *weigerte* sich, an Leningrad zu denken.

Anders war es besser. Ja, anders – ohne ein einziges Wort.

Dieser Aderlass ging jede Nacht weiter. Tagsüber waren sie beschäftigt, wie sie es mochten, wie sie es brauchten. Vor nicht allzu langer Zeit hatten Tatiana und Alexander sich in einem anderen Land gefunden.

Sie hatten irgendwie den Krieg überstanden und das lupinenübersäte Deer Isle erreicht. Keiner von ihnen hatte eine Ahnung, wie. Nur um drei Uhr morgens, wenn Anthony aufwachte und wie am Spieß schrie und Alexander sich auf der Bank krümmte und Tatiana sich im Bett wälzte, um zu vergessen, da wussten sie, wie.

Sein Umgang mit ihr war weiterhin korrekt und höflich. »Möchtest du noch mehr?«, fragte er und nahm den Krug Limonade hoch.

»Ja, bitte.«

»Willst du nach dem Abendessen einen Spaziergang machen? Ich habe gehört, dass sie am Hafen Wassereis verkaufen.«

»Ja, das wäre schön.«

»Und, Ant, was meinst du?«

»Gehen wir gleich los.«

»Warte eine Sekunde, mein Sohn. Deine Mutter und ich müssen erst fertig essen.« So formell. *Deine Mutter.*

Er machte Türen für sie auf, holte ihr Gläser und Büchsen von den hohen Regalen in der Küche. Seine Größe war so praktisch; war er da, ersetzte er ihr die Trittleiter.

Und sie? Sie tat, was sie immer tat – er kam an erster Stelle. Sie kochte für ihn, servierte ihm das Essen, schenkte ihm ein, deckte den Tisch und räumte ihn wieder ab. Sie wusch seine Kleider, legte sie zusammen, machte die Betten und bezog sie mit sauberen Laken. Sie bereitete ihm sein Lunchpaket fürs Boot und eins extra für Jimmy, weil der einhändige Jimmy keine Frau hatte, die ihm ein Sandwich schmierte. Sie rasierte sich die Beine für ihn, badete täglich für ihn, schmückte ihr Haar mit Satinbändern für ihn.

»Möchtest du sonst noch etwas?«, fragte sie. Kann ich dir etwas bringen? Möchtest du noch ein Bier? Möchtest du den ersten Teil der Zeitung oder den zweiten? Möchtest du schwimmen gehen? Vielleicht Himbeeren pflücken? Frierst du? Bist du müde? Reicht dir das Essen, Alexander? Reicht – es – dir?

»Ja, danke.«

Oder …

»Nein, ich hätte gern noch was, danke.«

So zuvorkommend. So höflich. Genau wie in den Romanen von Edith Wharton, die Tania gelesen hatte, als er noch kein Teil ihres Lebens gewesen war: *Die Zeit der Unschuld* und *Das Haus der Freude* (wie ironisch).

Es gab Zeiten, da war Alexander nicht unfehlbar.

Wie an jenem Nachmittag, als kein Wind ging und Jimmy einen Kater hatte. Oder war es umgekehrt, als Jimmy einen Kater hatte und kein Wind ging? Wie auch immer, Alexander war früher nach Hause gekommen. Sie hatte ihn noch nicht zurückerwartet und arbeitete gerade auf Nellies Kartoffelacker, als er sie aufsuchte. Anthony war im Haus mit Nellie. An Tatianas Händen klebte Erde, ihr Gesicht war gerötet, ihr Haar zerzaust. Sie stand auf, um ihn zu begrüßen, in ihrem ärmellosen Sommerkleid aus Chintz, eng am Leib liegend, schmal um die Hüften, offen am Hals. »Hallo«, sagte sie freudig überrascht. »Warum bist du so früh zurück?«

Er sprach nicht, sondern küsste sie, diesmal nicht behutsam oder leidenschaftslos. Tatiana blieb nicht einmal die Möglichkeit, hingebungsvoll die Arme um ihn zu schlingen. Er nahm sie weit draußen im Feld, auf dem mit Kartoffelblättern bedeckten Boden, wo ihr Kleid bald so schmutzig war wie ihre Hände. Er zerrte ihr das Oberteil von den Schultern, entblößte ihre Brüste für seine großen Hände und zog ihr den Rock bis zu den Hüften hoch. Mehr Vorspiel gab es nicht.

»Schau nur, was du gemacht hast«, flüsterte sie anschließend.

»Du siehst aus wie ein Milchmädchen vom Land.«

»Das Kleid ist ruiniert.«

»Wir waschen es.« Er keuchte noch und klang doch schon fern.

Tatiana beugte sich zu ihm, flüsterte zärtlich und suchte seinen Blick in der Hoffnung auf etwas Vertrautheit. »Gefällt es dem Captain, wenn seine Frau wie ein Milchmädchen vom Land aussieht?«

»Na ja, offensichtlich.« Doch er war bereits aufgestanden und brachte seine Kleider in Ordnung. Dann reichte er ihr die Hand, um ihr hochzuhelfen.

Seit Alexanders Rückkehr war Tatiana fixiert auf seine Hände, und auf ihre eigenen im Vergleich dazu. Seine Hände spiegelten sein Leben wider. Sie waren groß und breit, dunkel und eckig, die Handflächen und Daumen fleischig, die Finger jedoch lang, grobgliedrig, stark und gelenkig, als könnte er damit ebenso Klavier spielen wie Hummerkörbe hochziehen. Die Venen traten hervor und die Handflächen waren schwielig. Alles war schwielig bis zu den Fingerspitzen, aufgeraut durch das Tragen schwerer Waffen über Tausende von Kilometern, abgehärtet durch Kämpfe, Verbrennungen, Holzhacken und Gräberschaufeln. Seine Hände waren Ausdruck eines ewig währenden Kampfes in allen Facetten. Man musste kein Wahrsager sein, kein Hellseher oder Handleser, musste nicht erst Lebens- und Herzlinie betrachten. Ein flüchtiger Blick auf die Hände und man wusste sofort: Der Mann, dem sie gehörten, hatte alles getan – und war zu allem in der Lage.

Und dann waren da Tatianas fleißige Hände. Unter anderem hatten sie in einer Waffenfabrik gearbeitet, Bomben, Panzer und Flammenwerfer gebaut, sie hatten Felder bestellt, Böden gewischt, Löcher in den Schnee und die Erde gegraben. Sie hatten Schlitten übers Eis gezogen. Sie hatten sich um Tote gekümmert, um Verwundete, Sterbende. Ihre Hände hatten das Leben und den Kampf kennengelernt und sahen doch aus, als würden sie den ganzen Tag in Milch gebadet. Sie waren zierlich, glatt, weder schwielig noch geädert. Die Handflächen waren schmal, die Finger feingliedrig. Sie schämte sich fast für ihre Hände, denn sie waren so weich und zart wie Kinderhände. Man könnte meinen, sie hätten nicht einen Tag ihres Lebens Arbeit verrichtet und wären auch gar nicht dazu in der *Lage*.

Und jetzt, mitten am Nachmittag, nachdem Alexander sie an Stellen berührt hatte, die nicht schicklich waren für Nellies vornehmen Kartoffelacker, reichte er ihr seine riesige dunkle Hand zum Aufstehen, und ihre kleine weiße Hand verschwand in seiner warmen Faust, während er sie auf die Füße zog.

»Danke.«

In ihrer Anfangszeit auf Deer Isle waren sie abends, als Anthony endlich schlief, den steilen Hügel hinauf in die Nähe des Waldes gegangen, wo das Wohnmobil abseits der Straße geparkt stand. Sobald sie drin waren, zog Alexander sie aus. Er wollte sie unbedingt nackt sehen, während er meist sein T-Shirt oder Unterhemd anbehielt. Einmal fragte Tatiana: *Willst du dich nicht auch ausziehen?* Er schüttelte den Kopf. Und sie fragte nicht noch einmal. Er küsste sie. Mit seinen Händen wollte er ihr Herz rühren, doch über seine Lippen kam kein Wort. Er sagte nie ihren Namen. Er umschlang ihren Körper, bot sich ihrem begierigen Mund dar – manchmal zu energisch, doch das störte sie nicht – und dann kam er in ihr. Sie stöhnte, sie konnte nicht anders. Es hatte einmal eine Zeit gegeben, da hatte er für ihr Stöhnen gelebt. Er selbst gab keinen Laut mehr von sich, nicht vorher, nicht währenddessen, nicht einmal hinterher. Er atmete nur aus, ein Hauchlaut. Manchmal kaum hörbar.

Vieles war für sie verloren.

Alexander berührte sie nicht mehr mit dem Mund oder flüsterte ihr allerlei bemerkenswerte Dinge zu, er streichelte sie nicht mehr von Kopf bis Fuß, drehte die Kerosinlampe an oder öffnete auch nur die Augen.

Shura. Nur nackt im Wohnmobil sprach Tatiana ihn noch mit dem geliebten Kosenamen an. Manchmal hatte sie den Eindruck, als wollte er sich die Ohren zuhalten, um sie nicht hören zu müssen. Es war dunkel, so dunkel; nie gab es Licht, um etwas zu sehen. Und er trug seine Kleider. *Shura. Ich kann gar nicht glauben, dass ich dich wieder berühre.*

Im Nomad gab es keine Romane von Edith Wharton, keine *Zeit der Unschuld.* Er nahm sie, bis sie nichts mehr geben konnte, und nahm sie trotzdem weiter, bis nichts übrig war.

»Soldat, Liebling, ich bin hier«, flüsterte Tatiana, die Arme hilflos, ergeben nach ihm ausgestreckt.

»Ich bin auch hier«, sagte Alexander in normaler Lautstärke, stand auf und zog sich an. »Gehen wir wieder nach unten. Ich hoffe, Anthony schläft noch.« So klang es aus: Er reichte ihr die Hand und half ihr beim Aufstehen.

Sie war wehrlos, ausgehungert, fühlte sich bereit. Sie würde es ihm auf jede Weise geben, die er brauchte, und dennoch …

Ach, es machte nichts. Nur dass die lautlose, raubgierige Art, mit der Alexander die Schreie des Krieges ersticken musste, so sehr an einen Soldaten erinnerte und so wenig an einen liebevollen Ehemann. Eines Abends war sie den Tränen nahe und fragte ihn, was mit ihm, mit *ihnen*, los sei, und er antwortete: »Du bist vom Gulag verpestet.« Dann unterbrach sie das hysterische Kreischen eines Kindes weiter unten am Hügel. Alexander war schon angezogen und rannte los.

»Mama! Mama!«

Die alte Mrs Brewster war zu Anthony ins Zimmer geschlurft, doch sie ängstigte ihn nur noch mehr. »MAMA! MAMA!«

Alexander wollte ihn in den Arm nehmen, aber Anthony schrie nur nach seiner Mutter.

Und als Tatiana hereingelaufen kam, wies er auch sie ab. Er schlug nach ihr und drehte sich von ihr weg. Anthony war aufgelöst. Sie brauchte über eine Stunde, um ihn zu beruhigen. Um vier stand Alexander zur Arbeit auf. Nach dieser Nacht gingen sie nicht mehr ins Wohnmobil. Es stand verlassen auf der Lichtung oben am Hügel, und sie tanzten – beide bekleidet und lautlos, mit einem Kissen, seinen Lippen oder seiner Hand auf ihrem stöhnenden Mund – den Tango des Lebens, des Todes, des Gulag, während jede verwünschte Sprungfeder neben dem unruhig schlafenden Anthony unter ihren Bewegungen quietschte.

Sie versuchten während des Tages zusammenzukommen, wenn der Junge nicht hersah. Doch dummerweise sah er immer her. Am Ende eines langen Sonntags, ohne dass er ein Nachmittagsschläfchen gehalten hatte, verschlug es Alexander vor Ungeduld und Unzufriedenheit gegen Abend die Sprache.

Eigentlich sollte Anthony jetzt im Garten mit Käfern spielen. Tatiana sollte das Abendessen kochen und Alexander die Zeitung lesen. Doch in Wahrheit saß er auf dem schmalen Holzstuhl an der Küchenwand unter ihren wogenden Röcken und sie rittlings auf ihm. Sie keuchten, Tatianas Beine zitterten; er hielt sie an den Hüften und bewegte sie rhythmisch auf seinem Schoß. Als Tatiana fast den qualvollen Höhepunkt erreichte, kam Anthony in die Küche marschiert.

»Mama?«

Tatiana öffnete den Mund, als wollte sie einen gepeinigten Laut ausstoßen. »Pscht«, machte Alexander. Sie hielt den Atem an, unfähig, sich umzudrehen, überwältigt von der Stille, der Härte, der Größe, mit der er sie ganz und gar ausfüllte. Sie grub ihre langen Nägel in Alexanders Schultern und versuchte, nicht zu schreien. Und die ganze Zeit stand Anthony hinter seiner Mutter.

»Anthony«, sagte Alexander und versuchte, seine Stimme ruhig zu halten. »Gibst du uns eine Minute? Geh nach draußen. Mommy kommt gleich.«

»Nick ist wieder in seinem Garten. Er will eine Zigarette.«

»Mommy kommt gleich, Kumpel. Geh schon mal raus.«

»Mama?«

Doch Tatiana konnte ihm nicht in die Augen sehen, konnte nicht sprechen.

»Mach schon, Anthony!«, sagte Alexander.

Anthony verließ die Küche, Tatiana holte Luft. Alexander brachte sie ins Schlafzimmer, verbarrikadierte die Tür und erlöste sie beide. Doch auf lange Sicht gesehen wusste Tatiana nicht, was sie tun sollten.

Was sie *nicht* taten, war, darüber zu sprechen.

»Möchtest du noch Brot oder Wein, Alexander?«, fragte sie unverfänglich.

»Ja, danke, Tatiana«, antwortete er mit gesenktem Kopf.

Der Captain, der Colonel und die Krankenschwester

»Dad, kann ich mit dir aufs Boot kommen?« Anthony blickte auf zu seinem Vater, der neben ihm am Frühstückstisch saß.

»Nein, mein Sohn. Ein Hummerboot ist gefährlich für einen kleinen Jungen.«

Tatiana beobachtete die beiden, hörte zu, nahm alles in sich auf.

»Ich bin nicht klein. Ich bin groß. Und ich bin gut, das verspreche ich. Ich werde dir helfen.«

»Nein, Kumpel.«

Tatiana räusperte sich. »Alexander, wenn ich mitkäme, könnte ich auf den kleinen Ameisenmann aufpassen.«

»Jimmy hat noch nie eine Frau auf sein Boot gelassen, Tania. Er würde einen Herzanfall kriegen.«

»Nein, das geht dann natürlich nicht. Ant, möchtest du noch Haferbrei?«

Anthony blickte während des ganzen Frühstücks nicht mehr auf.

Manchmal war der Wind gut und manchmal nicht. Anluven, abfallen, ständig musste man den Kurs ändern, wenn kein Wind ging, und der Hummerfang war schwierig, trotz Jimmys tapferer Bemühungen Segel zu setzen. Da sie nur zu zweit an Bord waren, ließ Alexander das Stagsegel schließlich herab. Und während die Schaluppe auf dem Atlantik trieb, saßen sie auf Deck und rauchten.

»Guter Gott«, sagte Jimmy, »warum hast du ständig die Ärmel unten? Du musst doch umkommen vor Hitze! Kremple sie hoch oder zieh gleich das Hemd aus.«

Und Alexander antwortete: »Mann, Jimmy, vergiss mein Hemd. Warum schaffst du dir kein neues Boot an? Du würdest viel mehr verdienen. Ich weiß, dass der Kahn hier deinem alten Herrn gehört hat, aber tu dir selbst einen Gefallen und investier in ein verdammtes Boot.«

»Ich habe kein Geld für ein neues Boot.«

»Leih es dir von der Bank. Die setzen jetzt nach dem Krieg alles dran, Männern auf die Beine zu helfen. Nimm eine Hypothek über fünfzehn Jahre auf. Mit dem Geld, das du verdienen wirst, kannst du sie in zwei Jahren abbezahlen.«

Auf einmal sagte Jimmy ganz aufgeregt: »Steig mit ein, wir machen fifty-fifty.«

»Was?«

»Das wird *unser* Boot. Und den Gewinn teilen wir.«

»Jimmy, ich ...«

Doch Jimmy hörte ihm nicht zu, sprang auf und verschüttete dabei sein Bier. »Wir heuern noch einen Decksmann an und besorgen uns noch mal zehn Körbe. Wir schaffen uns ein Fischbecken an, das eintausenddreihundert Gallonen fasst. Du hast recht, wir werden eine Stange Geld damit verdienen.«

»Warte, du verstehst da was falsch. Wir bleiben nicht hier.« Alexander saß da, die Zigarette hing zwischen seinen Fingern.

Jimmy fuhr ihn unbeherrscht an. »Warum willst du fortziehen? Ihr gefällt es hier, das sagst du doch dauernd. Du hast Arbeit, dem Jungen geht es gut. Warum willst du weg?«

Alexander inhalierte den Rauch tief in seine Lungen.

»Im Winter hast du frei. Da kannst du tun, was du willst.«

Alexander schüttelte den Kopf.

Jimmy wurde laut. »Warum hast du dir überhaupt einen Job gesucht, wenn du nach einem Monat schon die Segel streichst?«

»Ich habe mir einen Job gesucht, weil ich Arbeit brauche. Wovon sollen wir leben, von *deinem* Wohlwollen?«

»Seit der Zeit vor dem Krieg habe ich nicht mehr so viel gearbeitet wie jetzt«, fauchte Jimmy. »Was soll ich machen, wenn du weg bist?«

»Viele Männer kommen jetzt zurück«, sagte Alexander. »Du wirst jemand anderen finden. Tut mir leid, Jimmy.«

Jimmy wandte sich ab und fing an, das Tau am Stagsegel aufzuknoten. »Grandios.« Er sah Alexander nicht an. »Verrate mir bloß mal, wer sonst so zupackt wie du.«

An diesem Abend saß Alexander draußen auf seinem Stuhl und zeigte Anthony, wie man einen Seemannsknoten mit dem Seglermesser bindet. Sie warteten auf Tatiana, um ihren Abendspaziergang zu machen, als sie auf einmal aufgebrachtes Geschrei hörten. Ungewöhnlich war nur, dass diesmal eine Männerstimme beteiligt war.

Tatiana kam aus dem Haus.

»Mama, hörst du das? Er wehrt sich.«

»Ja, mein Sohn, ich höre es.« Sie tauschte einen Blick mit Alexander. »Seid ihr so weit?«

Gemeinsam traten sie durch das Tor und gingen langsam die Straße hinunter. Unwillkürlich lauschten sie dem lauten Wortwechsel.

»Seltsam, oder?«, sagte Alexander. »Der Colonel streitet.«

»Ja«, erwiderte Tatiana in einem Tonfall, als hätte sie hinzugefügt, *ist das nicht fantastisch.*

Alexander sah sie verdutzt an.

Sie waren mittlerweile stehen geblieben. Nach einer Minute tauchte die Mutter aus dem hinteren Garten auf und schob Nick durch das hohe Gras vor sich her. Fast wäre sie mitsamt ihrem Mann gestürzt.

Sie stieß den Rollstuhl in den Vorgarten und sagte: »So, bitte sehr. Bist du jetzt zufrieden? Du willst hier allein vor dem Haus sitzen, sodass jeder, der vorbeigeht, dich angaffen kann wie ein

Tier im Zoo, nur zu. Mich kümmert das nicht mehr. Mich kümmert gar nichts mehr.«

»So viel ist sicher!«, brüllte der Colonel, während sie davonstürmte. Er keuchte.

Tatiana und Alexander senkten die Köpfe.

»Hallo, Nick«, sagte Anthony.

Der Junge öffnete das Tor und ging hinein. »Willst du eine Zigarette? Mama, komm her.«

Tatiana sah Alexander an. »Kann ich eine für ihn haben?«, flüsterte sie.

Doch Alexander zog es vor, selbst zu dem Colonel zu gehen, das Gesicht angespannt und den Körper leicht verkrampft. Er holte eine Zigarette aus seiner Schachtel, zündete sie an und hielt sie ihm an den Mund.

Der Mann inhalierte, aber ohne die Inbrunst, die er bei Tatiana gezeigt hatte. Er sprach kein Wort.

Tatiana legte die Hand auf Nicks Schulter. Anthony brachte ihm einen Hirschkäfer, eine tote Wespe, eine rohe alte Kartoffel. »Schau«, sagte er, »schau dir mal die Wespe an.«

Nick sah sich das Insekt an, sagte aber nichts. Die Zigarette beruhigte ihn. Er rauchte noch eine.

»Wollen Sie einen Drink, Colonel?«, fragte Alexander plötzlich. »Unten an der Main Street gibt es eine Bar.«

Der Colonel nickte in Richtung Haus. »Die werden mich nicht fortlassen.«

»Wir werden sie nicht fragen«, sagte Alexander. »Stellen Sie sich die Überraschung vor, wenn sie herauskommen und feststellen, dass Sie weg sind. Die zwei werden denken, Sie sind allein den Hügel hinuntergerollt.«

Bei dem Gedanken musste der Colonel lächeln. »Die Vorstellung ist das ganze Geschrei später wert. Okay, gehen wir.«

Swezey's war die einzige Bar in Stonington. Kinder hatten generell keinen Zutritt, also sagte Tatiana: »Ich gehe mit Anthony zur Schaukel. Viel Spaß euch beiden.«

In der Bar bestellte Alexander zwei Whiskey. Er hob die Gläser, stieß sie aneinander und hielt Nick den Drink an den Mund. Der Alkohol verschwand in einem Schluck. »Wollen Sie noch einen haben?«

»Warum bestellen Sie mir nicht gleich eine ganze Flasche?«, sagte Nick. »Seit ich vor achtzehn Monaten verwundet wurde, habe ich keinen mehr getrunken. Sie bekommen das Geld zurück.«

»Keine Sorge«, sagte Alexander. Er ließ eine Flasche Jack Daniel's an ihren Tisch in der Ecke bringen, und sie rauchten und tranken gemeinsam.

»Was ist eigentlich mit Ihrer Frau los, Colonel?«, fragte Alexander. »Warum macht sie Sie ständig rund?«

Sie hatten sich zueinander gebeugt, der Colonel im Rollstuhl, der Captain daneben.

Nick schüttelte den Kopf. »Sehen Sie mich an. Können Sie es ihr verübeln? Aber keine Bange, die Army wird mir bald eine Krankenschwester besorgen, die sich rund um die Uhr um mich kümmert.«

Sie schwiegen eine Weile.

»Erzählen Sie mir von *Ihrer* Frau«, sagte Nick. »Sie hat keine Angst vor mir. Nicht wie die anderen hier. Hat sie so was schon mal gesehen?«

Alexander nickte. »Sie hat so was schon mal gesehen.«

Nicks Miene hellte sich auf. »Will sie einen Job? Die Army würde ihr zehn Dollar Pflegegeld pro Tag zahlen. Was meinen Sie? Ein kleines Zubrot für Ihre Familie?«

»Nein«, sagte Alexander bestimmt. »Sie hat lang genug als Krankenschwester gearbeitet. Damit ist es vorbei.« Und er fügte hinzu: »Wir brauchen das Geld nicht. Uns geht es gut.«

»Kommen Sie schon, jeder braucht Geld. Sie könnten sich ein eigenes Haus kaufen, statt bei der verrückten Janet zu wohnen.«

»Und was soll sie mit dem Jungen in der Zeit machen?«

»Ihn mitbringen.«

»Kommt nicht in Frage.«

Nick stieß einen Laut der Verzweiflung aus und verstummte. »Wir stehen auf einer Warteliste für eine Krankenschwester«, sagte er, »aber wir bekommen keine. Es gibt nicht genügend. Sie haben alle aufgehört. Ihre Männer kehren heim und wollen Kinder haben. Sie wollen nicht, dass ihre Frauen arbeiten.«

»Ja, so ist es«, sagte Alexander. »Ich will auch nicht, dass meine Frau arbeitet. Vor allem nicht als Krankenschwester.«

»Wenn ich keine Betreuerin kriege, will Bessie mich in das Armeekrankenhaus in Bangor schicken. Sie meint, dass ich da besser aufgehoben sei.«

Alexander leerte mehr Whiskey in die Kehle des Mannes. Mehr des bitter nötigen Alkohols.

»Sie wären mit Sicherheit glücklicher, wenn ich dort wäre«, sagte Nick.

»Die beiden sind wohl kein sehr fröhliches Gespann.«

»Nein, nein. Vor dem Krieg waren sie wunderbar.«

»Wo wurden Sie verwundet?«

»In Belgien. Bei der Ardennenoffensive. Und dabei dachte ich, einem Colonel würde das nicht passieren. Rangprivilegien und so. Doch dann explodierte eine Granate, mein Captain und Lieutenant starben und ich erlitt einige Verbrennungen. Es wäre mir gut gegangen, wenn ich nicht vierzehn Stunden auf dem Boden gelegen hätte, bevor ich von einem anderen Zug aufgelesen wurde. Ich bekam eine Infektion in den Gliedmaßen. Sie waren nicht zu retten.«

Mehr Alkohol, mehr Nikotin.

Nick sagte: »Sie hätten mich einfach im Wald liegen lassen sollen. Ich hätte es vor fünfhundertfünfzig Tagen hinter mir gehabt, vor fünfhundertfünfzig Nächten.«

Er wurde allmählich ruhiger. Der Whiskey und die Zigaretten halfen ihm dabei. Schließlich murmelte er: »Sie ist *so* gut, Ihre Frau.«

»Ja, das ist sie«, sagte Alexander.

»So frisch und jung. Und so hübsch anzuschauen.«

»Ja«, sagte Alexander und schloss die Augen.

»Und sie brüllt Sie nicht an.«

»Nein. Obwohl ich glaube, dass sie es manchmal gern täte.«

»Ach, wenn meine Bessie nur so viel Selbstbeherrschung hätte. Sie war einmal eine gute Frau. Und meine Tochter war so ein liebevolles Mädchen.«

Mehr Alkohol, mehr Nikotin.

»Aber ist Ihnen seit Ihrer Rückkehr auch aufgefallen, dass es Dinge gibt, die Frauen einfach nicht wissen? Nie wissen werden?«, fragte Nick. »Sie verstehen nicht, wie es war. Sie sehen mich, so wie ich jetzt bin, und denken, das sei das Schlimmste.

Sie haben keine Ahnung. Und so entsteht eine Kluft. Man macht etwas durch, das einen verändert. Man sieht Dinge, die man nicht ungesehen machen kann, und dann geht man wie ein Schlafwandler mit einer Kriegsneurose durchs Leben. Wissen Sie, dass ich in meiner Vorstellung Beine habe? In meinen Träumen marschiere ich ständig. Und wenn ich aufwache, liege ich auf dem Boden. Ich bin aus dem Bett gefallen. Inzwischen schlafe ich ganz auf dem Boden, weil ich mich beim Träumen immer wieder herumwälze. Wenn ich mich im Traum sehe, trage ich meine Waffen und bin am Ende eines Bataillons, dann wieder in einem Panzer. Ich brülle ständig Befehle: ›Hier lang! Dort lang! Feuer! Feuer einstellen! Vorwärts marsch! Feuer, Feuer, Feuer!‹«

Alexander senkte den Kopf, seine Arme lagen reglos auf dem Tisch.

»Dann wache ich auf und weiß nicht, wo ich bin. Und Bessie fragt mich, was los sei. Sie wirft mir vor, dass ich sie gar nicht mehr beachten würde oder gar nichts zu ihrem neuen Kleid gesagt hätte. Am Ende lebst du mit jemandem zusammen, der für dich kocht und früher die Beine für dich breit gemacht hat, aber den du überhaupt nicht kennst. Du verstehst ihn nicht, genauso wenig wie er dich. Ihr seid zwei Fremde, die man willkürlich zusammengewürfelt hat. Wenn ich mich im Traum mit Beinen sehe und aufgehört habe zu marschieren, dann gehe ich jedes Mal fort, ziehe davon auf Nimmerwiedersehen. Ich weiß nicht, wo ich bin, doch ich bin niemals hier, nie bei ihnen. Empfinden Sie das auch so?«

Alexander rauchte schweigend und leerte noch ein Glas Whiskey und noch eins. »Nein«, sagte er schließlich. »Bei meiner Frau und mir ist es genau umgekehrt. Sie hat Waffen getragen und auf Männer geschossen, die sie töten wollten. Sie war im Lazarett, auf dem Schlachtfeld, an der Front. Sie war in Zwangsarbeitslagern und KZs. Sie hat sich durch eine bitterkalte Stadt gehungert, die unter Blockade stand. Sie hat jeden verloren, den sie liebte.« Alexander stürzte ein weiteres halbes Glas Whiskey hinunter und konnte ein Stöhnen nicht unterdrücken. »Sie kennt, sieht und versteht alles. Inzwischen vielleicht weniger, aber das ist meine Schuld. Ich war nicht gerade …« Er brach ab. »Nicht gerade zu viel nütze. Unser Problem ist nicht, dass wir einander nicht verstehen. Unser Problem ist, dass wir es tun. Wir können uns nicht ansehen, nicht unbedacht ein Wort wechseln, uns nicht berühren, ohne auch das Kreuz zu berühren, das wir tragen. Es gibt einfach keinen Frieden. *Niemals.*« Der brennende Whiskey floss in Alexanders Kehle.

Plötzlich tauchte Tatiana in der schummrigen Ecke der Bar auf. »Alexander«, flüsterte sie, »es ist elf Uhr. Um vier musst du aufstehen.«

Er hob den Kopf und sah sie bedrückt an.

Zu Nick, der sie unverhohlen anstarrte, sagte sie: »Was haben Sie ihm erzählt?«

»Wir haben nur Erinnerungen ausgetauscht«, sagte der Colonel. »Über die gute alte Zeit, die uns hierher geführt hat.«

Alexander murmelte mit schwerer Zunge, dass er gleich wiederkäme, stand auf, stieß seinen Stuhl um und wankte davon. Tatiana blieb allein mit Nick.

»Er sagt, dass Sie Krankenschwester sind.«

»Das war ich.«

Nick schwieg.

»Brauchen Sie etwas?« Tatiana berührte ihn an der Schulter.

Er hatte feuchte Augen und sah sie flehentlich an. »Haben Sie Morphium?«

Sie stellte sich aufrecht hin. »Was tut Ihnen weh?«

»Jede verfluchte Stelle, die von mir übrig ist«, sagte er. »Haben Sie so viel Morphium? So viel, dass ich nie wieder etwas spüre?«

»Nick, um Himmels willen ...«

»Wenn Ihr Mann es nicht mehr aushält, hat er seine Pistolen, die er immer reinigt. Er kann sich einfach das Gehirn wegpusten. Aber was ist mit mir?«

Nick wollte sie packen, konnte es aber nicht. Stattdessen warf er seinen Körper nach vorn. »Wer pustet mir das Gehirn weg, Tania?«, flüsterte er.

»Nick, bitte!« Ihre Hände richteten ihn auf, doch er hatte zu viel getrunken und kippte ständig zur Seite.

Alexander kam mit schwankendem Schritt zurück. Und Nick hörte auf zu sprechen.

Tatiana musste ihn den steilen Hügel selbst hinaufschieben,

weil Alexander andauernd die Griffe losgelassen hatte und Nick wieder nach unten gerollt war. Sie brauchte lange, um ihn nach Hause zu schaffen. Nicks Frau und Tochter bebten vor Zorn. Tatiana wäre das Gekreische amüsanter erschienen, wenn der Colonel nicht zuvor mit ihr gesprochen hätte. Aber da er es nun einmal getan hatte und Alexander zu betrunken war, um auf das theatralische Gehabe der beiden Frauen zu reagieren, und da Nick Moore ebenfalls betrunken war, wusste keiner der Beteiligten die Pointe des Witzes – ein vierfach Amputierter verschwindet mit seinem Rollstuhl spurlos aus dem Garten – so richtig zu würdigen. Bis auf Anthony, der es tags darauf erfuhr.

Am nächsten Morgen trank Alexander drei Tassen schwarzen Kaffee und wankte mit einem Kater zur Arbeit. Er konnte nur jeweils drei Körbe herunterlassen statt der üblichen zehn und kehrte mit nicht einmal siebzig Hummern zurück, alles Junge oder Einpfünder. Er lehnte seine Heuer ab, schlief gleich nach dem Abendessen ein und wachte erst wieder auf, als Anthony mitten in der Nacht losschrie.

Nach dem Abendessen des darauffolgenden Tages ging Tatiana mit einer Tasse Tee nach draußen. Doch Alexander war nicht da. Er und Anthony hielten sich bei Nick im Nachbargarten auf. Alexander hatte sogar seinen Stuhl mitgenommen. Anthony suchte Käfer, während die beiden Männer sich unterhielten. Tatiana beobachtete sie ein paar Minuten. Dann ging sie wieder hinein, setzte sich an den Küchentisch und brach zu ihrem Erstaunen in Tränen aus.

So geschah es auch am nächsten und übernächsten Abend. Alexander verlor kein Wort darüber. Er ging einfach hinüber, setzte sich zu Nick, während Anthony in der Nähe der beiden Männer spielte. Bald ließ er seinen Stuhl ganz in Nicks Vorgarten stehen.

Tatiana ertrug den Zustand nur ein paar Tage, bevor sie noch vor dem Frühstück ein Ferngespräch anmeldete und mit Vikki telefonierte.

Vikki schrie aus lauter Freude in den Apparat. »Ich kann gar nicht glauben, dass ich endlich von dir höre. Was ist los mit dir? Was machst du nur? Wie geht es Anthony, meinem großen

Jungen? Aber zuerst sag mir, was ist los mit dir? Du bist mir vielleicht eine Freundin. Du hast gesagt, dass du jede Woche anrufst. Und ich habe seit über einem Monat nichts von dir gehört!«

»Es ist doch noch gar keinen Monat her, oder?«

»Tania, was um Himmels willen hast du gemacht? Nein, nein, sag es mir nicht.« Vikki kicherte. »Wie läuft es so?«, fragte sie mit tiefer, vielsagender Stimme.

»Oh, gut, gut. Wie läuft es bei dir? Wie kommst du zurecht?«

»Das lass jetzt mal meine Sorge sein. Warum hast du nicht angerufen?«

»Wir haben ...« Tatiana hustete.

»Ich weiß, was ihr gemacht habt, du unartiges Mädchen. Wie geht es meinem geschätzten Kind? Was macht mein geliebter Junge? Du weißt nicht, was du mir angetan hast. Tania, zuerst überlässt du ihn mir und dann nimmst du ihn wieder weg. Mir fehlt es wirklich, auf den Kleinen aufzupassen. So sehr, dass ich über ein eigenes Kind nachdenke.«

»Anders als mein Kind, Gelsomina, musst du dein eigenes für immer behalten. Du kannst es nicht weggeben wie einen kleinen Welpen. Und es wird nicht so nett sein wie der kleine Ameisenmann.«

Sie sprachen über Vikkis Job als Krankenschwester, über Deer Isle, die Boote und Schaukeln und Edward Ludlow, über einen neuen Mann in Vikkis Leben (»Ein Offizier. Du bist nicht die Einzige, die sich einen Offizier angeln kann.«), über New York (»Egal, wo man auf der Straße geht, überall macht man sich die Schuhe mit Bauschutt schmutzig.«), ihre Großeltern (»Ihnen geht es gut. Sie wollen mich mästen. Sie sagen, ich sei zu groß und dürr. Als ob ich kleiner werden würde, wenn sie mich füttern.«) und die neuen toupierten Kurzhaarfrisuren, Stöckelschuhe und Rüschenkleider. Plötzlich hielt Vikki inne: »Tania? Tania, was ist los?«

Tatiana weinte ins Telefon.

»Was hast du bloß?«

»Nichts, nichts. Nur ... es ist schön, deine Stimme zu hören. Du fehlst mir sehr.«

»Und, wann kommst du zurück? Unser Apartment ist so leer ohne dich, ich halte es kaum aus«, sagte Vikki. »Es geht einfach nicht. Ich komme nicht ohne dein Brot aus, ohne deinen süßen kleinen Jungen, ohne deinen Anblick. Tania, andere Freundinnen können mir gestohlen bleiben.« Sie lachte. »Nun erzähl Vikki, was los ist.«

Tatiana wischte sich die Augen. »Überlegst du, aus dem Apartment auszuziehen?«

»Ausziehen? Machst du Witze? Wo sonst in New York finde ich eine bezahlbare Dreizimmerwohnung? Du kannst dir nicht vorstellen, wie seit Kriegsende die Mietpreise gestiegen sind. Jetzt hör auf, das Thema zu wechseln, und sag mir, was los ist.«

»Wirklich, es geht mir gut. Es ist nur …« Anthony war ständig um ihre Füße herum. Sie putzte sich die Nase und versuchte, sich zu beruhigen. Es war ihr unmöglich, offen über Alexander zu sprechen, wenn sein Sohn dabeisaß.

»Weißt du, wer für dich angerufen hat? Dein alter Freund Sam.«

»Was?« Tatiana hörte sofort auf zu weinen. Sie horchte auf. Sam Gulotta war ihr Kontaktmann im Außenministerium gewesen, als sie jahrelang versucht hatte, Alexander ausfindig zu machen. Er wusste ganz genau, dass sie ihn gefunden hatte. Warum sollte er sie anrufen? Ihr wurde flau im Magen.

»Ja, er hat für dich angerufen. Wollte wissen, wo Alexander ist.«

»Ach ja?« Tatiana bemühte sich um einen sorglosen Ton. »Hat er gesagt, warum?«

»Er sagte, dass das Außenministerium mit Alexander reden müsse. Du sollst dich bei ihm melden, darauf hat er bestanden. Und zwar jedes Mal, als er angerufen hat. Er war unerbittlich.«

»Wie oft hat er denn angerufen?«

»Ich weiß nicht, vielleicht … jeden Tag?«

»Jeden Tag?« Tatiana war verblüfft und erschrocken zugleich.

»Ja, genau. Er ließ nicht locker. Das nennt man wirklich hartnäckig, Tania. Ich habe ihm immer wieder gesagt, dass ich mich bei ihm melden würde, sobald ich von dir höre. Aber er hat mir nicht geglaubt. Willst du seine Nummer?«

»Ich habe seine Nummer«, sagte sie langsam. »Im Lauf der Jahre habe ich ihn so oft angerufen, dass die Telefonnummer in meinem Gedächtnis gespeichert ist.«

Als Alexander wieder nach Amerika kam, hatten sie sich auf den Weg nach Washington gemacht, um Sam für seine Hilfe bei Alexanders Rückkehr zu danken. Sam hatte etwas von einer obligatorischen Vernehmung durch das Außenministerium erwähnt, doch in einem ruhigen Ton, als sei keine Eile geboten. Und er fügte an, dass Sommer sei und der zentrale Stab nicht im Haus. Als sie sich von Sam in der National Mall nahe dem Lincoln Memorial verabschiedeten, hatte er kein Wort darüber verloren. Also warum jetzt diese Dringlichkeit? Hatte es mit der Aufhebung der freundschaftlichen Beziehungen zwischen zwei ehemaligen Kriegsverbündeten zu tun, den Vereinigten Staaten und der Sowjetunion?

»Ruf Sam bitte an, damit er aufhört, *mich* anzurufen. Obwohl …« Vikkis Stimme bekam einen leicht koketten Unterton. »Vielleicht sollte er sich weiterhin bei mir melden. Er ist ein süßer Typ.«

»Er ist ein 37-jähriger Witwer mit Kindern«, sagte Tatiana. »Du kannst ihn nicht haben, ohne Mutter zu werden.«

»Na ja, ich wollte schon immer ein Kind haben.«

»Er hat *zwei* Kinder.«

»Ach, hör schon auf. Versprich mir, dass du ihn anrufst.«

»Werde ich.«

»Gibst du unserem kleinen Knuddelkerl einen ganz dicken Kuss von mir?«

»Ja.« Als Tatiana nach Deutschland gegangen war, um Alexander zu suchen, hatte Vikki sich um Anthony gekümmert. Inzwischen hing sie sehr an ihm. »Ich kann Sam nicht sofort anrufen«, sagte Tatiana. »Ich muss erst mit Alexander darüber reden, wenn er heute Abend nach Hause kommt. Also tu mir einen Gefallen, und sag Sam, falls er sich wieder meldet, dass du noch nicht mit mir gesprochen hast und nicht weißt, wo ich bin. In Ordnung?«

»Warum?«

»Ich muss einfach zuerst mit Alexander sprechen, und dann funktioniert das Telefon manchmal nicht. Ich will nicht, dass Sam in Panik gerät. Also, warte einfach, okay? Bitte, sag ihm nichts.«

»Tania, du hast kein Vertrauen, das ist dein Problem. Das war schon immer dein Problem. Du misstraust allen Leuten.«

»Das stimmt nicht. Ich traue nur ihren Absichten nicht.«

»Sam würde doch nichts gegen euch tun, was …«

»Sam leitet nicht das Außenministerium, oder?«, unterbrach sie Tatiana.

»Und?«

»Er kann sich nicht für alle dort verbürgen. Liest du keine Zeitung?«

»Nein!«, sagte Vikki stolz.

»Das Außenministerium fürchtet sich von allen Seiten vor Spionen. Ich muss erst mit Alexander sprechen und hören, wie er darüber denkt.«

»Sam hat dir nicht geholfen, Alexander nach Hause zu holen, um ihn dann der Spionage zu bezichtigen!«

»Ich frage dich noch einmal, steht Sam dem Außenministerium vor?« Tatiana hatte eine dunkle Vorahnung, die sie Vikki nicht erklären konnte. In den Zwanzigerjahren hatten Alexanders Eltern der Kommunistischen Partei der USA angehört. Harold Barrington hatte sich in Amerika in erhebliche Schwierigkeiten gebracht. Und nun war sein Sohn auf einmal zurück, gerade als sich die Spannungen zwischen den Vereinigten Staaten und der Sowjetunion verschärften. Was, wenn der Sohn für die Sünden des Vaters büßen musste? Als hätte er nicht schon genug gebüßt – man musste ihn nur ansehen und wusste es. »Ich muss Schluss machen«, sagte Tatiana. Sie warf einen Blick auf Anthony und presste die Hände um den Hörer. »Ich werde heute Abend mit Alexander reden. Versprich mir, dass du Sam nichts von unserem Gespräch erzählst.«

»Nur, wenn du mir versprichst, dass ihr mich besuchen kommt, sobald ihr Maine verlasst.«

»Wir versuchen es, Gelsomina«, sagte Tatiana und legte auf. Ich werde versuchen, dieses Versprechen irgendwann einzulösen, dachte sie.

Sie zitterte, als sie Esther Barrington, Alexanders Tante, anrief. Esther war die Schwester seines Vaters und lebte in Massachusetts. Tatiana tat so, als riefe sie ohne bestimmten Grund an, doch in Wahrheit wollte sie herausfinden, ob jemand Kontakt mit ihr aufgenommen und sich nach Alexander erkundigt hatte. Dem war nicht so. Sie atmete erleichtert auf.

Als sie abends ihre Hummer aßen, sagte Anthony: »Dad, Mama hat heute Vikki angerufen.«

»Wirklich?« Alexander sah von seinem Teller auf. Sein Blick erforschte Tatianas Gesicht. »Das ist doch schön. Wie geht es ihr?«

»Vikki geht es gut. Aber Mama hat geweint. Zwei Mal.«

»Anthony!« Tatiana senkte den Kopf.

»Warum hast du geweint?«

»Anthony, gehst du bitte zu Mrs Brewster und fragst sie, ob sie gleich etwas Essen will oder ob ich es für sie warm stellen soll?«

Anthony verschwand. Tatiana, die Alexanders Schweigen deutlich spürte, stand auf und trat zum Spülbecken. Doch bevor sie ein Wort sagen konnte, um ihre Tränen zu rechtfertigen, tauchte Anthony wieder auf.

»Mrs Brewster blutet«, sagte er.

Tatiana und Alexander liefen rasch nach oben. Mrs Brewster erzählte ihnen, dass ihr Sohn, der kürzlich aus dem Gefängnis entlassen worden war, sie geschlagen habe, um an die Miete zu kommen, die Alexander ihr zahlte. Tatiana säuberte die alte Frau mit einem Lappen.

»Er wohnt die Straße runter bei Freunden.« Ob Alexander ihr mit ihrem Sohn helfen könne? Immerhin sei er auch im Gefängnis gewesen und wüsste wohl, wie es einem da gehe. »Allerdings hab ich Sie noch nie Ihre Frau schlagen sehen.« Ob Alexander ihren Sohn bitten könne, sie nicht mehr zu schlagen? Sie wolle ihre Mieteinnahmen behalten. »Er gibt das Geld sowieso nur für Alkohol aus und gerät dann in Schwierigkeiten. Ich weiß nicht, weswegen Sie gesessen haben, aber er war im Knast wegen schwerer Körperverletzung; er hat wieder mal unter Alkoholeinfluss zugeschlagen.«

Alexander ging nach nebenan und setzte sich zu Nick. Später am Abend sagte er Tatiana, dass er Mrs Brewsters Sohn zur Rede stellen würde.

»Nein, das wirst du nicht.«

»Tania, ich kann sie auch nicht ausstehen, aber was für ein kaputter Versager schlägt die eigene Mutter? Ich werde mit ihm reden.«

»Nein.«

»Was hast du dagegen?«

»Du bist nicht entspannt genug.«

»Ich bin entspannt«, sagte er langsam in ihrem Rücken. Sie flüsterten in der Dunkelheit auf den zusammengeschobenen Betten. Anthony schnarchte leise neben Tatiana. »Ich werde einfach mit ihm reden, mehr nicht, von Mann zu Mann. Ich werde ihm sagen, dass man seine Mutter auf keinen Fall schlägt.«

»Und wenn er dir antwortet, Sie können mich mal, Mister. Halten Sie sich aus meinen Angelegenheiten raus! Was dann?«

»Gute Frage. Aber vielleicht ist er ja vernünftig.«

»Das glaubst du? Er schlägt seine *Mutter* und nimmt sich ihr Geld!« Tatiana seufzte.

»Na ja, wir können nicht einfach tatenlos zusehen.«

»Doch, das können wir. Halsen wir uns nicht den Ärger anderer auf.« Wir stecken selbst in Schwierigkeiten. Sie wusste nicht, wie sie das Thema Sam Gulotta anschneiden sollte. Aus purer Angst blieb ihr sein Name in der Kehle stecken. Also dachte sie weiter über die Probleme von Mrs Brewster nach. Sie wollte nicht, dass sich Alexander mit ihrem gewalttätigen Sohn einließ. Doch was sollte sie tun?

»Du hast recht«, sagte sie schließlich und räusperte sich. »Wir müssen etwas tun. Weißt du, was? *Ich* rede mit ihm. Ich bin eine Frau. Ich bin zierlich. Ich werde ganz freundlich zu ihm sein, wie es meine Art ist. Er wird nicht grob werden.«

Sie spürte, wie Alexander sich hinter ihr versteifte. »Machst du Witze?«, flüsterte er. »Er schlägt seine Mutter! Du solltest nicht mal daran *denken*, in seine Nähe zu kommen.«

»Es wird bestimmt gut gehen.«

Er drehte sie um und blickte sie eindringlich an. »Ich meine es ernst«, sagte er. »Du machst keinen Schritt in seine Richtung.

Keinen *einzigen.* Denn kommt nur eine Silbe gegen dich aus seinem Mund, wird er nie wieder mit jemandem sprechen und ich lande in einem amerikanischen Gefängnis. Ist es das, was du willst?«

»Nein, Liebling«, sagte sie sanft. Er sprach mit Nachdruck. In ihm rührte sich etwas. Er flüsterte nicht mehr, sondern hatte die Stimme erhoben. Sie küsste sein Gesicht, ließ nicht von ihm ab, bis er ihre Küsse erwiderte und seine Hände über ihr Nachthemd wanderten.

»Habe ich dir schon gesagt, wie sehr ich es hasse, dass du Kleider in meinem Bett trägst?«

»Das weiß ich, aber wir haben einen kleinen Jungen bei uns«, flüsterte sie. »Ich kann mich nicht nackt neben ihn legen.«

»Du machst mir nichts vor«, sagte Alexander mit rauer Stimme.

»Liebling, es ist wegen des Jungen«, sagte sie und wich seinem Blick aus. »Abgesehen davon ist mein Hemd aus Seide, nicht aus Sackleinen. Hast du bemerkt, dass ich darunter nichts anhabe?«

Alexanders Hände glitten unter ihr Nachtgewand. »Warum hast du am Telefon geweint?« Seine Stimme nahm einen kühlen, abweisenden Ton an. »Fehlt dir dein New York?«

Tatiana warf ihm einen schuldbewussten Blick zu. Sie fühlte sich einsam. »Warum gehst du jeden Abend nach nebenan?«, flüsterte sie und stöhnte leise auf.

Alexander zog seine Hände zurück. »Versteh doch. Du hast Nicks Familie gesehen. Ich bin der Einzige, mit dem er reden kann. Er hat niemanden außer mir.«

Ich auch nicht, dachte Tatiana und spürte bei dem Gedanken einen brennend scharfen Schmerz in den Augen.

Sie konnte Alexander nichts von Sam Gulotta und dem Außenministerium erzählen. Er hatte sich schon zu viele Qualen aufgeladen.

Am nächsten Abend verbrachte Anthony nur eine halbe Stunde mit seinem Vater und dem Colonel im Garten, bevor er allein nach Hause zurückkehrte. Die Sonne war bereits untergegangen und die Moskitos kamen heraus. Tatiana badete ihn und behandelte anschließend seine Stiche mit Galmeilotion, dabei fragte sie beiläufig: »Ant, worüber reden Dad und Nick eigentlich?«

»Ich weiß nicht«, sagte Anthony ausweichend. »Krieg. Kämpfen.«

»Was ist mit heute Abend? Warum bist du so früh zurückgekommen?«

»Nick fragt Dad dauernd was.«

»Was fragt er ihn denn?«

»Ob er ihn tötet.«

Tatiana, die in der Hocke saß, taumelte und kippte fast nach hinten. »*Was?*«

»Sei bitte nicht böse auf Dad.«

Sie tätschelte ihn. »Anthony … du bist ein guter Junge.«

Als Anthony das traurige Gesicht seiner Mutter sah, begann er zu wimmern.

Sie nahm ihn in die Arme. »Ruhig, mein Sohn. Es wird alles gut.«

»Dad sagt, er will ihn nicht töten.«

Tatiana machte den Jungen rasch fürs Bett fertig. »Du wartest hier, versprichst du mir das? Geh nicht im Schlafanzug nach draußen. Bleib im Bett und schau dir das Buch mit den Booten und Fischen an.«

»Wo gehst du hin?«

»Ich hole Daddy.«

»Kommst du dann gleich mit Dad zurück?«, fragte er leise.

»Natürlich, Anthony, natürlich. Ich bin gleich wieder da.«

»Wirst du Dad anschreien?«

»Nein, mein Sohn.«

»Mama, bitte, sei nicht wütend, wenn er den Colonel getötet hat.«

»Pscht. Sieh dir jetzt dein Buch an. Ich bin gleich wieder da.«

Tatiana nahm ihre Schwesterntasche aus dem Schrank. Sie brauchte ein paar Minuten, um sich zu sammeln, doch dann ging sie entschlossenen Schrittes die Straße hinunter.

»Oh«, raunte Nick, als er sie sah. »Ich glaube, jetzt kriegen wir was zu hören.«

»Nein, gar nicht«, sagte Tatiana kalt und öffnete das Tor.

»Es ist nicht seine Schuld«, sagte Nick, »sondern meine. Ich habe ihn aufgehalten.«

»Mein Mann ist kein Kind mehr«, sagte sie. »Er weiß, wenn das Maß voll ist.« Sie sah Alexander vorwurfsvoll an. »Allerdings vergisst er, dass sein Sohn Englisch spricht und jedes Wort der Erwachsenen mitbekommt.«

Alexander stand auf. »In diesem Sinne, gute Nacht, Nick.«

»Lass den Stuhl stehen«, sagte Tatiana. »Ant ist allein. Geh schon mal voraus.«

»Kommst du nicht mit?«

»Ich werde mich noch fünf Minuten mit Nick unterhalten.« Sie blickte Alexander unverwandt an. »Ich komme gleich.«

Er bewegte sich nicht. »Was hast du vor?«, fragte er leise.

Sie sah, dass er nicht gehen würde, und wollte nicht in Gegenwart eines Fremden streiten. Auch wenn ein Streit schön gewesen wäre. »Nichts. Ich will nur mit Nick reden.«

»Nein, Tania. Komm jetzt.«

»Du weißt nicht mal, worüber ...«

»Das ist mir egal.«

Sie ignorierte seine ausgestreckte Hand, nahm auf dem Stuhl Platz und wandte sich an den Colonel. »Ich weiß, worüber Sie mit meinem Mann sprechen«, sagte Tatiana. »Lassen Sie das.«

Nick schüttelte den Kopf. »Sie waren im Krieg. Verstehen Sie denn gar nichts?«

»Ich verstehe alles«, sagte sie. »Sie können ihn nicht darum bitten. Das ist nicht richtig.«

»Richtig?«, rief er. »Sie wollen wissen, was richtig ist?«

»Allerdings«, sagte Tatiana. »Ich versuche selbst ein paar Dinge in Ordnung zu bringen. Aber Sie waren an der Front und wurden verwundet. Das ist der Preis, den Sie dafür gezahlt haben, dass Ihre Frau und Tochter nicht Deutsch sprechen müssen. Wenn sie erst mal aufgehört haben, um Sie zu trauern, wird es ihnen besser gehen. Ich weiß, dass es im Augenblick schlimm ist, aber es wird besser.«

»Es wird nie besser. Sie glauben, ich wüsste nicht, wofür ich gekämpft habe? Das tue ich wohl. Darüber beklage ich mich nicht. *Darüber* nicht. Aber das ist kein Leben, weder für mich noch für meine Frau. Das ist einfach nur Scheiße, verzeihen Sie den Ausdruck.« Da er sonst nichts tun konnte, beugte sich Nick vor und ließ sich ins Gras fallen. Alexander hob ihn auf und setzte ihn in den Rollstuhl zurück. »Alles, was ich will, ist sterben«, keuchte er. »Können Sie das nicht verstehen?«

»Doch, das kann ich«, sagte Tatiana mit leiser Stimme. »Aber lassen Sie meinen Mann damit in Ruhe.«

»Er ist der Einzige, der mir helfen kann.« Nick versuchte erneut, sich auf den Boden zu werfen, doch Tatiana hielt ihn zurück.

»Er wird Ihnen nicht helfen«, sagte sie. »Zumindest nicht dabei.«

»Warum nicht?«, rief Nick. »Haben Sie ihn gefragt, wie viele seiner Männer er erschossen hat, um ihnen Qualen zu ersparen? – Was, hat er Ihnen das nicht erzählt? Sagen Sie es ihr, Captain. Sie haben sie erschossen, ohne mit der Wimper zu zucken. Warum tun Sie das nicht auch für mich? Sehen Sie mich an!«

Tatiana blickte zu Alexander, auf dessen Gesicht ein grimmiger Ausdruck lag. Dann wandte sie sich wieder Nick zu. »Ich weiß, was mein Mann im Krieg getan hat«, sagte sie mit bebender Stimme. »Aber lassen Sie ihn in Ruhe. Er braucht genauso seinen Frieden.«

»Bitte, Tania«, flüsterte Nick und legte den Kopf in ihre Hand. »Sehen Sie mich an. Das schöne Leben ist für mich vorbei. Haben Sie Erbarmen mit mir. Geben Sie mir einfach das Morphium. Das ist kein gewaltsamer Tod, ich werde keine Schmerzen haben. Ich schlafe einfach ein. Das ist gütig. Das ist richtig.«

Tatiana sah Alexander fragend an.

»Ich bitte Sie«, sagte Nick nachdrücklich, der ihre Unschlüssigkeit bemerkt hatte.

Alexander zog Tatiana von dem Stuhl hoch. »Hört auf damit, alle beide«, sagte er in einem Ton, der keinen Widerspruch duldete, auch vom Colonel nicht. »Ihr zwei habt den Verstand verloren. Gute Nacht.«

Später im Bett wechselten sie lange kein Wort. Tatiana lag eng an ihn geschmiegt.

»Tania, sag ehrlich, wolltest du ihn töten, damit ich keine Zeit mehr mit ihm verbringe?«

»Mach dich nicht lächerlich …« Sie brach ab. »Der Mann will sterben. Er wünscht sich den Tod. Siehst du das nicht?«

Alexander fiel es nicht leicht zu antworten. »Ja, das sehe ich.«

Oh Gott.

»Hilf ihm, Alexander«, sagte Tatiana. »Bring ihn nach Bangor in das Armeekrankenhaus. Ich weiß, dass er nicht dorthin will, aber er *muss* gehen. Die Schwestern sind dafür ausgebildet, sich um Menschen wie ihn zu kümmern. Sie werden ihm die Zigaretten an den Mund halten und ihm vorlesen. Sie kümmern sich um ihn. Er wird leben.« Du kannst nicht ständig bei diesem Mann sein. Dieser Mann kann nicht ständig bei dir sein.

Alexander schwieg. »Soll ich mich vielleicht auch in Bangor einweisen lassen?«, fragte er.

»Nein, Liebling. Nein, Shura«, flüsterte sie. »Du hast deine Krankenschwester hier bei dir. Rund um die Uhr.«

»Tania …«

»*Bitte* … pscht.« Sie flüsterten verzweifelt, er in ihr Haar, sie in ihr Kissen.

»Tania, würdest du … es für mich tun, wenn ich dich darum bäte? Wenn ich … wie er …« Er brach ab.

»Schneller, als du Sachsenhausen sagen kannst.«

Irgendwo knackte es, Zikaden zirpten, Fledermäuse flatterten, Anthony schnarchte in der Stille, Seelenqual plagte sie. Früher hatte Tatiana Alexander bei so vielem helfen können. Warum konnte sie es jetzt nicht mehr?

Lautlos weinte sie. Nur ihre Schultern bebten.

Am darauffolgenden Tag brachte Alexander den Colonel in das vier Stunden entfernte Krankenhaus. Sie machten sich am frühen Morgen auf den Weg. Tatiana füllte ihre Reiseflaschen, schmierte ihnen Sandwichs und wusch und bügelte Alexanders khakifarbene Armeehose und einen seiner langärmeligen Pullover.

Bevor Alexander losfuhr, ging er vor seinem kleinen Sohn in die Hocke und fragte: »Soll ich dir was mitbringen?«

»Ja, einen Spielzeugsoldaten«, sagte Anthony.

»Den bekommst du.« Alexander wuschelte ihm durchs Haar

und richtete sich auf. »Was ist mit dir?«, fragte er Tatiana und trat dicht an sie heran.

»Oh, alles bestens«, sagte sie in einem bewusst beiläufigen Ton. »Ich brauche nichts.« Sie versuchte, durch seine bronzefarbenen Augen in sein Inneres zu blicken, an einen tieferen Ort, einen Ort, der ihr offenbaren würde, was er dachte, was er fühlte. Sie wollte eine Brücke über den Ozean schlagen, doch das Meer ließ sich nicht überqueren.

Nick saß bereits im Wohnmobil und seine Frau und seine Tochter liefen aufgeregt umher. Zu viele Menschen umgaben sie. Alexander streichelte mit den Fingerrücken Tatianas Wange. »Sei ein braves Mädchen«, sagte er und küsste ihre Hand. Einen Augenblick drückte sie die Stirn an seine Brust, bevor er sich von ihr abwandte.

Am Führerhaus des Wohnmobils drehte er sich noch einmal um. Tatiana stand reglos in gerader Haltung da. Sie hielt Anthonys Hand fest umklammert, doch davon abgesehen deutete nichts auf den Aufruhr in ihrem Innern hin. Alexander gegenüber zeigte sie sich aufrecht und tapfer. Sie brachte sogar ein Lächeln zustande und warf ihm eine Kusshand zu. Dann hob sie die Hand an die Schläfe und salutierte zitternd.

Alexander kehrte an dem Abend nicht zurück.

Tatiana schlief nicht in dieser Nacht.

Er kam auch nicht am nächsten Morgen.

Und nicht am nächsten Nachmittag.

Und nicht nächsten Abend.

Sie durchsuchte seine Sachen und bemerkte, dass seine Waffen fehlten. Mit Ausnahme ihrer Pistole, der automatischen P-38, die er ihr in Leningrad gegeben hatte. Sie lag in ein Handtuch gewickelt neben einem dicken Geldbündel – sein Lohn für die Überstunden bei Jimmy.

Wie benommen fiel sie neben Anthony in einen tiefen Schlaf.

Am nächsten Morgen machte Tatiana sich auf zum Pier. Jimmys Schaluppe lag im Hafen und Jimmy versuchte so gut es ging, einen Schaden an der Seitenwand auszubessern. »Hallo, kleiner Kerl«, sagte er zu Anthony. »Ist dein Dad schon wieder da? Ich muss los und ein paar Hummer fangen, sonst gehe ich pleite.«

»Er ist noch nicht wieder da«, sagte Anthony. »Aber er bringt mir einen Spielzeugsoldaten mit.«

Tatiana schwankte leicht. »Jim, hat er Ihnen gesagt, wie viele Tage er freinehmen würde?«

Jimmy schüttelte den Kopf. »Er sagte aber, dass ich ruhig einen der anderen Jungs anheuern kann, die hier Arbeit suchen. Wenn er nicht bald zurückkommt, mache ich das auch. Ich muss wieder raus.«

Die Morgensonne blendete ihre Augen.

Tatiana zerrte Anthony den Hügel hinauf, rannte regelrecht zu Nicks Haus und klopfte so lange, bis Bessie aufwachte und übellaunig die Tür öffnete. Tatiana entschuldigte sich nicht für den frühen Besuch, sondern fragte gleich, ob sie von ihrem Mann oder dem Hospital gehört habe.

»Nein«, sagte Bessie schroff. Tatiana weigerte sich zu gehen, bis Bessie im Armeekrankenhaus anrief und herausfand, dass der Colonel vor zwei Tagen ohne Zwischenfall eingewiesen worden war. Der Mann, der ihn abgeliefert hatte, war einen Tag geblieben und dann gefahren. Sonst wusste niemand etwas über Alexander.

Ein weiterer Tag verging.

Tatiana saß in der morgendlichen Sonne auf der Bank am Pier und beobachtete ihren Sohn, der auf einem Autoreifen schaukelte. Sie hatte die Arme um den Bauch geschlungen und versuchte, ruhig zu sitzen und sich nicht hin und her zu wiegen, wie es Alexander so oft mitten in der Nacht getan hatte.

Hat er mich verlassen? Hat er meine Hand geküsst und ist dann einfach gegangen?

Nein. Das ist nicht möglich. Es ist etwas geschehen. Er kommt nicht zurecht, schafft es nicht, kann nicht ausbrechen und sich nicht anpassen. Ich weiß es. Ich fühle es. Wir dachten, die schwere Zeit läge hinter uns, doch wir haben uns getäuscht. Zu leben ist das Allerschwerste. Herauszufinden, wie man leben soll, wenn man innen drin und außen Blessuren hat. Nichts ist schwerer als das. Oh lieber Gott. Wo ist Alexander?

Sie musste auf der Stelle nach Bangor. Nur wie? Sie hatte kein Auto. Sollten sie und Anthony den Bus nehmen? Sollten sie Stonington für immer den Rücken kehren und ihre Habseligkeiten hier zurücklassen? Und wohin dann gehen? Aber etwas musste sie unternehmen. Sie konnte nicht einfach hier sitzen bleiben.

Sie verkrampfte sich.

Sie musste stark sein für ihren Sohn.

Musste Entschlossenheit zeigen.

Alles würde gut werden.

Wie ein Mantra. Immer wieder.

Genau dieser Alptraum hat mich geplagt, schrie Tatianas ganzer Körper. Ich hielt es für einen Traum, ihn wieder bei mir zu haben, und wie sich herausstellte, hatte ich recht. Nun habe ich die Augen aufgeschlagen und er ist weg, wie vorher.

Tatiana beobachtete Anthony auf der Schaukel. Sie blickte an ihm vorbei, träumte von ihrem Mann, stellte sich ein einziges Herz in der Weite des Universums vor – damals, jetzt, wie eh und je. Sie flog immer noch zu ihm.

Lebt er noch?

Lebe ich noch?

Vermutlich. Niemand, der tot war, konnte solche Schmerzen empfinden.

»Mama, schaust du mir zu? Ich drehe mich und drehe mich und drehe mich, bis mir ganz schwindelig wird und ich herunterfalle. Uiii. Siehst du mich? Schau her, Mama!«

Ihre Augen waren glasig. »Ich schaue zu, Ant. Ich schaue dir doch zu.«

Die Luft roch so intensiv nach August, die Sonne strahlte so blendend hell, die Kiefern, die Ulmen, die Zapfen, die See, der umherwirbelnde Junge, gerade erst drei, die Mutter, noch keine dreiundzwanzig Jahre jung.

Tatiana hatte sich ihren Alexander schon als Kind vorgestellt, bevor sie überhaupt an die Existenz eines solchen Menschen glauben konnte. Als kleines Mädchen träumte sie von einer herrlichen Welt, auf deren verschlungenen Wegen ein rechtschaffener Mann wanderte, dessen Seele ja vielleicht auf der Suche nach ihr war.

Am Ufer der Luga, 1938

Tatianas Welt war vollkommen.

Das Leben mochte nicht perfekt sein, nicht im Mindesten. Doch in jenem Sommer, als der alte Tag fast nahtlos in den neuen überging, als nachts die Grillen unentwegt zirpten und die Kühe bereits muhten, bevor die Träume entschwanden, als das Dorf Luga bereits im Juni von intensiven Düften erfüllt war, es von früh bis spät nach Kirsche, Flieder und Nesseln roch, als man in dem schmalen Bett am Fenster liegen und ungestört in Büchern über das große Abenteuer Leben schmökern konnte, als die Blätter säuselten und ganz in der Nähe die Luga rauschte, da war die Welt vollkommen.

Eines Morgens hüpfte die junge Tatiana mit zwei Eimern Milch von Bertas Kuh die Straße entlang. Sie summte und die Eimer schwappten über. Sie beeilte sich, weil sie die Milch rasch abliefern, zurück in ihr Bett klettern und weiter in ihrem wunderbaren Buch lesen wollte. Doch sie konnte nicht aufhören zu springen und die Milch hörte nicht auf, überzuschwappen. Tatiana blieb stehen, ließ die Stange von den Schultern gleiten und stellte die Eimer auf den Boden. Sie hob einen hoch und trank daraus die warme Milch, hob den anderen hoch und trank etwas mehr. Dann legte sie die Stange zurück über die Schultern und hüpfte weiter.

Tatianas Körper war lang und schlaksig, Füße, Knie, Schenkel, Hüften, Rippen, Brust, Schultern, von den Zehen zu den Fingerspitzen ein gerader Verlauf, der sich zu einem schlanken Hals verjüngte und in einem runden russischen Gesicht mit hoher Stirn, starkem Kiefer, einem lächelnden Mund und weißen Zähnen endete. Ihre grünen Augen glitzerten schelmisch, die kleine Nase und die Wangen waren von Sommersprossen gesprenkelt, das fröhliche Gesicht umrahmt von lichtblonden Haaren, die federleicht auf ihre Schultern fielen. Keiner konnte neben Tatiana sitzen, ohne ihr über den seidigen Schopf zu streicheln.

»TATIANA!« Ein Schrei von der Veranda.

Keiner, außer vielleicht Dascha.

Dascha schrie die ganze Zeit. Tatiana tu dies, Tatiana tu das.

Sie muss lernen, sich zu entspannen und leiser zu sprechen, dachte Tatiana. Andererseits, warum sollte sie? Jeder in Tatianas Familie schrie. Wie sonst sollte man sich Gehör verschaffen? Sie waren so viele. Nun, ihrem grauhaarigen, ruhigen Großvater gelang es irgendwie. Und Tatiana gelang es – irgendwie. Aber alle anderen, ihre Mutter, ihr Vater, ihre Schwester, selbst ihr Bruder Pascha – was hatte er eigentlich zu brüllen? – schrien aus Leibeskräften.

Die Kinder lärmten beim Spielen, während die Erwachsenen Fische fingen und im Garten Gemüse anbauten. Manche hatten Kühe, manche Ziegen. Sie tauschten Gurken gegen Milch und Milch gegen Getreide, mahlten ihren Roggen selbst und buken ihr eigenes Pumpernickelbrot. Die Hühner legten Eier, die man mit den Stadtleuten gegen Tee tauschte. Ab und zu brachte jemand Zucker und Kaviar aus Leningrad mit. Schokolade war so selten und kostbar wie Diamanten. Deshalb wünschte sich Dascha, als ihr Vater zu einer Geschäftsreise nach Polen aufbrach und seine Kinder fragte, welche Geschenke sie wollten, augenblicklich Schokolade. Tatiana hätte auch gern Schokolade gehabt, doch stattdessen sagte sie: *Vielleicht ein hübsches Kleid, Papa?* Sie musste immer Daschas alte Kleider auftragen, die ihr viel zu groß waren.

»TATIANA!« Daschas Stimme schallte nun vom Garten herüber.

Widerwillig drehte Tatiana den Kopf und blickte gedankenverloren zu ihrer Schwester, die vor dem Tor stand und wütend die Hände in die ausladenden Hüften gestemmt hatte. »Ja, Dascha«, sagte sie ruhig, »was ist?«

»Ich rufe dich jetzt seit zehn Minuten. Mein Hals ist schon ganz rau vom Schreien! Hast du mich nicht gehört?« Dascha war größer als Tatiana und ihre widerspenstigen dunklen Locken hatte sie zu einem Pferdeschwanz gebunden. Aus ihren braunen Augen sprach Empörung.

»Nein, ich habe dich nicht gehört«, sagte Tatiana. »Vielleicht schreist du nächstes Mal einfach noch lauter.«

»Wo bist du gewesen? Du warst zwei Stunden weg, um fünf Häuser weiter Milch zu holen.«

»Was soll die Aufregung?«

»Halt sofort dein freches Mundwerk. Ich habe auf dich gewartet.«

»Dascha«, sagte Tatiana philosophisch, »Blanca Dawidowna meint, dass Christus die Geduldigen segnet.«

»Na, das sagt die Richtige. Du bist der ungeduldigste Mensch, den ich kenne.«

»Erzähl das mal Bertas Kuh. Ich habe gewartet, bis sie von der Weide gekommen ist.«

Dascha nahm Tatiana die Eimer von den Schultern. »Berta und Blanca haben dir etwas zu essen gegeben, oder?«

Tatiana verdrehte die Augen. »Sie haben mir Essen gegeben, mich geküsst und mir eine Predigt gehalten. Und es ist noch nicht einmal Sonntag. Man hat mich gespeist, gereinigt und mit dem Herrn in Einklang gebracht.« Sie seufzte. »Nächstes Mal kannst du selbst hingehen und Milch holen, du ungeduldige Heidin.«

In drei Wochen war Tatianas vierzehnter Geburtstag, Dascha wurde im April einundzwanzig. Ihre große Schwester hielt sich für Tatianas zweite Mutter. Ihre Großmutter folgte auf Rang drei. Die alten Damen, die Tatiana Milch gaben und mit ihr über Jesus sprachen, auf Rang vier, fünf und sechs. Tatiana hatte das Gefühl, dass sie ihre eigene laute, aufbrausende Mutter, die sich derzeit zum Glück in Leningrad aufhielt, gar nicht wirklich brauchte. Sie wusste, dass aus irgendeinem Grund, für den sie nichts konnte, Frauen, Schwestern und andere Menschen das Bedürfnis verspürten, sie zu bemuttern oder vielmehr zu erdrücken. Sie umschlangen sie mit ihren starken Armen, flochten ihr feines Haar, küssten ihre Sommersprossen und beteten für sie zu ihrem Gott.

»Mama hat mir die Verantwortung für dich und Pascha übertragen«, verkündete Dascha herrisch. »Und wenn du dich weiter so aufführst, erzähle ich dir nicht, was es Neues gibt.«

»Was gibt es Neues?« Tatiana hüpfte von einem Bein auf das andere. Sie liebte Neuigkeiten.

»Sag ich nicht.«

Sie hopste hinter Dascha auf die Veranda und ins Haus. Dascha stellte die Eimer ab. Tatiana, in ihrem mädchenhaften Sommerkleid, konnte einfach nicht stillstehen. Und dann, ohne Vorwarnung, sprang sie Dascha in die Arme, die gerade noch Halt fand, bevor Tatiana sie zu Boden gerissen hätte.

»Du sollst das lassen!«, rief Dascha, doch sie war nicht verärgert. »Du bist allmählich zu groß dafür.«

»Ich bin nicht zu groß.«

»Mama wird mich umbringen«, sagte Dascha und tätschelte Tatianas Pobacken. »Du machst nichts anderes als schlafen, lesen und bist aufmüpfig. Du isst nicht, du wächst nicht. Schau, wie zierlich du bist.«

»Hast du nicht eben gesagt, ich wäre zu groß?« Tatiana hatte die Arme um Daschas Hals geschlungen.

»Wo ist dein verrückter Bruder?«

»Er ist bei Tagesanbruch zum Angeln gegangen«, sagte Tatiana. »Er wollte, dass ich mitkomme. *Ich* und im Morgengrauen aufstehen. Ich habe ihm gesagt, was ich davon halte.«

Dascha drückte sie. »Tania, ich habe Zündholz, das dicker ist als du. Komm und iss ein Ei.«

»Ich esse ein Ei, wenn du mir erzählst, was es Neues gibt«, sagte Tatiana und küsste ihre Schwester erst auf die eine Wange, dann auf die andere. »Gute Neuigkeiten sollte man nie für sich behalten, Dascha. So lautet die Regel: Behalte Schlechtes für dich und teile Gutes allen mit.«

Dascha ließ sie los. »Ich weiß nicht, ob es *gute* Neuigkeiten sind, aber ... Wir haben neue Nachbarn. Die *Kantorows* sind nebenan eingezogen.«

Tatiana riss die Augen auf. »Das gibt es nicht«, sagte sie in gespielter Entrüstung und schlug die Hände vors Gesicht. »Nicht die *Kantorows!*«

»Das reicht. Ich rede nicht mehr mit dir.«

Tatiana lachte. »Du sagst Kantorows, als wären es die Romanows.«

Mit begeisterter Stimme fuhr Dascha fort: »Man munkelt, dass sie aus Zentralasien stammen. Vielleicht aus Turkmenistan? Ist das nicht aufregend? Anscheinend haben sie eine Tochter, ein Mädchen in deinem Alter für dich zum Spielen.«

»*Das* sind deine Neuigkeiten?«, fragte Tatiana. »Ein turkmenisches Mädchen für mich zum Spielen? Dascha, da musst du dir schon mehr einfallen lassen. Ich habe ein ganzes Dorf voller Mädchen und Jungen zum Spielen, und die sprechen auch noch Russisch. Außerdem kommt Cousine Marina in zwei Wochen.«

»Sie haben auch einen Sohn.«

»Und?« Tatiana musterte Dascha. »Ah, ich verstehe. Er ist so alt wie *du.*«

Dascha lächelte. »Ja, im Gegensatz zu dir sind ein paar von uns an Jungen interessiert.«

»Also sind es in Wahrheit gar keine Neuigkeiten für *mich*, sondern für *dich.*«

»Doch. Du kannst das Mädchen haben.«

Tatiana ging mit Dascha auf die Veranda, um das hartgekochte Ei zu essen. Sie musste zugeben, dass sie es auch aufregend fand. Es zogen nicht allzu oft neue Leute in das Dorf. Eigentlich nie. Das Dorf war klein. In den Häusern wohnten jahrelang dieselben Mieter, die dort aufwuchsen, Kinder bekamen und alt wurden.

»Hast du gesagt, dass sie *nebenan* eingezogen sind?«

»Ja.«

»Wo die Pawlows gewohnt haben?«

»Jetzt nicht mehr.«

»Was ist mit ihnen passiert?«

»Ich weiß es nicht. Sie sind weg.«

»Na ja, offensichtlich. Aber wo sind sie hin? Letzten Sommer waren sie noch da.«

»Fünfzehn Sommer lang.«

»Fünfzehn Sommer«, verbesserte Tatiana sich selbst, »und nun sind neue Leute in *ihr* Haus gezogen? Wenn du das nächste Mal in der Stadt bist, geh beim örtlichen Sowjetrat vorbei und frag den Kommissar, was mit den Pawlows passiert ist.«

»Hast du den Verstand verloren, so wie du redest? Ich soll zum Sowjetrat gehen und mich erkundigen, wo die Pawlows geblieben sind? Iss einfach, ja? Iss das Ei. Und hör auf, so viele Fragen zu stellen. Ich habe dich jetzt schon satt und es ist erst Morgen.«

Tatiana saß da wie ein Backenhörnchen, das ganze Ei unzerkaut im Mund, und zwinkerte. Dascha lachte und zog sie zu sich. Tatiana wich zurück. »Sitz still«, sagte Dascha. »Ich muss dein Haar neu flechten. Es ist ganz durcheinander.« Sie begann ihren Zopf zu lösen. »Was liest du gerade, Taneschka?«, fragte sie. »Irgendetwas Gutes?«

»Königin Margot. Das ist das beste Buch überhaupt.«

»Kenne ich nicht. Wovon handelt es?«

»Von der Liebe«, sagte Tatiana. »Oh Dascha, so eine Liebe kannst du dir in deinen kühnsten Träumen nicht vorstellen. Ein dem Untergang geweihter Soldat, La Môle, verliebt sich in die unglückliche katholische Frau von Heinrich IV., Königin Margot. Ihre hoffnungslose Liebe wird dir das Herz brechen.«

Dascha lachte. »Tania, du bist wirklich das lustigste Mädchen, das ich kenne. Du hast absolut keine Ahnung und sprichst gebannt von Liebe, die jemand in einem *Buch* aufgeschrieben hat.«

»Du kennst offenbar Königin Margot nicht«, sagte Tatiana ruhig. »Diese Liebe wurde nicht einfach aufgeschrieben.« Sie lächelte. »Das ist Liebes-*Poesie.*«

»Mir ist der Luxus nicht vergönnt, über Liebe zu lesen. Ich muss mich die ganze Zeit um dich kümmern.«

»Ein *bisschen* Zeit hast du schon, um nachts ein paar zwischenmenschliche Beziehungen zu pflegen.«

Dascha zwickte sie. »Für dich ist alles ein Witz. Na ja, warte nur, kleines Fräulein. Es wird der Tag kommen, da dir solche Beziehungen nicht mehr so lustig erscheinen werden.«

»Kann sein. Aber dich werde ich immer noch so lustig finden.«

»Ich geb dir gleich lustig.« Dascha stieß sie nach hinten. »Du kleine Göre«, sagte sie. »Wann wirst du wohl erwachsen? Komm, ich habe keine Lust mehr, auf deinen unmöglichen Bruder zu warten. Gehen wir zu deiner zukünftigen besten Freundin, Mademoiselle Kantorowa.«

Saika Kontorowa.

Im Sommer 1938, als Tatiana ihren vierzehnten Geburtstag feierte, wurde sie erwachsen.

Die Leute, die nun im Haus nebenan wohnten, waren Nomaden, ziellose Wanderer aus einer anderen Welt, weit weg von Luga. Sie hatten seltsame asiatische Namen. Der Vater, Murak

Kantorow, der zu jung war für den Ruhestand, behauptete, er sei Soldat außer Dienst. Doch er hatte langes schwarzes Haar, das zu einem Pferdeschwanz gebunden war. Hatten Soldaten solch langes Haar? Die Mutter, Schavtala, sagte, sie sei »eine Art« Lehrerin und noch berufstätig. Der neunzehnjährige Sohn schwieg und die fünfzehnjährige Tochter teilte ihren Namen in betont korrekter Aussprache mit: »Sah-ii-ka.«

Stimmte es, dass sie aus Turkmenistan kamen? Zum Teil. Georgien? Ab und zu. Die Kantorows beantworteten alle Fragen nur vage.

Normalerweise waren neu zugezogene Leute freundlicher, nicht so misstrauisch und verschlossen. Dascha unternahm einen Versuch, mehr über sie zu erfahren. »Ich bin einundzwanzig und Zahnarzthelferin. Was ist mit dir, Stefan?«

Sie flirtete schon. Tatiana hustete laut und Dascha zwickte sie. Tatiana wollte einen Witz machen, doch dafür schien kein Platz zu sein in dem dunklen überfüllten Zimmer, in dem zu viele Menschen unbeholfen zusammenstanden. Draußen brannte die Sonne, doch drinnen waren die ungewaschenen Vorhänge vor den schmutzigen Fenstern zugezogen. Die Kantorows hatten ihre Koffer nicht ausgepackt. Die Möbel der Pawlows waren noch da. Es wirkte gar nicht, als wären sie ausgezogen, eher kurz weggegangen.

Auf dem Kaminsims standen ein paar neue Sachen. Fotografien, Bilder, eigenartige Skulpturen und kleine vergilbte Gemälde, wie Ikonen, jedoch zeigten sie nicht Jesus oder Maria, sondern Kreaturen mit Flügeln.

»Kannten Sie die Pawlows?«, fragte Tatiana.

»Wen?«, fragte der Vater schroff.

»Die Pawlows. Das war ihr Haus.«

»Nun, jetzt ist es nicht mehr ihr Haus, oder?«, sagte die Mutter spitz.

»Sie werden *nicht* zurückkommen«, wandte Murak ein. »Wir haben Papiere vom Sowjet. Wir sind hier gemeldet. Was sollen all die Fragen von einem Kind? Wer interessiert sich dafür?« Er lächelte gezwungen.

Tatiana lächelte aufgesetzt zurück.

Als sie draußen waren, zischte Dascha: »Hör auf damit! Ich

glaube einfach nicht, dass du schon wieder anfängst, alberne Fragen zu stellen. Sei still oder ich schwöre dir, dass ich es Mama sage, wenn sie zurückkommt.«

Dascha, Stefan, Tatiana und Saika standen in der Sonne.

Tatiana sagte nichts. Es war ihr nicht gestattet, Fragen zu stellen.

Schließlich richtete Stefan ein Lächeln an Dascha.

Saika beobachtete Tatiana vorsichtig aus dem Augenwinkel.

In diesem Augenblick rannte Pascha flink die Stufen des Hauses hinauf, hielt Tatiana einen Eimer mit drei Streifenbarschen unter die Nase und sagte laut: »Ha, kleine Schlaubergerin, die von nichts eine Ahnung hat, schau, was ich heute gefangen habe.«

»Pascha, darf ich dir unsere neuen Nachbarn vorstellen«, unterbrach ihn Dascha. »Das sind Stefan und Saika. Saika ist in eurem Alter.«

Pascha lächelte breit. »*Hallo,* Saika.«

»Und wie alt bist *du?*«, fragte Saika, während sie ihn taxierte.

»Nun, ich bin genauso alt wie die hier.« Der dunkelhaarige Pascha zog Tatiana fest an ihrem blonden Zopf. Sie schubste ihn. »Wir werden bald vierzehn.«

»Ihr seid Zwillinge!«, rief Saika und studierte sie aufmerksam. »Was sagt man dazu! Aber offenbar keine eineiigen.« Sie legte den Kopf schief. »Du wirkst so viel älter als deine Schwester.«

»Oh, er *ist* auch viel älter«, sagte Tatiana. »Ganze neunzehn Minuten.«

»Wie viel älter wirke ich denn, Saika?« Pascha grinste. Sie grinste zurück.

»Etwa *zwölf* Minuten älter«, murrte Tatiana, während sie sich nur mühsam beherrschen konnte, die Augen nicht zu verdrehen, und dem Eimer unauffällig einen Tritt gab, sodass seine kostbare Anglerbeute sich unten im Gras verteilte. Nun hatte Pascha anderes zu tun.

Morgens aufzuwachen und Ruhe zu haben, die Sonne zu spüren, nichts zu tun oder zu denken, sich über nichts Sorgen zu machen. Tatiana störte sich in Luga nicht am Wetter. Wenn es regnete, las sie. Wenn die Sonne schien, ging sie schwimmen.

Nichts bekümmerte sie in Luga an ihrem Leben: Sie machte sich keine Gedanken darüber, was sie anziehen sollte, denn sie hatte nicht viel, oder darüber, was sie aß, denn es reichte immer. Sie lebte in Luga in der zeitlosen Glückseligkeit eines Kindes, ohne Vergangenheit und ohne Zukunft. Sie glaubte, dass es nichts auf der Welt gäbe, was ein Sommer in Luga nicht heilen könnte.

Der letzte Schnee, 1946

»Mama, Mama!«

Schaudernd kam sie zu sich und fuhr herum. Anthony rannte den steilen Hügel hinauf auf seinen Vater zu. Alexander trug noch dasselbe wie am Tag seiner Abfahrt.

Tatiana stand auf. Sie wollte ihm auch entgegenlaufen, aber die Beine versagten ihr den Dienst. Sie hatte nicht einmal die Kraft, sich aufrecht zu halten. Anthony, der tapfere kleine Junge, sprang seinem Dad direkt in die Arme.

Alexander trug ihn zu Tatiana an den Kiesstrand und setzte ihn ab.

»Hallo, Baby«, sagte er.

»Hallo«, sagte sie. Sie hatte Schwierigkeiten, die Fassung zu wahren.

Unrasiert und schmutzig stand Alexander vor ihr und starrte sie mit tiefen dunklen Ringen unter den Augen an. Mühsam gelang es ihm, sich unter Kontrolle zu halten. Er beugte sich zu ihr hinunter und drückte seine Stirn in ihren Nacken, in ihr geflochtenes Haar. Tatiana dachte nicht mehr an ihr eigenes Befinden und schlang ihre Arme um seinen Körper. Sie spürte eine solch unbändige Verzweiflung bei Alexander, dass sie sich zu krümmen anfing.

Er nahm sie fest in die Arme und flüsterte: »Ruhig, Tania. Komm schon, der Junge.« Als er sie losließ, blickte Tatiana nicht auf. Sie wollte nicht, dass er in ihren Augen las, wie viel Angst sie um ihn gehabt hatte. Sie empfand zwar keine Erleichterung, aber er war bei ihr.

Anthony zog seinen Vater am Ärmel und fragte: »Dad, warum hast du so lange für den Heimweg gebraucht? Mama hat sich *solche* Sorgen gemacht.«

»Wirklich? Das tut mir leid«, sagte Alexander, ohne sie anzusehen. »Aber weißt du, Ant, Spielzeugsoldaten sind nicht leicht zu kriegen.« Er holte drei aus seiner Tasche. Anthony quietschte vor Freude.

»Hast du Mama auch was mitgebracht?«

»Ich wollte nichts haben«, sagte Tatiana.

»Auch das nicht?« Er zog vier Knoblauchknollen hervor.

Sie rang sich ein Lächeln ab.

»Und was ist damit?« Er zog zwei Tafeln teure Schokolade hervor.

Sie versuchte, noch breiter zu lächeln.

Gemeinsam stiegen sie den Hügel hinauf. Alexander trug seinen Sohn und bot Tatiana den Arm. Sie hakte sich bei ihm ein und drückte sich einen Augenblick an ihn, bevor sie weiterging.

Alexander war frisch gewaschen, gebadet, rasiert und gesättigt. Nun lag sie auf ihm in ihrem kleinen schmalen Bett, küsste und liebkoste ihn unaufhörlich, weinte um ihn. Er bewegte sich nicht, gab keinen Laut von sich und hielt die Augen geschlossen. Je fordernder und verzweifelter ihre Liebkosungen wurden, desto mehr erstarrte er unter ihr. Schließlich stieß er sie von sich. »Hör auf damit«, sagte er. »Du weckst noch den Jungen.«

»Liebling, Liebling ...«, flüsterte sie und wollte ihn berühren.

»Du sollst aufhören, habe ich gesagt.« Er nahm ihre Hände weg.

»Zieh dein Unterhemd aus, Liebling«, flüsterte Tatiana unter Tränen. »Schau, ich bin nackt, wie ...«

Er hielt sie zurück. »Nein, ich bin erschöpft. Ich will nicht, dass der Junge aufwacht. Das Bett quietscht zu stark. Du bist viel zu laut. Hör endlich auf zu weinen, habe ich gesagt.«

Sie wusste nicht, was sie tun sollte. Während sie dennoch fortfuhr, ihn zu streicheln, bis er in ihren Händen schwoll, fragte sie, ob er etwas von ihr wolle. Er zuckte die Schultern.

Zitternd nahm sie ihn in den Mund, doch sie konnte nicht

weitermachen; sie schluchzte unentwegt, sie war so traurig. Alexander seufzte.

Er stieg aus dem Bett, drückte sie auf den Dielenboden, drehte sie auf Hände und Knie, sagte ihr, dass sie still sein solle, und nahm sie von hinten, eine Hand auf ihrem Kreuz, die andere auf ihrer Hüfte.

Als er fertig war, stand er auf, legte sich ins Bett und gab keinen Laut mehr von sich.

Nach dieser Nacht verlor Tatiana die Fähigkeit, mit ihm zu sprechen. Dass er ihr nicht erzählen wollte, was in ihm vorging, war eine Sache, dass sie nicht den Mut aufbrachte, ihn danach zu fragen, etwas völlig anderes. Das Schweigen führte zu einer immer tieferen Kluft zwischen ihnen.

Drei Abende hintereinander hörte Alexander nicht auf, seine Pistolen zu reinigen. Dass er sie besaß, war an sich schon beunruhigend, aber er wollte keine einzige der aus Deutschland mitgebrachten Waffen hergeben, weder die bemerkenswerte Colt M1911 Kaliber .45, die sie ihm gekauft hatte, noch die Colt Commando, nicht einmal die 9 Millimeter P-38. Die M1911, die Königin der Pistolen, war Alexanders Lieblingsstück. Tatiana erkannte es daran, wie lang er sie putzte: Sie brachte Anthony ins Bett, und wenn sie zurück nach draußen kam, saß er immer noch auf seinem Stuhl, schob das Magazin hinein und hinaus, spannte den Hahn, sicherte und entsicherte die Waffe und fuhr mit einem Lappen über jedes einzelne Teil.

Drei Abende hintereinander rührte Alexander sie nicht an. Tatiana, die keine Ahnung hatte und nicht verstand, ihn aber unbedingt glücklich machen wollte, hielt sich fern von ihm in der Hoffnung, dass er ihr schließlich eine Erklärung geben oder sich wie früher verhalten würde. Am vierten Abend, als sie sich gerade ins Bett legen wollte, hatte sich Alexander ganz ausgezogen und stand nackt in der Dunkelheit vor ihr. Sie blickte zu ihm auf. Er sah zu ihr herab. *Willst du, dass ich dich berühre?*, flüsterte sie unsicher und hob zögernd die Hände. *Ja*, sagte er. *Fass mich an, Tatiana.*

Er war ein bisschen verwandelt in dieser Nacht, aber trotzdem erklärte er ihr nichts in der Dunkelheit, in ihrem kleinen Zimmer, das sie mit dem schlafenden Anthony teilten.

Die Tage wurden kälter, die Moskitos verschwanden. Die Farbe der Blätter veränderte sich allmählich. Ergriffen saß Tatiana auf der Bank und betrachtete die zinnoberroten, weinroten und goldenen Hügel, die sich auf der ruhigen Wasseroberfläche spiegelten.

»Anthony«, flüsterte sie. »Sag, ist das nicht wunderschön?«

Das Kind trug die Offiziersmütze seines Vaters, die, die Dr. Matthew Sayers vor Jahren dem tot geglaubten Alexander vom Kopf genommen und ihr gegeben hatte. *Er ist ertrunken, Tatiana. Er liegt tot im Eis, aber ich habe seine Mütze. Möchten Sie sie?*

Der Anblick der beigefarbenen Mütze mit dem roten Stern, die Anthony viel zu groß war, zwang Tatiana, über sich und ihr vergangenes Leben nachzudenken, statt sich auf die Gegenwart zu konzentrieren. Sie bereute zutiefst, sie dem Jungen gegeben zu haben, und versuchte sie ihm wegzunehmen, versteckte sie vor ihm, räumte sie fort, aber Anthony kam jeden Morgen aufs Neue und fragte: »Mama, wo ist meine Mütze?«

»Sie gehört dir nicht.«

»Tut sie doch. Dad hat gesagt, dass sie jetzt mir gehört.«

»Warum hast du ihm erlaubt, die Mütze zu behalten?«, fragte sie Alexander murrend, als sie eines Abends hinunter in die Stadt schlenderten.

Bevor er antworten konnte, lief ein junger Mann von nicht einmal zwanzig Jahren an ihnen vorbei. Er berührte Tatiana leicht an der Schulter und sagte mit einem breiten, fröhlichen Lächeln: »Hallo, kleines Mädel!« Dann salutierte er Alexander und lief weiter den Berg hinunter.

Langsam drehte Alexander den Kopf zu Tatiana, die sich bei ihm eingehakt hatte. Er tätschelte ihre Hand. »Kenne ich ihn?«

»Vielleicht. Er bringt die Milch, die du jeden Tag trinkst.«

»Das ist der Milchmann?«

»Ja.«

Sie gingen weiter.

»Ich habe gehört«, sagte Alexander ruhig, »dass er es schon mit jeder Frau im Dorf getrieben hat, außer mit einer.«

»Ich wette«, sagte Tatiana und stieg darauf ein, »es ist die hochnäsige Mira von Nummer 30.«

Alexander lachte.

Er lachte wirklich!

Er lachte.

Dann beugte er sich zu ihr hinunter und küsste ihre Wange. »Also, *das* ist wirklich lustig, Tania«, sagte er.

Tatiana freute sich über ihren gelungenen Scherz. »Erklärst du mir, warum du nichts dagegen hast, dass der Junge deine Mütze trägt?«, fragte sie und drückte seinen Arm.

»Ach, das macht mir nichts aus.«

»Mir aber schon. Wenn ich deine Militärmütze sehe, versperrt mir das den Blick auf Stonington. Das macht schon etwas, oder nicht?«

Und was erwiderte ihr unverbesserlicher Alexander, während er mit seiner Frau und seinem Sohn einen mit Herbstlaub bedeckten Hügel in Neuengland hinabspazierte, von dem man das glasklare Wasser das Ozeans überblicken konnte?

Er fragte tatsächlich: »Was ist Stonington?«

Einen Tag später wurde Tatiana endlich klar, warum ihr dieser Ort so am Herzen lag. Mit seinen langen Gräsern und glitzernden Wellen, den Blumenfeldern und Kiefern, dem Duft nach Laub gepaart mit der Meeresluft erinnerte er sie an Russland. Und da sie sich das inmitten dunkelroter und rötlich brauner Ahornbäume, goldener Ebereschen und sich im Wind wiegender Birken vor Augen führte, gab es ihr einen Stich ins Herz und ihr Lächeln verschwand augenblicklich von den Lippen.

Als Alexander am Abend vom Fischen zurückkam und den Pier hinaufging, wo sie wie immer auf der Bank saß und wartete, hatte ihr Gesicht einen völlig teilnahmslosen Ausdruck angenommen. Er sah sie an und sagte mit einem Nicken: »Ah, endlich. Also ... wie findest du es? Ist es schön, an Russland erinnert zu werden, Tatiana Metanowa?«

Sie erwiderte nichts und ging mit ihm hinunter zur Anlegestelle. »Warum nimmst du nicht die Hummer und gehst schon mal nach oben?«, schlug er vor. »Der Junge kann bei mir bleiben, während ich hier fertig arbeite.«

Tatiana nahm die Hummer und schleuderte sie in den Müll. Alexander biss sich belustigt auf die Lippe. »Was denn? Keine Hummer heute?«

Sie schritt an Alexander vorbei und stellte sich vor das Boot. »Jim«, sagte sie, »statt Hummer mache ich heute Spaghetti mit Fleischklößchen. Möchten Sie vielleicht zu uns zum Abendessen kommen?«

Jimmy strahlte.

»Gut.« Tatiana wandte sich zum Gehen und dann, als sei es ihr gerade noch eingefallen, fügte sie hinzu: »Übrigens habe ich auch meine Freundin Nellie von der Eastern Road eingeladen. Sie ist ein bisschen traurig, denn sie hat gerade erfahren, dass ihr Mann im Krieg gefallen ist. Ich hoffe, das macht Ihnen nichts aus.«

Jimmy machte es, wie sich herausstellte, überhaupt nichts aus. Und Jimmys Anwesenheit nahm Nellie etwas von ihrer Traurigkeit.

Mrs Brewster war schon wieder wegen der Mieteinnahmen von ihrem Sohn geschlagen worden. Tatiana säuberte die Schnittwunde an ihrer Hand, während Anthony auf einem Schemel zu Tatianas Füßen saß und sie mit dunklen Augen, so dunkel wie die seines Vaters, anstarrte.

»Mama war Krankenschwester«, sagte Anthony ehrfurchtsvoll.

Mrs Brewster beobachtete Tatiana. Offenbar trieb sie etwas um. »Sie haben mir nie erzählt, woher Sie kommen. Ihr Akzent klingt …«

»Russisch«, sagte der Dreijährige, dessen Vater nicht da war, um ihm Einhalt zu gebieten.

»Aha. Ist Ihr Mann auch ein Russki?«

»Nein, mein Mann ist Amerikaner.«

»Dad ist Amerikaner«, sagte Anthony stolz, »aber er war Hauptmann in der …«

»Anthony!« Tatiana zog ihn am Arm. »Zeit, dass du Dad holst.«

Am nächsten Tag äußerte Mrs Brewster die Ansicht, dass die Sowjets widerliche Kommunisten seien. Ihr Sohn meine das. Sie verlangte weitere sieben Dollar für Wasser und Strom. »Sie kochen schließlich die ganze Zeit auf meinem Herd.«

Tatiana war außer sich angesichts dieser Erpressung. »Aber ich mache doch Ihr Abendessen.«

Mrs Brewster tätschelte den Handverband, den Tatiana ihr angelegt hatte, und sagte: »Und im Geiste des Kommunismus verlangt mein Sohn, dass Sie dreißig Dollar die Woche für das Zimmer zahlen statt acht. Oder Sie suchen sich ein anderes Kollektiv zum Leben, Genossin.«

Dreißig Dollar die Woche! »In Ordnung«, sagte Tatiana mit zusammengebissenen Zähnen. »Ich zahle Ihnen zusätzlich zweiundzwanzig Dollar die Woche. Aber das bleibt unter uns. Sagen Sie meinem Mann nichts davon.« Als Tatiana ging, spürte sie den stechenden Blick einer Frau, deren Sohn sie des Geldes wegen schlug und dennoch Rückhalt von ihr bekam.

Kaum waren sie bei Alexander am Pier, sagte Anthony: »Dad, Mrs Brewster hat uns widerliche Kommunisten genannt.«

Er warf Tatiana einen Blick zu. »Im Ernst? Hat sie das?«

»Ja, und dann hat sich Mama aufgeregt.«

»Nein, habe ich nicht«, sagte Tatiana. »Anthony, geh schon mal voraus. Ich muss mit deinem Vater reden.«

»Hast du schon«, sagte der Kleine. »Du kriegst so einen strengen Mund, wenn du wütend bist.« Er schürzte die Lippen, um es seinem Vater zu zeigen.

»Ja, finde ich auch«, sagte Alexander.

»In Ordnung, ihr zwei«, lenkte Tatiana ein. Anthony streckte ihr die Arme entgegen und sie hob ihn hoch.

»Dad, sie hat uns Kommunisten genannt.«

»Ich kann es gar nicht glauben.«

»Dad, was sind Kommunisten?«

Vor dem Abendessen, das aus Hummer (»Nicht schon wieder!«) und Kartoffeln bestand, sagte Anthony: »Dad, sind zweiundzwanzig Dollar viel oder wenig?«

Alexander warf seinem Sohn einen erstaunten Blick zu. »Na ja, das hängt davon ab, wofür sie sind. Für ein Auto ist es wenig, aber für Süßigkeiten viel. Warum?«

»Mrs Brewster will, dass wir zweiundzwanzig Dollar mehr zahlen.«

»Anthony!« Tatiana stand neben dem Herd. Sie drehte sich nicht um.

»Nein, das Kind ist *unmöglich*. Geh und wasch dir die Hände gründlich mit Seife. Und spül sie danach mit Wasser ab.«

»Sie sind aber sauber.«

»Anthony, du hast deine Mutter gehört. Jetzt sofort.« Diesmal hatte Alexander für Tatiana Partei ergriffen. Anthony folgte ihm.

Alexander stand auf und trat zu ihr.«Also, was ist hier los?«

»Nichts.«

»Es ist Zeit wieder aufzubrechen, meinst du nicht? Wir sind seit zwei Monaten hier. Und bald wird es richtig kalt.« Er hielt inne. »Und von den Kommunisten und den zweiundzwanzig Dollar will ich erst gar nicht reden.«

»Mir würde es nichts ausmachen, wenn wir für immer hier blieben«, sagte sie. »Hier am Ende der Welt. Niemand kann uns hier etwas anhaben. Außer …« Sie hob den Finger und zeigte zu Mrs Brewster im oberen Stockwerk. »Ich fühle mich hier sicher. Und irgendwie habe ich das Gefühl, dass uns kein Mensch hier je finden wird.«

Alexander schwieg. Dann sagte er: »Ist denn jemand auf der *Suche* nach uns?«

»Nein, nein. Natürlich nicht.« Sie sprach schnell.

Er legte zwei Finger unter ihr Kinn und hob ihr Gesicht, damit sie ihn ansah. »Tania?«

Wieder konnte sie seinem ernsten Blick nicht standhalten. »Ich will einfach noch nicht fort, okay?« Sie versuchte, sich seiner Hand zu entwinden. Doch er ließ nicht locker. »Das ist alles. Mir gefällt es hier.« Sie fasste seine Arme. »Lass uns zu Nellie ziehen. Dort haben wir zwei Zimmer. Sie hat eine größere Küche. Und du kannst mit deinem Freund Jimmy einen zusammen trinken. Soviel ich weiß, lässt er sich hin und wieder bei ihr blicken.« Sie lächelte, um seine Zustimmung zu gewinnen.

Alexander ließ von ihr ab. »Ja, machen wir das«, sagte er. »Nellie, Jimmy und wir. Was für eine hervorragende Idee. Leben in der Kommune. Das sollten wir öfter praktizieren.« Er zuckte die Schultern. »Wie es aussieht, kriegt man das Mädchen aus der Sowjetunion, aber nicht die Sowjetunion aus dem Mädchen.«

Wenigstens zeigte er etwas Anteilnahme. Wenn auch nicht viel, wie sich Tatiana immer wieder eingestand.

Sie zogen zu Nellie. Die Luft wurde kühl, dann kalt, dann frostig, vor allem nachts. Und Nellie ging, wie sie feststellten, sparsam mit der Heizung um.

Sie zahlten für zwei Räume Miete, aber Anthony kümmerte das nicht. Er hatte nicht das geringste Interesse an einem eigenen Zimmer. Alexander blieb nichts anderes übrig, als sein Bett in ihr Zimmer zu schaffen und beide Betten wieder zusammenzuschieben.

Unter dicken Decken kuschelten sie sich aneinander, und plötzlich, Mitte Oktober, begann es zu schneien. Dicht fielen die Schneeflocken vom Himmel und bedeckten in einer Nacht die Bucht und die noch belaubten Bäume mit weißer Wolle. Es gab keine Arbeit mehr für Alexander, und jetzt kam noch der Schnee. Am nächsten Morgen schneite es weiter. Tatiana und Alexander blickten nach draußen, dann sahen sie einander an. Auf einmal grinste Alexander.

Schließlich begriff Tatiana. »Ach, du«, sagte sie. »Das bildest du dir ein. Ein bisschen Schnee macht mir gar nichts aus.« Sie nickte Anthony zu. »Nicht wahr, mein Sohn? Wir zwei sind an Schnee gewöhnt. In New York hat es auch geschneit.«

»Nicht nur in New York.« Das Lächeln in Alexanders Augen verdüsterte sich, als zöge sich ein Schleier eben jenes Schnees darüber.

Die Stufen waren rutschig und zehn Zentimeter dick mit altem Eis bedeckt. Der zur Hälfte mit Wasser gefüllte Metalleimer in ihrer Hand war schwer. Immer wieder schwappte er über, während sie sich mit der freien Hand am Geländer festhielt und sich eine tückische Stufe nach der anderen hinaufzog. Sie musste zwei Stockwerke nach oben. An der siebten Stufe fiel sie auf die Knie, ließ aber weder das Geländer noch den Eimer los. Langsam zog sie sich wieder auf die Füße und versuchte es erneut. Wenn es nur ein bisschen Licht gäbe, könnte sie sehen, wohin sie trat, und die Eisplatten vielleicht umgehen. Aber das Tageslicht würde erst in zwei Stunden kommen. Und sie musste los und Brot holen. Wenn sie zwei Stunden wartete, würde es kein Brot mehr im Laden geben. Und Dascha ging es immer schlechter. Sie brauchte Brot.

Tatiana wandte sich von ihm ab. Es war Morgen. Aber hier

wurde nicht einfach der Strom bei Tagesanbruch abgeschaltet, das war nicht erlaubt.

Sie gingen Schlitten fahren. Alexander hatte zwei lenkbare Rodelschlitten, Flexible Flyer, in dem Gemischtwarenladen ausgeliehen und sie verbrachten den ganzen Nachmittag mit den übrigen Dorfbewohnern auf dem verschneiten Hügel von Stonington am Fuße der Bucht. Anthony stieg genau zweimal nach oben. Zugegeben, es war ein großer, steiler Hang, und dass Anthony ihn allein erklommen hatte, war tapfer und zeigte Willensstärke. Doch die nächsten zwanzig Mal ließ er sich lieber von seinem Vater tragen.

Schließlich sagte auch Tatiana: »Ihr zwei könnt ohne mich weitermachen. Ich kann nicht mehr laufen.«

»Nein, nein, komm mit uns«, sagte Anthony. »Dad, ich steige den Berg wieder selbst hinauf. Kannst du Mama tragen?«

»Ich glaube, das könnte ich schaffen«, sagte Alexander.

Anthony stapfte nebenher, während Alexander Tatiana auf dem Rücken den Hügel hinauftrug. Sie weinte und die Tränen froren auf ihrem Gesicht. Doch dann rasten sie abwärts, Tatiana und Anthony auf einem Schlitten. Sie versuchten, Alexander zu überholen, der schwerer war als Mutter und Sohn zusammen und das Gefährt gut steuerte, den nicht die Sorge um einen kleinen Jungen hemmte wie sie. Dennoch sauste Tatiana den Berg hinunter und Anthony quietschte vor Angst und Vergnügen. Beinahe schlugen sie Alexander. Am Fuß des Hügels stießen die beiden Schlitten zusammen.

»Wenn ich nicht mit Ant fahren würde, hättest du keine Chance, das weißt du«, sagte sie, als sie auf ihm lag.

»Oh doch, hätte ich schon«, sagte er und schubste sie in den Schnee. »Gib ihn mir und los geht's.«

Es war ein schöner Tag.

Sie verbrachten noch drei lange Tage inmitten der verschneiten Bergeschen über der verschneiten Bucht. Tatiana buk Kuchen in Nellies großer Küche. Alexander las jede Zeitung und jedes Magazin von vorn bis hinten und diskutierte die Nachkriegspolitik mit Tatiana und Jimmy. Ja, selbst mit Nellie, die dem politischen Geschehen normalerweise gleichgültig gegenüberstand. Auf Nellies Kartoffelacker baute er für Anthony Schneemänner. Als der Kuchen im Ofen war, kam Tatiana aus dem Haus und sah sechs Schneemänner der Größe nach in Reih und Glied aufgestellt. Sie zog Anthony fort, ließ sich mit ihm in den unberührten Schnee fallen und machte stattdessen mit Arm- und Beinbewegungen Schneeengel. Dreißig Stück, alle nebeneinander.

In der dritten Winternacht schlief Anthony friedlich in ihrem Bett und sie waren hellwach. Alexander rieb ihren nackten Po unter dem Nachthemd. Das einzige Fenster im Zimmer war schneeverweht. Sie erahnte den leuchtenden Mond dahinter. Seine Hände wurden immer drängender. Alexander breitete eine der Decken auf dem Boden aus, legte sie flach auf den Bauch und liebte sie leise und verstohlen, als wären sie zwei Landser, die zur Frontlinie robbten, sein Bauch an ihrem Rücken. Er hielt sie gerade, deckte ihre zierliche Figur mit seinem Körper zu und drückte ihre Handgelenke mit einer Hand über ihren Kopf. Während er sie festhielt, küsste er ihre Schultern, ihren Nacken, ihren Kiefer, und als sie ihm das Gesicht zuwandte, ihren Mund. Seine freie Hand wanderte über ihre Beine und Rippen, dabei drang er tief und langsam in sie ein, was an sich schon erstaunlich genug war. Noch erstaunlicher war, dass er sie zum Ende hin zu sich drehte, wobei er ihr immer noch die Arme über den Kopf hielt. Er stieß sogar einen kurzen Laut aus, nicht nur seinen rauen Atem am fiebrigen Ende. Und dann, als sie still auf der Decke lagen, begann Tatiana unter ihm zu weinen. Er flüsterte ihr beruhigende Worte zu, doch er ging nicht gleich von ihr herunter wie sonst.

»Ich habe solche Angst«, murmelte sie.

»Wovor?«

»Vor allem. Doch am meisten vor dir.«

Er schwieg.

»Also, was ist?«, fragte Tatiana. »Willst du von hier abhauen?«

»Ich dachte, du fragst nie mehr.«

»Wo wollt ihr denn überhaupt hin?«, fragte Jimmy, als er am nächsten Morgen von ihrem Vorhaben erfuhr.

»Wir gehen weg«, antwortete Alexander.

»Nun, du weißt ja, wie es heißt«, sagte Jim. »Der Mensch denkt, Gott lenkt. Die Brücke nach Deer Isle ist vereist. Sie wurde schon seit Wochen nicht mehr geräumt. Man kommt nirgendwo hin, bis der Schnee schmilzt.«

»Und wann, glaubst du, ist das so weit?«

»Im April«, sagte Jimmy. Er und Nellie lachten. Jimmy nahm sie in seinen gesunden Arm, und Nellie, die ihn anstrahlte, erweckte nicht den Eindruck, als störte sie sich daran, dass er nur den einen hatte.

Tatiana und Alexander sahen sich an. April! »Jim«, sagte er, »wir werden einfach unser Glück versuchen.«

Doch dann ergriff Tatiana das Wort. »Vielleicht haben sie ja recht …«, setzte sie an. Doch Alexander fixierte sie mit einem so stechenden Blick, dass sie auf der Stelle den Mund hielt. Beschämt darüber, ihn vor anderen in Frage gestellt zu haben, packte sie rasch weiter. Sie verabschiedeten sich von Jimmy und Nellie, die ihre Abreise bedauerten, sagten Stonington Lebewohl und fuhren mit ihrem Wohnmobil von Deer Isle aufs Festland.

In diesem Fall lenkte einmal der Mensch. Die Räummannschaften auf Deer Isle hatten die Brücke schnee- und eisfrei gehalten. Denn sobald die Brücke nicht befahrbar war, gab es keinen Weg, die Menschen in Stonington mit Waren zu beliefern.

»Was für ein Land«, sagte Alexander, während er aufs Festland fuhr und dann die Straße weiter Richtung Süden nahm.

Sie machten Halt bei Tante Esther für einen, wie Alexander ankündigte, dreitägigen Familienbesuch.

Tatsächlich blieben sie sechs Wochen bis nach Thanksgiving.

Esther teilte ihr großes altes Haus im malerischen, weiß getünchten Barrington mit Rosa, die ihr seit vierzig Jahren den Haushalt führte. Rosa kannte Alexander von Geburt an. Die beiden Frauen begluckten Alexander, seine Frau und sein Kind mit solcher Inbrunst, dass an einen Aufbruch nicht zu denken war. Sie kauften Anthony ein Paar Ski. Sie kauften ihm einen Schlitten und neue Stiefel und warme Winterjacken. Der Junge war die ganze Zeit draußen im Schnee. Dann kauften sie ihm Bauklötze und Bücher. Der Junge blieb die ganze Zeit im Haus.

Was möchtest du sonst noch, lieber Anthony?

Ich möchte eine Waffe wie mein Vater, sagte der Junge.

Tatiana schüttelte energisch den Kopf.

Schaut euch Anthony an! Was für ein erstaunlicher Junge er ist, und er spricht so schön für einen Dreieinhalbjährigen. Und sieht er nicht genauso aus wie sein Vater früher? Hier ist ein Babybild von Alexander, Tania.

Ja, sagte Tatiana, er war ein wunderschöner Junge.

Früher, sagte Alexander und Tania stiegen die Tränen in die Augen. Nicht ein Lächeln kam über seine Lippen.

Esther, die nichts bemerkte, fuhr fort. Ach, mein Bruder war ja so vernarrt in ihn. Sie haben ihn erst spät bekommen, weißt du, Tania, und ihn so herbeigesehnt, nachdem sie jahrelang versucht hatten, ein Kind zu bekommen. Kein Vater war je so vernarrt in sein Kind. Seiner Mutter ging es nicht anders. Ich möchte, dass du das weißt, Alexander, Liebling: Du warst ihr Augenstern.

Die beiden Frauen gluckten sechs Wochen lang um sie herum. Sie wollten, dass sie über die Feiertage blieben, über Ostern, den 4. Juli, vielleicht bis zum Labour Day im September. Ach, warum bleibt ihr nicht einfach hier?

Und dann eines Abends, als Alexander, erschöpft vom Spielen im Schnee mit Anthony, zu später Stunde im Wohnzimmer eingeschlafen war und Tatiana noch ihre Teetassen abspülte, kam Tante Esther in die Küche, um ihr zu helfen, und sagte: »Lass die Tassen nicht fallen, wenn du das hörst, aber ein Mann namens Sam Gulotta vom Außenministerium hat im Oktober hier angerufen. Reg dich nicht auf. Setz dich. Mach dir keine Sorgen. Er hat sich heute Nachmittag wieder gemeldet, als ihr drei draußen wart. Bitte – was habe ich dir gesagt? – fang nicht zu zittern an. Du hättest mich warnen sollen, als du dich im September gemeldet hast. Das hätte mir geholfen. Du hättest mir vertrauen sollen, damit ich *dir* helfen kann. Nein, du musst dich nicht entschuldigen. Ich habe Sam gesagt, dass ich nicht wüsste, wo ihr seid. Und auch keine Ahnung hätte, wie man euch erreichen kann. Ich wüsste gar nichts. Das habe ich ihm gesagt. Und dir sage ich, dass ich es gar nicht wissen will. Erzähl mir nichts. Sam sagte, es sei unbedingt erforderlich, dass Alexander mit ihm Kontakt aufnimmt. Ich habe ihm gesagt, dass ich ihm Bescheid geben würde, wenn ich etwas von euch höre. Aber Liebes, warum wolltest du es mir nicht erzählen? Weißt du denn nicht, dass ich auf eurer Seite stehe? Zu Alexander halte? Weiß er, dass Sam ihn sucht? Nein? Nun, du hast natürlich recht. Er hat schon genug Sorgen. Außerdem ist es die Regierung. Die brauchen Jahre, um einen Veteranenscheck zu verschicken. Da werden sie wohl kaum diese Sache meistern. Das Ganze wird bald bei den Akten landen und vergessen sein. Du wirst schon sehen. Sag Alexander nichts. Es ist zu seinem Besten. Und weine nicht. Beruhige dich …«

»Tante Esther«, sagte Alexander, als er in die Küche kam, »womit um Himmels willen hast du Tania *jetzt* wieder zum Weinen gebracht?«

»Ach, du weißt ja, wie sie dieser Tage so ist«, sagte Tante Esther und tätschelte Tatianas Rücken.

An Thanksgiving sprachen Rosa und Esther davon, Anthony taufen zu lassen. »Alexander, bring deine Frau zur Vernunft. Du willst doch nicht, dass dein Sohn Heide ist wie Tania.« Sie hatten hervorragend gegessen und sich bei Tante Esther bedankt. Nun saßen sie spätabends vor dem knisternden Kaminfeuer und tranken heißen Apfelpunsch. Anthony war längst gebadet, bemuttert, angehimmelt und zu Bett gebracht worden. Tatiana schmiegte sich schläfrig und zufrieden an Alexanders Arm, an seinen weichen Pullover. Der Abend brachte ihr Herz zum Klopfen, weil er eine andere Zeit ihres Lebens zurückrief, als sie genauso mit Alexander vor einem flackernden kleinen Ofen, *borsoika* genannt, gesessen und seine Gegenwart sie beruhigt hatte, trotz der bedrohlichen Dinge, die nur ein paar Schritte entfernt vor sich gegangen waren, in ihrem eigenen Zimmer, ihrer eigenen Wohnung, ihrer eigenen Stadt, ihrem eigenen Land. So bei ihm zu verweilen, spendete ihr Trost, wenn auch nur für eine flüchtige Minute.

»Tania ist keine Heidin«, sagte Alexander zu Esther. »Sie wurde gleich nach ihrer Geburt von steinalten russischen Frauen, die aussahen, als hätten sie schon zu Zeiten Jesu gelebt, in die Luga getaucht. Sie haben sie nach der Entbindung ihrer Mutter entrissen, drei Stunden auf sie eingemurmelt und die Liebe Christi und des Heiligen Geistes für sie angerufen. Tanias Mutter hat daraufhin kein Wort mehr mit den Frauen gewechselt.«

»Tania, stimmt das?«

»Alexander nimmt dich auf den Arm, Esther. Hör nicht auf ihn.«

»Tania, sie hat gefragt, ob es stimmt.« Seine Augen blitzten.

Er machte Scherze. Sie küsste seinen Arm durch den Pullover und schmiegte sich wieder an ihn. »Esther, du musst dir keine Sorgen um Anthony machen. Er ist getauft.«

»Ach ja?«, sagte Esther.

Auch Alexander zeigte sich überrascht.

»Auf Ellis Island«, sagte Tatiana ruhig, »wurden alle Kinder getauft, weil so viele krank waren und im Sterben lagen. Es gab dort eine Kapelle. Man hat sogar einen katholischen Pfarrer gerufen.«

»Ein katholischer Pfarrer!« Die katholische Rosa und die protestantische Esther taten einen Schrei und reckten die Hände zum Himmel empor, die eine zufrieden, die andere enttäuscht. »Warum katholisch? Warum denn nicht wenigstens russisch-orthodox wie du?«

»Ich wollte, dass Anthony wie sein Vater ist«, sagte Tatiana zaghaft und wich Alexanders Blick aus.

In dieser Nacht, als sie zu dritt im Bett lagen, schlief Alexander nicht. Er ließ die Hand auf ihr ruhen. Sie spürte, dass er wach war, und flüsterte: »Was ist, Liebling? Brauchst du etwas? Ant ist hier.«

»Als ob ich das nicht wüsste«, flüsterte er zurück. »Sag mal ...« Er stockte. »War er sehr klein bei seiner Geburt?«

»Ich weiß nicht«, antwortete sie mit zusammengeschnürter Kehle. »Ich bekam ihn einen Monat zu früh. Ja, er war recht klein. Hatte schwarzes Haar. Ich kann mich nicht genau erinnern. Ich lag im Fieber, hatte Tuberkulose, Lungenentzündung. Sie haben mir die Letzte Ölung gegeben, so krank war ich.« Sie drückte die Faust an die Brust und stöhnte leise auf. Und so allein.

Alexander sagte ihr, dass er nicht länger in dem winterlichen Barrington bleiben könne. Er könne den Schnee nicht ertragen, den Winter, die Kälte. »Nie wieder – keinen einzigen Tag mehr.« Er wolle zu Weihnachten schwimmen gehen.

Und was immer Anthonys Vater wollte, bekam Anthonys

Vater auch. *Du bist auch unser Augenstern, mein Ehemann*, flüsterte sie.

»Ja, ein verblasster.«

Sie verabschiedeten sich von Esther und Rosa, sprachen ihnen ihren Dank aus und fuhren nach Süden, in Richtung New York.

»Wollen wir nicht Vikki besuchen?«

»Nicht nötig«, sagte Tatiana. »Sie fährt über Weihnachten immer zu ihrer geisteskranken Mutter nach Kalifornien. Auf die Art tut sie Buße. Außerdem ist es zu kalt. Du hast gesagt, dass du schwimmen willst. Wir überfallen sie im Sommer.«

Sie fuhren durch New Jersey und Maryland.

Als sie an Washington D.C. vorbeikamen, fragte Alexander: »Willst du deinen Freund Sam sehen?«

»Nein!«, rief sie entsetzt. »Wieso fragst du?«

Ihre Reaktion versetzte ihn wiederum in Erstaunen. »Wieso gehst du gleich in Abwehrhaltung? Ich habe gefragt, ob du ihn sehen möchtest, nicht, ob du sein Auto waschen willst.«

Tatiana versuchte, sich zu entspannen.

Zum Glück ließ er das Thema fallen. Früher hatte er immer weitergebohrt, bis er eine Antwort auf seine Frage bekam.

Virginia, immer noch um den Gefrierpunkt, zu eisig.

North Carolina, an die zehn Grad, kalt.

South Carolina, fünfzehn Grad, schon besser.

Sie stiegen in billigen Motels ab und konnten heiß duschen.

Georgia, fast zwanzig Grad, nicht gut genug.

In St. Augustine in Florida, am warmen Ozean gelegen, hatte es fünfundzwanzig Grad. Die Stadt war die älteste der Vereinigten Staaten, hatte rote Ziegeldächer und wartete mit Eisverkäufern wie im Sommer auf.

Sie machten Sightseeing, sahen sich Ponce de Leons Jungbrunnen an und kauften eine kleine Flasche abgefülltes Heilwasser.

»Dir ist schon klar, dass das nur Leitungswasser ist, oder?«, fragte Alexander, als sie einen Schluck trank.

»Ich weiß«, sagte Tatiana und reichte ihm die Flasche. »Aber irgendetwas muss man ja Glauben schenken.«

»Jedenfalls glaube ich nicht an Leitungswasser«, sagte Alexander und trank die Flasche zur Hälfte leer.

Sie feierten Weihnachten in St. Augustine. Am Weihnachtstag suchten sie einen einsamen weißen Strand auf. »Genauso stelle ich mir den tiefsten Winter vor«, sagte Alexander und tauchte mit Badehose und T-Shirt bekleidet ins Meer. Kein Mensch war in der Nähe, nur sein Sohn und seine Frau.

Anthony, der nicht schwimmen konnte, watete am Wasser entlang, grub Löcher, die wie Krater aussahen, sammelte Muscheln und holte sich einen Sonnenbrand. Mit roten Schultern und Sand im Haar hüpfte er singend über den Strand, in der einen Hand einen langen Stock, in der anderen einen Stein, und schwang die Arme im Takt des Liedes auf und ab, während seine Mutter und sein Vater ihn vom Wasser aus beobachteten.

»Mr Sun, Sun, Mr Golden Sun, please shine down on me …«

Nach ein paar Wochen in St. Augustine fuhren sie weiter die Küste entlang Richtung Süden.

2

Coconut Grove, 1947

Das Verschwinden

Miami im Januar. Am tropischen Meer gelegen. Die Lufttemperatur lag bei 27 Grad, das Wasser war 24 Grad warm. »Besser«, sagte Alexander lächelnd, »viel besser. Hier können wir bleiben.«

Miami Beach und South Beach, die sich entlang der sanften blaugrünen Wellen des Atlantiks und der Biscayne Bay erstreckten, waren etwas zu verrucht für ein Paar mit einem kleinen Jungen: die extravaganten Spielcasinos, die angemalten, aufgetakelten Huren auf der Straße, und am Strand die dunklen, ventilatorgekühlten Art-déco-Hotels aus den Dreißigern, die aussahen, als beherbergten sie Männer mit tödlichen Geheimnissen. Vielleicht waren solche Hotels genau das Richtige für sie, doch das konnte Tatiana Alexander nicht sagen. Sie benutzte Anthonys moralische Unversehrtheit als Vorwand, den Ort zu verlassen. Von South Beach fuhren sie neunzehn Kilometer südlich nach Coconut Grove, wo es ruhiger und angenehmer war. Bevor es touristisch erschlossen wurde, war Cocoanut Grove, wie es bis 1896 hieß, nur eine kleine Stadt an der Biscayne Bay mit achtundzwanzig hübschen, eleganten Gebäuden, zwei großen, florierenden Geschäften und einem Luxushotel. Das war damals. Inzwischen verhielt es sich mit dem Wohlstand wie mit dem Sonnenschein – er war beträchtlich und beständig. Unter den fächerförmigen Palmen reihten sich Parks, Strände, Jachthäfen, Restaurants und Geschäfte, deren Silhouetten sich gegen das Meer abzeichneten.

Tatiana und Alexander stiegen in einem Motel im Landesinnern ab. Doch jeden Tag trieb es sie zur Bucht. Tatiana machte sich Sorgen, dass ihnen das Geld durch die Finger rann. Sie schlug vor, das Wohnmobil zu verkaufen. »Wir können sowieso nicht darin bleiben. Du musst dich waschen.«

»Ich wasche mich im Meer.«

»Aber ich muss irgendwo für dich kochen.«

»Wir gehen essen.«

»Dann werden wir bald ohne Geld dastehen.«

»Ich besorge mir Arbeit.«

Sie räusperte sich. »Wir brauchen ein *bisschen* Privatsphäre.«

»Ah, jetzt verstehen wir uns. Trotzdem, vergiss es. Ich werde den Nomad nicht verkaufen.«

Sie schlenderten die Bayshore Avenue entlang, vorbei an den ankernden Booten.

»Wir werden ein Hausboot mieten«, sagte Alexander.

»Ein was?«

»Ein Boot, das gleichzeitig ein Haus ist.«

»Du willst, dass wir auf einem Boot leben?«, fragte Tatiana langsam.

Alexander rief seinen Sohn. »Anthony, wie fändest du es, auf einem Boot zu wohnen?«

Das Kind hüpfte auf und ab.

»Anthony«, ergriff seine Mutter das Wort, »wie fändest du es, in einer einsamen verschneiten Berghütte in Nordkanada zu leben?«

Anthony hüpfte auf und ab.

»Siehst du, Alexander? Du solltest wirklich nicht sämtliche Lebensentscheidungen davon abhängig machen, was einem kleinen Jungen gefällt.«

Alexander hob Anthony auf den Arm. »Kumpel«, sagte er, »ein Haus, das wie ein Boot vertäut ist und auf den Wellen schaukelt, sich aber nie vom Pier wegbewegt und direkt auf dem Meer schwimmt, klingt das nicht toll?«

Anthony schlang die Arme um den Hals seines Vaters. »Ich habe doch schon ja gesagt, Dad. Was willst du denn noch?«

Für dreißig Dollar die Woche – dieselbe Summe, die sie Mrs Brewster nicht zahlen wollten – mieteten sie ein komplett möbliertes Hausboot an der Fair Isle Street, die zwischen dem Memorial Park und der Baustelle für das Mercy Hospital aufs Meer hinausragte. Das Hausboot hatte eine bescheidene Küche mit kleinem Herd, ein Wohnzimmer, ein Bad mit Toilette – und zwei Schlafzimmer.

Anthony weigerte sich natürlich, genau wie bei Nellie, allein zu schlafen. Aber diesmal gab Tatiana nicht nach. Sie blieb eine Stunde bei ihrem Sohn, legte sich zu ihm ins Bett, bis er eingeschlafen war, und ging dann in ihr eigenes Zimmer.

Als Tatiana ihr Seidennachthemd auszog und sich splitternackt vor Alexander auf das Doppelbett legte, empfand sie sich als eine andere Frau, die einen anderen Mann liebte. Das Schlafzimmer war dunkel wie sonst, doch er war nackt, trug diesmal weder ein Unterhemd noch ein T-Shirt. So lag er unmittelbar auf ihr und flüsterte sogar Worte, die sie sehr lange nicht gehört hatte. Auch ging er es langsamer an, was er sehr lange nicht getan hatte. Und sie belohnte ihn dafür mit einem atemlosen Orgasmus. Schüchtern bat sie nach mehr. Alexander tat ihr den Gefallen, aber auf eine Weise, die zu viel für sie war. Er drückte ihre Beine hoch und bewegte sich so intensiv, dass leise Schreie des Schmerzes und der Lust ihre Kehle erfüllten. Einen kurzen Moment öffnete er sogar die Augen und beobachtete ihren Mund, der für ihn stöhnte: *Oh, mein Gott, Shura.* Sie bemerkte seinen forschenden Blick. Er flüsterte: *Das gefällt dir, nicht wahr?* Er küsste sie, aber Tatiana ließ ihn los und fing an zu weinen. Mit einem Seufzer schloss Alexander die Augen, dann war es vorbei.

Alexander machte sich fertig für die Arbeitssuche, Tatiana wollte Wäsche waschen. Es gab nur keinen Waschsalon in der Nähe. »Vielleicht hätten wir das bei der Wohnungssuche beachten sollen.«

Er war gerade dabei, sein Geld und seine Zigaretten zusammenzupacken, als er innehielt und sie ansah. »Nur damit wir uns verstehen«, sagte er bestimmt, »ein Hausboot auf dem Atlantik, der Sonnenaufgang über dem Meer, wie du ihn heute Morgen gesehen hast, oder in der Nähe eines Waschsalons leben? Was ist dir lieber?«

»So habe ich das nicht gemeint«, sagte sie und errötete angesichts seiner Rüge. »Aber ich kann deine Kleider nicht im Atlantik waschen, oder?«

»Warte, bis ich wieder da bin, dann entscheiden wir, was wir machen.«

Als er am späten Nachmittag zurückkam, sagte er: »Ich habe Arbeit gefunden – in Mels Jachthafen.«

Tatiana sah so niedergeschlagen aus, dass Alexander lachen musste. »Tania, Mels Jachthafen liegt gleich auf der anderen Seite des Memorial Park, zehn Minuten zu Fuß über die Hafenpromenade.«

»Hat Mel auch nur eine Hand wie Jimmy?«, fragte Anthony.

»Nein, Kumpel.«

»Riecht Mel nach Fisch wie Jimmy?«, fragte Tatiana.

»Nein. Mel vermietet Boote. Er sucht jemanden, der sie wartet und zweimal am Tag eine Tour nach Key Biscayne und South Miami Beach macht. Wir machen eine Tour, klappern die Sehenswürdigkeiten ab und kommen wieder zurück. Ich werde ein Motorboot fahren.«

»Aber Alexander«, sagte Tatiana, »hast du Mel gesagt, dass du das gar nicht kannst?«

»Natürlich nicht. Ich habe dir ja auch nicht gesagt, dass ich kein Wohnmobil fahren kann.«

Sie schüttelte den Kopf. Er war einfach anders als die anderen.

»Arbeitszeit ist von halb acht bis sechs«, sagte er. »Und er zahlt mir zwanzig Dollar. Pro Tag.«

»Zwanzig Dollar pro Tag!«, rief Tatiana. »Doppelt so viel wie auf Deer Isle und dabei wirst du nicht mal nach Fisch riechen. Wie kann er sich einen so hohen Lohn leisten?«

»Anscheinend unternehmen einsame reiche Frauen liebend gern Bootstouren zu entlegenen Stränden, während sie darauf warten, dass ihre Männer aus dem Krieg heimkehren.«

Tatiana wandte sich ab, damit er ihr Gesicht nicht sah.

Seine Arme umschlangen sie von hinten. »Und wenn ich besonders nett zu den Damen bin«, er schob den dicken Zopf beiseite, küsste ihren Nacken und drückte sein Becken an ihren Körper, »bekommt der Captain noch ein Trinkgeld.«

Tatiana wusste, dass er nur Spaß machen und sie zum Lachen bringen wollte, und obwohl ihr eine Träne über die Wange lief, tätschelte sie seine Hand und sagte: »Na ja, wenn du dich auf etwas verstehst, Alexander, dann darauf, wie man nett zu Damen ist.«

Morgens um sieben, als Alexander gerade zum Jachthafen aufbrechen wollte, sagte er zu Tatiana: »Komm doch um kurz vor zehn vorbei. Da machen wir die Morgentour.« Er hob Anthony hoch, der noch im Schlafanzug war. »Hey Kumpel, ich nehme dich mit aufs Boot. Du wirst mein Steuermann.«

Anthony strahlte. »Wirklich?« Dann sah er plötzlich betrübt aus. »Aber ich kann nicht mitkommen, Dad.«

»Warum nicht?«

»Ich weiß doch gar nicht, wie man ein Boot steuert.«

»Das weiß ich auch nicht, also geht es uns gleich.«

»Soll ich auch mitkommen?«, fragte Tatiana.

»Nein. Du gehst die zwei Kilometer zum Laden, kaufst ein und machst die Wäsche. Oder du legst dich in die Sonne.« Er lächelte. »Mach, worauf du Lust hast. Aber komm ihn um halb eins abholen. Dann können wir zusammen Mittag essen, bevor ich um zwei wieder raus muss.«

Tatiana küsste ihn auf den Mund.

Er nahm Anthony mit. Was für ein Glück, was für eine Freude für das Kind. Tatiana erledigte die Wäsche, kaufte Lebensmittel, ein kubanisches Kochbuch, Sandwichfleisch und Kartoffelsalat und schob alles in einem neu erstandenen Holzwägelchen nach Hause. Sie öffnete alle Fenster, damit sie die Meeresluft riechen konnte, während sie das Mittagessen zubereitete. Das Poco Allegretto aus Brahms Dritter Symphonie kam im Radio, die Streichinstrumente erfüllten das ganze Boot. Tatiana liebte dieses Stück. Sie hatte es auch auf Deer Isle gehört.

Als sie fertig war, lief sie durch den Memorial Park, um ihren beiden Männern das Mittagessen zu bringen.

Anthony war offenbar ein Volltreffer auf dem Boot. »Er war so damit beschäftigt, neue Freundschaften zu schließen«, sagte Alexander, »dass er ganz vergessen hat, seinem Dad beim Steuern zu helfen. Und glaub mir, ich hätte seine Hilfe gebraucht. Na, macht nichts, Kumpel. Vielleicht morgen?«

»Kann ich denn morgen wieder mitkommen?«

»Wenn du brav bist, jeden Tag.«

Anthony hüpfte und hopste den ganzen Weg nach Hause.

Zum Abendessen machte Tatiana Rinderbrust mit Kochbananen, ein Rezept aus ihrem neuen Kochbuch.

Alexander schmeckte es.

Tatiana mischte nun Kochbananen in fast jedes Gericht. Sie nannte sie »die beste Erfindung der Neuen Welt, seit es Mais gibt«. Zwar waren sie eher hart und nicht unbedingt süß, doch sie sahen aus wie herkömmliche Bananen. Und sie passten zu allem. Tatiana kaufte Butt und bereitete ihn mit einer mexikanischen Salsa, Tomaten und Ananas zu. Die Kochbananen aber waren das Herzstück des Gerichts. Erst in Amerika war Tatiana in den Genuss von Mais und Bananen gekommen.

»Himmlische Kochbananen mit Rum«, sagte sie eines Abends und zündete theatralisch ein Streichholz an, um die Kochbananen in der Pfanne zu flambieren. Alexander war beunruhigt und skeptisch, bis er sie mit einem Löffel Vanilleeis aß. Die Bananen hatte sie vorher mit Butter, karamellisiertem braunem Zucker, Sahne und Rum gemischt.

»Ich gebe zu«, sagte er, »ich bin begeistert. Himmlisch. Bitte noch einen kleinen Nachschlag.«

Der Herd funktionierte nicht richtig, so dass es schwer war, Brot darin zu backen. Er war nicht mit dem schönen, großen Herd in ihrem New Yorker Apartment vergleichbar. Tatiana gelang es dennoch, kleine Zopfbrötchen darin zu backen, ein Rezept, das sie von den ukrainischen Juden auf der Lower East Side bekommen hatte. Vier Monate waren seit ihrem letzten Gespräch mit Vikki vergangen. Tatiana hatte jedes Mal einen Kloß im Hals, wenn ihr ihre Freundin oder Sam einfiel. Sie wollte einfach nicht über sie nachdenken und zwang sich, jeden Gedanken an sie zu verbannen.

Und Tatiana verstand es gut, bestimmte Dinge zu verdrängen.

Alexander mochte die weichen, süßlichen Brötchen. »Was denn, kein Kochbananen-Salat heute?«, neckte er sie, als sie zu dritt unter den Mooseichen und Kiefern an einem der Picknicktische im Memorial Park saßen und zu Mittag aßen.

Tatiana kaufte Alexander weiße Baumwoll- und Leinenhemden und lange weiße Baumwollhosen. Sie wusste, dass er sich in grünen und khakifarbenen Armeehosen und langärmeligen

Armeepullovern am wohlsten fühlte, aber er musste doch nach einem echten Skipper aussehen.

Die Wartung der Boote nahm zwischen den Touren die meiste Zeit in Anspruch. Er lernte, wie man Schäden an Bootshaut, Maschine, Funk, Armaturen, Pumpen, Rohren, Sicherheitsausrüstung und Reling reparierte. Er strich das Deck neu, ersetzte zerbrochene und gesprungene Scheiben und wechselte das Öl. Was immer auszubessern war, brachte Alexander in Ordnung, und das alles in seiner weißen Skipperkleidung, die Ärmel trotz Gluthitze bis zu den Handgelenken hinuntergerollt.

Mel, der panische Angst hatte, Alexander wieder zu verlieren, erhöhte seinen Lohn auf fünfundzwanzig Dollar pro Tag. Tatiana wünschte sich, sie könnte Alexander aus demselben Grund eine Lohnerhöhung geben.

Miami hatte einen hohen spanischen Bevölkerungsanteil, so dass Tatianas Akzent nicht weiter auffiel, niemand wusste, dass sie einen russischen Namen trug. In Miami fügte Tatiana sich perfekt ein. Obwohl ihr das kleine, überschaubare, duftende Deer Isle und das weltoffene, große, schillernde New York fehlten, gefiel ihr an Miami, dass sie darin verschwand.

Tatiana machte gefüllten Kohl, der Anthony in New York gut geschmeckt hatte. Alexander aß ihn zwar, doch anschließend bemerkte er: »Bitte koch keinen Kohl mehr.«

Anthony geriet außer sich. Er liebte Kohl und es hatte auch einmal eine Zeit gegeben, da sein Vater gern Kohlkuchen gegessen hatte.

Aber Alexander sagte, er wolle keinen Kohl mehr.

»Warum?«, fragte Tatiana draußen an Deck, während das Hausboot auf den Wellen schaukelte. »Früher hast du ihn gemocht.«

»Früher habe ich vieles gemocht«, antwortete er.

Allerdings, das hast du, dachte Tatiana.

»Ich habe in einem Todeslager in Polen, das Majdanek hieß, Kohl gesehen, der dreimal so groß war wie ein Basketball und auf Bergen menschlicher Asche und Knochenresten gewachsen ist«, sagte Alexander. »Es waren Monstren von Kohlköpfen, so was kannst du dir nicht vorstellen, gezogen aus der Asche toter

Juden. Hättest du das gesehen, würdest du auch keinen Kohl mehr essen.«

»Nicht einmal Kohlkuchen?«, sagte sie mit sanfter Stimme und versuchte ihn von Majdanek weg nach Lazarewo zu locken.

»Nicht einmal Kohlkuchen, Tania«, erwiderte Alexander, der nicht darauf einging. »Kein Kohlkuchen mehr für uns.«

Und Tatiana kochte keinen Kohl mehr.

Anthony durfte den Tisch nicht verlassen, bevor er nicht aufgegessen hatte.

»Ich stehe auf, wann ich will«, sagte er.

Alexander legte die Gabel aus der Hand. »Wie war das?«

»Du hast mir nicht zu sagen, was ich tun soll«, sagte Anthony. Sein Vater stand so rasch auf, dass der Junge seinen Stuhl umstieß und zu seiner Mutter rannte.

Alexander hob ihn hoch und setzte ihn unsanft auf seinen Platz zurück. »Ich sage dir, was du tun sollst.« Alexanders Hände lagen auf den Schultern seines Sohnes. »Jetzt versuchen wir es noch einmal. Du wirst nicht aufstehen, wann du willst. Du bleibst sitzen, isst deinen Teller leer, und wenn du fertig bist, fragst du, ob du aufstehen darfst. Verstanden?«

»Ich bin aber satt«, sagte Anthony. »Warum muss ich aufessen?«

»Weil es so ist. Gib ihm nächstes Mal nicht so viel, Tania.«

»Er hat gesagt, er sei hungrig.«

»Dann gib ihm in Zukunft einen Nachschlag. Aber heute isst er seinen Teller leer.«

»Mommy!« Anthony blickte Hilfe suchend seine Mutter an.

»Nein, nicht Mommy, sondern ich sage, dass du jetzt aufisst.«

Anthony aß seinen Teller leer *und* fragte, ob er aufstehen dürfe. Nach dem Abendessen ging Tatiana hinaus auf das schmale Deck, wo Alexander saß und rauchte. Unsicher ging sie neben ihm in die Hocke.

»Du hast ihm zu viel durchgehen lassen«, sagte er. »Er muss lernen und er wird lernen.«

»Aber er ist noch so klein.«

»Wenn er meine Größe hat, ist es zu spät.«

Sie setzte sich auf den Boden.

Nach einer Weile sagte Alexander: »Er kann sein Essen nicht stehen lassen.«

»Ich weiß.«

»Soll ich dir erzählen, wie dein Bruder in Kattowitz gehungert hat?«

Sie konnte nur mit Mühe und Not ein Seufzen unterdrücken. »Nur wenn du willst, Liebling.«

Und nur wenn du das Bedürfnis verspürst. Denn genau wie du würde auch ich über vieles lieber schweigen.

Im Kriegsgefangenenlager im polnischen Kattowitz, wo die Deutschen Alexander, seinen Leutnant Uspenskij und Pascha in die sowjetische Hälfte – die Todeshälfte – geworfen hatten, konnte Alexander beobachten, wie Pascha immer schwächer wurde. Ihm fehlte die nötige Kraft, seine sterbliche Hülle zu versorgen. Es war schlimmer für ihn, weil er an der Kehle verwundet war. Er konnte nicht arbeiten. Und die Rationen, die den sowjetischen Männern zugeteilt wurden, reichten gerade aus, um sie langsam zu töten. Alexander schnitzte einen Holzspeer, und als er im Wald war, um Brennholz zu hacken, fing er drei Hasen, versteckte sie in seinem Mantel und kochte sie nach seiner Rückkehr in der Lagerküche. Einen Hasen gab er dem Koch, einen Pascha und einen teilte er sich mit Uspenskij.

Er fühlte sich besser, doch das Hungern ging weiter. Von Tatiana hatte er während der Blockade von Leningrad gelernt, dass er immer an Essen denken musste – daran, wie er es begehrte, bekam, kochte, aß. Solange er lebhaft daran dachte, war er noch nicht verloren. Er hatte die Männer gesehen, die sich aufgegeben hatten – damals in Leningrad wie jetzt in Kattowitz –, die Lahmen, wie man sie nannte, die Männer, die nicht arbeiten konnten, die durch den Lagermüll schlurften und sich von den Abfällen ernährten, die sie dort fanden. Als einer dieser Männer gestorben war und Alexander ein Grab ausheben sollte, fand er Pascha und drei andere hinter den am Rand gelegenen Baracken, wo sie am Feuer saßen und die Kleidung des Toten aßen.

Alexander war zum Aufseher ernannt worden, was ihn bei seinen Mitgefangenen nicht gerade beliebt gemacht hatte. Doch er bekam dadurch eine größere Essensration, die er mit Pascha teilte. Er achtete darauf, dass sich Pascha und Uspenskij immer in seiner Nähe aufhielten. Sie bezogen ein Zimmer, in dem nur acht Leute untergebracht waren statt sechzig. Es war wärmer. Alexander arbeitete härter. Er tötete Hasen und Dachse und hin und wieder kam es vor, dass er sie nicht ins Lager brachte. Er machte ein Feuer und aß sie an Ort und Stelle, mit bloßen Zähnen riss er das noch halb rohe Fleisch heraus. Es machte keinen großen Unterschied, selbst für ihn nicht.

Und dann verlor Pascha auf einmal das Interesse an Hasen.

Tatiana hatte den Kopf auf die Knie gelegt. Sie rief sich bessere Momente an ihren Bruder in Erinnerung.

In Luga stopft Pascha Tatiana Blaubeeren in den offenen Mund. Sie bittet ihn aufzuhören, versucht ihn von sich herunterzuschubsen. Doch wenn er nicht gerade die eigenen Backen mit Blaubeeren füllt, kitzelt er Tatiana mit einer Hand und schiebt mit der anderen die Beeren in ihren Mund. Sie kann nicht entkommen, weil er sie zwischen seine Beine geklemmt hat. Schließlich bäumt Tatiana ihren kleinen Körper so weit auf, dass sie es schafft, Pascha abzuwerfen, direkt auf die Eimer voll Blaubeeren, die sie eben frisch im Wald gepflückt haben. Die Eimer kippen um. Sie schreit ihn an, dass er die Beeren schleunigst aufheben soll, und als er sich weigert, nimmt sie ein paar Handvoll und zerdrückt sie in seinem Gesicht. Seine Haut färbt sich lila. Saika vom Nachbarhaus kommt ans Gartentor und starrt sie sprachlos an. Dascha erscheint auf der Veranda, und als sie sieht, was sie getan haben, zeigt sie ihnen, wie man richtig schreit.

Alexander rauchte. Tatiana richtete sich mühsam auf und ging hinein. Sie hegte die Hoffnung, dass sie Anthony, wenn er älter war, auf eine Weise von Leningrad, Kattowitz und Pascha erzählen konnten, die er verstand. Aber sie fürchtete gleichzeitig, dass er nie wirklich verstehen würde, er, der in einem Land lebte, in dem es Kochbananen und alles andere im Überfluss gab.

Im *Miami Herald* stieß Tatiana auf einen Artikel über den Ausschuss für unamerikanische Umtriebe, der Untersuchungen zur kommunistischen Unterwanderung des Außenministeriums anstellte. Die Zeitung nannte den HUAC »ein ehrgeiziges Untersuchungsprogramm mit dem Ziel, die kommunistischen Aktivitäten in Betrieben, Gewerkschaften, Bildungseinrichtungen, der Filmindustrie und vor allem der Bundesregierung aufzudecken«. Truman selbst hatte gefordert, illoyale Regierungsangestellte zu entlassen.

Der Artikel fesselte Tatiana so sehr, dass Alexander die Stimme heben musste, damit sie ihn bemerkte. »Was liest du da?«

»Nichts.« Sie schlug die Zeitung zu.

»Warum sagst du es mir nicht? Zeig mir, was du gerade gelesen hast.«

Tatiana schüttelte den Kopf. »Gehen wir zum Strand.«

»Zeig es mir, habe ich gesagt.« Er nahm sie, drückte seine Finger in ihre Rippen und seinen Mund auf ihren Hals. »Zeig es sofort her, sonst werde ich …«

»Daddy, hör auf, Mommy zu ärgern«, sagte Anthony und versuchte, sie auseinanderzudrängen.

Alexander setzte Anthony auf seinen Schoß und las den HUAC-Artikel. »Und? Gegen Kommunisten wird seit den Zwanzigerjahren ermittelt. Warum interessiert dich das jetzt so?«

»Tut es gar nicht.« Tatiana fing an, den Frühstückstisch abzuräumen. »Glaubst du, dass es hier sowjetische Spione gibt?«

»Die rennen wie die Berserker durch die Regierung. Und sie werden erst Ruhe geben, wenn Stalin seine Atombombe hat.«

Sie schielte zu ihm hinüber. »Du weißt etwas davon?«

»Ja.« Er deutete auf seine Ohren. »Ich habe so einiges an Geschwätz und Gerüchten von den Unteroffizieren vor meiner Zellentür mitbekommen, als ich in Einzelhaft saß.«

»Wirklich?« Tatiana setzte eine nachdenkliche Miene auf, doch in Wahrheit wollte sie nur ihre Angst vor Alexander verbergen. Sie wollte einfach nicht, dass er von Sam Gulottas besorgten Anrufen erfuhr.

Wenn sie nicht über das Essen oder den HUAC redeten, war ihr Thema Anthony.

»Ist es nicht unglaublich, wie gut er spricht? Wie ein richtiger kleiner Mann.«

»Tania, er kommt jeden Abend zu uns ins Bett. Können wir uns *darüber* unterhalten?«

»Er ist ein Kind.«

»Er muss in seinem eigenen Bett schlafen.«

»Das Bett ist groß und er fürchtet sich darin.«

Alexander kaufte Anthony ein kleineres Bett. Anthony mochte es nicht und machte keine Anstalten, darin zu schlafen. »Ich dachte, das Bett wäre für dich«, sagte er zu seinem Vater.

»Wofür bräuchte ich es denn? Ich schlafe bei Mommy«, sagte Anthony Alexander Barrington.

»Genau wie ich«, sagte Anthony Alexander Barrington.

Schließlich sagte der Vater: »Tania, ich muss jetzt ein Machtwort sprechen. Er kann nicht mehr bei uns schlafen.«

Sie versuchte ihn umzustimmen.

»Ich weiß, dass er Alpträume hat«, sagte Alexander. »Ich werde ihn zurück in sein Bett bringen und so lange wie nötig bei ihm sitzen bleiben.«

»Er braucht nachts seine Mutter.«

»*Ich* brauche nachts seine Mutter«, sagte Alexander, »und zwar nackt neben mir. Er wird sich mit mir begnügen müssen. Und *sie* wird sich damit abfinden.«

Am ersten Abend schrie Anthony fünfundfünfzig Minuten, während Tatiana in ihrem Schlafzimmer blieb und ein Kissen über ihren Kopf presste. Alexander lag so lange bei dem Jungen, bis er in seinem Bett einschlief.

Am folgenden Abend schrie Anthony fünfundvierzig Minuten.

Dann dreißig.

Dann fünfzehn.

Und schließlich stand er nur noch wimmernd vor dem Bett seiner Mutter. »Ich werde nicht mehr weinen, aber bitte, Mama, kannst *du* mich wieder ins Bett bringen?«

»Nein«, sagte Alexander und stand auf. »Das mache ich.«

Am nächsten Nachmittag, als Tatiana Anthony vom Jachthafen nach Hause trug, fragte er: »Wann geht Dad wieder zurück?«

»Zurück wohin?«

»Dorthin, von wo du ihn hergebracht hast.«

»Niemals, Anthony.« Sie fröstelte plötzlich. »Wovon redest du da?« Die Erinnerung an den Ort, von dem sie ihn fortgeholt hatte, dem blutgetränkten, dreckigen Stroh, auf dem er gefesselt und gequält gelegen und nicht mit ihr gerechnet hatte, sondern damit, den Rest seines Lebens in Sibirien zu verbringen, rief ein Schaudern in ihr hervor. Tatiana setzte den Jungen ab. »Lass dich nie wieder von mir dabei erwischen, dass du so redest.« Oder deine Alpträume jetzt werden harmlos sein verglichen mit denen, die dich erwarten.

Alexander beobachtete Anthony auf dem Nachhauseweg. »Warum geht das Kind so, als ob es die Last der ganzen Welt auf den Schultern trägt?«, fragte er Tatiana. Der grüne, atemberaubend schöne Ozean lag zu ihrer Rechten hinter den sich wiegenden Zweigen der Palmen. »Wo hat er das nur her?«

»Ich habe keine Ahnung.«

»Hey«, sagte er und schubste sie. Seit er nicht mehr nach Fisch roch, konnte er sie wieder nach der Arbeit berühren. »Weißt du was? Ich gehe ein paar Minuten mit ihm in den Park, während du das Abendessen kochst«, schlug er vor. »Na los, geh schon. Worüber machst du dir Sorgen? Ich will nur mit ihm reden, von Mann zu Mann.«

Widerwillig ging Tatiana nach Hause, und Alexander nahm Anthony an der Hand. Sie holten sich ein Eis und versprachen sich heimlichtuerisch, Mommy nichts davon zu erzählen. Auf dem Spielplatz sagte Alexander: »Ant, erzähl mir, wovon du träumst. Was quält dich? Vielleicht kann ich helfen.«

Anthony schüttelte den Kopf.

Alexander hob ihn hoch und setzte ihn auf einen der Picknicktische. Er selbst nahm vor ihm auf der Bank Platz, sodass ihre Augen auf gleicher Höhe waren. »Komm schon, Kumpel, erzähl es mir.« Er rieb Anthonys kleine runde Knie. »Dann kann ich dir vielleicht helfen.«

Wieder schüttelte das Kind den Kopf.

»Warum wachst du auf? Was weckt dich?«

»Böse Träume«, sagte Anthony. »Was weckt *dich?*«

Darauf wusste sein Vater keine Antwort. Er wachte immer noch jede Nacht auf. Mittlerweile badete er um drei Uhr morgens eiskalt, um sich abzukühlen und Beruhigung zu verschaffen. »Was sind das für böse Träume?«

Aus Anthony war kein weiteres Wort mehr herauszubringen.

»Komm schon, Kumpel, erzähl es mir. Weiß Mommy davon?«

Anthony zuckte die Schultern. »Ich glaube, sie weiß alles.«

»Du bist klüger, als es gut für dich ist«, sagte Alexander. »Aber ich glaube nicht, dass sie das weiß. Erzähl es mir. *Ich* weiß es nicht.«

Er sprach ihm gut zu, trieb ihn an, sich ihm anzuvertrauen. Anthonys Eis schmolz in seinen Händen. Immer wieder wischten sie die Tropfen ab. Anthony blickte nicht in das neugierige Gesicht seines Vaters, sondern auf die Knöpfe seines Hemdes, als er schließlich sagte: »Ich wache auf und bin in einer Höhle.«

»Ant, du warst noch nie in einer Höhle. Welche Höhle?«

Anthony zuckte die Schultern. »Es sieht aus wie ein Loch im Boden. Ich rufe nach Mom. Sie ist nicht da. ›Mommy, Mommy.‹ Sie kommt nicht. Die Höhle fängt Feuer. Ich klettere nach draußen. Ich bin in der Nähe des Waldes. ›Mommy, Mommy‹, rufe ich immerzu. Es wird dunkel. Ich bin allein.« Anthony sah auf seine Hände. »Ein Mann flüstert: *Lauf, Anthony. Sie ist weg, deine Mommy. Sie kommt nicht zurück*. Ich drehe mich um, aber niemand ist da. Ich laufe in den Wald, um vor dem Feuer zu fliehen. Es ist sehr dunkel und ich weine. ›Mommy, Mommy.‹ Der Wald fängt auch an zu brennen. Ich spüre, dass mich jemand jagt. Er jagt mich immerzu. Aber wenn ich mich umdrehe, bin ich allein. Trotzdem höre ich weiter schnelle Schritte hinter mir. Ich renne. Und ich habe die Stimme des Mannes im Ohr. *Sie ist weg, deine Mommy. Sie kommt nicht zurück*.«

Das Eis tropfte unaufhörlich. »Davon träumst du?«, sagte Alexander tonlos. Er starrte Anthony finster an, der finster zurückblickte. »Kannst du mir helfen, Dad?«

»Das ist nur ein böser Traum, Kumpel«, sagte Alexander. »Komm her.« Er hob den Jungen hoch. Anthony legte den Kopf an Alexanders Schulter. »Erzähl deiner Mutter nicht, was du mir gerade erzählt hast, in Ordnung?«, sagte er mit dumpfer

Stimme. Er tätschelte dem Jungen den Rücken und hielt ihn ganz fest. »Sie wäre sehr traurig, wenn sie deinen Traum hören würde.« Er machte sich mit Anthony auf den Heimweg. Sein Blick war auf die Straße geheftet.

Nach einer kurzen Weile sagte er: »Ant, hat deine Mutter dir schon mal erzählt, wovon sie als kleines Mädchen in Luga geträumt hat? Nein? Sie hatte nämlich auch böse Träume. Weißt du, was sie immer geträumt hat? Dass Kühe hinter ihr her sind.«

Anthony lachte.

»Genau«, sagte Alexander. »Große Kühe mit Glocken und riesigen Eutern haben deine junge Mutter die Dorfstraße hinuntergejagt, und egal wie schnell sie rannte, sie konnte ihnen nicht entwischen.«

»Haben sie gemuht?«, fragte Anthony. »Aus Leibeskräften?«

»Oh ja.«

In dieser Nacht kroch Anthony zu seiner Mutter ins Bett, und Alexander und Tatiana, die beide wach lagen, sagten nichts. Alexander hatte sich gerade wieder nach seinem Bad hingelegt und war noch nicht vollständig trocken. Tatiana legte den Arm um Anthony und Alexander seinen feuchten, eiskalten Arm um Tatiana.

Der Körper des Kriegers

Abends blieb es jetzt länger hell. Und wenn die Strandparks sich leerten, gingen sie schwimmen. Tatiana ließ sich kopfüber vom Klettergerüst hängen, sie spielten Ball, errichteten Sandburgen. Der Strand, die Spiele, das Schäumen des Atlantiks, das alles war vollkommen. Alexander zog an manchen Abenden sogar hin und wieder sein T-Shirt zum Schwimmen aus und versuchte langsam und wie aus einem inneren Zwang heraus, Typhus, Hunger, Krieg und anderes im Salzwasser abzuwaschen, das sich so hartnäckig hielt.

Tatiana saß nicht weit entfernt am Strand und beobachtete Vater und Sohn, wie sie ausgelassen miteinander herumtollten.

Alexander sollte Anthony das Schwimmen beibringen, doch stattdessen hob er den Jungen hoch und warf ihn in das flache Wasser. Die Wellen in Miami waren ideal für einen kleinen Jungen, weil sie niedrig waren. Der Sohn sprang auf den Vater zu, und dieser warf ihn in die Luft und fing ihn auf, warf ihn hoch in die Luft und fing ihn auf. Anthony quietschte, kreischte, klatschte ins Wasser und war überglücklich. Währenddessen saß Tatiana im Sand, die Arme um die Knie geschlungen, eine Hand beschwichtigend ausgestreckt, *Vorsicht, Vorsicht, Vorsicht.* Doch sie sagte es nicht zu Alexander. Sie sagte es zu Anthony. Tu deinem Vater nicht weh, mein Sohn. Geh bitte behutsam mit ihm um. *Merkst du denn nicht, wie er aussieht?*

Ihr Atem brannte in ihrer Brust, während sie ihrem Mann verstohlene Blicke zuwarf. Jetzt rannten Vater und Sohn ins Wasser. In Lazarewo, als Alexander in die Kama gelaufen war und Tatiana ihn zum ersten Mal ohne Shirt gesehen hatte, war sein Körper heilig gewesen, strahlend schön und unversehrt. Dabei hatte er schon im Russisch-Finnischen Krieg an Kämpfen teilgenommen. Er war an den nördlichen Flüssen der Sowjetunion stationiert gewesen, hatte die Straße des Lebens am Ladogasee verteidigt. Wie sie hatte er im schwer gebeutelten Leningrad überlebt. Warum war ihm dann, seit sie ihn verlassen hatte, das alles widerfahren?

Es war ein Schock, Alexanders nackten Körper zu sehen. Sein Rücken, einst glatt und gebräunt, war von Schrapnellnarben, Brandmalen, Peitschenstriemen und Bajonettwunden entstellt, die nass in der Sonne Miamis glänzten. Die lebensbedrohliche Verwundung, die er bei dem Versuch, die Blockade von Leningrad zu brechen, davongetragen hatte, war immer noch als faustgroßes Mal über der rechten Niere zu erkennen. Seine Brust, Schultern und Rippen waren verunstaltet; seine Oberarme, Unterarme und Beine übersät mit Narben von Messerstichen und Schießpulver, schartig, furchig, wulstig.

Tatiana wollte weinen, sie wollte laut losschreien. Es war nicht fair. Es war nicht richtig, dass er Hitler und Stalin auf seinem ganzen Körper herumtragen musste, selbst hier in Miami, wo das tropische Meer den blauen Himmel berührte. Der Colonel sollte recht behalten. Es war nicht fair.

Und weil all die anderen Freveltaten nicht ausreichten, war Alexander gegen seinen Willen von seinen Bewachern tätowiert worden, als Strafe für seine Flucht, als Warnung vor weiteren Übertretungen der Lagerregeln und als endgültige Diffamierung seines künftigen Lebens, gemäß dem Motto: Falls dir überhaupt eine Zukunft beschieden ist, dann keine makellose.

Tatiana beobachtete ihn und ihr von Mitleid geplagtes Herz drehte sich in der Stahltrommel ihrer Brust.

Auf Alexanders linkem Oberarm befand sich eine schwarze Tätowierung von Hammer und Sichel. Die verrohten Wärter in Kattowitz hatten es ihm als Erkennungsmal in die Haut gebrannt. Darüber war seine Schulter zum Spott mit einer Majors-Epaulette tätowiert, um Alexander für seine lange Zeit in Einzelhaft zu verhöhnen. Unter Hammer und Sichel befand sich ein großer fünfundzwanzigzackiger Stern, ein Zacken für jedes Jahr Haft, zu dem man ihn in der Sowjetunion verurteilt hatte. Auf der Innenseite seines rechten Unterarms stand in Blau die Zahl 19691. Die Sowjets waren willige Schüler, was die Foltermethoden der Nazis betraf.

Auf Alexanders rechten Oberarm war ein Kreuz tätowiert, das einzige Symbol, das er freiwillig auf seinem Körper tragen wollte. Über dem Kreuz war er gebrandmarkt mit dem Adler der Waffen-SS und dem Hakenkreuz, als Symbol des widerwillig gezollten Respekts, den der unselige Aufseher Iwan Karolitsch ihm abverlangt hatte, denn Alexander hatte sich nie zu etwas bekannt, trotz schwerer Prügelstrafen.

Die Nummer des Konzentrationslagers war am schwersten zu verbergen, da sie so weit unten auf seinem Arm stand. Deshalb krempelte er nur selten die Ärmel hoch. Als sie auf Deer Isle gewesen waren, hatte Jimmy ihn einmal auf die Nummer angesprochen, aber Jimmy war nie im Krieg gewesen. Und als Alexander sagte: »KZ«, konnte er nicht viel damit anfangen und Alexander ging nicht näher darauf ein. Die blaue Nummer war jetzt nach dem Holocaust ein bitteres Zeugnis jüdischen Leids, nicht sowjetischen, sie verunstaltete Alexanders Leben und schrie doch nach dem Leben eines anderen. Hammer und Sichel und die Insignien der SS – all die Alarmzeichen, die unbedingt erklärt sein wollten und doch zusammen unerklärlich waren. Die Nummer eines Todeslagers *und* ein Hakenkreuz? Gegen keins dieser Male konnte man etwas tun, außer sie vor allen zu verbergen, selbst voreinander.

Tatiana drehte sich um und sah eine Familie vorbeischlendern, zwei kleine Mädchen mit ihrer Mutter und ihren Großeltern. Die Erwachsenen sahen Alexander kurz an und schnappten nach Luft. Sie reagierten schockiert und versuchten, die Blicke der Mädchen abzuschirmen. Dann murmelten sie unverständliche Worte, bekreuzigten sich und gingen schnell weiter. Tatiana widerte ihr Verhalten an. Alexander, der Anthony weiterhin hochhob und in die Luft warf, bekam nicht das Geringste davon mit.

Früher einmal, vor allem während ihrer Zeit in Lazarewo, war Alexander das Abbild eines Gottes gewesen. Jetzt hingegen – da hatten die Fremden recht – war er verunstaltet. Die Leute sahen nur diesen Körper. Sie konnten nichts anderes sehen.

Dabei war er immer noch wunderschön. Stählern, schlank, langbeinig, breitschultrig, stattlich, unglaublich groß. Er hatte wieder etwas zugenommen und war nach dem Hochziehen der Hummerkörbe muskulöser geworden. Die seltenen Male, da er lachte, strahlten seine weißen Zähne in seinem braungebrannten Gesicht. Sein geschorener Kopf glich einem schwarzen Igel, und hin und wieder trat ein weicher Ausdruck in seine schokoladenbraunen Augen.

Doch man konnte es nicht leugnen, er war verwundet. Und nirgendwo fiel es mehr auf als hier, in seinem Leben als Amerikaner. In der Sowjetunion wäre er einer von Millionen Kriegsversehrten gewesen. Dort hätte er vielleicht gar nicht mehr darüber nachgedacht, während man ihn in seiner Schafsfelljacke zum Holzhacken in die Wälder oder zur Arbeit in die Bergwerke geschickt hätte. Hier in Amerika war er vom Hals bis zu den Knöcheln in Leinenklamotten gekleidet, hier fuhr er Boote und reparierte Maschinen.

Während sie sich liebten, versuchte Tatiana zu vergessen. Was ganz und vollkommen sein musste, war ganz und vollkommen geblieben. Doch sein Rücken, seine Arme, seine Schultern und seine Brust, sie wusste nicht, wohin sie ihre Hände legen sollte. Sie hielt sich an seinem Kopf fest, was nur geringfügig besser war. An seinem hinteren Schädel waren eine lange Furche und vernarbte Schnittwunden. Tatiana kannte niemanden, der so den Krieg auf seinem Körper trug wie Alexander. Jedes Mal, wenn sie ihn berührte, musste sie weinen.

Nachts konnte sie ihn nicht anfassen und betete, dass er es nicht bemerkte.

»Kommt schon, ihr zwei«, rief sie ihnen mit kraftloser Stimme zu und rappelte sich auf. »Gehen wir nach Hause. Es wird spät. Hört auf herumzualbern. Anthony, bitte. Was habe ich dir gesagt? Du sollst vorsichtig sein.« *Merkst du denn nicht, wie dein Vater aussieht?*

Und so kamen ihre zwei Männer, der eine klein, der andere groß, geradewegs aus dem Wasser auf sie zu und blieben mit unbeirrtem Blick vor ihr stehen. Sie hatten beide die Beine gespreizt und die Hände in die Hüften gestemmt, sahen aus wie ein Paar Wasserkessel.

»Können wir jetzt aufbrechen?«, fragte Tatiana und sah zu Boden.

»Mommy«, sagte ihr Sohn bestimmt, »spiel mit uns.«

»Ja«, pflichtete Alexander ihm bei, »komm spielen.«

»Nein, es ist Zeit, nach Hause zu gehen.« Sie blinzelte und Alexander verschwand für einen Augenblick aus ihrem Gesichtsfeld.

»Jetzt hab ich genug«, sagte er plötzlich und hob sie hoch. Er trug sie zum Meer und warf sie kurzerhand in die Wellen. Tatiana ging die Luft aus, und als sie an die Oberfläche kam, um Atem zu holen, warf er sich auf sie, schüttelte und scheuchte sie unerbittlich. Vielleicht war er ja gar nicht verschwunden. Das salzige Wasser trug ihre Körper. Auf einmal fühlte sie sich ganz wie sie selbst. Sie erinnerte sich, wie sie vor dem Zarenpalast Räder für ihn geschlagen und mit ihm in der Straßenbahn gesessen hatte und barfuß mit ihm durch das Marsfeld geschlendert war, während Hitlers Panzer und Dimitris Intrigen die Türen zu ihren Herzen umwalzten.

Alexander hob sie hoch und warf sie in die Luft, doch er tat nur so, als würde er sie wieder auffangen. Sie klatschte ins Wasser und kreischte. Dann kam sie auf die Beine und rannte vor ihm davon, während er sie an den Strand jagte. Sie ließ sich fallen, damit er sie fangen konnte. Er bedeckte sie mit nassen

Küssen und sie hielt sich an seinem Hals fest. Anthony kam angehüpft und krabbelte auf Alexanders Rücken, *auseinander, auseinander.* Alexander zog alle beide enger an sich und trug sie wieder ins Meer, wo sie noch eine Weile wie Hausboote auf den Wellen dahindümpelten.

Alexanders Lieblingsfarbe

»Tania, warum hast du Vikki nicht angerufen?«, fragte Alexander, als sie beim Frühstück saßen.

»Das werde ich noch tun. Wir sind ja erst seit ein paar Wochen hier«, sagte sie. »Was soll die Aufregung?«

»Genauer gesagt elf.«

»Schon elf Wochen? Nein!«

»Ich weiß, wie oft ich Miete gezahlt habe. Elf Mal.«

»Mir ist gar nicht aufgefallen, dass es schon so lang ist«, murmelte Tatiana. »Warum sind wir immer noch hier?« Dann brachte sie schnell das Thema auf Thelma, die nette Frau, die sie vor ein paar Tagen morgens beim Einkaufen getroffen hatte. Thelmas Mann war kürzlich aus Japan heimgekehrt. Und nun suchte sie etwas Zerstreuung für ihn, da er ein bisschen durch den Wind sei. Tatiana schlug einen Bootstrip vor und Thelma fand sofort Gefallen an der Idee.

Offenbar schaffte Thelma es weder an diesem noch am darauffolgenden Nachmittag zum Hafen, obwohl der Himmel jedes Mal blau war und das Wetter günstig. Als Tatiana ihr ein paar Tage später im Lebensmittelladen über den Weg lief, stammelte Thelma eine Entschuldigung: Sie hoffe aber, dass sie und ihr Mann auf jeden Fall diesen Nachmittag Zeit fänden, zum Hafen zu kommen. Thelma fragte Tatiana, ob sie auch auf dem Boot sei. Tatiana verneinte und führte den Mittagsschlaf ihres Sohnes, das Abendessen für ihren Mann und andere Erledigungen im Haushalt zur Begründung an. Thelma nickte und zeigte schwesterliches Verständnis, da sie an diesem Morgen selbst einiges im Haushalt zu tun hatte. Sie wollte eine warme Apfelpastete backen. Offenbar schmeckte die den Kriegsheimkehrern.

Alexander brachte erstaunliche Geldmengen nach Hause. Einen Dollar, zwei Dollar, fünf Dollar, zwanzig Dollar.

»Das ist selbst mir zu hoch«, sagte Tatiana, während sie am Küchentisch saß und vor ihr ein Haufen Ein- und Fünf-Dollar-Scheine lag. »Ich kann nicht so weit zählen. Hast du heute *einhundert* Dollar verdient?«

»Sieht so aus.«

»Alexander, ich möchte wissen, was du mit diesen Frauen für einhundert Dollar am Tag machst.«

Als er nur rauchte, grinste und nichts erwiderte, sagte sie: »Das war keine rhetorische Frage. Deine Frau hätte gern eine Antwort.«

Er lachte, und sie lachte. Doch am nächsten Tag, als sie Anthony vom Boot abholen wollte, sah sie ausgerechnet – Thelma. Piekfein herausgeputzt stand sie für Tatianas Geschmack eindeutig zu nah bei ihrem erst kürzlich geretteten Ehemann. Sie war nicht einmal sicher, ob es sich wirklich um Thelma handelte, denn im Lebensmittelladen war Thelma ungeschminkt und schlicht gekleidet. Jetzt war ihr dunkles welliges Haar gelockt und toupiert, sie hatte Make-up aufgelegt, sie ... Tatiana konnte nicht einmal mit Bestimmtheit sagen, was provokativ an ihr wirkte. Vielleicht der Rock, der eng an ihren Hüften lag, ihre Beine, die nackt darunter hervorsahen, der rote Dirnenmund zur glühend heißen Mittagszeit, vielleicht auch der schief gelegte Kopf und das kokette liederliche Lächeln.

»Thelma?«, sagte Tatiana, als sie zum Bootssteg kam. »Sind Sie das?«

Thelma fuhr herum, als hätte sie eine Grabesstimme gehört. »Oh, hi.«

Tatiana stellte sich zwischen sie und Alexander. Sie wandte sich der Frau zu. »Wie ich sehe, haben Sie meinen Mann schon getroffen. Wo ist Ihr Mann?«

Thelma winkte ab und stöckelte davon. »Er hat es heute nicht geschafft.«

Tatiana ließ es auf sich beruhen – an diesem Tag. Am nächsten Morgen erkundigte sie sich bei Anthony nach der netten Frau, die tags zuvor auf dem Boot gewesen war, und zwar so, dass Alexander, der gerade beim Frühstück saß, jedes Wort genau mitverfolgen konnte. Anthony sagte, dass die Frau seit Längerem jeden Morgen komme.

»Ach, tatsächlich?«

»Nein, stimmt ja gar nicht«, griff Alexander ein.

»Und, Anthony, kommt der Mann der netten Frau auch mit?«, überging ihn Tatiana.

»Nein. Sie hat keinen Mann. Daddy hat sie erzählt, dass er weggelaufen sei und nach dem Krieg nicht mehr verheiratet sein wollte.«

»Oh, wirklich?«

»Ja, und Mommy«, sagte Anthony und leckte sich die Lippen, »sie hat uns eine Apfelpastete mitgebracht. Die war so lecker.«

Tatiana schwieg. Sie blickte nicht einmal auf. Alexander beugte sich über den Tisch und neigte den Kopf, um ihre Aufmerksamkeit zu erhaschen, doch er verlor kein Wort. Als er aufstand, um sie zum Abschied zu küssen, nahm er ihr Gesicht in die Hände und sah sie an. Seine Augen blitzten. Es war ein schöner, unverblümter Kuss, der den Lavastrom in ihrem Innern genauso schön und unverblümt zum Fließen brachte. Dann ging er zur Arbeit.

Als Tatiana mittags kam, um Anthony abzuholen, war Thelma nicht da.

»Mommy«, flüsterte Anthony, »ich weiß nicht, was Daddy ihr heute Morgen gesagt hat, aber sie ist *weinend* vom Boot gelaufen.«

Thelma tauchte nicht mehr auf, selbst im Lebensmittelladen nicht.

Zu Hause sagte Alexander: »Willst du mich morgen Früh und morgen Nachmittag auf der Tour begleiten? Du weißt, dass du jederzeit mit mir aufs Boot kommen kannst.«

»Jederzeit?«

»Natürlich. Du hast nur bisher kein Interesse gezeigt.« Er hielt inne. »Bisher.«

Tatiana fand, seine Bemerkung war ein klein wenig spitz. Und vorwurfsvoll. Doch weshalb sollte er ihr Vorwürfe machen? Weil sie für ihn kochte, sauber machte und die Wäsche wusch? Weil sie ihr Haar flocht, sich rasierte und schrubbte, bis sie ganz rosa war, hauchdünne Kleider und durchsichtige Höschen anzog und sich mit Moschusöl einrieb, bevor sie abends zu ihm ging? Weil sie ihn morgens ein, zwei Stunden mit seinem Sohn verbringen ließ?

Tatiana spielte mit dem Gedanken, ihm eine Szene zu machen. Aber eine Szene weswegen? Sie beobachtete ihn, doch für ihn war es längst erledigt, wie vieles für ihn erledigt war. Er las die Zeitung, trank, rauchte und unterhielt sich mit Anthony.

Am nächsten Morgen begleitete Tatiana ihn auf der Bootstour.

Eine blutjunge Frau schlenderte zu Alexander und stellte sich neben ihn. »Sie tragen einen Bürstenschnitt«, flüsterte sie. Tatiana saß mit Anthony auf dem Schoß still in der Nähe. »Fast so, als wären Sie in der Army«, bohrte das Mädchen nach, als Alexander nichts darauf erwiderte.

»Ich war in der Armee.«

»Oh, wie aufregend. Wo haben Sie gedient?«

»An der Ostfront.«

»Wow. Ich will alles darüber wissen. Wo ist die Ostfront eigentlich? Ich habe noch nie davon gehört. Mein Vater war in Japan. Er ist übrigens immer noch da.« Sie war vielleicht achtzehn, neunzehn und redete unaufhörlich. »Captain, das Boot fährt sehr schnell und der Fahrtwind ist so stark. Ich habe diesen Volantrock an. Sie glauben nicht, dass das ein Problem wird, oder? Der Wind wird den Rock nicht unanständig weit hochwehen?« Sie kicherte.

»Das glaube ich nicht. Ant, willst du herkommen und mir beim Steuern helfen?«

Anthony lief zu seinem Vater. Das Mädchen drehte sich um, blickte erst Anthony an und dann Tatiana, die lächelnd dasaß und ihr zuwinkte.

»Ist das Ihr Sohn?«

»Ja.«

»Und das ist ...?«

»Meine Frau, ja.«

»Oh, entschuldigen Sie. Ich wusste nicht, dass Sie verheiratet sind.«

»Doch, das bin ich. Tania, komm her. Darf ich dir vorstellen ... Wie war doch Ihr Name?«

Tatiana ging an dem Mädchen vorbei und stellte sich neben Alexander. »Entschuldigen *Sie«*, sagte sie und fügte gelassen hinzu, »ich glaube schon, dass der Wind für eine unanständige Szene sorgen könnte, wie Sie meinten. Also halten Sie Ihren Rock lieber fest.«

Alexander biss sich auf die Lippe. Tatiana stand ruhig neben ihm. Ihre Hand lag auf dem Steuer.

Als sie abends nach Hause gingen, sagte Alexander: »Entweder animiere ich die Passagiere, mir weitere Fragen zu stellen, oder ich lass mir die Haare länger wachsen.« Tatiana schwieg, da sie nicht glaubte, dass ihr Mann mit einem glänzenden schwarzen Haarschopf an Attraktivität einbüßen würde. Schließlich drängte er sie, ihm zu sagen, was ihr durch den Kopf ging.

Sie kaute auf ihrer Lippe. »Ist diese ständige Aufmerksamkeit der Frauen gewollt oder ungewollt?«

»Die anderen interessieren mich nicht, Baby.« Er hatte den Arm um sie gelegt. »Aber du amüsierst mich.«

Als Alexander am nächsten Abend nach Hause kam, sprach Tatiana kein Wort mit ihm.

»Was ist los?«, fragte er, als er aus dem Bad trat. »Du bist noch mürrischer als sonst.«

»Ich bin sonst nicht mürrisch!«, protestierte sie. »Ich habe nur heute einen Test gemacht.«

»Was für einen Test?« Alexander setzte sich an den Tisch. »›Was wünscht sich mein Mann zum Abendessen?‹«

»Mein Mann wünscht sich Kochbananen, Karotten, Mais, Garnelen und Brot zum Abendessen und zum Nachtisch warme Apfelpastete mit Eis.«

»Warme Apfelpastete?« Alexander lächelte. »Da liegst du ganz richtig.« Er lachte und schmierte sich ein Brötchen mit Butter. »Erzähl mir von dem Test.«

»›Wie gut kennen Sie Ihren Mann?‹, so heißt ein Test in einer meiner Zeitschriften – dem *Ladies Home Journal*.«

»In *einer* deiner Zeitschriften?« Er hatte den Mund voll. »Ich wusste nicht mal, dass du überhaupt Zeitschriften liest.«

»Na ja, vielleicht wäre dir dieser Test dann auch anzuraten.«

Er zwinkerte ihr verschmitzt von der anderen Tischseite aus zu und schmierte sich noch ein Butterbrötchen. »Und, wie hast du abgeschnitten?«

»Ich bin durchgefallen«, sagte Tatiana. »Offenbar kenne ich dich kein bisschen.«

»Tatsächlich?« Auf Alexanders Gesicht lag ein gespielt ernster Ausdruck.

Tatiana schlug die Seite mit dem Test auf. »Sieh dir die Fragen an. Was ist die Lieblingsfarbe Ihres Mannes? Ich weiß es nicht. Was ist sein Lieblingsessen? Ich weiß es nicht. Welchen Sport mag er am liebsten? Auch das weiß ich nicht. Was ist sein Lieblingsbuch? Sein Lieblingsfilm? Sein Lieblingslied? Sein Lieblingseis? Schläft er gern auf dem Rücken oder auf der Seite? Wie hieß die Schule, an der er seinen Abschluss gemacht hat? Ich weiß gar nichts.«

Alexander grinste. »Komm schon. Nicht mal die Frage nach der bevorzugten Schlafstellung kannst du beantworten?«

»Nein!«

Er aß sein Brötchen weiter, stand auf, nahm ihr die Zeitschrift aus der Hand und warf sie in den Müll. »Du hast recht«, sagte er nickend. »Da ist nichts zu machen. Meine Frau kennt mein Lieblingseis nicht. Ich verlange die Scheidung.« Er zog die Augenbrauen hoch. »Glaubst du, ein Pfarrer wird unsere Ehe annullieren?« Tatiana saß betrübt auf ihrem Stuhl.

»Du machst dich über mich lustig«, sagte sie, »aber mir ist das ernst.«

»Du kennst mich nicht, weil du nicht weißt, was meine Lieblingsfarbe ist?« Alexander klang, als könne er es nicht glauben. »Frag mich irgendetwas und ich sage es dir.«

»Du sagst mir gar nichts. Du redest überhaupt nicht mit mir.« Sie fing an zu weinen.

Er riss die Augen auf und war zutiefst erstaunt. Das Lachen blieb ihm im Hals stecken. »Noch vor einer Sekunde war das alles nur Spaß«, sagte er langsam.

»Wenn ich nicht mal so etwas Einfaches weiß wie deine Lieblingsfarbe«, sagte Tatiana, »was weiß ich wohl sonst alles nicht?«

»Ich weiß nicht mal selbst, was meine Lieblingsfarbe ist! Oder mein Lieblingsfilm oder -buch oder -lied. Ich weiß es nicht, weil es mir egal ist. Ich habe nie darüber nachgedacht. Guter Gott, ist es das, worüber sich die Leute nach dem Krieg Gedanken machen?«

»Ja!«

»Willst *du* dir über so was Gedanken machen?«

»Besser als das, worum unsere Gedanken sonst kreisen.«

Anthony kam in seiner segensreichen Art aus seinem Zimmer und hinderte sie wie immer daran, ihre Diskussion zu Ende zu führen. Er musste in jedes Thema mit einbezogen werden, musste alles spannend finden. Sobald er seine Mutter und seinen Vater in lebhaftem Ton miteinander reden hörte, tauchte er auf und holte einen von ihnen weg.

Später sagte Tatiana traurig im dunklen Schlafzimmer zu Alexander: »Wir kennen uns nicht. Erst jetzt, vielleicht ein bisschen spät, wird mir klar, dass wir uns nie gekannt haben.«

»Sprich nur für dich«, sagte Alexander. »Ich weiß, wie du gelebt hast, und ich weiß, wie du berührt werden willst. Und du weißt, wie ich gelebt habe und ich berührt werden will.«

Vielleicht wusste Alexander theoretisch, von Verstandes wegen, wie Tatiana berührt werden wollte, aber ganz sicher berührte er sie nicht mehr auf diese Weise. Sie wusste nicht, warum. Er tat es einfach nicht. Und sie wusste nicht, wie sie ihn darum bitten sollte.

»Also, kann ich dich *einmal* lieben, ohne dass du weinst? Nur ein einziges Mal. Und bitte, erzähl mir nicht, dass es Freudentränen sind.«

Keinesfalls wollte sie ihn erst dazu bringen müssen, sie zu berühren.

Tatiana versuchte, nicht zu weinen, als er sie liebte. Doch es ging nicht.

Sie mussten einen Weg finden, zu leben und einander zu berühren, und gleichzeitig die Vergangenheit, die sie zusammengeführt hatte, sicher verschließen, sie nur nach Bedarf hervorholen und sich nicht von ihr beherrschen lassen.

Im Schlafzimmer waren sie wie Nachttiere; das Licht war ständig aus. Tatiana musste etwas unternehmen.

»Was ist das für ein gotterbärmlicher Gestank?«, fragte Alexander, als er vom Jachthafen nach Hause kam.

»Mommy hat Mayonnaise in ihr Haar getan«, sagte Anthony mit einem Ausdruck, der sagte: *Mommy hat ihr Gesicht mit Entendreck gewaschen.*

»Sie hat *was?*«

»Heute Nachmittag hat sie sich ein ganzes Glas in die Haare geschmiert. Dad, sie hat stundenlang damit herumgesessen, und jetzt kriegt sie das Wasser nicht heiß genug, damit sie die Haare ausspülen kann.«

Alexander klopfte an die Badezimmertür.

»Geh weg«, hörte er sie sagen.

»Ich bin's.«

»Dich habe ich auch gemeint.«

Er öffnete die Tür. Sie saß ganz verschmiert in der Wanne, das Haar nass und glitschig, und bedeckte ihre Brüste vor ihm.

»Was machst du da?«, fragte er mit starrem Gesicht.

»Nichts. Was machst du so? Wie war dein Nachmittag?« Sie sah den Ausdruck in seinen Augen. »Ein falsches Wort von dir, Alexander …«, drohte sie.

»Ich habe nichts gesagt«, entgegnete er. »Kommst du nun bald heraus? Und was ist mit dem Abendessen?«

»Das Wasser ist lauwarm und ich kriege das Zeug einfach nicht aus den Haaren. Ich warte darauf, dass der Boiler sich wieder erhitzt.«

»Das dauert Stunden.«

»Ich habe Zeit«, sagte sie. »Du bist doch nicht hungrig, oder?«

»Kann ich helfen?«, fragte Alexander und bemühte sich nach Kräften, ernst zu bleiben. »Wie wäre es, wenn ich das Wasser auf dem Herd heiß mache und dein Haar damit auswasche?«

Alexander mischte kaltes Wasser in das kochende, setzte sich mit nacktem Oberkörper auf den Wannenrand und shampoonierte Tatianas Kopf. Später aßen sie Käse-Sandwichs und Tomatensuppe aus der Dose. Der Boiler war wieder heiß, und Tatiana wusch ihr Haar erneut. Sie schien den Geruch langsam loszuwerden, doch im trockenen Zustand roch es immer noch nach Mayonnaise. Nachdem sie Anthony ins Bett gebracht hatten, ließ Alexander ihr noch ein Bad ein und wusch ihr Haar abermals. Das Shampoo ging ihnen aus und sie benutzten extra starke Seife. Das Haar roch immer noch.

»Es ist wie mit deinen Hummern«, sagte Tatiana.

»Mal ehrlich, die haben nicht so schlimm gerochen.«

»Mom riecht fast wieder wie vorher«, sagte Anthony, als Alexander am nächsten Tag nach Hause kam. »Mach schon, Dad, riech an ihr!«

Dad beugte sich hinunter und schnupperte. »Mmm, fast wie vorher«, pflichtete er bei und legte die Hand auf Tatianas Haar.

Tatiana wusste, dass es heute goldglänzend über ihren Rücken fiel, seidig, schimmernd und samtweich. Sie hatte Erdbeershampoo gekauft und ihren Körper mit einer duftenden Vanilleseife gewaschen. Tatiana schmiegte sich an Alexander und sah zu ihm hoch. »Gefällt es dir?«, fragte sie und konnte kaum atmen.

»Ja, wie du weißt.« Er nahm ihre Hand weg und blickte sie nur kurz an, bevor er sich von ihr abwandte.

Sie begann, das Abendessen zuzubereiten. Es gab Steakrouladen mit Kochbananen und Tomaten.

Später, als sie draußen an Deck waren, sagte er leise: »Tania, geh und bring mir deine Bürste.«

Sie lief schnell und holte sie. Alexander stand hinter ihr, bürstete langsam, behutsam, sanft – wie in einem anderen Leben – ihr Haar und fuhr nach jedem Bürstenstrich mit der flachen Hand darüber. »Es ist sehr weich«, flüsterte er. »Warum um alles in der Welt hast du Mayonnaise aufgetragen?«

»Es war spröde vom Färben und Bleichen und dem Meer«, antwortete Tatiana. »Mayonnaise soll es geschmeidig machen.«

»Woher hast du das?«

»Aus einer Beauty-Zeitschrift.« Sie schloss die Augen. Seine Hände fühlten sich so gut an in ihrem Haar. In ihrem Bauch pulsierte etwas Heißes, Flüssiges.

»Du musst mit diesen Zeitschriften aufhören.« Alexander beugte sich hinunter, drückte den Mund auf ihren Hinterkopf und fuhr mit den Lippen durch ihr Haar. Tatiana stöhnte und schämte sich, dass sie es nicht rechtzeitig unterdrücken konnte.

»Wenn ich sie nicht lese, woher soll ich dann wissen, wie ich meinem Mann gefallen kann?«, sagte sie mit heiserer Stimme.

»Tatia, dafür brauchst du weiß Gott keine Magazine«, sagte er.

Das werden wir ja sehen, dachte sie, und fürchtete ihre eigene Verwegenheit, als sie sich umdrehte und ihre furchtsame Hand nach ihm ausstreckte.

Nackt, die Hände hinter dem Kopf verschränkt, lag Alexander im Bett und wartete auf sie. Tatiana verschloss die Tür, zog ihren seidenen Morgenmantel aus und stellte sich vor ihn hin. Ihre langen blonden Locken flossen über ihre Schultern. Sein Blick heute Abend gefiel ihr. Es lag keine Gleichgültigkeit darin. Als er nach dem Schalter griff, um das Licht zu löschen, sagte sie, nein, lass es an.

»Ich soll das Licht *anlassen?«*, sagte er. »Das ist neu.«

»Ich will, dass du mich ansiehst«, sagte Tatiana. Sie stieg aufs Bett und setzte sich rittlings auf ihn. Langsam ließ sie ihr Haar auf seine Brust fallen.

»Wie fühlt sich das an?«, flüsterte sie.

Alexander stieß einen Laut des Wohlwollens aus, legte die Hände auf ihre Hüften und drückte seinen Bauch in ihre geöffneten Schenkel.

»Seidig, nicht wahr?«, schnurrte sie. »So weich, seidig ... samtig ...«

Alexander stöhnte.

Er stöhnte tatsächlich. Er öffnete den Mund und ein wahrnehmbarer Laut der Erregung drang aus seiner Kehle.

»Spüre mich, Shura ...«, flüsterte sie und rieb sich ganz sanft über seinen nackten Bauch. Ihr langes gelöstes Haar strich über seine Haut, so wie sie über seine Haut strich. Doch es erregte sie zu sehr; sie musste aufhören. »Ich dachte, wenn mein Haar seidig wäre«, flüsterte sie und bewegte den Kopf hin und her, so dass ihre langen Locken federleicht seine Brust streichelten, »dann würdest du vielleicht wieder hineinfassen, deine Lippen darin vergraben.«

»Ich fasse dein Haar doch an«, murmelte er.

»Ich sagte nicht *an-*, ich sagte *hineinfassen.«*

Alexander streichelte ihr Haar.

Sie schüttelte den Kopf. »Nein. So berührst du es heute. Ich will, dass du es berührst wie damals.«

Er schloss die Augen und öffnete die Lippen. Mit festem Griff zog er ihre Hüften tiefer, während er sich nach oben schob. Tatiana konnte spüren, wie aufgeladen er war, wie er sie suchte, so dass all der Aufwand mit Mayonnaise in einer Sekunde zu genau demselben Ergebnis führen würde, zu dem es schon seit Monaten in ihrem Bett kam.

Schnell beugte sie sich zu ihm und rutschte höher. »Sag mir«, flüsterte sie in sein Gesicht, »warum ist es dir egal geworden, wie ich mein Haar trage?«

»Es ist mir nicht egal.«

»Doch, das ist es. Komm schon, rede mit *mir.* Sag mir, warum.«

Alexander wurde still. Er nahm die Hände von ihren Hüften und legte sie auf ihre Knie.

»Sag mir, warum berührst du mich nicht?«

Er hielt bedrückt inne und wich ihrem forschenden Blick aus. »Dein Haar gehört mir nicht mehr. Es gehört der anderen Frau, die du in New York warst, die roten Nagellack trug und in Stöckelschuhen tanzte, die bei Vikki gewohnt und sich ein Leben ohne mich aufgebaut hat, als sie dachte, ich sei tot. Und das war auch ganz richtig so. Ich mache dir keinen Vorwurf. Aber daran erinnert es mich.«

Tatiana legte ihm die Hand auf die Wange. »Willst du, dass ich es abschneide? Ich schneide es ganz ab, jetzt gleich.«

»Nein.« Alexander wandte das Gesicht ab. Sie schwiegen. Dann sagte er: »Nichts ist dir je genug. Ist dir das schon mal aufgefallen? Ich kann dich nicht genug anfassen. Ich kann dich nicht glücklich machen. Ich kann nichts Richtiges zu dir sagen. Und du kannst keinen verdammten Fehler ungeschehen machen, den ich im Lauf der Zeit begangen habe.«

Tatiana sank in sich zusammen. »Du bist hier. Und dir ist alles vergeben«, sagte sie ruhig. Sie setzte sich auf und verschloss die Augen vor seinen tätowierten Armen und seiner narbenbebänderten Brust.

»Sag *du* mal ehrlich«, sagte Alexander. »Denkst du nicht

manchmal, dass wir es schwerer haben, du und ich, als andere Menschen – *damit* und auch mit anderen Dingen? Dieser Test in der Zeitschrift beweist doch nur, wie absurd es ist, dass wir so tun, als seien wir normale Leute. Denkst du nicht manchmal, dass es einfacher wäre mit deinem Edward Ludlow in New York? Oder für mich mit irgendeiner Thelma? Keine Geschichte. Keine Erinnerungen. Nichts, was man überwinden muss. Nichts, was man loswerden will.«

»Wäre es leichter für dich?«

»Na ja, zumindest würde ich nicht jede Nacht hören, wie du weinst«, sagte Alexander. »Ich würde mir nicht jede Minute meines Lebens wie ein erbärmlicher Versager vorkommen.«

»Oh, mein Gott. Wovon redest du da?« Tatiana versuchte von ihm herunterzusteigen, doch diesmal ließ Alexander *sie* nicht los.

»Du weißt, wovon ich rede«, sagte er mit brennendem Blick. »Gedächtnisverlust, Gehirnoperation, das wär's. Könnte ich bitte vergessen, aufhören zu denken, und zwar für immer? Sieh dir an, was mit uns passiert ist, mit *uns*, Tania. Weißt du nicht mehr, wie wir waren? Und jetzt sieh dir an, was los ist.«

Die lange Winternacht blutete in die Gegenwart von Coconut Grove, über die Felder und Dörfer dreier Länder, durch die er plündernd gezogen war. Er wollte die Brücke zum Heiligen Kreuz erreichen, über die Weichsel in die Berge gelangen, nach Deutschland fliehen, Pascha retten und sich zu Tatiana durchschlagen. Doch er hatte versagt. Zwanzig Fluchtversuche, zwei aus Kattowitz, einer von der Burg Colditz mit tragischem Ausgang und siebzehn verzweifelte Ausbruchsversuche aus Sachsenhausen, und nie hatte er es zu ihr geschafft. Er hatte immer die falschen Entscheidungen getroffen. Alexander wusste es. Anthony wusste es. Wenn der Junge schlief, konnten seine Eltern stundenlang sinnlos über die Felder und Flüsse Europas und durch die Straßen Leningrads irren. Doch damit war niemandem gedient.

»Hör auf«, flüsterte Tatiana. »Hör jetzt auf. Du hast nicht versagt. Das siehst du ganz falsch. Du bist am Leben geblieben, darum ging es, *nur* darum, und das weißt du auch. Warum tust du das?«

»Warum?«, fragte er. »Du willst es hören, während du nackt und mit offenem Haar auf mir sitzt. Na gut, bitte. Du willst es nicht hören? Dann frag mich nicht danach. Schalt das Licht aus, flechte dir einen Zopf, schaff deinen ...«, Alexander bremste sich, »geh von mir herunter und halt den Mund.«

Tatiana tat nichts von all dem. Sie wollte es nicht hören. Sie verspürte nur den grenzenlosen Wunsch, dass er sie berührte. Ihr Herz schmerzte von seinen Worten, doch genauso unvermindert schmerzte ihr Körper vor Verlangen nach ihm. Sie blieb, wo sie war, und beobachtete ihn, so wie er sie beobachtete. Zärtlich streichelte sie seine Brust, seine Arme, seine Schultern. Sie beugte sich nach vorn und ihre feuchten, warmen Lippen wanderten über sein Gesicht, seinen Hals. Als sie spürte, wie er sich entspannte, flüsterte sie: *Shura, ich bin es, deine Tania, deine Frau.*

»Was willst du, Tania, meine Frau?« Seine Hände streiften über ihre Schenkel und Taille und berührten ihr Haar.

Sie schämte sich so für ihr Verlangen. Doch die Scham schmälerte es kein bisschen.

Seine Hände wanderten zu ihren Hüften. »Wonach sehnst du dich so verzweifelt?«, flüsterte Alexander, während seine Finger sich in ihr Fleisch gruben. »Sag es mir. Sprich mit mir.«

Sie rutschte etwas höher und rieb ihre Brüste über seinen Mund. Er nahm sie in die Hände und stöhnte erneut. Seine Lippen öffneten sich.

Tatiana flüsterte: »Ich will, dass du mein Haar streichelst, reib es zwischen deinen Fingern, knete es wie früher. Das habe ich geliebt, wie du mich damals berührt hast.« Ihr Körper bebte. »Halt es fest, ganz fest ... *ja,* genau *so* ... Berühr meine blonden Haare, die du früher so geliebt hast. Weißt du noch? Weißt du es noch?«

Ganz langsam rutschte Tatiana auf seine Brust, immer höher und höher, bis sie über Alexanders keuchendem, geöffnetem Mund kniete. *Bitte, bitte, Liebling, Shura,* flüsterte Tatiana, *berühr mich.* Sie klammerte sich an das Kopfbrett und sank ein bisschen tiefer. *Bitte, berühr mich wie früher.*

Diesmal brauchte Alexander keine zweite Aufforderung. Atemlos spreizte er sie mit den Händen. Und als sie zum ersten

Mal seit ihrer Rückkehr nach Amerika seinen warmen, weichen Mund auf ihr spürte, wurde sie fast ohnmächtig. Sie fing an zu weinen. Sie konnte sich kaum aufrecht halten. Hätte die Wand sie nicht gehalten, wäre sie vermutlich vornübergekippt.

»Tatiascha, wenn ich dich sehe ... was meinst du? Wie sich herausstellt, ist Blond ... meine Lieblingsfarbe.«

Sie hielt es keine drei Atemzüge aus, bis sie kreisend in seinen Mund sank. Sie weinte, weinte vor Glück und Erregung. *Bitte, hör nicht auf, Liebling. Shura, hör nicht auf.* Sie pulsierte in seine Lippen und stöhnte so laut, dass der Himmel sich gleich auftat. *Oh Gott, oh ja ... Oh Shura ... Shura ... Shura.*

Als er am nächsten Morgen vor der Arbeit in die Küche kam, um seinen Kaffee zu trinken, sagte Tatiana tief errötend: »Alexander, was möchtest du zum Frühstück?«

Er nahm sie in die Arme, hob sie hoch, setzte sie vor sich auf die Küchentheke und hielt sie umschlungen. Mit blitzenden Augen sagte er: »Ach, jetzt am Morgen bin ich also wieder Alexander?« Er drückte seinen Mund auf ihre geöffneten Lippen.

Lovers Key

An einem feuchten Sonntag, als aus dem Frühling ein brütend heißer Sommer geworden war, lieh Alexander sich ein einmastiges Segelboot von Mel und fuhr mit Tatiana und Anthony hinaus in die Bucht. Sie dachten, der Wind würde sie abkühlen. Doch die feuchte Brise steigerte die Schwüle nur. Da sie allein auf See waren, zog Alexander seine Badehose an, Tatiana trug einen Bikini, und so trieben sie friedlich unter der Mittagssonne, die im Wendekreis des Krebses stand. Alexander hatte zwei Angeln und ein paar Würmer dabei. Der Wind war gut. Die Fock gesetzt. *Folget mir nach*, flüsterte Tatiana, *ich will euch zu Menschenfischern machen*. Sie segelten auf ruhigem Wasser um Key Biscayne und weiter Richtung Süden nach Lovers Key. Dort gingen sie vor Anker und aßen zu Mittag. Nachdem Anthony seinem Dad geholfen hatte, die Leinen des Vorsegels herabzulassen, schlief er ein. Er lehnte an seiner Mutter und kippte einfach um. Lächelnd zog Tatiana den Jungen enger an sich und platzierte ihn so, dass er es bequemer hatte. »Ich weiß, wie er sich fühlt. Das ist so schön beruhigend.« Sie schloss die Augen.

Alexander lichtete den Anker und ließ das Boot träge auf dem Wasser treiben. Er setzte sich zu Tatiana auf die weiße Ruderbank, zündete sich eine Zigarette an, gab ihr etwas zu trinken. Sie saßen einfach da und schlingerten auf dem Meer.

Das Russisch, das sie sprachen, versetzte sie in eine andere Zeit. Ihre Worte klangen weicher. Meistens unterhielten sie sich auf Englisch, doch an diesem Sonntag auf dem Boot waren sie Russen.

»Shura, wir sind jetzt seit sechs Monaten hier.«

»Ja, und es hat nicht geschneit.«

»Dafür hatten wir drei Hurrikans.«

»Die Hurrikans machen mir keine Sorgen.«

»Was ist mit der Hitze, der Schwüle?«

»Können mir nichts anhaben.«

Sie sah ihn prüfend an.

»Meinetwegen können wir gern hierbleiben«, sagte Alexander leise. »Ich hätte nichts dagegen.«

»Auf einem Hausboot?«

»Wir können in ein richtiges Haus ziehen.«

»Und du kümmerst dich tagein, tagaus um die Boote und die Mädchen?«

»Ich habe jetzt eine Frau und mache mir nichts mehr aus anderen Mädchen.« Er grinste. »Aber die Boote gefallen mir, das gebe ich zu.«

»Für den Rest deines Lebens? Boote, Wasser?«

Sein Lächeln verschwand recht plötzlich. Er wandte sich von ihr ab und schaute in eine andere Richtung.

»Überleg mal, wie es dir an den Abenden geht, in den Nächten«, sagte Tatiana mit milder Stimme und zog ihn mit ihrer freien Hand zurück. Mit der anderen hielt sie den Jungen.

»Was hat das Wasser damit zu tun?«

»Ich glaube nicht, dass uns das auf Dauer hilft«, sagte Tatiana. »Im Ernst.« Sie hielt inne. »Ich finde, wir sollten weiterziehen.«

»Ich aber nicht.«

Daraufhin sprachen sie nicht mehr weiter. Alexander rauchte noch eine Zigarette.

Sie trieben mitten auf dem grünen tropischen Meer in Sichtweite der Inseln.

Das Wasser hatte keinen guten Einfluss auf Tatiana. Es zermürbte sie. Bei jedem Wellenschlag sah sie die Newa, den Fluss unter der nördlichen Sonne in der subarktischen Stadt mit den weißen Nächten, die sie einst ihr Zuhause genannt hatten. Das Wasser kräuselte sich und Leningrad tat sich darin auf. Und um Leningrad kreiste alles, was sie sich ins Gedächtnis rufen, und alles, was sie daraus streichen wollte.

Er sah sie lange an. Unter der schwülen Sonne von Coconut Grove wurde sein Blick allmählich sanfter.

»Du hast über den Augenbrauen neue Sommersprossen bekommen.« Er küsste ihre Augenlider. »Goldblondes, geschmeidiges Haar, meergrüne Augen.« Er streichelte ihr Gesicht, ihre Wangen. »Deine Narbe ist fast verschwunden. Nur noch ein dünner weißer Strich ist übrig. Man sieht ihn kaum.« Die Narbe, die von ihrer Flucht aus der Sowjetunion herrührte.

»Meine hingegen sind noch gut sichtbar.«

»Bei dir muss mehr heilen, mein Mann.« Sie streckte die Hand aus und legte sie auf Alexanders Gesicht. Dann schloss sie schnell die Augen, damit er nicht in sie hineinsehen konnte.

»Tatiascha«, flüsterte er. Schließlich beugte er sich zu ihr und küsste sie lang und innig.

Ein Jahr war vergangen, seit sie ihn gefesselt im Lager von Sachsenhausen in Isolationshaft gefunden hatte. Ein Jahr, seit sie ihn vom Bodensatz Sowjetdeutschlands und Stalins Handlangern weggeholt hatte. Wie konnte es schon ein Jahr her sein? Wie lang kam es ihr in Wirklichkeit vor?

Wie eine Ewigkeit im Fegefeuer, wie ein schnelles Tremolo im Himmel.

Alexanders Boot wimmelte von Frauen, alten Frauen, jungen Frauen, verwitweten, frisch verheirateten, und nun auch von schwangeren Frauen. »Ich schwöre«, sagte er, »damit habe ich herzlich wenig zu tun.« Ebenso kamen Kriegsveteranen an

Bord, ein paar davon waren Ausländer. Einer hieß Frederik. Er ging am Stock und hatte einen starken holländischen Akzent. Frederik, der gern neben Alexander saß und aufs Meer hinausblickte, kam immer morgens, weil es ihm nachmittags zu heiß für einen Bootsausflug war. Er blieb bei Alexander am Steuer und hatte oft Anthony auf dem Schoß. Eines Tages, als Frederik mit dem Jungen spielte, sagte dieser: »Dad, schau, er hat auch eine blaue Nummer auf dem Arm, genau wie du.«

Alexander und Frederik sahen sich an. Erst als Frederik Tränen in die Augen stiegen, wandte Alexander sich ab. Frederik sagte nichts mehr auf dieser Fahrt. Doch als sie mittags am Hafen anlegten, ging er nicht von Bord und fragte Tatiana, ob er mit Alexander unter vier Augen reden könne. Tatiana warf Alexander einen bangen Blick zu. Zögernd ließ sie die Sandwichs liegen und ging mit Anthony zum Mittagessen nach Hause.

»Und? Wo waren Sie?«, fragte Frederik. »Ich war in Treblinka. Der weite Weg von Amsterdam nach Treblinka. Stellen Sie sich das vor.«

Alexander schüttelte den Kopf. Er steckte sich eine Zigarette an und wollte auch Frederik eine geben, doch der lehnte ab. »Sie liegen falsch«, sagte Alexander.

»Zeigen Sie mir Ihren Arm.«

Alexander streifte seinen weißen Leinenpullover hoch und zeigte Frederik seinen Arm.

»Ich liege nicht falsch. Die würde ich überall wiedererkennen. Seit wann haben amerikanische Soldaten eine deutsche KZ-Nummer?«

Die Zigarette war zu kurz. Alexander hätte gern weitergeraucht. »Es ist nicht so einfach«, sagte er. »Ich war in einem KZ in Deutschland.«

»So viel ist klar. In welchem?«

»Sachsenhausen.«

»Das war ein Trainingslager der SS. Wie sind Sie dorthin gekommen?«

»Lange Geschichte.«

»Wir haben Zeit. In Miami gibt es eine große Gemeinde jüdischer Exilanten. Wollen Sie mich heute Abend zu unserem Treffen begleiten? Wir treffen uns immer donnerstags. Nur ein paar Leute wie Sie und ich. Wir kommen zusammen, reden und trinken ein bisschen. Sie sehen aus, als hätten Sie es bitter nötig, unter Ihresgleichen zu kommen.«

»Frederik, ich bin kein Jude.«

»Ich verstehe nicht«, stammelte Frederik. »Warum sollten die Deutschen Sie sonst gekennzeichnet haben?«

»Es waren nicht die Deutschen.«

»Wer dann?«

»Die Sowjets. Sie haben das Lager nach dem Krieg geführt.«

»Oh, diese Schweine. Ich kann es nicht glauben. Na ja, kommen Sie trotzdem. Bei uns gibt es drei polnische Juden. Sie hätten nicht gedacht, dass noch welche übrig sind, oder? Jedenfalls waren sie in sowjetischer Gefangenschaft, nachdem die Ukraine erst sowjetisch war, dann deutsch und schließlich zurück in sowjetische Hände gefallen ist. Sie debattieren jeden Donnerstag darüber, welche Besatzung schlimmer war.«

»Nun«, sagte Alexander, »Hitler ist tot. Mussolini ist tot. Hirohito wurde abgesetzt. Der Faschismus ist plötzlich verschrien, nachdem er zwanzig Jahre lang der letzte Schrei war. Und wer ist stärker denn je? Die Antwort sollte Ihnen zu denken geben.«

»Na kommen Sie, tragen Sie Ihr Scherflein bei. Warum haben Ihnen die Sowjets das angetan, wenn Sie gar kein Jude sind? Sie haben keine amerikanischen Kriegsgefangenen gekennzeichnet. Schließlich haben sie auf derselben Seite gekämpft.«

»Wenn die Sowjets gewusst hätten, dass ich Amerikaner bin, hätten sie mich schon vor Jahren erschossen.«

Frederik sah ihn misstrauisch an. »Wie meinen Sie das?«

»Ich kann es nicht erklären.«

»In welcher Einheit haben Sie doch gleich gedient?«

Alexander seufzte. »Ich war in Rokossowskis Armee. Im 97. Strafbataillon.«

»Das ist aber nicht die US-Army.«

»Ich war Hauptmann in der Roten Armee.«

»Oh, mein Gott.« Auf Frederiks Gesicht spiegelte sich Fassungslosigkeit wider. »Sie sind ein Sowjetoffizier?«

»Ja.«

Frederik taumelte so rasch mit seinem Stock von Deck, dass er fast über die eigenen Füße fiel. »Ich lag tatsächlich falsch bei

Ihnen.« Er setzte sich in seinen Rollstuhl und fuhr davon. »Vergessen Sie, dass diese Unterhaltung je stattgefunden hat.«

Als Alexander nach Hause kam, war er sichtlich aufgebracht. »Anthony!«, sagte er, kaum dass er durch die Tür getreten war. »Komm sofort her. Ich habe es dir schon einmal gesagt und jetzt sage ich es zum allerletzten Mal: Hör auf, Fremden irgendwelche Dinge über mich zu erzählen.«

Der Junge war verwirrt.

»Du musst es nicht kapieren, du musst nur gehorchen. Ich habe dir gesagt, dass du den Mund halten sollst. Und du machst trotzdem weiter, als hätte ich mich nicht klar ausgedrückt.«

Tatiana versuchte dazwischenzugehen, doch Alexander hielt sie davon ab. »Ant, zur Strafe darfst du morgen nicht mit aufs Boot. Ich werde dich übermorgen wieder mitnehmen, aber wenn du noch einmal mit Fremden über mich sprichst, dann hast du das Boot die längste Zeit gesehen. Hast du das verstanden?«

Der Junge weinte.

»Ich habe dich nicht gehört, Anthony.«

»Ich habe verstanden, Dad.«

Alexander richtete sich auf und sah Tatiana an, die sie schweigend vom Herd aus beobachtete. »Könntest du nicht auch Anthonys Mund mit einem langärmeligen Leinenpullover abdecken, so wie du es mit meinem Körper machst?«, sagte er. Er nahm sein Abendessen allein an Deck ein.

Nachdem Tatiana Anthony zu Bett gebracht hatte, ging sie nach draußen.

Das Erste, was Alexander zu ihr sagte, war: »Wir hatten schon seit Wochen kein Fleisch mehr. Ich habe genug von Garnelen und Butt, so wie du von Hummer. Warum kaufst du nicht mal Fleisch?«

Tatiana druckste herum, bis sie schließlich sagte: »Ich kann nicht zum Fleischmarkt gehen. Im Fenster ist ein Schild – ein kleines Andenken aus dem Krieg.«

»Was steht darauf?«

»›Pferdefleisch nicht rationiert – keine Lebensmittelmarken erforderlich‹.«

Sie schwiegen.

Im Oktober 1941 geht Tatiana die Ulitza Lomonosowa in Lenigrad entlang und versucht ein Geschäft aufzutreiben, in dem sie ihre Lebensmittelmarken gegen Brot tauschen kann. Dabei stößt sie auf eine Menschenmenge. Da sie klein ist, kann sie nicht sehen, worum sich die Leute versammelt haben. Plötzlich teilt sich die Menge und ein junger Mann kommt heraus. In der einen Hand hält er ein blutverschmiertes Messer, in der anderen ein großes Stück rohes Fleisch. Tatiana sieht eine frisch getötete Stute hinter ihm liegen, an der eine offene Wunde klafft. Er lässt das Messer zu Boden fallen und beißt in das Fleisch. Ein Zahn bricht ihm heraus. Er spuckt ihn aus und kaut weiter wie besessen. Fleisch!

»Du solltest dich lieber beeilen«, sagt er mit vollem Mund. »Sonst ist nichts mehr da. Soll ich dir mein Messer leihen?«

Alexander erinnerte sich, *als er nach seinem Aufenthalt in Colditz in ein Durchgangslager kam, in dem zweihundert Gefangene untergebracht waren. Sie wurden auf einem mit Stacheldraht umzäunten Gelände gehalten, auf dem in allen vier Ecken ein Wachturm stand. Es gab nichts zu essen, bis auf das Pferd, das die Wärter jeden Mittag töteten und mitten in dem Pulk hungerleidender, messertragender Männer liegen ließen. Sie gaben ihnen sechzig Sekunden mit dem Pferd, bevor sie das Feuer eröffneten. Alexander überlebte nur, weil er sofort auf den Kopf des Tieres zusteuerte und ihm die Zunge herausschnitt. Er versteckte sie in seinem Uniformrock und robbte weg. Dazu brauchte er vierzig Sekunden. Er tat es sechsmal. Die Zunge teilte er sich mit Uspenskij. Pascha war schon gestorben.*

Tatiana lehnte vor Alexander an der Reling und lauschte dem Wasser. Er rauchte. Sie trank Tee.

»Also, was ist los mit dir?«, fragte sie. »Warum hast du allein gegessen?«

»Ich wollte nicht, dass du mich beim Essen mit deinem abschätzenden Blick ansiehst. Ich will nicht, dass du mich verurteilst, Tania.« Er zeigte auf sie. »Du vor allem nicht. Dank Ant hatte ich heute ein unerfreuliches, nicht gewolltes Gespräch mit einem verkrüppelten Juden aus Holland, der mich fälschlicherweise für einen Leidensgenossen hielt, nur um dann festzustellen, dass ich für ein Land gekämpft habe, das die Hälfte der polnischen und sämtliche ukrainischen Juden an Hitler ausgeliefert hat.«

»Aber ich verurteile dich nicht, Liebling.«

»Ich tauge zu nichts«, sagte Alexander. »Nicht einmal zu einer zwanglosen Unterhaltung. Du hast vielleicht recht damit, dass es mir nicht gelingen wird, durch die Arbeit auf Mels Booten mein Leben neu aufzubauen, aber ich tauge auch sonst zu nichts. Wie soll ich bloß ein anderer sein? Ich hatte nur einen Job in meinem Leben – ich war Offizier in der Roten Armee. Ich weiß, wie man eine Waffe trägt, Minen im Boden vergräbt, Panzer fährt, Männer tötet. Ich weiß, wie man kämpft. Und ich weiß, wie man ganze Dörfer niederbrennt. Damit kenne ich mich aus. Und das alles habe ich für die Sowjetunion getan!«, rief er und starrte ins Wasser. Er spürte Tatianas Blick und vermied, sie anzusehen. »Alles ist kaputt«, fuhr er fort. »Ich brülle Anthony an, weil wir so tun müssen, als wäre ich nicht das, was ich bin. Ich muss lügen, um zu verleugnen, was ich bin. Genau wie in der Sowjetunion. Schon ironisch, oder? Dort habe ich mein amerikanisches Ich verleugnet und hier verleugne ich mein sowjetisches.« Er klopfte die Asche ins Wasser.

»Aber Shura, du bist doch noch etwas anderes als ein Soldat«, sagte Tatiana, die nicht in der Lage war, auf die übrigen Tatsachen einzugehen, die er ihr gerade genannt hatte.

»Hör auf, so zu tun, als wüsstest du nicht, wovon ich spreche«, sagte er barsch. »Ich spreche davon, wie ich mein Leben führen soll.«

»Ja, das weiß ich. Aber es ist dir doch auch vorher schon gelungen«, flüsterte sie. Sie wandte sich von ihm ab und blickte ebenfalls auf die dunkle Bucht. Wo war Anthony, um das Gespräch zu unterbrechen, das sie, wie sie zu spät feststellte, gar nicht führen wollte? Alexander hatte recht: Sie verschloss vor vielem die Ohren. Er *konnte* nichts ansprechen und sie *wollte* es nicht. Aber jetzt steckte sie mittendrin. Diesmal musste sie die Rede darauf bringen. »Wir hatten ein Leben in Lazarewo«, sagte sie.

»Das war kein echtes Leben«, sagte Alexander. »Nichts daran hatte etwas mit der Wirklichkeit zu tun.«

»Es war wie nie zuvor und danach der Wirklichkeit am nächsten.« Verletzt von seinen harten Worten ging sie in die Hocke.

»Es war, was es war«, sagte er geringschätzig. »Aber letztlich war es nur ein Monat. Ich musste zurück an die Front. Wir haben so getan, als führten wir ein Leben, während um uns herum der Krieg tobte. Du hast das Haus in Ordnung gehalten, ich habe Fische gefangen. Du hast Kartoffeln geschält, Brot gebacken. Wir haben Laken zum Trocknen aufgehängt, fast so, als führten wir ein echtes Leben. Und jetzt versuchen wir es in Amerika.« Alexander schüttelte den Kopf. »Ich arbeite, du putzt, wir graben Kartoffeln aus, wir kaufen Lebensmittel. Wir backen Brot. Manchmal reden wir. Wir lieben uns.« Er hielt inne und warf ihr einen reumütigen, aber doch leicht vorwurfsvollen Blick zu. »Wenn auch nicht wie in Lazarewo.«

Tatiana senkte den Kopf. Ihre Liebe in Lazarewo war vom Gulag verpestet.

»Habe ich etwa noch mal die Chance, deinen Bruder zu retten?«, fragte er.

»Nichts lässt sich ändern, was geschehen ist«, antwortete sie. Ihr Kopf war über ihre Knie gebeugt. »Wir können nur beeinflussen, was noch sein kann.«

»Aber Tania, weißt du denn nicht, dass dich genau die Dinge am meisten quälen, die du nicht in Ordnung bringen kannst?«

»Das ist mir klar«, flüsterte sie.

»Und verurteile ich dich? Wie wäre es«, sagte Alexander, »dein Herz von der Eisblockade, die es umgibt, zu befreien? Glaubst du, daran ließe sich etwas ändern? Nein, nein, schüttle nicht den Kopf, leugne es nicht. Ich weiß, was du früher gefühlt hast. Ich kenne die unschuldige, fröhliche Sechzehnjährige, die du einmal warst.«

Tatiana hatte nicht den Kopf geschüttelt. Sie neigte ihn nach unten. Was für ein Unterschied.

»Du bist einmal barfuß mit mir über das Marsfeld gehüpft«, sagte Alexander. »Und dann hast du mir geholfen, den Leichnam deiner Mutter auf einem Schlitten über den gefrorenen Boden zum Friedhof zu ziehen.«

»Shura!« Sie stand auf. Ihre Beine gaben nach. »Von allen Dingen, über die wir reden können ...«

»Auf dem Schlitten gezogen«, flüsterte er. »Deine ganze Familie. Sag nicht, du wärst nicht immer noch auf dem Eis ...«

»Shura! Hör auf!« Sie presste die Hände auf die Ohren.

Alexander packte sie und nahm ihre Hände weg. Er zog sie vor sich. »Du bist immer noch dort«, sagte er fast lautlos, »und schlägst Löcher ins Eis, um sie darin zu begraben.«

»Und was ist mit dir?«, sagte Tatiana mit matter Stimme. »Begräbst jede Nacht aufs Neue meinen Bruder, nachdem er auf deinem Rücken gestorben ist.«

»Ja«, sagte Alexander erschöpft und ließ sie los. »Genau das tue ich. Ich grabe immer tiefere Löcher für ihn in den gefrorenen Boden. Ich habe versucht, ihn zu retten, und ihn dabei getötet. Ich habe deinen Bruder nicht tief genug vergraben.«

Tatiana weinte. Alexander saß da und rauchte. Es war seine Art zu weinen, den Kummer gleich in der Kehle mit Gift zu ersticken.

»Lass uns in die Wälder ziehen, Tania«, sagte er. »Weil *nichts* daran etwas ändern kann, dass du nicht mehr neben mir durch den Sommergarten hüpfen wirst. Ich bin nicht der Einzige, der verschwunden ist. Also gehen wir und kochen in unserem Stahlhelm Fischsuppe über dem Feuer. Wir essen und trinken beide daraus. Ist es dir aufgefallen? Wir haben einen Topf. Wir haben einen Löffel. Wir leben, als wären wir immer noch im Krieg, im Schützengraben. Ohne Fleisch, ohne echtes Brot zu backen, ohne etwas anzusammeln, ohne uns ein Heim zu bauen. Nur so können wir leben: heimatlos und ohne jede Bindung. Wir treiben es in unseren Kleidern, bevor sie wieder das Feuer eröffnen, bevor sie die Nachschubeinheiten holen. Wir sind nicht auf Lovers Key, sondern in einem Schützengraben auf dem Hügel vor Berlin, wo wir darauf warten, dass sie uns umbringen.«

»Aber Liebling, den Feind gibt es nicht mehr«, sagte Tatiana und begann zu zittern, als sie an Sam Gulotta und das Außenministerium dachte.

»Ich weiß nicht, wie es dir geht, aber ich kann nicht leben ohne den Feind«, sagte Alexander. »Ich weiß nicht, wie ich die Zivilkleidung tragen soll, die du mir gekauft hast, um meinen Körper zu verdecken. Ich weiß nicht, wie ich aufhören soll, täglich meine Waffen zu reinigen, mein Haar kurz zu tragen, dich und Anthony anzuherrschen, zu erwarten, dass du auf mich hörst. Und ich weiß nicht, wie ich mir Zeit lassen soll, um dich zu berühren und zu nehmen, so als wäre ich nicht im Gefängnis, wo die Wärter jede Minute auftauchen können.«

Tatiana wäre gern nach drinnen gegangen, aber sie wollte ihn nicht noch mehr aufregen. Sie hob beim Sprechen nicht den Kopf. »*Ich* finde, dass du Fortschritte machst«, sagte sie. »Aber tu nur, was du tun musst. Trag deine Armeekleidung, reinige deine Waffen, schneide dein Haar. Herrsch mich an, ich werde zuhören. Nimm mich so, wie du es kannst.« Als Alexander nichts erwiderte, rein gar nichts, um ihr beizustehen, fuhr Tatiana mit brüchiger Stimme fort: »Wir müssen einen Weg finden, der für uns *beide* am besten ist.«

Er hatte die Ellbogen auf die Knie gestützt. Seine Schultern bebten.

Wo war er, ihr Alexander von einst? War er wirklich verschwunden? Der Alexander aus dem Sommergarten, aus ihren ersten Tagen in Lazarewo, der mit der Mütze in der Hand, den weißen Zähnen und geschmeidigen Bewegungen, der friedvolle, lachende, atemberaubende Alexander? War er zurückgeblieben in dem alten Land?

Nun, Tatiana fand, es sei nur gerecht.

Denn Alexander glaubte ja auch, dass seine Tatiana von früher verschwunden sei. Die kindliche Tatiana, die in der Luga, der Newa, der Kama schwamm.

Äußerlich betrachtet waren sie vielleicht noch in den Zwanzigern, aber ihre Herzen waren alt.

Das Mercy Hospital

Am nächsten Mittag stand sie nicht um halb eins am Hafen. Für gewöhnlich konnte Alexander sie schon aus weiter Ferne am Pier sehen, wo sie auf ihn und Anthony wartete – noch bevor er die Geschwindigkeit drosselte. Heute legte er an, vertäute das Boot und ließ die Frauen und alten Männer von Bord, während Anthony auf dem Bootssteg stand und ihnen salutierte. Er wartete vergeblich auf sie.

»Wo ist Mommy?«

»Gute Frage, mein Sohn.« Alexander war nachgiebig gewesen. Sie hatte ihn heute Morgen gebeten, Anthony zu verzeihen, und er war ihrer Bitte gefolgt. Er hatte den Jungen mitgenommen und ihn ermahnt, sich von den Fahrgästen fernzuhalten. Und nun war Ant hier und seine Mutter nicht. War sie böse auf ihn nach der qualvollen Diskussion gestern?

»Vielleicht macht sie ein Nickerchen und denkt nicht daran, dass sie aufwachen muss«, sagte Anthony.

»Schläft Mommy denn normalerweise tagsüber?«

»Nie.«

Alexander wartete noch ein Weilchen und beschloss dann, den Jungen nach Hause zu bringen. Er selbst musste um zwei zur Nachmittagstour zurück sein. Anthony, dessen Freude am Leben durch äußere Umstände nicht getrübt werden konnte, blieb vor jedem Rostfleck stehen und griff nach jedem Grashalm, der an unvorhergesehener Stelle wuchs. Alexander musste den Jungen auf seine Schultern setzen, um etwas schneller voranzukommen.

Tatiana war auch nicht zu Hause.

»Und? Wo ist Mommy?«

»Ich weiß es nicht, Ant. Ich hatte gehofft, du wüsstest es.«

»Was machen wir jetzt?«

»Warten, schätze ich.« Alexander rauchte eine Zigarette nach der anderen.

Anthony stellte sich vor ihn hin. »Ich habe Durst.«

»In Ordnung, ich hole dir was zu trinken.«

»Mommy nimmt immer eine andere Tasse. Mommy nimmt immer einen anderen Saft. Mommy schenkt ihn immer anders ein.« Dann sagte Anthony: »Ich habe Durst *und* Hunger. Mommy gibt mir immer was zu essen.«

»Ja, mir auch«, sagte Alexander und machte ihm ein Sandwich mit Erdnussbutter und Käse.

Er glaubte fest, dass sie in einer Minute mit einem Korb voll Wäsche oder einer Tüte Lebensmittel zur Tür hereinkäme.

Um halb zwei blieb ihm schließlich keine Wahl mehr.

Er sagte: »Gehen wir, Ameisenmann. Sehen wir uns noch mal um. Und wenn wir sie nicht finden, musst du wohl wieder mit mir kommen.«

Statt links zum Memorial Park gingen sie rechts die Bayshore Avenue entlang, an der Krankenhaus-Baustelle vorbei. Dahinter lag noch ein kleiner Park. Anthony sagte, dass sie manchmal dort spielen würden.

Alexander sah sie schon aus der Ferne. Nicht im Park, sondern auf der Baustelle des Mercy Hospital, wo sie reglos auf einer Art Erdhügel saß.

Als er näher kam, erkannte er, dass es ein Bretterstapel war. Er sah sie im Profil: Ihre Haare waren wie üblich zu einem Zopf geflochten, ihre Hände hielt sie angespannt im Schoß.

Als Anthony sie erblickte, rannte er los. »Mommy!«

Sie erwachte aus ihrem Tagtraum und drehte sich um. Ihr Gesicht verzog sich zu einer reumütigen, zerknirschten Miene. »Oh«, sagte sie, stand auf und lief ihnen rasch entgegen. »War ich ein böses Mädchen?«

»Und wie«, sagte Alexander, während er auf sie zuging. »Du weißt, dass ich um zwei zurück sein muss.«

»Es tut mir leid«, sagte sie und beugte sich hinunter zu Anthony. »Ich habe das Zeitgefühl verloren. Geht es dir gut, mein Kleiner? Wie ich sehe, hat Dad dir was zu essen gegeben.«

»Was machst du hier?«, fragte Alexander. Sie tat so, als wischte sie Anthony ein paar Krümel vom Mund, und blieb ihm eine Antwort schuldig.

»Ich verstehe. Also, ich muss los«, sagte er kalt und küsste Anthony auf den Kopf.

Beim Abendessen fiel kaum ein Wort zwischen ihnen. Tatiana versuchte eine Unterhaltung anzukurbeln und erwähnte, dass das Mercy Hospital das erste katholische Krankenhaus im Großraum von Miami sei. Es sei der römisch-katholischen Kirche unterstellt und würde in Form eines Kreuzes gebaut. Alexander unterbrach sie: »Da treibst du dich also in deiner Freizeit herum?«

»Freizeit?«, sagte sie knapp. »Was glaubst du wohl, wie dein Essen auf den Tisch kommt?«

»Heute Mittag hatte ich kein Essen auf dem Tisch.«

»Ein Mal.«

»Hast du heute zum ersten Mal dort gesessen?«

Sie konnte ihn nicht belügen. »Nein«, gestand sie. »Aber es ist nichts. Ich gehe nur hin und sitze da.«

»Warum?«

»Ich weiß es nicht. Ich mache es einfach. Mehr nicht.«

»Damit ich das richtig verstehe«, sagte Alexander und seine Stimme wurde hart, »du hast das Barnacle House, das Vizcaya Museum, den Italienischen Garten. Du kannst einkaufen oder in die Bibliothek gehen. Du hast das Meer, du kannst schwimmen, sonnenbaden, lesen. Aber du setzt dich in den einzigen zwei Stunden am Tag, die du für dich hast, lieber in ein Staubloch und siehst ein paar Bauarbeitern dabei zu, wie sie ein *Krankenhaus* errichten?«

Tatiana schwieg zunächst. »Wie du sehr wohl weißt«, sagte sie dann ruhig, »habe ich bei deinem Verhalten mir gegenüber mehr als nur zwei Stunden am Tag für mich allein.«

Alexander schwieg.

»Warum rufst du dann nicht Vikki an und bittest sie, hier ein paar Wochen mit dir zu verbringen?«, fragte er schließlich.

»Dräng mir nicht dauernd Vikki auf!«, rief Tatiana und war selbst erstaunt über ihre laute Stimme.

Alexander stand auf. »Schrei mich nicht an, verflucht noch mal.«

Tatiana sprang auf. »Dann red nicht länger solchen Blödsinn.«

Er schlug die Hände auf den Tisch. »Was habe ich gesagt?«

»Auf Deer Isle hast du mich drei Tage allein gelassen«, brüllte sie. »Du bist einfach verschwunden. Drei ganze Tage! Hast du mir je eine Erklärung gegeben, wo du warst? Hast du es mir je erzählt? Und schlage *ich* etwa auf den Tisch? Dann sitze ich fünf Minuten einen Block von unserem Haus entfernt und plötzlich läufst du Sturm. Geht es dir eigentlich noch gut?«

»Tatiana!« Alexanders Faust krachte erneut auf den Tisch und das Geschirr fiel scheppernd zu Boden.

Anthony brach in Tränen aus. Er hielt sich die Hände auf die Ohren und sagte: »Mommy, Mommy, mach, dass es aufhört.«

Tatiana warf die Arme hoch und ging zu ihrem Sohn. Alexander stürmte davon.

Tatiana wollte Anthony erklären, dass Erwachsene manchmal

stritten, wusste aber, dass er es nicht verstehen würde. Bessie und Nick Moore stritten. Anthonys Mom und Dad nicht. Der Junge konnte nicht sehen, dass es ihnen immer schwerer fiel, so zu tun, als seien sie aus Porzellan statt aus Feuerstein. Wenigstens hatte sie nun die ersehnte Anteilnahme. Doch wie mit allem, so musste man auch hier vorsichtig mit seinen Wünschen sein.

Viele Stunden später kam Alexander zurück und ging gleich hinaus an Deck.

Tatiana hatte im Bett auf ihn gewartet. Sie zog ihren Morgenmantel über und folgte ihm. Die Luft roch nach Salz und dem Ozean. Es war nach Mitternacht im Juni und hatte immer noch um die fünfundzwanzig Grad. Das gefiel ihr an Coconut Grove. Sie war noch nie zuvor an einem Ort gewesen, an dem es nachts so warm blieb.

»Es tut mir leid, dass ich geschrien habe«, sagte sie.

»Weißt du, was dir wirklich leid tun sollte?«, sagte Alexander. »Dass du nichts Gutes im Schilde führst. Das sollte dir leidtun.«

»Ich sitze nur da und denke nach«, sagte sie.

»Ach, erzähl mir doch keinen Mist.«

Tatiana setzte sich auf seinen Schoß. Sie würde ihm sagen, was er dringend hören musste. Sie wünschte nur, er würde *ihr* ein einziges Mal sagen, was *sie* hören musste. »Es ist nichts, Shura«, flüsterte sie. »Wirklich. Ich sitze einfach da. Hm.« Sie rieb ihre Wange an seiner. Seine Wange war stoppelig. Sie liebte diese Bartstoppeln. Sein Atem roch nach Alkohol. Sie sog ihn ein. Sie liebte auch seinen Bieratem. Dann seufzte sie. »Wo bist du gewesen?«

»Ich bin in ein Casino gegangen. Hab Poker gespielt. Siehst du, wie leicht das geht? Und wenn du wissen wolltest, wo ich damals auf Deer Isle war, warum hast du mich dann nicht einfach gefragt?«

Tatiana wollte ihm nicht sagen, dass sie Angst vor der Antwort hatte. Sie war dreißig Minuten weg gewesen, er jahrelang verschwunden, fort, verschollen – tot, wie sie gedacht hatte. Manchmal wünschte sie, er würde einfach nachdenken. Daran denken, wie *sie* sich wohl fühlte. Sie wollte nicht länger auf seinem Schoß sein. »Shura, komm schon, sei nicht böse auf mich«, sagte sie und stand auf.

»Du auch nicht auf mich.« Er warf beim Aufstehen seine Zigarette fort. »Ich tue mein Bestes«, sagte er und ging hinein.

»Ich auch, Alexander«, sagte sie mit gesenktem Kopf und folgte ihm. »Ich auch.«

Im Bett – als sie sich nackt in den Armen hielten, als es fast vorbei, er beinahe zum Ende gekommen war – umschlang Tatiana ihn wie früher, schlug ihm fieberhaft die Finger in den Rücken und spürte selbst im Augenblick der hemmungslosen Hingabe seine Narben unter ihrem klammernden Griff.

Sie konnte nicht weitermachen. Es ging einfach nicht, selbst in diesem Augenblick nicht. Vor allem nicht in diesem Augenblick. Und so tat sie, was er damals in Lazarewo getan hatte, als er es nicht ertrug, sie zu berühren: Tatiana stieß ihn weg und wandte ihm den Rücken zu.

Sie drückte ihr Gesicht ins Kissen und weinte, in der Hoffnung, dass er es nicht bemerkte oder zu sehr mit sich beschäftigt war, um sich darum zu kümmern.

Sie täuschte sich in jeder Hinsicht. Er bemerkte es natürlich und reagierte.

»Du wolltest doch dein Bestes tun«, flüsterte Alexander atemlos. Er beugte sich über sie und zog ihren Kopf an den Haaren hoch. »Und nun zeigst du mir die kalte Schulter?«

»Sie ist nicht kalt«, sagte Tatiana, ohne in sein Gesicht zu schauen. »Nur der einzige Teil, der nicht völlig wahnsinnig geworden ist.«

Alexander sprang aus dem Bett – zitternd, unverrichteter Dinge. Er knipste das Deckenlicht an, riss die Fensterläden auf. Sie setzte sich zögernd auf und zog eine Decke vor ihren Körper. Nackt, funkelnd, kerzengerade und mit bebender Brust stand er vor ihr. Er war unsagbar wütend.

»Wie soll ich auch nur ansatzweise meinen Weg finden«, seine Stimme überschlug sich, »wenn selbst meine Frau vor mir zurückschreckt? Ich weiß, dass es nicht wie früher ist. Ich weiß, es ist nicht das, was wir hatten. Aber es ist alles, was wir jetzt haben. Und dieser Körper ist alles, was ich habe.«

»Liebling, bitte«, flüsterte Tatiana und streckte die Hände

nach ihm aus. »Ich schrecke nicht vor dir zurück.« Sie konnte ihn nicht sehen durch den Schleier ihres Schmerzes.

»Ja, denkst du denn, ich bin blind?«, rief er. »Oh, Gott! Glaubst du, dass es mir jetzt erst auffällt? Glaubst du, ich bin ein Idiot? Ich merke es jedes verfluchte Mal, Tatiana. Ich knirsche mit den Zähnen. Ich behalte die Kleider an, sodass du mich nicht sehen musst. Ich nehme dich von hinten, sodass ich dich bloß nicht berühre – *genau wie du es willst.*« Er betonte jede Silbe mit zusammengebissenen Zähnen. »Du legst dich angezogen zu mir ins Bett, sodass ich nicht versehentlich meine Wunden an dir reibe. Ich tue so, als würde mich das einen Dreck scheren. Aber was glaubst du wohl, wie lang ich so weitermachen kann? Was glaubst du, wie lang du noch auf dem Fußboden glücklich sein wirst?«

Sie bedeckte ihr Gesicht mit den Händen.

Er zog sie ihr wieder weg. »Du bist meine Frau und du willst mich nicht berühren, Tania.«

»Liebling, ich berühre dich doch.«

»Oh, ja«, sagte er kalt. »Da kann ich wohl nur Gott danken, dass mein Schwanz heil geblieben ist, sonst käme ich wahrscheinlich gar nicht zum Zug. Aber was ist mit dem Rest von mir?«

Tatiana ließ den Kopf sinken und weinte. »Shura, bitte.«

Er zerrte sie aus dem Bett. Die Decke rutschte von ihrem Körper. »Sieh mich an«, sagte er.

Tatiana war zu beschämt, um den Blick zu heben. Sie standen dicht voreinander, beide nackt. Seine Finger gruben sich wütend in ihre Arme. »Ja, genau. Du solltest dich auch verflucht noch mal schämen«, sagte er mit gepresster Stimme. »Du willst mich währenddessen nicht ansehen und jetzt kannst du es auch nicht. Wunderbar. Dann gibt es wohl nichts mehr zu sagen, oder? Also, komm schon.« Er drehte sie um und beugte sie nach vorn übers Bett.

»Shura, bitte!« Sie versuchte sich aufzurichten, doch seine Hand auf ihrem Rücken wies sie an, gebückt zu bleiben. Dann spürte sie sie nicht mehr.

Alexander stand hinter Tatiana, beugte sich über sie und stützte sich nur mit geballten Fäusten auf die Matratze. Er nahm sie, als wäre er in der Armee und sie eine Fremde, die er im Wald aufgelesen hatte und nach einer schnelllebigen Minute verlassen würde, ohne einen Blick zurück, während sie hilflos weinte und dann noch hilfloser aufschrie, zutiefst und verdientermaßen gedemütigt. »Und schau, keine Hände, so wie du es magst«, flüsterte er ihr ins Ohr. »Willst du noch mehr? Oder haben wir jetzt genug *Liebe* gemacht?«

Tatiana hatte ihr Gesicht im Laken vergraben.

Er war noch nicht zum Ende gekommen und zog sich von ihr zurück. Langsam richtete sie sich auf. Sie drehte sich zu ihm und wischte die Tränen von ihrem Gesicht. »Bitte, es tut mir leid«, flüsterte sie. Kraftlos setzte sie sich auf den Rand des Bettes und bedeckte ihren Körper. Ihre Beine zitterten.

»Du versteckst mich vor anderen Leuten, weil du mich selbst nicht ansehen willst. Es wundert mich, dass es dir überhaupt aufgefallen ist oder dich interessiert, dass andere Frauen mit mir reden.« Er keuchte. »Du glaubst wahrscheinlich, sie müssten vor Schreck davonlaufen, wie du, sobald sie nur einen Blick auf mich werfen.«

»Was? Nein!« Sie griff nach ihm. »Shura, du missverstehst mich. Ich erschrecke mich nicht vor dir, es tut mir nur so leid für dich.«

»Dein Mitleid«, sagte er und trat vor ihr zurück, »ist das mit Abstand Letzte, was ich brauche. Bemitleide dich selbst, weil du so bist.«

»Ich habe solche Angst, dir weh zu tun«, flüsterte sie und öffnete die Hände.

»Welche Ironie!«, sagte er. »Wenn man bedenkt, was du mir damit antust.« Alexander stöhnte auf. »Warum kannst du nicht wie mein Sohn sein, der nicht die Augen verschließt und trotzdem nie vor mir zurückscheut?«

»Oh, Shura.« Sie weinte.

»Sieh mich an, Tatiana.« Sie hob den Kopf. Seine bronzefarbenen Augen funkelten wütend. Er war laut, er war unkontrollierbar. »Du findest es entsetzlich, ich weiß, aber hier bin ich nun mal.« Alexander zeigte auf sich: nackt, narbenbedeckt, schwarz tätowiert. »Ich stehe nackt vor dir und werde es, so Gott will, noch ein verdammtes Mal versuchen.« Er ließ die Arme hängen, seine Fäuste waren geballt, seine Lungen fast leer gepumpt.

»Hier bin ich, deine Ein-Mann-Show aus dem Zirkus. Ich habe geblutet für Mütterchen Russland und verzweifelt versucht, zu dir zu gelangen. Und nun liege ich auf dir mit meinen Brandmalen. Und du, die mich einst geliebt hat, die alles verstanden, verinnerlicht und für normal befunden hat, darfst dich nicht von mir abwenden. Begreifst du das? Das ist eins dieser Dinge, die wir nicht ändern können, Tania. So werde ich aussehen, bis zu dem Tag, an dem ich sterbe. Du kannst mir keinen Frieden geben, niemals, solange du keinen Weg findest, *damit* Frieden zu schließen. Schließ Frieden mit mir. Oder lass mich für immer gehen.«

Ihre Schultern hoben und senkten sich. »Es tut mir leid«, sagte Tatiana erneut, während sie aufstand und zu ihm ging. Sie legte die Arme um ihn, kniete sich vor ihn auf den Boden, hielt ihn, blickte auf in sein Gesicht. »Bitte, verzeih mir.«

Schließlich gelang es ihr, ihn zu besänftigen und zurück ins Bett zu bewegen. Alexander kam widerwillig und legte sich neben sie. Sie zog ihn auf sich. Er lag, wo er zuvor gelegen hatte, als ihre Hände über seinen Rücken gewandert waren. Sie schloss die Beine um ihn und hielt ihn innig umschlungen.

»Es tut mir leid, Liebling, mein Mann, Shura, Liebster, mein ganzes Herz«, flüsterte Tatiana in seinem Nacken und küsste seinen Hals. Mit seelenwunden Fingern liebkoste sie ihn. »Bitte, verzeih mir, dass ich deine Gefühle verletzt habe. Ich bemitleide dich nicht. Verdrehe mir nicht das Wort im Mund, um es dann gegen mich zu wenden. Aber ich kann nun mal nicht anders, ich bin unsagbar traurig. Ich wünschte so sehr, allein um deinetwillen, nicht meinetwegen, dass du immer noch so sein könntest wie früher. Als du noch nicht diese Bürde tragen musstest. Ich schäme mich und es tut mir leid. Jeden Tag meines Lebens bedauere ich all das, was ich nicht in Ordnung bringen kann.«

»Wir beide, Baby«, sagte er und schob die Arme unter ihren Körper. Ihre Gesichter waren voneinander abgewandt. Sie streichelte den Krieg auf Alexanders Rücken. Nackt, Brust an Brust gedrückt suchten sie etwas, das sie vor langer Zeit verloren hatten, und fanden es kurz in einer heftigen Umklammerung, einem kleinen Lichtschimmer, der durch die Barrikaden drang.

Am Strand von Naples

Am nächsten Vormittag kam Alexander nach Hause und sagte: »Packen wir zusammen. Wir reisen ab.«

»Im Ernst? Was ist mit Mel?«

»Das hat nichts mit Mel zu tun. Es ist Zeit zu gehen.«

Offenbar hatte Frederik sich bei Mel darüber beschwert, dass der Mann, der seine Boote voll Kriegsveteranen und Kriegswitwen steuerte, womöglich ein Kommunist sei, ein sowjetischer Spion, vielleicht sogar ein Landesverräter. Mel, der um seine Kundschaft fürchtete, war gezwungen, Alexander zur Rede zu stellen. Doch er brachte es nicht über sich, den Mann zu feuern, der sein Geschäft um Tausende von Dollar bereichert hatte. Alexander machte es ihm leicht. Er wies alle Spionagevorwürfe zurück und kündigte.

»Fahren wir nach Westen«, sagte er zu Tatiana. »Dann kannst du mir gleich das Stück Land zeigen, das du gekauft hast. Wo ist es noch? In New Mexico?«

»Arizona.«

»Fahren wir. Ich will im August zur Weinlese nach Kalifornien.«

Und so verließen sie Coconut Grove mit seinem glasklaren Salzwasser und den grell geschminkten, liederlichen Frauen. Sie ließen die schaukelnden Hausboote, Anthonys grässliche Träume und das geheimnisvolle Mercy Hospital hinter sich und fuhren durch den neu eröffneten Everglades Nationalpark nach Naples am Golf von Mexiko.

Alexander hatte sich von ihr zähmen lassen und war zu der Höflichkeit im Stile Edith Whartons zurückgekehrt. Sie verdiente es. Der weiße Sand war selbst in der sengenden Mittagshitze kühl. Und die lodernden Sonnenuntergänge und Gewitterstürme über dem Golf ließen sich mit nichts vergleichen, was sie bisher gesehen hatten. Also stellten sie das Wohnmobil auf einem einsamen Strand ab, am Ende der Welt, einem Fleck, an dem er seinen Pullover ausziehen und mit Anthony Ball spielen konnte, während die Sonne ihm auf den Körper brannte und die Stellen bräunte, die braun werden konnten, und die Narben wie graue Streifen unberührt ließ.

Er und der Junge glichen zwei braunen Stielen, die durch den weißen Sand und das grüne, flache Meer liefen. Die Hitze, der Strand, der salzige Golf, die glutheißen Tage, der gleißende Sand gefielen ihnen allen dreien. Sie feierten Tatianas dreiundzwanzigsten Geburtstag dort und Tatianas und Alexanders fünften Hochzeitstag, und nach Anthonys Geburtstag, Ende Juni, fuhren sie weiter.

In New Orleans verbrachten sie nur ein paar Tage, da die Stadt sich, ganz ähnlich wie South Miami Beach, als kein idealer Ort für einen kleinen Jungen herausstellte.

»Vielleicht kommen wir nächstes Mal ohne das Kind her«, sagte Alexander, als sie zu dritt die Bourbon Street entlangschlenderten und die netten Frauen, die an den Fenstern saßen, ihre Unterhemden lupften.

»Dad, warum zeigen uns die Frauen ihre Brüste?«

»Ich bin nicht sicher, mein Sohn. Das ist so ein seltsamer ritueller Brauch in diesem Teil der Welt.«

»So wie in dem Magazin, wo steht, dass die Mädchen in Afrika Gewichte in ihre Lippen machen, damit sie ihnen über den Hals hängen?«

»So was in der Art.« Alexander nahm Anthony auf den Arm.

»Aber Mommy hat gesagt, dass die afrikanischen Mädchen ihre Lippen groß machen, um einen Ehemann zu finden. Wollen diese Frauen auch einen Ehemann finden?«

»Ja, vielleicht.«

»Daddy, was hat Mommy gemacht, damit du sie heiratest?« Anthony kicherte. »Hat Mommy dir ihre Brüste gezeigt?«

»Tania, was liest du unserem Kind vor?«, fragte Alexander. Er nahm den quietschenden Anthony an den Beinen und ließ ihn kopfüber nach unten baumeln, damit er aufhörte, Fragen zu stellen.

»National Geographic«, sagte Tatiana und blinzelte ihm zu. »Aber antworte doch deinem Sohn, Alexander.«

»Ja, Dad«, sagte Anthony, der kopfüber nach unten hing und vor Freude ganz rot im Gesicht war. »Antworte deinem Sohn.«

»Mommy hat ein hübsches Kleid angezogen, Ant«, sagte Alexander. Und einen flüchtigen Augenblick auf der Bourbon Street im French Quarter sahen Tatiana und Alexander einander wirklich an.

Sie waren froh, dass sie das Wohnmobil hatten auf ihrer Suche, ihrem Treck durch die sommerliche Prärie. Sie hatten ein schützendes Dach über dem Kopf, einen Platz zum Schlafen und Spielen für Anthony, einen Platz für ihren Topf und ihren Löffel. Kein Hotelzimmer konnte es mit ihrem kleinen Hoheitsgebiet aufnehmen und geschlagene Hauswirtinnen drangen auch nicht dort ein. Ab und zu mussten sie zum Duschen auf einem Campingplatz halten. Anthony gefiel es auf diesen Plätzen, weil er dort mit anderen Kindern spielen konnte. Doch der Kontakt zu Fremden, selbst wenn es nur für einen Abend war, zehrte an Tatiana und Alexander. Nach Coconut Grove fanden sie endlich heraus, was ihnen am besten gefiel, was sie am meisten brauchten – nur sie drei in ungeheilter und doch ungeteilter Dreieinigkeit.

3

Paradise Valley, 1947

Nackte Füße und ein alter Rucksack

Alexander fuhr ihr Wohnmobil durch Texas. Sie ließen Austin hinter sich und kamen hinunter nach San Antonio. Alamo war ein faszinierendes Stück Geschichte – alle in dem Fort starben. Es half nichts. Trotz der Heldenhaftigkeit, der Tapferkeit starben alle. Texas verlor seinen Unabhängigkeitskampf und gehörte weiterhin dem mexikanischen General Santa Ana. Der Tod *aller* reichte nicht aus für einen Sieg. Was für eine beschissene Lektion war das für Anthony? Alexander beschloss, seinem Sohn nichts davon zu erzählen. Er würde es früh genug in der Schule lernen.

Im Westen von Texas gab es nichts als flache Straßen inmitten staubiger Felder, so weit das Auge reichte. Alexander fuhr und rauchte. Er hatte das Radio ausgeschaltet, um Tatiana besser hören zu können. Doch nun sagte sie nichts mehr. Sie saß mit geschlossenen Augen auf dem Beifahrersitz. Zuvor hatte sie ihm und Anthony ein paar amüsante Geschichten über ihre Streiche in Luga erzählt. Kaum etwas hörte Alexander lieber als ihre Kindheitserlebnisse in dem Dorf am Fluss.

Schläft sie? Er wirft ihr einen Blick zu, wie sie dasitzt, gehüllt in ein enges rosafarbenes Wickelkleid mit Blumenmuster, das vorn an der Brust in einen V-Ausschnitt läuft. Ihr glänzender, hauchzarter, korallenroter Honigmund ruft Erinnerungen in ihm wach und erregt ihn ein bisschen. Er sieht nach, was Anthony treibt. Der Junge liegt mit abgewandtem Gesicht auf der Rückbank und ist mit seinen Spielzeugsoldaten beschäftigt. Alexander hebt die Hand und legt sie um Tatianas linke Brust. Sofort schlägt Tatiana die Augen auf und sieht nach Anthony.

»Was soll das?«, flüstert sie. Kaum hat sie den Mund geöffnet, dreht Anthony sich um. Und Alexander nimmt die Hand weg. Ein schmerzlich prickelndes Verlangen wächst unbefriedigt in seinen Augen und in seinem Unterleib.

Die Feindseligkeit zwischen ihnen in Coconut Grove hat sich letztlich für ihn gelohnt. Er hatte sich nach ihrer Diskussion unnachgiebig verschlossen gezeigt, und nun will Tatiana ihm unbedingt beweisen, dass die bitteren Vorwürfe, die er gegen sie erhoben hat, falsch sind. Es macht nichts. Er weiß natürlich, dass sie stimmen. Doch es stört ihn nicht im Mindesten, dass sie sich überschlägt vor pulsierender Reue.

Nachts im Zelt lässt er die Klappen offen, sodass er die Wärme des Feuers draußen spüren, Anthony im Wagen hören und sie besser sehen kann. Sie bittet ihn, sich auf den Bauch zu legen. Und er tut es, obwohl er so nicht sieht, wie sie mit ihren nackten Brüsten über seinen entstellten Rücken streicht und ihre Brustwarzen sich an seinen Narben aufrichten. *Spürst du das?*, flüstert sie. Und ob er das spürt. Er spürt es noch. Sie küsst ihn vom Kopf abwärts, seine geschorenen Haare, seine Schulterblätter, seine Wunden. Zentimeter um Zentimeter weint sie auf ihm und küsst die salzigen Tränen fort. Sie flüstert: *Warum musstest du immer wieder fliehen? Schau, was sie dir angetan haben. Warum bist du nicht einfach an Ort und Stelle geblieben? Warum hast du nicht gespürt, dass ich dich holen würde?*

Du dachtest, ich sei tot, sagt er. *Du dachtest, man hätte mich getötet und durch das Eis des Ladogasees gestoßen.* In Wirklichkeit war ich ein sowjetischer Mann in einem sowjetischen Gefängnis. War ich da nicht tot?

Er weiß mit ziemlicher Sicherheit, dass er nun am Leben ist, während Tatiana weinend auf seinem Rücken liegt und er sich daran erinnert, *wie ihn die Schäferhunde einen Kilometer von Oranienburg entfernt schnappten und in Schach hielten, bis Karolitsch kam, und wie er anschließend auf dem Hauptplatz in Sachsenhausen ausgepeitscht, in Ketten gelegt und vor aller Augen mit dem fünfundzwanzigzackigen Stern tätowiert wurde, um ihn an die Zeit zu erinnern, die er Stalin schuldete.* Und nun liegt sie auf ihm und küsst die Narben, die ihm bei dem Versuch zugefügt wurden, zu ihr zu gelangen, damit sie ihn wieder küssen kann.

Auf der Fahrt durch Texas erinnert Alexander sich an das Lager in Deutschland, wo er zusammengeschlagen auf dem blutgetränkten Stroh lag und von ihren Küssen träumte. Diese Träume verschmelzen mit der Erinnerung an letzte Nacht. *Und plötzlich sind es nicht die Narben, die sie küsst, sondern die offenen blutenden Wunden. Er leidet Höllenqualen, weil sie weint und ihre salzigen Tränen das rohe Fleisch zerfressen. Er fleht sie an aufzuhören, weil er es nicht mehr ertragen kann. Küss etwas anderes*, bittet er. *Egal was.* Er hat genug von sich. Er macht sich selbst krank. Sie ist nicht nur vom Gulag verpestet. Sie ist von seinem ganzen Leben verpestet.

Tut es weh, wenn ich sie berühre?

Er muss lügen. Jeder Kuss, den sie auf seine Wunden drückt, lässt ihn empfindlich spüren, wie sie ihm zugefügt wurden. Er wollte, dass sie ihn berührt, und das bekommt er nun. Doch wenn er ihr die Wahrheit sagt, wird sie aufhören. Also lügt er. *Nein*, sagt er.

Sie küsst ihn vom Kreuz abwärts, seine Beine, seine Füße und flüstert, dass dieses und jenes an ihm vollkommen sei, wovon er gar keine Ahnung hatte. Dann kommt sie nach oben und drängt ihn sanft, sich umzudrehen. Sie liegt rittlings auf ihm und umschlingt seinen Kopf, während er ihre Pobacken hält (und *die* sind nun *wirklich* vollkommen). Sie küsst sein Gesicht nicht Zentimeter um Zentimeter, sondern Millimeter um Millimeter. Und während sie ihn küsst, flüstert sie mit ihm. Er öffnet die Augen. *Deine Augen. Willst du wissen, welche Farbe sie haben? Sie sind bronze, sie sind kupfer, sie sind ocker und bernsteinfarben, sie sind wie Kaffee mit Sahne, Kognak, Champagner. Sie sind wie Karamell.*

Nicht wie Crème Brûlée?, fragt er. Und sie fängt an zu weinen. *Schon gut, schon gut*, sagt er. *Nicht wie Crème Brûlée.*

Sie küsst seine vernarbten, tätowierten Arme, seine narbenbebänderte Brust. Jetzt kann er ihr Gesicht sehen, ihre Lippen, ihr Haar, und alles leuchtet in dem flackernden Feuer. Seine Hände liegen sanft auf ihrem seidigen Kopf.

Zum Glück hast du nur wenige Wunden auf dem Bauch, flüstert sie, während sie den Strich schwarzer Haare küsst, der an seinem Solarplexus beginnt und nach unten hin spitz zuläuft.

Ja, stöhnt er. *Weißt du, wie wir Männer nennen, die am Bauch verwundet sind? Leichen.*

Sie lacht. Er lacht nicht. Sein ehrbarer Feldwebel Telikow starb langsam mit einem Bajonett im Magen. Es gab nicht genug Morphium, damit er schmerzfrei sterben konnte. Uspenskij musste ihm den Gnadenschuss geben – auf Alexanders Befehl hin. Und dieses eine Mal wandte Alexander sich ab. Die Abkehr, die Starrheit, die Toten, die Lebenden, alles hier, und es gibt weder Morphium noch Gnade. Es gibt nur Tatiana.

Sie flüstert, sie schnurrt. *Eine Leiche, das bist du nicht.*

Er pflichtet ihr bei. *Nein, ich nicht.*

Ihre Brüste drücken fest auf sein steifes Glied.

Er war zum Zerreißen gespannt. *Was willst du sonst noch? Komm schon, ich zerspringe gleich. Was noch?* Sie sitzt zwischen seinen Beinen und nimmt ihn endlich in ihre kleinen heilenden Hände. Sie reibt ihn zwischen den Handflächen, als wollte sie ihn entflammen. Ihre warmen Hände melken ihn sanft, klettern an ihm entlang, wie an einem Seil. Er liegt fest in ihren Händen, da hebt sie den Kopf. *Shura, sieh dich an, du bist so hart, so wunderschön.* Er will unbedingt die Augen offen halten. Ihr langes Haar streicht federleicht im Rhythmus ihrer Bewegungen über seinen Bauch. Ihr Mund ist so weich, so heiß, so feucht. Ihre Finger sind kreisende Ringe. Sie ist nackt, angespannt, ihre Augen sind geschlossen, sie stöhnt und saugt an ihm. Er steht in Flammen. Er ist ganz und gar in ihrer Gewalt. Und jetzt bei Tag, da es eine Weile her, aber er noch immer davon gefangen ist, schweigt er, während er zitternd die Hände ausstreckt nach der Fessel ihres Gewissens, dem Feuer ihrer Reue bei Nacht.

Doch die Nächte sind nicht annähernd genug. Er sagt es ihr immer wieder, nichts ist genug. Und so versucht er nun, das Wohnmobil nicht in den Graben zu setzen.

Sie sitzt da und blickt nach vorn auf die ausgedehnten Felder, dann plötzlich zu ihm, als wollte sie etwas sagen. Heute sind ihre Augen durchscheinend. Gelbes Sonnenlicht strahlt aus den Pupillen. Wenn das Fluss- und Seewasser der vergangenen Zeit ihre

Augen nicht trüb und stumpf macht, sind sie ganz und gar durchsichtig – und gefährlich. Ihre Absichten sind klar, und doch sind sie unergründlich. Und was noch schlimmer ist, sie schlucken jeden Lichtstrahl. Man kann sich nicht vor ihnen verstecken. Heute, nachdem sie nichts an ihm finden können, wenden sich diese Augen wieder der Straße zu, Tatianas Hände entspannen sich in ihrem Schoß, ihre Brust drückt beim Atmen gegen den rosafarbenen Baumwollstoff. Er will sie liebkosen, will ihre Brüste in seinen Händen spüren, ihre weiche Fülle, will sein Gesicht in ihnen vergraben. Wie lang noch, bis es Nacht wird? Sie ist so empfindlich. Wenn er nur auf ihr atmet, erzittert sie. In ihren rosafarbenen Brustwarzen laufen offenbar viele Nervenenden ihres Körpers zusammen. Sie hat sagenhafte, unglaublich schöne Brüste. Alexanders Hände umklammern das Lenkrad.

Aus dem Augenwinkel bemerkt er ihren besorgten Blick. Sie glaubt, dass ihn etwas quält. Ja, die Lust raubt ihm den Verstand. Sie beugt sich leicht zu ihm und sagt mit ihrer rauen, entlarvenden, hauchzarten Stimme: »Einen Penny für deine Gedanken, Soldat.«

Alexander muss sich erst beruhigen, bevor er ihr antwortet. »Ich habe über die Freiheit nachgedacht«, sagt er mit gefasster Stimme. »Du kommst und gehst und keiner verschwendet einen zweiten Gedanken an dich. Egal auf welcher Straße, in welchem Land oder Staat, von einer Stadt zur nächsten, keiner hält dich auf oder kontrolliert dich. Niemand will deinen Pass sehen oder interessiert sich für deine Angelegenheiten. Niemand schert sich darum, was du tust.«

Und was tat seine Frau? Sie saß gespannt neben ihm und hörte zu. Ihre Hände lagen nicht länger locker in ihrem Schoß, sondern verkrampften sich ineinander. Dann band sie ihr Kleid auf, zog das Unterhemd herunter, lächelte und schloss die Augen, während sie sich zurücklehnte und ein paar atemlose Minuten mit nackten Brüsten für ihn posierte. Oh Gott, danke.

Ist die Sonne schon untergegangen? Ja, endlich. Das Feuer brennt und Anthony schläft. Gut so. Doch was Alexander wirklich sehen möchte, ist Tatiana bei Tageslicht, wenn keine Schatten auf ihren Körper fallen und er sie mit zunehmend wiederkehrender Lust betrachten kann, frei von der Last des Krieges, des Todes, der Qualen, die ihn verfolgen, so wie er sie verfolgt mit der gebrauchten Filmkamera, die er in New Orleans für sie kaufen musste. (Wie er festgestellt hat, hat sie eine Schwäche für neuen technischen Schnickschnack.) Nur einmal, ein flüchtiger Augenblick im Sonnenlicht, in dem nichts anderes zählt als die Lust. Sie selbst ist auch nicht glücklich, er weiß das. Etwas belastet sie. Oft kann sie ihm nicht in die Augen blicken, und er hat selbst zu viel Leid gesehen, um es ihr zu entlocken. Früher war er stärker, aber jetzt nicht mehr. Er hat seine Kraft zurückgelassen, Tausende von Kilometer östlich im Taufwasser der Kama, im Schimmern der Newa, im Eis des Ladogasees, in den Bergwäldern von Heiligkreuz, in Deutschland bei dem Bastard Uspenskij, sein Leutnant, sein Freund, der ihn jahrelang kaltblütig betrogen hat; seine Kraft liegt auf dem gefrorenen Boden, in dem er Pascha nicht richtig begraben konnte. Gott, bitte, es reicht. Er schaudert, um das Fieber abzuwehren, das die Nacht für ihn bereithält. Doch Moment mal ...

Tatiana steht vor ihm, als versuche sie herauszufinden, was er will. Ist das nicht offensichtlich? Tageslicht. Er sitzt bewegungslos, schweigend da, während in seinem brennenden Körper ein Kampf tobt. Früher wollte er nichts anderes, als ihren willigen Körper mit seiner Stärke einzunehmen, und das ist nach wie vor so. Doch Tatiana gibt ihm noch etwas anderes. Sie hält andere Dinge zum Träumen für ihn bereit. Flimmernd steht sie vor ihm, blond und nackt, zitternd und scheu, wie opalisierende Milch. Das Atmen fällt ihm schwer. Sie ist geschmeidig und klein, cremig zart. Endlich kann er ihre Haut berühren. Ihr goldenes Haar fällt ihr schimmernd über den Rücken. Sie schimmert ganz und gar. Er reißt sich die Kleider vom Leib und setzt sie auf sich, während er an ihren Brustwarzen saugt und ihr Haar streichelt. Er hält es keine fünf Minuten so mit ihr aus, ihre steifen Brustwarzen in seinem Mund, ihre warmen Brüste in seinem Gesicht, ihr seidiges Haar in seinen Händen, überall gelockter, geschmolzener Honig, sich zart windend, flatternd, zierlich, weich und seidig in seinem begierigen Schoß. Keine fünf Minuten. Oh Gott, danke.

In New Orleans hatte er in einem schmerzhaften Anflug von Nostalgie ein Kleid für sie gekauft, das er im Schaufenster einer Boutique gesehen hatte: ein elfenbeinfarbenes, bauschiges Musselinkleid mit Tüll und Tellerrock und mehreren Lagen steifer Seide und Spitze. Es sah hübsch aus, doch bedauerlicherweise war es ihr zu groß. Sie versank in Musselin-Schnee. In dem Geschäft gab es keine kleinere Größe. »Ihre Frau ist sehr zierlich, Sir«, sagte die korpulente Verkäuferin mit finsterem Blick. Entweder missbilligte sie Tania, weil sie so zierlich war, oder dass ein Mann von Alexanders Größe eine so zierliche Frau geheiratet hatte. Sie kauften das Kleid trotzdem, kritische, vierschrötige Verkäuferin hin oder her. Als sie in dieser Nacht in ihrem schäbigen, stickigen Hotelzimmer mit Anthony im Bett lagen und der Deckenventilator die Hitze im Raum herumwirbelte, maß Alexander schweigend ihre Zierlichkeit und tröstete sich mit Mathematik statt mit Liebe, mit Kreisumfängen statt Flüssigkeitsaustausch. Ihre Knöchel fünfzehn Zentimeter. Ihre Waden achtundzwanzig. Ihre splitternackten Oberschenkel gleich unterhalb der Scham siebenundvierzig. Das Maßband fiel herunter. Seine Hände umringten ihren Schenkel, sein linker Zeigefinger brannte. Ihre Hüften, das Maßband schloss sich knapp über den blonden Daunen, einundachtzig Zentimeter. Ihre Taille dreiundfünfzig. Das Maßband fiel herunter. Seine Hände umringten ihre Taille. *Anthony ist hier im Bett,* flüstert sie, *und er ist unruhig.*

Ihre Brust, einundneunzig Zentimeter. Mit aufgerichteten Brustwarzen zweiundneunzigeinhalb. Das Maßband fiel und blieb liegen. Anthony bewegt sich. *Shura, bitte.* Das Zimmer ist winzig und kocht. Und draußen unter den geöffneten Fenstern werden die Matrosen sie hören. Aber Mathematik genügte diesmal nicht. In Demut zu keuchen und knien auf dem ächzenden Boden in der Ecke des Zimmers, nur wenige Meter von dem schlafenden Anthony und den lachenden Seemännern entfernt, genügte gerade so.

Jetzt im Auto auf der Straße ist er durstig, hungrig und heftig erregt. Er wirft einen Blick nach hinten, um zu sehen, was Anthony macht, ob der Junge mit seinen Käfern beschäftigt ist. Zu beschäftigt, um zu merken, wie sein Vater blind nach seiner

Mutter greift. Aber Anthony sitzt hinter ihr und beobachtet ihn.

»Woran denkst du, Dad?«

»Ach, du kennst deinen Dad, an dies und das.« Seine Stimme ächzt wie der Boden damals.

Bald werden sie den Westen von Texas verlassen und nach New Mexico kommen. Er wirft noch einen langen Blick auf ihr Schlüsselbein, ihre schmalen Schultern, straffen Oberarme – zwanzig, ihren graziösen Hals – achtundzwanzig, ihre weiße Kehle, die seine Lippen braucht. Sein Blick schweift zu ihren nackten Füßen unter dem dünnen Baumwollrock. Weiß und zierlich wie ihre Hände. Ihre Füße fünfzehn, ihre Hände dreizehn, fast acht Zentimeter kürzer als seine eigenen. Doch es sind ihre Füße, die ihn nicht loslassen. Warum? Plötzlich öffnet er den Mund und atmet flach und schmerzgeplagt aus, als eine höchst unerwünschte Erinnerung in ihm hochkommt. Nein, nein, nicht das. Ein Schauer rinnt ihm über den Kopf. Nein. *Füße, schmutzig, groß, mit schwarzen Nägeln und Blutergüssen, schauen reglos unter einem alten braunen Lumpenrock hervor. Sie gehören zum Körper einer Frau, die er nach einer Massenvergewaltigung tot in der Waschküche fand. Alexanders Aufgabe ist es, sie an den Füßen zu nehmen und zu den Gräbern zu schleifen, die er gerade für sie und die drei anderen an dem Tag gestorbenen Frauen ausgehoben hat.*

Er fingert nach seinen Zigaretten. Tatiana zieht eine heraus und reicht sie ihm, zusammen mit einem Feuerzeug. Unruhig zündet er sie an. *Er zieht der Frau den Rock über den Kopf, sodass keine Erde auf ihr Gesicht fällt, während er ihren kleinen Teil des Massengrabes zuschaufelt. Unter dem Rock ist die Frau so übel zugerichtet, dass Alexander nicht anders kann als zu würgen.*

Damals wie heute.

Als die Zigarette endlich brennt, macht er schnell einen Zug.

»Geht es dir gut, Captain?«

Er kann nichts erwidern. Diese Frau fällt ihm gewöhnlich in den schlimmsten, ungünstigsten Momenten ein.

Am Ende verschwindet der ungewollte Reflex seiner Kehle. Damals wie heute. Am Ende kommt nichts mehr an ihn heran, so als wäre er tot. Er härtet sich ab, stumpft ab, sodass kein Funke Gefühl sich mehr in ihm regt. Als sie die Grenze passieren, sagt er endlich etwas. »Hast du einen Witz für mich, Tania? Ich könnte einen gebrauchen.«

Sie überlegt, sieht ihn an, dreht sich nach Anthony um. Er ist weit hinten im Wohnmobil. »Na gut, wie wäre es damit«, sagt sie mit gesenkter Stimme. Sie hüstelt und beugt sich zu Alexander. »Ein Mann und seine junge Freundin sind im Auto unterwegs. Der Mann hat sie noch nie nackt gesehen. Sie findet, dass er zu langsam fährt, also beschließen sie, ein Spiel zu spielen. Immer wenn er zehn Kilometer schneller als 80 fährt, zieht sie ein Kleidungsstück aus. Er drückt aufs Gaspedal und sie ist in kürzester Zeit nackt. Der Mann gerät so aus dem Häuschen, dass er die Kontrolle über den Wagen verliert. Sie kommen von der Straße ab und fahren gegen einen Baum. Die Frau ist unverletzt, aber er steckt im Auto fest und kommt nicht heraus. ›Geh zurück zur Straße und hol Hilfe‹, sagt er zu ihr. ›Aber ich bin nackt‹, entgegnet sie. Er fummelt herum und zieht seinen Schuh aus. ›Hier, halt den einfach vor deine Scham und bedeck dich damit.‹ Sie macht es, wie er ihr gesagt hat, und läuft zur Straße. Ein Lastwagenfahrer sieht die nackte, weinende Frau und hält an. ›Helfen Sie mir, helfen Sie mir‹, schluchzt sie. ›Mein Freund steckt fest und ich krieg ihn nicht raus.‹ Der Lastwagenfahrer sagt: ›Miss, wenn er so tief drinsteckt, dann, fürchte ich, ist er verloren.‹«

Alexander muss unwillkürlich lachen.

Nach dem Mittagessen kann Tatiana Anthony zu einem Nickerchen bewegen. So etwas hat es noch nie gegeben. Ein Gottesgeschenk. Auf dem leeren Rastplatz in der überdachten Abgeschiedenheit der Bäume setzt Alexander Tatiana auf die Picknickbank. Er schiebt ihren blassbunten Rock nach oben, kniet sich am helllichten Tag zwischen ihre Beine und senkt den Kopf zu der filigranen, vollkommenen Blütenhülle, die Hände unter ihr geöffnet. Sie gibt ihm diesen Augenblick, wie himmlisches Manna. Oh Gott, danke.

Er fährt durch die Prärie und ist durstig. Tania und Ant spielen. Sie versuchen die Farbe des nächsten vorbeifahrenden Autos zu erraten. Alexander weigert sich mitzumachen. Er sagt, dass er keine Lust auf ein Spiel habe, bei dem Tatiana *ständig* gewinne.

Es ist sehr heiß im Wohnmobil. Sie haben das Schiebedach und sämtliche Fenster geöffnet. Doch ihnen blasen nur Staub und Hitze mit 65 Kilometern pro Stunde ins Gesicht. Der Wind bringt ihre Haare durcheinander. Ihre Wangen sind gerötet. Vor ein paar Kilometern hat sie ihre Bluse ausgezogen und nun sitzt sie in ihrem feuchten, durchsichtigen weißen Unterhemd, das ihre Brüste nicht bändigen kann, neben ihm. Tag und Nacht ununterbrochen so in ihrer Nähe zu sein, tut ihm allmählich nicht mehr gut. Sie macht ihn noch verrückt. Er will nur immer mehr. Aber anders als in Lazarewo, wo sein Verlangen wie ein Fluss frei ins Meer fließen konnte, wird hier der Fluss von ihrem Nachkömmling gestaut, der von morgens bis abends wach ist und sich die Zeit mit Reisespielen vertreiben will.

Ant sagt ein Wort und Tatiana das nächste, eines, das ihr daraufhin in den Sinn kommt: »Gras«. »Finger«. Alexander hat auch auf dieses Spiel keine Lust. Sollen sie anhalten und zu Mittag essen? *Abgestorbenes Fingergras in der Mitte des deutschen Lagers, Mitte Februar. Man hat ihn zusammengeschlagen und ausgepeitscht. Das Blut läuft ihm über den Rücken und nun muss er sechs Stunden auf dem kalten Gras stehen. Und sechs Stunden denkt er an nichts anderes als daran, dass er Durst hat.*

Er wirft ihr einen Blick zu, wie sie gelassen dasitzt. Sie bemerkt seinen Blick und fragt ihn: »Durst?«

Nickt er? Er weiß es nicht. Er weiß, dass sie ihm etwas zu trinken gibt.

Panzer, sagt Anthony und setzt das Spiel fort.

Kommandeur, sagt seine Mutter.

Alexander blinzelt. Das Wohnmobil gerät ins Schlingern.

Shura, gib auf die Straße Acht, sonst bauen wir einen Unfall.

Hat sie das eben gesagt? *Er* hat die Kommandogewalt über *seinen* Panzer, und *sie sind mitten auf dem preußischen Schlachtfeld. Sie haben Polen fast erreicht. Die Deutschen haben bei ihrem Rückzug die Wiese vermint und eine der Schrapnellminen ist eben direkt vor Alexanders Augen hochgegangen. Sie flog seinem schlingernden Pionier vor die Brust, hielt inne, als wolle sie sagen, schau her, hier bin ich, und explodierte. Uspenskij gräbt dort, wo der Pionier gefallen ist, ein Loch, und sie beerdigen ihn darin – ihn und seinen Tornister. Alexander wirft nie einen Blick in die Militärrucksäcke der Gefallenen, weil ihr Inhalt ihm sowohl das Weggehen wie auch das Vorwärtsmarschieren unmöglich macht. So wie die äußere Montur eines Soldaten – Uniform, Helm, Stiefel, Waffen – sein äußeres Selbst widerspiegelt, enthält der Tornister sein inneres Selbst. Der Tornister birgt die Seele des Soldaten.*

Alexander sieht nicht hinein. Ungeöffnet wird er mit dem schüchternen Pionier begraben, auf dessen Brust ein großes blaues Kreuz tätowiert war, das von der Mine der Nazis zerfetzt wurde, weil die Nazis nicht an Jesus glauben.

»Wo ist eigentlich dein Rucksack?«, fragte Alexander Tatiana.

»Was?«

»Der Rucksack, mit dem du aus der Sowjetunion geflohen bist. Wo ist er?«

Tatiana drehte sich zum Beifahrerfenster. »Vielleicht ist er noch bei Vikki«, sagte sie. »Ich weiß es nicht.«

»*Der Eherne Reiter* meiner Mutter? Die Fotos deiner Familie? Unsere zwei Hochzeitsbilder? *Die* hast du bei Vikki gelassen?« Alexander konnte es nicht fassen.

»Ich weiß es nicht«, wiederholte sie. »Warum fragst du?«

Er wollte es ihr nicht sagen. Der getötete Landminen-Pionier hatte ein Mädchen in Minsk – Nina. Sein Tornister quoll über mit Bildern und Briefen von ihr. Uspenskij erzählte Alexander davon, obwohl er ihn gebeten hatte, es nicht zu tun. Als er es wusste, war er von Neid erfüllt. Er brannte vor Eifersucht angesichts der Liebesbriefe, die eine Nina aus Minsk dem sanftmütigen Pionier geschickt hatte. Alexander bekam nie einen Brief. Vor langer Zeit hatte er Post von Tatiana und ihrer Schwester Dascha erhalten. Aber diese Briefe, die Karten und Fotografien und Tanias weißes Kleid mit den roten Rosen, all das war auf dem Grund des Meeres oder zu Asche verbrannt. Er besaß nichts mehr.

»Die Briefe, die ich dir schrieb, nachdem ich dich in Lazarewo verlassen hatte«, sagte Alexander. »Du weißt ... du weißt nicht, wo die sind? *Die* hast du bei Vikki gelassen?« Vielleicht gab es ja doch noch ein paar Dinge, die irgendein Gefühl in ihm wachriefen.

»Liebling«, sagte sie mit tröstender Stimme, »was um Himmels willen geht dir durch den Kopf?«

»Kannst du mir nicht einfach antworten?«, fauchte er.

»Ich habe sie alle bei mir. Sie sind tief in meinen Sachen vergraben, der ganze Rucksack. Ich sehe ihn mir nie an, aber ich werde ihn dir holen. Wenn wir zum Mittagessen anhalten, zeige ich ihn dir.«

Ein Gefühl der Erleichterung durchzog seine Brust. »Ich will ihn mir nicht ansehen«, sagte er. Er brauchte lediglich die Gewissheit, dass sie anders war als er. Dass sie eine Seele hatte. Denn im Strafbataillon war Alexanders Tornister leer gewesen. Wenn er gestorben wäre und Uspenskij seine Sachen durchgesehen hätte, bevor er ihn begrub, hätte er Karten, Zigaretten, einen kaputten Stift und eine kleine Bibel gefunden – die Sowjetausgabe, die gegen Ende des Krieges mit falscher Frömmigkeit in der Roten Armee verteilt worden war.

Mehr nicht. Wäre Alexander gestorben, hätten all seine Männer gesehen, dass ihr Kommandeur, Hauptmann Below, keine Seele hatte.

Wenn sie aber etwas gründlicher gesucht hätten, wäre ihnen zwischen den brüchigen Seiten des Neuen Testaments ein kleines verschmutztes Schwarzweißbild von einem jungen, vielleicht vierzehnjährigen Mädchen in die Hände gefallen. Die Kleine hatte weißblonde Zöpfe und trug ein Sommerkleid. Wie ein Kind hatte sie die Zehen nach innen gedreht. Ihr Arm war gebrochen und eingegipst.

Neben ihr stand ihr dunkelhaariger Bruder und zog sie an den Haaren, während sie ihn mit dem gesunden Arm umschlungen hielt. Pascha und Tatiana, zwei Grünschnäbel, lachend in Luga vor langer Zeit.

New Mexico. Die Santa Fe Mountains. Arizona. Die Tonto Mountains.

Zweitausend Meter über dem Meeresspiegel ist die Luft dünner, trockener. In Santa Fe schlief Anthony fast die ganze Nacht durch. Erst in der Morgendämmerung war ein Wimmern von ihm zu hören. Sie empfanden es als Fortschritt und hegten ernsthaft die Hoffnung, dass die Besserung anhielt, doch sie sollte nicht andauern.

Die Tonto Mountains waren atemberaubend. Die Luft war so klar, dass Tatiana über die Flucht steiler Bergkämme und Täler bis zur Sonne sehen konnte. Inzwischen sind sie weitergezogen und die Luft ist wie das Land, knochentrocken, verbrannt und trüb von dicken Wärmemolekülen. Sie hat ihre Bluse aufgeknöpft, doch Alexander ist auf die Straße konzentriert. Oder tut er nur so? Seit Kurzem bemerkt sie eine kleine, aber spürbare Veränderung bei ihm. Er spricht immer noch wenig, doch sein Blick und sein Atem sind tagsüber aufgeladen.

Sie bietet ihm etwas zu trinken an, dann eine Zigarette. Er nimmt alles, lässt sich aber diesmal nicht von ihr ablenken. Sie fragt sich, wann sie wohl anhalten, ihr Lager aufschlagen, vielleicht einen Fluss zum Schwimmen finden. Die Erinnerung an das Schwimmen in der Kama kribbelt schmerzhaft auf ihrer Haut. Sie versteift sich und versucht nicht zu zucken, während sie ihren Rock glatt streicht und ihre Hände zwingt, ruhig in ihrem Schoß zu liegen. Sie möchte nicht an damals denken. Schlimm genug, dass sie sich gegenwärtig Sorgen macht und an jeder Kreuzung damit rechnet, von der Polizei aufgehalten zu werden und den Vorwurf zu hören: *Sind Sie Alexander Barrington, der Sohn von Harold Barrington? Hat Ihre Frau Ihnen nicht erzählt, dass sie auf Ihrem letzten Campingplatz, als Sie sie riskanterweise einen Augenblick allein ließen, ihre alte Zimmergenossin in New York angerufen hat? Ihre Frau, Mr Barrington, scheint nicht besonders viel Zutrauen zu Ihnen zu haben.*

Das stimmt. Tatiana hatte ein Ferngespräch nach New York angemeldet, doch dann hob Sam Gulotta ab. Sie bekam einen solchen Schreck, dass sie sofort den Hörer auflegte. Ihr blieb nicht genug Zeit, auch Tante Esther anzurufen. Und jetzt hat sie panische Angst, dass die Telefonistin Sam gesagt haben könnte, von wo aus in New Mexico ihr Anruf gekommen war. *Menschen, die nichts zu verbergen haben*, wird die Polizei sagen, wenn sie das Wohnmobil anhält, *sind nicht auf der Flucht, Alexander Barrington. Warum begleiten Sie uns nicht einfach? Ihre Frau und Ihr Sohn können hier an der Kreuzung der Seelen auf Sie warten, wie sie es schon einmal getan haben und immer noch tun, warten, bis Sie zu ihnen zurückkommen. Sagen Sie ihnen, dass es nicht lange dauern wird.*

Das ist eine Lüge. Sie werden seine körperliche Hülle mitnehmen, sein physisches Selbst. Ohnehin fast das Einzige, was von ihm übrig ist. Und Tatiana und Anthony werden auf ewig an dieser Kreuzung stehen. Nein. Es ist besser, ihn hier zu haben, selbst so wie er jetzt ist: zurückgezogen, in sich gekehrt, schweigsam, gelegentlich erregt und euphorisch, gelegentlich erheitert, immer am Rauchen, immer zutiefst menschlich. Besser so, als nur mit der Erinnerung zu leben. Denn die Dinge, die er nachts mit ihr tut, sind keine Erinnerung. Die Tatsache, dass er das Bett mit ihr teilt. Sie kämpft jede Nacht gegen den Schlaf, versucht wach zu bleiben, nachdem er längst eingeschlafen ist, nur um seine Umarmung zu spüren, um sich von seinem zerschundenen Körper umschließen zu lassen, den er nur mit Müh und Not retten konnte und der ihr nun mehr Trost spendet als irgendetwas sonst auf der Welt.

Er misst sie ab, um eine Ordnung für sie zu finden, und wird ärgerlich, wenn sie dieses Bedürfnis nicht teilt. Sie will ihm sagen, dass die Lehre des Aristoteles und der Satz des Pythagoras ihn nicht erfassen können. Er ist, was er ist. All seine Körperteile sind absolut proportional zu seiner Summe. Kardinal- und Ordnungszahlen helfen da nicht. Außer sie hört bei eins zu zählen auf. Das Prinzip des Archimedes nützt nichts. Niemals kann und wird sie messen, was unermesslich ist, was weder endet noch wiederholt werden kann, was selbst jenseits des transzendenten π liegt – obwohl er das nicht glaubt –, jenseits von Polynomen und Mitternachtsformeln, jenseits des Rationalen und Irrationalen, des Humanistischen und Logischen, des Verständnisses der

Cantors und Dedekinds, der Philosophen der Renaissance und der indischen Tantristen, was vielmehr dem Reich von Göttern und Königen angehört, den Mythen, dem Ursprung des Menschen, dem Mysterium der Menschheit: dass nämlich in ihr ein Raum existiert, der einzig und allein für ihn geschaffen wurde und trotz evidenter euklidischer Unmöglichkeiten nicht nur alles in vollkommener Maßlosigkeit bereithält, sich öffnet, wie es vorgesehen ist, sondern sie fühlen lässt, was weder durch Mathematik noch durch Wissenschaft erklärt werden kann. Was durch nichts erklärt werden kann.

Doch unerklärlicherweise misst er sie weiter ab, findet fließende Kurven und steigende Tangenten. Seine Hände liegen immer auf ihr, auf ihrem Kopf, ihren Handflächen, ihren Füßen, ihren Oberarmen. Sie umringen ihre Taille und umschließen ihre Hüften. Er ist so ungemein zärtlich. Sie weiß nicht, was er sich von π erhofft.

Mit Anthony zu spielen. Ist das nicht real? Die Tatsache, dass Anthony seinen Vater hat? Dass der dunkelhaarige Junge auf seinem Schoß sitzt und herauszufinden versucht, wo er kitzelig ist, und Alexander dann lacht? Ist das etwa nicht real? Keine Mathematik, keine Erinnerung?

Alexander hat fast völlig vergessen, was spielen heißt, außer wenn er im Wasser ist. Doch in Texas gab es kein Wasser, in New Mexico nur wenig und jetzt sind sie in Arizona.

Anthony will mit seinem Vater an Land spielen. Er sitzt auf Alexanders Schoß, hält die Zeigefinger an den Spitzen zusammen und sagt: »Daddy, willst du sehen, wie stark ich bin? Nimm meine Finger in deine Faust und ich zeig dir, wie ich mich befreie.«

Alexander drückt seine Zigarette aus. Er hält Anthonys Finger locker in der Faust und der Junge windet sich aus seinem Griff. Anthony freut sich so maßlos, von seinem übermächtigen Vater freizukommen, dass er es immer wieder spielen will. Sie spielen es zweihundert Mal. Und dann umgekehrt. Alexander hält die Zeigefinger zusammen und der Vierjährige umklammert sie mit seiner kleinen Faust. Man muss Anthonys Freude gesehen haben, wenn Alexander es nicht schafft, sich aus seinem Griff zu winden. Sie spielen auch *das* zweihundert Mal.

Währenddessen kocht Tatiana das Mittag- oder Abendessen, wäscht, putzt oder sitzt einfach dabei und sieht ihnen mit glücklichem Herzen zu.

Alexander hebt Anthony von seinem Schoß und sagt mit kehliger, verrauchter Stimme: »Tatia, willst du es mal versuchen? Leg deine Finger in meine Faust. Komm schon.« In seinem Gesicht zuckt kein Muskel. Aber ihr Herz schlägt schneller, beginnt zu rasen. Sie weiß, dass sie es lassen sollte. Anthony ist bei ihnen. Doch wenn Alexander ruft, kommt sie. Das ist nun einmal so. Sie setzt sich auf seinen Schoß und hält ihre zitternden Zeigefinger an den Spitzen zusammen. Sie meidet den Blickkontakt zu ihm, achtet nur auf ihre Finger, um die er nun seine riesige Faust schließt. Er drückt leicht zu und sagt: »Na los, befrei dich.« Die Kraft weicht aus ihrem ganzen Körper. Natürlich versucht sie loszukommen, doch eins ist ihr klar: Als Vater spielt Alexander mit Anthony auf eine Art, als Ehemann mit ihr auf genau entgegengesetzte. Sie beißt sich auf die Lippe, um nur keinen Laut auszustoßen.

»Komm schon, Mommy«, sagt das verständnislose Kind neben ihr. »Du schaffst es. *Ich* habe es sogar geschafft. Befrei dich.«

»Ja, Tatiascha«, flüstert Alexander und drückt ihre Finger stärker. Sie sitzt auf seinem Schoß, sein Blick dringt tief in ihr Gesicht. »Komm schon, befrei dich.«

Sie erwidert seinen Blick kurz und sieht seine lächelnde Seele hervorspitzen.

Auf der Fahrt allerdings ist er oft schweigsam und mürrisch. Sie hasst es, wenn Alexander so dasitzt und nur noch das Schlimmste in seinem Leben sieht. Es ist schwer, ihn davon wegzuholen. Und manchmal, selbst wenn er will, dass sie ihn auf andere Gedanken bringt, kommt er nicht los. Manchmal fürchtet sich Tatiana so schrecklich vor der Gefahr, die Alexander bei jedem Stoppschild droht, dass sie die Waffen strecken muss, mit denen allein sie ihn wegholen könnte, weil sie selbst nur noch das Schlimmste in ihrem Leben sieht.

Sie wünscht sich, dass etwas anderes sie einnähme, dass die Straße sie nicht und seine Seele ihn nicht gefangen hielte. Vielleicht wenn sie weniger menschlich wären.

Sie lotste Alexander nach Phoenix, aber er war so rastlos, dass er fast nach Kalifornien durchfahren wollte. »Ich dachte, du wolltest die neununddreißig Hektar sehen, die ich mit dem Geld deiner Mutter gekauft habe«, sagte sie zu ihm.

Er zuckte die Schultern und trank einen Schluck Wasser. »Was ich will«, sagte er, »ist Wasser auf meinem Körper. Das will ich. Kriegen wir das in Phoenix?«

»Nicht dass ich wüsste.«

»Genau. Also bin ich nicht geneigt dahin zu fahren.«

Die Fahrt von der Grenze im Osten Arizonas nach Phoenix dauerte einen Tag. Am Abend machten sie auf einem Campingplatz nahe der Superstition Mountains Halt. Alexander legte sich auf die Holzterrasse unter die Wasserleitung und ließ den kalten Strahl über seine Brust und sein Gesicht laufen. Anthony und Tatiana hielten höflich Abstand und beobachteten ihn. Anthony fragte, ob es seinem Dad gut gehe.

»Ich bin mir nicht sicher«, sagte Tatiana. »Ich würde sagen, die Chancen stehen fünfzig-fünfzig.« Hätte Alexander darauf beharrt, wäre sie ohne große Diskussionen bis zum Pazifik weitergefahren. Sie wollte ihm gern ihr Stück Land in der Wüste zeigen, doch die Möglichkeit bestand, dass an dem einzigen Ort, der ihnen gehörte, Regierungsbeamte auf sie warteten. Vikki hatte das Grundstück vielleicht Sam Gulotta gegenüber erwähnt. Wahrscheinlich hatte Tatiana ihm sogar selbst davon erzählt. Zwischen ihr und Sam hatte sich im Lauf der Jahre eine Freundschaft entwickelt. Was, wenn man sie dort erwartete? Bei dem Gedanken wurde ihr ganz übel. Leider hatte Alexander sich nicht stark genug gesträubt. Tatiana hatte längst einen Plan, auch wenn er noch so schwer durchführbar schien: Sie wollte das Land verkaufen. Nur verkaufen, egal zu welchem Preis, das Geld nehmen und weit weg in einen anderen Staat ziehen, vielleicht in das weitläufige Montana, sodass niemand sie je wieder zu Gesicht bekam. Sie machte sich keine Illusionen. Sams Loyalität galt bestimmt nicht ihr und Alexander. Sam war nicht Tante Esther. Während Tatiana schweigend über all das nachdachte, badete ihr Mann auf der Terrasse in fließendem Wasser.

Am nächsten Morgen fuhren sie auf den Superstition Freeway. »Hier ist es sehr flach«, sagte Alexander.

»Na ja, es heißt ja auch Mesa«, sagte Tatiana. »Das bedeutet flach.«

»Bitte, sag mir, dass unser Land nicht hier ist.«

»Na gut, unser Land ist nicht hier.« In der Ferne ragten Steinberge auf. »Die Gegend hier ist zu dicht besiedelt.«

»*Die* Gegend ist zu dicht besiedelt?«, fragte er. Es gab keine Geschäfte, keine Tankstellen, nur Farmland auf der einen und die unberührte platte Wüste auf der anderen Seite.

»Ja, das ist Tempe«, sagte Tatiana. »Hier wurde schon recht viel gebaut. Wir fahren nach Scottsdale, einer kleinen Westernstadt. Das ein oder andere gibt es dort auch: einen Laden, einen Markt. Willst du da zuerst hin? Oder …«

»Werfen wir erst mal einen Blick auf dieses mythische gelobte Land«, sagte er.

Sie fuhren weiter Richtung Norden durch die Wüste. Er hatte Durst. Sie hatte Angst. Die Pflasterstraße endete und eine Schotterstraße der Pima begann. Sie bildete die Grenze zwischen dem Phoenix Valley und dem Indianerreservat am Salt River, das sich kilometerweit bis zu den McDowell Mountains erstreckte. Das Land war hier nicht mehr so eben. Ringsum ragte tief und blau das staubige Gebirge in der apokalyptischen Hitze auf.

»Wo sind diese Berge, von denen du mir erzählt hast?«

»Shura, sag mir nicht, dass du sie nicht siehst!« Tatiana zeigte in alle Richtungen. Die riesigen, monolithengleichen Bergketten zeichneten sich bedrohlich über den Kandelaberkakteen ab. Doch Alexander war heute guter Laune und wollte sie necken.

»Was? Die da? Das sind doch keine Berge. Das sind Felsbrocken. Ich habe schon mal richtige Berge gesehen. Die Tontos zum Beispiel, an denen wir gestern vorbeigekommen sind, *das* waren Berge. Die in Santa Fe, das waren auch Berge. Außerdem habe ich den Ural gesehen und das Heiligkreuz-Gebirge, ganz mit dichtem Nadelwald bedeckt.« Seine Laune verschlechterte sich abrupt.

»Aber, aber«, sagte Tatiana und legte beschwichtigend die Hand auf seinen Schenkel. »Das sind die McDowell Mountains von Arizona. Sedimentgestein auf Granit, vor zwei Milliarden Jahren aus Lava entstanden. Es stammt aus dem Präkambrium.«

»Was bist du doch für eine kleine Geologin.« Alexander grinste. »Eine Kapitalistin und Geologin.« Tatiana trug heute ein gelb kariertes Baumwollkleid, weiße Söckchen und Ballerinas und ihr Haar war zu einem Knoten geflochten. Auf ihrem Gesicht stand keine einzige Schweißperle. Sie wirkte fast gelassen, wenn Alexander nur nicht ihre fest ineinander verschränkten Finger bemerken würde, die aussahen, als würden sie gleich brechen.

»Schon gut, schon gut«, sagte er mit leichtem Stirnrunzeln. »Es sind Berge.«

Sie knatterten weiter nordwärts und ihre staubigen Reifen schleuderten den Schmutz hoch. Die McDowell Mountains rückten näher. Die Sonne stand im Zenit. Alexander sagte, dass sie Idioten seien, *Trottel,* weil sie zur heißesten Jahreszeit eine Reise durch den heißesten Teil des Landes machten. Wenn sie klug gewesen wären, hätten sie Coconut Grove früh verlassen und wären hinauf nach Montana gefahren, um dort den Sommer zu verbringen, und dann weiter zur Weinlese nach Kalifornien.

»Du wolltest nicht aus Florida weg, schon vergessen?«

Er stimmte zu: »In Coconut Grove *war* es auch eine Zeit lang sehr schön.«

Sie schwiegen.

Die Fahrt auf der ungepflasterten Grenzstraße dauerte noch einmal fünfundvierzig Minuten, ohne dass ein Haus, ein Obststand, eine Tankstelle, ein Laden oder überhaupt eine Menschenseele aufgetaucht wäre. Dann lotste Tatiana ihn nach rechts auf einen schmalen, ansteigenden Wüstenweg.

Der Weg hieß Jomax.

Er endete auf einem sonnengetränkten, felsigen Berg, und dort, einen Kilometer über dem Tal, hielt Alexander an. Tatianas Finger entspannten sich. Sie strahlte übers ganze Gesicht, während sie rief: »Oh Gott! Hier ist kein Mensch!«

»Das ist richtig«, sagte Alexander und stellte die Zündung ab. »Weil alle anderen in Coconut Grove am Meer sind.«

»Hier ist kein Mensch«, sagte sie noch einmal, fast zu sich selbst, und sprang aus dem Wohnmobil.

Anthony wollte loslaufen, doch Tatiana hielt ihn zurück. »Denk dran, was ich dir über den Cholla-Kaktus erzählt habe. Komm nicht in seine Nähe. Der Wind bläst die feinen Nadeln in deine Haut und ich bekomme sie dann nicht mehr heraus.«

»Welcher Wind? Lass mich los.«

»Anthony«, sagte Alexander, auf der Suche nach seinem Feuerzeug, »deine Mutter spricht mit dir, also sag ihr nicht, sie soll dich loslassen. Tania, halt ihn noch zwei Minuten fest, damit er das versteht.«

Tatiana schnitt Anthony eine Grimasse, zwickte ihn und ließ ihn wortlos gehen. Alexanders Feuerzeug war bei ihr. Sie schnippte es für ihn an und legte schützend die Hand um die Flamme, während er seine Zigarette anzündete. »Lass ihm nicht so viel durchgehen«, sagte er.

Alexander machte einen kleinen Spaziergang, um die Gegend zu erkunden. Er blickte nach Norden und Süden, nach Osten und Westen, auf die Berge, das weite Phoenix Valley, das sich in seiner ganzen Größe unter ihm erstreckte, die verstreuten Farmen in den überwucherten Hügeln der Sonora-Wüste. Dieser Ort war nicht wie die Wüste Mojave, die er vage aus seiner Kindheit in Erinnerung hatte. Hier gab es keinen grauen Sand und keine grauen Erdwälle, so weit das Auge reichte. Diese Wüste im Spätjuli war vollauf mit verbranntem Laub bedeckt. Tausende Kandelaberkakteen prägten die Landschaft. Ihre braungrünen, stacheligen, turmhohen Spitzen und ihre Arme reckten sich über zehn Meter der Sonne entgegen. Die Süßhülsenbäume waren braun, das Grünholz sepia, das Busch- und mannigfaltige Baumwerk eine Schattierung der verbrannten maulwurfsgrauen Erde. Hier wuchs nichts auf einem Boden aus Gras, sondern aus Lehm und Sand. Die Gegend glich einem Wüsten-Dschungel. Sie war ganz und gar nicht das, was Alexander erwartet hatte.

»Tania ...«

»Ich *weiß*«, sagte sie und trat dicht an ihn heran. »Ist es nicht *unglaublich?«*

»Hm, das war nicht ganz mein Gedanke.«

»Noch nie in meinem ganzen Leben habe ich dergleichen gesehen.« In ihrer Stimme schwang auf einmal irgendetwas mit. »Und warte, bis du es im Frühling siehst.«

»Das würde voraussetzen, dass wir im Frühling noch hier sind.«

»Alles blüht.«

»Woher weißt du das?«

»Weil ich«, sagte Tatiana mit komischem Ernst, »mir ein Buch mit Bildern in der Bibliothek angesehen habe.«

»Aha. Bilder in einem Buch. Steht in diesen Büchern auch etwas über Wasser?«

Sie winkte ab. »Die Hohokam-Indianer haben vor Hunderten von Jahren gesehen, was ich hier sehe, und waren so entschlossen, in diesem Tal zu leben, dass sie Wasser über ein Kanalsystem vom Salt River herleiteten. Das heißt, damals, als das mächtige Britische Empire noch aufs Plumpsklo ging, haben die Hohokam-Indianer bereits ihre Feldfrüchte mit fließendem Wasser künstlich bewässert.«

»Und wo hast du das her?«, rief er.

»Die öffentliche Bibliothek in New York. Die Weißen hier benutzen das Kanalsystem immer noch.«

»Also *gibt* es irgendwo einen Fluss?« Seine Hände berührten den trockenen Sand.

»Den Salt River«, antwortete Tatiana. »Aber der ist weit weg. Mit etwas Glück bekommen wir ihn nie zu Gesicht.«

Alexander hatte noch nie eine so überwältigende Hitze erlebt. Selbst in Florida war die Temperatur durch das Wasser gemildert worden. Hier war keine Abkühlung zu erwarten. »Ich zergehe langsam von innen heraus«, sagte er. »Schnell, zeig mir unser Land, bevor meine Arterien schmelzen.«

»Du stehst darauf«, sagte Tatiana.

»Worauf?«

»Auf unserem Land.« Sie deutete um sich. »Das ist es. Genau hier, die ganze Bergspitze. Von dieser Straße direkt nach Südwesten, neununddreißig Hektar der Sonora-Wüste auf Bergeshöhe. Unser Grundstück ist etwa einen Hektar breit und, na, du weißt schon, ungefähr zwanzig Hektar lang. Wir müssen uns einen Aufseher besorgen. Es lässt sich vielleicht etwas schwer erschließen.«

»So wie in Sachsenhausen?«

Tatiana sah aus, als hätte man sie geohrfeigt. »Warum machst du das?«, sagte sie ruhig. »Das ist nicht dein Gefängnis. Das ist deine Freiheit.«

Leicht verlegen fragte er: »Das *gefällt* dir?«

»Nun, ich hätte es nicht gekauft, wenn es mir nicht gefallen würde, Shura.« Tatiana hielt inne. Erneut zog eine seltsame Unruhe über ihr Gesicht.

»Tania«, sagte Alexander, »das Land verbrennt von selbst.«

»Hör zu«, sagte sie, »wir lassen es schätzen. Wenn der Preis stimmt, verkaufen wir es. Das macht mir nichts. Aber ... siehst du das nicht?« Sie kam zu ihm. »Siehst du nicht die Wüste? Siehst du nicht die Berge?« Sie zeigte auf das Land. »Der Berg gleich neben unserem heißt Pinnacle Peak. Er ist berühmt. Aber unser hat keinen Namen. Wir könnten ihn Alexanders Berg nennen.« Sie zog die Augenbrauen hoch. Aber Alexander spielte im Moment nicht mit. Er wollte sich jedoch ihren kleinen Scherz für später merken.

»Ich sehe die Wüste«, sagte Alexander. »Nirgendwo sprießt auch nur ein grünes Blatt. Nur Kakteen, und die brauchen kein Wasser. Ich bin kein Kandelaber. Ich brauche Wasser. Hier gibt es keinen richtigen Fluss, keine Seen.«

»Genau!«, sagte sie ganz aufgeregt. »Keine Flüsse. Keine Newas, Lugas, Kamas, Weichseln. Keine Seen. Kein Ilmensee, kein Ladogasee. Keine Felder. Keine Lichtungen. Keine Kiefern. Keine Kiefernnadeln, keine Birken, keine Lärchen, fast gar kein Vogelgezwitscher. Manchmal im Sommer kommen Schwalben. Die Berge sind nicht bewaldet. Es gibt keinen Schnee. Wenn du das willst, kannst du im Winter in den Grand Canyon fahren. Die Goldkiefer wächst noch zwei Kilometer über dem eisigen Colorado River.« Sie stand dicht bei ihm und ihre vertrauten Hände berührten ihn. »Du hast übrigens ein kleines bisschen Ähnlichkeit mit dem mächtigen Kandelaberkaktus«, flüsterte sie.

Ja gut, Alexander bemerkte die Scherzchen und würde bald darauf zurückkommen. »Ich werde nirgendwo leben, wo kein Wasser ist, Tatiana Metanowa.« Er trat die Zigarette aus und schlang die Arme um ihren Körper. »Mir ist egal, wovor du weglaufen willst.«

»Ich heiße Tatiana Barrington, Alexander Barrington«, sagte

Tatiana und entwand sich seiner Umarmung. »Und du hast nicht die geringste Ahnung, wovor ich weglaufen will.«

Er zwinkerte ihr zu. »Ich glaube, selbst hier in Arizona gibt es einen Mond. Vielleicht einen purpurroten Mond, Tatia? Einen großen, tief hängenden purpurroten Erntemond?«

Sie zwinkerte zurück. »Warum legst du nicht deine Dreißig-Kilo-Ausrüstung an und nimmst deine Waffen, Soldat.« Sie wich vor ihm zurück, wirbelte herum und ging zum Wohnmobil, während Alexander wie ein Wüstenposten auf der Stelle verharrte. Einen Augenblick später kam sie wieder und brachte ihm etwas Wasser, das er mit Freuden hinunterstürzte. Dann sah er sich nach Anthony um und fand ihn bei den Feigenkakteen, tief in das Studium von Steinen versunken. Wie sich jedoch herausstellte, waren es keine Steine. Es war eine Eidechse, die der Junge mit einer spitzen Kaktusnadel am Boden festgesteckt hatte.

»Ant, hat dir deine Mutter nicht verboten, zu diesem Kaktus zu gehen?«, sagte Alexander, während er vor Anthony in die Hocke ging und ihm einen Schluck Wasser gab.

»Dad«, setzte Anthony an, »ein Kaktus ist kein gutes Spielzeug für Eidechsen.«

»Mein Sohn«, sagte Alexander, »ich glaube nicht, dass diese Eidechse spielen will.«

»Hier wimmelt es nur so von Reptilien.«

»Sag das nicht so, als wäre das was Tolles. Du weißt doch, wie viel Angst deine Mutter vor Reptilien hat. Schau, du versetzt sie in helle Aufregung.«

Sie spähten hinter den Feigenkakteen hervor. Die Mutter war jedoch gar nicht nervös, sie lehnte entspannt mit geschlossenen Augen am Wohnmobil und ließ sich die Sonne ins Gesicht scheinen.

Nach einer Weile ging er wieder zu ihr und bespritzte sie mit Wasser. Daraufhin öffnete sie die Augen. Alexander hielt inne und betrachtete sie ausgiebig: ihren eckigen Kiefer, ihr gerötetes Gesicht, ihre vorwitzigen Sommersprossen, ihre gelassenen Seegrasaugen. Er würdigte auch den Rest von ihr von Kopf bis Fuß. Sie war so erregend zierlich. Und irritierte ihn. Alexander schüttelte den Kopf und umarmte sie, küsste sie. Ihre Lippen schmeckten, als seien Pflaumen auf ihnen getrocknet worden.

»Du bist nicht bei Verstand, meine kleine sommersprossige Kaulquappe«, sagte er und entfernte sich schließlich von ihr, »dass du dieses Land überhaupt gekauft hast. Ich weiß ehrlich nicht, was um alles in der Welt in dich gefahren ist. Aber jetzt sind die Würfel gefallen. Also, komm, Arizona-Liebhaberin, Cholla-Kaktus-Expertin. Bevor wir zum Schätzer gehen, essen wir erst mal. Wenn wir aber im Wasser baden wollen, müssen wir woanders hingehen, oder?«

Sie holten ihre Flaschen, ihr Brot, ihren Schinken hervor. Am Morgen hatten sie noch Pflaumen, Kirschen, Tomaten und Gurken an einem Farmstand gekauft. Sie hatten so viel zu essen. Er spannte den Baldachin auf, sie setzten sich darunter, wo es fast vierzig Grad im Schatten hatte, und schlemmten.

»Wie viel hast du doch gleich für das Land gezahlt?«, fragte er.

»Hundert Dollar pro Hektar.«

Alexander pfiff. »Und Scottsdale ist gleich in der Nähe?«

»Ja, Scottsdale liegt nur dreißig Kilometer südlich.«

»Ist das so ein Provinznest?«

»Oh, das war einmal, Sir«, sagte der Grundstücksmakler in Scottsdale. »Das war einmal. Wir haben hier den Armeestützpunkt und die GIs, wie Sie, Sir. Die Männer kehren jetzt alle aus dem Krieg heim und heiraten ihre Liebchen. Sie zwei sind frisch vermählt?«

Keiner sagte etwas, während der vierjährige Junge neben ihnen saß und die Maklerbroschüren ordentlich nebeneinander aufreihte.

»Der Bauboom ist schon beeindruckend«, fuhr der Makler rasch fort. »Scottsdale ist eine aufstrebende Stadt. Überzeugen Sie sich selbst. Hier war kein Mensch, fast so als gehörten wir gar nicht zu den Staaten. Aber jetzt, da der Krieg vorbei ist, boomt Phoenix. Wussten Sie«, sagte er stolz, »dass unsere Bauindustrie an erster Stelle des Landes steht? Wir haben neue Schulen, ein neues Krankenhaus – das Phoenix Memorial – und ein neues Kaufhaus im Paradise Valley. Es würde Ihnen hier sehr gut gefallen. Hätten Sie Interesse, sich ein paar Grundstücke anzusehen?«

»Wann werden die Straßen gepflastert?«, fragte Alexander. Er hatte sich umgezogen und trug jetzt eine saubere beigefarbene Armeehose und ein schwarzes T-Shirt. Tätowierungen, Narben, blaue KZ-Nummer hin oder her, er konnte in Arizona kein langärmeliges Hemd tragen. Der Makler versuchte immer wieder, die lange Narbe zu ignorieren, die über Alexanders Unterarm bis hinauf in das blaue Kreuz verlief. Der Immobilienmann selbst trug einen Wollanzug, in dem er trotz Klimaanlage schwitzte.

»Oh, jeden Tag, Sir. Täglich werden neue Straßen gepflastert. Wir bauen ständig neue Gemeinden. Früher war das alles Farmland, aber jetzt entwickelt es sich zu einer richtigen Stadt. Der Krieg hat uns viel Gutes beschert. Wir erleben gerade einen echten Boom. Sind Sie von der Ostküste? Das dachte ich mir, nach dem Akzent Ihrer Frau zu urteilen. Unsere Gemeinden sind fast wie die bei Ihnen in New York. Abgesehen davon, dass die Häuser hier schöner sind, wenn Sie mir die kühne Bemerkung erlauben. Darf ich Ihnen ein paar ...«

»Nein«, sagte Tatiana und tat einen Schritt nach vorn. »Aber wir würden gern den laufenden Marktwert unseres Grundstücks hier erfahren. Es liegt oben im Norden, an der Pima-Straße, in der Nähe von Pinnacle Peak.«

Der Makler machte ein griesgrämiges Gesicht, als er hörte, dass sie kein Interesse am Kauf eines Grundstücks hatten. »Wo? In der Nähe des Rio Verde Drive?«

»Ja. Ein paar Kilometer südlich. Am Jomax.«

»Wo? Die Straße wurde erst kürzlich benannt. Sie haben da ein Haus? Dort oben ist gar nichts.« Er sagte es so, als glaubte er ihr nicht.

»Kein Haus, nur Land.«

»Nun«, sagte er mit einem Achselzucken. »Mein Schätzer ist gerade zu Tisch.«

Eine Stunde später versuchten der Schätzer und der Grundstücksmakler ihr Pokergesicht zu wahren, jedoch ohne Erfolg. »*Wie* viel Hektar Land besitzen Sie hier?«, fragte der Schätzer, ein kleiner Mann mit zwergenhaftem Kopf und fleischigem Körper, der in einem schlecht sitzenden Anzug steckte.

»Neununddreißig«, sagte Tatiana ruhig.

»Also, das ist unmöglich«, sagte der Schätzer. »Ich kenne jedes Stück Land, das hier gekauft und verkauft wurde. Die Stadt Scottsdale überlegt gerade, einige Hektar einzugemeinden. Wissen Sie, wie viele? Zweihundertsechzig. Neun Quadratkilometer. Ein kluger Mann hat sie letztes Jahrhundert für sieben Dollar pro Hektar gekauft. Aber das war damals. Sie wollen mir weismachen, dass Sie neununddreißig Hektar besitzen? Ein Sechstel unserer ganzen Stadt? Keiner würde ein so großes Grundstück veräußern. Keiner würde Ihnen neununddreißig Hektar verkaufen.«

Tatiana sah ihn nur an. Alexander versuchte sich darüber klar zu werden, ob der Kerl sie austricksen wollte, mit ihnen spielte oder einfach unverschämt war, was bedeutete, dass ...

»Das Land ist zu wertvoll«, konstatierte der Schätzer. »Hier in der Gegend verkaufen wir einen halben Hektar, einen höchstens. Und dort oben ist nichts als Wüste. Es gehört alles der Regierung oder den Indianern.«

Also *war* es ein Trick. Alexander entspannte sich.

Tatiana schwieg. Dann sagte sie: »Ich weiß nicht, was ich Ihnen sagen soll. Glauben Sie nicht, dass ich bis neununddreißig zählen kann?«

»Würde es Ihnen etwas ausmachen, mir die Urkunde zu zeigen?«

»Um ehrlich zu sein, ja«, sagte Alexander. »Werden Sie uns nun mitteilen, wie viel das Land wert ist, oder müssen wir woanders hingehen?«

Schließlich stammelte der Schätzer, dass das Land so weit draußen sei, so weit in der Pampa, wo niemand hinziehen wolle, dass sie jetzt vermutlich fünfzig Dollar pro Hektar bekämen. »Das ist ein guter Preis. Dort oben gibt es nichts, keine Straßen, keinen Strom. Ich verstehe nicht, warum Sie ein Stück Land gekauft haben, das so abgeschieden ist.«

Tatiana und Alexander tauschten einen Blick.

»Wie gesagt, der Wert pro Hektar beträgt fünfzig Dollar«, legte der Schätzer rasch nach. »Aber ich kann Ihnen Folgendes vorschlagen. Wenn Sie, sagen wir mal, achtunddreißig Hektar verkaufen und einen selbst behalten, können wir Ihnen ein einmaliges Angebot machen. Schlagen Sie ein oder lassen Sie es. Achtzig Dollar pro Hektar.«

»Mister«, sagte Alexander, »wir lehnen dankend ab. Wir haben hundert Dollar pro Hektar gezahlt.«

Der Schätzer zuckte die Schultern. »Das war viel zu viel. Aber damit Sie keinen Verlust machen, geben wir Ihnen gern hundert Dollar. Stellen Sie sich vor, wie viel Geld Sie dann in der Tasche hätten. Sie könnten sich ein nagelneues Haus kaufen. Und es bar bezahlen. Das Paradise Valley hier in der Nähe erlebt gerade eine außerordentliche Entwicklung. Sie haben nur das eine Kind? Aber vielleicht werden Sie noch mehr bekommen? Wie wäre es, wenn ich Ihnen ein paar neue Gemeinden zeige?«

»Nein, danke.« Alexander drängte Tatiana zu gehen.

»Na schön, warten Sie«, sagte der Schätzer. »Hundertzwanzig Dollar. Damit machen Sie fast tausend Dollar Gewinn im Vergleich zu dem, was Sie ursprünglich investiert haben. Für manche Leute ist das ein halbes Jahresgehalt.«

Tatiana nickte heftig und öffnete den Mund, doch Alexander drückte ihre Hand, um sie zurückzuhalten. »Das habe ich in drei Wochen als Bootskapitän in Miami verdient«, sagte er. »Wir verkaufen unser Land nicht für tausend Dollar Gewinn.«

»Sind Sie da sicher?« Der Schätzer warf Tatiana einen aufmunternden Blick zu, damit sie einwilligte. Alexander funkelte sie mit gespieltem Ärger an. Tatiana blieb ungerührt. »Na schön«, sagte der Schätzer, »dann passen Sie mal gut auf. Wenn Sie jetzt nicht Ihr Geld aus dem Land abziehen, wird es in einem Jahr keine fünfzig pro Hektar mehr wert sein. Warten Sie, bis Ihr Junge zur Schule geht, und Sie werden nicht mal sieben Dollar für Ihre neununddreißig Hektar bekommen. Den ganzen Weg dort hinauf, vorbei an den Indianern? Vergessen Sie's. Keiner, der bei klarem Verstand ist, wird nördlich des Reservats leben wollen. Machen Sie nur so weiter, warten Sie eine Weile. 1950 wird Ihr Land wertlos sein.«

Alexander schob Tatiana und Anthony nach draußen. Sie standen auf einer staubigen Westernstraße. Keiner verlor ein Wort über das, was der Schätzer gesagt hatte. Alexander wollte ein kaltes Bier. Tatiana wollte in den Gemischtwarenladen, um Eis zu kaufen. Anthony wollte einen Cowboyhut. Am Ende bekam Alexander kein kaltes Bier, weil er Frau und Kind nicht mit in einen Saloon nehmen konnte. Doch Tatiana bekam ihr Eis und

Anthony seinen Hut. Sie gingen im Zentrum spazieren. Alexander wusste nicht, warum, aber es gefiel ihm. Er mochte das Western-Flair, das weite Grenzland auf der einen und die intime Kleinstadt-Atmosphäre auf der anderen Seite. Sie fuhren die Gegend mit dem Wohnmobil ab und stellten fest, dass auf dem umliegenden Farmland großflächig Häuser gebaut wurden. Abends aßen sie Steaks mit Ofenkartoffeln und Maiskolben in einem Lokal in der Stadt, dessen Boden mit Sägespänen ausgelegt war.

Er fragte sie, was sie tun wolle. Und sie sagte, dass sie vielleicht noch einen Blick auf das Land werfen sollten, bevor sie ihre endgültige Entscheidung träfen.

Es war sieben Uhr abends und die Sonne wanderte in einem Bogen tiefer. Da sich ihre Farbe verändert hatte, nahm auch Alexanders Berg eine andere Tönung an. Die Felsen glühten nun in dreidimensionalem Orange. Alexander machte sich selbst zum Schätzer dieses Landes. »Tania«, sagte er und zog sie an sich, »wie groß ist wohl die Wahrscheinlichkeit, dass du beim Kauf des Landes weitsichtig warst?«

»Schwindend gering.« Tatiana legte die Arme um seine Taille. »Und selbst das ist noch zu viel gesagt. Wir sollten das Land auf jeden Fall verkaufen, Shura, und zwar so schnell wie möglich. Wir nehmen unser Geld und gehen irgendwo anders hin, wo es auch schön ist und nicht so heiß.«

Er beugte sich hinunter und drückte seine Lippen auf ihre feuchte Wange. *»Du* bist so schön und heiß, Baby«, flüsterte er. Sie roch nach Vanilleeis. Sie schmeckte nach Vanilleeis. »Aber ich bin anderer Meinung. Ich glaube, der Schätzer lügt. Entweder gibt es einen Bauboom oder nicht. Und ein Bauboom bedeutet, dass das Land im Wert *steigt.«*

»Er hat trotzdem recht«, sagte sie. »Es ist ziemlich abgeschieden.«

»Wieso denn?« Alexander schüttelte den Kopf. »Ich bin überzeugt, dass wir hier ein bisschen Geld herausschlagen können. Wir warten eine Weile ab und verkaufen es dann.« Er hielt inne. »Tania, dein Verhalten verwirrt mich. In einem Augenblick sprichst du begeistert vom Frühling hier und im nächsten willst du das Land an den Niedrigstbietenden verscherbeln.«

Tatiana zuckte die Achseln. »Was soll ich sagen? Ich bin hin-

und hergerissen.« Sie kaute auf ihrer Lippe. »Könntest du dir überhaupt vorstellen, hier zu leben?«, fragte sie vorsichtig.

»Niemals. Spür mal die Luft. Spür sie in deinem Gesicht. Warum willst *du* eigentlich hier leben ...« Plötzlich brach er ab und seine Augen weiteten sich.

Willst du in Arizona leben, Tatia, im Land der Kleinen Quelle?

Diese Frage hatte er ihr einmal gestellt, in einem anderen Leben. »Ach, jetzt komm«, sagte er langsam. »Du hast doch wohl nicht ... du bist nicht ... nein ... Oh, nein.« Alexander stieß ein ungläubiges Lachen aus. »Jetzt verstehe ich es. Jetzt erst. Oh, ich bin gut, so scharfsinnig. Ich weiß nicht, wie wir es überhaupt geschafft haben, den Krieg zu gewinnen. Tania, komm schon. Erinnere dich an meine Worte.«

»Ich erinnere mich, als wäre es gestern gewesen«, sagte Tatiana mit verschränkten Armen.

»Na ja, dann weißt du bestimmt auch, dass ich es metaphorisch gemeint habe. Nach dem Motto: Würdest du gern irgendwo leben, wo es warm ist. Ich habe nicht wirklich *hier* gemeint.«

»Nein?« Ihr Nein kam so leise.

»Natürlich nicht. Hast du deswegen das Land gekauft?«

Als Tatiana nichts erwiderte, verschlug es Alexander die Sprache. So vieles an ihr irritierte ihn. Und er wusste einfach nicht, wo er nach Antworten suchen sollte. »Wir sind mitten im vereisten Leningrad«, sagte er, »die Stadt steht unter Blockade, die Heizung ist ausgefallen. Die Deutschen verweigern dir sogar die ungesäuerte Pappe mit Leim, die du statt Brot isst. Und ich erwähne kurz irgendeinen warmen Ort, von dem ich kaum noch etwas weiß, nur dass ich einmal mit meinen Eltern durchgefahren bin. Verdammt, ich hätte Miami sagen sollen. Hättest du dann dort Land gekauft?«

»Ja.«

»Das ist nicht dein Ernst. Anthony, hör auf, Klapperschlangen zu jagen, und komm her. Findest *du* es hier schön?«

»Dad, das ist der lustigste Ort auf der ganzen Welt.«

»Was ist mit diesem Cholla-Kaktus? Ist der lustig?«

»Sehr lustig. Frag Mommy. Sie sagt, in ihm wohnen böse Geister. Sie nennt ihn den Höllenkaktus. Sag es ihm, Mama. Der

Kaktus ist schlimmer als der Krieg.« Anthony lief vergnügt davon.

»Ja«, sagte Tatiana, »halt dich von dem Cholla-Kaktus fern, Alexander.«

Er runzelte die Stirn. »Ich glaube, die Hitze bekommt euch beiden nicht besonders. Tania, wir sind so weit im Landesinneren, dass der Wind nicht mal Wasser mit sich führt.«

»Ich weiß.« Tatiana sog die Luft tief ein.

Sie lösten sich voneinander, streiften allein umher, hingen ihren eigenen Gedanken nach. Anthony rupfte vertrocknete Früchte aus dem Feigenkaktus. Tatiana zupfte die vertrockneten roten Blüten aus dem rohrkolbenähnlichen Kerzenstrauch. Alexander rauchte und betrachtete das Land und den Berg und das Tal darunter. Die Sonne versank friedlich am Horizont. Noch einmal veränderte sich das Licht und verwandelte die Felsenberge in eine Feuersglut. Sie hatten eine Decke ausgebreitet, Schulter an Schulter, Knie an Knie auf ihr Platz genommen und sahen sich den Sonnenuntergang an, während Anthony spielte.

Alexander glaubte, Tatiana denke darüber nach, wie sie ihn zum Verkauf oder Nichtverkauf des Landes bewegen konnte. Doch dann sagte sie etwas, das ihn noch mehr verblüffte. »Shura? In Lazarewo, bevor du zurück an die Front musstest, haben wir so dagesessen wie jetzt und den Ural angeschaut. Warum bist du damals eigentlich nicht einfach geblieben?«

Alexander war sprachlos. »Was meinst du mit *geblieben?*«

»Du weißt schon.« Sie hielt inne. »Warum bist du nicht einfach ... nicht zurückgegangen?«

»Nicht zurück auf meinen Kommandoposten? Du meinst *desertiert?*«

Sie nickte. »Warum sind wir nicht einfach weggelaufen? In den Ural? Du hättest uns eine *Isba* bauen können. Wir hätten uns im Wald niedergelassen, nach Halbedelsteinen zum Tauschen gesucht, Obst und Gemüse angepflanzt. Sie hätten uns nie gefunden.«

Alexander schüttelte den Kopf und öffnete verständnislos die Hände. »Tatiana«, sagte er, »was in Gottes Namen denkst du dir eigentlich? Was geht in deinem Kopf vor? Und, viel wichtiger noch, warum?«

»Das ist keine rhetorische Frage. Ich hätte gern eine Antwort.«

»Eine Antwort worauf? Auf die Frage, warum ich nicht aus der Roten Armee desertiert bin? Zum einen wäre mein Kommandant, Oberst Stepanow, dieser nette Mann – weißt du noch, der mich neunundzwanzig Tage mit dir in Lazarewo verbringen ließ –, vor ein Exekutionskommando gestellt worden, weil es in seiner Brigade einen Deserteur gegeben hätte. Und ebenso mein Major und die Leutnants und Feldwebel, mit denen ich gedient habe. Du und ich wären für den Rest unseres kurzen, unglückseligen Lebens auf der Flucht gewesen. Auf der Flucht. Und sie hätten uns gefunden. Weißt du noch, was ich dir über Germanowskij erzählt habe? Sie haben ihn nach dem Krieg in Belgien aufgespürt, dabei hatte er nicht einmal einen Fuß in die Sowjetunion gesetzt. Er wurde in Frankreich geboren. Sein Vater war Diplomat. Germanowskij wurde zu zehn Jahren Zwangsarbeit verurteilt, weil er mit achtzehn nicht zurück in die Sowjetunion gekommen war – vierzehn Jahre zuvor. Das hätten *wir* sein können. Nur, dass sie uns innerhalb von fünf Minuten gefunden hätten, beim ersten Versuch, einen dieser kostbaren Malachiten aus dem Ural, die so zu deinen Augen passen, zu tauschen. Alles wäre schlagartig vorbei gewesen. Und in den fünf Minuten, die uns geblieben wären, hätten wir ständig nervös über unsere Schulter geblickt. Mit anderen Worten, es wäre wie im Gefängnis gewesen. Hättest du das gewollt …?«

Ohne ihn ausreden zu lassen, sprang sie auf und ging weg. Was dachte sie sich nur? Doch genau in dem Augenblick stand die Sonne in Flammen, und Alexander hatte zu viel Zeit an dunklen Orten unter der Erde verbracht, um Tatiana jetzt zu folgen. Er blieb auf dem Hügel sitzen, rauchte seine Zigarette zu Ende und sah zu, wie die Wüstensonne allmählich verschwand.

Als Tatiana zurück auf die Decke kam, sagte sie: »Es war eine dumme Frage.« Sie stupste ihn an der Schulter. »Ich habe nur herumgegrübelt, es war nicht ernst gemeint.«

»Das ist gut. Was treibt dich nur um?«

»Manchmal habe ich eben verrückte Gedanken, mehr nicht.«

»Verrückt mit Sicherheit. Denkst du vielleicht darüber nach«,

Alexander zögerte, bevor er weitersprach, »wie alles hätte anders sein können?«

»So in etwa«, sagte sie und starrte ins Leere. Dann nahm sie seine Hand. »Der Sonnenuntergang ist schön, nicht?«

»Ja, er ist wunderschön«, sagte Alexander.

Sie lehnte sich an ihn. »Shura«, hauchte sie, »jetzt sieht vielleicht alles braun und verbrannt aus, aber im Frühling erwacht die Sonora-Wüste zu neuem Leben. Mit hellblauem Rittersporn, weißen Disteln, feuerrotem Mohn, rotem Kerzenstrauch, blauem und gelbem Grünholz, scharlachrotem Günsel. Wir können sogar ein paar fliederfarbene Sandverbenen pflanzen. Du weißt doch, wie gern du Lila magst«, flüsterte sie zärtlich. »Außerdem wachsen hier Feigen- und Nadelkissenkakteen ...«

Alexander drückte ihre kleine Hand und zog die Augenbrauen hoch. Diese Unterhaltung gefiel ihm wesentlich besser. »Baby«, sagte er mit leiser Stimme und blickte sich um, ob Anthony auch nicht in der Nähe war, »in meiner lüsternen Soldatenwelt hat Nadelkissen nur eine Bedeutung, und du kannst davon ausgehen, dass es nichts mit Kakteen zu tun hat.«

Tatiana riss in gespieltem Entsetzen die Augen auf und machte sich von ihm los, aber Alexander packte ihren Arm und zog sie zurück auf die Decke. Er legte sie auf den Rücken, beugte sich über sie und sagte mit rauer Stimme: »Gibt es eigentlich auch Scheidengras in der Wüste?« Er sah zu, wie ihr die Schamesröte ins Gesicht stieg, und sie vergaß, was sie noch über feuerroten Klatschmohn und scharlachroten Günsel sagen wollte.

Er ließ zu, dass sie ihn wegschubste, auf die Beine sprang und stolpernd vor ihm weglief. Er jagte sie, er jagte Anthony.

Er dreht einen Stummfilm mit ihr, und sie bewegt sich in gebrochenen Bildern, munter und abgehackt, zum stotternden Geräusch der Kamerakurbel. Ihre Arme schwingen hin und her und sie tanzt einen Charleston. Ihre Zähne strahlen, ihr Haar ist verworren, sie ist heiter. Sie läuft Anthony nach, biegt und schwingt ihre schmalen Hüften. Sie läuft zurück zu Alexander, ihre drallen Brüste hüpfen und wiegen sich. Sie steht vor ihm, streckt die Hand nach ihm aus, komm, komm. Aber er hält die wackelnde Kamera in Händen. Er kann nicht kommen. Ihr herrlicher Mund kräuselt sich, ihr Mund in Schwarzweiß, eine

Verbeugung, ein Luftkuss, ein nicht endendes Geschenk, und plötzlich reißt das Band. *Shura! Shura! Hörst du mich?,* quäkt sie. Er legt die Kamera ab und jagt sie. Und irgendwo im sibirischen Wacholder fängt er sie. Sie blinzelt, ihr Blick geht katzenhaft nach oben, wenn sie lacht. Sie öffnet den Mund und bettelt gespielt und fröhlich darum, dass er sie freilässt. Eines Tages werden sie vielleicht auf die Filme dieser Zeit zurückblicken. Filme, die die Illusion, das vergängliche Glück ihrer Jugend festhielten. So wie sowjetische Kameras einst Schnappschüsse aus einem anderen Leben einfingen, die sie lange nicht mehr gesehen hatten: Tatiana neben Alexander auf den Steinstufen der Hochzeitskirche oder Tatiana im Kreise ihrer Liebsten.

Alexander und der Junge waren schweißüberströmt und mit Sand bestäubt. Sie zogen ihre T-Shirts aus und ließen sich auf die Zeltplane aus Nylon fallen, während Tatiana ein Handtuch in einen Wassereimer tunkte und ihren Männern Brust und Gesicht abwusch. Früher einmal hatte er ein feuchtes Handtuch über das Gesicht gelegt und von ihr geträumt. Jetzt hatte er ein feuchtes Handtuch *und* hatte sie. Er streckte den Arm aus, wie ein Bär seine Tatze, und schnappte nach ihr. Sie ist hier.

»Ich will jetzt an der Biscayne Bay sein«, sagte Alexander heiser. »Am Golf von Mexiko, jetzt.«

Die Dunkelheit trat ein und Anthony wurde müde. Das musste ihm vorerst genügen. Die Sterne standen allesamt am Himmel, selbst Jupiter. Sie kam zu ihm nach draußen, nachdem sie Anthony im Wohnmobil zu Bett gebracht hatte. Er saß auf einem Plastikklappstuhl und rauchte. Neben ihm stand noch ein Stuhl.

Sie fing an zu weinen.

»Oh, nein«, sagte er und bedeckte sein Gesicht.

Sie tätschelte ihm die Schulter und sagte leise mit einem Schluchzen: »Danke.« Dann setzte sie sich auf seinen Schoß und drückte seinen Kopf an sich.

»Siehst du«, sagte er und rieb sein kurz geschorenes Haar an ihrem Hals, »auf meinem Schoß war es doch schon immer so viel besser.«

Alexander hatte ein Zelt für sie aufgestellt und davor ein kleines Feuer gemacht, um das er zur Sicherheit einen Steinkreis gelegt hatte. »Weißt du, wie ich das Zündholz entfacht habe? Ich habe es fünf Sekunden an einen Felsen gehalten.«

»Schon gut«, sagte sie. »Genug davon.«

Sie saßen eng umschlungen auf dem Stuhl und blickten über das dunkle Tal im Westen.

»Als du nicht bei mir warst«, sagte Tatiana, »und als ich glaubte, dass du nie mehr bei mir sein würdest, habe ich dieses Stück Land auf dem Berg gekauft. Für dich. Ich habe mir in Erinnerung gerufen, was du mir beigebracht hast. Du hast mir so viel beigebracht. Such dir eine Anhöhe, hast du damals gesagt.«

»Diese Regel gilt nur bei Hochwasser und Krieg, Tatia. Wie groß ist wohl die Wahrscheinlichkeit, dass eins davon hier eintritt?« Er starrte in die Schwärze der Nacht.

»Mein Mann«, flüsterte sie, »jetzt siehst du nichts da unten. Aber kannst du dir die ganzen funkelnden Lichter in ein paar Jahren vorstellen? Die der Straßen, der Häuser, der Geschäfte, der anderen Menschen im Tal? Genau wie New York wird auch dieses Tal einmal hell erleuchtet sein. Und wir können hier sitzen, so wie jetzt, und alles zu unseren Füßen beobachten.«

»Vor einer Sekunde hast du noch gesagt, dass wir das Land morgen verkaufen sollen.«

»Ja.« Tatiana war offen und gesprächig, bis sich ein Teil von ihr verschloss, sich verkrampfte, wie ihre Finger sich ineinander verschränkten. Ihr sehnsüchtiger Wunsch, die Wüste im Frühling blühen zu sehen, war groß, doch die Sorge, die sich in ihren zusammengepressten Händen widerspiegelte, war es ebenso. »Das ist nur ein Traum, Shura. Nur ein alberner Traum.« Sie seufzte. »Natürlich werden wir es verkaufen.«

»Nein, wir verkaufen es nicht«, sagte Alexander und drehte sie so, dass sie ihn ansah. »Und jetzt will ich nicht mehr darüber sprechen.«

Sie zeigte auf das Zelt. »Schlafen wir dort?«, fragte sie und legte eine Hand auf seinen Nacken. »Das geht nicht. Meine Tapferkeit ist nur gespielt, wie du weißt. Ich fürchte mich vor Skorpionen.«

»Ach, keine Bange«, sagte Alexander. Er umfasste ihre Rippen, drückte seine Lippen auf ihre pulsierende Kehle, schloss die Augen. »Skorpione mögen keine lauten Geräusche.«

»Nun, das ist gut«, flüsterte Tatiana. »Sie bekommen auch keine zu hören.«

In diesem Punkt täuschte sie sich sehr. Sie tauften ihre neununddreißig Hektar und Pinnacle Peak und Paradise Valley und den Mond und die Sterne und Jupiter am Himmel mit ihrem stürmischen Liebesspiel und Tatianas ekstatischem Stöhnen.

Am nächsten Morgen, als sie ihr Lager abbrachen und alles für die Fahrt Richtung Norden zum Grand Canyon zusammenpackten, sah Alexander plötzlich Tatiana an, sie sah ihn an, und dann drehten sie sich gemeinsam um und starrten zu Anthony.

»Ist der Junge letzte Nacht nicht aufgewacht?«

»Nein, er hat offensichtlich durchgeschlafen.«

Der Junge saß am Tisch und legte ein Puzzle. »Was ist?«, fragte er. »Wolltet ihr vielleicht, dass der Junge letzte Nacht nicht durchschläft?«

Alexander wandte sich der Straße zu. »Tja, ist das nicht interessant«, sagte er nachdenklich und griff nach seiner Schachtel Zigaretten. »Etwas Ruhe und wir sind geheilt.«

Fehlende Zeit

Sie standen am Desert View und blickten über den zeitlosen Rand des Grand Canyon nach Westen zum dunstigen blauen Horizont und nach unten auf den Red River, der sich durch das tiefe Tal schlängelte. Dann fuhren sie ein paar Kilometer westwärts und hielten am Lipan Point und danach am Grandview Point. Am Moran Point setzten sie sich hin und bewunderten schweigend die Gegend, selbst der sonst so redselige Anthony. Sie wanderten am Rand des Canyon entlang, auf einem von Goldkiefern gesäumten Pfad zum Yavapai Point, wo sie einen abgeschiedenen Platz fanden, an dem sie den Sonnenuntergang betrachten konnten. Auf einmal kam Anthony zu nah an den Abgrund. Alexander und Tatiana sprangen gleichzeitig auf und schrien ihn an, und Anthony brach in Tränen aus. Alexander klemmte ihn unter seinen Arm, ließ sich aber schließlich erweichen und ihn wieder gehen. Vorher jedoch zog er eine Linie in den Sand und verbot dem Jungen, sie auch nur einen Zentimeter zu übertreten, außer er wolle eine militärische Strafe. Und Anthony verbrachte seine Zeit damit, auf diesem Strich eine Barrikade aus Steinchen und Zweigen zu errichten.

Am Indigohimmel neigte sich die Sonne über den Canyon und hüllte die grünen Pappeln, Lärchen und Kiefern in Purpurblau. Alexander hörte auf zu blinzeln. Die sinkende Sonne hatte dem Canyon eine neue Färbung verliehen. Er hielt den Atem an in der Stille, während die zinnoberrote Hitze sich wie feiner rostiger Eisennebel über die zwei Milliarden Jahre alten Lehm- und Schlickschichten legte. Und von dem cremefarbenen Coconino-Sandstein zu dem schwarzen Vishnu-Schiefer, über die Bergkämme und den Kalk der Redwall-Formation, die Schluchten und Wände der Bright-Angel-Schieferfelsen, zum Kalk- und Sandstein der Tonto- bis Tapeats-Schicht, das Blassrote, Weinrote, Flieder- und Lehmfarbene bis zu dem großen Alterssprung im Gestein, den Millionen Jahren fehlender Zeit, versank alles in tiefem Zinnoberrot.

»Gott macht eine Lichtshow«, sagte er und holte endlich tief Luft.

»Er will dich mit Arizona beeindrucken, Shura«, flüsterte Tatiana.

»Warum sehen die Felsen so aus?«, fragte Anthony. Seine Barrikade war schon einen Viertelmeter hoch.

»Wasser, Wind, Zeit, Erosion«, antwortete Alexander. »Der Colorado River da unten war anfangs nur ein kleines Rinnsal. Dann wurde er zu einem reißenden Strom und hat den Canyon über Millionen Jahre geformt. Der Fluss hat, trotz der Abneigung, die deine Mutter gegen ihn verspürt, einiges hier ausgelöst, Anthony.«

»Und genau weil er einiges ausgelöst hat, verspürt die Mutter diese Abneigung«, sagte Tatiana in Alexanders Arm.

Alexander stand auf und reichte ihr die Hand. »Am Ende einer Woche Erdgeschichte betrachtete Gott seine Felsen im größten aller Canyons, den er je auf Erden gemacht hatte, und all das Leben, das darin wohnt, und siehe da, es war gut.«

Tatiana nickte Alexander zu. »Von wem stammt das? Weißt du, was die Navajo sagen, die hier in der Gegend leben?« Sie hielt inne und versuchte sich zu erinnern. *»Schönheit ist vor meinem Weg«*, sagte sie und streckte die Arme aus. *»Schönheit ist hinter meinem Weg. Schönheit ist unter meinem Weg.«* Kein Laut kam aus dem Canyon herauf. *»Schönheit ist über meinem Weg.«* Sie sprach leise. *»In Schönheit ist es vollendet.«* Sie hob den Kopf. *»In Schönheit ist es vollendet.«*

»Hm.« Alexander zog lang an seiner Zigarette und behielt den Rauch eine Ewigkeit im Mund. »Ersetz das Wort ›Schönheit‹ durch das, woran du am meisten glaubst«, sagte er, »dann bist du auf einem recht guten Weg.«

In der unheimlichen nächtlichen Stille des Yavapai-Campingplatzes lag Anthony in seinem Zelt und wälzte sich im Schlaf, während sie draußen auf sein Wimmern und Strampeln lauschten und darauf warteten, dass er ruhiger wurde. Sie saßen in eine Wolldecke gekuschelt vor dem Feuer, fast zwei Kilometer von dem schwarzen Schlund des Canyon entfernt, und zitterten. Ihre eisigen Dämonen schlichen um die Decke.

Sie sprachen nicht. Schließlich legten sie sich vor das Feuer, die Gesichter einander zugewandt. Alexander hielt die Luft an und atmete in einem Zug den harten Kloß aus seiner Kehle.

Zuerst sagte er nichts. Er wollte nichts ansprechen, was sich nicht ändern ließ. Und doch gab es einen Schmerz, der ihn verfolgte, der immer wieder in sein Herz kroch und tausend verschiedene Dornen hineinbohrte. Er stellte sich vor, wie andere Männer sie berührt hatten, als er tot war. Wie sie ihr nah gekommen waren, so wie er ihr nah kam, und sie zu ihnen aufgeblickt, sie bei der Hand genommen und in Räume geführt hatte, in der Zeit, in der sie verwitwet gewesen war. Alexander wollte die Wahrheit nicht wissen, wenn sie nicht dem entsprach, was er hören wollte. Er wusste nicht, wie er die unerwünschte Wahrheit ertragen sollte, und hatte in all der Zeit, die er zurück war, nicht ein Mal danach gefragt. Doch nun lagen sie hier zusammen im Grand Canyon, der ein angemessener Ort für geheime Geständnisse zu sein schien.

Er holte Luft. »Bist du gern tanzen gegangen?«, fragte er.

»Was?«

Sie antwortete also nicht. Er schwieg. »Als ich in Colditz war, in dieser uneinnehmbaren Festung, und Stück für Stück mein Leben gelassen habe, habe ich mich das gefragt.«

»Anscheinend bist du immer noch dort, Shura.«

»Nein«, sagte er. »Ich bin in New York, bin ein Mäuschen und versuche dich dort ohne mich zu sehen.«

»Aber ich bin hier«, flüsterte sie.

»Ja, aber wie warst du *dort?* Hast du dich vergnügt?« Alexanders Stimme klang so traurig. »Ich weiß, dass du uns nicht vergessen hast. Aber wolltest du es gern? Um wieder glücklich sein zu können, wie früher, und ohne Schmerz zu tanzen?« Er schluckte. »Um wieder … lieben zu können? Hast du *darüber* nachgedacht, als du auf dem Bretterstapel vor dem Mercy Hospital gesessen hast? Dass du wieder glücklich sein willst? Dass du dich zurück nach New York wünschst? Hast du dort Emily Brontë rezitiert, *Geliebter der Jugend, vergib, wenn ich dich vergesse?«*

Er führte sie in Versuchung, Klarheit zu schaffen. Doch er sah, dass sie keine Klarheit wollte. Sie bevorzugte ein Durcheinander, um es dann wieder in Abrede zu stellen.

»Na gut, Shura. Wenn wir schon so reden und diese Dinge zur Sprache bringen, dann sag mir, was du mit dem Satz gemeint hast, ich sei vom Gulag verpestet. Sag mir, was mit dir geschehen ist.«

»Nein. Ich … vergiss es. Ich war …«

»Sag mir, was auf Deer Isle mit dir passiert ist, als du vier Tage verschwunden warst.«

»Das wird ja immer länger. Es waren gerade mal drei. Sag du mir erst, worüber du am Mercy Hospital nachgedacht hast.«

»Na schön. Lassen wir es ruhen.«

Er drückte seine Finger fordernd in ihren Rücken. Seine Hände fuhren unter ihre Strickjacke, ihre Bluse, gruben sich in ihre nackten Schultern.

Dann drehte er sie auf den Rücken und kniete sich rittlings auf sie. Hinter ihnen war das Feuer, der Schlund. Kein Trost, kein Frieden wähnte er mit einem Seufzer, selbst im göttlichen Grand Canyon nicht.

Anthonys Wimmern verwandelte sich in ausgewachsenes Wehgeschrei. »Mama! Mama!« Tatiana musste zu ihm. Anthony beruhigte sich, doch sie blieb bei ihrem Sohn. Schließlich kroch auch Alexander in das kleine Zelt und legte sich hinter ihr auf den harten Boden.

»Es ist nur eine Phase, Shura«, sagte sie, als wollte sie ihn besänftigen. »Das wird vorbeigehen.« Sie zögerte. »Genau wie alles andere.«

Alexanders Kehle brannte vor Ungeduld und auch vor Frustration. »Das würdest du nicht sagen, wenn du wüsstest, wovon er träumt.«

Tatiana erstarrte in seinen Armen.

»Aha.« Alexander hob den Kopf und sah sie in der Dunkelheit an. Er erkannte kaum die Konturen ihres Gesichts in dem gedämpften Licht, das das Feuer durch die leicht zurückgeschlagenen Zeltklappen hereinwarf. »Du *weißt* es.«

Tatiana wirkte schmerzerfüllt, als sie nickte. Ihr Kopf blieb gesenkt. Ihre Augen waren geschlossen.

»Du hast es die ganze Zeit gewusst?«

Sie zuckte die Achseln. »Ich wollte dich nicht aufregen.«

Minuten der Stille vergingen. Schließlich sagte Alexander: »Ich weiß, du denkst, dass alles gut wird. Doch du täuschst dich, warte es nur ab. Er wird nie darüber hinwegkommen, dass du ihn verlassen hast.«

»Sag das nicht. Er kommt darüber hinweg. Er ist noch ein kleiner Junge.«

Alexander nickte, doch es war keine Zustimmung. »Denk an meine Worte«, sagte er. »Er wird es nicht.«

»Und was willst du damit sagen?«, fragte sie ungehalten. »Dass ich nicht hätte gehen sollen? Ich habe dich gefunden, oder? Diese Diskussion ist einfach absurd.«

»Ja«, flüsterte er. »Aber wenn du mich nicht gefunden hättest, was hättest du dann getan? Wärst du zurück nach New York gegangen und Edward Ludlows Frau geworden?« Sie stieß einen Laut der Missbilligung aus. Doch Alexander kümmerte sich nicht darum. »Anthony zumindest glaubt, zu Recht oder Unrecht, dass du nie zurückgekommen wärst. Dass du immer noch in den Wäldern der Taiga nach mir suchen würdest.«

»Nein, das stimmt nicht.« Sie fuhr herum und starrte ihn an: »Nein, das glaubt er nicht.«

»Hast du dir seinen Traum angehört? Seine Mutter hatte die Wahl. Als sie ihn verließ, wusste sie, dass es höchstwahrscheinlich für immer sein würde. Sie wusste es und ist trotzdem gegangen. Das ist es, wovon er träumt. Das ist es, was er weiß.«

»Alexander! Bist du absichtlich so grausam? Hör auf damit.«

»Ich bin nicht grausam. Du sollst nur nicht länger so tun, als quäle ihn das nicht. Als sei es keine große Sache. *Du* glaubst doch, dass alles Konsequenzen hat, wie du mir ständig erzählst. Also, wenn ich dich frage, ob es ihm langsam besser geht, dann tu nicht so, als wüsstest du nicht, wovon ich spreche.«

»Warum fragst du mich dann überhaupt? Anscheinend kennst du ja alle Antworten.«

»Hör auf, so schnippisch zu sein.« Alexander holte tief Luft. »Weißt du, wovon ich nachts träume? In meinen Alpträumen bin ich in einem Lager an der Kolyma«, sagte er dumpf. »Ich teile mir ein kleines, schmutziges Feldbett mit Uspenskij. Wir sind immer noch aneinandergekettet und kauern zusammen unter einer Decke. Es ist bitterkalt. Pascha ist längst tot.« Alexander schluckte. »Ich mache die Augen auf und stelle fest, dass alles hier – Deer Isle, Coconut Grove, Amerika – in Wahrheit nur ein Traum ist. Genau wie ich es befürchtet habe. Nur ein weiterer Streich, den der Verstand den Seelen der Verrückten spielt. Ich springe aus dem Bett und renne aus der Baracke. Uspenskijs verwesender Leichnam schleift hinter mir durch die gefrorene Tundra. Karolitsch folgt mir, er jagt mich mit seinem Gewehr. Nachdem er mich gefangen hat – und er fängt mich jedes Mal –, rammt er mir den Gewehrkolben in die Kehle. ›Geh zurück in die Baracke, Below‹, sagt er. ›Das gibt noch mal fünfundzwanzig Jahre für dich. Festgekettet an einen Toten.‹ Wenn ich nachts aufstehe, kann ich nicht atmen, so als hätte man mir eben in die Kehle gestochen.«

»Alexander«, sagte Tatiana tonlos und schob ihn mit zitternden Händen weg. »Ich habe dich angefleht, *angefleht!* Ich will das nicht hören.«

»Anthony plagen Alpträume, dass du weg bist. Mich plagen Alpträume, dass du weg bist. Ich bin so von dieser Angst durchdrungen, dass ich sie in jeder Ader spüren kann. Wie soll ich ihm helfen, wenn ich nicht mal mir selbst helfen kann?«

Tatiana stöhnte vorwurfsvoll auf.

Alexander lag still und reglos hinter ihr. Sie war ihm einfach über den Mund, über den Schmerz gefahren. Er hielt es nicht mehr aus. Er konnte nicht schnell genug herauskommen. Stumm verließ er das Zelt.

Tatiana lag neben Anthony. Sie fror. Als der Junge endlich tief und fest schlief, schlich sie nach draußen. Alexander saß in eine Decke gehüllt vor dem verglimmenden Feuer.

»Warum tust du das immer?«, sagte er kalt, ohne sich umzudrehen. »Einerseits verwickelst du mich in absurde Gespräche und regst dich auf, weil ich nicht mit dir rede. Und spreche ich dann etwas an, was wirklich an mir zehrt, schlägst du mir die Tür vor der Nase zu.«

Tatiana war sprachlos. Das tat sie doch nicht, oder?

»Oh doch«, sagte er. »Genau das tust du.«

»Ich wollte dich nicht aufregen.«

»Warum tust du es dann?«

»Entschuldige«, sagte sie. »Ich kann einfach nicht über Ants unsägliche Träume sprechen. Oder deine.« Sie hatte auch so genug Angst.

»Na, dann geh doch zurück ins Zelt, los.« Er blieb sitzen und rauchte weiter.

Sie zog an seinem Ärmel. Er riss sich los.

»Ich habe mich doch entschuldigt«, flüsterte Tatiana. »Komm wieder hinein. Mir ist eiskalt und du weißt, dass ich ohne dich nicht einschlafen kann. Bitte.« Sie senkte die Stimme und beugte sich zu ihm hinunter. »In *unser* Zelt.«

Im Zelt zog er sich nicht aus, sondern stieg in seiner langen Unterwäsche in den Schlafsack. Sie beobachtete ihn eine Weile und versuchte sich darüber klar zu werden, was er von ihr wollte, was sie tun sollte, was sie tun konnte. Was brauchte er?

Tatiana zog sich aus. Nackt und schutzlos, zerbrechlich und verwundbar schlüpfte sie in den Schlafsack und drückte sich in seinen feindseligen Arm. Er sollte wissen, dass sie keine Waffen trug.

»Shura, es tut mir leid«, flüsterte sie. »Ich weiß Bescheid über meinen Jungen. Mir sind die Konsequenzen voll und ganz bewusst, die mein Weggehen für ihn hatte. Aber ich kann nun nichts dagegen tun. Ich kann nur dafür sorgen, dass es ihm besser geht. Und jetzt hat er beide Elternteile, die ihn für meinen und seinen Kummer entschädigen. Ich hoffe, dass es ihm am Ende, nach allem, was geschehen ist, etwas bedeutet, seinen Vater zu haben. Dass das Gleichgewicht der Kräfte wiederhergestellt wird durch das Gute, das aus meinem unverzeihlichen Handeln entstanden ist.«

Alexander sagte nichts. Er berührte sie auch nicht.

Sie schob die Hand unter das Baumwollhemd und rieb seinen Bauch. »Ich friere so, Shura«, flüsterte sie. »Schau, du hast ein kaltes, nacktes Mädchen in deinem Zelt.«

»Kalt stimmt«, sagte er.

Sie drückte sich fester an ihn und öffnete den Mund, doch er schnitt ihr mitten im Flüstern das Wort ab. »Hör mit dem ganzen Gerede auf. Lass mich einfach schlafen.«

Sie verkniff sich den Rest und zerrte an ihm. Sie öffnete ihre Arme, aber er blieb unnahbar. »Vergiss den Trost, vergiss den Frieden«, sagte er. »Aber welche Art von *Erleichterung* kannst du mir überhaupt geben, wenn du so verkrampft und aufgebracht bist? Du sprühst heute Abend nicht gerade vor Liebenswürdigkeit.«

»Was? Und du bist nicht aufgebracht?«, fragte sie leise.

»Dich stört das aber nicht, oder?«

Sie lagen nebeneinander. Er zog den Reißverschluss auf seiner Seite zur Hälfte herunter und setzte sich im Schlafsack auf. Nachdem er die Zeltklappen zurückgeschlagen hatte, um frische Luft hereinzulassen, zündete er sich eine Zigarette an. Nachts war es kalt im Canyon. Tatiana beobachtete ihn zitternd und spielte die Möglichkeiten durch, berechnete die verschiedenen Permutationen und Kombinationen, bestimmte die X-Variable, stellte sich im Geiste die nächsten Schritte vor. Und dann wanderte ihre Hand aus dem Schlafsack und legte sich auf seinen Schenkel. »Sag du *mir* die Wahrheit«, bat sie vorsichtig. »Sag mir hier und jetzt: In den Jahren ohne mich ... im Strafbataillon ... in den weißrussischen Dörfern, warst du da wirklich mit keiner Frau zusammen oder hast du mich belogen?«

Alexander rauchte. »Es war keine Lüge. Aber *ich* hatte schließlich keine große Wahl, oder? Du weißt, wo ich war: in Tichwin, im Gefängnis, an der Front mit anderen Männern. Ich bin nicht in New York tanzen gegangen mit offenem Haar und Männern voll scharfer Munition.«

»Also erstens habe ich das Haar nie offen getragen«, sagte sie, ohne sich provozieren zu lassen. »Und außerdem hast du mir doch erzählt, dass du in Lublin einmal die Gelegenheit hattest.«

»Ja«, sagte er, »ich bin dem Mädchen in Polen nah gekommen.«

Tatiana wartete, lauschte. Alexander fuhr fort: »Dann gerieten wir in Gefangenschaft und ich war in verschiedenen Lagern, in Colditz mit deinem Bruder und später in Sachsenhausen – ohne ihn. Erst mit Männern gekämpft, dann von Männern bewacht, von Männern geschlagen, von Männern verhört, von Männern angeschossen, von Männern tätowiert. Frauen gab es nur wenige in dieser Welt.« Er erschauderte.

»Aber ein paar schon?«

»Ein paar, ja.«

»Bist du ... von einer Gulag-Liebe verpestet?«

»Mach dich nicht lächerlich, Tatiana«, sagte er leise. »Leg mir keine Worte in den Mund mit deinen verlogenen Fragen. Du weißt, dass das, was ich zu dir gesagt habe, nichts damit zu tun hat.«

»Was hast du dann gemeint? Sag es mir. Ich weiß nichts. Sag mir, wohin du auf Deer Isle gegangen bist, als du mich vier Tage alleingelassen hast. Warst du bei einer anderen Frau?«

»Tatiana! Gott.«

»Du antwortest mir nicht.«

»Nein. Um Himmels willen. Hast du mich gesehen, als ich zurückkam? Als ob es nicht schon reicht, jetzt beschuldigst du mich auch noch.«

»Ach, und du beschuldigst mich nicht durch deine Befürchtungen?«, flüsterte sie.

»Nein! Du hast geglaubt, ich sei tot. In New York hast du mich nicht betrogen. Du hast dein Dasein als lustige Witwe geführt. Das ist ein verfluchter Unterschied, Tania.«

Als Tatiana seinen Ton hörte, verkniff sie sich eine Antwort.

Auch wenn sie gern gesagt hätte: »Offenbar ist es für dich kein so großer Unterschied.« Aber sie wusste, wann sie bei ihm zu weit ging. »Warum erzählst du mir nicht, wo du in Maine warst?«, flüsterte sie. »Siehst du denn nicht, welche Angst ich habe?« Sie war aufgebracht, weil er nicht bereit war, sie zu trösten. Er war nie bereit, sie zu trösten.

»Ich will es dir nicht erzählen«, sagte Alexander, »weil ich nicht will, dass du dich aufregst.«

Seine leere Stimme ängstigte Tatiana so sehr, dass sie etwas zur Rede brachte, über das auch nie gesprochen wurde. »Was ist mit meinem Bruder? Hatte er eine Frau im Gefängnis?«

Alexander machte einen tiefen Zug an seiner Zigarette. »Ich will nichts über ihn sagen.«

»Na, bestens. Also gibt es nichts, worüber du reden willst.«

»Das stimmt.«

»Tja dann, gute Nacht.« Sie drehte sich energisch um. Wirklich eine symbolische Geste. Sich so energisch umzudrehen. Den schmalen nackten Rücken einem riesigen bekleideten Mann zuzuwenden, mit dem man immer noch im selben Schlafsack lag.

Alexander seufzte in den Rauch hinein, atmete ihn ein. Er streckte den Arm aus und zog sie mit einem Ruck zurück. »Dreh dich jetzt nicht weg von mir«, sagte er. »Wenn du es unbedingt wissen musst. Ein Hausmädchen auf Burg Colditz hat sich in Pascha verliebt und es einfach so mit ihm getan.«

Tatiana stiegen Tränen in die Augen. »Ja, er konnte Mädchen sehr leicht dazu bringen, sich in ihn zu verlieben«, sagte sie leise. Sie rückte so nah sie konnte neben Alexander, so nah seine abweisende Haltung es zuließ. »Fast so leicht wie du«, flüsterte sie schmerzerfüllt.

Alexander sagte nichts.

Tatiana kämpfte gegen das Zittern an. »In Luga, in Leningrad, immer war Pascha in irgendein Mädchen verliebt.«

»Ich glaube, er hat Liebe mit etwas anderem verwechselt«, sagte Alexander.

»Im Gegensatz zu dir, Shura?«, flüsterte sie und sehnte sich verzweifelt nach einer Geste der Vertrautheit.

»Im Gegensatz zu mir«, sagte er knapp.

Sie legte sich stumm auf den Boden. »Hattest du auch ein kleines Hausmädchen?« Ihre Stimme bebte.

»Das weißt du doch. Soll ich dir von ihr erzählen?« Alexander beugte sich über sie, warf die Zigarette weg und grub die Hand zwischen ihre Schenkel. Kein Küssen, kein Streicheln, kein Liebkosen, kein Flüstern, kein Vorspiel, nur seine Hand zwischen ihren Schenkeln. »Sie reizt mich«, sagte er. »Sie gibt mir Rätsel auf. Sie macht mich irre und treibt mich zur Raserei.« Er schob die andere Hand unter ihren Kopf und griff in ihr Haar.

»Sie ist treu.« Tatiana versuchte still zu liegen. Sie kam sich in dem Moment nicht rätselhaft vor, nur entsetzlich verwundbar – nackt und klein, umgeben von tiefster Dunkelheit und seinem überwältigenden, bekleideten Körper, der stärker war, als ihm guttat, während seine gewaltige Soldatenhand auf der verwundbarsten Stelle ihres Körpers ruhte. Sie vergaß ihre eigentliche Mission, ihm wegen all der Sorgen und Ängste, die auf ihn einstürmten, Trost zu spenden. »Und sie tut es einfach so mit dir«, flüsterte sie. Ihre Hände griffen nach seinem Hemd.

»Das nennst du einfach?«, sagte er. Wundersamerweise liebkosten seine rauen Fingerspitzen sie außerordentlich zärtlich. Wie schaffte er das nur? Seine Hände konnten das Wohnmobil hochwuchten, wenn es sein musste. Er hatte die stärksten Hände, und sie gingen nicht immer sanft mit ihr um. Und doch durchschritten sie derart behutsam eine so empfindliche Stelle, dass Tatiana von Scham erfüllt war, bevor seine Finger ihr die Sinne raubten.

»Du machst mir mit deinen Gegenfragen nichts vor«, sagte er. »Ich weiß genau, was du tust.«

»Was tue ich denn?«, raunte sie und versuchte sich nicht zu bewegen oder zu stöhnen.

»Du drehst den Spieß um. Wenn ich, ein unheilbarer Sünder, mir nichts habe zuschulden kommen lassen, dann du erst recht nicht.«

»Du bist nicht unheilbar, Liebling.« Sie beugte den Kopf nach hinten.

»Hätte der bullige Jeb in New York sich nicht ganz so ungeschickt verhalten, hättest du dich ihm hingegeben«, sagte Alexander und hielt inne, in Wort und Tat. Die Pause wühlte

Tatiana nur noch mehr auf. »Und hätte Edward seine Karten nur etwas geschickter ausgespielt, nur ein bisschen« – Tatiana konnte nicht anders, sie bewegte sich, sie keuchte –, »hättest du es einfach so mit ihm getan.«

Sie konnte kaum sprechen. »Das stimmt nicht«, sagte sie. »Glaubst du, ich hätte keine Gelegenheit gehabt? Ich wusste, was sie wollten. Aber ich …« Sie konnte kaum denken. »Ich habe es nicht getan.«

Alexander atmete schwer und sagte kein Wort.

»Ziehst du dich deshalb so vor mir zurück?«

»Wer zieht sich vor dir zurück, Tania?«

Ihr Vorwurf barg eine gewisse Ironie in dem Moment. Das sanfte rhythmische Kreisen seiner Finger wurde zu viel für sie. Sie klammerte sich an ihn und flüsterte unvernehmbar *warte, warte*. Doch Alexander beugte sich über sie und saugte an ihrer Brustwarze, während er sie langsam immer druckvoller rieb und sie schließlich ein gut hörbares *ja, ja* ausstieß.

Als sie wieder sprechen konnte, sagte Tatiana: »Also gut, reden wir.« Sie zog an seinem Hemd. »Sieh mich an, Shura.«

»Es ist dunkel. Das Feuer ist aus. Ich kann rein gar nichts sehen.«

»Aber ich sehe dich. Du strahlst so hell, dass du mich blendest. Jetzt sieh mich an. Ich bin deine Tania. Frag mich. Frag mich, was du willst. Ich werde dich nicht anlügen.« Sie sagte nichts mehr. Ich belüge meinen Mann nicht. Ich halte nur ein paar Dinge vor ihm zurück. Wie das: *Es kommen wieder Männer den Hügel herauf, Männer, die auf der Suche nach dir sind. Und ich muss alles in meiner Macht Stehende tun, um dich zu beschützen. Deshalb kann ich dich nicht so trösten, wie es mir lieb wäre, denn im Augenblick bin ich mehr Angriffen ausgesetzt, als dir bewusst ist.* »In Lazarewo«, sagte sie und griff nach dem Trost, nach der Wahrheit, die er hören wollte, »hast du mir die Unschuld genommen.« Sie hob die Hände und tastete nach seinem Gesicht. »Ich habe dir meine Hand gegeben und mit ihr mein Wort. Es ist das einzige Wort, an das ich gebunden bin.«

»Ja«, flüsterte er. Sein rauchiger Atem ging stoßweise im angespannten Rhythmus seines Herzschlags. »Ich habe dir einst die Unschuld genommen.« Seine Finger ruhten auf ihr. »Aber in New York dachtest du, ich sei tot.«

»Ja, und ich habe um dich getrauert. Vielleicht hätte ich in zwanzig Jahren den Schlossherrn dort geheiratet, aber das kann ich nicht mit Bestimmtheit sagen. Ich war nicht bereit und ich war nicht glücklich und ich habe mich nicht vergnügt. Dein Sohn war bei mir im Schlafzimmer. Vielleicht war ich ein paar Mal tanzen, aber du weißt besser als irgendjemand sonst, dass ich meinen Geliebten der Jugend nicht vergessen habe«, flüsterte sie und fügte fast lautlos hinzu: »Ich habe unseren kleinen Jungen verlassen, weil ich ihn nicht vergessen habe und nicht vergessen konnte.«

Seine warme Hand lag tröstend auf ihr, als Ausdruck der Entschuldigung. Also war er doch zum Trost bereit.

»Kein Grund sich zu entschuldigen«, sagte sie. »Du bist verunsichert, nicht wahr? Aber damals in Deutschland habe ich dir die Wahrheit gesagt. Ich lüge dich nicht an. Ich würde dich nie anlügen. Niemand hat mich berührt, Shura. Nicht einmal in New York als deine lustige Witwe.«

Er sah sie durch die schwarze Nacht hindurch an, starr, aufmerksam. Zögernd flüsterte er: »Und geküsst, Tatiana?«

»Nein, Shura, Liebling«, antwortete sie. Sie lag auf dem Rücken und hatte die Arme um seinen Hals geschlungen. »Niemand außer dir. Warum geißelst du dich wegen nichts?«

Sie küssten sich innig, zärtlich, sanft. »Überleg doch nur, was für idiotische Fragen du mir andauernd stellst«, sagte er. Er zog das Baumwollhemd und die lange Unterhose aus und wirkte wie ein großer stachliger Igel in einem winzigen Bett. »Machst dir Sorgen wegen Frauen in Weißrussland und Bangor.« Er legte sich auf sie. Sie streckte die Hände über den Kopf. Er hielt ihre Handgelenke fest. Seine Lippen küssten sie.

»Und schließlich«, sagte Alexander, als seine Lust gestillt war und ihre Hände auf seinem Rücken lagen, »gibt es doch eine selige kleine Erleichterung.«

Die letzte Zigarette war längst ausgedrückt, als er sie immer noch in seinen Armen hielt und streichelte. Würden sie gleich einschlafen? Er vielleicht schon, wie sie glaubte. Seine Hände auf ihrem Rücken wurden immer langsamer. Aber hier in Yavapai über den stillen Schreinen des göttlichen Canyons, der Zentimeter um Zentimeter von dem beständigen, unbeugsamen, richtungsweisenden Red River geformt wurde, konnte Tatiana so gut wie anderswo Alexanders Panzer ein kleines Stück abtragen.

»Shura«, flüsterte sie. »Warum bin ich vom Gulag verpestet? Bitte, sag es mir.«

»Oh, Tania. Es liegt nicht an dir. Verstehst du nicht? Ich bin befleckt von den ganzen gottlosen Dingen, die ich gesehen habe, von allem, was ich durchgemacht habe.«

Sie streichelte seinen Körper, küsste die Wunden auf seiner Brust. »Du bist nicht befleckt, Liebling«, sagte sie. »Du bist ein Mensch, du leidest, du kämpfst, aber deine Seele ist unberührt.«

»Meinst du?«

»Ich weiß es.«

»Woher willst du das wissen?«

»Weil ich sie sehe«, flüsterte sie. »Vom ersten Augenblick an, als ich dich in unserem Bus berührt habe, habe ich deine Seele gesehen.« Sie drückte die Lippen auf seine Schulter. »Jetzt erzähl es mir.«

»Du wirst es nicht hören wollen.«

»Doch«, sagte sie, »das will ich.«

Alexander erzählte ihr von den Massenvergewaltigungen in den Zügen. Und wie die Frauen danach gestorben seien. Und Tatiana hätte ihm beinahe recht gegeben, sie wollte das nicht hören. Diese Art von Barbarei hat nicht so häufig stattgefunden, sagte er, im Lager sei das nicht nötig gewesen. Auf den Transporten waren Überfälle mit Todesfolge jedoch gang und gäbe. In Kattowitz, Colditz und Sachsenhausen hingegen verkauften die meisten Frauen ihren Körper oder gaben ihn freiwillig Fremden hin – schnell, bevor die Wachen kamen, sie schlugen und sich dann selbst bedienten.

Er erzählte ihr von den Frauen in Sachsenhausen. Als Tatiana einwarf, sie könne sich an keine Frauen dort erinnern, sagte Alexander, dass bei ihrer Ankunft bereits alle weg gewesen seien. Doch bevor Tatiana gekommen war, hatten die Aufseher den ihnen verhassten Alexander mit dem Bau einer Steinmauer beauftragt, als Ersatz für den Stacheldrahtzaun, der die zwei Baracken der Frauen von den sechzehn Baracken der Männer trennte. Die Wärter gefährdeten absichtlich Alexanders Leben mit dem Bau einer solchen Mauer und der Abschaffung des Zauns, der dem Austausch sexueller Gefälligkeiten so förderlich war: Auf Händen und Knien, als würden sie den Boden wischen, krochen die Frauen rückwärts auf den Zaun zu, während die Männer sich hinknieten und achtgaben, dass sie sich nicht an den rostigen Drahtspitzen stachen.

Tatiana erschauderte.

Also baute er die Mauer. Mit eineinhalb Metern war die Mauer nicht hoch genug. Männer wie Frauen sprangen nachts darüber. Ein Wachturm wurde aufgestellt, in dem rund um die Uhr ein Wärter stand, der den Vollzug von Geschlechtsverkehr verhindern sollte. Die Männer und Frauen überwanden das Hindernis weiterhin. Alexander wurde angewiesen, die Mauer auf zwei Meter aufzustocken. Eines Nachmittags wurde er bei den Bauarbeiten von acht zu lebenslanger Haft verurteilten Männern eingekesselt. Sie kamen mit Baumsägen und Äxten auf ihn zu. Alexander verschwendete keine Zeit aufs Reden, sondern schwang die Kette, die er am Handgelenk trug. Sie traf einen der Männer am Kopf und spaltete ihm den Schädel. Die anderen Männer flohen.

Alexander baute die Mauer zu Ende.

Mit zwei Metern war sie noch immer nicht hoch genug. Ein Mann kletterte einem anderen auf die Schultern, sprang auf die Mauerkrone und zog den anderen, der unter ihm gestanden hatte, hoch. Die Gefängniswärter setzten den horizontalen Abschluss unter Strom und stellten einen zweiten Wachturm auf.

Die Männer erlitten ein paar Stromstöße, kletterten aber weiter über die Mauer, um zu den Frauen auf der anderen Seite zu gelangen.

Tatiana fragte, warum die Aufseher nicht die Stromladung auf der Mauer so weit erhöht hätten, dass die Männer bei Berührung sofort getötet worden wären. Alexander erwiderte, dass sie ihre Arbeitskraft brauchten. Niemand wäre zum Holzfällen übrig geblieben, um das Produktionssoll zu erfüllen, wenn sie der Absperrung eine tödliche Ladung zugeführt hätten. Außerdem hätte es zu viel Energie gekostet. Die Wärter brauchten schließlich Licht in ihren Baracken. »Im Kommandantenhaus musste Karolitsch bequem essen und schlafen können, stimmt's, Tatia?«

»Stimmt, Shura. Jetzt hat er es nicht mehr so bequem.«

»Dieser verfluchte Schweinehund.«

Tatianas Hand lag auf Alexanders Herzen. Ihr Gesicht war in seine Brustmuskeln gedrückt, in die Schrapnellwunde aus Berlin, die immer unter ihrem Mund war, wenn sie in seinen Armen lag.

Alexander wurde angewiesen, die Mauer auf vier Meter aufzustocken.

Einer seiner Helfer sagte: »Bei zwei Metern wollten sie dich zum Krüppel machen. Bei vier werden sie dich glatt umbringen.«

»Sollen sie es versuchen«, sagte Alexander. Er tat keinen Schritt ohne die Kette, die immer um sein rechtes Handgelenk geschlungen war. Als zusätzlichen Schutz hatte er in der Schlosserei Nägel daran befestigt. Er musste die Kette erneut benutzen – zwei Mal.

Die Mauer wuchs auf vier Meter an. Die Männer kletterten weiter darüber. Ein Elektrozaun wurde über die Mauerkrone gespannt. Sie kletterten weiter darüber. Ein Stacheldrahtzaun verlief über dem Elektrozaun. Sie kletterten weiter darüber.

Blutkrankheiten, Fehlgeburten mit anschließender Todesfolge und, schlimmer noch, Schwangerschaften – das denkbar Widernatürlichste in einer solchen Umgebung – machten es unmöglich, das Gefängnis weiterzuführen. Schließlich wurden die Frauen in Lastwagen geschafft und hundert Kilometer östlich zu den Scheelitminen gekarrt. Alexander fand heraus, dass die Mine der Frauen bei einer der Explosionen eingestürzt war und alle darin ihr Leben gelassen hatten.

Die Männer hörten auf, über die Mauer zu klettern, und erkrankten. Sie unternahmen selbstmörderische Fluchtversuche, erhängten sich an den Bettlaken, fielen Minenschächte hinunter und schnitten einander wegen kleiner Reibereien die Kehle durch. Das Produktionssoll konnte immer noch nicht erfüllt werden. Die Aufseher befahlen Alexander, die Mauer niederzureißen und mit der Aushebung von Massengräbern zu beginnen.

Alexander sagte nichts mehr. Tatiana lag bedrückt neben ihm. Sie fühlte sich plötzlich neunzig Kilo schwer, statt ihrer fünfundvierzig.

»In den Jahren, die ich von dir getrennt war«, sagte er, »habe ich davon geträumt, dich zu berühren. Die Vorstellung, dass du mich tröstest, hat mein ganzes Denken bestimmt. Aber alles, was ich gesehen habe, waren misshandelte Frauen. Und du bist nicht heilig geblieben, sondern wurdest dadurch gedemütigt. Meine Gedanken an dich wurden zur Qual. Du weißt, wie das geschieht: Man lebt wie ein Tier und wird selbst zu einem. Und dann bist du völlig verschwunden.« Er hielt inne und nickte in die Dunkelheit. »Das habe ich mit verpestet gemeint. Dann plötzlich, als du dich selbst meiner Erinnerung entzogen hattest, habe ich dich im Wald gesehen, eine geisterhafte Vision von dir als junges Mädchen. Es war nicht nur ein Traum. Ich sah dich wirklich. So wirklich wie jetzt hier. Du hast gelacht, gehüpft, so engelsgleich wie eh und je, nur dass du nie auf unserer Bank in Leningrad gesessen und nie das weiße Kleid getragen hast, an dem Tag, als Hitler in die Sowjetunion einfiel. Ich hatte woanders patrouilliert oder du einen anderen Weg genommen, sodass es niemanden gab, für den ich die Straße hätte überqueren können. Und so standst du in diesem Wald und hast mich angesehen, als würdest du mich nicht kennen, als hättest du mich nie geliebt.« Er brach ab. »Von dem Zeitpunkt an habe auch ich diese selbstmörderischen Fluchtversuche unternommen, ganze siebzehn Stück. Es war dieser Blick von dir, der mich in Sachsenhausen die ganze Zeit verfolgt hat«, sagte Alexander mit leerer Stimme. »Vielleicht fühlte ich nichts. Aber ich konnte nicht leben, nicht eine Minute auf dieser Erde überstehen in dem Glauben, dass du auch nichts gefühlt hast. Dein liebloser Blick war mein Tod.«

Tatiana weinte. »Oh Gott ... Shura, mein Mann ...«, flüsterte sie und schlang die Arme, die Füße um ihn. Sie legte sich auf ihn. Sie konnte ihn nicht fest genug an sich drücken. »Es war nur ein abscheulicher Traum. Mein Blick ist niemals lieblos.«

Er starrte sie an. Ihr Gesicht war dicht über seinem. »Und warum siehst du mich dann ständig so an, als würde dir etwas fehlen, Tania?«

Sie konnte seinem schmerzerfüllten Blick nichts entgegnen, nicht einmal in der Schwärze der Nacht. Mit einem tiefen Atemzug sagte sie: »Mir fehlt nichts. Ich suche dich nur. Ich suche dich in den Wäldern der Taiga. Suche den Alexander, den ich eine Million Kilometer entfernt am kieferngesäumten Flussufer in Lazarewo zurückgelassen habe oder in dem Lazarettzelt in Morozowo. Darüber habe ich am Mercy Hospital nachgedacht.«

Das war nicht das Einzige, was ihr dort durch den Kopf gegangen war. Nach einem Anruf bei Esther an jenem Morgen hatte sie erfahren, wie entschlossen, wie ernst und unerbittlich Sam Gulotta noch immer war. Die Angst hatte ihren Sinn für die Wirklichkeit verzerrt. Sie war verschwunden und hatte die Zeit vergessen. Heute Nacht schluckte sie es hinunter und fuhr fort: »Was ist mir damals gelungen, das mir heute anscheinend nicht mehr gelingt? Darüber denke ich nach. Was kann ich tun, um dich zurückzuholen? Was kann ich tun, um dich glücklich zu machen? Was kann ich tun, um dir zu helfen? Wo bist du?«

Alexander schwieg. Er schob sie von sich herunter. Sie lag hinter ihm, küsste die wulstige Narbe auf seiner Wirbelsäule und hörte sein Herz durch seine Schulterblätter pochen.

Nach einer Weile sagte er: »Willst du wissen, wo ich in Maine war?«

»Nein.«

»Ich habe versucht, den Alexander, den du verloren hast, zu finden.«

»Und?«, fragte Tatiana zögerlich und lehnte die Stirn an seinen Rücken. »Hast du ihn gefunden?«

»Offensichtlich nicht«, antwortete Alexander. »Ich spürte, dass ich es ruiniert hatte, dass alles kaputt war. Ich wusste nicht, wer ich war. Auch ich habe den Mann nicht wiedererkannt, der mit dir aus Berlin zurückgekommen ist. Du wolltest den Jungen, den du 1941 kennengelernt hast, den, den du geliebt hast, den du geheiratet hast. Ich konnte ihn nicht finden. Aber dich konnte ich genauso wenig finden hinter deinem forschenden Blick. Ich sah andere Dinge darin, Angst um mich, Sorge. Diesen Blick des Mitgefühls für Colonel Moore, den hast du auch mir zugeworfen, und das oftmals. Aber wie du weißt, lege ich keinen Wert auf das Mitleid in deinen Augen und deinen Berührungen. Die Mauer zwischen uns schien vierzig Meter hoch, nicht vier. Ich konnte es nicht ertragen. Du bist so wunderbar allein zurechtgekommen, während ich gestorben war, und nun war ich verdammt und ruinierte alles. Der Colonel und ich hätten beide in dieses Militärhospital gemusst. Er hat sich einweisen lassen, doch für mich war dort kein Platz. Weder dort noch bei dir. Es gab überhaupt keinen Platz für mich auf dieser Welt«, sagte Alexander.

Er hatte seine Waffen genommen und ihr das Geld dagelassen.

Tatiana atmete schwer in ihre Hände und versuchte nicht zusammenzubrechen. »Ich kann nicht glauben, dass du mir das erzählst«, sagte sie. »Ich kann nicht glauben, dass du das alles laut vor mir aussprichst. Das verdiene ich nicht.«

»Das stimmt«, sagte Alexander. »Deswegen habe ich es dir nicht erzählt. Ich wusste, unser Sohn braucht dich. Er hat noch sein ganzes Leben, um wieder in Ordnung zu kommen. Ich dachte, ihm könntest du noch helfen, ihn könntest du noch retten.«

»Oh, mein Gott, aber was ist mit dir?«, fragte Tatiana. »Shura, du brauchtest dringend meine Hilfe.« Und du brauchst sie immer noch, wollte sie hinzufügen. Sie wischte ihre Tränen ab, doch es war sinnlos.

Er drehte sich zu ihr auf die Seite.

»Ich weiß.« Er berührte ihre Augen, ihre Lippen, ihr Herz. »Deshalb bin ich zurückgekommen«, flüsterte er. Seine Hand lag wie ein Fächer auf ihrem Gesicht. »Weil ich gerettet werden wollte, Tatiascha.«

Tatiana schlief schlecht, schreckte mehrmals hoch, als würde *ihr* immer wieder sein Gewehrkolben in die Kehle gestoßen. Sie hofften, die Zeit würde ihnen helfen. Ein Monat hier, ein Monat dort, ein Monat ohne Moskitos und Schnee. Zeit war wie frische Erde auf den flachen Gräbern. Schon bald mochten die Geschütze verstummen, die Raketenwerfer nicht mehr pfeifend vom Boden abheben. Doch jetzt noch nicht. *Für den Rest unseres kurzen unglückseligen Lebens auf der Flucht. Mit anderen Worten, im Gefängnis.*

Ich wollte gerettet werden, Tatiascha.

»Näher zu dir«, flüsterte er in ihr Ohr, bevor er einschlief, *»drückt mich auch Kummer hier.«*

Ohne Erlösung zu finden machten sie sich auf, weiter durch den Desolation Canyon, über die salzigen Ebenen von Utah, an den Sunrise Peak Mountains vorbei in ein Tal, in dem Wein wuchs.

4

VIANZA, 1947

Schaumwein und wogende Brüste

Und welcher Wein doch in dem Tal wuchs!

Chardonnay, Cabernet, Merlot, Pinot Noir, Sauvignon Franc und Sauvignon Blanc. Aber Schaumwein war der köstlichste von allen, schmelzig, nussig, fruchtig, zum Bersten mit Aromen von grünem Apfel und Zitrusfrüchten gefüllt, die Perlen in der Flasche verschlossen für maximales Prickeln und maximalen Genuss.

Die Italiener brachten sie auf den Geschmack, die Sebastianis, die ein kleines kalifornisches Weingut an einer nebeligen, kurvigen, von Baumkronen überdachten Bergstraße besaßen. Eingebettet zwischen anderen Weingärten, erstreckte es sich von den Mayacama Mountains nach Osten und den Sonoma Mountains nach Westen. Die Sebastianis leiteten das Gut, als lebten sie in der Toskana. Ihr gelbes mediterranes Haus schien direkt dem alten Land von Alexanders Mutter zu entstammen. Alexander hatte kaum das Pferd zum Stehen gebracht und die Zügel fallen gelassen, als Nick Sebastiani ihn um vier Uhr nachmittags vom Fleck weg einstellte. Es war Ende August und Erntezeit. Die Trauben mussten rasch von den Rebstöcken oder etwas Schreckliches würde geschehen: Die überreifen Beeren beeinflussten irgendwie den Säuregehalt. Sie mussten »gekühlt«, »entrappt«, »enthäutet« und »in Stahltrommeln gepresst werden«, wie Nick Alexander erklärte. Währenddessen stand Tatiana mit Anthony auf dem ungepflasterten Parkplatz und überlegte, was sie tun sollte.

Mit ihrem Sohn an der Hand schlenderte sie zum Weinkeller und machte die Bekanntschaft von Nicks Frau Jean. Fünf Minuten später trank und würdigte sie nicht nur die ungewohnten, aber gefälligen Weine, die ihr zur Probe angeboten wurden, sondern nahm auch eine Stelle als Kellnerin in dem Weinlokal im Innenhof des Guts an.

Tatiana murmelte etwas von Anthony, und Jean sagte: »Ach, das macht nichts, der Junge kann Ihnen helfen. Dadurch bekommen wir sogar noch mehr Gäste, Sie werden sehen.«

Die Leute hatten tatsächlich einen Narren an dem kleinen Hilfskellner gefressen und waren auch der bedienenden Mutter gegenüber nicht abgeneigt. Tatiana zwängte sich in Unterhemden, die ihr eine Nummer zu klein waren, und trug weiße Kleider, die ihre blassen Arme bis zu den Schultern entblößten. So lief sie eilig von einem Tisch zum nächsten, während Alexander hektarweise Trauben las. Er bekam sieben Dollar am Tag für zwölf Stunden Schinderei. Tatiana hingegen verdiente so viel Trinkgeld, als würde sie den Kaiserhof bedienen.

Alexander wollte schon kündigen, doch es gab einfach zu viele Männer, die bereit waren, für noch weniger zu arbeiten. Also setzte er seine Tätigkeit wie gewohnt fort. Als Nick Sebastiani das sah, erhöhte er seinen Lohn auf zehn Dollar pro Tag und übertrug ihm die Verantwortung für zwanzig Saisonleser.

Eine Weile war das Wohnmobil ihr Zuhause. Sie hatten es in der Nähe der Arbeiterbaracken abgestellt, um die Duschen dort nutzen zu können. Sebastiani wollte, dass Alexander zu den übrigen Arbeitern zog, doch Alexander weigerte sich. »Ich werde nicht mit meiner Familie in den Baracken hausen, Tania. Was ist das hier? Sachsenhausen? Willst du vielleicht meine kleine Lager-Frau spielen?«

»Wenn du möchtest.«

Sie entschieden sich für eine Unterkunft außerhalb des Weinguts und mieteten ein Zimmer im zweiten Stock einer Pension, drei Kilometer die Straße hinunter. Das Zimmer kostete viel, fünf Dollar pro Tag, doch es war sehr geräumig. Und das Bett besaß Ausmaße, die sie bisher nicht gekannt hatten. Alexander nannte es ein Bordellbett, denn wo sonst brauchte man ein so großes? Ihm hätte ein Einzelbett wie auf Deer Isle genügt. Es war so lange her, dass sie überhaupt in einem geschlafen hatten. Für Anthony gab es ein Rollbett in der Ecke gegenüber. Ein Bad mit Dusche befand sich auf dem Flur. Der Speisesaal unten servierte Frühstück und Abendessen, so dass Tatiana nicht zu kochen brauchte. Sowohl Alexander als auch Tatiana waren allerdings wenig davon angetan.

Alexander sagte, dass sie beim ersten Kälteeinbruch abreisen würden. Der September kam und es war immer noch warm. Die Temperaturen behagten ihm, und es gefiel ihm auch die Tatsache, dass Tatiana ein bisschen Geld dazuverdiente und Schaumwein trank. Nach der Arbeit saß sie mit Anthony zusammen, aß Brot und Käse und genehmigte sich ein Glas Bisol Brut. Sie schloss die Kellerei ab, zählte das Geld, spielte mit dem Jungen, wartete, dass Alexander von der Arbeit kam, und leerte dabei langsam ihr Glas. Bis sie in ihre Unterkunft gefahren waren, zu Abend gegessen, Schokoladenkuchen genascht, mehr Wein getrunken, ein Bad genommen und Anthony zu Bett gebracht hatten, und Tatiana sich mit hochgestreckten Armen auf die Gänsedaunendecke fallen ließ, war sie so überschäumend und anschmiegsam, so bereit für Alexanders kompromisslose Leidenschaft, so endlos und überirdisch orgastisch, dass er kein Mann gewesen wäre, hätte er zugelassen, dass irgendetwas zwischen seine Frau und ihren Bisol Brut kam. Welcher Wahnsinnige würde in ein trockenes Land ziehen? In diesem Land gab es Schaumwein im Überfluss, und genauso wollten sie es haben.

Allmählich flüsterte er wieder mit ihr, Nacht für Nacht, mehr und mehr.

Tania ... willst du wissen, was mich verrückt macht?

Ja, Liebling, bitte sag es mir. Flüstere mit mir.

Wenn du aufrecht dasitzt, so wie jetzt, und deine Hände in deinem Schoß liegen, deine Brüste sich aneinanderdrücken und deine rosafarbenen Brustwarzen schön weich sind. Mir verschlägt es den Atem, wenn deine Brustwarzen so sind.

Das Problem ist, dass du mich nur ansehen musst und schon sind sie nicht mehr schön weich.

Ja, flüstert er atemlos und nimmt sie in den Mund, *sie sind ziemlich ungehörig. Aber deine harten Brustwarzen machen mich auch völlig verrückt. Es ist also alles gut, Tatia. Alles ist sehr, sehr gut.*

Anthony war durch eine spanische Wand von ihnen getrennt. So schufen sie etwas Privatsphäre. Nachdem der Junge ein paar

Nächte nicht aufgewacht war, wurden sie verwegener. Alexander stellte unglaubliche Dinge mit ihr an, und ihr schaumweingeschwängertes Stöhnen wurde so hemmungslos, dass er völlig neue Wege finden und erfinden musste, um die gewohnte Kontrolle über seinen Körper zu behalten.

Sag mir, was du willst. Ich tu alles, was du willst, Tania. Sag es mir. Was kann ich für dich tun?

Alles, Liebling … alles, was du willst, tu es ruhig …

Der Gulag war weit entfernt, als sie sich innig auf dem verzauberten Bett am Fenster liebten, auf der gesteppten Dauneninsel mit vier Pfosten und einem Baldachin, mit riesigen Kissen und dicken Decken. Danach lag er schweißüberströmt neben ihr und sie atemlos an seiner Brust und flüsterte, dass sie in Zukunft immer ein so großes weiches Bett haben wolle, so viel Trost und Befriedigung hatte er ihr verschafft. Einmal fragte sie, während sie Atem holte: *Ist das nicht besser als auf dem harten Ofen in Lazarewo?* Alexander wusste, dass er ja sagen sollte, und tat es, obwohl er es nicht ehrlich meinte. Er wusste auch, dass sie keine ehrliche Antwort hören wollte. Konnte irgendetwas an das purpurfarbene Lazarewo heranreichen? Damals waren sie knapp dem Tod entronnen, hatten weder Champagner noch Wein, Brot oder ein Bett gehabt, weder Arbeit noch Essen, weder Anthony noch eine Zukunft, nur die, in der sie mit einer Augenbinde vor eine Wand gestellt wurden, und trotzdem war es ihnen irgendwie gelungen, sich einen kurzen Monat bedingungslos ihren gewaltigen Gefühlen zu ergeben. Sie waren so weltverloren gewesen. In ihrer Erinnerung waren sie dort geblieben, am Fuße des Urals, im eisigen Leningrad, im Wald von Luga, als sie in Leidenschaft entbrannt miteinander verschmolzen waren, dem Untergang geweiht, der Einsamkeit verschrieben. Und doch sind hier in Amerika, im duftenden Land des Weins voll gefüllter Champagnerflöten, ihr Atem, ihre Brüste auf seiner Haut, ihre Lippen auf seinem Gesicht, ihre Arme, leidenschaftlich um seinen Körper geschlungen, so tröstend, so treu, so echt.

Soll ich mit dir flüstern, willst du das?, fragt Alexander leise in einer anderen ausschweifenden Nacht auf dem Steppbett. Noch umgibt sie die blaue Nacht, doch die rötliche Morgendämmerung ist viel zu nah. Sie liegt auf dem Rücken und hat die Arme über den Kopf gestreckt. Ihr goldenes Haar duftet frisch nach Erdbeershampoo. Er hat sich über sie gebeugt und genießt ihren Geschmack nach Schokolade und Wein, küsst ihre geöffneten Lippen, ihre Kehle, ihr Schlüsselbein und leckt ihre Brüste, ihre geschwollenen Brustwarzen.

Vielleicht nicht nur flüstern?, stöhnt sie.

Er rutscht tiefer, rauschhafter nach unten, drückt das Gesicht in ihren Bauch, geht vor ihr auf die Knie; er bedeckt ihre Schenkel ausgiebig mit Küssen, lauscht auf ihr flehendes Flüstern. Um die Zeit mit ihr auszudehnen, streichelt er sie so sanft und ungleichmäßig, wie er kann. Wenn sie aufschreit, hält er inne, sodass sie zu Atem kommen und sich beruhigen kann, aber sie beruhigt sich nicht. Er tröpfelt Wein auf ihre Haut – der Wein schäumt, sie bäumt sich auf – und er leckt ihn ab, küsst ihn sanft ab, saugt ihn sanft ab. Sie keucht, sie klammert sich an die Decke. *Bitte, bitte*, flüstert sie.

Seine Hände streichen über die Innenseite ihrer Schenkel, die so weit geöffnet sind, so voller Leben. *Weißt du, wie süß du bist?* Er küsst sie. *Du bist so weich, so feucht … Tatia, du bist so wunderschön.* Sein Mund ist auf ihr, betet sie an.

Sie keucht, sie klammert, sie schreit auf.

Ich liebe dich.

Und sie weint.

Das weißt du, oder?, flüstert er. *Ich liebe dich. Ich bin berauscht von dir, ich bin verrückt nach dir, ich bin besessen von dir. Ich habe es dir in unserer ersten gemeinsamen Nacht gesagt, als ich dich gebeten habe, mich zu heiraten, und ich sage es dir jetzt. Alles, was uns widerfahren ist, ist geschehen, weil ich deinetwegen die Straße überquert habe. Ich vergöttere dich. Du weißt es durch und durch. So wie ich dich halte, wie ich dich berühre, meine Hände auf dir, Gott, ich in dir, all die Dinge, die ich während des Tages nicht sagen kann, Tatiana, Tania, Tatiascha, Baby, spürst du mich? Warum weinst du?*

Also das *nenne ich flüstern.*

Er flüstert, sie weint. Sie kapituliert bedingungslos vor ihm und weint und weint. Die Erlösung ist nicht leicht zu haben, nicht für sie, nicht für ihn, doch sie kommt ganz und gar zum Preis der Nacht.

Am grauvioletten Morgen steht Tatiana am Waschbecken in ihrem Zimmer und wäscht sich Gesicht und Arme. Alexander beobachtet sie eine Weile. Dann geht er zu ihr und stellt sich hinter sie. Tatiana hebt den Kopf und blickt ihn an. Er küsst sie. *Du kommst noch zu spät,* sagt sie mit einem leisen Lächeln. Seine Brust schäumt über vor nächtlicher Liebe, brennt vor Sehnsucht nach ihr. Schweigend legt er die Arme um sie. Er schiebt die Träger des Unterhemds über ihre Schultern, seift seine Hände ein und streicht über ihre Brüste, umschließt sie, liebkost sie. *Shura, bitte,* flüstert sie und zittert. Ihre wunden, rötlichen Brustwarzen stehen hervor und drücken sich in seine Handflächen.

Anthony ist wach. Alexander zieht das feuchte Unterhemd wieder hoch, und sie sagt: Also, das war nun wirklich überflüssig, oder? Nicht völlig überflüssig, sagt er und entfernt sich von ihr. Er beobachtet sie im Spiegel, während sie ihre Morgenwäsche beendet, ihre üppigen Brüste, das durchsichtige Unterhemd, die großen steifen Brustwarzen, die sich darunter abzeichnen. Sie tanzt den ganzen Tag in seinem Herzen und seinen berauschten, ewig dürstenden Lenden.

In ihm war etwas erwacht, hier im nächtlichen Tal des Weins. Etwas, von dem er geglaubt hatte, es sei gestorben.

Vielleicht konnte sich eine Frau, die nachts so ausgiebig geliebt, die mit so leidenschaftlichen Liebkosungen überhäuft wurde, bei Tag nicht bewegen, ohne aus allen Poren zu schimmern und die Stunden zuvor erfahrene Liebe in ihrer Fülle zu verströmen. Vielleicht konnte sie ihr sinnliches Wesen einfach nicht verbergen, denn die Gäste der Weinschenke bestürmten Tatiana. Sie kamen von überall her und nahmen an ihren kleinen Tischen im Innenhof Platz, während sie mit Anthony an der Seite zu ihnen flatterte, ein Lächeln auf den weichen, leicht geschwollenen Lippen, und sagte: »Hallo, was darf ich Ihnen bringen?«

Alexander glaubte nicht, dass sich die Städter in ihren grauen Flanellanzügen seines Sohnes wegen wochentags regelmäßig in die Schenke stahlen. Er wusste es, weil er sich selbst eines Mittags aus den Weinbergen gestohlen hatte, um bei ihr zu essen. Er nahm an einem ihrer Tische Platz, Anthony kam zu ihm gelaufen und setzte sich auf seinen Schoß, und dann warteten sie und warteten, während des einen Frau und anderen Mutter fleißig wie ein Honigbienchen umherflog, lachte und wie eine Komödiantin mit den Gästen flachste. Insbesondere mit zwei Männern in gebügelten Anzügen, die ihre Wackelhüte abnahmen, bevor sie mit ihr sprachen, und mit offenem Mund auf ihre Schlafzimmerlippen gafften, während sie Wein nachbestellten. Als Alexander den Ausdruck in ihren Gesichtern sah, fragte er Anthony: »Hat Mommy immer so viel zu tun?«

»Ach, heute ist eher wenig los. Aber schau, wie viel ich verdient habe.« Er zeigte seinem Vater vier Fünf-Cent-Stücke.

Alexander wuschelte ihm durchs Haar. »Das kommt daher, dass du ein guter Junge bist, und jeder merkt es.«

Anthony rannte davon und Alexander beobachtete sie weiter. Tatiana trug ein weißes, ärmelloses Etuikleid aus Baumwolle, gerade und schlicht, das unter der Brust gebunden war. Der Saum ging knapp übers Knie. Einer der Männer im Flanellanzug blickte nach unten und sagte etwas, während er auf ihre knallpinken Zehen deutete, die sie vergangenen Sonntagnachmittag, als Anthony eingeschlafen war, nackt für Alexander lackiert hatte. Tatiana stieß ein leises helles Lachen aus. Der Flanellmann hob die Hand und strich ihr ein paar Strähnen aus dem Gesicht. Sie wich zurück. Ihr Lächeln verflog und sie drehte sich nach Alexander um. Ob er es bemerkt hatte? Oh, es war ihm nicht entgangen. Nun gut. Schließlich kam sie zu seinem Tisch. Alexander saß mit verschränkten Armen auf dem runden, dünnbeinigen Metallstuhl, der jedes Mal, wenn er sich bewegte, über die Steinfliesen kratzte.

»Tut mir leid, dass es so lang gedauert hat«, murmelte sie betreten und lächelte nun auch ihn an, der einen Arbeitsoverall trug, keinen Anzug. »Siehst du, wie viel ich zu tun habe?«

»Ich sehe alles«, sagte er und studierte einen Moment ihr Gesicht. Dann nahm er ihre Hand, drehte die Handfläche nach oben und küsste sie, während seine Finger kreisend über ihr Handgelenk fuhren. Er ließ nicht los, sondern drückte so fest zu, dass sie einen kurzen Schrei ausstieß. Doch sie versuchte nicht einmal, die Hand wegzuziehen.

»Au«, sagte sie. »Wofür war das denn?«

»Nur *ein* Bär nascht von diesem Honigtopf, Tatia«, sagte er und drückte immer noch zu.

Schamesrot beugte sie sich zu ihm hinab und sagte in einem leisen, spöttischen Singsang: »Oh, Captain, hier ist Ihre Apfelpastete. Glauben Sie, mir verrutscht das Kleid bei dieser Geschwindigkeit, Captain, und sind Ihnen meine wogenden Brüste aufgefallen, Captain?«

Alexander lachte. »Wogende Brüste?«, sagte er leise und genüsslich. Er küsste ihre Hand noch einmal und ließ sie dann los. »Die habe ich bemerkt, Baby.«

»Pscht!« Sie holte ihm rasch etwas zu essen und setzte sich dann neben ihn an den Tisch, während Anthony auf seinen Schoß kletterte.

»Du hast Zeit, mir Gesellschaft zu leisten?«, fragte er und versuchte mit einer Hand zu essen.

»Ein bisschen. Wie war dein Morgen?« Sie strich ihm einen Traubenzweig aus dem Haar. »Anthony, komm auf Mommys Schoß. Lass Daddy in Ruhe essen.«

Alexander schüttelte den Kopf und aß rasch. »Ist okay«, sagte er. »Er kann sitzen bleiben. Stell dir vor, was mir heute passiert ist. Wir haben eine Fuhre Trauben von einem anderen Weinberg bekommen und eine halbe Tonne davon ist von meinem Trecker gestürzt.«

»Oh, nein.«

»Ant, weißt du, wie viel eine halbe Tonne Trauben ist?«, fragte Alexander seinen Sohn. »Fünfhundert Kilo. Ich bin über eine Bodenwelle gefahren.« Er zuckte die Schultern. »Was soll ich sagen? Wenn sie nicht wollen, dass die Trauben herunterfallen, sollen sie die Straße erneuern.«

»Eine halbe Tonne. Was ist mit den Trauben passiert?«, fragte Tatiana.

»Ich weiß es nicht. Bis wir es bemerkt und umgedreht hatten, war die Straße sauber gelesen. Anscheinend von arbeitslosen Wanderarbeitern, die auf der Suche nach Essen waren. Dabei ist es mir ein Rätsel, wie überhaupt jemand arbeitslos sein kann. Es gibt so viel zu tun.«

»Hat Sebastiani mit dir geschrien?«, fragte Anthony und drehte sich zu seinem Vater um.

»Ich lasse mich von niemandem anschreien, Kumpel«, sagte Alexander. »Aber zufrieden war er nicht mit mir, nein. Er sagte, dass er meinen Lohn kürzen würde. Daraufhin meinte ich: ›Sie zahlen mir doch sowieso nichts. Was wollen Sie kürzen?‹« Alexander sah Tatiana an. »Was ist?«

»Ach, nichts. Die Geschichte erinnert mich nur an den Zuckersack, den meine Großmutter im Sommer 1938 in Luga gefunden hat.«

»Ah ja, der berühmte Zuckersack.« Alexander tunkte ein Stück Brot in Olivenöl und schob es Tatiana in den Mund. »Nicht sehr schön, was deinen Großeltern passiert ist. Aber auf einmal interessiert mich der Lastwagenfahrer, dem der Sack heruntergefallen ist, weit mehr.«

»Er bekam fünf Jahre in Astrachan wegen rücksichtslosen Umgangs mit Regierungseigentum und Unterstützung des Bürgertums«, sagte sie trocken, als Alexander zum Gehen aufstand.

»Bekomme ich keinen Kuss?«, fragte sie und reckte ihm das Gesicht entgegen.

»Vor den Flanellaussätzigen, damit sie deine geöffneten Lippen sehen? Niemals«, sagte er und strich sanft mit der Hand über ihren Zopf. »Halt dich von ihnen fern, okay?«

Als Alexander an den beiden Männern vorbeiging, klopfte er so fest auf ihren Tisch, dass ihre Weingläser überschwappten.

»Hey, Mann. Vorsicht!«, sagte einer von ihnen und blickte kurz zu Alexander auf. Alexander war stehen geblieben und funkelte ihn nun so finster an, dass der Mann sofort den Blick abwandte und die Rechnung verlangte.

Der Oktober fing warm an und klang warm aus. Im November zog morgens und abends Nebel auf, doch es blieb mild. Alexander arbeitete nicht mehr in den Weinbergen oder fuhr Trecker, sondern war jetzt in der Kellerei beschäftigt. Es widerstrebte ihm, den ganzen Tag in dunklen unterirdischen Räumen zu verbringen. Bei Arbeitsbeginn war es kaum hell, und wenn er Feierabend hatte, dämmerte es. Er arbeitete an den Stahltanks und Eichenfässern, in denen die Trauben zum Fermentieren gelagert wurden, rüttelte die Schaumweinflaschen hinter verschlossenen Kellertüren und träumte dabei vom Sonnenlicht. Die nächtlichen Träume zehrten immer noch an ihm. Er versuchte nicht länger, sich einen Reim auf sie zu machen. Ihr mystischer Sinn überstieg seine Vorstellungskraft und seine mystische Führerin steuerte selbst Nacht für Nacht durch unruhiges Gewässer. Antony kroch weiterhin im Morgengrauen zu ihr ins Bett.

Sie freuten sich alle drei auf die Sonntage, die ganz ihnen gehörten. Dann stiegen sie in ihr Wohnmobil und fuhren an der Bucht entlang. Sie machten Ausflüge nach Sacramento und Montecito und nach Carmel by the Sea, ein Ort, so salzig und selig – Worte, die auch auf Tatiana zutrafen. Dort fragte sie Alexander, ob er Napa verlassen und nach Carmel ziehen wolle. Alexander lehnte ab. »Mir gefällt Napa«, sagte er und griff über den Tisch hinweg nach ihrer Hand. Sie saßen in einem kleinen Café und löffelten New-England-Muschelsuppe aus Brotschüsseln. Anthony hatte Pommes frites, die er immer wieder in die Suppe seiner Mutter tunkte.

Tatiana aber gefiel Carmel. »Hier gibt es kein schlechtes Wetter. Wie kann man nicht an einem Ort leben wollen, an dem es kein schlechtes Wetter gibt?«

»Ich mag aber, wenn das Wetter sich manchmal ändert«, sagte Alexander.

»Wenn wir das haben wollen, können wir nach Santa Barbara fahren.«

»Lass uns eine Weile an einem Ort bleiben, okay?«

»Shura …« Tatiana überließ Anthony ihre Muschelsuppe, stand auf und setzte sich zu Alexander auf die Bank. Sie saß dicht neben ihm, hielt seine Hand, streichelte seine Handfläche, küsste seine Finger. »Weißt du, ich habe mich gefragt … ob wir nicht vielleicht für immer in Napa bleiben könnten?«

»Hm. Und was tun?«, fragte Alexander. »Trauben lesen für zehn Dollar am Tag? Oder«, fügte er mit einem leicht verschmitzten Lächeln an, »Männern Wein servieren?«

Tatiana grinste breit. »Weder noch. Wir verkaufen unseren Grund in Arizona, kaufen hier ein Stück Land und eröffnen unser eigenes Weingut. Wie findest du das? Wir würden zwei Jahre keinen Gewinn machen, während die Trauben wachsen, aber dann könnten wir dasselbe tun wie die Sebastianis. Wir ziehen es nur kleiner auf. Du weißt schon so viel über das Geschäft.

Und ich könnte das Geld zählen.« Sie lächelte. Das grüne Meer in ihren Augen schäumte. »Ich bin sehr gut im Zählen. Es gibt hier in der Gegend so viele kleine Weingüter. Das Unternehmen könnte durchaus Erfolg haben. Wir hätten ein kleines Haus, bekämen noch ein Baby, würden über der Kellerei wohnen, und alles würde uns gehören, alles uns. Wir hätten einen herrlichen Blick auf richtige Berge, so wie du es wolltest. Vielleicht ziehen wir ein Stück nach Norden, nach Alexander's Valley.« Sie drückte ihm einen Kuss auf die Wange. »Schau, der Ort ist sogar schon praktischerweise nach dir benannt. Wir könnten mit einem Hektar anfangen. Das wäre genug zum Leben. Wie klingt das?«

»So, so«, sagte Alexander, während er den Arm um sie legte und sich zu ihrem vor Begeisterung strahlenden Gesicht hinabbeugte.

Schwindende Träume

Alexander brach jeden Morgen um sechs Uhr dreißig auf. Tatianas Arbeit begann erst um neun. Sie und Anthony gingen die drei Kilometer zum Weingut zu Fuß. Wenn Alexander weg war, saß Tatiana am Fenster und war gelähmt vor Angst und Ungewissheit. Sie musste dringend mit Vikki telefonieren. Doch das letzte Mal, als sie bei ihr angerufen hatte, hatte Sam den Hörer abgenommen.

An diesem Morgen nun stand Tatiana über das Waschbecken gebeugt und schluchzte. Ihr war klar, dass sie anrufen musste. Sie musste unbedingt wissen, ob Alexander in Sicherheit war, ob ihre Familie hier nichts zu befürchten hatte, sodass sie ihr kleines gemeinsames Leben beginnen konnten.

Tatiana rief von einem öffentlichen Apparat aus an, der unten neben dem Speisesaal stand. Sie wusste, dass es in New York erst fünf Uhr dreißig war und Vikki noch schlafen würde.

Die Stimme am anderen Ende der Leitung klang benommen. »Wer ist da?«

»Vik, hier ist Tania.« Tatiana hielt den Hörer so fest umklammert, dass sie glaubte, er würde zerspringen. Ihre Lippen waren an die Sprechmuschel gedrückt, ihre Augen geschlossen. *Bitte. Bitte.*

Sie hörte, wie jemand sich mühevoll bewegte, den Hörer fallen ließ und heftig fluchte. Als Vikki wieder ans Telefon kam, stieß sie eine Reihe heftiger Flüche aus.

Tatiana wich von der Sprechmuschel zurück und war nahe daran, wieder aufzulegen. Bevor sie noch ein weiteres Wort hörte, wusste sie, dass nichts in Ordnung war.

»Tatiana! Was ist denn bloß los mit dir?«

»Nichts«, sagte sie, »uns geht es gut. Anthony lässt dich grüßen.« Doch ihre Stimme klang leise und niedergeschlagen.

»Oh, mein Gott. Warum hast du Sam nicht angerufen?«

»Ach, das habe ich ganz vergessen.«

»Du hast was?«

»Wir waren beschäftigt.«

»Sie haben Regierungsbeamte zum Haus eurer Tante nach Massachusetts geschickt. Sie haben mit ihr, mit mir, mit Edward, mit dem ganzen Krankenhaus gesprochen. Sie haben euch in New Mexico gesucht, von wo aus du angerufen hast, und an diesem dämlichen Ort, wo du euer dämliches Land gekauft hast. Phoenix, oder?«

Tatiana war sprachlos. Sie bekam kaum noch Luft.

Regierungsbeamte auf dem Jomax-Weg.

»Warum hast du dich nicht einfach bei Sam gemeldet, wie du es versprochen hast?«

»Es tut mir leid. Warum war er bei dir, als ich letztes Mal angerufen habe?«

»Tania, er ist praktisch hier eingezogen. Wo bist du?«

»Vik, was wollen sie?«

»Ich weiß es nicht. Ruf Sam an. Er brennt darauf, es dir zu erzählen. Weißt du, was er zu mir gesagt hat, als ich meinte, ich würde meine Telefonnummer ändern lassen? Er sagte, dass ich wegen Verschwörung festgenommen würde, weil man daraus schließen könnte, dass ich euch schütze.«

»Was denn für eine Verschwörung?«, fragte Tatiana kleinlaut.

»Ich kann nicht fassen, dass Alexander das zulässt.«

Tatiana schwieg.

»Oh, mein Gott«, sagte Vikki langsam. »Er *weiß* es nicht?«

Tatiana wusste nichts zu sagen. Ihre Möglichkeiten schrumpften. Was, wenn Vikkis Telefon angezapft war? Dann wüssten sie jetzt, wo sie sich aufhielten, in welcher Pension, in welchem kalifornischen Tal. Sie war außerstande, das Gespräch fortzusetzen, und legte einfach auf.

Sie rief Jean an und sagte, dass es ihr nicht gut gehe. Jean, die nur ans Geld dachte, beschwerte sich und bestand darauf, dass Tatiana zur Arbeit erschien, egal, in welchem Zustand sie war. Sie hatten eine Auseinandersetzung. Kurz entschlossen sagte Tatiana: »Ich kündige« und legte auf.

Sie konnte nicht fassen, dass sie eben ihre Stelle aufgegeben hatte. Was um alles in der Welt sollte sie Alexander erzählen?

Sie und Anthony nahmen den Bus nach San Francisco, wo sie sich anonym wähnte. Doch kaum hörte sie die Halteglocke der Straßenbahn, wusste sie, dass es ein sehr charakteristisches Geräusch war, selbst für jemanden aus Washington D.C. Also ging sie in einen schattigen Park in der Bucht von San Francisco, wo es keine Schienen und kein Gebimmel gab, nur kreischende Seemöwen. Und dort rief sie im Lauf des Vormittags von einem öffentlichen Telefon aus Sam Gulotta an. Er war noch zu Hause.

»Sam?«

»Wer spricht da?«

»Ich bin es, Sam.«

»Oh, mein Gott. Tania.«

»Sam ...«

»OH. MEIN. GOTT.«

»Bitte ...«

»Siebzehn Monate, Tania! Wissen Sie, was Sie da tun? Sie kosten mich meinen Job. Und Ihrem Mann die Freiheit.«

»Ich ...«

»Bei seiner Rückkehr schon habe ich zu Ihnen beiden gesagt, dass es sich nur um eine einzige Vernehmung handelt. Ganz simpel. Erzählen Sie uns von Ihrem Leben, Captain Barrington. In Ihren eigenen Worten. Ein zweistündiges Gespräch mit ein paar einfachen Beamten, nett und unkompliziert. Wir schließen seine

Akte, bieten ihm die Übernahme etwaiger College-Gebühren, günstige Darlehen und Hilfe bei der Jobsuche an.«

»Sam …«

»Und stattdessen? Lesen Sie keine Zeitung? In dieser unglaublich angespannten Zeit wandert seine Akte – seine nicht abgeschlossene Akte – von meinem Schreibtisch auf den des Außenministers, über den des Verteidigungsministers bis zum Justizministerium. J. Edgar Hoover selbst ist ihm auf den Fersen. Er ist hinter Alexander Barrington her, der Major in der Roten Armee war und Sohn eines Kommunisten ist. Wer hat ihn ins Land gelassen? Man kann keinen Offiziersrang in der Roten Armee haben, ohne de facto sowjetischer Staatsbürger und Mitglied der Kommunistischen Partei zu sein. Wie konnte so jemand einen amerikanischen Pass bekommen? *Wer* hat das genehmigt? In der Zwischenzeit sucht Interpol nach einem Alexander Below. Sie behaupten, er habe bei seiner Flucht aus einem Militärgefängnis achtundsechzig ihrer Männer getötet. Und sogar der HUAC hat sich eingeschaltet. Die verfolgen jetzt auch Ihren Fall. Sie wollen wissen, ob er zu denen oder zu uns gehört. Wem gilt seine Loyalität, jetzt, damals, überhaupt? Ist er ein Sicherheitsrisiko? Wer *ist* dieser Mann? Und niemand kann ihn finden, um ihm auch nur eine einfache Frage zu stellen. Warum?«

»Sam …«

»Oh, was haben Sie getan, Tatiana? Wieso haben Sie …«

Tatiana legte auf und sank zu Boden. Sie wusste nicht, was sie tun sollte. Den restlichen Vormittag über saß sie apathisch auf dem taufeuchten Gras in der nebeligen Bucht, während Anthony auf dem Spielplatz war und neue Bekanntschaften schloss.

Was tun?

Alexander war der Einzige, der ihr aus dieser schwierigen Situation heraushelfen konnte. Doch er würde nie davonlaufen. Diesbezüglich war er nicht auf ihrer Seite.

Tatiana erinnerte sich daran, wie sie am ersten Morgen, nach ihrer Ankunft mit dem Schiff, die Fenster auf Ellis Island geöffnet hatte. Nach der Nacht, in der ihr Sohn zur Welt gekommen war. Seitdem hatte sie sich nicht mehr so allein und verlassen gefühlt.

Nachdem sie Anthony feierlich den Eid abgenommen hatte, seinem Vater nichts von ihrem Ausflug zu erzählen, kehrten sie zurück nach Napa und Tatiana verbrachte zwei Stunden damit, die Landkarte von Kalifornien zu studieren, fast so, als wäre es eine Karte von Schweden oder Finnland, über der der sowjetische Soldat Alexander Below einst mit Fluchtträumen gebrütet hatte.

Sie musste sich zusammennehmen, um nicht zu zittern. Es fiel ihr sehr schwer. Sie kam sich so schlecht vor.

Als Alexander zur Tür hereintrat, waren seine ersten Worte: »Was ist mit dir passiert? Jean hat gesagt, du hast gekündigt.«

Sie rang sich ein nettes, zähes Lächeln ab. »Oh, hi. Hast du Hunger? Bestimmt. Zieh dich um, dann gehen wir etwas essen.« Sie hob Anthony auf den Arm.

»Tania! Ist das wahr?«

»Ich erzähle es dir beim Abendessen.« Sie nahm ihre Strickjacke.

»Ist dir jemand zu nahe gekommen? Hat dich jemand angesprochen? Dich irgendwie gekränkt?« Seine Hände ballten sich zu Fäusten.

»Nein, nein, nichts dergleichen.« Sie wusste nicht, wie sie mit ihm reden sollte. In Gegenwart von Anthony war es unmöglich, ein ernstes Gespräch zu führen. Sie musste rasch und subtil vorgehen. Also saßen sie zurückgezogen an einem Ecktisch im Speisesaal, während Anthony in sein Malbuch kritzelte. Und dort, an diesem Tisch, sagte sie: »Shura, ich habe tatsächlich gekündigt, und ich möchte, dass du dasselbe tust.«

Er saß da und beobachtete sie. Er hatte die Stirn in Falten gezogen.

»Du arbeitest zu hart«, sagte sie.

»Seit wann?«

»Sieh dich an. Den ganzen Tag bist du in feuchten Kellerräumen beschäftigt. Wozu?«

»Ich verstehe die Frage nicht. Ich muss irgendwo arbeiten. Schließlich brauchen wir Essen.«

Tatiana kaute auf ihrer Lippe und schüttelte den Kopf. »Wir haben Geld. Es ist noch etwas übrig von deiner Mutter und von meiner Arbeit als Krankenschwester. Und in Coconut Grove auf dem Boot hast du Tausende von Dollar mit deinen Frauengelagen verdient.«

»Mommy, was heißt Gelage?«, fragte Anthony und blickte von seinem Malbuch auf.

»Ja, was für ein Gelage?«, sagte Alexander schmunzelnd.

»Worauf ich hinauswill«, fuhr Tatiana fort und setzte ein Pokergesicht auf, »ist, dass du dir nicht die Knochen wund schuften musst wie in einem sowjetischen Arbeitslager.«

»Und was ist mit deinem Traum, im Tal ein Weingut zu eröffnen? Glaubst du, das ist keine Knochenarbeit?«

»Doch ...« Ihre Stimme brach ab. Was sollte sie sagen? Es war erst letzte Woche, als sie sich darüber unterhalten hatten. »Vielleicht ist es noch zu früh für diesen Traum.« Ihr Blick haftete auf ihrem Teller.

»Ich dachte, du wolltest dich hier niederlassen?«, sagte Alexander verwirrt.

»Anscheinend ist es nicht so, wie ich geglaubt habe.« Sie hustete und streckte die Hand aus. Er nahm sie. »Du bist zwölf Stunden am Tag von uns getrennt. Und wenn du zurückkommst, bist du erschöpft. Ich möchte, dass du mit Anthony spielst.«

»Ich spiele doch mit ihm.«

Sie senkte die Stimme. »Ich möchte, dass du auch mit mir spielst.«

»Baby, wenn ich noch öfter mit dir spiele, fällt mein Schwert ab.«

»Was für ein Schwert, Dad?«

»Pscht, ihr beiden«, sagte Tatiana. »Sieh mal, ich möchte nicht, dass du um neun Uhr abends einschläfst. Ich will, dass du rauchst und trinkst. Ich will, dass du all die Bücher und Magazine liest, die du noch nicht kennst. Und Radio hörst. Und Baseball und Basketball und Football spielst. Ich will, dass du Anthony das Angeln beibringst und ihm dabei deine Kriegsgeschichten erzählst.«

»Von denen wird wohl so bald keine über meine Lippen kommen.«

»Ich werde für dich kochen und mit dir Domino spielen.«

»Bitte, bloß nicht Domino!«

»Ich zeige dir, wie man immer gewinnt.« Sie lieferte eine

bühnenreife Vorstellung, die Sarah Bernhardt würdig gewesen wäre.

Er schüttelte den Kopf und sagte langsam: »Vielleicht eher Poker.«

»Von mir aus auch Strippoker.«

Ein reumütiges, russisches Lazarewo-Lächeln huschte über ihre Gesichter.

»Ich kümmere mich um dich«, flüsterte sie. Ihre andere Hand, die er nicht hielt, zitterte unter dem Tisch.

»Um Himmels willen, Tania. Ich bin ein Mann. Ich muss arbeiten.«

»Du hast dein ganzes Leben lang nicht einmal aufgehört zu arbeiten. Komm schon, vertrau mir.« Die Ironie dieses Satzes ließ sie erschaudern. Sie hoffte, dass er es nicht merkte. »Lass mich für dich sorgen«, raunte sie. »Ich will es so sehr, das weißt du. Lass es mich für dich tun. Als wäre ich deine Krankenschwester in dem Lazarettzelt in Morozowo. Bitte.« Tränen stiegen ihr in die Augen, und sie sagte rasch: »Wenn uns das Geld ausgeht, kannst du ja wieder arbeiten. Aber bis dahin ... lass uns von hier fortziehen. Ich weiß auch schon, wo wir hingehen können.« Ihr Lächeln war so erbärmlich. *»Bau mein Bethel dir und jauchz mit Freuden hier«,* flüsterte sie.

Alexander betrachtete sie schweigend, erstaunt und besorgt gleichermaßen.

»Ich verstehe es wirklich nicht«, sagte er. »Ich dachte, du magst den Ort hier.«

»Du bist mir wichtiger.«

5

Bethel Island, 1948

Kampf gegen Windmühlen

Sie verabschiedeten sich von dem bittersüßen, schweren, berauschenden Duft der reifen, prickelnden Trauben, stiegen in ihr Wohnmobil und fuhren los. Tatiana lotste sie von Vianza aus in Richtung Südosten, in ein flaches, zweieinhalbtausend Quadratkilometer großes Gebiet, das California Delta. Dort, zwischen den Inseln, die fast auf Höhe des Meeresspiegels lagen, sodass manche bei jedem Regenguss überflutet wurden, würden sich ihre Spuren verwischen. Einhundertfünfzig Kilometer vom Tal des Weins entfernt, an der Mündung der beiden Flüsse Sacramento und Joaquin, stießen sie auf das winzige Bethel Island. Dort machten sie Halt.

Bethel Island. Umgeben von Flusskanälen, Dämmen und uraltem Sumpfland. Bis auf die Fischreiher bewegte sich nichts. Die Kanäle waren wie aus Glas. In der kalten Novemberluft wehte kein Hauch, und man hatte den Eindruck, jeden Augenblick müsste ein Sturm losbrechen.

Es schien nicht einmal dasselbe Land zu sein und war doch unverkennbar Amerika. In Dutch Slough mieteten sie eine Holzhütte mit einem langen, L-förmigen Steg, der auf den Kanal hinausragte. Das Haus hatte alles, was sie brauchten: ein eigenes Schlafzimmer und ein Badezimmer. Auf der anderen Seite des Kanals gab es nichts als ebene Felder und den Horizont.

»Sieht aus wie in Holland«, sagte Alexander, während sie ihre Sachen auspackten.

»Möchtest du irgendwann mal nach Holland?«, fragte Tatiana, die eifrig damit beschäftigt war, ihr neues Heim einzurichten.

»Ich werde unter gar keinen Umständen Amerika je wieder verlassen. Wie hast du den Ort gefunden?«

»Mit einer Landkarte.«

»Also bist du jetzt auch eine Kartografin?« Alexander grinste. »Möchtest du ein Glas Wein, meine kleine Geologin, Kapitalistin, Kartografin?« Sie hatten eine Kiste Schaumwein mitgenommen.

Am nächsten Morgen um Punkt acht Uhr kam der Postbote auf einer Barkasse vorbeigeschippert und blies sein Signalhorn durch ihr Schlafzimmerfenster. Er stellte sich als Mr Shpeckel vor und fragte, ob sie Post bekämen. Sie verneinten. Aber vielleicht wolle Tante Esther Anthony ein Weihnachtsgeschenk schicken? Tatiana meinte, sie würden sie zu Weihnachten anrufen. Das müsse genügen.

Auch wenn er nichts für sie hatte, kam Shpeckel trotzdem jeden Morgen um acht und trötete durch ihre Fenster, nur um sie wissen zu lassen, dass er keine Post für sie hätte, und um Alexander zu begrüßen, der in gewohnter Militärmanier bereits aufgestanden war, sich gewaschen, die Zähne geputzt und angezogen hatte und mit einer Angel in der Hand auf dem Steg stand. In den Kanälen gab es urzeitliche Störe und Alexander hatte sich in den Kopf gesetzt, einen zu fangen.

Shpeckel war sechsundsechzig und lebte schon seit zwanzig Jahren auf Bethel. Er kannte jeden. Es gab niemanden, über den er nicht informiert war, von dem er nicht wusste, was er auf seiner Insel tat. Manche waren Einheimische wie er, andere Urlauber, wieder andere Durchreisende, die vor irgendetwas flüchteten.

»Woher wissen Sie, welchen Fall Sie vor sich haben?«, fragte Alexander eines Nachmittags, als der Briefträger seine Route auf dem Wasser beendet hatte. Alexander hatte ihn auf einen Drink eingeladen.

»Oh, das merkt man immer«, antwortete Shpeckel.

»Und was sind wir Ihrer Meinung nach?«, fragte Alexander und schenkte ihm ein Glas Wodka ein, den Shpeckel, wie er zugab, noch nie versucht hatte.

Sie stießen an und tranken. Alexander stürzte sein Glas hinunter. Shpeckel nippte vorsichtig daran, wie an einer Tasse Tee.

»Ihr seid Durchreisende und vor irgendetwas auf der Flucht«, sagte Shpeckel und leerte sein Glas in einem Zug. Er rang nach Luft. »Bei Gott. Ich würde das Zeug nicht mehr trinken. Das verbrennt einen ja. Kommen Sie am Freitagabend mit uns ins Boathouse. Dort trinken wir ein gutes altes Bier.«

Alexander lehnte höflich ab. »Sie irren sich, was uns betrifft«, sagte er. »Warum glauben Sie, dass wir auf der Flucht seien? Das sind wir nicht.«

Shpeckel zuckte die Schultern. »Na ja, ich kann mich schon mal irren. Wie lange bleiben Sie denn?«

»Ich habe keine Ahnung. Nicht lang, glaube ich.«

»Wo ist Ihre Frau?«

»Jagen und sammeln«, sagte er. Tatiana war allein zum Einkaufen gegangen. Sie ging immer allein und lehnte Alexanders Angebote, ihr zu helfen, stets ab. »Ich habe heute keinen Stör gefangen.«

Doch es gab andere Fische im Wasser: Streifenbarrel, Schwarzbarsche, Welse und Flussbarsche. Der Flussbarsch kam aus Russland. Schwimmt den ganzen Weg von der Kama hierher, dachte Alexander belustigt, als der Fisch an seiner Angel zappelte. Tatiana gab keinen Kommentar dazu ab, dass ein russischer Barsch in amerikanischen Gewässern vorkam, während sie ihn ausnahm, kochte und servierte. Und Alexander kommentierte nicht, dass sie darüber schwieg.

Er merkte allerdings an, was Shpeckel zu ihm gesagt hatte. »Stell dir vor, er nennt uns Durchreisende. Er glaubt, wir seien auf der Flucht. Dabei sind wir die heimatlosesten, anpassungsfähigsten Menschen, die ich kenne. Wir gondeln herum, finden einen Platz und bewegen uns nicht mehr vom Fleck.«

»Was er sagt, ist wirklich albern«, pflichtete Tatiana bei.

»Hast du mir eine Zeitung besorgt?«

Tatiana sagte, dass sie es vergessen habe. »Aber ich weiß, dass im Zuge des kommunistischen Staatsstreichs in Prag der tschechische Außenminister Jan Masaryk kürzlich bei einem ›Sturz‹ aus seinem Bürofenster ums Leben gekommen ist.« Sie seufzte.

»Also ist meine schwermütige Frau jetzt auch noch eine Nachrichtensprecherin und Tschechei-Liebhaberin. Wieso interessierst du dich für Masaryk?«

»Vor langer Zeit, im Jahr 1938, als die Tschechoslowakei Hitler auf einem Silbertablett serviert werden sollte, war Jan Masaryk der Einzige, der für sein Land eingetreten ist. Und während Hitler alle bewunderten, hassten ihn die Sowjets. Hitler hat ihm sein Land genommen und die Sowjets schließlich sein Leben.« Sie wandte den Blick ab. »Und seither steht die Welt kopf.«

»Ich wusste das gar nicht«, sagte Alexander. »Wir haben ja nicht mal ein Radio im Haus. Hast du eines besorgt, wie ich dich gebeten habe? Ich kann nicht ständig raus ins Wohnmobil gehen.«

Sie hatte auch das nicht getan.

»Hast du mir das *Time Magazine* besorgt?«

»Morgen, Liebling. Heute habe ich dir ein paar schöne amerikanische Bücher aus dem 19. Jahrhundert mitgebracht. *Die Flügel der Taube* von Henry James, Geistergeschichten von Poe und das komplette Werk von Mark Twain. Wenn du lieber etwas Neueres möchtest, dann habe ich hier das hervorragende Buch *Der unsterbliche Mensch* von 1925.«

Sie lebten in völliger Abgeschiedenheit am Ende der besiedelten Welt. Das Haus, das sie bewohnten, war mit einer Tafel versehen, auf der sein Name stand. Es hieß *»Frei«*. Der Steg, auf dem sie angelten, hieß *»Mein Vorrecht«*. Der Himmel hatte tagein, tagaus dieselbe graublaue Farbe von Kanonenmetall, ohne dass je die Sonne durchbrach. Die blauen Fischreiher versteckten sich hinter dem Schilf am anderen Kanalufer. Die Schwäne flogen in einsamen Formationen davon. Nichts bewegte sich, so weit das Auge reichte, weder vertikal noch horizontal.

Nun, horizontal vielleicht schon, denn sie hatten ein eigenes Zimmer und einige Flaschen Schaumwein.

Sie trieben durch den Winter wie Flussratten in der vergessenen Welt stromabwärts von Suisun Bay.

An einem Morgen im März des Jahres 1948 blies Shpeckel sein Signalhorn und sagte salutierend: »Da habe ich mich wohl geirrt bei Ihnen und Ihrer Frau, Captain. Ich bin überrascht. Es gibt nicht viele Frauen, die Tag um Tag so leben können.«

»Da kennen Sie meine Frau nicht«, rief Alexander mit einer Zigarette im Mund und der Angel im Wasser zurück.

Tatiana, die den Wortwechsel vom Fenster aus mitgehört hatte, dachte, dass Alexander seine Frau vielleicht auch nicht kannte.

Der Junge war außergewöhnlich. Er hatte so dunkle Haare, so dunkle Augen und bekam einen so schlanken Körper. Er ging auf Boote. Und er war wirklich furchtlos. Auf Bethel Island brachten sie ihm das Lesen bei, auf Englisch und Russisch. Sie zeigten ihm, wie man Schach und Karten spielt und wie man Brot backt. Sie kauften Baseballschläger, Handschuhe und Bälle und verbrachten die kalten Tage draußen. Sie gingen zu dritt auf eines der angrenzenden Felder – alle in Winterjacken, denn die Temperatur lag nur knapp über dem Gefrierpunkt – und kickten einen Fußball, warfen einen Football, schlugen einen Baseball.

Anthony lernte Lieder, englische und russische. Sie kauften ihm eine Gitarre und Musikbücher und zeigten ihm an den langen Winternachmittagen, wie man Noten und Akkorde spielt, wie man den Bassschlüssel und Violinschlüssel liest und wie die Töne und Halbtöne lauteten. Bald gab er ihnen Unterricht.

Dann, eines Nachmittags, beobachtete Tatiana voll Entsetzen, wie Anthony den Ladestreifen der Colt M1911 seines Vaters in sechs Sekunden wechselte.

»Alexander! Hast du den Verstand verloren?«

»Tania, er wird bald fünf.«

»Fünf, nicht fünfundzwanzig.«

»Hast du ihn gesehen?« Alexander strahlte. »Siehst du, was er kann?«

»Und ob. Aber du willst ihm doch nicht so etwas beibringen?«

»Ich bringe ihm alles bei, was ich weiß.«

»Du wirst ihm nicht *alles* beibringen, was du weißt, oder?«

»Oh, heiliges Kanonenrohr. Komm her.«

Sie vergruben sich, aßen Beeren, schliefen und warteten darauf, dass das Eis schmolz. Unter der Oberfläche war Tatiana stumm. Sie hatte den Eindruck, von Angst gelähmt zu sein. Für ihren Sohn und ihren Mann setzte sie ihr tapferstes Gesicht auf. Doch sie fürchtete, dass ihre Tapferkeit nicht ausreichte.

Alexander und Anthony saßen nebeneinander und hatten ihre Angeln abgelegt. Ein ruhiger Tag neigte sich dem Ende zu. Bald würden sie zu Abend essen. Anthony kletterte auf Alexanders Schoß und berührte seinen Bart.

»Was ist, mein Sohn?« Alexander rauchte.

»Nichts«, sagte Anthony leise. »Hast du dich heute rasiert?«

»Weder heute noch gestern.« Er konnte sich nicht erinnern, wann er das letzte Mal eine Rasierklinge in die Hand genommen hatte.

Anthony rieb Alexanders Gesicht und küsste ihn dann auf die Wange. »Wenn ich groß bin, bekomme ich dann auch so einen Stoppelbart wie du?«

»Leider ja.«

»Er fühlt sich so borstig an. Warum sagt Mommy immer, dass er ihr so gefällt?«

»Mommy gefallen manchmal seltsame Dinge.« Alexander lächelte.

»Werde ich mal so groß wie du?«

»Sicher, wieso nicht?«

»Und so stark wie du?«

»Das bist du doch schon, mein Sohn.«

»Werde ich mal … so *sein* wie du?«, flüsterte Anthony.

Alexander sah den Jungen aufmerksam an, seinen aufwärts gewandten, aufrichtigen Blick. Er beugte sich hinunter und küsste ihn. »Vielleicht, Kumpel. Du und nur du entscheidest, was für ein Mann du sein willst.«

»Ein kitzliger wie du?« Anthony zog den Flanellärmel seines Vaters hoch und kitzelte ihn am Unterarm und in der Armbeuge. Dann unter der Achsel.

Alexander drückte die Zigarette aus. »Pass auf«, sagte er und hielt den Jungen fest. »Gleich gibt es keine Gnade mehr für dich.«

Anthony quietschte. Er hatte seine Arme um Alexander geschlungen. Der Stuhl kippte fast um. Plötzlich drückte Anthony den Kopf an Alexanders Ohr. »Daddy, dreh dich nicht um, sonst erschrickst du. Mommy steht hinter uns.«

»Sieht sie denn heute Abend besonders Furcht erregend aus?«

»Ja. Sie weint. Dreh dich nicht um, habe ich gesagt.«

»Hm. Was glaubst du, was sie hat?«, fragte Alexander.

»Ich weiß nicht. Vielleicht ist sie eifersüchtig, weil wir zusammen spielen?«

»Nein«, sagte Alexander, »so ist deine Mom nicht.«

Er flüsterte Anthony etwas zu. Das Kind nickte und kletterte langsam vom Schoß seines Vaters herunter. Beide drehten sich um. Tatiana stand kreidebleich da, ihr Gesicht war tränennass.

»Eins, zwei, drei – los!«, rief Alexander und sie stürmten auf sie zu. Tatiana nahm Reißaus. Sie jagten sie ins Haus und brachten sie auf dem Teppich zu Fall, und Tatiana lachte und weinte gleichzeitig.

Alexander saß draußen in seiner warmen, gesteppten Patchworkjacke, am Ende des langen Stegs, rauchte und angelte. Er hatte sich seit Wochen nicht rasiert und sein Haar war struppig geworden. Wenn Tatiana ihn darauf ansprechen, ihm über den Kopf streichen oder zu lange hinsehen würde, schnitt er es womöglich ab. Also beobachtete sie ihn von hinten, während er auf seinem kleinen Stuhl saß, die Angel ins Wasser hielt und mit der Zigarette im Mund vor sich hin summte. Er summte immer, wenn er versuchte, diesen urzeitlichen Stör zu fangen.

Tatiana konnte nicht anders. Sie wischte ihre Tränen ab und ging zu ihm auf den Steg. Sie drückte ihr Gesicht an seinen Kopf und küsste seine Schläfe, seine bärtige Wange.

»Wofür ist das?«, fragte er.

»Einfach so«, flüsterte sie. »Mir gefällt dein Piratenbart.«

»Nun, dein Captain Morgan ist bald am Ende. Ich versuche vergeblich, uns einen Fisch zu fangen.«

»Bring mich nicht zum Weinen, Shura.«

»In Ordnung, Tania. Du mich auch nicht. Mit deinen ganzen Liebesbezeugungen. Was ist denn mit dir und dem Jungen in letzter Zeit los?«

Sie hielt seinen Kopf, legte ihn an ihren Hals. »Komm ins Haus, Liebling«, wisperte sie. »Drinnen wartet ein heißes Bad auf dich.« Sie drückte die Lippen auf sein Haar.

»Es ist ganz schön lang geworden, oder?«, sagte er geistesabwesend. Doch er schnitt es nicht ab.

Später in tiefer, finsterer Nacht, nachdem sie zu zweit ein heißes Bad genommen und sich geliebt hatten, fragte Alexander, atmete die Frage regelrecht aus: »Baby, wovor hast du solche Angst?«

Tatiana konnte es ihm nicht sagen. »Wir lassen uns nicht unterkriegen«, sagte er. »Ant macht sich toll.«

»Du hättest mir deinen Traum besser nicht erzählen sollen«, wich Tatiana aus. »Daran muss ich jetzt denken. Ich bin in Deutschland aufgewacht und sehe zu, wie Karolitsch dich fortschleift.« Sie war dankbar für die Dunkelheit, weil er so ihr Gesicht nicht sehen konnte. »Was, wenn unser bescheidenes Leben hier, wenn alles nur eine Illusion ist? Und bald vorbei sein wird?«

»Ja.« Mehr sagte er nicht.

Sie fielen in einen unruhigen Schlaf und verfielen danach wieder in seliges Schweigen.

Verloren in der Suisun Bay

»Wie lang hast du vor, mich hier zu behalten?« Es war Frühling und sie lebten jetzt seit sechs Monaten in Bethel. Tatiana zuckte unwillkürlich zusammen. »Tag um Tag, Wochen, Monate, Jahre? Sag es mir. Werden wir etwa hier sesshaft? Ist das jetzt meine Beschäftigung? Soll ich Shpeckels Job übernehmen, wenn er stirbt? Soll ich mich schon mal bewerben, für den Fall, dass es eine Warteliste gibt?«

»Shura.«

Alexander war nachdenklich. »Versteckst du mich vor mir selbst? Sind wir hier, weil du denkst, dass ich da draußen nicht zurechtkomme?«

»Natürlich nicht.«

»Und warum versteckst du mich dann?«

»Das tue ich nicht, Liebling.« Tatiana massierte sanft seinen Rücken, streichelte federleicht seine Narben. »Deine Sorgen sind völlig unbegründet. Schlaf jetzt.«

Aber Alexander war nicht müde. »Kannst du dir etwa nicht vorstellen, dass ich in einem Büro arbeite?«, fragte er. »Dass ich den ganzen Tag einen Anzug trage, an einem Schreibtisch sitze und Aktien, Wertpapiere oder Versicherungen verkaufe? Dass ich aus meinem Büro in der Stadt zu dir in ein Weinlokal komme, in meinem langweiligen Flanellanzug?«

Sie krümmte sich innerlich. »Ich kann mir vorstellen, dass du mich besuchen kommst.«

»Mein Vater wollte, dass ich Architekt werde«, sagte Alexander. »Eine schöne Sache, ein Architekt in der Sowjetunion. Er wollte, dass ich mit den Kommunisten baue. Brücken, Straßen, Häuser für die Arbeiter.«

»Ja, ich weiß.«

»Und ich habe mein ganzes verdammtes Leben damit zugebracht, Häuser in die Luft zu sprengen. Vielleicht sollte ich Abrissarbeiten übernehmen.«

»Nein, nicht du.« Bitte, konnte diese Unterhaltung jetzt aufhören? »Sorg dich nicht. Du wirst es schon herausfinden.«

Doch Alexander ließ nicht locker. »Ist es das, was ich hier tue? Herausfinden, wer ich bin? Ich stelle mir die Frage schon mein Leben lang. Drüben in der Sowjetunion, hier in Suisun Bay. Ist auch nicht leicht zu beantworten mit einem SS-Adler und Hammer und Sichel auf den Armen.«

Du bist Amerikaner, Alexander Barrington, wollte Tatiana zu ihm sagen. Ein Amerikaner, der in der Roten Armee gekämpft und ein russisches Mädchen aus Leningrad geheiratet hat, das nicht leben kann ohne seinen Soldaten. Das bist du.

»Meine Mutter und mein Vater wussten, wer sie sind.«

Das war das Letzte, worüber Tatiana sprechen wollte. Ihr Körper war wie eine Feder, die gleich von ihm wegspringen würde.

»Sie haben nichts mit dir zu tun«, sagte sie und war außerstande, noch etwas hinzuzufügen.

»Der Kommunist und die radikale Feministin. Ausgewandert in die Sowjetunion. Oh, sie wussten, wer sie sind.« Alexander setzte sich auf und steckte sich eine Zigarette an. »Bleibt nur zu hoffen, dass in dem heutigen politischen Klima keiner von meiner Mutter und meinem Vater erfährt. Denn wer gibt mir dann noch einen festen Job? Ich könnte genauso gut ein geständiger Mörder sein, der Arbeit sucht.« Alexander ließ Rauchkringel über dem Bett aufsteigen.

Tatiana konnte es nicht ertragen. Sie drehte sich von ihm weg und rollte sich zusammen. »Jimmy hat dich angestellt, Mel hat dich angestellt, Sebastiani hat dich angestellt.«

»Ja, bis jemand kommt und sagt: Was ist das für eine Nummer auf Ihrem Arm, Alexander? Und weg sind wir. Ich weiß ja nicht, was in Vianza passiert ist. Aber irgendetwas muss passiert sein. Wir hatten dort den Himmel auf Erden, und doch sind wir nicht geblieben, oder? Was sollen wir machen? Jedes Mal davonlaufen, wenn uns jemand eine Frage stellt? Wo in der Armee haben Sie gedient, Alexander? Und schon verstecken wir uns im Bunker. Tania, wird so unser Leben aussehen?«

Tatiana wusste nicht, wie ihr Leben aussehen würde. Sie wusste nicht, ob sie je ein normales Leben führen würden, wie andere Menschen, andere Ehepaare, schlicht, still und schön. Was bedeutete ein normales Leben für sie beide? Sie wusste nicht, wie lange sie ihn noch vom Rest der Welt abschotten und die Einsamkeit mit ihm genießen konnte.

Ein Schritt für die Liebe

Alexander wollte nach Idaho fahren, den Hell's Canyon sehen. Er wollte Mount Rushmore sehen, den Yosemite Nationalpark, Mount Washington, den Yellowstone Park, die Weizenfelder Iowas.

Nein, sagte sie immer wieder, bleiben wir noch ein Weilchen hier. Die Wochen vergingen.

Ich gehe mit dir in den Laden und helfe dir beim Tragen der Einkäufe.

Nein, bleib hier. Fang uns einen Fisch, Shura.

Dann gehe ich mit dem Postboten auf einen Drink ins Boathouse. Wie wäre es, wenn wir am Sonntag nach Sacramento fahren? Wir gehen in eine katholische Kirche und anschließend zum Brunch ins Hyatt Regency Hotel. Dann machen wir einen Spaziergang auf der Main Street, zeigen Anthony das Regierungsgebäude und essen ein Eis.

Ich kann nicht. Es gibt so viel zu tun. Ich muss waschen-putzen-kochen-backen-schälen-schuppen. Ich will, dass du mir eine Truhe für meine Sachen schreinerst, eine Sitzbank für uns, die Zaunpfähle reparierst, die Planken am Steg. Machen wir lieber eine Bootstour auf dem Kanal.

Ihr unbedingter Wille zu bleiben erinnerte ihn an das winterliche Deer Isle: Es schneit und dennoch schlägt sie nicht vor zu gehen. Und das war noch immer so. Ein Sturm tobte und sie verharrte an Ort und Stelle.

Am Anfang störte ihn die Langsamkeit nicht. Er war dadurch sich selbst überlassen, während er angelte und dem Ruf der Fischreiher lauschte, Anthony das Rudern beibrachte, das Basketball- und Fußballspielen und mit der Angel in der Hand zuhörte, wie Anthony ihm aus seinen Kinderbüchern vorlas. Seine Seele heilte Stück für Stück. Es war auf Bethel Island, als seine Mutter und sein Vater vierundzwanzig Stunden um ihn herum waren, auf ihn achtgaben, mit ihm sprachen und spielten, wo Anthony nicht mehr mitten in der Nacht von Alpträumen geweckt wurde und er selbst Ruhe fand.

Es war auch auf Bethel Island, als Alexander keine eiskalten Bäder um drei Uhr morgens mehr brauchte und die heißen Schaumbäder mit ihren seifigen Händen und ihrem seifigen Körper spätabends bei gedämpftem Licht ausreichten.

Doch schließlich, eines Sonntagmorgens im Juli 1948, sagte Alexander: Fahren wir nach Sacramento. Diesmal war es keine Frage.

Und so fuhren sie nach Sacramento. Sie gingen in eine katholische Messe und anschließend zum Brunch ins Hyatt Regency.

Am späten Nachmittag, als sie gerade auf der Main Street einen Schaufensterbummel machten, hielt plötzlich ein Polizeiauto am Straßenrand. Zwei Polizisten sprangen heraus …

Einen Augenblick war nicht zu erkennen, wohin sie liefen, und Tatiana stellte sich genau diesen Augenblick lang schützend vor Alexander und deckte ihn zur Hälfte mit ihrem kleinen Körper ab. Die Polizisten achteten nicht weiter auf die Barringtons, sondern rannten in den Lebensmittelladen.

Tatiana trat zur Seite. Alexander traute seinen Augen nicht und starrte sie ungläubig an.

Sie gingen in eine Gaststätte und bestellten ein Ice Cream

Soda. Alexander saß ihr gegenüber, beobachtete sie forschend und wartete darauf, dass sie ihr Verhalten erklärte.

»Tania«, sagte er und versuchte, sie aus der Reserve zu locken.

Sie plauderte mit Anthony, mied Alexanders Blick und machte keine Anstalten, etwas von selbst zu erklären.

»Ja?«

»Was war das vorhin?«

»Was meinst du?«

»Das mit der Polizei.«

»Ich weiß nicht, wovon du redest. Ich bin ihnen nur aus dem Weg gegangen.« Sie sah ihn immer noch nicht an.

»Du bist ihnen nicht aus dem Weg gegangen. Du hast dich vor mich gestellt.«

»Ich konnte nirgendwo anders hin.«

»Nein. Du hast dich vor mich gestellt, als ob ...« Alexander wusste nicht einmal, wie er es ausdrücken sollte. Er kniff die Augen zusammen, sein Herz verkrampfte sich. Und plötzlich erkannte er etwas, verstand ein kleines bisschen. Nicht viel, aber immerhin ansatzweise. »Hast du geglaubt, dass sie ... hinter *mir* her sind?«

»So ein Unsinn.« Sie betrachtete ihr Soda. »Anthony, möchtest du Schlagsahne?«

»Tania, warum dachtest du, dass sie hinter mir her sind?«

»Das habe ich überhaupt nicht gedacht.« Sie versuchte zu lächeln.

Er nahm ihr Gesicht in seine Hände. Sie wich seinem Blick aus.

»Du willst mich nicht ansehen? Tania, was ist hier los?«

»Nichts. Ehrlich.«

Er ließ von ihr ab. Sein Herz fühlte sich seltsam in seiner Brust an.

An diesem Abend, als Tatiana ihn in der Badewanne wähnte, entdeckte Alexander sie im hinteren Bereich des Hauses, wo sie immer wieder seine P-38 spannte. Sie hatte den Kopf zur Schulter geneigt, die Beine gespreizt, und ihre Hände umklammerten die Waffe. Verbissen machte sie Zielübungen. Alexander wich zurück und taumelte hinaus auf den Steg. Dort setzte er sich auf seinen Stuhl und rauchte. Als er wieder hineinkam, stellte er sich vor sie hin. Sie hatte die Waffe weggeräumt. »Tania«, sagte er, »was zum Teufel geht hier vor?«

Seine Stimme hallte laut durchs Haus. Anthony schlief nur ein paar Schritte entfernt in seinem Zimmer.

»Nichts. Gar nichts«, sagte sie ruhig. »Bitte, lass uns einfach …«

»Wirst du es mir erzählen?«

»Es gibt nichts zu erzählen, Liebling.«

Er packte seine Jacke und sagte, dass er ausgehen würde. »Übrigens hast du vergessen, die Magazinsperre bei der P-38 vorzuschieben«, sagte er kalt. »Sie befindet sich unten am Griff.« Er ging, ohne eine Antwort von Tatiana abzuwarten.

Stunden später kam er nach Hause. Auf dem Herd stand kein Essen und Tatiana saß stocksteif mit eingezogenen Schultern an dem kleinen Küchentisch.

Als Alexander zur Tür hereintrat, sprang sie auf. »Mein Gott, wo bist du gewesen? Du warst vier Stunden weg.«

»Wo ich auch war, du kannst sicher sein, dass ich hungrig bin, wenn ich nach Hause komme.« Mehr sagte er nicht.

Sie machte ihm ein kaltes Hähnchen-Sandwich und wärmte etwas Suppe auf, während er schweigend neben dem Herd stand. Dann nahm er seinen Teller und seine Zigarette und verschwand nach draußen. Er war überzeugt, dass sie ihm folgen würde, doch sie tat es nicht. Nachdem er rasch aufgegessen hatte, kam er zurück in die Küche und sah sie wie vorher am Tisch sitzen.

»Du willst dieses Gespräch bestimmt nicht hier im Haus führen, wo Anthony ist«, sagte er. »Also komm nach draußen.«

»Ich werde dieses Gespräch überhaupt nicht führen.«

Alexander machte schnell zwei Schritte auf sie zu und zog sie hoch.

»Okay, okay«, flüsterte sie, bevor er den Mund aufmachen konnte. »Ich komme schon.«

Draußen auf dem Steg stand er in der Dämmerung vor ihr. Es war still, bis auf das leise Plätschern der Wellen und das ferne Säuseln der Bäume im kühlen Abendwind.

»Oh, Tatiana«, sagte Alexander. »Was hast du nur getan?«

Sie schwieg.

»Ich habe Tante Esther angerufen«, sagte er. »Es war nicht leicht, etwas aus ihr herauszukriegen. Dann habe ich mit Vikki telefoniert. Ich weiß alles.«

»Du weißt alles«, sagte Tatiana tonlos. Sie entfernte sich von ihm und schüttelte den Kopf. »Nein. Du weißt gar nichts.«

»Ich habe mich gefragt, warum du dich in zwei Jahren nur einmal bei deiner Freundin gemeldet hast. Warum du über Straßenkarten brütest und mich vor Gesetzeshütern abschirmst. Warum du mit meiner Waffe übst.« Alexanders laute Stimme klang schmerzerfüllt. »Jetzt weiß ich es.«

Sie wandte sich jäh ab, doch er packte sie und zog sie zurück. »Vor zwei Jahren – zwei Jahren – hätten wir auf dem Weg nach Florida in Washington Halt machen können. Was schlägst du vor? Was sollen wir jetzt tun?«

»Nichts«, sagte Tatiana und befreite sich aus seinem Griff. »Wir tun gar nichts. Das machen wir.«

»Dir ist schon klar, dass es für sie danach aussieht, als seien wir auf der Flucht.«

»Mir ist egal, wonach es aussieht.«

»Wir sind keine Flüchtigen. Wir haben nichts zu verbergen.«

»Nein?«

»Nein. Ein Gespräch mit den Generälen und Diplomaten von Verteidigungs- und Außenministerium und die ganze Geschichte hätte sich längst erledigt.«

»Oh, Alexander«, sagte Tatiana und schüttelte den Kopf. »Du warst einmal so gut darin, der Wahrheit auf den Grund zu gehen. Seit wann bist du so naiv?«

»Ich bin nicht naiv. Ich weiß, was vor sich geht. Nur seit wann bist du so zynisch?«

»Sie haben sich schon in Berlin mit dir unterhalten. Warum wollen sie wohl noch ein Gespräch führen?«

»Das ist das übliche Vorgehen.«

»Das ist es nicht«, schrie sie zurück. Ihre Stimmen waberten über die schwarzen Kanäle und hallten in den Wassertunneln wider. Tatiana sprach leiser weiter. »Verstehst du denn gar nichts? Interpol ist auch auf der Suche nach dir.«

»Und woher weißt du das?«

»Weil Sam es mir gesagt hat, daher.«

Alexander sank auf seinen Stuhl. »Du hast mit Sam gesprochen?«, fragte er entsetzt. »Du wusstest das und hast es mir verschwiegen?«

»Ich habe dir vieles verschwiegen.«

»Offensichtlich. Wann hast du mit ihm gesprochen?«

Sie wollte es nicht sagen.

»Wann?« Er hob die Stimme. »Tania! Wann? Wir können das auf die harte oder die leichte Tour machen, aber sagen wirst du es mir. Du kannst auch gleich damit herausrücken.«

»Vor acht Monaten«, flüsterte sie.

»Vor acht Monaten?«, brüllte er.

»Oh, warum musstest du Esther anrufen? Warum nur?« Tatiana ließ entmutigt die Arme sinken.

»Sind wir deshalb aus Napa weggegangen? Oh, mein Gott.« Er funkelte sie vorwurfsvoll an. »Die ganze Zeit ziehen wir von einem Ort zum nächsten, du knetest deine Hände, schweigst dich vor mir aus, fragst mich, warum ich nicht in den Ural desertiert sei. Welche Spiele hast du noch gespielt mit diesem Wissen im Hinterkopf?« Alexander war so enttäuscht, dass er den Blick von ihr abwenden musste. Wie konnte die Tatiana, die er zu kennen glaubte, nur *so* gut Geheimnisse vor ihm verbergen? Und was war los mit ihm, dass er nie nachgefragt, nachgehakt, nachgebohrt hatte, trotz seines Gefühls, seiner Ahnung, dass etwas nicht stimmte? Alexander konnte sie nicht ansehen.

Tatiana schwieg weiterhin.

»Wir brechen morgen früh auf«, sagte er schließlich. »Wir fahren nach Washington.«

»Nein.«

»Nein?«

»Genau, nein. Unter gar keinen Umständen. Wir bleiben, wo wir sind. Wir gehen nirgendwohin. Außer in die Wälder von Oregon.«

»Ich werde nicht in die Wälder von Oregon ziehen«, sagte Alexander. »Ich werde mich auch nicht im Ural verstecken. Oder auf Bethel Island.«

Tatiana beugte sich zu ihm hinunter, hob die Stimme und

sagte bestimmt: »Wir werden nicht gehen und damit hat es sich. Nirgendwohin.«

Mit finsterem Blick musterte er ihr zorniges Gesicht. »Nun, *ich* gehe.«

Ihre Lippen bebten, als sie sich aufrichtete. »Das ist ja wunderbar. *Du* gehst. *Du,* als ob du allein auf der Welt wärst, nur du. Du musst zurück an die Front, ja? Nun, dann rechne nicht mit mir, Alexander. Wenn du dieses Mal gehst, gehst du allein. Anthony und ich werden nicht mitkommen.«

Alexander sprang mit solcher Wut auf, dass er den Stuhl hinter sich umstieß und der Teller, das Glas und die Zigaretten zu Boden fielen. Tatiana wich vor ihm zurück und hielt schützend die Hände hoch. Mit einem Satz stand er vor ihr. »Das ist ja wirklich der Gipfel.«

»Shura, bitte!«

Er ragte viel zu dicht vor ihr auf. »Du drohst mir, mich zu verlassen?«

»Ich drohe dir nicht, dich zu verlassen«, schrie sie. »Du hast mir doch gesagt, dass du allein gehen würdest. Und ich sage dir, dass wir bleiben.«

»Wir gehen.«

»Nein!«

Anthony, von ihren lauten Stimmen geweckt, kam nach draußen und beobachtete sie wachsam vom Ufer aus. Schwer keuchend starrten sie einander an. Dann brachte Tatiana den Jungen hinein und kam nicht zurück.

Nach einer Weile ging auch Alexander ins Haus und fand Tatiana in ihrem Ehebett vor. Er setzte sich auf die Matratze. Sie wandte sich von ihm ab und rollte sich zusammen.

»Und? Das war's?«, sagte er. »Du gehst einfach mittendrin weg und legst dich ins Bett?«

»Was soll noch sein?«, sagte sie tonlos.

»Meine Regierung ist auf der Suche nach mir«, sagte er. »Das werde ich nicht einfach ignorieren.«

Tatiana erschauderte.

»Verstehst du denn nicht? Sie werden mich finden, Tania«, sagte er. »Eines Tages werden sie mich finden, während ich irgendwo auf einer Farm arbeite, Trauben lese, Wein keltere, ein

Boot fahre, Hummer fange, und es gibt keine Verjährungsfrist für mich.«

»Doch, die gibt es«, sagte sie. »Nach zehn Jahren.«

»Machst du Witze?«, flüsterte er in ihrem Rücken. »Zehn Jahre? Wovon redest du da? Was bin ich? Ein Spion? Ich habe nichts Falsches getan.«

»Aber wenn du zurückgehst, werden sie dir Handschellen anlegen und dich einsperren, wegen Behinderung der Justiz, Flucht vor der Justiz oder sogar wegen Landesverrats. Du wirst ins Gefängnis kommen, obwohl du nichts Falsches getan hast. Oder schlimmer, sie werden ...« Sie sprach in ihr Kissen. Alexander konnte sie kaum verstehen.

»Und was schlägst du vor?«, fragte er. »Willst du so weiterleben und hoffen, dass du der amerikanischen Regierung immer einen Schritt voraus bist?«

»Ich kann nicht mit dir darüber streiten, Shura«, sagte Tatiana. »Ich kann einfach nicht.«

Alexander drehte sie zu sich, sie drehte sich weg. Er zog sie zu sich, sie rutschte weg und zerrte die Decke über ihren Kopf. Er warf sämtliche Kissen und Decken auf den Boden. Nackt lag sie auf dem bloßen Laken und bedeckte ihren Körper vor ihm. Er zog ihre Hände weg. Sie wehrte sich. Er beugte sich hinab zu ihrem Bauch, zu der weichen, goldenen Stelle unterhalb ihres Nabels und drückte seinen Mund darauf. Er flüsterte, *berühr mich, berühr meinen Kopf.* Sie zitterte und berührte ihn nicht. Vollständig bekleidet lag er flach auf ihrem nackten Körper, doch da kein Friede in ihr war, gab es auch keinen Frieden für ihn. Sein Kummer durchdrang ihren Kummer. Alexander zog nur das Nötigste aus und liebte sie mit starren Bewegungen, und dann lagen sie stumm nebeneinander und konnten nicht aussprechen, was sie quälte. Er dachte, er habe seinen Standpunkt so klargemacht. Sie dachte, sie hätte ihren noch deutlicher vertreten müssen.

Sie lagen Rücken an Rücken. »Ich werde nicht so leben«, sagte Alexander. »So habe ich in der Sowjetunion gelebt, gefangen, auf der Flucht, zur Lüge gezwungen. Es kann nicht sein, dass mein Dasein in Amerika genauso aussehen soll. Es kann nicht sein, dass du das für uns willst.«

»Ich will nur dich«, sagte sie. »Ich hätte dich auch im Uralgebirge genommen. Mir wäre egal gewesen, wenn deine Desertion den Tod anderer Männer nach sich gezogen hätte. Das ist unverzeihlich, ich weiß. Aber es ist mir egal. Ich will dich auf der Flucht, in Gefangenschaft, in Lügen verstrickt. Ich will dich ungeachtet der Umstände. Mich kümmert nicht, wie schwierig es wird. Es war immer alles schwierig.«

»Tania, bitte. Das meinst du nicht so.«

»Oh doch, das tue ich«, sagte sie. »Wie schlecht du mich doch kennst. Mach lieber noch mal diesen Test in der Zeitschrift, Shura.«

»Das stimmt«, sagte er. »Offenbar kenne ich dich überhaupt nicht. Wie konntest du mir das alles nur verheimlichen?«

Tatiana antwortete nicht. Einzig ein Seufzer war von ihr zu hören.

Alexander rollte sie aus ihrer Fötushaltung und zog ihre Hände von ihrem Gesicht weg. »Die ganze Zeit hast du mich getäuscht und jetzt sagst du mir, dass du nicht mit mir kommen willst?«

»Bitte«, flüsterte sie, »ich flehe dich an, benutz deinen Verstand. Du bist blind. Ich bitte dich, hör auf mich. Wir können nicht zu ihnen gehen.«

»Ich war schon im Gefängnis«, sagte Alexander. Er umfasste ihre Handgelenke fester und versuchte, sie zu bezwingen. »Verstehst du denn nicht? Ich will ein anderes Leben mit dir.«

»Siehst du«, sagte Tatiana, »das ist der Unterschied zwischen uns. Ich will einfach nur mit dir leben.« Sie kämpfte kein bisschen gegen ihn an, war zerbrechlich und verwundbar in seiner Gewalt. »Ich habe es dir schon in Russland gesagt. Es hätte mich nicht gekümmert, wenn wir in meinem kalten Zimmer in der fünften Sowjet gelebt hätten, mit Stan und Inga vor der Tür. Ich wollte einfach nur mit dir zusammen sein. Mir ist egal, ob wir hier auf Bethel Island leben oder in einem kleinen Zimmer auf Deer Isle. Die Sowjetunion, Deutschland, hier – wo auch immer. Hauptsache, du bist bei mir.«

»Auf der Flucht? In einem Versteck? Bis ans Ende voller Angst?«, fragte er. »So willst du es haben?«

»Auf welche Art auch immer«, sagte sie und weinte. »Hauptsache mit dir.«

»Oh, Tania«, sagte er und ließ sie los.

Sie kroch zu ihm, packte ihn an den Schultern und schüttelte ihn. »Hast du dich jemals«, schluchzte sie, »hier oder in Russland, um meinetwillen geschützt? Um Anthonys willen?«

»Scht.« Er breitete die Arme aus. »Komm her.«

Aber sie kam nicht. Flehend presste sie die Hände zusammen. »Bitte, gehen wir nicht«, sagte sie. »Für Anthony. Er braucht seinen Vater.«

»Tania ...«

»Für mich«, flüsterte sie. Sie lagen im Bett und umarmten sich wie in Leningrad im November, als wäre die Zeit stehen geblieben.

»In Berlin habe ich mir geschworen«, sagte sie an seiner Brust, »dass sie dich nie wieder kriegen.«

»Ich weiß«, sagte Alexander. »Und was willst du jetzt tun? Mich mit Morphium vollpumpen, wie du es schon einmal überlegt hast? Mich töten, wie du dich bei Colonel Moore geweigert hast?« Er streckte ihr sein Handgelenk hin und tippte auf die in Blau tätowierte Nummer. »Na los, Tatiana. Genau hier.«

»Ach, hör auf«, flüsterte sie gequält und stieß seinen Arm weg. »Hör einfach auf.«

Die übrige Nacht sprachen sie nicht mehr.

Am Morgen packten sie ihre Sachen und verließen Bethel Island. Sie wechselten kein Wort miteinander und kaum eins mit Anthony. Mr Shpeckel winkte ihnen zum Abschied von seinem Boot aus zu. Ein Ausdruck des Bedauerns lag in der fahlen Morgensonne auf seinem Gesicht. »Was habe ich Ihnen gesagt, Captain?«, rief er Alexander nach. »Ich wusste immer, dass Sie auf der Flucht sind.«

Unterwegs herrschte den ganzen Tag bedrücktes Schweigen zwischen ihnen. Und als sie schließlich irgendwo auf dem sandigen Boden Nevadas in ihrem Schlafsack lagen, wiegte Alexander sie in seinen Armen und flüsterte: »Sie werden mich nicht kriegen. Das verspreche ich dir.«

»Ja«, sagte sie. »Weder sie noch ich.«

»Komm schon, ich kümmere mich darum. Vertrau mir.«

»Dir vertrauen?«, sagte Tatiana. »Ich habe dir so sehr vertraut, dass ich deinen Lügen geglaubt und schwanger die Sowjetunion verlassen habe, in der Annahme du seiest tot.«

»Du warst nicht allein. Der Arzt sollte dich doch begleiten«, flüsterte er. »Matthew Sayers wollte sich deiner annehmen.«

»Ja. Du hast nur nicht damit gerechnet, dass er plötzlich sterben könnte.« Sie holte Luft. »Sag nichts. Ich tue, was du willst, aber sag nichts. Versuch nicht, es wiedergutzumachen.«

»Das kann ich gar nicht«, sagte er. »Ich will, dass du es wiedergutmachst.«

Er wusste, dass sie, abgesehen von Sam Gulotta und dem Zorn der Amerikaner, die Sowjets am allermeisten fürchtete. Er war nicht frei von Schuld. Sie konnten ihm durchaus etwas anlasten. Ihre Angst war also begründet.

Alexander konnte ihr Gesicht nicht sehen. »Tania«, sagte er leise und versöhnlich, während er sie liebkoste. »Willst du die Sache mit uns nicht bereinigen? Hilf mir, das hier in Ordnung zu bringen. Ich weiß, dass du mit dieser lähmenden Angst nicht leben willst. Du warst nicht imstande, klar zu denken. Hilf uns bitte. Befrei dich und befrei mich.«

In einer anderen tiefschwarzen Nacht in der Nähe des Hell's Canyon in Idaho sagte Alexander zu ihr: »Ich begreife einfach nicht, wie du mir so etwas verheimlichen konntest. Etwas so Großes, Schwerwiegendes. Wir sollten das gemeinsam durchstehen, Hand in Hand, wie Liebende.« Er hatte sich im Schlafsack an sie geklammert. Seine Finger waren mit ihren verschränkt.

»Was sollen wir gemeinsam durchstehen?«, fragte sie. Ihre Stimme war durch das Kissen gedämpft. »Dass du dich den Behörden auslieferst? Denn genau das hattest du vor, von dem Augenblick an, als du erfahren hast, dass sie dich suchen. Tja, da frag ich mich doch, warum ich dir nichts davon erzählt habe. Es ist mir ein Rätsel.«

»Wenn du es mir erzählt hättest, hätten wir es gleich damals in Ordnung gebracht, statt jetzt zu versuchen, den Untergang der Titanic zu verhindern.«

»Die Titanic war von der Sekunde an verloren, als sie gegen den Eisberg stieß«, sagte Tatiana. »Nichts hätte sie retten können. Also entschuldige bitte, wenn mir deine Metaphern zuwider sind.«

Letzten Endes gab Tatiana ihm Sam Gulottas Nummer. Alexander rief von einer öffentlichen Telefonzelle aus an. Sam rief zurück und sie telefonierten eine ganze Stunde miteinander. Tatiana hörte das Ende des Gesprächs und kaute an ihren Nägeln. Als Alexander aufgelegt hatte, sagte er, dass Sam sich bereit erklärt habe, sie in zehn Tagen in Maryland zu treffen, an einem Ort namens Silver Spring.

Anthony, der spürte, dass etwas anders war, ließ seine ermatteten Eltern weitgehend in Ruhe. Er las, übte Gitarre, malte und spielte mit seinen Soldaten. Doch plötzlich wachte er wieder mitten in der Nacht auf und kroch zu seiner Mutter ins Zelt. Und sie musste wieder ihr Nachthemd überziehen.

Ohne Geschichten, Gelächter und Witze mäanderten sie durch ihr Amerika, nach Norden über die Flüsse Montanas, nach Süden über die Schwarzen Berge von Wyoming und die Badlands von South Dakota. Mit grimmiger Miene fuhren sie durchs Land, schliefen im Zelt, kochten über dem Feuer und aßen aus einer Schüssel. Sie umklammerten sich, schliefen aneinandergeschmiegt, *wie zwei Metallschüsseln, die genau ineinanderpassen*. Sie vergrub sich in seiner Brust, drückte sich an sein Herz, ließ sich von seinem versehrten Körper verschlingen. Er wusste nicht, was passieren würde. Er hatte das Gefühl, dass ihn all seine Instinkte im Stich ließen. Er war außerstande, sich einen Weg zu bahnen aus dem tiefen Sumpf ihrer Angst. Sie waren ausgelaugt von ihren Dämonen, ihrer Sorge bei Tag und ihren Ängsten bei Nacht. Sie beteten um Schlaf, doch wenn er über sie kam, war er unruhig und bleiern. Sie beteten um Sonne, doch jeder neue Sonnenaufgang brachte sie dem Washington D.C. ihrer Alpträume ein Stück näher.

6

Jane Barrington, 1948

Sam Gulotta

In Silver Spring, Maryland, nördlich von Washington D.C., sagte Tatiana: »Halt an.« Er stoppte an der Tankstelle, dem vereinbarten Treffpunkt. Sie stiegen aus. Er tankte, ging in den Laden und kaufte ihnen Cola, Zigaretten für sich und ein paar Süßigkeiten für Anthony, der herumrannte und Staub aufwirbelte. Sie waren um acht Uhr morgens mit Sam verabredet. Jetzt war es sieben Uhr dreißig.

Tatiana trug das dünne elfenbeinfarbene Musselinkleid mit Tüll, das Alexander ihr in New Orleans gekauft hatte. Sie hatte es auf Bethel Island selbst enger gemacht. Schließlich war ihre Mutter Schneiderin gewesen. Ihr offenes Haar war frisch gekämmt. Der transparente Rock bauschte sich leicht auf in der morgendlichen Sommerbrise. Strähnen ihres sonnengetrockneten Haars umspielten ihr Gesicht.

»Danke, dass du dich so hübsch für mich gemacht hast«, sagte Alexander.

Mühsam brachte sie ein »Gern geschehen« über die Lippen. Sie versuchte mit ihm zu sprechen, doch ihre Stimme versagte. Es schien unpassend, an einem so strahlend schönen, göttergleichen Sommermorgen von solcher Angst erfüllt zu sein. Während sie warteten, zündete Alexander sich eine Zigarette an. Er trug die Paradeuniform eines US-Army-Captain, die ihm der amerikanische Konsul in Berlin gegeben hatte. Sein Gesicht war rasiert, sein Haar geschoren.

Zuerst hatte Tatiana darauf beharrt, Alexander bei allem zur Seite zu stehen. Sie wussten nur nicht, bei wem sie den Jungen lassen sollten. Tatiana sagte, dass sie Vikki anrufen und sie um

Hilfe bitten wolle. Doch sobald Anthony, der in der Nähe herumstreunte und offenkundig seine Eltern belauschte, den Namen Vikki in Verbindung mit seinem eigenen hörte, fing er an zu weinen und klammerte sich an das Bein seiner Mutter. Bitte, bitte, sagte er, lass mich nicht bei Vikki.

Obwohl Tatiana entsetzt über seine Reaktion war, wollte sie Vikki um den Gefallen bitten. Alexander sprach schließlich ein Machtwort. Sie würden Ant nicht beide allein lassen, jetzt da er wieder seine Mutter brauchte.

Tatiana stand neben dem Wohnmobil und sagte bedrückt wie zu sich selbst: »Ich kann nicht glauben, dass wir uns dem freiwillig aussetzen. Wer hätte uns finden sollen im unermesslich großen Amerika? Wir hätten für immer verschwinden können.«

»Wie oft willst du dich vor mich stellen, Tatiana«, fragte Alexander, »und mich vor der Staatsgewalt schützen?«

»So lange ich lebe, wenn es sein muss.«

Er drehte sich zu ihr und konzentrierte seinen Blick auf sie. Plötzlich sah er etwas, das er offenbar nur sehr schwer begreifen konnte. »Was hast du eben gesagt?«

Sie wandte ihr verzweifeltes Gesicht von seinem fragenden Blick ab.

»Oh, ich bin so ein verfluchter Idiot«, sagte Alexander. In dem Moment fuhr Sam Gulotta in seiner alten Ford-Limousine vor.

Sam schüttelte Alexander die Hand und trat dann vor Tatiana. Sein üblicherweise faltenfreier Anzug war zerknittert. Er sah erschöpft aus. Sein lockiges Haar ergraute allmählich an den Schläfen und lichtete sich am Oberkopf. Er wirkte nicht mehr so kräftig, obwohl er seit vielen Jahren das Baseballteam seines Sohnes trainierte. »Sie sehen gut aus, Tatiana. Sehr gut.« Er räusperte sich und wandte den Blick von ihr ab. Sam, der sie nie zuvor richtig wahrgenommen hatte, war offensichtlich verlegen. »Die Ehe bekommt Ihnen anscheinend«, sagte er. »Ich habe auch wieder geheiratet.« Seine erste Frau war zu Beginn des Krieges bei einem Truppenversorgungsflug abgestürzt und ums Leben gekommen. Tatiana wollte anmerken, dass die zweite Ehe ihm offenbar nicht ganz so gut bekam. Aber sie ließ es natürlich. Ihre Arme hielt sie vor der Brust verschränkt.

Schließlich sagte Sam: »Also, endlich zeigen Sie Vernunft.«

»Ich nicht«, erwiderte Tatiana scharf.

»Nun, da er derjenige ist, der für Ihre Spielchen zahlen muss, bin ich froh, dass wenigstens einer von Ihnen etwas Verstand beweist.«

»Ich zahle nicht für ihre Spielchen«, sagte Alexander.

Tatiana überging beide Kommentare. »Sam, tun Sie nicht so, als könnten Sie nicht verstehen, warum ich Ihnen im heutigen politischen Klima nicht bereitwillig meinen Mann bringe.«

»Warum aber«, sagte Sam, »waren Sie 1946 nicht bereit, mir Ihren Mann zu bringen?«

»Weil wir mit Ihnen allen fertig waren«, rief Tatiana. »Er hat das alles schon in Berlin bis zum Erbrechen durchgekaut. Kann man das nicht in seiner Akte nachlesen?« Alexander machte eine Handbewegung, damit sie schwieg. Anthony war in der Nähe.

»Es *steht* in seiner Akte«, sagte Sam gelassen. »Aber wie ich Ihnen schon gesagt habe, hatte das Militärtribunal in Berlin sein eigenes Protokoll, und wir haben unseres. Nachdem er hierhergekommen ist, hätte er mit *uns* sprechen müssen. Haben Sie das nicht verstanden?«

»Oh doch, ich habe verstanden. Aber warum können Sie ihn nicht in Ruhe lassen?« Sie trat vor Alexander. »Einhundert Millionen Menschen. Haben Sie nichts Besseres zu tun? Wen belästigt er denn? Sie wissen, dass er keinem Spionagering angehört, der Informationen für die Sowjets sammelt. Sie wissen, dass er sich nicht versteckt hat. Und Sie wissen sehr wohl, dass das Letzte, was er braucht, ausgerechnet Ihr Außenministerium ist, das seine Krallen nach ihm ausfährt.«

Alexander legte die Hände auf Tatianas Schultern, weil er nicht wollte, dass sie sich weiter so ereiferte. Sam zeigte sich unbeeindruckt. »Hätten Sie mich vor zwei Jahren angerufen«, sagte er, »wäre das längst für Sie erledigt. Aber jetzt lassen drei Ministerien nicht von der Tatsache ab, dass er sich versteckt hat.«

»Er ist herumgereist, er hat sich nicht versteckt. Kennen die nicht den Unterschied?«

»Nein. Weil sie ihn nicht befragt haben. Nur wegen Ihres Starrsinns hat es sich zu so einer großen Sache entwickelt.«

»Geben Sie bloß nicht mir die Schuld. Sie mit Ihren dauernden Anrufen bei Vikki. Was dachten Sie denn, wie das auf mich wirken würde?«

Alexander drückte Tatianas Schultern fester. »Sei jetzt still«, sagte er.

»Nein, ich werde nicht still sein«, fauchte Tatiana und entwand sich seinem Griff. »Wissen Sie was, Sam? Warum vertun Sie Ihre Zeit damit, nach meinem Mann zu suchen, und sehen sich stattdessen nicht mal Ihr Außenministerium genauer an? Ich weiß ja nicht, ob Sie in den letzten Jahren Zeitung gelesen haben. Vielleicht sollten Sie erst mal vor Ihrer eigenen Tür kehren, statt das ganze Land zu durchforsten und uns Schwierigkeiten aufzuhalsen.«

»Warum kommen Sie nicht mit und unterhalten sich mit John Rankin vom Ausschuss für unamerikanische Umtriebe?«, sagte Sam ungeduldig. »Er wartet nämlich schon auf Sie. Vielleicht können Sie ihn bekehren mit Ihrem Wissen über das Außenministerium. Er spricht liebend gern mit Leuten wie Ihnen.«

»In Ordnung, ihr zwei«, sagte Alexander und drehte seine Frau zu sich. »Das reicht jetzt«, sagte er leise und sah sie eindringlich an. »Wir müssen gehen.«

»Ich komme mit dir«, rief Tatiana. »Mir ist egal, was ich versprochen habe. Ich nehme Ant mit ...«

»Sam, entschuldigen Sie uns eine Minute.« Alexander zerrte Tatiana hinter das Wohnmobil. Sie keuchte vor Verzweiflung. Er zog sie an sich und nahm ihr gerötetes Gesicht in die Hände. »Tatia, hör auf«, sagte er. »Du hast gesagt, dass du ruhig bleiben würdest. Du hast es mir versprochen. Komm schon. Der Junge ist hier.«

Sie zitterte.

»Du wartest hier«, sagte er. Seine Hand streichelte beruhigend über den hauchdünnen Stoff auf ihrem Rücken. Er hielt sie fest, gab ihr Halt. »So, wie du es mir versprochen hast. Gott, hilf mir. Bleib einfach hier und warte. Egal, was passiert, wir kommen zurück. Das hat Sam gesagt. So oder so, ich werde zurückkommen, aber du musst hier warten. Dreh nicht durch und geh weg. Du hast den Jungen bei dir und du musst stark sein. Jetzt schwör mir noch einmal, dass du stark sein wirst.«

»Ich werde stark sein«, flüsterte sie. Sie hoffte nur, dass ihr

Gesicht ihm nicht ihre wahren Gefühle offenbaren würde. Doch dann tauchte Anthony auf und Tatiana nahm ihn auf den Arm. Ihr blieb nichts anderes übrig, als Ruhe vorzutäuschen.

Bevor sie aufbrachen, wuschelte Sam Anthony durchs Haar. »Keine Bange, Kumpel. Ich passe so gut ich kann auf deinen Dad auf.«

»Okay«, sagte Anthony. »Und ich passe auf Mom auf.«

Tatiana trat zurück. Alexander nickte. Sie nickte. Einen Augenblick standen sie nur so da. Dann salutierte sie ihm. Und er salutierte ihr. Anthonys Arme waren um den Hals seiner Mutter geschlungen. »Mommy, wieso salutierst du Dad zuerst?«

»Er steht im Rang höher, Kumpel«, flüsterte sie.

Ihr Gesicht war anscheinend so schmerzverzerrt, dass Alexander die Worte fehlten. Er sagte lediglich: »Du lieber Gott, hab ein bisschen Vertrauen, ja?« Doch sie hatte ihm schon den Rücken zugewandt und trug den Jungen ins Wohnmobil.

»Seit wann ist sie so überreizt?«, fragte Sam, als sie in seinem Ford zum Außenministerium fuhren. Er schüttelte den Kopf. »Früher war sie viel gelassener.«

»Wirklich?«

Offenbar wollte Sam sich über sie unterhalten. »Auf jeden Fall. Als sie zum ersten Mal in mein Büro gekommen ist, war sie die Gleichmut in Person. Eine kleine, zierliche verwitwete Mutter, die leise sprach, immer höflich war, keinen Widerspruch leistete, kaum Englisch konnte. Als im Lauf der Zeit ihre Anrufe zur Gewohnheit wurden, ist sie immer höflich und ruhig geblieben. Manchmal kam sie nach Washington, und wir haben zusammen zu Mittag gegessen. Sie war so friedlich. Mich hätte wohl lediglich die Tatsache stutzig machen sollen, dass sie jeden Monat anrief, ohne Ausnahme. Erst zum Ende hin, als ich erfuhr, dass Sie in Colditz sind, verwandelte sie sich in … ich kann es nicht einmal genau beschreiben. Eine völlig andere Frau.«

»Nein, nein«, sagte Alexander. »Das ist ein und dieselbe Frau. Ihr ruhiges, höfliches Wesen ist nur eine List. Wenn es nach ihrem Willen geht, ist sie ausgeglichen und wahrt die Form. Kommen Sie ihr nur nicht in die Quere.«

»Wohl wahr. Das habe ich gemerkt. Der Konsul in Berlin übrigens auch. Wussten Sie, dass er um Versetzung gebeten hat, nachdem er mit ihr zu tun hatte?«

»Der amerikanische Konsul in Berlin?«, fragte Alexander. »Da könnte ich noch den von der KPdSU ausgebildeten Kommandanten des Speziallagers Sachsenhausen anbieten. Ich will mir gar nicht vorstellen, was mit ihm passiert ist, nachdem sie mit seinem erbärmlichen Lager fertig war.«

Bald fuhren sie am Potomac River entlang in Richtung Süden. Alexander drehte sich zum Beifahrerfenster und legte seine Hand wie einen Fächer auf die Scheibe.

Im vierten Stock des Außenministeriums in der C Street, einen Block nördlich der Constitution Avenue und der National Mall, machte Sam Alexander mit seinem frischgebackenen, eben aus der Universität entlassenen Anwalt, Matt Levine, bekannt. Matt Levines Büro war unvorstellbar klein. Sogar noch kleiner als die Gefängniszellen, in denen Alexander so viel Zeit zugebracht hatte. Es maß etwa vier Quadratmeter, hatte einen eindrucksvollen Schreibtisch und drei Stühle. Die drei Männer waren so dicht zusammengedrängt, dass Alexander Levine bitten musste, die Fensterluke zu öffnen. Trotz seines Anzugs wirkte Matt Levine kaum alt genug für eine Rasur. Doch er machte einen aufgeweckten, konzentrierten Eindruck, der Alexander gefiel. Außerdem schadete es auch nicht, dass seine ersten Worte an Alexander lauteten: »Keine Sorge. Wir schaukeln das Baby«, obwohl er die nächsten drei Stunden damit beschäftigt war, seine Akte durchzugehen, und ihm anschließend sagte, dass sie erledigt seien.

»Man wird Sie nach Ihrer Uniform fragen.« Levine musterte ihn anerkennend.

»Sollen sie.«

»Man wird Sie nach Ihren Eltern fragen. Es gibt ein paar unglaublich belastende Dinge über sie.«

»Von mir aus.« Dieses Kapitel wäre er gern umgangen.

»Man wird Sie fragen, warum Sie keinen Kontakt mit dem Außenministerium aufgenommen haben.«

Diese Tania.

»Wussten Sie, dass Gulotta vorgeschlagen hat, wir sollten alles auf Ihre Frau schieben?« Levine grinste.

»Hat er das?«

»Aber ich habe ihm gesagt, dass alte Soldaten nicht gern ihre Probleme auf ihre Frauen abwälzen. Er hat trotzdem darauf bestanden.«

Alexander blickte von Sam zu Levine und wieder zurück. »Wollt ihr Typen mich verarschen?«

»Nein, nein«, sagte Sam beschwichtigend. »Ich habe wirklich überlegt, alles auf sie zu schieben. Es wäre nicht einmal gelogen. Sie wussten schließlich nicht, dass wir auf der Suche nach Ihnen sind, auch wenn Unwissenheit keine zulässige Verteidigungsstrategie ist. Tatiana könnte allerdings von ihrem Zeugnisverweigerungsrecht als Ehefrau Gebrauch machen, dann hätten wir es geschafft. Was meinen Sie?«

Alexander zog die Stirn in Falten. »Wie sieht Plan B aus?«, fragte er.

Sie hatten keinen Plan B.

»Ich werde einfach gegen alles Einspruch einlegen. Das ist meine Alternative.« Levine lächelte. »Ich habe erst vor Kurzem die Anwaltsprüfung abgelegt. Das Außenministerium hat mich als Rechtsberater eingestellt. Sie sind mein zweiter Fall. Aber keine Bange. Ich bin bereit. Denken Sie nur immer daran, regen Sie sich nicht auf.« Er blickte Alexander aus zusammengekniffenen Augen an. »Sind Sie … leicht erregbar?«

Der Kerl war kampflustig. »Sagen wir es so«, erwiderte Alexander, »mich haben schon härtere Männer provoziert als die.« Er dachte an Slonko, den Mann, der seine Mutter, seinen Vater und schließlich, Jahre später, ihn selbst verhört hatte. Es war nicht gut ausgegangen für Slonko. Alexander entschied, dem erst frisch geprüften Anwalt Levine die Feinheiten der Verhörmethoden des Volkskommissariats für innere Angelegenheiten zu ersparen – das ihn halb nackt in eine eisige dunkle Zelle gesperrt, ihm das Essen verweigert, ihn geschlagen, ohne Zeugen befragt und mit widerlichen Anspielungen auf Tatiana traktiert hatte.

Alexander schwitzte in seiner dicken Uniform. Die Nähe zu anderen Menschen war für ihn ungewohnt. Er stand auf, doch er konnte nirgendwohin. Sam kaute nervös an seinen Nägeln. Dazwischen lockerte er immer wieder seinen Krawattenknoten, um ihn dann wieder festzuziehen.

»Man wird wohl einiges Aufheben um die Frage Ihrer Staatsbürgerschaft machen«, sagte Levine zu Alexander. »Seien Sie vor diesen Fragen auf der Hut. Sie werden sehen, die Ministerien liegen miteinander im Clinch.«

Alexander brütete selbst über einer Frage. »Glauben Sie«, er zögerte, sie zu stellen, »dass vielleicht ... das Thema Auslieferung zur Sprache kommt?«

Sam und Levine tauschten offen einen flüchtigen Blick. Levine murmelte mit gesenktem Kopf: »Das glaube ich nicht.« Und Sam, der seinem Blick ebenfalls auswich, sagte: »Wenn alle Stricke reißen, greifen wir auf Plan A zurück: Ihren Hintern retten, alles auf Ihre Frau schieben.«

Laut Sam sollte die Anhörung von sieben Männern durchgeführt werden: Zwei kämen vom Außenministerium – darunter er selbst –, zwei vom Justizministerium – genauer gesagt von der Einwanderungs- und Einbürgerungsbehörde und dem FBI –, zwei vom Verteidigungsministerium – ein Lieutenant und ein altgedienter Colonel. Er äußerte die Vermutung, dass der junge Tom Richter ihm gefallen könnte; er habe seine Akte mit großem Interesse gelesen. Schließlich sei da noch die wichtigste Person dieser Anhörung, der Kongressabgeordnete John Rankin, Vorsitzender des HUAC, des Ausschusses für unamerikanische Umtriebe, der darüber befinden werde, ob Alexander Verbindungen zur Kommunistischen Partei hier oder im Ausland pflegte. Nach Ende der Sitzung würden die sieben Männer per Mehrheitsbeschluss über diese Frage entscheiden. John Rankin würde das endgültige Urteil fällen, falls es zu keiner Einigung käme.

»Er ist auch derjenige, von dem abhängt, ob Sie vor den kompletten HUAC geladen werden«, sagte Sam. »Ich muss Sie nicht erst darauf hinweisen«, fügte er an, »dass das unter allen Umständen vermieden werden muss.«

»Ja«, sagte Levine, »wenn Sie vor dem HUAC aussagen müssen, sind Sie erledigt. Also egal, wie schroff man Sie behandelt, seien Sie höflich, entschuldigen Sie sich, sagen Sie, ja, Sir, selbstverständlich, Sir, es tut mir leid, Sir.«

»In gewisser Hinsicht haben Sie großes Glück«, sagte Sam. Alexander sah das genauso. »Sie könnten wirklich zu keiner besseren Zeit verhört werden.«

»Ach ja?« Alexander musste jetzt unbedingt rauchen. Er glaubte jedoch nicht, dass es in dem Büro genügend Sauerstoff gab, um eine Zigarette anzuzünden.

»Der HUAC beginnt gerade mit brisanten Nachforschungen über einen unserer eigenen Leute«, sagte Levine. »Sie können sich glücklich schätzen. Alger Hiss, haben Sie von ihm gehört?«

Alexander nickte. Sein Name war ihm zu Gehör gekommen. Alger Hiss war Vorsitzender eines Ausschusses zur Gründung der Vereinten Nationen. Hiss hatte von 1944 an den Vorsitz über die UN geführt.

»Hiss war in Jalta mit Roosevelt und Churchill. Er fungierte als Berater des Präsidenten. Und jetzt wird er von einem ehemaligen kommunistischen Mitverschwörer bezichtigt, ein sowjetischer Spion zu sein – seit den Dreißigerjahren.«

»Das sind massive Anschuldigungen gegen ein hohes Tier«, bemerkte Alexander.

»Allerdings«, erwiderte Sam. »Es geht darum, dass der HUAC mit viel größeren Fischen beschäftigt ist als Ihnen. Bitte, Sie *müssen* offen und ehrlich zu ihnen sein. Schaffen Sie das?«

»Ja, Sir«, sagte Alexander. Er stand auf und ging zur Tür, hinaus aus dem stickigen Raum. »Selbstverständlich, Sir. Es tut mir leid, Sir, aber ich brauche jetzt eine Scheißzigarette, Sir, sonst komme ich um, Sir.«

Lieutenant Thomas Richter

Alexander war dankbar, dass der Raum, in dem er die Vertreter von Außen-, Verteidigungs- und Justizministerium traf, größer war als Levines Büro. Das Vernehmungszimmer des Kongresses im zweiten Stock des Old Executive Building war lang gezogen und schmal geschnitten und hatte rechts eine große offene Fensterreihe, die den Blick auf Bäume und Gärten der National Mall freigab. Auf dem Weg vom neuen zum alten Gebäude des Außenministeriums hatte Alexander eine halbe Schachtel Zigaretten geraucht, das hatte ihn beruhigt, aber er hatte keinen Bissen hinuntergebracht. Es war jetzt Nachmittag.

Er leerte sein Glas Wasser und bat um noch eins, fragte, ob er rauchen dürfe, und setzte sich dann angespannt, da seine Bitte abgelehnt worden war, an einen kleinen Tisch gegenüber eines Holzpodiums. Bald darauf kamen sieben Männer herein. Alexander erhob sich und beobachtete sie. Sie gingen zu ihren Plätzen, taxierten ihn minutenlang, setzten sich. Er blieb stehen.

Sie hatten ernste Mienen und waren gut gekleidet. Vier der Männer waren in den Fünfzigern, zwei wohl in Alexanders Alter und einer war der neununddreißigjährige Sam, der selbst eine Zigarette gebraucht hätte. Und ausgerechnet Sam nannte Tania überreizt. Tania war eine Frau. Was war Sams Entschuldigung? Die beiden Männer vom Verteidigungsministerium, der eine jung, der andere in mittlerem Alter, trugen jeweils Uniform. Jeder hatte ein Mikrofon vor sich. Eine Protokollführerin, ein Gerichtsreporter und ein Justizwachtmeister waren anwesend. Der Justizwachtmeister sagte, dass die Anhörung ohne Vorsitzenden stattfinde und daher Fragen der Sitzungsmitglieder direkt an Alexander sowie Fragen untereinander zugelassen seien.

Nachdem Alexander die rechte Hand gehoben und geschworen hatte, die Wahrheit zu sagen, wurde die Anhörung eröffnet. Er hatte kaum den Satz »so wahr mir Gott helfe« beendet, da stellte der junge Soldat vom Verteidigungsministerium bereits seine erste Frage.

»Lieutenant Thomas Richter«, stellte er sich vor. »Ich wüsste gern, warum Sie eine Militäruniform der US-Army tragen. Sogar gleich die eines Offiziers.«

»Ich bin Mitglied des Militärs«, sagte Alexander. »Und ich besitze keinen Anzug. Die Offiziersuniform habe ich von Mark Bishop bekommen, dem amerikanischen Militärgouverneur in Berlin.« Sie war besser als die Latzhose eines Hummerfischers. Oder die Uniform der Roten Armee. Ihm gefiel die Frage, weil Richter ihm damit quasi einen Platz außerhalb der Gerichtsbarkeit dieses zivilen Ausschusses zugestand.

»Und wie bezeichnen Sie sich heute?«, fuhr Richter fort. »Sprechen wir Sie mit Commander, Captain oder Major an? Ihrer Akte zufolge hatten Sie eine ganze Reihe militärischer Ränge inne.«

»Major war ich nur ein paar Wochen«, sagte Alexander.

»Ich wurde verwundet und gefangen genommen und danach zum Captain strafdegradiert. Ich habe ein Eisenbahnbataillon in Marschall Meretskows 67. Armee und ein Strafbataillon in Marschall Rokossowskis 97. Armee kommandiert, beide Male in der Funktion eines Hauptmanns oder Captains, wie Sie sagen. Nach meiner Verurteilung 1945 hat mich die Rote Armee meiner Ränge und Titel enthoben.«

»Nun, Sie wirken auf mich wie ein Mitglied des Militärs«, bemerkte Richter. »Ihrer Aussage zufolge haben Sie von 1937 bis 1945 als Offizier gedient. Wie ich sehe, wurde Ihnen der Orden eines Helden der Sowjetunion verliehen. Es gibt keine höhere militärische Auszeichnung in der Roten Armee. Meines Wissens entspricht er unserer Ehrenverdienstmedaille.«

»*Mister* Barrington«, unterbrach ihn ein hagerer älterer Mann, der sich als Mr Drake vom Justizministerium vorstellte. »Major, Captain, Mister. Orden, Medaillen, Dienstjahre, Titel, Ränge … offen gesagt steht nichts davon hier zur Diskussion. Diese Dinge sind für uns nicht von Belang, noch sind sie der Grund, warum dieser Ausschuss einberufen wurde.«

»Ich bitte den Gentleman vom Justizministerium um Verzeihung«, sagte Richter. »Aber den militärischen Werdegang Captain Barringtons in diesem Ausschuss zu ermitteln und einer genauen Prüfung zu unterziehen, ist von höchstem Belang für die Vertreter des Verteidigungsministeriums und der Grund unseres Hierseins.«

»Gestatten mir die Gentlemen vom Verteidigungsministerium eine Frage, wenn ich bitten darf. Nur eine einzige«, sagte Mr Drake volltönend. »Mr Barrington, wie Ihnen sicher bekannt sein dürfte, ist dieser Ausschuss in großer Sorge darüber, dass Sie vor zwei Jahren durch eine spezielle Asylgenehmigung der US-Regierung in dieses Land gekommen sind und wir erst heute die Gelegenheit haben, persönlich mit Ihnen zu sprechen.«

»Stellen Sie Ihre Frage, Mr Drake«, sagte Alexander.

Richter unterdrückte ein Schmunzeln.

Drake hustete. »Ich kann keine Unterlagen über Ihren Asylantrag finden.«

»Stellen Sie Ihre Frage, Mr Drake«, wiederholte Alexander.

»Einspruch!« Das war Matt Levine. »Sie finden deshalb keine

Unterlagen über einen Asylantrag meines Mandanten, weil mein Mandant nicht als Asylsuchender in dieses Land gekommen ist. Er ist in sein Geburtsland zurückgekehrt mit gültigem Pass und all seinen Grundrechten als Bürger der Vereinigten Staaten. Mr Barrington, erzählen Sie dem Gericht, wie lange Ihre Familie bereits vor 1930 in Massachusetts gelebt hat.«

»Seit dem 17. Jahrhundert«, sagte Alexander. Er führte aus, dass in der Tat außergewöhnlich schwierige Umstände seine Rückkehr begleitet hätten, er aber geglaubt habe, seinen Verpflichtungen nach dem Treffen mit Sam Gulotta im Juli 1946 nachgekommen zu sein. Die Einzelheiten darüber seien in den Unterlagen festgehalten.

In den Unterlagen sei ebenfalls festgehalten, betonte Mr Drake, dass Alexander Barringtons Akte nicht geschlossen werden könne bis zu einer abschließenden formalen Befragung, die nie stattgefunden habe.

Sam sprach ins Mikrofon: »Ich möchte gern näher auf Mr Barringtons Äußerung eingehen. Ich habe ihn in der Tat getroffen und mich ausführlich mit ihm unterhalten. Dabei habe ich es versäumt, die Dringlichkeit und Notwendigkeit einer vollständigen Vernehmung deutlich zu machen. Ich entschuldige mich bei den Mitgliedern dieses Ausschusses für meine Nachlässigkeit.«

Tania hatte recht, was Sam anging.

»Mr Gulottas Aussage ist zutreffend«, sagte Alexander. »Sobald ich Kenntnis darüber erhalten hatte, dass das Außenministerium dringend mit mir sprechen muss, bin ich mit Mr Gulotta in Kontakt getreten und unverzüglich zurückgekehrt.«

»Das kann ich bestätigen«, sagte Sam. »Mr Barrington ist aus freien Stücken, ohne Haft- oder Vorladungsbefehl zurück nach Washington gekommen.«

»Warum sind Sie nicht früher mit uns in Kontakt getreten, Mr Barrington?«, fragte Drake. »Warum haben Sie sich versteckt gehalten?«

»Ich bin herumgereist«, sagte Alexander. »Ich habe mich nicht versteckt.« Er *wurde* versteckt, ein wesentlicher Unterschied. »Mir war nicht bewusst, dass ich bei der US-Regierung noch eine Rechnung offen hatte.«

»Wohin sind Sie gereist?«

»Maine, Florida, Arizona, Kalifornien.«

»Allein?«

Fast hätte Alexander gelogen. Hätte seine Akte nicht in siebenfacher Ausfertigung vor den Männern an dem langen Tisch gelegen, wäre er versucht gewesen. »Nein, nicht allein. Meine Frau und mein Sohn sind bei mir.«

»Warum haben Sie gezögert, Mr Barrington?«, fragte der Mann vom Außenministerium, der neben Sam saß. Obwohl es seine erste Frage war, stellte er sich nicht vor. Er war etwa Mitte fünfzig und wohlbeleibt. Schweißperlen klebten sein öliges Haar auf die feuchte, überkämmte Glatze. Seine braune Krawatte war zur Seite gerutscht, sein Gebiss unansehnlich.

»Ich habe gezögert«, antwortete Alexander, »weil meine Vernehmung hier nichts mit meiner Familie zu tun hat.«

»Ach, tatsächlich?«

Alexander blinzelte und holte kurz Luft. »Nicht mit meiner Frau und meinem Sohn, nein.«

Der Mann vom Außenministerium räusperte sich. »Mr Barrington«, sagte er, »sagen Sie mir doch bitte, seit wie vielen Jahren Sie verheiratet sind.«

Ein Hauch von Slonko wehte ihn an. Slonko, der nur einen Meter von ihm entfernt in Alexanders Zelle gestanden und die schutzlose, schwangere Tatiana in den Schmutz gezogen hatte. Nach einer zweiten kurzen Pause sagte Alexander: »Seit sechs Jahren.«

»Also haben Sie 1942 geheiratet?«

»Korrekt«, sagte Alexander knapp. Er hasste es, über Tatiana befragt zu werden. Slonko hatte das gut erkannt und es immer weiter getrieben. Ein bisschen zu weit, wie sich herausstellte.

»Und Ihr Sohn … Wie heißt er?«

Alexander glaubte, er habe sich verhört. »Sie wollen den Namen meines Sohnes wissen?«

»Einspruch! Irrelevant!« Levine brachte die Fenster zum Klirren, so laut war sein Protestgebrüll.

»Zurückgezogen«, sagte der Mann vom Außenministerium. »Wie alt ist Ihr Sohn?«

»Fünf«, sagte Alexander mit zusammengebissenen Zähnen.

»1943 geboren?«

»Korrekt.«

»Aber Mr Barrington, Sie haben doch eben ausgesagt, dass Sie erst 1946 in dieses Land zurückgekehrt seien.«

»Ja.«

»Nun, das war vor zwei Jahren. Und Ihr Sohn ist fünf?«

»Einspruch!«, rief Levine. »Welche Relevanz soll das haben?«

»Ich werde Ihnen sagen, welche Relevanz das hat«, entgegnete der Mann vom Außenministerium. »Hier passt einiges nicht zusammen. Bin ich denn der Einzige, der zählen kann? Mr Gulotta, sind Mr Barringtons Frau und Sohn amerikanische Staatsbürger?«

»Ja, das sind sie«, sagte Sam, den Blick fest auf Alexander gerichtet, als wollte er sagen: *Es ist in Ordnung. Denken Sie nur daran: Ja, Sir, absolut, Sir, tut mir leid, Sir.*

»Und wo soll dann Mr Barrington, ein Soldat der Roten Armee, 1942 eine US-Bürgerin geheiratet und 1943 ein Kind mit ihr bekommen haben?« Nachdenkliches Schweigen legte sich über den Raum. »Deshalb habe ich mich nach dem Namen des Jungen erkundigt. Verzeihen Sie mir die Taktlosigkeit meiner nächsten Frage, Mr Barrington, aber ... ist es wirklich *Ihr* Kind?«

Alexander saß da wie erstarrt. »Meine Frau und mein Kind gehen Sie nichts an, Mr ...«

»Burck«, sagte der Mann. »Dennis Burck. Auswärtiges Amt, stellvertretender zweiter Generalstaatssekretär für Osteuropa und die Sowjetunion. Wo haben Sie also Ihre Frau geheiratet, Mr Barrington, sodass sie 1942 von Ihnen schwanger werden konnte?«

Alexander schob den Stuhl nach hinten. Levine stieß ihn mit dem Ellbogen an und sprang auf. »Einspruch! Die Frau und das Kind sind nicht vor diesem Ausschuss geladen. Sie fallen nicht in die Zuständigkeit dieses Gerichts. Deshalb beantrage ich, dass sämtliche sie betreffenden Fragen aus dem Protokoll gestrichen werden. Ich bitte um eine kurze Unterbrechung. Wenn die Ausschussmitglieder mehr über Mr Barringtons Frau erfahren möchten, steht es ihnen frei, sie hier vorzuladen.«

»Ich versuche lediglich, Herr Anwalt«, sagte Mr Burck, »die

Glaubwürdigkeit von Mr Barringtons Aussagen festzustellen. Immerhin hat sich der Mann zwei Jahre versteckt gehalten. Vielleicht hat er ja einen Grund, dies getan zu haben.«

»Mr Burck«, sagte Levine, »wenn Sie Beweise haben, die die Glaubwürdigkeit meines Mandanten bestätigen oder in Zweifel ziehen, dann setzen Sie diesen Ausschuss unbedingt davon in Kenntnis. Bis dahin bitte ich darum, dass keine verleumderischen Anschuldigungen mehr gegen meinen Mandanten erhoben werden und wir mit der Anhörung fortfahren.«

»Warum kann Mr Barrington mir nicht diese einfache Frage beantworten?«, beharrte Burck. »Ich weiß, wo ich meine Frau geheiratet habe. Warum kann er mir nicht sagen, wo er 1942 die Ehe mit ihr geschlossen hat?«

Alexander verbarg seine geballten Fäuste unter dem Tisch. Er musste sich in Acht nehmen. Er verstand diesen Burck nicht und er kannte ihn nicht. Vielleicht waren seine Fragen harmlos und entsprachen der normalen Vorgehensweise. Vielleicht. Doch er hatte seine Erfahrungen gemacht. Er hatte sich dieser Art von Verhör zu oft unterziehen müssen, als es nicht normal gewesen war, nicht harmlos, als die Erwähnung ihres Namens und die Bedrohung ihres Lebens wie ein Damoklesschwert über ihm geschwebt hatte. *Wir haben Ihre schwangere Frau in Gewahrsam. Sie ist nicht in Sicherheit, sie ist nicht in Stockholm, sondern bei uns, und wir haben unsere eigenen Mittel, sie zum Reden zu bringen. Also, sagen Sie uns, wer Sie sind, Major Below.* Und jetzt hier? Hatte er Burck richtig verstanden oder war er nur paranoid? *Wir wissen, wer Ihre Frau ist. Wir wissen, wie sie nach Amerika kam. Sie ist hier, weil wir ihr das Recht dazu eingeräumt haben.* Nichts brachte Alexander schneller aus der Fassung als offene oder versteckte Drohungen gegen Tatiana. Er musste sich schützen, um ihretwillen. Burck sollte nicht wissen, dass sie seine Achillesferse war. Er setzte sich mit gestrafften Schultern aufrecht hin und legte mit enormer Willenskraft die Hände flach auf den Tisch.

»Meine Frau ist nicht hier, um sich zu verteidigen, Mr Burck«, sagte Alexander mit ruhiger Stimme. »Sie wird auch nicht vernommen. Daher werde ich keine weiteren Fragen sie betreffend beantworten.«

Lieutenant Richter, der, trotz der Hitze mit trockenem Gesicht, aufrecht in seiner Uniform dasaß, beugte sich nach vorn zum Mikrofon. »Bei allem Respekt den anderen Mitgliedern gegenüber, aber wir sind nicht hier, um die Dauer und Qualität von Captain Barringtons Ehe festzustellen. Die Frage steht vor diesem Ausschuss nicht zur Diskussion. Dies ist eine geschlossene Regierungssitzung, um zu ermitteln, welches Sicherheitsrisiko dieser Mann für die Vereinigten Staaten darstellt. Ich unterstütze die Bitte des Anwalts um eine kurze Unterbrechung.«

Die Mitglieder setzten die Verhandlung aus, um sich zu beraten. Alexander und Matt Levine warteten. »Haben Sie nicht gesagt, Sie seien nicht leicht erregbar?«, flüsterte Levine Alexander zu.

»Ich bin doch ruhig geblieben«, sagte Alexander und trank einen großen Schluck Wasser.

»Verstehen Sie denn nicht? Ich *will*, dass Ihre Frau vorgeladen wird«, sagte Levine.

»Ich nicht.«

»Doch. Sie nimmt bei jeder Scheißfrage ihr Zeugnisverweigerungsrecht als Ehefrau in Anspruch und in einer Stunde sind wir hier raus.«

»Ich brauche eine Zigarette. Kann ich jetzt eine rauchen?«

»Nein, Sie haben es doch gehört.«

Die sieben Männer nahmen die Verhandlung wieder auf. Sie stimmten mit dem Anwalt überein, und Mr Burck war gezwungen, zur nächsten Frage überzugehen.

»Wenden wir uns nun also wieder *Ihrer* Akte zu, Mr Barrington«, sagte Burck. Hatte denn sonst niemand Fragen an ihn? »Ich hatte die Gelegenheit, Ihre Unterlagen des Militärtribunals in Berlin von 1946 einzusehen. Faszinierende Geschichte.«

»Wenn Sie das sagen.«

»Also dann, nur um das noch einmal festzuhalten: Alexander Barrington und Major Alexander Below sind ein und dieselbe Person?«

»Das sind sie.«

»Warum haben Sie sich dann als Zivilist ausgegeben, Mr Barrington? Ihre Akte beweist doch eindeutig, dass Sie ein Major der Roten Armee sind, der aus dem Militärgefängnis geflohen ist und nach einem langwierigen Kampf eine Vielzahl sowjetischer Soldaten getötet hat. Sind Sie sich bewusst, dass die Sowjets Ihre Auslieferung verlangen?«

»Einspruch!«, brüllte Levine. »Für diese Sitzung sind die Forderungen der Sowjetunion nicht von Belang. Das ist ein US-amerikanischer Ausschuss.«

»Die russische Regierung behauptet, dass dieser Mann in ihre Rechtsprechung fällt und dass es sich hier um eine militärische Angelegenheit handelt. Also, noch einmal, Mr Barrington, sind Sie sich bewusst, dass die Sowjets Ihre Auslieferung verlangen? Ja oder nein?«

Alexander schwieg. »Ich bin mir bewusst«, sagte er schließlich, »dass die Rote Armee mich meiner Titel und Ränge enthoben hat, als sie mich 1945 wegen Kapitulation vor den deutschen Streitkräften zu fünfundzwanzig Jahren Haft verurteilt hat.«

Richter pfiff. *Fünfundzwanzig Jahre,* wiederholte er stumm.

»Nein«, sagte Burck. »In Ihrer Akte steht, dass Sie wegen Desertion verurteilt wurden.«

»Rang und Titel werden in beiden Fällen entzogen, egal ob das Urteil auf Desertion oder Kapitulation lautet.«

»Nun, vielleicht wurde Ihnen der Titel ja nicht entzogen«, sagte Burck und blickte gütig drein, »weil es gar keine Verurteilung gab.«

Alexander hielt inne. »Entschuldigen Sie, aber warum war ich dann in einem sowjetischen Gefängnis, wenn ich gar nicht verurteilt wurde?«

Burcks Haltung verkrampfte sich.

»Worauf ich hinauswill«, sagte Alexander, »ist, dass ich nicht 1945 ein Deserteur und 1946 ein Major gewesen sein kann.« Er holte Luft. Er wollte nicht, dass sein Name mit dem Vorwurf der Desertion beschmutzt blieb. »Und nur um das festzuhalten«, fügte er hinzu, »ich habe weder kapituliert noch desertiert.«

»Hier steht, dass Sie ein Major der Roten Armee sind. Wollen Sie damit sagen, dass Ihre Akte falsch ist?«, fragte Burck. »Unvollständig? Vielleicht nicht wahrheitsgetreu?«

»Ich habe bereits erklärt, dass ich 1943 nur für ein paar Wochen Major war. Meine Aussage vor dem Tribunal in Berlin bezüglich der Jahre, die ich in der Roten Armee gedient habe, ist klar und unmissverständlich. Vielleicht müssen wir sie uns noch einmal in Erinnerung rufen.«

»Ich beantrage, diese Unterlagen durchzugehen«, stimmte Richter ein und schlug seine Notizen auf. Dann befragte er Alexander zwei Stunden über die Jahre in der Roten Armee. Richters Fragen waren zielgerichtet und unerbittlich. Er interessierte sich für Alexanders Kriegserfahrung, für die Waffen, die die Sowjets benutzten, ihre Schlachten in und um Leningrad, ihre Feldzüge durch Litauen, Estland, Weißrussland und Polen. Er fragte Alexander nach seinen Festnahmen und Verhören und den Jahren im Strafbataillon ohne Nachschub und ausgebildete Soldaten. Er wollte so viel über die Sowjetaktivitäten in Berlin erfahren, dass Burck, der die ganze Zeit geschwiegen hatte, sich schließlich gereizt zu Wort meldete und beantragte, dass sie nun wieder zur eigentlichen Tagesordnung übergingen.

»Das ist die Tagesordnung«, sagte Richter.

»Mir ist nur nicht klar, was diese mutmaßlichen Sowjetaktivitäten in Berlin mit der Beurteilung des Mannes, der hier vor uns sitzt, zu tun haben«, sagte Burck. »Ich dachte, wir seien hier, um herauszufinden, ob dieser Mann ein Kommunist ist. Was glauben Sie? Wann könnten wir wohl damit beginnen?«

An dem Punkt beugte sich schließlich John Rankin vom HUAC nach vorn zum Mikrofon und ergriff zum ersten Mal das Wort. Er war ein großer, steif wirkender Mann Mitte sechzig, der mit starkem Südstaatenakzent sprach. Rankin war Demokrat und seit den Zwanzigerjahren Kongressabgeordneter. Er war ernst, entschlossen und humorlos. Alexander vermutete, dass er selbst Mitglied des Militärs war. Es lag an der sachlich-seriösen Haltung, mit der er die ganze Zeit dagesessen und zugehört hatte.

»Ich werde Mr Burck antworten«, sagte Rankin und wandte sich dabei an den ganzen Ausschuss. »Das Entwenden atomarer Forschungsergebnisse, das achttägige Wüten der Sowjets im eingekesselten Berlin, die Umwandlung von Nazi-Konzentrationslagern in sowjetische Gulag-Lager, die Zwangsrückführungen. Angesichts der Tatsache, dass die Sowjetunion eine Blockade um Berlin errichtet hat, die bis zum jetzigen Zeitpunkt andauert, glaubt da der Gentleman vom Außenministerium wirklich, dass die Sowjetaktivitäten irrelevant für diese Anhörung sind?« Er lächelte.

Alexander blickte hinunter auf seine Hände. Rankin gehörte definitiv dem Militär an und war vielleicht doch nicht so humorlos.

»Mutmaßliche Aktivitäten«, korrigierte ihn Burck. »Das wissen wir nur vom Hörensagen, von einem Mann, den der ehrenwerte Kongressabgeordnete als Sicherheitsrisiko verdächtigt.«

»Ich habe Mr Barrington keine einzige Frage gestellt«, sagte Rankin. »Der Gentleman vom Außenministerium sollte nicht einfach voraussetzen, welche Verdächtigungen ich habe.«

Richter räusperte sich. »Nur um das festzuhalten«, warf er ein, »die Berlin-Blockade der Sowjets hat nichts mit Mutmaßungen zu tun.« Er brachte das Thema auf die Konzentrationslager in Kattowitz und Colditz. Während Alexander seine Flucht aus Sachsenhausen rekapitulierte, verfiel der ganze Raum voll Männer und einer Protokollführerin in Schweigen. Alexander ließ nichts aus, bis auf Tatianas Beteiligung. Er wusste nicht, ob er dadurch einen Meineid leistete. Doch wenn sie die Abschriften des Berliner Tribunals nicht akribisch genug durchgegangen waren, um ihn danach zu fragen, sah er keine Veranlassung, von sich aus davon anzufangen.

»Nun gut, Captain Barrington«, sagte Rankin, als Alexander geendet hatte. »Ich stimme Lieutenant Richter zu. Als ehemaliger Soldat im Ersten Weltkrieg ist mir, nach all Ihren Ausführungen, selbst nicht klar, wie ich Sie nennen soll. ›Mister‹ erscheint mir nicht ganz passend. Allerdings müssen wir noch etwas weiter in Ihrer Geschichte zurückgehen als Sachsenhausen.«

Alexander hielt den Atem an. Vielleicht waren sie seine Akte doch akribischer durchgegangen, als er gehofft hatte.

»Sympathisieren Sie mit dem Kommunismus, Captain Barrington?«

»Nein«, antwortete Alexander.

»Wie steht es mit Ihrer Mutter und Ihrem Vater?«, wollte Rankin wissen. »Harold und Jane Barrington? Würden Sie sagen, dass sie mit dem Kommunismus sympathisiert haben?«

»Ich weiß nicht, ob sie damit sympathisiert haben«, sagte Alexander. »Aber sie waren Kommunisten.«

Im Raum herrschte eisiges Schweigen. Alexander wusste, dass seine Eltern wie Freiwild in der Anhörung behandelt werden würden, und Burck verschlug es angesichts dieser Offenheit die Sprache.

Rankin heftete den Blick auf Alexander: »Bitte fahren Sie fort. Sie wollten uns gerade etwas über Ihren kommunistischen Hintergrund erzählen, glaube ich.«

Wollte er das? »Wir sind 1930 in die Sowjetunion gezogen. Ich war damals elf«, sagte er. »Schlussendlich wurden meine Eltern und ich während der Großen Säuberung von 1936 bis 1938 verhaftet.«

»Also hier möchte ich einhaken«, sagte Burck, der sich wieder gefangen hatte. »Wir sollten nicht den Ausdruck ›Große Säuberung‹ verwenden, so wie wir ›Große Depression‹ sagen. Das ist nur ein Propagandabegriff, der Verwirrung und Angst stiften soll. Was bei den einen den Anschein einer Säuberung erweckt, ist für die anderen lediglich der Vollzug geltender Gesetze. Es gibt keine Unterlagen, die eine sogenannte ›Säuberung‹ eindeutig belegen könnten.« Er hielt inne. »Ähnlich wie es keine Dokumente gibt, die Ihre Identität eindeutig belegen, Mr Barrington.«

Alexander blickte Burck aus zusammengekniffenen Augen an.

»Und darf ich betonen«, fuhr Burck fort, »dass Sie hier vor uns sitzen und somit der lebende Beweis sind, dass Sie keiner Säuberung zum Opfer fielen.«

»Ich fiel der Säuberung deshalb nicht zum Opfer, weil ich auf dem Weg nach Wladiwostok geflohen bin«, sagte Alexander. »Was beweist das also?«

»Um welche Flucht handelt es sich hier, Mr Barrington?«, fragte Burck freundlich. »Sie scheinen so oft geflohen zu sein.«

Drake vom Justizministerium nutzte die Gelegenheit und mischte sich ein. »Als Sie geflohen sind, waren Sie da bereits sowjetischer Staatsbürger?«

»Ja«, sagte Alexander. »Als ich mit sechzehn Jahren zum Militär eingezogen wurde, erhielt ich automatisch die sowjetische Staatsbürgerschaft.«

»Aha. Und als Sie die erhielten, wurde Ihnen die amerikanische Staatsbürgerschaft automatisch entzogen«, sagte Drake mit versteckter Freude, da er endlich die Möglichkeit bekam, das Einwanderungs- und Einbürgerungsrecht der Vereinigten Staaten geltend zu machen.

»Einspruch!«, sagte Levine. »Mr Drake, ich wiederhole es noch einmal: Mein Mandant ist Bürger der Vereinigten Staaten.«

»Aber Herr Anwalt, Ihr Mandat hat eben zu Protokoll gegeben, dass er die sowjetische Staatsbürgerschaft hat. Er kann nicht gleichzeitig Bürger der Vereinigten Staaten und der Sowjetunion sein«, sagte Drake. »Das war damals unmöglich und ist es heute erst recht.«

»Das stimmt«, sagte Matt Levine. »Aber die amerikanische Staatsbürgerschaft kann ihm nicht entzogen werden, wenn er unfreiwillig zum Bürger der Sowjetunion wurde. Ich möchte annehmen, dass sich aus dem Begriff ›einziehen‹ per definitionem eine unfreiwillig erlangte Staatsbürgerschaft ableitet. Noch einmal: Mein Mandant ist gebürtiger Amerikaner.«

»Im Gegensatz zu einem eingebürgerten Amerikaner, dem hier, sagen wir, Asyl gewährt wurde?«, fragte Burck und sah Alexander an. »Einem Flüchtling beispielsweise, der während des Krieges in einem unserer Häfen angekommen ist, sagen wir auf Ellis Island?«

Diesmal nahm Alexander nicht die Hände vom Tisch. Er hatte die Möglichkeit gehabt, sich vorzubereiten. Nur seine Zähne knirschten. Er hatte recht daran getan, auf der Hut zu sein. Es war genau so, wie er vermutet hatte.

Matt Levine sagte: »Genau. Im Gegensatz dazu. Können wir jetzt fortfahren?«

Sie fuhren fort – und es ging um Harold und Jane Barrington.

Noch eine Stunde, vielleicht länger, stellte der Mann vom FBI, zusammen mit dem Kongressabgeordneten Rankin, unablässig weitere Fragen.

»Einspruch! Das wurde bereits gefragt. Achtmal.«

»Einspruch. Das wurde bereits gefragt. Zehnmal.«

»Einspruch.«

»Einspruch.«

»Einspruch.«

»Die Vorgeschichte seiner Eltern und seine eigenen umstürzlerischen Aktivitäten sind hier sehr wohl von Relevanz, Herr Anwalt«, sagte Rankin.

»Welche umstürzlerischen Aktivitäten? Er war minderjährig. Und seine Eltern sind nicht hier, um sich zu verteidigen. Wir sollten jetzt wirklich weitermachen.«

»Hier steht, dass Anthony Alexander Barrington im Alter von zehn Jahren in Washington D.C. bei einer pro-revolutionären, gewalttätigen Demonstration, die außer Kontrolle geriet, verhaftet wurde«, sagte Rankin. »Das ist *seine* Vorgeschichte. Also hat er etwa nicht selbst Sympathien für den Kommunismus gehegt? Ist er nicht in die Sowjetunion gegangen? Hat dort gelebt, die Schule besucht? Ist in die Rote Armee eingetreten? Ist er nicht Mitglied der Kommunistischen Partei geworden, um in den Offizierskorps aufgenommen zu werden? Meines Wissens mussten alle Offiziere eingeschriebene Parteimitglieder sein.«

»Das stimmt nicht«, sagte Alexander. »Ich war keins. Zu meinem Glück, da fast alle Offiziere der Roten Armee, die eingeschriebene Parteimitglieder waren, 1938 erschossen wurden, während des«, er hielt inne und sah Burck mit kaltem Blick an, *»Vollzugs geltender Gesetze.«*

Auf Burcks Gesicht zeigte sich eine gewisse Unbeholfenheit, auf Rankins ein Ausdruck der Befriedigung. »Beantworten Sie meine Frage, Captain«, sagte er.

Levine wollte Einspruch einlegen, doch Alexander fiel ihm ins Wort. »Sie haben viele Fragen gestellt, Kongressabgeordneter Rankin. Um mit der ersten zu beginnen: Es ist richtig, als Junge war ich oft an der Seite meines Vaters.« Alexander holte kurz Luft. »Ich habe mit ihm an zahlreichen Demonstrationen teilgenommen. Ich wurde dreimal verhaftet, als es zu Unruhen kam. Er war ein Kommunist, aber er war auch mein Vater. Beides ist unstrittig.«

»Mr Barrington, der eigentlich strittige Punkt«, sagte Rankin mit seinem gedehnten Südstaatenakzent, »ist, ob Sie ein Kommunist sind oder nicht.«

»Und ich habe Ihnen darauf schon mehrmals geantwortet, Kongressabgeordneter«, erwiderte Alexander. »Ich sagte nein.«

»Nur damit Sie verstehen, worauf die Fragen des Kongressabgeordneten abzielen, Mr Barrington«, sagte Burck mit unverhohlenem Spott. »John Rankins Ansicht nach, die inzwischen berühmt geworden ist, ich zitiere, ›ging die ganze Zeit die eigentliche Gefahr für die Vereinigten Staaten nicht von den Achsenmächten, sondern von der Sowjetunion aus‹.«

»Und möchte der ehrenwerte Gentleman vom Außenministerium hier zu Protokoll geben, dass er das bestreitet?«, fragte Rankin mit ebenso unverhohlenem Spott.

Alexander blickte von einem Mann zum anderen und schwieg. Man hatte ihm keine Frage gestellt. Tania hatte recht gehabt. Er musste äußerst vorsichtig sein. So viel zum Thema, dass die einzelnen Ministerien im Clinch miteinander liegen. Ihm schwirrte der Kopf. Die Einwanderungsbehörde wollte in ihm einen Sowjetbürger ohne Asylgenehmigung sehen, den sie abschieben konnte. Das FBI einen Spion, gleich ob aus der Sowjetunion oder Amerika, es war nicht wählerisch. Rankin wollte einen Kommunisten und Amerikaner in ihm sehen, den er wegen Landesverrats anklagen konnte. Burck, so schätzte Alexander, einen Kommunisten und Russen, den er abschieben konnte. Und für Richter war er einfach ein Soldat mit verdammt vielen Informationen über den Feind. So zeigten sich die Truppen entlang der Front vor Alexanders Schützengraben.

»War Ihr Vater Mitglied eines geheimen Spionagerings?«, fragte Rankin.

»Einspruch«, sagte Levine mit müder Stimme.

»Der Volksfront vielleicht? Komintern? Der Roten Brigade?«, fuhr Rankin fort.

»Vielleicht«, antwortete Alexander. »Ich weiß es wirklich nicht.«

»War Harold Barrington in Spionageaktivitäten für die Sowjetunion verwickelt, während er noch in Amerika war?«

»Einspruch, Einspruch, Einspruch …«

»Einspruch zur Kenntnis genommen. Bitte beantworten Sie die Frage, Mr Barrington.«

»Ich weiß es nicht. Aber ich bezweifle es«, sagte Alexander.

»Ist Ihr Vater in die Sowjetunion geflüchtet, weil er als Spion in seinem eigenen Land aufgeflogen war und um seine Sicherheit fürchtete?«, fragte Rankin.

»Mein Vater ist nicht in die Sowjetunion geflüchtet«, sagte Alexander langsam. »Die US-Regierung wusste über unseren Umzug genau Bescheid und hat ihn befürwortet.«

»Er ist nicht geflüchtet, um einer Verhaftung wegen Spionageverdachts zu entgehen?«

»Nein, ist er nicht.«

»Aber wurde ihm nicht die amerikanische Staatsbürgerschaft entzogen?«

»Der Entzug seiner Staatsbürgerschaft war keine Strafmaßnahme. Er hat sie verloren, als er sowjetischer Staatsbürger wurde.«

»Also lautet die Antwort ja?«, fragte Rankin höflich.

»Ja«, sagte Alexander. »Sie wurde ihm entzogen.« Er war kurz davor, selbst Einspruch zu erheben.

»Captain Barrington, hat Ihr Vater Verrat begangen«, so Rankin, »an seinem eigenen Land, den Vereinigten Staaten, indem er als Spion für die Sowjetunion tätig war?«

»Nein, Kongressabgeordneter«, sagte Alexander. »Das hat er nicht.« Er zwang sich, ruhig zu bleiben. Oh Dad, schau, was du mir hinterlassen hast.

Sie unterbrachen die Verhandlung und legten noch eine kurze Pause ein.

»Was ist mit Harold und Jane Barrington geschehen, nachdem sie 1936 in Leningrad verhaftet wurden?«, fragte Rankin, als die Anhörung weiterging.

»Sie wurden 1937 hingerichtet.« Alexander warf Burck einen Blick zu, der so viel sagte wie: So viel zu Ihren Verdächtigungen über meine Identität, verehrter Gentleman vom Außenministerium.

»Wie lautete die Anklage?«

»Verrat. Man hat sie wegen Spionagetätigkeit für die USA verurteilt.«

In dem Raum wurde es kurz still. »Verurteilt, sagen Sie?«, wiederholte Rankin. »Wegen Spionagetätigkeit für die USA?«

»Ja. Verhaftet, verhört, verurteilt, erschossen.«

»Nun, wir wissen zweifelsfrei«, sagte Rankin, »dass es nicht die Regierung der Vereinigten Staaten war, für die sie spioniert haben.«

»Bei allem Respekt, Kongressabgeordneter«, sagte Burck, »in Mr Barringtons Akte steht rein gar nichts über die Einzelheiten der mutmaßlichen Verurteilung seiner Eltern. Seine Darstellung der Ereignisse ist alles, was wir haben, und er war laut eigener Aussage nicht bei dem Prozess anwesend. Die Sowjetregierung ihrerseits macht von ihrem Recht Gebrauch, keine Informationen über ihre Staatsbürger weiterzugeben.«

»Nun, sie hat aber eine Menge Informationen über einen gewissen Alexander Below weitergegeben, Mr Burck«, sagte Mr Rankin.

»Was ebenso ihr Recht ist bei ihren eigenen Staatsbürgern«, sagte Burck und fuhr rasch fort, bevor Levine Einspruch einlegen konnte. »Ich finde, wir müssen nüchtern betrachten, warum wir hier sind, was – trotz aller Bemühungen des Kongressabgeordneten – nichts damit zu tun hat, die Rolle der Sowjetunion in diesem weltweiten Konflikt erneut zu prüfen. Wir wollen nur ermitteln, ob Mr Barrington der ist, für den er sich ausgibt, und ob er ein Sicherheitsrisiko für uns hier in den Vereinigten Staaten darstellt. Zwei entscheidende Fragen stehen bei dieser Anhörung auf der Tagesordnung. Erstens: Ist Mr Barrington amerikanischer Staatsbürger? Zweitens: Ist Mr Barrington Kommunist? Ich für meinen Teil finde«, fuhr Burck fort, »dass wir uns etwas intensiver mit der ersten Frage befassen sollten statt mit der zweiten. Es ist sehr leicht, überall Gespenster zu sehen« – er hielt inne und hustete –, »vor allem im derzeitigen politischen Klima. Um jedoch auf den ersten Tagesordnungspunkt zurückzukommen: Mr Barrington streitet nicht ab, ein Sowjetbürger zu sein. Die Sowjets ihrerseits behaupten bis zum heutigen Tag, dass er Bürger ihres Landes ist. Vielleicht sollten wir uns auf zwei übereinstimmende Aussagen verlassen.«

»Das Außenministerium, das der Gentleman hier vertritt«, sagte Rankin, »hat vor zwei Jahren selbst festgestellt, dass Mr Barrington von Geburts wegen Amerikaner ist, und ihm sicheres Geleit von Berlin aus gegeben. Möchte der Gentleman vielleicht sein eigenes Ministerium in Zweifel ziehen?«

»Ich sage lediglich«, entgegnete Burck, »dass die Sowjetunion die Sache in Zweifel zieht. Mehr nicht.«

»Die Sowjetunion, die seine Eltern hingerichtet hat?«, sagte

Rankin. »Seine Eltern, die ihre amerikanische Staatsbürgerschaft aufgaben, die sowjetische annahmen und dann vor Gericht gezerrt und erschossen wurden? Ich stimme nicht ganz mit dem Gentleman vom Außenministerium überein, was die Verlässlichkeit der Sowjetunion bezüglich Captain Barringtons Abstammung betrifft.«

»Wir können nicht mit Sicherheit wissen, dass seine Eltern hingerichtet wurden, Kongressabgeordneter«, erwiderte Burck scharf. »War Captain Barrington bei ihrer Hinrichtung anwesend? Das ist offen gesagt eine reine Mutmaßung.«

»Mr Burcks Annahme ist korrekt«, sagte Alexander. »Ich war nicht anwesend bei ihrer Hinrichtung. Aber ich bin selbst inhaftiert worden. Und ich stelle keine Mutmaßungen darüber an, dass ich zu zehn Jahren Zwangsarbeit verurteilt wurde.«

»Einen Moment, warten Sie«, sagte Thomas Richter und blickte in seine Notizen. »Captain, Ihrer vorigen Aussage zufolge sind Sie zu fünfundzwanzig Jahren verurteilt worden.«

»Das war das dritte Mal, Lieutenant«, sagte Alexander. »Das zweite Mal wurde ich dazu verurteilt, das Kommando über ein Strafbataillon zu führen. Das erste Mal lautete das Urteil auf zehn Jahre. Damals war ich siebzehn.«

In dem Raum trat Schweigen ein.

»Ich glaube«, sagte Richter langsam, »wir können wohl davon ausgehen, dass Captain Barrington kein kommunistischer Spion ist.«

»Nur laut eigener Aussage des Captains«, sagte Burck. »Wir haben keine Möglichkeit, den Wahrheitsgehalt seiner Worte zu prüfen, außer die Unterlagen des Landes zum Vergleich heranzuziehen, in dem er gelebt, seine Staatsbürgerschaft erhalten und in dessen Armee er acht Jahre gedient hat.«

»Korrigieren Sie mich, wenn ich mich irre«, sagte Rankin ungläubig, »aber legt der Gentleman vom Außenministerium dem Vorsitzenden des HUAC etwa nahe, dass Captain Barrington ein Kommunist ist?«

»Nein, nein, ein Sowjetbürger«, erwiderte Burck eilig.

Sam und Alexander tauschten einen Blick. Matt Levine fragte langsam, ob jemand weitere Fragen an seinen Mandanten habe.

»Ich würde gern wissen, Captain Barrington«, sagte Rankin, »ob Sie vielleicht so freundlich wären, mir persönlich zwei Fragen zu beantworten, sua sponte. Zwei Fragen, die ich auch William Bullitt, dem ersten amerikanischen Botschafter in der Sowjetunion, gestellt habe.«

»Einspruch!« Und der kam von Burck.

Alexander wusste nicht, was vorging. Sua sponte? Er sah Sam fragend an, der nur eine leichte Handbewegung machte, als wolle er sagen, *ja, Sir, ja, Sir, ja, Sir.*

Rankin wandte sich langsam dem Mann vom Außenministerium zu. »Ich glaube, nur der Anwalt ist zum Einspruch berechtigt.« Er wandte sich wieder an Levine und sagte: »Haben Sie irgendwelche Einwände dagegen, dass ich Ihrem Mandanten zwei Fragen stelle, Herr Anwalt?«

»Nun«, antwortete Levine, »meinem Mandanten sind diese Fragen unbekannt. Ich würde aber auch nicht grundsätzlich widersprechen.«

»Nur dass *ich* die Fragen kenne, die der ehrenwerte Kongressabgeordnete Botschafter Bullitt letztes Jahr bei einer öffentlichen Sitzung gestellt hat«, sagte Burck. »Wir alle kennen sie. Jeder in diesem Raum kennt sie. Und sie sind völlig irrelevant für dieses Verfahren. Werden Sie dadurch eher feststellen können, ob der Mann ein Sicherheitsrisiko ist, Kongressabgeordneter?«

»*Ich* kenne sie nicht«, sagte Alexander.

»Die Antworten werden mir zeigen, wo sein Herz sitzt«, sagte Rankin. *»Denn wessen Herz voll ist, dem geht der Mund über.«*

Der Kongressabgeordnete hatte recht. Tania glaubte fest an diesen Satz.

Levine sagte leise zu Alexander: »Sua sponte bedeutet freiwillig. Sie können antworten, müssen aber nicht.«

»Ich würde gern die Fragen des Kongressabgeordneten beantworten«, sagte Alexander.

»Captain Barrington«, sagte Rankin und senkte seine gedehnte Südstaatenstimme, »ist es wahr, was man hört ... dass sie drüben in Russland Menschenfleisch essen?«

Darauf war Alexander nicht gefasst. Er zuckte zusammen. Gut zehn Sekunden vergingen, bevor er den Mund aufmachte, um eine Antwort zu geben: »Ich glaube, Kongressabgeordneter«, sagte er langsam, »dass wir keine Horrorgeschichten über die Sowjetunion erfinden sollten. Wahr ist, dass es während der großen Hungersnot 1934 in der Ukraine und während der Blockade von Leningrad 1941 bis 1944 Vorfälle gegeben hat, bei denen Menschen ihres Fleisches wegen getötet wurden.«

»Im Gegensatz zu der noch immer andauernden Blockade des amerikanischen Sektors von Berlin«, sagte Rankin, »wo dies nicht passiert?«

»Weil die US-Regierung sämtliche Lebensmittel und sonstigen Vorräte, die die Bevölkerung dort braucht, über eine Luftbrücke sichert.« Alexander saß steif auf seinem Stuhl. Seine Stimme hatte einen barschen, knappen Ton. »Die Vorfälle, von denen Sie gehört haben, sind mitnichten ein Spiegel des russischen Volkes. Hier gelten mildernde Umstände. Nachdem sämtliche Pferde und Ratten weg waren, blieb nichts mehr übrig. Ich kann diesem Ausschuss unmöglich umfassend darstellen, was es für drei Millionen Menschen in einer großen, zivilisierten, modernen, kosmopolitischen Stadt bedeutet zu verhungern. Wirklich, es ist unmöglich, noch länger darüber zu diskutieren.« Er senkte kurz den Kopf und sah auf seine geballten Hände.

Burck starrte Rankin mit unverhohlener Freude an. »Oh bitte«, sagte er schleppend, »kann der Kongressabgeordnete aus Mississippi vielleicht mit seiner nächsten Frage an Captain Barrington fortfahren? Offensichtlich weiß er eine ganze Menge über die Sowjetunion.«

Nach einer unangenehm langen Pause ergriff Rankin wieder das Wort. »Nach reiflicher Überlegung«, sagte er, »habe ich keine weiteren Fragen an Captain Barrington.« Er sah Alexander nachdenklich an und schloss dann sein Notizbuch.

Burck konnte sein Lächeln nicht verbergen. »Hat sonst noch jemand irgendwelche Sua-sponte-Fragen an Captain Barrington? Nein? Möchte dann der Anwalt sein Schlussplädoyer halten?«

Levine studierte ein paar Minuten seine Notizen und stand dann auf. »Wir kommen darin überein, dass Captain Alexander Barrington als Minderjähriger in die Sowjetunion ging, seinen Namen zu seinem eigenen Schutz änderte, der Roten Armee beitrat, weil er keine Wahl hatte, und nun als Amerikaner in sein Heimatland zurückgekehrt ist. Dass er zwei Jahre lang einer Befragung fernblieb, ist ärgerlich, aber nicht beweiskräftig genug, ihn irgendwelcher Spionageaktivitäten oder Kommunismussympathien zu bezichtigen. Und da keine anderen Beweise gegen ihn vorliegen, beantrage ich, das Verfahren einzustellen und meinen Mandanten von allen Anklagepunkten freizusprechen.« Er setzte sich.

Rankin wies die Sitzungsmitglieder an, sich zurückzuziehen. Und so erhoben sich die sieben Männer und verließen den Raum.

Alexander und Levine blieben allein zurück.

»Was wollte Rankin letztes Jahr von Bullitt wissen?«, fragte Alexander. »Wie lautete seine zweite Frage?«

»Rankin wollte vom Botschafter wissen, ob die Menschen in Russland im Grunde nur Sklaven seien«, sagte Levine. »Bullitt hat offensichtlich mit ja geantwortet.«

Alexander sagte nichts.

Schließlich fragte er Levine nach kurzem Schweigen: »Und, was glauben Sie? Wie ist es gelaufen?«

»So gut wie zu erwarten war«, sagte Levine und schloss seine Notizen. »Aber vielleicht wäre es doch besser gewesen, bei Plan A zu bleiben.«

»Das glaube ich langsam auch«, sagte Alexander.

»Richter kann Sie gut leiden. Ist das so eine Soldatensolidarität? Sie haben Sams Stimme. Das macht zwei. Jetzt brauchen Sie nur noch zwei weitere. Die von Burck werden Sie wahrscheinlich nicht kriegen. Aber vielleicht die des stummen Colonels? Das wären dann drei. Und Rankin? Er wäre wohl zufriedener gewesen, wenn Sie ihm vor aller Ohren und fürs Protokoll erzählt hätten, dass die Mütter mit Freuden ihre kleinen Kinder essen in dieser bestialischen Sklavengrube, die man Sowjetunion nennt.«

»Vielleicht«, sagte Alexander. »Aber Sie waren sehr gut, Herr Anwalt. Niemand hätte das besser hingekriegt. Ich danke Ihnen.«

»Ich danke *Ihnen,* Captain. Vielen Dank.« Levine strahlte und ging los, um seinem Mandanten Zigaretten zu holen.

Als Alexander allein in dem Vernehmungsraum saß und darauf wartete, dass sieben Fremde über sein Leben entschieden, versuchte er sich auf die Dinge zu konzentrieren, aus denen er in Zeiten wie diesen Kraft schöpfen konnte: die Sonntage in Nantucket, Massachusetts, die Bootsfahrten, der Duft des Ozeans, das Muschelsammeln, das Spielen mit seinen Freunden. Die eigenen Erinnerungen als glücklicher amerikanischer Junge, der nur ein paar Jahre älter war als Ant. Doch er konnte nicht eine dieser Erinnerungen abrufen, diesen Hauch Sonnenschein, den er brauchte, während seine Finger gespannt auf den Tisch trommelten.

Levine kam mit den Zigaretten zurück und bat ihn mit dem Trommeln aufzuhören. Alexander ging hinüber zu dem offenen Fenster, setzte sich auf den Sims und rauchte stattdessen. Welch Segen. Er machte einen tiefen Zug, behielt den Rauch in der Kehle, und die Zimbeln aus Nikotin drangen klirrend in seine Lunge.

Wenn man genau überlegte, konnte er sich nicht beschweren. Das Schicksal hatte oft für ihn entschieden. Als er aus dem fahrenden Zug in die Wolga gesprungen war, hatte er sich nicht den Schädel an den Steinblöcken aufgeschlagen. Ein Punkt für ihn. Als er an Typhus erkrankt war, war er nicht dahingesiecht. Ein Punkt für ihn. Als eine explodierende Granate seinen Rücken aufgerissen hatte, war ein Engel zu ihm herabgeflogen, um ihm Blut zu geben. Ein Punkt für ihn.

Doch an diese Punkte dachte er nicht. Die Nacht hatte sich lang schon über ihn gesenkt.

Er dachte an die anderen Dinge.

Er dachte an Tatianas Bruder Pascha. Daran, wie er ihn drei Tage auf dem Rücken getragen und Pascha an so hohem Fieber gelitten hatte, dass er nicht atmen konnte.

Alexander hielt Pascha Schnee an den Kopf, verband seine durchsickernde Beinwunde, flehend, betend, fassungslos. Ich habe ihn nicht im Heiligkreuz-Gebirge gefunden, um ihn dann sterben zu sehen. Ihn gefunden, gerettet, ihm direkt an der Front einen Luftröhrenschnitt gemacht.

»Pascha. Kannst du mich hören?«

»Ich höre dich.«

»Was ist los? Was tut dir weh? Ich habe die Wunde an deinem Bein gesäubert. Was stimmt nicht?«

»Ich verbrenne.«
»Nein, dir geht es gut.«
»Ich kann meine Beine nicht spüren.«
»Nein, es geht dir wirklich gut.«

»Alexander, ich … sterbe doch nicht, oder?«

»Nein, alles ist in Ordnung.« Alexander blickt ihn unverwandt an. Er blinzelt nicht. Wenn er der schwangeren Tatiana ins Gesicht lügen kann, um sie für immer fortzuschicken, um ihre einzige schwindend geringe Überlebenschance zu sichern, hat er auch die Kraft, ihren Bruder anzusehen, bevor er für immer geht. Obwohl er zugeben muss, dass er sich nicht annähernd so stark fühlt. Sie sitzen auf dem Boden. Pascha lehnt halb liegend an Alexander.

»Warum fühle ich mich dann so, als würde ich sterben?«, sagt Pascha. Seine Atmung wird langsamer, flacher. Alexander hat dieses Rasseln schon tausendmal gehört, das Rasseln eines sterbenden Mannes. Aber diesmal ist es Pascha. Er kann nicht sterben.

»Das wirst du nicht. Du wirst wieder gesund.«

Pascha flüstert: »Du lügst mich an, du Mistkerl.«

»Tue ich nicht.«

»Alexander«, sagt er mit kratzendem Atem, »ich kann sie sehen.«

»Wen?« Fast wäre Pascha umgefallen.

Tränen rinnen über Paschas Gesicht. »Tania!« Pascha weint und streckt die Hand aus. »Tania, komm, schwimm noch einmal mit mir. Nur noch einmal durch die Luga. Lauf mit mir über die Wiese zum Fluss, wie damals, als wir noch Kinder waren. Du bist meine Schwester.« Er streckt die Hand ins Leere aus, neben Alexander, der selbst wie ein Geist wirkt, kreidebleich und verstört. Er dreht sogar den Kopf zur Seite und blickt auf die Stelle. Pascha lächelt. »Wir sind in dem Boot auf dem Ilmensee. Sie sitzt neben mir«, flüstert er.

Und da weiß Alexander, dass das Unmögliche wahr ist.

Alexander trägt den toten Pascha noch einen Tag im winterlichen Deutschland auf dem Rücken, will nicht glauben, was er nicht glauben kann, weigert sich, ihn in dem gefrorenen Boden zu begraben.

Als er jetzt auf dem Fenstersims des Old Executive Building saß, musste Alexander sich eingestehen, dass in einer Welt, in der Tatianas verschwundener Bruder sterben konnte, weil sich sein Hosenbein an einem rostigen Nagel verfangen hatte, man manchmal keinen Punkt durch die Streitmächte bekam.

Alexander inhalierte das Nikotin und schloss die Augen. Er sah sie nicht neben sich. Wenigstens etwas. Tatiana, die stets bei den Sterbenden saß, war nicht hier bei ihm.

In Kattowitz war ein Aufseher gestorben und wurde in einem Sarg beerdigt. Ein paar der Männer beschwerten sich, so auch Uspenskij und Pascha. Alexander hatte in den vergangenen Wochen täglich ein bis zwei Massengräber ausgehoben. Und hier wurde ein Mann allein in einem Sarg bestattet. Pascha saß murrend über seiner Schüssel mit Haferflocken und gekochten Karottenraspeln und sagte zu Alexander, dass sie vielleicht eine Beschwerde vorbringen sollten. »Ja, nur zu«, erwiderte Alexander. »Aber ich sage dir eins: Du arbeitest nicht hart genug. Dieser Mann war seit drei Jahren hier. Er war ein geachteter Aufseher und ein Liebling der Gefängnisköche, weil er ihnen Arbeit abgenommen hat.«

An diesem Abend fertigte Pascha Flugblätter an, auf dem Dinge über den Mann standen, der in einem Sarg bestattet worden war. »Denkt daran! Arbeitet hart!«, war darauf zu lesen. »Wenn ihr hart genug arbeitet, bekommt vielleicht auch ihr einen Holzsarg!«

»Ist das nicht ermutigend?«, sagte Pascha mit einem breiten Grinsen, als er die von Hand geschriebenen Flugblätter verteilte. Alexander stimmte ihm lächelnd zu.

Die sieben Männer kamen zurück. Alexander stand stramm.

Bezüglich der Fragen, die dem Ausschuss zur Debatte vorlagen, sprachen sich vier Mitglieder dafür und drei dagegen aus, dass Alexander von allen Verdächtigungen freizusprechen sei, wobei Rankins Votum ausschlaggebend war.

Alexander hatte sieben Stunden und zwei Pausen gebraucht, um für seine Freiheit zu singen.

Als Sam zu ihm herüberkam, wirkte er fast glücklicher als Alexander. »John Rankin, der Vorsitzende des HUAC, hat Sie mit seiner Stimme vom Vorwurf der kommunistischen Verschwörung entlastet«, rief er. »Tania wird begeistert sein!«

Alexander nickte. Er hatte die tiefe Anspannung in seinen Schultern nicht bemerkt, erst als der Hammer gefallen war, konnte er erleichtert aufatmen. Er schüttelte Sam die Hand.

»Ich schwöre«, sagte Levine, »wenn Rankin nur noch eine Frage über Ihre Eltern gestellt hätte, wäre ich selbst zum Kommunisten geworden, nur um ihm eins auszuwischen.«

»Na, damit hätten Sie ihm bestimmt eine Freude gemacht«, sagte Sam. »Dafür lebt er doch. Wissen Sie, was er gesagt hat, Alexander? Es war die Kannibalenfrage, die für ihn den Ausschlag gegeben hat.«

»Im Ernst?« Alexander war überrascht.

Sam schüttelte den Kopf. »Das habe ich mich auch gefragt.«

Wessen Herz voll ist, dem geht der Mund über.

Sam machte Alexander mit Tom Richter bekannt. Richter salutierte ihm. Der Lieutenant war groß, auf diese athletische, hellhaarige amerikanische Weise gut aussehend, ein wenig draufgängerisch. Sein Händedruck war stark, und jetzt auf dem Flur lachte er. »Und, wie fanden Sie es? Eine echte Zitterpartie, oder? Sie sind direkt in die Höhle des Löwen marschiert.«

»Wenn Sie so wollen.«

»Was Sie nicht wissen«, sagte Richter, »ist, dass der angegraute, holde Südstaaten-Gentleman John Rankin in der Beliebtheitsskala des Außenministeriums gleich nach Satan kommt. Stimmt das nicht, Mr Gulotta?« Er sprach laut und nahm kein Blatt vor den Mund.

»Stimmt nicht, Lieutenant Richter«, sagte Sam nur eine Spur leiser. »Satan ist wesentlich beliebter.« Man merkte, dass Sam und Richter Freunde waren.

Die vier Männer standen im Flur und machten eine ausgedehnte Zigarettenpause. Richter war dreißig, ein Jahr älter als Alexander. Er hatte während des Krieges unter MacArthur in Japan gedient und würde jetzt vermutlich wieder seiner Armee beitreten, da es auf dem 38. Breitengrad zwischen Nord- und Südkorea brodelte.

Richter sagte, dass er nur deshalb bei der Anhörung aufgetreten sei, weil Sam ihm so viel über Alexander erzählt habe. »Das

Verteidigungsministerium hat großes Interesse an der Ausrüstung und Hierarchie der Roten Armee sowie an Ihren Russischkenntnissen und Ihrem Einblick in die Sowjetaktivitäten.« Er lächelte. »Netter Schachzug übrigens, den Mund über Ihre Frau zu halten.«

»Ja«, sagte Alexander. »Ich spreche nicht über meine Frau mit ihren Feinden.«

»Nun, diese Sachsenhausen-Geschichte war auch ohne sie ziemlich beeindruckend. Ich glaube, wenn Sie noch erwähnt hätten, dass Ihre Frau, die unbewaffnete Rotkreuzhelferin, mit Ihnen in den Bäumen gehangen und Ihnen bei der Flucht geholfen hat, hätten die Männer einen Scheißherzinfarkt bekommen.«

Schließlich musste auch Alexander lachen. Er fühlte sich wohl in Richters Gegenwart und war sichtlich erleichtert.

»Sie kennen uns vielleicht nicht«, sagte Richter, »aber wir im Verteidigungsministerium kennen Sie ganz gut.« Er fragte, ob Alexander eine Security Clearance wolle, eine Unbedenklichkeitsbescheinigung, um in begrenztem Umfang geheime Militärinformationen für die US-Army auszuwerten. »Ziemlich selten, dass man jemanden findet, der zwei Sprachen fließend beherrscht«, sagte Richter. Derzeit jage eine internationale Verwicklung die nächste: die kommunistischen Aufstände in Griechenland und Jugoslawien, die immer noch andauernden, fast gescheiterten Verhandlungen mit Mao in China, die Beschaffung geheimer Dokumente aus der UdSSR bezüglich ihres Atomprogramms. Eine regelmäßige Analyse der Originaldaten von jemandem wie Alexander wäre daher ein echter Segen für den Streitkräfteausschuss und den Nachrichtendienst der US-Army. »Betrachten Sie die letzten acht Stunden als Teil Ihrer Sicherheitsbefragung.« Richter grinste.

Alexander wusste nicht, wie das funktionieren sollte. Vorsichtig sagte er, dass es nicht in seinem Interesse sei, sich wieder ins Militär zu stürzen. Tatiana würde an die Decke gehen.

»Wer spricht davon, sich ins Militär zu stürzen?«, sagte Richter ruhig. »Sie könnten Ihren Dienst als Reserveoffizier leisten. Dazu müssten Sie uns nur zwei Tage pro Monat zur Verfügung stehen. Der Präsident hat dieses Jahr ein Gesetz zur Zahlung eines Reservistensolds erlassen. Sie müssen durch die reguläre

Sicherheitsüberprüfung«, fuhr er fort. »Das wird nicht leicht. ›Rote Armee‹ ist heutzutage ein Reizwort, wie Sie eben selbst erlebt haben. Aber ich werde Ihnen helfen. Ich finde wirklich, dass Sie es tun sollten. Wo leben Sie?«

Alexander sagte, zurzeit nirgends. Sie würden immer noch umherziehen …

»Nun, das macht nichts«, sagte Richter. »Egal, wo Sie in den Staaten sind, Sie können überall zu einem Army-Stützpunkt gehen. Dort schicken wir dann unsere Daten hin, Sie werfen einen Blick darauf und schreiben uns einen vollständigen Geheimdienstbericht. Die Arbeit wird nur sporadisch anfallen, aber sie wird Ihren jährlichen Pflichtdienst in der Army mehr als abdecken. Außerdem bietet sie Ihnen andere Möglichkeiten: Sie können als Ausbilder oder im Bereich der Kampfunterstützung tätig werden.«

Sam Gulotta fand die Idee großartig. Richter sagte, dass man die Stelle erweitern könne, wenn es Alexander diene. Falls er in Washington leben wolle, könne er gleich hier für den Nachrichtendienst arbeiten und wäre fest im Verteidigungsministerium angestellt.

Alexander sagte: »Ich gebe Ihnen Bescheid. Nur das mit D. C. wird vermutlich nichts werden.«

»Was denn? Ihre Kommandantin mag Washington nicht?«, fragte Richter.

»Sie mag den Krieg nicht«, sagte Alexander. »Ihr wird das alles ganz und gar nicht gefallen.«

»Bringen Sie sie morgen mit ins Pentagon.« Richter grinste breit. »Ich werde ihre Meinung ändern. Ich werde sie überzeugen, hierherzuziehen. Sie werden schon sehen. Ich werde sie überzeugen, mit Ihnen nach Korea zu gehen.«

»Na, viel Glück dabei.«

»Ich sehe Ihre russische Frau genau vor mir«, sagte Richter und klopfte Alexander auf den Rücken. »Die Frau, die es in Deutschland im Alleingang mit der Roten Armee aufgenommen hat, um Ihnen zu helfen. Sie ist bestimmt wie ein Ochse gebaut und hat früher eigenhändig ihren Pflug durch die Felder des russischen Kollektivs gezogen – gesät und geerntet im Namen des Proletariats.« Er lachte.

»Das kommt ungefähr hin, nicht wahr, Alexander?«, sagte Sam.

»So ungefähr, ja.« Alexander erwiderte sein Lächeln und rauchte seine Zigarette zu Ende. Er musste zurück zu der russischen Leibeigenen mit der Ochsenstatur, die mit Sicherheit schon eine Kreismiliz zusammenstellte, um ihn dem eisernen Griff des Außenministeriums zu entreißen.

Als sie den Flur entlanggingen, trat plötzlich Dennis Burck aus einem der Büros und hielt sie auf. Er wollte wissen, ob er eine Minute von Alexanders Zeit in Anspruch nehmen dürfe.

Richter verabschiedete sich und ging. Sam versuchte, Alexander zum Weitergehen zu bewegen. Matt Levine wollte ihn in das Büro begleiten, aber Burck sagte: »Nein, nein. Sie bekommen ihn in dreißig Sekunden wieder. Dann können Sie sich den ganzen Abend mit ihm unterhalten.« Er wies auf den kleinen Raum und die fehlenden Sitzmöglichkeiten hin. »Warten Sie doch draußen auf ihn«, sagte Burck freundlich. »Ich werde die Tür offen lassen. Es dauert sicher nur einen Moment.«

Burck war der Dienstältere. Sam musste ihm Folge leisten. Alexander betrat das Büro, das noch kleiner war als das von Matt Levine. Er lehnte den angebotenen Stuhl ab und blieb stehen. Burck begann damit, dass eine seiner vielen Pflichten im Außenministerium darin bestünde, als stellvertretender Verbindungsmann zwischen dem Außenministerium und Interpol aufzutreten. Alexander hörte nur mit halbem Ohr zu. Burck fuhr in demselben freundlichen Ton fort. »Ich weiß, Sie wollten vor dem Ausschuss nicht zur Sprache bringen, dass Ihre Frau auch eine sowjetische Staatsangehörige ist und bei ihrer Flucht über die finnische Grenze ein Dutzend Sowjettruppen tot zurückgelassen hat.«

Alexander presste die Lippen zusammen. »Die toten Grenztruppen hatten nichts mit ihr zu tun«, sagte er. »Und meine Frau ist nun Bürgerin der Vereinigten Staaten. Also, gibt es sonst noch etwas?«

»Oh, das war es nicht, worüber ich mit Ihnen sprechen wollte, Mr Barrington.« Auf Burcks Schreibtisch lag eine dicke Akte mit sämtlichen Unterlagen, die das Außenministerium seit 1917 über die Barringtons gesammelt hatte. »Lassen Sie mich gleich auf den Punkt kommen. Ich habe Informationen über Ihre Mutter.«

Alexander glaubte, er habe sich verhört. »Was haben Sie gesagt?«

Burck senkte den Blick und blätterte in den Unterlagen. »Man hat Ihnen gesagt, Ihre Mutter sei 1938 hingerichtet worden. Von wem haben Sie das?« Er sah ihn an.

»Ich habe keine Ahnung, wovon Sie reden, Mr Burck.«

Burck stand auf. »Würde es Ihnen etwas ausmachen, wenn ich die Tür schließe, Mr Barrington, sodass wir ein bisschen ungestört sind?«

»Ungestört wofür?«

Burck ging um Alexander herum und machte Sam und Levine die Tür vor der Nase zu.

Als er sich wieder an seinen Schreibtisch setzte, sagte Burck so leise, dass Alexander sich anstrengen musste, ihn zu verstehen: »Jetzt hören Sie mir genau zu. Es stimmt, Ihr Vater wurde hingerichtet. Aber Ihre Mutter ist noch am Leben.«

Alexander stand in erstarrter Haltung vor ihm, sein Gesicht war versteinert.

Das war noch nicht alles. »Das ist die Wahrheit. Sie ist noch am Leben, und zwar in Perm-35. Wissen Sie, wo das ist?«

Alexander hatte Schwierigkeiten beim Sprechen, doch statt sich aufzuregen, wurde er ruhiger. Seine Sinne schärften sich, als stünde er im Kampf. »Ich weiß aus verlässlicher Quelle«, sagte er mit dumpfer Stimme, »dass meine Mutter getötet wurde. Ich habe unabhängig voneinander vier verschiedene Versionen von vier verschiedenen Menschen gehört.«

»Und nun hören Sie eine andere Version von mir.«

Alexander ballte die Fäuste, während er um Fassung rang. »Ich glaube Ihnen nicht«, sagte er.

»Meine Aufgabe ist es, Bescheid zu wissen. Und es stimmt. Es handelt sich um eine objektiv nachweisbare Information. Sie hat die vergangenen elf Jahre in dem Arbeitslager am Ural zugebracht. Sie ist alt und ihr Gesundheitszustand nicht der beste, aber sie lebt. Ihr Name steht auf der Gefängnisliste.«

Alexanders Hände begannen zu zittern.

»Möchten Sie gern selbst sehen?« Burck blätterte ein dickes

Bündel Papiere mit gezackten Rändern durch, die er zuvor der Akte entnommen hatte.

Alexander trat taumelnd einen Schritt zurück und stieß gegen einen Stuhl.

Leise zischend stieß Burck hervor: »Sie können Ihrer Mutter helfen. Es liegt ganz bei Ihnen. Sie können sie nach Hause holen.«

Alexander musste sich hinsetzen. Er sagte nichts. Wenn er fragen würde, wie das möglich sei, bedeutete das, er würde Burcks Behauptung, dass sie am Leben sei, Glauben schenken.

»Seit dem Krieg wurden viele Menschen freigelassen und rehabilitiert, vor allem Frauen. Sie werden sehen, die Sowjets helfen uns. Und Ihrer Mutter geht es nicht gut.«

»Warum sollten die Sowjets auf Sie hören?«

»Das Auswärtige Amt steht in ständigem Kontakt mit dem sowjetischen Attaché und mit Kominform. Ich habe außerdem enge Verbindungen zum Volkskommissar für innere Angelegenheiten, der oft Urteile der Gefangenen auf eine Empfehlung hin umwandelt.«

»Der Volkskommissar für innere Angelegenheiten? Sie meinen Lawrenti Beria?«

Burck fuhr fort, ohne darauf einzugehen. »Wir können nächste Woche in die Türkei fliegen. Von Istanbul aus nehmen wir ein Flugzeug über das Schwarze Meer nach Jalta und fahren dann, mit Erlaubnis der Sowjets natürlich, in einem extra von ihnen organisierten Konvoi über Land in Richtung Norden zur Wolga, wo das Lager ist. In der Zwischenzeit werde ich mit den Verhandlungen über die Freilassung Ihrer Mutter beginnen.«

Alexander wich zurück.

»Ich habe Anreize, um sie zu unseren Gunsten zu beeinflussen. Das sind sehr schwierige Zeiten. Wir tauschen häufig Informationen, um unsere Interessenssphären …«

Der Stuhl fiel um und stieß gegen das Bücherregal.

»Mr Barrington, warten Sie.«

Alexander hatte die Tür aufgestoßen und stand bereits auf dem Flur. »Gehen wir«, sagte er zu Sam und Levine. »Sofort.«

Sie rannten fast den Flur entlang zum Treppenhaus. »Was hat er gesagt? Was hat er gesagt?«, fragte Levine fortwährend.

Sam sagte nichts.

Alexander gab keine Antwort, sondern verabschiedete sich mit grimmiger und versteinerter Miene von Levine. Auf dem Weg zurück nach Silver Spring saß er stumm neben Sam im Wagen und erbat sich ein paar Minuten Zeit, um die Schreie seines Herzens zum Schweigen zu bringen.

Sie kamen weit nach zehn Uhr abends zu dem Wohnmobil zurück. Tatiana saß draußen auf den kleinen Türstufen und hielt den schlafenden Anthony auf dem Schoß. Alexander konnte minutenlang kein Wort zu ihr sagen, während er sie umarmte und sie ihr Gesicht schluchzend in seiner Brust vergrub. Anthony war inzwischen aufgewacht und zerrte sie am Kleid.

»Mom, komm schon. Hör auf. Lass ihn los, Mama.«

Sam führte den Jungen weg, damit sie einen Augenblick für sich hatten. »Und, wie ging es deiner Mutter heute?«, fragte er und hob Anthony hoch.

»Schrecklich«, sagte Anthony. »Sie hat gesagt, dass sie als Mutter eine Katastrophe ist. Hoffentlich geht es ihr morgen besser.«

»Bestimmt, Ant«, sagte Sam. »Das glaube ich bestimmt. Alles wird gut. Morgen nimmt dein Dad dich mit an einen besonderen Ort, an dem Soldaten arbeiten. Er heißt Pentagon.«

Anthony strahlte.

Fünf Meter entfernt, vor der Tür des Wohnmobils, flüsterte Tatiana an Alexanders Brust: »Liebling, es tut mir leid. Ich kann nicht aufhören zu weinen.«

Starr stand er vor ihr und nahm sie noch fester in die Arme.

»Also ist alles in Ordnung? Ist es gut gegangen?«

»Es ist gut gegangen.«

Doch sie hörte an seiner Stimme, dass es noch etwas gab, und blickte mit feuchten Augen zu ihm empor. »Was noch?«, sagte sie. »Was ist passiert?«

»Nichts. Ich erzähle es dir später.«

Schließlich ließ er sie los und Anthony lief zu seinem Vater. Sam sagte, dass er aufbrechen müsse. Seine Frau würde ihn umbringen, weil er so spät nach Hause kam. Obwohl Alexander mit seinen Kräften am Ende war, wollte er Sam aus lauter

Dankbarkeit nicht fortlassen und bat ihn, zum Abendessen zu bleiben.

»Ja«, sagte Tatiana, die sich ein bisschen beruhigt hatte, »bleiben Sie bitte, Sam. Ich bereite uns schnell etwas zu.«

»Mich brauchen Sie jetzt am allerwenigsten«, sagte Sam. »Ruhen Sie sich aus. Morgen lade ich euch drei zum Mittagessen ein. Wir müssen sowieso ins Pentagon. Tania, morgen lernen Sie den neuen Boss und neuen Anwalt Ihres Mannes kennen. Ich rufe schnell Ihre Freundin Vikki an und frage sie, ob sie den Zug nehmen und zu uns stoßen will.«

»Nein, nein, nicht Vikki«, sagte Anthony und griff nach der Hand seiner Mutter.

»Mein Mann hat einen Boss und einen Anwalt?«, fragte Tania. Sie sah Alexander an.

Gemeinsam standen sie an der staubigen Tankstelle, und Sam begann, ihr von der Anhörung zu erzählen. Alexander, der zu müde war zu sprechen, schwieg.

»Danke, Sam«, sagte Tatiana, als er geendet hatte. »Sie sind wieder einmal sehr gut zu mir gewesen.«

Sam tätschelte sanft ihren Unterarm und sagte mit liebevollem Tadel: »Ihr Mann hat ganze Arbeit geleistet. Danken Sie ihm. Sie haben mich fast um meinen Job gebracht, Missy. Nur weil Sie mir nicht vertrauen wollten. Sie wussten doch, dass ich Ihnen helfen würde, wenn ich kann.«

»Es tut mir leid«, flüsterte sie. »Ich hatte solche Angst.« Sie sah Alexander nicht an, während sie sprach.

Nachdem Sam gegangen war, schlich Tatiana um Alexander herum. Er fühlte sich kraftlos und war außerstande, weiterzufahren und bei Dunkelheit noch einen Campingplatz zu suchen. Sie standen gleich neben der Straße und konnten nirgendwo ihr Zelt aufstellen. Trotzdem blieben sie. Sie wärmte auf ihrem kleinen Gaskocher etwas Wasser zum Waschen für ihn, machte ihm ein Dosenfleisch auf, gab ihm Brot, Gurken und Bier. Währenddessen schlief Anthony auf dem Boden des Wohnmobils ein.

Als Tatiana ihn zu Bett gebracht hatte, ging sie nach draußen und stellte sich vor Alexander. Er konnte sie nicht ansehen. »Tania, ich kann einfach nicht mehr sprechen. Ich werde dir morgen alles erzählen.«

»Nein, Liebling. Erzähl es mir heute Abend.«

Eine lange Pause entstand, in der Alexander nur schweigend dasaß und rauchte. Dann berichtete er ihr von Dennis Burck.

Tatiana saß auf seinem Schoß, drückte ihn an sich, versuchte, sein verstörtes Herz zu beruhigen. Doch nun war sie diejenige, die zitterte, da ein Teil seiner Unruhe auf sie übergegangen war. »Mein Mann«, sagte sie, »das ist nicht wahr.«

Sofort fühlte er sich angegriffen. Er stieß sie weg und hob die Stimme. »Woher willst du das wissen?«

»Alexander, du willst doch nicht glauben, dass deine Mutter elf Jahre überlebt hat, im schlimmsten Gefängnis, das die Sowjets je gebaut haben?«

»Es ist nicht das schlimmste«, sagte er vehement. »Dort ist es nicht bitterkalt. Weißt du nicht mehr? Es liegt in der Nähe von Lazarewo.« Seine Stimme brach.

»Shura!« Sie packte ihn, zog ihn aus dem Stuhl zu sich. Ihre Arme umschlangen seinen bebenden Rücken. »Es ist nicht wahr. Sie ist nicht dort. Sie ist nicht in diesem Gefängnis.« Ihre Augen funkelten. »Verstehst du denn nicht, warum Burck dir das erzählt? Er will, dass du mit ihm zurückgehst. Sobald du ihr Territorium betrittst und diesen mit sowjetischer Erlaubnis organisierten Konvoi besteigst, werden sie *dich* nach Perm-35 schaffen. Der Konvoi ist für dich gedacht! Das ist ein Trick, ein Schwindel. Auf die Art wollen sie dich zu ihrem Sklaven machen.«

»Ja«, sagte er und fühlte sich bereits gefangen. »Ich weiß, dass es nicht so aussieht, als wäre es wahr. Aber, Tania, was, wenn doch?«

»Liebling«, flüsterte sie und sah ihn flehentlich an, »es ist nicht wahr.«

»Sie ist meine Mutter.«

»Es ist nicht wahr.«

Als sie später im Wohnmobil mit Anthony im Bett lagen, sagte Alexander zu ihr: »Vielleicht hast du recht. Burck ist nicht vertrauenswürdig. Aber glaubst du nicht, dass zumindest eine Chance bestünde, dass er die Wahrheit sagt?«

»Nein.«

Sie war so sicher. Wie konnte sie so sicher sein?

»Vier Menschen haben dir ihren Tod bestätigt, einer davon war Slonko. Glaubst du nicht, dass dir dieser widerwärtige Kerl, als er allein bei dir in der Gefängniszelle war, erzählt hätte, wenn deine Mutter noch am Leben wäre? Glaubst du nicht, er hätte so versucht, dir das Geständnis abzuringen, dass du Alexander Barrington bist? ›Sagen Sie mir, dass Sie der Amerikaner sind, den wir suchen, und ich bringe Sie persönlich zu Ihrer Mutter.‹ Hätte er das nicht gesagt?«

»Vielleicht hätte er auch nur mit seinem Wissen geprahlt.« Alexander legte den Arm auf sein Gesicht.

Tatiana nahm ihn weg, schob ihren Körper auf ihn und sah ihm in die Augen.

»Ein Mann spricht mit einem anderen Mann über dessen Mutter. ›Sagen Sie uns, wer Sie sind, Major Below, und wir lassen Ihre Mutter am Leben.‹ Ist das Prahlerei?«

»Ja.« Nichts anderes konnte er sagen. Er stieß sie von sich. Sie legte sich gleich wieder auf ihn.

»Burck will Zweifel bei dir wecken. Er will, dass du seine Worte für möglich hältst, und dann wird er sofort wissen, woran er bei dir ist. Er wird wissen, dass du alles verrätst, woran du glaubst, und mit ihnen zurück in die Sowjetunion gehst, wenn du dadurch dein Herz zum Schweigen bringen kannst. Erinnerst du dich nicht an Germanowskij in Sachsenhausen? Bitte, lass dich nicht auf sie ein. Wir sind fertig mit ihnen.«

»Sind wir das?«

»Etwa nicht?«, fragte sie und spürte, wie ihr schwindelig wurde.

Er wollte das Gesicht von ihr abwenden, doch sie ließ es nicht zu.

Sie starrten einander in der Dunkelheit an.

Alexander sprach mit erschöpfter Stimme: »Wenn ich zurückginge, wie könnte ich ihr helfen?«

»Das könntest du nicht. Du würdest sterben. Es sollte dir ein Trost sein, dass er dir Lügen erzählt hat.«

»Es ist mir aber verflucht noch mal kein Trost. Und du weißt auch nicht alles. Ganz bestimmt nicht. Du wärst nicht so herablassend, wenn es sich um deine Mutter handeln würde.«

»Ich bin nicht herablassend«, sagte Tatiana. »Tu mir nicht weh. Das ist ungerecht.«

Alexanders Augen brannten. Er wollte sich entschuldigen, konnte aber nicht.

Tatiana flüsterte: »In meiner Familie stand mir Pascha am nächsten, nicht meine Mutter. Und ich sage dir eins: Wenn Burck mir erzählt hätte, dass Pascha noch am Leben und in den polnischen Wäldern in Gefangenschaft wäre, würde ich ihn Gott überlassen. Ich würde dich nicht losschicken, um ihn zu finden.«

»Das ist gut so. Denn dabei habe ich ordentlich versagt, wie du weißt.«

»Das hast du nicht, Liebling«, wisperte Tatiana. »Du hast dein Möglichstes getan, um dich gegen das Schicksal aufzulehnen. So wie ich, als ich versucht habe, Matthew Sayers zu retten. Doch es kommt immer wieder vor«, ihre Stimme war nur mehr ein schmerzhafter Hauch, »dass das, was wir tun, leider nicht ausreicht.«

Sie verfielen in Schweigen, rangen mit sich, lagen benommen beieinander und konnten nicht einschlafen.

Seine Mutter, Gina Borghese, hatte mit siebzehn Jahren Italien verlassen, um nach Amerika zu gehen und dort ein Leben als moderne, fortschrittliche junge Frau zu führen. Sie begegnete Harold Barrington, der so amerikanisch war wie die Pilgerväter. Sie verliebten sich ineinander, diese schöne Italienerin und der Radikale mit dem schnellen Mundwerk. Verliebten sich auf so altmodische Weise. Schlimmer noch, sie heirateten. Gina änderte ihren Namen und wurde Jane Barrington. Sie beide veränderten sich. Jane legte ihren praktizierten Katholizismus ab. Und Jane und Harold wurden Kommunisten. Sie waren überzeugt davon, dass das richtig war. Sie war fünfunddreißig, als sie endlich Alexander bekam, ihr lang ersehntes Baby. Lange hatte sie mit diesem Wunsch gehadert. Sie war sechsundvierzig, als sie in die Sowjetunion übersiedelten. Sie war zweiundfünfzig, als sie verhaftet wurde. Jetzt wäre sie vierundsechzig. Konnte sie zwölf Jahre in Perm-35 überleben? Eine Feministin, Kommunistin, Alkoholikerin, eine Ehefrau, Alexanders Mutter? Sein Vater war ihm in seinen Träumen erschienen. Ebenso Tatiana. Seine

Mutter aber nie, nicht einmal als geisterhafter Hauch, der ihm in einer anderen Stimme zuflüsterte: *Sie ist tot, deine Mommy. Sie kommt nicht zurück*. Er hatte gedacht, sie sei so tief in seinem Herzen vergraben. Und doch brauchte es nur ein Wort von einem garstigen kleinen Mann wie Burck und Alexanders Mutter tauchte aus ihrem flachen Grab auf.

Mitten in der Nacht sagte Tatiana auf einmal: »Du atmest so schwer, Alexander. Quäl dich nicht. Kannst du die Lügen nicht durchschauen?«

»Das kann ich nicht«, flüsterte er und brach fast zusammen. »Weil ich mir so verzweifelt wünsche, dass es wahr ist.«

»Nein, das wünschst du dir nicht, Shura.«

»Du solltest das besser verstehen als sonst irgendjemand«, sagte er. »Du, die unser einziges Kind verlassen hat, um mich zu finden, weil du Grund zu glauben hattest, dass ich noch am Leben bin. Weil du dir verzweifelt gewünscht hast, dass es wahr ist. Du hast mich nicht in den deutschen Wäldern gelassen.«

Ihre Augen schimmerten im Dämmerlicht. »Es ist ja auch wirklich wahr gewesen. Du hast mir eine Botschaft hinterlassen.«

»Ach, komm schon. Orbeli? Du hast mir gesagt, was du von meinem Codewort gehalten hast.«

Ihre Hände umfassten seine Schultern. »Du hast Orbeli gesagt, aber das eigentliche Wort lautete ›Vertrauen‹. Ich ging, weil ich Vertrauen hatte. Aber hier handelt es sich nicht um ein noch so vages Wort von deiner Mutter. Hier handelt es sich um die Lüge eines Lakaien, der sein Land betrügt.«

Er hielt sie verzweifelt fest. »Ich kann die Wahrheit einfach nicht mehr erkennen.«

»Manchmal kann ich das auch nicht.« Sie sah ihn an in dieser tiefen, blauen Nacht. »Du und dein Lügengesicht und dein verdammter Orbeli«, flüsterte sie.

Alexander schob sie von sich herunter, kam über sie, presste sich auf sie, zerdrückte sie fast. Anthony lag gleich neben ihnen. Es kümmerte ihn nicht. Er wollte sie einatmen, sie in sich aufsaugen. »Die ganze Zeit hast du dich vor mich gestellt, Tatiana«, sagte er. »Jetzt verstehe ich es endlich. Du hast mich acht Monate auf Bethel Island versteckt. Zwei Jahre hast du mich isoliert und getäuscht, um mich zu retten. Ich bin so ein Idiot«, flüsterte er. »Elend oder nicht, entstellt oder nicht, in einem Panzer oder nicht, immer warst du da und hast dich schützend vor mich gestellt und mir, dem ahnungslosen Fremden, dein tapferes, gleichmütiges Gesicht gezeigt.«

Sie schloss die Augen und schlang die Arme fest um seinen Hals. »Dieser Fremde ist mein Leben«, flüsterte sie. Sie schlichen fort von Anthony, fort aus ihrem Bett, und verschanzten sich hinter dem Tisch und den Stühlen auf einem Laken am Boden.

»Du hast unseren Jungen verlassen und dich auf die Suche nach mir gemacht, und das hast du nun gefunden«, flüsterte Alexander, während er auf ihr lag, in sie hineinstieß, Frieden suchte.

Tatiana schrie unter ihm auf und umklammerte seine Schultern.

»Das hast du aus Sachsenhausen mitgebracht.« Er bewegte sich angespannt, tief, von Not getrieben. *Oh Gott, hier fand er Trost.* »Du dachtest, du würdest *ihn* zurückholen. Aber, Tania, stattdessen hast du *mich* zurückgeholt.«

»Shura ... du musst das hinter dir lassen ...« Ihre Finger schlugen sich in seine Narben.

»In dir«, sagte Alexander und senkte die Lippen hinab zu ihrem geöffneten Mund, ihrem sich teilenden Fleisch, »liegen die Antworten auf alle Fragen.«

Alle Flüsse flossen ins Meer und doch war das Meer nicht voll.

Alexander nahm keinen Kontakt zu Burck auf. Am nächsten Tag trafen sie sich mit Tom Richter, der sein Erstaunen nicht verbergen konnte, als er Alexanders ochsenziehender Frau die zierliche Hand schüttelte. Seiner kleinen, schlanken, bescheiden wirkenden, sanft lächelnden Frau.

»Ich habe es dir ja gesagt«, sagte Sam leise zu Richter. »Nicht, was du erwartet hast.«

»Das kann nicht sein. Sie sieht aus, als fürchte sie sich vor einer Maus. Schau sie dir an, sie ist so groß wie eine Erbse!«

»Gentlemen.« Alexander trat von hinten an sie heran und legte ihnen die Hände auf die Schultern. »Flüstern Sie etwa über meine Frau?«

Sie war vielleicht so klein wie eine Erbse und gewiss fürchtete sie sich vor Mäusen. Doch das Versprechen, das Tatiana Tom Richter abnahm, entsprach in seiner Größe der Pyramide von Giseh. Ihr Mann könne als Reserveoffizier dienen und in einem Zimmer auf einem ruhigen Militärstützpunkt Geheimdokumente übersetzen. Militärischer Nachrichtendienst hinter sicheren, verschlossenen Türen ginge für sie in Ordnung, Kampfunterstützung ebenso, wenn nötig, in Form von Datenanalysen, vielleicht ein paar Ausbildungs- und Übungseinheiten. Aber unter gar keinen Umständen, egal aus welchem Grund, in welchem Universum auch immer könne er für den aktiven Dienst herangezogen werden. Sie sagte, dass die Wunden, die seine zehn Kriegsjahre ihnen beiden zugefügt hätten, eine aktive Kampfbeteiligung *seinerseits für sie* unmöglich machten.

Richter stimmte zu, und Alexander ließ sich einen Monat in Fort Meade, Maryland, befragen, untersuchen, klassifizieren, testen und einarbeiten, während er darauf wartete, den noch ausstehenden Papierkram zu erledigen. Schließlich erhielt er seinen Berechtigungsausweis und sein Offizierspatent als Captain im Reservecorps der US-Army. Richter beschaffte sogar die Replik einer Tapferkeitsmedaille für Anthony, dem er damit ein echtes Strahlen ins Gesicht zauberte. Vikki war eigens angereist, um Tania und ihren Knuddeljungen zu sehen. Sie befand sich in fantastischer Flirtlaune und war sichtlich von Richter angetan.

Oftmals trafen sie sich zu einem ausgiebigen Abendessen mit Sam, Matt Levine und deren Frauen. Sie gingen mit Richter und Vikki in der Chesapeake Bay segeln. Whittaker Chambers und Alger Hiss waren die einzigen politischen Gesprächsthemen. Dennis Burck schied still und unauffällig aus der Regierung aus.

Nach zwei Monaten mit Richter machten sich Tatiana und Alexander auf den Weg – nach Wisconsin, South Dakota, Montana, in die Wälder von Oregon – durch das Land der Lupinen und Lotusfrüchte, auf der Suche nach ihrem Platz.

Erstes Zwischenspiel

Saika Kantorowa, 1938

Wir Kinder erleben eine beängstigende Zeit in Russland.

Alexander Blok

Pascha

Pascha Metanow putzte seine Fische immer selbst, schon als kleiner Junge hatte er es getan. Er bat nicht Babuschka darum, nicht einmal Mama, die für den Rest seines Lebens seine Fische und seine Zähne putzen sowie seine Füße und Kniehosen waschen würde, wenn er sie ließe, denn Pascha war Mamas einziger Sohn. Er bat Tania nicht darum, weil er wusste, dass sie es nicht tun würde und sich auch gar nicht damit auskannte. Mit fünf Jahren hatte er Deda gebeten, ihm zu zeigen, wie man Fische ausnimmt, und von da an hatte er seine niederen Arbeiten selbst erledigt.

An dem Abend, nachdem sie Saika kennengelernt hatten, saßen sie am Tisch und aßen Fischsuppe, die aus Paschas Barsch zubereitet war. Nur sie drei. Pascha hatte ihn gefangen und geputzt, Dascha hatte ihn gekocht. Tania, die weder fischte noch putzte oder kochte, hatte gelesen.

Die drei Geschwister waren unter sich. Deda, ihr Großvater, war allein zum Fischen gegangen, so lange es noch hell war. Und Babuschka, ihre Großmutter, besuchte Berta und deren Mutter Blanca ein Stück die Straße hinunter. »Also, was halten wir von unseren neuen Nachbarn?«, fragte Dascha. »Stefan ist doch ein netter Junge.«

»Er könnte keine Zähne haben und du würdest ihn trotzdem für einen netten Jungen halten«, sagte Pascha. »Saika allerdings, also *die* ist nun wirklich ein nettes Mädchen.« Er lächelte.

Tatiana sagte nichts. Sie zupfte die Gräten aus dem Fisch.

»Oh nein«, sagte Pascha. »Oh nein, oh nein, oh nein. Dascha, sie schweigt schon wieder. Was ist los mit dir, Tania?«, fragte er mit dröhnender Stimme. »Magst du sie etwa nicht?«

Tatiana konnte an diesem windigen Juniabend an nichts anderes denken als die katholische Königin Margot, die ihr Leben für eine arrangierte Ehe mit dem Protestanten Heinrich von Navarra opferte, um die Katholiken und Protestanten Frankreichs zu einen. Die Königin glaubte, dass sie in dem Gefängnis, in dem sie lebte, nie die wahre Liebe finden würde. Doch Tatiana wusste es besser und sie wusste auch, wie sie es schließlich anstellte. Sie wollte wieder zurück zu Margot und La Môle.

Ihr Bruder und ihre Schwester hörten auf zu essen und starrten sie an.

»Habe ich irgendetwas gesagt? Ich habe nichts gesagt.«

»Dein Schweigen schreit zum Himmel«, sagte Pascha.

»Und jetzt sagt sie nichts mehr«, fügte Dascha hinzu. »Vorher konntest du den Mund nicht halten und hast immer weiter deine dämlichen Fragen gestellt.«

»Ach, lass sie in Ruhe, Dasch. Sie ist nur eifersüchtig.« Pascha grinste und schlug Tatiana mit einem Holzlöffel auf den Kopf.

Der Löffel flog ihm aus der Hand. Tatianas Faust, die manchmal so gar keinen Spaß verstand, hatte ihn blitzschnell weggeschlagen. »Wenn ich auf jedes Mädchen eifersüchtig wäre, zu dem du hallo sagst, wäre ich den ganzen Tag grün vor Neid.«

Mit einem Funkeln in den tanzenden braunen Augen sagte Dascha: »Also, was sollte die Inquisition vorhin?«

»Ich wollte nur wissen, wo die Pawlows hin sind, mehr nicht«, sagte Tatiana.

»Was kümmert es *dich*?«

»Ich wollte es eben wissen. Was ist, wenn ich auch dort ende, wo sie jetzt sind?«

»Ich habe ein riesiges Bild von einem Pfau in ihrem Haus gesehen«, rief Pascha. »Das kam mir irgendwie komisch vor.«

Tatiana sprang auf, kletterte auf den Esstisch und ließ sich im Schneidersitz darauf nieder. Dascha befahl ihr brüllend herunterzugehen. Tatiana bewegte sich nicht. »Genau, Pascha«, sagte sie. »Sie packen nicht aus, sie räumen die Sachen der Pawlows nicht weg. Aber sie hängen ein Bild von einem Pfau auf. Das ist wirklich komisch. Glaubst du vielleicht, dass sie Vogelliebhaber sind?«

»Stefan hat ein bisschen Ähnlichkeit mit einem Pfau.« Dascha lächelte. »Der mit seinem schönen Schwanz ein Rad schlägt und mich anlockt wie eine Pfauenhenne.«

»Was ist mit Mark, deinem Chef?«, fragte Tatiana beiläufig. »Hat er auch einen schönen Schwanz?«

Wie Pascha doch lachte. Rot vor Entrüstung stieß Dascha Tatiana vom Tisch herunter. »Was weißt du denn schon? Halt dich aus den Angelegenheiten der Erwachsenen heraus. Mir ist lieber, du vergräbst dich in deinen dummen Büchern.«

»Darauf wette ich, Dascha«, sagte Tatiana. Sie verpasste dem lachenden Pascha einen Schlag mit der flachen Hand, während sie nach *Königin Margot* griff. »Darauf wette ich.«

Wer ist Saika?

Saika war ein eindrucksvolles Mädchen mit dramatischen, überbetonten Gesichtszügen, als hätte sie der Künstler, der sie geschaffen hatte, zu rasch mit einem Kohlestift gezeichnet und anschließend unverdünnte Farbe darübergekleckst. Ihre Haare und Augen hatten die Farbe von Holzkohle und Teer, ihre Lippen waren rubinrot, ihre Zähne polarweiß. Sie hatte hohe Wangenknochen, ein spitzes Kinn, eine breite Stirn und eine spitz zulaufende Nase. Alles für sich genommen war irgendwie stimmig, wohlgeformt, glatt wie ein Fisch. Doch zusammen erschien es zu viel auf einer zu kleinen Leinwand, vor der man zu nahe steht. Man konnte nicht wegsehen, wollte es aber aus irgendeinem Grund.

Am nächsten Morgen tauchte Saika vor Tatianas Fenster auf. »Hallo«, sagte sie und steckte lächelnd den Kopf herein. »Ich habe meine Sachen ausgepackt. Willst du herauskommen und spielen?«

War das ihr Ernst? Tatiana verließ morgens nie freiwillig das Bett.

»Kann ich hereinkommen?«, fragte Saika. »Ich helfe dir beim Anziehen.«

Tatiana, die nur in Unterhose schlief, was kühl und bequem war, wollte Saika schon hereinbitten. Doch der Blick des Mädchens ließ sie innehalten. Was war es? Saikas Augen waren so schwarz, dass man nicht erkannte, ob die Pupillen sich vergrößerten. Ihre Haut war so dunkel, dass sie nicht erröten konnte. Doch etwas in dem starren Blick der Mandelaugen und dem großen, geöffneten Mund machte Tatiana stutzig. »Ah ... warte, ich bin in fünf Minuten draußen.« Tatiana zog den dünnen Vorhang vor dem Fenster zu. Sie schlief allein in einem winzigen Alkoven neben einem alten unbenutzten Ofen. Ihre Familie hatte vor der Bettnische einen Vorhang angebracht, damit sie so tun konnte, als sei es ein richtiges Schlafzimmer und keine getäfelte Küche. Tatiana kümmerte es nicht. Einzig hier in ihrer Sommerdatscha schlief sie immerhin allein.

Nachdem Tatiana sich gewaschen und angezogen hatte, schlenderte sie mit Saika in der frisch duftenden Morgenluft die Dorfstraße hinunter. Sie nahm Saika mit zu Bertas Haus. Bertas Kuh musste gemolken werden. Saika fragte geradeheraus, warum Berta ihre Kuh nicht selbst melken könne.

»Weil sie uralt ist. Sie ist schon ungefähr fünfzig. Außerdem hat sie Arthritis. Sie kann die Zitzen nicht greifen.«

»Und warum hat sie eine Kuh, wenn sie sich nicht um sie kümmern kann? Sie könnte die Kuh verkaufen und bekäme dafür fünfzehnhundert Rubel.«

Tatiana drehte den Kopf zu Saika. »Weil sie dann fünfzehnhundert Rubel hätte und keine Milch. Was hätte das für einen Sinn?«

»Sie kann die Milch kaufen.«

»Das Geld wäre in drei Monaten aufgebraucht. Die Kuh gibt weitere sieben Jahre Milch.«

»Ich meine ja nur. Warum eine Kuh, wenn man sich nicht um sie kümmern kann?«

Berta war überrascht, Tatiana so früh am Morgen zu sehen. Sie warf ihre Gichthände in die Luft und rief: *»Bozhe moi!* Oh mein Gott! Wer ist gestorben? Sogar meine Mutter schläft noch.« Sie war eine kleine, runde, dunkelhaarige Frau mit stechenden Knopfaugen. »Nicht fünfzig, du unmögliches Kind«, sagte sie, »sondern sechsundsechzig.« Obwohl es ihr sichtlich schwerfiel, machte sie Tatiana und Saika Tee und Eier. Während die Mädchen aßen, siebten ihre knorrigen Hände Tatianas weiches Haar wie goldenes Getreide. Saika beobachtete alles.

Sie trugen die frische Milch zu Dascha und gingen dann hinaus in die Felder am Dorfrand von Luga, wo sie durch das hohe Gras schlenderten. Tatiana sagte zu Saika, dass sie sich so die Prärie in Amerika vorstelle – wogende Felder aus hohen Gräsern, die sich bis zum Horizont erstrecken.

»Träumst du von Amerika, Tania?«, fragte Saika. Tatiana

wurde nervös und sagte, nein, nein, sie träume nicht davon, sie stelle sich nur die Prärie so vor.

Saika erzählte Tatiana, dass sie ihren Geburtsort nicht kenne (wie konnte das sein?), aber die letzten paar Jahre in einer kleinen Stadt namens Saki in Nordaserbaidschan im Kaukasusgebirge gelebt habe. Aserbaidschan sei eine winzige Republik, die unterhalb Georgiens und oberhalb des Iran in die Berge gebettet sei. Der Iran! Es hätte auch ein prähistorisches Universum voll Farnkraut und Mammuts sein können, so weit entfernt war das Land von Tatianas Vorstellung. »Und von dort aus sind wir mit dem Zug hierhergefahren. Nach dem Sommer wird mein Vater einen neuen Posten in Kolpino bei Leningrad beziehen.«

»Einen neuen Posten? Was macht er denn?«

Saika zuckte die Achseln. »Was machen Erwachsene schon? Er verlässt morgens das Haus und kommt abends heim. Meine Mutter fragt ihn, wie sein Tag war. Er sagt, gut. Und am nächsten Tag fängt alles von vorn an. Manchmal geht er auf Geschäftsreise.« Sie hielt inne. »Geht dein Vater auf Reisen?«

»Ja«, sagte Tatiana stolz, als verliehen ihr die Reisen ihres Vaters einen besonderen Glanz. Als sei sie einfach fantastisch, weil sie auch einen reisenden Vater vorweisen konnte. »Er ist gerade für einen Monat in Polen. Von dort bringt er mir ein Kleid mit.«

»Oh, wie schön«, sagte Saika, als scherte es sie nicht im Geringsten. »In Polen waren wir noch nicht, dafür aber an ein paar anderen Orten. In Georgien, Armenien, Kasachstan. In Baku am Kaspischen Meer.«

»Du bist ja ganz schön herumgekommen«, sagte Tatiana neidvoll. Zwar missgönnte sie Saika ihre Reisen nicht, sie hätte nur selbst gern ein bisschen mehr gesehen. Alles, was sie kannte, war Leningrad und Luga.

Sie setzten sich auf einen Steinbrocken im Feld und Tatiana zeigte Saika, wie man den süßen Inhalt der Kleeblume heraussaugt. Saika sagte, dass sie so etwas noch nie gegessen habe.

»Es gibt keinen Klee im Kaukasusgebirge?«, fragte Tatiana und wunderte sich, wie Saika gelebt haben konnte, ohne auch nur einmal das allgegenwärtige dreiblättrige Kraut zu berühren.

»Wir haben auf einem Bauernhof in den Bergen gelebt und Schafe gehütet. Ich weiß nicht, vielleicht gab es da Klee.«

»Ihr wart Schäfer?«

»So in der Art.«

Schon wieder eine so vage Aussage. »Was soll das heißen?«

Saika lächelte. »Ich glaube nicht, dass wir sehr gute Schäfer waren. Wir haben die Schafe dem Wolf direkt in den Rachen getrieben.« Tatiana drehte sich um, um einen Blick auf sie zu werfen. »War nur ein Witz. Es waren keine Schafe, Tania. Wir haben eigentlich Ziegen gehütet.« Sie stieß einen hämischen Laut aus. »Ich will nicht darüber sprechen. Ich hasse Ziegen. Widerliche, dreckige Viecher.«

Tatiana antwortete nicht. Sie hatte nie viel über Ziegen nachgedacht.

Plötzlich roch sie etwas, das sie von Saika zurückweichen ließ. Beschämt über ihre Reaktion – doch da war wieder dieser Geruch – zwang Tatiana sich stillzusitzen, während sie auf Saikas Hände hinabsah, die ungewöhnlich schmutzig waren für die frühe Tageszeit. Tatiana wollte nach dem Dreck unter Saikas Nägeln fragen und der dunklen Färbung in einigen Hautporen, nach den rauen, braunen Furchen und Kerben an Saikas Fingern. Doch dann sah sie weiter nach unten und bemerkte auch die ungewaschenen Füße in den Sandalen. Sie fragte sich, was Saika um sieben Uhr morgens getan haben könnte, um so dreckig zu werden. Dann sagte Saika etwas. Ihr Atem waberte durch die sommerliche Wiesenluft in Tatianas Nase und Tatiana erkannte, dass der Geruch, der sie zurückweichen ließ, Saikas säuerlicher Atem war.

Tatiana stand auf. Saika ging vorneweg und der Geruch ihres Körpers wehte in Tatianas Nase. Saika roch nach Schimmel und Ammoniak. Tatiana war verwirrt und blickte Saika an, die die Arme über den Kopf hielt und sich streckte. Saikas Haar jedoch glänzte, als wäre es eben erst gewaschen worden, und auch ihr Gesicht war nicht schmutzig. Sie war nicht wirklich ungewaschen, sie roch und sah nur ungewaschen aus.

Die beiden Mädchen standen voreinander, das dunkelhaarige in einem indigoblauen Kleid, das blonde in einem gemusterten, blassbunten. Saika war einen Kopf größer und hatte eineinhalb

Mal so lange Füße wie Tatiana. Bei genauerem Hinsehen stellte Tatiana fest, dass der zweite und dritte Zeh an Saikas Füßen V-förmig miteinander verwachsen waren.

Sie starrte unangemessen lang auf die Stelle und zeigte schließlich darauf. »Huch. So etwas habe ich noch nie gesehen. Was ist das?«

Saika blickte nach unten. »Ach das. Ich habe zwei zusammengewachsene Gelenke.« Sie zuckte die Achseln. »Mein Vater bezeichnet meine Füße immer scherzhaft als Hufe.«

»Hufe?«, sagte Tatiana kaum hörbar. »Was meint er denn damit?«

»Ich weiß es nicht. Du stellst wirklich eine Menge Fragen, Mädchen. Lass mich zur Abwechslung dir eine Frage stellen. Können wir mit Pascha spielen?«

Langsam gingen sie zurück nach Luga. »Erzähl mir von ihm. Was tut ihr hier alle, wenn ihr Spaß haben wollt?«

»Was tun Kinder schon im Sommer? Nichts«, erwiderte Tatiana. Als Saika lachte, sagte sie: »Nein, im Ernst. Nichts. Letzte Woche zum Beispiel haben wir zwei Tage Blaubeeren auf eine Schnur gefädelt, um zu sehen, wie lang sie werden kann. Zehn Meter, wie sich herausstellte. Ansonsten gehen wir angeln. Wir schwimmen, diskutieren.«

»Diskutieren? Worüber?«

»Europa hauptsächlich. Hitler. Deutschland. Ich weiß nicht.«

»Komm schon«, sagte Saika. »Ihr tut doch bestimmt noch etwas anderes hier, als über Hitler zu diskutieren und schwimmen zu gehen.« Sie zog die Augenbrauen hoch.

Was zum Beispiel?, wollte Tatiana fragen. Und was sollten die hochgezogenen Brauen bedeuten? »Nein, eigentlich nicht«, sagte sie langsam.

»Nun, das müssen wir ändern, oder?«, sagte Saika.

Tatiana hustete leicht, während sie zu den anderen Kindern am Fluss gingen. Sie versuchte das Gespräch wieder darauf zu lenken, was sie hier alles in den großen Ferien unternahmen.

Anton Iglenko war Tatianas bester Freund. Er war ein hervorragender Fußballspieler und bettelte Tatiana ständig um ihre kleinen Schokoladenvorräte aus Leningrad an. Anton hatte drei ältere Brüder: Wolodja, Kirill und Alexej, die alle mit Pascha befreundet waren und alle seinem strikten Befehl folgten, sich von Tatiana fernzuhalten. Alle, bis auf Wolodjas Freund Mischa, der Tatiana nicht von der Seite wich und Anton hasste. Dann gab es noch Oleg, der niemals mitspielte.

Das einzige andere Mädchen in ihrer Gruppe war Natascha. Sie hatte lange braune Haare und war ein noch schlimmerer Bücherwurm als Tatiana. Ständig versuchte sie, Tatiana in ein Gespräch darüber zu verwickeln, wer der bessere Schriftsteller sei: Dumas oder Dickens, Gogol oder Gorki. Cousine Marina, die keine Leseratte war, würde in zwei Wochen eintreffen. Durch sie würde die Gruppe der Mädchen Zuwachs bekommen und ihr Spiel ausgeglichener werden.

Tatiana stand höflich abseits, während das neue Mädchen mit dem kohlrabenschwarzen Haar bei den anderen Hof hielt. Die Schar war stets erpicht auf ein neues Gesicht. Schließlich kannten sich alle von Geburt an.

»Wer ist der Junge, der da unter dem Baum sitzt?«, flüsterte Saika und zeigte auf ihn. »Er ist gar nicht hergekommen, um mich zu begrüßen.«

Tatiana warf einen Blick hinüber. »Das ist Oleg«, sagte sie. »Ich habe dir von ihm erzählt. Er hat keine Lust zu spielen.«

»Wann hat er denn Lust zu spielen?«

»Wenn Hitler tot ist«, antwortete Tatiana unbeschwert. »Er nimmt es sich ziemlich zu Herzen, dass … na ja, willst du es sehen? Ich zeige es dir. Oleg!« Sie rief nach dem dünnen braunhaarigen Jungen, der es sich unter den Birken bequem gemacht hatte.

Widerstrebend, als wäre es eine große Anstrengung, stand Oleg auf und kam herüber. Er nickte Saika zu, gab ihr aber nicht die Hand. Als Tatiana ihn in die Rippen stupste und fragte, ob er Verstecken spielen wolle, sagte er: »Ja, toll, spielt eure kleinen Spiele. Die Tschechoslowakei kann jeden Augenblick fallen, aber macht nur, spielt.« Dann wandte er sich ab und ging zurück zu seinem Platz unter den Bäumen.

Tatiana sah Saika an mit einem Blick im Sinne von: *Siehst du?* »Oleg nimmt nicht nur die Krise in den internationalen Beziehungen schwer mit«, erklärte sie, während sie ihm an seinen Zufluchtsort folgten, »sondern auch ...«

»Mich nimmt lediglich euer Desinteresse an der Welt da draußen schwer mit«, rief Oleg.

»Wir haben großes Interesse«, sagte Tatiana. »Wir interessieren uns für die Fische im Wasser, die Blaubeeren im Wald, die Kartoffeln auf den Feldern und dafür, wie viel Milch die Kuh gibt, weil davon abhängt, ob wir nächste Woche saure Sahne haben werden.«

»Nur zu. Mach deine Scherze. Außenminister Masaryk und ich können nur hoffen, dass die Opferung seines jungen Landes der einzige Preis ist, den die Welt für den Frieden zahlen wird.«

Saika sagte, sie fände ihn amüsant. Ja, erwiderte Tatiana, sie alle hätten oftmals Vergnügen an Oleg, der sie wiederum nur eine Zeit lang in seiner Nähe duldete. Dann spuckte er aus und lief in die andere Richtung.

»Aber nicht zu weit«, sagte Saika. »Nur bis zu den Bäumen.«

»Er will unsere unsterblichen Seelen retten.« Tatiana lächelte. »Das kann er aber nicht von seiner Datscha aus.«

»Oh, die spießbürgerliche Erfindung der unsterblichen Seele«, sagte Saika missbilligend. »Oleg«, fuhr sie fort, »wovor hast du Angst? Es wird keinen Krieg geben. Kein Mensch wird für die kleine Tschechoslowakei in den Krieg ziehen.«

»Und wie groß muss ein Land sein, bevor jemand in den Krieg zieht, um es gegen Hitler zu verteidigen?«, fragte Oleg.

Saika lachte. »Größer als die Tschechoslowakei.«

»Für Österreich wird auch niemand in den Krieg gehen.«

»Warum auch?«, fragte Saika. »Die Österreicher wollten die Deutschen doch in ihrem Land haben. Kennt ihr nicht die Ergebnisse der Volksabstimmung, die sie vor zwei Monaten abhielten? Neunundneunzig Prozent aller Österreicher heißen Hitler willkommen.«

»Das war eine Scheinabstimmung«, sagte Oleg.

Achselzuckend fuhr Saika fort: »Und jetzt bei den Wahlen im Sudetenland haben die Deutschen viele Stimmen gewonnen. Habt ihr gehört, was Herr Hitler gesagt hat, als er sich für den Anschluss des Sudetenlandes aussprach? ›Die Vorstellung ist unerträglich‹, sagte er, ›dass ein Großteil unseres Volkes der Bedrohung durch die demokratischen Horden ausgesetzt ist.‹ Herr Hitler hat auch keine Geduld mit der Demokratie, genau wie unser Genosse Lenin.«

»Die Tschechoslowaken sind *nicht* sein Volk«, sagte Oleg mit finsterem Blick. »Und Herr Hitler, wie du ihn so ehrerbietig nennst, lässt gerade seine Truppen entlang der Maginotlinie Stellung beziehen. Nach Österreich und der Tschechoslowakei, was folgt da wohl als Nächstes?«

»Frankreich«, rief Saika fröhlich. »Belgien, Holland. Spanien wird bald von Franco übernommen. Er wird diesen dummen Bürgerkrieg gegen die kommunistischen Splittergruppen gewinnen.«

»Ah, ein in sich gespaltenes Haus«, sagte Tatiana.

Saika zuckte die Achseln. »Den Ausdruck kenne ich nicht«, sagte sie, »aber er trifft wohl zu. Spanien gehört Franco. Italien ist schon in deutscher Hand. Also kommt Frankreich als Nächstes dran.«

»Glaubst du, England wird für *Frankreich* in den Krieg ziehen?«, fragte Oleg sarkastisch.

Saika lachte. »Für Frankreich bestimmt nicht«, sagte sie.

»Genau. Frankreich wird fallen. Und dann?«

»Und dann was?«, fragte Saika mit gütigem Lächeln.

»Wird Hitler seine Gebietserweiterung nach *Westen* fortsetzen?«, fragte Oleg. »Oder meinst du nicht, dass er sich nach Osten wenden wird? Der Sowjetunion zu?«

»Ach, vielleicht wendet er sich nach Osten«, sagte Saika und hockte sich zu Oleg, der vorsichtig von ihr wegrutschte. »Und wenn schon.«

»Wenn er seine Truppen entlang der ukrainischen und weißrussischen Grenzen mobilisiert, sagst du dann immer noch, und wenn schon?«

»Allerdings werde ich das«, sagte Saika. »Er wird nicht einen Fuß in die Sowjetunion setzen. Er fürchtet sich vor der Roten

Armee. Also, wen kümmert es, was in der übrigen Welt vor sich geht?«

»Mich kümmert es«, sagte Oleg und blickte zu Tatiana. »Mich kümmert es, dass Mussolini Juden aus hohen Regierungspositionen entlässt. Mich kümmert es, dass die Briten ihr Versprechen nicht halten, den Juden zu einem eigenen Staat zu verhelfen. Mich kümmert es, dass Anthony Eden wegen Chamberlains Charakterschwäche, wie er sagt, zurückgetreten ist.«

»Chamberlain ist nicht charakterschwach«, erwiderte Saika. »Es kümmert ihn nur nicht. Genauso wenig wie mich. Er will, dass die britischen Jungs ihren Müttern zuliebe am Leben bleiben. Er hat Verdun erlebt: eine Million junger Männer sinnlos verloren. Er will keinen Krieg mehr führen. Willst du das etwa? Willst du nicht deiner Mutter zuliebe am Leben bleiben, Oleg?«

»Olegs Mutter ist letztes Jahr gestorben«, sagte Tatiana von hinten.

»Das erklärt alles.« Saika stand auf. »Komm, Oleg. Wirf die Last von deinen Schultern und geh mit uns schwimmen. Glaubst du, die Generäle werden sich anders verhalten, weil du dir Sorgen machst?«

»Ich werde nirgendwo hingehen«, sagte Oleg. »Ich kann keinem sinnlosen Vergnügen nachgehen, wenn die Welt im Chaos versinkt. Wenn die Zukunft der Welt auf dem Spiel steht.«

Tatiana zog Saika fort. Als sie zurück zum Flussufer gingen, sagte Tatiana mit anerkennendem Pfeifen: »Woher weißt du so viel?«

Saika beugte sich zu ihr und sagte: »Ich mache es mir zur Aufgabe, alles zu wissen, Tania.«

Warum lief Tatiana an einem heißen Tag ein kalter Schauer über den Rücken, als sie das hörte?

Der schnellste Schwimmer siegt

Der träge Tag verstrich mit der Suche nach Hornissennestern, mit Fadenspielen, zwei Fußballspielen und einem Sturz von einem Baum. Es gab eine Lesung mit Gedichten von Alexander

Blok *(»Zum letzten Mal, besinnt euch dort im Westen und kommt«)*, man hielt ein Schläfchen. Blaubeeren wurden gegessen, im Wald ein Kriegsspiel veranstaltet, und dann wurde es Spätnachmittag. Die Jungen machten Armdrücken, während die Mädchen einander Zöpfe flochten. Die Jungen angelten – mit selbst gemachten Stöcken statt Angelruten. Zwischen Oleg und Saika entfachte sich noch eine hitzige Diskussion darüber, ob eine Planwirtschaft – wie im Falle des deutschen Nationalsozialismus und des sowjetischen Kommunismus – in Friedenszeiten genauso Erfolg versprechend sei wie in Zeiten des Krieges. (Saika hegte keine Zweifel an der Möglichkeit, ja der Wahrscheinlichkeit des Erfolges.)

Und Pascha sagte: »Los, Tania, machen wir ein Wettschwimmen.«

»Keine Lust.« Tatiana saß im Schneidersitz auf dem Boden und spielte ein Fadenspiel mit Natascha.

»Kann Tatiana denn überhaupt schwimmen?«, stichelte Saika und ließ von Oleg ab.

Tatiana wollte sich nicht erklären. Sie hatte keinen Badeanzug dabei und keine Lust, vor Saika in Unterhose und Unterhemd zu schwimmen, was ironisch war angesichts der Tatsache, dass sie bisher nie gezögert hatte, in diesem Aufzug vor Anton, Mischa oder Oleg ins Wasser zu gehen.

Doch Pascha drängte sie, Saika drängte sie, und Mischa, der heute nicht an ihren Sieg glaubte, drängte sie, und dann lachten sie alle leise, bis auf Saika, die in schallendes Gelächter ausbrach. Also legte Tatiana, die keine Herausforderung ihres Bruders scheute, ihre Kleider bis auf die Unterwäsche ab. War es nur Einbildung oder grinste Saika süffisant? Die Nachmittagsflut erfüllte die Luft mit dem Geruch des frischen Flusswassers und der sich neigenden, nassen weißen Kirschblüten. Die Sonne stand hoch und schien zurückhaltend vom Himmel.

Tatiana und Pascha stiegen die Böschung hinunter ans Ufer der Luga. Ziel war es, sich beim Startschuss mit voller Wucht in den Fluss zu werfen und dann die fünfzig Meter zur anderen Seite zurückzulegen.

Anschließend schwamm man um die Wette zurück.

Tatiana salutierte Pascha, während sie vor dem Fluss standen. »Wir treffen uns auf der anderen Seite, Bruder«, sagte sie.

Er salutierte ihr. »Ja, ich werde mich umdrehen und dich noch immer dort stehen sehen.«

»Einszweidrei!«

Pascha, oh Pascha, klein, kräftig, schnell und von albernem Konkurrenzdenken getrieben, versuchte wieder einmal, seine kleine, schwächere Schwester herauszufordern. Tatiana war im Vergleich zu ihm keine außergewöhnlich gute Läuferin oder Schwimmerin. Ihre Beine waren nicht so muskulös, sie hatte schlanke, mädchenhafte Schenkel. Sie war ein zierliches, mageres Fohlen.

Sie rannten, tauchten freudig ins Wasser und dann schwammen sie so schnell sie konnten: im Brust- und im Kraulstil. Jetzt am Nachmittag war die Strömung stark. Der Fluss war fast auf volle Höhe angeschwollen, die Flut war gewaltig.

Pascha erreichte als Erster die Zwanzig-Meter-Marke. Aber Tatiana, die nur ein paar Meter hinter ihm war, zeigte keine Schwäche und rief: »Denk ans Atmen, Pascha.«

»Denk du ans Verlieren, Tania«, rief er zurück und gewann noch einen halben Meter. Doch an der Dreißig-Meter-Marke schrumpfte sein Vorsprung allmählich. Tatiana erhöhte nicht einmal das Tempo. Sie versuchte kein Wasser zu schlucken und schwamm beharrlich weiter. Pascha wurde immer langsamer. Seine Beine schlugen knapp vor Tatianas Kopf ins Wasser und spritzten es ihr ins Gesicht. Absichtlich, das wusste sie. An der Fünfundvierzig-Meter-Marke holte sie tief Luft und schob sich an Pascha vorbei. Sie bekam Boden unter den Füßen und zog sich ans Ufer. Jubelnd hüpfte sie auf und ab, tropfend, keuchend, atemlos. Ihr nasses Haar klebte an ihrem strahlenden Gesicht.

Paschas Jubel hielt sich in Grenzen. »Du kannst dir gar nicht vorstellen, wie du mir auf den Geist gehst«, sagte er ruhig und schüttelte sich.

»Spricht der Besiegte.« Tatiana sprang auf ihn und beide fielen ins Wasser. Lachend sagte Pascha: »Geh weg von mir. Ich bekomme keine Luft mehr.«

Sie ließ von ihm ab. »Schwimmen wir um die Wette zurück?«

»Vergiss es.«

»Aber das nächste Mal tun wir es, Pascha.«

»Genau. Das nächste Mal, Tania.«

Sie schwammen langsam auf dem Rücken nur mit Beinschlag zurück. Tatiana blickte hinauf zu dem wolkenlosen Himmel und der fernen, fahlen Junisonne. Sie griff zur Seite nach Paschas Hand.

»Was?«

»Nichts.« Sie wollte loslassen. Doch er ließ nicht los.

Ihre Freunde standen in einer Traube am Kiesstrand versammelt. Saika sagte: »Na gut, Tania. Jetzt schwimme ich mit dir um die Wette.«

»Ja, Tania«, sagte Oleg. »Mach schon. Mädchenkrieg. So ähnlich wie Belgien gegen Frankreich. Das will sogar ich sehen. Natascha hier lässt sich nie auf ein Wettschwimmen ein.«

»Ich bin eine Leseratte, keine Wasserratte«, sagte Natascha stolz und umklammerte ihren Gogol *(Die toten Seelen)*. »Außerdem kann kein Mädchen Tania besiegen.«

»Das werden wir ja sehen.« Wortlos warf Saika ihr Kleid ab. Den BH. Die Unterhose. Und dann stand sie nackt vor ihnen.

Die Kinder unterbrachen ihr Spiel einen Augenblick. Selbst Natascha sah von Kollegienrat Tschitschikow und seinen gekauften Seelen der verstorbenen Leibeigenen auf. Tatiana wandte rasch den Blick ab, jedoch nicht ohne Saikas gut entwickelten Körper bemerkt zu haben: die leicht hängenden Brüste, die dunklen Brustwarzen, den markanten Hügel dicker schwarzer Haare, die ausladenden Hüften. Sie hatte Haare unter den Armen. Tatiana dachte gerade, dass Saika mit fünfzehn fast so weit entwickelt war wie Dascha mit einundzwanzig, als Saika sich umdrehte und zum Fluss ging. Den Jungen und Mädchen gingen die Augen über.

Saikas Rücken war entstellt von wulstigen, gewundenen, dicken weißen Narben, die wie Seile von den Schulterblättern zum Kreuz im Zickzack über ihren Rücken liefen.

Tatianas rascher Atem musste sie verraten haben. Denn Saika blieb stehen und drehte sich um. »Was?«

Schließlich brach Pascha das nervöse Schweigen der Kinder: »Was ist mit deinem Rücken passiert, Saika?«

»Ach das. Nichts.«

»Da hast du dir wohl etwas Schlimmes geleistet«, sagte Oleg.

»Habe ich wohl. Tania, willst du nur dastehen und gaffen oder mit mir um die Wette schwimmen?«

Tatiana warf ihrem Bruder einen besorgten Blick zu, bevor sie hinunter zur Startlinie am Ufer ging. Sie verschwendete keinen Gedanken mehr an ihr Unterhemd oder ihre Zierlichkeit. Um die Wette zu schwimmen hatte auf einmal etwas Anstößiges. »Saika, vielleicht verschieben wir das auf einen anderen Tag.«

»Warum? An einem anderen Tag ist mein Rücken genauso vernarbt.« In ihrer Stimme schwang keine Gefühlsregung mit.

Tatiana blickte sich nach Pascha, Anton, Oleg, Natascha, Mischa, Kirill und Wolodja um. Keiner wusste, was er sagen sollte. Sie waren verlegen und fühlten sich unbehaglich. Tatiana runzelte die Stirn.

»Wenn du allerdings nicht bereit bist ...«, sagte Saika gedehnt.

»Nein, nein«, sagte Tatiana, »ich bin immer bereit. Auf drei also?«

»Auf drei.«

Bevor Tatiana jedoch »drei« sagen konnte, bei zweieinhalb also, rannte Saika schon ins Wasser, ein Berg aus hüpfendem Fleisch und wehendem Haar.

Tatiana sprintete los und tauchte mit einem Kopfsprung in den Fluss. Sie flog regelrecht an Saika vorbei, die sofort stehen blieb und rief: »Warte, das ist nicht fair.«

Tatiana stoppte widerwillig.

»Ich wusste nicht, dass man auch so hineinspringen kann.«

»Ich wusste nicht, dass *auf* drei kurz *zweieinhalb* bedeutet«, erwiderte Tatiana und schwamm zurück ans Ufer. »Und du hast keine Beschwerde von mir gehört.«

»Nun, du hättest dich beschweren sollen, wenn es dir nicht gepasst hat.«

»Es spielte keine Rolle.«

»Es ist nicht fair«, wiederholte Saika und rieb sich ihre nassen Brüste.

»In Ordnung«, sagte Tatiana. »Machen wir es noch einmal.«

Diesmal starteten sie fast bei drei und Tatiana verzichtete auf den Hechtsprung.

Saika war kräftig und schnell. Aber sie war auch schwerer als Tatiana, und ihr Körper zog sie offenbar nach unten. Tatiana musste an der Zwanzig-Meter-Marke das Tempo drosseln und an der Dreißig-Meter-Marke wieder, und als sie die Vierzig-Meter-Marke erreichten, schwamm Tatiana so langsam, dass sie glaubte, sie könne schneller auf dem Rücken treiben, als Saika vorankam. Saikas Arme schlugen spritzend ins Wasser, sie rang nach Luft, keuchte, schnaufte. Tatiana hörte auf, die Arme zu bewegen. Dann begann sie, wie ein Hund zu paddeln, und bewegte auch die Beine nicht mehr. Ihre Atmung lag drei Pulsschläge über dem Normalbereich. Schließlich ließ sie Saika den Vorrang. Das Mädchen wankte ans Ufer und brach keuchend zusammen. »Das war ein schwerer Sieg.« Saika hustete. »Aber ein gutes Rennen.«

Tatiana war immer noch im Fluss. Sie tauchte den Kopf nach hinten, sodass das Wasser ihre Haare zurückstrich. Dann kam sie heraus und setzte sich neben Saika.

Saika sagte: »Du warst wirklich gut für so ein kleines Ding.« Sie bekam kaum Luft.

»Danke«, sagte Tatiana ruhig.

»Wenn du so weit bist, schwimmen wir zurück.«

»Wie wäre es jetzt gleich?«

»Warten wir noch eine Minute.« Saika keuchte immer noch.

Sie brauchten lange für den Rückweg. Saika konnte kaum die Beine bewegen und trieb dauernd mit der Strömung flussabwärts.

»Saika, wenn du nicht aufpasst, landest du im Baltischen Meer«, sagte Tatiana. »Schau, wie weit wir von den anderen abgetrieben sind. Schwimm ein bisschen schneller.«

Saika konnte kein bisschen schneller schwimmen.

Als sie endlich wieder den Kiesstrand betraten, war Paschas erste Reaktion: »Tania, was war los mit dir bei diesem Rennen? Du hast ausgesehen, als würdest du da draußen absaufen.«

Saika fuhr herum und warf Tatiana einen dunklen, eisigen Blick zu. Der teuflische Ausdruck verschwand rasch aus Saikas Gesicht, doch er hielt sich in Tatianas Erinnerung.

»Zieh deine Kleider an, Saika«, sagte sie und wandte sich von ihr ab. »Ich muss nach Hause.«

Wissenswertes über Tatiana

Als sie vom Fluss nach Hause gingen, nass, hungrig und müde wie sie waren, begegneten sie einer Schar lang gewandeter, Bibeln tragender Greisinnen. Beim Anblick Tatianas hellten sich die Mienen der Frauen auf. Tatiana lächelte, seufzte leise und verbarg sich hinter Pascha.

»Was ist los?«, fragte Saika. Doch bevor sie etwas hinzufügen konnte, waren die Frauen um sie herum. Sie zogen Tatiana hinter Pascha hervor, berührten sie überall mit runzeligen Fingern, streichelten ihr Haar, bekreuzigten ihre Stirn, küssten ihre Hände.

»Taneschka«, gurrten sie, »wie geht es unserem Liebling heute Abend?«

»Eurem Liebling geht es gut«, antwortete Pascha an Tatianas statt und zog sie rasch weg.

Tatiana stellte Saika vor. Die Frauen nickten, gaben dem Mädchen aber nicht die Hand, noch bot Saika ihre an. Unbeholfen standen sie beieinander. Tatiana blieb inmitten der Herde, inmitten der bauschigen Röcke.

Pascha erklärte Saika, dass er und Tania 1924 von diesen Frauen getauft worden seien.

»Taufen ist so provinziell, meine Damen«, sagte Saika zu den Frauen. »Unsere neuen Gesetze von 1929 besagen eindeutig: keine religiöse Unterweisung der Kleinkinder, bis sie mündig sind. Ziehen Sie etwa immer noch umher und taufen Kinder, die nicht für sich selbst entscheiden können?« Alle verstummten. »Tun Sie das?«, drängte Saika die Frauen, deren Sprachlosigkeit sie nicht abschreckte.

»Nein, nicht mehr«, antwortete eine von ihnen.

Nach einem Augenblick ungebührlichen Schweigens fragte Tatiana: »Bist du getauft, Saika?«

»Nein«, sagte Saika. »Ich bin keine Anhängerin des Christuskults. Meine Vorfahren waren sogenannte Jesiden. Bei uns gab es keine Taufe.«

Den Frauen stand der Mund offen. »Nicht die Jesiden!«

»Ah, die Dorffrauen kennen sich aus«, sagte Saika. »Tja, aber eigentlich habe ich damit nichts mehr zu tun, meine Damen. Ich bin jetzt Pionierin.«

»Gehörst du zur Union der militanten Atheisten?« Pascha grinste. »Oder bist du Mitglied der Gesellschaft der gottlosen Jugend?«

»Nein, aber mit achtzehn werde ich Komsomolzin – ein aktives, modernes, freidenkerisches Mitglied der neuen Welt.«

Tatiana verspürte eine unbändige Neugier. Sie löste sich aus der Gruppe und rief nach Saika, die die alten Frauen mit einem Blick niederzwang, bevor sie sich wieder den Metanows anschloss. Mit ihren ausgetretenen braunen Sandalen kickte Saika Steinchen aus dem Weg, während sie schweigend die Schotterstraße entlanggingen. »Was hat das zu bedeuten, Tania?«, fragte sie. »Warum haben die Alten so einen Narren an dir gefressen? Diese Berta heute Morgen konnte ihre Hände nicht von dir lassen. Warum?«

»Erzähl es ihr, Tania.«

»Pascha, sei still.«

»Sämtliche alten Leute in Luga glauben mittlerweile, dass Tania sie vor dem Tod retten kann.«

»Pascha, halt den Mund!«

Doch Pascha ließ sich nicht beirren. »Vor sieben Jahren hat es in einer der Hütten gebrannt. Blanca Dawidowna, die älteste Dorfbewohnerin, hielt sich allein darin auf. Ihre Tochter Berta, die heute Morgen vor deinen Augen Tania befingert hat, war zu der Zeit gerade in Leningrad. Tania ist in das Haus hineingerannt und hat Blanca herausgeholt, während die Hütte bis auf den Grund niederbrannte. Als unsere Mutter davon erfuhr, hätte sie Tania natürlich fast umgebracht, weil sie ins Feuer gegangen ist.« Pascha lachte. »Das wäre ironisch gewesen, oder, Taneschka?« Er beugte sich zu seiner Schwester hinüber und kitzelte ihren noch feuchten Nacken.

»Pascha, würdest du bitte damit aufhören«, sagte Tatiana mit strenger Stimme.

»Wie hast du sie herausgeholt, Tania?«, fragte Saika.
»Ich kann mich nicht daran erinnern. Ich war kaum sieben.«
»Warum bist du überhaupt hineingegangen?«
»Ich weiß nicht. Ich dachte, ich hätte sie rufen hören.«
»Ja, von der anderen Dorfseite aus.« Pascha lachte. »Du solltest hören, wie Blanca Dawidowna die Geschichte erzählt.« Ein Glanz legte sich auf Paschas Augen, während er die alte Frau nachäffte: »›Oh, unsere Taaaneschka. Sie hat einfach, ich sage es euch, meine Hand genommen und mich aus meinem brennenden Haus herausgeführt.‹ Wenn dir diese alten Frauen schlimm vorkamen, dann warte, bis du erst Blanca mit Tania siehst.«
»Pascha, ich schwöre, wenn du nicht sofort aufhörst …«
Dass Saika von dem Vorfall erfuhr, war Tatiana gar nicht recht. Ihr rätselhaftes, allzu mutiges Verhalten als Siebenjährige, als sie einfach in das in Flammen stehende Haus gelaufen war, hatte sogar sie im Nachhinein befremdet, wenn man bedachte, wie leicht ihr sonst alle möglichen Naturgewalten Angst einjagten. Sie mochte nicht darüber sprechen, sie mochte nicht darüber nachdenken und ganz gewiss mochte sie den Blick nicht, mit dem Saika sie fortwährend anstarrte. Tatiana wollte keinesfalls, dass Saika über etwas Bescheid wusste, das Tatiana nicht verstehen konnte, das selbst für sie unerklärbar war.

Wissenswertes über Saika

Als sie an diesem Abend in ihrem kleinen, von Unkraut überwucherten Garten in der Hängematte lagen, spielte Saika ihnen etwas auf der Laute vor. Pascha verschlug es die Sprache. Saika war ein Mädchen mit vielen Talenten, wie Tatiana feststellte. Sie hielt und beherrschte die dreisaitige Panduri, als wäre sie dafür geschaffen worden. Ihr Repertoire umfasste georgische Nationallieder, von denen sie noch nie gehört hatten, viele aserbaidschanische Melodien und ein paar sowjetische Kriegsmärsche.
»Sehr schön, Saika«, sagte Pascha und stieß einen anerkennenden Pfiff aus. »Wirklich sehr schön.«

Saika lachte kokett. Tatiana warf Pascha einen Blick zu. War es möglich, dass ihr Bruder noch immer in sie vernarrt war? In ein übel riechendes Mädchen, das nicht schwimmen konnte und solch schlimme Male auf dem Rücken hatte? Nein, entschied sie. Er machte keinen sehr verliebten Eindruck mehr.

»Du spielst wirklich gut, Saika«, sagte Tatiana.

»Und mit meinem Spiel dringe ich in die Herzen der Menschen vor«, sagte Saika. »In Saki habe ich mir mit der Laute recht viel Taschengeld verdient.«

Tatiana baumelte mit den Füßen und lauschte den Grillen, als Saika, die ebenfalls in der Hängematte schaukelte, plötzlich sagte: »Meine Mutter ist Wahrsagerin.«

»Sie ist was?«

»Ihr wisst schon, eine Frau, die die Zukunft vorhersagt. Gibt es hier in Luga etwa keine? Ich dachte, jedes Dorf hätte eine. Das sei so vorgeschrieben.«

Pascha und Tatiana sagten nichts. Blanca Dawidowna, die tiefreligiös war, las, ganz in dem Glauben zu sündigen, gelegentlich noch aus Hand und Teeblättern. Zählte das?

Saika sprang aus der Hängematte. »Kommt mit zu mir«, sagte sie. »Meine Mutter ist die beste. Sie sagt euch die Zukunft voraus.«

Tatiana schüttelte den Kopf. »Es ist schon spät, Saika«, sagte sie. »Vielleicht ein andermal.«

»Nein. Kommt jetzt. Wovor habt ihr Angst? Pascha, lässt du dich von der Angst deiner Schwester anstecken?«

Pascha, der keiner Herausforderung widerstehen konnte, zerrte Tatiana hinter sich her. Seine Neugier war groß. Tatiana beugte sich zu ihm hinüber und flüsterte: »Wenn du lesen könntest, würde dir jetzt die Geschichte von Blaubart einfallen. In blinder Neugier, mein lieber Pascha, liegt oft die ganze Schuld begraben.«

»Ja, nun, wenn ich eine naive Jungfrau wäre, würde ich mir deshalb auch Sorgen machen«, flüsterte er zurück.

»Pascha, merkst du nicht, wie sie riecht?«

»Wovon sprichst du?«

»Sie riecht so säuerlich. Willst du dir nicht jedes Mal, wenn du in ihre Nähe kommst, am liebsten die Nase zuhalten?«

»Tania, du bist verrückt geworden. Sie riecht ganz normal. Jetzt sei ruhig.«

In Saikas Haus war ihre Mutter Shavtala nirgends zu finden. Die Türen zu den Kinderzimmern und dem Schlafzimmer der Eltern waren geschlossen. Die Kinder setzten sich in dem dunklen, stark verraucht riechenden Wohnzimmer auf das Sofa und warteten. »Sie kommt jede Minute heraus«, sagte Saika. »Ah, du schaust dir unsere Bücher an, Tania. Was liest du denn so?«

»Alles Mögliche.« Bei den Kantorows standen eigenartige Gegenstände auf den Regalen. Tatianas Blick blieb auf dem großen Pfauenbild über dem Kamin haften.

»Dir gefallen unsere Bücher nicht?« Saika zuckte die Achseln. »Na ja, Dickens und Dumas, die du so schätzt, schreiben nichts, was mich interessiert. Ich mag Gorki. Ich mag Majakowski. Und Blok.«

»Ja, das sehe ich«, sagte Tatiana und wandte zögernd den Blick von dem leuchtend bunten Vogel ab. »Gorki ist tot. Majakowski ist tot. Blok ist tot. Was ist mit Ossip Mandelstam? Magst du den? Er ist der Beste, den wir haben. Und er lebt – noch.«

»Wer?«

Eines der Flügelfenster stand offen und Tatiana hörte das Zirpen der Grillen, das Rauschen der Blätter – und durch die Luft, über die Grillen und Blätter hinweg, einen heulenden Schrei.

Sie sah Pascha an.

Saika sagte rasch: »Erzähl mir von Mandelstam.«

Tatiana senkte die Stimme: »Wo ist Mandelstam eigentlich? Offiziell heißt es, er sei an Lungenentzündung erkrankt und liege im Sterben. Doch laut meinem Deda werden sie bald behaupten, er habe wegen künstlerischer Qualen Selbstmord begangen.« Tatiana sprach den Namen Deda mit Ehrfurcht aus.

Saikas Augen funkelten. »Das also sagt dein Großvater. Und wer sind *sie?*«

Das Heulen ging weiter.

Tatiana war verwirrt. »Saika ...«, sagte sie.

»Tania, leise.« Das war Pascha.

»Ich dachte, dein Großvater ist Mathematiklehrer«, sagte Saika, »kein Gerüchtemacher.«

Die durchdringenden Schreie erschwerten es Tatiana zusehends, ein normales Gespräch zu führen. »Du lieber Himmel«, rief sie schließlich. »Was *ist* das? Kommt das aus *diesem* Haus?«

Pascha starrte auf den ungewischten Boden.

»Ich weiß nicht«, sagte Saika ruhig. »Schau, jetzt hat es aufgehört. Aber sag mal, was weiß dein Großvater eigentlich über den Verräter Mandelstam?«

»Wer sagt, dass er ein Verräter ist?« Tatiana hatte die Stimme gesenkt. »All die herrlichen Gedichte, die er zur Zeit der Revolution und später im Exil verfasst hat. Alle verschwunden, ausgemerzt. Und er wurde ebenso ausgemerzt. Als hätte er nie existiert.« Fast flüsternd sagte sie: *»Es kann sein, dass vor den Lippen schon das Flüstern war.«*

»Das macht man so mit Staatsfeinden«, sagte Saika. »Sie ausmerzen, als hätten sie nie existiert. Nicht einmal ein Flüstern bleibt übrig. Gar nichts.«

»Der Dichter Mandelstam ist ein Staatsfeind?«, fragte Tatiana überrascht.

»Natürlich«, sagte Saika. »Er ist ein Mann, der mehr an das eigene Selbst glaubt als an den Staat. Das Selbst ist tot. Die Schriftstellervereinigung hat ihm, wie jedem anderen auch, ausdrücklich zu verstehen gegeben: nur sozialistischer Realismus. Keine persönliche Dichtung. Er hat sich direkt gegen die Vorschriften und Gesetze der Doktrin aufgelehnt. Deshalb wurde er zum Staatsfeind.«

Tatiana schwieg. »Saika«, sagte sie schließlich, »ich dachte, du wüsstest nicht, wer Mandelstam ist.«

Und wie beiläufig sagte Saika: »Ach, ein paar Dinge weiß ich schon über ihn.«

»Ja«, sagte Tatiana, »für die Tochter eines Ziegenhirten, für jemanden, der in den Bergen gelebt und weder Bücher noch Zeitungen gelesen hat, weißt du auf jeden Fall eine Menge über … eine Menge Dinge.« In Tatianas Ton hörte man den flatternden Flügelschlag eines verwirrten Spatzen, in Saikas Antwort hingegen schwang ein verächtlicher Hauch Pfauenstolz mit.

»Ich habe es dir bereits gesagt, Tania. Ich mache es mir zur Aufgabe, alles zu wissen. Deshalb will ich auch, dass meine Mutter dir die Zukunft vorhersagt.«

Die schrillen, unmenschlichen Schreie setzten erneut ein.

Pascha sprang auf. »Ich glaube, wir müssen gehen.«

»Nein, bleibt«, sagte Saika. »Sie kommt heraus.«

»Nein. Komm schon, Tania.« Pascha packte Tatianas Hand und zog sie hoch.

»Saika, was ist das für ein Geräusch?«, fragte Tatiana. »Bei diesen tierischen Schreien wachen selbst die Toten auf. Bitte sag, dass das nicht deine Mutter ist.«

»Komm jetzt, Tania.«

»Pascha hat recht«, sagte Saika, während sie unbewegt auf der Couch saß. »Du solltest jetzt lieber gehen.«

Pascha zerrte Tatiana am Arm. Doch sie war beunruhigt, besorgt. Sie starrte auf die geschlossenen Türen, die geöffneten Fenster. »Nein ... es kommt eher von ... draußen. Es klingt wie ... Katzenmusik.«

»Dann müssen es wohl Katzen sein«, sagte Saika. »Oder Kojoten.«

»Kojoten«, wiederholte Tatiana argwöhnisch. »Wilde, fleischfressende Hunde? In Luga?« Sie wandte sich ihrem Bruder zu. »Gibt es Wölfe in Luga, Pascha?«

»Ich *weiß* es nicht.« Pascha ging zielstrebig auf die Haustür zu und zog Tatiana hinter sich her. »Du mit deinen ständigen Fragen. Wird das je aufhören?«

»Ein anderes Mal dann«, rief Saika ihnen nach. »Meine Mutter sagt euch ein anderes Mal die Zukunft voraus.«

Sie standen draußen in der Nachtluft. Dort war es kein bisschen besser. Die schrillen Schreie kamen tatsächlich aus dem Kantorow-Haus und sie waren messerscharf. Über die unkrautbewachsenen Gärten, den kaputten Zaun und das wild wuchernde Gras hinweg lugten Dascha und Babuschka aus ihrer kleinen Sommerdatscha. Sie murmelten ein paar Schimpfworte und schlossen dann sämtliche Fenster, an deren Scheiben krustige Ablagerungen hingen. Als Tatiana und Pascha das Häuschen betraten, hatte der kleine, gedrungene Deda, dessen Haut noch immer glatt war und gläsern schimmerte, das grau melierte, füllige Haupt über seine verworrenen Angelschnüre gebeugt. Er saß ruhig auf der geschützten Veranda und man hätte meinen können, er sei taub.

Babuschka war nicht taub. Sie war größer als er, grau und gebieterisch. Nachdem sie alle Fenster geschlossen hatten, murmelte sie fortwährend: »Unerhört. Einfach unerhört«, etwas anderes fiel ihr nicht ein. Sie stellte das kleine Radio an, drehte es laut auf. Doch sie empfingen nur Rauschen.

Keiner wusste etwas zu sagen. Außer Deda, der mit seinen Angelschnüren beschäftigt war, warf jeder nervöse Blicke auf Tatiana.

»Gibt es in dieser Gegend Ebereschen?«, fragte Babuschka. »Einem Volksglauben nach sollen sie böse Geister vertreiben.«

»Anna!« Das war Deda, der auf ganz untypische Weise die Stimme gegen Babuschka hob. »Hast du denn nichts, rein gar nichts anderes zu tun, als dich um Ebereschen zu kümmern?«

Tatiana lachte.

Später am Abend, als Babuschka und Deda schon lange im Bett lagen, saßen Dascha, Pascha und Tatiana auf der kleinen Veranda um die Kerosinlampe herum und sprachen über Saika und ihre Narben. »Sie hat sich vor euch allen splitternackt ausgezogen?«, fragte Dascha ungläubig. »Morgen werde ich ihr sagen, dass sie das lassen soll. Oder ich schwöre, dass ich es ihrer Mutter sage.«

Pascha musste husten. Und auch Dascha hustete.

Tatiana lächelte. »Ihrer Mutter, der, hm, laut schreienden Wahrsagerin?«

Oh, wie ihr Bruder und ihre Schwester doch auffällig husteten.

»Komm schon, Tania, hast du kein bisschen Interesse an einer echten Wahrsagerin?«, fragte Pascha und lenkte das Gespräch in eine etwas andere Richtung. »Das ist doch aufregend, oder nicht? Jemand, der auf unergründliche Weise deine Zukunft sehen kann, den Weg, den dein Leben nehmen wird. So jemandem sind wir noch nie begegnet. Blanca Dawidowna und ihre Teeblätter zählen nicht. Bist du gar nicht neugierig?«

»Nein«, antwortete Tatiana. »Nicht im Geringsten.« Sie saß auf dem Boden zwischen Daschas Beinen und sah Pascha beim Kartenmischen zu. Dascha knetete, teilte und flocht ihr Haar, streichelte ihren Kopf und knüpfte Satinbänder in die weißgoldenen Daunenfedern. Während die Hände ihrer Schwester über ihren Kopf strichen, schloss Tatiana die Augen. Es war spät, ihr Bruder und ihre Schwester waren bei ihr und sie fühlte sich schläfrig.

»Warum nicht?«, fragte Pascha.

»Ja, Tania«, sagte Dascha. »Sogar mich interessiert, was sie zu sagen hat.«

Gelöst murmelte Tatiana: »Hütet euch vor falschen Propheten, die im Schafspelz zu euch kommen, denn innen drin stecken reißende Wölfe ...« Belustigt von ihrem Scherz in Anspielung auf die komische Nachbarsfamilie musste Tatiana lachen.

Pascha und Dascha blieben ernst. »Wer sagt, dass sie ein falscher Prophet ist?«, fragte Dascha. »Woher hast du das?«

»Von Blanca Dawidowna.«

»Hast du sonst noch irgendwelche Fragen, Tania?«, sagte Pascha und stieß wieder dieses sonderbare Husten aus, als steckte ihm eine Fischgräte in der Kehle. »An mich oder vielleicht an Dascha?«

»Nun, wenn ihr zwei Schlauberger die Antworten schon kennt«, sagte Tatiana belustigt und zwinkerte ihm liebevoll zu, »warum lauft ihr dann überhaupt zu der laut schreienden Wahrsagerin?«

Ein verhängnisvoller Besuch

Am Freitagabend kam Mama über das Wochenende aus Leningrad. Doch sie war nicht allein. Mama brachte Mark mit. Mark, den Zahnarzt, für den Dascha arbeitete.

Als Tatiana sie durch ihr Fenster die staubige Straße entlangkommen sah, sprang sie aus dem Bett und lief zu der Veranda auf der anderen Seite des Hauses. Sie schüttelte ihre Schwester, die dort gerade Zeitung las, und zischte: »Mama hat Mark mitgebracht, Dascha. Mark!« Was für ein Durcheinander. Daschas entsetztes Gesicht erweckte den Anschein, als wüsste Tatiana nicht einmal die Hälfte. Vielleicht stimmte das auch. Sie wusste aber wohl, dass Dascha sich in der letzten Woche, nach all den lästigen Pflichten, der Hausarbeit, dem Abendessen und Putzen, zurechtgemacht, hübsch angezogen und lange Spaziergänge mit Stefan in den Wald unternommen hatte.

Mark kam herein, er trug einen Anzug, ein Mann in den Dreißigern mit langsam schütter werdendem Haar. Es herrschte peinliche Verwirrung. Dascha krakeelte, blökte, kicherte und bot ihm schließlich eine Tasse Tee an. Babuschka brachte etwas Stärkeres. Deda sagte, wie üblich, nichts.

Sie aßen zu Abend. Das gekünstelte Gespräch verlief stockend. Dascha und Mark hielten einen Plausch über das Wetter, über Leningrad, die weißen Nächte und die Arbeit. Deda und Mark sprachen anschließend über Hitler, Italien, Abessinien und Spanien. Tania war still und Mama wirkte erschöpft. Sie setzte sich neben Pascha und stellte ihm leise Fragen: Wie es ihm ginge? Wie er schliefe? Wie das Angeln liefe? Und wie Tatiana sich benähme?

Um zehn Uhr abends, als es schon viel zu spät für einen Besuch war, hörte Tatiana ein Klopfen an der Haustür. Deda schickte sie los, um zu öffnen. Draußen standen Stefan und Saika.

Von Dascha hörte man ein unterdrücktes Stöhnen.

Tatiana stand ruhig vor ihnen und sagte nichts. Schließlich kam Babuschka zur Tür und sagte: »Tatiana Georgiewna! Was um Himmels willen ist los mit dir? Bitte deine Freunde herein. Kommt herein, bitte.«

Tatiana seufzte und wollte sich neben Dascha setzen, die ein Stück von Mark weggerutscht war. Als Saika und Stefan eintraten, stand Dascha mühsam auf.

Die Arme sah so verdutzt aus, dass Deda einschreiten und Mark mit den neuen Gästen bekannt machen musste. Der ernst dreinblickende Stefan schüttelte dem lächelnden Mark die Hand.

Nachdem Deda eine kurze Weile mit der ihm angeborenen Ruhe dagesessen hatte, sagte er schließlich, dass er zu Bett gehen würde, und zog Babuschka aus dem Zimmer. »Lass die jungen Leute in Ruhe, Anna«, sagte er. »Sie finden schon eine Lösung. Wie immer.«

Tatiana war anderer Ansicht. Sie fragte, ob jemand Domino spielen wolle. Ihre Familie weigerte sich für gewöhnlich, mit ihr Domino zu spielen, aber Mark ließ sich geistesabwesend auf sechs Partien ein. Und verlor sechs Mal. Pascha wollte ihm Trost zusprechen und sagte, dass er nie gewinne, auch dann nicht, wenn er sich das Hirn zermartere.

Das Gespräch verlief weiterhin schleppend. Mark wiederholte andauernd, dass dies ein seltenes freies Wochenende für ihn sei. Und dass Dascha bis auf die Sommermonate in seiner Zahnarztpraxis arbeitete. Vermutlich hatte er bemerkt, wie Stefan Dascha ansah, denn augenblicklich verstummte er. Und dann erstarb die Unterhaltung so richtig. Keine Sekunde zu früh stand Stefan auf und sagte, dass sie jetzt gehen müssten.

Da reichte Saika Dascha ihr Schultertuch und sagte: »Das hast du neulich Abend nach deinem Spaziergang mit Stefan bei uns im Haus vergessen.«

Tatiana legte die Stirn tief in Falten und wandte den Blick ab. Es war eine Katastrophe. Was hatte Saika getan? Tatiana entschuldigte sich und verschwand in ihr Zimmer. Einen Augenblick später klopfte Saika an ihr Fenster und fragte, ob sie sich hinausstehlen wolle. Tatiana lehnte ab.

Nachdem das Licht ausgeschaltet und sie fast eingeschlafen war, hörte sie auf einmal Stimmen im Garten. Erst dachte sie, Saika sei zurückgekommen. Doch es waren Dascha und Mark. Sie versuchte, leise zu sprechen, er war jedoch laut.

Tatiana wollte nicht ein Wort hören. Aber da sie ihr Fenster nicht schließen konnte, ohne auf sich aufmerksam zu machen, legte sie ein Kissen über den Kopf und fing an zu summen. Erst als auch Daschas Stimme lauter wurde, gewannen Neugier und schwesterliches Mitgefühl die Oberhand. Tatiana nahm das Kissen weg und horchte.

»Warum ich hergekommen bin?«, fragte Mark. »Ich kam, weil ich mit dir zusammen sein wollte, Dascha. Und ich dachte, du wolltest das auch.«

»Wir befinden uns in einer Sackgasse«, sagte Dascha. »Ich weiß, dass du glaubst, wir hätten eine ernsthafte Romanze, aber ich erwarte keinesfalls mehr. Ich verlange nicht mehr von dir. Die langen Abendstunden in deiner Praxis in Leningrad sind mir genug. Mir war nicht klar, dass du dachtest, ich sei dir sogar in Luga verpflichtet.«

Tatiana begann wieder zu summen. Mark sagte nichts.

»Das ist es doch, was du willst, oder?«, sagte Dascha. »Dass ich dir fünfzehn Minuten in unserer Mittagspause auf dem Sofa im Wartezimmer gefällig bin, oder zwischen zwei Patienten, bevor du nach Hause zu deiner Frau läufst, während ich mir zu Hause ein Bett mit meiner Schwester teile. Ist da mehr, Mark? Mir war das nämlich nicht klar. Ich dachte, wir würden so ziemlich jeden Tropfen aus diesem trockenen Lumpen wringen, der unsere Beziehung ist.«

Mmmm …

Mark sagte etwas. Es klang wie: »Aber ich liebe dich.«

»Hast du mich auch geliebt, als ich letztes Jahr schwanger wurde?«

Oh, nein. Mmmmmmmmm.

»Was hast du damals doch gleich zu mir gesagt? Wahrscheinlich war es ›Ich liebe dich‹. Aber gehört habe ich: ›Dascha, wir können da absolut nichts tun. Wir können nirgendwohin.‹ Das muss wohl dein ›Ich liebe dich‹ gewesen sein. Mir war klar, dass du recht hattest. Habe ich mich beklagt? Habe ich dich gebeten, mich in die Klinik zu begleiten? Nein. Ich bin allein nach der Arbeit hingegangen und habe mich in die Schlange der anderen Frauen eingereiht. Danach hat mir eine Frau, eine völlig Fremde, nach Hause geholfen und am nächsten Tag bin ich wieder zur Arbeit erschienen. Du und ich haben weitergemacht wie bisher. Oh, und übrigens, ich liebe dich auch, Mark.« Dascha weinte.

Mmmm …

»Ich habe mich mit meinem Leben abgefunden«, sagte Dascha. »Mit einundzwanzig habe ich mich mit meinem Leben abgefunden.« Tatiana konnte nicht laut genug summen, um die erstickte Stimme ihrer Schwester auszublenden. »Aber weißt du was? Mir sind fünf feurige Minuten mit Stefan im Wald lieber als zwei Jahre auf diesem eisig kalten Sofa mit dir.«

»Ich liebe dich. Wirklich, das tu ich«, sagte Mark leise. »Ich kam her, weil ich dir von meinem Plan, meine Frau zu verlassen, erzählen wollte.«

»Du solltest lieber mehr tun, als nur zu überlegen, wie du es ihr sagst, Mark. Du solltest überlegen, wie du sie verlässt.«

»Ich dachte, wir könnten zusammen in der Praxis wohnen, bis der Sowjetrat eine neue Wohnung für uns gefunden hat.«

»In der Praxis? Etwa auf der Couch?« Dascha hielt inne. Sie tauschten ein paar leise Worte, die Tatiana zum Glück nicht verstand. Dann sagte Dascha: »Warum sagst du ihr nicht einfach, dass sie ausziehen soll? Sag ihr, dass sie diejenige ist, die gehen muss, nicht du. Warum soll sie bleiben? Die Wohnung gehört dir. Du bist dort gemeldet. Es ist ihr Problem, wenn sie keinen Platz mehr dort hat.«

Mark sagte etwas, das Tatiana nicht hören konnte. Sie hörte jedoch Daschas darauf folgende Reaktion: »Willst du mich auf den Arm nehmen? Oh, mein Gott. Oh, mein Gott.«

»Sie hat es mir erst letzte Woche erzählt«, sagte Mark rasch. »Ich wusste es nicht. Sie sagt, dass man jetzt gegen das Gesetz verstößt, wenn man es wegmachen lässt.«

»Na, wenn das kein Grund ist, ein Kind zu behalten«, brüllte Dascha.

»Nun, sie sagte, sie *will* es nicht wegmachen lassen.«

»Sie erzählt dir, dass sie ein Kind von dir erwartet, und du stehst hier mit mir unter den Kirschblüten und überlegst, wie du sie am besten verlassen kannst?«

Tatiana hörte ein Kämpfen, Ringen, Schläge, Schritte, Tränen. Dascha sagte: »Du bist wirklich unbezahlbar, Mark. Du bist so verflucht unbezahlbar.« Dann ging sie schluchzend weg.

Mark hatte sich eine Zigarette angezündet. Tatiana hörte ihn trotz des Kissens auf ihrem Kopf. Er trat Zweige aus dem Weg, murmelte vor sich hin und blies den Rauch aus.

Am nächsten Tag brach er im nebeligen Morgengrauen nach Leningrad auf. Niemand bemerkte, dass er wegging, bis auf Tatiana, die zusah, wie er in gebückter Haltung, mit seiner Tasche in der Hand, die Straße hinunterschlurfte. Sie sah ihm nach, bis er außer Sichtweite war und die Kühe mit läutenden Glocken auf die Weide zogen.

Tatiana konnte nicht einmal ihr Buch weiterlesen. Sie lag auf der Seite und bedauerte ihre arme Schwester.

An diesem Samstagabend gingen sie und Dascha nach einem Besuch in der *Banja,* dem öffentlichen Schwitzbad, schweigend nach Hause, gereinigt, gewärmt und mit geröteter Haut. Saika, die nicht mitgegangen war, fragte Tatiana, ob sie herauskommen und spielen wolle, aber Tatiana weigerte sich erneut. Dascha bereitete ihr ein frisches Getränk aus Milch, Eigelb und Zucker zu. Nachdem Tatiana es getrunken hatte, saß sie mit Dascha auf dem Verandasofa und legte den Kopf auf den Schoß ihrer Schwester.

»Daschenka, meine Schwester, Dascha.«

»Ja?« Sie klang so traurig.

Tatiana schluckte. »Willst du eine lustige Geschichte hören?«

»Oh ja, bitte. Ich kann eine lustige Geschichte zur Aufheiterung brauchen. Erzähl schon, Liebes.«

»Stalin tritt als Vorsitzender des Präsidiums vor das Parlament, um eine kurze Rede zu halten. Sie dauert vielleicht fünf Minuten. Nach der Rede gibt es Beifall.

Der ganze versammelte Saal steht auf und klatscht. Eine Minute. Noch eine Minute. Dann noch eine.

Die Männer stehen und klatschen Beifall.

Eine weitere Minute vergeht. Sie klatschen immer noch. Sie stehen und klatschen, während Stalin vor dem Rednerpult ausharrt und mit bescheidenem Lächeln zuhört, der Inbegriff der Demut. Eine weitere Minute vergeht. Und immer noch klatschen sie.

Sie wissen nicht, was sie tun sollen. Sie warten darauf, dass der Vorsitzende ihnen ein Zeichen zum Aufhören gibt. Doch der bescheidene, zwergenhafte Mann gibt kein solches Zeichen. Eine weitere Minute vergeht. Und immer noch stehen sie und klatschen.

Inzwischen sind es elf Minuten. Und niemand weiß weiter. Jemand muss mit dem Klatschen aufhören. Aber wer?

Zwölf Minuten Beifall.

Dreizehn Minuten Beifall. Er harrt aus. Und sie harren aus.

Vierzehn Minuten.

Fünfzehn Minuten.

Nach fünfzehn Minuten hört der Mann ganz vorn, der Verkehrsminister, schließlich auf. Sobald er aufgehört hat, verstummt der gesamte Plenarsaal.

In der folgenden Woche wird der Verkehrsminister wegen Landesverrats erschossen.«

»Tania«, rief Dascha erschrocken. »Soll das lustig sein?«

»Ja«, sagte Tatiana. »Lustig im Sinne von: Freu dich, du könntest es noch schlimmer erwischt haben. Stell dir vor, du wärst der Verkehrsminister.«

»Du bist verrückt.« Dascha schob Tatiana von sich herunter und stand auf, um eine Zigarette zu holen. »Wo um alles in der Welt hörst du so etwas?«

»Von Blanca. Berta. Oleg. Deda. Mir erzählt einfach jeder liebend gern etwas.«

»Ich verbiete dir, mit ihnen zu reden.«

»Wer bist du? Meine Mutter?«

Dascha verstummte und zündete die Zigarette an.

Tatiana tätschelte ihren Arm. »Tut mir leid. Wann fährt Mama eigentlich? Sie hat mich schon wieder bestraft. Ich darf vier Tage das Haus nicht verlassen.«

»Geschieht dir recht. Gräbst Löcher in den Boden, damit sie hineinfällt.«

»Das Loch war nicht für sie bestimmt, sondern für Pascha.«

»Ich habe nicht gesehen, dass Pascha sich für dich eingesetzt hätte, als Mama dich mit den Brennnesseln geschlagen hat.«

Tatiana rieb ihre schmerzenden Beine. »Dascha … bist du wütend?« Sie wusste sonst nichts zu sagen.

»Warum sollte ich wütend sein?« Daschas Stimme klang aufgewühlt.

Tatiana antwortete nicht und betrachtete ihre Schwester.

»Halt dich aus den Angelegenheiten der Erwachsenen heraus«, flüsterte Dascha. »In Ordnung, Taneschka? Wir finden auch ohne dich eine Lösung.«

Tatiana räusperte sich. »Kann ich dich etwas fragen?«

»Was?«

»Glaubst du, dass ich mich bald entwickeln werde? Dass mir … etwas wachsen wird?«

Die Traurigkeit wich aus Daschas Augen und der Schalk kehrte zurück. Dascha kicherte leise und sagte: »Kleines Mädchen, komm mit nach draußen.« Sie gingen die Verandastufen hinunter in den Garten. »Komm mit in die Hängematte«, sagte Dascha, »und leg dich zu mir.«

Tatiana kletterte zu ihrer Schwester und schmiegte sich wohlig in ihre Armbeuge. Dascha schaukelte sie hin und her. »Taneschka«, sagte sie liebevoll, »warum diese Eile?«

»Oh, nein, nein. Du missverstehst mich«, sagte Tatiana. »Genau das Gegenteil ist der Fall. Ich frage mich, wie viele unbekümmerte Jahre mir noch bleiben.«

»Was?«

»Aber ja. Schau dir doch nur den herrlichen Sumpf an, in dem du steckst. Und alles nur, weil du Brüste und schwarze Körperbehaarung hast. Ich frage mich lediglich, wie lange es noch dauert, bis das schöne Leben auch für mich vorbei ist.«

Dascha umarmte ihre Schwester. »Tania«, sagte sie, »du bist ein urkomisches Mädchen.« Sie lachte. »Woher um alles in der Welt sollst du schwarze Körperbehaarung bekommen? Du kannst von Glück sagen, wenn dir überhaupt eine wächst. Aber keinesfalls wird sie schwarz sein, oder?«

»Ich habe schon ein paar Haare«, erwiderte Tatiana trotzig. »Und man weiß nie. Mama hat gesagt, dass sie als junges Mädchen blond war, und schau sie dir jetzt an.«

»Ja, das hat Mama gesagt. Trotzdem bin ich skeptisch. Babuschka hat einmal behauptet, dass sie bei ihrer Hochzeit nur siebenundvierzig Kilo gewogen hat.«

»Hör sofort auf«, sagte Tatiana. Die Schwestern lachten leise. Sie lagen im Dunkeln und schaukelten hin und her.

»Ich will nur etwas Liebe, Taneschka«, flüsterte Dascha. »Hörst du mich? Mehr nicht. Nur etwas aufrichtige Liebe.«

Das trübe Kerosinlicht auf der Veranda verglomm flackernd. Die Grillen zirpten laut, die Luft war kühl. Tatiana war eingeschlafen, unbesorgt, unbelastet und unberührt.

Zwei Mädchen bei Nacht in den Bäumen

»Tania, schläfst du?« Es war Saika.

Tania schlief tatsächlich. Zufrieden in ihrem Bett. Sie stöhnte auf. Oh nein, nicht schon wieder.

»Los, komm zu mir nach draußen.«

Wann würde das Mädchen wohl aufhören, vor ihrem Fenster zu lauern? »Wie spät ist es?«

»Spät. Komm schon. Sie finden es nie heraus.«

»Machst du Witze? Sie kontrollieren mich alle fünf Minuten. Außerdem habe ich Hausarrest.«

»Warum schläfst du schon so früh? Ich dachte, du würdest lesen.«

Saika wollte, dass sie spät einschlief und früh aufwachte. Würde Tatiana jemals Frieden haben? Widerstrebend hob sie den Kopf.

»Steig aus dem Fenster. Wir gehen in meinen Garten.«

»Und was tun wir da?«

»Nichts. Wir reden. Ich habe etwas für dich.«

Tatiana schlief in Unterhose *und* Unterhemd, jetzt da Saika jeden Morgen und Abend bei ihr klopfte. Sie schlüpfte in ein Kleid und stieg aus dem Fenster. Die beiden durchquerten den Garten und huschten durch die Nesseln und den kaputten Zaun. Sie kletterten auf einen Baum. Tatiana setzte sich auf einen dicken Ast, Saika nahm etwas unter ihr Platz. Sie zog zwei Zigaretten hervor und gab eine davon Tatiana. »Die habe ich Mama gestohlen. Komm schon, nimm eine.«

»Du hast sie deiner Mutter gestohlen?«

Saika lachte. »Die kümmert das nicht. Es sind nur Zigaretten. Keine Angst, es ist nicht ihre unsterbliche Seele, wie du sagen würdest.«

»Also gibt es für dich doch Grenzen.« Tatiana nahm die angebotene Zigarette nicht an.

»Ach, komm schon. Sei kein Dummkopf. Das macht doch jeder.«

»Was? Seine Mutter bestehlen?«

»Nein, rauchen.« Stolz zündete Saika die Zigarette an und fügte hinzu: »Ich habe schon mit neun angefangen.«

»Das ist toll.« Warum saß sie in diesem Baum? Die Wahrheit war, dass die Neugier an Saikas Narben sie herausgelockt hatte. Saikas Narben waren keine missglückte Bestrafung. Sie rührten nicht von einem übereifrigen Elternteil her, das sein eigensinniges Kind diszipliniert hatte. Nein, Saika war nicht geschlagen, sie war gebrandmarkt worden. Ihr Rücken war ihre bourbonische Lilie. Ihr grässliches Schandmal. Man konnte es nicht ansehen, ohne sich mit bangem Herzen zu fragen, welche Tat eines jungen Mädchens ein solches Stigma rechtfertigte.

Die Nacht war still. Die Blätter der Bäume rochen nach holzigen Eicheln. Tatiana beobachtete Saika, wie sie ein- und ausatmete und Asche auf ihre Schenkel fiel. Zigarettenrauch, Blüten, frisches Wasser, feuchte Erde, feuchtes Gras. Vielleicht brachten Saika Dinge wie das Klauen von Zigaretten in Schwierigkeiten. Tatiana wusste es nicht. Sie wollte keine Vermutungen anstellen, sie wollte direkt danach fragen. Sie war selbst neugierig und Pascha drängte sie schon seit Tagen. »Komm schon, Tania. Sie mag dich. Ständig heißt es Tania hier, Tania da. Sie wird dir alles erzählen. Du musst nur fragen.«

Und Dascha sagte: »Er hat recht. Es ist unhöflich, nicht zu fragen. Sie hat das Schlimmste erfahren, was einem Mädchen zustoßen kann, und du erkundigst dich nicht einmal danach?«

»Würde sie es nicht von sich aus erzählen, wenn sie wollte, dass ich Bescheid weiß?«, hatte Tatiana gefragt.

»Nein. Wenn du fragst, zeigst du damit Interesse.«

Selbst Babuschka sagte, sie solle fragen. (Mama kümmerte es nicht. Man musste Mama jedoch zugutehalten, dass sie sich kaum um etwas scherte.) Nur Deda, der ruhig auf der Couch saß und las, hielt sich heraus. Erst am Ende blickte er auf und verfügte: »Tania, misch dich nicht ein. Es geht dich nichts an.«

Dedas Wort galt. Und nun saß Tatiana in dem Baum und versuchte darüber hinwegzusehen, denn sie hatte vor, wirklich zu fragen. Saika lachte leise. »Ich habe deine Freunde neulich wohl ziemlich beunruhigt, oder? Haben sie noch nie ein nacktes Mädchen gesehen? Schließlich ziehst du dich auch vor ihnen aus, oder, Tania?«

»Ich bin noch ein Kind.«

»Willst du ewig ein Kind bleiben?«, flüsterte Saika.

»Was?«

Saika schüttelte missmutig den Kopf und rauchte, während Tatiana sorgfältig ihre Fragen im Geiste formulierte.

»Und?«, fragte Saika und kam ihr zuvor. »Was willst du? Sie anfassen?«

Tatiana war beunruhigt. »Was anfassen?«, fragte sie mit schwacher Stimme.

»Die Narben, du Dummerchen.« Saika lachte, während sie ihr Kleid herunterzog und ihren Rücken entblößte.

Tatiana griff nach unten und berührte sanft eine der groben Wülste. Doch Saika zuckte bei der Berührung zusammen und wich zurück. Tatiana streckte noch einmal die Hand aus und wollte sie flach auf Saikas Rücken legen, um sie zu besänftigen. Doch Saika zuckte erneut. Sie stieß ein leises Stöhnen aus und wich weiter zurück, bis sie fast vom Ast fiel, so weit, dass Tatiana sie nicht mehr erreichen konnte.

»Was ist los?«, fragte Tatiana. »Ich ... tu dir doch nicht weh, oder?«

»Nein, nein«, sagte Saika. »Nur ...« Bevor sie ihr Kleid hochzog, drehte sie sich zu Tatiana um. Sie atmete schwer und ihre Brüste hoben und senkten sich. »Willst du sie anfassen?«, fragte sie mit kehliger Stimme. Nun war es Tatiana, die aus Unbehagen zurückwich.

»Nein.« Tatiana schluckte. »Aber ... woher hast du diese Narben, Saika?«

Seufzend zog Saika ihr Kleid hoch. »Ich habe etwas getan, das meinem Vater missfiel.«

»Was?«

»Ach ... Ich war schlecht.«

»Seid ihr deshalb hierhergekommen? Und habt euer altes Zuhause verlassen?«

Saika sah Tatiana überrascht an. »Glaubst du, mein Vater würde wegen einer kleinen persönlichen Angelegenheit seinen Posten aufgeben?«

»Seinen Posten als Ziegenhirte?«, erwiderte Tatiana ebenso überrascht.

Mit dunklem Blick sagte Saika: »Unser Umzug hatte nichts damit zu tun. Das ist auch gar nicht in Saki passiert, sondern vorher. Als unsere Arbeit erledigt war, sind wir dorthin gegangen, wo es Arbeit gab. Das hatte nichts damit zu tun.«

Tatiana wartete. »Was für eine kleine persönliche Angelegenheit war das?«, fragte sie schließlich.

»Ich habe etwas mit einem Jungen dort angefangen«, sagte Saika beiläufig. »Mein Vater war wütend auf mich.«

»Du hast etwas mit einem Jungen dort angefangen?«, wiederholte Tatiana mit gleichbleibender Stimme.

»Ja.«

»Und dein Vater hat dich so geschlagen?« Tatiana konnte es nicht glauben.

Saika lächelte. In ihrem Blick lag keine Gefühlsregung. »Was würde wohl dein Vater mit dir machen«, fragte sie, »wenn du etwas mit einem Jungen hier hättest?«

»Ich weiß nicht«, erwiderte Tatiana ausdruckslos. »Er wäre vielleicht nicht allzu gut auf den Jungen zu sprechen.«

»Wer hat gesagt, dass mein Vater besonders gut auf ihn zu sprechen war?«

Als Tatiana nicht antwortete, weil es ihr die Sprache verschlagen hatte, sagte Saika: »Was erstaunt dich so, Taneschka? Die Tatsache, dass ich etwas mit dem Jungen hatte? Oder dass ich bestraft wurde?«

Tatiana erwog ihre Antwort sorgfältig: »Es ist die Reaktion auf die Aktion, die mich erstaunt«, sagte sie langsam, während sie noch überlegte. »Mir gefällt Physik sehr gut, Saika. Genau wie die Mathematik meines Großvaters ist die klassische Physik eine plausible, anschauliche Wissenschaft mit plausiblen absoluten Gesetzen, die die Materie bestimmen, mit Körpern, die Masse besitzen und Raum einnehmen. Sie ist etwas Greifbares, Wahrnehmbares. Ein physikalisches Gesetz besagt, dass auf jede Aktion eine gleich große entgegengesetzte Reaktion folgt. Dieses Gesetz gefällt mir gut.« Tatiana brach ab. Sie hörte dieser Tage zu oft den Gesprächen der Erwachsenen zu und wollte Saika nicht sagen, dass sie dadurch mehr über menschliche Gerechtigkeit nachdachte, als ihr lieb war. »Fast so«, fuhr sie aufgeregt fort, »als gründe sich die Newton'sche Wissenschaft auf Prinzipien, ja als stamme sie komplett von Prinzipien ab, die gar keine wissenschaftlichen Vorgänge steuern. Keine greifbaren, wahrnehmbaren Dinge, sondern unsichtbare, irrationale, die das menschliche Schicksal lenken, die Mythen, Legenden, Märchen und unser Verhalten bestimmen. Dinge im Sinne von: All unsere Aktionen haben Bedeutung und daher auch Konsequenzen.«

»Das stimmt«, sagte Saika. »Nun, das ergibt Sinn. Ich habe etwas Falsches getan und meine Strafe dafür erhalten. Genau im Newton'schen Sinne. Auge um Auge.«

»Ich glaube nicht, dass dein Vater dich nur bestrafen wollte«, sagte Tatiana. »Ich glaube eher, er wollte dich töten.«

Saika setzte sich aufrecht hin. »Verurteilst du ihn, weil er mich deiner Meinung nach zu hart bestraft hat?«

»Ich urteile überhaupt nicht, nein.«

»Oh, Tania.« Saika zuckte die Achseln und zündete sich die zweite Zigarette an. »Du hast vielleicht Ahnung von Physik, aber mit Sicherheit hast du nicht viel Ahnung von Menschen. Und du weißt nichts von aserbaidschanischem Recht.«

Tatiana sah die Äste an, wich Saikas Blick aus. »Ist das aserbaidschanische Recht denn so einzigartig?«

Saika lächelte wieder ihr wissendes Lächeln. »Woher weißt du«, sagte sie, »dass es nicht Auge um Auge war?«

Nach kurzem bedrücktem Schweigen sagte Tatiana: »Ich glaube, ich muss jetzt zurück. Sonst werde ich gnadenlos bestraft.«

»Du glaubst es also?« Saikas Tonfall änderte sich plötzlich. Er wurde kalt, klang beinahe bedrohlich. »Glaubst du, dass ich so bestraft wurde? Ohne Gnade?«

Tatiana sagte nichts. Gewiss hatte man an Saika keine Gnade walten lassen.

»Wo steht in deinen Newton'schen Theorien etwas über Gnade?«, hakte Saika scharfzüngig nach. »Wer mildert seine Physik durch Gnade?«

Tatiana schwieg. Angst kribbelte auf ihrem Rücken wie eine Schar giftiger Ameisen.

»Ich habe meiner Familie Schande bereitet und sie entehrt und dafür die angemessene Strafe erhalten.«

»In Ordnung, Saika.« Tatianas Blick war nach unten auf den Boden gerichtet.

»Woher weißt du, dass mein Vater nicht gnädig zu mir war?« Saika beugte sich zu ihr. »Er sagt zumindest, er habe Gnade an mir walten lasse. Wie findest du das? Urteile doch darüber, na los.«

»Ich urteile über niemanden«, sagte Tatiana und sprang aus dem Baum zwei Meter in die Tiefe. Saika stockte der Atem, dann klatschte sie Beifall. Ohne sich umzudrehen, stieg Tatiana durch den Zaun und die Nesseln und kletterte in ihr Zimmer. Sie hätte gern das Fenster verriegelt.

Tatiana fand lange keinen Schlaf.

Pascha hörte Tatiana, noch bevor er sie sah. Wolodja und Kirill Iglenko standen unter einem großen Kirschbaum am Ende der Dorfstraße. Tatiana rief in melodischem Singsang: »Fertig? Fangt.« Wolodja und Kirill blickten mit aufgerissenen Mündern nach oben. Pascha sah, wie etwas Rundes, Rotes aus dem Baum fiel. Kirill fing es mit der Hand auf und steckte es rasch in seinen Mund. Noch eine Kirsche fiel. Wolodja fing sie auf und aß sie geschwind auf. Sie wandten den Blick nicht von Tatiana ab. Als Pascha näher kam, sah er die gespreizten, nackten Beine seiner Schwester auf zwei Ästen stehen, die einen halben Meter auseinanderlagen. Er schüttelte den Kopf und beschleunigte leise fluchend den Schritt. Als er den Baum erreichte, sah er zu Tatiana nicht einmal empor. Wortlos schubste er die Jungen, obwohl sie größer waren als er, zur Seite und sagte: »Was soll das?«

»Was? Nichts«, sagte Wolodja und blinzelte unschuldig. »Sie pflückt Kirschen für uns.«

»Haut sofort ab hier, verflucht.« Pascha senkte die Stimme. »Wem wollt ihr etwas vormachen? Ich bin nicht Tania. Ich habe euch immer und immer wieder gesagt, dass ihr euch von ihr fernhalten sollt. Also geht jetzt.«

»Pascha.«

»Geht, habe ich gesagt.«

Sie machten sich langsam auf den Weg und winkten Tatiana bedauernd zu.

»Pascha«, rief Tatiana, »was hast du dem armen Wolodja gesagt? Warum hast du sie wie Fliegen verscheucht?«

Pascha sah nach oben. Er hatte die Hoffnung gehabt, dass dieses eine Mal das Kleid seiner Schwester nicht um ihre Hüften geknotet und ihre bloße weiße Unterhose und die Innenseite ihrer weißen Schenkel nicht vor zwei Burschen entblößt waren, die unter dem Baum standen und hinaufgafften, während Tatiana Kirschen in ihre Münder fallen ließ.

Doch er hoffte vergeblich.

»Tania, komm herunter«, sagte Pascha und wandte mit einem Seufzen den Blick ab.

»Warum? Komm du herauf. Willst du ein paar Kirschen?«

»Nein!«

Sie warf trotzdem ein paar zu ihm hinunter. Er schlug mit der Hand danach und sagte resignierend: »Komm einfach herunter, ja?«

Tatiana sprang wie eine Katze in ihrem sommerlichen Blümchenkleid aus dem Baum und landete mit gebeugten Knien auf den Fußballen. Kaum ein Geräusch war zu hören, als sie den Boden berührte. Sie richtete sich auf und sah Pascha ins Gesicht. »Was ist los mit dir?«

»Nichts«, sagte er. »Tania, wann wirst du ...« Er brach ab. Sie hatte rote Wangen, lächelte und sah glücklich aus. Er konnte einfach nicht. »Wann werde ich was?«

»Nichts, vergiss es. Gehen wir. Dascha macht heute Kartoffeln.«

»Oh, Kartoffeln. Da lauf ich lieber schnell. Diese Köstlichkeit habe ich noch nie gegessen. Woher hat sie sie bloß?«

»Geh schon, du Spötterin. Dein Spott allein wird dich nicht satt machen.«

»Aber meine Kirschen schon«, sagte Tatiana und schubste ihren Bruder. Ihm war jedoch nicht nach Rangeleien zumute.

Als sie nach Hause kamen, verschwand Tatiana in ihrem Zimmer, um zu lesen. Pascha ging zu Dascha nach draußen, die im Garten Kartoffeln schälte. Er ließ sich neben ihr zu Boden fallen. »Dascha, was willst du wegen Tania unternehmen?«

»Oh nein. Was hat sie jetzt schon wieder angestellt?«

»Weißt du, wo ich sie gefunden habe?«

Dascha lachte. »Im Kirschbaum?«

Pascha nickte ärgerlich.

»Na, dann rede mit ihr, Pascha.« Dascha lächelte.

»Du bist ihre Schwester. Dieses Gespräch sollten lieber Mädchen führen.«

»Du findest, dass ich mit ihr reden soll?«

»Sie wird nächste Woche vierzehn. Sie kann nicht mehr so ahnungslos sein. Sie ist doch kein Kind mehr.«

Dascha lächelte immer noch, als sie sagte: »Aber Pascha, sie ist ein Kind.«

»Nun, das ist kein angemessenes Verhalten.«

»Dann rede mit ihr.«

»Das kann ich nicht. Rede du mit ihr.«

»Du willst, dass sie auf jemanden hört? Dann bring Deda dazu, dass er mit ihr redet.«

Dedas laute Stimme ertönte aus dem Gurkenbeet. Dascha und Pascha hatten ihn dort nicht bemerkt. »Ich werde nicht mit ihr sprechen.« Er tauchte mit einem Strick in der Hand hinter den Gurkenblättern auf. Sein dichtes graues Haar war in Unordnung geraten. »Ich finde, wenn du mit jemandem sprechen solltest, Pascha, dann mit deinen beiden Freunden. Schließlich ist es nicht Tatiana, die sich unangemessen verhält.«

Dascha und Pascha erwiderten nichts.

Deda betrachtete die Geschwister eine kurze Weile und sagte dann: »Habt ihr zwei nichts Besseres zu tun? Wenn ihr erst einmal mit ihr geredet habt, wird das einen Schatten auf ihre Freundschaft werfen. Wollt ihr ihren Sommer kaputt machen? Und noch etwas: Sie wird nie mehr Unfug mit euch treiben, euch kitzeln oder mit euch im Fluss schwimmen, euch plötzlich küssen oder sich auf euren Schoß setzen. Sie wird nichts dergleichen mehr tun, nur weil sie von eurem verdammten Kirschbaum gegessen hat. Wollt ihr das etwa?«

Sie sagten nichts.

»Das dachte ich auch nicht. Eure Schwester«, sagte Deda, »weiß alles, was sie wissen muss. Dascha, warum fragst du sie nicht um Rat, wie man sich anständig verhält? Oder besser noch, lass das Kind in Ruhe. Und Pascha, sprich ein Wort mit den wilden Tieren, die du eure Freunde nennst, oder ich werde es tun.«

»Worüber soll er mit den wilden Tieren sprechen?«, fragte Tatiana, die in diesem Moment die Verandastufen herunterkam.

»Nichts, nichts«, sagte Dascha. Deda küsste Tatiana auf den Kopf und machte sich wieder daran, seine Gurken an den Kletterhilfen festzubinden.

Pascha fragte sie, ob sie ihr Gespräch gehört habe.

»Ich habe euer Geschrei gehört, ja.«

»Hast du gehört, weswegen wir geschrien haben?«

»Wenn ich ständig jedes Geschrei in dieser Familie mitverfolgen würde, könnte ich kein einziges Wort mehr lesen.« Tatiana grinste. »Sagt schon, was gibt es denn?«

»Nichts Bestimmtes«, sagte Dascha. »Geh und deck den

Tisch, ja? Und schneide das Brot auf. Denk daran, dass du mir das dickste Stück gibst, das Krustenstück.«

»Iss nur so viel Brot, wie du kannst«, sagte Tatiana und hüpfte ins Haus, »dann wirst du schön auseinandergehen.«

Nach dem Abendessen sahen Deda und Dascha Tania und Pascha beim Dominospielen zu. Sie waren laut. Tania feierte ihren Sieg wie üblich und Pascha war ein schlechter Verlierer, der nicht anders konnte, als sich zu beschweren. Sie spielten fünfzehn, sechzehn Partien, und Pascha unterlag jedes Mal. »Wie machst du das nur? Sag schon. Wieso gewinnst du bei dem Spiel immer? Du schummelst, das weiß ich genau. Deda, spiel du mal gegen Tania. Ich will sehen, ob du sie schlagen kannst.«

»Ich habe sie beim Schach geschlagen«, sagte Deda und lächelte Tatiana zu. »Das genügt mir.«

Dascha überließ Pascha seiner bitteren Niederlage und setzte sich draußen in dem überwucherten Garten zu ihrem Großvater auf die Bank. Deda drehte sich ein Stück zur Seite und sagte: »Dascha, blas mir nicht deinen Zigarettenrauch ins Gesicht.«

»Was wirst du wohl deiner Tania sagen, wenn sie anfängt zu rauchen?«, fragte Dascha und rutschte weg.

»Ich werde ihr sagen, dass sie mir nicht ihren Rauch ins Gesicht blasen soll.«

Dascha seufzte. Warum wurde sie nur das Gefühl nicht los, dass Deda, obgleich er sie sicherlich liebte, auch ein wenig ihr Verhalten missbilligte? Als hieße er ihre Lebensführung nicht so gut wie beispielsweise Tanias. Pascha, als einziger Junge, war über jeden Vorwurf erhaben. Warum nicht auch Dascha? Was hatte sie getan oder nicht getan? Kochte und putzte sie etwa nicht? Passte sie nicht auf die beiden frechen Geschwister auf, als wäre sie ihre Mutter?

Deda legte den Arm um Dascha, und Dascha warf die Zigarette weg. »Ich kämpfe, Deduschka«, sagte sie leise. »Ich kämpfe die ganze Zeit.«

»Dascha, Liebes. Einen inneren Konflikt zu haben, ist gut. Kämpfe, nur zu.«

Dascha wollte wissen, worauf genau Deda anspielte. Auf Stefan und Mark? Dascha war nicht verheiratet und sie war jung. Sie wollte ein bisschen Spaß haben. Was war so falsch daran?

»Kämpft Tania denn?«, fragte sie.

»Tania denkt nicht über Dinge nach, die sie nicht verstehen kann.«

»Wie praktisch«, sagte Dascha. »Kann ich bitte auch so blind sein? Und doch verschlingt sie mehr Bücher als irgendjemand sonst. Wie ist es möglich, dass sie *Rot und Schwarz* von Stendhal liest und die Korruption, die Unmoral, die Lust, die sich unter all den vornehmen Röcken und Hosen der französischen Damen und Herren verbirgt, nicht erkennt? Wie ist es möglich, dass sie so viel liest und trotzdem nichts sieht?«

»Tania sieht nichts?«, fragte Deda und wandte sich Dascha mit erstauntem Blick zu.

»Das ist das ganze Problem, oder? Glaubst du, wenn sie sehen würde, schwänge sie sich dann tatsächlich in ihrem Sommerkleid von Ast zu Ast?«

Deda schüttelte amüsiert den Kopf. »Was für ein Wunder«, flüsterte er und küsste Dascha. »Ich wusste gar nicht, dass meine Enkelin auch so lustig sein kann. Trotz deiner Probleme entwickelst du dich zu einer schönen, fröhlichen Frau. Doch du missverstehst deine Schwester, absichtlich oder irrtümlich.«

»Ach wirklich?«

»Natürlich. Hast du inzwischen nicht herausgefunden«, sagte Deda, »dass Tania von Anfang an alles durchschaut?«

»Kirill und Wolodja durchschaut sie nicht.«

»Oh doch. Sie weiß, dass sie harmlos sind. Also mach dir keine Sorgen um sie. Mach dir nur Sorgen um dein eigenes Leben.«

»Weswegen sollte ich mir Sorgen machen?«, fragte Dascha. Sie schaute zu Boden. »Wir sind alle Fische im selben Wasser. Wir wissen nicht, dass wir an Land nicht atmen können.«

»Du hast recht. Unsere Wahlmöglichkeiten sind beschränkt«, stimmte Deda zu. »Aber wir führen nicht alle das gleiche Leben. Nehmen wir nur die Kantorows. Glaubst du, dass sie im selben Wasser schwimmen wie wir?«

»Ja.«

Deda schwieg.

»Magst du sie etwa auch nicht? Tania sagt dauernd, dass diese Saika nichts taugt.«

Ohne auf ihre Frage zu antworten, sagte Deda: »Weißt du, wen ich mag?«

»Tania?«

»Nein. Deine Großmutter. Sie mag ich. Zu ihr habe ich eine Meinung. Ansonsten unterlasse ich jedes Urteil.«

Aus irgendeinem Grund glaubte ihm Dascha nicht. Sie war plötzlich in Beichtlaune. »Deduschka, was soll ich tun?«, klagte sie. »Ich will diese Spiele mit meinem Chef nicht mehr spielen. Aber welche Alternativen habe ich?«

»Du erzählst deinem Großvater zu viel«, sagte Deda.

»Seine schwangere Frau wird nicht wissen, wo sie hin soll, wenn er sie vor die Tür setzt«, fuhr Dascha fort.

»Dascha, hör auf.«

Sie machte eine kurze Pause. Dann sagte sie leise: »Sie leben immer noch mit seiner Mutter in einem Zimmer. Doch wo soll er hingehen? Kann er bei uns leben? Kann er mit mir und Tania in einem Bett schlafen?«

Deda antwortete nicht.

»Das meine ich, wenn ich von meinen Möglichkeiten spreche«, sagte Dascha. »Verstehst du, ich bemühe mich ja. Bemühe mich, nur ein bisschen Liebe zu finden, Deduschka. Wie du und Babuschka. Hattet ihr, als ihr euch verliebt, als ihr geheiratet habt, einen Ort, an dem ihr zusammenleben und allein sein konntet?«

»Das war um die Jahrhundertwende«, sagte Deda, »und wir hatten eine wunderschöne große Wohnung in der Stadtmitte am Moikakanal, in der Nähe von Alexander Puschkins Haus.« Er lächelte wehmütig. »Dort haben wir euren Vater und eure Tante Rita bekommen. Wir haben viele glückliche Jahre dort verbracht. Uns fehlte es an nichts.«

Dascha hörte aufmerksam zu.

»Die Dinge änderten sich«, fuhr er fort. »Und dann, nach der Revolution, als deine Großmutter und ich während des Bürgerkrieges für zwei Jahre evakuiert wurden – während all des Kampfes, Hungers und Durcheinanders –, haben wir uns in einem kleinen Fischerdorf namens Lazarewo versteckt. Es liegt an der Kama, in der Nähe von Molotow. Wenn du deine Großmutter heute fragst, Daschenka, wird sie sagen, dass die beiden Jahre in Lazarewo die glücklichsten ihres Lebens waren.« Dascha sah Deda an, der die Augen schloss und den Kopf ein kleines Stück zurücknahm, als lehnte er ihn an die unsichtbaren goldenen Locken seiner langen Erinnerung.

»Also gräm dich nicht so sehr«, sagte er schließlich, als er die Augen wieder öffnete. »Selbst in diesem Leben ist Freude möglich. Amüsier dich, Liebes. Geh tanzen, rauche, lache, genieße deine Jugend. Genieße sie, solange du kannst. Es wird alles früh genug vorbei sein. Dann bleibt dir immer noch genug Zeit für einen Kuddelmuddel mit verheirateten Zahnärzten.«

»Sprichst du darüber mit Tania?«, flüsterte Dascha. »Über Lazarewo?«

Deda lachte. »Deine Schwester hat nicht ein Mal auf dieser Bank gesessen und mich um Rat gefragt.«

»Nein? Sie ist zu sehr damit beschäftigt, wie ein sommersprossiger Affe auf Bäumen zu hocken«, murrte Dascha.

»Das stimmt. Und du willst, dass sie das sein lässt, damit sie genauso mürrisch hier sitzen kann wie du?«

Dascha verstummte. Sie freute sich, dass ihr Großvater den Arm um sie gelegt hatte. Und er nahm ihn nicht weg.

»Beschütze sie, Dascha«, flüsterte Deda. »Es wird ohnehin früh genug für sie enden.«

Tatiana lag auf ihrem gemachten Bett und war in ein Buch versunken. Sie bewegte sich weder als Dascha hereinkam und auf der Bettkante Platz nahm noch als sie mit der flachen Hand auf ihren Po schlug. Alles, was Tatiana ohne Luft zu holen von sich gab, war ein: »Hm.«

»Tania.«

»Hm.«

Dascha schnappte sich das Buch. »Du liest immer noch *Königin Margot?«*

»Ich lese es wieder.« Tatiana drehte sich auf den Rücken.

»Warum?« Gleichmütig blätterte Dascha die Seiten durch. »Hat es ein glückliches Ende?«

»Glücklich wohl kaum. Um die Königin zu retten, opfert La Môle sein Leben. Er wird so grausam gefoltert, dass er Blut schwitzt, und dann wird er geköpft, während sie um ihn weint.«

»Sie kann ihn nicht vergessen?«

»Ich weiß nicht. Die Geschichte endet mit seinem Tod.«

»Wird sie wieder jemanden lieben?«

»Ich weiß es nicht«, sagte Tatiana langsam. »Wie gesagt, die Geschichte endet mit seinem Tod.«

Dascha lächelte. »Wünschst du dir diese Art von Liebe, Taneschka? Eine kurze, leidenschaftliche Liebe, die mit Folter und Tod endet?«

»Wohl kaum«, murmelte Tatiana und blickte Dascha verwirrt an. »Wünschst du dir diese Art von Liebe etwa?«

Dascha lachte. »Tania«, sagte sie, »mir wäre alles recht, solange es nicht das ist, was ich im Augenblick habe. Jetzt schlaf. Bist du fertig fürs Bett?«

»Ich bin im Bett, oder?« Tatiana streckte sich.

»Hast du dich gewaschen? Dir die Zähne geputzt?«

»Ja, Dascha«, sagte Tatiana ernst. »Ich habe getan, was man so tut. Ich bin kein Kind mehr, weißt du?«

»Nein?«, sagte Dascha und berührte sanft Tatianas spärlich knospende Brust.

»Ach, hör schon auf«, sagte Tatiana unbeschwert, ohne von ihr wegzurutschen. »Was willst du von mir?«

»Wer sagt, dass ich etwas von dir will?«

Tatiana setzte sich auf. Ihre klaren Augen ruhten auf Dascha. Sie saß da, blinzelte ein paar Mal, legte die Hand auf Daschas Wange und sagte: »Was ist los? Was hast du?«

Seufzend küsste Dascha Tatianas Hand und stand auf. »Licht aus. Mir ist gleich, was Königin Margot so alles anstellt mit ihrem protestantischen Geliebten.«

Mitten in der Nacht wurde Dascha von einem Wimmern geweckt. Sie schlug die Augen auf und erblickte Tatiana vor ihrem Bett.

»Was ist los?«, flüsterte Dascha und hob ihre Decke an. Tatiana wimmerte immer noch.

»Ich hatte einen schlimmen Traum. Einen sehr schlimmen Traum. Diese Saika will mich einfach nicht in Ruhe lassen. Nicht einmal in meinen Alpträumen.« Sie weinte leise und kroch zu ihr ins Bett. Dascha drehte sich zur Seite und öffnete die Arme. Tatianas warmer Körper schmiegte sich ängstlich an ihren. Dascha schlang die Arme um Tatiana, die ihren Rücken so eng wie möglich an sie drückte und den Kopf auf Daschas Arm bettete. »Wann werden sie aufhören?«, flüsterte sie.

»Nie«, sagte Dascha. »Man fürchtet sich nur vor anderen Dingen. Wovon hast du denn geträumt?«

Doch Tatiana antwortete nicht. Pascha schnarchte schräg gegenüber in dem Bett am Fenster. Dascha lag wach und spürte, wie Tatianas heller Körper sich im fahlen Mondlicht hob und senkte. Tatiana, flüsterte sie, roll dich nur zusammen, drück dich an mich und schlaf in meinen Armen. Das hat mir dieser Tage in Luga gefehlt, so gewohnt bin ich es, dass wir uns in Leningrad ein Bett teilen. Atme ein und aus und sag mir, wie es sein kann, dass du auf der Suche nach Trost und Schlaf zu mir ins Bett kriechst und ich stattdessen von dir getröstet werde? Sag es mir, während dein Atmen ruhig wird.

Dein Haar ist so seidig, dein Herz so unbeschwert, dein Atem wie der eines Babys. Ein goldener Schein umgibt dich, während du herumgehst und liest und sprichst. Unsere Herzen werden leichter, wenn wir deine Stimme hören, wenn wir wissen, dass du in der Nähe bist. Wir haben weniger Angst, wenn du hier bist. Tropfen um Tropfen beträufelt uns deine Seele und stillt unsere ruhelosen Herzen.

Buch Zwei

Ithaka

Der dich geleitet hat durch die große und grausame Wüste, da feurige Schlangen und Skorpione und eitel Dürre und kein Wasser war, und dir Wasser aus dem harten Felsen gehen ließ.

Das fünfte Buch Mose, Kap. 8, Vers 15

7

Eheliche Einigung, 1949

Wohin?

Unweit des Ozeans, im Herzen der Tropen von Key West, lagen sie beieinander in der Hängematte, braungebrannt, sommersprossig, narbenbedeckt, Alexander auf dem Rücken, die Beine gespreizt, Tatiana rücklings auf ihm. Zusammen blickten sie hinauf zu den über den Sand hängenden Mooseichen. Er trug eine weiße Badehose, sie ein weißes Bikinihöschen und ein langes Tuch, das vorn an der Brust zu einer Schleife gebunden war. Sein pechschwarzes Haar war jetzt länger und stachlig. Seine Haut war tiefbraun, ihre goldfarben. Dennoch wirkte sie im Vergleich wie Schnee in seinen Armen. Von Zeit zu Zeit schweiften seine Hände gemächlich zu ihren Brüsten und liebkosten sie. Er strich mit den Lippen über ihr salziges Haar. Sie duftete nach Meer und Kokossonnenöl, wovon ihm immer ein bisschen schwindelig wurde.

Sie sprachen über die einzelnen Bundesstaaten. Es war Hochsommer 1949. »Shura, benimm dich. Wenn du meine Brüste noch einmal anfasst, ist das Gespräch beendet.«

»Soll mich das etwa abhalten?«

»Komm schon, wo waren wir?«

»Wir streichen Bundesstaaten von unserer Liste und streicheln deine ...«

»Ach ja, wir hatten gerade ein unbedeutendes Gespräch darüber, wo wir den Rest unseres Lebens verbringen wollen.« Sie waren über den Winter nach Miami zurückgekehrt, wo Alexander wieder auf Booten gearbeitet hatte, und verbrachten nun den Sommer auf den Keys.

»Shura.«

»Okay, okay. Wo waren wir? Du sagtest, dass Schneestaaten gestrichen sind. Also nicht nach Washington D.C.? Das wird Richter gar nicht gefallen«, sagte Alexander. »Du weißt, wie gern er mich an seiner Seite hätte. Und deine Freundin Vikki wird auch nicht begeistert sein. Sie wird nur ungern auf dich verzichten.«

»Dann müssen sie wohl dorthin ziehen, wo wir sind, oder? Also gut, kein Schnee. Das heißt, nicht nach Maine, New Hampshire, Vermont, Massachusetts, Rhode Island, Connecticut, New Jersey, New York« – Tatiana seufzte theatralisch und doch sehnsüchtig –, »nicht nach Pennsylvania, Ohio, Illinois, Wisconsin, Michigan, Minnesota, South Dakota, North Dakota, Montana, Wyoming, Idaho, Washington. Diese Staaten sind gestrichen.«

»Außerdem nicht nach Iowa, Kansas, Colorado, Nebraska«, fügte Alexander hinzu.

»Sind das alle?«

»Moment, West Virginia, Maryland, Virginia.«

»In Virginia schneit es nicht«, sagte Tatiana.

»Sag das mal General Sherman«, meinte Alexander.

»Schön. Bleiben einundzwanzig Staaten übrig.«

»Wie gut du doch zählen kannst. Meine Kapitalistin, Geologin, Kartografin und sogar Mathematikerin.« Er lachte und beugte den Kopf nach vorn, um ihren Gesichtsausdruck zu sehen.

Sie blickte ihm in die Augen. »Die Wälder von Oregon sind gestrichen«, sagte sie sanft. »Weil es dort die ganze Zeit regnet. Außerdem liegt Oregon am Wasser.«

»Schließen wir Wasserstaaten auch aus?«

»Das müssen wir nicht«, sagte sie. »Aber in dem Staat, wo ich künftig leben werde, schwankt und schaukelt nichts außer einer Hängematte.«

»Also nicht nach Kalifornien? Kein Napa Valley?« Er lächelte. »Kein Champagner mehr?« Er zog ihr Tuch herunter und spielte mit ihren wippenden, straffen, fülligen Brüsten.

»Du kannst mir überall Champagner kaufen«, flüsterte sie und rieb sanft ihr Becken an ihm. »Ich habe gehört, dass er in allen achtundvierzig Staaten verkauft wird. Also nicht nach

Kalifornien. Und nicht nach North Carolina, South Carolina, Georgia, Florida …«

»Warte mal. Florida halten wir uns offen. Auf diesen Staat bestehe ich«, sagte Alexander.

»Schön. Aber Alabama, Louisiana, Missouri, Mississippi sind gestrichen.«

»Liegt Mississippi etwa am Wasser?«

Sie lehnte den Kopf zurück. »Du machst Witze, oder?«

»Ach, komm schon. Wir müssen ja nicht direkt am Fluss wohnen.«

»Der Staat *ist* der Fluss.«

»Oh, na schön.«

»Also weiter. Texas raus.«

»Texas liegt am Wasser?«, fragte er überrascht.

»Hast du nie vom Golf von Mexiko gehört?«

»Wir könnten nach Abilene ziehen. Dort kennt niemand den Golf von Mexiko.«

»Also weiter. Was bleibt übrig?«

»Europa, glaube ich«, murmelte Alexander.

»Nevada. Fliegt raus, weil ich nicht in einem Staat leben werde, wo mein Mann unseren Lebensunterhalt nur als Pokerspieler in Bordellen verdienen kann.«

Alexander lachte. »Im Ernst?«, sagte er. »Meinst du nicht, dass diese Vorstellung von mir deiner Definition eines normalen Lebens entspricht?«

»Also weiter. Utah … hm. Wäre eine Möglichkeit. Dort gibt es echte Berge.«

»Tatiascha, wenn wir in Utah sind, kann ich mir da noch eine Frau nehmen?«

»Utah ist gestrichen.«

Er zwickte sie, küsste sie, massierte sie, drückte sie an sich, rieb sich an ihr. Sie genoss alles. »Oklahoma ist raus«, sagte sie schließlich. »Einfach so.«

»Und was bleibt übrig?«

»New Mexico, Arizona, Florida«, sagte sie. »Florida ist gestrichen. Zu viel Geschaukel.«

»Dann ist Arizona auch gestrichen. Zu wenig davon.«

»Demnach ist die Entscheidung klar. New Mexico also.«

Sie schwiegen.

Er wollte nach Miami.

Sie wollte nach Phoenix. »Shura, wir haben gesagt, keine Flüsse.«

»In Arizona gibt es den Salt River.«

»Es gibt keinen Winter dort.«

»Aber auch keinen Ozean.«

»Wir haben gesagt, nichts Altes, nichts Vertrautes. Und in Phoenix leben noch andere Soldaten.«

»Du willst, dass ich Umgang mit Soldaten pflege?«

»Das ist das Letzte, was ich will. Aber wenigstens verstehen sie. Wenn du sagst, du warst im Krieg, nicken sie und schweigen, weil kein weiteres Wort nötig ist. Sie wissen Bescheid. Niemand will darüber sprechen. Das ist es, was ich will«, sagte sie. »Nicht darüber sprechen.«

»Gibt es einen Militärstützpunkt in Phoenix?«

»Nein, aber ein Trainingszentrum in Yuma, gut dreihundert Kilometer entfernt, und einen Stützpunkt des militärischen Nachrichtendienstes in Fort Huachuca, in der Nähe von Tucson, auch dreihundert Kilometer entfernt.«

»Wie ich sehe, hat meine kleine barbusige Kaulquappe ein paar Nachforschungen angestellt«, sagte er und massierte sie mit den Daumen. »Dreihundert Kilometer? Jeden Monat?«

»Wir begleiten dich und verbringen das Wochenende mit dir«, sagte sie. »Wir wohnen im Quartier für Ehepaare in der Kaserne.« Sie wand sich aus seinen Fingern. »Ant und ich machen Sightseeing, während du nach Herzenslust Dossiers und Dokumente besprichst, übersetzt und auswertest und Richter damit glücklich und zufrieden machst.«

»Es ist zu heiß in Phoenix«, sagte Alexander.

Sie warf ihm einen skeptischen Blick zu. »Heute Morgen auf Key West hatte es 34 Grad.«

»Es ist zu heiß und es gibt keinen Ozean«, wiederholte er.

»Du wirst dort leicht Arbeit finden.«

»Das überzeugt mich nicht«, sagte er. »Ich kann überall arbeiten.«

»Ja, aber du hast schon nach Hummer gerochen. Du hast junge Damen in Booten herumgefahren. Du hast Äpfel, Trauben und Mais geerntet. Wie wäre es, wenn du jetzt etwas für dich tust, Shura?«

So schnell fiel ihm darauf keine Antwort ein.

»Der Phoenix«, sagte sie, »war der Mythologie nach ein Vogel, der Feuer fing, verbrannte und sich dann aus seiner Asche erhob. Der Phoenix wurde wiedergeboren.«

»Hm.«

»Habe ich schon erwähnt, dass es dort nicht kalt wird?«

»Ein- oder zweimal«, sagte er. »In Miami wird es auch nicht kalt.«

»Ich weiß, dass du das Wasser liebst, aber wir könnten uns einen Pool bauen. In Phoenix gibt es keine Vergangenheit. Genauso möchte ich leben. Als hätte ich keine Vergangenheit.«

»Ich werde dort sein. Die Vergangenheit ist schwer zu vergessen, wenn ich mit meinen Tätowierungen auf dir liege, Tania.« Seine langen Beine umschlangen sie.

Sie nahm seine dunkle Hand von ihrer weißen Brust, küsste sie und drückte sie an ihr Gesicht. »Ja«, sagte sie, »diese Lektion habe ich gelernt. In guten wie in schlechten Tagen. Du bist mein Kapitän, mit dem ich segle und untergehe.«

»Sagtest du untergehen oder ins Bett gehen?«

Sie zog ihn an den Haaren auf seinem Unterarm. »Du bist es, der mich begleitet – auf unsere neununddreißig Hektar von Amerika. Unsere einzige Aufgabe ist es, dort zu leben und zu sterben. Und wenn wir sterben, lassen wir uns auf dem Land bei unserem Berg begraben.« Sie lächelte beinahe. »Nicht im Eis, nicht im gefrorenen Boden, sondern nahe am Sonnenuntergang. Wir nennen ihn unseren Riddarholm-Berg, nach dieser Kirche in Stockholm, in der die Könige begraben sind. Genauso lassen wir uns dort zur letzten Ruhe betten, wie Helden und Könige in unserem eigenen Ruhmestempel.«

»Du hast also Tagträume über das Sterben?«, fragte Alexander. »Bekommst du so immer deinen Willen?«

»Ich bekomme nicht immer meinen Willen. Wenn ich meinen Willen bekäme«, sagte Tatiana und blickte hinauf in die Mooseichen, »wären wir keine Waisen, du und ich.«

Sie gingen nach Phoenix.

»Wir kaufen uns ein Mobilhaus und stellen es auf unser Grundstück.« Das war er.

»Du meinst einen Wohnwagen?« Das war sie.

»Keinen Wohnwagen«, sagte Alexander geduldig. »Ein Mobilhaus. Ist dir aufgefallen, dass auf deinen neununddreißig Hektar mit dem Ruhmestempel ein Haus fehlt? Wo willst du wohnen, während wir auf eins sparen? Im Zelt?«

Sie saßen im Schneidersitz einander zugewandt auf dem Lehmsandboden ihres Landes am Ende des Jomax-Weges. Anthony jagte Gilamonster und sammelte Kaktusfeigenblüten. Auf ihrer ungepflasterten Hangstraße waren endlich Stromleitungen verlegt worden. Zwei Kilometer weiter unten nahe der Pima-Straße hatte jemand zwei kleine Häuser gebaut. Die Wüste war verbrannt. Es war Juli und glutheiß. Alexanders Handflächen waren nach oben gedreht und Tatianas kleine Hände lagen flach auf seinen.

»Shura«, sagte sie, »wir haben die ganze Zeit in einem Wohnwagen gelebt. Drei Jahre lang. Ich will in keinem Wohnwagen mehr leben. Ich will ein richtiges Haus.«

»Ein Mobilhaus ist ein richtiges Haus. Es kostet nur nicht so viel wie ein herkömmliches. Wir brauchen dafür keine Hypothek. Ah, das gefällt dir.« Er lächelte. »Das dachte ich mir. Wir haben genug Geld. Wir können sofort eins kaufen. Außerdem schaffen wir uns ein paar Autos an. Ich baue hinten am Haus eine Terrasse, sodass wir die Sonne über deinem kleinen Tal anschauen können. Und ich suche mir Arbeit. Wir sparen und dann bauen wir genau das, was wir wollen.«

Tatiana runzelte die Stirn. »Welche Autos?«

Er lächelte. »Ich hätte gern einen Truck. Und du brauchst einen eigenen Wagen.«

Sie schüttelte den Kopf. »Nein, nein. Dein Truck wird reichen. Du kannst mich fahren.«

»Ich fahre dich, wohin du willst, Baby«, sagte er und drückte ihre Hand. »Aber wenn du nicht vorhast, wie dein Großvater in Luga selbst Gurken zu ziehen, wirst du ab und zu Lebensmittel kaufen müssen. Außerdem bin ich ein Raubtier.« Er grinste.

»Ich brauche Fleisch. Ich kann nicht von Kartoffeln und Zwiebeln leben wie du in eurer Sommerdatscha.«

Er konnte sie nicht überzeugen. »Zwei Fahrzeuge sind übertrieben.«

»Tania, das ist nicht Coconut Grove. Hier gibt es keinen Waschsalon in zwei Kilometer Entfernung. Du willst bestimmt ins Kaufhaus gehen. Dir hochhackige Schuhe kaufen?« Er piekste sie mit dem Finger. »Einen elektrischen Dosenöffner?«

»Also müssen wir noch mehr Geld ausgeben?«, fragte sie. »Dieser, hm, Wohnwagen, ist er größer als unser Nomad? Hat er Räder? Hat er überhaupt ein Schlafzimmer? Und was ist mit einem Badezimmer? Du hältst es keine fünf Minuten ohne fließend Wasser aus.«

Alexander starrte sie ungläubig an und lachte schließlich. Dann sprang er auf, reichte ihr die Hand und zog sie hoch. »Komm, meine russische Prinzessin aus der Gemeinschaftswohnung. Ich werde dir zeigen, was ich meine. Anthony, gehen wir.«

Er fuhr sie zu einem Hausverkäufer in der Thomas Road: Pacifico Mobile Home. Nachdem sie zwei Stunden über das Gelände geschlendert waren und Größen und Preise der Mobilhäuser verglichen hatten, sagte Tatiana: »Einverstanden. Es gefällt mir. Aber wir brauchen kein großes Modell. Ein kleines reicht völlig.«

»Noch vor einer Sekunde«, sagte Alexander, »wolltest du in gar keinem leben, weil du Angst hattest, dass es zu klein ist. Und jetzt willst du eins von der Größe eines Wandschranks? Wo willst du deine Bücher und Dosenöffner verstauen, Tatia?«

Die Mobilhäuser gab es in drei Größen: klein, mittel und groß. Tatiana wählte das kleine, das günstigste. Es war vier Meter breit und neun Meter lang und hatte zwei Schlafzimmer, ein Badezimmer und eine winzige Küche. »Der Preis stimmt«, sagte sie. »Und uns genügt es. Wir brauchen so wenig.«

Alexander seufzte in gespieltem Unmut. »Ich will dir etwas zeigen.« Er ging in das Haus hinein, bückte sich beim Eintreten und berührte innen fast die Zimmerdecke. »Siehst du hier kein Problem?« Das Modellhaus war zwei Meter hoch.

Sie betrat das Haus, ohne sich zu bücken oder irgendwo anzustoßen, stand ganz bequem und sagte: »Nein.«

»Ich weiß, dass du gerade auf einen Meter fünfzig kommst, aber ich bin einen Meter neunzig«, sagte Alexander. »Muss ich in meinem eigenen Haus etwa ständig den Kopf einziehen?«

Tatiana sagte, dass sie erstens auf fast einen Meter siebenundfünfzig komme und zweitens nicht wisse, wo das Problem sei. »Es ist doch nur für kurze Zeit. Das hast du selbst gesagt. Und außerdem sparen wir so mehr Geld.«

»Es geht nicht um das Geld«, sagte Alexander. Er trat hinaus in die Hitze und verschränkte die Arme. »Es geht um das Lebensgefühl. Was ist, wenn wir ein paar Jahre darin wohnen müssen? Willst du es nicht bequem und gemütlich haben?«

»Das ist mir egal«, sagte sie und trat dicht vor ihn hin. »Du weißt doch: Ich würde eine Bretterhütte ohne Dach bewohnen, wenn es sein muss. Hauptsache mit dir.«

Alexander bedeckte ihr Gesicht mit der flachen Hand und küsste ihre Nase durch seine gespreizten Finger. »Nun, ohne Dach«, sagte er, »verrenke ich mir wenigstens nicht den Hals.« Als sie das große Modellhaus betraten, sagte Tatiana zaghaft: »Weißt du, wir können auch einfach fünf Hektar verkaufen und ein richtiges Haus bauen.«

Alexander schüttelte den Kopf. »Frau, für jemanden, der angeblich das zweite Gesicht besitzt, bist du nicht sehr vorausschauend. Du willst unser Land verkaufen? Wenn wir fünf Hektar veräußern, wird gleich nebenan jemand zwanzig Häuser bauen. Vielleicht dreißig. Willst du so nah bei anderen Menschen leben?«

»Nein«, gab sie kleinlaut zu.

»Genau. Und zweitens hast du das Land vor sechs Jahren für hundert Dollar pro Hektar gekauft. Jetzt ist es tausend pro Hektar wert. Ich weiß ja nicht, wie es dir geht, aber ich sehe eine Tendenz.«

»Der Makler hat gesagt ...«

Alexander senkte die Stimme. »Scheiß auf den Makler.«

Er versuchte, ernst zu bleiben, verschränkte die Arme und wartete, während sie mit sich rang.

»Na schön«, sagte sie schließlich. »Aber ein großes Modell ist eine ungeheure Geldverschwendung. Wir brauchen keinen Wohnwagen dieser Größe.«

»Was ist mit unserer Nachwuchstruppe? Wo sollen wir die unterbringen?«

»Wenn wir eine Truppe haben, wechseln wir auf ein großes Modell.«

»Also, das ist nun wirklich eine ungeheure Geldverschwendung.«

Jetzt verschränkte Tatiana die Arme. Alexander lenkte ein, und im Geiste der ehelichen Harmonie fanden sie einen Kompromiss, demzufolge keiner bekam, was er wollte.

Das mittlere Haus war sieben Meter breit, achtzehn Meter lang und zweieinhalb Meter hoch. Es hatte eine Vorder- und Hintertür und einen großen offenen Raum in der Mitte, bestehend aus Küche, Essbereich und Wohnzimmer. Rechts des Wohnzimmers befand sich ein großes Schlafzimmer mit eigenem Bad und eigener Dusche.

»Was für ein Land«, sagte Tatiana. Auf der anderen Seite lagen noch zwei Zimmer: ein größeres für Anthony und ein kleineres, das Alexander »als Kinderstube« bezeichnete und Tatiana »als Gästezimmer für Vikki und Tom«. Von der Diele aus kam man in ein zweites Bad, außerdem gab es eine Waschküche.

»Shura, kein Wäschewaschen im Fluss«, sagte sie glücklich.

»Das trifft sich gut«, sagte er, »wenn man bedenkt, dass hier über drei Staaten hinweg Wassermangel herrscht.«

Das Haus war in Küche und Essbereich mit schwarz-weißem Linoleum- und in den übrigen Räumen mit Teppichboden ausgelegt. »Überall Teppich, Tatia«, sagte Alexander in Anspielung auf ihren Holzboden einst in Lazarewo. Doch Anthony war in der Nähe und Tatiana ging nicht darauf ein. Sie errötete allerdings ein wenig.

Das Haus bezahlten sie in bar. Zwei Tage später wurde es geliefert und oben auf dem Berg am Rande ihres Grundstücks auf Zementblöcken errichtet. Die Vorderseite war der Straße zugewandt. In welche Richtung sie auch sahen, ihr Blick fiel auf die Wüste, die Berge oder das Tal.

»Endlich haben wir ein Zuhause«, rief Anthony immerfort, während er durch das leere Haus rannte. »Wir sind keine Nomaden, wir sind keine Zigeuner mehr. Wir haben ein Haus.«

Zu dritt strichen sie die Wände: das Schlafzimmer in Hellgelb, Anthonys Zimmer in Hellblau. Wohnzimmer und Küche in der Farbe von Crème Brûlée. Doch als Alexander den Ton so bezeichnete, begann Tatiana zu weinen. »Warum, *warum* sagst du so fürchterliche Sachen, Dad?«, fragte Anthony und tätschelte seiner Mutter den Arm.

Tatiana hängte weiße Vorhänge auf und kaufte Töpfe und Pfannen aus Edelstahl. »Werden wir nie mehr aus einer Schüssel essen, Shura?«

»Doch, das werden wir immer tun, Tania.«

Alexander kaufte sich einen Truck. Er verbrachte eine Woche damit, den richtigen auszuwählen. Schließlich entschied er sich für einen 1947er Truck der Marke Chevrolet in Metallicblau, ein Dreivierteltonner mit geräumiger Fahrerkabine und verchromtem Kühlergrill. Für Tatiana erstand er eine nagelneue salbeigrüne Ford-Limousine, Baujahr 1949.

Er kaufte Holz und begann mit dem Bau eines Schuppens, wo er arbeiten und seine Werkzeuge aufbewahren würde. »Wenn du ganz brav bist«, sagte Alexander leise zu Tatiana, »werde ich in dem Schuppen einen Tisch bauen, der genau die passende Höhe für dich hat – zum Kartoffelschälen, meine ich.« Wieder war Anthony um sie herum und Tatiana ging nicht darauf ein. Diesmal errötete sie allerdings tief.

Sie kauften einen runden ausklappbaren Esstisch, an dem auch Gäste Platz haben würden. (»Wie der Tisch von König Artus«, sagte Alexander, »wo wir die Angelegenheiten unseres Lebens besprechen können.«) Eine gemütliche Couch und drei Radios außerdem.

Alexander baute mit Anthonys Hilfe zwei Bücherregale für Tatiana, ein Nippesregal, obwohl sie keinen Nippes besaß, und einen Arbeitstisch für sich.

Sie kauften ein großes Messingbett, das einem Bordell angemessen war. Es hatte keinen Baldachin, jedoch eine dicke bequeme Sprungfedermatratze und obendrein eine angenehme Höhe. Tatiana wendete mehr Zeit für die Suche nach Bettbezügen auf als für das Streichen und Einrichten der übrigen Räume, wenn auch nicht ganz so viel Zeit, wie Alexander für die Wahl seines Trucks gebraucht hatte.

»Welche Farbe hättest du gern für die Bettbezüge?«, fragte sie ihn. Sie standen hinter dem Haus in der sengenden Hitze.

»Das ist mir egal. Was immer du willst.« Er hielt eine Säge in Händen. Er und Anthony legten gerade Bretter für die hintere Terrasse aus. Alexander baute sie extragroß, ungeachtet ihres Protests.

»Alexander.«

»Was? Es ist mir egal. Was immer du willst.« Er hatte ihr den Rücken zugewandt.

Sie zog ihn weg von Anthony. »Das ist unser Ehebett. Das erste richtige Bett, das wir beide haben. Das ist sehr, *sehr* wichtig. Wir brauchen Bettbezüge, die den außerordentlichen Ernst dieses Umstandes widerspiegeln.«

»Das ist viel verlangt von ein paar einfachen Bettbezügen.« Er ging wieder daran, die Holzbretter zu sägen, und wies Anthony an, seine kleinen Hände fernzuhalten.

»Welche Farbe?«

»Ist mir egal.«

»Schön. Also Pink?«

»Nein, nicht Pink.«

»Gepunktet? Gestreift? Schwarz?«

»Mir ist alles recht.«

»Also Pink?«

»Nicht Pink, habe ich gesagt.«

»Mommy, wie wäre es mit Dinosauriern drauf?«

»Oder mit Hähnen?« Alexander grinste. »Oder vielleicht mit ein paar brunftigen Wiederkäuern?«

Tatiana nahm Alexander die Säge aus der Hand, zog ihn erneut weg und bat ihn, seine drei Lieblingsfarben auf einen Zettel zu schreiben. Er schrieb Weiß, Weiß und Weiß. Sie zerriss das Papier und fragte ihn nach einer neuen Liste. Er schrieb hell, hell und hell. Sie hielt ihm seine Hand auf das Papier und nötigte ihn fast, andere Wörter aufzuschreiben. Er lachte, bis er keine Luft mehr bekam. »Ist. Mir. Egal«, sagte er unablässig. »Was an dem Satz ›Ist mir egal‹ hast du nicht verstanden? Nimm, was dir gefällt. Mach dir damit selbst eine Freude.«

»Du wirst deine Frau jede Nacht in diesem Bett lieben und dabei die verdammten Bezüge ansehen müssen«, flüsterte sie ihm ins Ohr. »Also solltest du dir allmählich darüber Gedanken machen. Denn in einer Woche wird es dir nicht mehr egal sein.«

Schmutzig und verschwitzt zog Alexander sie an sich und legte die Hände auf ihren Rücken. Er beugte sich hinunter zu ihr, neigte den Kopf und flüsterte in ihren Mund: »Tatiascha, du wirst das nicht glauben, aber wenn ich dich liebe und dabei die Bettbezüge ansehe, haben wir größere Probleme als ihre verfluchte Farbe.« Er küsste sie so, als wäre es nicht taghell.

Sie machte sich von ihm los, gab Anthony den Bleistift zurück und verschwand schmollend. »Das reicht. Ich meine es ernst.«

Letztendlich kam Tatiana mit Decken, Kissen und Laken zurück und verwendete noch einen Tag darauf, sie zu waschen und zu bügeln. Nachdem sie das Bett gemacht hatte, führte sie Alexander mit geschlossenen Augen ins Schlafzimmer. »Gut, jetzt mach sie auf.«

Alexander öffnete die Augen. Die Anhäufung von Kissen, die Daunendecke und das Laken waren weiß. Die gesteppte Patchwork-Tagesdecke war cremefarben, fast weiß also, und überall mit Satinstickereien und purpurroten Samtknospen versehen. Sie hatte zudem neue Vorhänge gekauft: hauchdünne, mit gelben und blauen Samt-Stiefmütterchen darauf. Alexander betrachtete schweigend das Bett.

»Nun«, sagte sie erwartungsvoll und drückte seine Hand. »Wie gefällt es dir?«

»Äh.« Er zuckte die Schultern.

Sie brach in Tränen aus.

Er lachte und hob sie hoch. »Oh nein«, sagte er. »Meine Frau hat ihren Sinn für Humor verloren.« Dann trat er die Tür hinter ihnen zu.

Der sechsjährige Anthony war bei Francesca am Ende der Straße und spielte mit ihrem sechsjährigen Sohn Sergio Garcia. 1943 waren nicht viele Kinder geboren worden. Sergios Vater und Mutter waren kürzlich aus Mazatlán in Mexiko gekommen. Sergio sprach Spanisch, Anthony Russisch. Sie waren sofort die besten Freunde. Während sie miteinander spielten, liebte Alexander Tatiana in den neuen Bettbezügen. Anschließend sagte er: »Im Ernst, sie sind mir kaum aufgefallen.«

Sie aber war eben geliebt worden und nicht zu Späßen aufgelegt.

»Ich hätte gern einen Sessel im Schlafzimmer«, flüsterte er.

»Wofür brauchen wir einen Sessel im Schlafzimmer?«, fragte sie. »Wir haben draußen eine Couch.«

»Kauf einen und ich werde es dir zeigen.«

Nachdem der Sessel geliefert worden war, zog Alexander Tatiana aus, legte ihre Beine über die Armlehnen und kniete sich vor sie hin. Danach stimmte sie ihm zu, dass das Geld gut investiert sei.

Als Anthony in die Schule kam, gehörte ihnen das neue Haus plötzlich ganz allein. Sie hatten Grabesruhe, Privatsphäre, Tageslicht. Endlich Tageslicht! Sie begleiteten Anthony den Berg hinunter zur Schulbushaltestelle an der Ecke Jomax- und Pima-Straße, wo Sergios Haus stand, sahen ihm nach, als er davonfuhr, begrüßten eine immer lächelnde, nicht Englisch sprechende Francesca, die mit ihrem zweiten Kind schwanger war, und verbrachten dann den Vormittag in ihrem flauschigen, weichen weißen Plüschbett mit den purpurnen Blütenknospen. Keiner störte sie. Am helllichten Tag tauften sie jedes Zimmer, außer Anthonys. Die Küchenschränke, den Küchentisch, die Küchenstühle, die gemütliche Couch, die Teppichböden, die Linoleumböden, die Bäder (mit Wasser und ohne), Alexanders Truck (Fahrerbank und Ladefläche), Tatianas Ford – vorn und hinten (und die Motorhaube). Dazwischen fuhren sie einmal Richtung Süden zu dem Stützpunkt in Fort Huachuca, er baute die hintere Terrasse zu Ende, sie pflanzte fliederfarbene Sandverbenen und buk Brot. Die Terrasse war ein Traum. Sie tauften sie ebenfalls. Sie verlebten einen wundervollen August.

Und dann ging ihnen das Geld aus.

Jeder Penny, den sie verdient und gespart hatten, war ausgegeben – für ihr Haus und ihre Autos.

»Was nun?«, fragte sie.

»Ich muss mir wohl einen Job suchen«, antwortete er.

Sie packte ihm sein Mittagessen ein und schickte ihn los. Er fand Arbeit bei einer Malermannschaft, die für einen großen Geschäftskunden tätig war. Doch mit Beendigung des Auftrags war auch die Arbeit zu Ende. Er bekam noch einen Auftrag, der bald ausgeführt war. Es dauerte eine Weile, bis die Bezahlung folgte. Tatiana kaufte kein Fleisch mehr. »Kauf das Fleisch«, sagte Alexander. »Wir kommen schon zurecht.«

»Nächste Woche wird es wieder keine Arbeit mehr geben«, sagte sie.

Das Problem war nicht nur die unregelmäßige Arbeit, sondern die Masse der Arbeitskräfte und Knappheit der Löhne. Alexander hätte genauso gut in Napa Trauben lesen können. »Tania, hör auf, dir Sorgen zu machen. Ich werde wieder Arbeit finden«, beteuerte er. »Außerdem kann jeden Tag mein Reservistensold eintreffen.« Doch der kleine Scheck reichte nicht zum Leben, zur Deckung der überwältigenden Stromkosten, die durch die Tag und Nacht laufende Klimaanlage anfielen. Tatiana sorgte sich zunehmend und fing an, sie auszuschalten, Wasser zu sparen, auf das Mittagessen zu verzichten, ihm zwei statt drei Sandwiches zu machen. Sie sagte ihm, dass er nur noch zwei Schachteln Zigaretten am Tag rauchen könne. »Zwei Schachteln? Daran merkt man, wie alles zum Teufel geht«, sagte Alexander und zündete sich eine Zigarette an.

Prägende Lebensumstände

Eines Abends im September kam Alexander vom Streichen nach Hause und im Haus war es kühl. Tatiana hatte Bœuf Stroganoff gemacht und eine Flasche Wein geöffnet. Auf dem Herd stand ein Kirschkuchen zum Abkühlen. Tatiana kam aus dem Schlafzimmer, um ihn zu begrüßen. Sie trug ein zartes Kleid und ihr Haar war offen.

»Oh nein«, sagte er in seinem Overall, an dem überall noch feuchte Farbe klebte. »Haben wir heute Hochzeitstag?« Er hatte seine Stiefel ausgezogen und draußen stehen gelassen. Sie waren zu verschmutzt, um sie in sein sauberes Haus zu tragen.

»Mommy hat einen Job«, sagte Anthony und lief zu Alexander.

»Anthony!«, rief Tatiana. »Geh sofort in dein Zimmer!«

Anthony drehte sich um und sah sie verständnislos an.

»Im Krankenhaus, Dad.«

»Anthony!«

Alexander stand mit düsterem Gesichtsausdruck neben der Tür. »Ant«, sagte er, »du hast deine Mutter gehört. Geh in dein Zimmer.«

»Und was soll ich da?«

Alexander warf seine Schlüssel auf den Beistelltisch, führte Anthony in sein Zimmer und schloss die Tür auf seine klagende Frage hin, was er denn getan habe.

Dann kam Alexander zurück in die Küche.

»Setz dich, Liebling. Bist du müde?«, fragte Tatiana und zog einen Stuhl für ihn heran. »Oder möchtest du dich erst waschen? Hast du Durst?« Sie brachte ihm etwas zu trinken, ein Bier, öffnete es ihm, schenkte es ihm ein.

»Willst du es auch gleich für mich trinken?«, fragte Alexander und leerte das Glas. »Was geht hier vor?«

»Warum ziehst du dich nicht um? Wäschst dich? Das Abendessen ist in ein paar Minuten fertig.«

»Ich habe plötzlich keinen Hunger mehr. Du hast einen Job?«

»Nur, um uns ein bisschen zu unterstützen, wie damals in Napa. Weißt du noch? Bis wir uns wieder gefangen haben.« Sie konnte nicht stillstehen.

Alexander nahm sie bei den Händen und setzte sie auf den Stuhl neben sich. »Du hast eine Stelle in einem Krankenhaus?«

»Dem Krankenhaus. Es gibt nur eins. Das Phoenix Memorial. Es liegt im Stadtzentrum, in der Buckeye Road, nur ein paar Kilometer von hier entfernt.«

»Buckeye? Das sind fünfundsechzig Kilometer von hier.«

»Neunundfünfzig. Du kannst mich dort besuchen und mit mir zu Mittag essen.«

»Bitte sag mir, dass du dort die Böden wischst. Bitte, bitte sag mir nicht, dass du als Krankenschwester arbeitest.«

Sie sagte nichts.

Er ließ ihre Hände los, schüttelte den Kopf und stand auf. »Nein.«

Tatiana wurde wieder nervös. »Es sind nur drei Tage pro Woche. Liebling, bitte. Wir brauchen das Geld.«

»Nein, tun wir nicht.«

»Doch, tun wir.«

Er blickte sie finster an. »Wenn du der Meinung bist, dass wir so dringend Geld brauchen, warum suchst du dir dann nicht eine Stelle in einem Restaurant in Scottsdale?«

»Du willst, dass ich als Kellnerin arbeite? Und Männern Essen serviere?«

»Verdreh nicht die Tatsachen, sodass es am Ende um mich geht, Tania.«

»Bitte, reg dich nicht auf. Ich versuche doch nur, unsere Familie zu unterstützen.«

»Unterstütz unsere Familie, indem du zu Hause bleibst.«

»Wir sind völlig pleite«, flüsterte sie.

»Ich werde genug verdienen.«

»Ich weiß. Shura, glaubst du, das wüsste ich nicht? Du arbeitest härter als irgendjemand sonst. Aber du hast zurzeit keine regelmäßige Arbeit. Und wir sind immer noch pleite.«

»Willst du damit sagen, dass ich für unseren Lebensunterhalt nicht aufkommen kann?«

Sie öffnete die Hände. »Bitte, das sage ich doch gar nicht. Es ist nur für kurze Zeit. Die Arbeitszeit ist geregelt und die Bezahlung ist auch in Ordnung. Auf die Art musst du nicht gleich jeden dummen Job annehmen, nur damit wir Lebensmittel kaufen können. Du musst nicht überhastet auswählen, kannst dich umsehen, kannst entscheiden, was gut, was richtig für dich ist. Und außerdem: Wenn wir beide arbeiten, können wir Geld sparen. So kommen wir viel schneller wieder auf die Beine.«

Alexander stand immer noch vor ihr und sah sie an. Anthony öffnete die Tür. »Kann ich jetzt herauskommen?«, fragte er.

»Nein!«, schrien sie wie aus einem Mund.

Anthony schlug die Tür zu.

»Verkaufen wir fünf Hektar von unserem Grund«, sagte Alexander und nahm wieder Platz. »Ich verkaufe lieber das Land und lebe in unmittelbarer Nähe anderer Menschen, als dass ich dich arbeiten lasse.«

Tatiana blickte ihn entsetzt an. »Shura, das meinst du doch nicht ernst.«

»Das meine ich von ganzem Herzen.« Er starrte ihr ins Gesicht. »Erinnerst du dich an Coconut Grove?«, fragte er und bewegte sie dazu, sich auf seinen Schoß zu setzen. Er war immer noch so schmutzig und sie so vollkommen in ihrem leichten Kleid. »Du bist auf dem Boot geblieben, hast mir das Mittagessen zum Jachthafen gebracht und Mayonnaise in dein Haar gestrichen. Und wenn ich von der Arbeit nach Hause kam, warst du glücklich, enthusiastisch und ausgeruht. Anthony war versorgt und sauber und hatte Gelegenheit gehabt, mit dir zu spielen. Du hast mich so ungeduldig erwartet, um mir deine ... Kochbananen zu servieren. War das nicht schön?«

»Das war es«, flüsterte sie. »Wir haben dieses Leben gerade erst geführt. Du kannst ihm nicht bereits nachtrauern.«

»Das tu ich aber«, sagte er. »Genau das wünsche ich mir auch hier. Mehr brauche ich nicht. Ich will jagen und sammeln und dich zu Hause haben. Ich will nicht, dass du arbeitest. Und ganz, ganz sicher nicht«, sagte Alexander, »in einem Scheißkrankenhaus.«

»Leise!« Sie warfen beide einen Blick auf Anthonys geschlossene Zimmertür.

Alexander senkte die Stimme. »Der Job wird dir die Seele rauben.«

»Das wird er nicht. Du wirst schon sehen.«

»Und für mich wird nichts übrig bleiben.«

»So weit wird es nie kommen.«

»Zerre ich dich etwa nach Huachuca? Ich kann dort jederzeit in den aktiven Reservedienst eintreten. Möchtest du, dass ich dort arbeite?«

»Dann wären wir doch nicht hier auf unserem Land, in unserem eigenen kleinen Haus«, flüsterte sie.

»Das meine ich nicht.«

»Du willst nicht zurück in dieses Leben.«

»Und warum willst du das?«

»Das will ich doch gar nicht. Ich möchte doch nur meiner Familie helfen.« Und sie fügte hinzu: »Es ist das Einzige, von dem ich etwas verstehe. Vielleicht finde ich ja eine Waffenfabrik, wo ich Panzer bauen kann, wie bei Kirow. Davon verstehe ich auch etwas.«

»Ich dachte, bei Phoenix ginge es darum«, sagte Alexander, »dass wir etwas ausprobieren, von dem wir nichts verstehen. Nämlich ein geregeltes Leben zu führen. Oder soll ich dich daran erinnern, was *ich* alles kann? Ich weiß, du willst nicht, dass ich von meinen Erfahrungen Gebrauch mache. Obwohl Richter mich nur zu gern in Korea wüsste, damit ich sie einsetzen kann.«

»Das lässt sich wohl kaum miteinander vergleichen, oder?«, sagte sie. »Ich arbeite zu Friedenszeiten drei Tage pro Woche in einem Krankenhaus und werde jede Nacht bei dir zu Hause im Bett liegen. Wenn wir nach Korea gehen, werfen Männer, die dich töten wollen, riesige, explodierende Dinger direkt in deinen Bunker. Du siehst darin schon einen kleinen Unterschied, oder?«

»Genau darum geht es mir ja«, sagte Alexander. »Wir versuchen, uns hier ein neues Leben aufzubauen. Neu ist das Schlüsselwort. Was ist nur los mit dir? Hast du nicht genug Blutvergießen gesehen?«

»Das geht schon in Ordnung«, beschwor sie ihn.

»Wirklich? Es gibt Schießereien, Messerstechereien, Körperverletzungen, Kneipenschlägereien, Morde, Autounfälle, Herzinfarkte. Todesfälle. Warum zum Teufel willst du dich damit belasten?« Er brach ab und wich ein Stück von ihr zurück, obwohl sie immer noch auf seinem Schoß saß. Flehentlich sah sie ihn an, ihr Mund zitterte. Und auf einmal verstand er. So wie er nicht über seinen Schatten springen konnte, wo immer er hinging, gelang ihr das genauso wenig. Wie konnte er sie also davon abhalten, das zu sein, was sie war? Resigniert sagte er danach lediglich: »Hat dir alles, was ich durchgemacht habe, nicht gezeigt, dass man geprägt wird durch die Lebensumstände?«

»Nein, bei mir ist es anders. Ich schiebe alles beiseite.« Ihre Lippen bebten nur noch leicht. *»Alles«*, flüsterte sie. »Und nach einer kurzen Weile werde ich eine Beförderung erhalten«, besänftigte sie ihn weiter. »Dann wechsle ich auf die Geburtshilfestation und bringe Babys zur Welt.«

»Bring lieber dein eigenes Baby zur Welt, bevor du dich mit denen anderer Leute beschäftigst. Wie wäre es damit?« Alexander stieß ein kurzes Stöhnen aus und stand auf, um sich zu waschen und umzuziehen. »Ich werde nicht einmal fragen, auf welcher Station du arbeitest«, sagte er im Weggehen. »Weil ich weiß, dass es nicht der Säuglingstrakt ist. Die Wöchnerinnenstation, ja natürlich. Babys, Reinheit, Glück, Gott bewahre. Nein. Du hast diesen Morozowo-Lazarett-Blick. Du bist entweder in der Notaufnahme oder auf der Intensivstation.«

»Notaufnahme«, sagte sie schuldbewusst.

»Ja natürlich, die Notaufnahme«, sagte er und war bereits im Schlafzimmer, wo er sich auszog.

Sie folgte ihm.

»Das wird übel ausgehen, Tatiana«, sagte Alexander. »Im Gegensatz zu dir besitze ich die unheimliche Fähigkeit, die Zukunft vorauszusehen.«

»Sehr komisch. Ich tue es doch nur, um uns zu helfen.«

»Komm mir nicht damit. Sprich nicht mit mir, als würde ich dich nicht kennen: das Krankenhaus in Leningrad während der Blockade, Sterbetrakte, die Front, die Flüchtlinge auf Ellis Island. Aber inzwischen geht es nicht mehr nur um dich. Du hast jetzt eine Familie, an die du denken musst, einen Ehemann, einen Sohn.«

In diesem Moment hörten sie den Sohn hinter seiner Zimmertür rufen: »Dad, kann ich jetzt herauskommen?«

»Ja, Anthony«, rief Alexander zurück, während er nackt ins Bad ging und den Duschhahn aufdrehte. »Das Gespräch ist beendet. Mommy arbeitet im Sterbetrakt.«

Sie ging hinter ihm her.

»Ich weiß nicht, warum du dich so gegen Korea sträubst«, sagte er, während er seine Uhr abnahm. »Das wäre genau das Richtige für dich. Dort müsstest du sein.«

»Bitte, Shura«, flüsterte sie und schlang die Arme um seine Taille, bevor er in die Duschwanne stieg. »Es ist nur für kurze Zeit, bis wir uns gefangen haben.«

Alexander stieß ein tiefes Seufzen aus. Seine Hand lag auf ihrem Kopf.

»Wie wäre es damit?«, gurrte sie und küsste seine Brust. »Wir treffen eine Abmachung. Sobald ich schwanger werde, kündige ich. Das verspreche ich. In Ordnung?«

»Darauf verlasse ich mich lieber nicht.« Er stand nackt vor ihr und drückte sie an sich.

»Sei vorsichtig. Ich könnte bereits schwanger sein.« Sie lächelte ihn an. Er lockerte seinen Griff etwas. Aber sie war nicht schwanger. Sie war Krankenschwester.

8

Das Haus, das Balkman baute

Der Mann mit dem gebrochenen Arm

Oh, sie war wirklich gut. Drei Tage im Krankenhaus, hatte sie Alexander gesagt. Verschwiegen hatte sie ihm jedoch, dass es sich um drei Zwölf-Stunden-Schichten handelte, von sieben Uhr morgens bis sieben Uhr abends. Sie musste das Haus um sechs verlassen und kam nicht vor acht zurück. Um fünf musste sie aufstehen. Selbst in Lazarewo waren sie nicht um fünf Uhr morgens fischen gegangen, und nun war sie um diese Zeit auf den Beinen und legte Hüfthalter und Schwesternuniform an.

Doch wenigstens musste Alexander jetzt, da sie »in Teilzeit«, »nur drei kurze Tage« pro Woche, im Krankenhaus arbeitete, nicht mehr den erstbesten Job annehmen, den er fand. Er suchte eine dauerhafte Beschäftigung bei den Bauunternehmern im Umkreis von Scottsdale. Sein Interesse galt dabei ausschließlich denen, die individuell bauten. Ihm gefiel die Qualität der Arbeit, und die Bezahlung war besser. Er verbrachte Wochen mit der Überlegung, wofür er sich am meisten eignete. Dabei wusste er nicht einmal genau, wonach er suchte. Er würde es wissen, wenn er es gefunden hatte. Im Gegensatz zu seiner verrückten Frau versuchte er, von dem loszukommen, was er war, statt sich kopfüber in etwas hineinzustürzen.

Nach einem halben Dutzend Angebote für eine Ausbildung zum Zimmerer, Dachdecker und Elektriker bekam Alexander schließlich zwei Stellenangebote, die ihn ernsthaft interessierten: eines von G. G. Cain Custom Homes, das andere von Balkman Custom Homes. G. G. hatte ein kleines Geschäft. Er baute fünf oder sechs solide Häuser pro Jahr, was genau der zurückhaltenden Geschäftsstrategie des Unternehmens entsprach. G. G.

wollte seinen Lebensunterhalt verdienen und kein Imperium aufbauen. Alexander hingegen hatte eine etwas andere Auffassung. Er glaubte nicht, dass er dort ein ausreichendes Einkommen beziehen könne. Außerdem würde Tania bald ein zweites Kind erwarten und sie würden wieder mit einem Gehalt auskommen müssen.

Da traf Alexander Bill Balkman. Balkman hatte ein größeres Unternehmen als G. G. Er baute zehn Individualhäuser pro Jahr, aber auch ein paar preislich günstigere Fertighäuser sowie billige Unterkünfte für die Collegestudenten in Tempe.

Balkmans Büro befand sich in seinem eigenen nagelneuen Bauträgerobjekt, einem Stuckhaus in der Camelback Road. Das Haus war auf ehemaligem Farmland errichtet worden, das Balkman »einem alten Bauern« abgekauft und in vierzig Parzellen unterteilt hatte.

»Die Fertighäuser haben die höchste Gewinnspanne«, sagte Balkman. »Ich baue sie günstig und verkaufe sie teuer.« Er suchte jedoch einen neuen Bauleiter für Individualhäuser, da der frühere aus Gründen, auf die Balkman nicht näher einging, gekündigt hatte. Mit einem breiten Lächeln betonte er, wie hervorragend sich Alexander für die Stelle eigne.

Balkman war jemand, der gern redete und lachte, Schultern klopfte und Hände schüttelte. Er behandelte Alexander wie einen verlorenen Sohn, der wieder nach Hause gefunden hatte. G. G. war merklich zurückhaltender gewesen. Balkman sicherte Alexander Aufstiegschancen und ein gutes Gehalt zu. Als Alexander ihm zu verstehen gab, dass er keine Erfahrung als Bauleiter habe, klopfte Balkman ihm auf den Rücken und erwiderte: »Sagten Sie nicht, dass Sie in der Armee waren? Nun, dann können Sie alles.«

»Ja, wenn es darum geht, jemanden zu erschießen.«

Das gefiel Balkman. Er war Anfang fünfzig, trug einen komischen hängenden Schnurrbart, einen gut gebügelten Anzug und legte ein sehr umgängliches Verhalten an den Tag. Er kam hinter dem Schreibtisch hervor und schüttelte Alexander noch einmal die Hand. »Wir werden bestimmt hervorragend miteinander auskommen, ganz hervorragend«, sagte er. »Begleiten Sie mich die Straße hinunter. Ich möchte Ihnen meinen Sohn vorstellen.

Er ist der andere Bauleiter für Individualhäuser. Ich glaube, Sie beide werden sich ausgezeichnet verstehen.«

Als Alexander zum Gehen aufstand, sah er gerahmte Diplome und Briefe zufriedener Kunden an Balkmans Wand. Daneben heftete an der Vertäfelung eine große farbige Postkarte von einer halb nackten Frau. Auf der Karte stand: »Viva Las Vegas«.

Alexander schwieg, als sich ihre Blicke anschließend begegneten. »Übrigens«, sagte Balkman und lächelte, »ich habe ganz vergessen zu fragen: Sind Sie verheiratet?«

»Das bin ich«, sagte Alexander.

Balkman klopfte ihm erneut auf den Rücken. »Ach, na ja«, sagte er, »niemand ist perfekt. Aber keine Bange, wir werden darüber hinwegsehen.«

»Ich werde nicht darüber hinwegsehen«, sagte Alexander.

Der Bauunternehmer lachte. »War nur ein Witz. Sie werden sehen. Wir machen hier ständig Witze.«

Sie gingen vier ungepflasterte Blocks entlang zu der Baustelle, auf der Balkmans Sohn arbeitete. Balkman sagte zu Alexander, dass man als Bauleiter Architekt sein und dazu Fähigkeiten als Ingenieur, Installateur, Elektriker, Manager und Psychologe mitbringen müsse. Außerdem sei es erforderlich, ab und zu Händchen zu halten. Er lächelte. »Glauben Sie, dass Sie das schaffen?«

Alexander glaubte nicht, dass er sich besonders gut zum Händchenhalten eignete. Vielleicht sollte Tania Bauleiterin werden. »Auf jeden Fall«, sagte er.

»Wir arbeiten hier viel, Alexander«, sagte Balkman, »aber wir haben auch viel Spaß.«

Alexander stimmte zu, dass sowohl Arbeit als auch Spaß wichtig seien.

Steve Balkman sah bemerkenswert sauber aus für jemanden, der eine Baustelle beaufsichtigte. Als hätte er die Männer die ganze Zeit über von seinem frisch polierten Wagen aus im Auge behalten. Steve war jung und gepflegt – ein geleckter Typ. Der Haarschnitt saß, das Gesicht war glatt rasiert, er trug Kölnischwasser, seine Finger sahen manikürt aus. Nun, zumindest die Finger der linken Hand, die er unbeholfen Alexander hinstreckte. Steves rechter Arm war vom Ellbogen bis zu den Fingerspitzen eingegipst. Ohne den gebrochenen Arm war er ein schicker, selbstbewusster Geck, ein Dandy mit aalglattem Lächeln. Unkompliziert, freundlich, umgänglich wie sein Vater. »Schön, Sie kennenzulernen«, sagte Steve. »Sie werden für uns arbeiten?«

»Weiß ich noch nicht.«

»Was soll das heißen, Sie wissen es nicht. Natürlich werden Sie das.« Balkman schlug Alexander noch einmal herzlich auf den Rücken. »Ich werde kein Nein als Antwort akzeptieren. Wann können Sie anfangen? Wir heben nämlich morgen hier in der Nähe die ersten Gräben für ein neues Haus aus. So erhalten Sie auch gleich Ihre Feuertaufe.«

Alexander nahm Notiz davon, dass Balkman einen Begriff der Militärsprache verwendet hatte.

»Stevie, Alexander war auch in der Armee, wie du.«

Alexander taxierte Balkmans Sohn.

»Steve war in England stationiert«, sagte Balkman stolz. »Er wurde am Bein verwundet. Nichts Ernstes, Gott sei Dank. Aber er kam nach nur vier Monaten im Kampfeinsatz wieder nach Hause.«

»Dad«, sagte Steve, »ich wurde hinter unserer Linie durch die eigenen Truppen verwundet. Irgendein Kerl war unvorsichtig mit seiner Waffe. Ich war nie im Kampfeinsatz. Was ist mit Ihnen, Alexander? Haben Sie gekämpft?«

»Hier und da«, sagte Alexander.

»Wurden Sie verwundet?«

»Nicht ernsthaft.« Allein die Worte stellten eine elektrische Verbindung der Neurotransmitter her, schossen durch die Milliarden Gehirnsynapsen seine Wirbelsäule hinunter und feuerten einen Schmerz geradewegs in das geschlossene faustgroße Loch in seinem Kreuz. Eine Frage und sofort war die Erinnerung zurück. Und das in Phoenix.

Balkman schlug Alexander vor, ein paar Kurse in Hoch- und Tiefbau am Arizona State College in Tempe zu belegen. »Ein Architekturdiplom ist in diesem Geschäft sehr hilfreich. Mein Sohn denkt auch darüber nach, ans College zu gehen, jetzt da der Krieg vorbei ist. Stimmt doch, Stevie?«

Alexander wollte anmerken, dass der Krieg bereits seit vier Jahren vorbei war.

Und Steve sagte mit müder Stimme: »Ich denke darüber nach, Dad.«

»Ich glaube, das College wäre eine hervorragende Idee«, sagte Alexander und holte seine Zigaretten hervor. Balkman gab ihm Feuer. »Mein Vater wollte immer, dass ich Architekt werde.«

»Siehst du«, rief Balkman seinem Sohn strahlend zu.

»Wo ist Ihr alter Herr jetzt?«, fragte Steve.

»Er lebt nicht mehr«, sagte Alexander, ohne zusammenzuzucken, nicht einmal die Zigarette in seiner Hand bewegte sich.

»Übrigens«, sagte Balkman zu seinem Sohn eine Spur weniger freundlich. »Der Bauinspektor hat mich heute Nachmittag angerufen und sich echauffiert, weil er eine Stunde auf dich gewartet hat und du nicht aufgetaucht bist. Er musste noch zu einem anderen Termin. Wo warst du?«

»Ich war da, Dad. Ich dachte, der Termin wäre um zwei.«

»Im Terminkalender stand eindeutig ein Uhr.«

»In meinem Kalender stand zwei. Tut mir leid. Ich werde mich morgen mit ihm treffen.«

»Tja, darin liegt das Problem. Er kann morgen nicht. Erst wieder nächste Woche. Das verzögert den Baubeginn und kostet uns zweihundert Dollar, um die Installateur- und Maurermannschaft zu beschwichtigen, die schon anfangen wollten. Sie haben dafür einen anderen Auftrag abgelehnt. Und jetzt muss ich es den Bauherren erklären.« Er schüttelte den Kopf. »Ach, vergiss es. Alexander soll den Termin mit dem Bauinspektor wahrnehmen. Ich werde ihm dieses Projekt übertragen. Also Alexander, meinen Sie, dass Sie morgen anfangen können?«

Alexander nahm den Job an. Worte wie Ingenieurs- und Architekturkurse, Verantwortung, das Baugeschäft von der Pike auf lernen und Bilder von Bill Balkman, der ihm freundlich auf den Rücken klopft, schwirrten in seinem Kopf umher.

Dazwischen kam ihm der Gedanke, dass er vielleicht zuerst mit Tania hätte sprechen sollen. Doch irgendwie war er sich ihrer Zustimmung aus dreißig Kilometern Entfernung gewiss.

Steve fragte, ob er rasch mit ihm etwas trinken wolle. Sie fuhren ins Rocky's in der Stetson Road in Scottsdale und bestellten an der Bar ein Bier. Steve sagte: »Junge, Dad muss Sie wirklich mögen. Er stellt sonst nie Verheiratete ein.«

Alexander blickte ihn verwundert an. »Wie viele alleinstehende Männer findet er schon nach dem Krieg?«, sagte er. »Vermutlich nicht viele.«

»Nun, ich bin alleinstehend«, sagte Steve mit einem Grinsen. »Und es *ist* nach dem Krieg.« Er seufzte. »Aber ich habe mich vor einer Weile verlobt.«

Alexander gefiel, dass Steve kein Interesse hatte, mit ihm über den Krieg zu sprechen. So musste er wenigstens nicht lügen. »Und warum haben Sie sich verlobt, wenn Sie so seufzen?«

Darüber konnte Steve herzhaft lachen. »Weil sie nicht lockergelassen hat«, sagte er. »Also habe ich ihr einen Ring geschenkt und jetzt ist sie zufrieden. Nicht ganz zufrieden, aber zufriedener. Verstehen Sie, was ich meine?«

Alexander trank einen Schluck Bier und antwortete nicht. Er trommelte mit den Fingern auf den Tresen.

»Ich bin erst vierundzwanzig«, sagte Steve. »Ich bin noch nicht bereit, mich ernsthaft zu binden. Verstehen Sie? Ich habe mir die Hörner noch nicht abgestoßen. Wann haben Sie sich an die Kette legen lassen?«

»Mit dreiundzwanzig.«

Steve pfiff. »Waren Sie damals schon beim Militär?«

»Natürlich.«

»Wow. Alex – kann ich Sie Alex nennen? –, ich weiß nicht, wie Sie das gemacht haben. Mit dreiundzwanzig verheiratet *und* beim Militär? Was ist mit den Hörnern?«

»Hab ich mir vorher abgestoßen.« Alexander lachte, hob die Augenbrauen und führte sein Bierglas an den Mund. »Ordentlich abgestoßen.«

Steve erwiderte sein Lachen und stieß mit ihm an. »Na ja, zumindest verstehen wir uns. Mann, es gibt überall schöne Mädchen, oder? Im Restaurant, im Club, im Krankenhaus. Neulich habe ich tatsächlich im Krankenhaus eine kennengelernt. So eine wie die haben Sie noch nie gesehen.«

»Apropos Krankenhaus«, sagte Alexander. »Was haben Sie eigentlich mit Ihrem Arm angestellt?«

»Ach, das war äußerst ungeschickt von mir. Bin in einem der Häuser auf einer Leitersprosse ausgerutscht und heruntergefallen.«

Steves Schuhe und Kleider machten nicht den Eindruck, als würde er auf irgendwelche Leitern steigen. Vielleicht war er deshalb heruntergefallen.

»Ich sage Dad andauernd, dass ich nicht für dieses Geschäft gemacht bin«, sagte Steve mit einem Augenzwinkern. »Aber er will es einfach nicht hören.« Er trank abwechselnd einen Schluck Bier und zog dann wieder an seiner Zigarette. »Weshalb ich auch so unglaublich froh bin, dass Sie jetzt hier sind. Offen gesagt stand ich bisher mächtig unter Druck.«

»Nun, ich bin immer gern zu Diensten«, sagte Alexander. Er schüttelte Steve die Hand und stand auf. Er konnte es nicht erwarten, Tatiana davon zu erzählen.

An diesem Abend feierten sie mit einem späten Essen und Champagner, nachdem Anthony im Bett war. »Es tut mir leid, dass ich nicht vorher mit dir darüber gesprochen habe«, sagte er. »Aber ich dachte, es sei richtig. Was hast du für ein Gefühl bei ihnen?«

»Wie? Aus dreißig Kilometern Entfernung?« Sie lächelten. »Wenn du glücklich bist, bin ich es auch, Shura.« Sie lag in seiner Armbeuge, blickte ihn jedoch nachdenklich an. »Wie war gleich der Name der Firma?«

»Balkman Custom Homes.«

»Balkman«, wiederholte sie langsam. »Muss wohl ein häufiger Name hier sein. Ich habe ihn schon einmal gehört.« Sie runzelte die Stirn.

Alexander befand sich auf einem Höhenflug. Aufgeregt erzählte er ihr, dass er im Januar mit dem College beginnen würde. »Ich werde Richter bitten, mir zu einem GI-Darlehen zu verhelfen, das die Studiengebühren deckt. Ja, ja, ich weiß, du bist gegen Darlehen. Aber es kommt über Richter, ist für mein Diplom, und es ist die Sache wert. Was denkst du?«

»Es ist wundervoll«, sagte Tatiana und küsste seine Brustnarbe auf Höhe ihres Mundes.

»Und wenn ich erst mal weiß, wie es geht, werde ich ein Haus für dich bauen.« Er legte seine Hände auf sie. »Mit meinen bloßen Händen. Also überleg dir schon mal, wie dein Traumhaus aussehen soll.«

»Ich überlege immer noch, wie meine versprochene Tischplatte zum Kartoffelschälen aussehen soll«, sagte sie und drückte sich an ihn.

Am nächsten Morgen ging Alexander um sechs Uhr dreißig aus dem Haus. Er verbrachte den ganzen Tag mit Balkman. Ein Termin jagte den anderen. Er traf sich mit den Bauinspektoren und städtischen Bauleitern, mit den beiden Architekten, den Installateuren, Fundamentgießern, Elektrikern, Dachdeckern, Maurern und Verputzern, den Malern und Möbeltischlern, den Männern, die die Stuckleisten legten, und der Türmannschaft. Er nahm an einer Besprechung mit Hauskaufinteressenten in Balkmans Büro teil. Er rauchte drei Schachteln Zigaretten, aß kaum etwas und kam um neun Uhr abends nach Hause, hungrig wie ein Wolf und zu müde, um auch nur ein Wort zu reden.

Er ließ sich auf seinen Stuhl in der Küche fallen und Tatiana servierte ihm einen Hähncheneintopf mit chilenischer Rotweinsoße und Zwiebelreis und dazu warmes Brot. Sie zündete ihm eine Zigarette an, schenkte ihm nach und saß anschließend ruhig mit ihm auf der Couch, wo sie seinen Kopf streichelte, bis er einschlief und sie ihn wecken musste, damit er aufstand und ins Bett ging.

Sie erzählte ihm, dass Francesca sich bereit erklärt habe, an den drei Tagen, wo auch Tatiana lang arbeitete, Anthony nach der Schule zu sich zu nehmen, wenn sie im Gegenzug etwas Geld bekomme und Tatiana ihr Englisch beibringe.

»Du sollst ihr Englisch beibringen?«, fragte Alexander. »Erkennst du die Ironie?«

»Ich erkenne überall Ironie«, sagte Tatiana.

Am Freitag lud Steve Alexander und einen anderen Bauleiter namens Jeff auf einen Drink ein. Jeff arbeitete an Häusern für die mittlere Einkommensklasse in Glendale. Alexander nahm an und kam erst nach elf Uhr abends nach Hause. Am Samstag arbeitete er den ganzen Tag bis in den Abend hinein. Balkman bat ihn, auch am Sonntag für ein paar Stunden zu kommen. Aber Alexander lehnte ab. »Ich arbeite sonntags nicht, Bill.« Am Montag bat Bill ihn, länger zu bleiben, um bei einem Kundengespräch zugegen zu sein. Am Dienstag hatte er einen Termin früh morgens, einen zum Mittagessen und noch einen spätabends. Der Maler hatte wegen eines Zahlungsstreits die Arbeit niedergelegt, und so musste Alexander eines der Häuser selbst zu Ende streichen.

In den frühen Morgenstunden brach er zur Arbeit auf und erst spät kam er zurück. Er war erschöpft, aber glücklich. Und er mochte Steve und Jeff. Nach ein paar Drinks verwandelten sie sich in Jerry Lewis und Steve Martin. Balkman bildete Alexander persönlich aus, zog dafür Arbeitskleidung an und begleitete ihn auf die Baustellen. Eines Tages erwähnte Balkman beim Mittagessen Schulungen über neue Baumaterialien, Techniken und Entwicklungen im Bereich Klimatisierung und Dachdeckung. »Ein paar Mal im Jahr fahren wir zu diesen Tagungen und Baumessen nach Las Vegas.« Balkman machte eine bedeutungsvolle Pause und lächelte breit. »Die Bauleiter lernen dort ungeheuer viel und die Jungs haben Gelegenheit, sich nach einem harten Arbeitstag ein bisschen auszutoben.«

»Das liegt auf der Hand.« Alexander erwiderte sein Lächeln.

»In zwei Wochen findet wieder eine Schulung statt.«

Alexander legte die Gabel nieder. »Bill, ich werde nicht mitfahren können.«

Balkman nickte mitfühlend. »Ich weiß. Für verheiratete Männer ist es nicht so leicht wegzukommen. Du musst das erst mit deiner Frau klären. Ich verstehe. Sag ihr, dass es sich nur um ein Wochenende handelt.«

»Ja, aber in zwei Wochen muss ich übers Wochenende nach Tucson. Ich besitze ein Patent als Reserveoffizier der US-Army und leiste zwei Tage pro Monat Dienst.«

Bill legte ebenfalls die Gabel aus der Hand. »Du bist Reservist? Oh, das ist aber ungünstig. Und am Wochenende im Dienst?«

»Zwei Tage pro Monat. Am Wochenende geht es leichter.«

»Dir ist klar, dass samstags bei uns am meisten los ist, Alexander.«

Alexander wies Bill nicht darauf hin, dass die Schulung in Las Vegas auch an einem Samstag war. »Das ist mir klar. Ich hole die Arbeit auf. Ich werde dich nicht hängen lassen. Aber nach Tucson muss ich.«

»Ist das ein Dauerzustand?«

Alexander schielte zu ihm hinüber. »So wie die dauernden Verpflichtungen in Las Vegas?«

»Aber ein Patent bedeutet, dass du nach einer gewissen Zeit aus dem Dienst ausscheiden kannst, oder?«

»Ich soll mein Patent zurückgeben?«

»Denk nur darüber nach. Mehr verlange ich nicht. Du wirst sehr wertvoll für mein Geschäft, Alexander. Ich möchte dir jede Möglichkeit zum Erfolg bieten.«

Anthony lief ihm entgegen, als er die Tür öffnete. Tatiana tauchte hinter ihm mit einem mühsamen Lächeln auf den Lippen und einem Kochlöffel in der Hand auf. »Hallo.«

»Hallo.« Er küsste sie.

»Du riechst nach Bier«, sagte sie.

»Ich war etwas trinken mit Steve«, sagte er und sank auf seinen Stuhl.

»Und, wie war's?« Sie wandte sich dem Herd zu. »Ant, Zeit fürs Bett, wie abgemacht.«

»Aber Mom …«

»Jetzt gleich, Anthony«, sagte Alexander.

Missmutig stand Anthony auf. Als er gerade gehen wollte, griff Alexander sein schmales Handgelenk. »Ant«, sagte er, »wenn deine Mutter dir sagt, dass du etwas tun sollst, dann tust du es einfach. Du brauchst nicht mürrisch zu werden, kapiert?«

Nachdem der Junge den Raum verlassen hatte, beobachtete Alexander Tatiana, die mit dem Rücken zu ihm stand und sich auf ihre Kochtöpfe konzentrierte. Sie bereitete Enchiladas mit Hähnchenfüllung und Koriander-Limonen-Reis zu. Tania unterrichtete Francesca in der englischen Sprache und Francesca Tania in der mexikanischen Küche. Ein schöner Austausch der Dienstleistungen.

»Bist du wütend, weil ich etwas trinken war?«, fragte Alexander schließlich. »Ich versuche nur, nicht unhöflich zu sein.«

Sie brachte ihm einen Teller Essen, beugte sich zu ihm hinunter und küsste seinen Kopf. »Ich bin nicht wütend auf dich, Liebling«, sagte sie. »Aber ich fände es schön, wenn du mich anrufen und mir sagen könntest, wann du nach Hause kommst, damit dein Essen rechtzeitig fertig ist.« Sie gab ihm mehr Reis und Brot, füllte sein Glas und blieb dann neben ihm stehen, drückte sich an ihn. Seine Hand legte sich wie selbstverständlich um ihre Hüfte und wanderte schließlich unter ihren Rock, sodass er die Nylonstrümpfe fühlen konnte. Er fuhr die Naht entlang und hielt auf dem Streifen nackter Haut gleich unterhalb ihres offenen Hüfthalters inne. Er liebte diese Stelle. »Ich weiß, dass es verrückt war«, sagte er. »Es wird nicht immer so sein. Das werde ich nicht zulassen. Darum kümmere ich mich. Aber was ist sonst noch?«

Sie seufzte.

»Oh, seufzen verheißt nichts Gutes.«

Anthony kam aus seinem Zimmer gelaufen, um ihnen zu sagen, was es gerade im Radio gab. Alexander nahm die Hand von Tatiana weg und sagte: »Kein Radio mehr. Du schläfst jetzt, Anthony. Sofort.«

Als Antony wieder in seinem Zimmer verschwunden war, stieß Alexander selbst ein Seufzen aus. Er sagte Tatiana, dass er gleich wiederkomme, und ging in Anthonys Zimmer, wo der Junge gerade schweigend in seinen Schlafanzug schlüpfte. Alexander beobachtete ihn einen Augenblick. Dann half er ihm, das Oberteil richtig herum anzuziehen, und brachte ihn ins Bad. Er sah ihm beim Zähneputzen und Gesichtwaschen zu, begleitete ihn zurück in sein Zimmer, steckte ihn unter die Decke und setzte sich auf sein Bett.

»Was ist los, Kumpel?«, fragte Alexander. »Alles okay? Läuft es in der Schule? Mit Sergio? Und mit Mommy? Warum bist du so mürrisch?«

»Ich bin müde«, sagte Anthony und drehte Alexander den Rücken zu. »Morgen ist Schule.«

Alexander schaltete das Licht aus und beugte sich über das Bett. Er umarmte den Jungen. »Dein Dad arbeitet zu viel«, sagte er leise. »Ich weiß. Keiner ist mehr daran gewöhnt.« In den vergangenen zwei Jahren, als sie auf Reisen gewesen waren, hatten sie kaum gearbeitet, nur so viel, dass der Verdienst zum Leben reichte. »Aber weißt du noch, als du drei warst und ich den ganzen Tag auf dem Hummerboot gearbeitet habe? Ich habe das Haus morgens um vier verlassen und bin abends um fünf zurückgekommen. Das war auch ein langer Tag.«

»Daran erinnere ich mich nicht«, sagte Anthony. »Aber an

dem Ort mit den langhalsigen Vögeln und den Kanälen hast du überhaupt nicht gearbeitet. Du hast nicht einmal Äpfel geerntet. Wir sind die ganze Zeit einfach dagesessen und haben versucht, diesen Fisch zu fangen. Wie hieß er gleich?«

»Der urzeitliche Stör. Da waren wir aber nicht sehr erfolgreich, oder, Ameisenmann?«

»Wir hätten länger dort bleiben sollen«, sagte Anthony. »Dann hätten wir ihn schon noch gefangen. Mommy sagte, dass er den ganzen Weg von dem Fluss, wo ihr geheiratet habt, herschwimmen würde, damit du ihn fangen kannst.«

»Deine Mommy ist sehr lustig.« Alexander drückte die Lippen auf Anthonys Kopf. »Du hast mir auf dem Steg an diesem Kanal ein paar schöne Lieder auf deiner Gitarre vorgespielt«, flüsterte er. »Diesen Sonntag hilfst du mir, die vordere Terrasse fertig zu bauen. Ich werde deine Hilfe brauchen, okay, Kumpel?«

»Okay, Dad.« Der Junge legte seinen Arm um Alexanders Hals.

Nach dem Abendessen, bei dem Tatiana schweigsam gewesen war, ging Alexander hinaus, um zu rauchen. Tatiana folgte ihm. Die dunklen Berge im Mondschein beruhigten und trösteten ihn, aber nicht so sehr wie Tatianas Hände es vermochten. Er zog sie auf seinen Schoß. Sie setzte sich kurz, drückte ihre Wange an seine und stand wieder auf. Das war weniger tröstend.

»Du willst mich bestimmt nicht auf deinem Schoß haben, wenn du hörst, was ich dir gleich erzählen werde«, sagte sie und kaute unruhig auf ihrer Lippe.

Er beobachtete sie. »Was tust du da? Überlegst du etwa, wie du es mir sagen sollst?«

»Ja«, sagte sie und seufzte. »Ich habe Schwierigkeiten. Dein Steve Balkman, ist das ein junger Mann? Ein gut aussehender Kerl, der sich gern ein bisschen aufspielt? Und einen gebrochenen rechten Arm hat?«

»Ja. Woher weißt du ...«

»Er wurde vor einer Weile spätabends in die Notaufnahme eingeliefert, und als ich am nächsten Morgen zur Arbeit kam, war ich diejenige, die dabei geholfen hat, seinen Arm einzugipsen.«

Alexander zog die Stirn in Falten. »Ja und? Er hat sich den Arm bei einem Sturz von der Leiter gebrochen.«

Schweigen. »Nein, hat er nicht«, sagte Tatiana. »Er war betrunken und es ist bei einer Schlägerei passiert.«

»Was?« Alexander reagierte gereizt. Ihr Gesichtsausdruck verlangte nach einer Reaktion von ihm, die er nur ungern zeigen wollte. »Na gut. Und weiter?«

Tatiana wich zu dem Geländer zurück. »Zwei Männer wurden zusammen eingeliefert, beide verletzt. Die Polizei kam. Dieser Steve Balkman hat sich offenbar unangemessen über die Freundin des anderen Mannes geäußert.« Sie hielt inne. »Das Problem bestand darin, dass der andere Kerl recht übel zugerichtet war und seine Familie Strafanzeige stellen wollte. Am Ende kam William Balkman – ist das dein neuer Boss? –, sprach mit den Polizisten und der Familie des anderen Mannes und hat die Sache ausgebügelt, sodass es keine Anzeige gab.« Sie holte tief Luft und fügte leise hinzu: »Ich glaube, der Verletzte war Balkmans anderer Bauleiter.«

Alexander funkelte sie so lange an, bis sie den Blick abwandte. »Gut«, sagte er. »Nun hast du es mir erzählt, obwohl du es zuerst nicht tun wolltest. Das ist hochinteressant. Danke, dass du es mir mitgeteilt hast. Doch meinst du, er hätte dem Neuen in der Firma vertrauensvoll erzählen sollen, dass er in eine Kneipenschlägerei verwickelt war? Ich würde es jedenfalls nicht.«

»In eine Kneipenschlägerei mit dem früheren Bauleiter wegen unflätiger Bemerkungen.«

»Tania«, sagte Alexander, »machst du dir Sorgen um meine Sicherheit? Hast du Angst um mich? Angst, dass mir etwas zustoßen könnte, wenn ich mit ihm in eine Kneipe gehe? Ich sag dir etwas, du kannst dir über alles Mögliche Sorgen machen, aber in dem Fall ist es unnötig.«

Sie versuchte, etwas zu sagen, doch er wollte es nicht hören. Jetzt ein Gespräch mit ihr über Las Vegas oder die Rückgabe seines Offizierspatents zu führen kam keinesfalls in Frage. »Du machst einen riesigen Wirbel wegen gar nichts«, sagte er und stand auf.

Im Bett sagte er zu ihr: »Verstehst du denn nicht, Tania? In dieser Firma mache ich Karriere. Dort liegt meine Zukunft. Ich werde Architekt werden. Und Häuser bauen.«

»Ich weiß, die Arbeit ist perfekt für dich. Aber es gibt Hunderte Bauunt...«

»Nein!«, brüllte er.

Alexander hatte geschrien, die Stimme erhoben. Er war wütend, so wütend, dass er brüllte, während sie beide nackt im Bett lagen. Seit Coconut Grove war kein lautes Wort mehr zwischen ihnen im Schlafzimmer gefallen und damals ging es um etwas anderes. Tatiana wusste nicht, wie sie damit umgehen sollte. Ihre Lippen zitterten unmerklich. Mit kleinlauter, leiser Stimme sagte sie: »Es tut mir leid. Wir werden nicht mehr davon anfangen.« Sie streckte die Hand aus, um sein Gesicht zu berühren.

»Dieser Job ist perfekt für mich«, sagte er und riss den Kopf von ihr weg. »Wenn du nicht begreifen kannst, warum, weigere ich mich, es dir zu erklären.«

»Liebling, du musst mir gar nichts erklären.«

»Das stimmt. Das muss ich nicht. Ich will, dass wir uns mit Steve und seiner Verlobten zum Abendessen treffen. Dann kannst du dich selbst davon überzeugen, dass er in Ordnung ist.«

»Er hat eine Verlobte?«

»Ich verstehe nicht, warum dich das nun wieder überrascht.«

Sie biss sich auf die Lippe und sagte nichts.

Alexander atmete schwer. »Was? Was? Was?« Er drehte sich zu ihr und funkelte sie an. »Sag es mir sofort, sonst ...«

Tatiana öffnete den Mund.

»Ich will es gar nicht hören.«

Tatiana schwieg.

»Was ist nur los mit dir?«, fragte er. »Wie kannst du über ihn urteilen? Du kennst ihn nicht einmal.«

»Oh doch, ich kenne ihn«, sagte Tatiana. »Ich habe seinen Arm eingegipst, schon vergessen? Aber ich urteile über niemanden. Du hast recht. Ich verhalte mich wie ein Dummkopf. Reden wir nicht mehr davon. Es ist schon spät.« Sie rang sich ein Lächeln ab und rieb seine Brust. Sie streichelte sein Gesicht. »Es ist gut. Pscht. Und du hast recht. Das ist nicht der Gulag. Das ist nicht Kattowitz.«

Nachdem Alexander eingeschlafen war, zog Tatiana ihren seidenen Morgenmantel über und ging in die Küche. Dort setzte sie sich an den Tisch und legte den Kopf auf die Arme. Was konnte sie tun? Eines war klar: Alexander wollte von ihr keine Informationen über die Balkmans. Sie erzählte ihm nicht, dass Steve, auf der Suche nach ihr, noch dreimal ins Krankenhaus gekommen war. Dass er sogar wiederkam, nachdem sie ihm erzählt hatte, dass sie verheiratet und nicht an ihm interessiert sei. »Geh mit mir aus«, versuchte er sie zu überreden. »Du bist schöner als sämtliche Mädchen in Vegas. Und ich kenne sie alle. Komm schon.« Hochgezogene Augenbrauen, ein schmieriges, anzügliches Lächeln. »Du wirst es nicht bereuen.« Sie hoffte, ihr finsterer Blick würde ihn endlich abweisen.

Doch es blieb nicht dabei. Vor Kurzem war er erneut ins Krankenhaus gekommen, eine weitere Verletzung infolge einer neuen Schlägerei in betrunkenem Zustand. Er und seine Kumpels hatten einen Mann nackt ausgezogen und wieder und wieder getreten. Carolyn Kaminsky, die diensthabende Krankenschwester, hatte ihr davon erzählt. Sie beschrieb, wie Bill Balkman wieder erschienen war und die Polizei und der verprügelte Mann auch hier stillschweigend von einer Anzeige abgesehen und sich wieder auf den Weg gemacht hatten. Tatiana wollte es Alexander erzählen, doch er wollte es nicht wissen. In der Armee habe ich Schlimmeres gehört, würde er antworten. Und vielleicht hatte er recht. Alexander wusste wohl besser als sie, was ein Mann wie Steve zu einer Frau wie Tatiana sagen würde.

Sie saß immer noch in der Küche, als Alexander eine halbe Stunde später, auf der Suche nach ihr, aus dem Schlafzimmer wankte. »Ich hasse es, wenn du mitten in der Nacht an dem verfluchten Küchentisch sitzt und nervös vor dich hin brütest, wie damals auf Bethel Island«, sagte er. »Mein ganzes Leben zieht in Bildern an mir vorbei. Komm jetzt ins Bett.«

Die Schwester ist da, A-Seite

Am nächsten Abend nach der Arbeit eilte Tatiana bedrückt nach Hause. Sie wollte unbedingt vor Alexander da sein, sodass sie mit dem Kochen anfangen und aufräumen konnte, bevor er müde und hungrig nach Hause kam. Anthony war zum Pizzaessen bei Sergio, der Geburtstag hatte. Sie musste ihn um neun abholen.

Zu ihrem Erstaunen stand Alexanders Truck bereits in der Auffahrt. Es war erst Viertel vor acht. Normalerweise kam er freitags später nach Hause. Sie stieg die Treppe hinauf und öffnete die Tür. Er saß auf der Couch. Sein Kopf war zur Seite geneigt. Tatiana nahm kaum Notiz von dem Blumenstrauß auf dem Tisch. »Shura?«

Er stöhnte.

Sie eilte zu ihm. »Was ist los?«

Er hatte sich in seiner langen Unterhose auf der Couch ausgestreckt. Ein feuchtes Handtuch lag über seinem Gesicht. Sie zog das Handtuch weg. Seine Augen waren geschlossen. Er war apathisch und warf sich hin und her. »Ich weiß nicht. Ich glaube, ich bin krank.«

»Oh, Liebling. Was hast du?«

»Mein ganzer Körper tut weh. Ich kann mich nicht bewegen.«

Sie warf ihre Schwesterntasche auf den Boden.

»Nein, nein«, sagte er. »Bring die Tasche mit.«

Mit der Tasche in der Hand beugte sie sich besorgt über ihn. Sie kniete sich neben ihn auf die Couch und fühlte seinen Kopf, sein Gesicht. Seine Augen hielt er immer noch geschlossen. Er war feucht von dem Handtuch. »Ich glaube nicht, dass du Fieber hast.«

»Ich brauche eine Krankenschwester«, murmelte er.

»Liebling, ich bin hier«, sagte sie.

»Trägst du deine Schwesterntracht?«

»Natürlich. Ich komme gerade von der Arbeit.«

»Trägst du einen strengen Haarknoten?«

»Ja. Shura, mach die Augen auf.«

»Deine weißen Schuhe, weißen Strümpfe, alles an?«

»Ja, ja. Was ist bloß mit dir los?«

»Ich brauche eine Krankenschwester«, murmelte er wieder.

Tatiana schwieg einen Moment.

Schließlich sagte sie in diensteifrigem Ton: »Wie es scheint, sind Sie ernsthaft krank. Ich muss Sie erst komplett untersuchen, bevor ich meine Diagnose stelle.«

»Was immer Sie für das Beste halten, Schwester Metanowa.«

Aus ihrer Tasche holte sie ein Stethoskop. »Könnten Sie Ihr Hemd ausziehen? Ich muss Ihre Lunge abhören.«

Das Stethoskop war herrlich kalt auf seiner Brust.

Als er die Augen öffnete, war ihre Miene ernst. Sie hatte ihre Schwesternhaube wieder aufgesetzt und ihre Uniform ein Stück aufgeknöpft, um ihr weiches Dekolletee zu enthüllen. »Ich muss Sie auf kranken Humor untersuchen«, sagte sie und zog ihm die lange Unterhose aus. »Bitte sitzen Sie ganz still und bewegen Sie sich nicht. Das kann gefährlich werden. Wir müssen behutsam fortfahren.« Sie hakte ihren BH vorn auf und öffnete bis auf den Knopf unterhalb ihrer Brust ihre Schwesterntracht, so dass ihre Brüste nun aneinandergedrückt aus der Tracht hervorquollen. Sie war vor ihm entblößt: korallenrote, erigierte Brustwarzen, cremefarbener Bauch, der helle, offene Hüfthalter, an dem die feinen weißen Strümpfe mit Strapsen befestigt waren. Sie kniete sich auf den Teppich zwischen seine Beine. »Hm«, machte sie wieder und nahm ihn in die Hand. »Tatsächlich kranker Humor. Aber ich glaube, wir können Sie heilen, Hauptmann Below.«

Sie zog ein Fläschchen Paraffinöl aus ihrer Tasche, rieb erst sich damit ein und dann ihn, bevor sie ihn feucht und schlüpfrig zwischen ihre Brüste nahm und langsam auf und ab glitt.

Er konnte es nicht aushalten. »Ich glaube, ich bin ein schwerer Fall«, sagte er stöhnend und gab sich Mühe, die Augen offen zu halten. »Ich bin von Grund auf krank.«

Finster nickend stimmte sie ihm zu. Sie liebkoste ihn. Er war angeschwollen und pochte. Langsam glitten ihre schlüpfrigen Hände auf und ab. »Kranker Humor ist eine ernste Angelegenheit, Hauptmann. Es gibt keine Garantie.«

Seine Hände fuhren in ihr Haar. Die Haube fiel herunter. Er stemmte sich von der Couch hoch, beugte sich zu ihr und küsste sie. »Es tut mir leid wegen gestern, Tatia«, flüsterte er. »Das alberne Geschrei. Ich will nur nicht, dass du dir Sorgen machst. Bitte, vertrau mir bei dieser Sache.«

»Hauptmann«, sagte sie, schloss ihre Finger wie eine Spirale fester um ihn und streichelte ihn so, dass er kein Wort mehr hervorbrachte. »Bitte, Sie dürfen nicht sprechen. Es ist nur zu Ihrem Besten.«

»Gibt es eine Behandlung gegen kranken Humor?«, fragte Alexander und ließ sich zurück auf die Couch fallen.

»Nun, in der alten Zeit«, antwortete Tatiana ruhig, »bestand die Heilung darin, ihn aus dem Körper zu saugen.«

»Ich verstehe«, sagte er mit bebender Stimme. »Glauben Sie, dass diese Behandlung heute noch Erfolg verspricht? Die moderne Medizin hat inzwischen solche Fortschritte gemacht.«

»Da haben Sie recht. Wir können es nur versuchen. Jetzt sitzen Sie still und bewegen Sie sich nicht. Ich werde mich jetzt ans Werk machen. Es ist unsere einzige Hoffnung.«

Sie machte sich ans Werk. Am Ende wollte er sie aufhalten. Er wollte, dass sie sich auf ihn setzte in dieser Uniform und dem offenen Hüfthalter, der ihn in den Wahnsinn trieb. Aber sie flüsterte: »Willst du geheilt werden, Hauptmann? Dann komm in meinem Mund, wie du es liebst.« Sie aufzuhalten war offensichtlich völlig unmöglich.

Alexander reagierte in einem so pawlowschen Reflex auf Tatianas weiße Schwesterntracht und ihren strengen Haarknoten, dass er erregt wurde, sobald er sie an einem Dienstmorgen sah, mit ihr zu Mittag aß oder die weiße Uniform, gebügelt und fertig für den nächsten Tag, im Schrank hängen sah. Schließlich spürte er sogar die harte Schwellung in seiner Hose allein bei dem Gedanken an ihre weiße Uniform. Nach einer Weile sagte sie, dass er das Endstadium erreicht und sie keine Hoffnung mehr für ihn habe.

Freudig stimmte er zu.

Doch nach wie vor fand sie alle möglichen Ausreden, die Alexander nie zuvor gehört hatte, um nicht mit Steve und seiner Freundin essen gehen zu müssen.

Dinner mit Steve und seiner Verlobten

Er war spät dran und raste die Pima-Straße hinauf. Er wusste, dass sie mit Ant zu Hause auf ihn wartete. Es war ihr erster Advent in Arizona. Alexander hatte Weihnachtslichter um das Haus herum angebracht und nun funkelte es vielfarbig wie eine

Traumstadt vom Ende der Straße her. Sobald er rechts auf den Jomax-Weg bog, immer noch fast zwei Kilometer stromabwärts, sah er sein kleines lichtgeschmücktes Haus auf dem Berg leuchten. Die Anspannung und Hektik des Tages sackten langsam von ihm ab. Nachdem er den Truck geparkt hatte, blieb er kurz auf der vorderen Terrasse stehen, wo er sie durch das Fenster sehen konnte.

Sie hat im ganzen Haus Ordnung und Frieden geschaffen. Alles ist geputzt und makellos. Bücher, Magazine, Zeitungen, Schuhe, Baseballschläger, Sofadecken und Weihnachtszweige sind im Raum verteilt. Aber alles hat seinen Platz, alles sieht behaglich aus. Das Licht der Tischlampen ist heruntergedreht, der Herd angeschaltet, an den Fensterscheiben kleben weiße Schneeflocken. Er wird ihr sagen, dass sie in Zukunft die Rollläden herunterlassen soll, doch heute Abend ist er froh, sie beobachten zu können, ohne dass sie ihn bemerkt. Er fühlt sich, als stünde er hinter einem Fliederbusch damals im Sommer in Lazarewo. Ihr Haar ist hoch aufgetürmt, ihr Körper verborgen in einem seiner verschlissenen Armeepullover. Das bedeutet, der Pullover wird nach ihr riechen, wenn er ihn anzieht. Er muss sie unbedingt bitten, ihn nicht zu waschen. Immer wieder sagt er ihr, dass sie einem Alberto-Varga-Pin-up-Mädchen ähnelt: Würde sie sich in einen Teppich wickeln, könne man trotzdem erahnen, wie sie nackt aussieht. Sie holt die Butter aus dem Kühlschrank. Auf dem Backofenrost liegen selbst gebackene Zuckerplätzchen zum Abkühlen. Sein Blick schweift zu seinem Sohn, der am Tisch sitzt und vorgibt, Hausaufgaben zu machen. Doch in Wahrheit beobachtet er sie. Wo sie auch hingeht, seine Augen folgen ihr. Anthony sagt etwas, sie lacht und wirft den Kopf zurück. Dann kommt sie zu ihm und küsst ihn. Alexander beobachtet das Gesicht seines Sohnes, als er geküsst wird, und ihres, als sie ihn küsst.

Er öffnete die Tür und sie kamen auf ihn zu. Der Baum glitzerte, der Eintopf roch fantastisch, das Haus duftete nach Kiefern, warmem Brot und Zuckerplätzchen.

»Dad ist zu Hause«, sagte Anthony und nahm ihm die Schlüssel ab.

»Daddy ist zu Hause«, wiederholte Tatiana und hob das Gesicht zu ihm empor. »Und das so spät.«

Alexander küsste sie auf den Mund, auf den Nacken. Plätzchen und Moschus. »Du riechst gut«, flüsterte er.

Beim Abendessen verkündete Alexander, dass sie am Freitag mit Steve ausgehen würden.

»Nein, diesen Freitag kann ich nicht.«

»Ich will nichts davon hören. Tania, ich arbeite jetzt seit vier Monaten für Bill. Und du hast weder ihn noch Steve bisher kennengelernt.«

»Ich kann nicht behaupten, dass ich Steve nicht kennengelernt habe«, sagte sie trocken. »Aber ich weiß, was du meinst.«

»Hör auf damit. Mir fallen langsam keine Entschuldigungen mehr ein.«

»Mir aber.«

»Sie glauben schon, ich hätte dich erfunden.«

»Wir könnten an Neujahr etwas zusammen unternehmen.« Sie versuchte, ihrer Stimme einen fröhlichen Klang zu geben.

»Ja, das könnten wir auch. Aber nächste Woche gibt Bill eine Weihnachtsparty.«

»Tut mir leid. Da kann ich nicht. Vikki und Tom kommen nächste Woche. Tante Esther und Rosa haben sich auch angekündigt. Hast du das vergessen? Wir haben ein volles Haus über die Feiertage. Anthony und ich haben noch eine Menge vorzubereiten.«

»Oh nein«, klagte Anthony. »Muss Vikki wirklich kommen?«

»Ja, Anthony, reiß dich zusammen. Sie hat dich doch lieb. Und sie will dir ein Fahrrad schenken.«

»Tante Esther hat mir schon eins geschenkt.«

»Nun, dann hast du eben zwei. Du solltest dich darüber freuen.«

»Ant«, sagte Alexander, »du wirst deiner Mutter am Samstag helfen. Denn am Freitag hat sie, wie sich herausstellt, schon etwas anderes vor.«

In einem kleinen, exklusiven italienisch-amerikanischen Restaurant in Scottsdale namens Bobo's saß Alexander mit Steve und Amanda am Tisch und wartete. Wie üblich war Tatiana unpünktlich. Sie verspätete sich fortwährend, ganz egal wo. Er wusste nicht, wie sie es schaffte, ihren Job zu behalten. Hatte er ihr nicht vor drei Monaten eine Uhr gekauft, sodass sie besser die Zeit einhalten konnte? Sie hatte um sieben Uhr Feierabend. Jetzt war es nach acht. Alexander versuchte, nicht ungeduldig zu werden. Das Brot wurde serviert, die Speisekarte gereicht. Amanda war ein hübsches junges Mädchen mit hellbraunen Haaren. Sie war ordentlich frisiert und geschminkt und sah aus, als würde sie im Alter zu viel Gewicht ansetzen. Man kam leicht mit ihr ins Gespräch. Alexander hoffte, dass Tania sie mögen würde. Wenn sie sich miteinander anfreundeten, würde alles viel einfacher sein.

Er plauderte mit Steve und Amanda, doch schließlich sagte sogar Steve: »Glaubst du, dass alles in Ordnung ist?«

Alexander nickte und winkte nach der Weinkarte. Bobo, der Restaurantinhaber, brachte sie ihm persönlich. »Signor Alexander, wo ist unsere Signora?«

»Verspätet sich mal wieder, Bobo.« Alexander rauchte eine Zigarette nach der anderen und trommelte unaufhörlich mit den Fingern auf die Tischplatte.

Und dann, noch bevor er den Kopf hob und sie sah, wusste er, dass sie gekommen war, denn die Luft in dem Restaurant veränderte sich ein wenig, als wäre eben eine leichte Brise hindurchgeweht.

Bobo brachte sie persönlich zu ihrem Tisch. Alexander und Steve standen auf.

Sie trug ein tailliertes lavendelfarbenes Kleid mit Stickereien, das er noch nicht kannte. Ihr Haar war zu einem Bauernzopf geflochten. Ein paar Strähnen fielen über ihre Wangen. Sie hatte helle Wimperntusche und rosafarbenen Lipgloss aufgetragen.

»Danke, Bobo, für Ihre Dienste.« Alexander wandte sich an Steve und Amanda. »Bobo ist schon seit Monaten heimlich in meine Frau verliebt.«

»Was meinen Sie mit heimlich, Signor?«, sagte ein hingerissener Bobo mit starkem italienischem Akzent. Er war klein, hatte einen Kopf wie eine Billardkugel, einen Stiernacken und schwarze Rehaugen. »Ich gebe es offen zu. Signora, wenn er Sie nicht gut behandelt, wissen Sie, wo Sie hingehen müssen.«

»Danke, Bobo«, sagte eine strahlende Tatiana. »Er zeigt sich von seiner besten Seite. Aber es ist nie verkehrt, ihn auf Zack zu halten.« Bobo schmolz bei ihrem Anblick dahin und verließ nur widerwillig den Tisch. Tatiana hob ihr Gesicht zu Alexander empor. »Hallo«, sagte sie mit einem Lächeln. »Tut mir leid, ich habe mich verspätet.« Er küsste sie nie in der Öffentlichkeit und würde auch heute Abend nicht damit anfangen. Er berührte ihren Zopf, während er sie zu seinen Freunden drehte. Die Hand auf ihre Schulter gelegt sagte er: »Amanda, Steve, das ist Tania – meine Frau.«

Nachdem Amanda leicht gezuckt hatte, als sie hörte, wie beglückt ein Mann »meine Frau« sagen konnte, schüttelte sie Tatiana höflich die Hand. Alexander bemerkte, dass Tatiana ihre Hand Steve nur zögerlich anbot, der wiederum errötet war und direkten Blickkontakt mit ihr vermied.

Nun, Tania sah ja auch glänzend aus. Alexander war selbst rot geworden.

Sie nahmen Platz. Amanda sagte in freundlichem Ton: »Tania, es ist so schön, Sie endlich kennenzulernen. Alexander hat uns schon so viel von Ihnen erzählt.«

»Hat er das?«

»Aber ja. Ich kann gar nicht glauben, dass er so lange mit meinem Stevie zusammenarbeitet und wir uns jetzt erst begegnen.«

»Oh, nein. Steve und ich sind uns schon einmal begegnet«, sagte Tatiana gelassen. »Ich habe mich vor ein paar Monaten im Phoenix Memorial Hospital um seinen Arm gekümmert.«

»Stevie, davon hast du mir nie etwas erzählt«, quietschte Amanda.

Steves Gesicht war teilnahmslos. »Nun, ich wusste nicht, dass sie es war«, sagte er und schenkte sich etwas Wein ein. Er hob den Blick von seinem Glas, schnipste mit den Fingern, lächelte zähneblitzend und sagte mit einem Achselzucken: »Tut mir leid, ich kann mich wirklich nicht an Sie erinnern.«

»Nein?«, sagte Tatiana.

»Tania, möchtest du Wein?«, fragte Alexander so unbeteiligt wie möglich und hob dabei nicht einmal die Augenbrauen.

»Ja, danke, Alexander. Ab und zu trinke ich ganz gern ein

Glas Wein.« Sie hustete kurz, errötete aber nicht. Er beugte sich leicht zu ihr hinüber, während er sein Glas an ihres stieß.

»Wie war die Arbeit?«, fragte er leise.

»Ganz gut gelaufen«, antwortete sie genauso leise.

»Wo ist deine Uhr?«

»Oh.« Sie stieß ein verlegenes Lachen aus. »Die habe ich wohl zu Hause vergessen.«

»Zu Hause nützt sie nicht viel, oder?«

Er schenkte ihr noch etwas Wein nach, bot ihr Brot an und legte ihr die geöffnete Speisekarte hin. Sie bedankte sich und er sagte: Gern geschehen. So kultiviert. Wie Figuren von Edith Wharton. Alexander lächelte und fragte sich, ob gute Fin-de-Siècle-Manieren wohl die völlige Unbefangenheit zwischen ihnen als Ehepaar verbergen konnten.

Als er über den Tisch sah, bemerkte er, dass Amanda ihn anstarrte. »Und wie lange sind Sie beide schon verheiratet?«, fragte sie rasch und wirkte betreten, da sie sich ertappt fühlte, weil sie ihn fixiert hatte.

»Seit sieben Jahren«, antwortete Tatiana.

»Sieben Jahre, wow.« Amanda zog die Augenbrauen hoch. »Und, kein verflixtes siebtes Jahr in Ihrem Fall, Alexander?«

»Sieht nicht danach aus«, sagte er. Tania duftete nach Flieder und sah aus, als käme sie in Flieder gekleidet direkt vom Marsfeld in Leningrad. Ihre Brüste wölbten sich über dem lavendelfarbenen Stoff des tiefen Muschelsaum-Dekolletees. Sie war so sinnlich und vollbusig, so blond und schillernd, dass Alexander nicht wusste, wie überhaupt jemand ein Gespräch führen konnte, wenn seine Frau so aussah.

»Sie haben so langes Haar, Tania. Ich habe noch nie so langes Haar gesehen«, sagte Amanda, die einen modischen Kurzhaarschnitt trug, wie alle Frauen jetzt – kurz, toupiert, mit Haarspray fixiert, den Hinterkopf bauschig frisiert. »Lässt man Sie das Haar so im Krankenhaus tragen?«

»Bei der Arbeit habe ich es zu einem Knoten gebunden.«

»Sie sollten es wirklich abschneiden«, so Amandas gut gemeinter Rat.

»Oh, ich weiß. Ich bin hoffnungslos unmodern. Aber was soll ich machen?« Tatiana lächelte. »Dem Mann gefällt es lang.«

Amanda drehte sich zu Steve. »Was sagst du dazu, Stevie?«

»Mir gefällt alles, das weißt du doch, Manda.« Sie lachten beide. Tatiana warf Alexander einen Blick zu. Er stieß ihr Bein an.

Steve erzählte einen Witz. Alle fanden ihn amüsant, selbst Tatiana. So ermutigt gab er noch einen zum Besten und noch einen. Er lieferte Anekdoten über seine Stationierung in England, über seine erste Begegnung mit Amanda bei einem Haus, das er gebaut hatte, über seinen Vater, der ihn drängte, aufs College zu gehen. Er war gesellig, komisch und gut im Geschichtenerzählen. Amanda saß dicht neben ihm und lauschte auf jedes Wort. Dann begann sie, Tatiana Fragen zu stellen. Doch niemand hatte eine bessere Menschenkenntnis als Tatiana, die wusste, dass jeder am liebsten über sich selbst sprach. Und so gab sie Amanda nur vage Auskunft, dass sie in New York gelebt hatte, dass sie und Alexander geheiratet hatten und er anschließend an die Front gegangen war (was genau genommen nicht gelogen war), und lenkte dann das Gespräch von sich ab. Amanda begann ihre eigene Geschichte über ihre Kindheit in dem ruhigen Städtchen Phoenix, als alles noch Farmland gewesen war und die Indianer in das Stadtzentrum mit den unbefestigten Straßen gekommen waren, um samstags auf der Indian School Road Markt zu halten. Tatiana bemerkte, dass sie regelmäßig auf diesen überlaufenen Markt gehe. Ja, es sei schockierend, wie viele Menschen inzwischen in Scottsdale lebten, sagte Amanda. Gab es in New York etwa noch mehr? Sie konnte es sich nicht vorstellen. Sie war nie aus Phoenix herausgekommen und eifersüchtig auf Steve, der im exotischen England gewesen war und nun praktisch jeden Monat nach Vegas fuhr.

»Stevie hat versprochen, mich einmal nach Vegas mitzunehmen.« Dann fügte sie vorwurfsvoll hinzu: »Ich warte immer noch darauf, Baby.«

»Bald, Baby, bald.«

»Steve und sein Vater versuchen schon seit Monaten, Alexander dazu zu bewegen, dass er mit nach Vegas kommt.«

»Tatsächlich?«, fragte Tatiana.

Alexander versuchte, das Thema zu wechseln, weil Vegas ein Reizthema in seinem Haus war. Aber Amanda machte wie eine

Dampfwalze weiter und fragte Tatiana, ob sie Vegas kenne. Als Tatiana mit einem knappen Nein antwortete, rief Amanda: »Oh, da geht es Ihnen wie mir. Sie sind auch noch nicht viel herumgekommen.«

Alexander lachte.

»Was ist daran so lustig?« Aus irgendeinem Grund erweckte Amanda nicht den Eindruck, als fände sie sein Lachen nur im Entferntesten amüsant.

»Nichts, entschuldigen Sie.« Er bemühte sich wieder um eine ernste Miene. »Tania, du warst nie in Schweden?« Er zwinkerte ihr zu. »Oder vielleicht in Finnland?«

Sie stieß ihn mit dem Bein an. »Nein«, sagte sie.

»Was ist mit Russland?«

Sie stieß ihn stärker an. »Nein! Du etwa?« Sie wandte sich an Amanda und sagte: »Bevor wir nach Phoenix kamen, sind wir durch die Vereinigten Staaten gereist. Wir haben also ein bisschen von Amerika gesehen. Wir sind auch kurze Zeit in Nevada gewesen«, fügte sie hinzu, »haben uns aber gegen Las Vegas entschieden, weil wir fanden, dass es kein guter Ort für unseren kleinen Jungen ist.«

»Oh, das ist sicher richtig«, sagte Steve. »Vegas ist nur etwas für große Jungs.« Amanda kicherte laut.

Tatiana setzte ein nettes, gezwungenes Lächeln auf.

Alexander lenkte das Gespräch auf das Geschäft: die im Bau befindlichen Häuser, die neue architektonische Gestaltung in Phoenix, und schließlich auf den drohenden Krieg mit Korea. Steve war nicht im Geringsten an Korea interessiert, trotz Alexanders redlicher Bemühungen, seinen Freund zu diesem Thema hinzuführen. Doch Steve ließ sich nicht führen. »Ich habe es nicht mit Politik, Mann, das weißt du. Schon gar nicht, wenn ich ein paar Gläser getrunken habe.« Er bestellte sich ein Bier. »Ich mag Witze. Ich kenne noch einen über Vegas. Wollt ihr ihn hören?«

»Steve«, sagte Alexander, »es sind Damen anwesend. Keine dummen alkoholseligen Witze.«

Amanda sagte Alexander, er solle sich keine Sorgen machen, sie kenne bereits alle.

»Den kennst du noch nicht, Manda«, sagte Steve. »Du findest

ihn bestimmt urkomisch.« Er trank gierig einen Schluck Bier. »Ein Mann kommt nach Hause und findet seine Frau mit einem gepackten Koffer vor. Sie sagt, dass sie ihn verlässt und nach Vegas zieht, weil sie gehört hat, dass sie dort hundert Dollar die Nacht mit dem verdienen kann, was sie ihm einfach so gibt. Der Mann denkt darüber nach und fängt an, selbst einen Koffer zu packen. Die Frau fragt ihn, wo er hin will. Und er antwortet: ›Ich gehe auch nach Vegas.‹ Als sie ihn fragt, warum, sagt er: ›Weil ich sehen will, wie du es schaffst, von zweihundert Dollar im Jahr zu leben.‹«

Amanda und Steve lachten lauthals.

Auch Alexander lachte, nur Tatiana stimmte nicht in das Gelächter mit ein. Er seufzte leise. Glücklicherweise kam das Essen. Er gab Tatiana ein Stück von seinem Steak, nahm sich von ihrer Lasagne und schenkte ihr Wein nach.

Plötzlich sagte Amanda: »Steve und ich werden im Frühjahr heiraten. Stimmt's, Stevie?«

»Auf jeden Fall«, sagte Steve. Er drapierte den Arm um ihre Schulter und ließ die Hand dicht über ihrer Brust herabbaumeln.

Alexander blickte auf Tatianas feuchten, zusammengekniffenen Mund. »Herzlichen Glückwunsch«, sagte sie in einem Ton, der sagte, Gott steh dir bei.

»Und wenn wir verheiratet sind, werde ich nicht arbeiten gehen. Stimmt's, Stevie?«

»Natürlich nicht, Puppe. Du kannst zu Hause bleiben und den ganzen Tag in Morgenrock und Pantoffeln Bonbons essen.«

Wollte Amanda etwa Unruhe stiften? An Alexander prallten solche Kommentare ab, doch der Ausdruck in Tatianas Gesicht ließ ihn aufmerksam werden. Und dann, wie zur Bestätigung, fragte seine Frau: »Wie lange sind Sie schon verlobt?«

Amanda antwortete nicht und Steve sagte: »Seit fast vier Jahren.«

»Seit vier Jahren«, wiederholte Tatiana langsam und mit monotoner Stimme.

»Und wie war das bei Ihnen?«, fragte Amanda.

Tatiana machte eine beiläufige Handbewegung. »Ach, es war Krieg. Das waren andere Zeiten. Alles musste so schnell gehen.«

»Alles?«, sagte Amanda mit einem Kichern. »Also, wie lange?«

Als Tatiana noch immer keine Antwort gab, sagte Alexander: »Zwei Tage.«

»Zwei Tage«, rief Amanda. Sie starrte Alexander an und verstummte.

»Er musste an die Front«, erklärte Tatiana eilig.

»Und Sie haben nur den einen Jungen, Tania?«, hakte Amanda nach. »Denken Sie darüber nach, weitere Kinder zu bekommen?«

»Wir denken darüber nach.«

»Denken Sie nur darüber nach oder tun Sie auch etwas dafür?«, sagte Amanda. Steve lachte in sein Essen hinein. Tatiana, deren Aufgabe es eigentlich war, sich mit Amanda anzufreunden, sodass sie zu viert etwas unternehmen konnten, glich eher einem unwirschen Bauinspektor, der nicht willens war, ohne zusätzliche Anreize irgendjemandem die Abnahmebescheinigung auszustellen. Alexander zog sie leicht an ihrem Zopf.

»Entschuldigen Sie«, sagte Amanda schließlich. »Ich hoffe, dass ich Ihnen mit meinem Gerede nicht zu nahe trete, Tania.«

»Nein, gar nicht.«

»Ich hänge schon zu lang mit Steve und seinen Kumpels herum. Da kann man nichts machen. Er ruiniert mich einfach.« Sie klang vergnügt, als sie das sagte. »Sie hätten den Witz hören sollen, den er mir bei unserer ersten Begegnung erzählt hat. Nein, er ist zu scheußlich, um ihn in der Öffentlichkeit zu wiederholen, oder, Schatz?«

»Ich erinnere mich nicht an den Witz, Manda. Aber er war bestimmt furchtbar, so wie ich mich kenne.«

»Stichwort ›Genau wie ein Baby‹?« Sie kicherte hemmungslos und errötete ein bisschen.

»Steve«, sagte Tatiana in verächtlichem Tonfall, »ich liebe gute Witze. Lassen Sie hören.« Ihr kalter Blick haftete auf seinem Gesicht.

Steve lachte. »Nein«, sagte er, »diesen Witz wollen Sie bestimmt nicht hören, Tania. Bei dem würde sogar ein Truckfahrer rot werden.«

»Genau deswegen«, sagte Tatiana.

Alexander runzelte die Stirn, während er sich vage an etwas erinnerte, das aber zu weit entfernt war, um deutlich vor seinem inneren Auge zu erscheinen. Er blickte in Tatianas Gesicht, dann über den Tisch hinweg zu Steve, der den Kopf senkte und verbissen die kalten Steakreste auf seinem Teller studierte. Alexander fiel auf, dass Steve sich während des ganzen Essens kaum an Tatiana gewandt, sie fast nie direkt angesprochen hatte. Eigentlich benahm er sich so, als säße sie gar nicht mit ihnen am Tisch, obwohl er sonst ganz er selbst war.

»Wir laden Sie zu unserer Hochzeit ein«, fuhr Amanda, die von alledem gar nichts mitbekam, fort. »Die Einladungen werden gleich nach Weihnachten verschickt. Scottsdale Country Club, sehr exklusiv. Jeff und seine Verlobte Cindy wollen auch dort heiraten. Aber unter uns gesagt, glaube ich nicht, dass es dazu kommt. Jeff ist einfach noch nicht bereit für die Ehe. Wir laden zweihundert Leute ein. Es wird eine ganz opulente Veranstaltung.« Sie gluckste vor Aufregung. »Sie hatten wohl keine große Hochzeit, Tania. So wie es klingt, war bestimmt nicht viel Zeit für Vorbereitungen.«

»Sie haben recht, wir hatten nicht viel Zeit«, antwortete Tatiana. »Unsere Hochzeit war sehr klein. Nur wir, der Pfarrer und ein Paar, das wir als Trauzeugen bezahlt haben.«

Amanda sah Tatiana ungläubig an. »Sie haben geheiratet und nicht einmal Ihre Familien dazu eingeladen?«

Alexander und Tatiana sagten nichts.

Amanda fuhr fort. »Was ist mit einem Hochzeitsempfang? Hatten Sie kein Essen? Keine Musik? Wie kann man Hochzeit feiern ohne Essen und Musik?«

Diesmal antwortete Alexander. »Es gab Musik«, sagte er. »Und was haben wir getanzt am Abend unserer Hochzeit.«

Eine seltsame Stille breitete sich aus. »Aber ich kann mich nicht erinnern, was wir gegessen haben.« Er hielt inne. »Hatten wir überhaupt Essen, Tania?« Er sah sie nicht an.

»Ich glaube nicht, Shura.« Sie blickte auf ihren Teller.

»Wie hat sie Sie eben genannt?«, fragte Amanda.

»Das ist nur ein Kosename.« Er konnte Amandas forschenden Blick keine Sekunde länger ertragen. Keine einzige Sekunde. Er stand auf, zog Tatiana hoch und gab Bobo ein Zeichen, der sofort die Band anwies, *Bésame Mucho* zu spielen. Auf der Tanzfläche zog Alexander sie an sich. »Tania, komm schon. Sie sind in Ordnung. Werd ein bisschen lockerer. Du machst das nicht besonders gut.«

»Aber Shura«, murmelte sie an seiner Brust und blinzelte ihn an, »du sagst doch immer, ich sei *so* gut.«

Alexander verschränkte seine Finger mit ihren. »Hör sofort auf damit.« Er sah sie an und drückte ihre Hand.

»Warum will dein Kumpel Steve dieses arme Mädchen eigentlich nicht heiraten?«

»Warum die Kuh kaufen, wenn man die Milch umsonst haben kann?«

Er dachte, sie würde lachen, doch sie tat es nicht. Ohne eine Miene zu verziehen, sagte sie: »Du glaubst, dass sie ihm die Milch umsonst gibt?«

»Und Käse und Butter dazu.«

Erst dann lachte sie.

Bésame, bésame mucho ...

»Ich möchte nur noch eins«, sagte er. »Dein Dekolletee küssen. Jetzt gleich.«

Como si fuera esta noche la última vez ... Sie hob das Gesicht zu ihm empor. »Gehen wir nach Hause, dann kannst du mich überall küssen.« *Que tengo miedo perderte, perderte después ...*

Als sie zurück an den Tisch kamen, verlangte Alexander die Rechnung. Tatiana entschuldigte sich und ging zur Toilette. Amanda begleitete sie.

Die jungen Frauen waren kaum einen Meter von dem Tisch entfernt, als Alexander sagte: »Stevie, du Mistkerl, hast du irgendetwas Unangemessenes zu meiner Frau gesagt, als sie deinen Arm eingegipst hat? Sie benimmt sich, als hättest du etwas auf dem Kerbholz.«

Steve zuckte die Achseln. »Alex, tut mir leid, Mann. Ich weiß, dass sie sagt, sie hätte sich in der Notaufnahme um mich gekümmert, und ich bin sicher, es stimmt. Aber ich kann mich ehrlich nicht daran erinnern, ihr schon mal begegnet zu sein.«

»Red keinen Scheiß. Du hast mir vor vier Monaten erzählt,

dass du jemanden im Krankenhaus kennengelernt hast, weißt du noch? Das war sie, oder?«

»Ich glaube nicht.« Steve senkte die Stimme. »Ich lerne so viele Mädchen kennen.«

»Im Krankenhaus? Wie oft zum Teufel gehst du denn ins Krankenhaus?«

»Falls ich irgendetwas zu ihr gesagt habe, entschuldige ich mich dafür. Ich wusste nicht, dass sie deine Frau ist. Sonst hätte ich nie ein Wort an sie gerichtet, niemals. Das weißt du, Mann. Lass mich die Rechnung übernehmen. Das Essen geht auf mich. Ich bestehe darauf.«

Am nächsten Freitag saß Alexander wieder bei Bobo und wartete auf sie. Diesmal zusammen mit Vikki und Tom Richter. Sie waren gerade erst angekommen. Er hatte sie vom Flughafen Sky Harbour abgeholt, zu Hause auspacken lassen, Ant zu Francesca gebracht, und nun saßen sie zusammen und warteten. Als Tatiana endlich kam, nur vierzig Minuten zu spät (»Oh, für Vikki bist du fast pünktlich«), war es nicht Bobo, sondern Vikki, die aufsprang, einen Freudenschrei tat und die Arme um Tatiana schlang.

Die folgenden vier Stunden verbrachten sie in ungezwungener Atmosphäre. Sie tranken, rauchten, fluchten, tanzten und erzählten sich sogar ein paar unflätige Witze.

Vikki und Richter waren ein gut aussehendes Paar: jung, groß, verliebt und wie aufgeladen. Mit zwei Soldaten am Tisch, die das Gespräch an sich rissen, war die ganze Zeit über fast ausschließlich von Korea die Rede. Vikki und Tatiana konnten kein Wort einwerfen. »Eigentlich hast du keine Erlaubnis zu sprechen«, sagte Richter zu Vikki. »Du willst dich nur über mich beschweren, das weiß ich. Aber ich werde nicht zulassen, dass du diesen schönen Abend, an dem wir herzhafte Männergespräche über den Krieg führen, kaputt machst.«

»Nun, Tom, wenn du nicht so viel falsch machen würdest, dann müsste ich mich auch nicht über dich beschweren.«

Richter zeigte sich entsetzt darüber, dass die US-Truppen gerade den Befehl erhalten hatten, aus Südkorea abzuziehen. Immerhin hege der kommunistische Norden doch eindeutig die

Absicht, den 38. Breitengrad zu überschreiten. Fünf Monate zuvor, im Juli 1949, hatte Owen Lattimore, ein Beamter des Außenministeriums, den Sturz Südkoreas als einzig gangbaren Weg bezeichnet. Es dürfe nur nicht so aussehen, als hätten die Vereinigten Staaten ihn herbeigeführt. Alexander zog Lattimores Loyalität und seine Interessen in Zweifel und wollte wissen, welches Signal dadurch den Nordkoreanern und den Sowjets, ihren Ausbildern und Waffenlieferanten, gesendet würde.

»Ich sage dir, welches Signal das ist«, sagte Richter. »Kommt und nehmt, was ihr wollt. Nehmt, was ihr für euer Eigentum haltet. Und bitte, vereint euch wieder. Wir werden euch nicht aufhalten und, was noch wichtiger ist, wir wollen es auch gar nicht.«

Alexander hatte erst kürzlich die militärischen Geheimdienstberichte von General Charles Willoughby gelesen, die besagten, dass sich die Nordkoreaner, trotz gegenteiliger Beteuerungen, bereits auf dem 38. Breitengrad sammelten.

»Wir ziehen unsere Truppen ab und die rüsten in der entmilitarisierten Zone auf?«, sagte Richter. »Siehst du da nicht ein kleines Problem?«

Alexander sah durchaus eines.

»Wenn der Frühling kommt, werden sie einmarschieren«, sagte Richter. »Einen Monat später sind sie in Seoul und wir nicht mehr in der Lage, sie aufzuhalten, selbst wenn wir es wollten.«

»Wenn unsere Truppen abgezogen werden, müssen wir vielleicht gar nicht mehr dorthin gehen«, sagte Vikki hoffnungsvoll und nahm Richters Hand.

»Beiß dir auf die Zunge, Frau«, sagte er und zog die Hand weg. »Wir laufen nach Seoul aus, selbst wenn du, ich und Willoughby die einzigen noch übrigen Amerikaner auf der ganzen scheißkoreanischen Halbinsel sind.«

»Na, das ist ja fantastisch, mein Lieutenant und Ehemann«, sagte Vikki ernüchtert. »Einfach fantastisch.«

Richter schenkte ihr Wein nach, zündete eine Zigarette für sie an und sagte: »Hör auf zu schmollen.« Er drehte sie zu sich. »Das ist ein Befehl, Viktoria.«

»Das ist ein Befehl, Viktoria«, äffte sie ihn nach.

Und dann küssten sie sich fünf Minuten lang direkt am Tisch, ohne die Weingläser abzusetzen. Alexander wandte den Blick höflich ab und schaute Tatiana an, die einen liebevoll-gerührten Gesichtsausdruck aufgesetzt hatte und sich die Szene nicht entgehen ließ. Er hatte sie nicht einmal nach einem Gütesiegel für Tom Richter fragen müssen – von der ersten Begegnung an hatte sie ihn akzeptiert. »Richter könnte deine Vikki direkt auf dem Tisch nehmen«, flüsterte Alexander Tatiana ins Ohr, die Stirn an ihre Schläfe gedrückt, »und du hättest nicht das geringste Problem damit. Aber mein armer Kumpel Steve erzählt einen geschmacklosen Witz und erntet nichts als Verachtung.«

Beim Nachtisch gelang es Vikki schließlich, eine Beschwerde einzuschieben. »Letzten Monat war unser erster Hochzeitstag«, sagte sie, »und wisst ihr, was mein frisch angetrauter, liebestoller Ehemann mir geschenkt hat? Eine Küchenmaschine. Ausgerechnet mir – eine Küchenmaschine.«

»Das war ein Wink mit dem Zaunpfahl, Viktoria.«

Vikki rollte theatralisch die Augen. Alexander versuchte, ernst zu bleiben, und warf Tatiana einen Blick zu, die genüsslich ihren Schokoladenkuchen verzehrte und völlig davon eingenommen war. Im Gegensatz zu Vikki war sie ganz und gar angetan von Elektrogeräten. Ob Mixer, Kaffeemaschine, elektrischer Dosenöffner, seine Frau geriet angesichts dieser Errungenschaften jedes Mal heftig ins Schwärmen. Samstag für Samstag klapperte sie die Schaufenster nach diesen Geräten ab, ging in die Geschäfte hinein, las die Gebrauchsanweisungen und beglückte abends Alexander mit den technischen Eigenschaften, als wären es nicht Betriebsanleitungen, die sie rezitierte, sondern Gedichte von Puschkin.

»Tania, mein Goldstück, meine engste Freundin«, sagte Vikki, »bitte, du stimmst mir doch zu, oder? Findest du nicht auch, dass eine Küchenmaschine höchst unromantisch ist?«

Nach eingehender Überlegung sagte Tatiana mit vollem Mund: »Welche Art von Küchenmaschine?«

Zu Weihnachten kaufte Alexander Tatiana eine Küchenmaschine von Kitchen Aid, das Beste vom Besten auf dem Markt. Innen fand sie eine goldene Halskette. Obwohl das Haus voll war und

Anthony gleich draußen auf der Couch schlief, liebte sie Alexander an diesem Weihnachtsabend mit nichts am Leib als der Kette. Bei Kerzenschein saß sie auf ihm, hob und senkte den Schoß, ihr weiches seidenes Haar wallte herab und ihre warmen Brüste stießen wippend an seine Brust.

Der Dachdecker

Sie hatte sich schick gemacht und ein gelbes Kleid aus fließendem Stoff mit kurzer Jacke angezogen. Ihr Haar war locker geflochten, ihr Gesicht gründlich gewaschen. Sie wollte Alexander das Mittagessen bringen, doch sie konnte ihn nirgends auf der Baustelle sehen, nur die Dachdecker, die emsig an dem offenen Dachstuhl des neuen Gebäudes arbeiteten. Während sie neben dem Wagen stand und wartete, dachte sie über ihre liebe Freundin Vikki nach, die eben erst abgereist war, und darüber, wie unwohl sich Anthony in ihrer Anwesenheit gefühlt hatte. Er war in der Woche während Vikkis und Toms Besuch nicht er selbst gewesen. Auch Vikki hatte sich anders als üblich verhalten. Sie hatte Richter vor einem Jahr nach einer kurzen stürmischen Romanze geheiratet. Nun war er im Begriff, nach Korea aufzubrechen, und sie wollte nicht gehen. Doch was sollte eine junge Ehefrau tun, deren Mann sich in einem anderen Teil der Welt aufhielt? Vikki hatte selbst miterlebt, wie es Tatiana allein in New York ergangen war. »Ich will nicht so leben wie Tania damals und eine verdammte Witwe sein«, beklagte sich Vikki sogar bei Alexander.

»Sag mir«, bat er Vikki, die überrascht war angesichts seines zufriedenen Gesichtsausdrucks, »wie sehr hat sie eigentlich gelitten? Und lass kein grausiges Detail aus.« Tatiana musste ihre Freundin retten, indem sie ihren Unruhe stiftenden Mann wegzerrte und das Gespräch damit beendete. Tatianas Gedanken wurden durch die Dachdecker unterbrochen, die in der Arbeit innehielten und sie unverhohlen anstarrten. Sie fühlte sich unbehaglich und stieg in den Wagen. In diesem Moment klopfte jemand an die Scheibe und öffnete die Fahrertür.

»Hallo Tania«, sagte Steve Balkman. »Alexander ist nicht hier. Er hat wohl vergessen, dass Sie kommen.«

»Unwahrscheinlich«, sagte Tatiana und stieg widerwillig aus.

»Er musste schnell zurück in Dads Büro und ein paar Formulare für die verdammten Typen von der Bauaufsicht holen. Ich hatte die falschen Formulare dabei. Er kommt bald wieder.«

Tatiana überlegte, ob sie wieder fahren sollte.

Steve räusperte sich.

»Bitte«, sagte sie schnell. »Je weniger Worte fallen, desto besser.«

»Sollte ich Ihnen damals im Krankenhaus zu nahe getreten sein, entschuldige ich mich«, sagte er.

»Kein Problem.«

»Ich hätte nie etwas zu Ihnen gesagt, wenn ich Alexander gekannt hätte.«

Erzählen Sie das dem früheren Bauleiter und dessen Freundin.

»Ich habe mir nur einen Spaß erlaubt. Ich bin sehr glücklich mit Amanda.«

Ein Mann kann mit jeder Frau wunschlos glücklich werden, so lange er sie nicht liebt, dachte Tatiana in Erinnerung an den unsterblichen Oscar Wilde. Sie sagte nichts und entfernte sich einen Schritt von ihm. Wo war nur dieser Ehemann? Ihr gefiel es nicht, wie die Dachdecker sie anstarrten. Sie würden sich nie so benehmen, wenn Alexander hier wäre.

Steve lächelte. »Sie sehen heute sehr hübsch aus«, sagte er und nahm sie von Kopf bis Fuß in Augenschein. »Kommen Sie, ich mache Sie mit unserer Mannschaft bekannt.«

Tatiana schüttelte den Kopf und sagte: »Ich bin nicht die Queen, Stevie. Ich bin Alexanders Frau. Tun Sie sich selbst einen großen Gefallen und machen Sie mich nicht mit anderen Männern bekannt.«

Steves Lächeln tat das kaum einen Abbruch. »Ach, bei uns gehen alle freundschaftlich miteinander um. Glauben Sie mir, Ihr Mann weiß sehr gut, wie es hier läuft.«

»Nein«, sagte Tatiana kalt, »ich glaube nicht, dass er das weiß.«

Das Lächeln auf Steves Gesicht gefror. In dem Augenblick kam Alexander zurück, und Tatiana und Steve hatten keine Gelegenheit mehr, Alexanders verständnisvolle Art näher zu erörtern. Alexander reichte Steve die Formulare und führte Tatiana mit ihrem Essenskorb zu seinem Truck, der auf einem nahe gelegenen Parkplatz stand. Dort aßen sie abgeschirmt von allen anderen zu Mittag.

»Dein Kleid ist viel zu schön, Tania«, sagte er. »Ich brauche das hier nicht, und diese Tiere schon gar nicht.«

Sie wollte nicht aussprechen, was sie dachte: Ich kann mich nicht für dich schick anziehen, weil die Leute, mit denen du arbeitest, keinen Funken Respekt haben?

Er beugte sich zu ihr hinüber. »Das sind Arschlöcher«, sagte er, »ignorier sie. Ich muss zurück. Küss mich.«

Als sie zur Baustelle zurückkamen und Alexander sie zu ihrem Wagen brachte, sah ihr Mund weich aus und sie selbst etwas unordentlich, weil seine Hände in ihrem Haar und unter ihrem Petticoat gewesen waren. Es gab anerkennende Pfiffe. Alexander funkelte die Dachdeckermeute an, die, inzwischen ebenerdig, ihr Mittagessen gerade beendet hatten. »Habt ihr den Verstand verloren?«

Sie taten so, als hörten sie ihn nicht.

Tatiana fuhr kommentarlos davon.

Auch Alexander fügte dem nichts mehr hinzu.

Da grinste ihn der Vorarbeiter der Dachdecker an.

Woher bekam Balkman nur diese Leute? Offenbar stammte der Dachdecker aus einem Land, in dem das Gesetz der Menschenwürde fremd war. Mit angehobenen Augenbrauen blickte er die Straße entlang, auf der ihr Wagen gerade verschwunden war, und sagte: »Die Kleine hat's in sich. Muss Sie ganz schön auf Trab ...«

»Du willst mich wohl verarschen«, sagte Alexander.

Der Dachdecker riskierte eine dicke Lippe, denn er machte erneut den Mund auf. Alexander packte ihn am Hemdkragen und schleuderte ihn zu Boden. Der Mann fühlte sich angegriffen, warf verärgert die Arbeit hin und nahm seine ganze Mannschaft mit.

Bill Balkman zeigte sich über den Vorfall nicht erfreut.

»Du arbeitest für mich«, sagte er zu Alexander. »Du vertrittst meine Firma. Es wirft ein schlechtes Licht auf unser Geschäft, wenn ringsum die Leute kündigen. Du weißt doch, dass sie sich bei ihren Sprüchen nichts denken. So reden Männer eben.«

»Das ist Blödsinn«, sagte Alexander. »Ich habe einiges erlebt. Verdammte Scheiße, ich war in der Armee. Und nirgends haben Männer so über die Frau eines anderen Mannes gesprochen, nicht wenn sie ihre Zähne behalten wollten.«

»Ach, komm schon. Das ist doch nur ein harmloser Spaß. Amanda und Margaret, denen macht das nichts aus.«

Margaret war Bills Freundin. Alexander sagte spitz: »Tania ist meine *Frau*. Die Ehe ist ihr Schutz.« Vielleicht nicht in der Sowjetunion, wo sie ihr Todesurteil bedeutete. Aber sie waren nicht in der Sowjetunion. »Sie ist absolut tabu für die Männer«, sagte er. »Darüber diskutiere ich nicht, Bill. Wir bekommen ein Riesenproblem deswegen, wenn ich es noch einmal erklären muss«, funkelte Alexander Balkman an. »Egal wem.«

»Schon gut, beruhige dich«, lenkte Balkman rasch ein. »Du hast natürlich recht. Er ist zu weit gegangen. Ich bin froh, dass er weg ist. Er war sowieso schrecklich. Aber jetzt haben wir nicht einmal mehr einen schrecklichen Dachdecker. Also, was sollen wir tun?«

Alexander stellte ein paar zusätzliche Arbeitskräfte ein und schleppte den Frühling über schwere Glasursteine und Zementsäcke, spachtelte unter der heißen Sonne eine Unterfütterung aus Mörtel und legte obenauf Keramik-Dachpfannen. Er war gewissenhaft, fleißig und flink. »Gute Arbeit, Mann«, rief Balkman von unten, sodass Steve jedes Wort verstand, und versprach Alexander eine Gehaltserhöhung.

Tag um Tag schleppte Alexander Tausende Kilo Dachziegel und Zement und seine Arme und Brust sahen allmählich aus, als hätten römische Bildhauer sie aus Stein gemeißelt. Sein Oberkörper wurde gewaltig. Ihm passte kein Hemd und keine Jacke mehr. Er musste alles neu kaufen.

Im Sommer gab Tatiana ihre erste Tupperware-Party. Sie tat es für ihre Freundin Carolyn Kaminsky, die neben ihrer Arbeit als Krankenschwester stets einer Zusatzbeschäftigung nachging.

Diesen Monat war es Tupperware. Tatiana lud ein paar ihrer Kolleginnen ein sowie Francesca, die jedoch ablehnte, da sie erst kürzlich entbunden hatte. Außerdem bat sie, weil Alexander es so wollte, Amanda und Cindy, Jeffs Freundin, dazu. Sie tat es allerdings widerwillig. Trotz ihrer geselligen Treffen, der Dinnerpartys, Barbecues und gelegentlichen Mittagessen, bei denen die Frauen unter sich waren, machte Tatianas Freundschaft mit Amanda nur mäßig Fortschritte, genau wie sich die Vorbereitungen für die viel gerühmte Hochzeit, die im Frühling hätte stattfinden sollen, hinzogen.

Zwölf Frauen kamen am Sonntagnachmittag zu Besuch. Anthony ging zu Sergio. Alexander versprach, in seinem Werkstattschuppen zu bleiben und erst herauszukommen, wenn die Frauen gegangen waren.

Die Party war ein Erfolg. Tatiana hatte kleine Piroggen und Sandwichs aus selbst gebackenem Brot zubereitet. Sie tranken schwarzen Tee wie Russen. Die Damen, die jede Gelegenheit nutzten, sich herauszuputzen, waren alle gut gekleidet, von großer und anmutiger Statur, besonders Carolyn, die Haare toupiert und gesprayt, die Brauen gezupft, alle in Tellerröcken, Petticoats, Miederhosen und gebügelten Blusen mit Stehkragen. Insgesamt fand hier wohl ein halber Liter flüssiger schwarzer Lidstrich Verwendung. Tatiana war als Einzige nur leicht geschminkt. Ein transparenter Puder ließ ihre Sommersprossen durchschimmern. Sie trug ein Kleid ohne Petticoat, das Alexander gefiel. Ein zartes ärmelloses Blumenkleid aus Rohseide mit Schleifen. Ihre Beine waren nackt (auch das gefiel ihm). Ihr Haar war geflochten und zu einem Knoten gedreht, um dem Erscheinungsbild der übrigen Damen zu entsprechen.

Sie waren fast am Ende ihres Treffens angelangt. Die Frauen entschieden noch, welche Plastikbehälter sie bestellen wollten. Gerade plauderten sie über das Neueste im *Ladies Home Journal* – »Tiefkühlkost, die ihm einen Schauer über den Rücken jagt«, »Zwei neuartige Wege der Handspiegelnutzung«, »So schaffen Sie die Illusion makelloser Haut« –, als eine der Frauen mit Blick aus dem Fenster sagte: »Tania, hast du am Sonntag Arbeiter hier? Es kommt gerade einer aufs Haus zu.« Die Frauen blickten verstohlen nach draußen.

Tatiana biss sich auf die Lippe. Er sollte doch im Schuppen bleiben.

»Oh, das ist kein Arbeiter«, sagte Amanda. »Das ist ihr Mann.«

Langsam wandten die Schwestern die Köpfe zu Tatiana.

Die hintere Küchentür öffnete sich und Alexander trat herein. Er trug seine zerrissene, verblichene Lee-Jeans und große braune Arbeitsstiefel, in denen er mindestens einen Meter fünfundneunzig maß. Er schwitzte und seine kraftstrotzenden, nackten braun gebrannten Arme waren schmutzig und mit Holzpartikeln bedeckt. Die kurzen Ärmel seines schwarzen T-Shirts hatte er bis zu den Schultern aufgerollt und seine grauen Narben und blauen Tätowierungen waren ansatzweise deutlich sichtbar. »Hallo, meine Damen«, sagte er, während er im Türrahmen stand und sie mit weißen Zähnen und schwarzen Stoppeln anlächelte, der Bartschatten von nur einem Tag. Er brachte Hitze von draußen herein, Zigarettenrauch, Schweiß und stiftete klamme Verwirrung unter den sittsamen Frauen. »Hallo, Carolyn. Wie geht's? Tut mir leid, dass ich störe. Tania, kannst du mir bitte meine Zigaretten und etwas zu trinken holen? Ich habe nichts mehr.«

Eilig stand Tatiana auf.

»Willst du uns nicht vorstellen?«, fragte Melissa mit gekünstelter Stimme.

»Oh ja, tut mir leid. Mädchen, das ist Alexander, mein Mann.«

Er tippte an seinen unsichtbaren Hut. Sie holte ihm rasch seine Sachen.

Carolyn sagte: »Alexander, warum setzen Sie sich nicht gleich zu uns und trinken hier etwas? Wir sind fast fertig, nicht wahr, Mädchen?«

»Ja, es ist so heiß draußen. Bitte, setzen Sie sich. Wir sind sowieso fast fertig.«

Tatiana brachte ihm unverzüglich seine Limonade und die Zigaretten. Dann sagte sie: »Alexander hat eine Menge Arbeit in der Werkstatt, richtig?« Sie schob ihn zur Tür.

»Oh, ja. Wie sich herausstellt, habe ich die, ja.«

Er trank direkt aus dem Limonadenkrug und setzte ihn erst ab, als er zur Hälfte leer war. »Es ist wirklich heiß draußen.

Also, war schön, Ihre Bekanntschaft gemacht zu haben, meine Damen.« Er nahm mit einem Zwinkern Tatiana die Zigaretten aus der Hand und war verschwunden. Als die Tür sich geschlossen hatte, fragte Carolyn lächelnd: »Tania, wo hast du ihn gefunden?«

»Er ist frei auf der Straße herumgelaufen«, sagte Tatiana und begann, den Tisch abzuräumen.

»Ist er lange frei herumgelaufen? Woher kommen die Narben und Tätowierungen?«

»Narben? Woher kommen diese Arme?«, sagte Melissa.

»Narben und Tätowierungen vom Krieg, Arme vom Dachdecken.« Tatiana war eifrig mit Aufräumen beschäftigt.

»Er ist Dachdecker? Ich habe ein tätowiertes Kreuz gesehen. Ist er religiös?«

»Er hat auch eine Tätowierung mit einem Hammer oder so. Ist das ein Dachdeckerzeichen?«

Oh, lieber Himmel. Es war, als hätte sich der Eiserne Vorhang nie über ganz Europa gesenkt.

»Wann habt ihr geheiratet?«

»1942.«

Glücklicherweise entging den Frauen, dass 1942 gerade irgendwo ein unglückseliger Krieg stattgefunden hatte. Die Zeit lässt wirklich vieles verblassen.

»Er arbeitet für meinen Verlobten, Steve, von Balkman Custom Homes«, sagte Amanda. »Steve und seinem Dad gehört das Geschäft. Wir werden bald heiraten. Er und Alex sind die besten Freunde.«

Cindy, eine elfenhafte junge Frau mit kurzen dunklen Haaren, sagte: »Er arbeitet auch mit meinem Verlobten, Jeff. Auch wir werden bald heiraten.«

Die Schwestern hörten höflich zu und wandten sich dann wieder an Tatiana. »Also, wie ist er so als Ehemann?«, fragte Melissa. »Ist er launisch? Oder mürrisch? Ist er schwierig?«

Tatiana gab sich Mühe, nicht die Lippen zusammenzupressen. Ihr Mann war all diese Dinge und dann wieder keines davon.

»Er ist also der Grund, warum du die Stechuhr drückst und aufs Gaspedal steigst, sobald deine Schicht um ist«, sagte Carolyn und kniff Tatiana.

»Ja, nicht wahr?«, sagte Erin, die Empfangsdame. »Sie will nicht einmal warten, bis die Schwester für die nächste Schicht kommt. Es ist sieben Uhr und um sieben Uhr eins sitzt sie im Auto.«

»Mädchen, seid ihr bald fertig?«, sagte Tatiana. Carolyn und Erin lachten.

Sie wollten wissen, was er arbeitete, wie viele Stunden, ob er sich dafür schick machen musste oder ob er den ganzen Tag über so aussah, ob er müde war, wenn er nach Hause kam. Er war Soldat gewesen? Wie lange? Welchen Rang hatte er gehabt? War er immer noch Captain? Wie lang war er an der Front gewesen? Hatte er etwas vom Krieg mit nach Hause gebracht? Diese Frage wurde von Kichern begleitet.

»Er hat den ganzen Krieg mit nach Hause gebracht«, sagte Tatiana mit ernster Miene.

Weitere dreißig Minuten vergingen, in denen die Frauen zügellos ihre Fragen stellten. Ihre Neugier blieb jedoch größtenteils unbefriedigt. Schließlich winkte Tatiana der Letzten zum Abschied zu und ging um das Haus herum auf die hintere Terrasse. Dort saß Alexander auf dem Terrassengeländer und rauchte. Er hatte sein T-Shirt in der Hitze ausgezogen.

»Was sollte das vorhin? Einfach hereinzukommen und noch dazu so schmutzig?«, sagte Tatiana und stieg die Terrassenstufen hinauf. »Du hast versprochen wegzubleiben. Sie haben die ganze restliche Party nur noch über dich gesprochen.«

»Ach ja?« Er grinste. »Was wollten sie denn wissen?«

Sie schüttelte den Kopf und lachte.

»Und? Was hast du ihnen erzählt? Hoffentlich nur Gutes?«

»Hör auf damit. Geh und wasch dich. Ant kommt bald nach Hause.«

»Hast du ihnen wenigstens erzählt«, fragte er und senkte die Stimme, »wie sehr es dir gefällt, wenn ich schmutzig bin?«

Er war unmöglich. Und doch, als Tatiana ihn auf dem Geländer sitzen und seine Beine in der ihr liebsten Jeans herabbaumeln sah, seine glücklichen schmelzbraunen Crème-Brûlée-Augen, seine strahlend weißen Zähne, umgeben von seinem Stoppelbart, sein stachliges schwarzes Haar, das Schimmern seiner sagenhaften muskulösen Arme und glatten, unbehaarten

Brust, suchte sie Halt an dem Terrassenstuhl. Denn er sollte nicht merken, wie ihre Beine nachzugeben begannen. Doch Alexander lächelte sie so breit an, wahrscheinlich hatte er es längst gemerkt. Er stellte die Limonade ab, drückte die Zigarette aus und sprang von dem Geländer herunter.

Sie hob die Arme. »Shura, bitte«, sagte sie mit heiserer Stimme.

»In Ordnung«, schnurrte er. »Da du so nett gefragt hast.«

Er hob sie hoch, trug sie zu seinem Werkstattschuppen, trat die Tür hinter ihnen zu und setzte sie ab. Der Schuppen kochte. Er war ordentlich aufgeräumt, geputzt und roch trotzdem nach Säge, Holz, Metall und großen, mit Schmierfett eingeriebenen Elektrowerkzeugen. Er hob die Hand und schob einen Träger ihres Sommerkleides herunter, dann den anderen. Er streifte ihr das Kleid ab, hakte ihr den BH auf, zog ihr den Slip aus und ließ sie nackt vor sich stehen.

Unter seinem männlichen Blick versuchte sie, ihren Atem nicht schneller, ihre Beine nicht weich, ihre Brustwarzen nicht steif werden zu lassen.

Sie versagte in jeder Hinsicht.

Schließlich öffnete er den Mund. »Tania«, sagte er ruhig. Seine Hände umringten ihre Taille, er zog sie an seine Jeans, seine Gürtelschnalle. »Ich werde mich nicht einmal ausziehen. Ich lasse meine Jeans an, und meine Stiefel auch. Aber du wirst nackt sein«, er hob sie hoch, »auf dem Tisch, den ich für dich gebaut habe.« Er stand zwischen ihren Beinen und strich seine verschwitzte Brust über ihre unfassbaren, aufgerichteten Brustwarzen. Ihr Stöhnen kam nun frei und ungehemmt. Sie lehnte sich zurück und stützte sich zitternd auf ihre Arme. Er rieb seinen Stoppelbart über ihren Mund, ihren Hals, ihre Brüste. »Ist es das, was dir gefällt?«, flüsterte Alexander mit bebender Stimme. »Hast du *das* deinen Tupperware-Freundinnen erzählt?« Er zog an ihren Brustwarzen. »Hast du?«

Zur Antwort stöhnte sie in seinen Mund. Sie küssten sich leidenschaftlich. Ihre Arme waren um seinen Hals geschlungen, seine Arme um ihren Rücken.

»Natürlich nicht«, sagte er und schnallte seinen Gürtel auf, zog den Reißverschluss seiner Jeans auf. »Bei ihnen bist du ganz korrekt, anständig und zugeknöpft.« Er legte sie flach auf seine Arbeitsplatte und brachte ihre Hüften nach vorn zur Kante. Ihre Hände klammerten sich an den Tisch.

»Was soll ich als Nächstes tun, Tania?«, fragte er, während er über ihr stand. Seine Hände packten ihre Schenkel. »Sag schon.«

Ihr Mund konnte nicht einmal ein *Oh Shura* formen. Sie schrie auf.

Sie kam augenblicklich, als er in sie eindrang.

Ein Sonntag am Pool

Die Sommer sind glühend heiß, ohne Frage.

Doch im Winter in Scottsdale, als sie versuchen, ein normales Leben zu führen, ziehen sie langärmelige Hemden und leichte Jacken an und sitzen weiterhin draußen, trinken Tee und rauchen, während sie das Tal, die Berge und den Sonnenuntergang über der Wüste betrachten. Nach ihrem ersten Frühling auf dem Berg räumt Alexander ein, dass Tatiana vielleicht recht habe. Vielleicht ist die Sonora-Wüste wirklich einmalig: erfüllt von gelbem Brittlebush, der kleinen Sonnenblumen gleicht; dazu roter Kerzenstrauch, riesige weiß blühende Kandelaberkakteen und zartrosa Myrtengewächse, die sich in der unbarmherzigen Sonnenglut spiegeln.

Es regnet nie, mit Ausnahme der kurzen Monsunzeit. Tagsüber scheint die Sonne, nachts ist es warm und die Sterne leuchten. Schnee gibt es gar nicht. »Es ist gut, dass es nicht schneit«, darüber sind sie sich einig. Tante Esther zog sich während des Blizzards von 1951 eine schwere Erkältung zu, an der sie fast gestorben wäre. Tatiana fragt sich, ob es in Korea schneit, wo Vikki und Richter sich gerade aufhalten. Die nordkoreanischen Truppen überquerten im Juni 1950 den 38. Breitengrad, so wie es Richter prophezeit hatte, und schlossen innerhalb weniger Wochen das südkoreanische Seoul ein. Weitere zwei Monate vergingen, bis die Vereinten Nationen sich endlich durchringen konnten und MacArthur zurückschlagen ließen.

Alexander und Tatiana fahren mindestens einmal im Monat für ein Wochenende dreihundertzwanzig Kilometer nach Tucson und zurück wegen Alexanders Geheimdiensttätigkeit in Fort Huachuca. Sie und Ant machen Sightseeing, während Alexander Unmengen unter Verschluss gehaltene russische Daten über Waffen und Satelliten, orbitale wie europäische, sowie über weltweite Aktivitäten sichtet. Zudem liest er die Berichte von General Willoughby. Alexander wird schließlich der armeeeigenen Yuma Test Station zugeteilt, die im Laufe des Krieges wiedereröffnet wurde. Um die zusätzlich zu leistenden siebzehn Tage aktiven Dienst pro Jahr zu erfüllen, trainiert er dort andere junge Reservisten an neuen Bodenwaffen: an Munition, Artillerie und Panzerfahrzeugen. Yuma ist flächenmäßig größer als Rhode Island und er testet dort Waffen für alle vier Abteilungen des US-Militärs. Alexanders Einsatzbefehle werden jetzt nur noch nach Yuma geleitet. Tania ist nicht glücklich darüber. Tucson ist ein schöner historischer Ort, an dem es katholische Missionen gibt, die sie und Anthony besichtigen können. Yuma hingegen liegt mitten im Nirgendwo und hat nichts zu bieten, außer dass Alexander dort arbeitet. Sie murrt ein bisschen, begleitet ihn aber wie immer. Anthony murrt nie. Er freut sich auf die gemeinsame Zeit, weil sein Vater ab und zu, wenn er mit nichts anderem beschäftigt ist, eine Fahrt mit ihm in einem gepanzerten Jeep aus dem Zweiten Weltkrieg unternimmt.

Zu Hause ist Tatiana unentwegt am Kochen. Dank Francesca weiß sie inzwischen, wie man Tacos, Enchiladas, Burritos, Tostadas, Fajitas und mörderische Beergarita-Cocktails macht. Selten bereitet sie etwas Russisches zu: Piroggen, Blinschiki, Hühnersuppe, Salat Olivier mit Kartoffeln und Erbsen. Sie wünschte, sie könnte Borschtsch kochen, aber Borschtsch ist ein Kohlgericht. Russisches Essen bewirkt etwas in ihnen, wie auch die russische Sprache. Abends am Esstisch reden sie nach wie vor russisch, sodass Anthony es nicht verlernt. Aber sie sind jetzt Amerikaner. Sie sind so daran gewöhnt, vor anderen Leuten englisch zu sprechen, dass sie es manchmal sogar im Bett tun. Letzten Endes hat Alexander in der Schwüle der Nacht stets englisch mit ihr geflüstert.

Doch Alexander summt sowjetische Kriegslieder, wenn er im Haus Arbeiten erledigt. Er summt sie leise vor sich hin, damit Tatiana sie nicht hört, aber sie entgehen ihr nicht. An diesen Tagen spricht sie russisch mit ihm, und er, als verstünde er, worum es ihr geht, antwortet ihr auf Russisch. Aber Russisch schmerzt sowohl sie als auch ihn. Er hört mit dem Summen auf, sie sind niedergeschlagen und führen ihr Leben nach außen auf Englisch fort, abgesehen von den Ruinen der Vergangenheit, die sie nicht niederbrennen können.

An den Tagen, an denen Tatiana nicht arbeitet, macht sie Brotteig, sodass immer genug vorhanden ist. Alexander muss ihn nur in den Ofen schieben. »Sogar du kannst einen Ofen anschalten, oder, Bataillonsführer?« Sie ist nicht vom Brotbacken abzubringen. Er hat es aufgegeben und hilft ihr nun, da sie mit seiner Hilfe schneller fertig wird. Während sie den Teig kneten, plaudern sie leise miteinander. Sie unterhalten sich über seine Arbeit, nicht ihre. Sie erzählt ihm Witze. Sie planen die Sonntage, die sie stets gemeinsam verbringen, sprechen über Anthonys Leistungen in der Schule, über die Freunde, die er gefunden hat. Sie diskutieren Alexanders Architekturkurse, das enorme Pensum, das er bewältigen muss, ob er einen Abschluss braucht, ob sich das Weitermachen lohnt. Es scheint in allem zu viel zu sein: Arbeit, College, Reservedienst. Einmal fragt er sie, ob er ihrer Meinung nach den Reservedienst aufgeben solle, wenn sein Patent ausläuft. Und sie beschwört ihn, dass es nicht der Reservedienst sei, den er aufgeben soll. Er bringt das Thema nicht mehr zur Sprache.

Manchmal versuchen sie, die wenigen kleinen Schwierigkeiten, die sie haben, auszubügeln: dass er zu viel und zu lange arbeitet, dass er mit Steve ausgeht, was Tatiana immer missfällt. Alexander will es nicht hören. Er sagt, er akzeptiere, dass es einige Leute gibt, die sie einfach nicht mag, das sei für ihn in Ordnung. Doch ihre stille Abneigung gegen die Menschen, mit denen er arbeitet, erschwert gewisse Dinge, die eigentlich ganz leicht sein sollten: gesellige Treffen, Partys, Jahrmarktsbesuche, Arbeitsessen, Begegnungen auf der Baustelle. Ihre unterschwellige, ernst gemeinte, kaum verhohlene Missbilligung wird noch verstärkt durch die Tatsache, dass es beiden unmöglich ist, mit

Freunden aus dem Baugeschäft oder dem Krankenhaus darüber zu sprechen, was sie hierhergeführt hat. War doch ihre Hochzeit so anders als die der Menschen hier. Sie gestehen sich nicht einmal gegenseitig ein, dass sie mit leichten Problemen durch die Wasser des Lebens steuern, Wasser, die laut Zeitschriftentests alle anderen offenbar mühelos durchsegeln. Sie tun ihr Bestes, gehen auf Partys, mischen sich unter Leute. Dann kommen sie nach Hause, kochen, putzen, spielen mit Anthony, machen Karamell (aus ihrem gebrannten Zucker und seiner Kondensmilch), und ab und zu spielen sie sogar Verstecken wie im Krieg, hier hinter den Kandelaberkakteen.

Bill Balkman liebt Alexander, und Alexander braucht diese Zuneigung. Bill ist der Hauptgrund, warum Tatiana viel weniger als sie möchte über die kannibalischen Hummer sagt, mit denen ihr perfekter Ehemann sich ein Becken teilt. Alexander ist nie zu Hause, weil Bill ihn so liebt. Ihm wurde die Verantwortung für fast jeden Abschnitt des Bauvorgangs übertragen, vom Gießen des Mauerfundaments bis zur Landschaftsgestaltung des Terrains. Er ist so tüchtig und flink, dass Balkman ihm jetzt kleine Prämien zahlt für die Häuser, die er vorzeitig fertigstellt. Während Alexander begeistert von der zusätzlichen Vergütung ist, möchte Tatiana anmerken, dass es nicht viel ist, aber natürlich tut sie es nicht.

Alexander und Tatiana unterhalten sich über Truman, McCarthy und Sam Gulotta, der den Vorruhestand erwägt. Sie sprechen über Korea und Richter, über die Franzosen, die in Indochina gegen Stalins Guerillatruppen kämpfen, und darüber, dass Südostasien höchstwahrscheinlich die nächste Station auf Richters lebenslanger Militärreise sein würde. Sie sprechen über viele Themen.

Was sie aussparen in ihrem Leben, das ganz dem *Ladies Home Journal* entnommen scheint, sind Mütter und Väter, Schwestern und Brüder. Die Flüsse, in denen sie schwammen. Die Flüsse, über die sie sich kämpften. Ihre Blutspur, die sich durch ganze Kontinente zog. Schwestern mit warmen Händen. Großväter in Hängematten. Kahle Linden in Deutschland. Und gefrorene Seen mit Eislöchern.

Im Frühjahr 1952 sagte Alexander zu Tatiana: »Lass uns diesen Swimmingpool bauen.«

Sie war dagegen. »Wir können in die öffentlichen Bäder gehen.«

»Als ob du zuließest, dass Mütter und kleine Kinder meinen Körper sehen. Ich will einen Pool, sodass ich jederzeit schwimmen kann. Und zwar nackt mit dir.«

»Wie viel?«

»Dreitausend Dollar.«

»Das ist zu viel. So viel kostet unser ganzer Wohnwagen.«

»Es ist kein Wohnwagen, es ist ein Mobilhaus. Wie oft muss ich dir das noch sagen?«

»Aber wir sparen auf ein richtiges Haus.«

Zeit, sich noch eine Zigarette anzustecken und sie einen Augenblick unbeirrt zu fixieren. »Tania«, sagte er, »lass uns diesen verfluchten Pool bauen.«

Der Pool war eine Sache für sich. Er war in den Boden eingelassen, vier Meter breit, fünfzehn Meter lang und mit einem Sprungbrett versehen. Ein Whirlpool auf einer erhöhten Plattform gehörte ebenfalls dazu. Der Bau nahm sieben Wochen in Anspruch und barg hier und da ein paar versteckte Kosten, wie die große, aufwändig geschwungene Steinterrasse, den schmiedeeisernen Zaun, die Wüstenbepflanzung und die dekorative Beleuchtung sowie die Heizanlage, um ihn das ganze Jahr über auf siebenundzwanzig Grad zu halten. Die Gesamtsumme belief sich auf über sechstausend Dollar. Alexander bezahlte den Mehrbetrag von seinem Prämienkonto bei Bill und erzählte Tatiana nichts davon.

An einem Sonntagnachmittag Anfang Mai kamen Bill Balkman, seine Freundin Margaret, Steve und Amanda zu einer Poolparty. Die Sonne schien, wie immer. Es war um die dreißig Grad warm, ein herrlicher Tag. Tatiana hatte sich einen modischen gelb gepunkteten Bikini gekauft. Doch Alexander verbot ihr, ihn zu tragen, nachdem er auch nur einen Blick darauf geworfen hatte.

Steve sah sie ohnehin nicht an. Er hatte eine Schnittwunde an der Wange, genäht von drei schwarzen Stichen. Er war nicht ins Phoenix Memorial gekommen, und da es das einzige Krankenhaus in der Stadt war, konnte Tatiana sich nur fragen, wo Bill Balkman seinen Sohn nun zusammenflicken ließ, um nicht dorthin gehen zu müssen, wo Tatiana von dem Vorfall erfahren würde. Steve, der ungewohnt schweigsam war, gab keine Erklärung ab und niemand verlangte eine. Er schwamm nicht, aß wenig, riss keine Witze und sprach kaum ein Wort mit seinem Vater, der einer Unterhaltung mit ihm genauso aus dem Weg ging. Hingegen wandte sich Bill Balkman in einem fort an Alexander. »Schön habt ihr es hier«, sagte er zu ihm, als sie sich nach dem Schwimmen auf die Terrasse setzten. »Aber ich verstehe nicht, warum du dir kein richtiges Haus baust. Ich habe gehört, du kennst da einen guten Bauunternehmer.« Er schmunzelte. »Warum in einer Hütte leben?«

Alexander mied Tatianas Blick, denn er hasste es, wenn andere Leute in sein Inneres sehen konnten: Dort waren die kleine Hütte an einem mit Kiefernnadeln bestreuten Flussufer, wo frisch gelaichte Störe auf ihrem Weg ins Leben ins Kaspische Meer schwammen, oder die Löcher im Wald, wo er, umgeben von seinen Waffen, im Morgengrauen den Angriff des Feindes erwartete. All das steckte in der lakonischen Antwort, die er Bill gab: »Für uns ist es im Augenblick eine Menge.«

Amanda, die in einem plissierten, rotbraunen Satineinteiler mit verstärktem Brustteil à la Marilyn Monroe in der Sonne lag, sagte zu Tatiana: »Der Badeanzug, den du trägst, ist so Vierzigerjahre. Alexander, du solltest deiner Frau zur Feier des Pools einen hübschen neuen Bikini kaufen, der ihre zierliche Figur zur Geltung bringt.«

»Findest du?«, sagte Alexander und blickte zu Tatiana.

»Du bist eine sehr gute Springerin«, fuhr Amanda fort und musterte Tatiana. »Dieser Rückwärtssalto war irre und das Rad vom Sprungbrett auch. Wo hast du gelernt, so zu springen? Ich dachte, du wärst in New York City aufgewachsen.«

»Ach, na ja, Manda, hier und dort.« Vor allem dort.

»Tania, kannst du uns bitte noch Kartoffelsalat holen?« Das war Alexander mit einem Ablenkungsmanöver.

Als sie zurückkam, sagte Balkman gerade: »Einen netten Jungen hast du, Alexander.« Anthony spielte sich im Wasser auf.

»Danke, Bill.«

Tatiana fand es faszinierend, dass Bill sich kaum an sie wandte.

»Anthony«, rief Balkman, »komm doch mal einen Moment her.«

Anthony kam aus dem Pool, schlank, dunkel, tropfend, und stellte sich schüchtern neben Balkman.

»Du bist ein guter Schwimmer«, sagte Balkman.

»Danke. Das hat mir mein Dad beigebracht.«

»Wie alt bist du?«

»Ich werde am 30. Juni neun.«

»Du wirst einmal so groß wie dein Vater werden.«

Tatiana beobachtete Alexander, der rauchend dasaß und seinen Sohn unverhohlen bewunderte.

»Und«, fragte Balkman, »was willst du werden, wenn du erwachsen bist? Mein Sohn Steve da drüben ist Bauunternehmer, wie ich. Was meinst du? Wirst du auch einmal Häuser bauen mit mir und deinem Dad?«

»Vielleicht«, sagte Anthony, der mit seinen Ausweichmanövern anderen in nichts nachstand. Tatiana lächelte über das Geschick ihres Sohnes. »Aber mein Dad hat schon vieles gemacht. Er hat Hummer gefangen, Wein hergestellt und Boote gefahren. Ich habe ihm beim Bootfahren geholfen. Er war auch Fischer. Und er kann Möbel bauen. Wie nennt man so jemanden?«

»Schreiner«, half Tatiana; auch sie betete ihren Sohn an.

»Genau. Oh, und er ist auch Captain der United States Army und war Soldat im Zweiten Weltkrieg. Er ist in die Berge marschiert mit ... wie viel Kilo Ausrüstung, Mom? Ich habe es vergessen. So ungefähr hundert.«

»Dreißig, Ant«, sagte Tatiana und blickte zu Alexander, der *sie* kopfschüttelnd ansah.

»Dreißig«, sagte Anthony. »Er war im Kriegsgefangenenlager und in einer echten Burg, und er hat ganze Bataillone über ...«

»Anthony!«, riefen Tatiana und Alexander wie aus einem Mund. Alexander stand auf und nahm die Hand des Jungen. »Komm«, sagte er, »und zeig mir diesen Kopfsprung rückwärts, den deine unmögliche Mutter dir beigebracht hat.« Als sie an ihr vorbeigingen, hörte Tatiana, wie Alexander leise sagte: »Ant, verdammt noch mal, wie oft muss ich dir das noch sagen?« Und Anthony antwortete mit gequälter Stimme: »Aber Dad, du hast gesagt, ich soll nicht mit *Fremden* über dich sprechen.«

Die brünette Margaret, eine große, knochige Frau in den Vierzigern, die versuchte jünger auszusehen, wollte offensichtlich wiedergutmachen, dass Bill Tatiana ignorierte. Sie sagte: »Tania, wissen Sie, dass Bill Alexander wie einen Sohn liebt? Wir beide tun es.«

»Natürlich. Alexander kann sich glücklich schätzen, Bill gefunden zu haben.« Tatiana mochte Margaret nicht besonders. Sie küsste Alexander zu Begrüßung und Abschied zu nah am Mund.

»Bill kann sich wirklich glücklich schätzen. Er könnte nicht mehr auf Alexander verzichten.« Sie senkte die Stimme. »Stevie ist ... verstehen Sie mich nicht falsch, er ist der Sohn und wird einmal das Geschäft erben, aber er ist einfach nicht geschaffen für ... harte Arbeit. Nicht wie Alexander.«

Tatiana war derselben Ansicht.

Dann sagte Margaret lauter: »Warum arbeiten Sie eigentlich noch? Ihr Mann hat ein sehr gutes Einkommen, und es wird sogar noch besser, wenn er erst einmal sein Offizierspatent zurückgegeben hat.«

»Ich wusste gar nicht, dass mein Mann vorhat, sein Patent zurückzugeben«, sagte Tatiana und hob die Augenbrauen. Alexander, der in der Nähe stand, schüttelte leicht den Kopf und verdrehte die Augen.

Margaret fuhr fort. »Sie wissen, dass Bill und ich jetzt seit ein paar Jahren miteinander ausgehen, aber ich arbeite nicht.« Sie lächelte stolz. »Bill kümmert sich um alles.«

Tatiana lag es auf der Zunge zu sagen: Oh, herzlichen Glückwunsch. Macht Sie das nicht zu seiner Konkubine?

Die Sonne ging unter. Sie saßen auf ihrer nagelneuen Terrasse an den runden Tischen, rauchten, hörten Jazz und Blues. Tatiana machte noch ein paar Margaritas und gab jedem einen Drink, ihrem Mann zuerst. »Tania«, sagte er, »du wolltest nicht zufällig Beergaritas machen?« Er lächelte. »Tania hat von ihrer Freundin aus Mexiko ein Rezept für Margaritas mit Bier bekommen, das ...«

»Sagen wir einfach, dass uns ein Krug vier Übernachtungsgäste bescheren würde«, beendete Tatiana den Satz. Weswegen sie von den Beergaritas absah.

»Sie würden dich aufheitern«, sagte Alexander und sah sie mit einem sanften Funkeln in den Augen an.

»Ich wette, sie eignen sich gut für Trinkspiele«, sagte Steve. Es war praktisch das Einzige, das er den ganzen Nachmittag über von sich gegeben hatte.

»Das ist wieder mal typisch. Ganz der schamlose Steve«, sagte Amanda und wirkte inzwischen nicht mehr so glücklich dabei. Sie wandte sich an Tatiana. »Und, Tania, wann werden du und Alex noch ein Baby bekommen? Anthony braucht ein Brüderchen oder Schwesterchen, mit dem er in diesem Pool spielen kann.«

»Es wird auf jeden Fall Zeit, Manda«, stimmte Tatiana freundlich zu. »Wann werden du und Steve heiraten?«

»Es wird auf jeden Fall Zeit, Stevie«, sagte Margaret und lachte, und Bill stimmte in das Lachen ein. Amanda verzog keine Miene, doch sie hörte auf, Tatiana nach Kindern zu fragen.

Sie genossen die Abendstimmung, hörten Louis Armstrong und tranken die Margaritas zu Ende, da sagte Balkman auf einmal nachdenklich: »Ich frage mich, ob dieses Land etwas wert ist.«

Sie hatten gemütlich neben dem Swimmingpool gesessen, den sie in das Grenzland gebaut hatten, in den Sonnenuntergang, unweit der Berge, mit Blick auf die dämmernde Maulbeerwüste unter dem veilchenblauen Himmel. Weit und breit war keine Menschenseele. Nach Balkmans Frage richtete sich Tatiana etwas auf. »Hier gibt es nichts zu kaufen«, sagte sie. »Das Land links, die Berge eingeschlossen, gehört der US-Regierung. Und unter uns wurde schon alles von Berk Land Development aufgekauft. Es steht nichts zur Verfügung.«

Balkman deutete nach rechts. »Was ist mit dem Land genau hier, zu den Bergen hin?«

Nach kurzem, einvernehmlichem Schweigen unter Eheleuten sagte Alexander: »Das gehört uns.«

Balkman wandte das Gesicht von den Kandelabern ab. »Wie? Gehört euch?«

Tatiana sah mit unergründlicher Miene Alexander an, so als legte sie mit ihrem Blick gewissermaßen ihre stete Hand auf ihn, und sagte: Stolz, Soldat, aus dir spricht Stolz. Aber bitte, tu es nicht.

Sie sah jedoch, dass er nicht anders konnte. Anscheinend wollte er Bill Balkman wirklich beeindrucken. »Sechzig Meter nach links, sechzig nach rechts und zwanzig Hektar direkt zu den Bergen hin«, sagte Alexander.

Niemand am Tisch sprach. Sie befanden sich in einem Stummfilm, bewegten sich ohne Worte.

Plötzlich stand Tatiana auf und begann, den Tisch abzuräumen. Laute Geräusche durchbrachen die Stille – ihr Geschirrklappern und Balkmans Ausruf: »Dir gehört das ganze Land? Wie viel insgesamt?«

»Neununddreißig Hektar«, sagte Alexander.

Tatiana schüttelte den Kopf. Das stolze Lächeln stand immer noch in Alexanders Gesicht, als Balkman sagte: »Ist dir überhaupt klar, auf was für einer Goldmine du sitzt? Wie viel Geld wir mit dem verdammten Land machen können?«

Tatiana schob Alexanders Hand schroff aus dem Weg und nahm seinen Teller. Dabei blickte sie ihn ernst an. Enttäuscht fragte sie sich, warum es ihm manchmal so schwer fiel, nur einen Schachzug vorauszusehen. Doch jetzt sah er ihn, sah ihn schön deutlich. Das Lächeln war aus seinem Gesicht gewischt, und er warf ihr einen verärgerten Blick zu, als ob es ihre Schuld gewesen sei. Dann schrie er nach seinem Sohn: »Ant, komm aus dem Pool und hilf deiner Mutter.« Er wandte sich an Balkman und sagte: »Bill, das Land ist nicht zu verkaufen.«

»Was meinst du denn damit?«, sagte Balkman mit dröhnender Stimme. »Alles ist zu verkaufen.«

»Dieses Land nicht.«

Tatiana legte ihre Hand auf Alexanders Schulter. »Mein Mann will damit sagen«, ihre Stimme klang freundlich, »dass dieses Land seiner Familie gehört.«

»Nun, ihr braucht doch bestimmt keine neununddreißig Hektar. Ihr lebt in einem Wohnwagen auf einem Grund von der Größe einer Briefmarke. Ein Luftschutzbunker würde mehr Platz einnehmen, als ihr es tut. Selbst mit dem Pool und dem

Werkstattschuppen habt ihr kaum tausend Quadratmeter verbraucht. Ihr könnt ja vier Hektar behalten.« Obwohl Tatiana mit ihm gesprochen hatte, sprach er wieder direkt zu Alexander. Er war sichtlich aufgeregt. »Du verkaufst fünfunddreißig Hektar an unsere Firma, machst eine Scheißmenge – verzeihen Sie mir den Ausdruck – Gewinn, und dann teilen wir den Rest in tausend Quadratmeter große Parzellen auf. Ich gebe dir fünfzig Prozent des Profits. Wenn wir fertig sind, wird deine Frau hier von Diamanten überhäuft sein. Sie wird die Wüste nicht mehr sehen können bei all den Klunkern, die du ihr kaufen wirst.« Er kritzelte fieberhaft Kalkulationen auf eine Serviette – benutzte einfach eine ihrer Servietten für seine ruchlose kleine Rechnung.

»Bill«, sagte Tatiana immer noch freundlich, »erstens ist es kein Wohnwagen, sondern ein Mobilhaus. Und zweitens steht das Land nicht zum Verkauf.«

»Schätzchen, bitte«, sagte Balkman und blickte nicht einmal auf, »überlassen Sie den Männern das Geschäftliche, in Ordnung?«

Tatiana nahm die Hand von Alexanders Schulter.

»Bill«, sagte Alexander, »wir verkaufen das Land nicht.«

Balkman hörte gar nicht zu. »Wir können hier eine ganze Gemeinde entstehen lassen. Wir nennen sie Paradise Hills, Love Hills, Tatiana Hills, was immer du willst. Fünfunddreißig Hektar ergeben dreihundert Parzellen. Wir können sogar ein Schwimmbad und ein Clubhaus bauen und dafür eine jährliche Gebühr erheben. Dreihundert Parzellen zu jeweils tausend Dollar, allein für das Land. Da springen hundertfünfzigtausend Dollar für dich heraus, Alexander. Und die dreihundert Häuser auf diesen Grundstücken werden zweihundertfünfzig Dollar pro Quadratmeter kosten, plus weitere fünfhundert pro Quadratmeter für den Luftschutzbunker, den wir bei jedem mitverkaufen. Wenn wir die Größe der Häuser auf vierhundert Quadratmeter festsetzen ... ich habe keine Serviette, die groß genug wäre, um den Profit auszurechnen.«

Mit den Tabletts in der Hand stellte sich Tatiana aufrecht vor Bill hin. »Auch ohne die Luftschutzbunker«, sagte sie gelassen, »würden Sie sechsundzwanzig Millionen Dollar verdienen, aber wir hätten unser Land nicht mehr. Was hätte das für einen Sinn?«

»Sechsundzwanzig Millionen? Wie haben Sie … nun, da sehen Sie's. Was das für einen Sinn hat? Schätzchen, dass Sie nie mehr arbeiten müssen. Alexander, sie kann einfach zu Hause bleiben und die ganze Zeit Babys bekommen. Also, wo waren wir?«

Tatiana ließ den Stapel Tabletts auf die neue Sandsteinterrasse fallen. Die Tabletts waren aus Metall und zerbrachen nicht, aber sie klirrten und klapperten ohrenbetäubend. Und die ganzen Reste der Speisen, die sie zubereitet und die Balkmans nicht aufgegessen hatten, fielen auf die patinierten Bodenfliesen. »Verzeihen Sie das kleine Missgeschick«, sagte sie und ging in die Hocke, um den Boden zu säubern. Alexander kniete sich neben sie. »Ich würde gern wissen«, sagte sie mit zusammengebissenen Zähnen, »ob du dein Patent zurückgibst, bevor oder nachdem du ihm unser Land überlassen hast.«

»Hör auf.«

»Entweder sagst du ihm, dass er mein Haus verlassen soll, oder ich werde ihm ein paar Dinge sagen, die er bestimmt nicht gern hören wird.«

»Was habe ich gesagt?«, flüsterte er. »Geh ins Haus und beruhige dich.«

Natürlich hatte er recht. Schließlich stand das Dessert noch aus. Apfelkuchen, Blaubeermuffins, Schokoladenkekse, Teekuchen mit Erdbeeren, all die Köstlichkeiten, die Tatiana gebacken hatte, um ihre Gäste, Alexanders Boss, die Familie seines Bosses zu bewirten. Sie riss ihm die Tabletts aus der Hand und stürmte ins Haus.

Balkman öffnete den Mund und Alexander sagte: »Reden wir morgen darüber.«

»Ach, komm schon …«

»Morgen, Bill.«

»Weißt du, Alexander«, sagte Bill in weisem Ton, »manchmal regen sich Frauen ein bisschen auf. Sie verstehen nicht, wie Männer sind. Du musst ihnen nur zeigen, wer der Boss ist. Sie lernen schnell.« Bill schlug Margaret auf den Hintern. »Nicht wahr, Süße?«

Am nächsten Morgen um acht sagte Balkman: »Hast du deiner Frau etwas Vernunft beigebracht?«

Nach mittlerweile drei Jahren bei Balkman war Alexander immer noch überzeugt, dass dies der richtige Job, der richtige Arbeitsplatz für ihn sei. Er war sogar so sehr davon überzeugt, dass er gestern, nachdem alle gegangen waren, versucht hatte, Tatiana davon zu überzeugen. Dass sie Balkmans Angebot vielleicht in Erwägung, nur in Erwägung ziehen sollten. Seine sonst so sanftmütige Frau begegnete ihm daraufhin mit derart ungewohnter, ungewöhnlicher, unwillkommener Feindseligkeit, dass er das Thema fallen lassen musste, bevor er selbst etwas sagte, das er später bereuen würde.

An diesem Morgen nun stand Alexander mit kaltem Blick und verschränkten Armen vor Bill und versuchte Tatianas gestrigen Anblick zu vergessen, als sie mit kaltem Blick und verschränkten Armen vor Alexander gestanden hatte. »Das hat nichts mit meiner Frau zu tun, Bill«, sagte er. »Man hat uns bereits ziemlich viel Geld für das Land angeboten. Seit Scottsdale vor zwei Jahren den Gemeindestatus erhalten hat, ist der Wert des Landes ins Unermessliche gestiegen. Es ist jetzt zehntausend Dollar pro Hektar wert. Das stellt einen Gewinn von fast einer halben Million Dollar gegenüber unserer ursprünglichen Investition dar. Glaub mir, wenn wir verkaufen wollten, würden wir es tun. Aber wir haben kein Interesse.«

»Aber man kann so viel Geld damit verdienen.«

»Es geht nicht um das Geld. Es geht um das Land«, sagte Alexander. »Du hast gesehen, wie wir leben. Wir führen ein einfaches Dasein. Mir ist klar, dass das nicht nach jedermanns Geschmack ist. Es spricht viel dafür, größere Gewinne abzuschöpfen, aber solange wir genug für das Notwendigste haben, ist das eine Menge für uns. Und wir haben genug für das Notwendigste. Das Haus ist bezahlt. Die Autos sind bezahlt. Uns fehlt es an nichts.«

»Was ist mit …«

Alexander stoppte ihn. »Es reicht. Bitte reden wir über unser augenblickliches Geschäft. Hast du einen Kostenvoranschlag für das Schreiner-Haus erstellt oder willst du, dass ich das übernehme? Sie wollen unbedingt, dass die Finanzierung steht und der Bau losgehen kann, und sie sind bereit, dreihundert pro Quadratmeter zu zahlen, wenn alle Bäder mit Marmor ausgestattet werden, nicht nur das große.«

»Hör auf, das Thema zu wechseln. Fünfzig Prozent des Gewinns an dreihundert Parzellen, Alexander. Ich sage dir etwas: Um das Ganze noch zu versüßen, teile ich die Vergütung für die Häuser mit dir, fünfundsiebzig zu fünfundzwanzig. Im Augenblick bekommst du nur drei Prozent Provision. Überleg dir, wie viel fünfundzwanzig Prozent sind von ... Was hat deine Frau gestern gesagt? Sechsundzwanzig Millionen Dollar? Sie hatte übrigens recht.«

Alexander seufzte. Natürlich hatte sie recht. Und ja, die Summe war unglaublich.

Balkman bemerkte offenbar, wie er mit sich rang. »Du bist schlecht beraten«, sagte er. »Du solltest nicht auf deine Frau hören. Du solltest deinem Gefühl vertrauen. Es ist für deine Zukunft und für die Zukunft deiner Familie.«

Ausgerechnet Bill musste von Familie reden. Er, der Margaret nicht heiraten wollte, um sich alle Optionen offenzuhalten. Nun, Alexander fand es nur recht und billig. Wieso die Kuh kaufen, wenn man die Milch umsonst haben kann?

Und plötzlich klärten sich seine Gedanken. Er erinnerte sich an etwas. »Bill«, sagte er, »weißt du, wie viel eine Kuh in einem sowjetischen Dorf wert war?«

»Was?«, sagte Bill begriffsstutzig. Er sah aus, als hätte er es nicht verstanden. »In was für einem Dorf?«

»Eine Kuh. In einem sowjetischen Dorf. Weißt du, wie viel man für eine Kuh bekam, wenn man eine hatte?«

»Nein, aber ...«

»Fünfzehnhundert Rubel«, sagte Alexander. »Nun, fünfzehnhundert Rubel sind eine ungeheure Menge Geld für einen russischen Bauern, der vielleicht zwanzig Rubel im Monat damit verdient, dass er seinen Fisch ans Kollektiv verkauft. Doch wenn man die Kuh verkaufen würde, wäre das Geld in drei Monaten aufgebraucht, während die Kuh einen weitere sieben Jahre ernährt.« Er lächelte. »Ich werde meine Kuh nicht verkaufen, Bill.«

Sichtlich verärgert schlug Balkman mit der Faust auf den

Schreibtisch. »Verdammte Kühe. Wovon redest du da? Ich habe sehr gut für dich gesorgt, Alexander.«

»Ich weiß. Und ich habe sehr gut für dich gesorgt.«

»Ja, aber was gut für das Geschäft ist, ist per Definition gut für dich.« Balkman hielt inne. »Umgekehrt ist es genauso. Wie würde deine kleine Frau das wohl finden?«

Alexander stand aufrecht vor ihm und schwieg. Links von Bill hing ein größeres Bild von einer nackten Miss Viva Las Vegas. Ein Gefühl des Bedauerns kochte in ihm auf. »Bill, wenn du nicht willst, dass ich für dich arbeite, dann feure mich. Droh mir nicht. Tu einfach, was du tun musst. Aber das Land steht nicht zum Verkauf. Und tu mir einen Gefallen, lass meine Frau aus dem Spiel.«

Balkman brummte zur Antwort vor sich hin. Alexander wartete mit verschränkten Armen. Er wusste, dass Bill ihn nicht entlassen konnte. Er brauchte Alexander, um das Geschäft zu führen. Sie sprachen nicht mehr darüber. Aber Balkman ließ deutlich erkennen, dass er Alexanders Unnachgiebigkeit im Hinblick auf die neununddreißig Hektar für Tatianas Werk hielt, genau wie die Tatsache, dass Alexander nicht mit den Jungs in Vegas spielen wollte.

Frauengespräche, Männergespräche

»Dad möchte unbedingt, dass du nächsten Monat mit nach Vegas kommst«, sagte Steve zu Alexander, als sie nach der Arbeit mit Jeff etwas trinken waren. »Die Internationale Baumesse findet bald statt. Da musst du hin. Er wird kein Nein akzeptieren.«

Sie hatten sich eben über ihre Frauen unterhalten, die an diesem Tag gemeinsam zu Mittag gegessen hatten. Was glaubt ihr? Worüber unterhalten sie sich?, fragten sich die Männer. Glaubt ihr, sie beklagen sich über uns? Oh, bestimmt beklagen sie sich. Wir verlangen Dinge von ihnen, die sie nicht tun wollen, sagte Jeff. Wir wollen sie nicht heiraten, sagte Steve. Alexander wollte sagen, dass sich seine Frau nicht über ihn beschwerte. Aber was, wenn doch? Was, wenn sie ihren Freundinnen erzählte, dass er sich stets im Recht fühlte? Dass fast alles nach seinem Willen gehen musste? Dass er gelegentlich spät nach Hause kam, nicht mehr ganz nüchtern, und sich von allem nahm, bis er satt war?

Inzwischen waren sie wieder bei Vegas angelangt. »Irgendetwas sagt mir, dass ihr nicht viel zum Arbeiten kommt, wenn ihr dort seid.« Alexander grinste. »Und was bist du, Stevie, die Scheißsekretärin deines Vaters? Wenn Bill mir etwas sagen will, soll er es selbst tun.«

»Komm schon, Alex, bist du kein bisschen neugierig auf den animalischen Hexenkessel des sittlichen Verfalls?«, fragte Jeff. »Ich war es schon.«

Alexander berührte sein Bierglas. Sein ganzes Leben in der Leningrader Garnison, bevor es Tania gegeben hatte, war ein animalischer Hexenkessel des proletarischen Verfalls gewesen, bestehend aus freien Wochenenden, jämmerlichen Offizieren, Alkohol und Frauen, die allzeit bereit waren.

»Jungs, ich muss euch etwas sagen«, verkündete Jeff feierlich. »Ich fürchte, meine Tage in Las Vegas sind gezählt. Ich werde Cindy heiraten.«

»Oh *nein*«, sagte Alexander. »Heirate Cindy bloß nicht.«

»Lass den Scheiß, ja? Sie hat mich wissen lassen, dass es noch andere Interessenten gibt.«

»Sie lügt«, sagte Steve. »Amanda erzählt mir das einmal pro Monat, wie ein Uhrwerk. Ich kann meinen Wecker danach stellen. Fall nicht darauf rein. Das ist eine typische Männerfalle.« Er lachte lauthals auf. »Tu es nicht, Jeff. Rette dich, solange es noch geht.«

Jeff wandte sich an Alexander. »Was rätst du mir?«

»Cindy wird eine gute Ehefrau abgeben«, sagte Alexander.

Jeff senkte die Stimme. »Ich mag sie. Und ich liebe sie. Ich werde sie wohl heiraten.« Er seufzte. »Aber Alex, es gibt ein paar Dinge, die Cindy einfach nicht tut. Ist es unzumutbar, von seiner Frau ein paar Dinge zu erwarten, die die Frauen in Vegas tun?«

»Amanda tut sie«, sagte Steve mit einem Grinsen. »Sie tut, was ich ihr sage. Aber sie ist nicht mit dem Herzen dabei.

Sie macht es, damit ich sie heirate. Auch das ist eine Männerfalle.«

Sie lachten alle. »Mann, du hast wirklich ein Problem«, sagte Alexander. »Sie macht, was du willst, Falle hin oder her, und du bist trotzdem nicht zufrieden?«

»Was denkst du, Alex?«, fragte Jeff. »Ehefrauen eine Sache, Vegas-Mädchen eine andere?«

»Unser Guter ist von den Vegas-Mädchen noch nicht verdorben«, sagte Steve und haute Alexander auf die Schulter.

Noch nicht? Steve hatte zu schnell zu viel getrunken und fing an zu schwatzen. »Mann, Jeff«, sagte Alexander, »bete lieber, dass die Mädchen nicht über diese Dinge reden – darüber, wie du im Vergleich zu Cindys anderem Freund abschneidest. Was, wenn du nicht mithalten kannst?«

»Hey, Alex«, sagte Steve plötzlich. »Stimmt das eigentlich? Manda hat mir neulich erzählt, dass Tania nie einen anderen Freund hatte.«

Jeff lachte. »Oh Mann, du hast ja so ein verfluchtes Glück. Kein Wunder, dass du so großspurig tust. Du musst mit nichts mithalten.«

Alexander sprang von dem Barhocker auf. Sein Bier schwappte im Glas auf dem Tresen hin und her.

»Was? Musst du schon nach Hause?«, fragte Steve. »Es ist noch früh.«

»Es ist nicht früh, es ist spät«, sagte Alexander.

Und genau darüber hatten sich Amanda, Cindy und Tatiana beim Mittagessen unterhalten: was mit ihren Körpern nicht stimmte. Ihre Füße waren zu groß, ihre Brustwarzen zu klein, ihre Ohren standen zu stark ab, ihre Gesäßbacken waren dafür nicht rund genug. Sie fühlten sich zu dick, zu dünn, zu flach, zu groß. Unablässig mäkelten sie an sich herum. Tatiana hielt sich heraus. Sie aß ihre Fettuccine und überlegte, ob sie welche zum Abendessen zubereiten sollte, mit Knoblauchbrot und Zitronenhähnchen, oder mit Knoblauch-Limonen-Hähnchen und einer Salsa. Oder …

»Tania, hast du uns zugehört?«

»Verzeihung, was?« Ihr blieben fünfundvierzig Minuten,

bis Anthonys Bus kam, und sie wollte noch ein Stück Kirschkuchen bestellen, bevor sie loslaufen musste. Sie aß weiter. Die Körperanalysen fand sie ausgesprochen uninteressant. Inzwischen war sie über die Zeitschriften und ihre Psychotests weit hinaus. »Das echte Geheimnis einer langen, glücklichen Ehe«, »Tausend Fehler, die Sie machen können«, »Fünfhundert Wege, Ihrem Mann zu gefallen«. Alexander sagte und zeigte, dass sie ihm gefiel, und sie dachte nicht weiter darüber nach. Sie und Francesca sprachen nie über so etwas. Sie sprachen über ihre Söhne, Kochen und Beergaritas. Tatiana lächelte. Das war das echte Geheimnis einer langen, glücklichen Ehe. Sie wollte den Mädchen einen Test vorschlagen: Wie viel Zeit verschwende ich auf Dinge, die ich nicht ändern kann? Doch was, wenn sie sich darauf einließen? Worüber sollten sie dann noch sprechen?

»Tania, Cindy glaubt, dass Jeff endlich den Schritt wagen wird.«

»Oh, das ist toll, Cindy«, sagte Tatiana.

»Aber was soll *ich* deiner Meinung nach tun?«, fragte Amanda. »Der Krieg ist vorbei. Bei uns waren es nicht zwei Kriegstage wie bei dir und Alexander, nicht drei Jahre wie bei Jeff und Cindy. Es sind jetzt sieben Jahre. Ich bin fünfundzwanzig, lebe immer noch zu Hause, und trotz seiner ganzen Versprechen und dem Ring will er mich einfach nicht heiraten.«

»Und warum sagst du ihm nicht, dass er sich endlich entscheiden soll? Entweder ganz oder gar nicht?«, fragte Tatiana.

Amanda war still. »Was ist, wenn er sich für ›gar nicht‹ entscheidet?«

Tatiana hoffte, dass ihre Gedanken ihr nicht offen im Gesicht geschrieben standen, die lauteten nämlich *Halleluja*. Sie legte ihre Hand auf Amandas Hand. »Ich soll dir einen geheimen Weg verraten, wie du Steve dazu bringen kannst, dich zu heiraten? Den weiß ich nicht. Ich wusste ihn für mich selbst nicht. Und für dich weiß ich ihn auch nicht.«

»Nun, Alexander hat dich geheiratet, oder?«, sagte Amanda. »Du musst etwas getan haben.«

»Man kann die Menschen nicht miteinander vergleichen«, sagte Tatiana, und als sie Amandas trauriges Gesicht sah, fügte sie rasch hinzu: »Jeder ist anders. Du musst tun, was für dich das Richtige ist.«

»Weißt du, was ich getan habe? Ich habe Jeff erzählt, es gäbe jemand anderen.« Cindy kicherte. »Das hat ihn richtig aus der Fassung gebracht.«

Amanda winkte ab. »Das erzähle ich Steve schon seit fünf Jahren. Weißt du, was er sagt? Je mehr, desto besser, Manda. Bring ihn mit nach Vegas, dann machen wir einen Dreier.«

Was ist er doch für ein Prachtexemplar, wollte Tatiana sagen. Bitte, lass mir *das* nicht im Gesicht geschrieben stehen.

»Tania, sag mir, was ich tun soll«, bat Amanda. »Bitte.«

»Manda«, sagte Tatiana, »ich weiß nicht, warum du immer glaubst, ich hätte alle Antworten.«

»Na, schau dir doch an, was du und Alexander habt«, sagte Amanda aufgebracht.

»Du willst mein Leben nicht, glaub mir«, sagte Tatiana. »Du willst nicht wissen, was es ihn und mich gekostet hat, uns diesen Berg an der Pima-Straße hinaufzukämpfen. Du würdest es nicht glauben, wenn ich es dir erzähle. Und wir sind immer noch dabei, unseren Weg zu finden. Ich bin ein schreckliches Beispiel. Ich hatte nur in einer Hinsicht Glück – er liebte mich. Aber hätte er es nicht getan, dann hätte ich mein Leben trotzdem weiterführen müssen. Mir wäre keine Wahl geblieben, oder?«

»Tatiana!« Das war Amanda, deren Stimme schrill in dem Restaurant erklang. »Willst du damit sagen, dass Steve mich nicht liebt?«

Wie war sie nur in diese alberne Unterhaltung hineingeraten? »Er will dich nicht heiraten«, sagte Tatiana leise. »So viel steht fest.«

Amanda fuhr vom Tisch auf. »Er liebt mich sehr wohl«, sagte sie mit bebender Stimme. »Ja, das tut er. Du hast keine Ahnung. Er ist ein guter Mann. Und er liebt mich.« Sie stürmte aus dem Restaurant.

Verblüfft starrte Cindy Tatiana von der anderen Tischseite her an. Tatiana sagte mit einem Achselzucken: »Warum bittet sie um Rat, wenn sie keinen Rat will?«, und winkte nach der Rechnung. Also kein Kirschkuchen heute.

Als Alexander an diesem Abend, nachdem er aus der Kneipe nach Hause gekommen war, mit Tatiana im Bett lag und ihren Rücken massierte, sagte er: »Tania, hör auf, mit Amanda über mich zu sprechen.« Sein Mund wanderte dabei ihre Wirbelsäule hinab.

»Ich spreche nicht mit Amanda über dich.«

»Du hast ihr erzählt, dass du nie mit jemand anderem zusammen warst, oder nicht?«

»Also, erst einmal habe ich das nicht gesagt. Sie hatten eine höchst interessante Unterhaltung letzte Woche beim Mittagessen – dem Mittagessen übrigens, zu dem du mich jede Woche drängst. Es ging darum, ob Cindy tatsächlich oder nur rein theoretisch eine Jungfrau war, als sie mit Jeff zusammenkam. Ich für meinen Teil hatte einige Schwierigkeiten, den Unterschied zu verstehen. Offensichtlich hat Cindy in einer ihrer Zeitschriften gelesen, dass sie in manchen Teilen der Welt, in manchen Ländern, als theoretische Jungfrau gilt. Also habe ich sie gefragt, ob sie ihr das in den Pass stempeln, wenn sie auf Reisen geht.«

Alexander lachte. Sogar seine liebkosenden Hände auf ihren Pobacken wackelten.

»Amanda machte Witze darüber«, sagte Tatiana, »dass in ihren Pass die Worte ›von Geburt an keine Jungfrau‹ gestempelt würden. Zumindest hoffe ich, dass es ein Witz war. An diesem Punkt habe ich Nachtisch bestellt und mich aus der Unterhaltung zurückgezogen. Aber sie haben trotzdem nicht von mir abgelassen, wie Löwen, die ein geschwächtes Zebra jagen. Ich habe einfach gesagt, dass du tatsächlich mein Erster warst, und ihnen keine weiteren Informationen gegeben. Was hätte ich sagen sollen? Was wolltest du, dass ich sage? Dass du theoretisch gesehen mein Zwanzigster warst?«

Alexander lachte nicht mehr. »Was ich will, ist, dass du in solchen Situationen das Thema wechselst.« Er hielt sie mit flachen Händen in Position, während sein Mund über ihr Steißbein wanderte.

»Das tue ich sehr wohl!« Ungewohnt gereizt rutschte sie von ihm weg und setzte sich auf. »Ich bin die Königin des Themenwechsels, Alexander. Auch bei dieser brennenden Frage. Ich passe sehr genau auf. Aber letzten Endes muss ich etwas sagen, oder?«

Er setzte sich auch auf. »Was zum Teufel ist los mit dir?«

»Nichts. Antworte mir. Willst du, dass ich lüge?«

»Sag ihnen einfach, dass es sie nichts angeht, verflucht noch mal. Steh vom Tisch auf. Sonst passiert nämlich Folgendes: Du erzählst es Amanda und sie läuft los und erzählt es Steve, der es dann Jeff erzählt. Und plötzlich sitze ich abends in einer Kneipe und zwei angetrunkene Männer lachen dreckig über mich. Das ist zu viel Information für sie. Du verstehst das doch, oder?«

»Was ist das eigentlich für eine verkorkste Freundschaft, für ein verdrehtes Universum«, rief Tatiana, »in dem ich zwei Freundinnen keine einfache Frage beantworten kann, weil dann die Tiere, die du deine Freunde nennst, darauf herumhacken? Vikki weiß das über mich, und bestimmt hat sie es Richter erzählt. Richter, der mit Patton und MacArthur gekämpft hat. Hast du ihn je dreckig lachen sehen?«

»So ist es eben in diesem Universum«, erwiderte Alexander scharf. »Und deswegen hältst du den Mund.«

Tatiana räusperte sich. »Tatsächlich?«, sagte sie. »Nun, dann frage ich dich, ob du es korrekt findest, dass ich von Amanda Folgendes zu hören bekomme: Angeblich wünschst du dir, dass ich nicht arbeiten würde, sondern ein Baby bekäme, ich wolle aber nicht?«

Alexander lehnte sich an das Messing-Kopfteil. »Das habe ich nicht gesagt.« Er hielt inne. »Aber bestimmt ist mein Wunsch, dass du aufhörst zu arbeiten, keine Überraschung für dich.«

»Oh, das ist allerdings keine Überraschung«, sagte Tatiana. »Allerdings hat mich überrascht, dass du ausgerechnet mit Steve mein Privatleben diskutierst.« Sie hatte die Stimme erhoben.

»Steve hat mich nur beiläufig gefragt«, sagte Alexander leiser, »ob mir dein Job gefällt, und ich habe beiläufig geantwortet, dass ich nicht so sehr begeistert davon sei wie du. Das war alles. Ich habe mich nicht beklagt.« Er brach ab und sah von ihr weg.

Tatiana holte Luft und sagte: »Ich kann einfach nicht glauben, dass *du* deinen Job noch nicht gekündigt hast. Aber wenn du unbedingt weiter für Balkman arbeiten willst, dann tu mir bitte einen Gefallen und hör auf, meine persönlichen Angelegenheiten mit deinem Kumpel Steve zu besprechen. So wie du von mir verlangst, dass ich nicht einmal die einfachsten Dinge mit meiner Freundin Amanda bespreche. In Ordnung? Tu es nicht einmal beiläufig.«

Alexander unterließ es, ihren Po weiterzustreicheln.

Die Junggesellenparty

Jeff und Cindy würden tatsächlich heiraten. Jeff war fünfunddreißig und sein Leben lang Junggeselle gewesen. Er arbeitete seit vier Jahren für Steve, fuhr dauernd mit ihm nach Vegas, verlobte sich mit Cindy, ließ sich Zeit wie Steve, setzte mehrere Termine an wie Steve, aber nun würde er wirklich heiraten – und es nicht mehr aufschieben. Amanda war außer sich. Beim Abendessen fragte Tatiana Alexander, was er darüber denke. Sie waren gerade mit dem Essen fertig geworden. »Ich denke gar nichts darüber. Ich halte mich aus ihren Angelegenheiten heraus.« Er räusperte sich. »Aber der Bräutigam und seine Freunde veranstalten eine Junggesellenparty.«

Tatiana erstarrte auf ihrem Platz. Dann rührte sie ihren Tee um und sagte ganz beiläufig: »Ich habe schon von Junggesellenpartys gehört. Sie sind so etwas wie ein letztes Aufbäumen vor der Ehe, oder? Man betrinkt sich und gibt dem Bräutigam gute Ratschläge.« Sie lächelte mühsam. »Klingt lustig.«

»Ja, so etwas in der Art«, sagte Alexander. Er wandte den Blick nicht von ihr ab. »Hin und wieder kommt es vor …«

Tatiana stand unvermittelt auf und begann, den Tisch abzuräumen.

»… es kommt vor, dass die Männer an einen Ort gehen, an dem Frauen tanzen.«

Tatiana stapelte schweigend das Geschirr.

»Regst du dich … darüber auf?«, fragte Alexander.

»Ob ich mich darüber aufrege?«, sagte sie ungläubig. »Ich verstehe die Frage nicht. Sind die Frauen angezogen?«

»Nicht ganz.«

»Also hast du doch mit deiner Frage die Antwort bereits vorweggenommen.«

»Ich gehe dorthin, trinke etwas und unterhalte mich, irgendwo tanzen die Mädchen, und dann komme ich nach Hause. Wo liegt das Problem? Du hast keine Schwierigkeiten damit, wenn ich etwas trinken gehe. Dort geht es um einen Drink und wir spielen ein bisschen Pool …«

»In Gegenwart von nackten Frauen.«

»Ich verdiene dein Vertrauen. Mein Verhalten ist mustergültig.«

»Oh, das tut mir leid«, sagte Tatiana. »Ich habe es anscheinend vergessen. War bei deinen Orden auch einer für mustergültiges Verhalten dabei? Ich weiß es nicht mehr.«

»Warum bist du so sarkastisch? Ich sagte nicht, dass ich einen Orden verdiene. Ich sagte nur, dass ich dein Vertrauen verdiene.«

»Du tust mir mit deinem mustergültigen Verhalten doch keinen Gefallen, Alexander. Es ist eine Bedingung.«

»Wie könnte ich nicht dorthin gehen?«, sagte Alexander in einem sanften Überredungsversuch und stand auf. »Es ist der Junggesellenabschied von Jeff. Wir sind beide zur Hochzeit eingeladen. Tania, überleg doch mal. Die lachen sich kaputt über mich. Es geht um Jeff.«

»Nackte Mädchen für dich um Jeffs willen?« Tatiana hob die Hand, um seiner Rede Einhalt zu gebieten. »Sprich nicht in dem Ton mit mir. Und beleidige mich nicht mit dieser Haltung nach der Devise: Ich verstehe gar nicht, warum du dich aufregst. Ich habe vielleicht nicht so viel Erfahrung auf dem Gebiet wie du – als ob das überhaupt möglich wäre –, aber ich bin nicht dumm.«

»Ich habe nicht gesagt, du wärst …«

»Ich weiß, was da vorgeht. Carolyn hat mir erzählt, dass auf der Junggesellenparty ihres Verlobten Brian die Mädchen sich nicht nur nackt ausgezogen, sondern für die Männer persönlich getanzt haben. Als Carolyn dahinterkam, hat sie die Hochzeit um ein Jahr verschoben.«

»Brian?«, fragte Alexander. »Ich dachte, ihr Mann heißt Dan.«

»Das stimmt«, sagte Tatiana spitz. »Letztlich hat sie die Hochzeit nicht nur verschoben, sondern sich sogar anderweitig entschieden. Sie hat ein Jahr später Dan geheiratet, auf dessen Junggesellenparty keine nackten Frauen waren.«

»Tania«, sagte Alexander und sprach mit leiser Stimme, »verschon mich bitte mit diesem Mist.«

»Nackte Mädchen, die vor dir tanzen – sehr dicht vor dir tanzen – das soll in Ordnung sein? Bin ich einfach zu naiv, um es zu verstehen? Ich bin nur ein Bauernmädchen aus Luga. Erklär es mir langsam und ausführlich, damit ich es verstehe.«

Er breitete die Arme aus, doch sein Gesichtsausdruck blieb verwirrt. Sie wich bis an das andere Ende der Küche zurück und hob die Hände, um sowohl sich als auch ihn zu stoppen. »Ich kann nicht mehr darüber sprechen. Dieser Steve ...«

Alexander runzelte die Stirn. »Steve? Was hat das mit Steve zu tun?«

»Alles, da bin ich sicher. Er ist derjenige, der für die Unterhaltung sorgt, oder? Er hat dich so weit gebracht, dass selbst du mich mittlerweile für zu prüde hältst. Eine verfluchte Ironie folgt auf die nächste, nicht wahr?« Sie funkelte ihn an. »Dauernd sagst du mir: Das ist die moderne Welt, das ist kein Dorf in der Sowjetunion. Und: So macht man es in Amerika. Schön. So verhalten sich Männer eben. Wunderbar. Wenn du es in Ordnung findest, reicht mir das. Ich kenne niemand anderen so gut wie dich.« Sie versuchte, die Fassung zu wahren. »Und jetzt erzählst du mir, dass du dich betrinken und die Brüste nackter Frauen vor deinem Gesicht haben willst. Nur zu. Bring deine Ehefrau dazu, dass sie auch das gutheißt.«

»Es handelt sich um eine Junggesellenparty.«

»Es handelt sich um nackte Frauen.«

»Ich sehe doch nur zu«, sagte er und öffnete entschuldigend die Hände.

»Und zwar nackten Frauen beim Tanzen.«

Sie wurden zu laut.

Anthony kam heraus. Seine Radiosendung war zu Ende. Er betrachtete seine Mutter, die keuchend und mit strengem Mund an einem Ende der Küchentheke lehnte, und seinen Vater, der sich am anderen Ende aufgebaut hatte. Schweigend blickte er von einem zum anderen, machte kehrt und ging in sein Zimmer zurück.

Sie zwangen sich, Anthony zuliebe aufzuhören. Alexander wandte sich ab, Tatiana drehte sich zum Spülbecken hin. Er ging nach draußen auf die Terrasse, um zu rauchen. Nach einer kurzen Weile folgte sie ihm. Sie stellte sich vor ihn hin und hielt sich an dem Geländer in ihrem Rücken fest. »Shura, ich werde es dir ganz leicht machen«, sagte sie. »Ich werde dir sagen, was ich denke.«

»Bitte, es ist mir nämlich nicht ganz klar.«

»Du bist mein Ehemann«, sagte sie. »Ich vertraue dir total. Ich glaube voll und ganz an dich. Aber die Vorstellung, dass du zu dieser ausgelassenen kleinen Party gehst, regt mich maßlos auf. Ich kann nichts Gutes daran finden. Ich stelle Steves Verhalten in Frage. Dass es dich kümmert, was Steve, Jeff oder Bill Balkman denken, wenn du nicht hingehst, enttäuscht mich. Dich sollte eher kümmern, was ich denke, wenn du hingehst.«

Alexander saß auf der Bank und blickte nicht zu ihr auf.

»Ich bitte dich darum, nicht zu gehen«, sagte Tatiana. »Ich kann mir nicht vorstellen, dass du dachtest, ich wäre damit einverstanden.«

»Ich dachte, du würdest es als das sehen, was es ist«, sagte er, »nämlich nichts.«

»Dass du trinkst und dir dabei nackte Frauen ansiehst, ist nicht nichts, Shura. Das ist wie mit den Mädchen in Las Vegas.«

»Komm schon«, sagte er. »Du …«

»Reagierst übertrieben? Verstehst das nicht? Bist zu naiv? Du hast recht. Ich wünschte, ich könnte etwas verständnisvoller sein, wie Amanda zum Beispiel. Ich weiß, dass du dir in Zeiten wie diesen vielleicht wünschst, mit jemandem wie ihr verheiratet zu sein. Aber das bist du nicht. Obwohl sie, wie ich höre, wieder zu haben ist.«

Stöhnend schüttelte Alexander den Kopf. Er vermied es weiterhin, sie anzusehen.

»Ich werde dir etwas sagen«, fuhr Tatiana fort. »Ich wollte es für mich behalten, weil ich nicht vorhatte hinzugehen. Aber … ich wurde auch zu einer Party eingeladen.«

Jetzt blickte er zu ihr auf.

»Ganz richtig«, sagte sie. »Samstagabend. Die Mädchen veranstalten einen Brautabend. Cindy hat mich gebeten, dabei zu sein.«

»Einen Brautabend?«

»Ja. Wir ziehen uns alle schick an und gehen aus. Sie wollen in den Golden Corral. Kennst du das?«

Er drückte die Zigarette aus und stand auf. »Ja, das kenne ich«, sagte er. »Soldaten gehen da hin, um mit den Mädchen zu feiern.«

»Oh, Soldaten also?«, sagte Tatiana. »Und es geht dort etwas derb zu? Ach, na ja. Siehst du, genauso habe ich es mir vorgestellt. Ich gehe abends nicht ohne dich aus. Weder gehe ich etwas trinken noch spiele ich Karten wie du. Also habe ich nein gesagt, als Cindy mich gefragt hat. Weil ich mir nicht vorstellen konnte, dass du mich an so einem Ort haben willst.«

»Und damit hast du recht.«

»Nun«, sagte sie und blickte zu ihm hinüber, »ich will dich nicht an dem anderen Ort haben.«

»Alle Männer gehen da hin«, rief er. »Das ist etwas ganz Normales. Normal, weißt du noch, was das ist?«

»Du kannst mir diesmal nicht mit deiner Doppelmoral kommen«, sagte Tatiana und schüttelte den Kopf. »Das kauf ich dir nicht ab. Ich habe es schon so oft getan, danke.« Sie hielt inne und wartete. Als nichts von ihm kam, faltete sie die Hände und sagte: »Ich dachte, du hättest kein Interesse mehr an so etwas. Aber ich sehe, dass ich mich irre. Das war mir nicht klar. Man lernt nie aus. Also, da du mir nicht freundlicherweise entgegenkommen willst und sich die Regeln in unserer Ehe offensichtlich ändern, warum hören wir nicht einfach auf, darüber zu reden? Ich will keine Spielverderberin sein. Du gehst zu deiner Party mit den nackten Frauen und ich gehe in den Golden Corral. Belassen wir es dabei. Wenn du mich jetzt entschuldigen würdest, ich muss Ant zu Bett bringen.« Sie wandte sich zum Gehen.

Er kam zu ihr und legte die Hand über ihren Mund. »Hör schon auf, du unmögliches russisches Weib«, sagte er. »Hör einfach auf. Ich werde nicht gehen.« Tatianas Hände glitten über seine Arme. »Ich will dich nicht aufregen. Ich dachte, dass du vielleicht damit einverstanden wärst. Wie konnte ich nur?« Er schüttelte den Kopf. »Ich werde hingehen, etwas trinken, Pool spielen, dem Bräutigam Ratschläge erteilen, aber ich werde nicht mit in den Club gehen. In Ordnung?«

Mit einem gedämpften Murmeln willigte sie ein.

Er küsste sie auf den Kopf und nahm mit einem tiefen Seufzen die Hand von ihrem Gesicht.

In schwarzer Hose, schwarzem Hemd und glänzenden schwarzen Schuhen, rasiert, geduscht, mit stachligem Haar, stattlich und schillernd brach Alexander am Freitagabend um acht Uhr zu der Junggesellenparty auf. Er sagte, dass er bis ein Uhr zurück sein würde. Später, als er je nach Hause gekommen war. Er küsste sie zum Abschied. Er duftete herrlich und sah fantastisch aus.

Es wurde ein Uhr.

Nackt, bis auf ihren seidenen Morgenmantel, wartete Tatiana. Wenn er spät und angetrunken nach Hause kam, hauchte er ihr gern seinen biergeschwängerten Atem entgegen, legte gern seine berauschten Hände auf sie.

Zwei Uhr vorbei.

Mit zunehmender Sorge wartete sie bis 2.30 Uhr und dachte, dass dies genug Zeit sei, um praktisch von überall in Phoenix nach Hause zu kommen. Doch als es 2.45 Uhr wurde, verwandelte sich ihre Sorge plötzlich in rasende Angst. Vergiss die Nackttänzerinnen. Sie stellte sich nur noch die verstümmelten Unfallopfer vor, die sie fast täglich in der Notaufnahme sterben sah. Er war betrunken und würde wie andere Nachtschwärmer viele Kilometer nach Hause fahren. Sie ging im Wohnwagen auf und ab. Dann zog sie sich um und schlüpfte in eine Jeans und seinen alten Armeepullover. Sie saß neben dem Telefon und plötzlich kam ihr der Furcht erregende Gedanke, dass womöglich, nur womöglich, ihnen nicht mehr Jahre beschieden sein würden. Dass alles vorbei sein würde in einer einzigen Freitagnacht.

Die Minuten tropften ineinander. Sie blickte auf die Küchenuhr. 2.55 Uhr. Nur zehn Minuten waren vergangen, seit sie zuletzt nachgesehen hatte, seit ihr unruhiges Herz in ihrer Brust aussetzte, hämmerte und die Sekunden verstreichen ließ. Tropfen um Tropfen, Schlag um Schlag ließ sie neunundsechzig Tropfen ihres Blutes in eine Minute seiner offenen infizierten Rückenwunde ab, einhundertundfünfzig Schläge ihres Herzens in eine Minute seines Lebens. Sie hielt sich Magen und Brust, stellte die Klimaanlage aus, lief im Haus auf und ab, ging nach draußen, horchte in der Nachtluft nach ihm. Es war Anfang Juni. Erst letzte Woche war Alexander dreiunddreißig geworden. Sie hatten eine Poolparty veranstaltet und viele Leute dazu eingeladen, mit denen er auch heute aus war.

War das ihr Schicksal – und seines? Nach allem, was sie durchgemacht hatten, in einem Juni der Anfang, in einem anderen das Ende? In drei Wochen wäre ihr zehnter Hochzeitstag. »Alexander!«, rief sie in die Nacht. Ein Echo kam zu ihr zurück, ein schwaches *Alexander*. Sie lebten so weit draußen in einer Totenstille nahe der Berge, dass Tatiana seinen Truck gewöhnlich schon auf der Pima-Straße fünf Kilometer entfernt hören konnte. Sie konnte seine Scheinwerfer sehen. In anderen Nächten saß sie gern auf der Terrasse und lauschte auf das Brummen des Motors, während er den Highway entlangfuhr und dann rechts auf den Jomax-Weg bog. Sie blickte auf die Uhr.

2.58 Uhr. War es erst drei Minuten her, seit sie zuletzt nachgesehen hatte?

Oh, mein Gott.

3.00 Uhr.

3.30 Uhr.

3.53 Uhr.

4.17 Uhr.

Tatiana rief in der Notaufnahme des Phoenix Memorial an und sprach mit Erin, die ihr beteuerte, Alexander sei nicht blutüberströmt eingeliefert worden.

4.47 Uhr.

Sie lag auf dem Boden, hingestreckt, reglos.

Um acht Minuten nach fünf hörte sie den Truck in der Auffahrt. Er ruckelte langsam vorwärts.

Sie sprang auf, rannte nach draußen und wurde fast von dem Chevy überrollt. Er krachte gegen die Betonumrandung, die Fahrertür flog auf. Tatiana sah sofort, dass Alexander unverletzt und völlig betrunken war. Sie hatte ihn noch nie so betrunken erlebt. Es war sinnlos, ihn jetzt anzuschreien. Doch was sollte sie mit ihrem ganzen Ärger tun? Er konnte sie nicht fixieren und murmelte nur: »Hey, Baby.«

»Mein Gott, Alexander«, flüsterte sie zitternd. »Es ist fünf Uhr morgens.«

Seine Schlüssel fielen auf den Kiesboden, als er aus dem Truck stolperte und sich an sie lehnte. Er roch scharf nach Alkohol und Rauch, und außerdem nach …

Die Übelkeit in Tatianas Magen kehrte zurück. Dieselbe Übelkeit, die sie gespürt hatte, bevor ihr der Gedanke gekommen war, dass er tot sein könnte. Er roch nach billigem Parfum.

Mit schwerer Schlagseite torkelte er hinter ihr ins Haus, fiel mitsamt seinen Kleidern und Schuhen auf das Bett und war bewusstlos. Tatiana zog ihn aus und schaffte ihn irgendwie unter die Bettdecke. Sie durchsuchte seine Kleider, sie wusste nicht wonach, dann seine Brieftasche. Schließlich ging sie nach draußen und durchsuchte den ganzen Truck und das Handschuhfach. Nach Kondomen etwa? Es war schrecklich. Nichts. Aber der Geruch nach billigem Parfum blieb und war jetzt sogar in ihrem Bett.

Sie legte sich neben ihn, nahm die Hand nicht von ihm herunter. Es ging auf sieben Uhr zu, als sie endlich Schlaf fand.

Anthony weckte sie um zehn und flüsterte: Mom, Mom.

Alexander war immer noch bewusstlos.

Tatiana stand auf, duschte und machte Anthony Frühstück. Sie selbst konnte nichts essen. Das Telefon klingelte. Es war Margaret, einer der letzten Menschen, mit denen Tatiana jetzt sprechen wollte. »Wie geht es ihm heute Morgen?«, fragte Margaret vergnügt. »Haben Sie gehört, was sie sich geleistet haben?«

»Nein.« Tatiana setzte sich hin. »Margaret, ich muss leider …«

»Sie haben sich eine Suite downtown im Westward Ho Hotel Casino gemietet. Anscheinend hatten sie einen Riesenspaß.« Sie kicherte. »Es gab so eine wilde Show mit ein paar Mädchen. Sie sollten Alexander danach fragen, wenn er wieder nüchtern ist, falls er jemals wieder nüchtern wird. Bill und Stevie sind immer noch ziemlich betrunken.«

Tatiana legte auf. Es war die einzige Möglichkeit, sonst hätte sie sich übergeben.

Sie ging mit Anthony einkaufen. Alexander hinterließ sie nicht einmal eine Nachricht.

Als sie gegen vier Uhr zurück nach Hause kamen, trat Alexander hinaus in die Auffahrt, um sie zu begrüßen. Er sah verkatert aus, war aber fast nüchtern. »Hallo«, sagte er. Bevor sie antworten konnte, verwickelte Anthony ihn zum Glück in ein Gespräch und er war abgelenkt.

Tatiana stand in der Küche und packte schweigend die Lebensmittel aus, die Alexander und Anthony für sie hereintrugen. Alexander kam zu ihr und sagte noch einmal: »Hallo.« Er puffte sie mit seinem Körper.

Sie sagte: »Hallo« und wandte sich dem Kühlschrank zu.

»Küss mich, Tania«, sagte er.

Sie hob das Gesicht, ohne ihn anzusehen. Er küsste sie und sagte dann: »Sieh mich an.«

Sie öffnete die Augen und funkelte ihn an.

»Ah«, sagte er. »Du bist wütend.«

»Ich bin mehr als wütend«, sagte sie und schlug die Kühlschranktür zu.

Anthony zog an seinem Vater, weil er ihm den Fischerkanonenboot-Zerstörer zeigen wollte, den er im Schuppen gebaut hatte.

Tatiana ging ins Schlafzimmer und machte sich ausgehfertig. Sie zog das neue veilchenblaue Seidenkleid von Jonathan Logan an, das sie kürzlich erstanden hatte. Es hatte einen Tellerrock mit gerafftem Chiffon und Samtpaspel. Heute Abend tuschte sie die Wimpern schwarz, zog einen schwarzen Lidstrich, legte Rouge auf und malte sogar ihre Lippen rot an. Sie hatte diesen Lippenstift nur ein einziges Mal getragen, als sie Alexander wegen seines kranken Humors behandelt hatte. Die Erinnerung an die Freitagabende mit ihm verursachten ihr Magenschmerzen. Sie legte ein Paar Ohrringe und eine enge Perlenhalskette an, trug teures Parfum auf (um den Geruch nach Billigparfum abzuschwächen, der immer noch in ihrem Schlafzimmer und an ihrer schönen Bettdecke hing) und schlüpfte in ihre neuen malvenfarbenen hochhackigen Lacklederpumps. Sie bürstete gerade zum Abschluss ihr Haar, als Alexander ins Schlafzimmer kam. Eine kurze Weile stand er nur da und beobachtete sie vor dem Frisiertisch. Tatiana warf ihm einen finsteren Blick im Spiegel zu und sagte: »Es ist noch Fleischeintopf von gestern übrig und es gibt jede Menge Brot und Butter …«

»Ich weiß, wo das Essen ist.« Er trat die Tür hinter sich zu. Sie hörte dieses Geräusch nur, wenn er sie ins Schlafzimmer trug, um sie zu lieben. Das Geräusch verursachte ihr ebenfalls Magenschmerzen. »Wo gehst du hin?«

»Heute ist der Brautabend, schon vergessen?«

Alexander sagte leise: »Wir hatten ausgemacht, dass du da nicht hingehst.«

»Wir hatten auch ausgemacht«, sagte sie, »dass du um eins zu Hause bist.« Sie tat, was sie konnte, um ihre Stimme ruhig zu halten.

»Ich war betrunken. Ich habe vergessen anzurufen. Die Kneipen schließen um zwei.«

»Was ist mit der Suite im Westward Ho? Um wie viel Uhr schließt die?«

Alexander schwieg und seufzte dann. Sie konnte nicht in den Spiegel blicken, wo sie sein Gesicht gesehen hätte. »Dieser verdammte Steve ist schuld«, sagte er. »Er konnte nicht mehr gehen und bat mich, ihm die Treppe hinaufzuhelfen.«

»Nun, führt hier nicht der Blinde den Lahmen?«

»Ich bin bald darauf gegangen, aber ich habe eine Ewigkeit gebraucht, bis ich zu Hause war.«

»Das kann man wohl sagen. Eine ganze Nacht lang hast du dich so verhalten, als hättest du kein Zuhause.«

»Wovon redest du da?«

»Alexander!«, sagte sie und fuhr zu ihm herum. »Es reicht mir mit dir.«

Er trat vor sie hin. »Hast du mich letzte Nacht gesehen?«

»Nein«, fauchte sie. »Aber du warst ein erbärmlicher Anblick heute Morgen um fünf. Würdest du mir aus dem Weg gehen?«

»Ich habe drei Stunden gebraucht, um vom Stadtzentrum nach Hause zu kommen. Ich musste alle zwei Kilometer anhalten und die Augen schließen. Wahrscheinlich bin ich am Straßenrand eingeschlafen. Ich konnte nicht mehr fahren, wollte kein Risiko eingehen. Ich dachte, das wäre auch in deinem Interesse.«

»Sehr gut. Hast du auch einen Pariser getragen, um kein Risiko einzugehen?«

»Um Himmels willen, Tania.«

»Schrei nicht so«, sagte sie mit zusammengebissenen Zähnen. »Anthony ist im Schuppen.«

»Um fünf Uhr morgens«, brüllte sie. »Du bist nicht spät nach Hause gekommen, du bist sogar sehr früh nach Hause gekommen. Wo ist dein Anstand geblieben? Kannst du dir überhaupt vorstellen, was ich durchgemacht habe? Ich dachte, du hättest mit dem Truck einen Unfall gebaut.« Sie würde nicht weinen. Nein. »Du hast Schande in dieses Haus gebracht, ich konnte überall Parfum an dir riechen.«

»Parfum?« Er klang entgeistert. »Nun, du hast mich ausgezogen«, sagte er laut. »Warum hast du nicht an mir gerochen, um festzustellen, ob ich ein Kondom getragen habe?«

Sie zog scharf Luft ein, bestürzt über seine Herzlosigkeit. Allein die Vorstellung, sie könnte zu ihm sagen: Hast du an mir gerochen, um den Gummi des Diaphragmas zu riechen, das ich mir eingesetzt habe, damit ich mit einem anderen Mann Sex haben kann?, ließ sie erzittern. »Wer sagt, dass ich es nicht getan habe?«, sagte sie stattdessen und versuchte, an ihm vorbei zur Tür zu kommen.

Alexander stellte sich ihr in den Weg. »Das ist lächerlich.«

»Ich komme zu spät.«

»Du hast mir gesagt, dass du nicht gehst.«

»Du hast mir gesagt, dass du nicht mit zu den Frauen gehst. Du hast mir gesagt, dass du um eins zu Hause bist.«

»Wir hatten zu viel getrunken. Ich war betrunken.«

»Ich liebe deine Ausreden. Und warum hast du mich nicht angerufen?«

»Ich. War. Betrunken«, wiederholte er langsam, als spräche er mit einem Kind.

»Ich. Werde. Gehen.« Sie versuchte erneut, an ihm vorbeizukommen.

Er ergriff ihre Arme. »Baby, es tut mir leid. Ich verspreche …«

»Du und deine dummen Versprechen«, rief sie und riss sich los. »Du betrinkst dich und ich bin vergessen.«

»Ich vergesse dich nicht«, sagte er. »Hör auf zu schreien. Mein Kopf zerspringt gleich.«

»Wie gedankenlos von mir. Sagen wir einfach gar nichts mehr. Wir reden morgen darüber, wenn ich nicht mehr so wütend bin und vielleicht auch nicht mehr so nüchtern.« Sie wollte um ihn herumgehen. Doch er ließ es nicht zu und sperrte die Tür hinter sich ab.

»Alexander, hör auf«, sagte sie und versuchte ihn aus dem Weg zu schieben, aber er stand vor ihr wie ein Zementblock.

»Ich bin gestern meinem Freund zuliebe gegangen. Nicht weil ich wütend war«, sagte er leise.

»Ich gehe auch meiner Freundin zuliebe«, sie versuchte, ihn beiseitezudrängen, »und nicht weil ich wütend bin. Hat auch jemand deinem Freund zuliebe nackt für dich getanzt?«

Alexander drückte sie auf das Bett. »Du gehst nicht.«

Tatiana sprang auf. Er fasste sie an den Armen und setzte sie zurück auf das Bett.

Kaum ließ er sie los, sprang sie erneut auf. Er packte sie und zog sie eng an sich. »Tania«, sagte er eindringlich. »Hör auf damit.«

Diesmal konnte sie sich nicht von ihm befreien.

»Lass mich los. Worüber machst du dir Sorgen? Ich werde ganz brav sein. So brav wie du.«

»Oh, verflucht noch mal.« Seine Finger schlossen sich fester um ihre Arme. »Du gehst nicht. Also beruhige dich und dann reden wir darüber wie Erwachsene.«

»Lass mich los«, hauchte sie. »Du kannst das nicht machen.«

»Ich kann nicht?«, sagte er. »Dann halt mich doch auf, Tania.«

Sie versuchte verzweifelt, sich aus seinem schmerzvollen Griff zu winden. Sie kämpfte gegen ihn an, keuchte nach Luft.

»Du machst das nur, damit ich wütend werde«, sagte Alexander. »Und es funktioniert. Du kannst davon ausgehen, dass ich wütend bin.« Je mehr sie kämpfte, desto fester hielt er sie. Sie biss sich auf die Lippe und versuchte, nicht vor Schmerz aufzustöhnen. Diese Genugtuung wollte sie ihm nicht verschaffen. Alexander änderte seinen Griff. Er drückte sie mit einem Arm an sich, während seine freie Hand unter ihr Seidenkleid fuhr und über ihre Strümpfe nach oben zu dem waagerechten Stück nackten Fleisches wanderte. »Du gehst so gekleidet in ein Hurenhaus, mit einem offenen Spitzenhüfthalter und schwarzen Nahtstrümpfen?« Er atmete schwer aus und berührte ihre Unterwäsche. »Warum machst du dir überhaupt die Mühe, ein Höschen anzuziehen, Tania?«

»Alexander. Lass mich los.«

»Hör auf, dich gegen mich zu wehren, dann lass ich los.« Er war so gewaltig und wütend. Er vergaß sich, er vergaß, wie stark er war, und würde ihr blaue Flecken zufügen.

»Lass los, dann höre ich auf, mich zu wehren.«

»Tania.« Seine Finger drückten zu, quetschten ihren Arm und ihren Schenkel. Sie schrie auf.

Es gab keine Möglichkeit für sie, das Schlafzimmer zu verlassen, es sei denn er ließe zu, dass sie es verlässt. Sie konnte nicht von ihm loskommen, es sei denn er ließe sie los. Zu einer anderen Zeit wäre Tatiana dadurch vielleicht ruhiger geworden. Doch im Augenblick wurde sie nur noch wütender. Sie begann erneut, gegen ihn zu kämpfen. Ihr kleiner Körper hob und senkte sich und versuchte sich aus seinem eisernen Griff zu winden. »Du kannst dabei nicht gewinnen«, sagte er und schnaufte nicht einmal. »Also hör sofort auf.«

Wenn sie gleich in ihren hochhackigen Schuhen den Halt verlöre und rückwärts auf das Bett fiele, würde das ihre Erniedrigung nur noch verschlimmern. »Du hörst sofort auf«, flüsterte sie. Selbst die Kraft zu schreien wich aus ihrem Körper, die Worte waren kaum hörbar. Ihre Hände taten ihr weh, seine Gürtelschnalle drückte sie, seine Worte schmerzten und sie spürte noch die Übelkeit von gestern. »Sag mir«, krächzte sie, »hast du das auch mit deiner nackten Hure gemacht? Hat es ihr gefallen?«

»Nicht so sehr wie dir«, erwiderte Alexander scharf. Tatiana brach in Tränen aus und fing an zu schreien.

Anthony klopfte an die Tür und schrie von der anderen Seite her. »Mommy! Mom! MOM!«

Alexander stieß sie auf das Bett. Sie kämpfte sich auf und rannte ins Badezimmer, schlug die Tür zu und sperrte sie ab. Er trat die Tür ein. Sie wich zurück, stieß gegen die Badewanne und weinte laut auf: »Hör auf, bitte hör auf.« Sie hob die Arme, als er auf sie zukam. Er packte ihr Gesicht und drückte ihr den Mund zu. »Hör auf zu brüllen«, stieß er mit zusammengebissenen Zähnen hervor. »Dein Sohn ist draußen. Du willst gehen? Nur zu. Geh. Es schert mich einen Dreck, was du tust.« Er ließ sie grob los und ging aus dem Bad. Sie schlug die kaputte Tür zu, die nicht mehr schließen wollte. Im Schlafzimmer wurde es still. Nur Tatianas Weinen war darin zu hören und Anthonys Weinen vor der Tür. Sein Wimmern drang deutlich an ihr Ohr. »Mama, bitte, bitte ...«

Nach ein paar Minuten hörte sie, wie Alexander den Schlüssel herumdrehte und die Tür öffnete. »Alles in Ordnung, Ant«, sagte er. »Geh eine Minute nach draußen. Lass Mom und Dad ... geh einfach nach draußen.«

Anthony sagte nein.

»Was hast du gerade gesagt? Geh nach draußen!«

Tatiana kam mit roten Augen und feuchtem Gesicht aus dem Badezimmer. »Lass ihn in Ruhe. Er hat nichts Falsches getan.« Ihre Hände zitterten, als sie an Alexander vorbeiging und Anthonys Gesicht berührte. Sie küsste seinen Kopf.

»Geht es dir gut, Mama?«, fragte er weinend.

»Mir geht es gut, Liebling«, sagte sie und versuchte, die Fassung zu wahren. »Mach dir nur keine Sorgen. Dein Dad wird heute Abend auf dich aufpassen. Mommy geht aus.«

Sie ging aus dem Haus, stieg in das Auto und fuhr davon.

Alexander und Anthony sprachen während des Abendessens kein Wort miteinander. Doch als sie den Tisch abräumten, sagte Alexander: »Kumpel, manchmal haben Erwachsene Streit. Das ist normal. Streitet ihr nicht, du und Sergio?«

»Nicht so.«

»Nun, bei Erwachsenen steht mehr auf dem Spiel.«

»Ich habe Mom noch nie so brüllen hören.« Er fing erneut an zu weinen.

»Ruhig, Kleiner. Manchmal wird sogar deine Mutter wütend.«

»Nicht so.«

»Nicht so oft, das stimmt. Aber manchmal schon.«

»Wo ist sie hingegangen?«

»Aus mit Freunden.«

»Kommt sie zurück?«

»Natürlich!« Alexander holt tief Luft und starrte seinen Sohn an. »Natürlich, Ant. Alles wird wieder gut. Lass uns nur ... Hast du vielleicht Lust, ins Kino zu gehen?«

Ein Film abends allein mit seinem immer arbeitenden Vater war ein unerwartetes Vergnügen für den Jungen. Anthonys Laune besserte sich. Sie fuhren in das einzige Kino in Scottsdale, um sich *Die größte Schau der Welt* anzusehen. Alexander saß mit leerem Blick in seinem Sessel und rauchte. Er hörte nicht ein Wort, das im Film gesprochen wurde. Er hatte keine Ahnung, was darin passierte. Er dachte nur an Tatiana im Golden Corral. Die Bilder von ihr dort machten ihn blind und taub für seine Umgebung. Tatiana wusste vielleicht nicht, wie Männer waren. Alexander hingegen wusste es sehr gut.

Nach dem Film ging er mit Anthony auf ein Eis in die Sodabar. Sie sprachen über Baseball, Football, Basketball und sogar ein wenig über die polnischen Wälder. Anthony hatte einen Teil der Geschichte von seiner Mutter gehört und wollte nun mehr von seinem Vater erfahren. »Mommy hat mir erzählt, dass du Polen praktisch im Alleingang gestürmt hast, ohne Waffen, mit nur einem Panzer und Gefangenen als Soldaten, und dass die Männer noch nie zuvor gekämpft hatten, aber du ihnen gezeigt hast, wie das geht, und dass du nie bei der Nachhut geblieben bist, obwohl dein Leutnant dagegen protestiert hat.«

»Hast du deine Mutter je gefragt, woher sie das weiß?«

Anthony zuckte die Achseln. »Ich finde es in vielen Fällen besser, nicht zu wissen, woher Mommy weiß, was sie weiß.«

»Da stimme ich dir voll und ganz zu.«

Auf dem Weg von der Sodabar zurück zum Truck nahm Anthony Alexanders Hand.

Tatiana war immer noch nicht zu Hause.

Nachdem Alexander seinen Sohn zu Bett gebracht hatte, spielte er mit dem Gedanken, in den Golden Corral zu fahren. Aber er konnte seinen Sohn nicht allein zu Hause lassen. Das war einfach lächerlich. Seine Tania inmitten einer Horde wilder, Witze reißender Frauen. Alle würden trinken und tanzen, Soldaten sich an seine Frau heranmachen.

Er würde nicht weiter darüber nachdenken.

Betrunkene Männer würden ihr Avancen machen, in einem rauchgeschwängerten Club seine Frau berühren. Und was würde sie tun, um sie aufzuhalten, selbst wenn sie wollte?

Er würde wirklich nicht weiter darüber nachdenken.

Alexander stieg in den Truck und ließ den Motor an. Und dann stellte er ihn ab, denn er wusste, dass er nicht losfahren konnte. Er ging wieder ins Haus, schlich auf und ab, rauchte, trank, rauchte, sah auf die Uhr. Es war elf. Er ging in den Werkstattschuppen und baute einen neuen Rahmen für die kaputte Badezimmertür.

Als er die Kreissäge ausschaltete, hörte er ihren Wagen in der Auffahrt. Nachdem er die Holzspäne so gut es ging von sich abgeklopft hatte, kehrte er langsam zum Haus zurück.

Die Tür zu dem schwach beleuchteten Schlafzimmer war offen. Tatiana stand vor dem Frisierspiegel und nahm die Ohrringe ab. Alexander verharrte an der Tür und kam dann herein. Er war so angespannt gewesen, dass er geglaubt hatte, er müsse sich erst wieder unter Kontrolle bringen, bevor er sich mit ihr auseinandersetzen konnte. Doch als er sie sah, war er nicht mehr fähig zu kämpfen. Er wollte nur noch Frieden, Trost, Erleichterung. Er trat ein, ohne die Tür zu schließen, und kam zu ihr. Schweigend stand er hinter ihr und betrachtete ihr blondes Haar, das ihr über den Rücken fiel. Er warf im Spiegel einen Blick auf ihr abwärts gewandtes Gesicht. Sie hob die Hände, um die Perlenkette abzunehmen. Sie hatte Schwierigkeiten mit dem Verschluss. Er holte Luft und schob ihr Haar beiseite. »Lass mich das machen.« Langsam öffnete er den Verschluss und legte die Kette auf den Frisiertisch.

»Wie geht es Ant?«, fragte sie.

»Ihm geht es gut.«

»Hast du ihm etwas zu essen gegeben?«

»Ja, habe ich. Außerdem war ich mit ihm im Kino.«

»Es hat ihm bestimmt gefallen, Zeit mit dir zu verbringen.«

Tatiana roch nicht einmal annähernd nach Alkohol, Rauch oder anderen Menschen. Nicht annähernd. Sie roch nach demselben Moschusparfum, das sie zuvor aufgetragen hatte. Ihr Kleid war nicht zerknittert, niemand hatte sie angefasst, kein fremder Atem lag auf ihr. Alexander stand gleich hinter ihr, ganz dicht. Sein Bauch drückte an ihren Rücken. Ihr nach Erdbeer duftender Kopf war weit unter seinem Kinn und ihr Haar lag in seinen Händen.

»Kannst du mir mit dem Kleid helfen?«, fragte sie leise. »Ich bekomme die Haken nicht auf.«

Alexander hakte ihr Kleid auf und ließ seine Hände auf ihren nackten Armen ruhen. Er beugte sich hinunter und küsste ihre Schulter. Sie entfernte sich ein Stück von ihm. »Lass das, ja?«

»Tania.«

»Lass es einfach.«

Er drehte sie zu sich. Sie wollte den Blick nicht heben. Das Kleid war lose und rutschte herunter. Sie ließ es zu Boden fallen und stand nur mehr in einem neuen einteiligen purpurfarbenen Spitzenmieder und schwarzen Strümpfen vor ihm. Er wollte sie fragen, ob sie dieses purpurfarbene Mieder für einen Abend gekauft hatte, an dem sie ohne ihn ausgehen wollte. Doch er fand, dass jetzt nicht die Zeit dafür sei. Sie wollte ihn immer noch nicht ansehen. Er nahm ihr Gesicht in die Hände und hob ihren Kopf, beugte sich hinab und küsste ihre sich sträubenden Lippen. Sie hob die Hände, um ihn wegzustoßen, tat es dann aber nicht.

»Wo bist du gewesen?«, fragte er.

»Ich bin ins Krankenhaus gefahren. Ich habe Erin bei der Nachtschicht Gesellschaft geleistet.«

Er atmete schwer aus. Ihr Gesicht war immer noch in seinen Händen. Sie stand dicht vor ihm und wandte sich von seinem Mund, seinem Blick ab. Jetzt waren sie so leise, als wären sie des Kampfes müde, so wie sie hätten sein sollen, als Anthony draußen vor ihrer Tür gestanden hatte. Sie sahen einander stumm an. Tatianas Augen füllten sich mit Tränen.

»Nein, weine nicht«, sagte Alexander. Er schloss die Tür, sperrte sie ab und hängte das Telefon aus. Dann entkleidete er Tatiana und sich vollständig, legte sie auf das Bett und streichelte sie so langsam, wie seine ungeduldigen tastenden Hände es zuließen. »Schau, wie warm und weich du bist. Es tut mir leid, dass ich dir vorhin wehgetan habe. Ich werde es wiedergutmachen.« Mit einem Stöhnen liebkoste er zart ihre Brüste. »Sei nicht wütend auf mich, in Ordnung?«

»Ich bin so wütend auf dich. Wie könnte ich es nicht sein?«

»Ich weiß nicht.« Er sah in ihre feuchten, ernsten, befremdlich geschminkten Augen. »Versuch es einfach. Du weißt, dass ich es nicht ertragen kann, wenn du wütend auf mich bist.« Er küsste ihre schmollenden Lippen, bis sie sich öffneten und seinen Kuss erwiderten. Er küsste sie, bis sie sich zunehmend entspannte. Und währenddessen streichelte er unablässig den kleinen Fleck Flaumhaar.

»Shura ... lass es ...«

»Was soll ich lassen?« Alexander beugte sich mit geöffnetem Mund zu ihren Brüsten hinab.

»Ich will nicht, dass du ...« Sie stöhnte, versuchte still zu liegen, sich nicht zu winden.

»Nein?« Er beugte sich tiefer und strich mit den Lippen über den blonden, seidenen Hügel unterhalb ihres Nabels. Seine Hand stupste ihre Schenkel. »Na komm«, flüsterte er. »Spreiz deine Beine für mich ... so wie ich es liebe.« Er streichelte sie zart mit den Fingerspitzen. »Sag mir, flüstere mir zu, was ich noch tun kann, um dich mit mir zu versöhnen.« Sie sagte nichts. »Na komm ... etwas Schönes? Etwas Sanftes?«

Sie hielt den Atem an und schwieg. Aber jetzt lag sie so, wie er es liebte. Er küsste sie. »Tania, schau«, flüsterte Alexander besänftigend, »deine seidenweichen Lippen, deine wunderschönen, empfindlichen rosa Lippen, so feucht, so offen, sie sind nicht wütend auf mich.« Seine Zunge fuhr immer wieder in ihren Mund, während seine Finger immer wieder in sie hineinglitten. Sie packte das Laken, nackt und bereit unter seinen Händen.

Durch die Jahre mit ihr, die tausend Takte gemeinsamer Zeit, gab es kaum etwas, das Alexander besser kannte als die Reaktionen ihres Körpers auf ihn. Er hörte auf, sie zu berühren. Ein kurzes atemloses Stöhnen entfuhr ihrem Mund.

Er ließ einen Augenblick verstreichen. Dann liebkoste er sie weiter, verstärkte ganz leicht den Druck, und als ihr Zittern zum Höhepunkt hin stärker wurde, ließ er wieder von ihr ab. Ihre Hüften hoben sich, sie konnte es kaum verhindern. Wenn Tatiana glücklich war, flehte sie ihn in diesem heiklen Augenblick in zwei Sprachen an, alles Mögliche mit ihr zu tun.

Aber nicht heute Abend. Sie berührte ihn nicht einmal. Heute

Abend erflehte sie nichts, blieb stumm, ihre Augen waren geschlossen, ihre Lippen geöffnet, selbst als Schauer über ihren sich krümmenden Körper rannen.

»Tatia«, murmelte Alexander und sah sie an, »bitte, sag mir, soll ich irgendetwas für dich tun, um dich glücklich zu machen?«

Sie wandte das Gesicht mit einem tiefen Stöhnen ab, ihr Kopf war zurückgebeugt, ihr Hals gestreckt, ihre Hüften bogen sich ihm entgegen. Sie glänzte, aber sie flehte nicht.

Er schüttelte den Kopf und kniete sich zwischen ihre gespreizten Beine. Sie war so stur, so blond und flaumig.

Es gab so vieles, das er gern mit ihr tat, doch heute Abend blieb kaum Zeit für ihre Vorlieben, ihre Schwächen – seine liebkosenden Fingerspitzen auf ihren Brustwarzen und sein sanft lutschender Mund –, bevor sie aufschrie, sich an seinen Kopf klammerte und sich willig und versöhnlich zeigte. Alexander ließ nicht von ihr ab. Sein erhitzter Mund, seine Hände, seine beharrlichen Finger blieben auf ihr, und sie hörte nicht auf – konnte nicht aufhören – zu schreien, zu zittern, sich an ihm festzuhalten, bis er sie vollständig erlöste. Und dann, erst dann löste sich auch ihre Verkrampfung ein wenig. Keuchend lag sie auf dem Bett, während ihre Füße in einem schwächer werdenden rauen Rhythmus weiter auf seinen Rücken klopften.

Oh Shura, flüsterte sie. *Oh Shura* war auf jeden Fall besser als: Shura, lass es.

Ja, Baby? Er kletterte nach oben, kniete sich über sie und schob sich in ihren stöhnenden Mund. Aber er war so erregt, er brauchte kein Reiben, kein Drücken ihrer Hände mehr. Er brauchte nur eines.

Er stand vom Bett auf, zog sie nach vorn, sodass sie vor ihm lag, und beugte sich zwischen ihren Beinen zu ihr hinunter, um sie zu küssen. Sie griff nach ihm, nahm ihn, zog ihn in sich hinein, ihre Augen, ihre Lippen geöffnet. Alexander griff von hinten ihre Schenkel und stieß ein-, zweimal zu, bevor er innehielt. Er richtete sich auf, bewegte sich flach und langsam und drang dann so tief in sie ein, wie sie nach seinem Ermessen ertragen konnte. Tatiana öffnete den Mund, sie konnte nicht atmen. *Tania*, flüsterte er. *Zu viel?* Sie konnte nichts sagen, nicht einmal ja. Er wartete einen Augenblick, er hätte gern ein Ja gehört, wartete, zog sich ganz zurück und stieß in seiner vollen Größe hinein. Sie rang nach Luft und schrie auf. Er hielt sie so gerade, wie er konnte, und bewegte sich flach und rhythmisch in ihr, sodass sie länger stöhnte, länger Schauer über ihren Körper liefen. Dann hielt er wieder inne, um Atem zu holen, um sie zu Atem kommen zu lassen, sie zu küssen, sich an ihre Brüste zu schmiegen, zu flüstern, wie süß sie für ihn sei, wenn sie so daliege. Er stand über ihr, während seine Hände auf ihren abgewinkelten Schenkeln lagen, und drückte sich auf sie nieder, sah sie, sah sich selbst. Er nahm seinen rauen, ungleichmäßigen Rhythmus wieder auf und flüsterte weiter über sein Verlangen und ihre Süße, bis sie aufschrie und die Arme ausstreckte, um sich an irgendetwas festzuklammern. Sie löste sich wieder und stöhnte hilflos auf. Und jetzt war es wirklich zu viel für sie. Alexander wusste, dass er aufhören sollte. Er wusste, dass er aufhören musste. Aber er hörte nicht auf. Bald schon klang ihr Stöhnen eher qualvoll als ekstatisch. Sie wurde von Krämpfen geschüttelt und schrie auf.

Okay, okay, pscht, sagte er und streichelte sie, beobachtete sie, während sie keuchend vor ihm lag, die Augen geschlossen, die Schenkel geöffnet, ihr Körper von Schauern gepackt. *Tania, du bist so sagenhaft schön,* flüsterte er und liebkoste sie, berührte sie zart mit seinen Händen, seinem Mund, bis er sie beruhigt und besänftigt hatte.

Als er zurück auf das Bett kam, sich auf sie legte und mit seinen harten Armen ihre Beine hart nach oben drückte, begann sie zu zittern und schüttelte den Kopf. *Bitte, es ist zu viel auf diese Art,* flüsterte sie. *Ich kann es nicht ertragen.* Doch ihr Flehen war zu viel für ihn und erst nach zwei tiefen, vollen, langen, durchdringenden Stößen, auf die zwei tiefe, volle, lange, durchdringende Schreie von ihr folgten, ließ er ihre Beine los. Er nahm sie so, wie sie es liebte, auf seine Arme gestützt, im Bogen ehelicher Vollendung, wie sie ihn nannte, genau zwischen ihre schlanken Schenkel gefügt, während ihre Lippen, ihre kreisenden Hüften sich ihm entgegenreckten und ihre Finger sich in seine Brust, seinen Nacken, seinen Kopf schlugen, als wollten sie ihn navigieren in spondeischer Synchronität, in jambischem Rhythmus: *Na komm, Shura ... na komm, Shura ... na komm, na komm, na komm, na komm.* Als ihr Beben aufhörte, wartete er gar nicht ab, bis er kam. Er machte es so, wie er es wollte, streckte ihre zitternden Beine und legte sie auf seine Schultern. Wieder schüttelte sie den Kopf. *Ich kann es nicht ertragen,* flüsterte sie, *du bist zu viel für mich auf diese Art, bitte, bitte.* Doch diesmal war er unerbittlich, unbeirrbar und gab sie nicht frei: *Ja*, flüsterte er, *aber du bist so gut für mich auf diese Art.* Er bewegte sich beständig, langsam, unablässig durch ihren pochenden Körper, unter ihren klammernden Händen, und schließlich lag er flach auf ihr, seine Arme umschlangen sie, sein Körper überwältigte sie, umschloss und umhüllte sie, umschlossen und umhüllt von ihr, nahm sie völlig in sich auf, und als sie abermals kam, war es wie ein Erdbeben in ihm. Und während ihrer leidenschaftlichen Schreie, als sie sich selbst und alles andere vergaß, flüsterte sie unbedacht ein hastiges *Ich liebe dich.*

Also, das nenne ich *ein Flüstern,* sagte Alexander und strich mit den Lippen über ihre Augenbrauen.

Oh, Shura ... Sie lag erschlafft unter ihm und weinte leise. Ihr Gesicht war an seinen Hals gebettet, sein Körper umschlungen von ihren Armen und Beinen.

Bist du immer noch wütend auf mich?

Nicht mehr ganz so wütend, mein Liebling, mein Mann, stöhnte sie. *Nicht mehr ganz so wütend.*

Er stieg von ihr herunter und flüsterte: *Dreh dich um und knie dich hin, Tatia.* Sie drehte sich auf Hände und Knie. Sie senkte den Kopf auf das Laken, streckte die Arme aus und reckte ihm die Hüften entgegen. *Na komm, Shura. Na komm. Na komm.* Alles neigte sich abwärts, bis auf ihre Hüften.

Seine Hände umfassten ihre Gesäßbacken. Er musste die Augen schließen und den Atem anhalten, *weil es so verflucht gut war ...* bis sie in ihrem Aufruhr, ihrer hemmungslosen Hingabe keuchend von ihm wegkriechen wollte. Schweißüberströmt beugte sich Alexander über ihren bebenden, schwächer werdenden Körper, seine Brust auf ihrem Rücken, sein Gesicht in ihrem Satinhaar. Er liebkoste ihre Brüste, flocht seine harten, angespannten Finger durch ihre zarten, angespannten Finger, während er immer wieder langsam in sie eindrang. *Du bist so gut, Tatia*, flüsterte er. *Nur noch ein bisschen mehr. Du bist sagenhaft, so wunderschön …*

Er kam auf ihr, mit ihr vereint, nackt und ermattet in ihren Armen zum Ende. Nachdem sie ihn in zwei Sprachen um Gnade angefleht hatte und er sie gestreichelt hatte, um sie zu beruhigen, lag Alexander nun auf seinen Ellbogen gestützt neben ihrem schweißnassen, ausgelaugten Körper, küsste ihr Gesicht und betrachtete sie: frisch geliebt, ausgetrocknet, atemlos. »Warum braust du nur so auf?«, fragte er. »Ich schwöre, es gibt Zeiten, da benimmst du dich, als wärst du mit jemand anderem verheiratet. Was ist denn los mit dir?«

Ihre Augen waren geschlossen, während sie seine Küsse entgegennahm. Ihre Hand streichelte seinen Hinterkopf. Sie schmiegte sich an ihn. Er zog die Decke über sie beide. »Es tut mir leid«, sagte er, »dass ich so spät nach Hause gekommen bin. So spät wird es nie mehr werden. Ich werde dir keinen Grund zur Aufregung mehr geben. Aber was beunruhigt dich sonst noch?«

»Du hast mir gesagt, dass du dort keine Mädchen triffst.«

»Komm schon«, flüsterte er.

Ihr feucht glänzendes Gesicht verzerrte sich.

»Ich habe Steve nach oben gebracht«, sagte Alexander zögernd, während er ihr über die Stirn wischte, »und bin dann auf einen Stuhl gesunken. Wir waren vielleicht dreißig Leute. Es war laut, es gab Musik und viel Unruhe. Ich saß immer noch auf dem Stuhl und versuchte, ein bisschen nüchterner zu werden, als zwei oder drei Mädchen hereingebracht wurden, zusammen mit ihren Bodyguards.«

Sie blickte zu ihm empor.

»Was? Tania, du musst einmal in deinem Leben so betrunken gewesen sein, um zu verstehen, wie es ist. Ich war völlig benommen, als ich dort saß. Du hast mich um fünf gesehen, nachdem ich zwei Stunden im Wagen geschlafen hatte. Kannst du dir vorstellen, wie es mir um zwei ging? Ich konnte nicht mehr gehen. Es war eine Schande.« Alexander lachte ein wenig.

Tatiana lachte nicht. »Was haben sie getan?«

»Wer?«

»Die Mädchen, Alexander.«

»Ich weiß es nicht.« Er wollte nicht, dass sie wieder wütend wurde.

»Haben sie getanzt?«

»Ich glaube schon.« Sie waren nackt und hatten getanzt. »Du bist so ein gutes Mädchen.« Er küsste sie. »Vielleicht haben sie getanzt, aber ich glaube nicht, dass man das, was ich getan habe, zusehen nennen kann. Ich war weggetreten. Aber ich hätte nicht mit nach oben gehen sollen.«

»Und woher kam das Parfum, nach dem du gerochen hast?«

»Als ich versuchte, von dem Stuhl aufzustehen, kam eins der Mädchen herüber und sagte so etwas wie: Brauchst du Hilfe beim Aufstehen, Cowboy? Warte, Tania! Wo willst du hin? Bleib in meinen Armen, ich habe dich gerade geliebt.« Er hielt sie fest. »Tania, ich habe dich gerade geliebt«, wiederholte er flüsternd und blickte ihr ins Gesicht. »Du bist in unserem Bett. Das ist der endgültige Bestimmungsort, die Endstation. Hier steigt alles aus. Es geht nirgendwo anders hin.«

Ihre Lippen zitterten.

»Lass mich zu Ende erzählen. Ich will nicht, dass du das aus dritter Hand von Amanda hörst, die vermutlich eine schmierigere Version von Steve bekommen hat.«

»Ach, jetzt ist dein bester Freund also schmierig? Ich kann mir kein einziges Wort mehr anhören.«

»Eins noch. Dann wirst du mein bester Freund sein. Hör zu.«

»Ich kann nicht zuhören. Ich kann einfach nicht.«

»Sie kam herüber, sagte albernes Zeug und die ganze Zeit stand Steve direkt neben mir. Ich stand auf, ohne ihre Hilfe, da bin ich mir fast sicher, und bin gegangen. Das war's.« Er streichelte ihr trauriges Gesicht. »Ich schwöre es.«

»Hast du ... sie geküsst?« Tatiana begann zu weinen.

»Tania!« Er drückte ihren Kopf an sich. »Heiliger Himmel. Natürlich nicht. Sie stand neben mir und hat mich am Ärmel gezogen. Sie muss in Parfum gebadet haben, wenn es immer noch an meinen Kleidern war. Steve fand, dass ich zu betrunken sei, um zu fahren. Ich wollte nichts davon wissen. Er hatte vielleicht recht. Aber ich bin trotzdem gegangen.«

»Dieser Steve.« Tatiana schüttelte den Kopf. »War das Mädchen ... nackt?«

Das Mädchen war sehr spärlich bekleidet gewesen. »Ich glaube nicht. Ich glaube, sie ziehen sich nur aus, wenn sie tanzen«, sagte Alexander und ließ Tatiana keinen Zentimeter wegrutschen. Auf ihrem Gesicht lag ein so jammervoller Ausdruck. »Sieh mal, die Sache ist die: Ich ging hinauf in die Suite, saß dort ein Weilchen auf dem Stuhl, bis ich mich schließlich auf den Weg gemacht habe.« Seine Hand glitt über ihre Brüste, ihren Bauch, ihre Beine, so wie sie es liebte, das wusste er. Sie war wie eine Katze, sie liebte es über alles, gestreichelt zu werden, langsam und sanft, von den Schienbeinen aufwärts zu ihrem Gesicht, ihrem Haar und wieder zurück, an jeder Stelle. Wenn seine Worte sie nicht besänftigen konnten, dann vielleicht seine Hände. »Ich hätte nicht mitgehen sollen. Das war ein Fehler. Aber ich habe nichts Falsches getan.« Alexander hielt inne. »Ich werde dir etwas erzählen. Erinnerst du dich an die Nacht in Leningrad, als ich betrunken zu dir ins Krankenhaus kam?«

»Oh, darüber will ich jetzt nicht sprechen.«

»Ich schon. An diesem Abend war ich in der Sadko-Bar und Marasow hatte Frauen dabei. Eine von ihnen war ziemlich kokett und hat sich auf meinen Schoß gesetzt. Ich war betrunken, jung und ganz von mir eingenommen, wie du dich erinnerst. Damals kannte ich dich kaum. Wir hatten nur die Busfahrt am Sonntag, die Spaziergänge von Kirow aus und das brennende Luga hinter uns. Wir befanden uns in einer völligen Sackgasse. Es wäre so einfach gewesen. Ich hätte dieses Mädchen in zehn Minuten in der Seitengasse nehmen und trotzdem zu dir ins Krankenhaus kommen können, und du hättest es nie erfahren. Aber ich tat es nicht – selbst damals nicht. Ich kam mitten in der Nacht zu dir, trotz der ganzen Hindernisse, die uns im Weg standen, trotz Dimitri, trotz deiner Schwester, die glaubte, dass sie mich liebt.«

»Sie hat dich geliebt. Dascha hat dich geliebt.«

»Ja, sie glaubte es.«

»Oh ... hilf mir«, flüsterte sie.

»Ich kam zu dir, weil du die Einzige warst, die ich wollte. Weißt du noch, wie wir uns in jener Nacht geküsst haben?«, flüsterte er und legte die Hand um ihre Brust. »Du, wie du mit bloßen Brüsten vor mir saßt. Du, die noch nie berührt worden war. Oh, Gott, ich werde jetzt noch verrückt, wenn ich an meinen Zustand damals denke. Du weißt, was es mir bedeutet hat. Und du weißt, was es mir immer noch bedeutet. Erinnerst du dich an gar nichts?«

Tatiana rann ein Schauer durch den Körper, als sie daran dachte. »Ich erinnere mich … Aber …«

»Sieh mich an, spür meinen Körper, berühr mich, berühr mein Herz. Ich bin es. Ich bin bei dir«, sagte Alexander. »Ich habe mich sogar von Huren ferngehalten, als ich dachte, dass du aus meinem Leben verschwunden wärst, und ich im Krieg war. Ich hätte nicht in die Suite gehen sollen. Aber im Ernst, was sollte ich mit irgendjemandem wollen, wenn ich dich habe? Wen willst du anklagen? Auf wen bist du wütend?«

»Oh, Shura«, flüsterte sie und klammerte sich an ihn.

»Du weißt das alles wie meinen Namen«, sagte Alexander. »Ich komme jede Nacht und knie vor deinem Altar. Warum lässt du dich von so einem Unsinn beunruhigen?«

Mit seiner Stimme und seinen Händen, seinen Lippen und Augen, seinen Küssen und Liebkosungen und seinen unsterblichen Fähigkeiten, sie und sich selbst in himmlische Ekstase zu versetzen, besänftigte er sie, gab ihr Frieden und Glück, denn seine Versprechen waren stark und seine Liebe war noch stärker. Und als sie schließlich eng umschlungen einschliefen, versöhnt, erleichtert, geliebt, glaubten sie, das Schlimmste von Balkmans Welt läge hinter ihnen.

Auf einer Hochzeit

Jeff und Cindy heirateten am folgenden Samstagnachmittag in der First Presbyterian Church. Anschließend gab es einen Empfang im Country Club von Scottsdale, der mit weißen Lilien geschmückt und von schönen, in Frühlingsfarben gekleideten Menschen bevölkert war.

Tatiana stand in ihrem trägerlosen, pfirsichfarbenen Ballkleid aus Taft neben dem Altar und starrte Alexander in seinem schwarzen Smoking an. Sie versuchte, nicht an ihre eigene Trauung zu denken, an ihre kleine russische Kirche, ihre Sonne in Lazarewo, deren strahlendes Licht durch die Buntglasfenster fiel. Fast zehn Jahre war es her.

Sie sah in sein Gesicht und bemerkte seinen Blick, der unaufhörlich auf sie gerichtet war. Draußen vor der Kirche hob er sie einen Augenblick und ohne etwas zu sagen in die Luft, ganz vorsichtig, um nicht die Pfirsichschleifen, Seidenfalten und Unterröcke durcheinanderzubringen.

Es gab gutes Essen und gute Musik. Die Mädchen hatten alle Blumen im Haar. Der Brautstrauß wurde gefangen – nicht von Amanda. Die Steaks waren gut, die Shrimps noch besser, die Reden gelallt und amüsant. Cindy war eine gutaussehende Braut, trotz ihres zu kurzen Haars. Und Jeff sah in seinem weißen Smoking aus, als gehörte er auf eine Hochzeitstorte. Sie saßen zu zehnt am Brauttisch. Steve spielte ständig auf die Junggesellenparty an und Alexander zog ihn ständig auf. Die Einzige, die nicht herzhaft lachte, war Amanda. Vielmehr rang sie sich ein künstliches Lachen ab und warf dabei jedes Mal erst Alexander, dann Tatiana einen verschworenen Blick zu. Nach einer Weile konnte Tatiana nicht umhin, es zu bemerken.

Der Hochzeitswalzer wurde angestimmt – Jeff und Cindy eröffneten den Tanz. Tatiana suchte den Saal nach Alexander ab. Er unterhielt sich angeregt mit ein paar Leuten drei Tische weiter. Sie setzte ihr Gespräch fort. Doch als sie sich einen Augenblick später umdrehte, stand er neben ihrem Stuhl und streckte die Hand nach ihr aus.

Alexander und Tatiana tanzten ganz für sich zu ihrem Hochzeitslied. Und dieses eine Mal konnten sie ihre Vertrautheit nicht vor dem neugierigen und schaulustigen Publikum verbergen. Ihre Hände waren ineinandergeflochten, ihre Körper aneinandergedrückt, während sie an ihrer Uferlichtung in Lazarewo unter dem purpurroten Mond Walzer tanzten, ein Offizier in seiner Uniform der Roten Armee und ein Bauernmädchen in seiner Hochzeitsrobe, dem weißen Kleid mit den roten Rosen. Als Tatiana Alexander mit glänzenden Augen ansah, erwiderte er ihren Blick mit diesem vertrauten Ausdruck, als wollte er sagen: Ich werde immer wieder für dich in den Bus steigen. Sie konnte es nicht glauben, doch er beugte den Kopf nach unten und küsste sie liebevoll und innig, während sie weiter minutenlang auf der Hochzeit eines anderen Paares tanzten.

Als sie zurück an den Tisch kamen, sah Tatiana den kalten abschätzigen Blick, mit dem Amanda Alexander anstarrte, und den flüchtigen Ausdruck des Mitleids, der ihr galt. »Warum sieht sie mich so an?«, flüsterte Tatiana ihm zu. »Was ist denn heute los mit ihr?«

»Sie darf ihm keine Milch mehr geben. Sag ihr das.«

Tatiana rammte ihren Ellbogen in seine Rippen.

Steve und Jeff tranken reichlich, obwohl es erst Nachmittag war. Ihre Kommentare zu der bevorstehenden Hochzeitsnacht wurden allmählich immer geschmackloser. Jeff ließ sich schwerfällig auf einem Stuhl nieder und sagte: »Alexander, du bist schon seit einem Jahrhundert verheiratet. Hast du irgendeinen Rat für den Frischvermählten?«

Wieder dieser Blick von Amanda.

Alexander sagte: »Inzwischen dürfte es zu spät sein für einen Rat, Jeffrey-Boy. Die Hochzeitsnacht beginnt in drei Stunden.«

»Komm schon, lass mich an deinem Erfahrungsschatz teilhaben. Was hast du in deiner Hochzeitsnacht gemacht?«

»Etwas weniger getrunken als du«, sagte Alexander und Tatiana lachte.

»Komm schon, Mann, lass es dir nicht aus der Nase ziehen. Sag mir, Tania, gibt es irgendetwas, das ich wissen sollte? Vom Standpunkt der Frau aus?«

Diesmal lachte Steve laut auf.

»In Ordnung, Jeff. Das reicht jetzt«, sagte Alexander und stand auf. Er half Jeff, sich aufzurichten, und schob ihn von ihrem Tisch fort.

»Wenn ich Jeff wäre«, flüsterte Tatiana Alexander zu, »würde ich es ab und an mit einer Sache versuchen, die er laut Cindy fast nie macht. Aber das nur vom Standpunkt der Frau aus.« Nun lachte Alexander laut. Und Steve, der wohl annahm, der Witz war auf seine Kosten gegangen, funkelte Tatiana an.

Sie stand auf, um sich frisch machen zu gehen. Amanda begleitete sie. Während sie um die Tanzfläche herumgingen, sagte

Tatiana: »Was ist denn heute los mit dir? Du machst keinen sehr glücklichen Eindruck.«

»Alles in Ordnung.«

»Du hast doch etwas. Macht Cindys Hochzeit dich etwa traurig?« Tatiana war sich sehr wohl bewusst, was diese Hochzeit bei ihr selbst auslöste.

»Nein, nein. Ich meine, ein bisschen, ja, aber ...« Amanda nahm Tatianas Arm. »Kann ich mit dir reden?«

»Ernsthaft reden?«

»Ich brauche deinen Rat.«

Das letzte Mal, als sie einen Rat erteilt hatte, war es nicht ganz so gut gelaufen. Sie begaben sich in einen der kleinen ruhigen Nebenräume, fernab des großen Festsaals, und setzten sich dort auf die Couch. »Was ist los?«, fragte Tatiana.

Amanda sah bekümmert aus. »Tania, ich weiß nicht, was man von einer guten Freundin erwartet. Ich möchte dich etwas fragen: Wenn du etwas über Steve wüsstest, etwas, das ich deiner Meinung nach wissen sollte, würdest du es mir erzählen?«

Tatiana wurde puterrot. Oh nein. Amanda hat das mit dem Krankenhaus herausgefunden. Kein Wunder, dass sie aufgebracht ist. Was soll ich jetzt tun? Ich muss es gestehen. Ich hätte ihr sofort davon erzählen müssen, aber wie hätte ich das anstellen sollen? Tatiana sagte: »Manda, es tut mir leid ...«

»Was ich wissen möchte, ist: Würde eine gute Freundin ihrer Freundin etwas Unangenehmes erzählen? Etwas, das wehtut und sogar ihre Freundschaft zerstören könnte? Hält eine gute Freundin den Mund oder hat sie die Pflicht, etwas zu sagen? Zeichnet sie sich dadurch aus, dass sie redet oder schweigt?« Amanda schaute Tatiana verzweifelt an.

Du warst keine gute Freundin von mir, sagte sich Tatiana. Das ist nicht fair. Ich kannte dich nicht und er hat sich entschuldigt. Es gehörte der Vergangenheit an. Ich hätte nie den Mund halten dürfen.

»Ich finde, eine gute Freundin sollte nicht schweigen«, sagte Tatiana. »Es tut mir wirklich leid ...«

Amanda griff Tatianas Hände. »Es tut mir leid, Tania. Ich will dir das nicht erzählen. Wirklich nicht. Ich finde nur, du solltest es wissen, das ist alles.«

Ganz langsam zog Tatiana die Hände von Amanda fort und betrachtete eingehend ihr Ringen mit sich. »Du hast mir etwas zu sagen?«

»Es geht um diese verfluchte Junggesellenparty. Ich wünschte, sie hätte nie stattgefunden.«

»Ich weiß von der Party«, sagte Tatiana.

Amanda winkte ab. »Ach, die Frauen, das ist bedeutungslos.«

»Tatsächlich? Nun, wenn es nicht um die bedeutungslosen nackten Frauen geht, worum dann?«

Amanda senkte die Stimme. »Alexander ist mit einer von ihnen ins Schlafzimmer gegangen.«

Tatiana schüttelte den Kopf.

»Er hat sich erst später betrunken«, sagte Amanda. »Das geschah zu deinem Wohl, Tania. Es sollte als Ausrede dienen nach der Devise: Er hatte so viel Alkohol intus, dass er nicht mehr klar denken konnte. Doch es ging ihm offenbar gut, als die Frauen dort waren. Eine Reihe von Leuten hat gesehen, wie er in das Zimmer ging, nicht nur Stevie. Bitte, sei nicht wütend auf mich. Versprichst du mir das?«

»Ich glaube, für dieses Versprechen ist es etwas spät«, sagte Tatiana und stand auf.

Amanda bedeckte ihr Gesicht.

Tatianas Beine gaben nach, also setzte sie sich wieder hin. Sie nahm Amandas Hände weg. »Amanda«, sagte sie, »hat Steve dir das erzählt?«

Amanda nickte.

Tatiana versuchte, nicht aus der Fassung zu geraten. »Ist dir je in den Sinn gekommen, dass Steve vielleicht lügt?«

»Was?«

»Er könnte lügen, Manda. Nicht die Wahrheit sagen. Die Leute zum Narren halten. Betrügen. Lügen.«

»Warum sollte Steve lügen?«

»Dafür gibt es tausend Gründe, und auf keinen kann ich jetzt eingehen. Warum erzählst du mir so etwas auf Cindys Hochzeit? Warum konntest du nicht wenigstens bis zum nächsten Tag warten?«

»Du hast mich gebeten, es dir zu erzählen.«

Tatiana tätschelte ihren Arm. »Nun, da bin ich in eine Falle getappt. Jetzt habe ich zwei Möglichkeiten. Entweder glaube ich meinem Ehemann oder ich glaube deinem Verlobten. Mein Alexander oder dein Steve. Du wirst mir verzeihen, wenn ich mich dafür entscheide, meinem Mann zu glauben. Weißt du was? Reden wir nicht mehr darüber – nie mehr. Wenn das in Ordnung für dich ist.«

»Tania, du verschließt absichtlich die Augen, aber das ist deine Entscheidung.«

»Du glaubst, ich verschließe die Augen? Es gibt nur einen Weg, das zu klären. Wir holen Steve und Alexander her. Ist es das, was du willst? Wie wird das deiner Meinung nach ausgehen?«

»Einer von ihnen wird lügen«, sagte Amanda spitz.

»Genau. Doch im Gegensatz zu dir«, sagte Tatiana nicht weniger spitz, »bin ich mit dem Mann verheiratet, der jede Nacht neben mir schläft und jeden Morgen neben mir aufwacht.« Sie hielt inne, um ihre Worte wirken zu lassen. »Was meinst du wohl? Wie oft kann er lügen, bevor ich die Wahrheit erfahre? Besonders so eine Wahrheit. Dass er für zwanzig Minuten in ein Zimmer verschwindet und es dort mit unreinen Huren treibt, die es schon mit Hunderten von Männern getrieben haben. Meinst du, so eine Wahrheit lässt sich leicht verbergen?«

»Manche Männer verstehen es sehr gut, ihr wahres Ich zu verbergen.«

»Und manche Frauen verstehen es sehr gut, das wahre Ich ihres Mannes nicht zu erkennen.«

Amanda kniff die Augen zusammen. »Versuchst du gerade, Steve anzuschwärzen?«

»Nein. Aber angenommen wir holen Alexander und Steve her, dann müsste Steves Gesicht wohl noch einmal genäht, sein Arm noch einmal eingegipst werden. Cindys Hochzeit wäre ruiniert. Du hast mir bereits den Tag verdorben. Aber ich bin nicht die Braut. Ich muss ihn nicht als meinen Hochzeitstag in Erinnerung behalten, den mir glücklicherweise niemand zunichte gemacht hat.« Sie holte tief Luft. »Also tun wir einfach so, als hättest du nie ein Wort zu mir gesagt.«

»Aber es stimmt, Tania. Ich weiß, dass du das über Alexander nicht glauben willst ...«

»Nein. Du willst das über Steve nicht glauben.«

»Sag mir, was du über Steve weißt.«

»In diesem Fall, dass er ein bösartiger Lügner ist. Reicht das? Was den Rest angeht, so verbietet es mir mein Anstand, dir an diesem schönen Tag davon zu erzählen. Und du, Amanda, solltest nicht länger die Augen vor deinem Leben verschließen. Wenn du mich jetzt bitte entschuldigen würdest.« Tatiana ging in ihren pfirsichfarbenen Stöckelschuhen und ihrem Taftkleid aus dem Raum.

Amanda kam zurück an den Tisch und mied jeden Blickkontakt mit Alexander, der geduldig auf seinem Platz gesessen und Wein getrunken hatte. Schließlich fragte er Amanda, wo Tatiana sei. Amanda sagte, sie wisse es nicht. Alexander wartete noch eine Weile und machte sich dann auf die Suche nach ihr. Er lief durch die Korridore, sah in jeden kleinen Raum. Dann ging er nach draußen in den Garten hinter dem Club, wo die Fotografen gerade alles für das Abschlussbild von Braut und Bräutigam aufbauten. Als er um die Ecke kam, fand er sie an die Rückwand des Gebäudes gelehnt. Sie stand dort mit geschlossenen Augen und geballten Fäusten, ihre Atmung ging sehr schnell.

»Tania?«, sagte er besorgt. Sie schlug die Augen auf und sah ihn mit kaltem, hartem Blick an. Sie sprach kein Wort, nicht einmal, als er sie berührte. »Was ist passiert?«

Ihre Stimme klang leise und dumpf, als sie sagte: »Was hast du uns angetan, Alexander? Was hast du in unser Haus gelassen?« Sie konnte nicht von der Wand wegtreten. Ihre Knie zitterten. »Ich weiß nicht mehr, was ich tun soll. Wie ich dir helfen, wie ich ihre Machenschaften stoppen soll. Ich dachte, ich würde dir geben, was du am meisten von mir brauchst.«

»Wovon redest du da?«

»Doch wann wirst du mir geben, was ich von dir brauche?«

»Was meinst du damit?«

»Was ich von dir brauche«, sagte sie, »ist, dass du die Augen vor der Wahrheit nicht verschließt. Kannst du das tun?«

»Ja«, sagte er, »das kann ich tun. Was geht hier vor?«

Sie schüttelte den Kopf, nahm seinen Arm und trat von der Mauer weg. »Ich kann keine Minute länger hierbleiben. Ruf mir ein Taxi und ich fahre nach Hause. Du kannst bleiben, so lange du willst.«

»Du kannst nicht einfach mitten in einer Hochzeit gehen. Es wäre ein Skandal. Wir müssen wenigstens bis zur Torte bleiben.«

»Ich kann keine Minute länger bleiben.« Tatiana vergrub das Gesicht in ihren Händen. Sie konnte ihn nicht ansehen. »Ich muss unbedingt nach Hause. Sag ihnen, dass es mir nicht gut geht. Es ist nicht mal gelogen.«

Sie wollte keinesfalls mehr hinein, nicht einmal um sich zu verabschieden. Alexander ging zurück, entschuldigte sich bei Jeff, und sie fuhren nach Hause. Was war hier los?

Sie sagte immer wieder: Ich gebe doch mein Bestes. Sie wiederholte es wie ein Mantra. Aber sie wollte ihm nichts erzählen. Er spürte, wie ihm allmählich die Dinge entglitten, unsichtbare Dinge, und sich die Wolldecke, unter der er unwissentlich gelegen und die ihn gewärmt hatte, langsam, Masche für Masche, auftrennte.

Doch, er wusste von der Decke.

Es war die Decke seiner neuen Berufung, seines neuen Vaters, seiner neuen Freunde, seines neuen Bruders. Er hatte sie ausgesucht, wie sie ihn ausgesucht hatten. Er hatte seine Entscheidung getroffen, ungeachtet Tatianas schmallippiger Bedenken, weil er geglaubt hatte, sie sei naiv und ihre Sorge unbegründet. Das glaubte er nach wie vor. Inzwischen waren Tage vergangen seit der Hochzeit, und sie redete immer noch nicht mit ihm.

Schließlich fragte er sie, als sie ihm wieder einmal schweigsam und stoisch ihren Rücken zuwandte: »Wen versuchst du zu beschützen?«

Sie drehte sich nicht um, als sie antwortete: »Dich.« Dann fuhr sie fort, das Geschirr zu spülen.

»Sieh mich an.« Sie tat es. »Ich muss beschützt werden?«

»Ich kann nicht glauben, dass ich es sage, aber ja, so sehr wie eh und je.«

»Tania, wäre es dir möglich, nicht in Rätseln zu sprechen? Wenn du redest, kannst du dann entweder Russisch oder Englisch von dir geben und keinen Kauderwelsch?«

Sie sagte nichts und wandte sich wieder dem Spülbecken zu.

»Okay, wir können auch anders«, sagte er und ging mit langen Schritten zu ihr. Er hob sie hoch, trug sie ins Wohnzimmer und warf sie bäuchlings auf die Couch. Dann ließ er sich auf sie fallen, klemmte ihre Beine zwischen seine Knie und drückte ihre Handgelenke über ihren Kopf. Ihr Gesicht war in das Couchkissen getaucht. »Wirst du es mir erzählen oder muss ich die Wahrheit aus dir herausholen?«

Sie schnappte nach Luft.

Er bohrte sein Kinn in ihren Nacken, ihre Wange, ihre Schulterblätter. Er kitzelte sie und flüsterte mit ihr, während sie lachen musste. »Ich überlege gerade, ob ich dich so lange lieben soll, bis du es mir sagst, oder dich nicht lieben soll, bis du es mir sagst.«

»Schwere Entscheidung«, entgegnete sie. »Aber wenn ich die Wahl hätte, wäre mir Ersteres genauso recht.«

»Ich glaube«, flüsterte Alexander ihr ins Ohr und drückte ihre Handgelenke fester, »die Wahl liegt bei mir, Kaulquappe.«

Jemand hustete hinter ihnen. Sie drehten die Köpfe und sahen Anthony mit verdutztem Blick am Fußende der Couch stehen. »Was macht ihr da?«, fragte er leise.

»Mommy verschweigt mir etwas, und ich versuche, es aus ihr herauszukitzeln.«

»Und das mit seinen Bartstoppeln«, sagte Tatiana mit rotem Gesicht. Alexander stieg von ihr herunter und zog sie hoch. Dann setzten sie sich sittsam auf die Couch und blickten ihren Sohn an, der sie mit feierlichem Ernst betrachtete und schließlich sagte: »Was immer du getan hast, Dad, es hat nicht funktioniert.«

»Wem sagst du das.«

In der abendlichen Hitze saß Alexander mit einer Zigarette draußen auf der Schaukelbank, die er für Tatiana und sich gebaut hatte. Die Berge waren nah. Tatiana kam heraus und ließ sich auf seinem Schoß nieder. Über dem Tal der Kandelaberwüste senkte sich die Sonne. Er schaukelte sie vor und zurück, während sie sich an ihn schmiegte und Worte der Liebe in sein Ohr gurrte. Aber ihre Zärtlichkeiten konnten nicht das Bild von ihr auslöschen, als sie in dem pfirsichfarbenen Taftkleid an der Hauswand stand, die geballten Fäuste an die Mauer drückte und sagte: »Was hast du in unser Haus gelassen, Alexander?«

Was sollte das bedeuten?

Was hatte er hereingelassen?

Doch schließlich fand sogar er, der schwerfälligste, am meisten mit sich selbst beschäftigte Ehemann von ganz Scottsdale heraus, dass etwas nicht stimmte. Eines Tages, als Tatiana ihm das Mittagessen vorbeibrachte, traf sie auf Steve und würdigte ihn keines Blickes. Er sagte: »Hi, Tania« und Tatiana erwiderte seinen Gruß nicht. Es war, als existiere Steve nicht.

Sogar Alexander, der vor allem die Augen verschloss, nahm davon Notiz.

»Manda und ich haben euch in letzter Zeit nicht sehr oft zu Gesicht bekommen«, sagte Steve. »Wir sollten mal wieder zusammen ausgehen.«

»Wir hatten viel zu tun, Steve«, sagte Alexander langsam und starrte Tatiana an, die ihren Kopf gesenkt hielt. »Ich war in den letzten zwei Wochen vier Tage in Yuma. Dieser kleine Konflikt in Korea.«

»Oh ja. Nun, wie wäre es diesen Samstag?«

»Wir haben keine Zeit.« Das kam von Tatiana.

»Nächsten Samstag?«

»Da ist unser zehnter Hochzeitstag«, sagte sie.

»Das Wochenende darauf?«

»Anthonys Geburtstag.«

»Nun, wir geben eine Party zum 4. Juli. Da kommt ihr doch, oder?«

»Wenn es ein Freitag ist, muss ich arbeiten. Und jetzt muss ich ehrlich gesagt gehen.« Sie hatte Steve nicht ein einziges Mal angesehen.

Als sie an ihrem Wagen waren, hielt Alexander ihr die Tür auf. Sie stieg ein und würdigte auch ihn keines Blickes. »Hey«, sagte er und griff durch das offene Fenster nach ihrem Kinn. Mit den Fingern hob er ihr Gesicht. »Was ist los?«

»Nichts. Du musst zurück an die Arbeit. Schau, die Bauherren sind schon da. Bei mir ist alles in Ordnung.«

»Tania.«

»Was hast du vor? Willst du auf deiner Baustelle mit mir diskutieren, während ein nettes Ehepaar darauf wartet, dass du ihm den Wandputz zeigst? Die Arbeit wartet. Ich fahre nach Hause und koche das Abendessen. Was hättest du gern? Ich dachte an Chili und Maisbrot.«

»Ja, gut«, sagte er. »Tania, hat Steve auf der Hochzeit irgendetwas zu dir gesagt?«

»Nein«, sagte sie.

»Was dann?«

»Du willst also mitten auf der Baustelle darüber reden?«

»Also gut, wenn ich nach Hause komme.«

»Anthony und Sergio essen heute mit uns.«

»Heute Abend im Bett.«

»Ich muss morgen zur Arbeit und früh aufstehen.«

Er öffnete die Wagentür und zog sie heraus. »Komm schon, Baby. Spiel keine verfluchten Spiele mit mir.«

»Du willst es nicht wissen, Alexander. Glaub mir. Du willst die Wahrheit seit drei Jahren nicht hören und nun wirst du es auch nicht wollen.«

Frustriert ließ er sie los. Jetzt war eindeutig nicht die Zeit für ernste Gespräche. Und später zu Hause würde auch keine Gelegenheit dazu sein: Während Anthony und Sergio im Zimmer nebenan Monopoly spielten, ihr Lachen erschallte, leise Musik lief und das Wasser über Geschirr und Wäsche plätscherte, war kein Platz für Sturm und Drang. Abgesehen davon hassten sie ihn beide. Ihr ruhiges Leben funktionierte in niedrigen Dezibelzahlen oder höheren in ihrem großen Bett hinter verschlossenen Türen, wenn Anthony längst eingeschlafen oder bei seinem Freund zu Hause war. Aber weder im Bett noch bei einem gemeinsamen heißen Bad, weder draußen im Pool noch wenn sie zusammen herumrannten, den Sonnenuntergang betrachteten und rauchten, weder an ihren heiligen Sonntagen noch während der geselligsten, der behaglichsten, der ehelichsten Augenblicke war eine gute Zeit für diese Stürme. Alexander stellte betrübt fest, dass in den drei Jahren, die sie in Phoenix lebten, die einzigen harschen Worte zwischen ihnen wegen Steve und seinem Vater gefallen waren.

Wie sich herausstellte, begleitete Anthony nach Chili und Maisbrot und einer Runde Basketball Sergio zurück die Straße hinunter, und Alexander und Tatiana hatten dreißig Minuten für sich. Er nahm sie bei der Hand und führte sie nach draußen auf die Terrasse, stellte sie vor sich hin, setzte sich auf die Bank, steckte sich eine Zigarette an und sagte: »Reden wir darüber.«

Diesmal verschwendete sie keine Zeit. Sie hatte eine Menge auf dem Herzen. »Alexander«, sagte sie, »ich habe drei Jahre lang geschwiegen, um dir zu geben, was du wolltest. Ich weiß, wie du über Bill denkst. Du wolltest mit ihm arbeiten, du wolltest mit Steve befreundet sein, du wolltest, dass ich schweige, also habe ich es getan. Nachdem ich dich schon so traurig erlebt hatte, wollte ich nichts tun, um dich aufzuregen. Also habe ich den Mund gehalten. Aber ich kann nicht länger schweigen. Stevie und sein Vater, sie taugen nichts, Shura. Sie taugen nicht als Freunde, sie taugen nicht als Arbeitgeber, sie taugen nicht als Menschen. Das sind die schlechten Neuigkeiten. Die guten sind: Sie zählen nicht. Das Schöne am Leben hier in Phoenix ist, dass man woanders hingehen, etwas anderes tun, woanders arbeiten kann. Du bist frei und besitzt inzwischen wertvolle Fähigkeiten. Carolyn hat ihr Haus von jemandem namens G. G. Cain bauen lassen. Sie sagte, er sei der netteste Mann …«

»Tatiana, warte. Wovon redest du da? Ich kenne G. G. Aber ich werde für niemand anderen arbeiten. Ich werde Bill nicht im Stich lassen.«

»Shura, du musst kündigen. Du weißt doch, dass Stevie einen Mann beinahe zu Tode geprügelt hat.«

Alexander zuckte die Achseln. »Was hat das mit mir zu tun? Oder mit Bill?«

»Sehr viel. Der Apfel fällt nicht weit vom Stamm, meinst du nicht? Hast du gehört, was ich gesagt habe? Er hat einen Mann fast totgeschlagen.«

»Das ist lange her. Ich habe auch ein paar Dinge getan, die inzwischen verjährt sind.« Sein Gesicht verfinsterte sich.

»Weißt du, was lange her ist?«, fauchte Tatiana. »Deine Geburt. Will heißen, du lebst nicht erst seit gestern.«

»Du kannst dir vorstellen, wie Kneipenschlägereien zwischen

betrunkenen Männern ablaufen. Der Kerl hat furchtbare Bemerkungen über Amanda gemacht.«

»Stevie erzählt dir das, und du glaubst ihm? Stevie, der jedem, der ihm zuhört, dich eingeschlossen, sagt, was Amanda tut und nicht tut, verteidigt plötzlich ihre Ehre?« Tatiana lachte, bevor ihre Miene ernst wurde. »Stevie, dessen Vater seinen Sohn mit dem Geld freikauft, das er durch deine Arbeitskraft verdient hat?«

Alexander rieb sich die Augen.

»Bevor Steve wusste, dass ich mit dir verheiratet bin, kam er mehrfach ins Krankenhaus und tat so, als wollte er etwas mit mir anfangen. Würdest du gern wissen, was er so alles zu mir gesagt hat?«

»Das kann ich mir vorstellen. Aber er kannte mich nicht.«

»Er kannte Amanda, oder nicht? Er wusste, dass er verlobt ist, oder nicht? Er wusste, dass ich verheiratet bin.«

»Ja gut, er behandelt also seine Frauen schlecht.«

»Ich bin nicht seine Frau. Ich bin deine Frau. Und ich sage dir laut und deutlich, dass du unbedingt deine Familie beschützen musst.«

»Wovon zum Teufel redest du da?«, fragte Alexander und erhob die Stimme. »Meine Familie beschützen? Was soll das heißen, verflucht noch mal? Ich arbeite den ganzen Tag, sechs Tage die Woche für meine Familie.«

»Ich ziehe nicht in Zweifel, wie hart du arbeitest. Ich bin nur den Leuten gegenüber misstrauisch, für die du arbeitest.«

»Das reicht. Ich habe genug gehört.«

»Nein«, sagte Tatiana und schüttelte den Kopf, »ich glaube nicht, dass du das hast.« Sie holte Atem. »Weißt du, dass Steve bis heute anzügliche Bemerkungen fallen lässt, wenn ich dich besuchen komme und du nicht da bist? ›Du bist es bestimmt gewohnt, dass Männer dich anschauen, Tania‹, sagt er mit seiner schmeichlerischen Stimme. ›Sogar Walter hat gesagt, dass du neulich hübsch ausgesehen hast, und ich hielt Walter immer für schwul‹, sagt er. ›Das Kleid gefällt mir, es bringt deine Figur richtig zur Geltung.‹ Und: ›Tritt mit diesem Kleid bloß nicht mehr vor Dudley, Tania. Er dreht sonst noch durch.‹«

»Wer zum Teufel ist Dudley?«, sagte Alexander.

»Woher soll ich das wissen?«, antwortete Tatiana. »Er sagt zu Amanda: ›Wie wäre es mit einem Dreier?‹, und nicht: ›Heiraten wir im Juni.‹ Und während sie versuchen, dein Land zu kaufen und deine Frau zu nehmen, willst du es nicht hören, damit du auch weiterhin so tun kannst, als sei das Nacktfoto in Balkmans Büro nur ein Ausrutscher und die pfeifende, gaffende, anzüglich grinsende Meute von Männern, die seine Häuser baut, ganz normal.«

»Meine Frau nehmen? Das sind doch nur Dachdecker, Tania. Hat dir in New York niemand hinterhergepfiffen?«

»Nein, nicht so. Nicht ein einziges Mal. So, dass ich nicht mehr kommen mag und mit meinem Mann zu Mittag essen kann? Reicht inzwischen nicht einmal mehr ein Ehemann, ein Soldat, der im Kampf war, um sie zu stoppen? Sie bitten dich, mit nach Las Vegas zu fahren, sie laden dich in Stripteaselokale ein und schließlich animieren sie dich, auf eine Junggesellenparty zu gehen.« Tatiana holte sehr tief Atem. »Vor all dem verschließt du die Augen.«

»Das tue ich nicht. Natürlich weiß ich Bescheid. Was glaubst du wohl, warum ich nicht nach Vegas mitfahre? Ich weiß genau, was da abläuft. Aber das ist nur Schwachsinn«, sagte er. »Ich bin an Schwachsinn gewöhnt. Du hättest hören sollen, wie die Männer in meinem Strafbataillon geredet haben. Steve ist ein Mönch verglichen mit ihnen.«

»Haben deine Männer über mich gesprochen?«

»Steve spricht nicht mit mir über dich.«

»Nicht mit dir, aber mit anderen. Geh und frag Walter, was Steve über mich sagt. Neulich war Walter so beschämt, dass er mich nicht mehr ansehen wollte, nicht einmal, um hallo zu sagen.«

Sie sah, wie es Alexander die Sprache verschlug. Endlich. Bei ihm kam etwas an. Er runzelte die Stirn. »Das reicht«, sagte er, »du kommst nicht mehr zur Baustelle.«

Tatiana blickte ihn an, streckte ihm die offenen Hände entgegen. Doch als seine Miene verschlossen blieb, verschränkte sie die Arme vor der Brust. »So zu leben findest du normal? Deine Frau vor den Leuten, mit denen du arbeitest, zu verstecken, als wärst du immer noch mit den Soldaten zusammen, die sich auf ihrem Marsch durch fremde Städte einfach Frauen kaufen oder nehmen? Ist das deine Lösung? Ein Leben wie im Strafbataillon? Wie im Gulag?«

»Hör auf, dich da hineinzusteigern. Stevie ist in Ordnung. Und er ist mein Freund.«

»So wie Dimitri dein Freund war? So wie Uspenskij dein Freund war?«

»Nein. Willst du wirklich Stevie mit Dimitri vergleichen?«

»Die Leute hier sind nicht so, wie du denkst, Shura. Sie waren nicht so auf Ellis Island, nicht im NYU Hospital. Und sie sind auch nicht so im Krankenhaus von Phoenix, auf dem Markt oder an der Tankstelle. Sicher, einige versuchen, aufrichtig zu sein. Aber hier geht noch etwas anderes vor. Siehst du das nicht? Bill Balkman stellt nur diesen einen Menschenschlag ein. Erkennst du nichts Falsches daran?«

»Nein.«

»Alles ist so schlüpfrig und schäbig. Nichts ist ihnen heilig. Nichts. Glaubst du nicht, dass das auf dich abfärbt? Man lebt wie ein Tier und wird selbst zu einem. Hast du mir das nicht gesagt?«

»Hör auf, meine eigenen Worte gegen mich zu verwenden. Hier ist das nicht so.«

»Ist es das, was du tust? Die Rote Armee neu für dich erschaffen auf deinen kleinen Baustellen?«

»Tania«, rief Alexander. »Schluss damit. Ich werde gar nicht davon anfangen, was du versuchst, in deiner kleinen Notaufnahme neu zu erschaffen. Also fang keinen Streit mit mir an, den du weder zu Ende bringen noch gewinnen kannst.« Er hob die Hand, bevor sie noch ein weiteres Wort sagen konnte. »Hör zu, ich will meinen Job nicht kündigen«, sagte er, »und ich werde es auch nicht. Bill behandelt mich sehr gut. Ich baue gerade sieben Häuser und er gibt mir für jedes drei Prozent Prämie. Wer würde das sonst für mich tun?«

»Er verlangt eine doppelt so hohe Vermittlungsprovision wie G. G. Cain, weshalb deine Häuser auch so teuer sind. Und viele sind gebaut wie aus Pappe. Findest du das normal? Ein qualitativ minderwertiges Individualhaus und eine dreißigprozentige Provision? Bill sollte dir fünfundzwanzig Prozent seiner verdammten Vergütung zahlen, nicht drei, angesichts der Tatsache, dass er nicht ein einziges Haus rechtzeitig fertigstellen könnte, wenn du dich nicht so einsetzen würdest.«

»Ach, jetzt bist du auch noch ein richtiger Milton Friedman, ja?«

»Wer?«

»Der Wirtschaftswissenschaftler. Tania, Balkman spricht davon, mich bald zum Partner zu machen. Wenn ich woanders hinginge, müsste ich noch einmal ganz von vorn anfangen und würde wieder kein Geld verdienen. Ich wäre nicht glücklich damit. Hier leiste ich gute Arbeit, Bill vertraut mir und niemand belästigt mich.«

»Sie belästigen mich.«

»Dann halt dich fern von dort!« Alexander wollte das Gespräch abbrechen. Er atmete schwer und sagte mit gesenkter Stimme: »Mir reicht es, ich möchte nicht mehr mit dir darüber reden. Ist sonst noch etwas?«

»Ja, da ist noch etwas.«

»Wenn du nicht augenblicklich herausrückst, was Sache ist …«

Tatiana klatschte in die Hände. »Ich werde dir sofort sagen, was Sache ist. Steve ist in Ordnung, sagst du. Er ist dein Freund. Schön. Wenn also dein unfehlbarer Kumpel Steve Amanda erzählt, die es wiederum mir – auf Cindys Hochzeit – brühwarm weitersagt, dass du im Westward Ho«, sie griff nach dem Geländer, »mit einer der Frauen ins Schlafzimmer gegangen bist …«

Alexander stand abrupt auf. Tatiana sprach nicht weiter. Er blinzelte nicht, doch mit seinem Gesicht geschah etwas. Die Fassade bröckelte und kittete sich wieder. Ohne etwas zu sagen starrte er sie nur unvermindert an.

»Shura.«

»Tania, ich brauche eine Minute.«

»Du brauchst eine Minute? Ich schaffe es schon seit letzter Woche, mit der Kenntnis dieser Worte zu leben.«

»Das hast du nur geschafft, weil du weißt, dass sie nicht wahr sind.« Er zündete sich noch eine Zigarette an. Seine Finger waren steif.

»Dein Wort steht gegen seins, mein Mann«, flüsterte Tatiana.

»Mehr habe ich nicht. Dein Wort gegen seins. Und du hast mir gerade fünfzehn Minuten lang erzählt, dass sein Wort etwas taugt. Du arbeitest mit einem Mann zusammen, der diese Dinge sagt, und deine Frau glaubt, dass sie wahr sein könnten. Du stehst auf Du und Du mit jemandem, der will, dass deine Frau seinen Worten Glauben schenkt.«

»Lass mich in Ruhe.« Er wich von ihr zurück. »Ich muss nachdenken ...«

Den restlichen Abend über hielt er sich draußen in seinem Schuppen auf und schwamm im Pool. Tatiana brachte Anthony zu Bett, buk Brot und sah sich einen Bildband über den Grand Canyon an. Sie kochte ihm eine Tasse Tee und brachte sie ihm, zusammen mit einem frischen süßen Brötchen mit Brombeermarmelade. Sie sprach jedoch kein Wort. Es gab keine Worte mehr. Sie hatte es ihm gesagt: Die Tage der Ahnungslosigkeit, der Unschuld waren stets von so kurzer Dauer, weshalb sie sich auch stets bemühte, sie zu schätzen und zu genießen.

Tatiana konnte nicht einschlafen, wenn er nicht neben ihr im Bett lag. Sie nickte auf der Couch ein. Als sie aufwachte, lag sie nackt unter der Bettdecke und spürte seine Hände auf ihr, während Alexander sich über sie beugte und ihr Trost zuflüsterte. Dann war es halb sechs Uhr morgens und sie musste zur Arbeit. Er stand mit ihr auf, kochte Kaffee, während sie sich fertig machte, und brachte ihr eine Tasse ins Schlafzimmer. Sie berührten sich zart. Sie küssten sich innig. Als sie ging, saß er auf dem Bett und sagte: »Was soll ich jetzt tun?«

»Du lässt sie hinter dir, Liebling«, sagte sie. »Sie alle. Du wirst sie nicht ändern. Lass sie hinter dir und schau nicht zurück.«

Alexander arbeitete diesen Freitag und Samstag. Am Sonntag gingen sie in eine katholische Messe und machten eine lange Ausflugsfahrt mit Anthony hinauf nach Sedona, um durch die Red Rock Hills zu wandern. Sie aßen in ihrem mexikanischen Lieblingsrestaurant, sprachen über den Grand Canyon und kauften eine spanische Vase. Am Abend, als sie nach Hause kamen und Anthony zu Bett gebracht hatten, schwammen sie im Pool und liebten sich in dem beheizten Whirlpool. Im Bett sagte Alexander ihr, dass er keinesfalls bis zu ihrem Hochzeitstag ohne Beschäftigung sein könne. Tatiana drehte sich weg von ihm und erwiderte nichts darauf. Es wurde Montag und sie ging ins Krankenhaus und er zur Arbeit, ganz so, als hätte sich nichts geändert.

Doch Alexander stellte fest, dass er, genau wie Tatiana, nicht imstande war, Steve in die Augen zu blicken. Die Kommunikation zwischen ihnen beschränkte sich auf rein Berufliches: Wie ist der Stand des Schreiner-Hauses? Wie ist der Stand des Kilmer-Hauses? Wie ist der Stand des ...

Er wusste nicht, was er tun sollte. Das Wochenende, an dem sie ihren zehnten Hochzeitstag feierten, war in vier Tagen. Er kaufte Tatiana einen sehr teuren Ring, obwohl er gerade das gesamte Guthaben seines Prämienkontos und einen Teil ihrer Ersparnisse für den extravaganten Pool ausgegeben hatte. Es war für ihn unmöglich, ohne Arbeit zu sein. Er beschloss, einen Weg zu finden, wie er Steve den Rücken kehren und trotzdem weiter für seinen Vater arbeiten konnte. Außerdem beschloss er, Tatiana nichts von seinem Plan zu erzählen. Aus irgendeinem Grund glaubte er nicht, dass sie ihn guthieße.

Am Tag vor ihrem Ausflug in den Grand Canyon lernte Alexander Dudley kennen.

Walter, der Zimmerer, hatte Alexander ein klein wenig über Dudley erzählt; Steve hatte den Wanderarbeiter vor ein paar Wochen eingestellt. Er sei ein Neuling, sagte Walter, ein Hansdampf in allen Gassen. Walter sagte, er sei ein Tunichtgut, vermutete, dass mit ihm etwas nicht stimme. »Man munkelt, dass er auf der Flucht ist.« Der Zimmerer senkte die Stimme. »Außerdem heißt es, dass er in Montana wegen Mordes gesucht wird.«

Wirklich, sagte Alexander. In Montana wegen Mordes.

»Ja. Aber Stevie glaubt, dass das von Vorteil ist: Er ist billig, macht alles und beschwert sich nicht.« Walter lachte.

Dudley war groß, so groß wie Alexander. Er trug Cowboystiefel und einen Cowboyhut, den er in einer übertrieben tiefen Verbeugung abnahm. Darunter kam unordentliches aschblondes Haar zum Vorschein, das er zurückgekämmt und zu einem strähnigen Pferdeschwanz gebunden hatte. Sein Gesicht wurde größtenteils von einem zottigen Bart verdeckt. Er kaute Tabak und spuckte ihn dann in widerwärtiger Weise auf den Boden, sodass er fast die Füße der nahe stehenden Leute traf.

Steve sagte: »Ihr zwei habt bestimmt viel Gesprächsstoff. Dudley hat auch in Europa gedient. An der Ostfront, stimmt's, Dud?«

Er sah verwahrlost aus, nicht unbedingt typisch für einen Soldaten, wie Alexander wusste. Doch es gab ganz unterschiedliche Soldaten und einige konnten sich nicht umgewöhnen. Dudley hatte einen festen Händedruck und sah ihm direkt in die Augen. Er sagte: »Scheiße auch. 280. Division. Wir haben die Oder im April '45 überquert.« Er spuckte aus.

»Alexander war dort, an der Oder. Er war allerdings in Polen, im Kriegsgefangenenlager. Kattowitz, stimmt doch, Alex, oder?«

»Kattowitz? Wie zum Teufel sind Sie so weit nach Süden gekommen?«, fragte Dudley.

»Ich stelle keine Fragen, wenn ich in deutscher Hand bin«, sagte Alexander. »Ich muss los. Wir sehen uns.«

»Hey, hast du Lust, heute Abend mit uns was trinken zu gehen?«, fragte Steve.

»Geht nicht. Wir fahren morgen weg.«

Dudley sagte mit anzüglichem Grinsen: »Sie und die kleine Lady?«

Alexanders Hände ballten sich unwillkürlich zu Fäusten. Das war zu viel Dreistigkeit, die ihm mitten an einem sonnigen Arbeitsnachmittag als Fehdehandschuh vor die Füße geworfen wurde. »Was soll das dreckige Grinsen, Dudley?«, sagte Alexander mit so leiser Stimme, dass er sich selbst kaum hören konnte.

»Bei euch sind es jetzt zehn Jahre, oder?«, warf Steve ein.

»Zehn Jahre?«, sagte Dudley. »Wenn es sich um eine Gefängnisstrafe gehandelt hätte, dann wären Sie inzwischen wieder frei.« Er und Steve lachten. Dann sagte Dudley: »Wie konnten Sie '42 unter die Haube kommen, wenn Sie in Kattowitz festsaßen?«

»Ich war '42 nicht in Kattowitz«, sagte Alexander. »Aber die 280., das war eine Infanterieeinheit, oder?«

»Hm.«

»Was waren Sie? Ein Corporal?«

»Sergeant First Grade.«

»Sergeant. Ich verstehe.«

»Alexander war Captain«, sagte Steve.

Alexander lächelte kalt. »Ich bin immer noch Captain«, sagte er, »bis zu diesem Moment. Offiziers-Reservecorps, Kampfunterstützungseinheit in Yuma.« Dudley zeigte nicht die geringste Reaktion. Nachdem die Rangordnung so klar festgestellt worden war, konnte Alexander nun die Fäuste öffnen. »Wir sehen uns am Dienstag. Steve, Dudley.« Er wandte sich zum Gehen.

»Viel Spaß euch zwei«, sagte Dudley.

Alexander blieb stehen und drehte sich langsam um. Steve stieß Dudley mit dem Ellbogen an.

Alexander wusste, dass in einem einzigen Augenblick alles, wofür er gearbeitet hatte, dahin sein konnte. Er und Tatiana würden keine Reise zu ihrem Hochzeitstag unternehmen, weil Alexander sich mit der Polizei unterhalten müsste. Nur ihretwegen brachte er sich zähneknirschend unter Kontrolle. Trotzdem konnte er den Kommentar nicht gänzlich auf sich beruhen lassen.

»Dudley«, sagte er, während er zurück zu den beiden Männern ging, »bis vor zwei Minuten habe ich Sie nicht gekannt, aber ich werde Ihnen einen freundlich gemeinten Rat geben. Reden Sie nicht in diesem Ton über meine Frau. Am besten reden Sie gar nicht über sie. Verstanden?«

Dudley lachte und kaute seinen Tabak mit offenem Mund. »Hey Mann, ich habe nichts gesagt. Was soll das Säbelrasseln?«

»Solange das zwischen uns klar ist, rasselt hier gar nichts.«

Aber sein Säbel, der klirrte.

Keine Deutschen am Fluss

Am frühen Freitagmorgen ließen sie Anthony bei Francesca und fuhren dreihundertneunzig Kilometer in den Grand Canyon, wo sie in der sengenden Hitze bis zur Erschöpfung sechs

Stunden den Bright Angel Trail hinunterwanderten, vorbei an der Redwall- und Tontoschicht zu dem archaischen Granit und dem siedenden Colorado River. Sie stellten ihr Zelt auf und verbrachten das Wochenende am Wüstenufer des tausend Kilometer langen Flusses, der sich durch zwei Milliarden Jahre altes Eruptivgestein grub. Die drei Tage dort waren eine Oase mitten in ihrem Leben. Alexander bemühte sich sehr, zu vergessen, was außerhalb ihres Zeltes passierte.

Sie durften kein Feuer machen, doch sie schwammen im Fluss, aßen Tatianas Brot und Dosenfleisch aus der Büchse, tranken Wodka direkt aus der Flasche und knabberten Schokolade in Stanniolpapier. Er schenkte ihr einen weißgoldenen, einkarätigen Diamantring und sie ihm eine US-Army-Uhr, weil seine Uhr aus der Roten Armee kaputtgegangen war, und ein Paar neue Lederstiefel, die sie ihm schon vor der Abfahrt gegeben hatte, denn seine alten waren ausgetreten.

Sie spielten Strippoker und sogar Domino. Er hatte den Kopf in ihren Schoß gebettet und sie erzählte ihm Witze. (»Ein sehr kranker Mann steht von seinem Sterbebett auf, weil er einen köstlichen Duft aus der Küche riecht. Dort angekommen stellt er fest, dass seine Frau ihm seine Lieblingskekse gebacken hat. Dankbar greift er nach einem Keks. Doch sie schlägt ihm auf die Finger und sagt: ›Die sind nicht für dich. Die sind für die Beerdigung.‹«) Sie rezitierte – wie einen Shakespeare-Monolog – die komplette Gebrauchsanweisung für den Prototyp eines Farbfernsehgeräts und, in einem Ton, der viel eher an die Moderatorin Gracie Allen erinnerte, einen Artikel aus dem *Ladies Home Journal*: »Sind Sie das perfekte Paar: kratzbürstige Krebsfrau und schwatzhafter Zwillingmann?« (»Sie haben uns völlig missverstanden, Shura. Es ist genau umgekehrt.«) Sie erklärte ihm, was ein Algorithmus sei (eine exakte Anordnung logischer Problemlösungsstrategien), und fragte ihn, ob er wissen wolle, was ein Zielreduktionsalgorithmus sei, und als er aufstöhnte und sagte: Gott, nein, beugte sie sich hinunter und küsste ihn, als wollte sie Tote wecken.

Sie bat ihn, ihr zu sagen, was ihm an ihr gefiele, etwas, das nicht in Zusammenhang mit ihrem Schlafzimmer stehe, und er tat so, als falle ihm nichts ein. Dann bat er sie, ihm zu sagen, was ihr an ihm gefiele, etwas, das sehr wohl in Zusammenhang mit ihrem Schlafzimmer stehe. Und sie tat so, als falle ihr nichts ein.

Trefflich gekontert, wirklich.

Ihm gefalle ihre Art zu lachen, sagte er, es klinge wie ein Choral.

Ihr gefalle seine Art sich zu bewegen, schnurrte sie, sie sei wie Poesie, in Lied- und Sonettform – in Durtonleitern, Intervallen und Resonanzsaiten, in unvermindertem Akkordspiel, Kanon und ungeradem Takt, in Glutreim, in Tangozeit, in großen ionischen Versen, in Pyrrhichien und Dispondeen, wenn er nicht so lyrisch sei, Anapästen und Daktylen, wenn er es sei.

Alexander, ganz Poet und Wissenschaftler, testete sogleich die Gesetze der Gravitationsphysik: Die Anziehungskraft zweier Körper, die sich proportional zu dem Produkt ihrer Masse und umgekehrt proportional zum Quadrat des Abstandes zwischen ihnen verhält. Und als sie dann in stockdunkler Nacht lagen, am Ende eines radioaktiven, choriambischen Liebesspiels, flüsterte Tatiana in heller Sopranstimme: »Ich weiß wirklich nicht, was dir die klassische Wissenschaft noch beibringen könnte.«

Er lachte und sagte: »Dass du das komischste Mädchen bist, das ein Mann heiraten kann.«

»Shura«, flüsterte sie, nachdem sie eine Weile still gewesen waren, »bitte mach dir keine Sorgen. Wir werden schwanger werden. Wir hatten bisher nur kein Glück, das ist alles. Wir schaffen es.« Sie räusperte sich. »Aber ... fragst du dich nicht auch manchmal, ob wir vielleicht nur unseren einen Ameisenmann haben sollen?«

»Er wäre jedem genug«, sagte Alexander. »Aber warum willst du, dass er ein Einzelkind bleibt? Ich war ein Einzelkind.«

»Ja, und du wärst jedem genug.« Sie drückte ihn.

»Nein, nein. Der Zapfhahn ist zu. Geschlossen für heute. Schauen Sie morgen wieder vorbei.«

Chorales Lachen. »Ich weigere mich nicht, ein Baby zu bekommen, Liebling. Ich weiß, mein Mann glaubt, ich wäre zeitweise im Besitz göttlicher Kräfte, aber in dem Fall irrt er sich.«

Alexanders einzige, schläfrige Antwort darauf war: »Zeitweise?«

Sie schwieg.

»Erinnerst du dich an Luga?«, flüsterte er. »Erinnerst du dich, wie du nackt in meinen Armen gelegen hast, noch bevor ich dich zum ersten Mal geküsst habe?«

Tatiana begann zu weinen.

»Hättest du dir damals je vorstellen können, nach allem, was noch kommen würde, dass wir elf Jahre und Tausende von mystischen Kilometern später hier im Grand Canyon sein würden, wo es nie Winter wird, und du immer noch nackt in meinen Armen liegst und ich mit den Lippen über dein Haar streiche?«

»Nein.« Sie küsste sein nacktes Schlüsselbein. »Und die Deutschen stehen nicht auf der anderen Flussseite, Shura.«

»Das stimmt. Vieles liegt für immer hinter uns.« In der Schwärze der Nacht schloss Alexander die Augen.

»Ja«, sagte sie. »Aber vieles lässt uns auch nicht los. Wir müssen stark sein.« Sie schimmerte in der Dunkelheit und flüsterte: »Als ich dich für tot gehalten hatte, dachte ich, dass mich nie wieder etwas berühren würde. Aber jetzt bist du bei mir. Nichts kann uns je wieder etwas anhaben, mein Mann.«

Drei Tage blieben sie in dem ewigen Raum, wo es nichts anderes auf der Welt gab als sie beide.

Und dann kamen sie nach Hause.

Der Klunker, den Alexander ihr gekauft hatte, war ein einkarätiger Diamant, eingefasst in vier kleinere Diamanten in geschliffenem Weißgold. Der Ring war bemerkenswert und sie zeigte ihn überall im Krankenhaus her, bis Carolyn sagte: »Hast du eine Vorstellung, wie viel ihn der gekostet haben muss?«

Für die Militäruhr und die neuen Stiefel, die Tatiana ihm geschenkt hatte, hatte sie einundfünfzig Dollar ausgegeben. Sie fand sich damals unbesonnen und die Geschenke erschienen ihr zu teuer. Als sie den Ring während der Mittagspause schätzen ließ, erfuhr sie, dass er zweitausendzweihundert Dollar wert war. Sie brach direkt vor dem Juwelier in Tränen aus.

Am Abend flehte sie Alexander an, ihn zurückzunehmen. »Wir sparen auf ein Haus«, sagte Tatiana. »Wir haben Leningrad durchlebt. Du kündigst vielleicht deinen Job. Wir können nicht zweitausendzweihundert Dollar für einen Ring ausgeben.«

»Es ist ein Diamant für dich, zu unserem zehnten Hochzeitstag. Und ich werde meinen Job nicht kündigen.«

»Ich brauche keine Diamanten, Shura. Das weißt du. Aber du musst Balkman den Laufpass geben.«

»Darüber gibt es nichts zu reden. Ich verstehe es nicht. Habe ich tatsächlich eine Frau geheiratet, die den Diamanten, den ihr Mann ihr gekauft hat, zu groß findet? Er ist ein Geschenk, Tatiana. In elf Jahren werde ich dich noch einmal daran erinnern, dass man in diesem Land ein Geschenk annimmt und sich bedankt. Bring das Scheißding zurück, wenn du willst, aber sprich nie wieder mit mir darüber.«

»Sei nicht sauer auf mich. Lass deine Wut nicht an mir aus.«

»Zu spät.«

Die Oase war verschwunden, das Leben zurückgekehrt.

Dudley aus Montana

Am Mittwoch, am Tag nach ihrer Rückkehr, nagelte Alexander den Unterboden im Schreiner-Haus fest. Die Bretter hatten sich verzogen und gelockert. Sein Mund war voller Nägel, in der Hand hielt er den Hammer. Er brauchte unbedingt neue Bodenleger. Es war nicht das erste Mal, dass eine Verlegearbeit unsauber durchgeführt wurde, und für gewöhnlich verzogen sich die Bretter unmittelbar vor der letzten Begehung. Woher nahm Balkman nur diese Männer?

Steve kam, um den Stand der Arbeiten am Haus zu begutachten. Dudley war bei ihm. »Wie war euer Kurzurlaub?«, fragte Steve. »Wo seid ihr hingefahren?«

Alexander sah ihn an, den Mund mit Nägeln gefüllt.

Dudley studierte eingehend Alexanders nackte Arme. Es war über vierzig Grad heiß und Alexander trug nur ein ärmelloses Football-Hemd. Die Leute, mit denen er arbeitete, kannten seine Narben und Tätowierungen schon lange und waren an sie gewöhnt. Alexander spuckte die Nägel direkt neben Dudleys Füße. Er stand auf. Seine Hand schloss sich fest um den Hammer. »Grand Canyon«, sagte er. Mit Sicherheit würde er ihnen nicht sagen, dass er drei Tage mit ihr in einem Zelt verbracht hatte. Alexander und Dudley musterten sich schweigend.

»Nette Tattoos haben Sie da, Captain«, sagte Dudley ruhig.

»Steve«, sagte Alexander, »hast du das Fensterglas mitgebracht, um das ich dich gebeten hatte?«

Steve hatte es vergessen und kam nach dem Mittagessen mit der Glasscheibe wieder vorbei. Dudley war diesmal nicht bei ihm.

»Kommt ihr nun zu unserer Party am 4. Juli?«

»Ich weiß nicht. Tania muss arbeiten.« Alexander aß sein Sandwich und blickte nicht von seiner Zeitung auf.

»Was hast du, Mann?«, fragte Steve.

Aber Alexander wusste, was Tatiana gewusst hatte: Sobald etwas ausgesprochen war, konnte man es nicht mehr rückgängig machen. »Nichts.«

Steve war hartnäckig. »Was ist los? Du hast dich die letzten paar Wochen recht seltsam verhalten. Was habe ich dir getan?«

»Steve, ich bin gerade am Essen. Ich will jetzt nicht darüber reden.«

»Gibt es denn etwas zu bereden?«

»Ja.«

»Nun, dann komm schon. Bereinigen wir das Ganze.«

Alexander warf den Rest seines Sandwichs weg. »Gut. Hast du Amanda erzählt, ich hätte es mit einem der Flittchen getrieben, die du ins Ho eingeladen hast?«

Steve lachte. »Nein, nein. Das hat sie missverstanden. Geht es etwa darum?«

»Sie hat es missverstanden?«

»Ja, es war nur ein Witz. Manda hat keinen Sinn für Humor.«

»Amanda hat es ziemlich ernst genommen, als sie es Tatiana erzählte, die es auch so aufgefasst hat.«

»Das tut mir leid. Es war wirklich nur ein Witz. Ich wollte Tania nicht beunruhigen.« Er zuckte die Achseln. »Ich wusste, dass sie es gleich durchschauen würde. Sie hat sich bestimmt nicht lange Sorgen gemacht.«

»Was für ein Scheißwitz ist das denn?«

»Weißt du noch, die Kleine? Sie hat dir gesagt, dass sie für zwanzig Dollar mit dir ins Schlafzimmer gehen würde. Und ich habe dir gesagt, dass sie für noch mal zwanzig …«

»Stevie, wir waren betrunken. Aber hier gibt es kein Missverständnis. Amanda hat Tania erzählt, dass ich in dieses Schlafzimmer gegangen sei.«

»Da habe ich mich wohl nicht klar ausgedrückt.«

»Meinst du?«

Steve lachte. »Weshalb regst du dich so auf? Willst du, dass ich mit Tania rede? Bring sie her. Ich werde ihr sagen, dass es nur ein Spaß war.«

»Nein.« Alexander warf die Zeitung in den Müll und stand von dem Holzbrett auf, auf dem er gesessen hatte. »Und weißt du noch was, Steve? Mir ist es scheißegal, mit welchen Knastbrüdern aus anderen Staaten du dich anfreundest, aber ich finde besser nie heraus, dass du mit einem von ihnen über meine Frau sprichst. Wenn du dich mit ihnen über Frauen unterhalten willst, die zu haben sind, dann sprich über deine Freundin.«

»Was hast du gerade gesagt?«, fragte Steve und blinzelte ein paar Mal. »Ich muss mich wohl verhört haben.«

Alexander kam näher. »Sprich niemals mit ihm oder irgendjemandem sonst über meine Frau. Verstehst du, was ich dir sage? Habe ich mich jetzt klar ausgedrückt?«

»Ach, komm schon. Dudley ist ein feiner Kerl.«

Offenbar noch nicht klar genug.

»Er ist Soldat wie wir«, fuhr Steve fort. »Er hat im Krieg gekämpft, genau wie du, hat viele Frauen gekannt – genau wie du. Er könnte deine Tania nicht von einer Eva unterscheiden und es kümmert ihn auch nicht. Geh heute Abend mit uns etwas trinken und lern ihn kennen. Er ist ein ziemlich lustiger Kerl.«

Alexander drehte sich um und sagte: »Nein.« Nie wieder, wollte er hinzufügen. Steve würde vielleicht eine Weile brauchen, bis er es begriff, doch am Ende würde der Groschen fallen. Er würde Alexander in Ruhe lassen und er könnte seinen Job behalten. Darauf hoffte er nach wie vor.

Warten auf Tatiana. Es war wie ein Spiel. Er wartete wieder einmal auf sie, diesmal auf Balkmans Party mit Barbecue und Feuerwerk zum Nationalfeiertag am 4. Juli.

Bills Freundin Margaret, die Alexander zur Begrüßung auf den Mund küssen wollte, fragte, wo Tania sei. Amanda und Cindy erkundigten sich auch nach ihr. Alexander wollte selbst wissen, wo Tania war. Sie hatten Ant am frühen Morgen zu Francesca gebracht. Anschließend hatte er sie zur Arbeit gefahren, sodass sie abends nach der Party in seinem Truck nach Hause fahren könnten. Als sie ausgestiegen war, sagte sie ihm mit einem Lächeln zu, dass sie bis acht bei Balkman sein würde, »spätestens«. Inzwischen war es acht Uhr fünfundvierzig, und sie war immer noch nicht aufgetaucht. Er nahm sich ein paar Chips, ein Bier. Das Buffet wurde auf Aluminiumtabletts serviert und auf Heizplatten warm gehalten. Doch er wollte nicht essen, solange sie nicht da war. Inzwischen war er ungeduldig und verärgert. Er schlenderte durch den Garten und begann schließlich ein Gespräch mit Jeff über den Koreakrieg.

»Alexander!« Es war Margaret, die Tatiana über den Rasen führte. »Schau, wer uns endlich mit seiner Anwesenheit beehrt. Die Party ist fast vorbei, Schätzchen. Von dem Essen ist kaum noch etwas übrig. Sehen Sie, wenn Sie nicht arbeiten würden, hätten Sie alles heiß genießen können.«

Tatiana begrüßte ihre Freunde mit einem Nicken. »Hallo«, sagte sie zu Alexander. »Erin kam nicht von der Arbeit weg und sie wollte mich doch herfahren. Tut mir leid, dass ich zu spät bin.«

»Es tut dir immer leid«, sagte er, ohne eine Miene zu verziehen. Natürlich trug sie keine Uhr. Es war, als verlangte er von ihr, sie solle eine Waffe tragen.

Sie hatte ein Sommerkleid mit Tellerrock an. Es hatte breite Träger und Satinschleifen an den Schultern. Es war hellgrün und mit hellgelben Blumen versehen. Offenbar hatte sie darunter einen Petticoat angezogen, denn der Rock war bauschig. Ungewöhnlich erschien ihm nur, dass ihr Haar offen über den Rücken fiel. Alexander runzelte die Stirn. »Na komm«, sagte er und führte sie weg. »Ich hole dir etwas zu trinken.« Als sie genügend Abstand zu den anderen Gästen hatten, fragte er sie leise: »Warum hast du heute keinen Zopf?«

»Schau.« Tatiana wandte ihm den Rücken zu und hob das Haar aus dem Nacken, um ihm seine nächtlichen Obsessionen zu zeigen, die sich in ihr Leben bei Tag ergossen. Sie hatte vier oder fünf frische scharlachrote Liebesmale, die auf Nacken und Schulterblättern verteilt waren. »Ich habe kaum eine andere Wahl, als das Haar offen zu lassen, oder?« Sie drehte sich zu ihm. »Was ist dir lieber? Dass ich mein Haar so trage oder dass jeder diese Flecken sieht und sich vorstellen kann, was du mit mir getan haben musst.« Sie errötete leicht und senkte den Kopf. Alexander schwieg und erinnerte sich daran, was er mit ihr getan hatte. Seufzend küsste er ihre Hände.

Plötzlich war Margaret bei ihnen. »Nein, nein, nein. Keine Eheprivilegien auf Partys. Die könnt ihr zwei zu Hause genießen.« Sie trug ein Tablett voll Rohkost mit sich herum. »Tania, Sie wissen gar nicht, was für ein Schatz Ihr Mann ist. Er hat mit niemandem geflirtet. Er ist sehr anständig, wenn Sie nicht da sind.«

»Und das ist doch recht oft der Fall«, flüsterte Alexander Tatiana zu. Er stand leicht hinter ihr. Sie unterdrückte ein Kichern.

Margaret nahm Tatianas Hand. »Kommen Sie, ich möchte Sie jemandem vorstellen. Eine Freundin von mir ist hier, Joan. Sie hat auch einmal gearbeitet. Wie wäre es, wenn Sie mit ihr darüber sprechen? Sie hat ihren Job jedenfalls aufgegeben. Alexander, jetzt, da deine Frau hier ist, schwirre aus und flirte mit anderen Damen. Es zeugt von schlechtem Benehmen, wenn sich Eheleute auf einer Party miteinander unterhalten.«

Tatiana ging und mischte sich unter die Gäste. Alexander ebenso, doch hin und wieder suchte er sie mit den Augen unter den schwatzenden Leuten. Er diskutierte mit Jeff die Chancen der mittelmäßigen Boston Red Socks in dieser Saison und wurde von Bill Balkman in ein Gespräch über die Entlassung Douglas MacArthurs durch Präsident Truman verwickelt. MacArthur hatte in nur wenigen Monaten ganz Korea von den aus China gelenkten Kommunisten zurückerobert und wollte anschließend über den Yalu direkt nach China vorstoßen, gegen Trumans Anweisung; daher der Rauswurf. Balkman sagte: »Nein, ich stimme Truman zu. MacArthur hätte sich zurückhalten müssen. Trumans Anordnung lautete, dass sie abwarten sollten, doch er ist aus der Reihe getanzt. Der Präsident hat meiner Meinung nach die richtige Entscheidung getroffen.«

Alexander sagte: »Findest du nicht, MacArthur hatte recht, als er zu seiner Verteidigung sagte, dass Zurückhaltung in diesem Fall so ähnlich sei, wie einem Mann, dessen Familie im Begriff ist, getötet zu werden, von unüberlegten Aktionen abzuraten aus Angst, sich die Sympathien der Mörder zu verspielen?«

Balkman lachte und klopfte ihm auf die Schulter. »Alexander, du bist wirklich umwerfend komisch. Aber was viel wichtiger ist, hat Steve dir die fabelhaften Neuigkeiten erzählt?«

»Welche Neuigkeiten?«

Balkman strahlte. »Wir haben den Vertrag für das Hayes-Haus in der Tasche.«

Alexander war begeistert. Dee und Mike Hayes hatten einen Hektar Land an einem frisch angelegten See in Scottsdale, nördlich von Dynamite, gekauft und seit Monaten die Preise der Bauunternehmer für ihr geplantes 650 Quadratmeter großes Haus verglichen. Es war ein großer Auftrag für die Firma und eine hervorragende Werbung, da das Haus für die Tageszeitung *Phoenix Sun* und das Magazin *Modern Home* fotografiert werden sollte. Sie stießen auf ihren Erfolg an.

»Wir machen den ersten Spatenstich in drei Wochen. Alex, ich möchte, dass du die Operation anführst, wie es bei der Armee heißt.« Er grinste. »Hol dir so viele Arbeiter wie nötig. Mike Hayes hat mir gesagt, dass sie bis Frühlingsanfang einziehen wollen, also haben wir einiges zu tun. Jeff und Steve sind vollauf beschäftigt, aber du wirst das Schreiner-Haus früher als geplant fertigstellen.« Er tätschelte Alexander liebevoll den Arm. »Wie ich gehört habe, hast du eigenhändig den neuen Unterboden verlegt, damit es schneller geht. Wie du weißt, bekommen wir eine Prämie für vorzeitige Fertigstellung. Ich zahle dir die Hälfte von fünftausend Dollar.«

»Danke, Bill.« Sie schüttelten einander die Hände.

»Leih dir Dudley von Steve«, sagte Balkman. »Er arbeitet hart und kann dir helfen. Hast du ihn schon kennengelernt?«

»Ja.« Alexanders Finger hielten krampfhaft sein Bierglas.

»Wie ich sehe, hat Tania auch schon seine Bekanntschaft gemacht.« Balkman lächelte. »Er flirtet bereits seit einer halben Stunde mit deiner Frau.«

Das Lächeln verschwand aus Alexanders Gesicht. Tatiana

kam mit einem Teller in der Hand auf ihn zu. Dudley, der bereits reichlich von dem kostenlosen Alkohol getrunken hatte, torkelte neben ihr her.

Seine Hand lag auf ihrem Rücken – auf ihrem Haar.

»Dudley, mein Junge«, sagte Balkman und schüttelte ihm die Hand, »wie ich sehe, hast du unsere Tania bereits kennengelernt. Dudley ist auch jemand, der anpackt, Alexander. Du bist ein guter Arbeiter, Dud. Schön, dich an Bord zu haben. Wie gefällt dir unsere kleine Party?«

Tatiana stellte sich neben Alexander und wich seinem Blick aus.

»Bist du okay?«, fragte er mit gesenkter Stimme.

»Oh, mir geht es einfach prima«, sagte sie. »Er folgt mir seit vierzig Minuten. Hast du das gar nicht bemerkt? Ach, du bemerkst ja ohnehin nichts mehr.«

Bevor Alexander seine Beobachtungsgabe verteidigen konnte, wandte sie sich von ihm ab und ließ ihn stehen. Er zog tief die Luft ein und folgte ihr. Sie holten sich ein Getränk und standen einen Augenblick fernab der anderen, wo niemand sie hören konnte. »Tania, ich möchte nicht, dass du mit ihm sprichst. Geh nicht in seine Nähe. Der Kerl ist total fertig. Siehst du das nicht?«

»Wer? Dudley?«, sagte sie mit frotzelnder Stimme. »Ach, komm schon. Er ist harmlos. Wie die anderen Männer auch. Keine Sorge, er ist in Ordnung.«

Alexander war nicht in der Laune, sich verspotten zu lassen. »Entschuldige«, sagte er, »wenn ich diesen Streit nicht mitten auf der Party meines Bosses mit dir austragen will.«

»Ich will nicht mehr darüber sprechen«, sagte sie. »Du hast sehr deutlich zum Ausdruck gebracht, dass du mir nicht zuhörst. Oh, und was das andere angeht: Ich werde versuchen, nicht mit Dudley zu sprechen, aber er ist sehr hartnäckig. Na ja, was soll's. Männer sind eben so, stimmt's? Ich habe gehört«, sagte sie und riss die Augen auf, »in der Armee sei es noch viel schlimmer.«

»Tania!«

»Ja?«

Mit steifem Rücken öffnete Alexander sich ein Bier. Tatiana

schenkte etwas Wein in ihr Glas ein. Sie standen beieinander, tranken und wechselten kein Wort.

Da stieß Balkman zu ihnen.

»Tania, hat Alexander Ihnen von unserem großen Coup erzählt?«

»Nein«, sagte sie knapp.

Balkman berichtete ihr selbst von dem Hayes-Haus und von den Plänen, die er nächstes Jahr mit Alexander habe. Tatiana hörte mit versteinerter Miene zu und sagte dann: »Das ist großartig«, doch weder ihr Kommentar noch ihr Lächeln konnten aufrichtige Gefühle vortäuschen.

»Was ist los mit Ihnen?«, fragte Balkman. »Alles in Ordnung? Hatten Sie wieder einen langen Arbeitstag?«

»Mir geht es hervorragend«, antwortete sie ihm mit einer Stimme, die vielmehr besagte: Können Sie nicht sehen, wie schlimm das alles ist, Sie Trottel? »Würdet ihr zwei mich entschuldigen?« Ihr steifer Rock bauschte sich auf, als sie herumwirbelte und wegging.

Alexander entschuldigte sich und folgte ihr. »Willst du mich lächerlich machen?«, sagte er. »Dich so vor meinem Arbeitgeber zu verhalten? Du willst Streit? Heben wir ihn für zu Hause auf. Dort werde ich mich nach Strich und Faden mit dir streiten. Aber bell mich hier nicht an und rümpf nicht die Nase vor meinem Boss, wenn er mit dir spricht.« Sie standen mit angespannten Gesichtern kampfbereit auf der anderen Seite des Rasens, neben den Azaleen.

»Alexander«, sagte Tatiana, »ich habe genug von der Heuchelei.«

»Nein, hast du nicht«, sagte er. »Du wirst ihm in seinem Haus Liebenswürdigkeit vorheucheln.«

»So liebenswürdig wie er in meinem Haus war, als er dich aufforderte, mich in meine Schranken zu weisen?«

»Dein Verhalten zeigt eindeutig«, fauchte er, »dass du deine Grenzen nicht kennst.«

Sie fuhr jäh herum und wollte gehen. Es kostete ihn große Mühe, sie nicht am Arm zu packen. Er trat vor sie hin und sein Blick sagte unmissverständlich: »Hör auf. Sofort. Verstehst du mich?«

»Ich möchte nicht mehr hier sein.«

»So viel ist klar. Aber lass mich nicht einfach stehen.« Er legte seine Hand um ihren bloßen Arm und sagte: »Jetzt komm. Setzen wir uns. Das Feuerwerk fängt bald an. Danach gehen wir.«

»Oh ja, bitte. Setzen wir uns zu deinem Freund Stevie. Vielleicht können wir uns mit ihm über die Dienstleistungen im Ho unterhalten. Ein schönes Hotel, wie ich gehört habe. Sehr serviceorientiert.«

Er musste seine ganze Kraft aufbieten, um sie nicht von sich wegzuschleudern. Sie gingen zu der Ansammlung von Stühlen am Rand der Rasenfläche und setzten sich zu Jeff, Cindy, Steve und Amanda.

Cindy war seit einem Monat verheiratet. Sie erzählte Amanda und Tatiana, wie ihr erster Ehemonat verlaufen sei. Alexander wandte sich unwillkürlich zu Tatiana, die rechts neben ihm saß. Vor zehn Jahren hatten sie ihren ersten gemeinsamen Monat erlebt. Hier unter dem schwärzer werdenden Himmel von Phoenix hatten sie es beinahe vergessen. Und dann blickte sie ihm ins Gesicht und der flehende Ausdruck darin ließ ihn erkennen, dass sie es nicht vergessen hatte. Nur ein Blick, ein Blinzeln, ein kurzes Nicken als Toast auf den immerwährenden Ural und die immerfließende Kama.

»Wir haben Neuigkeiten«, sagte Cindy. »Jeff will nicht, dass ich es erzähle, aber ihr seid meine engsten Freunde. Ich muss es euch einfach sagen.«

Jeff verdrehte die Augen.

»Wir bekommen ein Baby«, rief sie.

Jubel und Gratulationen folgten. Die Männer schüttelten Jeff die Hand. Die Frauen umarmten Cindy. Keiner konnte es glauben. »Jetzt schon?«, fragte Amanda.

»Gut gemacht, Mann«, sagte Steve. »Gut gemacht. Schnelle Arbeit.«

»Ich sage immer, warum Zeit vergeuden. Wenn du etwas machst, mach es richtig.«

Alexander achtete darauf, Tatiana nicht anzusehen, während sie beide für Jeff und Cindy lächelten.

Dudley schwankte vorbei, sah sie und zog einen leeren Stuhl neben Tatiana. Keiner sprach mehr über Babys. Dudley fragte

Tatiana, ob sie noch ein Glas Weeiiin wolle, da ihres leer sei. Er nannte sie Tania. Sagte, dass er während seiner Zeit in Europa ein paar russische Soldaten gekannt und gehört habe, dass russische Mädchen mit dem Namen Tania manchmal Taneschka genannt würden. »Nennt irgendjemand Sie Taneschka, so als wären Sie ein russisches Mädchen?« Dudley kicherte. Sein Mund kräuselte sich zu einem niederträchtigen Lächeln.

»Tania ist keine Russin, Dudley«, sagte Amanda. »Sie stammt aus New York.«

»Schaut euch das Haar an«, sagte Dudley. »Das ist kein amerikanisches Haar. Das ist russisches Bauernhaar.« Er grinste und hob seine struppigen Augenbrauen. »Vor der Befreiung der Leibeigenen«, fügte er vielsagend hinzu.

Alexander stand auf, drängte die blass gewordene Tatiana sanft aus dem Stuhl und tauschte den Platz mit ihr. »Damit du und Amanda euch nicht über mich hinweg unterhalten müsst«, sagte er und setzte sich neben Dudley, den er keines Blickes würdigte. Doch plötzlich brach das Gespräch zusammen.

»Neulich, als du die Bodenbretter festgenagelt hast, habe ich deine Tattoos gesehen«, sagte Dudley zu Alexander. »Einige davon sind sehr schick. Zum Beispiel Hammer und Sichel auf dem Arm?«

»Ja, was ist damit?«

»Woher hast du das?«

»Aus Kattowitz.«

»Hast du es freiwillig machen lassen oder wurde es dir aufgezwungen?«

»Aufgezwungen.«

»Wie haben sie es geschafft, dass du dafür stillgehalten hast? Ich hätte bis auf den letzten Blutstropfen gekämpft, bevor mir das auf den Arm gekommen wäre.«

Tatiana legte die Hand auf Alexanders Bein – ihre Art ihn zu besänftigen oder auch zu warnen. Er ignorierte sie, drehte ihr den Rücken zu und herrschte Dudley an: »Dein ganzer Rücken, vom Hals an, ist tätowiert«, sagte Alexander. »Neulich habe ich auf deinem Unterarm eine Tätowierung von einem Drachen gesehen, der unaussprechliche Dinge mit einer Jungfrau in Not anstellt. Du hast Messer auf deinem Körper, die in menschlichen

Herzen stecken, Bilder von Köpfungen und Ausweidungen. Und das alles ist besser als Hammer und Sichel?«

»Besser als ein rotes Stigma? Wo lebst du denn? Auf jeden Fall«, sagte Dudley. »Und ich habe sie freiwillig bekommen, nicht während ich in Ketten lag. Es war meine Entscheidung.«

»Hast du sie im Knast machen lassen?«

»Ja, na und?«

»Und das Gefängnis war sicher auch deine Entscheidung?«

Die Leute ringsum blickten betreten auf das grüne Gras.

»Nein, war es nicht«, sagte Dudley langsam. »Aber sag mal, war der SS-Adler auf deinem anderen Arm deine Idee? Hammer und Sichel auf einem Arm und das Hakenkreuz auf dem anderen? Woher stammst du, verfluchte Scheiße?«

»Dud, komm schon, es sind Damen anwesend«, sagte Jeff.

Dudley fuhr fort, als hätte niemand etwas gesagt. »Die Nazis haben ihre Kriegsgefangenen nicht mit dem SS-Adler gekennzeichnet. Weißt du, wer das getan hat?«

»*Ich* weiß, wer das getan hat«, sagte Alexander grimmig. »Die Sowjets. In Deutschland, nach der Übernahme der Nazi-Lager. Ich weiß es, weil wir in einem waren und die Sowjetaufseher beobachtet haben, wie sie mit einem ihrer gefangenen Landsleute umgegangen sind. Sie taten es als Ausdruck des Respekts, nachdem der Mann, trotz schwerer Folter, nicht gestehen wollte. Sie haben ihn geschlagen, gefoltert, tätowiert und dann trotzdem erschossen.«

Hinter ihm stöhnte Tatiana schmerzvoll auf.

»Worauf willst du hinaus?«, fragte Alexander und streckte die Hand nach hinten, um sie zu berühren, wie um zu sagen: Es ist in Ordnung. Ich bin hier. Sie haben nicht mich erschossen.

»Ich will darauf hinaus«, sagte Dudley lautstark, »dass du jetzt vielleicht bei der Reserve bist, aber du warst nie und nimmer während des Krieges in unserer Army.«

Alexander sagte nichts.

»Für wen hast du gekämpft?«

»Gegen Hitler. Für wen hast *du* gekämpft?«

»Du und ich haben keinesfalls auf derselben Seite gestanden, Kumpel. Das weiß ich. Keiner hat solche Tattoos wie du. Der SS-Adler ist ein Zeichen blinden Ehrgefühls für die Nazis, ein

Ausdruck höchsten Respekts. Sie hätten sich eher den Schwanz abgeschnitten, als einen amerikanischen Kriegsgefangenen damit zu tätowieren, selbst in einem Dreckloch wie Kattowitz. Nein, du bist viel zu weit östlich in Gefangenschaft geraten, als dass du für uns gekämpft haben könntest. Die Amerikaner sind nie dorthin gekommen, wo du warst.«

»Dudley, was zum Henker willst du damit sagen?«, fragte Steve, stand auf und stellte sich neben ihn.

»Dieser Mann ist ein Betrüger«, sagte Dudley. »Er hält sich hier versteckt. Dieser Mann war in der Roten Armee. Die Deutschen haben die Sowjetoffiziere mit Hammer und Sichel gebrandmarkt – bevor sie sie erschossen. Die Sowjets haben die ins Ausland geflüchteten sowjetischen Soldaten mit dem SS-Adler gebrandmarkt – bevor sie sie erschossen.«

In der Runde herrschte Schweigen. Alle gafften Alexander an, der nichts weiter sagte, die Lippen zusammenpresste und finster vor sich hin starrte. Tatiana drückte sein Bein. Sie tauschten einen Blick. Leise sagte sie: »Meinst du, wir sollten jetzt gehen?«

»Nein, nein«, sagte Amanda rasch, »seid nicht albern. Bleibt und seht euch das Feuerwerk an.« Die Mädchen kicherten verlegen. Jeff sagte: »Ich bin sicher, Dudley irrt sich. Es ist ein Irrtum, mehr nicht.« Er hob die Augenbrauen und blickte zu Cindy. »Weißt du was? Ich finde, das ist ein hervorragender Zeitpunkt zum Tanzen.«

Alle standen auf, bis auf Tatiana und Alexander. Sogar Dudley gelang es, sich aus dem Stuhl zu heben. »Was für eine großartige Idee«, sagte er, kreuzte Alexanders Weg und steuerte auf Tatiana zu. »Willst du tanzen, Taneschka?«

Alexander schnellte unvermittelt empor und rempelte Dudley an, der das Gleichgewicht verlor und zu Boden fiel.

»Dudley«, sagte Alexander und zog Tatiana aus dem Stuhl hoch, »wenn es stimmt, was du über mich sagst, dann weißt du sicher auch, was ich tun werde, wenn du sie noch einmal anfasst.«

Bevor Dudley, der nun wieder auf den Füßen stand, auch nur den Mund aufmachen konnte, waren Jeff und Steve bereits zwischen ihnen. »Leute, Leute, kommt schon«, sagte Jeff und schob Alexander weg, während Steve Dudley zur Seite nahm. »Alex, was ist los mit dir? Das ist eine Party. Zu Hause bei meinem Vater. Dud, vergiss es, komm mit mir. Ich möchte dir Theo vorstellen. Komm, *er* wird dir gefallen.« Mit einem scharfen Blick auf Alexander, der besagte: Beruhige dich, Mann. Siehst du nicht, dass er sturzbetrunken ist, führte Steve Dudley fort. Amanda nahm Tatiana am Arm, doch Tatiana machte sich los und ging zu Alexander, legte die Hand auf seine Brust und sagte: »Möchtest du nach Hause? Wir können sofort gehen.«

Jeff bat sie, noch zu bleiben. »Er ist nicht bei Sinnen. Alexander, vergiss ihn. Er ist es nicht wert, Mann.«

Tatiana rührte sich nicht. Sie drückte sich an ihn und blickte zu ihm empor. Alexander strich ihr das Haar aus dem Gesicht, streichelte kurz ihre Wange und löste sich dann von ihr. »Wir warten das Feuerwerk ab. Schau, Margaret steuert schon wieder auf dich zu. Geh schon. Denk nur daran, was ich dir gesagt habe.«

Sie warf ihm einen nervösen Blick zu und ging mit Margaret und Amanda, die sie in ihre Mitte nahmen. Alexander blieb mit Jeff zurück. Balkman kam herüber, und bald sprachen sie angeregt über den ersten Spatenstich des Hayes-Hauses und darüber, wen sie schmieren mussten, um die Inspektoren in zwei Wochen zur Begehung der Baustelle zu bewegen statt nach zwei ausgebuchten Monaten. Alexander war abgelenkt. Die Balkmans hatten einen großen Rasen mit Pool, Gartenlaube, Busch- und Baumpflanzungen. Auf der anderen Seite, durch die Büsche hindurch, bemerkte Alexander plötzlich ein kariertes Hemd und einen Pferdeschwanz. Hinter der Jeans des Mannes blitzte Tatianas grünes Blümchenkleid hervor.

Für einen kurzen Moment wurde sein Blick unscharf. Alexander entschuldigte sich knapp und bahnte sich seinen Weg zur anderen Seite des Grundstücks. Tatiana stand an den Holzzaun gedrückt und Dudley beugte sich über sie. Alexander beachtete ihn gar nicht, als er sich vehement zwischen sie schob. Sein Blick lag auf Tatianas verzweifeltem Gesicht. Er zog sie von dem Zaun fort und erst dann drehte er sich um. Tatiana griff von hinten nach seinem Hemd.

»Was bist du nur für ein kaputter Typ«, sagte er leise zu Dudley. »Was soll das? Ich sage dir noch einmal, geh weg. Dreh dich um, hau ab und halte dich fern von meiner Frau.«

»Was hast du für ein Problem, Mann? Das ist ein freies Land, im Gegensatz zu dem roten Land, aus dem du kommst. Und zu deiner Information, deine Frau hat mich angesprochen. Stimmt doch, Tania?«

Tatianas Mund war verkrampft, ihre Haut bleich, als sie Alexanders Hand nahm und sagte: »Komm schon, Shura. Das Feuerwerk fängt gleich an.«

Doch Alexander konnte nicht weggehen. Er konnte die Sache nicht auf sich beruhen lassen.

Es war dunkel und es herrschte ein Durcheinander. Sie standen am Rand der Rasenfläche von den übrigen Leuten etwas entfernt. Die ersten Feuerwerkskörper zischten hinauf in den Himmel und explodierten über ihnen. Trotz des Krachens der Raketen konnte Alexander Dudleys Stimme hören.

»Du hast mir nicht geantwortet«, sagte er. »Ich habe gefragt, was für ein Scheißproblem du eigentlich hast.«

»Wieso sollte ich eines haben?«, sagte Alexander und stellte sich breitschultrig vor ihn hin. »Tania, geh und warte drüben bei den anderen auf mich.«

Tatiana drückte seine Hand. »Nein. Bitte, Shura«, sagte sie und versuchte ihn wegzuziehen. »Gehen wir nach Hause.«

Doch Alexander rührte sich nicht. Er und Dudley standen sich Auge in Auge gegenüber.

»Du konntest mich von Anfang an nicht leiden«, sagte Dudley und spuckte einen schwarzen, gekauten Tabakklumpen aus.

»Du bist auch von Anfang an aus der Reihe getanzt.«

»Ach wirklich?«, sagte Dudley. »Sollen wir das draußen klären?«

»Wir sind draußen, Arschloch.«

»Shura, bitte.« Tatiana trat zwischen sie und nahm Alexander an beiden Händen.

»Tania!« Alexander riss sich von ihr los, ohne auch nur einmal den Blick von Dudley abzuwenden. »Ich sagte, du sollst bei den anderen auf mich warten.«

»Gehen wir nach Hause, Liebling«, sagte sie eindringlich und sah zu ihm auf, griff nach seinem Hemd. »Bitte.«

»Ja, gehen wir nach Hause, Liebling«, äffte Dudley sie nach. »Bitte. Dann knie ich mich hin und lutsch deinen Schwanz.«

»Shura, nein!«

Alexander schob mit einer Hand Tatiana grob aus dem Weg und schlug Dudley mit der anderen brutal und blitzschnell ins Gesicht. Wäre Dudley nicht nach hinten gestürzt, hätte niemand bemerkt, dass überhaupt etwas zwischen ihnen vorgefallen war. Die Feuerwerkskörper barsten weiter in den Himmel. Die Leute klatschten und jubelten. Harry James spielte auf seiner Trompete auf.

Doch Dudley war in die Ecke des Gartens gefallen, ins Dunkel, in die Nähe der Büsche. Tatiana, ganz Krankenschwester, näherte sich seinem Kopf. Blut quoll aus dem Mund. Seine Vorderzähne hingen nur noch an den blutigen Wurzeln. Alexander, der systematisch ausgebildet worden war und dann seine Feuertaufe in tückischen Nahkämpfen durch die weißrussischen Dörfer bestehen musste, der die Deutschen mit Messer, Bajonett und nur einem tödlichen Stockschlag auf die Nase bezwungen hatte, fand, dass Dudley glimpflich davongekommen sei. Mit angehaltenem Atem nahm er Tatiana bei der Hand. »Jetzt können wir gehen«, sagte er. In seinem Gesicht zuckte kein Muskel.

Sprachlos starrte sie ihn an.

Er ging über den Rasen zum Hintertor. Margaret und Bill standen auf der Terrasse und sahen sich das Feuerwerk an. Er steuerte auf Balkman zu, dessen Lächeln schlagartig aus seinem Gesicht wich, als Alexander im Vorbeigehen zu ihm sagte: »Das war's. Du und dein verfluchtes Geschäft stehen mir bis hier. Ich kündige – endgültig. Du brauchst mich für letzte Woche nicht zu bezahlen. Du brauchst mir nichts von dem Geld zu geben, das du mir noch schuldest. Ich bin fertig mit dir. Ruf mich nie wieder an.«

»Alexander! Warte. Was ist passiert?«

Balkman rannte ihm nach.

»Alexander! Bitte, warte. Steve! Was zum Teufel ist passiert?«

Alexander stürmte nach draußen und zog Tatiana hinter sich her. Sie musste laufen, um mit ihm Schritt zu halten. Auf dem Fußweg vor dem Haus fing Steve sie ab. Keuchend, mit rotem Gesicht und geballten Fäusten stellte er sich vor sie hin. »Wie kannst du es wagen, nach allem, was wir für dich getan haben.«

Alexander riss den Kopf nach hinten, war aber nicht schnell genug. Steve versetzte ihm einen kurzen harten Kinnhaken und er stieß gegen Tatiana, die den Halt verlor und zu Boden fiel. Blitzschnell schlug Alexander zurück und zerschmetterte seinen Kiefer. Steve krümmte sich. Alexander versetzte ihm noch einen Aufwärtshaken, diesmal stärker. Er hätte ihn auch ein drittes Mal geschlagen, aber Steve spuckte bereits Blut und fiel auf den steinigen Weg. »Mal sehen, wie gut du dich jetzt durch dein elendes Leben lügst, du Stück Scheiße«, sagte Alexander und versetzte ihm einen harten Fußtritt. Dann wandte er sich der zu Tode erschreckten Tatiana zu und half ihr beim Aufstehen.

Nur wenige Minuten später saßen sie im Auto. Mehrere Kilometer lang herrschte völliges Schweigen zwischen ihnen.

»Geht es dir gut?«, fragte Tatiana.

»Ich bin okay.« Er wischte sich über den Mund.

»Du hättest dir die Fingerknöchel brechen können.«

»Sie sind in Ordnung.« Er ballte und öffnete die Faust.

Sie beobachtete ihn. »Shura …?«

»Tania«, sagte er ruhig, »ich will über rein gar nichts reden, nicht über den kleinsten Scheiß. Also sitz einfach still da und sag keinen Mucks.«

Sie schwieg augenblicklich. Nach ein paar Minuten fuhr er auf dem leeren Shea Boulevard an den Straßenrand und hielt an. Irgendwo in weiter Ferne hörte man ein Feuerwerk. Seine zitternden Hände umklammerten das Lenkrad.

»Liebling …«, sagte Tatiana besänftigend.

»Ich bin so ein verfluchter Idiot. Ich weiß nicht mal, was ich mit mir anfangen soll.«

»Bitte, wir bringen das wieder in Ordnung. Soll ich vielleicht fahren?«

Sein Kopf lag auf dem Lenkrad. Sie rutschte über die Sitzbank und setzte sich neben ihn. Als er aufsah, nahm sie ein Taschentuch und tupfte seine Lippe ab. Er schob ihre Hand weg und gab Gas. »Geht es *dir* gut?«, fragte er. »Dieser Mistkerl hat mich geschlagen, obwohl er wusste, dass du hinter mir standest, obwohl er wusste, dass du verletzt werden könntest. Ich hatte nicht einmal die Möglichkeit auszuweichen.«

»Bist du überrascht, dass er sich nicht mehr wie ein Gentleman benommen hat?«, fragte Tatiana.

»Hast du nicht gehört? Ich sagte, dass du keinen Scheißmucks von dir geben sollst.«

Nach einer Weile sagte sie: »Dudley wollte von mir wissen, ob ich das Gerücht über ihn gehört habe. Dass er in Montana einen Mann *umgelegt* habe. Ich sagte, wenn er im Krieg gewesen sei, müsse er viele Tote gesehen haben. Und er sagte: ›Krieg ist nicht das wirkliche Leben. Montana, das ist das wirkliche Leben.‹«

»Ich war schon in Montana«, sagte Alexander, die Hände verbissen um das Lenkrad gelegt. »Ich hatte nicht den Eindruck, dass das das wirkliche Leben wäre.«

Tatiana konnte nicht einschlafen. Er schlief bereits. Sie erkannte die Zeiger der Uhr. Zehn vor zwei. Im Haus war es still. Draußen war es still. Es herrschte tiefe Nacht in den Bergen. Nichts bewegte sich, außer Tatianas Furcht, die frei in ihrer Brust umherwanderte. Sie war unruhig und ängstlich.

Leise griff sie über ihn hinweg und legte den Hörer zurück auf die Gabel. Er hängte das Telefon abends immer aus, bevor er sie liebte.

Anthony schlief drüben bei Sergio. Sie wünschte, er wäre zu Hause, so dass sie zu ihm gehen, nach ihm sehen könnte und dabei etwas Trost empfinden würde. Stattdessen legte Tatiana ihre Hand auf Alexanders Brust und lauschte auf sein Herz. Seit er in ihr Leben getreten war, hatte sie das getan: auf sein Herz gelauscht. Was erzählte es ihr jetzt? Es schlug rhythmisch, dumpf, rauschte. Zart strich sie mit den Lippen über seinen Stoppelbart, küsste ihn sanft. Ihre Hand glitt nach unten, umschloss ihn, liebkoste ihn. Er schlief tief und fest, doch manchmal, wenn er sie so durch den Schlaf hindurch spürte, drehte er sich auf die Seite und schloss sie in die Arme. Heute Nacht wachte er nicht auf und blieb auf dem Rücken liegen. Seine Lippe war geschwollen. Seine rechte Hand war vereist und bandagiert. Er hatte sich den Verband kaum anlegen lassen. Nur höchst ungern ließ er es zu, dass sie sich um ihn kümmerte, wenn er verletzt war. Im Normalzustand hatte er nichts dagegen, dass sie ihn verwöhnte, er ließ sich baden, bekochen, umsorgen, küssen – all das nahm er mit Freuden an. Doch er mochte kein Aufhebens um seine Wunden. Als hätte er sein Bild deutlich vor Augen, als er zwei Monate lang hilflos in dem Lazarettbett von Morozowo gelegen hatte, bis er schließlich verhaftet wurde und sie weg war.

Tatiana rieb und rieb und stand schließlich auf, warf ihr Bettjäckchen über und ging hinaus ins Wohnzimmer. Sie holte sich ein Glas Wasser und setzte sich auf einen Hocker bei der Küchentheke. Sie bewegte sich nicht, sie versuchte, nicht zu atmen. Die Klimaanlage war ausgeschaltet. Alles war totenstill. Und in genau diesem Augenblick, um halb drei Uhr morgens, glaubte Tatiana, in der Ferne ein Motorengeräusch zu hören. Sie öffnete die Haustür einen Spaltbreit und horchte. Nichts. Draußen war es stockfinster, der Mond schien nicht. Nachdem sie die Haustür abgesperrt und den Riegel vorgeschoben hatte, schloss sie leise die Schlafzimmertür, sodass Alexander nicht gestört würde. Dann rief sie von der Küche aus das Krankenhaus an.

Ihre Freundin Erin, die an der Nachtpforte saß, hob ab und die ersten Worte aus ihrem Mund waren: »Tania, war euer Telefon ausgehängt? Ich habe die ganze Zeit versucht, dich zu erreichen.«

»Warum? Was ist los?«, fragte Tatiana leise.

»Steve Balkman wurde schon wieder eingeliefert zusammen mit einem anderen Kerl. Balkman ist immer noch bewusstlos, aber der andere hat sich aufgeführt wie ein wildes Tier. Sie mussten ihm eine Beruhigungsspritze geben. Er war betrunken und blutete. Und er hat nicht aufgehört herumzubrüllen und unglaubliche Drohungen auszustoßen. Bevor sie ihn mit der vollen Dosis außer Gefecht gesetzt haben, wiederholte er immer wieder den Namen deines Mannes und verfluchte ihn. Weißt du etwas darüber?«

»Ja. Ist Sergeant Miller da?«

»Er macht gerade Pause. Wer ist dieser Mann? Und woher kennst du ihn? Wir versuchen schon seit drei Stunden, dich anzurufen.«

»Gib mir Sergeant Miller. Dieser Mann muss eingesperrt werden.«

»Tania. Das ist nicht möglich. Er ist nicht mehr da.«

»Was?«

»Ja, das versuche ich dir doch andauernd zu sagen. Um halb zwei ist er hier abgehauen, ohne Arzt, ohne Entlassungspapiere, ohne irgendwas. Hat einfach den Tropf herausgerissen, sich angezogen und das Krankenhaus verlassen.«

Tatianas Stimme war nur mehr ein Flüstern, als sie sagte: »Erin, sag Miller, dass er einen Wagen zu meinem Haus schicken soll.«

»Was ist …«

Tatiana legte auf. Jetzt schlug ihr Herz so heftig, dass sie die Stille nicht hören konnte, weder um sie herum noch in ihr drin. Hatte sie wirklich ein Auto gehört? Oder war es Nervosität? Einbildung? Sie stand an der Küchentheke. Die Rollläden im Wohnzimmer waren nicht heruntergelassen. Sie ließen sie nie herunter. Es gab ja keine direkten Nachbarn. War das der Wind? Sie konnte es nicht sagen. Auf einmal hatte sie den Eindruck, als bewegte sich ein dunkelblauer Schatten vor dem Fenster. Von draußen kam kein Laut. Innen drin war sie gelähmt vor ohrenbetäubender Angst. Sie musste unbedingt das Wohnzimmer durchqueren, ins Schlafzimmer gehen und Alexander wecken. Aber sie konnte sich nicht rühren. Es würde bedeuten, dass sie an zwei offenen Fenstern und an zwei Türen vorbeimusste.

Sie war immer noch in der Küche, als sich der Schatten, den sie glaubte, gesehen zu haben, in der Dunkelheit zu einer Männergestalt erhob und langsam die vordere Terrasse hinaufging. Das Fenster ließ sie immer offen stehen, damit sie Alexander sehen konnte, wie er nach der Arbeit die Stufen herauf in sein Zuhause kam. Also war es nicht der Wind.

Vorsichtig machte sie drei Schritte weg von der Theke, vorbei an der Haustür. Doch bevor sie noch einen Schritt weiterkam, krachte die Tür auf, und bevor sie losschreien konnte, stand Dudley, den Mund voll schwarzer Löcher, die Augen voll schwarzer Wut, vor ihr. Er packte sie an der Kehle und riss ihren Kopf so heftig nach hinten, dass sie glaubte, ihr Genick bräche. Er bedrohte sie mit einer Pistole. Und sie hatte so sorgsam die Schlafzimmertür geschlossen, damit Alexander nicht aufwachte.

Aber die Haustür, die Tür. Der Krach war so laut gewesen. Vielleicht hatte er es gehört.

Er hatte es gehört.

Die Schlafzimmertür öffnete sich langsam. Alexander tauchte nackt im Türrahmen auf. Dudley hatte Tatiana fest im Griff. »Hier bin ich, du Arschloch«, lispelte er durch die fehlenden Schneidezähne. »Und hier ist sie. Wir werden das in deinem Haus zu Ende bringen.« Die geladene Pistole war nun auf Alexander gerichtet. »Keine Bewegung, du rotes Schwein. Glaubst du, du kannst mir das Scheißgesicht zertrümmern und kommst einfach so davon? Du weißt einen Dreck über Soldaten. Ich bringe den Krieg direkt zu dir nach Hause.« Dudleys gespreizte Hand wanderte zu Tatianas Brust. Sie holte scharf Luft und sah Alexander mit wild flehendem Blick an, der wie versteinert dastand, weder blinzelte noch atmete und sich nur auf Dudley konzentrierte. »Stevie hat mir erzählt, dass sie nie einen anderen Schwanz als deinen hatte«, sagte Dudley. »Oh, wie süß das für dich mit der zierlichen Kleinen gewesen sein muss, haben wir uns gesagt. Und weißt du was? Ich werde nun herausfinden, ob sie immer noch zuckersüß ist.« Er schmatzte mit den Lippen. »Und zwar direkt vor deiner Nase werde ich es herausfinden und dann kannst du die gebrauchte Ware wiederhaben. Jetzt beweg dich von der Tür weg«, Dudley hielt seine geladene Waffe fest in der Hand, »aber langsam.«

Alexander tat, wie ihm gesagt wurde, und entfernte sich schrittweise von der Tür. Und ohne dass noch ein weiterer Augenblick verstrich, hob er seinen linken Arm, der hinter dem Türpfosten verborgen war, und zielte mit der Colt M1911 direkt auf Tatianas Gesicht. Dann feuerte er in die Dunkelheit.

Der donnernde Widerhall der Patrone aus der Kaliber .45, die in einer Geschwindigkeit von zweihundertfünfzig Metern pro Sekunde eine Entfernung von sechs Metern zurücklegte und einen menschlichen Schädel aufriss, war so laut und erschütternd, dass es sich anfühlte, als hätte Alexander sie erschossen. Dudleys Kopf platzte fünfzehn Zentimeter neben Tatianas Gesicht. Da er sie immer noch umklammert hielt, wurden sie beide nach hinten geworfen. Er stieß rückwärts gegen die Wand, sackte nach vorn auf den Boden und begrub sie unter sich. Sie war geblendet, konnte nichts sehen, sie wusste nicht einmal, ob sie schrie, ob sie weinte oder gerade gestorben war.

Alexander zog sie unter ihm hervor, befreite sie von der Last des toten Körpers, hob sie hoch. In dem Moment hörte sie sich schreien. Sie fing an, auf ihn einzuprügeln, einzutreten, versuchte, von ihm loszukommen. Er sagte nichts, drückte sie nur an sich. Er drückte sie an seine Brust, während sie vor Entsetzen um sich schlug und wild schrie. Sein Herz war nur wenige Zentimeter hinter seiner Brustplatte verborgen. Es klopfte gleichmäßig, pochte immer weiter. Allmählich verlangsamte sich sein Puls. Aber sie konnte sich nicht beruhigen. Sie glaubte, sie sei getroffen worden. Ihre Haut war kalt, ihr Herz bei zweihundert Schlägen. Alexander setzte sie hin, hielt ihre Schultern fest, drückte sie erneut an sich und legte die Hand über ihren Mund. »Pscht«, sagte er. »Beruhige dich.« Seine Hand blieb dort, während sie Kohlendioxid ein- und ausatmete. »Pscht. Pscht«, machte er immer wieder. Er nahm die Hand weg, öffnete ihren Mund und atmete in ihr aus. »Spürst du meinen ruhigen Atem? Jetzt entspann dich.«

Der Blick, mit dem sie ihn anstarrte, war von Grauen erfüllt. »Du hast mich angeschossen?«, fragte sie stumm.

Er wiegte seinen Kopf, wiegte seinen Körper, wiegte sie. »Nein, dir geht es gut. Pscht.«

»Ich bin voller ... Ist das mein Blut? Ist das mein Schädel?«

Er hielt sie fest, während sie nicht aufhörte zu zittern. Sie saßen immer noch auf der Couch, als draußen die Scheinwerfer der Polizeiautos aufblitzten. Das durchsichtige Seidenjäckchen, das sie trug, war blutverschmiert. Er war nach wie vor nackt. Die Polizisten kamen durch die offene Tür herein. Alexander ließ Tatiana auf der Couch zurück und ging ins Schlafzimmer, um sich Jeans und T-Shirt anzuziehen. Tatiana brachte er einen Frotteemorgenmantel. Ihr fiel wieder ein, dass sie voller Blut war. Mühsam stand sie auf und wollte sich waschen gehen, doch die Polizei und Alexander hielten sie zurück.

Sie kannte zwei der Polizisten. Einer war Miller. Noch mehr Beamte kamen. Ein Reporter von der *Phoenix Sun* tauchte hinter ihnen auf. Sie verscheuchten ihn, aber erst nachdem er ein paar Bilder geschossen hatte.

Die Polizisten begannen ihre Untersuchung. Sie wollten Alexander ins Schlafzimmer bringen, um ihm dort Fragen zu stellen. Als er aufstand und von ihr weggehen wollte, fing sie wieder an zu weinen.

Er setzte sich wieder hin. Sie klammerte sich an ihn. »Nein. Geh nicht. Bitte.«

»Nur ins Schlafzimmer, Tatiascha. Nur in unser Schlafzimmer.«

Blutbefleckt saß sie da und antwortete mit gesenktem Kopf auf die Fragen der Polizei, während Alexander getrennt von ihr im Schlafzimmer in aufrechter Haltung dastand und mit den Beamten sprach.

Warum waren Sie wach, fragten sie Tatiana. Warum haben Sie das Krankenhaus angerufen? Warum waren Sie in der Küche? Warum sind Sie nicht ins Schlafzimmer gerannt? Haben Sie gehört, wie er die Stufen heraufgekommen ist? Warum ist er hier aufgetaucht? Stimmt es, dass er und Ihr Ehemann einen Streit hatten? Uns liegt ein Bericht über einen Fall von Körperverletzung vor, sogar zwei Fälle von Körperverletzung. Dieser Mann wollte Ihren Ehemann anzeigen. Er war schwer verletzt. Was ist passiert? Auch der andere Mann ist schwer verletzt. Sergeant Miller mischte sich ein. Bei ihm handle es sich um Steve Balkman, sagte er. Die Polizisten nickten geschlossen. Nicht schon wieder, sagte einer. Waren die Männer betrunken? War Ihr Mann betrunken? Worum ging es bei dem Streit? Gab es zwei Auseinandersetzungen oder war es ein und dieselbe? Alexander zerschmetterte einem Mann das Gesicht und schlug einem anderen die Zähne aus. Wieso? Ob es stimme, dass bereits böses Blut geflossen sei. Bill Balkman, der Vater des Verletzten und langjähriges Mitglied dieser Gemeinde, sagte, er wisse nicht, was passiert sei. Es sei völlig überraschend gekommen. Er sagte, es sei nur ein Streit zwischen Jungs gewesen. Jungs seien eben so. Er riet ihnen, es nicht so ernst zu nehmen. Sein Sohn würde wieder in Ordnung kommen. Alles würde wieder in Ordnung kommen. Und doch lag ein Mann tot in ihrem Haus.

Von wo aus hat Ihr Mann geschossen? Er wusste nicht, dass Dudley eine Pistole hatte. Wie konnte er wissen, dass er eine Waffe mit zur Schlafzimmertür nehmen musste? Warum gab er den tödlichen Schuss ab? Hätte es eine Möglichkeit gegeben, den Mann dazu zu bringen, Sie freizulassen, ohne tödliche Gewalt anzuwenden? Handelte es sich um Einbruch? Versuchte Körperverletzung, versuchte Vergewaltigung, versuchten Mord? War Ihr Mann übermäßig gewalttätig, als er einen anderen Mann auf einer Party schlug, nur weil er ein paar unverschämte Bemerkungen über Sie gemacht hat? Und hat Dudley überzogen auf Alexanders gereiztes Verhalten reagiert? Und was hat Steve Balkman *diesmal* getan?

Noch zwei Reporter von der *Phoenix Sun* kamen vorbei. Sie standen mit ihren Spiralblöcken und zischenden Blitzlichtern im Wohnzimmer und schrieben alles auf, hielten es für die Morgenausgabe fest. Hat er Sie angefasst? Hat er Sie geschlagen? Hat er Ihnen Schnitte zugefügt? Ist etwas davon Ihr Blut?

War Tatiana verletzt? Niemand konnte es mit Gewissheit sagen, nicht einmal Tatiana selbst. Nur Alexander beteuerte, sie sei nicht verletzt, sie stehe nur unter Schock. Sie machten sich Sorgen um sie und riefen einen Arzt. Sergeant Miller sagte, sie solle ins Krankenhaus gehen. Sie weigerte sich. Alexander fand, sie solle sich untersuchen lassen. Sie weigerte sich. Ihr gehe es gut, sagte sie. Sie sei Krankenschwester, sie kenne sich mit diesen Dingen aus.

Stunden vergingen. Alexander blieb mit der Polizei im Schlafzimmer. Ab und zu konnte sie einen flüchtigen Blick auf ihn erhaschen, wie er auf und ab ging, rauchte, auf dem Bett saß. Dann schlossen sie die Tür und sie fing erneut an zu weinen. Dudleys lebloser Körper lag immer noch auf dem Boden hinter der blutgetränkten Couch, auf der sie saß.

Schließlich kam Alexander aus dem Schlafzimmer. Sie klammerte sich verzweifelt an ihn, vergrub ihr Gesicht in ihm. Er machte immer wieder *pscht, pscht.* Seine Arme umschlangen sie. Plötzlich versetzte sie seine Gegenwart in Panik. Sie heulte auf und stieß ihn von sich fort. Polizisten, Rettungssanitäter und Reporter beobachteten sie schweigend, während Alexander ihren strähnig blutigen Kopf an sich drückte, ihr trostvolle Worte zuflüsterte und ihr Gesicht unablässig streichelte. Sie braucht vielleicht eine Beruhigungsspritze, sagte er schließlich und stand auf, um ihre Schwesterntasche zu holen. Kalter Schweiß bedeckte ihre Stirn. Mir geht es gut, sagte sie, zitterte aber unaufhörlich. Sie blickte zu Alexander, der dastand und rauchte. Er schien nicht aufgewühlt zu sein, seine Hände waren ruhig, seine Bewegungen normal. Er hatte sich unter Kontrolle. Ihr fiel wieder ein, wie er allein in einem Schützengraben auf dem Hügel bei Berlin mit Maschinengewehren, Granaten, halbautomatischen Pistolen und Automatikwaffen das angreifende Soldatenbataillon systematisch niedergemäht hatte, das den Hügel heraufkroch, um ihn zu töten, um sie zu töten.

Ein Mann kam den Hügel herauf und wollte meiner Frau Gewalt antun, sagte Alexander in emotionslosem Ton mit einer Zigarette im Mund zur Polizei. Sehen Sie sich die Haustür an. Das Schloss wurde aufgebrochen, eins der Scharniere ist kaputtgegangen. Die Polizei wollte die Geschichte über den Gefängnisausbruch in Montana prüfen. Sie wollte mit Bill Balkman darüber sprechen, warum er einen mutmaßlichen Ausbrecher, einen mutmaßlichen Mörder eingestellt habe. Es sei in diesem Bundesstaat eindeutig eine Straftat, jemanden zu beschäftigen, der eines Verbrechens verdächtigt wird.

Woher wusste Dudley, wo Alexander wohnte? Wer konnte Dudley Alexanders Adresse gegeben haben? Und falls es Steve Balkman war, hätte er ihm die Adresse nicht bereits vor der Party geben müssen, da er nach der Party nicht mehr sprechen konnte? Warum sollte Steve so etwas tun, Dudley Alexanders Anschrift geben? Dieser Steve Balkman, sagte Miller und schüttelte den Kopf. Er liebt Ärger, verursacht Ärger, sein Name bedeutet seit jeher Ärger. Nun, das wär's, sagte er. Diesmal können wir nicht von einer Zeitungsmeldung absehen, egal, was sein Vater unternimmt.

Es war sechs Uhr morgens. Das Licht stand wie schwach leuchtender bläulicher Stahl über den Bergen. Jemand brachte Kaffee und Brötchen herein. Alexander gab Tatiana eine Tasse und versuchte sie dazu zu bringen, dass sie etwas aß.

Ein betrunkener, angriffslüsterner Mann war in der vergangenen Nacht gestorben, nachdem er in ein Mobilhaus in den McDowell Hills eingebrochen war, zwei Kilometer eine Schotterstraße hinauf, die von der Pima-Straße abzweigte, mitten im Nirgendwo. Das waren die unstrittigen Fakten. Weder Tatiana noch Alexander erzählten der Polizei von den Vorkommnissen in den zurückliegenden drei Jahren, die durchaus unterschiedlich ausgelegt werden konnten. Oder den Vorkommnissen, die ein ganzes Leben lang in Frage standen.

Die Sonne ging auf. Es kamen noch weitere Polizisten und machten noch mehr Fotos. Um acht Uhr morgens rief Alexander Francesca an und bat sie, für den Rest des Tages auf Anthony aufzupassen. Tatiana saß weiterhin auf der Couch. Einmal lehnte sie sich zurück, fiel nach hinten und glaubte, sie sei ohnmächtig geworden. Als sie die Augen aufschlug, lag sie in Alexanders Armbeuge und Dudleys Leiche immer noch hinter ihr. Der Kreideumriss seines Körpers war auf ihren schwarz-weißen Linoleumboden gemalt worden. Im unbarmherzigen Tageslicht trocknete sein Blut nun und färbte sich braun, Knochensplitter waren auf dem Wohnzimmerteppich verstreut, vor Anthonys Zimmer, Blutspritzer auf den Küchenschränken verteilt, der Tür, den Wänden. Tatiana blickte nur ein einziges Mal nach hinten. Dudleys Knochenreste und sein Blut waren noch immer auf ihr verteilt.

Das ließ sich nicht ändern, solange die Polizei nicht gegangen war.

Das Telefon klingelte unablässig.

Die Polizisten fragten Alexander, ob er Dudleys nächste Verwandte kenne. Wen sollten sie benachrichtigen? Alexander und Tatiana tauschten ungläubig einen Blick. Waren sie wirklich eben nach Dudleys nächsten Verwandten gefragt worden?

Schließlich kam ein Arzt ins Haus, um Tatiana zu untersuchen. Ihr gehe es gut, sagte sie und zitterte am ganzen Körper. Sie brauche keinen Arzt. Alexander holte ihr eine Decke und legte sie ihr um. Vorsichtig entfernte der Arzt die Decke und zog ihren Morgenmantel aus. Er fragte, ob sie angegriffen, geschlagen, verletzt, penetriert worden sei. Sie sah zu Alexander, der sie von der anderen Zimmerseite aus in ihrem befleckten, durchsichtigen Jäckchen beobachtete. Er ging zu ihr und legte ihr den Frotteemantel über die Schultern. Der Arzt zog ihn wieder herunter und sah sich ihre Arme an, ihre Beine, ihre rote Kehle, wo Dudley sie gepackt hatte. Er schob ihre Haare zurück und bemerkte die Liebesmale in ihrem Nacken. Er erkundigte sich nach ihnen. Sie antwortete nicht. Normalerweise wäre sie errötet, aber nicht an diesem Morgen. »Sind Sie verletzt?«, fragte er.

»Nein.«

»Woher stammen die?«

Sie antwortete nicht, hob nur den Blick und sah ihn an. Nun wurde der Arzt nervös. »Sie sind voller Blut und haben einige Prellungen. Es ist schwer festzustellen, welche Verletzungen von diesem speziellen Vorfall herrühren. Ich entschuldige mich.«

»Ich bin Krankenschwester im Phoenix Memorial Hospital«, sagte sie. »Ich weiß, wann ich verletzt bin.«

Der Arzt hieß David Bradley. Sie war ihm noch nie begegnet. Er war einer der behandelnden Ärzte in der Notaufnahme. Doch er arbeitete nachts und sie tagsüber. Nach dem Anblick der Male in ihrem Nacken konnte er ihr nicht mehr in die Augen sehen, und sie hatte sie ohnehin wieder geschlossen.

Es wurde zehn Uhr, elf Uhr morgens. Endlich kam der amtliche Leichenbeschauer und erklärte Dudley für tot. Was wären wir ohne Leichenbeschauer, sagte Alexander leise zu Tatiana.

Die Assistenten des Mannes untersuchten den Körper, um die Todesursache zu ermitteln. Kopfschuss, sagte Alexander ruhig.

Kopfschuss, notierten sie.

Wer Alexander sei, fragte die Polizei, dass er einen Mann in den Kopf schieße, während seine Frau nur Zentimeter entfernt war? Wer sind Sie? Sie sprachen von rücksichtsloser Gefährdung. Hätten Sie nicht warten können, bis er nicht mehr so nah bei Ihrer Frau stand, bevor Sie abfeuerten?

Er glaube nicht, dass er hätte warten können, nein. Zum dreißigsten Mal erzählte er ihnen, dass er die Waffe hätte fallen lassen müssen, sobald er ganz aus dem Türrahmen getreten wäre. Es hätte keine andere Gelegenheit mehr gegeben. Seiner Frau wäre vor seinen Augen Gewalt angetan worden, bevor sie beide getötet worden wären. Ungeduldig zeigte er auf Dudleys geladene Pistole und erinnerte sie daran, dass sie Polizisten seien. Sie erinnerten ihn daran, dass er kein Polizist sei. Er sagte, dass ihnen klar sein dürfe, dass es sich um eine Blitzentscheidung in einer offenen Feldschlacht gehandelt habe. Entweder er hätte selbst sein Leben verloren oder eben der Gegner seins. Er habe keine andere Wahl gehabt. Es hätte kein Später gegeben.

Sie sagten, dass kein Krieg sei. Doch Alexander war anderer Ansicht. Er sagte, es herrsche sehr wohl Krieg. Ein Mann sei den Hügel herauf zu seinem Haus gekommen, in der Absicht, ihn zu töten und seine Frau zu verletzen. Der Mann habe den Krieg in sein Haus gebracht. Nun liege er tot am Boden. Das seien die Fakten und sie stünden nicht in Zweifel. Nur der Grad der Gewaltanwendung, Alexanders Blitzentscheidung und Steve Balkmas Gesicht sprachen eine andere Sprache.

Die Polizei untersuchte die Colt, die Patronen. Hatte er immer eine geladene Waffe in seinem Haus? Ja, alle seine Waffen seien immer geladen, sagte Alexander. Sie lebten allein in den Bergen. Er müsse auf alles vorbereitet sein. Sie untersuchten die Waffen, die er im Schlafzimmer aufbewahrte: zwei Modelle des M-1-Karabiners und eine M4-Maschinenpistole einschließlich Munition in einer verschlossenen Vitrine. Die deutsche Walther, die Colt Commando, die M1911 und eine Ruger Kaliber .22 mit ihren speziellen Magazinen sowie all seine Messer hatte er in seinem Nachttisch gelagert, den er tagsüber ab- und abends aufschloss. Sie fragten, warum er von all seinen Handfeuerwaffen ausgerechnet die M1911 gewählt habe. Die Ruger sei angeblich viel zielgenauer. Alexander sagte, er habe die Waffe gewählt, die den größtmöglichen Schaden verursachte. Die M1911 sei die Handkanone der Pistolen und er sei sich im Klaren darüber gewesen, dass er eben nur eine Gelegenheit bekommen würde, Dudley zu töten.

Wer *sei* er?, fragte die Polizei. Wo habe er Schießen gelernt? Sei er ein ausgebildeter Schütze?

Alexander blickte zu Tatiana. Sie saß immer noch wie erstarrt auf der Couch. Ja, sagte er. Er sei ausgebildeter Schütze. Er sei Captain im Offiziers-Reservecorps der US-Army. Komisch, wie ein kleiner Satz alles ändern konnte. Sie blickten Alexander nun anders an. Behandelten ihn anders. Ein Captain der US-Army. Hatte er im Zweiten Weltkrieg gekämpft? Ja, sagte er. Er habe im Zweiten Weltkrieg gekämpft.

Danach stellte ihm niemand mehr eine Frage.

Mittags kamen Krankenhausmitarbeiter mit einem Leichensack.

Die Polizei sagte ihnen, dass sie nichts anfassen sollten. Das sei hier der Verbrechensschauplatz. Am Montag würde eine Putzkolonne kommen, alles abbauen und den Raum von den

Überresten des Toten reinigen. Bis dahin müssten der Captain, seine Frau und ihr Sohn woanders unterkommen.

Sergeant Miller meinte, es würde eine öffentliche Untersuchung wegen widerrechtlicher Tötung geben. Doch er fügte Tatiana und Alexander gegenüber im Vertrauen hinzu, dass er nicht wisse, wie es der Balkman-Junge überhaupt bis zum gestrigen Tag geschafft habe, ohne getötet worden zu sein. Man munkle, sagte Miller, dass es sich bei der Kriegsverletzung von seiner Stationierung in England nicht einfach um eine Verletzung durch die eigenen Truppen gehandelt habe.

Alle gingen, und schließlich waren sie allein.

Alexander schloss hinter Miller die Tür und setzte sich neben Tatiana auf die Couch. Sie hob den Blick zu ihm. Sie starrten einander an. Dann sah er, wie sie ihn vielmehr anfunkelte.

»Nennst du das normal, Alexander?«, fragte sie ihn.

Ohne ein Wort stand er auf und verschwand im Schlafzimmer. Sie hörte die Dusche in ihrem Bad. »Komm mit«, sagte er, als er wieder auftauchte. Aber sie konnte sich nicht bewegen. Also hob er sie hoch, trug sie ins Bad und setzte sie auf den Wannenrand. »Ich kann nicht stehen«, sagte sie. »Lass mich baden.«

»Nein«, sagte er. »Ich kann dich nicht in seinem Blut in der Wanne sitzen lassen. Bleib nur fünf Minuten stehen, und wenn du sauber bist, lass ich dir ein Bad ein.«

Alexander zog ihr den Frotteemantel aus, ihr blutbeflecktes Jäckchen und warf beides in die Mülltonne. Er hielt ihre Hand, während sie in die Wanne stieg. Dann zog er sich selbst aus und stellte sich mit ihr unter die Dusche. Das Wasser war so heiß und trotzdem zitterte sie unkontrolliert, während er vorsichtig das braune, getrocknete Blut von ihrem Gesicht, ihrem Hals und aus ihrem Haar wusch. Er shampoonierte ihren Kopf zweimal, dreimal. Nach und nach klaubte er Dudley aus Tatianas Haar. Als sie die Knochenstücke sah, die er herauszog, sank sie verstört in die Wanne. Sie konnte nicht mehr stehen, ganz gleich, wie inständig er sie darum bat. Schließlich hockte er sich neben sie und reinigte weiter ihr Haar. »Es hat keinen Sinn«, sagte sie und griff in den Schrank neben dem Waschbecken, um die Schere herauszuholen. »Ich kann es nicht mehr anfassen. Und ich kann es nicht ertragen, dass du es anfasst.«

»Nein«, sagte er und nahm ihr die Schere aus der Hand. »Du hast dein Haar schon einmal abgeschnitten, aber jetzt bin ich hier. Ich bekomme es wieder sauber. Wenn du es abschneidest, wirst du nur mich damit treffen.«

Sie sah ihn mit hartem Blick an. Er sagte: »Ah, geht es dir etwa darum?«, und gab ihr die Schere zurück.

Doch sie schnitt es nicht ab. Sie beugte sich über die Wanne und übergab sich in die Toilette.

Er wartete mit gesenktem Kopf. Dann reinigte er sich mit einem seifigen Waschlappen und wusch danach schweigend ihr Gesicht, schrubbte ihren ganzen Körper, während er sie mit seinem feuchten Arm aufrecht hielt.

»Wie oft in meinem Leben wirst du noch Blut von mir abwaschen?«, fragte Tatiana, die zu schwach zum Stehen war.

»Nach meiner Rechnung war es nur zweimal«, antwortete Alexander. »Und beide Male war es nicht dein Blut. Also können wir dankbar sein für die Gnade, die uns widerfahren ist.«

»Mein Bein ist diesmal nicht gebrochen, meine Rippen auch nicht.« Aber wie hatte es nur so große Gewalt in ihrem kleinen Haus geben können? Die Deutschen mit ihren Panzern auf der anderen Seite der Luga, die aus ihren in Formation fliegenden Luftwaffenflugzeugen Flugblätter zur Warnung herabregnen ließen, bevor ihr Maschinengewehrfeuer folgte, pünktlich von neun bis elf. *Ergebt euch oder sterbt* stand auf den Blättern.

Alexander sprach nicht mit ihr, während er sie badete, abtrocknete und auf das Bett legte, sie zudeckte, ihr Kaffee brachte, ihren Kopf hielt, als sie die Tasse zum Mund führte. Er fragte, ob sie sonst noch etwas brauche, weil er an die frische Luft müsse, um einen klaren Kopf zu bekommen. Sie flehte ihn an, nicht zu gehen. Dann schloss sie die Augen. Und als sie sie wieder aufschlug, saß er im Sessel und beobachtete sie. Seine sämtlichen Waffen, einschließlich der Maschinengewehre, befanden sich zwischen seinen Beinen.

»Warum bist du eigentlich aus dem Schlafzimmer gekommen?«, fragte Tatiana. »Was hast du gehört?«

»Das Krachen der Tür. Zuerst habe ich nach meiner Waffe gegriffen, dann habe ich die Augen geöffnet.«

»Die Colt hat sich als recht nützlich erwiesen.« Sie starrte ihn an. »Deutsche, Sowjets, Karolitsch und jetzt sogar ein Amerikaner. Wir leben wieder wie vorher. Anscheinend können wir unserem alten Leben nicht entfliehen.«

»Wir leben nicht wieder wie vorher. Von Zeit zu Zeit können wir nur nicht verbergen, wer wir sind. Doch Abschaum wie er findet sich überall, sogar in Amerika. Weißt du, was sich wirklich als nützlich erwiesen hat? Mein US-Army-Patent. Richter sagte, man wüsste nie, wann ich es einmal brauchen kann. Wie sich herausstellt, hatte er recht.« Alexander hielt inne. »Warum bist du aufgestanden? Warum warst du draußen?«

»Ich konnte nicht schlafen.«

»Warum?«

»Irgendetwas habe ich gespürt. Ich hatte Angst.«

»Warum hast du mich nicht geweckt?«

»Warum hätte ich das tun sollen?«

»Weil du etwas gespürt hast? Weil du Angst hattest?«

»Du hast dich drei Jahre lang nicht um meine Gefühle und Ängste geschert«, sagte sie. »Und jetzt plötzlich soll ich dich deswegen mitten in der Nacht wecken?«

Er schnellte aus dem Sessel.

»Bitte, bitte geh nicht«, sagte sie. »Ich habe es nicht so gemeint.«

Er ging trotzdem.

Tatiana hörte, wie die Hintertür geöffnet wurde und ins Schloss fiel. Sie wollte aufstehen und ihm nachgehen. Doch sie konnte sich nicht wach halten. Sie schlief einfach ein.

Das Telefon klingelte ununterbrochen. Oder war das nur ein Traum? Sie hörte andauernd seine Stimme. War das auch ein Traum? Aus irgendeinem Grund hatte sie auf einmal wieder Angst, allein zu sein, ohne ihn. Sie begann, im Schlaf zu wimmern, nach ihm zu schreien. »Alexander, bitte hilf mir, bitte … Alexander …« Sie wurde nicht wach. Es waren seine Hände, die sie weckten, festhielten, im Bett aufsetzten.

Sie sahen einander an. »Wir müssen weg von hier«, sagte er.

»Anthony, wir müssen ihn holen.« Sie fing an zu weinen. »Mein Gott. Was, wenn er hier bei uns gewesen wäre?«

»Das war er aber nicht. Und Francesca hat gesagt, dass sie ihn bis Sonntag bei sich behält.«

»Lass uns hierbleiben. Ich will mein Bett nicht verlassen.«

»Und ich kann nicht in diesem Haus sein, wo überall sein Blut und Gehirn verteilt ist.«

Die Tränen liefen ihr herunter, als sie die Arme nach ihm ausstreckte. Er kam zu ihr unter die Decke. Sie schmiegte sich an seinen Körper.

»Wie machst du das nur?«, flüsterte sie. »So viel Wahnsinn und du bleibst ruhig.«

»Nun, einer muss ja die Fassung bewahren, Tania.« Er tätschelte ihren Po.

»Aber es ist fast so, als würdest du immer noch ruhiger werden. Hast du das immer schon gekonnt?«

»Vermutlich.«

»Warst du auch so im Krieg? In Finnland? Auf der Newa in deinem Pontonboot? Als du die polnischen Flüsse überquert hast? In all deinen Schlachten? Von Anfang an?« Sie blickte forschend in seine kalten bronzenen Augen.

»Vermutlich«, wiederholte er.

»Ich möchte sein wie du.« Sie streichelte sein Gesicht. »Das hat etwas mit deinem Überlebenswillen zu tun. So ist es dir gelungen, am Leben zu bleiben. Du lässt dich durch nichts verunsichern.«

»Wie du weißt«, sagte Alexander, »habe ich mich ab und zu nicht ganz im Griff.«

Sie zogen sich an und verließen das Haus. Dudleys Innereien klebten noch an ihren Wänden.

Tatiana begann qualvoll zu zittern, als sie an einem alten, verbeulten Truck vorbeikamen, der zwei Kilometer weiter unten am Straßenrand geparkt war.

»Welches Hotel?«, fragte er sie mit bitterer Stimme.

»Ist mir egal. Solange es nicht das Westward Ho ist«, sagte sie mit zurückgelehntem Kopf.

Sie fuhren in das Arizona Biltmore Resort, das ein weiterer Adoptivsohn der Stadt Phoenix entworfen hatte, der Architekt Frank Lloyd Wright. Sie nahmen eine Penthouse Suite und saßen zusammen in der dampfenden Badewanne, als der Zimmerservice klopfte. Sie hatten etwas zu essen bestellt. Alexander ging zur Tür, um die Mahlzeit entgegenzunehmen. Doch schließlich hatten sie keinen Appetit mehr. Sie trockneten sich lediglich ab, krochen unter die gestärkte Hotelbettwäsche und schliefen tief und fest bis Sonntagmorgen.

Als sie Anthony abholten, erzählten sie ihm, dass bei ihnen eingebrochen worden sei. Es habe ein kleines Problem gegeben, sie könnten für eine Weile nicht zurück in ihr Haus. So verbrachten sie zwei luxuriöse Tage im Biltmore mit Sonntagsbrunch und Schwimmen im Pool. Am Montagmorgen kam wie vereinbart die Putzkolonne, und als sie am Dienstagmorgen zurückkehrten, war es, als hätte Dudley nie existiert.

Sie ersetzten den Teppich, erneuerten das Linoleum. Alexander baute zwei neue Küchenschränke. Sie strichen die Wände, kauften eine neue Couch.

Doch Alexander fühlte sich elend. Das Haus war für ihn beschmutzt. Arizona war für ihn beschmutzt. Falls die Untersuchung ein gutes Ende nehme, sagte er ihr, würden sie das Land verkaufen und wegziehen. Er habe seine Wahl getroffen, Bill Balkman eine Zusage erteilt, und das sei nun geschehen. »Weißt du, Tania, alles begann mit dem Foto des nackten Mädchens.«

Tatiana schwieg.

»Ich konnte nicht genau sagen, was daran nicht stimmte. Aber jetzt weiß ich es. Es war ein Test für jeden, der in sein Büro kam, jeden Maler, jeden Dachdecker, jeden Zimmerer, den Balkman zum Gespräch vorlud. Sie mussten alle an der barbusigen Frau vorbei. Äußerten sie sich dazu, lächelten sie verständnisvoll, tauschten sie einen Blick, der Balkman besagte, dass sie auf derselben Wellenlänge lägen, wurden sie eingestellt. Es ist kein Zufall, dass jeder der Mannschaft, den er anheuerte, genau dasselbe Verhalten zeigte. Seine Entscheidung, sie unter Vertrag zu nehmen, hing davon ab, wie sie auf dieses Bild reagierten. So konnte er sie aussieben. Jetzt weiß ich es.«

»Was hat mein Mann getan, das Bill Balkman glauben ließ, er sei einer von ihnen?«, fragte Tatiana leise.

Alexander seufzte. »Ich habe nichts getan. Ich habe nichts gesagt. Und so wusste er, dass es für mich in Ordnung war. Und er hatte recht. Ich war bereit, darüber hinwegzusehen.«

Tatiana widersprach. Sie sagte, Balkman habe vielleicht gewollt, dass etwas von Alexander auf seinen Sohn abfärbe. Vielleicht habe Balkman ein besseres Beispiel als sich selbst für seinen Sohn Stevie gewollt.

Alexander sagte nichts.

Tatiana konnte in ihrem eigenen Haus nicht ohne Beruhigungsmittel einschlafen, nicht ohne die P-38 neben ihrem Bett.

Trotzdem wachte sie jede Nacht schweißgebadet auf und schrie, weil sie ein Bild vor Augen hatte, das sie nicht loswerden konnte, selbst bei Tag nicht: ihr Mann, ihr Alexander, steht wie ein schwarzer Ritter vor ihr, sieht sie unumwunden mit seinem tödlichen, unerschütterlichen Blick an, zielt mit einer Waffe Kaliber .45 auf ihr Gesicht – und drückt ab. Das ohrenbetäubende Geräusch dieses Schusses hallte durch sämtliche Kammern ihres Herzens.

Sie brauchte beinahe eine ganze Flasche Champagner, bis sie sich wieder von ihm anfassen ließ. Nach einem schmerzhaften und wenig beeindruckenden Liebesakt lag sie in seinen Armen, benebelt und benommen vom Alkohol.

»Tatiascha«, flüsterte er, »du weißt, wenn es keine Frauen wie dich gäbe, die ihre Männer lieben, wären alle Kriegsheimkehrer ein bisschen wie Dudley. Ausgestoßen, deprimiert, mutterseelenallein, unfähig, Bindungen zu anderen Menschen einzugehen. Sie würden all diejenigen hassen, die sie kennen, und sich doch gleichzeitig wünschen, bei ihnen zu sein.«

»Du meinst«, sagte Tatiana und sah in sein Gesicht, »so wie du warst, als du zurückgekommen bist?«

»Ja«, sagte Alexander und schloss die Augen. »So wie ich war.«

Sie weinte in seinen Armen. »Du bist immer noch so, wenn der Krieg so nah ist.«

»Ja, ich tu so, als sei ich zivilisiert. Was hast du mir auf der Flucht nach Berlin gesagt? *Du musst leben, als würdest du glauben, dann wird dir auch der Glaube wiedergeschenkt.* Und das ist es, was ich unentwegt versuche.«

»Wie konntest du ihn erschießen, wo ich nur ein paar Zentimeter daneben stand? Und auch noch mit deiner linken Hand. Gott, du bist an der rechten Hand ausgebildet, Soldat. Du kannst mit links gar nicht schießen.«

»Hm.«

»Was, wenn du danebengeschossen hättest?«

»Ich habe nicht danebengeschossen.«

»Ich frage dich, was wenn doch?«

»Es stand eine Menge auf dem Spiel. Ich habe versucht zu treffen. Aber Tania, du hast dein Schicksal an meines geknüpft. Du wusstest, worauf du dich einlässt. Wer weiß besser als du, was ich bin?« Plötzlich ließ er sie los und rutschte von ihr weg.

»Was ist?«, fragte Tatiana und griff nach ihm. »Was hast du?«

Er schüttelte ihren Arm ab. »Sprich nicht mehr mit mir. Ich kann dich laut und deutlich hören durch sämtliche Poren deiner Haut. Du bist so feindselig. Ich weiß, was du denkst.«

»Nein, das weißt du nicht. Was?«

»Du machst mir zum Vorwurf, dass ich etwas in unser Haus gelassen habe, weil ich vergessen hatte, was du bist«, sagte Alexander kalt. »Hast du das nicht zu mir gesagt?«

In ihrem Bett, unter ihrer weißen Decke, zog Tatiana ihn zu sich zurück, hielt ihn fest, drückte ihn an ihr Herz, an ihre Brüste. »Das habe ich nicht gedacht, Liebling«, sagte sie. »Wann habe ich je von dir erwartet, dass du perfekt bist? Du stehst wieder auf und versuchst, es besser zu machen. Du bringst in Ordnung, was du in Ordnung bringen kannst, du machst weiter, du hoffst, dass du lernst. Der Kampf hört nicht auf, nur weil du den Weg kennst. Das ist erst der Anfang.«

»Und was denkst du dann, wenn nicht das? Denkst du daran, was Dudley gesagt hat?« Er erschauderte und ballte die Fäuste. »An die Drohungen, die er ausgestoßen hat?«

Sie schüttelte den Kopf. »Nein. Er hat das für ihn denkbar Niederträchtigste zu dir gesagt, weil er dir damit den Krieg erklären wollte. Er hat genommen, was dir am heiligsten ist, und es in den Schmutz gezogen, um dich zu erniedrigen. Und uns. Damit kenne ich mich aus. Und du auch. Steve hat das drei Jahre lang getan.« Sie hielt inne. »Aber daran denke ich nicht«, fuhr Tatiana fort. »Ich denke diesmal an mich, nicht an dich. Und daran, was Blanca Dawidowna einst zu mir gesagt hat. Ich wünschte, sie hätte es nie gesagt. Ich wünschte, ich hätte es nie gewusst. Ich rettete sie aus ihrem brennenden Haus und das ist der Dank dafür. Sie sagte zu mir: ›Gott hat einen Plan für jeden von uns. Und Krone und Kreuz stehen beide in deinem Teesatz, Tatiana.‹«

»Ja«, erwiderte Alexander. »Und mein Vater sagte zu mir: ›Hier ist mein Plan für dich, Sohn. Ich bringe dich in die Sowjetunion, weil ich möchte, dass du der Mann wirst, zu dem du bestimmt bist.‹ Und als unser Kreuz schließlich ein bisschen zu schwer wurde, haben wir beide uns gegen unser Schicksal aufgelehnt. Und glaube mir, wir sind noch nicht damit fertig. Denn trotz Dudleys eifriger Bemühungen ist unser Leben noch nicht am Ende.«

Zweites Zwischenspiel

Pique-Dame, 1938

Die Pique-Dame bedeutet versteckte Feindseligkeit.

Alexander Puschkin

Mama, Gott segne sie, kehrte nach Leningrad zurück und Marina kam nach Luga.

Mama, erschöpft wie sie war, beachtete Tatiana nie. Cousine Marina aber, die den Menschen, die sie umgaben, stets Aufmerksamkeit schenkte, hatte es diesmal auf Saika abgesehen. Tatiana verstecke sich mit Oleg hinter den Bäumen und beobachtete sie, wie sie lachten und aufeinander hörten. Marina war ein dunkles, kurzhaariges, rundliches Mädchen mit runden Augen, runden Armen, runden Hüften und runden schwarzen Muttermalen am ganzen Körper.

»Ist es nicht unfassbar, was gerade in Abessinien passiert, Tania?«

Oh, Oleg. Ist es nicht unfassbar, was gerade direkt vor deiner Nase passiert? Marina, mein eigen Fleisch und Blut, will nicht mit mir spielen.

»Was die Japaner in Nanking machen, ist skrupellos. Hat denn niemand vor, sie aufzuhalten?«

Wie Saika Marina in Beschlag nimmt, das ist skrupellos. Hat denn niemand vor, sie aufzuhalten?

»Jemand muss Chamberlain ein Ultimatum stellen. Hilf meinem Land jetzt oder deins ist nächstes Jahr dran.«

Jemand muss Marina ein Ultimatum stellen. Spiel jetzt mit mir oder du wirst es später bereuen.

Pascha kam zu ihnen, drückte Tatiana zu Boden, setzte sich auf sie, hielt ihre Arme fest, kitzelte sie mit dem Kinn und sang dabei: »Tania ist eifersüchtig, Tania ist eifersüchtig.«

Tatiana warf ihn ab und sang dabei: »Pascha ist lächerlich, Pascha ist lächerlich.«

Doch auf einmal war Marina diejenige, die auf Bäumen saß, im Fluss schwamm und hinaus in die Felder ging, um Klee zu essen. Dabei wüsste Marina nicht einmal, wie man den süßen Inhalt aus den Blüten heraussaugt, wenn Tatiana es ihr nicht gezeigt hätte. So eine Frechheit.

Saika und Marina flüsterten miteinander und kicherten. Wie andere Mädchen ihres Alters auch teilten sie Geheimnisse miteinander und gaben sich ganz den Freuden des Jungseins hin.

Die Füße auf einen Baumstamm gestützt, lagen sie zusammen im Gras, während die Jungen mit Tatiana Fußball spielten. Bevor Marina gekommen war, hatte Saika morgens, mittags und abends vor Tatianas Fenster gestanden und sie darum gebeten, etwas mit ihr zu unternehmen. Und schlimmer noch, sie wollte, dass sie mit ihr nächtens auf Bäume kletterte und in ihre Geständnisse und Enthüllungen eingeweiht wurde.

Tatiana hatte nichts von sich preisgegeben. Doch das hatte Saika nicht davon abgehalten, Tatiana Geheimnisse anzuvertrauen, die für sich zu bewahren Tatiana nicht das geringste Interesse hatte. Somit war sie einerseits dankbar, dass Saika von einem Neuankömmling abgelenkt war.

Andererseits handelte es sich um ihre Marinka. Eine zweifelhafte Genugtuung also, wenn davon überhaupt die Rede sein konnte.

Da Saika anderweitig beschäftigt war, begann Oleg, sich wieder mit Tatiana zu unterhalten – doch sie wusste nicht einmal, ob ihr die Diskussionen mit ihm überhaupt Genugtuung verschaffen würden.

»Oleg«, sagte Tatiana und stachelte ihn an, »bitte sag mir, dass Sir Neville Chamberlain nicht auch dich beschwichtigt hat, jetzt da er Franco in Spanien umarmt und gesagt hat, das Münchner Abkommen hätte die Wolken des Misstrauens vertrieben und den Weg für den Frieden geebnet.«

»Du bist entweder ironisch oder völlig naiv«, sagte Oleg mit feierlichem Ernst. »Fast so naiv wie Chamberlain. Die übrige Welt ordnet sich dem Faschismus unter und wir sehen dabei zu. Aber mach dich nur lustig. Europa wird das Schlachtfeld sein und der Ausgang dieser Schlacht wird über die Weltordnung entscheiden. Die faschistische Ordnung oder die kommunistische Ordnung. Hitler gegen Stalin.«

»Und der Faschismus wird unterliegen«, sagte Tatiana.

»Im Augenblick sieht es wohl kaum danach aus, als würde der Faschismus unterliegen, oder, Taneschka?«, sagte Oleg scharfzüngig.

Zu Hause spielte ihr Großvater wieder eine Partie Schach mit ihr. Doch im Grunde zählte das nicht, da Marina von Schach keine Ahnung hatte. Deda sagte zu Tatiana: »In zwei Zügen bist du schachmatt.« Und Tatiana antwortete: »Vielleicht bin ich in zwei Zügen schachmatt, aber im Augenblick steht es noch Schach.«

Drei Enten in einer Reihe

Endlich wurde sie zum Mitspielen aufgefordert. Tatiana, Marina und Saika gingen im Fluss zusammen schwimmen. Das Wasser der Luga war nachmittagswarm, weich auf der Haut, leicht zu treten. Sie spielten nahe am Ufer, wo sie noch Boden unter den Füßen hatten, bis Saika auf einmal zur Flussmitte hin stob. Marina folgte ihr ohne lang zu überlegen und spritzte dabei Tatiana nass, die ihnen nur zögerlich hinterherschwamm und nicht zurückgespritzt hatte. Saika machte keine Anstalten umzudrehen. »Marina, schwimm nicht so weit in die Strömung hinein. Bleib lieber in Ufernähe«, rief ihr Tatiana zu. Marina nannte sie eine Miesmacherin; sie hatte inzwischen Saika überholt. Die drei Mädchen schwammen hintereinander in einer Reihe, Marina voran, dann Saika, Tatiana zuletzt. Sie ließen sich von der Strömung treiben. Und dann plötzlich verschwand Marina.

Würgend und Wasser spuckend kam sie wieder an die Oberfläche. Sie versuchte zu schwimmen, konnte aber nicht. Ein Wirbel hielt sie gefangen. Die Kraft des Wassers hatte sich an dieser Stelle verdreifacht und vervierfacht und einen kreisenden Strudel erzeugt, der zu stark war für Marina. Sie ruderte wild mit den Armen und schluckte so nur noch mehr Wasser. Das Würgen versetzte sie in Panik und der Fluss war hier sehr tief. Marina wurde herumgewirbelt und immer wieder unter Wasser gedrückt. Tatiana schwamm bis ganz hinaus. Sie versuchte, an Saika vorbeizukommen, um zu ihrer Cousine zu gelangen. Aber sie wusste, dass Marina gleich wieder untergehen würde und es ihr allein nicht möglich wäre, sie zu retten. »Saika, schnell!«, schrie sie. »Hilf mir!«

Keuchend und ohne zu antworten schwamm Saika ein bisschen schneller. Dabei kreuzte sie direkt Tatianas Weg.

»Zu zweit können wir es schaffen«, wiederholte Tatiana angestrengt und versuchte immer noch, Saika auszuweichen. »Mach schon, pack einfach ihren Arm und zieh sie weg.«

Saika benahm sich, als hätte sie nichts gehört. Marina ging unter und kam wieder hoch. Sie versuchte zu schreien, während ihre Arme heftig auf das Wasser klatschten.

Tatiana war selbst so von Panik ergriffen, dass Marinas verhaltene Schreie kaum an ihr Ohr drangen. Nur ihren Namen hörte sie aus Marinas Mund sprudeln. »Oh, Tania ... bitte, oh, Tania, bitte ... hilf mir.«

Tatiana holte tief Luft, drängte Saika zur Seite und packte Marinas Arm. Bevor ihre Cousine sie wie ein Anker in die Tiefe ziehen konnte, riss Tatiana sie mit aller Kraft zu sich, zog noch einmal und dann ...

Man sollte meinen, dass auf so ein Erlebnis ein Wort des Dankes folgen würde, aber nein.

Als Tatiana am nächsten Tag zur Lichtung kam, flüsterte Anton mit Natascha, die wiederum mit Marina flüsterte, die sich Oleg zuwendete, der Saika etwas zuflüsterte. Dann warf Saika Tatiana einen Blick zu und verstummte.

»Was ist los mit euch?«, fragte Tatiana. Niemand antwortete.

Sogar Pascha sah sie misstrauisch an.

Und keiner erklärte sich bereit, mit ihr Fußball zu spielen. Nicht einmal Pascha und Anton.

Tatiana warf die Hände in die Luft und ging. Später tauchte Pascha auf und setzte sich zu ihr ans Bett. Tatiana war in ein Buch vertieft und ignorierte ihn. »Also, was war gestern im Fluss los?«, fragte er schließlich.

»Marina war in einen Wasserstrudel geraten und ich habe sie herausgezogen.«

»Uns ist aber etwas anderes zu Ohren gekommen«, sagte Pascha. »Nämlich, dass du Saika weggeschubst hättest.«

Tatiana lachte.

Pascha schwieg. »Hast du Saika weggeschubst?«

»Allerdings.«

»Warum?«

»Weil sie keine Anstalten machte, Marina zu helfen, Pascha.«

»Sie sagt, dass sie es gerade tun wollte.«

»Ich kann schwer beurteilen, was sie vielleicht noch getan hätte. Ich weiß nur, was sie nicht getan hat.«

»Sie sagt, dass sie es gerade tun wollte«, wiederholte Pascha hartnäckig.

»Wie schön. Aber egal wie Saika es dreht und wendet, es gibt nur eine Wahrheit über das, was geschehen ist.«

»Warum sollte Saika die Wahrheit verdrehen wollen? Hack nicht andauernd auf ihr herum.«

»Na gut«, lenkte Tatiana ein. »Ich habe nur gesehen, dass Saika keinen Finger gerührt hat, um Marina zu retten.« Tatiana steckte ihre Nase wieder in das Buch.

»Sprich lieber mal mit Marina«, sagte Pascha. »Sie sieht das nämlich ganz anders.«

»Diese undankbare Person«, sagte Tatiana, ohne jedoch wahren Groll zu verspüren.

Von Wahrsagerei und Schutzzaubern

Später auf der Hängematte, wo die Kinder sich gewöhnlich nach Sonnenuntergang sammelten, wollte Tatiana eine Auseinandersetzung heraufbeschwören: »Also, was sind das für Geschichten, die du hier verbreitest, Saika? Über den Vorfall im Fluss?«

»Ach, sei nicht albern«, sagte Saika leichtfertig und winkte ab. »Lassen wir das. Das ist Schnee von gestern.«

»Wirklich, Tania«, stimmte Marina ein, »es ist schwer zu sagen, was im Fluss passiert ist. Mir geht es gut, das ist die Hauptsache.« Sie wechselte das Thema. »Saika hat mich heute Abend zu ihrer Mutter eingeladen. Sie wird mir die Zukunft vorhersagen. Willst du mich begleiten? Du musst aber nicht. Pascha kommt allerdings mit. Und Dascha auch.«

»Heißt das, Saika«, sagte Tatiana gelassen, »deine Mutter ist heute Abend ausnahmsweise nicht zu beschäftigt?«

Pascha und Dascha versetzten ihr von beiden Seiten einen Tritt.

»In der alten Heimat war meine Mutter eine Kochek«, sagte Saika stolz. »Weißt du, was das ist, Tania? Eine Wahrsagerin. Eine Ekstatikerin. Sie kennt die Zukunft. Ein Ekstatiker ist jemand, der für starke Emotionen empfänglich ist. Und das ist meine Mutter. Dafür muss man sich nicht schämen.«

Bevor Tatiana noch ein Wort sagen konnte, zischte Dascha: »Du wirst auch gleich für starke Emotionen empfänglich sein – nämlich heftigen Schmerz. Also sei jetzt still und komm.« Sie griff Tatianas Hand und zerrte sie mit.

Als sie das Haus der Kantorows betraten, sang Shavtala gerade Klagelieder. Sie hatte eine verworrene schwarze Mähne, trug einen langen dunklen Kaftan und rauchte filterlose Zigaretten. In dem Zimmer waren alle Fenster geschlossen. »Die Zigaretten sind mein Weihrauch«, sagte sie. Tatiana nahm an, dass es ein Witz sein sollte.

Marina war als Erste an der Reihe. Gleichgültig nahm Shavtala ihre Hände, drehte die Handflächen für ein, zwei Sekunden nach oben, betrachtete sie (flüchtig, wie Tatiana fand) und sagte Marina, dass sie eine zufriedenstellende Beschäftigung im Sinne der proletarischen Erziehung finden und ein Gewinn für ihr Land sein würde. »Aber Kälte ist dein Feind. Zieh dich warm an. Trag Gummischuhe.«

»Was?«

»Ich sage dir nur, was ich sehe. Ach, und noch etwas: Du bist praktisch veranlagt, doch es mangelt dir an Fantasie. Versuche, alte Dinge in einem neuen Licht zu sehen. Arbeite daran. Der Nächste.«

»Wie präzise ist dieses Handlesen eigentlich?«, murmelte Tatiana und stieß Dascha nach vorn.

Reichlich apathisch drehte Shavtala Daschas Handflächen nach oben. »Interessant«, sagte sie, »sehr, sehr interessant«, mit einer monotonen Stimme, die besagte: Langweilig. Sehr, sehr langweilig. Nach dem Verweis auf die nützliche proletarische Arbeit, die Dascha leisten würde, fügte Shavtala hinzu: »Deine Herzlinie zeigt eine Krankheit. Ein schlechtes Sehvermögen. Trägst du eine Brille?«

»Was?«
»Ich würde mir eine kaufen. Der Nächste.«
»Warten Sie. Was ist mit der Liebe?«, fragte Dascha.
»Ich weiß nicht«, antwortete Shavtala. »Deine Cousine Marina macht sich ständig Sorgen. Sie hat viele Sorgenlinien. Du hingegen machst dir zu wenig.«
»Ich sagte nicht Sorgen. Ich sagte Liebe.«
»Nun, ich würde mir trotzdem etwas mehr Sorgen machen. Und nimm dich vor Eis in Acht. Ich sehe Eis in deiner Zukunft.«
»Eis?«
»Eis und Gummischuhe«, flüsterte Tatiana. »Diese Frau ist offensichtlich schon von Oktober bis April in Leningrad gewesen.«
»Pscht.«
»Aber wird mir die Liebe begegnen?«, fragte Dascha Shavtala erneut. »Nur das will ich wissen.«
Shavtala hob ihren schwarzen, leblosen Blick zu Dascha. »Ja«, antwortete sie. »Dir wird die Liebe begegnen.«
Pascha gab sie den Hinweis: »Rost ist nicht dein Freund.«
»Nun«, sagte Pascha philosophisch und wechselte einen vielsagenden Blick mit Tatiana, »wessen Freund ist er schon? Aber wie kommt es, dass ich keine nützliche Arbeit kriege?«
»Weil du kein sehr guter Proletarier sein wirst«, sagte Shavtala. »Du hast ein wankelmütiges Herz. Tania, du bist die Nächste.«
»Ich? Die Nächste? Nein, nein«, sagte Tatiana. »Ich mache das nicht. Mich interessiert das nicht. Da können Sie die anderen fragen. Herrje, mir ist gar nicht aufgefallen, wie spät es schon ist.«
Shavtala stand auf, tat einen Schritt nach vorn und griff Tatianas Hände. Gewaltsam drehte sie die Handflächen nach oben. Tatiana stieß einen kurzen missmutigen Laut aus und versuchte, ihre Hände wegzuziehen. Doch Shavtala, die wesentlich größer und stärker war, ließ sie nicht wieder los. Sie senkte ihren Kopf und vertiefte sich in den Anblick von Tatianas Händen. »Hu, was für eine Schicksalslinie.« Sie pfiff. »So etwas habe ich noch nie gesehen. Sie spaltet beide Hände geradezu entzwei.«
»Kommen Sie schon«, murrte Tatiana, während sie weiterhin

versuchte, ihr die Hände zu entziehen und die Handflächen nach innen zu drehen. »Bitte, hören Sie auf. Das ist nicht nett.«

Shavtala nahm keine Notiz von ihrem Kommentar. Sie starrte erst auf die eine Handfläche, dann auf die andere. In ihrem Gesicht war von Gleichgültigkeit keine Spur mehr. Ihr Gesicht war gerötet, sie keuchte. »Schau her, Mädchen. Herz-, Kopf- und Lebenslinie sind miteinander verbunden. Sie haben alle denselben Ursprung. Das bedeutet, dir steht ein großes Trauma bevor.«

Da nahm Tatiana Shavtalas Hände und presste sie wimmernd zusammen. »Bitte, hören Sie auf!« Sie starrte sie finster an. »Sehen Sie nicht, dass ich das nicht möchte?«

Plötzlich wich Shavtala mit einem spitzen Schrei zurück. Sie stieß Tatiana weit von sich und blickte sie panisch an. Tatiana war bleich geworden, aber sie hatte ihre Ruhe wiedergefunden.

»Was hast du gesehen, Mama?«, fragte Saika.

Shavtala fiel rückwärts auf ihren Sessel. »Nichts. Aber ... Tania ...« Sie starrte Tatiana eindringlich an. »Hast du eben ... in mich hineingesehen?«

»Nein!« Tatiana wich zurück und stieß gegen ihren Bruder, den sie damit fast zu Fall brachte.

Shavtala nickte. »Du hast es getan. Ich weiß, dass du es getan hast.«

»Nein.« Tatiana versteckte sich hinter Pascha, doch er zog sie wieder hinter sich vor und kitzelte sie.

Tatiana sah Shavtala nicht mehr an. »Komm schon, wir müssen gehen.«

»Was hast du gesehen, Tania?«, fragte Shavtala erneut.

Tatiana erwiderte weder ihren Blick, noch antwortete sie oder hob gar den Kopf.

Saika hockte sich neben ihre Mutter. »Mama, was ist?«

»Tochter«, sagte Shavtala ausdruckslos, »komm nicht in ihre Nähe. Bleib weg von ihr.«

»Pascha, bist du zur Salzsäule erstarrt? Gehen wir!« Tatiana zog ihren Bruder, dem der Mund offen stand, am Ärmel.

Draußen auf der Dorfstraße sagte Tatiana: »Seht ihr nun, warum das dumm war? Was für ein Betrug. Und keineswegs hilfreich. Ich meine, was sollst du mit der Warnung vor Rost anfangen?«

»Und ich mit der Brille«, sagte Dascha. »Ich sehe ausgezeichnet.«

»Wie ich gesagt habe. Macht es wie ich. Kümmert euch nicht darum.«

»Ja, Tania, aber Madame Kantorowa hat gesagt, dass mir die Liebe begegnen wird.« Daschas Wangen glühten.

»Ja, und sie hat Marina geraten, Gummischuhe zu tragen.«

Auf der Veranda ihrer Sommerdatscha angekommen, fragte Pascha: »Tania, Saikas Mutter hatte unrecht mit dem, was sie über dich gesagt hat, oder? Du hast nicht wirklich in sie hinein...«

»Ist sie dir etwa wie eine verlässliche Informationsquelle erschienen?«, murrte Tatiana und sah ihren Bruder nicht an. »Natürlich hatte sie unrecht.«

Pascha und Dascha sahen sie neugierig an.

»Ach, ihr zwei!« Sie ging zu Bett.

Physik praktisch angewandt

Am darauffolgenden Nachmittag schlug Saika ein Radrennen vor. Tatiana hatte keine Lust dazu, wollte aber auch nicht als Spielverderberin dastehen. Also erklärte sie sich bereit, mit Pascha um die Wette zu fahren. Aber Saika entgegnete, du fährst immer mit ihm um die Wette. Trete doch diesmal gegen mich an.

Das Rennen verlief stets nach denselben Regeln: Die ganze Gruppe radelte paarweise die abschüssige, schmale Schotterstraße hinunter, die vom Dorf Luga aus zu den Hütten ihrer Familien am Flussufer führte. Im Grunde war es ein Kinderspiel. Einem Newton würdig wurde es erst durch die Lastkraftwagen der Sowjetverwaltung, die fast leer bergab zu den Gurkenbeeten und Kannen frisch gemolkener Milch rollten und gefüllt mit den Produkten der Dorfbewohner zurück den Hang hinaufkamen. Die Kinder warteten oben am Hügel genau den richtigen Augenblick ab, bis ein herannahender Lastwagen sie fast erreicht hatte, und traten dann wie wild in die Pedale, während der Lastwagen nur wenige Meter hinter ihnen das Gefälle hinunterraste, laut hupte und vergeblich versuchte, das Tempo zu drosseln. Masse und Geschwindigkeit des Zehntonnenlasters, der mit dreißig Kilometern pro Stunde einen Hang mit vierzig Grad Neigung hinunterschlingerte, traten gegen Masse und Geschwindigkeit der zehn Kilo schweren rostigen Räder an, die bergab zwanzig Kilometer pro Stunde erreichten.

Der Trick dabei war, zweierlei zu wissen: erstens wie nah man den Lastwagen kommen lassen konnte, damit es interessant wurde, und zweitens wann man sich mitsamt dem Rad auf das Gras am Wegrand stürzen musste, bevor ein anderes physikalisches Gesetz in Kraft trat – ein wohl erprobtes, demzufolge zwei Objekte nicht zur selben Zeit denselben Raum einnehmen konnten. Wenn man es schaffte, den Lastwagen bis zum Fuß des Hügels abzuhängen, und dabei am Leben blieb, nun, das war ein echtes Rennen.

Natürlich barg dieses Experiment auch eine gewisse Unsicherheit. Es gab ein paar unabhängige Variablen, die man nicht vorhersehen konnte, und eine geringe Wahrscheinlichkeit für Zufallsfehler. Auf den Punkt gebracht: Das Rennen war lehrhaft und aufschlussreich und mit hohen Risiken behaftet.

Jeder in der Gruppe zog einen Strohhalm. Pascha und Marina waren die Ersten. Sie hatten viel zu lang auf einen Lastwagen warten müssen, und als endlich einer auftauchte, waren sie so ungeduldig und übereifrig, dass sie zu früh losfuhren. »Feiglinge«, rief Tatiana ihnen hinterher. Tatiana und Saika brachten sich in Position.

»Tania, jetzt?«

Aber Tatiana startete nie zu früh. Sie kannte die Geschwindigkeit ihres Rades und wusste, wozu es in der Lage war. Die beiden Mädchen standen in den Startlöchern, saßen auf ihren Sätteln und drehten sich nach dem näherkommenden Lastwagen um. Saika fragte erneut: »Jetzt?« Tatiana erwiderte: »In einer …« Saika sagte: »Jetzt!« Und Tatiana erwiderte gelassen: »In Ordnung, jetzt.«

Die Mädchen stießen sich ab und fuhren den Berg hinunter. Der Lastwagen hupte wie verrückt. Ihre Räder klapperten. Pascha und Marina, die bereits am Fuß des Hügels angelangt waren, stießen aufgeregte Schreie aus. Tatiana spürte plötzlich, wie der Lastwagen hinter ihr beschleunigte, statt abzubremsen. Rasch warf sie einen Blick über die Schulter zu Saika und rief: »Schneller, komm schon.« Genau da, als Tatiana sich unvermittelt umdrehte, verlor Saika offenbar die Kontrolle über ihr Rad. Es brach aus und stieß gegen Tatianas Vorderreifen. Im nächsten Moment lag Tatiana auf dem Boden. Ihr Fuß hatte sich in den Speichen verfangen und die Wucht des Falls zog sie bergabwärts. Der Lastwagenfahrer stieg hart auf die Bremse, was in etwa so wirkungsvoll war wie der Versuch zweier Eulen, einen Doppeldecker am Absturz zu hindern. Unvermindert schlitterte der Zehntonner auf Tatiana zu. Schwach hörte sie die nun verzweifelten Schreie ihres Bruders. Ihr Fuß war noch immer in den Speichen gefangen, doch irgendwie schaffte sie es, sich von dem Rad zu befreien, aufzustehen und sich in das Gras am Wegrand zu werfen. Der Lastwagen fuhr Schlangenlinien. Die hintere Ladeklappe wurde aus den Angeln gehoben und flog auf. Ihr Fahrrad verfing sich unter den schweren Autoreifen, wurde unter das Fahrgestell gezerrt und mitgeschleift, bis der Lastwagen schließlich langsam und schwerfällig am Fuß des Hügels zum Stehen kam.

Der Fahrer sprang aus dem Führerhaus und rannte den Hügel hinauf zu Tatiana. »Ich bringe dich um. Ich bringe dich um.«

Tatiana lag auf dem Boden, staubbedeckt, mit klopfendem Herzen, und blutete aus einer Schnittwunde am Knie. Pascha war schon an ihrer Seite, Marina lief hinter dem Lastwagenfahrer her, der sich mit wütendem, besorgtem Gesicht vor Tatiana hinhockte und sagte: »Du bist verrückt. Das hätte dich das Leben kosten können, weißt du das?«

»Es tut mir leid, dass ich Ihnen Angst eingejagt habe«, sagte Tatiana und hielt ihr blutendes Knie. »Ist mit Ihrem Lastwagen alles in Ordnung?«

Pascha zog sein Hemd aus und wickelte es um Tatianas Bein. Saika stand schweigend neben ihrem Fahrrad. Als Pascha sie mit einem zornigen Funkeln in den Augen fragte: »Was zum Teufel ist passiert?«, antwortete Saika kleinlaut: »Ich weiß nicht. Ich habe einfach die Kontrolle über mein Rad verloren. Tut mir leid, Tania.«

Mit Paschas Hilfe kämpfte sich Tatiana auf die Beine. »Ist schon in Ordnung. Es war nur ein Unfall.«

»Ja, Tania«, sagte Marina und kicherte nervös. »Was für ein verrücktes Spiel. Zum Glück wurde niemand von uns ernsthaft verletzt.«

Tatiana verlor kein weiteres Wort, ebenso wenig wie Pascha. Doch als sie zurück nach Hause kamen, fragte er: »Habe ich mich getäuscht oder hat sie dein Rad gerammt?«

»Du hast dich getäuscht«, antwortete Tatiana.

Der Zuckersack

»Kinder!«, rief Babuschka und schleppte einen schweren Leinensack die Veranda hinauf. »Schaut, was ich im Gras am Straßenrand gefunden habe. Zucker!« Babuschka war sichtlich aufgeregt. »Nicht zu fassen. Meine Kinder können süßen Kuchen essen. Oh, was ist mit dir passiert, Tania?«

Während Dascha Tatianas Bein verband, erzählte Pascha Babuschka, was geschehen war. Marina fügte hinzu: »Es war ein Unfall.«

»Was soll es sonst gewesen sein?«, fauchte Pascha. Tatiana versetzte ihm einen Tritt mit dem gesunden Bein.

Babuschka dachte nicht weiter darüber nach. »Oh, dann war das dein verbeultes Rad dort, wo ich den Zucker gefunden habe. Das hätte ich mir denken können, du Göre. Geschieht dir recht. Das ist dir bestimmt eine Lehre. Nichtsdestotrotz, schaut her, was ich hier habe. Ein schöner Trostpreis, oder nicht?«

»Nein.« Deda kam vom Garten herein. »Frau, was denkst du dir? Du kannst den Kindern nicht den Zucker geben. Er gehört uns nicht.«

»Wem dann? Er gehört niemandem, da wir nicht wissen, woher er stammt.«

»Richtig.« Deda nickte. »Das wissen wir nicht. Aber eines wissen wir mit absoluter Sicherheit.« Er hob die Stimme. »Uns gehört er nicht!«

Babuschka ließ nicht locker.

»Warum beschimpfst du mich, Anna?« Deda blieb eisern. »Lies das Etikett auf dem Sack. Da steht unmissverständlich: Eigentum der Kollektivverwaltung der UdSSR.«

»Wie ich gesagt habe, er gehört niemandem«, wiederholte Babuschka stur.

»Deda«, sagte Tatiana sanft, ihr Bein schmerzte, »da wir diesen großen Sack nicht gestohlen haben, könnten wir uns doch vielleicht eine Tasse daraus nehmen, und den Rest geben wir dem Waisenhaus in Luga und den Staretskijs weiter unten in der Straße. Sie hatten seit der Zarenzeit keinen Zucker mehr.«

Schweigend setzte sich Deda auf den Boden vor den Zuckersack. »Behalten wir den dummen Sack doch einfach«, sagte Tatiana. Pascha stimmte aus vollem Herzen zu. Aber Deda schüttelte den Kopf. »Taneschka, du weißt, dass das nicht geht.«

»Wie bitte? Du willst nicht einmal deinen Enkeln eine Tasse davon geben?«, schrie Anna. »Ich werde nicht auf dich hören. Von mir bekommen sie die Tasse.«

»Und ob du auf mich hören wirst. Wir müssen den Sack dem örtlichen Sowjet in Luga zurückgeben. Dort werden sie ihn wiegen. Und was sagen sie wohl, wenn sie feststellen, dass wir ein Kilo davon behalten haben?«

»Deshalb können wir den Sack überhaupt nicht zurückbringen«, rief Babuschka. »Wir behalten ihn. Wir nehmen den Zucker zum Kochen, essen ihn, und das Sackleinen werfen wir weg. Der Lastwagenfahrer wird nie merken, dass der Sack fehlt.«

»Glaubst du nicht, dass sie ihre Zuckersäcke zählen, Anna?«

»Ach, hör schon auf. Du glaubst, immer alles zu wissen. Worüber machst du dir Sorgen? Vertrau mir, niemand wird es merken. Nun, Tania, willst du den ganzen Abend nur herumsitzen oder kannst du rüber zu Blanca humpeln und uns unsere Milch holen? Das Abendessen ist in einer Stunde fertig.«

Auf dem Weg zu Blanca lief Marina zum Haus der Kantorows, um Saika zu fragen, ob sie mitkommen wolle. Saika brachte murmelnd noch einmal ein paar Entschuldigungen wegen Tatianas Bein vor und begleitete sie.

Die graue, zwergenhafte, runzelige Blanca Dawidowna blickte Saika argwöhnisch an, als die Kinder vor ihrer Tür standen. »Kommt herein«, sagte sie missmutig. »Wer möchte sich aus den Teeblättern lesen lassen?«

»Ich nicht«, sagte Tatiana.

»Ich möchte es, Blanca Dawidowna«, sagte Marina. »Neulich hat Saikas Mutter mir die Zukunft prophezeit. Sie meinte, dass ich es weit bringen werde. Ich würde gern wissen, was dieses Jahr in meinen Teeblättern steht.«

Die Kinder verteilten sich in der kleinen Stube und Pascha erzählte Blanca Dawidowna, was mit Tatianas Bein geschehen war. »Aber mir geht es gut«, fügte Tatiana rasch hinzu, als sie sah, wie Blancas Blick Saika abschätzig prüfte.

Marina hatte ihn offenbar auch bemerkt, denn sie sagte: »Komm schon, seitdem ist viel Wasser die Luga hinuntergeflossen. Tania, warum lässt du dir nicht auch mal wieder von Blanca Dawidowna aus den Teeblättern lesen? Das hat sie seit einer Ewigkeit nicht bei dir gemacht.«

»Unsere Tania mag die alten Künste nicht«, sagte Saika. »Teeblätter, Handlesen, Ebereschen. Warum eigentlich nicht, Tania? Handlesen ist tatsächlich eine Kunst. Die alten Griechen, Chinesen und Inder haben dadurch viel über das Schicksal gelernt. Und meine Mutter ist übrigens eine sehr gute Kochek. Sehr akkurat.«

»Die Zukunft vorhersagen ist keine Hilfe«, sagte Tatiana. »Blanca Dawidowna weiß das besser als irgendjemand sonst.« Sie nickte der alten Frau zu. »Andere Dinge können helfen. Das nicht.«

Saika wollte wissen, welche Dinge das seien.

Tatiana scheute vor der Antwort zurück. Blanca Dawidowna nahm ihre Hand und zog sie sanft zu sich. »Liebling, komm her.«

»Keine Teeblätter, kein Handlesen, Blanca Dawidowna«, sagte Tatiana entschieden. »Du hast es versprochen.«

»Ich weiß, mein liebes Kind. Ich halte mein Versprechen. Du hast natürlich recht. Ich sollte es besser wissen als irgendjemand sonst.« Sie bekreuzigte sich. »Diese Neugier auf das Schicksal ist so sinnlos – und gefährlich. Mit der Zukunft soll man nicht spaßen, nicht leichtfertig umgehen. Du kannst warme Milch von meiner Kuh haben. Aus Milch lese ich nicht. Ich möchte nur, dass du dich auf meinen Schoß setzt, Taneschka.«

»Ich bin zu schwer für dich.«

»Du bist leicht wie eine Feder, kleines Mädchen. Setz dich. Tut dir dein Bein weh?«

»Meinem Bein geht es gut.« Tatiana nahm auf Blancas Schoß Platz. »Fass meine Hände nicht an«, sagte sie. »Ich kenne dich.«

Aber Blanca tat es trotzdem. Sie nahm ihre Hände und küsste sie. »Ich weiß, dass du deine Zukunft nicht wissen willst«, flüsterte sie.

Saika saß im Schneidersitz auf dem Boden, die Handflächen nach außen gedreht, und beobachtete die beiden aufmerksam. »Oh, dann glaubst du also doch an die alten Künste, Tania. Da habe ich dich glatt missverstanden. Und wovor fürchtest du dich? Blanca Dawidowna, wovor fürchtet sich Tania?«

»Sie will nur die Zukunft nicht wissen«, antwortete die alte Frau. »Sie hasst dieses ganze Gerede von Schicksal.«

»Ich hasse es nicht«, sagte Tatiana. »Es ist nur unnötig. Man sollte einfach sein Leben leben. Was bleibt einem auch sonst übrig?«

»Aber wovor hat Tania Angst?«, fragte Saika. »Werden Sie mir aus der Hand und den Teeblättern lesen, Blanca Dawidowna? Ich fürchte mich nämlich nicht vor der Zukunft. Ich fürchte mich vor gar nichts.«

»Du bist so mutig, Saika«, rief Marina.

Blanca schwieg. »Du scheinst mir die Art von Mädchen zu sein«, sagte sie zu Saika, »das sich schon einige Male die Zukunft hat prophezeien lassen.«

»Da liegen Sie ganz richtig«, sagte Saika mit einem Lachen.

Tatiana passte kaum auf. Sie schnurrte, während die alte Frau ihren Rücken streichelte. Die Kinder im Dorf waren beim Spielen immer so grob, Pascha besonders. Sanftmut gehörte nicht zu seinem Repertoire. Dascha war sanft, wenn sie Tatianas Haar bürstete, doch davon abgesehen musste sie erst einen Alptraum haben, bis Dascha Tatiana zärtlich berührte und ihr liebevolle Worte zuflüsterte.

»Sagtest du, deine Mutter war eine Kochek, Mädchen?«, wollte Blanca von Saika wissen. Ihre Stimme klang wie ein Reibeisen und ihre runzelige Stirn bekam noch mehr Falten. »Sind Kocheks nicht Teil der jesidischen Geistlichkeit?«

»Nicht unbedingt«, sagte Saika und zog die Augenbrauen hoch. »Sie kennen die Jesiden?«

Tatiana erklärte Blanca, dass Saikas Familie jesidisch sei.

»Ist sie das?«, rief Blanca und beäugte Saika mit großem Interesse.

Saika sprang auf. »War. *War.* Bekommen wir jetzt den Tee oder müssen wir uns den ganzen Abend mit trockener Kehle unterhalten?«

»Wer sind die Jesiden?«, fragte der immer neugierige Pascha.

»Erinnere dich an Blaubarts Jungfer Naseweis, Pascha«, flüsterte Tatiana.

»Halt den Mund, Tania.«

Blanca Dawidowna war ganz damit beschäftigt, den Tee zu servieren, und antwortete Pascha nicht. Aber Pascha war niemand, der die Dinge auf sich beruhen ließ. Und seit dem Radrennen am Nachmittag hatte er seine gute Laune verloren. Tatiana setzte sich im Schneidersitz neben ihren Bruder auf den Boden. Schließlich sagte Pascha: »Saika, hat das große blaue Pfauengemälde in eurem Wohnzimmer etwas mit den Jesiden zu tun?«

»Was?«

»Neulich, als deine Mutter wegen meiner nicht vorhandenen rostigen Proletarierzukunft in Ekstase geriet, ist mir der leuchtend blaue Vogel wieder ins Auge gestochen, der so auffallend über eurem Kamin platziert ist. Ich wollte dich schon mal danach fragen. Ist das so ein Jesiden-Bild?«

»Es ist nur ein Vogel, Pascha. Warum willst du das wissen?«

»Ich unterhalte mich nur, Saika.«

»In Ordnung, ich sage es dir, wenn du mir im Gegenzug etwas über Tania erzählst.«

»Warum geht es immer um mich?«, rief Tatiana. »Pascha, erzähl ihr stattdessen etwas über Marina.«

»Ich weiß schon alles über Marina«, sagte Saika. »Also, Pascha, was ist?«

»Abgemacht«, sagte er. »Du zuerst. Erzähl mir etwas über den Pfau.«

Tatiana stieß ihn, als wollte sie sagen, hör auf, Ärger zu machen.

»Pascha, weißt du, was das Wort Jeside bedeutet?«, fragte Saika. Marina saß dicht neben ihr und lauschte gespannt. »Es bedeutet Engel auf Arabisch. Das Jesidentum ist eine kurdische Engelsreligion.« Sie lächelte. »Der Pfau nimmt dabei den höchsten Platz ein. Er heißt Pfauenengel.«

Tatianas Atem ging rasch. Blanca Dawidowna öffnete den Mund und wollte sagen: Genug jetzt. Aber natürlich war Tatianas Bruder, der weniger Verstand besaß, als Gott einer Gans mitgegeben hatte, nicht aufzuhalten. »Hat dieser Pfau auch einen Namen?«, fragte Pascha.

»Melek Taus«, antwortete Saika.

»Blanca Dawidowna«, fragte Pascha, »lässt sich dieser Name in unsere Sprache übertragen?«

Tania legte ganz langsam die Hand auf Paschas Bein und zwickte ihn fest durch den Stoff seiner Hose. Offenbar wollte er Saika provozieren. Er hatte diesen seltsamen Gesichtsausdruck. Wild entschlossen war die treffende Bezeichnung.

Blanca antwortete nicht. Sie schwenkte die leeren Teetassen und beobachtete, wie die Blätter darin zum Liegen kamen. Dann stellte sie sie mit wachsamem Blick vor den Kindern ab. Ihre lebhaften Augen wanderten von einem zum anderen und blieben schließlich bei Tatiana hängen.

»Luzifer«, antwortete Blanca mit ihrer Reibeisenstimme.

»Luzifer?«, fragte Pascha lautlos.

Tatiana schüttelte den Kopf und schloss die Augen. Da hast du es. Genug Provokation für einen ganzen verflixten Sommer.

»Woher weiß eine einfache Dorffrau so viel über die alten Religionen?«, fragte Saika und sah Blanca scharf an.

»Wenn man lang genug lebt, schnappt man ein paar Dinge auf«, antwortete Blanca. »Ich bin einhundertundeins.«

Pascha hatte seine Stimme wiedergefunden. »Lu-zi-fer?«, wiederholte er laut.

Gelassen blickte Saika von Pascha zu Blanca und Tatiana. »Ja und?«

Die drei starrten sie verständnislos an. Wo. Bitte. Anfangen. Pascha versuchte es. »Luzifer, der Pfau, ist das Hauptsymbol eurer Kirche, Saika?«

»Ja. Worauf willst du hinaus? Luzifer ist der Engel des Lichts«, sagte Saika. »Jeder weiß das. Sogar sein Name bedeutet Licht.«

Pascha hustete, als hätte er Krupp. Selbst Tatianas Zwicken konnte ihn nicht davon abhalten. »Ähm, entschuldige, Saika«, sagte er. »Ich habe noch was anderes über Luzifer gelesen.«

»Pascha, lüg nicht, du kannst doch gar nicht lesen«, sagte Tatiana.

Er stieß sie mit dem Ellbogen an. »Und obwohl du ihn natürlich nennen kannst, wie du willst«, sagte er zu Saika, »ist die übrige Welt doch geschlossen der Ansicht, dass Luzifer einen Tick von einem Engel des Lichts entfernt ist.«

»Die Welt missversteht ihn«, sagte Saika, »so wie sie vieles missversteht. Aber Erleuchtung ist möglich.«

»Erleuchte *mich«*, sagte Pascha. »War Luzifer nicht ein Erzengel, der sich für klüger hielt als Gott und dann in Ungnade fiel?«

»Ich weiß, was du damit erreichen willst«, sagte Saika. »Ich soll zugeben, dass sich die lumpigen paar Tausend Anhänger unserer kleinen Religionssekte zwar Bilder von Engeln an die Wände hängen, die übrige Welt uns aber für Teufelsanbeter hält.«

»Weißt du«, sagte Pascha, »von der Warte aus habe ich es noch gar nicht betrachtet. Autsch. Tania, lass mich zufrieden. Aber jetzt, da du mich darauf hinweist, lass mich nur so viel sagen – wenn wir uns schon gegenseitig korrigieren: Sie hält euch nicht nur für Teufelsanbeter, sondern für richtige Satansjünger.«

Oh, was war heute Abend nur in ihren Bruder gefahren.

»Das ist einfach nicht wahr«, sagte Saika. »So etwas wie Satan gibt es nicht. Unsere Religion akzeptiert das Böse als natürlichen Teil der Schöpfung.«

»Sie macht es sich nicht zu eigen?«, fragte Pascha höhnisch.

»Nein.« Saika ließ sich nicht aus der Ruhe bringen. »Wir zollen ihm den Respekt, den es verdient, und setzen es in den ihm gebührenden Kontext. Nimm deine Garten-Eden-Geschichte zum Beispiel. Die Schlange hat lediglich zu Adam und Eva gesagt, dass sie über Gut und Böse umfassend Bescheid wissen und dann eine Entscheidung treffen sollen. Also«, fuhr Saika freundlich fort, »wenn das, woran du glaubst, wahr ist, hat die Schlange eurer Religion im Grunde einen Gefallen getan, denn ihr verdankt sie die Erkenntnis zwischen Gut und Böse. Mit anderen Worten, die Schlange hat euch den freien Willen geschenkt.«

Blanca Dawidowna schüttelte den Kopf.

»Oh Saika«, rief Marina. »Du bist so gescheit. Du weißt so viel.«

»Danke, Marina. Ich bin auch sehr stolz darauf.«

Tatiana und Pascha tauschten einen Blick. »Marina«, sagte Pascha langsam, »hast du je den Ausdruck gehört: In einer leeren Tasche tanzt der Teufel?«

»Nein.«

»Pascha«, sagte Tatiana und sprach über Marina, als wäre sie gar nicht im Raum, »ich glaube, das Sprichwort heißt eher: In einem leeren Herzen tanzt der Teufel.« Sie wandte sich an Saika. »Du weißt wirklich einiges. Doch was die Schlange betrifft, stimme ich nicht mit dir überein.«

»Natürlich nicht«, sagte Saika. »Du liebst es zu streiten. Du hast zu allem eine gegensätzliche Meinung.«

Wie ihr Bruder ließ sich auch Tatiana nicht aus der Ruhe bringen: »Nun, meiner bescheidenen Meinung nach haben Adam und Eva ihre Wahl bereits getroffen, indem sie der Schlange folgten. Nur dass es eine unkluge Wahl war. Gott befahl ihnen etwas und sie widersetzten sich. Die Schlange zischte und sie hörten auf sie. Der freie Wille existierte vorher schon, nicht erst hinterher.«

Saika lachte verächtlich. »Warum bist du so besessen vom freien Willen? Die alten Griechen und Römer glaubten an das Schicksal.«

»Du meinst, die heidnischen Griechen und Römer?«

Saika riss die Augen auf und lachte. »Ah, jetzt verstehe ich.

Deshalb magst du das Gerede über Schicksal nicht. Da liegt der Hund begraben. Du hast keine Angst davor, es widerspricht nur deinem Glauben.«

»Hier geht es nicht um mich«, sagte Tatiana mit ruhiger Stimme.

»Die *Heiden* glaubten an das Schicksal. Das hast du doch eben gesagt und derart höhnisch noch dazu.«

»Das war nicht höhnisch«, sagte Pascha. »Und Saika, lass Tania zufrieden.« Ganz offensichtlich konnte er ihr den Fahrradunfall nicht vergeben. »Tania, du weißt doch über Luzifer Bescheid. Wenn Saika mich nicht erleuchten will, erzähl du mir, was in deinen schlauen Büchern über den Pfauenengel steht.«

»Ich weiß nicht viel«, sagte Tatiana. »Aber in einem Buch, das Blanca Dawidowna mir geliehen hat, verbringt Luzifer die Ewigkeit im Mittelpunkt der Erde im innersten Höllenkreis und in jedem seiner drei Münder steckt ein Verräter, Judas mit dem Kopf voran im mittleren.« Tatiana zuckte die Achseln. »Mehr weiß ich nicht.«

»Du wurdest durch Lügen vergiftet«, erklärte Saika. »Deine übereifrigen singenden und taufenden Dorffrauen und deine überreizten mittelalterlichen Schriftsteller haben Luzifer völlig falsch dargestellt. Unsere Religion wird als Engelskult bezeichnet, weil sie genau das ist. Anders als ihr erkennen wir die Existenz von Dämonen nicht einmal an. Höllenkreise. Ha, dass ich nicht lache.«

Die Kinder starrten Saika an. Selbst Pascha war sprachlos. Nur die runzlige Blanca Dawidowna, die ungewollt mit dem Kopf nickte, betrachtete Tatiana.

»Warte«, sagte Tatiana, die versuchte zu verstehen. »Was meinst du damit: Ihr erkennt die Existenz von Dämonen nicht an? Was ist mit dem Teufel? Was ist mit Satan?«

»Nein, nein und noch mal nein.«

»Soll das heißen, ihr glaubt, es gibt nur Engel?«

»Das stimmt.«

»*Jeder* ist ein Engel?«

»Ja.«

Tatiana und Pascha baten Blanca Dawidowna mit flehendem

Blick um Hilfe. Blanca schwieg weiter und starrte in die Teetassen.

Tatiana fragte leise: »Also gibt es bei den Jesiden kein Richtig und Falsch? Kein Licht und Dunkel? Keine Newton'schen Gesetze?«

»Andere Prinzipien, Tania. Warum ist das so schwer zu verstehen? Luzifer ist ein Engel, der mit allem im Universum versöhnt und im Einklang ist. In seinem Universum ist alles gut, alles befindet sich im Gleichgewicht. Unser Glaube besagt, dass ihm für seine Sünden vergeben wurde, also wird auch seinen Anhängern für ihre vergeben.«

Eine Frage hing in der Luft, auf die Tatiana bisher noch keine Antwort gehört hatte. Aber sie vermutete, dass es sich um eine rhetorische Frage handelte. Sie öffnete den Mund. »Von wem vergeben?«, fragte sie.

»Von wem? Luzifer vergibt seinen Anhängern für ihre Sünden.«

»Ja«, sagte Tatiana leise, »aber wer vergibt Luzifer?«

Alle schwiegen. Tatiana konnte ihr Herz in der Stille laut klopfen hören.

Saika sprang auf die Beine. »Auf deine Frage gibt es, wie du sehr wohl weißt, keine Antwort«, sagte sie. »Warum stellst du dich nicht unter eine Eberesche und versuchst, die bösen Geister abzuwehren, die dir so viel Kummer bereiten?«

Schließlich ergriff Blanca Dawidowna das Wort. »Wozu um alles in der Welt brauchen wir Ebereschen«, fragte sie, »wenn wir das Kreuz haben?«

»Erzählen Sie das mal den ukrainischen Katholiken oder den Romanows«, fauchte Saika. »Das Kreuz konnte die Zarenfamilie nicht retten, oder?«

»Dann hat es also auch Petrus nicht gerettet. Und Paulus. Und Lukas. Und Matthäus ...«

»Ich will über diesen Unsinn nicht mehr reden. Ich gehe nach Hause. Kommst du, Marina?«

Marina sprang auf.

»Soll ich dir aus den Teeblättern lesen, Marina?«, fragte Blanca Dawidowna. »Sie wären jetzt so weit.«

»Vielleicht später.«

Tatiana stand ebenfalls auf. »Pascha, sitz hier nicht einfach so herum. Babuschka wird uns umbringen. Wir kommen viel zu spät. Und ich habe die Kuh noch nicht gemolken. Komm, hilf mir.«

»Warte, Pascha«, rief ihm Saika hinterher. »Ich habe dir von dem Pfau erzählt, aber du mir noch nichts von Tatiana.«

»Ich habe meine Meinung geändert«, sagte Pascha und ließ sich nicht aufhalten. »Ich habe eben ein wankelmütiges Herz. Deine ekstatische Mutter hat es selbst gesagt.«

Als sie zurück zur Datscha kamen, zog Pascha Tatiana von Marina fort und sagte: »Tania, mir ist egal, was Marina macht, aber du darfst nicht mehr mit Saika spielen.«

»Was?«

»Ich meine es ernst. Du darfst nicht mehr mit ihr spielen. Weder bei ihr zu Hause noch in der Hängematte oder im Fluss, und Rad fahren wirst du auch nicht mit ihr.«

»Nun, ich habe gar kein Rad mehr«, sagte Tatiana.

»Du kannst dich mit Dascha unterhalten und mit Deda. Aber bestimmt finden sie auch, dass du mit niemandem zusammen sein solltest, der die Existenz von Dämonen leugnet.«

»Ich habe mit dir über sie gesprochen, Pascha. Gleich von Anfang an. Aber du wolltest nicht zuhören.«

»Jetzt höre ich zu.«

Abendlicher Besuch

Spät am Abend, als sie längst gegessen hatten, klopfte es an der Tür. Murak Kantorow stand auf der Veranda. Die Metanows wussten nicht, dass er aus Kolpino zurück war, und hatten keine Ahnung, was er wollte. Trotzdem baten sie ihn herein und boten ihm ein Glas Wodka an. Anfangs schien es wie ein nachbarschaftlicher Besuch. Er saß mit ihnen zusammen, der Wodka floss, das Gespräch kam auch bald in Gang. Selbst Deda zeigte höflich Interesse an Muraks Reisen, und Murak ergötzte die anderen nur zu gern mit seinen Geschichten. »Vor zwei Jahren, als wir in der Nähe von Alma-Ata Baumwolle pflückten ...«

Tatiana hörte aufmerksam zu.

»Vor einigen Jahren, als wir auf den Ölfeldern in Taschkent arbeiteten …«

»In Eriwan verbrachten wir nur ein paar Monate …«

»In Saki sind wir am längsten geblieben. Zwei Jahre. Saika nannte es schon ihr Zuhause, und dann kamen wir hierher. Nein, danke«, sagte Murak, als Babuschka ihm schwarzen Kaviar anbot. »In Baku am Kaspischen Meer haben wir so viel Störkaviar gegessen, dass wir keinen mehr sehen können. Störe leben auf dem Meeresgrund. Sie sind der Bodensatz des Ozeans.«

»Gibt es irgendeinen Ort, wo Sie noch nicht gelebt haben?«, rief Babuschka.

»Wir haben schon überall gelebt«, sagte Murak prahlerisch. »In einem Zelt in der Wüste von Karakum wie Nomaden, in den Bergen von Turkmenistan. Auf Bauernhöfen, in Fischerdörfern, in Kollektiven quer durch die Sowjetunion. Saika hat mit ihren fünfzehn Jahren schon an zwanzig verschiedenen Orten gelebt.«

Bisher hatte Deda geschwiegen. »Wo ist Ihr Zuhause?«, fragte er.

»Dort, wo ich bin«, antwortete Murak. Er leerte ein großes Glas Pfefferwodka und aß nicht einmal eine Gewürzgurke dazu. »Und ich bin überall zu Hause.«

Pascha und Tatiana tauschten einen Blick. »Saika hat mir gegenüber nur ein paar Orte erwähnt«, sagte sie. »Vielleicht drei.«

»Ja, Stefan auch«, pflichtete Dascha bei.

»Ach, sie wollen sich bloß nicht wichtigmachen.« Murak trank noch ein großes Glas Wodka. »Saika hat mir übrigens erzählt, dass sie heute Anna Lwowna mit einem schweren Leinensack gesehen hat.« Er lächelte süßlich. »Was war das?«

Alle verstummten. Dascha war es schließlich, die einen Vorstoß wagte. »Das war ein Zuckersack, Genosse Kantorow. Warum interessiert Sie das?«

»Mich interessiert das«, sagte Murak in gnädigem Ton, »weil meine Tochter sagt, dass Hammer und Sichel darauf abgebildet waren.«

»Das beantwortet aber nicht meine Frage«, sagte Dascha. Tatiana war stolz auf sie.

»Deda stand auf und hob beschwichtigend die Hand. »Meine Enkelin ist sehr vorlaut für ihr Alter. Sie muss lernen, zurückhaltender zu sein. Aber Sie wissen ja, die Jugend.« Er trat näher zu Kantorow. »Was wollen Sie, Murak Wlasowitsch?«

»Der Sack gehört dem Staat, also muss der Staat ihn zurückbekommen.« Kantorow stand auf und ging zur Tür. Dann drehte er sich um und sagte: »Sie sind ein kluger Mann. Ich muss Ihnen nicht sagen, dass jedes Weizenkorn, jedes Zuckerkristall, jede Kartoffel dem Produktionssoll des Fünfjahresplans zugutekommt. Es ist das letzte Jahr des zweiten Plans. Daher muss jetzt erst recht das Soll zwingend erfüllt werden. Sorgen Sie dafür, dass der Sack morgen zurückgegeben wird.«

Nachdem Murak gegangen war, starrten die Metanows einander bestürzt und besorgt an. Babuschka legte die Hand auf Dedas Schulter. »Du hattest recht, Wassili.«

»Wann habe ich jemals nicht recht gehabt? Und wenn du nicht genommen hättest, was dir nicht gehört, befänden wir uns jetzt nicht in dieser misslichen Lage. Wie oft habe ich es dir schon gesagt? Lass die Finger von fremden Sachen!«

»Oh, seht ihn euch an, wie er lauthals mit mir schimpft!«, schrie Babuschka.

Sie stürmten in ihr Zimmer.

Tatiana erschauerte. Deda und Babuschka stritten miteinander? Sie erhob sich und klopfte an Dedas Tür. Die keifenden Stimmen dahinter verstummten augenblicklich. Tatiana trat ein, zog Deda sanft auf einen Stuhl, kletterte auf seinen Schoß und drückte sich an ihn. »Pscht«, machte sie.

»Siehst du?«, rief Babuschka. »Selbst deine Enkeltochter sagt dir, dass du still sein sollst. Beherzige wenigstens ihren Wunsch.«

»Ich habe dich gebeten, nicht ein Gramm von diesem Zucker anzurühren. Und hast du meinen Wunsch beherzigt? Ich glaube nicht. Hast du es nicht gehört? Jedes Kristall ist wichtig für den Fünfjahresplan.«

Sie lachten und hörten schließlich auf zu zanken.

Tatiana, die immer noch auf Dedas Schoß saß, fragte: »Was

glaubst du, womit Murak seinen Lebensunterhalt verdient, wenn er so oft von einem Kollektiv ins andere zieht?«

Nachdenklich streichelte Deda ihr übers Haar. Er rang mit sich, sah Babuschka an und senkte den Blick schließlich zu seiner Enkeltochter.

»Taneschka«, sagte er, »Murak Kantorow ist ein Säuberer.«

»Was ist ein Säuberer, Deda?«

Der erste Fünfjahresplan

Während des ersten Fünfjahresplans blieben die Bauernhöfe in der Ukraine hinter ihrer jährlichen Zielsetzung zurück. Das Politbüro hatte diese Ziele nicht aufgrund der Nachfrage, der Kapital- und Arbeitskosten – des gebundenen Kapitals also –, der Betriebsausgaben oder sonstiger praktischer Erwägungen gesteckt. Seine Zielsetzung von 1927 orientierte sich ausschließlich an der Menge, die die Bauernhöfe nach seinem Dafürhalten produzieren mussten, um einhundertfünfzig Millionen Menschen die nächsten fünf Jahre zu ernähren. Es gab Zielreduktionsalgorithmen, statistische Wahrscheinlichkeiten, logische Annahmen. Der Plan war unfehlbar, der Triumph quälend langer Treffen der hellsten Wirtschaftsköpfe des Politbüros. Er musste nur noch ausgeführt werden.

Ein paar Dinge hatte die Partei allerdings nicht vorausgesehen, ungeachtet ihrer Weisheit und ihres Plans. Wie sich zeigte, waren die Menschen hungriger als angenommen. Sie benötigten mehr Weizen, Roggen, Kartoffeln, Milch. Bis 1928 war die Nachfrage in die Höhe geschossen. Im selben Jahr herrschte in der Ukraine eine schreckliche Hungersnot. Der Vorrat ging zur Neige. Hinzu kam eine Typhus-Epidemie. Die Arbeitskraft nahm ab. Außerdem wurden Millionen Ukrainer mit großen, leistungsfähigen Bauernhöfen in Schutzhaft genommen, als Kulaks – Ausbeuter – und Volksfeinde vor Gericht gestellt und erschossen und ihre Höfe anschließend unter staatliche Kontrolle gestellt. So sanken nicht nur weiterhin die Vorräte, sondern auch die Produktionsmittel, und die Höfe in der Agrarrepublik

Kasachstan sahen sich außerstande, diesen Engpass auszugleichen. Die Preise stagnierten auf dem Niveau von 1927.

So fing es an.

Um die Hungernden in den Industriestädten zu versorgen, kamen die Sowjeträte – bewaffnete Männer und Frauen mit Schießbefehl – und forderten die erwirtschafteten Nahrungsgüter der Bauern, ohne sie dafür zu entlohnen. In Zentralasien gab es kaum Widerstand. Doch in der Ukraine, aus der neunzig Prozent der Landwirtschaftserträge der Sowjetunion stammten, setzten sich die Bauern zur Wehr. Sie wurden erschossen, wodurch die Arbeitskraft weiter schwand.

So nahm es seinen Lauf.

Die neuen Kollektivhöfe konnten nicht genug erwirtschaften. Die Arbeiter bestellten die Felder von Sonnenauf- bis Sonnenuntergang. Anschließend wurde die Ernte auf Lastwagen verladen und in die Städte gefahren, während den Bauernfamilien in der Ukraine – eine der fruchtbarsten Regionen der Welt – weder ein Einkommen noch Nahrung blieb. Zur allgemeinen Überraschung arbeiteten die Bauern, die ihre Frauen verloren, ihre Eltern begraben und ihren Kindern beim Sterben zugesehen hatten, allmählich immer weniger. Sie wurden wegen Faulheit erschossen und die verbliebenen verwaisten Kinder umgehend zum Arbeiten in die sibirischen Kollektive geschickt, das heißt diejenigen, die den Transport in den Transitzügen überlebten.

Ungeachtet dieser kleinen Rückschläge setzte die Ukraine den Fünfjahresplan bis 1929, 1930 und 1931 fort. Während 1930 und 1931 die Ernte besser wurde, blieb die Lage der Bauern unverändert. Sie waren so weit mit den laut Plan geforderten Getreidelieferungen in Rückstand geraten, dass die Parteiapparatschiks ohne Unterlass sämtliche Erträge gewaltsam von den Höfen einforderten.

Die Bauern taten das einzig Mögliche. Sie begannen zu stehlen.

Dafür wurden sie erschossen, wodurch das menschliche Kapital weiter schrumpfte.

Diejenigen, die der Hungersnot von 1933 – das letzte und schlimmste Jahr des ersten Plans – noch nicht zum Opfer gefallen waren, hatten schließlich genug. In einem Akt sinnlosen

Protests schlachteten sie ihr Vieh, bevor es ihnen weggenommen werden konnte, und aßen die Reste auf den Straßen ihrer Dörfer. Sie zündeten eigenhändig ihre Kollektive, Fuhrwerke und Hütten an und brannten die Felder ab, die sie nicht länger bestellen wollten.

Quer durch die Ukraine wurden die Arbeiter auf den Straßen gehängt, in der Öffentlichkeit erschossen oder gemeinsam mit ihrem Vieh verbrannt. Silage, Pflanzgut, Inventar und Getreide wurden konfisziert, sämtliche Eisenbahnschienen und Straßen von der Roten Armee und der Staatspolizei OGPU gesperrt. Die Arbeitskraft – das gebundene Kapital – konnte bei zehntausend Exekutionen pro Woche nicht mehr gesichert werden. Durch Hunger und Krankheit stieg die Zahl der Toten allein in der Ukraine zwischen 1932 und 1933 auf mehrere Millionen an.

Genosse Stalin gelobte, es beim nächsten Fünfjahresplan besser zu machen.

Der verbesserte Fünfjahresplan

Beim zweiten Fünfjahresplan von 1933 bis 1938 setzte das Politbüro das Produktionssoll etwas niedriger und die Preise etwas höher an. Ungeduldig wartete man die Dürre von 1933 und die staatlich geförderte Hungersnot von 1933 und 1934 ab. Doch 1934 hatte Stalin genug. Als ihn ein Brief des Schriftstellers und Nobelpreisträgers Michail Scholochow erreichte, in dem er, der Große Führer und Lehrer, beschuldigt wurde, die Landschaft der Ukraine zu zerstören und ihre Bevölkerung verhungern zu lassen, antwortete er postwendend: »Nein, Genosse Scholochow. Sie lassen mich verhungern.«

Wiederaufbau und Industrialisierung des Landes schritten eilig voran. Aber Stalin erkannte, dass Arbeitskräfte – der teuerste Teil der Produktion – in den nächsten paar Jahren nur sehr schwer zu beschaffen sein würden, aus Gründen, für die er seiner Ansicht nach überhaupt nichts konnte. Glücklicherweise hatte er in den Zwanzigerjahren einen Plan ersonnen, der die anfänglichen Probleme des noch jungen Staates lösen sollte. In den Dreißigerjahren baute er dieses Lösungskonzept aus.

Ein organisiertes System aus staatlichen Arbeitslagern.

Ein organisiertes System aus staatlichen Bauernhöfen.

Wider jede Vernunft starben die ukrainischen Bauern lieber den Hungertod, ließen sich aufhängen oder erschießen, als ihr Getreide, ihr Vieh oder ihre Höfe aufzugeben. Der Reichtum des Landes und damit die Zukunft der Sowjetunion ruhte in den Händen der ukrainischen Bauern.

Stalin, plötzlich Verfechter des freien Willens, änderte seine Taktik. Er ließ den Bauern in der Sowjetunion die Wahl: Entweder arbeiteten sie auf den Höfen des Kollektivs oder im Gulag.

Diese Umwandlung der Sozialstruktur eines so riesigen Landes erforderte die massive Mithilfe von ganz unten.

Und so heuerte die OGPU Leute an, die sie gegen Bezahlung unterstützen sollten. Junge Männer, Frauen und Kinder, die die richtige Einstellung und Bereitschaft für diese Art der Arbeit mitbrachten, standen vom Morgengrauen bis in die Nacht hinein mit Gewehren auf den Feldern und sorgten dafür, dass die Bauern sich auch weiterhin gern in den freiwilligen Kollektiven abplagten und keine Diebstähle begingen.

Diese Leute nannte man Säuberer.

Die Zukunft

Am nächsten Morgen, als Deda und Babuschka den Zuckersack zum Sowjet brachten, kamen Tatiana und Pascha mit. Sie setzten sich auf die Bank vor dem Rathaus, das nur eine Holzhütte mit zwei Zimmern war, und hörten durch das offene Fenster mit, was drin geschah. Ratsherr Viktor Rodinko sagte: »Genosse Metanow, wir haben Sie schon erwartet. Wo ist der Zucker?«

Der Ratsherr und seine beiden Assistenten wogen den Sack. Drei Mal. Dann stellte Rodinko sich vor Deda und Babuschka hin und wollte wissen, warum sie den Sack erst jetzt zurückbrächten. »Warum haben Sie ihn nicht sofort bei uns abgegeben, Genosse?«

»Es war schon spät und wir wollten zu Abend essen. Außerdem schloss der Sowjet gerade.«

»Betrachten Sie es von unserem Standpunkt aus. Für uns hat es fast den Anschein, als hätten Sie gar nicht vorgehabt, ihn zurückzubringen, bis Genosse Kantorow Ihnen einen Besuch abgestattet hat.«

Deda und Babuschka schwiegen.

Dann sagte Deda: »Genosse Kantorow braucht mich nicht darauf hinzuweisen, dass ich zurückgeben muss, was nicht mein Eigen ist.« Seine Stimme hatte so neutral geklungen, dass der Name Kantorow in seiner Aussage keine große Rolle spielte. »Gibt es sonst noch etwas?«

»Durchaus«, sagte Rodinko. »Nehmen Sie Platz.«

So fing es an.

»Der Zucker, Genosse Metanow, gehört unseren Soldaten, unseren Fabrikarbeitern und unseren proletarischen Bauern. Wie Ihnen wohl bekannt sein dürfte, kämpfen wir um unsere Existenz. Wir haben nicht genug, um unsere Soldaten, Fabrikarbeiter und proletarischen Bauern zu ernähren.«

»Deshalb haben wir den Sack ja zurückgebracht.«

»Wenn Sie nur einen Löffel davon nehmen, stehlen Sie ihn den Leuten, die unser Land aufbauen.«

»Ich verstehe.«

»Wir haben viele Feinde, die uns gerne scheitern sähen. Die Faschisten in Europa, die Kapitalisten in Amerika, sie alle warten darauf, dass unser Land zusammenbricht. Wir importieren den Zucker aus China, aber es gibt nicht genug für einhundertfünfzig Millionen Menschen, von denen Sie und Ihre Familie gerade einmal sieben ausmachen.«

So nahm es seinen Lauf.

»Was ist mit den Arbeitern, die die Panzer bauen? Den Ärzten, die die Verwundeten behandeln? Den Bauern, die das Getreide mähen? Dem Soldaten der Roten Armee, der sein Leben lässt, um Sie zu schützen? Sie müssen sich eingliedern, Genosse Metanow.«

»Ich gliedere mich bereits seit 1917 ein, Genosse Rodinko. Mein Platz ist mir wohl bewusst«, sagte Deda. »Es lag von Anfang an in meiner Absicht, den Sack zurückzubringen.«

Der Ratsherr nickte. »Aber einhundertfünfundzwanzig Gramm leichter, nicht wahr?«

Deda und Babuschka sagten nichts.

»Genosse Metanow, wir als Nation müssen unserem Volk vertrauen können. Aber wir sind auch realistisch. Wir wissen, dass es ein paar Menschen gibt, für die ihre Familie vorgeht. Ich will nicht sagen, dass Sie dazugehören. Ich sage nur, dass es solche Männer gibt. Sogar während der ehrenwerten Französischen Revolution, ungeachtet des Kampfes für Freiheit, Gleichheit und Brüderlichkeit, haben Männer zu allen möglichen kriminellen Verhaltensweisen gegriffen, um ihre Familie zu versorgen.«

Der Ratsherr verstummte. Tatiana und Pascha hörten von draußen zu und warteten angespannt. Rodinko wollte etwas von Deda. Nach einigen Minuten des Schweigens ergriff Deda wieder das Wort. »Sie haben recht«, sagte er resignierend, »das ist kriminell. Die eigene Familie vor das Überleben des Staates zu stellen.«

Rodinko lächelte. »Sehr richtig. Ich bin so froh, dass wir uns verstehen. Für das Entwenden des Zuckers werden Sie und Ihre Frau zwei Wochen ohne Bezahlung in einer Kolchose in Pelkino bei der Sommerernte helfen, als Teil Ihrer Rehabilitierung und Umerziehung. Und von nun an fallen Ihnen keine Zuckersäcke mehr vor die Füße, auch wenn es noch so ein glücklicher Zufall ist. Habe ich mich klar ausgedrückt?«

»Sehr klar.«

»Einen schönen Tag, Genosse Metanow. Sie und Ihre Frau brechen morgen früh um acht nach Pelkino auf. Vorher kommen Sie hierher und holen Ihre Papiere ab.«

Drei entscheidende Fragen von Deda

Nach dem Abendessen saß Tatiana mit Deda in der Hängematte. Er hatte den Arm um sie gelegt und schaukelte sanft mit ihr hin und her. Sie wusste, dass Pascha auf sie wartete, aber sie wollte noch nicht gehen. Ihr Herz war ungewohnt schwer.

»Was ist los, Taneschka?«, fragte Deda. »Wir sind noch glimpflich davongekommen. Nur zwei Wochen im Kollektiv. Besser als fünf Jahre in Sibirien. Und es stört mich nicht, meinen Teil dazu beizutragen, die Menschen in den Städten mit Lebensmitteln zu versorgen. Schließlich wohnen wir ja auch in der Stadt. Es kommt vielleicht der Tag, da wir selbst Essen brauchen.« Er lächelte sie an.

Aber Tatiana war nicht wegen Deda und Babuschka besorgt. Zwei Wochen und sie wären zurück. Nein, ihr machte etwas anderes zu schaffen. Sie fragte: »Deda, glaubst du, Saika weiß über ihre Eltern Bescheid?«

»Wahrscheinlich nicht. Kinder wissen zum Glück nur wenig über ihre Eltern. Warum fragst du?«

Murak war ins Haus der Metanows gekommen, weil Saika ihm von dem Zuckersack berichtet hatte. War das nicht Grund genug? Sie wollte ihrem Großvater nicht von dem Erlebnis mit Marina im Fluss erzählen und von dem »Unfall« mit dem Fahrrad, von Saikas Auftritt mit Stefan, als gerade Daschas Mark bei ihnen zu Besuch gewesen war, und der tiefen Feindseligkeit, die sie in Shavtalas Augen gesehen hatte.

Sie kaute auf ihrer Lippe.

»Ich werde dir etwas über mich erzählen, Tania«, sagte Deda. »Wusstest du, dass man mich gebeten hat, in die Partei einzutreten? Ganz recht, an der Universität. Sie haben mir eine Professur und das doppelte Gehalt angeboten. Des Weiteren haben sie mir versprochen, dass Pascha später nicht in den Kampfeinsatz geschickt würde, und mir auch noch ein paar andere Vorteile dargelegt.« Er lächelte. »Verstehst du nun, was ich meine? Selbst du wusstest das nicht, oder?«

Tatiana schwieg. »Was für Vorteile?«, fragte sie atemlos.

Deda lachte. »Ferienhäuser in Batumi am Schwarzen Meer. Dreifache Fleischrationen. Und unsere eigene Fünfzimmerwohnung.«

»Wann hat man dir das angeboten?«

»Letztes Jahr. Sie haben mir auch eine gute Rente zugesichert, worüber ich mir natürlich Gedanken machen muss, da ich ja bald in Ruhestand gehe.«

Tatiana schnappte immer noch nach Luft. »Hast du abgelehnt?«

Deda lächelte. »Wolltest du, dass ich annehme?«

Damit hatte sie nicht gerechnet. »Verlangen sie dafür eine Gegenleistung?«

»Was glaubst du?«

Sie überlegte. »Vielleicht wollen sie nur, dass du eine Anstecknadel mit Hammer und Sichel trägst.«

»Ja, anfangs. Dann verlangen sie von deinem Sohn, dass er in die Partei eintritt. Und deine Enkel müssen Komsomolzen werden. Als Nächstes fragen sie dich, warum dein Sohn sich geweigert hat und ebenso die aufmüpfige, unmögliche jüngste Enkeltochter und warum die Leute in der Wohnung unter dir sich heimlich mit Fremden treffen und du als gewissenhaftes Parteimitglied nie ein Wort darüber verloren hast.«

»Welche Leute in der Wohnung unter dir?«

»Genau. Alles hat seinen Preis, Tatiana. Alles im Leben. Du musst dir nur eine Frage stellen: Welchen Preis bist du bereit zu zahlen?«

Tatiana rann ein kalter Schauer über den Rücken. »Ich glaube, man sollte auf sein Herz hören. Wenn es einem rät, von etwas Abstand zu nehmen, sollte man sich danach richten«, sagte sie.

»Ja, glaube fest daran. Nun, mein Herz hat mir geraten, davon Abstand zu nehmen.« Deda hielt inne. »Was sagt dir dein Herz in Bezug auf das Nachbarmädchen?«

»Ich glaube ...« Tatiana zögerte ihre Worte hinaus. »Es sagt mir, dass ich mich von ihr fernhalten soll.«

Deda nickte. »Pascha ist ganz offenbar derselben Ansicht.«

»Aber im Ernst, Deda, ich bin mir über nichts mehr im Klaren. Es herrscht so ein großer Kuddelmuddel in diesem Sommer.« Mit einem tiefen Seufzen ließ sie die Schultern sinken.

Wieder nickte Deda. »Und was habe ich dir gesagt? Wie kommst du aus dem Kuddelmuddel heraus? Immer wenn du dir deiner selbst nicht sicher bist, wenn du Zweifel hegst, stell dir drei Fragen: Woran glaubst du? Worauf hoffst du? Und am allerwichtigsten: Was liebst du?« Er hielt sie immer noch in seinem Arm. »Die Antworten darauf werden dir sagen, wer du bist. Und wichtiger noch, stellst du diese Fragen den Menschen um dich herum, wirst du auch erfahren, wer sie sind.« Er hielt inne. »Ich will dir ein Beispiel nennen. Ich glaube an mein Wort. Ich gebe es nicht leichtfertig, aber wenn ich es tue, halte ich es auch. Ich hoffe auf meine Enkelkinder. Ich hege die Hoffnung, dass ihr Liebe erfahren werdet, wenn ihr erwachsen seid. Und ich liebe deine Großmutter. Sie liebe ich von allen am meisten.« Er lächelte. »Ich glaube, dass sie mich gerade von der Veranda aus belauscht.«

Tatiana atmete kaum, während sie ihrem Großvater aufmerksam zuhörte und ihn von unten herauf ansah. »Ich liebe meine Familie«, sagte sie. »Da das alles ist, was ich weiß, kann ich dir nur die eine Antwort geben.«

Sie wollte, dass dieser Augenblick mit ihrem Großvater kein Ende fände. Er küsste sie auf den Kopf, umarmte sie fest und flüsterte: »Tania, du bringst deinen Großvater noch zum Weinen. Das ist das erste Mal, dass du dich zu mir gesetzt und mich um Rat gebeten hast. Bitte, sag mir nicht, dass du erwachsen wirst, meine Kleine.«

Tatiana hatte gehofft, dass wieder Normalität in ihr Leben einkehren würde. Doch kaum dass ihre Großeltern nach Pelkino aufgebrochen waren, musste die arme Dascha plötzlich aus irgendeinem geheimnisvollen Grund, der nur für Erwachsene bestimmt war und reichlich Tränen provozierte, zurück nach Leningrad. Sie sagte nicht, wie lange sie fortbleiben würde. Und da es niemanden gab, der auf Pascha und Tatiana aufpassen konnte, arrangierte Dascha es so, dass Pascha eine Woche früher in das Ferienlager in Tolmachewo fahren und Tatiana fünfzig Kilometer östlich in Nowgorod am Ilmensee in der Datscha von Marinas Eltern bleiben konnte.

Obwohl Tatiana liebend gern mit Marina an den Ilmensee kam, war ihre Freude nur von kurzer Dauer, denn Marina sagte: »Tania, meine Mutter hat mir erlaubt, Saika mitzubringen. Ist das nicht toll?«

Einst war alles so herrlich in Luga gewesen, aber seit Kurzem regierte dort Chaos. Was hatte Blanca Dawidowna Marina zugekrächzt, bevor die Mädchen gegangen waren? »Er wird dich fortlocken, er wird nicht von dir ablassen, er wird deinen guten Willen und deine Stärke untergraben, Gramm um Gramm, Korn um Korn, und das Glas, das einst rund war, wird durch sein Handeln scharfkantig werden. Er wird nicht eher ruhen, bis er dich in seinen Fängen hat, weil du sehr anfällig und leicht von deinem Weg abzubringen bist.« Marina sagte, sie wisse nicht, ob das tatsächlich ihre Teeblätter gewesen seien, denn während Blanca zu Marina gesprochen habe, hätte sie Tatianas Hände umklammert gehalten. Aber Tatiana wusste es. Und das nur aus einem Grund. Sie wusste, dass sie genau wie Deda nicht leicht von ihrem Weg abzubringen war.

Sommernachmittag am See

Der Ilmensee ist ein riesiges Gewässer, dreiundvierzig Kilometer lang, wie ein Delfin geformt und von flachen Ufern und hohen Ulmen umgeben. Er ist höchstens neun Meter tief und hat viele seichte Stellen, die oft versanden und sumpfig werden. Deshalb ist er auch warm genug zum Schwimmen. Einhundert Flüsse und Bäche speisen den Ilmensee, doch nur einer entspringt aus ihm, der Wolchow, der in nördlicher Richtung in den Ladogasee fließt. Und genau da, am Ausfluss des Wolchow, im Norden des Ilmensees, liegt die neunhundert Jahre alte Stadt Nowgorod oder »Neustadt«, die älteste in ganz Russland. Durch seine ideale Lage entlang der Ost-West-Handelsstraße florierte und wuchs Nowgorod mit seinen herrlichen Holzbauten, bis Moskau ihm im fünfzehnten Jahrhundert den Rang ablief und St. Petersburg, Russlands neue Hauptstadt, seinen Ruhm von 1703 an weiter schmälerte.

Die alten Ruinen der Stadt sind ebenso noch zu bestaunen wie die zahllosen weißen Kirchen mit den Zwiebelkuppeln, deren Prächtigkeit auch ohne die goldenen Kreuze auf der Kuppelspitze beeindruckend ist. Der Fluss fließt direkt durch die Innenstadt, von der aus man über eine steinerne Fußgängerbrücke die Sophienkathedrale und Ruriks Wall erreicht.

Tatiana liebte es, mit Pascha und Marina die Kopfsteinstraßen von Nowgorod und auf Ruriks Wall entlangzuspazieren. Diesmal jedoch unternahmen sie keinen Ausflug in die Stadt, die nur eine kurze Busfahrt von der Datscha entfernt war. Pascha war nicht da, und Marina und Saika hatten keine Lust dazu. Sie wollten immer nur träge am See liegen und flüsternd ihre Geheimnisse miteinander austauschen. Wenn Tatiana ihnen zu nah kam, sagten sie: Geh weg, dieses Gespräch ist nicht für dich bestimmt.

Also ging Tatiana. Tante Ritas und Onkel Boris' kleine Datscha war an einen flachen Hang geschmiegt, der hinunter zum See führte. Sie war von Ulmen beschirmt und herrlich abgeschieden. Tatiana las, schwamm und fuhr sogar einmal allein nach Nowgorod. Als sie zurückkam, fand sie die Mädchen genauso vor, wie sie sie verlassen hatte: bäuchlings auf der Decke liegend, die Füße in der Luft, die Köpfe zusammengesteckt, den Blick auf den See gerichtet.

Tatiana fiel auf, dass Tante Rita und Onkel Boris noch häufiger stritten als sonst. Sie gerieten schon immer schnell aneinander. Aber nie zuvor hatte in dem harzbedeckten Haus eine so anhaltende Feindseligkeit geherrscht. Es war nicht einmal der andauernde Streit, der Tatiana naheging. In ihrer Familie gab es auch Reibereien. Sie beunruhigte vielmehr der fehlende liebevolle Umgang miteinander.

Während Tante Rita und Onkel Boris drin diskutierten und Marina und Saika sich draußen gegen sie verschworen, gab Tatiana sich ihren Tagträumen hin. Sie saß mit dem Rücken an einen Baum gelehnt und träumte von Königin Margot und La Môle. Was, wenn Margot keine Königin und nicht mit einem König verheiratet gewesen wäre? Wenn La Môle gefoltert, aber nicht geköpft worden wäre? Wenn sie hätten fliehen können, vielleicht in den Süden Frankreichs, in irgendein namenloses Dorf mit Kopfsteinstraßen, wo niemand sie gefunden hätte? Sie hätten geheiratet, weitergelebt, ihre Tage bis ans Ende gemeinsam verbracht. Was für ein Segen. Was für ein Glück. Aber wie würde die große Leidenschaft zwischen einer Königin und einem Bürgerlichen im Alltag aussehen? Würde es so sein wie hier? Verwandelte sich selbst die erhabenste Liebe nach einer Weile in eine Beziehung, wie Tante Rita und Onkel Boris sie führten?

Der Gedanke war Tatiana so zuwider, dass der Tagtraum abrupt endete, als wäre das Band in einer Filmkamera gerissen. Es war unerträglich. Besser La Môle schwitzte Blut und starb auf dem Schafott. Tatiana kletterte in ihr quietschendes Feldbett auf dem Flur und schloss die Augen, und während die Bilder in ihrem Kopf allmählich immer mehr verblassten und es draußen dämmerte, dachte sie, nicht noch so ein Tag wie heute, bitte, bloß nicht noch so einer.

Der nächste Tag verlief tatsächlich anders.

»Tania, warum kommst du nicht mit uns schwimmen?«

»Ich war schon im Wasser. Seht ihr nicht, mein Haar ist noch nass.«

»Tania will nicht mitkommen.«

»Sie hat Angst vor dem See.«

»Oder sie mag kein warmes Wasser.«

»Nein, Marina«, sagte Saika, »du weißt doch, woran es liegt, oder? Sie schämt sich. Sie will sich nicht nackt ausziehen. Stimmt doch, Tania?«

»Tania, du schämst dich doch nicht, weil du kleinere Brüste hast als Pascha, oder?« Und das aus Marinas Mund.

Tatiana sah nicht von ihrem Buch auf. Plötzlich standen zwei nackte, kichernde, tropfende Mädchen über ihr und Königin Margot.

»Komm schon, Tania«, sagte Saika, die Hände in die Hüften gestützt. »Sollen wir dir beim Ausziehen helfen?«

»Ja, wir helfen dir.« Marina zog an Tatianas Unterhemd.

Tatiana sprang auf. »Rühr mich nicht an«, sagte sie und presste ihr Buch an die Brust.

»Tania ist ein Feigling.«

»Tania, hast du schon mal die Möglichkeit in Betracht gezogen, dass dir vielleicht gar nie Brüste, runde Hüften und Haare wachsen werden?«

»Tania«, sagte Saika und setzte ein ernstes Gesicht auf. »Wurdest du schon mal geküsst? Das möchte ich wirklich gern wissen.«

Marina lachte. »Sie ist noch unberührt, Saika. Sie hebt sich für eine Liebe à la Königin Margooot auf.«

»Im Gegensatz zu dir, Marina? Und dir, Saika?«, sagte Tatiana.

»Oh, heute ist sie kampflustig«, sagte Marina vergnügt.

»Das bringt mich direkt zu meinem Punkt«, legte Saika nach. »Es wird dich niemals ein Junge lieben, wenn du keine Brüste hast. Und was noch wichtiger ist – darüber haben du und ich bereits gesprochen –, niemand wird deine geschlossene kleine Knospe wollen, Tania.«

»Komm ins Wasser, Tania«, sagte Marina und zerrte an ihr.

»Marina«, sagte Tatiana und riss den Arm weg. »Was würde Pascha wohl sagen, wenn er dich hören könnte?«

»Ach, als ob dein Bruder dich nicht ärgert.«

Tatiana warf ihrer Cousine einen verächtlichen Blick zu, Saika ignorierte sie gänzlich. »Warum hast du das dann nicht vor ihm getan?«, fragte sie. »Du hast gewartet, bis dich keiner sehen oder hören kann. Aber du vergisst eins: *Ich* sehe und höre dich.«

»Tania«, sagte Saika in gespieltem Ernst, »weißt du, was man sich in Aserbaidschan erzählt? Wenn deine Knospe noch geschlossen ist und du Haare und Brüste einer bereits entwickelten jungen Frau berührst, werden dir selbst Haare und Brüste wachsen.«

Tatiana wich vor ihnen zurück. Sie gingen auf sie zu. Zwei nasse Mädchen, die sich auf der Lichtung an sie heranpirschten.

»Stimmt das?«, fragte Marina. »Das habe ich noch nie gehört.«

»Oh, ja. Das stimmt.« Saika hielt inne. »Und?«

»Und was?«, fauchte Tatiana. »Geht einfach zurück ins Wasser und macht wieder, was immer ihr dort getan habt.«

»Umgekehrt gilt es übrigens genauso«, sagte Saika ruhig. »Du glaubst mir vielleicht nicht. Aber es ist wahr. Du wirst erblühen, wenn dich jemand mit ein bisschen … Menschenverstand berührt. Es ist nur zu deinem Besten. Willst du etwa keine Brüste? Keine Liebe? Um dir zu helfen, bin ich bereit – wie sag ich es am besten? –, deine Hülle aufzubrechen.«

Tatiana taumelte zurück. Beinahe wäre sie gestolpert und hingefallen.

»Es wird nicht wehtun«, flüsterte Saika. »Das verspreche ich dir, es wird nicht wehtun.«

»Hör auf, Saika«, sagte Marina. »Sie ist anderen in ihrem Alter weit voraus.«

»Komm schon, Tania.« Saika griff nach ihr. »Hinterher wirst du dich viel besser fühlen. Lass mich dich berühren.«

Tatiana schlug mit ihrem Buch nach Saikas Hand, wirbelte herum und lief davon, während die Mädchen lachend zurück ins Wasser hüpften. Ihre Stimmen hallten über den See.

»Tania, komm mit uns schwimmen«, rief Marina. »Wir haben doch nur Spaß gemacht.«

Tatiana setzte sich unter eine Kiefer und sehnte sich ihren Sommer zurück. Es reicht, entschied sie, ich fahre zurück nach Luga. Blanca Dawidowna kann sich um mich kümmern, bis Dascha wieder da ist.

Marina und Saika bespritzten einander, tauchten unter und kicherten, während Tatiana in einiger Entfernung am Ufer saß und sie grimmig beobachtete.

Marina war aus dem Wasser gekommen und griff gerade nach einem Handtuch, als Tatiana plötzlich Saika vom See her rufen hörte. Sie klang nicht sehr panisch, aber auch nicht unbedingt ruhig.

»Marina«, rief sie. Ihre Stimme flatterte ein wenig.

Tatiana stand auf, um einen besseren Blick auf Saika zu haben, die immer noch bis zur Taille im See stand, voller Schlammspuren und offensichtlich mit Unkraut bedeckt war.

»Marina!«, rief Saika erneut.

Marina, die im Begriff war, sich abzutrocknen, fragte, was los sei, drehte sich um – und schrie los.

Als Tatiana den Schrei hörte, rannte sie zum See.

An Saikas Körper klebte kein Unkraut. An ihr klebten Blutegel.

Tatiana wusste über die Blutegel Bescheid, die im Schlamm des Ilmensees lebten: Sie waren lang, fett, schwarz und hatten Hunderte winziger Zähne in ihren zwei kreisrunden Kiefern, mit denen sie sich durch die Haut eines Menschen sägten. Ohne Schmerzen zu verursachen, hefteten sie sich mit einem Saugnapf an Mund und Anus fest und begannen dann zu saugen. Dabei gaben sie ein Enzym ab, das die Blutgerinnung an den Wundmalen verhinderte. Ihr Ringelkörper war vier bis acht Millimeter lang und weitere sieben Millimeter dick. An Saika hingen Dutzende, Hunderte dieser Blutsauger. Und jeder konnte die doppelte Menge seines Körpergewichts trinken, bevor er sich aufgedunsen fallen ließ.

»AHHH! AHHHHH!«

Das war Marina, die ein Lied von den Blutegeln im Ilmensee singen konnte. Einmal war sie so schlimm von einem gebissen worden, dass sie für eine Woche ins Krankenhaus musste und intravenös Antibiotika verabreicht bekam, um die Infektion zu bekämpfen, die sich in ihrem Bauchraum ausgebreitet hatte.

»Marina, könntest du … aufhören.« Das war Tatiana. Saika war über und über mit Blutegeln bedeckt. Einer klebte ihr im Gesicht. Tatiana hatte keine Zweifel, dass sie auch in Saikas verfilztem schwarzem Haar waren. Sie wollte gar nicht darüber nachdenken, doch gewiss klebten sie überall in Saikas Haaren, dem Haar, das Tatiana vor kaum zehn Minuten noch anfassen sollte, wenn es nach Saika gegangen wäre. Tatiana stand in ihrer weißen Unterhose und ihrem weißen Unterhemd am See und wollte eigentlich nur kehrtmachen und ins Haus laufen, um sich vollständig anzuziehen. Währenddessen rannte Marina vor Panik zitternd am Ufer auf und ab und kreischte: »Oh nein! Oh nein! Mama! Mama! Was sollen wir nur machen?«

»Gott, bleib ruhig, Marina«, sagte Tatiana gefasst.

»Tatiana«, sagte Saika genauso beherrscht, »kannst du mir helfen?« Sie lächelte. »Hilf mir, Tania. Bitte. Es tut mir leid, was alles passiert ist.«

Tante Rita hatte Marinas Schreie gehört – sie waren nicht zu überhören gewesen – und kam aus dem Haus gerannt. Ihr Blick war panisch. Doch sobald Rita sah, dass ihrer Tochter nichts fehlte, bot sie nicht ihre Hilfe an. Sie zeigte nicht mal Mitgefühl. Stattdessen wich sie zurück und schaute angeekelt. Weder Tatiana noch Saika entging ihr Gesichtsausdruck.

Das Ganze wurde noch schlimmer, als Marina genau in diesem Augenblick begann, ihr Mittagessen aus Eiern und Fisch herauszuwürgen. Tante Rita machte es nicht besser, als sie in Windeseile zu ihr lief und schluchzte: »Liebling, geht es dir gut? Du armes Ding, schau dich an. Oh Liebling, lass mich …«

»Tante Rita«, sagte Tatiana, während sie zu Saika durchs Wasser watete, »ich brauche sofort etwas Salz und ein paar Streichhölzer. Und außerdem Jod.« Sie bat nicht um eine Antwort und wünschte auch keine. Tante Rita lief rasch mit Marina im Schlepptau ins Haus.

»Tatiana, bitte«, flüsterte Saika. »Würdest du dich verflucht noch mal beeilen, bevor sie mich ausgesaugt haben?« Sie zog einen Egel von ihrem Bauch ab. Er blieb hängen. Und als sie ihn wegriss, hinterließ er zwei blutende runde Flecke.

»Reiß sie nicht so ab«, sagte Tatiana. »Davon bekommst du Narben.« Bei diesem Wort trafen sich die Blicke der Mädchen kurz.

Tatiana trat noch einen Schritt auf Saika zu. »Komm aus dem Wasser und leg dich auf den Boden.« Saika tat, wie ihr gesagt wurde.

Nachdem Rita ihr das Salz gebracht hatte, öffnete Tatiana das Säckchen und streute die groben Kristalle auf Saikas Körper. Das Mädchen zitterte. Auch die Egel zeigten sofort eine Reaktion. Sie zuckten, schrumpften, versuchten fortzukriechen, doch sie waren von Salzkörnern umgeben. In ihrer Todesqual quollen ihnen die schleimigen Eingeweide aus den gestreckten schwarzen Körpern und ergossen sich auf Saikas nacktes Fleisch. Dort mischten sie sich mit dem Blut des Mädchens und dem eigenen gerinnungshemmenden Protein der Egel, Hirudin, einer weißlichen eiterähnlichen Flüssigkeit. An den Saugmalen waren kleine münzrunde Wunden entstanden, aus denen Blut tröpfelte.

Tatiana wies Saika an, sich auf den Bauch zu drehen, und bestreute Haar, Rücken, Po und Beine mit Salz. Viele Blutegel ließen trotzdem nicht ab. Für sie brauchte Tatiana die Streichhölzer. Sie mussten verbrannt werden.

Saika weinte leise.

Tatiana entflammte ein Streichholz und näherte es einem Egel, dessen Inneres durch das Salz nach außen trieb, der aber trotzdem weiterlebte und nicht aufhörte, wie ein Vampir zu saugen. Einen nassen, eingesalzten, glitschigen Wurm anzuzünden, war schwerer, als man sich vorstellte. Der Selbsterhaltungstrieb des feuchten Blutegels war so stark, dass er sich partout nicht opfern wollte. Saika zuckte. »Tania, warte.«

Aber Tatiana konnte nicht warten. Sie wusste, dass das Blutsaugen nicht aufhören würde, solange die Zähne des Parasiten noch im Wirtskörper steckten. Als immer noch gut ein paar Dutzend Egel an Saika hafteten, drohte das Mädchen allmählich das Bewusstsein zu verlieren, so wie es auch immer mehr Blut verlor. Wenn jeder Egel in zehn Minuten zwanzig Milliliter trinken konnte, dann …

Tatiana beeilte sich. Einer wollte nicht von Saikas Rücken ablassen. Sie verbrannte sich die Finger an der Flamme, warf das Streichholz weg und zündete ein neues an, das sie noch näher an Saikas Haut heranführte. Schließlich fiel der Wurm ab und eine aschige Brandwunde blieb zurück. Nachdem Tatiana weitere zwanzig Egel von Saikas Beinen entfernt hatte, drehte sie Saika um.

»Mach schnell«, flüsterte Saika, »aber hör auf, mir die Haut zu verbrennen.«

Entnervt, aber ohne einen Ton von sich zu geben, brannte Tatiana mit ruhiger Hand die Blutegel ab, die nicht abfallen wollten. Geschwollen, grau, sich windend ernährten sie sich weiter von Saikas Blut. Auf Saikas Rücken waren nur ein paar gewesen. Wohl wegen der Narben, dachte Tatiana. Selbst Egel können sich nicht an toter Haut festsaugen. Saikas Wunden waren so mit Salz gefüllt, dass ihr Körper allmählich anschwoll und selbst grau wurde. Sie hatte aufgehört zu heulen.

»Tania …« Saikas Mund bewegte sich mühsam, ihre Haut war durchdrungen von Wasser und Salz. »Zwischen meinen Beinen, Tania.«

Tatiana war froh, dass Saika die Augen geschlossen hatte und ihren Ekel nicht sehen konnte. Sie hätte gern Marina gerufen, Saikas beste Freundin, oder Tante Rita, eine Erwachsene. Sie hätte auch gern Onkel Boris geholt …

»Tania.« Und da war ihr Onkel und beugte sich von hinten über sie. »Was ist passiert?«

»Blutegel, Onkel Boris«, sagte Tatiana und atmete aus. »Ich glaube, ich habe die meisten erwischt …«

»Da«, sagte Boris und deutete auf Saikas Schamhaar.

»Ich weiß«, sagte Tatiana. »Die sind als Einzige noch übrig.« Tatiana wusste nicht, was sie als Nächstes sagen oder tun sollte. War es taktlos, ihren Onkel in diesem Moment um Hilfe zu bitten? Dass sie es selbst tat, war unmöglich. Tatiana konnte nicht und, viel wichtiger, wollte Saika keinesfalls dort anfassen. »Ich habe sie mit Salz bestreut, aber sie lassen einfach nicht los.«

»Tania, unternimm etwas«, sagte Saika. »Sitz nicht einfach da und unterhalte dich, verflucht noch mal.«

»Was soll ich tun, Saika? Ich kann dort kein brennendes Streichholz hinhalten, oder?«

»Ach, zum Henker«, sagte Saika. »Hilf mir hoch, ja?«

Onkel Boris und Tatiana halfen ihr, sich aufzusetzen. Saika griff zwischen ihre Beine, packte einen Blutegel und riss ihn heraus, zusammen mit einem Klumpen Haare. Dann griff sie nach einem anderen Egel, der etwas weiter unten, noch tiefer steckte. Tatiana wandte den Blick ab, kam aber nicht umhin zu bemerken, dass ihr Onkel es nicht tat. Anders als in den Augen seiner von Ekel geschüttelten Frau sah Tatiana in Onkel Boris' Blick Abscheu und Mitgefühl, gepaart mit etwas anderem, etwas, das selbst der freundliche Onkel Boris nicht verbergen konnte. Ein nacktes Mädchen saß vor ihm im Gras, mit Quaddeln übersät und Egeln zwischen den Beinen, blutig, geschwollen, schlammverschmiert. Aber es war nackt.

Tatiana fühlte sich höchst unbehaglich. Mit den Streichhölzern in der Hand stand sie auf und trat zurück. »Nun«, murmelte sie, »wenn du so weit in Ordnung bist, gehe ich jetzt ins Haus. Möchtest du etwas Seife oder Jod haben?«

»Mir geht es gut«, sagte Saika und rührte sich nicht.

Tatiana beharrte nicht darauf. Ohne Jod würden die Wunden sich infizieren, aber das war nicht ihr Problem.

Tante Rita stand am Fenster. »Was macht dein Onkel da?«, fragte sie, als Tatiana hereinkam.

»Ich weiß nicht.« Tatiana ging zum Spülbecken und nahm die Industrieseife. Es war weder eine Lüge noch eine Ausflucht. Sie wusste wirklich nicht, was ihr Onkel tat.

Die Antwort genügte Tante Rita offenbar nicht. Sie ging zur Verandatür und schrie: »Boris! Was tust du da?«

Sie schrie dreimal nach ihm, trotzdem machte er keine Anstalten, zum Haus zu kommen. Rita ging die Treppe hinunter. »Boris!«

Als sie noch zehn Meter entfernt war, stand Boris schließlich auf. Marina und Tatiana beobachteten sie vom Fenster aus.

»Ich weiß nicht, wie du das gemacht hast«, sagte Marina. »Ich dachte, du würdest in Ohnmacht fallen.«

»Warum dachtest du das, Marinka?«

»Weil ich in Ohnmacht gefallen wäre.«

»Bin ich du?«

»Ich habe noch nie so viele Blutegel auf einmal gesehen«, sagte Marina und senkte die Stimme. »Wie kann es sein, dass sie ihr nicht aufgefallen sind? Ich wurde von einem gebissen und habe es sofort gemerkt.«

»Ihr Biss ist schmerzlos«, sagte Tatiana. »Wenn es nicht so wäre, würden sie aussterben. Außerdem glaube ich, dass Saikas Schmerzschwelle höher liegt wegen ihres Rückens.«

Sie beobachteten Saika, wie sie zum See humpelte, um sich das Blut abzuwaschen.

»Ich kann nicht fassen, dass sie wieder ins Wasser geht«, sagte Marina. »Nach so einer Sache würde ich nie zurück in den See wollen.«

»Tja«, sagte Tatiana, »wenn Saika sich diese Einstellung zur Lebensregel machen würde, gäbe es vermutlich viele Dinge, die sie nicht mehr tun würde, meinst du nicht?«

»Ich weiß nicht, wovon du sprichst«, antwortete Marina. Sie mied Tatianas Blick und entfernte sich.

Tatiana ging zur Tür, um sie zu schließen. Sie wollte die bitteren Worte nicht hören, die zwischen der erzürnten Rita und dem ruhigeren, aber wehrlosen Boris fielen.

»Das Kind ist fünfzehn«, sagte er, »und gerade von Blutegeln attackiert worden.«

»Was spielt denn das für eine Rolle? Was hat das damit zu tun, dass du einfach bei ihr sitzen bleibst?«

»Ich habe versucht, ihr zu helfen.«

»Darauf wette ich!«

»Sie konnte nicht aufstehen.«

»Warum sollte sie auch, wo sie doch allem Anschein nach am liebsten auf dem Rücken liegt.«

»Rita!«

Mit einem Seufzen schloss Tatiana die Verandatür.

Das Mädchen säte Zwietracht, wo es auch hinkam. Ob im Dorf, im Wald, auf der Straße, im Fluss oder am See. Teeblätter, Handlesen, Ebereschen, Zuckersäcke, Fahrräder, alte Menschen, junge Menschen, aufgeschlossene, skeptische, bei jedem Schritt, den Saika auf dieser Erde tat, ging eine Blume der Zwietracht auf.

Die Tochter des Säuberers

Dann kam der Regen, und er hörte nicht auf.

Sie saßen zu dritt auf der Veranda, während die Tropfen auf das Dach trommelten. »Ich habe gehört«, sagte Saika, »dass ihr jedes Jahr, nachdem es länger geregnet hat, im Wald auf der anderen Seite des Sees Pilze und Blaubeeren sammelt. Können wir das dieses Jahr auch machen?« Ihr Gesicht war geschwollen, ihr Körper in Decken und Kleider von Marina gehüllt.

»Wenn du willst«, sagte Marina.

»Ja klar will ich.« Saika blickte über den weiten See. »Wie kommen wir hinüber?«

»Tania rudert uns.« Marina zeigte sich beeindruckt.

»Nicht den ganzen Weg, oder? Das sind doch bestimmt zwei Kilometer bis zum anderen Ufer.«

»Zweieinhalb bis zur dichtesten Stelle des Waldes, wo es die besten Pilze gibt. Sie rudert den ganzen Weg. Sie ist die Königin des Ilmensees, nicht wahr, Taneschka?«

Normalerweise errötete Tatiana vor Stolz auf ihre Ruderleistung, aber heute waren ihre positiven Gedanken wie weggefegt. »Es sind nur zwei lausige Kilometer«, sagte sie.

»Einmal musste ich fast siebzig Kilometer laufen«, sagte Saika. »Du ruderst zwei, ich laufe siebzig.«

»Ein langer Weg«, sagte Tatiana. »Wo bist du hingegangen?«

»Ich bin davongelaufen.«

»Allein?«

Saika schwieg. »Wie machst du das nur?«, sagte sie schließlich. »Wie schaffst du es, dir von allen verdammten Fragen, die du mir stellen kannst, ausgerechnet die auszusuchen, die ich nicht beantworten will? Ist das deine besondere Gabe?«

Sie saßen ermattet auf zwei kleinen Sofas zusammen.

»Du stellst zu viele Fragen«, sagte Saika. »Oder vielmehr die falschen Fragen.«

»Ich weiß nicht, wovon du sprichst.« Aber Tatiana wirkte nicht, als sei sie verwirrt. »Wo wolltest du hin? Ist die Frage besser?«

»In den Iran«, antwortete Saika. »Wir lebten damals nur hundert Kilometer von der Grenze entfernt.«

Tatiana lauschte auf den Klang in Saikas Stimme, versuchte, zwischen den Zeilen zu lesen, hoffte, etwas aufzuschnappen. Ohne Erfolg. »Wann war das?«

»Vor ein paar Jahren.«

Saika war jetzt fünfzehn.

»Wir waren verloren, Tania. Wenn du wüsstest, wovon ich spreche, würdest du es verstehen. Ich kann es dir nicht erklären. Marina versteht es.«

»Ich verstehe es«, bestätigte Marina. »Ich möchte mich auch so verloren fühlen.«

Verloren? Mit dreizehn? »Und was ist passiert?«

»Nun, du weißt, was passiert ist«, sagte Saika. »Mein Vater hat uns erwischt.«

Marina rieb Saikas Arm. »Reden wir nicht mehr davon, Liebes. Reden wir lieber von etwas Schönem wie der Bootsfahrt über den Ilmensee.«

»Ja, ja. Reden wir darüber«, sagte Saika. »Kommen Tante Rita und Onkel Boris mit?«

»Natürlich«, sagte Marina. »Niemand lässt Kinder allein in den Wald.«

»Wir sind keine Kinder mehr, Marina«, sagte Saika. »Selbst Tania ist schon vierzehn. Sie ist praktisch eine junge Frau.« Saika räusperte sich. »Und deine Eltern, Marina, vertragen sich nicht gerade gut miteinander. Vielleicht würde es ihnen gefallen, einen Tag für sich zu haben. Ohne uns Kinder in der Nähe. So dass sie Dinge für Erwachsene tun können.« Sie lächelte.

»Oh«, sagte Marina, »sie lassen uns nie allein gehen.« Ihr Gesicht hellte sich auf. »Aber herrlich wäre es.«

»Fragen wir sie doch einfach«, sagte Saika. »Das Schlimmste, was passieren kann, ist, dass sie nein sagen. Richtig, Tania?«

»Ich habe keine Ahnung«, sagte Tatiana gleichgültig. »Ich fahre morgen nach Hause. Also könnt ihr Mädchen tun, was ihr wollt.«

»Du fährst nach Hause?«, fragte Marina mit schriller Stimme. »Warum? Weiß Mama davon?«

»Sie wird es morgen erfahren«, sagte Tatiana.

»Nein, nein. Geh nicht. Warum willst du gehen?«

Tatiana starrte Marina wortlos an.

»Ach, komm schon«, rief Marina. »Wir haben nur Spaß mit dir gemacht, stimmt's, Saika? Das ist doch inzwischen alles Schnee von gestern.«

»Das wird allmählich eine Menge Schnee«, sagte Tatiana. »So viel, dass es für eine Lawine reicht.«

»Es liegt an mir«, sagte Saika plötzlich in kaltem Ton. »Sie hat mich noch nie leiden können, Marina. Ich habe es dir gesagt, aber du wolltest mir nicht glauben. Ich habe versucht, mit ihr Freundschaft zu schließen, mit ihr zu sprechen, zu spielen. Aber ich konnte nie etwas richtig machen.«

»Tania, sag Saika, dass das nicht stimmt.«

»Hier geht es nicht um mich«, sagte Tatiana und versuchte abzulenken.

»Gib es zu«, sagte Saika. »Du hast mich nie gemocht.«

»Das hat gar nichts mit dir zu tun«, sagte Tatiana. »Ich fahre nach Hause, weil ich bei meiner Familie sein will.«

»Nein, du verurteilst mich«, sagte Saika.

»Das wird mir langsam lästig.«

»Du hast mich von Anfang an verurteilt«, fuhr Saika mit erhobener Stimme fort. »Du verurteilst mich wegen meiner Narben, wegen meines forschen Auftretens, sogar wegen meines fraulichen Körpers. Und jetzt verurteilst du mich, weil ich zu früh etwas mit einem Jungen hatte. Du. Verurteilst. Mich.«

Tatiana schwieg zunächst. »Nun, dann sag mir, was mit dem Jungen passiert ist, mit dem du etwas hattest. Wir wissen, was du dafür bekommen hast. Aber was ist mit ihm?« Sie sprach so leise, und doch klangen ihre Worte wie schellende Zimbeln auf der ruhigen Veranda. Es regnete unaufhörlich.

»Ich habe dir doch vom aserbaidschanischen Recht erzählt«, sagte Saika. »Und davon abgesehen will ich nicht mit dir darüber sprechen. Weil du alles, was ich sage, gegen mich verwendest.«

Tatiana gab fast kein Geräusch von sich, sie atmete nur aus. »*Wessen Herz voll ist, dem geht der Mund über*«, flüsterte sie.

»Siehst du, Marina.« Mit bebenden Schultern, loderndem Blick und rotem Gesicht sprang Saika auf und warf die Decken ab. Tatiana, die kleiner war, ruhig und blass, stand langsam auf. Sie ließ die Arme hängen.

»Also ehrlich, Tatiana. Was ist in dich gefahren?«, rief Marina und erhob sich ebenfalls. »Saika ist unser Gast.«

»Ach, halt den Mund, Marina«, sagte Tatiana. »Mein Gast ist sie nicht. Ich habe sie nicht eingeladen.«

Saika entfernte sich einen Schritt. »Tania, Tania, Tania«, sagte sie. »Wie einfältig doch dein Blick auf die Welt ist. Die Welt ist so ein komplexer Ort. So viele Wünsche, Bedürfnisse und Sehnsüchte prallen aufeinander. Wir versuchen einen Sinn darin zu sehen. Wir alle tun unser Bestes. Und dann kommt so ein primitives Ding wie du daher«, sie schüttelte ihr schwarzes Haar, »das nichts weiß, nichts begreift.«

Tatiana schwieg. Sie hätte auf der Stelle gehen können, fast hätte sie es auch getan. Aber sie fand, dass es sich hier um keine ganz unnütze Diskussion handelte. Nicht, wenn Marina darin verstrickt war. Marina mit ihrem guten, aber weichen Herzen.

»In Ordnung«, sagte Tatiana, »ich weiß nichts. Also, was kümmert es dich, was ich denke? Selbst wenn ich dich nicht leiden kann, na und? Sagen wir um der Diskussion willen, dass es stimmt. Nur um der Diskussion willen. Sagen wir, dass ich weder mit dir spielen noch mit dir reden will. Dass ich weder deine Geheimnisse mag noch deine heuchlerische Welt aus verdrehter Wahrsagerei. Das ist rein hypothetisch, Saika. Ich führe nur alles auf, um dir zu zeigen, was ich meine. Was soll's, selbst wenn ich dich nicht mag? In Luga hast du alle anderen Kinder dazu gebracht, mit dir zu spielen. Hier hast du Marina. Ich bin der Meinung, du kannst nicht jeden für dich gewinnen. Also was kümmert es dich, was ausgerechnet ich von dir denke?«

»Mir ist egal, was du von mir denkst«, sagte Saika. »Du bist nur eifersüchtig, weil deine Freunde mit mir spielen statt mit dir, eifersüchtig, weil dein Bruder sich mit mir abgegeben hat.

Deshalb kannst du mich nicht leiden. Wenn du etwas interessanter wärst, würden deine Freunde ja vielleicht bei dir bleiben.«

»Vielleicht. Aber du tust es schon wieder. Du tust so, als ginge es um mich. Warum freust du dich nicht einfach wie ein Schneekönig, dass sie alle mit *dir* spielen wollten? Warum reicht dir das nicht? Warum reicht Marina nicht?«

»Mädchen, hört auf«, sagte Marina und ging zu ihrer Cousine. »Tania, es reicht.«

Tatiana streckte den Arm aus, damit Marina nicht näher kam.

»Du hast kein Recht, mich zu verurteilen, Tatiana«, sagte Saika.

»Das lag nie in meiner Absicht«, sagte Tatiana. »Ich meine nur Folgendes, und dazu stehe ich: Du hast die Wahl, ob du zu mir kommst und mit mir spielst. Du hattest immer die Wahl. Aber wenn du mit mir spielen willst, dann zu meinen Bedingungen, nicht zu deinen. Das ist alles.«

»Und was sind das für Bedingungen?«

»Das weißt du sehr wohl«, sagte Tatiana. »Zunächst mal mag ich es nicht, verspottet oder lächerlich gemacht zu werden. Ich mag es nicht, wenn man mir Dinge erzählt, die ich nicht hören will oder die unwahr sind. Ich mag es nicht, wenn man mir ständig auf hinterhältige Weise in den Rücken fällt.«

»Genau das meine ich. Selbst in diesem Augenblick verurteilst du mich.«

Tatiana antwortete nicht und sagte stattdessen: »Ich habe dich nie in irgendeiner Form belästigt. Ich habe dich nie aufgesucht, mich an dich gewandt oder vor deiner Tür gestanden. Ich habe dir geholfen, wenn ich konnte. Oh, und das ist übrigens gern geschehen.«

»Als ob ich dir dafür danken würde«, rief Saika. »Du glaubst doch, dass ich diese Blutegel verdient habe. Ich weiß, wie du denkst, du und dein verfluchter Newton. Du denkst, dass ich gemein zu dir war und das nun dafür bekommen habe.«

An diesem Punkt hätte Tatiana widersprechen, es leugnen können. Aber stattdessen sagte sie ruhig: »Und nach welchen Mechanismen funktioniert in diesem Fall die Gerechtigkeit im Universum der Jesiden?«

Marina schnappte nach Luft. »Tania!«

»Was willst du von mir, Saika?«, fragte Tatiana. »Ständig erzählst du Marina und jedem, der es hören will, dass ich nur ein ungebildeter Einfaltspinsel sei. Warum brauchst du dann so dringend meinen Beifall? Warum willst du mich ständig in deinen Zirkel zerren? Du kannst dich nicht damit zufriedengeben, mich in Ruhe zu lassen, oder?«

Plötzlich kam Saika näher.

Tatiana wich nicht zurück, öffnete nicht die Hände, wandte nicht den Blick von dem Mädchen ab und sagte nur leise und kalt: »Sei dankbar.«

»Dankbar wofür?«

»Sei dankbar, dass es nur Blutegel waren, die du dir im See eingefangen hast.«

»Wovon redest du da?«

»Es hätte auch schlimmer kommen können«, flüsterte Tatiana. »Es hätten Blutwürmer sein können.«

»Was?« Jetzt wich Saika zurück. Ihr Blick verfinsterte sich.

»Hast du noch nie von ihnen gehört? Sie sind der echte Bodensatz des Sees. Rote Zuckmückenlarven. Ringelwürmer der Gattung Glycera. Die Nase dieser Würmer macht zwanzig Prozent ihrer Körperlänge aus. An der Maulspitze haben sie vier Giftzähne. Und sie beißen richtig. Stell dir davon Tausende auf deinem Körper vor.«

»Du bist krank«, sagte Saika, die erblasst war und weiter zurückwich, bis sie fast an der Tür stand.

»Du machst mich krank und ermüdest mich«, sagte Tatiana. Sie trat einen Schritt nach vorn und flüsterte: »Ich weiß, wer du bist.«

»Bleib mir bloß mit deinen Händen vom Leib«, schrie Saika. »Deine Berührungen sind schlimmer, als von diesen Blutegeln ausgesaugt zu werden. Fass mich nie wieder an. Du bist selbst ein Blutwurm.«

Der Regen hatte aufgehört, als Tatiana Tante Rita mitteilte, dass sie nicht länger bei ihnen bleiben würde, sondern nach Hause fahren wolle.

Onkel Boris starrte besorgt von seiner Frau zu seiner Tochter.

»Marina, warum will Tania nach Hause fahren? Was hast du getan, dass sie gehen will?«

»Sie wird nicht gehen«, schrie Rita. »Mein Bruder wird mir nie verzeihen, wenn ich nicht so auf seine Tochter achtgebe wie er jeden August auf unsere. Vielleicht müssen wir ihn auch in Zukunft noch mal bitten, auf Marina aufzupassen. Was, wenn wir seine Hilfe brauchen? Tania wird hierbleiben.«

»Warum behandelst du sie nicht ein bisschen besser?«, brüllte Boris nun seine Frau an. »Vielleicht würde sie dann dein Haus nicht verlassen wollen. Wie oft muss ich dir das noch sagen?«

»Tausend Mal, bevor ich dir zuhöre«, schrie Rita zurück und dann explodierten sie beide.

Sie schlugen die Verandatür zu, stürmten hinaus in den Schatten der dunklen Bäume und brüllten sich über die feuchte Nachtluft hinweg an.

Ihr Geschrei wurde über das ruhige Wasser getragen und als Echo unvermindert zu ihnen zurückgeworfen, in das blecherne Getöse der Moskitos hinein, die der Lärm zu sehr abschreckte, um jemanden zu stechen.

Spät am Abend kroch Marina in Tatianas Feldbett auf dem Flur.

»Taneschka«, flüsterte sie und legte die Hände auf Tatiana. »Saika sagt, dass es ihr leidtut. Mir tut es auch leid. Bitte, geh nicht zurück nach Luga. Bitte. Begleite uns morgen. Es hat heute so schön geregnet. Der ganze Waldboden wird mit Pilzen bedeckt sein. Komm schon, wir machen doch jedes Jahr unseren Ausflug über den Ilmensee. Wir fahren immer, du, ich und Pascha.«

»Siehst du meinen Bruder hier etwa irgendwo?«

»Meine Mama will aber, dass wir Pilze und Blaubeeren sammeln. Wir werden die beste Suppe essen und den besten Kuchen. Deine Dascha wartet auch auf die Pilze. Du weißt doch, wie gut sie ihr schmecken. Komm schon. Denk an sie. Es tut mir leid, wenn ich dich wütend gemacht habe.«

»Du hast mich allerdings wütend gemacht«, sagte Tatiana.

»Das ist doch nur Spaß. Das weißt du doch. Sei nicht immer so empfindlich. Bitte, komm. Ich tu es auch nie wieder, das verspreche ich. Du wirst bestimmt gern mal ohne Pascha rudern.«

»Ich mache nichts gern ohne Pascha«, sagte Tatiana. »Was willst du noch? Ich bin müde.«

Marina berührte Tatianas Hand. »Ich kann nur einfach nicht verstehen, warum du Saika nicht magst. Sie ist so lustig und welterfahren ...«

»Welterfahren? Sie ist in Kollektiven im Südkaukasus aufgewachsen. Sie hat ihr ganzes Leben mit unreinen Ziegen verbracht. Sie riecht aus allen Poren nach Ziege. Wo soll sie wohl ihre Welterfahrenheit herhaben? Und warum spricht sie so mit mir, sagt diese unglaublichen Dinge, während du nur daneben stehst und doof kicherst?«

»Das war doch nicht ernst gemeint. Du verstehst sie nicht.« Marina gluckste. »So spielen Kinder eben.«

»Bei Saika werden die Kinder auf jeden Fall schnell erwachsen«, sagte Tatiana. »Sie hätte mich angefasst, wenn ich es zugelassen hätte«, flüsterte sie mit einem Schaudern. »So spielen Kinder? Und was ist mit ihrem Rücken? Hat das etwas mit Spielen zu tun?« Tatiana ließ sich zurück aufs Bett fallen. »Und merk dir meine Worte. Sie verschweigt uns etwas.«

»Vergiss es. Das hat nichts mit uns zu tun«, sagte Marina.

»Na gut, dann geh doch mit ihr. Wozu brauchst du mich? Geh mit ihr in den Wald und sammle deine Pilze und Blaubeeren.«

»Ich will aber nicht ohne dich gehen. Bitte, Tania.«

Tatiana lag im Bett und rieb sich die Augen. Sie wünschte sich in den Schlaf, nach Hause oder irgendwo anders hin, wo niemand sie finden konnte.

»Bitte, sei nicht böse auf mich«, sagte Marina. »Bitte, komm. Das wird sicher lustig. Mama und Papa lassen uns drei allein losziehen. Ist das nicht unglaublich?«

Tatiana murrte.

»Also kommst du? Und du wirst nett sein?«

Tatiana verschränkte die Arme vor der Brust. »Also gut, ich komme mit«, sagte sie. »Aber rechne nicht damit, dass ich nett bin.«

Flug zu den Sternen

Tatiana schlief. Bevor die drei allein am nächsten Morgen zu den Wäldern am anderen Ufer des Ilmensees aufbrachen, träumte sie, dass sie auf dem Rücken lag, hinauf in den Himmel sah und die Sterne immer näher kamen, immer heller leuchteten. Sie wollte die Augen schließen und den Blick abwenden, doch sie konnte nicht. Und plötzlich erkannte sie, dass sich nicht die Sterne ihr näherten, sondern sie zu ihnen flog. Sie war genau unter ihnen und hatte die Arme über den Kopf gestreckt. Ihr Gesicht war heiter, ihr Herz voll Freude. Und die ganze Zeit über hallte Blanca Dawidownas Flüsterstimme in ihrem Kopf wider. »Krone und Kreuz stehen beide in deinem Teesatz, Tatiana.«

Buch Drei

Dissonanz

Tilg Abstufung, verstimme diese Saite,
Und höre dann den Missklang!

William Shakespeare, Troilus und Cressida. I, 3

9

Der Fünfjahresplan

Puschkins Buch

An einem glühend heißen Nachmittag im August 1952 halten sie sich wieder einmal im Pool auf. Während Alexander auf dem Sprungbrett sitzt und die Beine herunterbaumeln lässt, stehen Tatiana und Anthony startbereit am flachen Ende des Beckens. Zum vierten Mal nun treten sie gegeneinander an.

»Tania«, sagt Alexander, »gib dem Jungen eine Chance.«

Einszweidrei. Sie tauchen ins Wasser. Anthony, der dank Tante Esther Schwimmunterricht erhält (was lässt sie dem Sohn ihres Neffen nicht alles angedeihen?), wählt den Bruststil, um mit seiner gemächlich dahingleitenden Mutter mitzuhalten. Alexander weiß nicht, wie sie es macht. Ob sie Schwimmhäute zwischen den Zehen hat? Oder Flügel? Munter schwebt sie in ihrem gelb gepunkteten Bikini durchs Wasser. Diesmal erreicht Anthony eine halbe Sekunde vor ihr Alexanders Fuß und kreischt vor Freude. Tatiana greift nach dem anderen. Anthony wirft einen Blick auf das skeptische Gesicht seines Vaters. »Was? Sie hat mich nicht gewinnen lassen. Es ist alles mit rechten Dingen zugegangen.«

»Ja, mein Sohn.«

»Nun, dann wollen wir doch mal sehen«, sagt Anthony zu ihm, »ob du es besser kannst.«

»Fordere deinen Vater nicht heraus, Ant«, sagt Tatiana. »Du weißt, das mag er nicht.« Ihre Augen blitzen.

»Ihr habt es nicht anders gewollt«, sagt er und erhebt sich.

Alexander und Tatiana stehen gemeinsam am Rand ihres fünfzehn Meter langen Pools, als wäre es das Ufer ihres alten Flusses. Sie schlank, hellhäutig und mit Sommersprossen gesprenkelt. Er schokoladenbraun und von grauen Narbensträngen überzogen. Sein maskuliner, gestählter Körper erweckt nicht den Anschein, als könnte er von einer elfenhaften Frau, die kaum an die Hammer-und-Sichel-Tätowierung auf seinem Oberarm heranreicht, besiegt werden.

Bei drei starten sie. Alexander und seine Tatiana, Mann und Frau. Eheleute. Liebende.

Anthony sitzt auf dem Sprungbrett und feuert wie wild seine Mutter an. Die Mutter, gegen die sein Vater eben noch gewinnen sollte.

Alexander schwimmt langsamer, wirft einen Blick über die Schulter und sagt: »Was ist los, Kaulquappe? Füße aus Blei?« Doch er ist zu voreilig. Sie hat ihn bereits eingeholt und trifft ihn obendrein mit ihrem Beinschlag im Gesicht. Mit ihm gleitet sie nicht geruhsam durchs Wasser. Sie setzt alles ein, was sie hat. Und so verschärft er das Tempo und fällt im Tiefen über sie her. Er taucht sie unter, zieht sie hoch, dreht sie prustend zu sich um und sagt: »Du Schummlerin! Genauso machst du es auch beim Domino.« Tatiana kreischt und wehrt sich, und er packt sie und vergräbt sein Gesicht in ihrem nassen, glänzenden Nacken. Anthony springt vom Brett herunter haarscharf neben seine Eltern und sagt: »Schon gut, auseinander jetzt.« Er entreißt die Mutter den Armen des Vaters. Und der Vater lässt es geschehen.

Sie machen eine kleine Vorführung für Anthony. Alexander geht unter Wasser in die Hocke und Tatiana klettert auf seine Schultern. Er richtet sich langsam auf, hält ihre Hände fest und lässt dann los, während sie, ebenfalls aufrecht stehend, eine Zeit lang auf seinen Schultern balanciert, sich dann von ihm abstößt und mit einem nahezu perfekten, spritzerlosen Kopfsprung ins Wasser eintaucht. »Mom«, sagt Anthony sichtlich beeindruckt, »wo haben du und Dad das gelernt?« Und Alexander wirft einen Blick auf Tatiana und antwortet: »In Lazarewo.«

Tatiana bringt Anthony den Hechtsprung bei, den Rückwärtskopfsprung und den Auerbachkopfsprung. Doch Alexander bereitet dem Sprungunterricht ein jähes Ende, als er sieht, wie sie Anthony den Auerbachsalto zeigt. Das Gesicht dem Pool zugewandt springt sie in die Luft, macht einen Salto rückwärts und stößt sich dabei fast den Kopf am Sprungbrett. Er beordert sie beide aus dem Wasser. Dann aber wirft er Tatiana blitzschnell über seine Schulter und springt mit ihr gemeinsam, sie kopfüber, in den Pool – seine persönliche Saltovariante.

Mittlerweile haben sie zu Mittag gegessen, er hat ein paar Zigaretten geraucht, sie haben Basketball gespielt: sie gegen Anthony und dann in einem drolligen Zweikampf gegen ihn. Jetzt sind sie wieder im Pool, paddeln langsam, springen nicht mehr vom Brett, schwimmen nicht um die Wette, verdauen vielmehr. Es ist kochend heiß, obwohl es schon auf Abend zugeht. In den letzten vierzig Tagen herrschten im Schnitt Temperaturen von 43 Grad.

Tatiana zieht vor ihm ihre Bahn und sagt: »Shura, hast du einen Plan?«

»Einen Fünfjahresplan etwa?«, sagt Alexander lächelnd, während er auf dem Rücken durchs Wasser gleitet.

»Was ich meine, ist, wie lange du planst, nicht zu arbeiten.«

»Was heißt hier nicht arbeiten?«, sagt er. »Jemand muss sich um den Jungen kümmern. Es sind Sommerferien. Er und Sergio können doch nicht sich selbst überlassen bleiben. Sie brauchen einen Sheriff, wenn sie Räuber und Gendarm spielen. Jemand muss ihnen das Mittagessen machen, während sie Echsen jagen, Comics lesen, schwimmen. Ich bin ein moderner Hausmann geworden. Mein Tag ist erst vollkommen, wenn ich mir die Hände an einem Geschirrtuch abgetrocknet habe.«

Tatiana sagt liebevoll: »Bleib zu Hause, so lange du willst. Es stört mich nicht.«

Alexander erzählt ihr nicht von seinem Vorstellungsgespräch bei G. G. Cain vor zwei Wochen, wo er auch dessen Frau Amoret und die erwachsenen Kinder kennenlernte. Er weihte G. G. ohne Umschweife in alles ein, informierte ihn über den Krieg, die Rote Armee und Tatiana. Auch die Balkmans kamen zur Sprache. Die Berichterstattung über Stevie in der Presse war verheerend gewesen, und Bill Balkman war keine Wahl geblieben, als sein Geschäft der Konkurrenz zu verkaufen. Und kaum dass er aus dem Krankenhaus entlassen worden war, zog Balkman mit seinem Sohn weg aus Phoenix, niemand wusste wohin. Amanda war weinend im Phoenix Memorial aufgetaucht, um Tatiana zu erzählen, wie Steve mit verdrahtetem Kiefer vor ihr gestanden und seinen Verlobungsring zurückverlangt habe. Tatiana versuchte, ihr Mut zuzusprechen. »Du findest jemand anderen, Manda. Ganz bestimmt.«

»Du hast leicht reden, Tania. Ich werde nächsten Monat sechsundzwanzig. Wer will schon eine alte Jungfer im Alter von sechsundzwanzig Jahren?«

Alexander setzte G. G. von sämtlichen Vorfällen in Kenntnis und wartete dann ab. G. G. rief zurück, lud ihn zum Mittagessen ein und sagte, dass er und Amoret seine Anstellung ernsthaft in Erwägung gezogen hätten, aber letztlich darauf verzichten müssten. »Ich wünschte, Sie hätten sich vor drei Jahren, als wir das erste Mal miteinander gesprochen haben, entschieden, für mich zu arbeiten. Sie wären von unschätzbarem Wert für mein Geschäft gewesen.« Aber jetzt ... Die gerichtliche Untersuchung habe ergeben, dass es sich um Notwehr handelte, um Nötigung in Form extremer Provokation – eine entschuldbare Tötung. Und ja, Alexander sei zwar Captain der US-Army, doch der Vorfall bringe schlechte Publicity. Er habe nur ein kleines Familienunternehmen, sagte G. G., das nicht mehr als fünf Häuser pro Jahr baue. Da gebe es keinen Spielraum für Fehlgriffe, und so eine Sache könne sich unter Umständen als äußerst geschäftsschädigend erweisen. Es tue ihm leid. Wie versprochen bezahlte er das Mittagessen.

Alexander erzählt Tatiana nichts davon. Er hat einen anderen Plan. Er sieht ihr zu, wie sie wegschwimmt, und ruft ihr nach: »Ich will das Land verkaufen und woanders hinziehen.«

Sie tut so, als höre sie ihn nicht. Dann dreht sie um. »Was hast du gesagt?«, fragt sie. »Ich habe dich nicht verstanden.«

Alexander jagt sie durch den Pool. Gott, was ist sie schnell. Er hat noch nie eine stärkere Schwimmerin gesehen. Er fängt sie, wirbelt sie herum, nimmt ihr den Atem und sagt: »Wenn du mich ignorierst, geschieht das auf eigene Gefahr.«

»Du scheinst *mich* zu ignorieren«, keucht sie. »Ich habe dir deutlich gemacht, dass wir das Land nicht verkaufen, und damit hat es sich.«

Seine Finger bohren sich in ihre Rippen. Sie krümmt sich. »Ich sage dir nur ein Wort«, flüstert er. »Sechshunderttausend Dollar.«

Tatiana versucht, sich aus seinem Griff zu winden. »Mein Großvater, ein genialer Mathematiker, wie du weißt, hat mir einiges beigebracht. Aber selbst dein neunjähriger Sohn kann dir sagen, dass das schlichtweg zwei Wörter sind. Autsch.«

Und wieder taucht er sie unter. Im Wasser zupft sie an seinen Beinhaaren.

Er reißt sie hoch. »Wir können ins Napa Valley ziehen«, sagt er, »und das Weingut eröffnen, das du wolltest.«

Tatiana spuckt immer noch Wasser. »Nein, danke. Im Grunde täte mir zurzeit etwas weniger Champagner gut. Ich kann kaum noch gehen.« Sie lächelt atemlos.

Er hebt sie hoch in die Luft und wirft sie ins Tiefe. »In Ordnung«, sagt er heftig schnaufend, als er sie wieder zu fassen bekommt. »Das ist mein letztes Angebot. Ich ziehe für dich nach New York. Du kriegst deinen dummen Job im NYU Hospital zurück und bist in Vikkis Nähe.«

Jetzt springt sie auf *ihn,* schlingt die Arme um seinen Hals und versucht, ihn unter Wasser zu drücken. »Ach du«, sagt Tatiana und schüttelt ihn fest, damit er umfällt. »Du würdest jetzt alle Zugeständnisse machen, oder?«

»Vikki braucht dich«, fährt Alexander in feierlichem Ernst fort. Er befreit sich aus ihrem Griff und weicht ihr dann rasch aus. »Sie ist so verzweifelt, weil sie Richter allein in Korea lassen musste. Zum Wohl unserer Nation hoffe ich, dass er ein besserer Soldat als Ehemann ist. Und was soll nun ein Mädchen wie Vikki allein in New York City anfangen? Sie braucht dich. Oh, und habe ich schon die sechshunderttausend Dollar erwähnt?«

Tatiana steigt aus dem Pool und stellt sich auf die Steinterrasse, tropfend, keuchend, die Hände in die Hüften gestemmt. »Hör auf damit«, sagt sie. »Wir werden nicht wegziehen.« Sie hat eine schmale Taille, aus der sich ihre Hüften wie zwei goldgelbe köstliche Apfelhälften formen. Ihr flacher Bauch glänzt, ihre Brüste heben und senken sich. Er blickt zu ihr auf. Sie ist ein Augenschmaus.

»Um es mit den Worten unseres großen Führers und Lehrers, Genosse Stalin, auszudrücken«, sagt Alexander, »warum hängst du so sklavisch an einem Stückchen Land?«

»Shura, drei Jahre haben sie versucht, es uns abzukaufen, uns streitig zu machen, ohne Erfolg. Und jetzt sagst du mir, dass sie es ohnehin von uns bekommen werden?«

»Weißt du nicht mehr, was in unserem Haus passiert ist?«, fragt Alexander. »In *unserem* Haus, Tania.«

»Doch. Jeden Tag versuche ich, nicht mehr daran zu denken. Aber willst du wirklich zulassen, dass ein Verrückter aus Montana dir deine neununddreißig Hektar wegnimmt? Das Land ist ein Geschenk deiner Mutter«, sagt Tatiana. »Sie hat das Geld dafür vor deinem Vater versteckt, um es dir zu geben, in der Hoffnung, dass du vielleicht eines Tages wieder nach Hause findest und dir ein neues Leben aufbauen kannst. Dieses Land war in deinem *Ehernen Reiter* verborgen, den du mir vor elf Jahren bei unserem Spaziergang durch den Sommergarten gegeben hast.«

»Was soll das denn jetzt? Welcher Sommergarten?«

Doch sie lässt sich nicht irritieren. Ihre Hände sind immer noch in die Hüften gestemmt. »Hast du vergessen, dass ich Dascha daran gehindert habe, das Buch zu verbrennen, als uns während der Blockade der Brennstoff ausgegangen war? Wir haben es im Lastwagen auf die Straße des Lebens mitgenommen.« Sie zögert nur kurz in der Glutsonne Arizonas. »Und dann habe ich es allein durch die halbe Sowjetunion getragen. Du bist extra wegen dieses Geldes nach Lazarewo gekommen ...«

»*Deswegen* bin ich nach Lazarewo gekommen?«

»Dieses Geld«, fährt sie unbeirrt fort, »hat mich sicher nach Schweden, England und schließlich nach Amerika gebracht. Und wenn du jetzt jeden Morgen zum Rauchen hinaus auf die Terrasse gehst und das Phoenix Valley betrachtest, kannst du dir sicher sein, dass du mit diesem Haus an diesem Ort dem Wunsch deiner Mutter, wie sie sich das Leben ihres einzigen Sohnes vorgestellt hat, entsprechen würdest. Das willst du verraten und verkaufen für ein Hausboot in Coconut Grove?«

Nach einer Minute des Schweigens sagt Alexander: »Bei aller Fairness, meine Mutter hatte auch ein Faible für Boote.«

Tatiana macht einen weiten Satz von der Terrasse direkt in seine Arme. Sie umfasst ihn mit ihren Beinen und ahmt mit hochgezogenen Augenbrauen seine tiefe Stimme nach: »Und jetzt will ich nicht mehr darüber sprechen.«

Alexander lacht. Sie küssen sich überschwänglich.

»Aber mal im Ernst, Captain«, sagt Tatiana. »Was möchtest du gern spielen? Blindekuh?«

»Wie wäre es mit Rotkäppchen?«, sagt er und grinst von einem Ohr zum anderen.

»Habe verstanden.« Sie zwinkert ihm zu und sagt mit verstellter, spitzer Stimme: »Oh Captain, was hast du für große Arme ...«

»Dass ich dich besser halten kann.« Er drückt ihren Körper an sich.

»Oh Captain, was hast du für große Hände ...«

»Dass ich dich besser packen kann.« Er greift ihren Po und presst sich an sie.

»Oh Gott, Captain, was hast du für einen ...«

In dem Moment nimmt Anthony Anlauf und springt in den Pool geradewegs auf sie zu.

Alexander taucht seinen Sohn, und als er ihn loslässt, drückt Tatiana ihn unter Wasser, und dann umarmen sie ihn beide und küssen sein Gesicht.

»Ant, willst du Blindekuh spielen?«

»Ja, Dad«, sagt Anthony. »Aber diesmal jagst du nicht nur Mommy.«

Alexander hat noch einen Plan in petto. Er scheut sich ein bisschen, Tatiana davon zu erzählen, denn lehnt sie auch diesen ab, hat er keine Ideen mehr. Die Sache ist die: Auf dem Grundstücksvertrag steht sowohl sein wie auch ihr Name. Für eine Hypothek auf das Land braucht er also ihre Unterschrift. Er muss mit ihr sprechen, doch er fürchtet, dass sie sich weigert. Darlehen und Kredite sind ihr ein Graus. Er weiß, wie sie zu dem Land steht. Sie wollte nicht einmal fünf Hektar beleihen, um sich ihr Traumhaus bauen zu können.

Zwei Stunden lang macht er immer wieder einen Anlauf, raucht eine Zigarette nach der anderen, bis es ihm schließlich gelingt, ihr seinen Plan zu unterbreiten.

Zu seinem Erstaunen billigt sie ihn nicht nur, sondern stimmt begeistert zu, ohne Einschränkung und aus vollem Herzen. Sie nehmen eine Hypothek auf zehn Hektar auf, gut ein Viertel ihres Landes, und erhalten achtzigtausend Dollar. Er mietet in Scottsdale ein kleines Büro in der Main Street, besorgt sich von der Gemeinde Baugenehmigungen für mehrere höherpreisige Parzellen, schaltet Anzeigen in der Zeitung, gründet Barrington Custom Homes und startet so sein eigenes Unternehmen. Das ermöglicht ihm Puschkins *Eherner Reiter*.

Wenn Tatiana nicht im Krankenhaus arbeitet, unterstützt sie Alexander, wo sie kann. Sie ordnet seine Finanzen, organisiert die Buchhaltung, überweist die Rechnungen, kauft das Büromaterial, die Möbel, Telefone und den Zeichentisch. Gemeinsam mit Anthony hilft sie ihm beim Streichen und Einrichten des Büros.

»Und nirgends hängen anstößige Bilder«, sagt sie glücklich.

»Keine Sorge«, erwidert er. »Ich nehme sie ab, bevor du kommst.«

Die Kräfte des freien Marktes

Sie glaubten beide, das Geschäft würde nur langsam in Schwung kommen, und stellten sich darauf ein. Am Anfang wollte Alexander alles selbst übernehmen, da er mit nur ein oder zwei Aufträgen rechnete. Er hatte vor, nebenbei weiter zur Universität zu gehen und seinen Abschluss zu machen. In der Zwischenzeit würden sie geeignete Bewerber suchen, sie ausbilden und sich an die Anforderungen des Kleinunternehmertums gewöhnen. Tatiana würde die Bücher führen und er sich um alles Übrige kümmern.

Doch was dann geschah, hatten sie nicht erwartet. In der ersten Woche erhielt Alexander zwei Anrufe, in der zweiten siebzehn, in der dritten vierundfünfzig.

»Sind Sie *der* Alexander Barrington? Der Army-Captain, dessen Geschichte vor ein paar Monaten die Zeitungen gefüllt hat?«

»Der bin ich.«

Bald gaben sich die Kunden bei ihm die Klinke in die Hand. Die Frauen gafften ihn wortlos an, während die Männer erst kurz auf das Bauprojekt zu sprechen kamen und dann beiläufig bemerkten: »Nun erzählen Sie mal, wie es in jener Nacht wirklich war. Was für ein unglaublicher Vorfall!«

Die Nachricht von Alexanders Heldentat hatte sich in Phoenix, Tempe und Scottsdale wie ein Lauffeuer verbreitet.

In Scottsdale wusste jeder über ihn Bescheid.

Das ist Alexander, flüsterten sie, während er mit Tatiana und Anthony die Main Street entlangschlenderte. Um seine Frau zu schützen hat er jemanden *umgelegt* und ist damit durchgekommen. Tatiana wurde verstohlen gemustert, doch kein Mann warf ihr offene Blicke zu. Sie wurde unsichtbar für die meisten Männer. Und je weniger man sie wahrnahm, desto mehr achtete man auf ihn. Sämtliche Frauen in Maricopa County – alleinstehend, verheiratet, verwitwet – schauten in seinem Büro vorbei, um einen Blick auf den Architekten zu werfen, den Bauunternehmer, Kriegsgefangenen, Reserveoffizier, den Mann, dessen Liebe zu seiner Frau so groß war, dass er jemanden für sie *umgelegt* hatte.

Auf Alexanders Stellenanzeigen hin meldeten sich fünfhundert Bewerber, fast ausschließlich Frauen. Er ließ Tatiana die Vorstellungsgespräche führen. Die ausgewählten Bewerberinnen waren sichtlich enttäuscht darüber, dass sie bei der geretteten Ehefrau vorsprechen sollten. Tatiana wählte Linda Collier als Büroleiterin aus und empfahl sie Alexander: Sie war Anfang fünfzig und die kompetenteste, organisierteste und flinkste Kandidatin, die sie finden konnte. Die Büroreinigung übertrug sie Francesca.

Alexander und Tatiana unterschätzten gleichermaßen wie G. G. Cain, der seine Entscheidung schnell bedauern sollte, ein Phänomen des freien Marktes, das man gemeinhin als »sprunghaften Anstieg der Nachfrage« kennt. Hervorgerufen wurde dieses Ereignis durch Kräfte, die nicht der Kontrolle des Marktes oblagen, zum Beispiel Schirmverkäufe bei Regen, Holzverkäufe während der Tornadosaison oder das Erschießen eines Mannes im eigenen Mobilhaus, um die Ehre seiner Frau zu verteidigen.

Alexander musste schleunigst einen Architekten und einen Bauleiter einstellen. Er fand in Skip einen Architekten, in Phil einen Bauleiter. Skip war teigig und unscheinbar, aber Alexander hatte seine Mappe gesehen, die Arbeiten waren gut. Phil war Ende vierzig, drahtig, wortkarg und trug immer Jeans und karierte Hemden. Zur Freude Anthonys spielte er Gitarre, Tatiana gefiel, dass er seit zwanzig Jahren mit derselben Frau zusammenlebte, und für Alexander waren seine beachtlichen Baukenntnisse entscheidend. Wäre Phil nicht so ruhig und effizient ans Werk gegangen, hätte Alexander nicht mehr als ein Haus pro Jahr fertigstellen können. Mit seinem neuen Titel als Projektleiter übernahm Phil vier Häuser, während Alexander zwei in der Hand behielt und sich um das übrige Geschäft kümmerte: Er heuerte Subunternehmer an, traf sich mit Kunden – was enorm viel Zeit in Anspruch nahm – und half Skip bei der Planung der Häuser. Linda legte seine Termine fest. Tatiana zählte sein Geld.

Die Subunternehmer und Lieferanten, mit denen er jetzt zu tun hatte, sprachen in harmloser Weise über ihre Kinder und Frauen, über Geburtstage, Urlaube, ihre Einnahmen und Ausgaben, Sport und Politik. Es war eine andere Welt, doch trotz des mönchischen Gebarens der Dachdecker, die eine Hand auf dem Rosenkranz und die andere auf den Lehmziegeln hatten, kam Tatiana nicht mehr auf den Baustellen vorbei. Stattdessen fuhr Alexander an ihren dienstfreien Tagen zum Mittagessen nach Hause. Er war nun der Boss und konnte tun, was er wollte. So funktionierte es viel besser. Zu Hause waren sie unter sich, und auf das Mittagessen folgte häufig ein süßes nachmittägliches Liebesspiel, nach dem Alexander nur noch ein Nickerchen halten wollte. Wenn er anschließend zurück zur Arbeit kam, war er so glücklich und beflügelt, dass er nicht aufhören konnte zu lächeln.

Im November 1952, an Thanksgiving, meldete Richter sich aus Korea und lauschte schweigend der Geschichte über Dudley aus Montana. Nachdem er zu Ende erzählt hatte, fragte Alexander ihn: »Tom, das würde jeder Mann für seine Frau tun, stimmt's?«

Und Richter überlegte kurz und antwortete dann: »Nun, ich glaube, das kommt ganz auf die Frau an.«

Er bat Alexander um einen kleinen Gefallen. Einer seiner jungen Sergeants sei verwundet worden und auf dem Heimweg in die Staaten. Er stamme ursprünglich aus San Diego, sei aber bereit, überall zu arbeiten. Ob Alexander ihn einstellen könne? Wie es der Zufall wollte, hatte Alexander gerade vier neue Bauverträge abgeschlossen. Und ihm war klar gewesen, dass Phil schon vorher überlastet war und bei der Abwicklung aller sich im Bau befindlichen Projekte Unterstützung brauchte. Er erklärte sich gern bereit, seinem Freund zu helfen. So traf er Shannon Clay.

Shannon, kaum zweiundzwanzig, wurde am 9. Mai 1952 in Korea in den Kampf geschickt und drei Tage später als vermisst gemeldet. Sein Spähtrupp geriet in einen Hinterhalt und verlor den Kontakt zum Hauptquartier. Während er und die übrigen Soldaten auf die Rettung durch einen Helikopter warteten, wurden sie in ein Feuergefecht verwickelt, das Shannon als Einziger mit einer Kugel im Bein überlebte. Er brachte vier Wochen im Wald zu, auf feindlichem Gebiet, bevor ein Hubschrauber ihn schließlich fand und herausholte. Alexander und Tatiana waren der Ansicht, dass jemand, der einen Monat verwundet im koreanischen Bergland überstehen konnte, überall gut zurechtkommen würde. Shannon hinkte leicht, da die Kugel immer noch in seinem Schenkel steckte. Doch er sah freundlich und gepflegt aus, war überaus höflich, erpicht, es allen recht zu machen, und arbeitete unvorstellbar hart.

Alexander mochte Shannon auf Anhieb. Und nachdem er und Tatiana auf einen Drink mit ihm aus waren und sie auf dem Heimweg sagte: »Er ist wundervoll«, zeigte Alexander sich noch mehr von ihm begeistert. »Aber er ist einsam«, fügte Tatiana hinzu. »Kennen wir irgendwelche alleinstehenden Frauen?«

Alexander lächelte. »Fragst du mich ernsthaft, ob ich ledige Frauen kenne?«

»Ich sagte wir, Shura. *Wir.*«

Eines Nachmittags, als Alexander und Shannon zusammen im Büro waren, kam Tatiana auf einen Sprung mit Amanda vorbei. Sie war eben zum Einkaufen in Scottsdale gewesen und zufällig der ehemaligen Verlobten von Stevie begegnet.

Kaum hatten sie das Büro betreten, stand Shannon auf und sagte: »Tania, willst du mich nicht deiner Freundin vorstellen?«

Sichtlich widerwillig machte Tatiana den lächelnden Shannon mit Amanda bekannt, die das Lächeln bereitwillig erwiderte. Zwei Tage später aßen sie zu viert bei Bobo's zu Abend. Amanda fand Shannon nett – wer nicht, sagte Tatiana, bei seinem höflichen Gesicht und seinen unschuldigen blauen Augen –, er hingegen fand Amanda umwerfend.

»Und, was hältst du von ihr und unserem liebenswerten Shannon?«, fragte Tatiana abends vor dem Zubettgehen, als sie sich gemeinsam mit Alexander die Zähne putzte.

»Hm«, machte er und spülte den Mund aus.

»Was? Hast du etwa auch Bedenken?«

Er spuckte ins Waschbecken. »Ich nicht. Aber Amanda, glaube ich. Shannon schien ziemlich von ihr angetan. Sie aber nicht ganz so von ihm.« Er zuckte die Achseln. »Frauen.«

Tatiana betrachtete ihr Gesicht im Badezimmerspiegel. »Warum wundert dich das? Shannon ist ein anständiger junger Mann. Und Amanda steht auf böse Jungs.«

»Ach ja?« Alexander blickte sie von der Seite an. »Und auf welchen Typ steht meine Frau?«

Sie erwiderte sein Grinsen im Spiegel. »Ich«, sagte sie, »stehe auf den Schlimmsten von allen.«

Shannon und Amanda brauchten Tatiana und Alexander nach dem ersten Treffen nicht mehr. Sie verlobten sich zwei Monate später, im März 1953, genau zu der Zeit, als Stalin starb. (Shannon beharrte jedoch darauf, dass die Ereignisse parallel und nicht in logischer Folge auftraten – anders als beispielsweise die Verhaftung und Hinrichtung Lawrenti Berias.) Im Juni kam es schließlich zur Hochzeit und im darauffolgenden März zur Geburt ihres ersten Babys.

Doch nicht nur Amanda hatte jetzt ein Kind.

Was um Himmels willen war los in Phoenix? Alexander konnte nicht über den Markt auf der Indian School Road gehen, Eis essen oder den Apachen-Trail in den Superstition Mountains entlangwandern, ohne überall auf Kinderwagen, Säuglinge, Zwillinge und Kleinkinder zu stoßen. Beim Ballspielen mit Anthony im Park von Scottsdale – Babys so weit das Auge reichte, angeordnet wie Lilien im Feld, kleine pummelige Jungen und Mädchen in Rosa, Blau, Gelb, Grün, hellhäutig, dunkelhäutig und in sämtlichen Farbnuancen dazwischen. Vor den Quartieren für Ehepaare in der Kaserne von Yuma, wo sie einmal im Monat hinfuhren, reihten sich zwölf Kinderwagen auf der Terrasse. In den Geisterstädten in den Superstition Mountains? Babys. Im Pueblo Grande Museum? Babys. Was hatten sie im Indianermuseum verloren? Oder am Sonoran Desert National Monument? Alexander konnte die Riesenkandelaber nicht sehen, weil ihm lauter Babys die Sicht versperrten. Mit dem Thema Baby begann und endete jede Unterhaltung. Wer war wieder schwanger? Wer hatte gerade ein Kind bekommen? Wer erwartete sein drittes? Wann zogen sie in ein größeres Haus um? Und wie viele Kinder wollten sie noch haben? Alexander entwickelte daraus sogar ein Geschäftsmotto. Er erzählte all seinen Arbeitern und potenziellen Kunden, dass er anstrebe, ein Haus mit hohem Standard in kürzerer Zeit zu bauen, als eine Frau für das Wachstum eines Menschen benötigte.

Zu der einen Frau, die darauf wartete, schwanger zu werden, sagte er: »Jetzt muss ich mich offenbar darum kümmern und die Sache selbst in die Hand nehmen.«

Sie lächelte. »In die Hand? Vielleicht war dieses kleine anatomische Missverständnis die ganze Zeit das Problem.«

Er packte das Kinderzeugen genauso an wie alles andere – pflichtbewusst, unermüdlich, gewissenhaft. Ein Jahr wanderte sein Samen nirgendwo anders hin als in den Laichplatz. Er hörte sogar auf, im Haus zu rauchen, mit der Begründung, das Nikotin schade ihren einst tuberkulösen Lungen.

»Es ist dein Haus«, sagte Tatiana. »Du kannst rauchen, wo

du willst. Außerdem wird das Baby nicht in meinen Lungen heranwachsen.«

Sie warteten ungeduldig. Alexander hielt an den Tagen, die ihnen Gewissheit verschaffen würden, den Atem an. Und als klar war, dass sich auch in diesem Monat nichts ändern sollte, atmete er tief ein und machte sich erneut ans Werk, bastelte wieder vier Wochen lang daran. Es gab vielleicht kein Baby, so tröstete er sich, dafür aber die Möglichkeit, im Dezember zu schwimmen, nachts unter den Wüstensternen in den beheizten Pool zu springen und manchmal die Heizung abzudrehen und splitterfasernackt in das eiskalte Wasser zu tauchen, so dass sein Körper kurz taub wurde und er vor Schreck und Vergnügen laut aufschrie.

Es gab zwar kein Baby, aber die Andrew Sisters sangen »I want to be loved« und Alexander liebte Tatiana nachts draußen auf einem Liegestuhl. Anschließend lag er in ihren Armen und summte »If I knew you were coming, I would have baked you a cake«, und Tatiana wiegte ihn sanft hin und her.

Er sang leise wie damals auf seinem Weg durch Weißrussland das »Lied der Wolgaschiffer«, während er die Auffahrt zum Haus mit Kies aufschüttete, einen Basketballplatz für sich und Anthony zementierte und ein Schiebedach für ihre Autos baute.

Gerüstet mit dem »Russischen Matrosentanz«, den er kurz vor seiner Ankunft im polnischen Todeslager Majdanek gesummt hatte, versuchte er, die feinen Nadeln des Cholla-Kaktus zu entfernen, die einfach alles durchdrangen, womit sie in Berührung kamen – Leder, Handschuhe, Alexanders Stiefelsohlen –, um dann den Weg frei zu machen für Keime, damit diese sich bequem einnisten und ausreifen konnten. Die Nadeln des Teufelskaktus.

»Dad«, sagte Anthony, der ihm hilfreich zur Seite stand, »du bist Offizier und in Amerika. Hier singen wir ›Die Schlachthymne der Republik‹, wenn wir den Cholla-Kaktus bezwingen. Kennst du den Text nicht? Soll ich ihn dir beibringen?«

Mit dem Arbeiterlied »Warschawjanka« auf den Lippen pflanzte Alexander Palmen und Agaven, baute kleine Trennmauern in Tatianas Blumenbeeten, die sie »reizend und symbolisch«

fand, und legte geschlungene Terrakottawege um die Yuccapalmen und das Grünholz an. Nach dem Abendessen schlenderte er mit ihr durch die üppige Wüstenflora, vorbei am roten Kerzenstrauch, den Feigenkakteen, Süßhülsenbäumen, purpurfarbenen Lupinen und dem Wüstenmohn, die alle in ihrem Sommergarten bei den Bergen blühten. Unter ihnen, durch die turmhohen Kandelaberkakteen hindurch, funkelten und vervielfachten sich die Lichter im Tal. Farmland gab es schon längst nicht mehr. Die neuen Gemeinden schossen aus dem Boden und mit ihnen die Straßenbeleuchtungen, Swimmingpools, Golfplätze, Kinderwagen und die Häuser, die Alexander für die schwangeren Frauen und ihre besorgten Männer gebaut hatte.

Tatiana hatte sich bei ihm eingehakt und den Blick zu ihm erhoben, während er über Architektur sprach, über Shannon und Richter, der immer noch in Korea war, und die Franzosen, die in Dien Bien Phu auf Leben und Tod kämpften. Und manchmal könnte Alexander schwören, dass sie nicht ein Wort von dem hörte, was er sagte. Sie starrte ihn mit leicht geöffnetem Mund an, als ob ... fast als ob ... er seine Uniform trüge und sie ihre Fabrikkleidung und er mit dem Gewehr über der Schulter und sie mit gelöstem Haar durch die Straßen und Boulevards von Leningrad schlenderten, an Kanälen entlang und an Trambahnhaltestellen vorbei, damals im ersten Sommer ihres Lebens, als der Krieg sie zusammengeschweißt und dann auseinandergerissen hatte.

Währenddessen saß ihr einziges, großartiges Kind mit seiner Gitarre auf der Terrasse und übte die mexikanischen Lieder von Francesca und die russischen seiner Mutter. Tatiana summte sie ihm vor und Anthony klimperte sie nach. Und wenn Tatiana sie dann hörte, fing sie zu weinen an. Er brachte seinem Vater und seiner Mutter mit »Corazón mágico« und den »Moskauer Nächten« ein Ständchen dar, während diese in der Abenddämmerung spazieren gingen, Alexander rauchte und sie miteinander plauderten.

Später in der Nacht gaben sie sich ihrer Liebe hin.

Und warteten wieder einen Monat.

Mommy küsst Santa Claus

Tatiana war gerade aus dem Bad gekommen und hatte sich auf das Bett gesetzt. Sie bürstete ihr Haar und beugte sich über die fertigen Blaupausen für ihr neues Haus, die Alexander vor ihr ausgebreitet hatte. Mit einem Bleistift in der Hand führte er sie die Auffahrt hinauf und zeigte ihr die Entwürfe: zuerst die vordere Ansicht, dann das Innere des Hauses, die hintere Ansicht und schließlich die Küche, wie der Künstler sie sich vorstellte.

»Es ist so großzügig«, sagte Tatiana.

»Ja, nicht wahr?«, pflichtete Alexander bei. »Unser Lehmziegelhaus ist dem sichelförmigen Mond in Lazarewo nachempfunden. Es wölbt sich zu der gewundenen Auffahrt, den Basketballplätzen und den Garagen hin.«

»Das sieht wunderschön aus.«

»Du gehst durch das vergoldete Tor …« Er sah ihr in die Augen in der Hoffnung, dass sie den Hinweis auf das andere goldene Tor verstehen würde, das zu dem mit Ulmen bewachsenen, am Fluss gelegenen Garten in der Stadt der Weißen Nächte führte. Sie hatte einen verträumten Gesichtsausdruck aufgesetzt und Alexander fühlte sich bestätigt. Die Blaupausen als Vorspiel. Er nickte schweigend und fuhr fort. »Und dann kommst du in einen mit Travertinplatten ausgelegten Innenhof, in dem ein runder Springbrunnen umgeben von rosafarbenen Myrten steht. Von dort aus gelangst du ins Herz des Hauses – in die Küche, die Galerie, das Familien- und Spielzimmer, die Bibliothek und das großräumige Esszimmer, das du durch den Anrichteraum erreichst. Schön, oder?«

»Wie groß ist denn das Esszimmer?« Sie sah genauer hin.

»Fünf mal sieben Meter. Es hat auch einen Kamin.«

»Das ist wirklich groß«, sagte sie.

»Ich denke an kommende Generationen«, sagte er vergnügt. »Kinder, Enkel, Urenkel, da brauchen wir viel Platz. Schau, die Küche ist mit dem Familienzimmer durch eine lange belichtete Galerie verbunden, in der es viel Platz an den Wänden für Fotografien und haufenweise Erinnerungen gibt. Hier auf der linken Seite sind die Kinderzimmer und im rechten Flügel, ganz intim, die Erwachsenenräume …«

»Ganz intim also?« Tatiana lächelte ihn an und deutete dann auf den Plan. »Und was ist das?«

»Ein Kamin«, sagte Alexander. »Er öffnet sich zum Schlafzimmer wie auch zu unserem Badezimmer. Und hier draußen legen wir einen Steingarten an, von dem aus man Berge und Tal gleichermaßen überblicken kann. Dort werde ich uns eine Feuerstelle bauen.«

»Mir gefällt der Kamin im Schlafzimmer«, sagte Tatiana leise, während sie weiter ihr Haar bürstete. »Ich hätte gern einen hier.«

»Tja, in Wohnwagen gibt es das nicht«, sagte Alexander. »Das Haus ist komplett mit Kalkstein, Naturstein, Terrakotta und Parkett ausgestattet. Bis auf unser Schlafzimmer – das hat einen Teppichboden.« Er grinste breit. »Wo war ich? Ach ja. Auf der Rückseite des Hauses entlang der inneren Wölbung verläuft eine überdachte Veranda. Hier drüben ist eine kleine Terrasse und ein Weg, der zum Pool führt.«

»Das ist alles ganz außergewöhnlich«, sagte sie.

»Die Bäder sind weiß gekachelt«, sagte er, »genau wie du es magst. Die Küche übrigens auch. Siehst du die Kücheninsel in der Mitte? Sie ist mit der wichtigste Bestandteil des ganzen Hauses.«

»Sogar wichtiger als der Kamin zwischen Bett und Whirlpool?«

»Fast«, sagte Alexander. »Stell sie dir aus schwarzem Granit vor, wie Vishnu-Schiefer, im Zentrum deiner weißen Küche. Sie ist der Herzschlag des Hauses. Auf dieser Insel wirst du das Essen zubereiten und deinen Teig kneten. Dort werden deine Kinder und dein Mann auf gepolsterten Barhockern sitzen, dein Brot essen, deinen Kaffee trinken, herumalbern und streiten, die Zeitung lesen, über den Tag sprechen und einen Riesenrabatz machen. Um sie herum dreht sich alles, am Anfang, in der Mitte und am Ende eines jeden Tages. Musik läuft. In deiner Küche ist immer etwas los.«

»Und das alles in der Einsamkeit und Abgeschiedenheit der Berge«, murmelte Tatiana.

»Ja«, sagte Alexander. »Hier können wir ungestört schreien, weinen, schwimmen, schlafen. Wir sind ganz für uns.«

»Shura«, sagte Tatiana zärtlich, »das ist ein wunderschöner Traum. Ich habe ihn direkt vor mir. Ich kann alles sehen. Ich fühle es sogar. Sobald ich schwanger bin, bauen wir unser Haus.«

Alexander, der vier Jahre lang die Entwürfe angepasst, verbessert und überarbeitet hatte, betonte ihr zunehmendes Bedürfnis nach ein bisschen Privatsphäre, jetzt da Anthony zum Jugendlichen heranwuchs und immer mehr mitbekam. Sachte schlug er vor, nicht länger zu warten und mit dem Hausbau zu beginnen. Doch Tatiana lehnte behutsam ab.

»Wer wird sich um den Parkettboden, die Stuckleisten, die Farbgestaltung und die Türgriffe kümmern? Das ist ein Vollzeitjob. Für Amanda stellt das kein Problem dar, sie arbeitet schließlich nicht. Aber bei mir ist es anders. Ich habe jetzt schon alle Hände voll zu tun.«

Alexander schwieg. Es kam ihm vor, als säße er eine Ewigkeit mit starrem Blick vor den Blaupausen, die auf der creme- und purpurfarbenen Bettdecke lagen. »Dann hals dir eben nicht so viel auf«, sagte er schließlich und sah sie an.

Mit einem sanften, liebevollen Ausdruck in den Augen erwiderte sie: »Shura, sobald ich schwanger bin, kündige ich und wir bauen unser Haus. Warum die Eile?« Sie lächelte. »Wir haben doch zurzeit alles, was wir brauchen. Alles«, flüsterte sie. »Und an Privatsphäre fehlt es uns auch nicht.« Sie legte die Bürste aus der Hand, zog ihren Morgenmantel aus und warf sich rücklings auf das Bett, direkt auf die Pläne für das Haus. Sie streckte die Arme nach ihm aus und sagte leise: »Hier auf deinem Bett liegt eine nackte junge Frau mit offenem Haar, genau, wie sie dir gefällt. Was sagst du dazu?«

»Ähm, könntest du bitte vorsichtig von den Blaupausen heruntergehen?«

Ein weiteres Jahr verging. Sie bezahlten die Hypothek ab, gaben jedem eine Lohnerhöhung, stellten neue Leute an, flogen zu Weihnachten Tante Esther, Rosa, eine übellaunige Vikki und einen mürrischen Richter ein, der gerade aus Korea zurückgekommen war, machten aufwändige Partys und Geschenke. Samstags gingen sie regelmäßig zum Essen aus, sonntags veranstalteten sie laute Grillabende und, so weit es ging, nutzten sie die freie Zeit für alle möglichen Ausflüge, durchstreiften Arizona, gingen in den Bergen reiten.

Sie bauten die Küche um, schafften sich neue Haushaltsgeräte an. Alexander machte seinen Abschluss und wurde Architekt.

Im Winter 1954 begannen sie fernzusehen. Tatiana hatte schließlich zugestimmt, dass Alexander ungeachtet der Kosten einen dieser neuen Farbfernseher kaufte. Sie saßen eng beieinander und sahen sich die gängigen Serien an. Manchmal legte Alexander dabei den Kopf auf ihren Schoß, als wären sie immer noch vor dem Feuer in Lazarewo. Manchmal tat Tatiana dasselbe.

Und hin und wieder gab sie ihm, wie Marlene Dietrich sagen würde, *kisses sweeter than wine …*

In den Weihnachtstagen 1955 vergaßen sie einmal, die Schlafzimmertür abzusperren, und Anthony öffnete sie spätabends. Vielleicht hatte er einen Alptraum gehabt und kam deshalb herein, vielleicht war auch die Weihnachtsmusik aus ihrem Radio zu laut gewesen. Und während ausgerechnet das Lied *»I saw Mommy kissing Santa Claus«* lief, sah der zwölfjährige Anthony seine nackte Mutter vor seinem nackten aufgerichteten Vater liegen. Er sah seine großen Hände, die ihre Schenkel packten, und ihre kleinen weißen, die sich an seine breiten Arme klammerten. Fassungslos nahm er die unaussprechlichen Bewegungen seiner Eltern wahr und vernahm Laute von seiner Mutter, die klangen, als hätte sie Schmerzen und dann auch wieder nicht. Dann stieß er selbst einen Laut aus. Alexander hielt inne und drehte sich nicht einmal um. Er legte sich auf Tatiana, um sie zu bedecken, und sagte: »Anthony …«

Doch der Junge war bereits verschwunden. Die Tür stand sperrangelweit offen.

Sie versuchten sich vorzustellen, welcher Anblick sich ihm geboten hatte, um sich dann wieder zu beruhigen, dass ihm andere, unmöglich zu erklärende Dinge, die er hätte sehen können, glücklicherweise erspart geblieben waren.

»Sollen wir nicht vielleicht doch unser neues Haus bauen?«, fragte Alexander.

»Warum?«, entgegnete Tatiana. »Dort kannst du genauso vergessen, die Tür abzusperren, wie in einem Mobilhaus. Aber jetzt geh lieber, Shura, und sprich mit deinem Sohn.«

»Ach, auf einmal ist es ein Mobilhaus und kein Wohnwagen. Und was bitte soll ich ihm sagen?«

»Das weiß ich nicht, Alexander Barrington, aber du musst dir etwas einfallen lassen. Oder willst du, dass ich mit ihm spreche, so wie deine Mutter damals mit dir?«

»In Ordnung«, sagte er, »verschließen wir nicht die Augen vor der Realität. Meine Eltern und ich haben damals in einem Hotel gelebt, in dem der Mann nebenan ständig Huren vom Bahnhof aufgelesen und mit nach Hause geschleppt hat. Meine Mutter hatte eine ganz eigene Auffassung von Verantwortung. Sie hat versucht, mich mit alptraumhaften Geschichten über Syphilis abzuschrecken. Ich muss meinen Jungen nicht abschrecken. Aber durch das, was er heute Abend gesehen hat, ist ihm die Lust auf Sex bestimmt für alle Zeit vergällt worden.«

Am nächsten Tag huschte Anthony nach der Schule wie ein Eichhörnchen in sein Zimmer und schloss die Tür, statt seine Hausaufgaben wie sonst am Küchentisch zu erledigen und mit Alexander zu plaudern. Als Tatiana heimkam, aßen sie gemeinsam zu Abend. Anthony, der außerstande war, seiner Mutter in die Augen zu sehen, verschwand sofort wieder, als der Tisch abgeräumt war, in sein Zimmer. Er hatte nicht einmal Lust auf Basketball, obwohl Tatiana ihm einen Zehn-Punkte-Vorsprung anbot.

»War er heute den ganzen Tag so?«, fragte sie.

»Oh ja«, antwortete Alexander. »Beim Frühstück wollte er auch nicht mit mir reden. Langsam verstehe ich die missliche Lage, in der mein Vater sich befand. Meine Mutter hat ihn mir regelrecht auf den Hals gehetzt: Geh und sprich du mit ihm. Damals fand ich es urkomisch. Warum nur denke ich jetzt anders darüber?«

Tatiana drängte ihn, zu Anthony zu gehen. »Ich finde es immer noch urkomisch. Na los, geh und sprich mit ihm.«

Alexander machte keine Anstalten aufzustehen. »Mir fällt plötzlich wieder ein, dass ich gar kein Gespräch mit meinen Eltern gebraucht hätte. Warum sollte es Ant anders gehen?«

»Weil es nun einmal so ist. Jetzt lass die Ausflüchte. Ständig erzählst du mir, dass du die Verantwortung für ihn trägst. Also los, zeig Verantwortung. Geh.«

Widerwillig klopfte Alexander an Anthonys Tür und betrat dann sein Zimmer. Er setzte sich zu seinem Sohn aufs Bett, holte tief Luft und sagte: »Kumpel, willst du vielleicht über irgendetwas mit mir reden?«

»NEIN!«, sagte Anthony.

»Bist du sicher?« Er tätschelte sein Bein, drängte ihn dazu, den Mund aufzumachen.

Anthony sagte nichts.

Alexander sprach trotzdem mit ihm. Er erklärte ihm, dass Erwachsene sich von Zeit zu Zeit ein Baby wünschten. Die Männer hätten dies, die Frauen das, und um ein Baby machen zu können, müsse man sich vereinen. Es sei ganz ähnlich wie die Verbindung von Schlitz und Zapfen bei zwei Holzstücken. Damit die Verbindung richtig halte, müsse eine Bewegung ausgeführt werden. An dieser Stelle brach die Schlitz-und-Zapfen-Analogie in sich zusammen, aber Anthony fragte Gott sei Dank nicht nach. Wahrscheinlich sei es genau diese Bewegung gewesen, die Anthony Angst gemacht habe, sagte Alexander, aber davor müsse er sich nicht fürchten, sie sei elementarer Bestandteil des großen Plans.

Zur Belohnung für Alexanders tapfere Bemühungen starrte Anthony seinen Vater an, als hätte er eben erfahren, dass seine Eltern jede Nacht vor dem Zubettgehen kaltes Vampirblut tranken. »Ihr habt was getan?« Und dann nach einer bedeutsamen Pause: »Ihr habt versucht, ein Baby zu machen?«

»Ähm, ja.«

»Habt ihr so auch mich gemacht?«

»Ähm, ja.«

»Tun das alle Erwachsenen, wenn sie ein Baby wollen?«

»Ja.«

»Also, Sergios Mutter hat drei Kinder. Heißt das, seine Eltern mussten das drei Mal tun?«

Alexander biss sich auf die Lippe. »So ist es«, sagte er.

»Dad«, sagte Anthony, »ich glaube nicht, dass Mom noch mehr Kinder möchte. Hast du sie nicht gehört?«

»Mein Sohn …«

»Sie hat so geschrien. Bitte, Dad.«

Alexander stand auf. »Also, alles klar dann. Ich bin froh, dass wir darüber gesprochen haben.«

»Ich nicht.«

Als Alexander herauskam, saß Tatiana wartend am Küchentisch. »Wie ist es gelaufen?«

»In etwa so«, sagte er entmutigt, »wie das Gespräch mit *meinem* Vater damals.«

Tatiana lachte. »Hoffentlich lief es etwas besser. Dein Vater hatte keinen großen Erfolg.«

»Unser Sohn liest *Wonder Woman,* Tatia«, sagte Alexander. »Ich weiß nicht, wie lange es ihn überhaupt noch interessiert, was ich zu sagen habe.«

»Wonder Woman?«

»Hast du diese Superheldin mal gesehen?« Alexander schüttelte den Kopf und ging seine Zigaretten holen. »Schon gut. Es wird sich alles fügen. Also, ja oder nein zum baldigen Baubeginn?«

»Nein, Shura. Denk einfach daran, das nächste Mal die Tür abzuschließen.«

Also blieb ihr neues Haus ungebaut. Anthony las *Wonder Woman,* seine Stimmlage veränderte sich, und er fing an, abends seine Tür zu verbarrikadieren, während auf der anderen Seite des Mobilhauses, hinter Küche, Wohnzimmer und verschlossener Schlafzimmertür, wieder und wieder *»I saw Mommy kissing Santa Claus«* lief.

Doch ab und zu schmachtete Rosemary Clooney ihren *»Blues in the Night«* und Melancholie machte sich in Alexander breit.

Eines Abends saßen Tatiana und Alexander am Pool im gedämpften gelben Licht der Terrassenlampe. Er rauchte, sie trank Tee. Das Transistorradio lief. Sie hatten leise miteinander geplaudert in der fast windstillen Wüste. Ein Lied wurde gespielt, das Alexander gefiel, ein langsames, trauriges, eins seiner Lieblingslieder. Also stand er auf und trat zu ihr. Tatiana hob unsicher den Blick zu ihm empor, stellte die Teetasse ab. Er zog sie hoch, führte sie nah an sich heran. Seine Hand legte sich um ihre Taille, ihre Finger verflochten sich miteinander. Tatiana schmiegte sich eng an ihn, während sie langsam zu *»Nature Boy«* dahinglitten, in kleinen Umdrehungen neben den blauen Kräuselwellen ihres sanft erhellten Pools. Über ihnen leuchteten die Dezembersterne am Südwesthimmel. Tatiana legte den Kopf an Alexanders Brust und lauschte auf seine Stimme, die Nat King Cole begleitete: *the magic day he passed her way.* Als Alexander in Richtung Haus blickte, hatte er auf einmal eine Vision und sah sich selbst als Vierzehnjährigen dort stehen. Ein verlegener Halbwüchsiger, der in Krasnaja Poljana Vater und Mutter bei einem langsamen Walzer beobachtete, vor zwanzig Jahren, am Anfang vom Ende. Es war das letzte Mal gewesen, da er seine Eltern bei einer zärtlichen, verliebten Berührung gesehen hatte. Als Alexander blinzelte, verschwand sein früheres Ich und sein Sohn stand auf der Terrasse des Hauses, ein verlegener Halbwüchsiger, der Vater und Mutter bei einem engen, langsamen Tanz zusah.

Zum letzten Mal etwa?

Doch egal wie eng Alexander und Tatiana miteinander tanzten – und es war verflixt eng –, sie bekamen kein Kind. Das unbarmherzige Ticken der Uhr wurde immer lauter. Es hallte überall in ihrem Zuhause wider und verhöhnte die umfangreichen Pläne für eine Villa im Pueblo-Stil, die ausgebreitet auf dem Tisch lagen. Ihr Kummer begleitete sie, lebte mit ihnen in dem mittelgroßen Wohnwagen, der ihren Ansprüchen völlig genügte. Er sann mit ihnen über die Blaupausen nach und flüsterte: *Wozu brauchen wir ein maßgefertigtes Schloss mit Innenhöfen und Brunnen, Speise-, Spiel- und sechs Schlafzimmern, wenn keine Kinder mehr kommen werden?*

10

Sowjetisches Blockademädchen

Die Schwester ist da, B-Seite

An einem Freitagabend im Dezember 1955 kam Alexander mit Anthony zusammen nach Hause, und sieh an, Tatiana war schon da. Doch sie war nicht einfach nur zu Hause, sie hatte sich schick gemacht, trug ein eng anliegendes, cremefarbenes Top aus Baumwollstrick und einen schwarzen Bleistiftrock. Der Tisch war gedeckt, Kerzen brannten, Musik spielte, die Gläser waren mit Wein gefüllt.

»Was riecht hier nur so unglaublich gut?«, fragte Alexander verwundert, als er in die Küche kam.

»Lauch und Speck«, rief Tatiana.

Sie drückte sich in vertrauter Weise an ihn, während sie ihm das Essen servierte. Es gab Braten mit einer knusprigen Lauch-Speck-Füllung, die Alexander unübertroffen fand, und dazu Ofenkartoffeln. »Was ist da drin?«

»Lauch und Speck.« Tatiana lachte. »Außerdem geröstete Brotwürfel, von meiner Wenigkeit gebacken.«

»Natürlich.«

»Ein paar Karotten, etwas Knoblauch, Butter, Hühnerbrühe, ein wenig Milch. Dann lässt man alles ungefähr eine Stunde kochen. Ich freue mich so, dass es dir schmeckt, Liebling.«

Liebling?

Zum Nachtisch gab es Windbeutel mit Schokoladensoße und schwarzen russischen Tee. Alexander war so satt, dass er sich nicht mehr rühren konnte.

»Was immer du getan hast, Dad, mach es öfter. Mom, das war fantastisch.«

»Danke, mein Sohn.«

Tatiana und Ant räumten den Tisch ab und Alexander sagte: »Also, was habe ich Großartiges getan?«

Mit den Tellern in der Hand sagte Tatiana: »Ich habe wunderbare Neuigkeiten, ihr zwei. Ratet mal.«

Alexander stockte der Atem. Bitte, bitte, hoffentlich …

»Ich bin befördert worden.«

Er schöpfte Luft.

»Du bist was?«

»Shura, ich wurde zur Oberschwester der Notaufnahme ernannt.«

Alexander saß da und schwieg. Anthony sagte zögerlich: »Das ist toll, Mom« und warf seinem Vater einen unsicheren Blick zu. »Herzlichen Glückwunsch.«

Alexander sagte nichts. Jetzt verstand er das enge Oberteil und die Lauchfüllung.

»Freust du dich nicht für mich?«, fragte Tatiana mit leichtem Stirnrunzeln. »Ich bekomme ein besseres Gehalt.«

»Hast du das Angebot angenommen?«

Tatiana stammelte. »Ich sagte, dass ich erst mit meinem Mann reden würde, aber …«

Alexander nickte und fiel ihr ins Wort. »Gut, reden wir darüber.« Er sah zu Anthony. »Später.«

Anthony wandte den Blick ab.

Später, als sie auf der Terrasse zusammensaßen, sagte Tatiana: »Schatz, eine Gehaltserhöhung. Ist das nicht toll?«

»Ja, wundervoll«, entgegnete Alexander. Er rauchte und vermied es, sie anzusehen. »Siebentausend Dollar. Tania, abzüglich der Löhne und Betriebskosten hat unser Geschäft letztes Jahr einen Gewinn von zweiundneunzigtausend Dollar abgeworfen. Das Geschäft boomt. Wir kommen mit der Arbeit gar nicht hinterher. Unser Land hat inzwischen einen Wert von zwanzigtausend Dollar pro Hektar. Das ist fast eine Million Dollar, falls dir deine Mathematikkenntnisse abhandengekommen sein sollten. Ich freue mich, dass du mehr verdienst, aber … sehen wir mal alles in Relation.« Alexander hielt inne. »Ist mit dieser Gehaltserhöhung auch eine längere Arbeitszeit verbunden?«, fragte er.

»Nur eine zusätzliche Schicht, Schatz.«

Er wartete ab.

»Nur vier Tage die Woche. Du arbeitest immerhin sechs.«

»Ich weiß, wie viel ich arbeite, Tatiana«, sagte er. »Wann ist diese Extraschicht?«

Sie hustete und wandte den Blick ab. »Ich würde Montag, Mittwoch, Donnerstag und Freitag arbeiten von sieben bis sieben ...« Tatiana hielt inne und fügte sehr leise hinzu: »Die Nachtschicht.«

»Was?«, sagte Alexander.

»Die Nachtschicht. Von Freitagabend bis Samstagmorgen.« Ihr war der Ausdruck in seinem Gesicht offenbar nicht entgangen, denn rasch fügte sie hinzu: »Aber ich werde wie immer samstags für Ant da sein. Ich weiß auch, dass du nach Yuma musst. Du und Ant, ihr könnt mich am Samstagmorgen vom Krankenhaus abholen und wir fahren direkt weiter. Ich kann im Auto schlafen. Das macht mir nichts, ehrlich. Wir finden für alles eine Lösung. Es tut mir leid, aber als Oberschwester muss ich am hektischsten Abend der Woche da sein. Der Job bringt so viel Verantwortung mit sich.«

Er rauchte und sagte nichts.

Sie rückte näher an ihn heran. »Dienstags habe ich frei, samstags und sonntags auch. Alle anderen Schwestern müssen mindestens einen Tag am Wochenende arbeiten ...«

»Du bist jetzt schon kaum zu Hause«, unterbrach Alexander sie. »An drei Tagen die Woche bist du vierzehn Stunden von deiner Familie getrennt. Zweiundvierzig Stunden, die du nicht hier bist. Am Mittwoch war es fast halb neun, als du nach Hause kamst.«

»Iris war spät dran«, sagte Tatiana entschuldigend.

»Und nun willst du die ganze Nacht wegbleiben«, fuhr Alexander fort. »Die ganze *Nacht.* Ich bin kein einziges Mal ohne dich nach Las Vegas gefahren. Ich bin nicht Richters Aufruf nach Washington gefolgt. Ich gehe nicht nach Yuma, ich fahre nirgendwohin, wo ich vielleicht mal eine Nacht von dir getrennt sein könnte. Und du willst über Nacht in dem verdammten Krankenhaus arbeiten? Zweiundfünfzig Mal im Jahr, für immer?«

»Liebling«, sagte Tatiana flehentlich, »was soll ich tun?« Sie berührte seinen Arm, doch er riss ihn weg. Dann straffte sie die

Schultern und bot ihm die Stirn: »Ich weiß, dass du meine Arbeit nicht magst«, sagte sie. »Das war schon immer so. Aber das ist es nun mal, was ich tue. Das bin ich. Ich muss arbeiten ...«

»Schwachsinn. Du willst arbeiten.«

»Für uns.«

»Nein, Tatiana, für dich.«

»Und für wen arbeitest du? Ewa nicht für dich?«

»Nein«, sagte Alexander. »Ich arbeite für dich. Ich arbeite, damit ich dir dein Traumhaus bauen kann. Ich arbeite sehr hart, damit du es nicht musst, weil dein Leben schon schwer genug war. Ich arbeite, damit du schwanger werden kannst, damit du kochen, dir die Zeit vertreiben, Anthony von der Schule abholen und ihn zum Baseball, Schachclub und Gitarrenunterricht fahren kannst, damit du hier bist und ihm erlauben kannst, eine Rockband mit Sergio und Mary zu gründen und sie in unserer neuen Garage üben lässt, damit du Wüstenblumen im Garten ziehen kannst. Ich arbeite, damit du dir alles kaufen kannst, all die Stöckelschuhe, modischen Kleider und Teigrührgeräte, damit du Tupperwarepartys veranstalten, Kuchen backen und zum Mittagessen mit deinen Freunden weiße Handschuhe tragen kannst, damit du jeden Tag für deine Familie Brot backen kannst und nichts anderes tun musst, als kochen und deinen Mann lieben. Ich arbeite so hart, damit du ein unbeschwertes Leben führen und Eis schlecken kannst. Von meinem ersten Hummer auf Deer Isle über jede Bootstour in Coconut Grove bis zum letzten Backstein in Scottsdale habe ich nichts anderes getan. Und was tust du, Tatiana?«

Alexander hatte ihr den Wind aus den Segeln genommen. Er sah sie nicht an. Und so öffnete sie die Hände und sagte: »Liebling, bitte. Ich kann meinen Job nicht aufgeben.«

»Warum nicht? Es kommt jeden Tag vor, dass Leute kündigen.«

»Ja, andere Leute«, sagte sie. »Aber auf mich sind zu viele Menschen angewiesen. Das weißt du.«

»Dein Sohn und dein Mann sind auch auf dich angewiesen, Tania. Und von dir ist abhängig, ob wir ein Baby bekommen oder nicht.«

»Es tut mir leid«, flüsterte sie und presste die geballten Fäuste an ihren Leib. »Aber wir werden schwanger werden, Shura, ganz bestimmt. Es ist nur eine Frage der Zeit.«

»Ich bin seit fast zehn Jahren zurück«, sagte Alexander eindringlich. »Tick, tack.«

Tatianas Knie zitterten. Alexander stand auf. »Ich werde dir jetzt sagen, was ich denke. Kündige oder kündige nicht. Nimm die Beförderung an oder lass es. Aber wenn du die Nachtschicht übernimmst, werden wir es eines Tages bereuen. Ich weiß nicht wann und ich weiß nicht wie, aber wir werden es bereuen. Merk dir meine Worte.« Er sagte nichts weiter und ging ins Haus.

Im Bett ließ er zu, dass sie seine Hände küsste. Er lag auf dem Rücken, während sie nackt neben ihm kniete und seine Hände nahm. Sie küsste sie langsam, jeden Finger, jeden Knöchel, und drückte sie an ihre bebenden Brüste. Doch als sie den Mund öffnete und etwas sagen wollte, zog Alexander seine Hände weg.

»Ich weiß, was du vorhast«, sagte er. »Ich habe das schon tausend Mal erlebt. Mach nur weiter. Berühr mich. Streichle mich. Flüstere mit mir. Sag mir, dass du meine Narben nicht mehr siehst, und dann bring es in Ordnung. Das machst du immer. Du schaffst es jedes Mal, mich davon zu überzeugen, dass dein Plan das Beste für uns ist, egal wie verrückt er sein mag«, sagte er. »Die Rückkehr in das eingekesselte Leningrad, die Flucht nach Finnland und Schweden, der Ausbruch aus Sachsenhausen, die Nachtschicht. Ich weiß, was kommt. Mach nur weiter, ich werde auch lieb zu dir sein. Du versuchst, meine Zustimmung zu gewinnen, dass du in Leningrad bleiben kannst, obwohl ich dir sage, dass du, um deinen Dickschädel zu retten, unbedingt zurück nach Lazarewo musst. Du bist schwanger und willst mich davon überzeugen, dass die Flucht über das gefrorene finnische Sumpfland, mitten durch feindliches Gebiet, der einzige Weg für uns ist? Bitte. Du willst mir erzählen, dass es das Beste für unsere Familie ist, wenn du freitags die ganze Nacht arbeitest und nicht an meiner Seite schläfst? Versuch es. Ich weiß, dass du am Ende Erfolg haben wirst.« Er starrte auf ihre blonden Haare, ihren gesenkten Kopf. »Und selbst wenn nicht«, fuhr er fort, »so weiß ich doch, dass du am Ende ohnehin machst, was du willst. Ich möchte nicht, dass du es tust. Du weißt, dass du kündigen und nicht die Nachtschicht übernehmen solltest. Ich sage dir hier und jetzt, dass der Weg, den du für uns vorsiehst, zu Chaos und Unfrieden führen wird, nicht zu Ordnung und Einigkeit. Aber es ist deine Entscheidung. Du definierst dich über deine Hingabe und Unterwürfigkeit, egal ob als Krankenschwester, Frau oder Ehepartnerin. Aber du kannst mich nicht täuschen. Wir wissen beide, woraus du in Wahrheit gemacht bist: Unter deiner samtenen Hülle ist ein Kern aus Stahl.«

Als Tatiana nichts erwiderte, zog Alexander sie an seine Brust. »Du hast mir zu viel Spielraum bei Balkman gelassen«, sagte er und küsste ihre Stirn. »Du hast zu lang den Mund gehalten, aber ich habe aus deinem Fehler gelernt. Ich werde meinen nicht halten. Ich sage dir gleich von Anfang an, dass du eine unkluge Entscheidung triffst. Dir ist nicht klar, wohin das führen wird. Aber tu nur, was du nicht lassen kannst.«

Sie legte die Hand zwischen seine Schenkel und massierte ihn sanft, während sie mit der anderen zärtlich auf und ab fuhr.

»Ja«, sagte er, schob die Arme unter den Kopf und schloss die Augen. »Du weißt, dass ich das liebe, die Heilkraft deiner Berührung. Du hast mich wahrlich in der Hand.«

Sie küsste ihn, flüsterte mit ihm, sagte, dass sie seine Narben nicht mehr sehe. Und wenn sie es auch nicht in Ordnung bringen konnte, so gelang es ihr zumindest, dass er es für die nächsten paar Stunden in dunkler Nacht vergaß.

Tatiana nahm die neue Stelle an und Alexanders Geld wanderte auf die Bank. Sie lebten von ihrem Gehalt und hatten eine Menge übrig. Sie wussten nicht, wofür sie es ausgeben sollten. Alexander kaufte Tatiana ein neues Auto. Ihr schwebte etwas Sportliches vor, und so entschied er sich für einen roten Ford Thunderbird, der gerade frisch auf den Markt gekommen und der letzte Schrei war. So konnte seine Frau sich den Wind ins Gesicht wehen lassen, während sie freitagabends mit dem Schwesternhäubchen auf dem Kopf zur Nachtschicht ins Krankenhaus sauste.

Sie gaben Geld für Kleidung und Schuhe aus. Tatiana war eine richtige Modepuppe, kaufte Designerroben, die neuesten Caprihosen, Stöckelschuhe und Unterröcke aus Seide. Sie stattete Alexander mit Armeehosen, Hemden aus Kunstseide, langen Unterhosen und Baumwollhemden aus, besorgte ihm keine langweiligen Flanellanzüge, sondern welche aus Leinen und Baumwolle, so dass ihr Mann umwerfend gut aussah, wenn er freitagabends ohne sie ausging.

Anthony war der bestgekleidete Junge der Schule. Der gescheiteste, größte, stärkste, athletischste und hübscheste Junge von ganz Phoenix. Es gab nichts, was er nicht konnte. Alexander, der aus Erfahrung klug geworden war, versuchte, seinem überaus gutmütigen und offenherzigen Sohn etwas Vorsicht und Zurückhaltung zu vermitteln und seine strahlende Zuversicht in Bezug auf das andere Geschlecht zu mindern. Er machte sich leichte Sorgen um Anthonys Zukunft, das Kräfteverhältnis war so unausgewogen.

Sie schlenderten gemeinsam durch den Park, alle drei waren sie herausgeputzt. Der Sohn ganz das Ebenbild seines Vaters: dunkelhaarig, braun gebrannt, breitschultrig, die Kleidung aufgebügelt und faltenfrei. Und daneben sie: zierlich, dafür in hochhackigen Schuhen, voller Sommersprossen, blond, vollbusig, betörend wie eh und je und wie immer bei ihrem Mann untergehakt. Familien mit Kindern, denen Alexander ein Haus gebaut hatte, schüttelten ihm auf der Main Street die Hand, boten ihm Zigarren oder einen Drink an und überreichten ihm spontan kleine Geschenke, während sie ihm freudig erzählten, wie sehr ihnen ihr neues Zuhause gefalle und sie sein handwerkliches Können schätzten.

Einmal fiel ein alter Mann auf die Knie, diesmal aber nicht vor Alexander. Er weinte und sagte zu Tatiana: Ich kenne Sie. Ich würde Sie überall wiedererkennen. Danke, dass Sie damals mein kleines Mädchen gerettet haben.

Es war Monate her, seit Alexander und Tatiana darüber gesprochen hatten, ihr neues Haus zu bauen. Und auch das Thema Baby wurde seit geraumer Zeit von ihnen gemieden.

Sie hatten zu tun, viel zu tun.

Alexander wusste nicht, wann die Veränderung eingetreten war, weil sie so schleichend daherkam, wie eine Küste, die Stück für Stück ins Meer bröckelte, eine Sanddüne, die langsam vom Wind abgetragen wurde. Unbemerkt zogen die Jahre ins Land, bevor er plötzlich erkannte, dass die Insel, die Düne auf einmal verschwunden war. Eines Tages jedenfalls, als er einen Blick in den Schrank warf und ihre schneeweiße Schwesterntracht dort hängen sah, verspürte er keinen Funken Erregung mehr, und ihn fröstelte.

Die russische Köchin

Freitagabends passte Alexander in der Regel auf Anthony auf. Doch der Junge wurde älter, selbstständiger und wollte lieber mit seinen Kumpels zusammen sein. So traf sich Alexander immer öfter mit seinen Freunden auf einen Drink oder ging zum Pokerspielen zu Johnny, dem neuen Bauleiter. Johnny war jung, ledig, aufgedreht und seines Zeichens ein echter Frauenheld. Das Geschäft war hektisch, die Arbeit hart und nach Feierabend spannte er gern richtig aus. Shannon und Skip, ihre Pokerpartner, mussten um Mitternacht zu Hause sein. Johnny hingegen hatte keine Verpflichtungen, und so gingen er und Alexander mit noch ein paar anderen aus, auf die auch niemand wartete.

Freitags konnte Alexander bis Mitternacht ausbleiben, sogar bis zwei oder drei. Einmal ging er mit Johnny und seinem Freund Tyrone in einen Stripclub und kam erst um 4.30 Uhr nach Hause, nicht wie damals um 5.08 Uhr. Dennoch war es sehr spät und er sturzbetrunken. Im Haus war es still. Anthony übernachtete bei Francesca. Niemand bemerkte, wann Alexander nach Hause kam. Niemand scherte sich darum. Alles war ruhig. Keine Stimme in dieser einsamen Gegend, die schluchzend und aufgeregt gesagt hätte: Liebling, weißt du, wie spät es ist? Wo bist du gewesen? Bitte, bleib nicht mehr so lang weg. Ich habe sehnsüchtig im Bett auf dich gewartet. Und jetzt, wie in Coconut Grove und auf Bethel Island, beuge ich mich über den Tisch in meinem knappen Seidenmorgenrock, unter dem ich nackt bin und zum Anbeißen schön. Aber das war einmal. Was Alexander nun jeden Samstagmorgen bekam, war Tatianas kleine Hand auf seinem Kopf, ihren küssenden Mund auf seiner Wange und ihr Murmeln: »Liebling, huhu, es ist acht, du musst zur Arbeit. Wach auf, Schlafmütze. Hattest du gestern Abend Spaß mit deinen verrückten Freunden?«

Im Frühsommer 1956 standen Shannon und Alexander allein im Maloney's in der Stetson Road an der Bar. Skip hatte sich gerade nach einem Streit mit seiner schwangeren Frau Karen versöhnt und war nach Hause gegangen. Phil leistete ihnen nie ohne Sharon Gesellschaft. Und Johnny suchte neue Weidegründe. Alexander und Shannon plauderten über das schlimme Jahr der Red Sox, über die Plutoniumbombe und die Möglichkeit, Luftschutzräume in die neuen Häuser zu integrieren, über Israel, Ägypten und die Suezkrise. Sie unterhielten sich über die bevorstehende Präsidentschaftswahl und Adlai Stevensons Chancen, Eisenhower zu schlagen. Sie sprachen über den Bürgerkrieg, der in Indochina nach der Niederlage der Franzosen tobte. Doch Alexander sah, dass Shannon noch etwas anderes quälte. Auf die Frage, ob alles in Ordnung sei, wich er aus. Doch gegen Mitternacht schließlich, als es Zeit für ihn war, nach Hause zu gehen, platzte er damit heraus, dass er nicht wisse, wie er sein Leben lang monogam bleiben solle.

»Oh Mann«, sagte Shannon, »ich weiß ja nicht, wie es dir geht, aber du glaubst nicht, welche verrückten Ausreden ich mir anhören darf, warum wir es nicht tun können. Und das nach nur drei Jahren Ehe. Ich schwöre dir, Alexander, einige davon sind mir noch nie zu Ohren gekommen. Sie sagt, dass sie anschließend immer wach liegt und dann am nächsten Tag ihr Arbeitspensum nicht schafft. Stell dir das mal vor! Besorg mir eine Putzfrau, sagt sie doch allen Ernstes zu mir, dann werde ich Sex mit dir haben. Darauf meinte ich: Warum besorg ich es nicht gleich der Putzfrau?«

»Gut«, sagte Alexander und nickte. »Das kam bestimmt gut bei ihr an.«

Shannon fuhr fort, als stünde er unter Strom. »Oder sie sagt: ›Wie kannst du jetzt an Sex denken? Hast du nicht gelesen, was gerade in Suez passiert?‹, Alexander, ich komme nicht zum Zug, weil es Probleme in Nahost gibt. Wenn Frieden in der Region ein Kriterium für Sex wäre, käme die ganze Zivilisation abrupt zum Stillstand.«

Alexander lachte.

Shannon, der eine Menge auf dem Herzen hatte und sich scheute, vor anderen Männern so auszupacken, war an diesem Abend nicht zu bremsen. Er erzählte Alexander, dass der eheliche Verkehr zwischen ihnen nicht nur immer sporadischer würde, sondern auch so rudimentär abliefe, dass es schon an Selbstbefriedigung grenze. »Sie sagt zu mir, ich muss morgen früh aufstehen und mich um die Kinder kümmern. Können wir es schnell hinter uns bringen? Mach dir keine Gedanken um mich, und kümmere dich nur um dich selbst. Ich bin zufrieden, mir fehlt nichts.«

»Klingt, als sei Amanda sehr fürsorglich«, sagte Alexander mit einem Augenzwinkern. »Ich weiß nicht, warum du dich beschwerst.«

Shannon sagte, dass er sich immer häufiger zu anderen Frauen hingezogen fühle, dass völlig Fremde auf der Straße ihn erregten. Er könne nicht aufhören, über die Frauen der Bauherren zu fantasieren, die zur Besprechung ins Büro oder zur Baustelle kamen. Er träume von Kosmetikerinnen, Bibliothekarinnen, anderen Müttern mit kleinen Kindern. »Im Grunde von allen, die einen Rock tragen«, sagte Shannon und beeilte sich hinzuzufügen: »Außer von Krankenschwestern. Die machen mich gar nicht an. Absolute Stimmungstöter. Uh. Sie könnten genauso gut Männer sein.«

»Sehr gut, Sergeant.« Alexander klopfte Shannon anerkennend auf den Rücken und bestellte ihm noch einen Drink. »Aber ich weiß nicht, was ich dir raten soll, Mann. Du steckst wirklich in der Scheiße.«

»Das kannst du laut sagen. Du wirst bald ohne Bauleiter dastehen, weil meine wilden Fantasien mich noch in den Knast bringen. Ich warn dich nur schon mal vor. All die Frauen mit ihren spitzen BHs und engen Oberteilen, ihren Tellerröcken und hochhackigen Fesselriemchenschuhen. Ich träume den ganzen Tag von Hüfthaltern und Petticoats.« Shannon hielt inne und senkte die Stimme. »Sogar von langen Miederhosen.«

»Bloß das nicht«, sagte Alexander. »Das ist das Schlimmste, was die Damenmode je hervorgebracht hat.« Ein offener Hüfthalter mit Nylonstrümpfen und Satinstrumpfhaltern, zwischen denen Schenkel und Höschen hervorspitzten und den Himmel auf Erden versprachen, waren das Größte, Miederhosen hingegen das reinste Grauen. Tania besaß keine einzige.

»Meinst du wirklich?«, fragte Shannon und rieb sein errötetes Gesicht. »Ich finde sie ziemlich attraktiv. Siehst du mein Dilemma?«

»Ja, Mann. Ein furchtbares Dilemma.«

»Wie machst du das, Alexander? Wie schaffst du es nur, nicht durchzudrehen? Du bist ständig von einem Schwarm Frauen umgeben. Und du wirkst immer ein bisschen unnahbar. Aber ich sehe doch, wie sie mit dir flirten. Bemerkst du das gar nicht? Findest du sie nicht anziehend?«

»Man kommt nicht umhin, es zu bemerken«, sagte Alexander. »Aber bei mir ist es anders, Shan. Ich habe das intelligent gelöst und bin einfach vor meiner Hochzeit mit sämtlichen Mädchen – ohne Miederhosen – ausgegangen. Jetzt als Ehemann brauche ich keinen Sex mehr.« Er grinste.

Dem betrunkenen Shannon klappte der Mund auf. »Du machst Witze, oder?«

»Ja«, sagte Alexander und setzte ein ernstes Gesicht auf. Sie lachten, stießen an und tranken.

Shannon sagte, er könne nicht länger darüber hinwegsehen, dass der Vollzug seiner Ehe als lästige Pflichtübung verkommen sei. »Wird es immer so sein? Für den Rest meines Lebens? Ist das alles, was ich kriege? Einmal die Woche und das war's?«

»Warum hast du das nicht vor deiner Hochzeit bedacht?«

»Amanda war so heiß, als wir noch nicht verheiratet waren. Sie hat mich geködert und dann, als sie den Fisch am Haken hatte, hat sie mir die lange Nase gezeigt.«

»Wohl wahr, mein Freund, wohl wahr.« Steve Balkman hatte in diesem Fall den Nagel auf den Kopf getroffen, dachte Alexander. Er sagte immer, dass Amanda nur mit ihm ins Bett gehe, um ihn vor den Altar zu bekommen. Die Vorstellung, dass dieser Bastard einmal recht gehabt haben sollte, stimmte ihn missmutig.

»Alexander«, fragte Shannon vorsichtig, »Tania hat dich in dieser Hinsicht nicht getäuscht, oder?«

Alexander überlegte, ob er darauf antworten sollte. »Bis jetzt noch nicht«, sagte er schließlich. »Aber manche Frauen sind ein völliges Rätsel. Wer weiß da schon, was als Nächstes kommt?«

»Ist sie ein Rätsel?«

»Ja«, sagte Alexander. »Die reinste Sphinx.«

»Wie kommst du mit der anderen Sache klar?«

»Welcher Sache?«

»Du weißt schon ... mit nur einer Frau.« Shannon rang um Worte. »Ich meine ... Ich weiß, dass du Steak magst. Wer nicht? Filet Mignon ist wunderbar – aber jede Nacht? Hast du nicht ab und zu das Verlangen nach einem einfachen Cheeseburger?«

Alexander rieb nachdenklich an seinem Bierglas. »Ich glaube, der Trick ist«, sagte er, »dass man eine Frau heiraten muss, die über eine breite Auswahl an Gerichten verfügt, so dass man nicht auswärts essen muss. Du hast schon recht. Ab und zu braucht man nichts weiter als einen kleinen amerikanischen Snack. Und dann wieder sehnt man sich nach einem vollwertigen russischen Mahl mit Nachtisch.«

»Genau«, sagte Shannon. »Und ich war schon bei dir zu Hause. Tania ist eine hervorragende Köchin.«

Alexander nickte und zündete sich eine Zigarette an.

»Sie kann wirklich alles«, fuhr Shannon fort. »Sie hat uns mexikanische Fajitas gemacht, Lasagne, etwas Russisches – oh, diese Pfannkuchen waren wahnsinnig lecker.«

»Ja, Blinschiki sind ihre russische Spezialität«, pflichtete Alexander bei. »Sie macht sie nur zu ganz besonderen Anlässen. Und dann diese fantastischen Süßkartoffeln mit Rum, die sie letztes Jahr an Thanksgiving zubereitet hat. Und dann nicht zu vergessen, die Kochbananen! In Coconut Grove damals hat sie mir nichts anderes vorgesetzt. Monatelang gab es nur Kochbananen in sämtlichen Variationen.« Alexander lächelte versonnen und zog tief an seiner Zigarette. »Sie kann auch gut backen.«

»Ja, sie macht köstliche Cremekuchen, Zitronenbaisers, Windbeutel.«

»Shannon, hör auf, von den Kochkünsten meiner Frau zu schwärmen.«

Sie starrten in ihre Biergläser.

»Ich habe wahrscheinlich nur Hunger«, sagte Shannon. »Wir haben eine Menge getrunken, aber nichts gegessen. Sollen wir einen Snack bestellen?« Sie sahen sich um. An den Tischen saßen nur ein paar Gäste. Die meisten davon Männer.

»Ich warte, bis ich nach Hause komme«, sagte Alexander und wandte sich wieder seinem Bier zu. »Sie stellt mir immer einen Happen in den Kühlschrank, bevor sie ins Krankenhaus fährt.«

Shannon sah Alexander an. »Hey, Mann, warum sagst du ihr nicht einfach, dass sie aufhören soll zu arbeiten? Das ist doch ganz einfach.«

Alexander fixierte weiterhin sein Glas und gab eine ganze Weile keine Antwort. »Shannon«, sagte er endlich, »der dreidimensionale Zielreduktionsalgorithmus, der erklären würde, warum Tatiana immer noch arbeitet, ist so verflucht kompliziert, dass ich ihn dir nach sechs Bieren nicht mehr begreiflich machen kann. Belassen wir es dabei.«

»Ja, das wäre wohl das Beste«, nuschelte der vom Alkohol benebelte Shannon.

An diesem Sonntag, als alle zum Barbecue bei ihnen eingeladen waren, tauchte Tatiana mit einem Tablett auf der Terrasse am Pool auf und sagte: »Shannon, was möchtest du gern? Ich kann dir ein zartes Filet anbieten, aber auf dem Grill liegen auch ein paar Cheeseburger, falls dir eher danach der Sinn steht.«

Voller Entsetzen blickte Shannon von Tatiana zu Alexander, der krampfhaft den Mund hielt, um ein Lachen zu unterdrücken. Sein Gesicht zeigte keine Regung.

Alexander folgte Tatiana zum Grill, beugte den Kopf zu ihr hinunter und flüsterte: »Du bist ein sehr unartiges Mädchen. Er wird mir nie wieder etwas anvertrauen.«

Tatiana drehte sich um und reichte ihm ein Tablett mit Cheeseburgern und gerösteten Brötchen. »Ich bin ein sehr braves Mädchen«, antwortete sie. »Sag ihm, wenn du Hunger hast, stille ich ihn.«

Shannons Hunger wurde gestillt

Ein paar Monate später rief Amanda im Krankenhaus an und bat Tatiana um ein Treffen. Tatiana war geneigt abzulehnen. Ihre Arbeit beanspruchte sie so, dass sie keinen Nerv für sinnloses Geplauder hatte, und die fünfundvierzig Minuten Mittagspause verbrachte sie lieber allein oder mit den anderen Schwestern und diensthabenden Ärzten. Aber Amanda hatte so verzweifelt geklungen, dass Tatiana nicht nein sagen konnte.

Also trafen sie sich in einer Imbissstube an der Buckeye Road gleich vor dem Krankenhaus. Amanda hatte ihr schlafendes Baby dabei, das andere Kind war bei der Großmutter. Sie bestellte nur Kaffee, Tatiana hingegen ein mit Speck, Salat und Tomaten belegtes Sandwich.

Sie betrachtete Amandas geschwollene Augen, ihr ungeschminktes Gesicht und ihr wirres Haar.

»Du wirst es nicht glauben, Tania.«

»Was denn?«

»Shannon hintergeht mich.« Amanda begann zu weinen.

»Nein, nicht Shannon.«

»Doch. Ich habe beim Wäschewaschen eine Hotelrechnung in seiner Hosentasche gefunden. Er war mitten am Tag im Hotel, Tatiana. Verstehst du jetzt?«

Tatiana schwieg.

»Eigentlich sollte er auf der Baustelle sein und stattdessen – schau.« Amanda zog die Rechnung aus dem Westward Ho hervor und warf sie auf den Tisch.

»Dieses Hotel bedeutet nur Ärger, da war ich mir von Anfang an sicher«, sagte Tatiana und schüttelte den Kopf. »Dort wohnen eindeutig böse Geister.«

»Man sollte meinen, dass er vorsichtiger wäre.« Amanda schniefte. »Aber vermutlich wollte er, dass ich es herausfinde. Das glaube ich langsam wirklich. Er wollte, dass ich Bescheid weiß.«

Tatiana nahm ihre Hand.

Amanda wollte nichts essen. Tatiana war hungrig, fand es aber unmanierlich, über ihr appetitliches Sandwich herzufallen, wenn ihre Freundin gerade so eine Krise durchlitt. Sie versuchte, ihr Trost zu spenden, während sie ihren Teller stets im Auge hatte.

»Ich weiß nicht, was ich tun soll«, sagte Amanda und wischte sich die Tränen ab. »Was rätst du mir?«

»Was hat Shannon jetzt vor?«, wich Tatiana aus.

Sie glaubte nicht, dass Amanda bereit war für ihren Rat. »Was hat er gesagt, als du ihn mit der Sache konfrontiert hast?«

»Stell dir vor«, sagte Amanda, »er hat mich gefragt, ob ich mir in letzter Zeit unsere Beziehung genauer angesehen hätte. Er meint, ich würde alles für selbstverständlich nehmen, mich nie mehr schick anziehen und schminken und dass ich, du weißt schon, es überhaupt nicht mehr tun würde, und wenn doch, sei es nicht gut.«

»Oh Gott«, sagte Tatiana. »Das ist nicht dein Ernst. Hast du ihm gesagt, dass es nicht stimmt?«

»Nein.« Amanda weinte. »Es stimmt ja. Ich mache mich weder schick noch schminke ich mich. Und Sex will ich auch nicht mehr haben. Ich bin müde, habe zu tun, ich will lesen, ständig muss ich an tausend Dinge denken. Aber er will immer nur Sex, jedes Wochenende. Ohne Ausnahme. Um Himmels willen, ich bin doch keine Hure. Ich kann es nicht jedes Wochenende tun. Ich trage jetzt Verantwortung. Ich bin eine Mutter, eine Ehefrau. Ich muss mich um ein Haus kümmern, es sauber halten, zwei Kinder großziehen. Ich habe ihm gesagt, dass sein Verhalten unzumutbar ist und er mir zu viel abverlangt. Darauf erwiderte er, dass es meine Schuld sei, dass er ins Ho gegangen ist, weil ich einen Pyjama im Bett trage. Stell dir das mal vor!«

»Das versuche ich gerade«, sagte Tatiana. »Du trägst einen Schlafanzug im Bett?«

»Du musst es mir ehrlich sagen, Tania. Du und Alexander … ihr führt eine perfekte Ehe. Ist Shannons Verhalten nicht unzumutbar?«

Tatiana hustete. »Schau, ich habe es dir schon einmal gesagt, jede Beziehung ist anders. Was für ein Paar richtig ist, muss für ein anderes noch lange nicht stimmen. Du musst selbst herausfinden, in welchem Rahmen du dich wohlfühlst.«

»Shannon sagt, Sex sei Teil des Ehevertrags. Ich würde ihm Sex schulden. Ist das nicht total lächerlich?«

Tatiana antwortete nicht.

»Tania, was meinst du dazu?«

Schließlich sagte sie beschwichtigend: »Du bist jetzt ganz außer dir, Amanda. Überlege dir in Ruhe eine Lösung. Versuche zu klären, was für dich annehmbar ist, und starte dann wieder neu.« Sie hielt inne. »Aber ich fürchte, Shannon hat recht. Wie viel, auf welche Art und wann, das müsst ihr herausfinden, aber es steht außer Frage, dass die Ehe diese eine Sache gewährleisten muss, die man nirgends sonst bekommt.«

»Findest du?« Amanda runzelte skeptisch die Stirn.

»Das ist unbestritten.«

»Ach, aber jede verfluchte Woche!«

»Wie gesagt, du musst dir darüber klar werden, was du akzeptieren kannst.«

»Aber was sagst du dazu? Kann er wirklich so viel verlangen?«

»Ich weiß es nicht, Mandy, Liebes«, sagte Tatiana. »Und mach dir nichts vor. Meine Ehe ist nicht perfekt. Sie ist eben, was sie ist. Genau wie das Leben. Ich hatte sehr viel Glück, aber mir ist auch viel Schlimmes widerfahren.« Sie schaute kurz weg. »Doch wie der Zufall es will, passen wir einfach in vielen Bereichen gut zusammen.«

»Ist einmal die Woche zu viel?«

Tatiana mied ihren Blick und sah von einer Antwort ab. »Ich weiß nicht, was ich dir sagen soll. Für dich offensichtlich schon.« Einmal die Woche. Sie konnte Alexanders Stimme in ihrem Kopf förmlich hören: *Pyjama, Missionarsstellung und nur einmal die Woche. Welcher normalsterbliche Mann würde das mitmachen?* »Aber genauso ist es offensichtlich für Shannon zu wenig.«

Tatiana und Amanda schwiegen eine Zeit lang. »Was soll ich tun?«, fragte Amanda leise. »Ich will nicht, dass meine Ehe zerbricht. Ich habe mich so lange danach gesehnt, verheiratet zu sein.«

»Das weiß ich. Lassen wir es einfach auf uns zukommen.«

»Was soll ich deiner Meinung nach tun?«

»Ich würde keinen Pyjama mehr im Bett tragen, Manda.«

Shannon blieb bei Amanda. Irgendwie fanden sie eine Lösung. Sie zog ein Nachthemd anstelle eines Pyjamas an, wurde auf der Stelle wieder schwanger und bekam noch ein Baby.

Tatiana, Alexander und Anthony waren zur Taufe eingeladen, die im Juni 1957 stattfand. Anthony stellte entsetzt fest, dass er auf sieben Kinder unter fünf Jahren aufpassen sollte. Sein Vater riet ihm, streng durchzugreifen.

Amanda trat zu Alexander und fragte ihn, ob er ihr frisch getauftes, vier Wochen altes Töchterchen einmal halten wolle. Er lehnte höflich ab.

»Keine Angst«, sagte Amanda. »Sie zerbricht nicht.«

Alexander berührte den Kopf des Babys und weigerte sich erneut.

Tatiana griff rasch ein, zog ihn fort und lenkte seine Aufmerksamkeit auf eine Kleinigkeit am Buffet. Amanda konnte nicht wissen, dass Tatianas Mann noch nie in seinem Leben ein Baby auf dem Arm gehalten hatte.

Nach dem Abendessen saßen die Erwachsenen in Shannons Esszimmer bei Kaffee und Kuchen, als Skips Frau Karen sagte: »Wisst ihr, dass ich außer unserer Tania keine einzige Frau kenne, die außer Haus arbeitet?«

Die Frauen am Tisch stimmten murmelnd zu. Die Männer schauten erst geschlossen Alexander an und fixierten dann verlegen ihre schmutzigen Gabeln. Tatiana sah ihren Mann an, der ihr gegenübersaß und sie mit stummem Blick fragte: Willst du das diesmal regeln?

In Ordnung, Shura, ich regle es. »Nun, Karen«, sagte Tatiana, während sie ihre Hände faltete, »ich weiß, dass ich nicht die einzige Schwester im Krankenhaus bin. Es gibt noch 194 andere, alles Frauen. Die Lehrer in Anthonys Schule, Frauen. Die Bibliothekare, Frauen. Oh, und die Damen, die euch bei Macy's in der Kosmetikabteilung Make-up verkaufen, sind wie ihr wisst auch Frauen. Vielleicht«, fügte Tatiana hinzu, »kennt ihr persönlich keine anderen berufstätigen Frauen, weil sie zu sehr mit ihrem Job beschäftigt sind.«

Vereinzeltes Gekicher und dann unangenehmes Schweigen.

Jeder gab vor, an seinem Kuchen zu knabbern, selbst Alexander.

»Ja, aber wie viele von denen sind verheiratet wie du?«

»Niemand ist verheiratet wie ich«, sagte Tatiana mit einem Blick auf ihren Ehemann. »Es stimmt schon. Die meisten Frauen sind verwitwet oder ledig. Manche sind älter. Andere jünger. Aber, Karen, es sind alles Frauen.«

»Oh ja, natürlich. Aber ich könnte mir nicht vorstellen, Krankenschwester zu sein. Es würde mich ekeln«, sagte Karen mit Abscheu in der Stimme. Sie hatte das Gesicht verzogen. »Bist du bei den Patienten oder am Empfang?«

»Ich arbeite in der Notfallmedizin. Und mache Intensivpflege.« Alexander sah auf seine Hände herab. Nicht wahr, Shura?, wollte Tatiana sagen. Du erinnerst dich doch noch, wie ich als Intensivpflegeschwester gearbeitet und mich mitten in der Schlacht um Leningrad auf die vereiste Newa hinausgewagt habe, um dich zurück ans Ufer zu tragen?

»Du hast bestimmt schon scheußliche Sachen gesehen«, vermutete Karen.

»In meinem Leben«, sagte Tatiana, »gab es viele Dinge, die ich am liebsten nicht gesehen hätte.« Sie blickte auf ihre Hände, die immer noch gefaltet auf dem Tisch lagen.

»Und wie viele Stunden arbeitest du pro Woche?«

»Fünfzig.«

»Fünfzig!« Niemand am Tisch konnte es glauben. »Ich kann mir gar nicht vorstellen«, sagte Karen, »dass da noch Zeit für den Haushalt bleibt. Wer kocht bei euch?«

»Ich mache das.«

»Wer putzt?«

»Ich.«

»Die Wäsche?«

»Auch ich.«

Die Frauen pfiffen anerkennend. Dann breitete sich Schweigen am Tisch aus.

Und schließlich sagte Amanda: »Ja, aber wer bekommt die Kinder, Tania?«

Tatiana erwiderte nichts darauf. Sie sah zu Alexander, dessen Blick nach wie vor auf seinen ruhig daliegenden Händen ruhte.

Plötzlich stand Anthony mit einem Satz im Esszimmer und rief mit lauter aufgebrachter Stimme in die Runde: »Lasst meine Mutter zufrieden. Sie arbeitet härter als irgendjemand von euch – und das in allen Bereichen. Während ihr euch zum Mittagessen trefft, heilt sie kranke und sterbende Menschen. Damit beschäftigt *sie* sich, während ihr eure Ice Cream Sodas nippt und leichtfertig über sie urteilt. Sie ist Krankenschwester *und* Mutter.«

Tatiana deutete auf Anthony. »Amanda, hier ist mein Sohn. Du erinnerst dich doch an ihn, oder?«

Anthony fuhr herum und zischte seinen Vater an. »Und wenn sie keine Rotkreuzschwester gewesen wäre«, sagte er zitternd und zeigte auf ihn, »kannst du dir ausmalen, wo du heute wärst.«

»Anthony, das reicht jetzt«, sagte Tatiana.

»Es reicht überhaupt nicht.«

Alexander erhob sich vom Tisch und starrte Anthony mit einem so grimmigen, vernichtenden Blick an, dass der Junge verstummte und aus dem Zimmer lief. Tatiana entschuldigte sich. Sie brachen kurz danach auf.

Auf der Heimfahrt gelang es ihnen noch zu schweigen, aber zu Hause konnte Anthony den Mund nicht länger halten. Sie waren kaum durch die Tür getreten und standen immer noch in der Diele vor der Küche, wo Dudley erschossen worden war, als Anthony sagte: »Dad, ich verstehe einfach nicht, wie du nur so dasitzen und schweigen konntest.« Er versuchte, seine Stimme im Zaum zu halten.

»Anthony!«, schrie Tatiana. »Geh in dein Zimmer.«

»Nein!«, schrie Anthony zurück.

Alexander schlug ihm mit der flachen Hand auf den Mund. »Schrei niemals deine Mutter an«, sagte er.

»Warum nicht? Du machst es doch auch.«

Tatiana trat zwischen sie, packte Alexander an den Unterarmen und sagte ganz leise: »Hör auf damit. Sofort.«

»*Ich* soll aufhören?«, sagte Alexander. »Hast du ihn nicht gehört?«

Anthony stand hinter seiner Mutter und fühlte sich durch sie bestärkt: »Es ist alles deine Schuld, Mom. Weil du mit allem, was er tut, einverstanden bist. Er herrscht dich an, es ist in Ordnung. Er sagt, wenn man dich angreift, keine Silbe zu deiner Verteidigung, und es ist auch in Ordnung.«

»Anthony«, brüllte Alexander. Tatiana grub ihre Nägel in Alexanders Fleisch in dem vollen Bewusstsein, dass er sich nur mit Gewalt von ihr lösen konnte, und der Hoffnung, dass er vor seinem Sohn die Notbremse ziehen würde.

So war es auch. Die Spannung in seinem Körper ließ langsam nach. Alexander hob die Arme, um sich aus ihrem Griff zu befreien, nahm sie bei den Schultern, sah hinunter in ihr Gesicht und sagte leise: »Er spricht so, weil du es zulässt. Sein ganzes Leben lang hast du ihm alles durchgehen lassen. Aber ich tu das nicht. Und jetzt lass mich.«

Anthony stand immer noch keuchend hinter Tatiana.

»Was zum Teufel ist los mit dir?«, sagte Alexander zu ihm. »Wie oft muss dir deine Mutter noch sagen, dass du dich nicht in unsere Angelegenheit einmischen sollst? Du willst dich mit mir anlegen? Nur zu. Du kannst ruhig wütend auf mich sein. Aber was bildest du dir ein, so mit deiner Mutter zu sprechen?«

Tränen des Stolzes rannen über Anthonys Gesicht. »Oh, jetzt kapiere ich«, sagte er wesentlich leiser, »also vor *mir* muss meine Mutter verteidigt werden.«

Diesmal hielt Tatiana Alexander nicht fest, sondern fuhr zu Anthony herum. »Dein Vater hat recht«, sagte sie, »dein Verhalten fällt völlig aus dem Rahmen.« Sie schob ihn den Flur hinunter in sein Zimmer und bedeutete ihm stumm: »Sei still jetzt!«, bevor sie die Tür hinter ihm zuschlug.

Anthony hörte seine Eltern nicht streiten. Er war sich sicher gewesen, dass auf ihre Diskussion hin laute Stimmen und Geschrei ertönen würden, aber nichts dergleichen geschah. Eine halbe Stunde später kam er aus seinem Zimmer und Stille umgab ihn. Die Tür zu ihrem Schlafzimmer stand offen. Leise klinkte er die Terrassentür auf und sah seinen Vater auf der Bank sitzen. Seine Mutter hatte sich auf seinen Schoß gekauert und die Arme um ihn geschlungen. Ihre Gesichter waren aneinandergedrückt, während sie langsam hin und her schaukelten. Anthony hustete. Sein Vater hielt die Schaukel an, seine Mutter richtete mit dem

Rücken zu ihm ihre Bluse. Anthony bat sie um ihre Unterschrift, damit er an einem Schulausflug teilnehmen könnte.

»Deine Mutter kommt gleich zu dir.« Alexander drehte nicht einmal den Kopf um. Anthony ging hinein.

Nach einer kurzen Weile öffnete sich seine Tür. Er hatte erwartet, seine Mutter zu sehen. Aber es war sein Vater, der das Zimmer betrat. Er unterschrieb den Zettel und setzte sich dann auf die Bettkante. Anthonys Mund war verzerrt. Er konnte nicht mit seinem Vater sprechen. Er brachte es auch nicht fertig, mit seiner Mutter darüber zu reden, aber wenigstens konnte er in ihrer Gegenwart weinen, herumschreien, Gemeinheiten loswerden. Bei ihr war er frei, konnte sein, was er wollte. Bei seinem Vater ging das nicht. Aber Anthony war noch so aufgebracht, so wütend.

»Was ist los mit dir?«, fragte Alexander. »Nur zu, sag, was du denkst.«

Anthony versuchte mit fester Stimme zu sprechen: »Ich verstehe nicht, wieso du sie nicht verteidigt hast, Dad. Sie waren so gemein zu ihr. Ist Amanda nicht eigentlich Mommys Freundin?«

»Amanda ist nur nett, wenn sie etwas will«, sagte Alexander. »Mommy erwartet nicht viel von ihr. Deswegen ist sie auch nicht von ihr enttäuscht.« Er schwieg einen Augenblick. »Aber wir stellen unser Leben nicht in einer Parade am Kaffeetisch zur Schau«, fuhr er fort. »Das weißt du. Du bist mein Sohn, aber du bist erst vierzehn. Mommy und ich sind Erwachsene und wir machen Dinge durch, die wir vor niemandem ausbreiten werden, weder vor unseren Bekannten noch vor dir.« Alexander beugte sich zu seinem Sohn und sagte: »Du weißt, wenn deine Mutter wirklich verteidigt werden muss, dann zögere ich keine Sekunde.«

Anthony blickte seinen Vater an. »Ich dachte, heute Abend wäre es so weit gewesen.«

Alexander strich Anthony das Haar aus der Stirn. »Nein«, sagte er, »heute Abend ist die Löwenmutter ganz gut allein zurechtgekommen. Und jetzt mach dir keinen Kopf. Du bist ein Junge und der Sohn eines Soldaten. Lass dich nicht so gehen, Kumpel.«

Und dann kam seine Mutter doch noch zu ihm. Er schloss die Augen und drehte sich zu ihr, während sie vor seinem Bett kniete, seinen Kopf hielt und ihm Worte zuflüsterte, die er kaum verstand. Aber das musste er auch nicht. *Du bist ein guter Junge, Ant. Du warst schon immer ein liebenswerter, fürsorglicher, offenherziger, schöner Junge.* Er weinte in ihren Armen und es war in Ordnung für sie.

Draußen setzte sich Tatiana wieder auf Alexanders Schoß, umschlang ihn mit ihren Armen und küsste die Ereignisse des Abends von seinem Herzen fort.

Alexander ließ sich von ihr hin und her wiegen und stieß den Rauch seiner Zigarette in die Nachtluft hinaus. »Ich will dich etwas fragen …«, sagte er schließlich und versuchte, seine Stimme ruhig klingen zu lassen. »Kannst du mir erklären, und zwar so, dass ich es verstehe, warum ausgerechnet du und ich von allen Menschen auf der Welt nach all der Liebe, die wir geteilt haben, nicht ein kleines Baby machen können?«

Tatiana stöhnte und wandte den Blick von ihm ab. Ihre Schultern sanken, sie krümmte sich zusammen. »Shura, Liebling …« Ihre Stimme klang niedergeschlagen. »Es tut mir sehr leid. Aber wahrscheinlich stimmt etwas nicht.«

»So viel ist sicher«, sagte Alexander und sah auch in eine andere Richtung.

Nach diesen Worten starrte Tatiana Alexander einen Moment an und stand dann von seinem Schoß auf.

Babyboom auf sowjetische Art

Es war wieder einmal Freitagabend. Doch heute sah Alexander davon ab, mit seinen Kumpels zu pokern, etwas trinken zu gehen oder sich mit Tyrone und Johnny ins Nachtleben der Stadt zu stürzen. Er verbrachte den Abend mit Anthony. Sie spielten Basketball, aßen das Schmorfleisch, das Tatiana ihnen hergerichtet hatte, gingen ins Kino, schleckten ein Eis, kamen zurück und versuchten, ihre Taktik beim Domino zu verbessern, um vielleicht auch einmal gegen sie zu gewinnen.

Es war drei Uhr morgens. Anthony schlief schon lange.

Alexander saß in seiner schwarzen Unterwäsche im dunklen Wohnzimmer auf der Couch, die langen Beine fast bis zum Fernseher gestreckt, den Kopf auf die Rückenlehne geworfen. Seine Arme hingen kraftlos herab, eine heruntergebrannte Zigarette steckte zwischen seinen Fingern. Er rührte sich nicht und starrte zur Decke.

Sie bekamen kein Baby mehr, weil sie beide nicht wirklich hier waren. Alexander Below war nicht in Amerika. Er ging in dem Land zu Grunde, wo man keine Kinder bekam nach einem Krieg, in dem fünfzig Millionen Menschen gestorben waren.

In den Vereinigten Staaten kamen 1946 zwei Millionen Babys zur Welt. Drei Millionen 1947 und 1948 und vier Millionen jedes weitere Jahr von 1949 bis 1956. Die Frauen wurden nur angehustet und schon waren sie schwanger. Nicht so Alexanders sowjetische Frau. Denn ihr Ehemann war in Wahrheit ein Russe, der in Sibirien Holz fällte, wo er zusammen mit zwei Millionen anderen Zwangsrückgeführten nach der Übergabe durch die Alliierten hingebracht worden war. Die Soldaten, die den Krieg überlebt hatten, wurden nach Kolyma, Perm-35, Aykhal und Archangelsk geschickt. Wer sollte sonst die Sowjetunion wieder aufbauen?

Während also in dem Jahrzehnt nach dem Krieg England, Frankreich, Deutschland, Japan, Italien, Österreich und allen voran die Vereinigten Staaten eine bis dato in der Geschichte einzigartige Bevölkerungsexplosion verzeichnen konnten, nahm in der Sowjetunion die Bevölkerung ab. Wie konnte das sein? Wo waren die Männer?

Nun, die Jungen und Alten, Gesunden und Kranken waren in Magadan. Fünfundzwanzig Prozent aller unversehrten sowjetischen Männer fristeten ihr Dasein in den Lagern. Die Verwundeten waren tot. Anders als in den Vereinigten Staaten, wo ein armamputierter Veteran nach dem Krieg immer noch Kinder zeugen konnte, lagen in der Sowjetunion die meisten Einarmigen unter der Erde, weil es nicht genug Penicillin gegeben hatte, um sie zu retten.

Um die Geburtenrate zu steigern, entließ die Sowjetregierung in regelmäßigen Abständen männliche Gefangene aus dem

Gulag. Als das nicht ausreichte, stellte sie Abtreibung unter Strafe. In Sowjetrussland hatte es nie eine andere Art der Verhütung für Frauen gegeben, und wenn man nun nicht mehr jeden Nachmittag von drei bis fünf in sämtlichen Kliniken des Landes würde abtreiben können, müsste es doch bestimmt einen Babyboom geben.

Doch er blieb aus. Also wurde die Produktion von Kondomen eingestellt. Der Schwarzmarktpreis für Kondome schoss in die Höhe. Man kam ins Gefängnis, wenn man welche kaufte oder verkaufte. Als auch das nicht ausreichte, schaffte die Regierung die Ehe gewissermaßen ab. Die Verbindung zwischen einem Mann und einer Frau funktionierte augenscheinlich nicht in der Sowjetunion. Es gab nicht genügend Männer für eine christliche Ehe.

Frauen, deren Männer nicht auffindbar waren, stellte man sofort, ohne nachzufragen, die Scheidungspapiere aus, sodass sie keine wertvolle Zeit mit Warten auf ihre vermissten Ehemänner verschwendeten. Es war für Frauen immer leichter möglich, sich scheiden zu lassen, und sie bekamen Prämien, Lohnerhöhungen, Auszeichnungen, Orden, Urlaub und Geld bar auf die Hand dafür, dass sie sich, ganz egal von wem, schwängern ließen. Ein Vaterschaftsnachweis war nicht erforderlich. Die Ehe war nicht notwendig und wurde auch nicht gefördert. Ebenso wenig ein Zusammenleben. Nicht nur das, es war nicht einmal möglich. Es gab keinen Platz für verheiratete Paare. Die Frauen waren in den Gemeinschaftswohnungen zusammengepfercht, wo auch die Männer einst gelebt hatten. Man steckte einen entlassenen Gulaggefangenen zu dreizehn einsamen Frauen und plötzlich gab es eine Chance, dass die Bevölkerung wieder wuchs. Sobald der Mann seine Pflicht getan hatte, konnte er in die nächste Gemeinschaftswohnung ziehen. Der Plan schien idiotensicher, denn er gewährte beiden Geschlechtern ihren jeweils größten Wunsch: den Männer die völlige sexuelle Freiheit, den Frauen finanzielle Sicherheit.

Doch selbst mit diesen verlockenden Nachwuchsförderungspakten lag das Bevölkerungswachstum zehn Jahre nach dem Krieg immer noch bei null Prozent. Schlimmer als das, 1955 gab es sogar weniger Menschen in Russland als 1945. Die Sterberate übertraf die Geburtenrate. Warum? Sex war doch nicht abgeschafft worden. Wo blieben die Kinder?

Die Schuld lag bei den Frauen. Sie hatten Sex, gut, aber sie waren nicht dumm. Sie arbeiteten den ganzen Tag, lebten auf engem Raum mit anderen Frauen, und diejenigen, die das Pech hatten, schwanger zu werden, gingen zum Arzt und zahlten hohe Geldbeträge, um heimlich abtreiben zu lassen. Kam jemand dahinter, wurden sowohl die Mediziner als auch die Frauen zu zehn Jahren Zwangsarbeit verurteilt. Um ihre Haut zu retten weigerten sich die Ärzte, weiter Abtreibungen vorzunehmen. In ihrer Verzweiflung versuchten es die Frauen gnadenlos selbst. Die Sterblichkeitsrate der Frauen stieg rapide an. In späteren Stadien der Schwangerschaft, im fünften, sechsten, siebten Monat, wurden die Babys von Hebammen gewaltsam zur Welt gebracht, getötet und mit dem Müll aus den Gemeinschaftswohnungen entsorgt.

Die Sowjetregierung verkündete feierlich, dass die stagnierende Bevölkerungsrate auf die stark erhöhte Kindersterblichkeit zurückzuführen sei.

Während Frauen und Babys starben, waren die sterbenden Männer unterdessen dort, wo auch Uspenskij war, wo Alexander hätte sein sollen, fünftausend Kilometer tief in den Wäldern der Tundra, wo sie von Sonnenauf- bis Sonnenuntergang Kiefern schlugen, um Festungen und Zäune zu bauen. Dort war sein Geist, aber sein starker, gesundeter Körper lebte in Arizona und er baute ein neues Haus für jedes Haus, das er zerstört hatte, als er Panzerkommandant war, Kommandant eines Strafbataillons, Anführer einer erbärmlichen Männerschar, die die besiegten Städte niederbrannte, die Brücken, Hütten und Marktplätze verwüstete. Keine Äpfel, keinen Kohl mehr, keine Uhren und Hurenhäuser. Alexander hatte ein Leben lang zu tun, bevor er alle Dörfer wiederaufgebaut, neben Uspenskij alle Zäune wiedererrichtet hatte. Zäune, sodass die Männer nicht zu den inhaftieren Frauen gelangen konnten, die zehn Jahre für illegale Abtreibung bekamen, die auf Händen und Knien an die Absperrung heranrückten, ihre Röcke anhoben und sich durch den rostigen Stacheldraht hindurch den Männern anboten.

In Amerika arbeitete Alexander für sich, errichtete Häuser, in denen amerikanische Männer mit ihren amerikanischen Frauen leben und die Kinder bekommen konnten, die ihm und seinem federleichten sowjetischen Fabrikmädchen, das immer noch jeden Morgen im dunklen Winter aufstand, um ihrer Familie ihr tägliches Brot zu holen, ihr Pappbrot zum Leben, versagt blieben. Dascha, Papa, Mama, Marina und Babuschka schliefen, während die Bomben auf das ausgemergelte, in Weiß gekleidete Mädchen herabfielen, das die leeren schneeverwehten Straßen entlanggging, wo die Toten in Laken gehüllt herumlagen. Alexander wies Tatiana an, nur auf der linken Straßenseite zu gehen und die Bombardierung abzuwarten. Tatiana hörte auf ihn, stand ungeduldig mit Mantel und Hut in den Hauseingängen und kämpfte sich dann, das Gesicht im heulenden Wind, durch den Schneesturm weiter zum Laden, in dem es nichts mehr zu kaufen gab.

Sie wartete immer noch den Bombenhagel ab, litt an Hunger und Tuberkulose, ihr ausgelaugter Körper war gekrümmt wie ein knorriger Rebstockzweig, an dem nichts mehr wachsen sollte. Alexander konnte sein Leben lang Lehmziegelhäuser bauen. Doch egal wie viele Stunden Tatiana in das Krankenhaus investierte, sie würde ihren Großvater, ihre Mutter, ihren Vater, ihre Schwester und ihren Bruder nicht retten. Wie sollte in der öden Landschaft ihres sowjetischen Schoßes ein Baby entstehen, wenn er von seinem sterilen sowjetischen Samen befruchtet wurde?

11

Traurige Weihnacht

Oh du fröhliche

Anfang November 1957 besichtigte Alexander einen neuen Marmor- und Granitsteinbruch an der West Yuma Road und beschloss, auf dem Rückweg bei Tatiana im Krankenhaus Halt zu machen. Die Empfangsdame sagte ihm, dass sie in der Cafeteria sei. Durch die Glastür sah er sie … Mit wem saß sie da am Tisch? Der Mann kam ihm irgendwie bekannt vor, ein Arzt. Normalerweise traf er sie mit einer anderen Schwester beim Mittagessen an, aber nun war dieser Mann bei ihr. Ja, richtig, er erinnerte sich dunkel, es war Dr. Bradley. Alexander kannte ihn von den Weihnachtsfeiern im Krankenhaus. Der blonde Bradley machte eine gute Figur als Arzt.

Was Alexander stutzen ließ, war Tanias völlige Unbefangenheit mit ihm. Sie war entspannt, hatte die Ellbogen auf den Tisch gestützt, die Beine übereinandergeschlagen und trank aus einem Strohhalm wie ein kleines Mädchen, während sie gebannt seinen lebhaften Ausführungen lauschte. Alexander wollte gerade hineingehen, als sie den Kopf zurückwarf und laut auflachte.

Verdutzt beobachtete er sie und spürte dabei, wie sich sein Solarplexus verkrampfte. Vor seinen Augen tat sich etwas auf, das er nicht erwartet hatte. Er war zwar daran gewöhnt, dass sie die Blicke der Männer auf sich zog, auch wenn Bradley ihm etwas eifriger erschien als die meisten anderen. Aber das hier war neu. Tatiana lachte anhaltend über die Scherze dieses Bob-Hope-Verschnitts, während sie unbeschwert ihren Haarknoten neu richtete und festband.

Alexander zog es vor, die Cafeteria nicht zu betreten. Er

verharrte noch einen Augenblick an der Tür und drehte dann um.

»Haben Sie sie nicht gefunden?«, rief Cassandra ihm nach.

»Nein.« Er steuerte auf den Ausgang zu.

»Soll ich sie anpiepsen?«

»Nein. Ich muss zurück zur Arbeit. Trotzdem danke.«

Als Tatiana an diesem Abend nach Hause kam, beobachtete Alexander sie schweigend. Sie bereitete ihm eine Fleischklößchensuppe und Fajitas zu. Anthony war beim Basketballtraining.

»Shura, Cassandra hat mir erzählt, dass du heute vorbeigekommen bist. Stimmt das?«

»Ja, aber mir war gar nicht klar, wie spät es schon ist. Ich musste wieder los.«

»Du hast mich nicht einmal rufen lassen, um hallo zu sagen?«

»Ich war sowieso schon zehn Minuten zu spät zu meinem nächsten Termin um halb zwei.« Alexander aß einen Löffel Suppe und wog sorgsam seine Worte ab. »Was hast du heute Mittag gemacht?«

»Oh, es war kaum Zeit, Pause zu machen. Wir hatten viermal Code blau«, sagte sie. »Ich habe mit Dr. Bradley gegessen. Erinnerst du dich an ihn?«

»Ja.« Alexander sagte nichts weiter. Interessant fand er jedoch, dass auch sie daraufhin schwieg.

»Schmecken dir die Fajitas, Shura?«

»Ja. Francesca war eine gute Lehrerin.«

Nach dem Abendessen ging er nicht zum Rauchen nach draußen. Er legte sich auf die Couch und beobachtete sie weiter. Nicht mehr lang und er musste Ant abholen.

»Geht es dir gut?«, fragte Tatiana.

»Wunderbar.« Doch das stimmte nicht.

Hatte er es sich nur eingebildet? Irrte er sich vielleicht?

Nein, er hatte gesehen, wie fröhlich sie gewesen war. Das war die Wirklichkeit gewesen.

»Komm her«, sagte er und setzte sich auf.

Sie trocknete gerade das Geschirr ab.

»Leg das Tuch hin und komm her.«

»Shura, in einer Viertelstunde musst du los.«

»Was soll die Diskussion? Komm einfach.«

Sie trat an ihn heran. Mit sanften Augen sah sie ihn zärtlich an.

Alexander nahm ihr das Geschirrtuch aus der Hand und zog sie zwischen seine Beine. Seine Hände wanderten unter ihren Jerseyrock zu der nackten Haut oberhalb ihrer Strümpfe. Sie trug einen offenen Satin-Hüfthalter und dünne Nylonunterwäsche. Er zog ihren Pullover hoch und drückte die Lippen an ihren warmen Bauch. Schweigend rieb er die Rückseite ihrer Schenkel, ließ die Finger kreisen und kreisen, und als er spürte, wie ihre Haut sich erwärmte, wurden seine Finger fordernder.

Nachdem ihre Hände seinen Kopf umfasst hatten und ihre Atemzüge flach geworden waren, legte er sie auf die Couch und öffnete ihre Schenkel ein wenig, sodass er sie sehen konnte. Er hörte nicht auf, sie zu streicheln. Sie glühte. Aufmerksam betrachtete er ihr gerötetes Gesicht, ihren gestreckten Hals, ihre weißen Schenkel, die knappe Unterwäsche. Dann hakte er ihren BH vorn auf und entblößte ihre Brüste mit den steifen, korallenroten Brustwarzen.

»Shura, bitte ...«

»Okay, Baby.« Er beugte sich über ihre Brüste, während er seine kreisenden Bewegungen fortsetzte. Ein paar Minuten verstrichen. Dann richtete er sich auf und flüsterte: »Sieh dich an, wie feucht und hart deine Brustwarzen sind. Du bist so warm unter meinen Fingern, die dich ganz nah am Saum deiner Unterwäsche berühren ... Tania, spürst du mich?«

Sie bewegte sich kaum, atmete nur ganz leicht.

»Ich kann dein Höschen auch wegziehen, nur ein bisschen, nur einen Zentimeter ...«

Sie stöhnte. Seine Finger streichelten sie weiter.

»Komm schon, Shura, bitte ...« Sie klammerte sich an seine Unterarme.

»Bitte was? Sag schon.«

»Berühr mich mit deinen Fingern, bitte ...«

»Tatia«, flüsterte er, »mit meinen Fingern oder meinen Lippen?«

Tatiana stöhnte laut auf. In dem Moment nahm Alexander die

Hände von ihr. Sie öffnete die Augen. »Oh mein Gott, Shura, was …«

»Ich muss los«, sagte er und half ihr beim Aufsetzen. Er schob sie sanft von der Couch. Sie sank zurück in seine Arme.

»Unseren Sohn vom Training abholen. Schon vergessen?«

»Shura, ich kann nicht mehr warten«, sagte sie und küsste ihn gierig. »Nicht eine Sekunde.«

Sie musste noch ein paar Stunden ausharren. Aber in dieser Nacht liebte Alexander sie, als wäre es nicht Mittwoch und als müssten sie nicht am nächsten Morgen um fünf Uhr aufstehen. Er allein führte das Kommando, liebte sie so ausgiebig, unerbittlich und schließlich so verzweifelt, dass es am Ende nicht eine Stelle an Tatianas Körper gab, die nicht geküsst, geleckt, gestreichelt, gelutscht, umschlossen, eingenommen und befreit worden war. Er verschlang sie, zwang sie nieder mit seiner Liebe, bis sie keine Kraft mehr hatte. Bis kein gewimmertes, gehauchtes *Oh Shura* in ihrer Kehle übrig blieb, nicht einmal genug Atem für die Bitte um Gnade. Sie konnte sich nicht mehr bewegen, nachdem er mit ihr fertig war. Er kam in ihr, während er auf dem Bett kniete und sie an den Pobacken auf seinem Schoß hielt. Sie drückte sich an ihn, umschlang ihn mit ihren Armen, während ihre Münder nicht voneinanderlassen konnten. Sein Höhepunkt war so heftig, dass er sie fast fallen ließ.

Am nächsten Morgen um halb sechs bereitete Tatiana ihm Kartoffelpfannkuchen mit Speck zu.

»Also *das* muss man hier machen, um ein paar Kartoffelpfannkuchen zu kriegen«, sagte Alexander mit vollem Mund.

Sie war so verlegen, dass sie ihn nicht ansehen konnte. Ihre Finger zitterten, als sie ihn berührte und sich mit ihren wunden, zärtlichen Lippen von ihm verabschiedete. »Shura, Liebling, was ist in dich gefahren?«, murmelte sie und wandte vor Scham errötet den Blick von ihm ab. »Es war ein ganz normaler Werktag.«

»Du bist in mich gefahren«, antwortete Alexander. »Wie eine Handgranate.«

Doch es war nicht von Dauer. Die Nacht war nur eine Momentaufnahme gewesen. Tatiana eilte an diesem Abend nicht nach

Hause, veranstaltete kein besonderes Aufhebens um ihn. Sie machte einfach weiter wie bisher und so konnte nichts das Bild in Alexanders Kopf auslöschen, das sie in entspanntem Beisammensein mit dem Komikerarzt zeigte.

Tatianas ungezwungenes Lachen klang ihm noch so in den Ohren, als hätte er sie bei etwas anderem ertappt.

Alexander verhielt sich wie immer, wenn ihn die Last, die er trug, zu erdrücken drohte. Er wurde launisch, missmutig, fauchte sie wegen Kleinigkeiten an, weil er sich außerstande sah, die wirklich wichtigen Dinge zur Sprache zu bringen. Unentwegt ärgerte er sich, dass sie zu spät nach Hause kam, müde und mit den Gedanken woanders war, vor dem Fernseher einschlief, vergaß, etwas einzukaufen. Doch er sagte nichts und ging wie gewohnt seinen Verpflichtungen nach. Er schlüpfte in einen Anzug, um Termine mit Ehemännern und Ehefrauen wahrzunehmen, er bezahlte seine Arbeiter, zog eine Armeehose an, wenn es auf der Baustelle schmutzig zu werden drohte. Er spielte Poker mit Johnny, ging mit Shannon aus, warf Körbe mit Anthony, zog seine Bahnen im Pool. Er kam nach Hause und wärmte das Essen auf, das sie vorgekocht hatte, wenn sie arbeitete. Und wenn er sie brauchte, nahm er sie und stillte seine Bedürfnisse.

Alexander wollte sie auf den Arzt ansprechen, doch er brachte es nicht fertig. Der Mann, der gegen die ganze Welt gekämpft hatte, war nicht stark genug, seine zierliche Ehefrau zu fragen, ob sie einen Funken Gefühl für jemand anderen in ihrem Herzen trug.

Heilige Mutter Gottes, erhöre mein Flehen

Thanksgiving 1957 verlief in aller Stille. Vikki und Richter hatten sich getrennt. Nun war ihm elend zumute und sie hielt sich in Italien bei ihrem neuen Freund auf. Dennoch kündigte sie sich über Weihnachten an, und unerklärlicherweise, wie es auch ihrer Welt entsprach, würde sie in Begleitung von Tom Richter kommen. »Er ist immer noch mein Mann«, sagte sie aufgebracht zu Tatiana. »Warum bist du so schockiert?«

Tante Esther war unpässlich und blieb zu Hause in Barrington. Doch auch sie hatte sich mit Rosa für Weihnachten angekündigt. Jetzt zu Friedenszeiten beschränkten sich Alexanders Aufgaben in Yuma auf nur wenige Geheimdienstberichte hier und da. Vergangenes Jahr während des Ungarnaufstands war eine Menge Arbeit angefallen, dieses Jahr hingegen hatte er sein Soll bereits im Juli erfüllt, als er einen Berg von Dokumenten übersetzen musste. Alexander achtete stets darauf, dass seine vierundzwanzig Tage Militärdienst bis November abgeleistet waren, da von Thanksgiving bis Weihnachten nie genug Zeit blieb bei allem, was Tatiana vorhatte.

Am Freitag nach Thanksgiving arbeitete Tatiana, und Anthony und Alexander verbrachten den Abend gemeinsam. Sie aßen Pizza und tranken Cola, sahen sich im Kino den Film *In achtzig Tagen um die Welt* an und fuhren dann in Alexanders Truck nach Hause. Es war nach zehn.

Auch wenn Anthony vielleicht wie seine Mutter sein wollte – und es war sicher ein ehrbares Ziel –, zeigte er sich seinem Vater gegenüber oft schweigsam und in sich gekehrt. So saßen beide in Gedanken versunken beieinander und wechselten kein Wort.

Tatiana bemühte sich immer, den Jungen mit einzubeziehen, ihn aus seinem Schneckenhaus zu locken, also startete Alexander nach einer Weile den gleichen Versuch: »Woran denkst du, Kumpel?«

Anthony zuckte die Achseln. »Ich habe nur überlegt ... ob du auch eine Mutter hattest.«

»Du machst dir Gedanken über meine Mutter? Nicht über Mädchen in deinem Alter?«

»Darüber will ich nicht mit dir reden, Dad.«

Alexander lächelte und sagte: »Natürlich hatte ich eine Mutter. Das weißt du doch. Du hast Fotos von ihr bei Tante Esther gesehen.«

»Erinnerst du dich an sie?«

»Ja.«

»Mommy sagt, dass du nicht gern über sie sprichst.«

»Da hat sie recht.« Über seine Mutter wollte Alexander sich am allerwenigsten unterhalten. Dennis Burck vom Außenministerium hatte ihm einen tiefen Stich ins Herz versetzt, als er ihm die Dinge vor Augen führte, die er nicht in Ordnung bringen konnte. Und diese Wunde war noch nicht verheilt. »Aber Mommy spricht auch nicht über ihre Familie, oder?«

»Machst du Witze? Sie redet von nichts anderem. Ständig geht es um Luga. Ich habe sie so oft davon erzählen hören, dass es mir schon fast wie meine eigene Kindheit vorkommt.«

Alexander nickte. »Ja, Mommy liebt ihre Luga-Geschichten.«

Anthony starrte nach vorn auf die Straße. »Sie hat mir auch von Leningrad erzählt.«

»Von Leningrad?« Im Auto wurde es still.

»Ich habe nicht gesagt, dass sie leicht damit herausgerückt ist. Nur, dass sie es schließlich erzählt hat.« Anthonys Finger zuckten nervös. »Sie hat sogar dich und ihren Bruder erwähnt.«

»*Wirklich?*« Alexander hätte beinahe angehalten.

»Ich habe nicht gesagt, dass es leicht war«, wiederholte Anthony. Sie sprachen nicht weiter. Alexanders Brust begann zu schmerzen.

»Gut, reden wir«, sagte Alexander. »Was möchtest du wissen?«

Anthony sah seinen Vater an. »War deine Mutter hübsch?«

»Ich finde schon. Sie sah aus wie eine echte Italienerin. Dunkle, lockige Haare, große Statur.«

»Und dein Vater?«

»Er war nicht hübsch«, sagte Alexander trocken. »Er stammte von den Pilgervätern ab, ein richtiger Neuengländer.«

»Hast du ihn geliebt?«

»Anthony, er war mein Vater.« Alexanders Hände griffen das Lenkrad fester. Er runzelte die Stirn und warf seinem Sohn einen Blick zu. »Natürlich habe ich ihn geliebt.«

»Nein, nein, Dad, ich … ich meinte …« Anthony stammelte und wurde unruhig. »Ich meinte, ob du ihn geliebt hast, obwohl er ein Kommunist war?«

»Ja, obwohl er einer war.«

»Und wie war das möglich?«

»Sein Idealismus war einfach ansteckend«, sagte Alexander. »Er hielt dieses Leben für realisierbar. Ich glaube, dass er bis zum Ende hin nicht verstanden hat, warum der Kommunismus gescheitert ist. Oberflächlich betrachtet schien alles zu stimmen: Jeder arbeitet für das Gemeinwohl und teilt die Früchte seines Schaffens. Aber plötzlich gab es keine Früchte mehr. Und niemand verstand, wieso. Er am allerwenigsten.«

»Und deine Mutter?«

»Sie war keine Idealistin«, sagte Alexander. »Sie war Romantikerin. Sie hat es für ihn getan. Seinetwegen hat sie daran geglaubt.«

»Und du? Warst du auf seiner oder ihrer Seite?«

»Zu Anfang auf seiner. Er hatte eine besondere Art und konnte einen von allem überzeugen. In der Hinsicht ähnelte er deiner Mutter ein bisschen. Ich wollte wie er sein. Aber als ich ungefähr in dein Alter kam, konnte ich die Augen nicht mehr so vor der Realität verschließen wie er. Und meine Mutter genauso wenig. Also sind mein Vater und ich, na ja, aneinandergeraten.«

Alexander und Anthony schwiegen erneut und starrten hinaus auf die nächtliche Straße. Sie fuhren den Shea Boulevard entlang in Richtung Pima. Um sie herum war nur Wüste. Alexander wusste, was der Junge dachte – dass bei ihnen zu Hause nur ein Gesetz galt, nämlich das seines Vaters. Aufmüpfigkeit wurde nicht geduldet. Rückblickend betrachtet war Alexander unverständlich, was Harold Barrington ihm in seiner Jugendzeit zum Teil durchgehen ließ. »Mein Vater war Zivilist, Ant, kein Soldat«, fügte er hinzu. »Das ist ein Riesenunterschied.«

»Habe ich irgendetwas gesagt?«, fragte Anthony und sah ihn kurz an. »Und dann wurden sie verhaftet?«

»Das stimmt.«

»Mommy sagt, dass du auch verhaftet wurdest.«

»Kumpel, ich konnte schon gar nicht mehr mitzählen, so oft ist mir das passiert.« Alexander lächelte.

»Ist es wahr, dass du deinen Vater kurz vor seinem Tod im Gefängnis besucht hast?«

»Ja.« Sie bogen links auf die Pima-Straße. Bald würden sie zu Hause sein.

»Hast du deine Mutter auch noch mal gesehen?« Gespannt beobachtete ihn Anthony.

»Nein.« Und da war er. Der infernalische Augenblick, als die heruntergebrannte Zigarette in seiner Hand ein weiteres Loch in seine Seele sengte. *Eines Morgens war Alexander zur Schule gegangen, und als sie aus war, war seine Mutter weg, sein Vater weg, seine Familie existierte nicht mehr. Er sah oder sprach seine Mutter nie mehr nach diesem Morgen, als er so sorglos das Haus verlassen und nicht einmal ein »Bis später« hervorgebracht hatte.*

»Leider hat deine Mutter einmal mehr recht in Bezug auf mich«, sagte Alexander. »Über diese eine Sache kann ich in der Tat nicht sprechen. Frag sie, wenn du willst. Tut mir wirklich leid, Kumpel.«

Alexanders Hände lagen fest um das Lenkrad. Vater und Sohn zogen sich wieder in ihre Ecken der Sitzbank zurück.

»Und wie bist du entkommen?«, fragte Anthony leise.

»Wann?«

»Als du siebzehn warst.«

»Ich bin aus einem fahrenden Zug in die Wolga gesprungen.«

»Ging es weit nach unten?«

»Sehr weit.« Dreißig Meter in unbekanntes Gewässer.

»Und dann bist du Mommy begegnet?«

Alexander lachte. »Ja«, sagte er. »Ich bin in den Fluss gesprungen, andere mehr oder weniger wichtige Dinge sind passiert, Typhus, Armee, Krieg mit Finnland, und dann habe ich Mommy getroffen.«

»Du hattest Typhus? Sagst du mir deshalb immer, dass ich duschen soll?«

»Das sage ich, damit du die Mädchen nicht abschreckst, wenn du älter wirst.« Andererseits, würde Anthony sich seltener waschen und damit weniger Anziehungskraft auf die Mädchen ausüben, wäre vielleicht das Kräfteverhältnis ihnen gegenüber etwas ausgeglichener.

»Dad, bitte«, sagte Anthony flehentlich. »Das wird nicht wieder eins dieser Gespräche, oder?«

»Nein, mein Sohn, diesmal nicht.«

»Erzähl mir, wie du sie kennengelernt hast.« Anthonys Blick wurde fröhlicher. Er drehte sich mit dem ganzen Körper seinem Vater zu und sah ihn erwartungsvoll an.

»Ich habe gerade eine Straße in Leningrad patrouilliert«, sagte Alexander, »als ich sie mit einem Eis in der Hand auf einer Bank gegenüber sitzen sah.«

»Mommy erzählt es anders«, sagte Anthony neckend. »Sie sagt, dass du wegen ihr in den Bus gestiegen bist und sie praktisch bis nach Finnland verfolgt hast.«

»Das kam später. Zuerst saß sie auf der Bank.« Alexander lächelte. »Sie hat ihr Eis wirklich genossen.«

»Und weiter?«

»Das war alles. Sie hat gesungen. Vielmehr gesummt. ›Eines Tages treffen wir uns in Lwow, mein Liebster und ich.‹« Alexander atmete die ferne Melodie dieses Liedes ein. Er wusste kaum noch, wie es ging.

»Was hast du dann gemacht?«

»Ich habe die Straße überquert.«

Anthony blickte ihn an. »Aber wieso?«

»Du weißt doch, wie deine Mutter aussieht.«

»War sie mit sechzehn auch schon hübsch?«

»Das kann man so sagen.« Alexander blinzelte, um die langjährige Erinnerung an sie zu vertreiben und die Pima-Straße wieder vor Augen zu haben.

»Aber es gab auch andere gut aussehende Mädchen in Leningrad, oder? Mommy sagt, dass du schon vor ihr Freundinnen hattest.«

Alexander zuckte die Achseln, um ohne Worte auszudrücken, was er seinem Sohn gegenüber nicht gestehen konnte: Ich habe mich zur Genüge bedient an diesem Schlemmerbuffet mit den vielen Mädchen, die sich mir angeboten hatten und wie in einer Parade an mir vorbeimarschiert waren. Und dann kam deine Mutter.

Anthony machte ein nachdenkliches Gesicht. »Ich habe dich mal zu Mommy sagen hören, dass du zweimal geboren wurdest. Einmal 1919 und dann mit ihr. War das auf der Straße in Leningrad?«

»*Ich* soll das gesagt haben?« Alexander erinnerte sich nicht. »Wann war das?«

»Auf Bethel Island. Ich habe neben ihr gelegen. Und du hast ganz leise geflüstert.«

»Du erinnerst dich an Bethel Island?« Alexander lächelte voll schmerzlicher Wehmut.

»Ja«, sagte Anthony mit ernster Miene. »Damals wart ihr zwei so glücklich.« Er sah aus dem Beifahrerfenster.

Und Alexanders Lächeln gefror auf seinen Lippen.

Als sie zu Hause waren, ging er in Anthonys Zimmer und setzte sich zu ihm aufs Bett. »Hör mal«, sagte er, »kommst du ein paar Stunden ohne mich zurecht? Ich will zu Mommy ins Krankenhaus.«

»Warum? Was ist los?«

»Nichts. Ich möchte nur … Du bist schon ein so großer Junge. Vierzehneinhalb.«

»Ich komme klar, Dad. Fahr nur. Aber lass mir die Pistole da.«

Alexander puffte seinen Sohn in die Seite. »Erzähl deiner Mutter ja nicht, dass ich dir das Schießen beigebracht habe, sonst werden wir beide unseres Lebens nicht mehr froh.«

»Glaubst du nicht, Mommy weiß, was wir in ihrer Abwesenheit tun?«

»Anthony, bitte.«

»Schon gut, schon gut.«

»Sei brav. Ruf im Krankenhaus an, wenn es ein Problem gibt.«

Eine Stunde später stand Alexander am Empfangsschalter der Notaufnahme. Erins Gesicht hellte sich auf. »Hi, Alexander«, sagte sie. »Das ist ja eine Überraschung. Warten Sie, ich piepse Tatiana an. Sie ist gerade im OP. Es gab einen Milzriss und einen Autounfall mit fünf Fahrzeugen.«

Einen Augenblick später klingelte das Telefon. »Dein Mann ist hier und will dich sehen«, sagte Erin in den Hörer. Sie hielt inne und lächelte. »Ja, *dein* Mann.«

Alexander beobachtete, wie ein alter, heruntergekommener Kerl mühsam zum Empfangsschalter schlurfte. Er stellte sich neben ihn an die Rezeption. »Kommt sie bald?«, fragte der Mann mit erwartungsvollem Blick.

»Charlie, ich habe Ihnen doch gesagt, dass sie in ein paar Minuten hier ist«, antwortete Erin. »Setzen Sie sich wieder hin.«

Alexander sah die Schwester forschend an.

»Ohne sie«, sagte Erin leise, »schafft er es nicht, nüchtern zu bleiben.«

Eine Mutter mit einem ungefähr neunjährigen Jungen auf dem Arm kam zu ihnen. »Wir warten jetzt schon so lange«, sagte die Mutter mit schneidender Stimme. »Er braucht sie.«

»Sie wird wirklich gleich da sein«, sagte Erin und flüsterte Alexander zu: »Möchten Sie nicht lieber eine Nummer ziehen?«

Alexander überlegte, ob er gehen solle.

Doch einen Augenblick später klickte das Schnappschloss der Flügeltür und Tatiana kam herein. Ihr Blick galt nur ihm, ein Lächeln stand ihr im Gesicht. Wenn er eine Mütze getragen hätte, hätte er sie nun abgenommen und in der Hand behalten.

»Hallo«, sagte sie und trat nah zu ihm heran.

»Hallo.«

Kurz drückte sie sich an ihn. »Was ist los? Alles in Ordnung mit dir?«

»Jetzt schon.« Beinahe wäre ihm ein wohliger Schauer über den Körper geronnen. »Viel zu tun?«

»Ohne Ende, wie üblich. Was gibt es?« Sie sah ihn prüfend an, ihre Hand lag auf seiner Brust.

»Nichts.«

»Gut.« Tatiana hielt inne, kaute auf ihrer Lippe. »Ich habe etwa eine halbe Stunde Zeit bis zur nächsten OP. Willst du einen Kaffee trinken?«

Ich will mit dir acht Kilometer die Kanäle entlang von Kirow zu deiner Haustür in der fünften Sowjet schlendern. Ich will mit dir in die Trambahn steigen, mit dir Bus fahren, im Italienischen Garten sitzen. Das will ich. Aber ich nehme vorlieb mit einer Tasse Kaffee in deiner Krankenhaus-Cafeteria.

Erin räusperte sich und deutete mit einem Blick hinüber in den Wartebereich. Tatiana wandte sich kurz um. »Wer zuerst?«

»Dein Mann«, Erin lächelte, »dann Charlie.«

»Ich bin gleich wieder da«, sagte sie zu Alexander und ging hinüber zu dem in Lumpen gekleideten Kerl.

Alexander beobachtete sein Gesicht. Es entspannte sich, seine trockenen, schorfigen Lippen kräuselten sich zu einem Lächeln. Tatiana setzte sich neben ihn und nahm seine Hand. »Was quält Sie heute, Charlie?« Ihre melodische Stimme klang ernst.

»Ich möchte so gern etwas trinken, Schwester Tania«, stammelte er.

»Ja, aber Sie wollen doch nicht wieder bewusstlos unter einem Auto liegen, oder? Und noch einmal mit gebrochenem Bein auf einer Trage hier eingeliefert werden?«

Charlie machte einen Schmollmund. »Sie würden sich doch um mich kümmern.«

»Charlie, ich bin nicht jeden Tag hier, das wissen Sie. Und Sie sehen doch, um wie viele Menschen ich mich kümmern muss. Sie schaffen das schon. Waren Sie bei Ihrem Treffen?«

Nachdem sie fünf Minuten bei ihm geblieben war, ging sie drei Sitze weiter zu dem Jungen, der geduldig bei seiner gereizten Mutter wartete. Er hatte starke Krämpfe in den Beinen. Tatiana massierte sie und sprach mit ihm, während Alexander die Gesichter des schmerzgeplagten Jungen und der genervten Mutter beobachtete.

Als Tatiana wieder zu ihm kam, sagte Alexander: »Noch zwanzig Minuten.«

Auf dem Weg zur Cafeteria kamen sie an den Untersuchungsräumen vorbei und hörten aus Nummer sieben ein kleines Mädchen nach seiner Mutter schreien. Offenbar hatte man das Kind verwahrlost in einer leer geräumten Wohnung in der Baseline Road gefunden. Ihre Mutter war verschwunden, das Apartment verdreckt. Der Sozialdienst und die Polizei versuchten gerade, andere noch lebende Verwandte ausfindig zu machen.

»Irgendwie sind wir doch alle auf der Suche nach unserer Mutter«, flüsterte Alexander, bevor Tatiana das Untersuchungszimmer betrat. Sie wechselte den Glucosebeutel und setzte sich zu der Vierjährigen, bis sie aufhörte zu weinen.

In der Cafeteria holten sie sich einen Kaffee und nahmen nebeneinander Platz. Ihre Arme berührten sich. Er hielt ihre Hand unter dem Tisch. »Ein Unfall mit fünf Autos also?«

»Ich sag dir, Alkohol am Steuer ist wirklich eine üble Sache.« Tatiana schüttelte den Kopf. »Die Leute kennen die Bewegungsgesetze nicht. Man sollte von ihnen verlangen, erst einen Physikkurs zu belegen, bevor sie einen Fuß in eine Bar oder ein Auto setzen.«

»Gute Idee.« Alexander lächelte. »Und welche Bewegungsgesetze sind das?« Mit einem Finger zog er ihre Augenbraue nach.

»Bewegte Objekte – wie das Blut in den Gefäßen – bleiben in Bewegung, auch wenn sie durch äußere Krafteinwirkung plötzlich gestoppt werden. Du würdest nicht glauben, wie heftig sich eine negative Beschleunigung auf die Gefäße auswirkt.«

»Du und deine Physik. Ihr veranstaltet aber keine Radrennen im Krankenhaus, oder?«

»Doch, das haben wir gestern tatsächlich gemacht«, sagte Tatiana schmunzelnd. »Nur dass der Sankafahrer keine Ahnung hatte, dass er zu einem Rennen herausgefordert wird. Er hat sich ziemlich darüber aufgeregt.«

»Das kann ich mir vorstellen.« Alexander betrachtete sie. Ihr mondrundes russisches Gesicht sah heute Abend müde aus, ihr Blick war trüb, ihr Mund blass, als hätte sie damit im Lazarett zu viel geatmet auf ihrem eiligen Weg von der Intensiv- zur Sterbestation. Zärtlich schob er ihr Haar zurück unter die Haube.

»Was ist los, Liebling?«, fragte sie sanft und streichelte mit einer Hand sein Gesicht. »Was beschäftigt meinen Mann? Muss ich etwas in Ordnung bringen?«

Alexander senkte den Kopf. Doch bevor er ihr sagen konnte, was ihn quälte – wie das geringfügige Problem, dass er nicht eine Freitagnacht mehr allein schlafen konnte, keine einzige mehr –, ertönte eine männliche Stimme hinter ihnen: »Tania?« Es war Dr. Bradley. Alexander rückte ein wenig von Tatiana ab. »Tut mir leid, wenn ich störe, aber es ist Zeit«, sagte er mit einem Blick auf Alexander. »Wir müssen in drei Minuten im OP sein.«

Sie standen auf. »Ja, ich komme sofort«, sagte Tatiana und trank einen letzten Schluck Kaffee. »Dr. Bradley, Sie erinnern sich an Alexander, meinen Mann?«

Alexander schüttelte dem Arzt kurz die Hand. Dr. Bradley zog sich zur Tür zurück und wartete dort auf sie.

Tatiana tätschelte Alexanders Brust. »Wir sehen uns morgen früh, Liebling«, sagte sie und wollte gehen. Doch er verharrte still und sagte nichts. Sie hielt inne, hob den Kopf und sah ihm ins Gesicht, versuchte herauszufinden, was in ihm vorging.

Alexander schirmte sie mit seinem Körper vor Bob Hopes Blicken ab, beugte sich zu ihr hinunter und küsste ihre zarten, geöffneten, blassrosa Lippen.

»Bis später, Baby«, sagte er.

Und dann eilte sie davon. Dr. Bradley öffnete ihr die Tür und trieb sie mit der Hand auf dem Rücken an, während sie ihre Gespräche über chirurgische Eingriffe und Wundnähte wieder aufnahmen. Alexander holte aus und warf mit Nachdruck ihre Kaffeebecher in den Müll. Bevor er ging, setzte er sich in den Warteraum neben Charlie, der einen üblen Geruch verströmte. Alexander musste zwei Plätze weiter rutschen. Charlie drehte sich zu ihm, kaute zahnlos vor sich hin, nickte und sagte: »Man muss nur lang genug sitzen bleiben, dann kommt sie wieder.«

»Tatsächlich?«

»Wenn sie Zeit hat. Manchmal sitze ich die ganze Nacht hier. Ich schlafe ein, und wenn ich aufwache, ist sie bei mir. Ich bleibe, solange es möglich ist.«

Alexander wartete noch eine halbe Stunde, beobachtete die Tür. Aber Tatiana kam nicht zurück. Und so fuhr er nach Hause.

Am nächsten Samstagmorgen, als er sich für die Arbeit fertig machte und sie ihre Schwesterntracht auszog, um sich dann hinzulegen, sagte er zu ihr: »Tania, leitet Bradley eigentlich die Notaufnahme?«

»Nur die Nachtschicht.«

»Er arbeitet nur nachts?«

»Nein. Aber er macht die Nachtschicht am Freitag. Wieso?«

»Nur so«, sagte Alexander. »Gestern Abend ist es mir wieder eingefallen. Täusche ich mich oder ist David Bradley der Arzt, der dich vor fünf Jahren, als Dudley erschossen wurde, untersucht hat?«

»Erschossen *wurde?* Ich stelle fest, dass du interessanterweise das Passiv gebrauchst«, sagte Tatiana und lächelte ihn vom Bett aus an. »Ja, ich glaube, es war Bradley. Warum fragst du?«

»Nur so.« Nachdenklich rückte Alexander seine Krawatte zurecht. »Hat er nicht damals die Liebesmale in deinem Nacken gesehen und ist daraufhin nervös geworden wie ein kleiner Schuljunge?«

»Shura, ich weiß es nicht«, sagte Tatiana. »Wieso ist dir das im Gedächtnis geblieben?«

»Ist es ja gar nicht. Ich erinnere mich erst jetzt wieder.«

»Und warum ausgerechnet jetzt?«

»Nur so.«

»Das sagst du nun schon zum dritten Mal.«

»Wirklich? Ich muss los. Ich habe um neun einen Termin. Vergiss nicht, dass wir heute Nachmittag einen Christbaum kaufen wollen.« Es war Ende November. Die Weihnachtszeit hatte eben erst begonnen, aber sie stellten den Baum gern früh auf, um möglichst lang etwas von ihm zu haben. Schmachtete Bradley seiner Frau etwa seit fünf Jahren hinterher? Alexander hätte keinen weiteren Gedanken daran verschwendet, sich nicht darum geschert, wäre da nur nicht ihr amüsiertes Gesicht gewesen, ihr zurückgeworfener Kopf, ihr Haar und ihr von Herzen kommendes, tiefes, lustvolles Lachen.

Winterwunderland

Am Montag, zwei Tage später, warteten Alexander und Anthony wieder einmal ungeduldig zu Hause auf Tatiana. Alexander kochte innerlich. Anthony wollte nicht ohne sie zu Abend essen und so saß Alexander auf der Couch und las Zeitung. Die Lichter im Tal funkelten gehörig, und jedes einzelne war wie eine verdammte Straßensperre auf den sechzig Kilometern, die zwischen dem Krankenhaus und ihrer Haustür lagen. Anthony hatte den Tisch gedeckt, das Brot war aufgeschnitten, die Butter aus dem Kühlschrank genommen, das Bœuf Bourguignon, das sie gekocht hatte, aufgewärmt.

Um halb zehn tauchte Tatiana plötzlich in der Türe auf. »Tut mir leid, dass ich so spät komme«, sagte sie.

Alexander stand auf und schwieg. Er starrte sie nur wütend an, bis er sah, wie erschöpft sie war. »Iris war schon wieder unpünktlich«, sagte Tatiana, während sie ihren Mantel auszog und ihre Tasche abstellte. Ja, dachte Alexander, aber es hat einmal eine Zeit gegeben, da hast du die Stechkarte um 7.01 Uhr gedrückt und dich nicht um deine Ablöse geschert. »Ich trage jetzt mehr Verantwortung«, fügte sie hinzu.

»Habe ich ein Wort gesagt?«, fauchte Alexander.

Ihre Fingerspitzen zitterten. Sie aß kaum etwas. Es gab ein kleines Problem bei Anthony in der Schule, aber Alexander wusste nicht, wie er das Thema anschneiden sollte in Anbetracht ihrer Verfassung.

»Ant, Shura, ihr zwei müsst unbedingt essen, bevor ich nach Hause komme«, sagte Tatiana. »Das ist zu spät für euch. Ich fühle mich schrecklich bei dem Gedanken, dass ihr hier sitzt und auf mich wartet. Fangt bitte in Zukunft einfach an.«

»Du willst, dass deine Familie an drei Abenden in der Woche ohne dich isst?«, fragte Alexander leise.

Und sie nickte doch tatsächlich und sagte: »Lieber ohne mich als so spät. Das ist nicht gut.«

»Allerdings«, sagte Alexander.

Sie blickte nicht auf.

Anthony versuchte, strategisch geschickt die Diskussion zu eröffnen. Er räusperte sich und sagte: »Mom, reg dich nicht auf, okay?«

»Tolle Einleitung.« Tatiana sah ihren Sohn an. »Hast du etwas angestellt?«

»Du sollst gleich morgen früh ins Büro der Rektorin kommen.«

»Tja«, sagte sie und fixierte ihn streng, »und da wollte ich doch eigentlich gleich morgen früh deine Weihnachtsgeschenke kaufen, Anthony Alexander Barrington.«

»Tut mir leid, Mom«, sagte er kleinlaut. »Ich habe mich geprügelt.«

Tatiana dachte, sie hätte sich verhört. »Du hast was?«

»Mir geht es gut, danke der Nachfrage«, sagte Anthony. »Aber der andere Junge hat eine gebrochene Nase.«

Tatiana warf Alexander einen grimmigen Blick zu.

»Wieso siehst du mich so böse an?«, fragte er. »Ich habe ihm nicht auf die Nase gehauen.«

»Heißt der Junge zufällig Damian Mesker?«, fragte Tatiana.

»Ja. Gott, woher weißt du das?«

»Weil wir heute Nachmittag in der Notaufnahme seine

Nase gerichtet haben. Anthony, ich dachte, ihr zwei seid befreundet.«

»Ich habe das nicht gewollt. Wir sind einfach aneinandergeraten.«

»Bist du auch verletzt?«

»Nein, er hat mich nicht getroffen«, sagte Anthony. »Er hat es versucht, aber ich bin ausgewichen.«

»Ich verstehe.« Wieder sah sie Alexander grimmig an.

»Willst du etwa«, fragte er achselzuckend, »dass dein einziges Kind Schläge einsteckt und sich nicht wehrt?«

»Das ist alles meine Schuld«, sagte Anthony rasch. »Sei bitte nicht wütend auf Dad.«

»Räum den Tisch ab, Ant.« Tatiana stand auf. »Alexander, möchtest du gern jetzt gleich deine Zigarette rauchen?«

Beim Hinausgehen gab Alexander seinem Sohn einen Schubs. »Siehst du, was du getan hast?«, flüsterte er.

Draußen auf der Terrasse sagte Tatiana: »Shura, was denkst du dir dabei, deinem Sohn das Kämpfen beizubringen, aber keinen Funken Verstand? Heute bricht er vielleicht jemandem die Nase, aber du weißt besser als sonst jemand, dass es morgen die Zähne sein werden. Außerdem hat er überzogen reagiert. Der andere Junge hat ihn lediglich gestoßen.«

»Anthony muss wissen, wie man sich verteidigt«, sagte Alexander. »Die Verletzung war ein Unfall.«

»Du bist unmöglich, wirklich«, sagte Tatiana. »Jetzt darf ich die Familie des Jungen anrufen. Das kostet mich noch eine Stunde, und es ist schon nach zehn.«

»Ja«, sagte Alexander und lehnte sich auf der Bank zurück. Er rauchte und blickte hinaus auf die dunkle Wüste. »Es ist schon sehr spät, oder?«

Nachdem Anthony auf Tatianas Geheiß hin Damian angerufen und sich bei ihm entschuldigt hatte, unterhielt sich Tatiana lange mit dessen Mutter.

Als Alexander ins Schlafzimmer kam, war sie ausgestreckt auf der Tagesdecke in ihrer Uniform eingenickt. Er setzte sich auf die Bettkante und betrachtete sie. In seinem Brustkorb wirbelte ein Gefühl von Zärtlichkeit umher, gemischt mit einer Portion Feindseligkeit. Er schüttelte ihr Bein.

»Oh Gott«, murmelte sie, als sie aufwachte. »Mit mir ist heute Abend nichts anzufangen.«

»Wie immer«, sagte Alexander. »Aber wenigstens hast du morgen frei.«

Rasch zog sie sich aus, stolperte ins Bad, zurück ins Schlafzimmer und fiel dann ins Bett. Ihr Haar war immer noch zu einem Knoten gebunden. Sie wandte ihm das Gesicht für einen Gutenachtkuss zu, schloss die Augen, fertig.

»Soll ich dich massieren?«, flüsterte Alexander. Sie duftete schwach nach Moschusöl, das sich wohl fest in ihre Haut gesogen hatte, außerdem nach Fliederseife, ihr Atem nach Pfefferminz. Seine Hand wanderte ihre Wirbelsäule hinab. Tatiana murmelte etwas, stöhnte leise und war eingeschlafen. Alexander lag hinter ihr, spürte ihre Wärme, streichelte sie langsam und gleichmäßig, ihre weichen runden Pobacken, die sich so schön anfühlten, ihre seidigen Schenkel. Ihre Haut war samtweich. So musste sich ein Baby anfühlen. Er liebkoste ihre Brüste, die wie gemacht für seine Hände schienen, zupfte sanft an ihren Brustwarzen, woraufhin sie sich selbst im Schlaf ein wenig bewegte. Seine Hand glitt in die Höhlung ihrer Taille, rieb ihren flachen Bauch, strich über ihr feines blondes Haar, wollte weiterwandern ... doch dann hörte er auf. Er beugte sich über sie, berührte ihr Gesicht und küsste ihre Schläfe. Schließlich fiel er in einen unruhigen Schlaf.

Am Morgen streckte er die Hand nach ihr aus, aber sie musste gleich ins Büro der Rektorin. »Tania«, sagte er, als er sich an den Frühstückstisch setzte. »Ich komme gegen halb eins zum Mittagessen nach Hause.« Er hob die Augenbrauen.

»Shura«, flötete Tatiana, während sie ihm Kaffee einschenkte und ein Croissant auf seinen Teller legte. »Ich ... habe ich es dir nicht erzählt?« Sie lachte kurz. »Ich bin am Nachmittag nicht da. Nach dem Termin mit der Rektorin wollte ich einkaufen gehen, Lebensmittel, Weihnachtsdekoration, und dann ... ähm, muss ich rasch ein paar Stunden ins Krankenhaus.«

Alexander setzte die Tasse ab. Ein paar Sekunden sprach er kein Wort. Dann sagte er: »Anthony, würdest du draußen auf deine Mutter warten? Sie kommt gleich.«

»Mom, wir müssen los. Mrs Larkin wartet.«

»Du sollst draußen warten, habe ich gesagt.«

Mit einem bangen Blick auf seine Mutter stand Anthony auf.

Sobald die Tür sich geschlossen hatte, wandte sich Alexander Tatiana zu. Er saß immer noch am Tisch. »Erkläre mir, was das soll. Ich habe nämlich keine Ahnung.«

»Liebling«, sagte Tatiana sanft, »du arbeitest doch auch. Wo ist denn da der Unterschied?«

»Das ist etwas völlig anderes«, sagte Alexander. »Du sitzt nicht in meinem Architekturbüro und machst Telefondienst. Erzähl mir nicht, dass du jetzt auch an deinem einzigen freien Tag unter der Woche die verfluchte Krankenschwester spielst.«

»Ich konnte doch nicht wissen, dass du heute heimkommen und mit mir mittagessen willst«, sagte sie zur Entschuldigung. »Du machst das eigentlich kaum noch.«

Sie starrten sich kurz an. »Und wenn schon«, sagte er. »Heute wollte ich es.«

»Anthony kommt zu spät zur Schule«, sagte Tatiana. »Und die Rektorin wartet.«

»Warum gehst du ins Krankenhaus? Übernimmst du von jemandem die Schicht?«

»Nein«, sagte sie. Sie räusperte sich und spielte nervös mit ihren Fingern. »In der Kinderklinik der St. Monica Mission brauchen sie jemanden, der die Leitung übernimmt. Also haben sie mich um Hilfe gebeten, nur über Weihnachten. Ich bekomme das doppelte Gehalt für vier Stunden ...«

»Das ist mir scheißegal«, rief Alexander, »selbst wenn sie dir zehntausend Dollar gäben. Wie oft muss ich dir noch sagen, dass wir das Geld nicht brauchen ...« Plötzlich brach er ab und sah sie aus zusammengekniffenen Augen an. »Aber das weißt du ja schon«, sagte er langsam. »Mich würde nun noch interessieren, wer die Klinik mit dir leiten soll.«

»Wie meinst du das?«

»Ich meine, ob es einen behandelnden Arzt gibt. Oder bist du dort ganz allein?«

»Ja, die meiste Zeit schon. Wenn ich zusätzliche Hilfe brauche, springt manchmal Dr. Bradley ...«

Mehr musste Alexander nicht hören. Er hob die Hand und stand vom Tisch auf.

»*Ich* leite diese Klinik, Shura. Nur wenn ich Unterstützung brauche …«

»Du bist unglaublich.«

»Wir können nicht … wir können das jetzt nicht fortsetzen«, sagte Tatiana leise. »Anthony wartet.«

»Das tut er ganz gewiss«, sagte Alexander. »Genau wie ich. Weißt du, worauf ich warte? Auf eine Vollzeit-Ehefrau. Und weißt du, wie lange schon? Seit 1949. Wann – falls überhaupt – glaubst du, dass ich die bekommen werde?«

»Du bist unfair«, flüsterte Tatiana und schlug die Augen nieder, sodass er ihre Tränen nicht bemerkte. Aber Alexander sah sie. Und ebenso sah er Charlies Augen und Erins und die des Jungen und seiner Mutter und Dr. Bradleys Hand und den kleinen Anthony, wie er aus Freude über Tatianas Rückkehr aus Berlin damals im Hafen auf und ab gehüpft war, und ihre nackten, sich ihm entgegenbiegenden Hüften in seinen Händen. Und dann schlug auch er die Augen nieder und wandte sich ab.

Und indem er den Blick und den Kopf abwandte, entfernte sich auch sein Herz von Tatiana.

Mit einem Schwung wischte er seine Kaffeetasse vom Tisch, sodass sie auf dem Boden zersprang und sich ihr Inhalt über das Linoleum ergoss. Dann packte er seine Brieftasche und ließ die Tür ins Schloss knallen.

Als er um sechs Uhr zurückkam, war Tatiana zu Hause. Die weihnachtlich geschmückten Zimmer strahlten tröstende Zuversicht aus, die Kochtöpfe dampften, die Kerzen brannten. Es gab Bœuf Stroganoff, eins seiner Leibgerichte. Sie servierte ihm, schenkte ihm Wein ein, bediente Anthony. Dann saßen sie beisammen und brachen ihr Brot.

»Mom«, sagte Anthony, »wie hast du es geschafft, alles so schnell zu dekorieren? Der künstliche Schnee auf den Fensterbrettern ist besonders hübsch. Sieht es nicht toll aus, Dad?«

»Ja, toll.« Alexanders Blick haftete auf seinem Teller.

»Wie schmeckt es dir, Shura?«

»Gut.« Er schaute sie nicht an.

»Wie war dein Tag heute?«

»Gut.« Keine weitere Reaktion.

»Ich liebe Weihnachten«, sagte Anthony und stimmte plötzlich ein Lied an: *»Jingle bells, jingle bells, jingle all the way.* Schmücken wir heute den Baum?«

Anthony war ihr Puffer beim Abendessen, sie sprachen einzeln mit ihm und über ihn. Zum Nachtisch gab es Rumbananen mit Vanilleeis. Anschließend räumten sie und Anthony den Tisch ab, während Alexander ins Schlafzimmer verschwand. Zwanzig Minuten später kam er heraus, trug eine gebügelte graue Hose, ein frisches weißes Hemd und eine graue Krawatte. Er hatte geduscht, sich gründlich rasiert und zog gerade sein Jackett an.

Tatiana trocknete ihre Hände an einem Geschirrtuch ab.

»Ich gehe aus«, sagte Alexander.

»Wohin gehst du?«

»Aus.«

»An einem Dienstag?«

»Genau.«

Tatiana öffnete den Mund, um etwas zu sagen, aber Anthony saß auf der Couch und tat so, als sähe er fern, und so machte sie auf dem Absatz kehrt und wandte ihrem Mann den Rücken zu.

Alexander traf sich im Maloney's mit Johnny, dem nachtaktiven, schnatternden Rockabilly, der wie immer verzweifelt auf weibliche Beute aus war.

Das Problem bestand darin, dass Johnny nach eigenen Worten eine »Frau für eine Woche« suchte. Er hatte kein Interesse am Heiraten, aber sämtliche Mädchen, von denen es doch nie genug für ihn gab, wollten nichts anderes. Die Soldaten waren längst alle aus dem Krieg heimgekehrt, sodass nun – sehr zu Johnnys Nachteil – der Markt vom Käufer bestimmt wurde: Auf eine Frau kamen fünf um sie werbende Männer. Die Frau brauchte sich nicht einmal zu bemühen, solange sie nicht überzeugt von seinen ernsten Absichten war, die er so gut es ging vortäuschte. Johnny war großspurig, gerissen, klopfte flotte Sprüche. Doch das Dilemma blieb und er wurde nie müde, es zu thematisieren. Und so saßen er und Alexander an diesem Dienstagabend zusammen und sprachen endlos über sein Problem, über ihre Häuser, ihre Arbeiter und Kunden, bis Johnny auf einmal sagte: »Ist alles in Ordnung, Mann?«

»Ja, es geht mir gut.«

»Du gehst sonst nie dienstags aus. Arbeitet Mrs Barrington etwa?«

»Nein, nein.« Alexander starrte in sein Glas.

»Sieh nicht hin«, sagte Johnny, »aber dort sind zwei junge Damen und ich hoffe, dass ich es bin, den sie gerade in Augenschein nehmen.«

Alexander warf einen Blick hinüber. Johnny lächelte die Frauen an, die sein Lächeln erst erwiderten und ihn dann ignorierten. Er seufzte. »Es scheint so einfach, wenn sie lächeln. Warum ist der Rest nur so schwer?«

»Weil du dir zu viele Gedanken machst«, sagte Alexander. »Die größte Hürde ist, sie überhaupt auf dich aufmerksam zu machen. Wenn sie erst mal vom anderen Tisch aus mit dir Blickkontakt aufnehmen, ist das Schwierigste geschafft.«

»Im Ernst, Mann?«

»Darauf kannst du deinen Arsch verwetten«, sagte Alexander. »Ruf den Barkeeper und lass ihnen einen Drink bringen.«

»Und dann?«

»Du wirst schon sehen.«

Johnny tat wie ihm geheißen. Ein paar Minuten später schlenderten die beiden Frauen mit den Gläsern in der Hand zu ihnen an die Bar.

»Danke für die Drinks, Gentlemen«, sagten sie und lächelten breit.

»Gern geschehen«, sagte Johnny mit einem anerkennenden Blick auf Alexander. »Aber bedankt euch nicht bei ihm. Er hat die Drinks nicht spendiert.«

»Ach nein?«, sagte eine von ihnen. Alexander sah kurz auf, bevor er sich wieder seinem Bier zuwandte. »Sie sind Alexander Barrington, nicht wahr?«, fragte sie.

»Das stimmt. Mit wem habe ich die Ehre?«

Sie streckte ihm die Hand hin. »Ich bin Carmen Rosario. Erinnern Sie sich? Mein Mann und ich haben uns letzten Monat mit Ihnen über einen Hausbau in Glendale unterhalten.«

»Ah, richtig.« Alexander konnte sich nicht entsinnen. »Und was ist daraus geworden?«

»Wir überlegen noch. Genau genommen wollte ich einen zweiten Termin mit Ihnen machen, um mir vielleicht eins Ihrer

Bauträgerobjekte anzusehen. Inzwischen spielen wir nämlich mit dem Gedanken, nach Paradise Valley zu ziehen. Wir haben ein Stück Land unten in Chandler, das wir verkaufen wollen, sodass wir ein bisschen zentraler bauen können.«

»Rufen Sie im Büro an.« Alexander gab ihr seine Karte. »Ich bespreche das gern mit Ihnen und …«

»Cubert.«

»Cubert.« Er und Johnny tauschten amüsiert einen Blick. *Cubert?*

»Also, Mädels, wo sind eure Ehemänner?«, fragte Johnny. Er war kaum noch zu bremsen und sagte einfach das Erstbeste, das ihm in den Sinn kam.

Die jüngere Frau mit Namen Emily kicherte und verriet ihnen, dass sie nicht verheiratet sei. Carmen sagte, ihr Mann sei zurzeit in Las Vegas. Alexander grinste abfällig in sein Bier. Las Vegas. Aber nein, Cubert war Makler für Gewerbeimmobilien und hatte dort oft geschäftlich zu tun. »Außerdem macht er eine Ausbildung zum Rettungssanitäter im Phoenix Memorial. Wo sind Ihre Frauen, Gentlemen?«

»Alexanders Frau ist zu Hause und ich habe keine«, sagte Johnny und schaute übertrieben traurig drein. Er hatte zu viel getrunken und dachte wieder mal nicht an die Konsequenzen, als er hinzufügte: »Aber ich bin auf der Suche nach einer.«

Emily nahm sofort Abstand. Sie wich sogar gleich zwei Schritte zurück.

Nicht so Carmen. »Und, seid ihr zwei immer dienstags in dieser Kaschemme?«

»Nein, wir kommen eigentlich freitags hierher«, sagte Johnny.

»Ach ja?« Carmen lächelte Alexander an. Sie hatte ein Profil wie eine Statue, war sehr apart, dunkelhaarig, ordentlich frisiert und geschminkt, schick gekleidet und mit enorm großen Brüsten bestückt. »Wo seid ihr zwei zu Hause?«

»Ich wohne weit weg«, sagte Alexander und stellte sein leeres Glas auf den Tresen. »Und ich muss jetzt los.«

Johnny zog ihn zur Seite. »Du kannst noch nicht gehen«, flüsterte er. »Ich glaube, ich habe etwas Falsches gesagt und Emily damit vergrault.«

»Meinst du wirklich?«, sagte Alexander. »Ihr zu erzählen, dass du auf Brautfang bist, war vermutlich nicht das Allerklügste. Na ja, du Schwindler, vielleicht hast du nächstes Mal mehr Glück. Versuch's mit der anderen, die scheint weniger abgeneigt zu sein. Immerhin ist Cubert in Las Vegas.«

Sie lachten leise. »Sie ist aber eher auf dich fixiert«, sagte Johnny. »Du zeigst kein Interesse und trotzdem flirtet sie mit dir. Warum?«

»Genau deshalb.«

Johnny überredete Alexander zu noch einem Drink.

Sie setzten sich an einen Tisch in einer abgedunkelten Ecke. Carmen nahm neben Alexander Platz. Rasch trank er sein Bier, sein fünftes an diesem Abend. Carmen sonderte eine Menge Informationen über sich ab, ohne dass sie jemand dazu aufgefordert hätte. Dann stellte sie ihm Fragen über das Entwerfen und Bauen von Häusern, über Steine und Stuck, Flach- und Satteldächer. Sie habe gehört, Flachdächer seien energiesparender. Ob da etwas dran sei?

»Mag schon sein«, sagte Alexander. »Aber es gibt nur zwei Arten von Flachdächern: die undichten und die, die es noch werden.«

Wie amüsiert Carmen doch lachte und ihre Frisur dabei wackelte, und Alexander kam sich plötzlich vor, als sei *er* in die Rolle des Komikers Bob Hope geschlüpft. »Sie sind Architekt und Bauunternehmer. Ein echter Tausendsassa, oder?«

»Ihr wisst ja nicht mal die Hälfte, Mädels«, sagte Johnny grinsend. »Erzähl ihnen, was du noch alles warst, Mann.«

Alexander stand auf. »Ich muss jetzt wirklich los. Danke für das Bier, Johnny. War nett, Sie kennenzulernen, Ladys.«

Carmen erhob sich ebenfalls. »Dann rufe ich Sie also an und wir machen etwas aus?«

»Nicht mich«, sagte Alexander. »Rufen Sie Linda an. Sie ist für meine Termine zuständig.«

»Nun, es hat mich sehr gefreut, Alexander.« Sie streckte ihm lächelnd ihre Hand mit den rot lackierten Fingernägeln hin. Er schüttelte sie und ihre Brüste wippten dabei.

Alexander fuhr vorsichtig nach Hause. Er hatte etwas zu viel getrunken.

Tatiana hatte draußen das Licht für ihn brennen lassen. Doch die Tür war abgeschlossen. Sie sagte, sie tue es nicht gern, denn es sei, als sperrte sie ihn aus. Aber nach dem Vorfall mit Dudley hatte Alexander ihr eingeimpft, Vorder- wie Hintertür zu verriegeln und die Rollläden herunterzulassen, wenn sie allein in der einsamen Wüste war.

Als er hereinkam, saß sie am Küchentisch und wartete auf ihn. Ihre Finger trommelten auf die Tischplatte. Im Haus war es dunkel, nur das Licht am Herd brannte. Alexander sagte nichts, während er die Tür schloss, den Riegel vorschob und sein Jackett ablegte. Als er sich etwas Wasser aus dem Kühlschrank holen wollte, sagte sie: »Warum gehst du an einem Dienstagabend etwas trinken?«

»Warum nicht?«

»Was ist los mit dir, Alexander?«

»Mit mir? Was ist mit dir los, Tatiana?« Er wurde laut. Es lag am Alkohol.

Sie sprach leiser. »Warum streitest du mit mir?«

»Das tue ich gar nicht. Ich bin zur Tür hereingekommen und habe kein Wort gesagt.«

»Ich weiß, dass du wütend bist. Aber glaubst du, wir können das vernünftig regeln, indem du vor mir wegläufst und dich in Kneipen herumtreibst?«

»Ach, würden wir das, wenn ich zu Hause bliebe?«, sagte Alexander. »Es regeln?«

»Du lässt mich an einem Dienstagabend allein und betrinkst dich?«

»Warum denn nicht? Du lässt mich sechzig Stunden in der Woche allein.«

»Ich arbeite!«, schrie sie.

Alexander machte schnell zwei Schritte auf sie zu. In voller Größe ragte er vor ihr auf und packte sie am Kinn. »Erstens«, sagte er scharf, »mache ich irgendwie den Eindruck auf dich, als sei ich in der Stimmung, angebrüllt zu werden? Wie oft habe ich dir schon gesagt, dass du mir gegenüber nicht laut werden sollst? Und zweitens will ich nichts mehr von deiner verfluchten Arbeit hören, nie wieder. Ist das klar?«

Tatiana blickte zu ihm empor und zog seine Hand weg. Ihr

kurzer Seidenmorgenrock löste sich ein wenig. »Was tust du, Soldat?«, sagte sie zitternd. »Beherrsch dich.«

»Ich lass mich von dir doch nicht in die Schranken weisen«, sagte Alexander lautstark. »Ich beherrsch mich, wenn es mir passt. Immerhin tust du ja auch, was du willst.« Er drehte sich um und ging ins Schlafzimmer.

Langsam folgte Tatiana ihm. »Können wir vernünftig darüber reden?«

»Wir werden überhaupt nicht darüber reden.« Er stand vor dem Kleiderschrank. »Bist du etwa so neben der Spur, dass du nicht einmal merkst, wie schwierig unser Zusammensein von Tag zu Tag wird? Von Minute zu Minute?«

»Nur weil du es schwierig machst«, sagte Tatiana.

»Ach, jetzt bin ich schuld?« Alexander riss seinen Krawattenknoten auf.

Tatiana saß angespannt auf der Bettkante. Der Gürtel ihres Morgenrocks hatte sich noch weiter gelöst und Alexander konnte die Rundung ihrer Brüste, ihren Nabel, ihre blonde Scham, ihre weißen Schenkel hervorspitzen sehen. »Ja«, sagte sie. »Du gehst aus, kommst spät und angetrunken nach Hause und führst dich dann auch noch so auf. Dadurch machst du alles in der Tat noch schwieriger.«

Er hakte seine Manschettenknöpfe auf, zog sein weißes Hemd und Unterhemd aus und stand mit nacktem Oberkörper vor ihr. »Mir reicht es, immer nett zu sein«, sagte Alexander eindringlich. »Ich habe genug davon.«

»Es ist doch nur für einen Monat«, flüsterte Tatiana. »Nur der Dezember und dann ...«

»Was habe ich gesagt?« Seine Stimme dröhnte. »Ich will nicht mehr darüber reden.«

»Hör auf zu brüllen. Guter Gott!«

»Jetzt bist du wütend? Möchtest du deinen Ärger gern an mir auslassen?« Alexander tippte sich an die Brust. »Komm schon, Baby. Du willst Streit? Da bist du bei mir genau richtig.«

Sie blinzelte. »Ich will mich nicht mit dir streiten. Wovon redest du da?«

Er schnallte seinen Gürtel auf, zog ihn aus den Schlaufen.

»Das kann nicht der Grund für deine Wut auf mich sein,

Shura«, sagte Tatiana. »Nur weil ich vier Stunden in einer Kinderklinik arbeite. Ist noch etwas anderes …«

Er ließ sie nicht ausreden, holte aus und knallte den Gürtel auf den Boden. Ihr stockte der Atem, während das Leder pfeifend die Luft zerschnitt und mit einem dumpfen Schlag neben ihrem nackten Schenkel auf die Matratze niedersauste. »Tania!« Er beugte sich über sie. »Ich sagte, dass ich nicht darüber reden will. Hast du das nicht kapiert?«

»Was ist denn nur los mit dir?«, sagte sie mit verängstigter Stimme und fiel beinahe rückwärts aufs Bett. Sie hatte kaum genug Kraft in den Armen, um sich abzustützen.

»Habe ich nicht gesagt, dass du mich nicht aufregen sollst?« Ihr Morgenrock war aufgegangen.

»Ja.« Sie sprach leise.

»Und habe ich nicht gesagt, dass ich nichts von deiner Scheißarbeit hören will?«

»Ja.« Ihre Stimme wurde noch leiser. »Pscht.«

»Sag du mir nicht, dass ich still sein soll. Sei lieber selbst still. Denn wenn du noch einmal den Mund aufmachst«, sagte er mit zusammengebissenen Zähnen, »verliere ich wirklich die Beherrschung.« Er ragte immer noch mit nacktem Oberkörper über ihr auf.

Langsam schob Tatiana sich vom Bett herunter. »Entschuldige«, sagte sie kleinlaut, »ich möchte vorbei.«

Wie üblich, wenn er so in Rage war, brachten ihre zarte nackte Verwundbarkeit und ihre zitternden spitzen Brustwarzen das Schlimmste in ihm zum Vorschein. Ihre Unterwürfigkeit besänftigte ihn nicht. Genau das Gegenteil war der Fall, sie reizte ihn nur noch mehr und weckte zugleich seine Begierde. Sie hatte Angst? Die sollte sie auch haben. Manchmal konnte er alles andere als nett sein, er wusste es, und es scherte ihn nicht. Er konnte sich nicht mehr zusammennehmen und versperrte ihr den Weg.

Dann riss er ihr den Morgenrock und sich die restlichen Kleider vom Leib, die Decken und Kissen vom Bett und legte sie vor sich auf den Rücken. Rittlings setzte er sich auf sie und drückte ihr die Hände über den Kopf. Sie wand sich leicht, doch sie sagte nichts, hob das Gesicht, ihre Brüste streckten sich ihm entgegen. »Shura«, flüsterte sie.

»Komm mir nicht mit Shura.« Er packte sie an den Beinen und drehte sie mit einem Ruck auf den Bauch, drückte ihre Hüften, ihre Oberschenkel auf die Matratze.

»Shura«, wiederholte sie. Ihre Stimme war durch die Laken gedämpft.

Alexander hielt sie mit einer Hand fest und löste mit der anderen ihren geflochtenen Zopf. Seine Finger fuhren durch die Strähnen und öffneten ihr Haar, so dass es sich über ihren Rücken verteilte. »Bist du zu müde heute, Tania? Kannst dich kaum wach halten? Würdest du gern einen Pyjama anziehen? Bist du nicht in der Stimmung?« Er flüsterte in ihren Nacken, schob die Finger zwischen ihre Beine und stöhnte in ihr Ohr.

Ein paar Sekunden verstrichen und sie antwortete ihrerseits mit einem Stöhnen. »Ich will mich umdrehen, bitte.«

»Nein.« Seine Hände legten sich flach auf ihre Schenkel. »Ich will es auf meine Art, nicht auf deine.« Er spreizte ihre Beine, beugte sich auf Knien über ihren Körper, packte ihr Haar und drang in sie ein. Das Gefühl war so gut, dass er eine Weile in ihr blieb. Dann zog er sich zurück, öffnete sie ein bisschen weiter und drückte sich zwischen ihre Pobacken.

Oh lieber Gott … warte, Shura, warte …, flüsterte Tatiana heiser. *Ich will dich berühren, bitte.*

»Nein«, flüsterte Alexander, während er erneut langsam in sie eindrang, aber so langsam nun auch wieder nicht. »Ich werde *dich* berühren. Lieg still.«

Ihre Hände klammerten sich an das Laken, den Matratzenrand, das klappernde Messinggeländer am Kopfende. Er stieß weiter in sie hinein.

Shura … warte … Ich will mich umdrehen, dann kannst du …

»Nein.« Er holte tief Luft, empfand immer noch eine solche Wut auf sie. Sein Gesicht war in ihren Nacken getaucht. Sie duftete nach Vanille … nach verbranntem Karamellzucker … nach Sahne … Rum.

Seine Hände wanderten nach oben und schlossen sich um ihre Unterarme. Er zog sich zurück und stieß wieder in sie hinein.

Das Messinggeländer brach fast auseinander bei dem Ruck und ihrem Aufschrei.

Immer und immer wieder zog er sich zurück und stieß dann erneut zu, und jeder seiner Stöße wurde begleitet von einem rauen Schrei aus ihrer Kehle.

Er hörte nicht auf, sich zu bewegen oder mit ihr zu flüstern.

Sie keuchte, schwitzte, ihr Nacken, ihr Gesicht waren feucht von der enormen Anspannung.

Er drückte ihren Kopf in das Laken, saugte an ihren Schulterblättern, nahm sie mit seinem ganzen Körper ein, *beweg dich nicht, Tania*, oh, aber dafür bewegte er sich.

Er musste aufhören. Nicht zu fassen, er war kurz davor zu kommen. So schnell. Das hatte es noch nie gegeben, schon gar nicht in Verbindung mit Alkohol. Sie war immer zu viel für ihn in dieser süßen Qual, wenn sie bäuchlings vor ihm lag, das Gesicht im Laken vergraben, die blonde Mähne ungebändigt, keuchend, sich festklammernd. Alexander bewegte sich langsamer, atmete flach, richtete sich auf und versuchte so, die Kontrolle über seinen Körper wiederzuerlangen. Aber es hatte keinen Zweck. Er war am Ende.

Danach lag er erschlafft auf ihr und schnaufte, während sie weiterhin leise, wimmernde Laute unter ihm ausstieß. Sein Gesicht war in ihrem Haar vergraben.

Am nächsten Morgen, als Alexander die Augen aufschlug, war Tatiana bereits aufgestanden und hatte ihre Uniform an. Ein paar Minuten herrschte Schweigen zwischen ihnen. Sie lächelte nicht und beobachtete ihn scharf. »Hast du noch vor, mir zu erzählen, wo du gestern Abend warst?«, sagte sie schließlich. »Oder soll ich mir die Fragen sparen und meine eigenen Schlüsse ziehen?«

Er streckte sich. »Ich war mit Johnny etwas trinken.«

»Ah, dein netter Freund Johnny, der ewige Single, immer auf der Suche nach Bier und Puppen. Bringst du ihm ein paar Dinge bei, ja?«

Alexander rieb sich die Augen. »Ist es dafür nicht noch ein bisschen früh?«

»Gestern Abend war dir nicht nach Reden zumute.«

Sein Magen wurde plötzlich heiß, als die Erinnerung an ihren Zustand von letzter Nacht zurückkehrte. Sie rief all seine fünf

Sinne wach. Und er spürte nicht nur einen Funken Erregung, er spürte ein ganzes Feuerwerk.

Tatiana verließ den Raum und Alexander stand auf, um sich zu waschen. Sie kam zurück und brachte ihm einen Kaffee. »Vergiss nicht die Feier heute Abend.«

»Welche Feier?« Er nahm ihr die Tasse ab.

»Die Weihnachtsfeier im Krankenhaus«, sagte Tatiana stirnrunzelnd.

»Ach ja.« Jetzt fiel es ihm wieder ein. »Ich habe keine Lust darauf.«

»Wir müssen hin.«

»Vielleicht ist es dir entgangen«, sagte Alexander, »aber ich bin nicht in Partylaune.«

»Das konnte mir gar nicht entgehen.« Tatiana senkte den Blick. »Trotzdem müssen wir hin.«

»Müssen wir nicht.«

»Alexander«, sagte sie und starrte ihn an, »soll das etwa heißen, dass du mich nicht begleiten willst zu der Weihnachtsfeier im Krankenhaus, obwohl alle Ehepartner eingeladen sind?«

»Endlich hast du es begriffen.«

»Schön. Tu, was du willst.« Sie packte ihre Schwesterntasche und machte sich auf den Weg. »Aber ich gehe hin.«

»Tu das«, rief Alexander ihr nach. »Du machst alles Mögliche, was ich nicht will. Warum also nicht allein auf eine Party gehen?«

Tatiana drehte sich an der Schlafzimmertür um. Sie beobachtete ihn aufmerksam, stieß ein tiefes Seufzen aus und kam langsam zurück. Alexander stand vor ihr, nackt, aufgebracht, vom Morgen und seiner Frau entflammt. Sie stellte die Tasche ab.

»Ruhig«, machte sie versöhnlich, während sie das Gesicht zu ihm hob. Ihre Hände wanderten tiefer und umschlossen ihn. »Komm schon.« Sie streichelte ihn. »Hör auf zu kämpfen und leg die Waffen nieder, Soldat.«

Er wollte sie auf den Knien haben. Beinahe hätte er seine Hand auf ihren Kopf gelegt und sie sanft nach unten gedrückt. Einerseits hätte er darin Erfüllung gefunden. Doch andererseits … »Es ist schon nach sechs. Du kommst zu spät zur Arbeit.« Mit fast übermenschlicher Anstrengung zog er ihre Hände weg. »Jetzt lauf schon los.«

»Du kommst heute Abend, ja?« Sie küsste seine Brust.

»Nur unter Protest.«

»Natürlich.«

Sobald Alexander den Gemeinschaftsraum im dritten Stock des Krankenhauses betreten und seine Frau erblickt hatte, wusste er, dass der Abend kein gutes Ende nehmen würde. Tatiana besaß diese unheimliche Fähigkeit, erschöpft und abweisend zu sein, wenn sie nach Hause kam, auf einer Party im Krankenhaus hingegen, umgeben von ihren Kollegen und Freunden, den Anschein zu erwecken, als habe sie den ganzen Tag nur in der Badewanne gelegen. Sie sah erfrischt aus, hatte rote Wangen. Und sie amüsierte sich, warf den Kopf nach hinten, stand inmitten einer Gruppe von Leuten, darunter Dr. Bradley.

Anscheinend ist er ein echter Komiker, dachte Alexander, richtig geistreich. Er ging zu ihnen und spürte einen unangenehmen Stich im Herzen. Sie kann offensichtlich nicht anders, als laut zu lachen, wenn er bei ihr ist.

Ihr Haar war locker geflochten. Das lange gewellte Büschel am Ende hüpfte munter auf und ab, wenn sie lachte, genau wie die roten Samtbänder, die in den Zopf eingefädelt waren. Goldene Strähnen umspielten ihr Gesicht. Sie war geschminkt, ihre Lippen glänzten rot. Passend dazu trug sie ein atemberaubendes Kleid in feurigem Weihnachtsrot, das er noch nicht kannte. Größer könnte der Kontrast zu ihrer weißen Schwesterntracht nicht sein, dachte Alexander. Das Taftkleid hatte Puffärmel, ein schmal geschnittenes Oberteil mit einem Dekolleté, an dem der Ansatz ihrer Brüste hervorstach, und einen Tellerrock aus mehreren Lagen Tüll und Netz. Darunter trug sie einen gestärkten Reifrock, der bei jeder Bewegung raschelte. Er wettete, dass er nicht als Einziger das Geräusch vernahm. Die Korsage machte ihre Taille noch zierlicher, ihre Brüste noch üppiger als gewöhnlich. Sie trug zehn Zentimeter hohe Satin-Slingbacks und Nylonnahtstrümpfe, in denen ihre Beine wunderschön aussahen.

Sie sah insgesamt wunderschön aus.

Alexander verlor kein Wort über das unglaubliche Kleid, nicht ein einziges. Während er allen im Kreis die Hände schüttelte, holte Tatiana ihm etwas zu trinken und einen Teller vom Buffet. Er stieg in die Unterhaltung ein, die sich um die Zukunft des Medizinerberufs in den Vereinigten Staaten drehte. Die Krankenhäuser waren wegen des Babybooms hoffnungslos überfüllt und konnten die Patientenflut nicht auffangen. Auch die Geburtskliniken waren überlastet. Jemand meinte, wenn die Bauindustrie den Bedarf an neuen Wohnhäusern decken könne, warum es dann nicht auch möglich sei, mehr Krankenhäuser mit größeren Entbindungsstationen zu bauen? Alexander sagte, dass in den acht Jahren, die er und seine Familie nun in Arizona lebten, eine Million neuer Häuser errichtet worden seien, aber Phoenix nach wie vor nur das eine Krankenhaus habe.

»Nun, vielleicht sollten Sie ein neues Krankenhaus bauen, Alexander«, sagte Carolyn. »Um mehr Platz für die Neugeborenen zu schaffen. Und Ihre Frau könnte es dann leiten.«

»Ein Krankenhaus nur für Tania!« Bradley lachte und sah Tatiana an. »Keine schlechte Idee.«

»Habt ihr gewusst«, wandte Carolyn ein, »dass sich immer mehr Frauen für eine Hausgeburt entscheiden? Also ich habe bereits einen Hebammenkurs belegt und mein Diplom gemacht.« Sie lächelte. »Keine Tupperwarepartys mehr für mich, Tania«, sagte sie. »Du glaubst gar nicht, wie viel Geld das nebenbei einbringt. Warum wirst du nicht auch Hebamme? Du wärst sicher eine sehr gute.«

»Natürlich wäre sie das«, sagte Bradley. »Tania ist in allem gut.«

Tatiana sah von einer Antwort ab, und Alexander warf nicht einmal einen Blick auf sie. Er entschuldigte sich und ging sich noch ein Getränk holen.

»Oh, hallo Alexander.«

Er drehte sich um. Es war die Frau von gestern – Carmen.

»Hallo«, sagte er kühl. Er trat einen Schritt von ihr weg und ließ seinen Blick durch den Raum schweifen. Tatiana war ins Gespräch vertieft und sah nicht in seine Richtung. »Was tun Sie denn hier?«

»Ich habe Ihnen doch erzählt, dass mein Mann Cubert in seiner Freizeit eine Ausbildung zum Rettungssanitäter macht.« Sie tat genervt. »Als hätte er so viel Freizeit. Und Sie, was tun Sie hier?«

»Meine Frau arbeitet im Krankenhaus.«

»Ihre Frau ist berufstätig? Wer ist sie?«

»Wer ist Cubert?«, fragte Alexander im Gegenzug, ohne ihr Tatiana zu zeigen.

»Er steht da drüben.« Cubert war ein kleines, mageres, nervöses Männchen, das Carmen von der anderen Seite des Raumes aus zuwinkte. Sie ignorierte seinen Gruß und holte ihre Zigaretten hervor. »Haben Sie Feuer?«

Alexander schnipste sein Feuerzeug an und hielt es an Carmens Zigarette. Sie umschloss seine Hand zum Schutz der Flamme, als würde ein Tornado durch den Gemeinschaftsraum des Krankenhauses wirbeln.

Natürlich sah Alexander genau in diesem Moment auf und begegnete Tatianas düsterem Blick.

»Ich habe übrigens gestern mit Ihrer Sekretärin telefoniert.« Carmen blies den Rauch aus und lächelte. »Aber sie sagte, Ihr Terminkalender sei bis nach Neujahr voll. Kann man da irgendetwas tun?«

»Wenn Linda sagt, dass ich ausgebucht bin, dann ist das auch so.« Alexander wandte sich zum Gehen. »Ich muss los. Entschuldigen Sie mich. Carmen, richtig?«

Cubert winkte immer drängender und Carmen machte sich mit verärgertem Gesichtsausdruck in seine Richtung auf.

Im Anschluss an diesen Zwischenfall weigerte sich Tatiana, mit Alexander zu sprechen. Er fragte, ob sie noch etwas trinken wolle. Sie lehnte ab. Vielleicht etwas essen? Nein danke. Danach stellte er keine Fragen mehr und sie ließ ihn stehen und ging zu Bradley, Carolyn und Erin. Sie nippte an ihrem Glas, neigte sich vertraulich nach vorne und sagte etwas in die Runde. Daraufhin brachen alle in Gelächter aus. Bradley verbeugte sich vor ihr und gab ihr einen Handkuss.

Es war wohl als scherzhafte Geste gedacht, denn alle lächelten und unterhielten sich unbeirrt weiter. Alle bis auf Alexander, der auf Tatiana zuging, sie sanft am Arm fasste und mit einer kurzen Entschuldigung ein Stück zur Seite nahm. »Ich gehe jetzt«, sagte er.

»Es ist doch erst elf.«

»Spät genug, meinst du nicht?«

»Na gut, wenn du unbedingt willst«, sagte sie und sah ihn nicht an. »Ich bleibe noch ein bisschen.«

»Du kommst nicht mit?«

»Ich komme … später.«

Der Griff um ihren Arm wurde fester.

»Ist schon in Ordnung. Geh nur.« Tatiana machte sich von ihm los. »So bleibt dir wenigstens noch Zeit für deine Kneipentour.« Ihre Lippen wurden schmal. Dann blickte sie zu ihm hoch. »Anstatt dass du bleiben und mit uns reden würdest, läufst du lieber weg und triffst dich zum Trinken mit Kumpels, die ständig auf Weiberfang sind. Hättest du nur einen Funken Anstand, würdest du noch eine halbe Stunde deiner Frau auf ihrer Weihnachtsfeier Gesellschaft leisten.« Der gestärkte Reifrock raschelte, als sie sich umdrehte und ihn mit einer abweisenden Handbewegung fortschickte. »Aber nur zu, kleiner Schluckspecht. Huschhusch. Mach dich vom Acker.«

Alexander sah sie scharf an, ihr blondes Haar flatterte wild in seinem Herzen.

Er ging.

Tatiana wusste, zu Hause wartete Ärger auf sie.

Das Licht draußen brannte. Alexander saß auf der hinteren Terrasse. Nun, wenigstens würden sie diesen Streit angezogen austragen. Tatiana fühlte sich stets schutzlos, wenn sie nackt im Schlafzimmer stritten. Sie unterlag ihm jedes Mal und musste ihrerseits ihn um Verständnis bitten, zu allem ihre Zustimmung geben und ausnahmslos in all seine Forderungen einwilligen. Doch eigentlich war es keine Einwilligung, sondern vielmehr totale Unterwerfung. So wie gestern. Im Schlafzimmer hatte sie niemals recht, weshalb er auch so gern darin stritt.

Die Tür war nicht abgesperrt, der Herr des Hauses war ja da. Sie ging hinein, warf ihre Handtasche auf die Ablage und sah nach Anthony. Er schlief tief und fest.

Tatiana zog ihren elfenbeinfarbenen Kaschmirmantel und ihre roten Stöckelschuhe aus und kochte sich eine Tasse Tee. Aber sie konnte nicht gleich auf die hintere Terrasse gehen. Also trat sie fröstelnd vor das Haus und trank in kleinen Schlucken ihren Tee.

So verblieben sie eine Weile, Alexander auf der einen, Tatiana auf der anderen Seite, weit voneinander abgewandt.

Nachdem ihre Tasse längst leer war, durchquerte sie schließlich das Wohnzimmer, öffnete die Hintertür und trat hinaus auf die Terrasse. Nur das kleine gelbe Licht über der Tür brannte. Alexander rauchte, trank Bier und drehte sich nicht zu ihr um. Sie überlegte, ob sie sich an den Tisch in der Ecke gegenüber setzen sollte. Er hatte sie nicht gern in seiner Nähe, wenn er wütend auf sie war. Aber sie wusste, dass er trotz allem Zorn ihre Nähe brauchte, und so nahm sie neben ihm auf der Schaukelbank Platz. Sie berührte ihn nicht, doch sie war nah genug, um das Leder seiner Bomberjacke aus dem Krieg zu riechen, den Zigarettenrauch, seinen Bieratem. Er hatte heute Abend so gut ausgesehen, als er auf der Feier erschienen war: seine kurzen schwarzen Haare glänzten, sein Gesicht war frisch rasiert, sein dunkler Anzug gebügelt, sein weißes Hemd gestärkt. Und nun trug er seine lange schwarze Unterhose und seine Lederjacke, die ihr beide so gut an ihm gefielen, das wusste er. Er hatte seine langen Beine vor der Bank ausgestreckt. Sein Körper, der auf der Bank so viel Platz einnahm, erschien ihr heute Abend so abweisend.

»Es ist kalt draußen, oder?«, sagte Tatiana. »Die Wüste ist im Winter nicht besonders einladend.«

»Ja, es herrscht überall Eiseskälte.«

»Nein, das stimmt nicht, Alexander.« Er verschwendete also keine Zeit, um zum Thema zu kommen. »Sag mir, was ist denn los mit dir?«

»Gar nichts ist mit mir los.«

»Woher um alles in der Welt kennst du Cuberts Frau?«

»Sie und ihr Mann haben sich letzten Monat ein paar Bauträgerobjekte angesehen. Aber was hat sie denn mit uns zu tun? Tania, seit Jahren machen sich aufgedonnerte Frauen an mich heran, flirten mit mir, bitten mich um Feuer, ein Haus, einen Job. Sie waren auf dem Boot in Coconut Grove, sie sind hier in Scottsdale. Wen kümmert es?«

»Shura, was läuft bei uns schief?«, flüsterte Tatiana. »Bei dir und mir darf doch nichts schieflaufen. Was machen wir nur falsch?«

»Ich werde es dir sagen«, antwortete Alexander und wandte ihr endlich das Gesicht zu. »Offensichtlich habe ich mich in den letzten acht Jahren nicht klar genug ausgedrückt. In diesem Haus stimmen die Prioritäten nicht mehr. Dir ist deine Arbeit, dein Krankenhaus, alles, was du tust, wichtiger als ich oder unsere Ehe.«

»Mir ist nichts wichtiger als du«, sagte sie. »Ich erdulde alles ...«

»Du *erduldest* mich? Willst du mich verarschen?«

»Nein, warte. Ich habe mich falsch ausgedrückt.« Sie hob beschwichtigend die Hände, versuchte ihn zu beruhigen. »Was ich meine, ist, ich werde immer diejenige für dich sein, die ich seit jeher war. Und wie du weißt«, sagte sie und schlug die Augen nieder, »weise ich dich nie ab.«

»Tania, du bist sechzig bis fünfundsechzig Stunden die Woche nicht zu Hause«, sagte Alexander. »Weist du mich damit etwa nicht ab? Und wenn du da bist, taugst du zu gar nichts. Hast du dich in letzter Zeit mal genauer angeschaut? Du siehst schlimm aus.«

»Ich tauge zu gar nichts? Machst du Witze?«, rief sie und spürte, wie sie ärgerlich wurde. Sie musste sich im Zaum halten. »Was tue ich nicht für dich? Ist dein Haus etwa nicht sauber? Sind deine Hemden nicht gebügelt? Steht dein Abendessen nicht auf dem Tisch? Ist dein Brot nicht frisch? Musst du je einen Finger krümmen, um dir selbst einen Teller zu holen, dir Kaffee einzuschenken, dein Bett zu machen? Um Himmels willen, Alexander«, sagte Tatiana, »ich bin deine Frau, dein Milchmädchen.« Sie hielt inne, um den Ausdruck von damals wirken zu lassen. »Was tue ich denn nicht für dich?«

Alexander sagte nichts.

Alles, was Tatiana in dieser Kluft des Schweigens hörte, war sein innerer Schrei.

»Was geschieht denn bloß mit uns?«, flüsterte sie. Sie streckte vorsichtig ihre Hände nach ihm aus. »Shura, mein Engel, schau doch, was wir haben. Ich weiß, du bist traurig, weil ... Aber sieh dir an, wie wunderschön unser übriges Leben ist. Was ist mit unserem Ant? Er ist einfach perfekt. Und es liegt so viel Schlimmes hinter uns.«

»Offenbar nicht alles«, sagte Alexander. Er hatte die Ellbogen auf die Knie gestützt und zündete sich noch eine Zigarette an.

»Doch, alles Schlimme liegt hinter uns.«

Er machte sich von ihren Händen frei. »Auch Lazarewo liegt hinter uns, Tania«, sagte er. »Lazarewo, Deer Isle, Coconut Grove, Napa, Bethel Island. Aber weißt du, was nicht hinter uns liegt? Leningrad.« Er blies geräuschvoll den Rauch aus. »Leningrad haben wir noch nicht überwunden.«

Obwohl Tatiana sehr darum bemüht war, ihre Fassung zu wahren, begann sie zu zittern. Sie ließ seine Worte nur so weit an sich heran, wie sie konnte. Ihr Kopf war auf die Brust gesunken, ihre Zähne klapperten, als sie sagte: »Ja, aber jeden Tag, wenn ich nach Hause fahre, denke ich daran, wie ich aus den Kirow-Werken gelaufen bin und dein Gesicht gesehen habe. Jede Nacht, wenn ich in deinen Armen komme, fühle ich mich ein bisschen nach Lazarewo zurückversetzt, hier in Arizona.«

Und was sagte ihr liebender Ehemann dazu? »Ach, hör schon auf. So wie ich mich bei dir abmühe, könnte ich einen Stuhl zum Höhepunkt bringen.«

Sie schnappte nach Luft und sprang auf.

»Ja, geh nur«, sagte er und zog an seiner Zigarette. »Du kannst es nicht mal zu Ende bringen.«

»Was denn zu Ende bringen?« Ihre Stimme klang schneidend. »Du wirfst solche Dinge in den Raum und willst, dass ich es ausdiskutiere? Schön, dann tue ich es eben.« Sie spürte, wie ihr Nacken heiß wurde. »Du sagst, du mühst dich bei mir ab? So wie gestern, nehme ich an? Ja, du hast recht, das war in der Tat wirkungsvoll und äußerst befriedigend.«

»Ganz richtig«, sagte Alexander, nahm einen Zug und starrte sie eindringlich an. »Das war es.«

Tatiana wich zurück und suchte Halt am Terrassengeländer. »Es ist schon spät«, sagte sie leise, den Blick zu Boden gerichtet. Und das Gespräch so sinnlos. »Ich bin erschöpft und muss morgen arbeiten. Ich brauche meinen Schlaf, sonst kann ich nicht zwölf Stunden auf den Beinen sein. Merk dir doch einfach alles bis zum Wochenende, dann können wir uns weiter darüber unterhalten.«

Alexander stieß ein freudloses Lachen aus. »Das ist wirklich gut. Um mir zu zeigen, wie sehr dir an der Klärung unserer Probleme gelegen ist, sagst du mir, dass ich bis zum Wochenende warten soll?«

»Was würdest du gern heute Abend noch klären?«, fragte Tatiana müde.

»Es geht genau um diesen verfluchten Ausdruck in deiner Stimme«, sagte er. »Jetzt in diesem Augenblick bist du bei mir und schon wieder denkst du an morgen, daran, wie du zur Arbeit hetzt. Deine Augen sind schon ganz glasig. Ich bin für dich eine lästige Sache geworden, die du erledigen musst, während du es nicht erwarten kannst, endlich das zu tun, was du wirklich willst. Ich fühle mich wie deine ungeliebte Arbeit bei Kirow statt einfach Alexander zu sein. Du sagst, du musst an die Kirow-Werke denken? Als du zwölf Stunden verbissen rangeklotzt hast, um dann in aller Eile fünf Minuten mit mir zu verbringen? Siehst du da nicht eine gewisse Parallele zu heute?«

»Gott, kannst du nur einmal davon absehen«, rief Tatiana aus, »jede Gehässigkeit auszusprechen, die dir in den Sinn kommt?«

»Das tu ich ja gar nicht.«

Sie wandte ihm den Rücken zu und blickte in die Wüste hinaus.

Er zündete sich noch eine Zigarette an. Ein paar Minuten schwiegen sie. Dann sagte er: »Für wen hast du das rote Kleid angezogen, Tatiana?« Er inhalierte das Nikotin. »Für mich wohl eher nicht.«

Sie fuhr zu ihm herum. Lässig saß er auf der Bank, ein Bein über das andere gelegt, den Arm auf der Rückenlehne ausgestreckt, und rauchte. Doch der finstere Blick, mit dem er sie ansah, war alles andere als lässig. Tatiana ging über die Terrasse, die Hände flehend gefaltet. Sie war nicht mehr wütend auf ihn, empfand auch keine Angst. Ihr war egal, was er tun würde. Sie schob seinen Fuß von seinem Schenkel und kniete sich zwischen seine Beine. Ihr bauschender Tellerrock legte sich wie ein Fallschirm auf den Boden. »Liebster«, flüsterte sie, »wovon redest du da?« Sie blickte auf in sein unheilvolles Gesicht, während ihre Hände über seine Oberschenkel glitten und schließlich auf ihm ruhen blieben.

Alexander rauchte weiter. Sein Arm lag immer noch auf der Rückenlehne. Er berührte sie nicht, ließ sich aber von ihr berühren. »Was ist mit meiner Frau geschehen?«, fragte er. »Wo sind die Hände, die mich einst glücklich machten?«

»Sie sind hier, Liebling«, flüsterte sie und streichelte ihn. »Spürst du sie denn nicht?«

»Für wen trägst du Rot, Tatiana?«

»Für dich, Shura. Nur für dich. Weswegen machst du dir Sorgen?«

»Wo ist die Burka, um dich komplett zu verhüllen?« Er holte Luft. »Machst du dich für Dr. Bradley hübsch?«

»Nein!«

»Glaubst du, ich bin blind?« Sein Körper spannte sich. Er nahm den Arm von der Lehne. »Glaubst du, ich weiß nicht, was dein Komikerarzt denkt, wenn er deinen Rücken berührt? Wenn er deine Hand küsst und so tut, als sei es nur ein Scherz? Wenn er dicht neben dir steht und dir beim Sprechen auf deine schönen roten Lippen sieht? Wenn seine Augen leuchten, sobald dein Name fällt? Er wird ganz weich in der Birne und du glaubst, ich wüsste das nicht? Ich war derjenige, der mit der Mütze in der Hand stundenlang vor Kirow stand und auf dich gewartet hat. Schon vergessen?«, sagte Alexander. »Bist du fertig mit mir? Möchtest du jetzt Bradley dazu bringen, in die Knie zu gehen?« Er hielt inne. »Dafür musst du dich nicht erst in Rot werfen.« Jetzt war es so weit. Sein Gesicht verfinsterte sich, er packte ihre Hand, die zwischen seinen Beinen ruhte, und stieß sie so fest weg, dass sie nach hinten fiel. »Nur zu, meine Kleine«, sagte Alexander, »denn ich habe nach all der Zeit keine Kraft mehr zu knien.«

»Oh Shura«, flüsterte Tatiana und kroch zu ihm zurück. »Ich flehe dich an, bitte. Hör auf. Du machst dich wegen nichts verrückt.« Sie klammerte sich an seine Lederjacke, an seinen Hals, blickte hinauf in sein Gesicht, seine Augen. Und dann zog sie ihn herab zu ihren weichen, bebenden Lippen. Sie küssten sich, während sie in ihrem roten Taftkleid zu seinen Füßen war. Alexanders Zigarette landete auf dem Boden.

»Geh zu ihm und verführe ihn mit deinem Haar«, flüsterte Alexander in ihren Mund. »So wie du es früher bei mir gemacht hast. Vielleicht ist er makellos. Ich nicht. Ich bin am ganzen Körper mit Narben bedeckt.«

»Ja!«, keuchte Tatiana unbeherrscht und riss sich von ihm los. »Vor allem an deinem verdammten Herzen.« Sie stieß ihre Faust gegen seine Brust und sprang auf. »Du benimmst dich töricht und bist absichtlich grausam. Das hier ist unser Leben, unser echtes Leben. Ich weiß, es ist nicht Kirow oder Lazarewo. Was könnte dem je gleichkommen?« Ihre Stimme brach. »Ich weiß, dass du es zurückwillst, aber es ist vorbei, Alexander. Es ist vorbei und kommt nicht wieder, wie sehr du es dir auch wünschen magst.«

Alexander stand von der Bank auf. »Du glaubst, ich sehne mir Lazarewo herbei?«, sagte er mit verwunderter Stimme.

»Ja«, sagte Tatiana laut und wich einen Schritt nach hinten. »Du sehnst dich nach dem jungen Mädchen. Nach dem jungen, schönen Mädchen, das dich so sehr liebte.«

»Das stimmt nicht!« Tatiana sah, wie er sich nur mühsam beherrschen konnte, wieder näher an sie heranzutreten. »Ich brauche nicht die Liebe eines achtzehnjährigen Mädchens. Die könnte ich jeden Tag, jede Sekunde haben.« Er atmete schwer, um nicht die Kontrolle zu verlieren. »Dazu muss ich nicht mal die Augen schließen.« Er brach ab und holte tief Luft.

Oh Shura.

»Ich würde mich, wenn ich könnte, nicht für Lazarewo entscheiden, sondern für Napa«, sagte er. »Für die ersten Monate hier in Scottsdale. Eine Woche in Coconut Grove, eine Stunde auf Bethel Island. Ich nehme alles, solange es nicht das ist, was ich in letzter Zeit von dir bekomme, nämlich verflucht noch mal gar nichts.«

»Oh Gott, ich weiß ehrlich nicht, was du mir vorwirfst«, flüsterte Tatiana. Sie konnte ihn nicht ansehen und senkte niedergeschlagen den Kopf. Während sie ihre Hände an die Brust drückte, stemmte Alexander seine in die Hüften. Er stand auf der einen Seite der Holzterrasse, sie auf der anderen, der gelbe

Feigenkaktus in seinem Topf zwischen ihnen. Ihre Hände waren verkrampft, ihre Münder zusammengepresst.

Schwarzes Schweigen prallte aufeinander.

»Du bist froh, dass wir kein Baby bekommen«, sagte Alexander schließlich. »Weil du gar nicht vorhast, deinen Job je aufzugeben.«

»Ich bin *nicht* froh, dass wir kein Baby bekommen«, sagte sie und ihre Stimme zitterte. »Aber du hast recht, ich möchte meinen Job behalten. Was soll ich auch sonst tun? Den ganzen Tag die Wände anstarren?« Sie knetete ihre Hände und versuchte, nicht laut aufzuschreien. »Shura, wir haben so viel durchgemacht. Wenn ich schwanger …« Sie konnte nicht weitersprechen.

»Ja, genau. Erspar dir bitte selbst diesen Satz. Worte bedeuten einen Dreck.« Er schüttelte den Kopf. »Findest du es nicht ironisch«, fuhr er mit einer Stimme fort, in der keine Spur Ironie mitschwang, »dass wir Anthony ausgerechnet in Leningrad gemacht haben? In völliger Verzweiflung, als die Bomben über uns hinweggefegt sind und wir beide am Abgrund des Todes standen? Im belagerten, ausgehungerten Leningrad wurde unser einziges Kind gezeugt. Man möchte meinen, dass hier, wo es alles in Hülle und Fülle gibt …« Er brach ab. Sein Blick haftete auf den Bodenbrettern. Dann ging er noch einen Schritt weiter von ihr weg. »Du wolltest es nie hören und du willst es auch jetzt nicht hören. Aber ich sage es dir noch einmal«, fuhr Alexander fort, »es liegt daran, dass dieser Ort im Bett zwischen uns ist. Du bringst ihn dahin, du mit deinen zitternden Fingern und den Bildern des Todes, die du im Kopf hast. Das nimmt uns die Hoffnung, jemals ein zweites Baby zu bekommen. Oh doch, so ist es. Schüttle nicht den Kopf.«

»Was du sagst, ist nicht wahr«, schrie Tatiana. Am liebsten hätte sie sich die Ohren zugehalten. Sie hatte Mühe, es nicht zu tun.

»Es ist sehr wohl wahr, das weißt du ganz genau. Dein Körper ist nicht mehr bereit für ein Baby, überhaupt nicht mehr. Du steckst alles, was du hast, in dieses verfluchte Krankenhaus.«

»Bitte, hör auf. Bitte«, flüsterte sie. »Ich flehe dich an.«

Alexander schwieg eine Weile. Als er wieder das Wort ergriff, war jeder Atemzug von seinem Schmerz vergiftet. »Ich werde mich nicht damit abfinden«, sagte er. »Ich weiß, dass du das willst, aber ich kann nicht und ich werde es nicht. Du denkst vielleicht, wir haben es hier gut getroffen. Aber Ant ist bald erwachsen und aus dem Haus. Und was dann?«

»Shura, *bitte!«*

»Siehst du das denn nicht?«, sagte Alexander. »Solange kein Kind in dieses Haus kommt, bleiben wir für immer mit deiner toten Schwester im Eis des Ladogasees, sitzen zusammengesunken mit deinem Bruder unter diesem Baum im Winter. Wir stehen mit verbundenen Augen neben meinen Eltern an der Wand, und ich schürfe Kohle in Kolyma. Das Baby«, flüsterte er in quälendem Schmerz, »steht für Amerika. Das Baby ist das neue Haus, unser neues Leben. Das Baby ist die Kraft, die die Sterne am Leuchten hält. Kannst du das nicht verstehen?«

Ihr Kopf zitterte leidvoll. In einem erstickten Gebet umklammerte sie ihre Kehle.

Alles, was sie hatte, gab sie ihm. Alles, bis auf das eine, das er dringend brauchte, das er sich so verzweifelt wünschte.

»Unser Haus ist in sich gespalten«, sagte Alexander.

Sie schüttelte den Kopf. »Bitte, sag das nicht«, flüsterte sie. »Gott, bitte.«

Mit einer strikten Handbewegung beendete er das Gespräch. Er nahm seine Bierdose und seinen Aschenbecher. »Es hat keinen Sinn mehr, darüber zu reden«, sagte er und ging an Tatiana vorbei ins Haus. »Wir haben es inzwischen zu Tode geredet.«

Die Momentaufnahmen ihrer kurzen und entsetzlich schweigsamen Liebesnacht: Tatiana hat die Beine über den Schlafzimmersessel gelegt, um sie herum roter Tüll und ihr weißer Reifrock, unter den Alexander seinen tiefschwarzen Kopf gebeugt hält. Außerdem: Alexander steht aufrecht da, ohne sie zu berühren, während Tatiana vor ihm auf dem Boden kniet. Und weiter: Tatiana auf Händen und Knien in ihrem roten Kleid und Alexander hinter ihr. Und schließlich der Ausklang: Er sitzt auf der hinteren Terrasse und raucht, während sie allein in dem Sessel kauert. So zerrannen die Sekunden und Minuten, die Stundenbruchteile. Ohne Flüstern, Seufzen, Aufschreien, ohne ein einziges *Oh Shura.* Nur ein paar stumme Laute, die klangen, als ersticke sie, drangen aus ihrer Kehle.

Am nächsten Morgen stand Tatiana auf und eilte zur Arbeit in ihrem roten Ford Thunderbird Cabrio, das Alexander ihr einst gekauft hatte, damit sie ihn liebte.

Fest des Glaubens

Tatiana und Bradley saßen sich in der Cafeteria gegenüber und aßen gemeinsam zu Mittag. Es war Donnerstag. Tatiana hielt das Gespräch in Gang. Sie fachsimpelte mit ihm, erzählte von Schwestern, Patienten und der Blutspendeaktion des Roten Kreuzes, die sie jedes Jahr in Phoenix organisierte. »Haben Sie von der Frau gehört, die sich geweigert hat, ihre Zwillinge per Kaiserschnitt zu entbinden?«, fragte Tatiana.

»Das wird doch nicht wieder einer Ihrer kleinen Witze sein, oder?« Er grinste.

»Nein, nein, das ist kein Witz«, sagte sie ernsthaft und wünschte sich nur, es wäre einer. »Eins der Babys kam tot zur Welt.«

Bradley nickte, während ihm das Lächeln einfror. »Ich weiß. Aber dem anderen geht es gut. Es wurde schon adoptiert. Manchmal passiert das eben bei Zwillingen.«

»Ja, ich weiß«, sagte Tatiana. »Ich war selbst so ein winziger Zwilling, der nicht per Kaiserschnitt geholt werden konnte. Aber damals lebten wir in einem Bauerndorf in der Sowjetunion. Der Vorfall ist hier in Ihrer Kinderklinik passiert, David. Die Frau verweigerte die OP mit der Begründung, der Arzt mache einen unseriösen Eindruck.«

»Ich bin nicht verantwortlich dafür, welche Entscheidungen die Mütter letztlich treffen, die zu einem Kaiserschnitt in meine Klinik kommen.«

»Sie meinen die, die in der Absicht kommen, einen Kaiserschnitt vornehmen zu lassen. Aber tragen Sie nicht die Verantwortung für Dr. Culkin?«

Bradley verdrehte die Augen. »Unglücklicherweise, ja. Einen

unseriösen Eindruck, sagte sie? Dr. Culkin, der Kinderchirurg, der schon mal angetrunken zur Arbeit erschien?«

Tatiana nickte. »Vielleicht hatte die Frau ja zu Recht Vorbehalte gegen seine chirurgischen Fähigkeiten, meinen Sie nicht? Er hätte ihr auch versehentlich die Lungen rausschneiden können.«

Sie lächelten.

Tatiana wandte den Blick ab.

»Übrigens«, sagte Bradley, »haben Sie gestern sehr hübsch ausgesehen.«

»Danke.« Sie vermied es weiterhin, ihn anzusehen.

»Sie waren die schönste Frau im Raum.«

»Nun, das war jetzt recht deutlich. Aber danke trotzdem.«

Plötzlich griff Bradley über den Tisch hinweg und berührte ihre Hand. Nicht die, an der sie ihren Ehering trug. Sie zog sie fort. Er streckte seinen Arm weiter aus und öffnete den Mund, um etwas zu sagen. Aber Tatiana schüttelte den Kopf.

»David«, ihre Stimme war sehr leise, »sagen Sie nichts.«

»Tania ...«

»Nein, ich bitte Sie.«

»Tania ...«

»Tun Sie mir den Gefallen«, sagte sie mit gesenktem Kopf.

Er beugte sich über den schmalen Tisch zu ihr herüber.

»David!« Sie wies ihn etwas zu laut in die Schranken und senkte dann flehend die Stimme. »Bitte ...«

»Tania, ich muss es Ihnen sagen ...«

»Nur ein Wort«, unterbrach sie ihn, »nur ein einziges, und ich werde nie wieder mit Ihnen zu Mittag essen. Ich werde weder mit Ihnen sprechen noch arbeiten können. Verstehen Sie?«

Er hielt inne und starrte sie schweigend an.

»Wenn Sie die unausgesprochene Grenze zwischen uns überschreiten, werden Sie nicht mehr wie jeder andere sein, mit dem ich einfach meine Mittagspause verbringe. Wir sind mehr als Kollegen, das ist kein Geheimnis.« Sie blinzelte. »Aber unser freundschaftliches Verhältnis hat ein Ende, wenn Sie jetzt weitersprechen. Denn dann werde ich meinem Mann nicht mehr ins Gesicht sehen und behaupten können, dass wir nur Arbeitskollegen seien.«

»Sagen Sie ihm das, wenn er danach fragt?«

»Natürlich.«

»Er … erkundigt sich also?«

Wieder blinzelte sie und schluckte den Kloß in ihrem Hals hinunter. »Ja. Und er glaubt mir jetzt schon nicht mehr. Ich tue nichts Falsches, wenn ich zweimal in der Woche mit Ihnen zu Mittag esse und wir uns über alles Mögliche unterhalten. Aber das ändert sich, wenn Sie das aussprechen, was Sie der Frau eines anderen Mannes nicht sagen können.« Tatiana konnte sehen, wie Bradley mit sich rang. »Was Sie der Frau eines anderen Mannes nicht sagen können«, wiederholte sie langsam.

»Tania, wenn Sie nur wüssten …«

»Jetzt weiß ich es.«

»Sie haben keine Ahnung.«

»Ich denke schon.«

»Nein, Tania«, sagte Bradley und schüttelte traurig den Kopf. »Keineswegs.«

»Wir sollten Freunde bleiben«, sagte sie mit schwacher Stimme.

»Wussten Sie, was ich empfinde?«

»Ich bin verheiratet, David«, sagte Tatiana. »Ich habe vor dem Traualtar gestanden und vor Gott ein Versprechen gegeben. Ich gehöre für alle Zeit jemand anderem.« Sie zuckte bei diesen Worten unwillkürlich zusammen. Sie bezeichnete ihren Alexander auf einmal vage als jemand anderen? Tatiana hielt ihren Kopf gesenkt. Sie schämte sich. Da saß sie nun mit Bradley zusammen, weil er ruhig und ausgeglichen war und ihr nicht die Schuld für das unermessliche Leid gab, das sie nicht tilgen konnte, weil er sie zum Lachen brachte, sie ein kleines bisschen froh machte. Waren Freunde nicht dafür da? War es nicht mit Vikki genauso gewesen?

Aber Tatiana hatte nur zu gut gewusst, was er empfand.

»Tania, was wäre …«, Bradley zögerte, »… wenn Sie nicht verheiratet wären?«

»Aber ich bin es.«

»Aber was, wenn … er nie aus dem Krieg heimgekommen wäre? Wenn Sie immer noch allein wären? Wie vorher in New York, als es nur Sie und Ant gab.«

»Stellen Sie Ihre Frage«, sagte Tatiana leise.

»Was würde aus dir und mir werden, Tania«, aus seinen blauen Augen sprach so viel Gefühl, »wenn du nicht verheiratet wärst?«

»Es ist nicht möglich«, flüsterte sie.

»Oh Gott, gibt es denn keine Chance für uns? Nicht die geringste?«

Tatiana streckte die Hand aus und berührte sein Gesicht. »Nein, David«, antwortete sie. »Nicht in diesem Leben.«

Bradley sah sie an. Einen Augenblick verharrten sie so. Dann sagte er leise: »Danke. Danke, dass du mir meine Antwort gegeben hast.« Er küsste ihre Hand. »Du bist eine sehr gute Ehefrau. Und wer weiß, in einem anderen Leben hätte ich es vielleicht selbst erfahren.«

»Ich muss jetzt wirklich los«, sagte Tatiana und stand hastig auf. »Bitte, bringen Sie das nicht noch einmal zur Sprache.« So gefasst wie möglich verließ sie die Cafeteria und Dr. Bradley blieb allein am Tisch zurück.

Süßer die Glocken nie klingen

Einen Tag später, am Freitagabend, hatte Tatiana Dienst, Anthony übernachtete bei Sergio und Alexander traf sich mit Shannon, Skip und Johnny im Maloney's. Johnny unterhielt alle mit Geschichten über Emily, die in dieser Woche mit ihm zum Abendessen ausgegangen war, einem Sonntagsspaziergang im Park zugestimmt hatte und ihn zu Weihnachten einladen wollte, damit er ihre Eltern kennenlernte.

»Das Problem ist, dass sie annimmt, ich würde ihr den Hof machen. Dabei liegt mir nichts ferner. Warum brauche ich nur so lange, um sie endlich herumzukriegen?«

»Eine Woche ist zu lang?« Alexander lachte. »Oh Mann. Es gibt Orte für Leute wie dich, Johnny. Ganz spezielle abgedunkelte Räumlichkeiten, in denen man nicht erst um die Frau werben muss.«

Johnny winkte ab. Er war jung, gut gekleidet und fuhr ein frisiertes Motorrad, von der ganzen Erscheinung her ein strammer Bursche. »Ich zahle doch nicht dafür. Das kommt gar nicht in Frage. Wofür hältst du mich eigentlich?«

Shannon, Skip und Alexander, ihres Zeichens Ehemänner, tauschten einen Blick aus und schüttelten kollektiv den Kopf. »Johnny«, sagte Alexander, »wie viel hast du bis jetzt für Restaurant, Drinks, Kino und Blumen ausgegeben?«

Offensichtlich hatte Johnny es von dieser Warte aus noch nicht betrachtet. »Das ist nicht dasselbe«, verteidigte er sich und leerte sein Glas. »Die Eroberung und die Jagd machen es doch erst interessant. Der Befruchtungsvorgang, mit dem alles anfängt.«

»Ach, der Befruchtungsvorgang«, äffte Shannon ihn nach. »Du bist so ein Arschloch.«

Skip schweifte vom Thema ab und begann, sich mit Shannon über ihre neugeborenen Babys zu unterhalten, während sich Alexanders und Johnnys Gespräch nach wie vor um Emily drehte und die Frage, wie lohnend es letztlich für Johnny sei, sie weiter zu bezirzen.

»Glaubst du, dass ich zu viel Aufwand betreibe für die kleine Zuckerbiene?«, fragte Johnny.

Alexander blickte nachdenklich drein. »Das hängt davon ab, wie groß deine Gefühle für sie sind«, antwortete er. »Wenn du sie magst, ist der Aufwand nicht zu groß.«

»Ja, aber woher weiß ich das? Ich habe noch nie …«

»Wenn du sie wirklich mögen würdest, wäre kein Aufwand zu groß.«

»Du kennst dich damit aus?«

»Ich kann ein Lied davon singen.«

Alexander spürte eine Hand auf seiner Schulter. »Hallo.« Es war Carmen in Begleitung von Emily. Die beiden hatten sich herausgeputzt, die Haare mit Spray aufgetürmt. Johnny gab Emily höflich einen Kuss auf die Wange.

»Alexander, wir dürfen uns nicht mehr dauernd über den Weg laufen«, sagte Carmen. »Das ist jetzt schon das dritte Mal in dieser Woche.«

Shannon und Skip gingen bald nach Hause, da ihre Frauen auf sie warteten.

Emily, Johnny, Carmen und Alexander setzten sich an einen Tisch in der Ecke und bestellten eine Runde Getränke. Carmen hatte neben Alexander auf der Bank Platz genommen. Ihr Parfum war ungewohnt für ihn und roch ein bisschen zu stark. Doch es war nicht wirklich unangenehm, ebenso wenig wie sie. Ihre dunklen Augen blitzten, sie hatte Elan, konnte herzhaft lachen, flirtete, redete gern. Sie machte keinen schüchternen oder zögerlichen Eindruck. Im Laufe des Gesprächs drückte sie ihr Bein an seines. Und um ein Uhr morgens wich Alexander der Berührung nicht mehr aus.

»Täusche ich mich«, sagte Carmen, »oder sind Sie der Alexander Barrington, der vor ein paar Jahren nachts in seinem Haus einen Einbrecher getötet hat? Ich erinnere mich, darüber etwas in der Zeitung gelesen zu haben.«

»Er ist es«, sagte Johnny. »Also legen Sie sich besser nicht mit ihm an. Sonst lernen Sie ihn von seiner schlimmen Seite kennen.«

»Oh, da bekommt man ja eine Gänsehaut«, rief Carmen mit schriller Stimme und rutschte noch einen Zentimeter näher an ihn heran. »Sie können also ein schlimmer Kerl sein?«

»Schon möglich«, sagte Alexander.

»Wie schlimm?«, fragte sie leise.

Alexander hätte sicher gut daran getan, den Mund zu halten. Doch es war Freitagnacht, er hatte etwas getrunken, in seinem Kopf drehte sich alles, und so schwieg er nicht und sagte stattdessen: »Sehr, sehr schlimm, Carmen.«

Carmen wurde rot, kicherte verlegen und rückte noch näher.

Sie erzählte Alexander, dass sie und Cubert, mit dem sie seit nun zwei Jahren verheiratet sei, Nachwuchs planten und daher beabsichtigten, in ein größeres Haus zu ziehen. In Wahrheit aber sei ihr Mann häufig unterwegs, so dass sie eher bauen wolle, um eine Beschäftigung zu haben. Sie sei nämlich »furchtbar gelangweilt«.

Johnny unterhielt sich angeregt mit Emily und so sagte Alexander leise: »Wenn er so oft unterwegs ist, dürfte das mit dem Nachwuchs schwierig werden.« Er hätte hinzufügen können, dass selbst blinde Nähe zwischen Liebenden manchmal für nichts garantierte.

Carmen lachte. »Deshalb sagte ich ja planen. Nicht dass wir damit Erfolg gehabt hätten. Aber ich bin diesen Monat drüber, also mal sehen.« Bei diesen Worten machte sie einen leicht betretenen Eindruck.

Und so fragte Alexander sie: »Wollen Sie denn, hm, Kinder haben?«

»Oh ja, sehr gern sogar«, sagte Carmen. »Alle meine Freundinnen haben schon mit neunzehn, zwanzig welche bekommen. Mit meinen vierundzwanzig Jahren fühle ich mich allmählich alt.« Sie lächelte und hob die Augenbrauen. »Aber ich tue, was ich kann, um mich jung und frisch zu halten.« Sie kniff ihn in den Arm. »Haben Sie Kinder?«

»Ja«, sagte Alexander. »Einen Sohn. Er ist vierzehn.«

»So alt schon«, sagte Carmen anerkennend. »Er ist ja schon fast erwachsen. Sieht er Ihnen ähnlich?«

»Ein bisschen.«

»Da hat er aber Glück«, sagte sie mit verträumtem Blick, »wenn er so aussieht wie Sie.«

Alexander trank einen Schluck Bier und zog lange an seiner brennenden Zigarette. »Carmen«, sagte er, »wie um alles in der Welt sind Sie eigentlich mit Cubert zusammengekommen?« Was er wirklich damit meinte, war, dass er Cubert zu klein und unscheinbar für die lebhafte Carmen fand. Und offenbar war ihr das klar, denn sie warf den Kopf zurück und sagte: »Danke, Alexander. Aus Ihrem Mund ist das schon ein echtes Kompliment. Sie sind eher ein wortkarger Zeitgenosse.«

Er lächelte. »Ich bin nicht wortkarg. Ich wähle meine Worte nur mit Bedacht aus.«

»Oh, ist das nicht dasselbe?«, fragte sie schmunzelnd. »Auch wenn Cubert nicht so aussieht, hat er doch einiges an sich, das mir damals, als er um mich warb, sehr gefallen hat.«

»Zum Beispiel?«

»Werden Sie etwa anzüglich, Alexander? Wie herrlich!«

»Nein, gar nicht.« Er verzog keine Miene. »Ich habe nur eine höfliche Frage gestellt.«

»Nun«, sagte sie, »zum einen ist er ziemlich von mir angetan.«

»Und zum anderen?«

»Er ist ziemlich von mir angetan.« Sie lachte und ihre Brüste wippten auf und ab. Je mehr Alexander trank, desto stärker nahm er von ihnen Notiz.

»Erzählen Sie mal«, sagte Carmen, »wie kommt ein verheirateter Mann dazu, an einem Freitagabend bis in die Puppen wegzubleiben? Mein Cubert ist außer Haus, aber wo ist Ihre Frau?«

»Meine Frau ist auch außer Haus«, sagte Alexander. »Sie arbeitet freitagnachts.«

Carmen riss die Augen auf. »Die Tatsache, dass sie arbeitet, ist schockierend genug. Aber nachts? *Wieso* denn um Himmels willen?«

»Da sind Sie nicht die Einzige, die sich das fragt.«

Carmen lachte. Sie saß dicht neben ihm, üppig bestückt, und amüsierte sich über jede Albernheit, die er von sich gab. Als er ihr Feuer gab, was für einen galanten Mann nun einmal üblich war, umschloss sie wieder seine Hand und sah dann zu ihm auf. »Danke.« Einen Moment lang trafen sich ihre Blicke.

Alexander fühlte sich plötzlich um Jahre in eine andere Zeit, ein anderes Leben zurückversetzt, als er ein anderer Mann gewesen war, der Uniform trug und im Sadko verkehrte. An Carmen gewandt sagte er: »Seid ihr Mädchen in einem Wagen hier?« Damals hätten seine Sprüche vermutlich eher gelautet: Möchtest du einen Spaziergang entlang der Flussmauer machen? Hast du Lust auf eine Zigarette in der Seitengasse?

»Ja«, sagte Carmen mit kehliger Stimme, »wir sind mit Emilys Wagen hier.«

»Ich muss jetzt auch nach Hause, Carmen«, sagte Emily. »Meine Eltern werden mich umbringen, weil ich so lange ausbleibe. Es ist spät. Sie haben schon die letzte Runde ausgerufen.«

Carmen berührte leicht Alexanders Hand. »Können Sie mich vielleicht mitnehmen, sodass Emily sofort nach Hause kann? Ich wohne nur eine halbe Stunde südlich von hier, in Chandler.«

Er warf einen kurzen Blick zu Johnny, der ihn mit einem Ausdruck anstarrte, als wolle er sagen: Was zum Henker ziehst *du* denn hier ab?

Alexander konnte es selbst nicht sagen. Doch sogar an einem Freitag um zwei Uhr nachts, nach fünf Stunden Alkoholkonsum, war er sich über eines im Klaren: Keine andere Frau konnte in seinen Truck steigen und dort sitzen, wo Tania und sein Sohn üblicherweise saßen. Es war unmöglich, dass sie in dem Auto mitfuhr, in dem er Ausflüge mit seiner Familie unternahm. Selbst in angetrunkenem Zustand und erregt wie ein Jugendlicher angesichts einer attraktiven, gut gebauten jungen Frau, die herausgeputzt und zu allen Schandtaten bereit war, konnte der achtunddreißigjährige Alexander das nicht zulassen. Ebenso wenig konnte er es Carmen erklären.

»Ich kann Sie nicht mitnehmen«, sagte er. »Ich muss nach Hause. Mein Sohn wartet.«

»Ja und? Er schläft doch längst. Sie können mich auf dem Weg rauslassen.«

»Das glaube ich nicht«, sagte er. »Aber Emily ist schon auf dem Sprung. Sie können genauso gut mit ihr fahren.«

Widerstrebend stand Carmen auf. Alexander zahlte und blieb am Tisch sitzen, während die anderen drei aufbrachen.

»Kommen Sie nicht?«, fragte Carmen.

»In einer Minute. Auf Wiedersehen schon mal.«

Carmen verabschiedete sich von Johnny und Emily und nahm wieder Platz. »Ich warte so lange, bis Sie ausgetrunken haben.«

Alexander sah sie an und fragte sich insgeheim, ob sie es wert war. Sie schien nicht sehr helle zu sein. Andererseits war das auch nicht so wichtig. »Carmen«, sagte er schließlich, als sie nach ein paar Minuten nicht von selbst darauf gekommen war, »ich bin jeden Freitag in dieser Bar. Das ist meine Stammkneipe. Man kennt mich hier. Ich komme mit meinen Freunden her, mit Arbeitskollegen. Sogar mit meiner Frau. Leuchtet Ihnen jetzt ein, warum ich diese Bar nicht mit Ihnen verlassen kann?«

Warum wirkte sie so zufrieden, als er das sagte? Sie ging allein zum Ausgang. Alexander wartete noch ein paar Minuten und verließ dann das Lokal.

Auf dem Parkplatz trafen sie wieder aufeinander. Sie trat an ihn heran, um sich zu verabschieden. »Und sind Sie am Dienstag wieder hier?«

»Unwahrscheinlich.«

»Was ist mit nächsten Freitag?«

Er zuckte die Achseln. »Da vermutlich schon.«

»Nun, vielleicht sehen wir uns ja.« Sie lächelte. »Ist inzwischen ein Termin bei Ihnen frei geworden, sodass wir uns mal zum Abendessen treffen und vielleicht über das Haus sprechen können?«

»Da muss ich nachsehen«, sagte er. »Kann sein, dass sich die ein oder andere Lücke ergibt.«

»Das hoffe ich doch.« Sie drückte ihm langsam einen feuchten Kuss auf die Wange. »Gute Nacht dann.« Er spürte, wie sich ihre Brüste an ihn pressten.

Nachdem sie gegangen war, saß Alexander in seinem Truck und legte die Hände um das Lenkrad.

Er fuhr nicht nach Hause.

Er fuhr ins Krankenhaus.

Langsam zuckelte er vorwärts, schleifte bei seinen Versuchen, den Gang einzulegen, die Überbleibsel der Kupplung weiter ab, und als er es schließlich mit Müh und Not geschafft hatte, vor dem Krankenhaus zu parken, lief er in Schlangenlinien in die Notaufnahme. Der Empfangsschalter war unbesetzt, niemand empfing ihn. Also schwankte er in den Warteraum, wo ein halbes Dutzend Menschen unbeweglich auf ihren Stühlen hingen. Einer davon war Charlie. Alexander ließ sich zwei Plätze neben ihm nieder. »Hat schon eine Schwester nach den Patienten gesehen?«

»Nein, noch nicht«, sagte Charlie. »Das bedeutet, dass sicher bald eine kommt.«

Sie warteten.

Und tatsächlich tauchte sie in Kürze auf, klein, mit rundem Gesicht, sommersprossig, blass. Kein geschminkter Mund, kein Parfumduft an ihrem Hals, kein Alkohol in ihrem Atem. Ihre Haare waren wie immer in einem Knoten unter der Schwesternhaube versteckt, ihre Beine in den weißen Strümpfen wirkten schlank und dezent. Und doch hatte sie auffällig volle Lippen, ihre Brüste wogten unter dem dicken Stoff hin und her. Alexander sah sie vor sich, fühlte sie förmlich in seinen Händen, warm und füllig. Sie hätte ebenso gut nackt vor ihm stehen, nackt vor ihm liegen können, so deutlich sah er ihren ganzen Körper, sah sie, roch sie, schmeckte sie.

Ihre weiße Schwesterntracht zeugte von acht Stunden Nachtschicht, ihre Stirn glänzte, ihre Sommersprossen waren jetzt im Winter ein wenig verblasst. Tatiana blickte Alexander traurig und niedergeschlagen aus ihren meergrünen Augen an. Sie setzte sich zwischen ihn und Charlie und nahm beide an der Hand. »Nun, ihr zwei«, sagte sie, »immer wieder predige ich euch, dass ihr nicht so viel trinken sollt. Das nimmt kein gutes Ende. Es führt euch an einen schlimmen Ort. Nämlich in die Dunkelheit.« Sie blickte eindringlich von einem zum anderen. Beide saßen da und nickten stumm. »Ihr habt mir ein Versprechen gegeben. Charlie, Sie haben mir versprochen, dass Sie diesen Freitagabend nichts trinken.«

»Und was habe ich dir versprochen, Tatiana?«, fragte Alexander lallend.

Sie wandte sich ihm zu und schwieg. Eine kleine Träne rann ihr über die Wange. Sie ließ Charlies Hand los, hielt Alexanders aber weiter fest. »Ich hole euch beiden einen Kaffee und etwas Eis für deinen Kopf. Wartet hier.« Als ob einer von ihnen woanders hingehen könnte.

Sie kam mit zwei Kaffeebechern zurück. Charlie sagte, er wolle Whiskey in seinem haben. Alexander stellte seinen Becher auf den Boden. Er nahm Tatiana am Handgelenk und zog sie zu sich. »Riech meinen Atem«, sagte er mit rauer Stimme und hauchte sie an. »Gut, oder?« Er umschlang sie mit seinen langen, alkoholschweren Armen. »Baby, komm mit nach Hause«, murmelte er. »Komm heim und ich werde …«, er hatte noch so viel Verstand, die Stimme zu einem Flüstern zu senken, »… dich betrunken aus vollem Herzen lieben, so wie es dir gefällt.«

Sie sah ihn an, strich ihm das Haar aus dem Gesicht, beugte sich vor und küsste seine Stirn. »Du bist manchmal etwas grob, wenn du deine Frau betrunken liebst«, sagte sie leise. »Trink deinen Kaffee, kühl deinen Kopf, werde ein bisschen nüchterner und fahr heim. Anthony ist allein zu Hause.«

»Ant ist bei Sergio«, murmelte Alexander. »*Er* ist nicht allein.«

Sanft machte sie sich von ihm los. »Ich muss mich um Knochenbrüche, eine durchtrennte Handschlagader, eine Magenperforation und ein schwaches Herz kümmern. Ich muss jetzt los.«

Im Weggehen drehte sich Tatiana noch einmal um. »Wenn du nächstes Mal kommst«, sagte sie, »wisch dir erst den Lippenstift aus dem Gesicht, Alexander.«

Auf Treue und Glauben

Am nächsten Freitagabend im Maloney's gestand Johnny seinen überraschten Freunden, dass er nicht länger hinter Emily her sei. Er schien über seine Entscheidung nicht unglücklich zu sein. Offenbar war sie letzten Samstag auf der Weihnachtsparty ihrer Eltern schön betrunken gewesen, hatte sich entspannt mit ihm nach oben ins Schlafzimmer begeben und ihm einfach so etwas Milch zugestanden. Nachdem sein Durst damit gestillt war, lernte er auf der Party eine andere junge Frau kennen, die nun Emilys Platz eingenommen hatte.

»Unnötig zu erwähnen, dass heute Abend nicht mit Emily zu rechnen ist?«, fragte Alexander und griff nach seinem Bierglas.

Alle stimmten mit herzhaftem Lachen zu.

Um Mitternacht machten sich Shannon und Skip auf den Heimweg. Johnny brach um eins auf.

Alexander trank noch zwei Bier allein und ging ebenfalls.

Er wollte sich gerade in seinen Truck setzen, als er hinter sich eine Stimme hörte: »Alexander.«

Es war Carmen, die aus dem Wagen neben seinem Truck stieg. Sie trug einen Tellerrock, eine Bluse mit verdeckter Knopfleiste, darüber eine Strickjacke. Ihre Haare waren toupiert und zurechtgemacht, ihre Lippen geschminkt. Alexander fiel wieder ein, wie er letzte Woche im Krankenhaus ihren Lippenstift von seiner Wange gewischt hatte. Und plötzlich spürte er einen Anflug von Reue.

Aber nur einen kleinen.

»Hallo.« Er lächelte. »Was tun Sie denn hier?«

Freudig lächelte sie zurück. »Wie Sie bestimmt schon erfahren haben, hat sich Ihr schleimiger Freund meiner netten Freundin Emily gegenüber nicht korrekt verhalten, sodass wir nun nicht mehr hierherkommen können. Und ich habe keine anderen ledigen Freundinnen, die ich in Bars schleppen kann, während mein Ehemann auf Geschäftsreise ist. Also ...«

»Also ...« Er musterte sie von oben bis unten. »Deine Bluse gefällt mir«, sagte er.

»Wirklich? Danke ...« Sie begutachtete ihn ebenfalls. »Hast du noch ein bisschen Zeit? Oder musst du gleich los?«

Alexander kaute auf seiner Lippe.

»Ich habe nämlich Wein und Bier dabei«, sagte Carmen rasch. »Und auch Gläser. Wir können uns in deinen Truck setzen und zusammen etwas trinken. Ein bisschen Musik hören.« Sie lächelte.

»Pass auf«, sagte er und trat dicht vor sie, »was hältst du davon, wenn wir uns in deinen Wagen setzen, wo auch der Wein ist?«

»Oh, in Ordnung. Willst du nicht in deinen Truck? Ist er etwa schmutzig?« Sie warf einen Blick durchs Fenster. Der Truck war blitzblank. Alexander ging nicht weiter darauf ein oder gab gar eine Antwort. Er zog einfach seine Bomberjacke aus und warf sie auf die Rückbank. Er wollte an ihr keine fremden Gerüche haben, für die es keine Erklärung geben würde.

Sie machten es sich vorn in ihrem Wagen bequem, schalteten das Radio ein. Alexander schenkte ihr ein Glas Wein und sich ein Bier ein. Dann stießen sie an. »Worauf willst du trinken?«, fragte sie.

»Auf Freitagabend«, antwortete er.

»Amen«, sagte sie fröhlich. »Es ist hart, wenn der Ehepartner nicht da ist, oder?«

»Hm.« Er zündete sich und anschließend ihr eine Zigarette an.

»Aber weißt du«, sagte Carmen, »ich bin so an Cuberts Abwesenheit gewöhnt, dass ich, wenn er da ist, fast nichts mit ihm anzufangen weiß. Wir streiten die ganze Zeit über dieses und jenes. Ist es bei dir und deiner Frau genauso?«

»Nein.«

»Nicht? Wie ist es denn?«

»Carmen, du sitzt hier mit mir in deinem Auto, trinkst, bist hübsch frisiert, hast deine Lippen geschminkt und dir fällt kein anderes Thema ein als meine Frau?«

»Oh, alles klar, wenn du es so sagst.« Sie kicherte. »Worüber unterhältst du dich denn gern mit Mädchen?«

»Keine Ahnung«, sagte Alexander. »Ich unterhalte mich sonst nicht mit anderen Mädchen.«

Sie lachte.

Die Musik spielte.

»Winter Wonderland.«

»Santa Baby.«

Sie saßen im Wagen. Rauchten. Er trank, sie trank. Sie wurde immer beschwipster und rückte mit jedem Schluck Wein ein Stück näher, berührte seinen Ärmel, sein Bein, seine Hand.

»Also ... willst du dich nun über deine Frau unterhalten?«

»Das kann ich tun«, sagte Alexander, »aber dann muss ich aussteigen.« Sie war wirklich nicht besonders clever. Doch sie roch ziemlich gut. Und ihre Brüste waren riesig.

»Ich habe dir von Cubert erzählt. Sag mir wenigstens, gegen wen ich antrete. Wie heißt sie?«

Gegen wen sie antrat? Sollte das ein Wettkampf werden? Er antwortete nicht.

»Na gut, na gut. Wie lange warst du verheiratet?«

»Ich bin es immer noch. Fünfzehn Jahre.«

Sie pfiff. »Wow.« Dann nahm sie seine Hand und seufzte. »Bei mir sind es gerade mal zwei, und ich bin mir schon jetzt nicht mehr sicher, ob ich Cubert überhaupt noch liebe. Weißt du, wovon ich spreche?«

»Nein, ich kenne Cubert ja gar nicht«, sagte Alexander.

Carmen legte seine Handfläche auf ihre. Sie hatte lange Finger. »Was ist mit dir und deiner Frau?«

»Ich liebe meine Frau immer noch«, sagte Alexander und nahm seine Hand weg.

»Was machst du dann in meinem Wagen?«

»Trinken«, sagte er achselzuckend. »Rauchen.«

Sie griff erneut seine Hand. »Du hast so große Hände«, raunte sie.

»Nun«, sagte er, »ich bin ein Mann.«

Sie sah zu ihm hinauf. »Fühlst du dich wohl hinter dem Steuer?«

Alexander legte die Hand um den Schaltknüppel. »Gut, ja. Ist ein schöner Wagen.« Es war eine Ford Limousine, wie Tatiana sie früher gefahren hatte.

»Was ich meine, ist ... würdest du dich wohler auf dem Rücksitz fühlen?«

Er antwortete nicht. Sein männliches Blut war in Wallung, sein Körper prickelte vor Erregung.

Die Musik lief weiter. »Only you can bring me cheer.«

Sie stiegen aus dem Wagen und nahmen hinten Platz.

»Es ist schon recht spät«, sagte Carmen und streckte sich lächelnd. Dann rutschte sie zu ihm hinüber. Ohne sein Bier abzustellen, beugte sich Alexander zu ihr und küsste sie. Sie roch nach Rauch, nach Alkohol, der Geschmack war ungewohnt, das Gefühl weich und schwammig. Alles war so fremd und nicht unbedingt angenehm, aber auch nicht ganz unangenehm nach allem, was er getrunken hatte. Er strich mit den Lippen über ihren parfümierten Hals und knöpfte mit der freien Hand ihre Bluse auf. Carmen half ihm bereitwillig. Ihr Longline-BH umschloss ihre Brüste wie eine Rüstung. Er hatte acht oder zehn Haken. Sie musste ihn selbst ablegen. Doch als ihre Brüste endlich zum Vorschein kamen, sah er, dass es sich gelohnt hatte. Sie waren in der Tat gewaltig. Die Überraschung stand ihm vermutlich ins Gesicht geschrieben.

»Hübsch, nicht wahr«, sagte Carmen stolz. »Na, komm schon, nimm sie in deine großen Hände.« Vorsichtig stellte Alexander sein Bier auf dem Boden ab und liebkoste sie. Er hatte das Gefühl, dass er ein Paar Extrahände brauchen könnte. Carmen zog seinen Kopf nach unten und drückte sein Gesicht mitten in ihren Busen. Alexander musste ein Stück zurückweichen und Atem holen, bevor er sich ihren Brustwarzen zuwandte. Es dauerte eine Weile, bis sie hart wurden. Carmen bewegte sich nicht, als sein Mund auf ihnen war. »Hm«, machte sie genießerisch und hielt seinen Kopf mit beiden Händen. »Sie gefallen dir, oder?«

»Das tun sie.« Was Alexander jedoch am meisten gefiel, war die Reaktion der Frauen auf ihn. Selbst damals in der Leningrader Garnison, als die Mädchen wie verrückt in allen Formen und Größen vor ihm aufmarschiert waren, achtete er auf seine Wirkung. Er mochte sie alle. Abgesehen von seinen ganz persönlichen ästhetischen Vorlieben – die er rein zufällig bei der Frau antraf, die er geheiratet hatte –, legte er in sexueller Hinsicht eigentlich nur auf eins besonders wert: die Reaktion der Frau auf das, was er gerade tat. »Gefällt es *dir,* wenn ich sie in den Mund nehme?«

»Mir gefällt, dass es dir offensichtlich gefällt«, sagte Carmen und berührte seine Jeans. »Denn das kann ich spüren …«

Alexander hob den Kopf aus ihren Brüsten und sah sie an. »Was hast du vor, Carmen?«

»Ich weiß nicht.« Sie lächelte und zwickte ihn. »Was hast *du* denn vor? Was willst du?«

Statt einer Antwort schob er die Hand unter ihren Petticoat und fuhr langsam ihre fleischigen Schenkel empor.

»Hey«, sagte sie und versuchte, seine Hand wegzustoßen. »So leicht werde ich es dir nicht machen. Ich will, dass du nächste Woche wiederkommst, dann kriegst du etwas mehr. Ich werde doch nicht denselben Fehler begehen wie Emily.«

Alexanders Hand wanderte jedoch weiter, als hätte er sie nicht gehört, bis er auf eine Miederhose stieß, die an der Mitte ihrer Schenkel anfing. Seine Erregung schlug in leichtes Entsetzen um. Er wusste nicht, wie sie dieses Ding im Auto herunterbekommen sollten. Dazu bräuchte er schon das Armeemesser aus seinem Nachttisch. Als er an den Nachttisch dachte, fiel ihm sein Ehebett ein. Und dann kam ihm Tania in den Sinn, wie sie die Decken, Kissen und Laken vor über acht Jahren gekauft, das Bett gemacht und ihn dann fröhlich gerufen hatte. Alexander zog die Hand unter Carmens Rock hervor.

Sie drückte seinen Kopf wieder an ihre Brust. »Bleib da«, murmelte sie. »Aber für heute muss das genügen. Oh, ich liebe dein Gesicht in meinen Brüsten. Mach schon. Kümmere dich um sie.«

Er berührte ihre Brustwarzen, doch sie regte sich nicht. Daran war er nicht gewöhnt. Also kam er zu dem Schluss, dass er sich nicht genug anstrengte. Er rieb, knetete, kniff, saugte, zog und drehte stärker, als er es für erträglich hielt. Carmen rührte sich nicht. Mit geschlossenen Augen saß sie da, hielt seinen Kopf und schien höchst zufrieden. »Das fühlt sich gut an, nicht wahr?«, sagte sie.

»Carmen, soll ich vielleicht, hm, noch etwas anderes für dich tun?«

Sie öffnete die Augen. »Oh Baby, an was denkst du?«

»Ich habe von allem ein bisschen auf Lager. Was möchtest du?«

»Ich mag es, wie du sie berührst.« Sie legte die Hand auf ihn. »Was ist mit dir? Soll ich vielleicht etwas für dich tun? Oder reichen dir meine Brüste?«

»Auf jeden Fall sind sie reichlich groß«, sagte Alexander grinsend. »Aber du könntest schon noch etwas mehr tun.«

Carmen streichelte ihn, rieb ihn, bis er strammstand, und machte sich dann an seinem Gürtel zu schaffen. Und er ließ es zu.

»Runter mit der Miederhose, Carmen«, sagte Alexander.

»Ich habe bereits die Bluse ausgezogen«, sagte sie heiter, »von der Hose war nicht die Rede. Ihr Männer verschwendet keine Zeit, oder?« Sie lächelte. »Aber ich mag euer Verhalten. So geradeheraus. Ihr wisst immer, was ihr wollt.«

Alexander sagte nichts darauf. Seine Hände und seine Lippen auf ihren Brüsten wurden immer drängender, so wie auch der Druck, den sie auf ihn ausübte, zunehmend brisanter wurde. Beide keuchten.

Plötzlich hörte sie auf, ihn zu berühren. »Warte, ich will hier nichts anfangen, das wir in einer Stunde beenden müssen.«

Alexander überlegte kurz, wie er sich in dieser Situation höflich ausdrücken konnte. Wofür hielt sie das Ganze eigentlich? Und war das wirklich der richtige Zeitpunkt, ihr zu verdeutlichen, was es war? »Hm … also … was möchtest du?«, fragte er.

»Ich weiß nicht.« Sie lächelte und knöpfte ihm die Hose auf. »Was möchtest du denn? Wann kommt deine Frau nach Hause?«

Carmen verstieß gegen die goldene Regel, das Tabu, die Ehefrau zu erwähnen, während sie dem Mann gerade sein Geschlechtsteil aus der Jeans herausholte. Alexander schob ihre Hand weg und sagte: »Weißt du was? Ich glaube, du hast recht. Es ist schon spät.«

Aber Carmen hatte Gefallen an dem entblößten Alexander

gefunden und sagte: »Nur eine Minute. Warte.« Ihr Atem ging schneller, während sie ihn heftiger rieb. Mit leiser Stimme sagte sie: »Glaubst du, du hast nächste Woche einen Termin für mich frei? Vielleicht können wir uns zum Abendessen treffen und über das Haus sprechen.« Sie hatte ihn fest im Griff. »Und dann irgendwo hingehen, wo es ein bisschen bequemer ist.«

»Vielleicht«, sagte Alexander und schloss die Augen.

Sie berührte ihn weiter. »Wie fühlt sich das an?«

»Gut.«

»Wirst du nächste Woche kommen?«

»Ich würde gern jetzt kommen.«

»Oh, sehr witzig. Du ... bist mir so einer.«

»Bin ich das?« Er ließ sie noch eine Weile weitermachen, dann fuhr seine Hand in ihr Haar. »Carmen«, sagte er und drückte ihren Kopf leicht nach unten.

Kichernd beugte sie den Kopf nach unten und nahm ihn in den Mund. Er saß mit dem Bier in der Hand und geschlossenen Augen da, während sie sich auf und ab mühte.

Alexander kannte sich sehr gut. Sie brauchte schon eine magische Mundtechnik – die sie eindeutig nicht besaß –, um ihn nach so viel Alkohol zum Orgasmus zu bringen. Gleichwohl ließ er sie beharrlich weitermachen. Mal sehen, vielleicht überraschte er sich ja selbst. Er hielt ihren Kopf gerade, versuchte sie zu einer rhythmischeren Bewegung zu animieren, sagte ihr, dass sie ihn ein bisschen fester nehmen solle. Sie tat wie ihr geheißen, konnte aber anscheinend nicht alles auf einmal berücksichtigen. Schließlich zog Carmen den Kopf weg und blickte zu ihm auf: »Du bist kurz davor«, sagte sie, »das merke ich.«

Höflich lächelte er. Er war nicht einmal annähernd vor dem Höhepunkt.

»Nur dass du es weißt, ich mach das nicht ...« Sie fuhr mit der Hand durch die Luft. »Du weißt schon, Sperma im Mund und so. Ich weiß, einige Männer stehen da total drauf.«

»*Einige* Männer?« Seufzend trank Alexander den letzten Schluck Bier und stellte dann das Glas ab. »Ich glaube«, sagte er, »ich muss jetzt langsam los.«

»Du musst los? Was soll das heißen? Du bist so ... unglaublich hart.« Sie zerrte immer noch an ihm herum.

Er legte seine Hand auf ihre. »Carmen«, sagte er, »immer mit der Ruhe.«

»Aber willst du nicht zum Ende kommen?«

»Ich habe zu viel getrunken«, sagte Alexander. »Das geht so nicht.«

»Du brauchst vielleicht etwas anderes.« Carmen richtete sich auf und streckte ihm ihre Brüste entgegen. »Ich lege mich auf den Sitz, du kommst über mich und schiebst dich zwischen sie. Und dann tust du, was du tun musst. So fest du willst. Ehrlich, so fest du willst. Nichts ist besser als das. Sämtliche Jungs sind begeistert davon.«

Er schob seine Hand in ihr beachtliches Dekolletee. »Das funktioniert bei mir nicht nach so viel Alkohol. Aber danke für das Angebot.«

Carmen lächelte und nahm ihn wieder in die Hand. »Und was funktioniert dann?«

Er antwortete nicht.

»Na schön«, sagte sie und drückte erneut zu. »Um dich in mir zu spüren, werde ich über meine Prinzipien hinwegsehen und hier und jetzt meine Hose ausziehen. Ich habe sie sowieso nur als kleinen Extraschutz angezogen, wenn du verstehst, was ich meine. Komm schon, hilf mir. Dann bringst du es so zu Ende, wie du willst.«

Alexander spielte mit ihren Brüsten. Er hatte nichts dabei.

Sie bemerkte sein Zögern. »Hab keine Angst. Ich habe ein Pessar.«

»Ach wirklich? Eines mit Akazien?« Früher hatten Frauen das benutzt. Plastikringe mit zerriebenen Blütenblättern. Trotzdem wurden sie schwanger.

»Was ist?«

Alexander schob ihre Hand weg. »Ich brauche ein Kondom.«

»Warum? Ich habe es dir doch gesagt. Ich bin ungefährlich.« Sie fasste ihn wieder an.

»Ja, aber ich nicht.«

»Was soll das heißen? Komm schon, sieh dich an. Lass mich ...«

»Das kann ich nicht machen, Carmen.« Er rückte weg von ihr, knöpfte sich die Hose zu, schnallte den Gürtel fest.

Rasch rutschte sie ihm nach und blickte mit verträumten Augen zu ihm auf. »Was ist mit nächster Woche? Da kannst du doch mitbringen, was du brauchst.«

»Ja, nächste Woche bringe ich mit, was ich brauche.«

»Ich kann es gar nicht erwarten«, sagte sie. »Ich werde an nichts anderes denken können. Mmm. Ich auf dir und meine Dinger in deinem Gesicht.« Bei dieser Aussicht stieß sie sogar einen genussvollen Laut hervor. »Klingt das nicht gut?«

»Sehr gut.« Alexander half ihr, den BH zu verschließen.

»Also haben sie dir gefallen?«, fragte sie. »Cubert ist ganz verrückt nach ihnen.«

Aber offenbar nicht so verrückt, dass er zu Hause bleibt, dachte Alexander. Als sie angezogen war, half er ihr vom Rücksitz hinter das Steuer.

»Leider ist er nächstes Wochenende in der Stadt«, sagte Carmen. »Aber Montag bis Donnerstag ist er unterwegs. Sollen wir uns am Mittwochabend treffen?«

Sie verabredeten sich in einem Restaurant in Chandler, wo sie wohnte, gleich neben dem Westin Hotel. Er sagte ihr, dass er nicht allzu lang ausbleiben könne, und Carmen erwiderte mit einem Lächeln, dass das schon okay sei, sie würden eben gleich zur Sache kommen. Sie wandte ihm aus dem Wagenfenster das Gesicht zu. »Und? Bekomme ich keinen Gutenachtkuss?«

Alexander küsste sie auf die Wange.

»Bis Mittwoch also«, sagte sie.

»Bis Mittwoch«, sagte er und stieg in seinen Truck.

Es war halb sechs Uhr am Morgen, als Alexander die Pima-Straße entlangfuhr und ihn plötzlich aus irgendeinem Grund die Angst überfiel, dass Tatiana bereits zu Hause sein könnte, dass sie früher Dienstschluss gemacht, das Schlafzimmer betreten und festgestellt hatte, dass er nicht da war. Sein Herz begann so heftig zu pochen, dass er am Straßenrand anhielt und sich erst einmal unter Kontrolle bringen musste. Zwanzig Minuten vergingen, bis er weiterfahren konnte.

Tatiana war nicht zu Hause. Und doch verspürte er keine Erleichterung. Der Geruch, der ihm anhaftete, verhieß nichts Gutes. Stillschweigend sperrte er die Tür auf. Anthonys Zimmertür war geschlossen. Als Alexander sie öffnete, fand er seinen Sohn schlafend im Bett vor. Warum war Ant zu Hause? Er sollte doch bei Sergio übernachten.

Alexander zog seine Kleider aus und steckte sie zum Schnellwaschgang in die Maschine. Dann stellte er sich lange unter die Dusche, drehte das Wasser so heiß, wie er es ertragen konnte, und schrubbte sich ab, bis seine Haut ganz rot war. Als er wieder nach sich selbst roch, steckte er die Wäsche in den Trockner und ging zu Bett. Draußen dämmerte es bereits. Es war fast sieben.

Kaum hatte er die Augen geschlossen, spürte er Tatianas kleine Hand auf seinem Gesicht und ihre weichen Lippen auf seiner Stirn. »Huhu«, sagte sie. »Wach auf, Schlafmütze. Du musst zur Arbeit. Hattest du gestern Abend Spaß mit deinen Freunden?«

Alexander drehte sich um und murmelte, dass er seine morgendlichen Termine nicht wahrnehmen würde. Er fühle sich wie gerädert und könne die Augen nicht öffnen.

»Wann bist du denn nach Hause gekommen?«

»Ich weiß nicht«, sagte er ins Kissen. »So gegen zwei, drei vielleicht.«

»Wir sind wohl leicht verkatert, was?« Tatiana küsste seinen Hinterkopf. Er hörte die Dusche rauschen und dann war es still. Im Bett kuschelte sie sich an ihn. Ihre Haut war immer noch ein bisschen feucht. Sie drückte ihre nackten Brüste an seinen Rücken, schmiegte ihr Gesicht an seine Schultern, rieb sich an ihm und murmelte, wie schön es sei, ihn an einem Samstagmorgen neben sich im Bett zu haben, so groß und warm wie er war. Dann schlang sie die Arme um seinen Körper und schlief ein.

Um elf Uhr schleppte sich Alexander in jämmerlichem Zustand aus dem Bett, duschte noch einmal, zog sich an und ging in die Küche. Während er Kaffee kochte und sich ein paar Brötchen strich, stand Anthony auf und leistete ihm Gesellschaft. Tatiana, die ihre Stimmen gehört hatte, folgte alsbald. Anthony und Sergio hatten sich offenbar gestritten, woraufhin Anthony nach Hause gelaufen war.

»Ich hoffe, seine Nase ist noch heil, Ant«, sagte Tatiana.

»Mom, Sergio ist mein bester Freund. Ich würde ihn nie schlagen. Dad, wieso bist du eigentlich nicht bei der Arbeit?«

Tatiana lächelte verschlafen. »Bei Daddy ist es gestern etwas spät geworden.«

»So würde ich es auch nennen«, sagte Anthony.

»Tania«, warf Alexander ein, »möchtest du eine Tasse Kaffee?«

»Oh ja, bitte.«

»Denn als ich so um sechs raus musste«, fuhr Anthony fort, »stand dein Truck nicht vor dem Haus.«

Alexander hatte Tatiana den Rücken zugekehrt, während er Sahne und Zucker in ihren Kaffee gab und sorgfältig umrührte. »Täuschst du dich da nicht?«, sagte er. »Er stand bestimmt da.«

»Hm, dann weiß ich auch nicht. Dein Bett war jedenfalls leer.«

Langsam senkte sich Stille über das mittelgroße Mobilhaus, das ihren Ansprüchen völlig genügte. Über ihr kleines Zuhause, das sie sich geschaffen hatten.

Alexander drehte sich um und hielt Tatiana die Kaffeetasse hin, konnte sie aber nicht ansehen. Tatiana verharrte ein paar Sekunden und suchte Halt an der Rückenlehne des Küchenstuhls. Dann wandte sie sich ab, ignorierte die Tasse in seiner ausgestreckten Hand und ging langsam zurück ins Schlafzimmer.

Alexander frühstückte mit Anthony, doch jeder einzelne Bissen blieb ihm im Halse stecken. Er musste zur Arbeit. Nur wie sollte er sich von Tatiana verabschieden?

Nachdem er seinen Kaffee getrunken hatte, stand er mit zusammengekniffenem Mund vor der offenen Schlafzimmertür. Tatiana hatte sich im Bad verschanzt.

»Tania«, rief er, »ich muss los.«

Langes Schweigen und dann ihre kaum hörbare Stimme: »In Ordnung, bis später.«

Alexander ging.

Als er am Abend nach Hause kam, saß Anthony allein vor dem Fernseher und die Schlafzimmertür war geschlossen. Alexander warf den Schlüssel auf den Tisch, zog seine Jacke aus und setzte sich neben Anthony. »Was ist mit Mommy?«

»Sie sagte, dass ihr nicht gut sei.«

Das Haus roch an diesem Samstag nicht wie gewohnt, nicht so, als hätte jemand gekocht. »Gibt es heute nichts zu essen?«

»Mom und ich haben Reste vertilgt. Sie sagte, du wärst zum Essen aus.«

»*Was* sagte sie?«

Alexander legte sich die restlichen gefüllten Paprikaschoten und ein paar Scheiben Brot auf einen Teller und setzte sich wieder ins Wohnzimmer auf die Couch. »Wart ihr heute einkaufen? Wir haben keine Milch mehr.«

»Nein. Sie sagte, wir würden heute nicht gehen.«

»Was schaust du dir an?«

»Einen Western.«

»Hm, wenn ihr nicht einkaufen wart, was habt ihr dann gemacht?« Der Weihnachtsbaum stand dunkel in der Ecke. »Hat niemand den Baum angeschaltet?«

Anthony wandte den Kopf. »Sieht nicht so aus.«

Alexander stand auf und knipste die Lichterkette an. »Und was habt ihr dann gemacht?«, wiederholte er.

»Wir waren den ganzen Tag im Missionswaisenhaus.«

»Wo?«

»Dad, da gehen wir doch jedes Jahr an Weihnachten hin. Wir bringen ihnen unsere alten Kleider, ich bastle mit den Kindern, Mom liest ihnen vor.«

»Oh ja, stimmt. Und … wie war deine Mutter heute so?«

»Schweigsam. Ich dachte, ich hätte etwas ausgefressen.«

»Und, hast du?«

»Ich habe sie gefragt und sie hat nein gesagt.«

Alexander aß seinen Teller leer und wartete, bis der Film zu Ende war. »Ant, du hättest nicht sagen sollen, dass ich erst so spät nach Hause gekommen bin. Ich habe Mommy erzählt, dass ich früher da war, weil ich nicht wollte, dass sie sich Sorgen macht. Und jetzt denkt sie, ich hätte gelogen.«

»Nun …« Anthony wog seine Worte ab. »Hast du das nicht auch?«

»Eigentlich schon. Weil ich nicht wollte, dass sie sich wegen nichts und wieder nichts aufregt.«

Anthony verstummte.

Schweigend saßen sie auf der Couch.

»Sie hat nicht den Eindruck erweckt, als sei sie aufgebracht oder wütend, Dad, falls dich das beruhigt«, sagte Anthony schließlich. »Sie wirkte nur extrem müde und sagte, dass ihr nicht gut sei.«

Alexander war nicht imstande, ins Schlafzimmer zu gehen, und fragte den Jungen, ob er Lust auf Kino habe. Anthony sprang auf. Sie griffen nach ihren Jacken und fuhren los. Es lief der Film *Attack of the Crab Monsters*. Als sie nach Hause kamen, war die Schlafzimmertür immer noch geschlossen.

Alexander konnte Tatiana nicht gegenübertreten, wusste nicht, wie er sich zu ihr legen sollte. Nachdem sein Sohn zu Bett gegangen war, trank er drei Gläser Wodka, rauchte eine halbe Schachtel Zigaretten und überlegte sich mögliche Antworten auf die zweifelsohne zu erwartende Frage seiner Frau, warum er gelogen hatte. Er beschloss, die ganze Schuld einfach auf Johnny und sein Pokerspiel zu schieben.

Poker mit Johnny, bis sechs Uhr am Morgen – hab die Zeit vergessen, wollt dir nichts sagen, als ich halb tot im Bett lag, sollst dich nicht sorgen wegen nichts und wieder nichts. Entschuldige vielmals, will dir alles gestehen – Poker mit Johnny, bis sechs Uhr am Morgen.

Würden sie Johnny in nächster Zeit treffen? Er musste ihn unbedingt vorwarnen. Gewappnet mit erdichteter Wahrheit und einem weiteren Glas Wodka öffnete Alexander die Schlafzimmertür. Tatiana schlief in Fötushaltung auf der Tagesdecke. Im Raum war es dunkel. Um sie nicht versehentlich zu wecken – Gott bewahre –, holte Alexander die Sofadecke, breitete sie über ihr aus und kroch anschließend ins Bett. Binnen Sekunden schlief er tief und fest, da die Nacht zuvor ja eher kurz gewesen war.

Als er am nächsten Morgen aufwachte, hörte er, wie Tatiana und Anthony draußen in der Küche Frühstück machten.

»Guten Morgen, Dad«, sagte Anthony, als Alexander aus dem Schlafzimmer wankte. »Heute ist Plätzchenbacken angesagt.«

Auch das hatte er vergessen. Tatiana erwartete diesen Sonntag fünf Freundinnen aus dem Krankenhaus, um gemeinsam mit ihnen Plätzchen für die St. Monica Mission zu backen. Außerdem hatten sie Shannon und Amanda zugesagt, am Abend auf ihre Weihnachtsparty zu kommen. War Johnny auch eingeladen?

»Sie werden bald hier sein«, sagte Tatiana, ohne Alexander

direkt anzusprechen. Damit spielte sie auf seine enge Unterhose an, die ähnlich geschnitten war wie jene aus der Roten Armee damals. Tatiana sah ihn gern darin. Nun, heute vielleicht nicht unbedingt, denn sie hatte ihm den Rücken zugekehrt. Als er ins Bad gehen wollte, hörte er ihre Stimme. »Deine Kleider waren noch im Trockner«, sagte sie. »Ich wusste gar nicht, dass du dich mit Wäschewaschen auskennst. Du kannst dir vorstellen, wie überrascht ich war. Ich habe sie zusammengefaltet und auf die Kommode gelegt.« Langsam drehte sich Alexander zu ihr um. Sie stand mit dem Gesicht zum Herd.

»Ich habe Bier verschüttet.« Eine lahme Ausrede.

Poker mit Johnny, bis sechs Uhr am Morgen – hab die Zeit vergessen, wollt dir nichts sagen, als ich halb tot im Bett lag, sollst dich nicht sorgen wegen nichts und wieder nichts. Entschuldige vielmals, will dir alles gestehen, hab mein Bier verschüttet – Poker mit Johnny, bis sechs Uhr am Morgen.

Sie schenkte ihm keinen Kaffee ein. Er holte sich selbst eine Tasse. Doch da sie Eier und Speck für sich und Anthony gebraten hatte, machte sie auch ihm eine Portion zurecht und stellte den Teller wortlos vor ihn hin. Sie sprachen nicht miteinander. Alexander war außerstande, sich mit ihr über Nichtigkeiten zu unterhalten, wenn der Kummer so übermächtig war.

Mittags kamen die Frauen und buken, probierten, lachten und studierten Rezepte. Es lief Weihnachtsmusik, die Stimmung war fröhlich. Anthony half ihnen eine Weile, und Alexander verschwand im Werkstattschuppen. Dann warf er mit Ant ein paar Körbe. Es war ein milder Dezembertag in Arizona, das Thermometer zeigte sechzehn Grad an. *»Tatia, würdest du gern in Arizona leben, im Land der Kleinen Quelle?«*

Alexander fischte den Ball aus den Büschen und passte einen Augenblick nicht auf. Er war unachtsam, weil ihn das Vergangene nicht losließ und er versuchte, nicht daran zu denken. Das Ganze war unmöglich. So übersah er zwei abgebrochene Zweige des Cholla-Kaktus, die neben dem Basketball lagen. Eine Eigenart dieser Kakteen war es, dass die Nadeln bei leisester Berührung abfielen und sich sofort bei dem Angreifer festsetzten. Diesmal war es Alexander. Er griff also nach dem Ball und die Nadeln stachen in seine Hände. Hunderte feine Zähne drangen in seine Haut ein, gruben sich in das Fleisch und verbarrikadierten sich darin wie ein bösartiges Tier. Sofort schwollen seine Handflächen an. Das Spiel war vorbei.

Anthony rannte ins Haus. »Mom! Mom! Schau, was Dad passiert ist. Mom!«

Tatianas Hände waren mit Mehl bestäubt. »Was ist denn los?«, fragte sie und drehte sich zu ihrem Sohn um.

»Gar nichts«, sagte ihr Mann, der inzwischen in die Küche gekommen war.

»Alexander«, Tatiana schluckte, »du hast ja Blut an deinen Händen.«

Sie standen voreinander. »Nur eine kleine Auseinandersetzung mit dem Cholla-Kaktus«, sagte er. »Kein Grund zur Sorge.«

Die Frauen, alles Krankenschwestern, schnappten nach Luft und schnatterten los. Aufgeregt umringten sie ihn und erteilten Ratschläge in höchst schriller Tonlage. »Oh nein, nicht der Cholla-Kaktus!« »Die Nadeln fallen nach sieben bis zehn Tagen von selbst wieder ab.« »Ja, aber vorher gibt es eine schreckliche Infektion!« »Man kann sie unmöglich herausziehen.« »Die Nadeln werden sein Fleisch buchstäblich zerfetzen.« »Sie spreizen sich in die Haut wie Stacheldraht.«

Das Lamentieren nahm gar kein Ende. Nur Tatiana blieb ruhig.

»Nun, was willst du tun?«, fragte sie und blickte in sein Gesicht, zum ersten Mal an diesem Sonntag. Ihre Augen waren grün wie der Ozean, den eine Eisschicht überzogen hatte. »Willst du die Nadeln drin lassen? Die Haut wird sich entzünden, doch in einer Woche bist du die Nadeln los. Ich kann aber auch versuchen, sie herauszuziehen. Das verletzt zwar die Handflächen, aber sie sind draußen.«

Anthony tätschelte ihm den Rücken. »Tja, Dad«, sagte er, »du hast die Wahl zwischen Pest und Cholera. So oder so, du steckst in der Sch…«

»Anthony!«

»Was denn?« Er war sich keiner Schuld bewusst.

»Zieh sie heraus«, sagte Alexander zu Tatiana.

Er setzte sich an den Tisch und sie holte eine Betäubungsspritze. Er lehnte ab. Es waren nicht seine Hände, die betäubt werden mussten. »Wenn du willst, dass ich das mache«, sagte Tatiana, »dann lass mich dir die Spritze geben.«

»Tania«, sagte Alexander, »du hast eine klaffende Schrapnellwunde in meiner Brust ohne Betäubung genäht. Ich komme schon klar.«

Ohne weitere Diskussion legte Tatiana die Spritze weg und begann, ihre Chirurgenhandschuhe anzuziehen.

»Na schön.« Er seufzte. »Gib mir die Spritze.«

»Mom«, sagte Anthony, »wieso trägst du eigentlich Handschuhe?« Er schmunzelte. »Hast du Angst, dass Dad dich ansteckt?«

Tatiana zögerte ein bisschen zu lang, bevor sie sagte: »Die Nadeln durchdringen alles. Ich brauche mindestens zwei Paar Handschuhe, um mich zu schützen, aber es reicht wahrscheinlich immer noch nicht.«

Alexanders Blick war auf seine gefühllosen, blutigen Hände gerichtet. Anthony stand neben ihm und legte ihm zum Beistand die Hand auf die Schulter. Fünf Frauen sahen gespannt zu, wie Tatiana mit einer chirurgischen Klemme vorsichtig die stacheldrahtähnlichen Nadeln mit Widerhaken aus Alexanders Handflächen wand und blutende Wunden zurückließ.

Anthony, der weder zuckte noch die Hand von Alexander nahm, sagte zu den Frauen: »Wissen Sie, was mein Dad über den Cholla-Kaktus sagt?«

»Anthony!«

»Was denn? Nein, keine Angst, das ist die harmlose Version.« Anthony grinste. »Als wir hierhergezogen sind, kannte mein Dad den Kaktus nicht. Aber er machte schnell seine Erfahrungen mit ihm, auch wenn es ihn nie so schlimm erwischt hat wie heute. ›Ich weiß, es gibt keine Hölle‹, sagte er. ›Angeblich herrscht dort so eine Hitze, aber die erleb ich hier jeden Tag und komme damit klar. Wenn man mir aber sagt, dass dieser Kaktus die Hölle ist, dann glaub ich sofort daran.‹ Stimmt doch, Dad?«

»Nun«, sagte Alexander, »man nennt ihn nicht umsonst Teufelskaktus.«

»Mom glaubt«, fuhr Anthony fort und lächelte seine Mutter an, »dass in dem Cholla-Kaktus böse Geister wohnen.«

Die Damen gackerten, während Tatiana weiterhin konzentriert die Nadeln aus Alexanders Händen herauszog. Einmal musste sie innehalten und die starke Blutung stillen. Eine Minute lang drückte sie einen Lappen auf seine Wunden. Währenddessen saßen sie schweigend da. Er sah hinab auf ihren blonden Zopf, sie auf seine Hand in ihren Händen.

»Ich könnte an Tanias Stelle nicht so ruhig bleiben«, sagte Carolyn beeindruckt. »Ich wäre ein Nervenbündel, wenn meinem Dan das passiert wäre. Tania, wo nimmst du nur die Gelassenheit her? Immerhin ist es dein Ehemann.«

Tatianas Kopf war gesenkt. »Ich weiß es wirklich nicht«, sagte sie und sah nicht auf.

Alexander zuckte.

»Dad«, sagte Anthony, »deine Hände sind taub. Warum schreckst du zurück? Mom, vielleicht solltest du nachspritzen.«

»Dein Vater braucht ein Glas Whiskey und nichts anderes«, sagte Carolyn und holte die Flasche aus dem Küchenschrank. »Tania, glaubst du, wenn er nicht so große Hände hätte, wären weniger Nadeln eingedrungen?«

»Kaktus ist Kaktus«, sagte Tatiana eisig. »Dem ist es egal, welche Hände er vor sich hat.« Nachdem sie fertig war, desinfizierte sie die Wunden mit Jod, brannte sie mit Silbernitrat aus und verband sie. *Oh, und das ist übrigens gern geschehen.* Wieder zuckte Alexander.

Poker mit Johnny, bis sechs Uhr am Morgen – hab die Zeit vergessen, wollt dir nichts sagen, als ich halb tot im Bett lag, sollst dich nicht sorgen wegen nichts und wieder nichts. Entschuldige vielmals, will dir alles gestehen, hab mein Bier verschüttet, der Kaktus kann nichts dafür – Poker mit Johnny, bis sechs Uhr am Morgen.

Deck the halls with boughs of holly ...

Im Radio spielen sie Weihnachtslieder.

Sie ist so schön, dass ihm das Herz weh tut. Ihre Haut ist wie helles Porzellan. Dazu passend trägt sie einen elfenbeinfarbenen Bleistiftrock, Strümpfe und einen engen kurzen Kaschmirpullover über einem ärmellosen Top. Es steht ihr einfach alles. Ihr goldenes Haar, das vorne nur mit ein paar Klammern festgesteckt ist, wallt herab, flachsblond, federweich. Sie ist wohl die einzige Frau in den Vereinigten Staaten, die ihr Haar lang trägt und es nicht toupiert und mit Haarspray trimmt. Sie duftet nach Moschus, Zimt und Karamellzucker vom Plätzchenbacken. Auf den Lippen hat sie Gloss aufgetragen.

Tis the season to be jolly ...

Alexander denkt an ihre hellen elfenbeinfarbenen Schenkel über dem Saum der Spitzenstrümpfe. Und trotz der Schweigsamkeit, die zwischen ihnen herrscht, trotz allem, was vorgefallen ist, wagt er es heute Abend, als sie an einer roten Ampel stehen, seine bandagierte Hand unter ihren Rock zu schieben. Er gleitet nach oben zu ihrem Hüfthalter und berührt mit den Fingerspitzen die Stelle zarter nackter Haut, die er so liebt. Ihr Fleisch ist kühl. Tatiana und Anthony sitzen neben ihm im Truck. Sie wollte nach Ant einsteigen, aber der Junge bestand darauf, dass sie vor ihm Platz nimmt. Du zuerst, Mom, wie immer. Und so sitzt sie nun neben Alexander, reglos und kalt wie ein Eisblock. Ihm schlägt so viel Ablehnung entgegen, dass er gezwungen ist, seine Hand wieder zurückzuziehen.

Schweigend fahren sie weiter.

»Wie sehe ich aus?«, fragt Tatiana schließlich. Sie sind auf dem Weg zu Shannons und Amandas Party. In diesen Tagen gibt es zuhauf Weihnachtsfeiern, eine folgt der anderen. Alexander fragt sich noch einmal, ob Johnny auch kommen wird; er braucht ihn, um seine Untreue zu decken. Den ganzen Tag über hat er vergeblich versucht, ihn telefonisch zu erreichen. Ob es ihm wohl einen Pluspunkt einbringt, dass sein Truck unbefleckt geblieben ist? Schau, es war kein Flittchen in meinem Auto, in dem ich an Abenden wie diesen mit meiner Familie unterwegs bin. Das ist doch gut, oder? Dass wenigstens der *Truck* ihr treu geblieben ist? Weil es darauf ja ankommt.

»Wunderbar«, bringt er schließlich als Antwort hervor. Seine Hände klammern sich fest um das Lenkrad.

»Hör nicht auf Dad«, sagt Anthony. »Er findet nie die richtigen Worte. Du wirst die hübscheste Mom auf der Party sein.«

»Danke, mein Sohn.«

Alexander sagt: »Anthony, ich werde dir jetzt etwas erzählen. 1941, als ich deine Mutter kennengelernt habe, war sie kaum siebzehn und arbeitete in den Kirow-Werken, der größten Waffenfabrik in der Sowjetunion. Weißt du, was sie damals anhatte? Eine schäbige braune Strickjacke von ihrer Großmutter. Sie war ausgebeult, voller Flicken und ihr zwei Nummern zu groß. Dazu trug sie, trotz der sommerlichen Temperaturen, einen schwarzen kratzigen Wollrock von ihrer Schwester, die wesentlich größer war als sie. Der Rock ging ihr bis ans Schienbein. Sie hatte ausgeleierte, dicke schwarze Baumwollstrümpfe an, die sie über ihren braunen Arbeitsschuhen zusammengebunden hatte. Ihre schmutzigen, schwarzen Hände konnte sie nie ganz sauber schrubben. Sie roch nach Benzin und Nitrozellulose, weil sie von früh bis spät Bomben und Flammenwerfer zusammengebaut hat. Und trotzdem habe ich sie jeden Tag abgeholt und nach Hause begleitet.«

Anthony lacht. »Na ja, damals warst du vernarrt in Mommy. Aber ich glaube nicht, dass du sie heute in ausgeleierten, an den Knöcheln geschnürten Strümpfen sehen und Nitrozellulose an ihr riechen möchtest, oder, Dad?«

»Was ich meine, ist, dass es nicht nur auf das Äußere ankommt, mein Sohn.«

Tatiana schlang die Arme um ihren Bauch und starrte geradeaus.

Anthony schielte zu seiner Mutter, warf einen Blick auf seinen Vater und sah dann aus dem Beifahrerfenster. Sie schwiegen. Alexander drückte aufs Gas. Was blieb ihm auch anderes übrig?

Tralalalala-lala-lala.

Als sie bei Shannon und Amanda ankamen, verschwand Tatiana sogleich in die Küche, um den Frauen zur Hand zu gehen. Gemeinsam trugen sie Platten, Weingläser und kleine Häppchen hinaus zu den Gästen. Man zeigte sich überrascht und beeindruckt von der Frau, die in unerschütterlicher Kleinarbeit ihrem Mann die vielen Kaktusnadeln aus den Händen gezogen hatte. »Und, ist es schlimm?«, fragte Shannon. »Sind deine Hände so richtig zerfetzt? Johnny, hast du gesehen, was unser Alexander gemacht hat? Oh Mann, er wird wochenlang kein Bierglas halten können.«

»Ach, komm schon«, sagte Johnny grinsend und trank einen Schluck. »Nicht mal ein Bierglas? Was soll er da freitagabends in Zukunft bloß machen?«

Alexander, der in diesem Augenblick prompt ein Bier in Händen hielt, schwieg. Johnny wandte sich an Tatiana. »Wie geht es Ihnen, Mrs Barrington?«, fragte er so seriös er konnte. »Darf ich Ihnen sagen, dass Sie heute Abend besonders gut aussehen.« Tatiana gegenüber benahm sich Johnny immer geistlos und gespreizt. Einmal hatte er Alexander gestanden, dass sie ihm irgendwie Angst einjage, denn trotz seiner ernsthaften Versuche, charmant, höflich und nett zu ihr zu sein, schien sie ihn für ein ausgesprochenes Arschloch zu halten.

Alexander hatte gelacht. »Das tut sie nicht, Johnny«, sagte er. »Wenn das so wäre, hätte ich dich nicht einstellen können. Sie findet dich vielleicht nur ein bisschen ungestüm.«

»Ja«, sagte Johnny. »Ungestüm, wie Arschlöcher eben sind.«

Und so stand Tatiana an diesem Abend vor ihm, beäugte ihn nach seinem Kompliment mit eindrucksvoller Distanz und sagte: »Danke, Johnny. Und, ist es letzten Freitag spät geworden?«

»Nein, nein. War nicht so schlimm«, sagte er mit ängstlichem Blick auf Alexander, als ahnte er bereits, dass man ihn wieder einmal in die Falle gelockt und als genau jenes Arschloch bloßgestellt hatte. Er konnte nicht wissen, dass die Falle jemand anderem galt.

Das hatte sich also erledigt. Und das war sehr schlecht, denn die Pokergeschichte war gut gewesen und hätte funktionieren können. Sie hätte ihm geglaubt. Weil sie ihm nämlich glauben wollte.

Nun bist du am Zug, dachte Alexander.

Als Nächstes zog er Tyrone, Johnnys wirklich ungestümen Freund, in Erwägung. Alexander würde sagen, dass er mit Tyrone in einen Stripclub gegangen sei. Bitte entschuldige vielmals. Keine erdichtete Wahrheit diesmal. Ein Stripclub und Tyrone waren schlimm genug.

Tatiana tanzte nicht mit Alexander, sprach nicht mit ihm, sah ihn nicht einmal an.

Er beobachtete sie von Weitem. Wenn sie nicht gerade ein Lächeln für die anderen Gäste aufgesetzt hatte, sah er, was Anthony gemeint hatte. Sie machte einen besiegten Eindruck. Sie wirkte ganz und gar nicht wie sie selbst.

Die Musik war reichlich laut. Im Radio lief Elvis Presley, der *Love me tender, Let me be your teddy bear* und *Don't be cruel to a heart that's true* sang.

Sie spielten Weihnachtslieder von Nat King Cole, dazu »Unforgettable« und »Auld Lang Syne«. Längst vergangene Zeit.

Und dann kam »Nature Boy«.

Alexander war im Wohnzimmer und unterhielt sich mit ein paar Freunden. Tatiana stand mit Anthony in der Nähe. »Hör mal, Dad«, rief Anthony grimmig. »Dein Lieblingssong.« Vor ihnen tanzten einige Paare eng miteinander. Der Weihnachtsbaum funkelte, die Kerzen brannten. Und Nat King Cole sang davon, zu lieben und wiedergeliebt zu werden.

Alexander bahnte sich einen Weg zu Tatiana und sagte: »Lass uns nach Hause fahren.«

Er half ihr vor Shannon und Amanda in den Mantel. Amanda fragte, ob alles in Ordnung sei. Shannon mied Alexanders Blick und starrte angespannt zu Boden. »Es ist alles in Ordnung«, sagte Tatiana zu den Gastgebern, ohne jeglichen Anflug eines Lächelns.

Auf dem Heimweg brach Anthony schließlich das eisige Schweigen, indem er zu singen begann: *Come on, it's lovely weather for a sleigh ride together with you ...* Alexander beugte sich vor und ermahnte ihn mit einem scharfen Blick, still zu sein. Anthony gehorchte, doch vorher flüsterte er noch: *It'll be the perfect ending to a perfect day ...*

Alexander setzte sich auf die Terrasse, schlug die Zeitung auf und rauchte. Er blieb so lange draußen, bis er auf der Bank einschlief. Als er vor Kälte schlotternd und mit steifem Hals wieder aufwachte, ging er hinein und legte sich neben Tatiana ins Bett. Er erinnerte sich, wie sie in Lazarewo in enger Umklammerung vor dem Feuer gelegen und am Nachthimmel das Sternbild des Perseus gesucht hatten. Ihre Familien waren tot. Und nun, fünfzehneinhalb Jahre später, wie durch ein Wunder, durch einen Traum, durch göttliche Gnade, lagen sie voneinander losgelöst in dem Zuhause, das sie nach all dem Kummer für sich geschaffen hatten. Sie im Nachthemd, darunter wohl mit Unterwäsche, vermutlich sogar mit Stahlhelm und Splitterschutzweste, und er außerstande, sich ihr anzunähern und sich Gewissheit zu verschaffen, weil er an all die möglichen Lügen für vergangenen Freitag und an all jene für nächsten Mittwoch dachte.

Poker mit Johnny,
bis sechs Uhr am Morgen –
hab die Zeit vergessen,
wollt dir nichts sagen,
als ich halb tot im Bett lag,

sollst dich nicht sorgen
wegen nichts und wieder nichts.
Entschuldige vielmals,
will dir alles gestehen,
hab mein Bier verschüttet,
der Kaktus kann nichts dafür.
Doch Carmen will mich wiedersehen,
also muss ich dorthin gehen.
– Poker mit Johnny,
bis sechs Uhr am Morgen.

12

Auf Abwegen

So traurig, wenn ich an dich denke

Am Mittwochabend nach der Arbeit parkte Alexander vor einem kleinen Restaurant am südlichen Stadtrand von Chandler. Er blieb bei laufendem Motor in seinem Truck sitzen. Alexander trug keinen Verband mehr um seine Hände, es hatte sich kaum Schorf gebildet und der Heilungsprozess war gut verlaufen. Er hatte seinen besten Anzug angezogen und war kilometerweit in eine fremde Gegend gefahren, um sich mit Carmen zu treffen.

Es war nach acht. Um acht Uhr waren sie verabredet, und er, der nie zu spät kam, außer wenn er mit Tatiana ausging und sie nicht fertig war, stieg einfach nicht aus. Er musste nur den Motor abstellen und hineingehen. Was konnte daran denn nur so schwer sein?

Tatiana war auch diesmal schuld, dass er unpünktlich war.

Alexander hatte einige Mühe gehabt, sich auf dieses Rendezvous vorzubereiten, etwaigen Fragen auszuweichen, sämtliche Möglichkeiten zu berücksichtigen. »Kann Ant nach der Schule zu Francesca gehen? Ich arbeite heute lang«, hatte er am Morgen zu Tatiana gesagt. In den letzten Tagen hatten sie kein Wort miteinander gewechselt, außer vielleicht über Anthony. Alexander rechnete damit, ja verließ sich sogar darauf, dass das unnatürliche Schweigen andauern würde. Doch stattdessen sagte Tatiana am Morgen: »Das tut mir leid. Schon wieder so ein später Termin? Als ob du nicht schon hart genug arbeiten würdest. Du wirst nicht vergessen etwas zu essen?«

Alexander versprach es ihr.

Und nun fraß es ihn innerlich auf.

»Ich weiß nicht genau, wann ich zurückkomme«, sagte er

zu ihr, als sie aufbrachen. »Ich muss ziemlich weit in Richtung Süden.«

Darauf erwiderte Tatiana: »Keine Sorge. Tu einfach, was du tun musst. Ich werde warten. Was machen deine Hände? Geht es ihnen besser? Soll ich dir einen neuen Verband anlegen?«

Und das nach vier Tagen fast ohne ein Wort.

Nun saß er also hier, kurz davor zu tun, was er tun musste, und konnte nicht aus dem Truck steigen.

»Willst du, dass ich anrufe?«, fragte er noch, kurz bevor sie in ihren Wagen stieg. Sie war auf dem Weg zur Arbeit, Haube auf dem Kopf, Tasche in der Hand.

»Nur wenn es sehr spät wird«, sagte sie. »Ansonsten komm einfach.« Sie sah ihm jedoch nicht in die Augen, hob nicht einmal den Kopf.

Der Motor brummte. Der tanzende Derwisch in ihm gab keine Ruhe und setzte ihm so zu, dass Alexander in dem verzweifelten Versuch, sich unter Kontrolle zu bringen, das Lenkrad packte und so fest daran rüttelte, dass es fast aus der Verankerung brach.

Es würde keine Probleme geben. Sie würde es nie erfahren. Alexander hatte ihr nicht mal die ausgefeilten Lügen über sein vermeintliches Treffen mit Tyrone aufgetischt. Sie hatte nichts Genaueres wissen wollen und er würde bestimmt nicht von sich aus davon anfangen. Samstag, Sonntag, Montag, Dienstag hatte sie ihn kein einziges Mal angesehen und die Frage gestellt: »Wo bist du gewesen bis sechs Uhr morgens?«

Und doch geschahen Dinge in seinem Haus, die die Harmonie erschütterten und die er nur schwer ignorieren konnte. Tatiana hatte seit Freitag nicht für ihn gekocht, nicht einmal frisches Brot gebacken. Sie hatte weder seine Kleider gewaschen noch seine Seite des Bettes gemacht noch seine Zigarettenkippen aufgelesen, Zeitungen weggeworfen oder ihm Kaffee gebracht. Sie war auch nicht einkaufen gegangen. Montag und Dienstag hatte Alexander auf dem Heimweg Milch besorgen müssen.

»Du hast keine Milch gekauft«, sagte er am Montag.

»Habe ich vergessen«, sagte sie.

Am Dienstag erwähnte sie es nicht mehr und er hakte nicht nach. Sie arbeitete an beiden Tagen und am Abend blieb es dunkel im Haus. Es waren keine Kerzen angezündet. Alexander schaltete beim Nachhausekommen selbst die elektrische Lichterkette des Weihnachtsbaumes ein. An diesem Mittwochmorgen nun hatten sie endlich wieder eine kurze, einigermaßen zivilisierte Unterhaltung geführt. Gleichwohl blieb eine Tatsache sonderbar und höchst ungewöhnlich, wie wenn die Japaner damals überraschend in der Normandie gelandet wären: Sie hatten sich seit Samstag nicht geküsst, seit Samstag nicht im Bett berührt. So eine Enthaltsamkeit gab es nicht in ihrer Ehe. Seit sie zusammen waren, suchten sie jeden Tag die körperliche Nähe zueinander. Das war so sicher wie das Spiel der Gezeiten. Und nun hatten sie, die nachts immer noch aneinandergeschmiegt schliefen, als lägen sie in seinem Zelt in Luga, seit vier Tagen nicht eine einzige Berührung ausgetauscht.

Was dachte Alexander wohl, was in ihr vorging?

Er verschwendete keinen Gedanken daran. Er dachte nur an sich und all die Lügengeschichten, die er ihr erzählen könnte, damit sie ihm nicht auf die Schliche kam.

Carmens Ford stand auf dem Parkplatz. Sie saß bereits in dem Restaurant und wartete. Endlich stellte er den Motor ab. Er musste hineingehen. Sie würden etwas trinken, vielleicht rasch – ganz rasch – einen Happen essen. Und anschließend ... Alexander hatte Bargeld für das Westin Hotel, Kondome für sich, er war bereit. Er würde sich mit Carmen ein Zimmer nehmen, eine Stunde, vielleicht zwei mit ihr verbringen, duschen, sich anziehen und gehen.

Und hier lag das Problem. Genau hier, als er mit Hotelseife duschen, Carmen verlassen und nach Hause zu Tatiana fahren sollte, die wie versprochen auf ihn warten würde. Wenn er nach einem Seitensprung zur Tür hereintrat, würde er Tatiana ins Gesicht sehen müssen oder könnte er sich darauf verlassen, dass sie ihn sowieso nicht ansah? Oder würde er ihrem Blick ausweichen? Sie würde den fremden Seifenduft riechen. Er müsste ohne Seife duschen. Sie würde sein gewaschenes Haar bemerken. Sie würde es an seinem Blick erkennen, daran wie er ihren Blick mied. Sie würde es wissen, wenn sie ihn berührte. Sie wüsste sofort Bescheid.

Carmen wartete auf ihn. Hätte er nicht schon von diesem

Plan Abstand nehmen sollen, bevor er sich frisch machte, sich in Schale warf und Kondome in seine Tasche steckte?

Kondome.

Alexanders Herz zog sich zusammen. Er war so willens gewesen, so bereit und entschlossen zu betrügen. Das war kein unkontrollierter Augenblick wie letzten Freitagabend. Oh Liebling, es tut mir leid. Ich wollte das nicht. Ich war einfach betrunken und habe die Kontrolle verloren. Es bedeutet nichts, mein Liebling.

Nein. Dieser Betrug war vorsätzlich geplant. Wie eine kaltblütige Tat.

Alexander war nüchtern, Herr seiner Sinne und hatte sich im Voraus um die Verhütung gekümmert.

Er konnte kaum sich selbst davon überzeugen, dass er letzten Freitag nicht bei Sinnen gewesen war. Schließlich hatte er allein in der Bar gesessen und darauf gewartet, dass Carmen auftaucht. Klänge das in Tatianas Ohren so, als sei er außer Kontrolle geraten? Auf der einen Seite, Tania, mein treuer Truck, auf der anderen das einstündige Ausschauhalten nach dem Mädchen, das seinen Spaß wollte. Es gleicht sich alles aus, oder?

Der Parkplatz war dunkel. Durch die weihnachtlich geschmückten Fenster des hell erleuchteten Restaurants sah Alexander, wie Gäste ihre Plätze einnahmen und aufstanden, Paare sich unterhielten.

Sie wirkt so getrieben, ist *so* beschäftigt. Ihr Arbeitspensum beträgt sechzig Stunden pro Woche. Sie wird es nie herausfinden. Und wenn doch, wird sie mir vergeben. Sie vergibt mir alles. Und dann machen wir einfach weiter wie bisher.

Dennoch war sein Haus nicht geputzt und seine Kleidung nicht gewaschen. Auf seinem Tisch stand kein Essen, sie küsste ihn nicht mehr.

Alexander atmete schwer und versuchte, sich durch den Sumpf zu kämpfen, in dem er steckte. Mit einer anderen Frau zu Abend essen! Das hatte er noch nie getan, nicht einmal vor Tatiana als Soldat in der Armee, vor allem nicht da. Als Garnisonssoldat hatte er den Mädchen einen Drink spendiert und ihnen dreißig Minuten später am Fluss den Rock hochgeschoben. So sah sein Werben aus. Alexander war achtunddreißig Jahre alt und hatte nie eine Frau zum Essen ausgeführt, bevor er mit ihr Sex hatte. Tatiana war die Einzige.

Die Vorstellung, wie unbeholfen er sein würde, wie gestelzt die Unterhaltung, wie geheuchelt seine Flirtversuche, lähmte seine Hände hinter dem Steuer und streckte sein Verlangen nach etwas Neuem, den Reiz nach etwas Fremdem nieder. Und dann das Nachhausekommen. Geduscht oder doch *un*geduscht? Unvorstellbar. Eine Klaue aus Stahl hatte ihn in ihren Fängen.

Und plötzlich erinnerte er sich ... *Er liegt auf dem schmutzigen Stroh. Man hat ihn so oft geschlagen, dass sein Körper vor Blut und Prellungen nur so strotzt. Er ist verdreckt und fühlt sich widerwärtig, ein Sünder, der keine Liebe erfährt. Jeden Augenblick, jede Sekunde wird man ihn gefesselt in einen Zug schaffen und an Zerberus vorbei in die Hölle verfrachten, wo er den Rest seines erbärmlichen Lebens verbringen wird. Und genau in diesem Augenblick fällt Licht durch die Tür seiner dunklen Zelle Nummer 7 und Tatiana steht vor ihm, zierlich, entschlossen, ungläubig. Sie ist zu ihm zurückgekehrt. Hat den kleinen Jungen verlassen, der sie so sehr braucht, um das gebrochene Untier zu finden, das sie nicht minder braucht. Stumm steht sie vor ihm und sieht das Blut und den Dreck nicht, sieht nur den Mann, und da weiß er: Er ist nicht verstoßen. Er wird geliebt.*

Was war er doch für ein Vollidiot.

Alexander startete den Motor und legte den Rückwärtsgang ein. Mit einem Kavaliersstart setzte er aus der Parklücke und ließ die auf ihn wartende Carmen in dem Restaurant zurück. Unterwegs fielen ihm gerade noch die Kondome ein. An einer Tankstelle warf er sie in den Abfall.

Es war nach halb zehn, als er zu Hause ankam.

Alexander parkte den Truck neben Tatianas Thunderbird, bevor er leise die Stufen zum Hauseingang hinaufstieg. Er beobachtete sie durch das Fenster. Sie trug ihren kurzen Seidenmorgenrock, ihr Haar war offen. Sie hatte ihn noch nicht bemerkt, seinen Truck in der Auffahrt offensichtlich nicht gehört. Vermutlich lief Musik. Sie saß mit dem Rücken zur Tür am Küchentisch. Ihr Kopf war gesenkt, ihre Schultern hingen herab. Sie hielt sich den Bauch und weinte.

Auf dem Tisch stand frisches Brot. Eine Kerze brannte. Der Weihnachtsbaum leuchtete, die Tischlampen ebenso, die Lichterketten um die Fenster funkelten.

Von Anthony war weit und breit keine Spur.

Alexander ertrug es nicht länger sie anzusehen. Er holte tief Luft und schloss die Tür auf. Sein Herz war ihm schwer wie Stein. Bitte, hilf mir, mein tapferes, gleichmütiges Gesicht zu wahren.

Tatiana wischte sich erst die Augen, bevor sie sich umdrehte. »Hallo«, sagte sie und presste ihre bebenden Lippen zusammen.

»Ich war doch früher fertig«, sagte Alexander, während er sein Jackett auszog und sich umsah.

»Wo ist Ant?«

»Bei Sergio. Er übernachtet heute bei ihm.«

Alexander runzelte die Stirn. In seinem sorgengeplagten Kopf ratterten die Gedanken. »Unter der Woche?« Da stimmte doch etwas nicht.

»Ich wollte ihm eine Freude machen.«

Sein Herz hämmerte in seiner Brust.

»Hast du Hunger?«, fragte sie. »Ich habe eine Kleinigkeit zubereitet.«

Alexander nickte stumm.

»Nun, dann geh dir die Hände waschen. Ich habe ... Blinschiki gemacht. Fleischklößchensuppe und Sodabrot.«

Alexander sank auf den Stuhl. Sie hatte Blinschiki gemacht? Gut, dass sie nicht in seiner Nähe war, sonst hätte sie das laute reumütige Klopfen seines schweren Herzens gehört. »Isst du nichts?«, fragte er.

»Ich habe keinen Hunger«, antwortete sie. »Aber ich leiste dir gern Gesellschaft – wenn du möchtest.« Tatiana trug ihm auf, schenkte ihm ein Glas Bier und Wasser ein und brachte ihm die Tageszeitung. Musik spielte im Hintergrund.

Comfort and joy ... o tidings of comfort and joy ...
God rest ye merry gentlemen, let nothing ye dismay,
Remember, Christ, our Savior, was born on Christmas day ...

Der Gürtel ihres Morgenrocks hatte sich etwas gelockert. Als sie neben ihm stand und ihm nachschenkte, erspähte er ein dünnes elfenbeinfarbenes Negligé, durch das er die Konturen ihres Körpers sehen konnte. Sie war nackt, bis auf den weißen Strumpfhalter und die Spitzenstrümpfe. Ihm wurde übel. Es gelang ihm nicht, den Blick zu ihr zu heben. Er beugte sich über die Zeitung und führte die Gabel zum Mund. Die einzigen Worte, die währenddessen zwischen ihnen fielen, war ihre Frage: »Wie schmecken dir die Blinschiki?«, und seine Antwort: »Sie sind ausgezeichnet. Du hast sie schon seit Jahren nicht mehr gemacht.«

Als er mit dem Essen fertig war und Tatiana dicht zu ihm trat, um seinen Teller abzuräumen, hielt er sie an der Taille fest. Langsam drehte er sie zu sich um. Er öffnete ihren Morgenrock und zog ihn ihr von den Schultern.

»Lass mich raten«, sagte er. »Ist das Hemdchen neu?«

»Für dich«, sagte sie. »Gefällt es dir?«

»Es gefällt mir.« Aber er konnte nicht aufsehen. Immerhin gelang es ihm, ihr das Negligé abzustreifen und ihre fülligen, milchigen Brüste zu entblößen. Er legte seine versehrten Hände auf sie, liebkoste sie, küsste ihre Brustwarzen, während sie bebte und unter der Berührung seines Mundes stöhnte. Sie zitterte unkontrolliert, wie eine Violine, lebendig, zart, vollkommen. »Warum so empfindlich?«, flüsterte er. Eine Hälfte seines zerrissenen Selbst versuchte immer noch, aus dem Abgrund nach oben zu klettern. Plötzlich hatte er Angst – ja, er spürte fast die Gewissheit, dass Tatiana seine Gedanken lesen konnte. Er schob die Hand unter ihr Negligé und tätschelte ihren Po. Dann ließ er sie los und stand rasch vom Tisch auf.

Vielleicht war er in der Lage, seine Gedanken vor ihr zu verheimlichen, aber er konnte nicht mit ihr ins Bett gehen und die gefräßige, zentnerschwere Schuld verbergen, die seine Organe ins Innere der Erde hineinzog. Heute Abend war einfach keine Liebe möglich. »Ich weiß nicht, was mit mir los ist«, sagte er.

»Nein?« Sie wandte sich ab.

Doch er bot ihr etwas anderes an. Tatia, erinnerst du dich an unseren fünften Hochzeitstag?, flüsterte er schmerzerfüllt. Wir waren in Naples an einem einsamen weißen Strand am Golf.

Anthony hielt gerade im Wohnmobil ein Nickerchen. Es war Spätnachmittag. Wir kamen aus dem Wasser und legten uns auf die Decke. Du warst ganz nass und salzig. Ich lag ausgestreckt auf dem Rücken da und du hast über meinem Mund gekniet. Du konntest dich nicht aufrecht halten, bist vornübergekippt und hast dich auf deine sandigen Ellbogen und Knie gestützt. Ich hielt den Kopf zurückgelehnt und deine Hüften fest in Händen, mein Gesicht war in dir versunken. Wir waren eine Linie, du und ich, du über mir. Meinen Glückwunsch zum Geburtstag, zum Hochzeitstag, zum Schlaf unseres Sohnes, und *ist mir auch ganz verhüllt mein Weg allhier, wird nun mein Wunsch erfüllt, näher zu dir.*

Alles war vergessen für diese eine Stunde des Glücks, in der ich Honig kosten durfte auf einem weißen Sandstrand am Golf von Mexiko.

Bitte, Tatiascha. Knie dich über mich und lass mich dich berühren. Schenk mir Honig, schenk mir Glück, erfüll meinen Wunsch und vergiss alles andere. Sie stand unbewegt da, schaute ihn nicht an, als hätte sie ihn nicht gehört, als hätte er nicht mit ihr geflüstert.

Nachdem sie mit dem Rücken zu ihm eingeschlafen war, zog er sie sanft an seinen Körper, in seinen Arm, an seine Brust. Ihr Haar kitzelte seine Rippen. Es dauerte Stunden, bis er einschlief. Täuschte ihn sein Eindruck oder stellte ihm ihre Zurückhaltung den ganzen Abend über noch künftige Qualen in Aussicht? Als wollte sie ihm ständig etwas sagen, konnte aber nicht. Er hatte bestimmt nicht vor zu fragen, aber was war seit Samstagabend geschehen, als sie eingerollt auf dem Bett geschlafen hatte, dass sie ihm heute sein Leibgericht zubereitete und so offenkundig ihren Körper anbot?

»Liebste, leg dein müdes Haupt warm in meinen schwachen Arm«, flüsterte er unhörbar in Erinnerung an den Schriftsteller W. H. Auden und erstickte an dem Giftcocktail aus Selbsthass und schlechtem Gewissen.

Am nächsten Morgen ging Alexander ins Büro, um einen Blick auf seine Post und die Termine an diesem Tag zu werfen. Außerdem wollte er bei Linda nachhaken, ob den Hunderten von Mitarbeitern ihr Weihnachtsgeld ausgezahlt worden war. Seine beängstigend effiziente Büroleiterin informierte ihn daraufhin, dass sie seiner Bitte schon vor Wochen Folge geleistet habe. Dann fügte sie hinzu: »Wieso waren Sie so unartig und haben gestern Abend Ihren Termin nicht wahrgenommen?«

»Welchen Termin?«

»Na, den mit Mrs Rosario, Alexander. Sie haben ihn selbst vereinbart. Er stand in Ihrem Kalender.«

»Oh, den habe ich anscheinend vergessen«, meinte er vorsichtig. »Warum fragen Sie?«

»Nun, Sie waren auch nicht zu Hause«, sagte Linda. »Sie tauchte nämlich so gegen neun hier auf und hat Sie gesucht.«

»Wer?«

»Mrs Rosario.«

Alexander schwieg. »Linda, was geht hier vor, dass Sie um neun Uhr abends immer noch im Büro sind?«

»Wissen Sie nicht, dass ich kein Privatleben habe?«, sagte sie. »Ich lebe, um Ihre Tage zu organisieren. Jedenfalls kam sie vorbei und fragte, ob sie bei Ihnen zu Hause anrufen könne. Ich wusste nicht, wie ich reagieren sollte. Ich habe mir selbst große Sorgen gemacht. Wir dachten, dass vielleicht etwas passiert sei. Normalerweise vergessen Sie Ihre Termine nie.«

»Hat sie«, Alexander brachte den Satz nur mit Mühe über die Lippen, »bei mir zu Hause angerufen?«

»Ja«, sagte Linda zögerlich. »Sie hat mit Tania gesprochen.«

»Mrs Rosario hat mit Tatiana gesprochen?«

»Hm, sie hat sich sehr aufgeregt.«

»Wer?«, fragte Alexander mit ausdrucksloser Stimme.

»Die Kundin natürlich«, sagte Linda. »Sie wissen doch, dass Ihre Frau von Natur aus gar nicht wütend auf Sie sein kann.«

Unsicheren Schrittes ging Alexander hinaus und setzte sich in seinen Truck. Er tat das oft in letzter Zeit. Einfach nur im Wagen sitzen. Bald schon würde er darin wohnen.

Diese verfluchte Carmen rief einfach bei ihm zu Hause an! Nun, auf dieses Szenario wäre er nicht gekommen: Die vermeintliche Geliebte versucht ihn zu erreichen und schreckt selbst vor seiner Familie nicht zurück. Und dabei hatte er geglaubt, dass er auf jede noch so abwegige Möglichkeit vorbereitet sei.

Er konnte keinen klaren Gedanken fassen. Warum war gestern alles so friedlich abgelaufen? Warum hatte Tania es nicht zur Sprache gebracht? Sie waren allein, sie hätten die ganze Nacht für Diskussionen Zeit gehabt. Er musste sich etwas zurechtlegen, das irgendwie nach Wahrheit klang. Warum hatte Tania sich nur so verführerisch angezogen? Was hatte das Essen bei Kerzenlicht zu bedeuten? Was um Himmels willen ging in seinem Haus vor? Alexander wusste gar nichts mehr.

Er musste jetzt den Stand dreier Häuser prüfen. Bei einem erwartete er die Elektriker, beim nächsten sollte das Fundament gegossen werden und beim dritten der Bauinspektor die Abnahme machen. Dennoch fuhr er mittags zu Tatiana ins Krankenhaus. Auch wenn er wusste, dass ihre Pause kaum für eine Tasse Kaffee reichte, geschweige denn für ein kurzes, gezwungenermaßen ruhig ablaufendes Gespräch über eine andere Frau, die bei ihnen angerufen und ihn zu sprechen verlangt hatte, was blieb ihm denn anderes übrig, als sie aufzusuchen?

Er fand sie in der Cafeteria, wo sie allein vor einem Glas Milch saß. Ihre Miene war düster, ihr Teint kreideweiß. Sie begrüßte ihn knapp und nahm kaum weiter von ihm Notiz. »Was machst du hier?«

»Komm mal kurz mit nach draußen«, erwiderte er.

Auf dem sonnigen Parkplatz drehte sich Alexander zu ihr um und sagte zerknirscht mit zu Boden gerichtetem Blick: »Warum hast du mir nicht erzählt, dass Carmen Rosario dich gestern Abend angerufen hat?«

»Bist du etwa hergekommen, um mich das zu fragen? Sie hat mich nicht angerufen. Sie war auf der Suche nach dir.« Tatiana lachte leicht. »Sie wollte dich sprechen, und als ich sagte, dass du nicht da seiest, meinte sie: Nun, wo *bleibt* er denn? – in einem Ton, den ich, wie du dir vorstellen kannst, etwas sonderbar fand. Ich sagte ihr, dass du einen späten Termin hättest. Worauf sie erwiderte, dass dieser Termin mit ihr gewesen sei.« Tatiana verschränkte die Hände ineinander. »Sie wirkte *ziemlich* aufgebracht. Ich wusste nicht, was ich sagen sollte, da ich ja keine Ahnung hatte, wo du warst. Also habe ich mich für dich entschuldigt. Ich dachte, das sei in deinem Sinn, oder, Alexander? Dass ich mich bei Carmen Rosario für deine Unpässlichkeit entschuldige.« Sie hielt inne. »Ich sagte ihr, dass du es wohl vergessen hättest. Es käme schon mal vor, dass dein Verstand dir einen Streich spielt, sagte ich, und dir gewisse Dinge entfallen.«

Hätte Alexander seinen Kopf noch tiefer gebeugt, wäre er auf den verdammten Boden aufgeschlagen. Schwankend wich er einen Schritt zurück. »Warum hast du mir all das nicht schon gestern erzählt?«, fragte er leise. »Warum hast du diese Scharade mit mir gespielt, für mich gekocht, Musik aufgelegt? Wofür?« Er konnte ihr nicht in die Augen sehen.

»Ich verstehe die Frage nicht«, sagte Tatiana.

Alexander studierte die Risse im Asphalt.

»Du hast über das Jahr verteilt Hunderte solcher Termine. Du sagtest, dass du lange arbeiten würdest. Das hast du mir schon oft erzählt, wenn du dich in der Vergangenheit mit Kunden getroffen hast. Gut, du bist nicht zu dem Termin erschienen, aber ich kenne ja den Grund nicht. Vielleicht warst du mit anderen Dingen beschäftigt. Vielleicht hattest du ihre Nummer nicht zur Hand. Vielleicht hast du dich geirrt und im falschen Restaurant gewartet. Das ist deine Sache. Ich habe nicht so tiefen Einblick in deine Arbeit. Du hast nicht erwähnt, dass der Termin mit Carmen Rosario ist. Na und? Du teilst mir die Namen deiner Kunden nicht mit. So eine Ehe haben wir nie geführt, in der man sich ständig über alles Rechenschaft ablegen muss.« Tatiana hielt inne. Alexander konnte sie nicht einmal atmen hören, so leise war sie. »Die Frau, mit der du dich treffen wolltest, um ein Bauprojekt zu besprechen, rief an und sagte mit einem gewissen Vorwurf in der Stimme, dass du sie versetzt hättest. Sie war völlig zu Recht verärgert. Ich glaube, die meisten deiner Kunden wären nicht sehr erfreut, wenn man sie in irgendeinem Restaurant in Chandler warten lässt, und würden vermutlich bei uns zu Hause anrufen, um zu erfahren, wo du denn bleibst.«

Sie konnten diese Unterhaltung nicht öffentlich auf dem Parkplatz fortführen. »Tatiana …«, setzte er erneut an, »warum hast du mir das nicht gestern erzählt?«

»Was ist denn los? Warum hängst du dich so daran auf?« Tatiana stand ruhig vor ihm. Nur ihre Fingerspitzen zitterten. Mehr konnte Alexander auch nicht sehen, ausgenommen ihre weißen Strümpfe und den Saum ihrer weißen Uniform.

»Wenn du dachtest, dass ich auswärts essen würde«, sagte er, weil ihm sonst nichts einfiel, nicht das Geringste, »warum hast du dann überhaupt für mich gekocht?«

»Wann verschmäht mein Mann je Blinschiki?«, sagte Tatiana mit fester Stimme und sah ihn unumwunden an. »Selbst wenn er auswärts isst.«

Oh Gott. »Tania …«, sagte er leise. Es war nicht mehr als ein rauer Hauch.

Sie wich vor ihm zurück und sagte: »Also, wenn es sonst nichts mehr gibt, gehe ich jetzt zurück an meine Arbeit.«

Ja, geh zurück an die Wurzel allen Übels. Doch er sprach es nicht laut aus, für den Fall, dass sie die Bezeichnung für *ihn* treffender fand. »Warte«, sagte Alexander. Sein Verstand ratterte, sein Blick war vernebelt an diesem strahlend schönen, wolkenlos klaren Wintertag. Sollte er nun lügen und ihr erzählen: Ich wollte ganz ehrlich nur bei einem Glas mit Carmen über das Haus sprechen? Ungeachtet der Kondome, die in seiner Tasche steckten? Sollte er sagen: Ich habe nichts Falsches gemacht an diesem Mittwoch, außer dass ich einen lüsternen, verräterischen Plan geschmiedet hatte? Im Gegensatz zu letzten Freitag, als alles ganz ehrlich etwas eindeutiger war und eine Spur geschmackloser. Aber ich hoffe, dass du diesen Tag einfach vergisst. Ich weiß, dass es schlimm erscheint, sich mit einer anderen Frau zum gemeinsamen Sex in einem Hotel zu verabreden. Aber ich habe sie am Freitag nicht in meinen Truck steigen lassen. Mein Truck ist sauber. Bekomme ich dafür nicht wenigstens ein paar Pluspunkte? Ist das nicht so, als würde mein Bauer auf dem Brett ein Feld weiter ziehen?

Alexander konnte nicht einen Schachzug voraussehen, nicht einen Schritt, ein Wort. Er wäre verdammt, wenn er den Mund öffnete. Also bat er sie zu bleiben, obwohl er eigentlich nicht das Geringste anzubieten hatte.

»Ich muss jetzt wirklich dringend los«, sagte Tatiana. »Aber du musst bestimmt auch zurück an die Arbeit, oder? Hast du einen neuen Termin mit Mrs Rosario vereinbart? Wird es heute in Chandler länger dauern?«

»Nein, Tania«, sagte Alexander niedergeschlagen.

»Aha«, sagte sie und ging.

Hätte Alexander nicht den Auswärtstermin mit den Elektrikern gehabt, vereinbart an einem sechshundertfünfzig Quadratmeter großen Haus, das nach Wunsch der Bauherrn eigentlich schon gestern hätte fertig sein sollen, wäre er gar nicht erst wieder losgefahren. Aber er konnte die Elektriker nicht versetzen. Er war immer noch mit ihnen zugange, als am Spätnachmittag Carmens Ford vor der Baustelle hielt und sie aufgedonnert aus dem Wagen stieg: protzige Ohrringe, grelles Make-up, enger schwarzweißfarbener Pullover. Don Joly, der Elektriker, der sie vom Fenster aus beobachtete, stieß einen leisen Pfiff aus. »Donnerwetter«, sagte er.

Alexander wandte sich ab.

Sie trat ins Haus und steuerte geradewegs auf ihn zu. »Hallo, Alexander.«

»Würden Sie bitte die Baustelle verlassen«, sagte er, ohne sie anzusehen. »Unbefugte haben hier keinen Zutritt. Es kann leicht etwas passieren. Und meine Versicherung haftet nicht, wenn Personen zu Schaden kommen, die hier nichts zu suchen haben.«

»Könnte ich dich einen Augenblick sprechen?«

»Auf eigene Gefahr.« Alexander blickte nicht von dem Rahmenwerk auf, in dem neun Meter lange, ineinanderverschlungene Stromkabel verliefen. Er maß die Abstände zwischen den Steckdosen. Laut Vorschrift durften sie nicht mehr als zwei Meter auseinanderliegen, doch er fürchtete, dass die vor ihm zu weit von der links daneben entfernt war, was bedeutete, dass sie erneuert werden musste, was wiederum, einem Dominoeffekt gleich, eine Überarbeitung sämtlicher Steckdosen im ganzen Raum nach sich ziehen würde. Bei einem Haus dieser Größe musste er die Abstände sechshundert Mal messen, und all das vor den Weihnachtsfeiertagen, die nächste Woche anstanden.

»Alexander, hättest du bitte einen Augenblick Zeit?«

Langsam richtete er sich auf und sah sie an. »Was ist?«, sagte er. »Ich bin beschäftigt.«

»Das merke ich. Warst du gestern Abend auch beschäftigt, als ich wie eine Idiotin allein in diesem Restaurant gesessen habe?«

»Da auch, ja.« Alexander kam ihr keinen Millimeter entgegen. Unfassbar, dass er überhaupt mit ihr sprach.

»Ich verstehe überhaupt nichts mehr«, sagte Carmen. »Ich dachte, wir wollten uns treffen. Hast du es vergessen?«

»Ganz genau«, sagte er.

Sie zog scharf die Luft ein. »Das glaube ich dir nicht. Wir waren verabredet. Du kannst das nicht vergessen haben.«

»Doch, Carmen. Es ist mir völlig entfallen.«

»Du willst mich doch nur demütigen! Warum machst du das?«

»Warum?« Er atmete tief durch, um sich zu beruhigen. »Warum hast du meine Frau angerufen?«

»Ich wollte dich sprechen.«

»Und da rufst du bei mir zu Hause an? Bist du noch bei Trost?« Alexander war zu laut geworden. Sie widerte ihn an. Und er sich ebenso. Don Joly, der im ersten Stock zu tun hatte, hörte bestimmt jedes Wort mit. Wie auch nicht? Er und seine fröhliche Truppe konnten genau verfolgen, wie Alexander sich mit einer anderen Frau stritt. Das ging eindeutig zu weit. Es würde die Runde machen. Und alles nur, weil er keinen Anstand besaß.

»Ja, bei dir zu Hause!«, erwiderte Carmen ebenso lautstark.

Alexander hatte genug. Er nahm sie am Ellbogen und führte sie vehement hinaus auf die Straße. »Hör zu«, sagte er, »ich arbeite hier. Arbeit, verstehst du? Außerdem bin ich verheiratet. Weißt du, was das für mich heißt? Im Gegensatz zu deiner Ehe ist meine nicht geheuchelt, sondern echt. Du hast bei mir zu Hause angerufen, um meine Frau zu fragen, warum ich dich bei unserem Rendezvous versetzt habe. Hast du eigentlich keinen Funken Verstand?«

»Das stimmt gar nicht«, setzte Carmen sich zur Wehr. »Ich war sehr professionell.«

»Professionell? Aufbrausend ins Telefon zu kreischen, wo bleibt er denn, das nennst du professionell?«

»Deine Frau klang sehr gelassen«, sagte Carmen. »Mehr als du im Augenblick jedenfalls. Aber wenn du nicht wolltest, dass ich anrufe, warum bist du dann nicht einfach wie versprochen aufgetaucht?«

Sie standen mitten auf dem Gehsteig an einer neuen Straße, in einer neuen Gemeinde, und Alexander stritt sich mit einer anderen Frau.

»Carmen«, sagte er eindringlich, »nach dem Vorfall letzte Woche habe ich keinen Gedanken mehr an die Sache verschwendet. Und davon abgesehen geht meine Frau vor. Alles andere ist zweitrangig.«

»Letzten Freitag hast du aber nicht an deine Frau denken wollen«, sagte sie mit erhobener Stimme und streckte aufgeplustert ihre Brust nach vorne. »Da hat sie offensichtlich keine so große Rolle für dich gespielt.«

»Eine größere, als du wahrhaben willst«, erwiderte Alexander scharf. »Aber sag mal, willst du mich eigentlich verarschen? Kreuzt hier einfach auf und schreist mich an?«

»Ach, red keinen Müll«, brüllte sie. »Du hast nicht deine Frau vor dir. Zeig mir lieber etwas Respekt.«

»Für wen zum Teufel hältst du dich eigentlich, Lady?« Er trat näher zu ihr und senkte die Stimme. »Respekt? Du steigst mit einem völlig Fremden in ein Auto und glaubst, weil ich dich zwei Minuten meinen Schwanz lutschen lasse, du verdienst Respekt?«

Carmen schnappte nach Luft. »Du meinst, du hast mir einen Gefallen getan?« Sie lief puterrot an.

»Was dachtest du denn? Dass ich irgendetwas von dir wollte? Carmen, ich habe dir nicht mal einen Drink spendiert.«

Sie glühte und schnaubte vor Wut. »Oh, das wird dir noch leidtun, Alexander!«

»Das tut es jetzt schon zur Genüge.«

»Dein bedauerliches Verhalten wird deiner Frau ...«

»Weißt du was?« Alexander schnitt ihr das Wort ab, baute sich dicht, zu dicht, vor ihr auf. »Spar dir jedes weitere Wort. Du steigst jetzt in dein Auto und machst dich verflucht noch mal vom Acker. Anscheinend hast du die Zeitungsberichte über mich nicht sehr sorgfältig gelesen. Vielleicht möchtest du das ja nachholen. Aber ich warne dich hier und jetzt, droh mir nicht, beleidige mich nicht und beschimpf mich nicht. Steig einfach ruhig in dein Auto und fahr – solange du noch kannst. Halt dich von mir und meinen Häusern fern.«

Sie öffnete den Mund, aber Alexander trat noch einen halben Schritt nach vorn, bis er nur noch wenige Zentimeter von ihrem Gesicht entfernt war. »Und von meiner Frau«, fügte er hinzu.

Wieder setzte sie an, etwas zu sagen.

Er schüttelte den Kopf. »Nein, Carmen. Als ich sagte, dass du dir jedes weitere verfluchte Wort sparen sollst, meinte ich das auch so. Steig einfach ein und hau ab.« Sein Auftritt war so bedrohlich, dass sie schließlich den Mund hielt. Sie hatte ihn klar und deutlich verstanden.

Carmens Knie zitterten, ihre Brust hob und senkte sich in dem Pullover mit dem aufdringlichen Muster. Langsam öffnete sie die Wagentür, setzte sich hinters Steuer und fuhr davon.

Ein Streit mit einer anderen Frau! Das gehörte sich nicht, es war skandalös und so abgrundtief falsch.

»Wo ist meine Mutter?«, fragte Anthony um zehn Uhr abends.

Eine durchaus berechtigte Frage. Wo war sie eigentlich? Als Alexander im Krankenhaus anrief, erzählte ihm Erin, dass Tatiana eine Doppelschicht machen würde.

»Sie macht *was?*« Alexander stützte sich an der Küchentheke ab. »Erin, holen Sie sie bitte ans Telefon.«

»Das geht nicht. Sie hat gerade im Reanimationsraum zu tun. Sie kann nicht weggehen. Ich werde ihr sagen, dass sie zurückrufen soll, wenn sie fertig ist.«

Anthony konnte nicht fassen, dass seine Mutter weitere zwölf Stunden arbeitete. Alexander ging es nicht anders. Wie benommen saßen sie am Küchentisch und wussten nicht, was sie tun sollten. Zuvor hatten sie die Reste von letztem Abend gegessen und Anthony, der noch guter Dinge gewesen war, hatte mit vollem Mund gesagt: »Oh Dad, danke. Was hast du nur so Tolles getan, dass sie Blinschiki gemacht hat?«

Allerdings, was hatte er getan? Bestimmt nichts Tolles.

Nach dem Essen sagte Anthony mit einem weiteren Blick auf die Uhr: »Es ist etwas passiert, oder? Mom schiebt mich mitten in der Woche zu Sergio ab, als läge ein neuer Dudley tot im Haus.«

Alexander fand die Assoziation seines Sohnes recht passend.

Der Junge ließ sich nicht beruhigen und so benutzte Alexander schließlich dessen Sorge als Vorwand, an einem Donnerstag um Mitternacht sechzig Kilometer zu Tatiana ins Krankenhaus zu fahren. Sie setzten sich in die Notaufnahme und warteten zusammen mit zwei Betrunkenen, einem Mann mit gebrochenem Bein, einer Frau mit asthmaartigem Husten und einem winzigen, fiebrigen Baby.

Unablässig ließen sie Tatiana anpiepsen. Und nach fünfunddreißig Minuten stürmte sie endlich durch die Flügeltür herein. Anthony lief zu ihr. Alexander blieb sitzen und betrachtete finster die Reste des Wundschorfs auf seinen Händen.

»Was ist los?«, fragte sie außer Atem. Sie wirkte gestresst. »Ist etwas passiert?«

»Nein, Mom«, sagte Anthony. »Warum bist du noch hier? Warum machst du eine Doppelschicht? Das tust du doch nie. Und warum hast du nicht zurückgerufen? Wir haben uns solche Sorgen gemacht. Warum hast du denn nicht gesagt, dass du heute Abend arbeitest? Warum kommst du nicht nach Hause?«

Alexander fand die Fragen seines Sohnes recht treffend formuliert. Er hatte jedoch vergessen, noch ein paar andere an Stelle seines Vaters hinzuzufügen: Welche Vermutungen hast du, die ich sofort leugnen kann, damit du dich besser fühlst und dich wieder von mir berühren lässt? Damit ich nie mehr so lange ich lebe an diese Sache denken oder von ihr sprechen muss? Was habe ich getan? Welche Lügennetze kann ich spinnen, um es ungeschehen zu machen? Und wann kommt endlich die Putzkolonne des Leichenbeschauers, um Carmen aus dem Haus zu schaffen, Tatiana? Diese Fragen hätte sein Sohn noch anfügen müssen.

Tatiana setzte sich auf einen Stuhl. Sie versuchte, leise zu sprechen. Die Betrunkenen spitzten die Ohren. »Ich mache doch nur eine Doppelschicht, mehr nicht«, sagte sie. »Es ist Weihnachten. Wir haben nicht genug Personal und eine Menge Patienten. Jeder hat irgendwelche Leiden. Jeder Einzelne«, sagte sie und legte ihre Hand auf Anthonys, »leidet schreckliche Qualen.«

»Du hast mich gestern rausgeworfen«, sagte Anthony. »Hältst du mich tatsächlich noch immer für so naiv? Dad sagte, dass er arbeiten und erst sehr spät nach Hause kommen würde. Heute arbeitest du und kommst gar nicht heim. Seit letzter Woche habt ihr Streit. Glaubst du, ich merke das nicht?« Er war den Tränen nah. »Bitte, Mom.«

Tatiana nahm sein Gesicht in ihre Hände. Er war fast zwanzig Zentimeter größer und zwanzig Kilo schwerer als sie und doch drückte er den Kopf an ihren Hals und ließ sich von ihr halten, als wäre er drei Jahre alt. Die Ellbogen auf die Knie gestützt blickte Alexander zu Boden. Er wusste sehr gut, wie sich ihre tröstenden Arme anfühlten.

»Morgen ist das Weihnachtskonzert in meiner Schule«, sagte Anthony.

Tatiana nickte. »Ich weiß, ich werde kommen.«

»Bist du wütend auf Dad?«, rief Anthony plötzlich aus. »Ist es wegen ...«

»Anthony!« Alexanders scharfe Stimme duldete keine Widerrede. »Kein Wort mehr.«

»Ja, Anthony«, sagte Tatiana. »Kein Wort mehr.«

Sie wurde angepiepst. Ein Rettungswagen brachte neue Leidende. Sie versuchte, sich von ihrem Sohn zu lösen. »Liebling, entschuldige. Ich komme bald nach Hause, aber jetzt muss ich wirklich los.«

Die Pflegeassistentin rief nach ihr. Einer der Betrunkenen hatte sich an sie herangemacht. Anthony drückte sich noch immer an sie. Ein blutender Patient wurde eilig auf einer Trage hereingeschoben. Alexander konnte sie nicht ansehen. Er wusste, dass sie mit Anthony auf seine Hilfe angewiesen war. Doch er würde sie ihr verweigern, solange sie nicht direkt das Wort an ihn richtete. »Anthony«, meinte Tatiana prompt, »sag deinem Vater, dass ich jetzt wirklich gehen muss.«

»Er sitzt gleich hier, Mom. Sag es ihm selbst.«

Alexander stand auf. Leise flüsterte er ihr zu: »Wie üblich kannst du auf uns arme Sünder ausnahmslos verzichten, nicht wahr?« Dann zog er Anthony von ihr weg. »Komm schon, Kumpel«, sagte er. »Mommy hat zu tun. Fahren wir nach Hause. Schau, was ich heute gekauft habe.« Er holte ein Päckchen Süßigkeiten aus der Tasche. »Hast du die schon mal gegessen? M&Ms mit Erdnüssen. Was für ein Land! Möchtest du welche probieren?«

In diesem Moment stieß David Bradley im OP-Kittel die Flügeltür auf. »Gott, wo *bleibt* sie denn? Tatiana, bitte«, rief er, als er sie sah. »Sofort!«

»Mach dir keine Sorgen, mein Sohn«, sagte Tatiana zu Anthony und stand auf. »Dein Vater kümmert sich um dich. Geh nach Hause.« Sie würdigte Alexander nicht eines Blickes und eilte davon.

Am Freitagmorgen um acht war Tatiana nicht zu Hause. Alexander wartete bis neun Uhr. Um halb zehn begann Anthonys Weihnachtskonzert. Schließlich machte er sich auf zur Schule, auf dem Jomax-Weg hielt er ständig Ausschau nach ihrem Wagen. Doch er fand sie erst in dem überfüllten Zuschauerraum, immer noch in Schwesterntracht. Sie hatte ihm nicht einmal einen Platz freigehalten. Er musste hinten stehen. Die Rektorin kam auf die Bühne und hielt eine kurze Ansprache. Jemand spielte auf dem Klavier, Kinder sangen im Chor und dann trat die Band auf. Alexander beobachtete, wie Tatiana ihrem Sohn applaudierte, aufstand, Fotos schoss und sich kurz mit anderen Eltern über die gelungene Darbietung unterhielt. Die Schüler gingen zurück in ihre Klassenzimmer und sie verschwand in der sich auflösenden Menge. Bis Alexander sie eingeholt hatte, war sie bereits an ihrem Wagen. Er schlug die Tür des Thunderbird zu. »Tania!«

Sie hielt den Kopf gesenkt. »Lässt du mich bitte einsteigen?«

»Nein. Können wir das wie Erwachsene regeln?«

»Was regeln?«

Er beugte sich zu ihr herunter. »Was soll das?«

»Sag du mir doch, was das soll.« Einen kurzen Moment sahen sie sich an, bevor er den Blick abwandte. Sie wirkte völlig erschöpft und konnte fast nicht mehr aufrecht stehen.

»Hattest du um sieben Dienstschluss?«, fragte er leise. Er war ihr nah, wollte am liebsten ihre blasse Wange berühren, ihre blonden Augenbrauen.

»Ja.«

»Warum bist du dann nicht nach Hause gekommen?«

»Warum bist *du* nicht nach Hause gekommen?«

»Das bin ich doch«, sagte Alexander. Seine Finger näherten sich ihrem Gesicht. »Komm schon, lass uns gehen. Ich hab mir heute Morgen freigenommen.«

»Ach ja? Großartig!«, sagte Tatiana und wich seiner Hand aus. »Da gibt es nur ein Problem, ich will nicht mit dir reden.«

»Ich weiß«, sagte Alexander. Es ging nicht länger darum, irgendwelche Lügen für sie zu spinnen, die möglichst glaubhaft klangen. Vielmehr stellte sich plötzlich die vernichtende Frage, wie viel Wahrheit er preisgeben sollte, damit sie ihm überhaupt je wieder glaubte. »Ich weiß, dass du nicht willst, aber du musst mit mir reden.« Er nahm sie am Oberarm. »Bitte, lass uns das nicht hier auf dem Schulparkplatz austragen. Die Leute …« Elternpaare schlenderten zu ihren Autos und plauderten unbeschwert über Weihnachtspläne, Geschenke für die Kinder, das herrliche Wetter. Alexander und Tatiana ließen sie stumm vorbeiziehen.

»Ich weiß, dass du wütend auf mich bist …«

Sie hob die Hand, um ihm Einhalt zu gebieten.

»Was hast du vor?«, fragte Alexander und öffnete die Hände. »Willst du etwa so weitermachen und ewig schweigen? Irgendwann musst du mit mir reden, oder?«

»Nein«, sagte Tatiana und schüttelte kaum merklich den Kopf. Sie öffnete die Wagentür. »Ich habe nichts mehr zu sagen.«

Wie kann das sein, wollte er erwidern. Du hast doch seit Samstag keine drei Worte mit mir gewechselt. »Fahren wir nach Hause«, sagte er stattdessen in einem sanften Überredungsversuch. »Dann kannst du brüllen, kannst tun, was immer …«

»Mache ich etwa den Eindruck auf dich, dass ich brüllen oder völlig ausrasten möchte?« Tatiana stand vor dem offenen Wagen. »Und hab ich Anlass, überhaupt laut zu werden?« Sie sah aus, als würde sie jede Sekunde das Gleichgewicht verlieren und in Ohnmacht fallen. Alexander griff nach ihr, um sie zu stützen, sie zu berühren, aber sie hob abweisend die Hände. »Nein, lass mich.« Mit verschränkten Armen lehnte sie sich an ihr Auto und schloss die Augen.

»Mach die Augen auf«, sagte Alexander. Sie gehorchte. Ihre Augen waren trüb, fast so dunkel wie Obsidian, die Farbe des

Schwarzen Meeres. »Tania«, sagte er und wahrte mit Mühe die Fassung. »Baby, bitte. Gehen wir heim. Lass es mich erklären, sprich mit mir.«

Sie schüttelte den Kopf. »Nein«, sagte sie noch einmal. »Wir haben nichts mehr zu bereden. Und außerdem muss ich zur Mission.«

»Zur Mission?«, fragte er und zog missbilligend die Stirn in Falten. »Du hast gerade vierundzwanzig Stunden durchgearbeitet. Du musst nach Hause und schlafen, oder irre ich mich etwa?«

»Nein, aber die Kinder dort interessiert mein Schlafbedürfnis nicht. Sie warten auf mich.«

»Ja, ganz bestimmt«, sagte Alexander. Er ballte die Fäuste und trat von ihr weg. Sie fand immer genau die richtigen Worte, um ihn zurückzustoßen. »Dein Sohn – dein leibhaftiges Kind – wartet schon die ganze Zeit auf dich.«

»Sein Vater kümmert sich um ihn, oder nicht?«

»Er braucht seine Mutter.«

Jetzt ballte sie selbst ihre Fäuste und ging einen Schritt auf ihn zu. Alexander öffnete die Arme. »Und ich bin hier«, sagte er.

Tatiana holte Luft. »Alexander, als du mich gefragt hast, ob ich dich heiraten will, war dir da klar, dass unsere Ehe länger als einen Mondzyklus dauern könnte?«

»Das habe ich gehofft.«

»Nein, das kann ich mir nicht vorstellen. Gut, du hast gesagt, dass wir das nur einmal tun würden und es gleich richtig machen wollen. Aber du meintest damit, es einen Monat richtig zu machen. Ein Jahr vielleicht, während deiner Fronturlaube. Und als du versucht hast, von Russland nach Deutschland zu gelangen. Ich sage ja nicht, dass es dir nicht ernst mit mir war. Aber wie sahen deine Alternativen letztlich aus? Du konntest versuchen, mich zu finden, meinetwegen am Leben zu bleiben, oder in einem Zwiebelfeld in der Sowjetunion dahinvegetieren. Also hast du mich gewählt. Wie edel von dir. Aber das hier hat nicht das Geringste mit Lazarewo zu tun, oder? Hier geht es um Wochen, Monate, Jahre und um sämtliche Minuten dazwischen. Nur du und ich, ein Mann und eine Frau, die versuchen, eine Ehe zu führen.«

»Ich weiß sehr wohl, worum es hier geht, Tatiana«, sagte Alexander. Ihre zerbrechliche Stimme drückte wie ein Zementblock auf sein Herz.

»Wirklich? Eine Ehe ist kein Honigschlecken. Das hier ist kein vorgegaukeltes Leben wie das während des Krieges, keine vorgegaukelte Sowjet-Ehe, du und ich gegen das NKWD, in dem Irrglauben, dass wir eine Wahl hätten. Das ist das echte amerikanische Leben. Voller Alternativen, Freiheiten, Gelegenheiten, Geld, Konflikten und Auseinandersetzungen. Wir leiden ... wenn wir nicht haben können, was uns unserer Meinung nach zusteht. Es quält uns.« Sie hielt inne. »Und dann werden wir in Versuchung geführt.«

»Tania, hör auf. Nicht auf dem Parkplatz. Ich möchte nach Hause.«

»Du willst dieses Gespräch zu Hause führen?« Ihre Augen sahen ihn trüb an. »Dort, wo ich mit aller Kraft einen Zufluchtsort für dich geschaffen habe, an dem dein übriges Leben dir nichts anhaben kann? Einen Hafen, in dem es dir möglich ist, Frieden zu finden?« Sie schüttelte den Kopf. »Ich glaube nicht, dass du dort dieses Gespräch führen willst.«

»Doch, das will ich.«

»Alexander Barrington«, sagte Tatiana, »mein Freund, mein Ehemann, du hast anscheinend nicht zugehört. Ich rede nicht von Liebe. Richter glaubt auch, dass er Vikki liebt. Vikki glaubt jedes Mal, dass sie den Mann liebt, mit dem sie gerade zusammen ist. Liebe ist anscheinend das reinste Honigschlecken. Du hast den Nerv, mir das über Naples zuzuflüstern? Wildfremde könnten sich dort auf dem weißen Sandstrand am Golf lieben!«, rief sie. »Hunde könnten sich dort paaren, Fruchtfliegen in Lazarewo. Liebe ist so einfach.«

Atemlos stand er vor ihr und blinzelte sie an, während sie die Farben wegwischte, mit denen die Bilder seines Lebens gemalt waren.

»Ich rede nicht von wahrer Liebe«, wiederholte sie.

»Offensichtlich«, setzte er an, »kannst du trotzdem *nicht* auf einem Parkplatz davon reden. Können wir nun heimfahren? Das Haus ist leer. Ant ist in der Schule.«

»In diesem Haus gibt es keinen Frieden mehr.«

»Oh, das weiß ich. Er ist mit dir verschwunden. Trotzdem will ich da jetzt hin.«

Tatiana zwang ihn mit einem Blick nieder, eine achtbare Leistung dafür, dass sie ihm nur bis zur Brust reichte. »Du bildest dir ein, du könntest tun und lassen, was dir gefällt, und mich dann mit nach Hause nehmen?«

»Tania, wenn du mich nur mit dir reden lässt«, sagte Alexander. »Ich bringe es wieder in Ordnung. Ich habe nichts Falsches getan.«

»Ach nein?«

»Nein.« Sein tapferes, gleichmütiges Gesicht war eine steinerne Maske. »Aber bitte, lass uns jetzt gemeinsam nach Hause fahren, damit ich es dir erklären kann.«

Tatiana kam in ihrer weißen Schwesterntracht nah zu ihm heran, sah ihn an diesem kalten Dezembermorgen mitten auf dem sonnigen Parkplatz vor Anthonys Schule mit ernstem Gesicht und sehnsüchtigen Augen an und legte die Fäuste auf seine Brust. »Alexander«, flüsterte sie, »küss mich.«

Ein leiser Laut drang aus seiner Kehle.

Ihre Hände lagen auf seinem Hemd, in der Nähe seines Herzens. Ihr fragender, hoffender, verletzter Blick war auf ihn gerichtet. Ihre Augen füllten sich mit Tränen. »Du hast mich gehört«, hauchte sie. »Mein Ehemann, Vater meines Kindes, mein Gefährte, mein Leben, meine Seele, ich bitte dich, küss mich mit deinen treuen Lippen.«

Die Putzkolonne des Leichenbeschauers würde nicht so bald auftauchen, um Carmens Überreste von den Wänden ihres Hauses zu waschen. Alexander hatte die Wahl. Entweder küsste er sie jetzt oder er trat von ihr weg. Doch egal, was er tun würde, wofür er sich auch entschied, er hatte ausgespielt.

Es stand schachmatt.

Alexander trat weg. »Tatiana, das ist doch lächerlich. Ich bitte dich unentwegt, mit mir nach Hause zu kommen und es dort zu Ende zu bringen. Ich weigere mich, das mit dir in der Öffentlichkeit zu tun.« Er konnte sie nicht ansehen.

Tatiana stieg in den Thunderbird und fuhr mit quietschenden Reifen davon. Alexander blieb allein auf dem leeren Parkplatz zurück.

Baby, die Winternächte sind kalt in der Wüste

An diesem Freitag kam Tatiana überhaupt nicht nach Hause. Kommenden Mittwoch war Weihnachten. Und am *Montag* würden Vikki, Richter, Esther und Rosa aus dem verschneiten Osten einfliegen, um das Weihnachtsfest gemeinsam mit ihnen zu verbringen. Was sollten sie nur tun?

Alexander versuchte Tatiana in der Mission zu erreichen, im Krankenhaus, aber sie kam weder ans Telefon noch rief sie zurück. »Es tut mir leid, Alexander«, sagte mal Erin, mal Cassandra. »Sie hat zu tun. Sie ist im OP, im Reanimationsraum eins, im Reanimationsraum zwei. Wir haben einen Unfall, einen Herzinfarkt nach dem anderen. Es gab sogar eine Messerstecherei. Sie kann nicht ans Telefon kommen.«

Alexander und Anthony ertrugen das leere Haus nicht. Sie aßen auswärts zu Abend und sahen sich anschließend einen Science-Fiction-Film im Kino an: *Die Körperfresser kommen.* Es fiel kaum ein Wort zwischen ihnen.

Der Weihnachtsbaum blieb dunkel und Alexander hatte vergessen, die Außenbeleuchtung an den Fenstern anzubringen. Als sie um elf Uhr abends heimfuhren, konnten sie ihr Haus auf dem Jomax-Hügel nicht einmal sehen. Der kleine Leuchtturm war pechschwarz.

Wieder rief Alexander im Krankenhaus an. Er überlegte, ob er zu ihr fahren sollte, aber sie hatten bereits drei ergebnislose Gespräche auf Parkplätzen und in Warteräumen geführt. Die zweite Nacht in Folge konnte er nicht in ihrem Bett schlafen. Er rauchte, bis ihm das Gift die Sicht vernebelte, und harrte bis Samstag früh auf der Couch aus.

Dann rief er im Phoenix Memorial an. Die Empfangsdame in der Notaufnahme sagte ihm am Telefon, dass Tatiana das Krankenhaus um sieben Uhr verlassen habe. Also wartete Alexander wieder. Doch als sie um neun immer noch nicht aufgetaucht war, fuhr er schließlich ins Büro. Seinen Sohn nahm er mit, da er ihn nicht allein zu Hause lassen wollte.

Anthony bot einen so jämmerlichen Anblick, als er schweigend in der Ecke des Empfangsbereiches saß, dass Alexander sich kaum auf seine Arbeit konzentrieren konnte. Geh dir ein

Eis holen, Ant. Hier hast du etwas Geld. Kauf dir irgendetwas. Aber Anthony rührte sich nicht.

Am Abend fand die Weihnachtsparty von Barrington Custom Homes statt, in einem neuen spektakulären Musterhaus. Alexander und Tatiana würden sie gemeinsam ausrichten, genau wie in den vergangenen sechs Jahren. Sie erwarteten einhundertfünfzig Gäste. Von dieser Party hing einiges ab, wie die begehrte Einladung zu dem angesehenen Bauwettbewerb, der Parade of Homes 1959.

Als Alexander mit Anthony um vier Uhr nachmittags heimkam, war Tatiana wieder nicht da.

Sie war jedoch im Haus gewesen, denn sie hatte sämtliches Geschirr aus den Schränken und Vitrinen auf den Boden geworfen. *Sämtliches* Geschirr lag zerbrochen auf der Erde. Tassen und Schüsseln nicht zu vergessen. Dudley, Carmen, ihre Ehe, ein Trümmerhaufen zu seinen Füßen.

Alexander und Anthony starrten mit fassungslosem, finsterem Blick auf das Chaos, den Wahnsinn, der hier getobt hatte.

»Wirst du mir vergeben, Tania, wenn ich ins Gefängnis komme?«

»Ja.«

»Wirst du mir vergeben, wenn ich sterbe?«

»Ja.«

»Wirst du mir vergeben ...«

»Shura, ich vergebe dir alles.«

»Offensichtlich war jemand zu Hause«, sagte Anthony und hängte seine Jacke schwungvoll an den Garderobenhaken. »Aber ich glaube nicht, dass es meine Mutter war.«

Sie brauchten über eine Stunde, um die Scherben wegzuräumen.

Als Alexander ins Schlafzimmer ging, um sich umzuziehen, entfuhr ihm ein gequältes Stöhnen. Auf ihrer cremefarbenen Tagesdecke mit den purpurroten Blüten lagen wirr und verschlungen in langen, traurigen Strähnen die Überreste von Tatianas blondem Haar. Alexanders schärfstes Armeemesser mit der metallicblauen Stahlklinge war neben dem Bett zu Boden geworfen worden.

Eine ganze Weile saß er reglos auf dem Bett, während aus

dem Schlafzimmerradio Vivaldis *Sposa son disprezzata* klang. Er staunte schlichtweg, wie diese gelassene, ihm vermeintlich so vertraute Frau auf den Konflikt reagierte, den er in ihrem ruhigen Haus heraufbeschworen hatte. Genau wie sonst hatte er auch hier schlimmstenfalls ein Wortgefecht erwartet. Aber das war Krieg. *Fida son oltraggiata* …

In seinem Kopf hörte er Tatianas sonst so sanfte Stimme, die in eisernem Ton zu ihm sagte: *»Alexander Barrington, mein Freund, mein Ehemann, du hast anscheinend nicht zugehört.«*

Das konnte nicht sein, schrie Alexanders Herz. Das war unmöglich. Sie konnten doch nicht auch am echten Leben zerbrechen. Dagegen waren sie gefeit, oder nicht? Sie waren Alexander und Tatiana. Sie waren über gefrorene Ozeane gerobbt, von Kontinent zu Kontinent über rostige spitze Zäune geklettert, hatten sich für ihre Sünden auspeitschen, sich schlagen und beinahe töten lassen, um wieder zueinanderzufinden.

Das konnte ganz einfach nicht sein.

Als Alexander geduscht und sich angezogen hatte, sammelte er Tatianas Haarsträhnen auf, die blonde Pracht aus fünfzehn langen Jahren, und legte sie auf die Kommode. In der Küche sagte er zu seinem Sohn: »Ant, ich habe so die Vermutung, dass Mommy heute Abend nicht zu unserer Feier kommen wird. Was willst du machen? Ich muss hingehen.«

Während ein Partyservice allerlei Speisen und Getränke ins Musterhaus lieferte, gab es daheim nur Dosenfleisch – das Lend-Lease-Gut der Amerikaner an die hungernde, vom Krieg gebeutelte Sowjetunion –, das Tatiana immer vorrätig hatte und das Anthony nun bedächtig mit einer Gabel direkt aus der Dose aß. Er saß mit hängenden Schultern auf der Couch und blickte zu seinem Vater auf. »Sie hat uns verlassen, oder?«, sagte er und begann zu weinen.

Alexanders Kehle schnürte sich zusammen. Er setzte sich zu seinem Sohn. »Sie hat uns nicht verlassen«, sagte er. »Und sie hat vor allem *dich* nicht verlassen.« Könnte mir jemand einen verdammten Luftröhrenschnitt machen, damit ich wieder atmen kann?

»Und wo ist sie dann?«

»Glaubst du, wenn ich das wüsste, wäre ich jetzt nicht bei ihr, Weihnachtsparty hin oder her? Aber ich habe keine Ahnung.«

»Oh Dad.«

»Ant, es tut mir leid. Dein Dad hat etwas Schlimmes getan und Mommy ist sehr wütend. Ich will es nicht vor dir beschönigen. Aber bitte mach dir keine Sorgen. Sie kommt zurück, du wirst schon sehen.«

»So wie sie damals zu dir zurückgekommen ist?«

Alexander versuchte, gelassen zu bleiben. »So in etwa.« Er wuschelte seinem Sohn durchs Haar. »Und jetzt komm. Auf der Party gibt es richtiges Essen.«

»Dosenfleisch ist richtiges Essen«, sagte Anthony und blickte in die Büchse. »Das war die letzte. Ich ernähre mich schon die ganze Woche davon und von ihrem alten trockenen Brot aus dem Brotkasten.«

»Zum Glück können wir Dosenfleisch und Brot nachkaufen«, sagte Alexander, während er die Tür abschloss. Diesmal ließ er den Baum, die Weihnachtsbeleuchtung und das Terrassenlicht brennen, falls sie vor ihnen zurückkam. Was war gestern nur geschehen, das einen derartigen Tobsuchtsanfall in ihrem Haus zur Folge hatte? Anthony hatte recht, die Frau, die das Geschirr zerschlagen und ihr Haar mit Alexanders Armeemesser abgeschnitten hatte, war nicht Tatiana. Es musste etwas passiert sein.

Etwas Schlimmes. Nur was?

Als sie im Truck saßen, sagte Anthony: »Warum entschuldigst du dich nicht einfach bei Mommy? Das mache *ich* immer.«

Alexander lächelte freudlos. »Wofür müsstest du dich denn entschuldigen, Ant? Du weißt doch, dass du in den Augen deiner Mutter nichts falsch machen kannst.«

»Manchmal bringe ich sie schon in Rage«, sagte Anthony mit einem Schulterzucken. »Wie damals, als ich mich mit Damian Mesker geprügelt habe. Aber du kennst sie ja. Sie will nur hören, dass es dir leidtut, und dann vergibt sie dir.«

»Ich glaube, dieses eine Mal«, sagte Alexander, »genügt eine bloße Entschuldigung nicht.«

Natürlich kam sie nicht zur Party. Alexander war außer sich, fühlte sich entmutigt, erschöpft und nahe dran, den Verstand zu verlieren. Ohne sie wie gewöhnlich bei solchen Anlässen an seiner Seite zu haben, schlenderte er mit einem Glas in der Hand umher, gab vor, ein geselliger und guter Gastgeber zu sein. Ja, das stilvolle Haus, ja, das gute Essen, und ja, sein Sohn war ein hübscher Kerl, der Sohn, der nur herumsaß und die Speisen nicht anrührte, und davon abgesehen hörte er immerzu: »Wo ist Tania?« Indessen verschwand Alexander alle fünf Minuten in einem kleinen als Büro eingerichteten Nebenraum und telefonierte sämtliche Bekannte durch, die nicht auf der Party waren: Weder Carolyn und Cassandra noch Erin und Helena hatten sie gesehen. Auch Francesca antwortete, allerdings nach einer kurzen Pause, dass sie nicht wüsste, wo sie sich aufhielte. Aufgrund ihres Zögerns versuchte er, etwas mehr aus ihr herauszubekommen. Doch sie blieb dabei, sie wisse nichts. Er rief sogar Vikki in New York an, wo es jetzt ein Uhr morgens war. Vikki war nicht sehr gesprächig, und auch sie konnte Alexander keinen Hinweis geben. »Du hast unsere Tania verloren?«, fragte sie. »Keine Sorge, sie geht selten sehr weit weg. Versuch sie zu finden, bevor ich am Montag komme.«

Wo konnte sie nur sein? Vielleicht war sie irgendwo zusammengebrochen, im Auto ohnmächtig geworden. Und wenn nicht, wie konnte sie ihren Sohn durch ihr Ausbleiben so leiden lassen? Der Junge hatte nichts getan.

Die Party verlor an Schwung, um elf waren alle gegangen. Nachdem die Leute vom Partyservice aufgeräumt hatten, verließen Alexander, Anthony und Linda als Letzte das Haus. Als sie ihnen eine gute Nacht wünschte, sprachen Mitgefühl und Bedauern aus ihrem Blick.

Vater und Sohn wechselten auf dem Heimweg kein Wort miteinander. Alexander überlegte fieberhaft, wie er reagieren sollte, falls sie sie nun zu Hause antrafen. Anthony wäre in Hörweite und Alexanders Nerven lagen blank. Als sie in die Auffahrt fuhren und ihr Wagen nicht dastand, stieß Anthony einen Laut der Verzweiflung aus, doch Alexander war erleichtert. Er wollte ihr nicht in Anwesenheit ihres Sohnes gegenübertreten.

Mit grimmiger Miene setzte sich Anthony auf die Couch und schaltete den Fernseher an, aber es lief nichts mehr. Es war schon spät. Er starrte auf die Farbstreifen und Nummern, die auf dem Bildschirm flackerten. Alexander setzte sich zu ihm. Ihre Schultern berührten sich.

»Ant, geh zu Bett.«

»Ich werde auf sie warten.«

»Ich warte. Du legst dich hin.«

»Ich warte auch.«

»Nein«, sagte Alexander und stand auf. »Geh zu Bett, Anthony. Du wirst mir jetzt folgen.«

Anthony erhob sich. »Da wirst du sehr lange warten müssen«, sagte er mit leerer Stimme und ging an seinem Vater vorbei. »Ich weiß, wovon ich rede. Und genau wie damals, wird sie auch jetzt erst einmal nicht zurückkommen.« Was Anthony nicht aussprach, aber eindeutig meinte und Alexander hören und sogar spüren konnte, war: Sie kommt nicht zurück, genau wie letztes Mal. Und wieder ist es nur deine Schuld.

Als Anthony sich hingelegt hatte, kam Alexander in sein Zimmer und setzte sich zu ihm auf die Bettkante. Er tätschelte seinen Rücken und die Schultern. Dann beugte er sich über ihn und berührte sein schwarzes Haar. Der Junge lag auf dem Bauch und hatte das Gesicht abgewandt.

»Wie spät ist es?«, fragte er mit gedämpfter Stimme.

»Halb eins.«

Sie stöhnten beide auf.

»Anthony«, sagte Alexander, »du willst doch, dass Mom und Dad die Sache in Ordnung bringen. Dann warne ich dich. Wenn Mom heute Nacht nach Hause kommt, bleib in deinem Zimmer. Die Erwachsenen müssen das auf ihre Art regeln. Du darfst nicht herauskommen. Leg dir ein Kissen über den Kopf, versuch zu schlafen, tu, was immer nötig ist, aber unter gar keinen Umständen will ich sehen, dass sich deine Tür öffnet. Hast du das verstanden?«

»Warum?«, fragte Anthony. »Es ist doch kein Geschirr mehr da, das zu Bruch gehen kann.«

Alexander küsste seinen Sohn auf den Kopf. »Du bist ein guter Junge«, flüsterte er. »Bleib einfach in deinem Zimmer.«

Dann rief er im Krankenhaus an. »Erin«, krächzte er ins Telefon und erstickte fast an seinen Worten, »sagen Sie mir bitte, wo sie ist.«

»Ich weiß es nicht, Alexander. Es tut mir wirklich leid. Ich würde es Ihnen sagen, wenn ich es wüsste. Das versichere ich Ihnen. Aber ich schwöre bei Gott, dass ich es nicht weiß.«

Ein Uhr morgens und sie war immer noch nicht da.

Alexander ging nach draußen und begann fast völlig im Dunkeln, aus einem inneren Zwang heraus Holz zu hacken. Nur das kleine gelbe Terrassenlicht brannte in seinem Rücken. Sie hatten selbst keinen Kamin. Er spaltete die Scheite für seine Häuser, um ihnen mit dem bereitgestellten Brennholz eine heimelige Note zu geben. Kaminholz zum Einzug. Ein kleines persönliches Detail von Barrington Custom Homes, ohne Aufpreis.

Ihre Stimme ging ihm nicht aus dem Kopf: *»Alexander, ich weiß, du hast alle Menschen verloren, die du je geliebt hast, aber mich wirst du nicht verlieren. Ich schwöre dir bei meinem Ehering, bei meiner Unschuld, die du mir genommen hast, dass ich auf ewig deine treue Ehefrau bleiben werde.«*

Das hatte sie einst in Lazarewo zu ihm gesagt.

Die Dezembernacht in der Wüste war kalt. Alexander trug nur seine Armeehose und ein schwarzes T-Shirt, doch mehr brauchte er auch nicht. Die schwere Arbeit dämpfte seine Wut ein wenig, seine bedrückende Sorge, seine lähmende Angst.

Was, wenn sie es diesmal nicht in Ordnung bringen konnten?

Was, wenn sie heute Nacht wieder nicht nach Hause kam?

Alexander war dabei, die Nerven zu verlieren.

Immer schneller ließ er die Axt niedersausen. Er wollte, dass ihn die körperliche Anstrengung schwächte. Konnte er sich selbst noch trauen? Stöhnend schlug er das Beil auf den Hackstock, bis seine Lungen leergepumpt waren.

Dann hörte er ein Geräusch. Oh Gott, die Kieselsteine. Das war ihr Wagen in der Auffahrt. Er warf die Axt weg und rannte um das Haus herum nach vorn zu dem überdachten Einstellplatz. Als er zu ihrem Wagen kam, stieg Tatiana gerade aus. Sie konnte nicht einmal Luft holen, so schnell packte er sie. Er war so außer Atem, dass er nicht sprechen konnte. Und sie schwieg.

»Wo zum Teufel bist du gewesen«, raunte er und schüttelte sie. »Hast du nur die geringste Vorstellung, was … Anthony durchgemacht hat? Hättest du nicht eine verfluchte Sekunde darüber nachdenken können ... wenigstens, wie es ihm geht?« Er lockerte langsam seinen Griff, schlang dann die Arme um sie und drückte sie dankbar an seine Brust. »Mein Gott, wo warst du nur?« Er zitterte.

»Lass mich los«, sagte sie mit einer Stimme, die er nicht wiedererkannte. »Nimm deine Hände von mir weg.«

Alexander ließ sie los und taumelte zurück.

Die eisige Stadt, die Blockade von einst spiegelten sich in ihrem schmerzlichen, missbilligenden Blick. Tatiana stand mit dem Rücken zu ihrem roten Thunderbird, in Caprihose und einem kurzen Pullover, beides in Rosa. Sie wirkte völlig erschöpft, als hätte sie seit Tagen nicht geschlafen: Unter ihren Augen waren tiefe, dunkle Ringe wie bei einem Waschbären, ihre Lippen waren kreidebleich, ihre Wangen eingefallen. Und dann ihr Haar! Es war weg, abgeschnitten, bis zum Nacken gekürzt. Alexander hatte schon befürchtet, sie habe sich einen Igelkopf geschoren. Aber sie hatte nur ihr Leben verändert und sich in eine andere Frau verwandelt. Diese neue Frau sah aus, als könne sie sich kaum aufrechthalten. Vielleicht lag es an den rosaroten Stöckelschuhen. Das war sein zweiter Gedanke, als sein Entsetzen über ihre Frisur sich etwas gelegt hatte. Sie war drei Tage weg gewesen, verschwunden, wie vom Erdboden verschluckt und tauchte dann samstagnachts um halb zwei in diesem Aufzug auf.

Alexander stand keuchend einen Meter von Tatiana entfernt. Es war kalt, aber er glühte vor Zorn.

»Wo zum Teufel warst du?«, wiederholte er. »Antworte mir gefälligst.«

»Und wo warst *du?«*, sagte sie. »Hast du *mir* etwa geantwortet?«

»Du hast mir nicht eine Frage gestellt.«

»Das musste ich auch gar nicht, oder?«

Er blinzelte und trat noch einen Schritt zurück. »Du warst seit Donnerstag nicht zu Hause«, sagte Alexander. »Wo bist du gewesen?«

»Ich bin dir keine Rechenschaft schuldig«, sagte sie und konnte ihre Stimme kaum unter Kontrolle halten. »Also rede nicht so mit mir. Ich schulde dir gar nichts.«

»Du schuldest mir nichts?« Sein Kopf, sein ganzer Körper zitterte, solche Mühe hatte er, seine Gefühle zu bändigen. »Ist dir eigentlich klar, mit wem du da sprichst, Tatiana?«, sagte er fast tonlos.

»Mit dir, Alexander.« Ihre Stimme war schneidend, während sie ihn scharf ansah. »Ich spreche mit dir. Denn es ist offensichtlich, dass du mir nichts schuldest.«

Er versuchte, ihrem Blick standzuhalten. Versuchte es und scheiterte kläglich. »Das stimmt nicht.«

»Kein Wort mehr. Kein einziges Wort.« Ihre Stimme wurde immer leiser. »Ich kann das nicht«, sagte sie fast im Flüsterton, während sie sich mit geballten Fäusten an ihren Wagen drückte. »Ich weiß nicht, was hier vorgeht, was mit uns passiert. Ich verstehe gar nichts. Aber ich kann das nicht mehr.« Sie zitterte nun genau wie er. »Du musst ausziehen.«

»Was?«

»Du hast mich schon verstanden.«

»Du warst drei Tage nicht zu Hause«, sagte Alexander, »kommst um halb zwei Uhr nachts mit diesen Schlampenstöckelschuhen hier an und erzählst *mir*, dass ich meine Sachen packen soll? Wo bist du gewesen?« Seine Stimme wurde mit jedem Wort lauter. Er trat auf sie zu, kam immer näher.

»Ich habe keine Lust mehr, auf deine Fragen zu antworten.«

»Ich habe noch keine Scheißantwort von dir bekommen!«

Tatiana drückte die Fäuste an ihre Brust. Zum Glück lehnte sie am Wagen, denn ihre Beine versagten ihr den Dienst. Dann hielt sie sich am Türgriff fest, streifte nacheinander ihre Stilettos ab und schleuderte sie weg. Nun war sie winzig klein. Alexanders verbranntes, vernarbtes, wütendes und wundes Herz war hilflos ihr gegenüber.

»Gestern in der Notaufnahme …«, begann sie, doch er schnitt ihr das Wort ab.

»Nein«, sagte er. »Erst will ich wissen, wo du heute Abend warst.«

»Ich war zum Essen aus mit David Bradley.«

Alexander brach der Boden unter den Füßen weg. Segel, Ruder, Anker und Boot, er glaubte, nun alles nach und nach zu verlieren. »Du warst zum *Essen* aus mit David Bradley?«, wiederholte er langsam.

»Ganz richtig.«

Er schwieg. »Das muss ja ein langes Essen gewesen sein.« Mehr fiel ihm nicht ein.

»War es auch«, sagte Tatiana. »Und nun, da wir das geklärt haben, würde ich dir gern von gestern Abend erzählen. Da wurden nämlich deine Freundin Carmen Rosario und ihr Mann in Polizeibegleitung bei uns eingeliefert. Die beiden wurden der Messerstecherei beschuldigt. Es gab einen häuslichen Streit, der eskaliert war. Offensichtlich hatte Cubert Carmen mit einem Messer attackiert und sie es ihm mit gleicher Münze heimgezahlt. Er hat eine Stichwunde an der Schulter, nichts Ernstes. Wir konnten ihn retten. Sie ist also leider keine Witwe. Tut mir leid für dich.«

Alexander erwiderte nur: »Sie ist nicht meine Freundin.«

»Nein?«

»Nein.«

Der geparkte Wagen gab Tatiana Halt. »Anscheinend hat Carmen ...« Sie brach ab. »Was ich dir jetzt erzähle«, sagte sie mit einer aufgesetzten Gelassenheit, »weiß ich, weil ich davon absah, Carmens Wunde zu versorgen – dir muss ich diese heikle Situation ja nicht erklären –, und mich stattdessen um Cubert gekümmert habe. Und der wurde in seinem angeschlagenen Zustand redselig. Laut Cubert ist seine Frau offenbar süchtig nach dem lustvollen Verlangen, das Männer beim Anblick ihrer recht, hm, beträchtlichen Oberweite empfinden.« Tatiana hielt inne.

Alexander machte drei Schritte zurück. Am liebsten wäre er drei Schritte tief im Boden versunken.

»Carmen hatte schon vor der Ehe ständig ihre Brüste ausgepackt. Das Problem bestand also von Anfang an. Cubert hatte gehofft, sie durch die Heirat davon abzubringen, aber nun ja, er irrte sich. Und nun kämpft er seit einem Jahr mit Impotenz und ist häufig von zu Hause weg. Ja, ich habe auch den Kopf geschüttelt. Er hat mir wirklich zu viel erzählt. Und ich würde dich nicht damit behelligen«, sagte Tatiana, »wenn das Ganze nicht in einem größeren Zusammenhang stünde. Stell dir Cuberts Überraschung vor, als er gestern aus Las Vegas zurückkam und Carmen ihm mitteilte, dass sie schwanger sei.«

Alexander hatte angespannt zugehört, runzelte nun die Stirn

und spürte, dass ihn mit dem nächsten Atemzug noch mehr Ärger anwehen würde. Als hätte er nicht sowieso schon genug am Hals. Er hob die Hand. »Du sagst jetzt kein Wort mehr.«

Tatiana fuhr fort, als hätte sie seinen Einwand nicht wahrgenommen. »Cubert und Carmen hatten daraufhin eine kleine Auseinandersetzung.« Ihre aufgesetzte Coolness brachte ihn in Rage. »Und Cubert hat, wie jeder normale Mann, der von der Schwangerschaft seiner Frau erfährt, sie mit einem Messer in die Brust gestochen.« Tatiana hielt inne, um ihren Worten mehr Wirkung zu verleihen. Dabei war das gar nicht nötig. Die ganze Sache war sowieso schon eskaliert. »Erst als sie aus der Wunde blutete, und keine Sekunde früher, erkundigte Cubert sich bei seiner Frau nach dem Vater des Babys. Da er ja wusste, dass es nicht von ihm sein konnte. Und rate mal, Alexander«, sagte sie nun sichtlich angegriffen, während ihre Hand den Türgriff umklammerte, »was Carmen Cubert zur Antwort gab?«

Alexander schwieg. Er wünschte, er wäre taub. Deshalb hatte sie also das ganze Geschirr zertrümmert und ihr Haar abgeschnitten. Jetzt begriff er. Was für ein Wahnsinn. Diese verfluchte Carmen. Im Krieg verloren Männer für weniger ihr Leben. Dudley hatte mit seinem bezahlt, weil er Alexanders Familie bedroht hatte. Was sollte er jetzt tun? »Warum bist du nicht rüber zu Carmen gegangen«, fragte er schließlich, »und hast mit ihr selbst gesprochen? Du hättest sofort gemerkt, dass sie lügt.«

»Oh, das wäre ich sicherlich«, sagte Tatiana, »aber durch die Stichwunde in ihrem drallen Busen war sie leider bewusstlos, sodass es etwas schwierig war, Informationen aus ihr herauszukriegen. Abgesehen von der wissenschaftlichen Untermauerung ihrer Aussage durch den positiven Bluttest.« Sie stieß einen so wütenden, verzweifelten Laut aus, dass Alexander sich selbst gern irgendwo festgehalten hätte.

»Tania«, sagte er und holte so tief Luft wie selten zuvor in seinem Leben. Ihm blieb nichts anderes übrig, als sich zu verteidigen. Er konnte nicht glauben, was er seiner Frau gleich sagen würde. »Letzten Freitag war ich mit ihr zusammen, aber ich habe nicht mit ihr geschlafen.«

Tatiana verlor die Fassung.

Hilflos stand Alexander daneben. Schließlich ging er zu ihr und wollte sie am Arm nehmen. Doch sie schlug um sich und traf ihn direkt am Kinn. Barfuß schwankte sie über den Kies in Richtung Haus. Alexander sah einen Augenblick doppelt. Er ging ihr nach, holte sie vor der Terrasse ein und versuchte, sie zu umarmen, sie auf diese Art zu beruhigen, so wie er es schon unzählige Male getan hatte, wenn sie aufgebracht war und er wollte, dass sie wieder zu Kräften kam.

Doch dieses Mal konnte er nichts ausrichten.

Ein »Lass mich los« von ihr hätte er in diesem Moment noch ertragen, aber das gezischte »Rühr mich nicht an!« war zu viel für ihn.

Er zog seine Hände zurück. »Bitte, lass mich erklären, was passiert ist.«

»Hast du etwa den Eindruck, als wollte ich irgendetwas hören?«, brüllte sie und schleppte sich zurück zum Wagen.

»Wärst du gestern mit mir nach Hause gefahren«, sagte er und folgte ihr, »hätte ich dir alles erzählt. Du hättest von mir die Wahrheit erfahren, bevor du an den verfluchten Cubert geraten wärst, der keine Ahnung hat. Wie oft habe ich dich gebeten, mit nach Hause zu kommen?«

Sie fuhr herum. »Du hast die ganze Woche deinen verlogenen Blick von mir abgewandt. Sieben Tage lang hast du mir ohne Worte diesen Wahnsinn hier regelrecht ins Gesicht geschrien. Ich wäre fast taub davon geworden. Was muss ich denn sonst noch hören? Wie es genau abgelaufen ist? Oh ja, bitte. Ergötz mich mit den Details.«

Mit leiser Stimme sagte er: »Baby, es tut mir *so* leid.« Sein Kinn war auf die Brust gesunken.

»Und was ist mit Mittwoch?«, fragte Tatiana und bedeckte ihr Gesicht mit den Händen.

Er konnte den Anblick ihres von Krämpfen geschüttelten Körpers kaum ertragen. »Am Mittwoch wollte ich mich wieder mit ihr treffen«, sagte er. »Aber du weißt, dass ich es nicht getan habe. Ich bin umgedreht und nach Hause gekommen.«

»Warum wolltest du dich mit ihr treffen?« Tatiana sprach in ihre Hände. »Sag es deiner Frau, Alexander. Warum wolltest du dich noch einmal mit ihr treffen?«

Mit einem großen Schritt kam Alexander zu ihr und nahm sie ohne Umschweife in die Arme. »Bitte, Tania«, flüsterte er. Sie stieß ihn brüsk weg, als würde die Berührung seines Körpers sie verbrühen. Der Aufruhr in ihrem Innern machte sie rasend und verlieh ihr Stärke, während seine Reue ihn still und schwächer werden ließ. Sich ihr anzunähern und beschwichtigend auf sie einzureden überstieg seine Kräfte. Er konnte sie nicht beruhigen und ihr gleichzeitig das Unerklärliche erklären, das Unaussprechliche aussprechen. Ihm blieb die Luft weg bei dem Versuch, sie zu bändigen. Sie kämpfte mit aller Kraft gegen ihn an und versuchte, sich vehement aus seinem Griff zu winden. Ihre Atmung ging sehr schnell. »Lass mich los! Lass los!«

»Nein!«, sagte er. Ruckartig drehte er sie mit dem Rücken zu sich und drückte ihr die Unterarme vor den Körper, um zu verhindern, dass sie sich oder ihn verletzte. »Beruhig dich, sonst fällst du noch in Ohnmacht. Komm schon, zeig ein wenig Vernunft.«

Tatiana riss den Kopf von einer Seite zur anderen, ihr Körper krümmte und bäumte sich auf. »Du kannst dir deine Scheißvernunft sonst wo hinstecken«, sagte sie mit zusammengebissenen Zähnen und versuchte verzweifelt, sich von ihm zu befreien.

Es war das erste Mal in seinem Leben, dass Alexander Tatiana fluchen hörte. Er hielt ihre Arme noch fester, drückte sie an sich und senkte den Kopf zu ihrem Nacken. »Tania, ich bemühe mich sehr, dir alles zu erzählen. Aber du lässt mich keine zwei Worte sagen.«

»Oh, ich höre zu«, keuchte sie. »Ich traue nur meinen verdammten Ohren nicht. Und jetzt lass mich, habe ich gesagt!« Sie schleuderte ihren Kopf nach hinten, traf Alexander am Kinn und riss sich von ihm los. Beide rangen sie nach Luft.

»Tania, bitte«, sagte Alexander und streckte die Hand nach ihr aus.

Sie taumelte. »Sag mir, wie das läuft. Nimmst du deinen Ehering vorher oder erst hinterher ab? Oder etwa während du es tust?«

»Der Ring bleibt dran«, sagte Alexander. »Carmen lügt.«

»Ach, sie ist also diejenige, die lügt, ja?«

»Allerdings«, erwiderte er. »Das weiß ich ganz sicher, weil

ich nämlich nicht mit ihr geschlafen habe.« Alexander trat einen Schritt auf Tatiana zu. Doch sie versetzte ihm erneut einen Schlag mit der Faust. »Verdammte Scheiße«, schrie er. Seine Reue war dahin, seine wiedergewonnene Fassung verloren, Wut und Zorn stiegen ungehindert in ihm auf. »Was tust du da? Hör auf, mich zu schlagen.«

Sie ging einen Meter vor ihm in Kampfstellung. Ja, sie wollte ihn herausfordern und hielt ihre Fäuste vor seine Brust. »Bleib mir vom Leib, Alexander«, sagte Tatiana in größter Anspannung. »Und rühr mich nie wieder an.«

»Hör auf, das andauernd zu sagen, verdammt noch mal.«

»Nein, ich höre nicht auf.« Ihre Faust flog ihm so schnell entgegen, dass er fast zurückgezuckt wäre. »Verschwinde aus meinem Haus.«

»Du kannst mich mal«, sagte Alexander und packte ihre Fäuste. »Das ist genauso mein Haus. Ich gehe nirgendwo hin.« Trotz geballter Anstrengung gelang es ihr nicht, sich seinem Griff zu entwinden. »Du bist doch nicht um halb zwei Uhr heimgekommen, um mir zu sagen, dass ich verschwinden soll. Wenn du mich nicht hättest sehen wollen, hättest du einfach bei deinem Scheißarzt bleiben können. Du hättest die ganze Nacht mit ihm verbringen können, anstatt mir hier mit deinem Mist auf die Nerven zu gehen.« Alexander schüttelte so wild den Kopf, dass kleine Schweißperlen aus seinem Haar flogen. »Du willst es nicht von mir hören, du willst es nicht zur Sprache bringen, warum bist du dann überhaupt zurückgekommen, Tatiana? Nur um mir zu sagen, dass ich dich nicht anrühren soll?« Er presste ihre Fäuste zusammen und stieß sie dann von sich. »Solange du weg warst, konnte ich dich gar nicht anrühren. Also warum bist du nicht einfach geblieben, wo du warst?«

»Ich war drei Tage im Krankenhaus und habe gearbeitet!«, brüllte sie und schlug auf seine erhobenen, abwehrenden Hände ein. »*Ich* habe Carmen nicht gevögelt.«

»Ich habe sie auch nicht gevögelt.«

»Sie sagt, du hättest es.«

»Sie ist eine verlogene Schlampe.«

»Nun, du musst es ja wissen, Alexander«, sagte Tatiana. »Du hast sie schließlich gevögelt.«

Alexander war so wütend, dass er nicht mehr ein noch aus wusste. Sie beide im Zaum zu halten, kostete ihn so viel Kraft, dass er in kaltem Schweiß gebadet war. Sein T-Shirt war klatschnass. Er trat von ihr weg. Sie hielt sich den Bauch, beugte sich vornüber und atmete flach, um sich nicht zu übergeben. Trost gab es nicht, weder für sie noch für ihn.

»Tatiana, ich wiederhole es jetzt noch einmal«, sagte er keuchend. »Ich hatte keinen Sex mit ihr.«

»Und ich wiederhole es auch noch mal: Ich glaube dir kein Wort, also sei einfach still! Sie lügt, ja? Wie oft wirst du denn beschuldigt, Frauen zu schwängern, mit denen du eigentlich gar nichts zu tun hast? Und falls du tatsächlich keinen Sex mit ihr hattest, was hast du dann letzten Freitag bis sechs Uhr morgens mit ihr gemacht? Nur etwas getrunken? Gemeinsam ein paar Zigaretten geraucht? Hast du sie vielleicht mit einem Glimmstängel geschwängert?« Sie atmete ihr ganzes Elend aus, stand immer noch vornübergebeugt, umklammerte ihren Bauch, außerstande aufzusehen oder sich gar aufzurichten. Als er nichts erwiderte, hob sie schließlich den Blick. »Das waren keine rhetorischen Fragen«, sagte sie scharf. »Ich hätte gern eine Antwort.«

»Was zum Teufel soll ich denn darauf sagen?«

»Genau. Wie wäre es damit, dass du sie schon seit Monaten vögelst. Sie und andere Frauen, jeden Freitagabend ist Gelegenheit. Das ist ja so bequem für dich. Ant ist weg, ich bin weg. Du hättest es mir nie erzählt. Man hat dich diesmal nur zufällig erwischt, stimmt's?«

»Hör auf!« Alexander wusste nicht, wie er jemals die Wogen wieder glätten sollte. »Das ist doch verrückt! Ich habe nicht mit ihr geschlafen. Und du weißt, dass sie lügt, weil sie gar nicht von mir schwanger sein *kann.*«

»Das weiß ich überhaupt nicht«, sagte Tatiana. »Ich weiß nur, dass du lügst.«

»Du *weißt* es!«, brüllte Alexander. »Ich kann nicht fassen, dass ich dir das überhaupt sagen muss, verdammte Scheiße.«

»Oh ja, du hast allen Grund mich anzuschreien!« Tatiana hielt sich am Wagen fest und zeigte auf das Haus. »Dein Sohn ist da drin. Meinst du nicht, er ist schon genug traumatisiert?«

»Das ist er in der Tat«, sagte Alexander mit zusammengebissenen Zähnen. »Und wen wundert es? Seine Mutter ist ja nie zu Hause. Wahrscheinlich fühlt er sich wieder wie damals, als er dachte, er sei eine Waise.«

Keuchend ging sie auf ihn los. Ihr Gesicht und ihre drohend erhobenen Hände verrieten Gewaltbereitschaft. Es gab kein Entkommen vor ihren trommelnden Fäusten, ihren wild ausholenden Armen. »Ich kann nicht fassen«, sagte sie und Tränen rannen ihr über die Wangen, »dass ich mein Baby verlassen habe, um dich zu suchen. Dass ich so einen herzlosen Bastard meinem Jungen vorgezogen habe. Ich wünschte bei Gott, ich wäre nie gegangen. Du und dein niederträchtiges, verdorbenes, treuloses Herz, du hättest in Kolyma ohne Frauen weit und breit verrotten und dich mit den anderen Gefangenen an den männlichen Holzfällern vergehen sollen. Das hätte dein Schicksal sein sollen, statt mich hier zu betrügen.«

Alexander packte sie an der Kehle und stieß sie gegen den Wagen. Ein Schleier der Wut trübte seinen Blick. Er kochte vor Zorn. »Oh mein Gott«, sagte er und umklammerte ihren Hals. »Findest du nie ein Ende, verflucht noch mal?«

»Warum ich? Geh weg von mir«, sagte sie mit heiserer Stimme, während sie würgte und versuchte, seine Hände von ihrer Kehle wegzuziehen. Er ließ los. Sie hustete.

»Warum bist du überhaupt noch hier? Geh zu deiner Carmen. Sie wartet mit ihren dicken Titten auf dich.« Verrückt vor Schmerz ging sie wieder auf ihn los. Und Alexander wusste nicht, wie er sie aufhalten sollte, da er selbst so nah am Abgrund stand. Er wandte sein Gesicht leicht von ihr ab, hob zum Schutz seine Hände ein Stück hoch. Sein einziger Vorteil war seine Größe, denn sie kämpfte unerbittlich. Sie zog heftig an seinem T-Shirt und zerriss dabei den Stoff. Ihre Schläge trafen seine nackte Brust, ein Faustschlag ging in den Magen. Er hatte genug.

»Tania«, sagte er und packte ihre Handgelenke, »das reicht jetzt. Hör auf.«

»Nein!«

Er drückte immer fester zu, aber sie schrie nicht einmal. Stattdessen stand sie wie betäubt vor ihm und sagte ohne zu zucken: »Brich mir doch die Handgelenke. Na los. Alles andere hast du doch eh schon kaputt gemacht.«

Er stieß sie weg, aber sie stürzte sich gleich wieder auf ihn. »Ich warne dich«, sagte er und hielt sie auf Armlänge entfernt. »Bleib weg von mir.«

»Nichts, was ich dir gegeben habe, war genug«, schluchzte sie. »Alles, was wir hatten, alles, was *ich* dir gegeben habe, war offensichtlich nicht genug!« Sie schöpfte Atem. »Es gibt keine Hoffnung mehr für uns. Ich jedenfalls werde so nicht weiterleben. Auf keinen Fall. Aufrichtigkeit und Loyalität waren die einzigen Bedingungen für eine Beziehung mit mir. Das wusstest du, als du losgezogen bist, um eine andere Frau zu vögeln, und mich damit bis ins Tiefste herabgewürdigt hast. Du hast mir genau gezeigt, was ich wert bin und auch was du wert bist, nämlich nichts. Also pack deine Sachen und geh hin, wo immer du willst. Zieh dorthin, wo du hingehörst. Dein Platz ist nicht länger bei mir. Es kümmert mich nicht mehr, was du tust.«

Alexander brauchte Abstand von ihr. Sie war nicht die Einzige, die aufgrund ihrer Wut und ihres Schmerzes nicht mehr klar urteilen konnte. Sie war nicht mehr bei Verstand und sagte alles Mögliche, um ihm den Verstand zu rauben. »So glaub mir doch, verdammt noch mal«, sagte Alexander. »Ich kann es nur wiederholen: Ich habe nicht mit ihr geschlafen. Ich habe nicht mit ihr geschlafen.«

»Du kannst es bis zum Erbrechen wiederholen, aber es steht dein Wort gegen ihres«, sagte Tatiana mit verzerrten Gesichtszügen. »Mehr habe ich nicht. Dein Wort gegen ihres. Und was dein Wort wert ist, wissen wir ja, oder? Nicht einmal den Atem, den du dafür brauchst. Deine gottlosen Lügen und ihre Aussage, dass sie von dir schwanger ist. Schwanger, verstehst du?« Sie war niedergeschmettert, am Boden zerstört, konnte nicht weitersprechen.

»Nun, wenigstens wird irgendjemand hier schwanger«, stieß Alexander mit zusammengebissenen Zähnen hervor. Er beugte sich seiner Wut, hatte sich durch ihre scharfen Worte provozieren lassen. »Und es hat nicht fünfzehn verdammte Jahre gedauert.«

»Als ob ich dein Baby behalten würde!«, schrie Tatiana. »Eher würde ich es eigenhändig wegmachen!«

Alexander schlug ihr so fest ins Gesicht, dass sie zur Seite taumelte und hinfiel.

Blind vor Zorn stand er über ihr. Raue, tierische Laute drangen aus seiner Kehle. Tatiana schirmte ihren Kopf mit den Armen ab. »Du hast wirklich jedes Maß, jeden Sinn für Anstand verloren«, sagte er und zog sie grob auf die Füße. »Ich kann gar nicht glauben, wie sehr du mich hasst.« Er stieß sie von sich. Tatiana verlor erneut das Gleichgewicht und fiel wieder auf den Kieselboden. Sie schüttelte den Kopf, versuchte zu sprechen, aufzustehen. Aber Alexander konnte sich nicht mehr beherrschen. Knurrend vor Wut ging er auf sie los und baute sich vor ihr auf. Er holte weit mit der Hand aus und …

In diesem Moment kam Anthony angerannt und rammte ihn in die Seite. »Rühr meine Mutter nicht an!«, brüllte er.

Flüchtig fühlte sich Alexander an einen Kampf mit seinem Vater erinnert, bei dem es um seine Mutter gegangen war, vor fünfundzwanzig Jahren in Leningrad, als sie an der Schwelle des Todes gestanden hatten. Es gab nur einen Unterschied. Alexander war nicht Harold Barrington.

»Anthony«, sagte er und packte den Jungen. »Was zum Teufel soll das? Habe ich dir nicht gesagt, du sollst in deinem Zimmer bleiben?«

Anthony riss sich von seinem Vater los. »Wage es ja nicht, meiner Mutter wehzutun«, sagte er und ballte die Fäuste.

»Verdammte Scheiße«, brüllte Alexander. »Können wir nicht einmal etwas unter uns ausmachen? Geh zurück ins Haus!« Er packte Anthony, schob ihn zur Eingangstür, über den Flur in sein Zimmer. Dort stieß er ihn aufs Bett und sagte: »Was glaubst du eigentlich, mit wem du es hier zu tun hast? Komm gefälligst nicht noch einmal raus.«

»Tu meiner Mutter nicht weh«, flüsterte Anthony und weinte. »Bitte.« Doch Alexander hatte ihm bereits den Rücken zugewandt und war über die Hintertür ins Freie gestolpert.

Währenddessen hatte sich Tatiana mühsam aufgerappelt und am Terrassengeländer entlang ins Haus geschleppt. Sie wollte Anthony trösten, aber er sollte sie nicht in diesem Zustand sehen. Sie wankte ins Badezimmer, blieb minutenlang für sich allein und versuchte, sich zusammenzunehmen. Alexander hatte sehr fest zugeschlagen. Sie wusch vorsichtig das Blut von ihrer Lippe. Von der Schläfe bis zum Kiefer war eine Seite ihres Gesichts, Auge, Nase, Mund, schwer in Mitleidenschaft gezogen worden. In ihrem Ohr hörte sie ein lautes Klingeln, das in ihrem Kopf widerhallte. Ihr ganzer Körper pochte.

Schließlich ging sie zu ihrem Sohn. Tatiana wusste, dass er oft zwischen seinen Eltern hin und her gerissen war und nicht entscheiden konnte, auf wessen Seite er sich stellen sollte. Heute Nacht zerriss ihn dieser Konflikt. Er ließ sich nicht trösten. Tatiana hörte ihm zu, nickte und sagte: »Du bist ein Kind. Lass die Erwachsenen ihr Chaos selbst beseitigen. Dad hat es dir doch gesagt. Warum hast du ihm nicht gehorcht und bist in deinem Zimmer geblieben?«

»Mom, komm nicht mehr in seine Nähe. Halt dich von ihm fern. Um Himmels willen, er hat einen Mann erschossen.«

»Anthony, er hat nicht nur einen erschossen. Jede Narbe auf seinem Körper ist nichts verglichen mit dem, was er in seinem kurzen Leben bereits gesehen und getan hat, auch mit seinen eigenen Händen getan hat. Du weißt über deinen Vater Bescheid. Ich habe es dir oft genug erzählt. Er hat dich und mich gerettet. Wir haben ihn zurückgelassen und sie haben ihn fast zerstört. Das ist nun von ihm übrig.«

»Hör auf, ständig Entschuldigungen für ihn zu finden.«

»Willst du das denn nicht?«, fragte sie im gleichen Atemzug.

»Ich bin mir nicht mehr sicher«, flüsterte Anthony.

Ich mir auch nicht, Ant, dachte Tatiana. Ich mir auch nicht. Sie streichelte sein Gesicht. Sie hatte sich nicht mehr in der Gewalt. Sie tat, was sie konnte, um dem Jungen beizustehen. »Deinem Dad ist Brutales widerfahren. Er gibt sein Bestes. Ich will ihn nicht in Schutz nehmen, aber ich sage es dir noch einmal: Halt dich aus unseren Angelegenheiten heraus.«

Er wandte sich von ihr ab. Seine Schultern bebten.

»Dein ganzes Leben lang, seit du ein kleiner Junge warst, hast du versucht dazwischenzugehen, wenn wir, die Erwachsenen, miteinander gestritten haben, als läge es in deiner Verantwortung, zwischen uns zu vermitteln. Aber das ist nicht deine Aufgabe. Wir müssen das selbst regeln.«

»Mama, bist du … sehr wütend auf ihn?«

»Darüber werde ich nicht mit dir sprechen. Du bist jung. Mit vierzehn habe ich auch noch so wenig gewusst. Aber glaube mir, eines Tages wirst du es verstehen.« Sie schluckte. »Die Macht, die du über jemanden hast, der dich liebt«, sagte Tatiana, »ist größer als irgendeine andere, die du je haben wirst.« Sie kämpfte mit ihren Worten. »Du weißt schon immer, dass dein Vater diese Macht über mich hat.« Sie senkte den Kopf. »Aber du hast recht, Anthony. Ja, mein Liebling. Ich bin sehr wütend auf ihn.«

Anthony weinte immer noch. Von draußen hörte Tatiana dumpfe Geräusche, die klangen, als ginge etwas zu Bruch. Sie fuhren ihr durch Mark und Bein.

Sie verließ Anthonys Zimmer und ging unsicheren Schrittes hinaus zu seinem Vater.

Alexander trug gerade den Terrassentisch zum Hackstock. Tatiana hielt sich am Geländer fest und sah zu, wie Alexander ein ums andere Mal mit der Axt auf ihn einhieb. Er machte so lange weiter, bis der Tisch komplett in kleine Stücke zerlegt war.

»Alexander …«

»Komm mir nicht zu nah.«

Er ging auf die Terrasse, nahm die Schaukelbank, die er für sie beide gebaut hatte, hob sie über den Kopf und schleuderte sie zu Boden. Dann sprang er über das Geländer, hob die Axt auf und zerhackte auch die Bank, auf der sie jeden Abend miteinander gesessen und geschaukelt hatten. Wie eine Sense sauste das Beil durch die Luft und schnitt ihr Leben entzwei.

Dann ging er schnaufend auf sie los.

Als Tatiana den wilden Ausdruck in seinen Augen sah, wich sie zurück. Doch ihre Schritte waren zu hastig. Sie stolperte über ihre eigenen Füße und fiel der Länge nach hin. »Alexander, hör auf!«, schrie sie und rappelte sich auf. »Ich kann das nicht mit dir zu Ende bringen, wenn du so bist.«

»Ach nein?«, sagte er. »Ich bin, wie ich bin, Tatiana.« Sein schwarzes T-Shirt hing in Fetzen an seinem Körper, seine Armeehose war verdreckt. Mit erhobenen Fäusten ragte er vor ihr auf. »Los, steh auf und bring es verflucht noch mal zu Ende.«

»Du machst mir Angst …« Durch den tauben Kiefer fiel ihr

das Reden schwer. Zitternd saß sie auf dem Terrassenboden und hielt sich die Hände vors Gesicht. »Bitte, reiß dich zusammen.«

»Immer wieder habe ich *dir* gesagt, dass vielmehr *du* dich zusammenreißen musst.« Ohne einen Funken Reue baute er sich in ganzer Größe vor ihr auf. »Und? Ist das bei dir angekommen? Wohl eher nicht. Und glaub mir, ich reiß mich bereits zusammen. Jetzt steh endlich auf.« Er trat noch einen Schritt auf sie zu und kam ihr bedrohlich nah. Seine Stiefel berührten ihre nackten Füße.

»Okay, okay …« Sie tastete nach dem Terrassengeländer und zog sich mühsam daran hoch. Verängstigt und zitternd stand sie vor ihrem schweißgebadeten, keuchenden, enorm großen Mann und tat das, was sie immer tat, wenn sie nicht wusste, wie sie die Dinge besser machen sollte, aber ihn beruhigen, ihn trösten wollte, um das, was unmöglich zu lösen schien, auf eine Ebene zu bringen, die im Ansatz Lösungen barg. Langsam öffnete sie die Hände. »Hier bin ich, Shura«, flüsterte sie. »Hier bin ich. Siehst du? Ich habe mich beruhigt.«

»Ja, du bist ein Ausbund an Tugend«, sagte Alexander und wandte den Blick von ihr ab. »Du und deine Gelassenheit, ihr seid einfach nicht voneinander zu trennen.« Aber er ging rückwärts, erst einen Schritt, dann noch einen. Seine Hand griff nach dem Geländer. »Warum bist du überhaupt hier?«, fragte er. »Du kannst unmöglich noch etwas zu sagen haben. Du hast doch schon jeden verfluchten Gedanken ausgesprochen, der dir in den Sinn gekommen ist. Ich hoffe, du bist zufrieden und stolz auf dich.«

Tatiana wusste nichts darauf zu erwidern. *Was ich da gesagt habe, war nicht so gemeint, das weißt du,* flüsterte sie. Doch sie brachte keinen Ton heraus. Nur ihre Lippen bewegten sich. *Ich bin einfach verletzt.* Er hörte sie nicht. Und sie konnte sich nicht gleichzeitig aufrecht halten und sprechen. Ihre Kraft reichte für beides nicht aus. »Pscht«, war alles, was sie herausbrachte in der Hoffnung, ihn nicht erneut gegen sich aufzubringen, bevor sie wieder zu Boden sank. Alexander rang nach Luft, während sie nach den richtigen Worten suchte.

»Das ist dein Haus«, sagte sie schließlich. »Ich werde nicht noch einmal von dir verlangen, dass du ausziehst. Mach nicht die Möbel kaputt, die du mit deinen Händen gebaut hast.« Doch für diese Bitte war es etwas spät. Die Holzmöbel auf der Terrasse gab es nicht mehr. Nur ein einsamer Stuhl stand noch in der Ecke. »*Ich* werde gehen«, sagte sie. »Ich nehme Ant mit. Und dann überlege ich mir eine Lösung.« Sie schloss den Mund und senkte den Kopf.

Auch er sah zu Boden. Er hielt sich mit beiden Händen am Geländer fest und nickte. »Du warst tatsächlich noch nicht ganz fertig. Eine Gemeinheit hast du dir bis zum Schluss aufgehoben.« Er nickte. »Die Geschichte hier erweist sich als richtiges Fass ohne Boden, oder?« Dann hielt er inne. »Was kommt als Nächstes? Erzählst du mir gleich, dass du mit Anthony zu deinem Scheißarzt ziehst, bis dir eine Lösung eingefallen ist?« In seinen klaren Augen spiegelte sich Verzweiflung. Er sah sie an, als erwarte er eine Antwort, aber sie schwieg. Kein Laut kam aus ihrem Mund.

Nach einer kurzen Pause fügte er hinzu: »Worauf wartest du noch? Möchtest du etwa, dass ich dir beim Packen helfe?« Seine Stimme zitterte. »Oder soll ich dir erst die Hand reichen und dir beim Aufstehen behilflich sein?«

Tatiana wollte aus eigener Kraft hochkommen, ohne ihn schweigend um Hilfe anflehen zu müssen. Aber sie schaffte es einfach nicht. Sie wusste nicht, was sie tun sollte. Ohne Alexander kam sie nicht wieder auf die Beine. Und da erkannte sie, dass sie am Ende war. Sie war machtlos gegen ihn, hatte nicht einmal mehr ihre Wut als Waffe. Sie hätte ebenso gut nackt sein können. Und so saß sie da und zählte die Schläge ihres Herzens aus.

Schließlich sagte sie traurig: »Ich habe dich freitags immer in gutem Glauben allein gelassen. Mein Vertrauen und meine Liebe gehörten dir. Ich dachte, du würdest den richtigen Weg kennen, selbst wenn ich dich nicht jede Sekunde kontrollieren und daran erinnern kann.«

»Ich kannte den richtigen Weg, verdammt noch mal«, rief Alexander aus. »Selbst sturzbetrunken habe ich den Weg in dein Krankenhaus – den Weg zu dir – gefunden, weil ich verloren war und nicht mehr weiterwusste. Und was hast du getan?« Mit spitzer Stimme äffte er sie nach: »Ich muss los, Shura. Ich muss mich um jemand anderen kümmern, der wirklich in Not ist, Shura. Kannst du nicht etwas mehr Verständnis zeigen, Shura? Ich arbeite und arbeite, also fahr zur Hölle, Shura.«

Tatiana zitterte vor Wut. Sie war froh, dass sie auf dem Boden saß und nicht weit fallen konnte. Ihr Kinn war auf die Brust gesunken, ihre angeschwollene Lippe blutete. »War das an dem Freitag, als du ihren Lippenstift im Gesicht hattest?«, fragte sie. »Sprichst du von diesem Abend? Dass ich es erwähnt habe, war nicht genug? Hätte ich ihn dir auch noch abwischen sollen?«

Alexander wich in die hinterste Ecke der Terrasse zurück und sank auf den letzten Stuhl. Tatiana hörte sein Feuerzeug schnipsen, einmal, zweimal, während er erfolglos versuchte, sich eine Zigarette anzuzünden. Schließlich roch sie den brennenden Tabak. Sie blickte nicht auf. Aber sie nahm wahr, wie er inhalierte, den Rauch in den Lungen hielt und die Zigarette herunterrauchte. Als er mit dieser fertig war, zündete er die nächste an.

»Wie hast du dir das denn vorgestellt?«, fragte Tatiana. »Hast du geglaubt, ich würde es nicht herausfinden?«

Zuerst antwortete er nicht. »Offensichtlich«, sagte er. »Genau das war mein Gedanke, mein Wunsch, meine Hoffnung. Dass du es nie herausfinden würdest.«

»Du wolltest *das* vor mir verbergen?«, fragte sie. »Von allen Geheimnissen, die es zwischen uns geben könnte, glaubtest du, du könntest ausgerechnet dieses eine für dich bewahren? Du hättest lediglich den Blick zu mir heben, mich mit deinen treuesten Augen anschauen müssen, nachdem du letzten Samstag bei deiner kleinen Notlüge ertappt wurdest, mir die Kaffeetasse reichen und sagen, ich wollte nicht, dass du dich sorgst, tut mir leid. Mehr wäre gar nicht nötig gewesen. Du hättest mir nur in die Augen sehen und einfach lügen müssen.« Sie schüttelte den Kopf und blickte auf ihre Handflächen. »Doch als du mich berührt hast, warst du wie erstarrt, und als ich dich bat, mich zu küssen, bist du einfach weggegangen. Glaubtest du etwa, du kannst mich küssen und betrügen? Mich lieben und betrügen?«, flüsterte Tatiana. »Gestern hast du es jedenfalls nicht gekonnt, aber mehr als das wäre nicht nötig gewesen, um dein Geheimnis für dich zu bewahren.«

Alexander rauchte und schwieg.

»Es wäre auch hilfreich, wenn deine Liebhaberinnen nicht in meinem Haus anrufen würden.«

Alexander sagte nichts.

»Zu behaupten, du seiest durchschaubar, beschreibt nicht einmal annähernd, wie du mir in dutzendfacher Weise gezeigt hast, dass du nichts Gutes im Schilde führst.« Tatiana schauderte bei dem Gedanken an den Schatten seines Körpers, selbst in einigen Metern Entfernung. »Lass mich die Frage anders formulieren: Wie hast du dir meine Reaktion vorgestellt, wenn ich es erfahre?«

Alexander rauchte erst seine Zigarette zu Ende, bevor er ihr eine Antwort gab. »Ich dachte, dass es dir letztlich egal wäre«, sagte er. »Früher hätte es dir vielleicht etwas ausgemacht, aber jetzt? Ich war überzeugt davon, dass deine Arbeit dich aufzehrt, dass du dich heimlich mit anderen zum Mittagessen triffst. Vielleicht habe ich mit einer kleinen Auseinandersetzung gerechnet, nach der du mir sanft den Rücken tätschelst und mich liebevoll auf den Kopf küsst, während du tief in deinem Herzen einen Dreck darauf gibst, was ich tue.«

Tatiana umschlang ihre Knie. »Oh Alexander«, flüsterte sie. Sie hatte Mühe zu sprechen. »Was habe ich dir getan, dass du mir solche Vorwürfe machst?«

Aus seinem Mund drang ein verzweifelter, tiefer Laut.

»Ich kann es nicht ertragen«, sagte sie und hielt ihren Bauch. »Ich kann es einfach nicht.« Sie streckte schluchzend die Arme aus. »Komm her und schlag mich bewusstlos, dann spüre ich wenigstens nichts mehr.« Er und seine Carmen waren wie Cholla-Nadeln, die erbarmungslos in ihre Augen stachen. Sie sah nichts mehr, konnte ihre Umgebung nicht mehr erkennen. »Oh mein Gott, wer wird *mir* helfen?«, flüsterte sie mit erstickter Stimme. »Ich brauche doch auch Hilfe.« Sie musste sofort runter von der Terrasse, weg von ihm, sonst würde sie auch das letzte bisschen Verstand verlieren, das ihr noch geblieben war. Das runde Glas war durch sein Handeln schon jetzt so scharfkantig geworden, er hatte sie zum Äußersten gebracht. Bitte, hilf mir. Bitte. Ein

Gramm Stolz, damit ich aufstehen kann. Ein Gramm trockenen Sägemehl- und Pappbrot-Stolz.

»Tania«, sagte Alexander plötzlich hinter ihr. »Ich weiß, dass du dich für die Leidenden und Sterbenden aufopferst.« Er stöhnte auf. »Aber ich leide und sterbe auch.«

»Ich kann dir nicht mehr helfen, Alexander«, sagte Tatiana weinend. »Ich kann mir nicht mal mehr selbst helfen.« Mühsam kniete sie sich hin. »Du hast dich trotz allem von mir abgewandt. Und nun werde ich mich von dir abwenden, ungeachtet vieler Dinge, die du gar nicht weißt. Sind dir diese Worte an dich zur Erinnerung liebevoll genug?« Sie tastete sich nach vorne und kroch langsam von ihm weg in Richtung Tür, weg von der einzigen Liebe, die sie je gekannt hatte.

Er folgte ihr. Sie hob den Kopf. Reglos ragte er vor ihr auf. Dann sank er zu ihr auf die Knie.

»Ich leide, Tania«, sagte er mit gebrochener Stimme. »Sieh mich an. Ich bin nicht der Betrunkene im Warteraum der Notaufnahme. Ich bin dein Ehemann. Hab auch mit mir Erbarmen.« Einen Augenblick konnte er nicht weitersprechen. »Ich komme jeden einzelnen Tag meines Lebens, das du mir wiedergeschenkt hast, zu dir, in der Hoffnung, dass du mich berührst. Du sorgst dich um so viele, also stelle ich mich hinten an. Ich warte auf dich und deine heilenden Hände, und dann funktioniere ich wieder, auch wenn es gerade mal für ein paar Stunden ist, bis ich erneut deinen Trost brauche. Ich kann nicht auf dich verzichten.« Er ballte die Hände vor seinem Körper, brachte die Worte kaum hervor. »Ich komme nicht zurecht ohne dich, und du weißt es.«

Tatiana konnte sich nicht von ihm abwenden. Angst und Traurigkeit hatten ihnen beiden jegliche Kraft geraubt.

»Bitte, glaub mir«, sagte er. »Ich habe nicht mit ihr geschlafen. An all die Dinge, die mir deiner Meinung nach entfallen sind, habe ich mich letzten Mittwoch wieder erinnert. Ich bin nicht frei von Schuld, das gebe ich zu.« Er senkte niedergeschlagen den Kopf. »Aber du bist verblendet, Tania. Denk nur ein klein wenig nach und du wirst ihre Lügen durchschauen.«

»Ich kann nicht einmal deine durchschauen«, sagte Tatiana. »Und sie kenne ich überhaupt nicht.«

Alexander beugte sich zu ihr herunter und sah ihr ins Gesicht. Tief unglücklich und von Schmerz geplagt sahen sie einander an.

»Dir ist doch klar, dass sie nicht von mir schwanger sein kann«, sagte er. »Zumindest in dem Punkt weißt du, dass sie lügt, oder? Nach dem, was ich in Moskau gesehen und von meiner Mutter gelernt habe, nach all den Jahren als Garnisonssoldat, denk nach, bitte … Weißt du nicht mehr, was ich dir über mich und die Frauen, mit denen ich zusammen war, erzählt habe? Hatte ich je ungeschützten Sex? Ein einziges Mal in meinem ganzen beschissenen Leben?«

»Ja«, sagte sie schwach. »Mit mir.«

»Ja«, sagte Alexander und sank zusammen, »nur mit dir.« Er ließ die Schultern hängen. »Weil du heilig bist.« Sein Blick ruhte auf seinen Händen. »Und das hat es mir nun gebracht.«

Tatiana schlang die Arme um ihren Bauch und sah zu ihm auf. Der kupferfarbene Champagner in seinen Augen schäumte über. »Shura«, flüsterte sie, »ich bekomme ein Baby.«

Zuerst glaubte sie, Alexander habe sie nicht gehört. Er schwieg so lange. »*Was?*«, sagte er schließlich voller Entsetzen.

»Ich bekomme ein Baby«, flüsterte sie kaum hörbar. Ihre Schultern bebten, ihre geschwollenen Lippen zitterten.

Alexander stand auf und schwankte davon. Alles war still, bis auf ihr leises Weinen und die schrecklichen Laute aus seiner Kehle. »Oh mein Gott«, keuchte er und drückte sich wie ein verwundetes Tier mit dem Rücken an die Wand. »Wann wolltest du es mir erzählen? Gott, bitte, *bitte* sag nicht, am …«

»Am Mittwoch, als es die Blinschiki gab«, flüsterte Tatiana. »Als du vorhattest, mit einer anderen Frau zu schlafen.«

Alexander stöhnte, als würde er ausgepeitscht. Er drehte sich mit dem Gesicht zur Mauer. Schauer überliefen seinen Körper.

Die Zeit verging und Alexander schwieg. Auch Tatiana sagte nichts weiter und hielt den Kopf auf den Knien.

Nun war wohl tatsächlich alles gesagt.

Sie hatte sich schon seit Wochen so elend gefühlt und seit Samstag musste sie sich übergeben. Doch sie schob die Übelkeit auf die unbegreiflichen Vorgänge in ihrem Haus, denen sie hilflos gegenüberstand. Sie *wünschte* sich fast, ihr Mann wäre fähig gewesen, ihr ins Gesicht zu sehen und sie anzulügen, so wie damals in der Sowjetunion, als er ihr Leben retten musste, ihr ins Gesicht sah und sie anlog, sodass sie nicht mit der entsetzlichen Wahrheit leben müsste – und ein weiteres Mal gerettet würde. Ihre Regel war seit einem Monat ausgeblieben, doch die letzten Wochen waren so anstrengend gewesen, dass niemand davon Notiz genommen hatte, weder er noch sie selbst. Vergangenen Dienstagabend dann, als sie in der Badewanne saß und mit einem seifigen Waschlappen über ihre Brustwarzen fuhr, schrie sie vor Schmerz so laut auf, dass Alexander aus dem Wohnzimmer gelaufen kam, an die Tür klopfte und fragte, ob alles in Ordnung sei.

Daraufhin unterzog sie sich am Mittwoch einem Bluttest.

Sie machte früh Dienstschluss, kaufte Lebensmittel und ein hübsches Negligé, fuhr nach Hause, buk Brot, kochte. Alexander arbeitete lang, aber er würde nie ihre Blinschiki verschmähen, egal wann er heimkam. Er würde die Küche betreten und wissen, dass sie Neuigkeiten für ihn hatte, weil das ihre Art war, ihm Dinge zu erzählen, für die herkömmliche Kleidung und einfache Gerichte nicht ausreichten. Sie zündete Kerzen an, legte Musik auf. Tatiana glaubte, wenn sie Alexander diese Neuigkeit erzählte, die er seit zehn Jahren jeden Monat von ihr zu hören hoffte, würden sie diesem unmöglichen wie auch immer gearteten Vorfall von letztem Freitagabend an Bedeutsamkeit nehmen. Vielleicht würde er sogar allmählich aus ihrem Bewusstsein verschwinden. Alexander könnte so tun, als sage er die Wahrheit, und sie, als glaube sie ihm.

Doch um neun Uhr abends klingelte das Telefon und Carmen war am Apparat. Carmen sagte: »Nun, wo *bleibt* er denn?«, in einem Ton, in dem keine Frau mit einer anderen über deren Ehemann sprechen durfte. Und da erkannte Tatiana, dass sie es vielleicht doch nicht schaffen würden.

Dreißig Minuten später trat genau dieser Ehemann zur Tür herein. Alexander sah so schuldbewusst, so reumütig aus, dass er es vermied, Tatiana anzusehen, mit ihr zu sprechen, sie zu küssen und zu lieben, und es ihm nicht einmal gelang, die Blinschiki und das durchsichtige Negligé zu durchschauen. So erkannte er auch nicht Tatianas hübsch verpackte Botschaft: Shura, ich habe fantastische Neuigkeiten. Setz dich, du wirst es nicht glauben. Da wusste sie, wie blind ihn die düsteren, abscheulichen Bilder in seinem Kopf machen mussten.

Tatiana hob den Kopf und sah Alexander vor sich. Sie hatte nicht einmal gehört, wie er sich ihr angenähert hatte. Einmal Soldat, immer Soldat, im Krieg wie im Leben unentdeckt.

»Komm schon«, sagte er leise, beugte sich hinab und hob sie hoch. Er trug sie ins Haus, in die Küche zur Spüle. Dort ließ er sie herunter, brach fünf Eiswürfelschalen in das Becken und füllte es mit kaltem Wasser auf. Tatiana glaubte, das Eisbad sei für ihr Gesicht gedacht, und wollte gerade sanft protestieren, als Alexander selbst seinen Kopf in das Becken hineintauchte.

Sie beobachtete ihn fünf Sekunden. Allein das Zusehen verursachte ihr Schmerzen. »Alexander«, flüsterte sie. »Alexander ...« Sie legte die Hand auf seinen Rücken. Er war immer noch unter Wasser. Wie lange jetzt schon? Sie machte sich langsam Sorgen und zerrte an seinem durchnässten, zerfetzten T-Shirt, versuchte ihn hochzuziehen. Aber er stand da wie ein Fels, seine Hände umklammerten den Rand des Porzellanbeckens, sein Körper war vorgebeugt, sein ganzer Kopf steckte bis zum Nacken in dem Eiswasser.

»Alexander, bitte«, flüsterte sie. Jetzt flehte sie *ihn* an. Sie riss an seinem T-Shirt. »Komm schon, hör auf.« Er war gut über eine Minute, vielleicht sogar zwei unter Wasser, als er endlich den Kopf hob und nach Luft schnappte.

»Ich verbrenne«, waren seine einzigen Worte, bevor er sich bekreuzigte.

Keuchend, ohne sich abzutrocknen, packte er etwas Eis in ein Geschirrtuch und tunkte es kurz in das Wasser. Dann führte er Tatiana an den Schultern ins Wohnzimmer, setzte sie auf die Couch, nahm sie fest in den Arm und hielt das Geschirrtuch an ihr Gesicht. Seine leuchtenden Augen blickten sie aus wenigen Zentimetern Entfernung an, feucht, eisig, entflammt, in stiller Reue. Ihr Kopf kippte zur Seite und lehnte an seiner Schulter. Sie schloss die Augen. Bald war ihr Gesicht taub. Das Herz jedoch nicht. Vielleicht konnte er es ja für zwei, drei Jahre in Eis packen, und wenn er es herausnahm, wäre sie so gut wie neu.

»Die Schwellung ist etwas zurückgegangen«, sagte Alexander.

»Ich weiß, dass es wehtut. Eis hin oder her, morgen bist du grün und blau. Es tut mir leid.«

»*Dafür* entschuldigst du dich?«

Als sie im Bett lagen, konnte Tatiana nicht aufhören zu schluchzen. Sie drehte sich von ihm weg und rollte sich wie ein Fötus zusammen. Doch sie war nackt. Und er war es auch. Sie konnten sich nicht zudecken, weil er das Bettzeug von der Matratze gezogen hatte. Er lag auf dem Rücken und schirmte mit den Armen sein Gesicht ab. Sie wischte immer wieder über ihre unverletzte Wange. Die salzigen Tränen brannten auf ihrer Lippe. Es war dunkel.

Alexander stieß einen gequälten Laut aus. »Du hast kein Recht, mir etwas so Boshaftes zu sagen, mich in voller Absicht so dermaßen zu reizen, wenn du doch weißt, dass ich am Ende bin, verdammt noch mal. Hast du denn nicht eine Sekunde daran gedacht, dich zu schützen, vor allem in dem Wissen, dass du …« Er brach ab.

»Wie bitte? Ausgerechnet du kannst nicht verstehen, warum ich völlig von Sinnen war und die Nerven verloren habe?«

Er atmete schwer. »Ich verstehe wirklich nicht, was mit dir los ist«, sagte er. »Du verlangst von mir, dass ich meine Sachen packe und ausziehe, obwohl du weißt, dass du ein Baby bekommst?«

»Wieso überrascht dich das? Nach all dem, was in unserem Haus vorgefallen ist?«

»Sprich nicht so mit mir, wenn wir zusammen im Bett liegen, Tatiana. Meine weiße Fahne ist oben«, sagte Alexander. »Mehr habe ich nicht.«

»Meine auch, Shura«, sagte sie. »Weißt du seit wann? Seit dem 22. Juni 1941.«

Sie lagen nebeneinander. »Hast du …«, Alexander rang um Worte, »mit diesem Mann geschlafen?«

Tatiana rollte sich noch stärker zusammen und drückte ihr Gesicht in das Kissen. »Ich habe mit ihm an einem öffentlichen Ort zu Abend gegessen«, sagte sie mit gedämpfter Stimme. »Im Gegensatz zu dir vergesse ich nie, wer ich bin. Ich kann nicht glauben, dass du so schamlos bist und mich verdächtigst, dich hintergangen zu haben.«

Alexander holte Luft, um eine weitere Frage zu stellen, sah

dann aber davon ab. Tatiana wusste, dass es ein paar Dinge gab, für die ihr Krieger nicht stark genug war, und dies gehörte dazu. Ein paar Dinge konnte Alexander nicht aussprechen. Aber sie sollte verdammt sein, verdammt, bevor sie zuließ, dass er nun sie zum Sündenbock machte. Dieses Mal würde sie ihm mit keinem Wort zu Hilfe kommen.

Tatiana wollte ihn nach Carmen fragen, aber auch sie hatte große Angst. Sie wusste, dass er lügen würde, um ihre Ehe zu retten, vor allem jetzt. Er würde ihr ins Gesicht sehen und mit seiner samtenen Stimme und seinen samtenen Augen lügen. Sie würde die Wahrheit nie erfahren und müsste für alle Zeit mit Lug und Betrug leben. Sie würde nie mehr wissen, was Alexanders Wort wirklich wert war.

Sie musste ihn fragen.

Doch sie konnte nicht.

Sie spürte, wie er von hinten näher kam, spürte seinen warmen, schmerzerfüllten Atem, als er sein Gesicht in ihr nackenkurzes Haar drückte.

»Tatia, ich habe nicht mit ihr geschlafen«, sagte er. »Bitte, glaub mir.«

Lügen? Wahrheit?

»Dreh dich um«, flüsterte er.

»Ich bin deine einzige Frau«, sagte sie und rührte sich nicht.

»Bitte, dreh dich um, meine einzige Frau.«

»Bis auf diese eine Sache kannst du tun und lassen, was du willst«, sagte Tatiana und begann erneut zu weinen. »Unser Sohn hat recht. Du hast bei mir alle Freiheiten. Jeden Tag bete ich den Boden an, auf dem du gehst, Alexander«, flüsterte sie. »Das war schon von Anfang an so. Wenn du also deine Stimme oder deine Hand gegen mich erhebst, beuge ich den Kopf und nehme es hin. Wenn du mich brauchst, egal wie, egal wann, bringe ich dir meinen Körper dar und ich bin einverstanden damit. Du regierst mich wie ein König seinen Untertan. Wenn du dein Herz verschließt, gehe ich an deiner Seite die Hügel von Stonington auf und ab, ziehe an deiner Seite durch unser ganzes Land und warte so lange, bis du mich wieder liebst. Wenn du deine Waffe, deine Kanone Kaliber .45, auf mich richtest und in mein Gesicht feuerst – was mir jede Nacht unweigerlich vor Augen steht, genau wie Leningrad, Stockholm und Berlin –, dann sage ich mir, dass das meine Bestimmung ist. Ich sage, wie zu allem anderen auch, das ist mein Kreuz.« Tatianas zerbrechliche Stimme versagte immer wieder. »Und im Gegenzug dafür … habe ich dich.«

Alexander rückte noch näher und drückte sich an sie. Wie zwei Metallschüsseln, wie eine einzige Mondsichel lagen sie da. Sein Gesicht war immer noch in ihrem Haar vergraben. Seine Hand glitt über ihre Hüfte zu ihrem Bauch. Er zitterte. »Bitte … sieh mich an.«

»Nein«, sagte Tatiana. »Siehst du denn nicht, welche Angst ich davor habe? In der Kirche in Lazarewo habe ich dir ein Versprechen gegeben. Ich habe dir meine Hand gegeben und gelobt, dir unerschütterlich zur Seite zu stehen, entschlossen zu sein, immer bei dir zu bleiben, egal wie du mich behandelst oder was du mit mir tust.«

Er drehte sie zu sich um.

Tatiana schloss die Augen. Tränen rannen ihr übers Gesicht. Sie wollte nicht in seine Augen blicken, aus denen solche Lügen gesprochen hatten.

»Ich bin dir mehr als tausend Kilometer an die Front gefolgt«, sagte sie verzweifelt. »Ich wäre mit dir in die Hölle gegangen. Und ich bin es auch.«

»Ich weiß«, sagte er.

»Ich wäre für den Rest meines Lebens mit dir in einem Zimmer in der fünften Sowjet geblieben, hätte dir Brei gekocht und wäre über den verrückten Slawin gestiegen, um dir dein tägliches Brot zu holen.« Ihre Schultern hoben und senkten sich. »Mein ganzes Leben war ich immer nur gut zu dir. Warum hast du mir so wehgetan?«

Er nahm sie in seine zitternden Arme. »Bitte …«, flüsterte Alexander. Seine Stimme versagte, er hatte keine Kraft mehr. »Ich kann es nicht ertragen. Es bringt mich um, dich so zu sehen, bitte …«

Eine Weile schwiegen sie, bis sie sich etwas beruhigt hatten. Sie nahm seinen vertrauten Geruch wahr. »Pscht«, flüsterte Alexander besänftigend. »Bitte, weine nicht mehr. Bitte.« Er rückte noch näher, legte den Kopf auf ihr Kissen. Seine Lippen berührten sie dort, wo sein Schlag sie getroffen hatte, seine Hände streichelten ihr Haar. »Tania, meine Frau, ich habe nicht mit ihr geschlafen«, sagte er. »Mach die Augen auf und sieh mich an. Schau in mich hinein. Ich habe nicht mit ihr geschlafen.«

Sie suchte sein Gesicht nach Antworten ab. »Was ist, wenn du dich verstellst?«, sagte sie nach einer Weile. »Und du mir alles erzählst, was ich hören will, weil du weißt, wie verzweifelt ich bin und wie sehr ich dir glauben möchte. Weil ich in deinem Blick die Wahrheit lesen möchte.«

»Ich sage die Wahrheit.« Seine Hand strich über ihren Körper, von ihrem Scheitel über ihren Rücken, langsam, sanft, besänftigend, bis zu ihren Waden ... und wieder zurück. Unwillkürlich schloss sie die Augen. Seine samtenen Hände würden auch lügen, um sie zu retten.

»Ich arbeite lang, Tania, hast du gesagt. Ich habe einen späten Termin, Tania. Ich habe mein Bier verschüttet. Du hast mir deine Lügen serviert wie auf einem Weihnachtsbuffet. Was willst du vertuschen, wenn nicht das ...« Sie drückte die Augen zusammen, um zu verhindern, dass sie sich wieder mit Tränen füllten. »Ich will es nicht wissen.«

»Und ich will es dir nicht erzählen.«

»Was soll ich denn tun? Ich kann nicht zulassen, dass ihr Name in unserem Bett fällt. Aber ich weiß nicht, was ich mit dem schwarzen Loch anfangen soll, wo einst mein Vertrauen in dich war.«

Seine Arme umschlangen sie unnachgiebig. »Bitte, hab wieder Vertrauen«, sagte er. »Ich bringe es in Ordnung.«

Sie holte schwach Atem. »Hast du ... sie berührt?«

Er hörte auf, sie zu streicheln. »Tatiana, bitte, vergib mir.« Mutlos atmete er aus. »Ja, das habe ich.« Sie rang nach Luft, doch er ließ nicht zu, dass sie von ihm wegrückte. »Sieh mich an«, flüsterte er. Sein Gesicht war von Scham gezeichnet. »Wende dich nicht von mir ab. Ich bin dein. Nur dein. Ich gehöre zu dir. Ich habe versagt, Baby. Dieses eine Mal habe ich versagt.«

Stunden vergingen in den Fluten und Stürmen erschütternder Bekenntnisse. Alles war nun in ihrem Bett offengelegt, alles gesagt, alles gefühlt.

Tatiana beobachtete Alexanders Gesicht, als er mit ihr sprach, suchte darin nach Wahrheit, nach der Bedeutung seiner Worte. Sie hörte ihm zu, während ihre Hände auf seinem Körper ruhten, während sie ihm immer und immer wieder dieselben Fragen stellte und er ihr dieselben Antworten gab. Sie legte die Wange auf seine Brust, um die Stimme seines Herzens zu hören. Ihr Mund berührte seinen, suchte nach der Wahrheit in seinem Atem. Lügen? Wahrheit?

Aber die Wahrheit kannte keine Gnade. Ohne jeden Weitblick und Gedanken an die Folgen hatte er Pläne geschmiedet, mit einer anderen Frau zusammengesessen und geflirtet, ganz bewusst und empfänglich für ihr Interesse, Woche um Woche, als wäre er nicht verheiratet. Er hatte auf der Lauer gelegen und war mit dieser anderen Frau ins Auto gestiegen, wobei er noch daran gedacht hatte, sein Jackett auszuziehen, seinen Ehering aber weiter getragen hatte. Welche seltsamen Grenzen von Richtig und Falsch zog er in seinem Kopf? Und als ob die Sache nicht schon schlimm genug gewogen hätte, tischte er ihr vier Tage später unverfroren Lügen auf, denn er wusste ganz genau, was er tat, hatte alles wohl durchdacht und Kondome gekauft, um ungehindert mit einer anderen Frau ins Bett steigen zu können, während seine Ehefrau zu Hause auf ihn wartete, um ihm zu sagen, dass sie endlich ihr lang ersehntes Baby bekommen würden. Alexander hatte eine andere Frau geküsst. Und berührt. Und diese Frau hatte ihn berührt. Tatiana besaß einfach nicht die nötige Rüstung, um ihr reines, wehrloses Herz vor alledem zu schützen.

Fassungslos und benommen lag sie da und starrte ihn in der Dunkelheit an. Sie fragte sich, ob sie das wirklich nicht mehr in Ordnung bringen konnten. Und wenn doch, warum fühlte es sich dann so an, als wären sie zerbrochen? Alexander kniete vor dem Bett, küsste ihre Füße und flüsterte: Bitte, Tania, bitte, vergib mir.

Sie hat angeklopft, ja, aber wie konntest du sie hereinlassen, Shura? Wie konntest du sie nur hereinlassen?

Er drehte sich um und wandte ihr seinen vernarbten Rücken zu.

Sie kroch zu ihm und berührte seine Narben, seine Tätowierungen, Hammer und Sichel, den SS-Adler. Sie senkte das Gesicht zu der Stelle, an der seine Niere aufgerissen war, sah ihn deutlich vor sich, wie seine graue Gestalt auf dem blutroten Eis gelegen hatte und ihr augenblicklich klar geworden war, dass sie handeln musste, sonst würde er sterben. Heute Nacht wollte sie, dass all seine Wunden und Tätowierungen, sein Körper, seine Seele ihr sagten, was sie tun sollte, wie sie es in Ordnung bringen konnte.

Sie machte einen Versuch, indem sie die Hand ausstreckte, um seine Haut zu berühren. Sie streichelte die Muskeln seiner Arme, seiner Schultern. Sie küsste seinen Bauch, auch wenn das Küssen ihr mit den geschwollenen Lippen schwerfiel, doch sie wollte es, und so hörte sie nicht auf. Erst als sie tiefer gehen wollte, entlang des Striches schwarzer Haare, spürte sie, wie sich etwas in ihr sperrte, nach all dem, was er ihr soeben gebeichtet hatte.

Bitte, Tania, bitte vergib mir. Und berühre mich.

Nach einer Weile versuchte sie es erneut. Sie nahm ihn zitternd in ihre Hände. Er war so vertraut, so wahrhaftig. Sie kannte ihn so gut, wusste, was er mochte, was er liebte, was er brauchte. Ihre Hände waren fast wie seine eigenen: jederzeit, überall konnte sie es ihm in dutzendfacher Weise geben. Und heute Abend, als er auf ihre Berührungen genauso reagierte, nahm sie sein geschwollenes Glied in ihren geschwollenen Mund. Aber es tat zu weh. Sie drückte ihr tränennasses Gesicht an ihn, der Druck ihrer Hände ließ nach, die Spannung in ihrem Körper ebenso. Wie konntest du zulassen, dass sie dich berührt?

Es tut mir leid, Tania. Es tut mir so leid.

Wahrscheinlich können selbst wir zerbrechen.

»Wir können nicht zerbrechen«, sagte er. »Nicht an dieser verfluchten Carmen. Sie ist nichts und sie bedeutet mir nichts. Es war nicht von Belang.«

»Alexander, du und ich haben zu viel durchgemacht für einen solchen Verrat. In einer Hinsicht hast du recht: Diesen Vorfall kann man nicht mit dem vergleichen, was wir ertragen haben. Es ist nicht der Tod, nicht der Verlust unserer Familien oder dein geschundener Körper. Es ist nicht wie das Hungern oder die Blockade von Leningrad. Nicht wie der Krieg oder das Leben in der Sowjetunion.« Sie hielt inne. »Weißt du, wie es ist, Shura?«

Er hielt den Kopf gesenkt und sah sie nicht an. »Es tut mir leid, Tania. Bitte.«

»Ich bin die einzige Familie, die einzige Bindung, die du in dieser Welt hast. Und du verrätst mich für ein bedeutungsloses Abenteuer, nicht einmal aus Liebe. Das ist nicht belanglos, oder? Inzwischen bin ich an dich gekettet.« Wieder begann sie zu weinen. »Ich halte deine offenen Wunden zusammen, bis sie heilen. Ich sitze im Zug nach Kolyma mit dir, im dreckigen Gulag. Ich werde mit dir ausgepeitscht und gebrandmarkt. Ich esse aus derselben Schüssel mit dir, und wenn du stirbst, werde ich diejenige sein, die Gewehr und Helm auf dein flaches Grab steckt.«

»Oh lieber Gott, Tania, bitte.« Er saß rittlings auf ihr und schlang die Arme um ihren Hals. Seine Schultern bebten. »Bitte. Es tut mir leid.«

Sie wandte den Kopf ab, schloss die Augen und versuchte, dem bitteren echten Leben zu entfliehen.

Er hielt ihre Hände auseinander und legte das Gesicht an ihren Busen. Er küsste ihre Brüste und er flüsterte, aber sie konnte es nicht hören. Denn ihr Weinen war haltlos. Er flüsterte unhörbare, nie gehörte Wahrheiten in ihren Mund, küsste ihre verletzten Lippen, ihre Brüste, umfasste sie, streichelte sie, flüsterte erneut, küsste ihre schmerzhaft empfindlichen Brustwarzen, bis sie ihn anflehte, hör auf, hör auf, und er flüsterte, nur noch ein bisschen, seine feuchten, reuevollen Lippen küssten ihre feuchten, wunden Brustwarzen.

Oh Shura ...

Als sie die Kraft hatte, sich vom Bett hochzustemmen, versuchte sie es erneut. Sie setzte sich neben ihn, nahm ihn in die Hand und streichelte ihn. Als ihre sanften Berührungen ihn hart gemacht hatten, bedeckte sie ihn mit Küssen von der Leiste bis zur Eichel, die sie mit ihrer Hand fest umschloss und massierte, und sie rieb ihn geschmeidig, gerade zu ihren Lippen, ihren Tränen hin. »Du bist so wunderschön, flüsterte sie weinend. Ich kenne niemand anderen als dich und habe trotzdem schon immer so gedacht.«

»Und ich habe andere gekannt«, sagte er. »Aber keine ist wie du. Du bist mehr, als ich überhaupt verdiene. Ich hatte solche

Angst, dass du mich nicht mehr so liebst wie früher. Dass du dich in jemand anderen verliebt hast. Ständig hast du gearbeitet. Und unser Kampf um ein Baby hat mich fertig gemacht.« Er schluchzte. »Ich habe nicht nachgedacht. Aber das sind nur Worte, sonst nichts. Es tut mir leid.« Er gelobte, bereute, versprach, flehte.

Sie hörte ihm zu und nickte. Es waren alles nur Worte. Welchen Wert hatten seine Versprechen für sie? Er konnte es nicht erklären und sie verstand es nicht.

Sie versuchte, es in Ordnung zu bringen, indem sie sich von ihm berühren ließ.

Sie nahm seine großen Hände und legte sie auf ihre Brüste. Du hast so starke Hände, flüsterte sie. Er zog sie zitternd weg. Sie nahm seine Hand und legte sie zwischen ihre Schenkel. Sieh mich an, flüsterte sie, während ihr die Tränen über die Wangen liefen und sie die Beine spreizte. Ich bin wehrlos vor dir. Bitte, berühre mich. Ich bin so, wie du es liebst, Shura. Wie du es immer geliebt hast.

Er küsste ihre Scham, bedeckte sie mit seiner Hand. Doch dann schüttelte er den Kopf und wendete sich ab.

»Warum willst du es nicht?« Tatiana suchte seinen Blick.

»Verstehst du denn nicht?«, sagte Alexander. »Ich kann mich nicht mit dir vereinen, solange du mir nicht vergeben hast.«

Er hatte recht.

Sie spürte seine Stirn an ihrer, sein feuchtes stoppeliges Gesicht an ihrem. Er drückte die Lippen auf ihr Herz, sein nasses schwarzes Haar kitzelte ihr Schlüsselbein. Bitte vergib mir. *White gold is the color of my true love's hair ...*

All die Liebe und es war trotzdem nicht genug. Sie weinte in ihrer Verzweiflung.

»Wie kann ich dir vergeben?«, fragte sie. »Bei dieser einen Sache weiß ich nicht, wie ich dir vergeben soll.«

»Ich bin verdammt«, sagte Alexander und sank auf den Rücken. »Für einen kurzen Augenblick unseres Lebens war ich von Dummheit geblendet, für einen Wimpernschlag in der Ewigkeit, in der du und ich zusammenleben. Und ich bin gestolpert. Ich habe versagt, bin schlecht und völlig im Unrecht. Ich fühle mich elend und widere mich selbst an. Ich verspreche, dass ich alles tun werde, um es in Ordnung zu bringen, um es besser zu machen.« Er holte Luft. »Aber – was meinst du damit, dass du nicht weißt, wie du mir vergeben sollst?«

Tatianas Stimme war nur ein schwaches Flüstern. »Alexander Barrington«, sagte sie, »würdest du denn wissen, wie du mir vergeben sollst?«

Sie beide kannten die undenkbare Antwort auf diese undenkbare Frage.

Die Antwort war nein.

Er sah sie schweigend von der Seite an und bedeckte dann mit dem Arm sein Gesicht. »Und was sollen wir nun tun, Tatiana?«, sagte er mit verzweifelter Stimme. »Wir können nicht so weiterleben wie bisher.«

Sie wollte etwas sagen, da spreizte er ihre Beine und legte sich auf sie, um ihren zitternden Körper zu halten, sie zu trösten nach der gewaltigen Qual dieser unerträglichen, endlosen Nacht.

»Hör mir zu«, sagte Alexander und hielt ihren Kopf zwischen seinen Unterarmen. »Mach dir nur eines klar und dann wird alles andere leichter. Du und ich haben nur ein Leben. Es gibt keine andere Möglichkeit. Vor langer Zeit sind wir zusammen in den Krieg gezogen, lagen gemeinsam im selben Schützengraben, haben zusammen Leningrad durchlebt. Erinnere dich an alles, was wir durchgemacht haben. Hätten wir uns träumen lassen, dass es überhaupt ein Lazarewo für uns gibt? Und nach Lazarewo ein Napa und Bethel Island und ein Leben hier? Ich weiß, dass die Last, die wir tragen, manchmal zu schwer für uns wird. Wir sind niedergeschlagen, aber irgendwie müssen wir uns zusammennehmen und weitermachen. Erst komme ich aus dem Krieg zurück und bin wie tot, dann höre ich deine warnende Stimme und ignoriere sie, und schließlich geschieht das Unmögliche, ich weiß nicht wie und ich weiß nicht warum. Ich kann mich nicht verteidigen«, sagte er. »Und ich weiß, dass du es verstehen willst, aber die Wörter, mit denen ich mich rechtfertigen könnte, existieren nicht. Dieses eine Mal in meinem Leben, da ich mehr brauche als nur eine simple Entschuldigung, habe ich nichts als mein tiefstes Bedauern anzubieten. Ich will keine Gerechtigkeit von dir«, sagte Alexander, »ich will Erbarmen.« Er stöhnte auf. »Ich habe einen schrecklichen Fehler begangen und ich bitte dich, mir zu vergeben. Tatiana, ich bitte dich«, seine Stimme versagte. »Aber es gibt kein Leben, in dem wir beide getrennt sind. Es gibt keinen anderen Bunker, kein Ausziehen, kein Weggehen, keine anderen Partner. Es gibt immer nur dich und mich.« Sein Gesicht war über ihrem, sein Körper bedeckte sie, sie war winzig unter ihm, unter dem schwarzen Mond. »Weißt du nicht mehr, was ich dir auf der Flucht nach Berlin gesagt habe? Als wir durch die Wälder geirrt sind und mit dem Schicksal gehadert haben?«

»Ja«, flüsterte Tatiana. Sie umarmte ihn und schloss die Augen. »Du hast gesagt, ich habe dich einmal gehen lassen. Dieses Mal leben wir zusammen oder sterben zusammen.«

»Das stimmt«, sagte Alexander. »Und dieses Mal leben wir zusammen.«

Tränen strömten aus ihren Augen.

Er beugte sich hinunter und küsste den Kummer aus ihrem Gesicht. *Milaya, rodnaya moya, kolybel i mogila moya ... zhena moya luybimaya, zhizn moya, lyubov moya ... prosti menya. Prosti menya, Tania ... prosti menya i pomilui ...* In zwei Sprachen, flüsterte Alexander in ihr trauriges Gesicht, ihren traurigen Mund, besinge ich meine Ehe.

»Tatiascha, mein ganzes Leben«, sagte er demütig und drückte die Stirn an ihr Herz. »Meine Wiege und mein Grab, meine Ehefrau, die einzige Frau, die ich je geliebt habe ... es tut mir leid. Bitte, Tania, hilf mir. Hab Erbarmen mit mir. Bitte, vergib mir.«

Er legte sich neben sie, schob eine Hand unter ihren Kopf und streichelte sie mit der anderen. Ausgiebig küsste er ihren Körper vom Scheitel bis zu den Zehenspitzen. Seine zärtlichen Finger berührten sie sanft. Seine großen Hände hielten sie fest. Und irgendwann, als sein warmer, bußfertiger Mund ohne Unterlass auf ihr blieb und Tatiana verzweifelt stöhnte, höchst erregt in ihrem ganzen Kummer, sagte sie: »Ich vergebe dir.«

»Du würdest in diesem Augenblick alles sagen, oder?«

»Ja, alles.« Sie richtete sich auf, beugte sich über ihn, nahm seinen Kopf in die Hände, strich über sein schwarzes Haar, sein trauriges Gesicht und weinte wieder.

Alexander, du hast mir das Herz gebrochen. Aber dafür, dass

du mich auf deinem Rücken getragen hast, dass du mich halb tot auf dem Schlitten gezogen und mir dein letztes Brot gegeben hast, wegen deines geschundenen Körpers und des Sohnes, den du mir geschenkt hast, dafür, dass wir neunundzwanzig Tage wie im Paradies gelebt haben, wegen all unserer Strände in Naples und der Schaumweine in Napa, wegen all der Tage, an denen mein erster und letzter Atemzug dir gegolten hat, wegen Orbeli … vergebe ich dir.

Und dann, schließlich, war er in ihr und sie vereinten sich.

Oh Shura.

Oh Tania.

Und so war es.

Danach lagen sie aneinandergekuschelt, ineinander verschlungen, Brust an Brust, Bauch an Bauch, immer noch vereinigt, aneinandergeschweißt, zusammen verschmolzen, ihre Lippen berührten sich, sie atmeten kaum, Seite an Seite, Seele an Seele. Ihre Arme umschlangen ihn. Seine Arme umschlangen sie. Die Augen fielen ihnen zu. Sie hatten seit drei Tagen nicht geschlafen und der Sonntagmorgen dämmerte. Sie küsste seinen pulsierenden Hals, berührte seinen feuchten Rücken. Seine warmen Hände legten sich schützend um ihr verletztes Gesicht. »Oh barmherziger Gott«, sagte er und seine Stimme brach, »bekommen wir wirklich … ein Baby?«

»Ja, Shura, mein Mann, ja. Wir bekommen wirklich ein Baby.«

Heute war eine Nacht, in der vieles zum ersten Mal geschehen war. Und Alexander tat etwas, das er seit 1943 nicht mehr getan hatte, als er herausfand, wessen Blut durch seine blutarmen Adern floss.

Er weinte.

Tatiana kündigte im Phoenix Memorial Hospital.

13

Der Sommergarten

Rote Flügel

Bobo war hocherfreut Alexander zu sehen. »Signor!«, rief er. »Sie waren schon so lange nicht mehr bei uns! Wie geht es Ihnen?« Sie schüttelten sich die Hände.

»Viel zu tun, Bobo, sehr viel zu tun.«

»Dann läuft das Geschäft also gut?«

»Ich stecke bis zum Hals in Arbeit. Haben Sie schon gehört, dass wir zum Wettbewerb Parade of Homes eingeladen sind? Das ist ziemlich gut.«

»Und Ihre *bellissima* Signora? Geht es ihr auch gut?«

»Ganz hervorragend. Warten Sie, bis Sie sie erst sehen.«

»Ich freue mich schon darauf. Macht sie wieder Überstunden?«

»Beim Einkaufen, ja«, sagte Alexander schmunzelnd. »Heute ist ein ganz besonderer Tag für uns. Wir haben Hochzeitstag.«

Bobo strahlte, als sei *er* der Ehemann.

Alexander holte zwei große Blumensträuße aus dem Truck, einen aus weißen Rosen und einen aus weißen Lilien. »Bobo, ich brauche heute Abend Ihre Hilfe. Die Signora hat nämlich auch Geburtstag.«

»Hochzeitstag und Geburtstag auf einmal?«

»So vergisst sie mich wenigstens nicht.« Alexander zwinkerte ihm zu.

»Sehr klug eingefädelt, Signor. Verlassen Sie sich ganz auf mich. Möchten Sie vielleicht Champagner?«

»Den besten. Cristal.«

»Natürlich. Wann wird die Signora eintreffen?«

»Wer weiß das schon«, sagte Alexander. »Sie kommt noch zu ihrer eigenen Beerdigung zu spät.«

Er aß ein bisschen Brot, trank Wasser, rauchte eine Zigarette. Gerade überlegte er, ob er zu Hause anrufen sollte, als er Bobos begeisterte Ausrufe am Restauranteingang hörte. Wie Alexander nicht anders erwartet hatte, kamen Bobo die Tränen, als er Tatiana sah in ihrem pfirsichfarbenen Kleid mit Nackenband, herrlich schwanger, mit leuchtenden Sommersprossen, sonnig, schimmernd, strahlend schön, und ihr die Hand reichte. Er weinte buchstäblich. Dann legte er den Arm um sie und führte sie behutsam durch das Restaurant zu Alexander, der sich vom Tisch erhoben hatte. »Signor! Sie haben mir kein Wort gesagt«, rief Bobo aus. »Ich bin ja so froh, unsere Signora endlich mit so großem Babybauch zu sehen. Das ist einer der glücklichsten Tage meines Lebens.«

»Bobo«, sagte Alexander und küsste Tatianas Hände, »Ihre Freude gibt mir doch zu denken.«

»Oh, wie meinen Sie das?«

»Gut, freuen Sie sich nur. Aber ich warne Sie. Wenn das Baby so aussieht wie Sie, haarlos, faltig, und die ganze Zeit am Weinen ist, dann sind Sie fällig.« Alexander grinste und zeigte mit dem Finger auf ihn. »Und zwar so was von fällig.«

Alexanders scherzhafte Anspielung führte bei Bobo zu einem entsetzlichen Ausbruch italienischer Tiraden. Schließlich ging er, um die Speisekarte zu holen.

Tatiana hob das Gesicht zu Alexander. »Was machst du nur mit dem armen Bobo?«, flüsterte sie.

Er legte die Hände mit gespreizten Fingern auf ihren Bauch, beugte sich zu ihr und küsste sie. »Du bist nur zwanzig Minuten zu spät«, sagte er mit bewunderndem Blick und tätschelte den weichen Pfirsichstoff. »Gut gemacht. Ist das Kleid neu?«

»Für dich.« Sie sah ihn munter an. »Gefällt es dir?«

»Es gefällt mir.« Er rückte ihr den Stuhl zurecht und nahm ihr gegenüber Platz. Versunken betrachtete er ihre goldenen Sommersprossen, ihre roten Lippen, ihre funkelnden Augen und ihre prächtigen üppigen Brüste. Nach einer Minute stand er auf und setzte sich auf den Stuhl neben ihr. »Hast du Hunger?«, sagte er. »Oder möchtest du lieber gleich nach Hause?«

»Machst du Witze?« Sie kicherte. »Ich habe großen Hunger.«

»Du siehst sehr köstlich aus, wirklich.«

»Ach ja?« Sie strahlte vor Freude. »Shura, es kommt mir vor, als hätte ich immense Ausmaße.«

»Ja«, sagte Alexander, »immens köstliche.«

»Shura!«

»Was?« Er blinzelte ihr verschmitzt und nicht ganz so unschuldig zu. Dann schenkte er ihr einen kleinen Schluck Champagner ein und sie hoben die Gläser auf ihren Hochzeitstag und Tatianas Geburtstag. Für gewöhnlich unternahmen sie einen Ausflug, nur sie beide. Dieses Jahr nicht. Sie war fast im achten Monat schwanger und der Hausbau stand kurz vor der Vollendung.

Alexander saß dicht neben ihr. Sein Jackettärmel berührte ihre nackte Alabasterhaut. Sein Arm lag auf der Rückenlehne ihres Stuhls, während seine Finger durch die Strähnen ihres goldseidenen Haars glitten, das allmählich länger wurde. In der anderen Hand hielt er das Champagnerglas. Sie sprach, ihre Lippen bewegten sich, ihre weißen Zähne strahlten, doch aus ihrem Mund kam kein Laut. Nur ein leises Rauschen drang in Alexanders Kopf … rauschende Blätter und die Wellen der Newa, die sanft an das Granitufer schlugen …

»Du hattest ja so recht, Shura«, sagte Tatiana. »Ich weiß gar nicht, wie ich überhaupt Zeit zum Arbeiten gefunden habe. Ich hatte heute tausend Dinge zu erledigen. Aber im Ernst, wie wird es möglich sein, dass die Bauarbeiten im Haus bis nächsten Monat abgeschlossen sind?«

»Wie bitte?«, sagte Alexander und erwachte aus seinem Tagtraum. »Mach dir keine Sorgen. Es wird alles rechtzeitig fertig sein.«

»Das Baby ist jedenfalls im August fertig, egal wie weit du mit dem Haus bist.« Sie grinste. »Ich erledige meinen Teil.«

»Ja, und ich erledige meinen«, sagte Alexander verschwörerisch und beugte sich zu ihr. »Du müsstest vielleicht mit dem Bauunternehmer schlafen, damit er ein bisschen schneller macht.«

»Oh, na ja …« Sie zuckte die Achseln. »Nur wenn es unbedingt sein muss.« Ihre meergrünen Augen strahlten. Ihr Blick ging katzenhaft nach oben. »Weißt du, was ich heute gemacht habe?«

»Nein, Baby«, sagte Alexander. Seine Hand ruhte auf ihrem nackten Schulterblatt. »Was hast du gemacht?«

»Haushaltsgeräte gekauft.«

»Ah, hast du dir selbst eine Freude zum Geburtstag gemacht?«, fragte er.

Sie lachte. »Ja. Und ich musste noch so viele andere Dinge auswählen. Spülbecken, Armaturen, Kühlschränke, Eisschränke, Brotwärmer. Wir werden immer warmes Brot haben, sogar wenn es alt ist. Dann meine *zwei* Herde und die Badewannen. Warte, bis du die Wanne siehst, die ich für unser Bad ausgesucht habe. Sie hat eine fantastische Whirlpool-Funktion.« Plötzlich hielt sie inne und runzelte leicht die Stirn. »Shura, was hast du? Du hast nicht ein Wort von dem gehört, was ich gerade gesagt habe. Warum siehst du mich so an?«

»Wie denn?«, sagte Alexander sanft. Sein Blick schweifte über ihr Gesicht auf der Suche nach Jugend, nach Liebe und Schönheit und weißen Nächten im Sommergarten. Er fand alles, sogar die Jahre in Coconut Grove, Napa und auf der mit purpurnen Lupinen bewachsenen Deer Isle spiegelten sich in ihren Zügen wider, entfacht durch den warmen Ort in ihrem Inneren, der ihre Körpertemperatur steigerte und seine Aufregung bei all diesen Erinnerungen gleich mit. Sein Herz klopfte wie wild.

»Shura … hörst du mir zu? Ich habe dir gerade erzählt, welche Küchenherde es gab.«

»Sprich ruhig weiter. Küchenherde. Waren sie warm? Heiß? Zu heiß? Ich höre dir zu.« Er konnte ihren Champagneratem riechen, während sie sprach, ihr Moschusparfum, Erdbeershampoo, den schwachen Duft von Schokolade und das Kokossonnenöl. Sie hatte neue Sommersprossen bekommen, direkt über den Augenlidern. Bestimmt verbrachte sie viel Zeit am Pool. Er beugte sich näher zu ihrem Hals und atmete noch einmal den Kokoshauch ein. Dieser Duft trug ihn immer zurück in das sommerliche Florida an den warmen Ozean. Er hoffte inständig, dass sie mit diesem riesigen Bauch nicht Anlauf nahm und in den Pool hechtete, mit Auerbachsalto und angehängter halber Schraube. Während sie erzählte, wanderte seine Hand nach unten und legte sich auf ihren Bauch.

Die Vorspeise kam.

»… und der Mann, der die Küchenschränke liefern soll, rief heute an und sagte, dass er die Flächen neben dem Herd nicht patinieren kann, weil die Lasur sich entzünden würde. Was soll das heißen?, sagte ich ihm, lasieren Sie die Schränke, das ist schließlich Ihr Auftrag! Und der Fliesenmann sagte, dass seine komplette Lieferung zerbrochen sei. Zerbrochen! Und wenn wir vor August neue Travertinfliesen wollten, müssten wir mit zehn Prozent Preisaufschlag rechnen. Ich habe ihm gesagt, dass er das am besten mit dir klärt. Ich glaube, das ist eine ganz krumme Tour, die er mit uns abzieht. Shura? Hörst du, was ich sage?«

»Jedes Wort«, sagte er und klang dabei völlig abwesend. »Keine Sorge wegen dem Kerl mit dem Travertin. Er wird die neuen Fliesen komplett in zehn Tagen liefern und uns einen Preisnachlass geben. Erinnerst du dich an deinen siebzehnten Geburtstag?«, fragte Alexander. Sein Körper war ihr zugewandt, er hielt das Champagnerglas in seiner Hand.

»Ja«, flüsterte sie.

»Wir haben Kaviar und Schokolade gegessen und Wodka direkt aus der Flasche getrunken, weil ich die Gläser vergessen hatte. Und dann sind wir an der sonnenerleuchteten Newa spazieren gegangen. Es war schon recht spät und trotzdem noch so hell. Ich habe mich auf der Bank richtig breitgemacht und Arme und Beine von mir gestreckt, aber du hast es trotzdem irgendwie geschafft, mich nicht zu berühren oder mich überhaupt nur anzusehen. Du warst so atemberaubend schüchtern. Fluss hin oder her: Puschkins leuchtende Dämmerung, weiße Nächte, eine Stadt wie keine andere … das alles zählte nicht, denn ich hatte nur Augen für dich.« Alexander hielt inne. »Warum weinst du?«

»Warum sagst du Dinge, die mich zum Weinen bringen?«

»Wie sehnsüchtig ich dich doch küssen wollte.« Alexander wischte ihr eine Träne von der Wange. Er beugte sich zu ihr, nur einen Hauch von ihrem Mund entfernt, und flüsterte: »Selbst wenn ich heute daran denke, spüre ich noch dieses schmerzliche Verlangen in meiner Kehle, meinem Magen, meiner Brust. Ich weiß nicht, wie ich mich zurückhalten konnte, um dich nicht auf der Stelle zu verschlingen.«

»Das weiß ich auch nicht«, sagte Tatiana. »Denn dieser Tage«, sie senkte die Stimme ebenfalls zu einem Flüstern, »verschlingst du mich mit Haut und Haaren, wann immer dieses schmerzliche Verlangen in dir aufkommt.«

»Was für ein Glück für mich, dass du endlich nichts anderes mehr tun musst, als dich von deinem Ehemann verschlingen zu lassen.«

»Das ist wahrlich ein Glück«, flüsterte Tatiana, »aber für *mich*, mein Soldat und Geliebter, mit dem ich durch den Sommergarten spaziert bin.« Sie hatten die Köpfe zusammengesteckt und beugten sich noch etwas näher zueinander. Ihre Lippen öffneten sich und berührten sich zart. Dann zog sie sich schicklich etwas zurück. Alexander bot ihr eine Krabbe von seinem Teller, einen Schluck Champagner aus seinem Glas an. »Ich weiß nicht, warum du dir überhaupt etwas Eigenes bestellst«, sagte er. »Du willst immer nur das essen, was ich habe.«

»Hey, sei nicht so geizig mit deinen Krabben«, sagte sie. »Soll ich dir die Parabel von dem Ehepaar und dem Krabbencocktail erzählen?«

»Wenn du möchtest«, sagte Alexander. »Erwarte nur nicht, dass ich ganz bei der Sache bin. Meine Gedanken sind in Leningrad.«

»Bitte«, flüsterte Tatiana. »Bring mich nicht noch einmal zum Weinen.«

»Also, erzähl mir deinen Witz. Es ist doch einer?«

»Das musst du beurteilen. Ein Mann, der einer Frau den Hof macht«, begann Tatiana, »bestellt sich einen Krabbencocktail und bietet ihr eine Krabbe an, aber sie ist sehr schüchtern und sittsam, also lehnt sie ab.« Tatiana lächelte. »An ihrem ersten Hochzeitstag bietet er ihr wieder eine Krabbe an und nun nimmt sie sie überglücklich an.« Sie grinste. »Nach fünf Jahren Ehe bietet er ihr keine Krabbe mehr an, aber als sie ihn um eine bittet, gibt er sie ihr gnädig. Nach fünfzehn Jahren bittet sie ihn nicht mehr, sondern nimmt sie sich einfach, und er ärgert sich über sie. Warum bestellt sie sich nicht einfach selbst einen verdammten Krabbencocktail, wenn ihr seiner so gut schmeckt, denkt er.« Sie puffte Alexander in den Arm. »Nach fünfundzwanzig Jahren Ehe bietet er ihr keine Krabbe an und sie nimmt sich auch keine mehr. Nach fünfzig Jahren bietet er ihr nicht nur keine Krabbe an, selbst wenn er es täte, würde sie ablehnen.«

Alexander blickte sie verständnislos an.

Tatiana warf den Kopf zurück und lachte. Ihre Augen verengten sich zu schmalen Schlitzen, ihr cremezartes Dekolleté hob und senkte sich vor Freude.

»An unserem sechzehnten Hochzeitstag«, sagte Alexander, »und nach siebzehn gemeinsamen Jahren rede ich davon, wie du mich in Leningrad verzaubert hast, und du erzählst mir *das?*«

Tatiana zog ihn zu sich, so dass sie ihre Lippen an seinem leicht stoppeligen Gesicht reiben konnte. Der Hauptgang wurde serviert: Filet Mignon, medium für ihn, englisch für sie. »Das hier wird dich noch viel mehr schockieren«, sagte Tatiana, während sie aßen. »Vikki zieht hierher.«

»Wie bitte? *Wohin?*«

»Nach Phoenix.«

»Oh, Gott sei Dank«, sagte Alexander. »Einen Augenblick dachte ich schon, du meinst in unser Haus.«

»Um das Gefühl zu haben, wieder in einer Gemeinschaftswohnung zu leben?« Tatiana grinste. »Nein, sie hat genug von New York, genug von deinem Tom Richter. Es reicht ihr einfach. Sie sagt, dass sie eine Stelle im Phoenix Memorial bekommt. Auf die Art werde ich auf dem Laufenden gehalten.«

»Musst du denn ... auf dem Laufenden gehalten werden?«, fragte Alexander.

»Nein, nicht unbedingt. Aber mir gefällt die Vorstellung, meine Freundin hier zu haben.«

»Ja, das verstehe ich. Erzähl nur Ant nichts davon. Sonst packt er seine Koffer und wir sehen ihn nie wieder. Du weißt, wie er sich benimmt, wenn sie da ist.« Sie aßen, tranken und lauschten den romantischen Klängen von Bobos Big Band. Bobo fand immer die richtige musikalische Untermalung für sein Restaurant. »Ich freu mich für dich, dass Vikki hierherzieht«, sagte Alexander. »Aber da du meine persönliche Folterkammer, in der du lange Jahre beschäftigt warst, schon mal erwähnst, fällt mir etwas Wichtiges ein. Du wolltest doch heute mit deinem Arzt sprechen, nicht wahr?«

»Ähm, ja.« Tatiana legte die Gabel ab. »Shura, er weiß, was in dir vorgeht. Aber was soll er denn tun? Er sagt, das sind nun mal die Krankenhausrichtlinien. Er kann sie nicht ändern. Ehemänner dürfen nicht mit in den Entbindungssaal. Das ist einfach nicht gestattet.«

Alexander legte ebenfalls das Besteck nieder. »Tania, habe ich mich letztes Mal, als wir bei ihm waren, nicht klar genug ausgedrückt?«

»Doch, das hast du«, sagte Tatiana. »Deswegen darfst du ja auch nicht mehr mit. Du regst dich schrecklich über ihn auf, aber es ist nicht seine Schuld. So sind einfach die Richtlinien.«

Alexander war mit dem Essen fertig und schenkte ihnen beiden Champagner nach, sein Glas füllte er ganz, ihres zur Hälfte. »Richtlinien, Schuld, Prozedere, Krankenhausregeln, blablabla. Das ist mir egal. Hast du ihm gesagt, dass dein Mann einen Dreck auf seine Regeln gibt?«

»Vielleicht nicht genau in dem Wortlaut«, sagte Tatiana und holte tief Luft, »aber ich habe es ihm gesagt ...«

»Dass ich entweder im Entbindungssaal bei der Geburt meines eigenen Kindes dabei bin«, sagte Alexander, »oder du das Baby nicht in seinem Scheißkrankenhaus zur Welt bringst.«

»So in etwa, ja.«

»Gott, ich habe diesen Ort zu Recht gehasst. Er malträtiert mich noch immer.«

»Pscht.« Tatiana trank einen kleinen Schluck Champagner und legte ihre Hand auf seine. »Ärzte sind Zivilisten. Sie verstehen diese Feuergefecht-im-Wald-Mentalität nicht. Sie kennen nur die Regeln. Beruhige dich«, flüsterte sie. Ihre langen pfirsichfarben lackierten Nägel schabten sanft über seinen Handrücken. »Keine Sorge. Ich überlege mir etwas. Irgendein Plan wird mir schon einfallen.«

»Oh nein.« Alexander lachte. »Bitte, nicht noch ein Plan.«

»Shura!«

»Ehrlich, ich weiß nicht, ob wir noch einen deiner Pläne überleben, Tatiascha. Wir haben einfach nicht mehr so viel Kraft wie früher.«

Sie musste selbst lachen. Ihre Schultern bebten.

Alexanders Blick schweifte in ihr tiefes Dekolleté. Er verstand nicht, wie ihre Brüste, die seit jeher beachtlich waren, so füllig, milchig und cremig zart werden konnten. Jedes Mal, wenn er sie ansah, lief ihm das Wasser im Mund zusammen. Ihr voller, pulsierender schwangerer Körper war enorm begehrenswert. Sie war so über alle Maßen sinnlich wie damals in Napa Valley, nur mit doppeltem, vielleicht dreifachem Umfang. Alexander konnte nicht einmal an sie denken, ohne sich in Verlegenheit zu bringen. Kürzlich fuhr er an einem Obststand vorbei und wurde aus unerklärlichen Gründen steif. An einem Obststand. Wie sich herausstellte, lag es an einem Schild, auf dem das Wort »Erdbeeren« geschrieben stand. Sie wusch ihr Haar mit Erdbeershampoo. Nein, unglaublich diese Gedanken, die in den letzten Monaten in seinem liebestollen Kopf umherschweiften. »Hör auf zu lachen«, sagte er, »sonst vergesse ich mich in diesem Restaurant vor aller Augen.« Er konnte nicht anders, senkte den Kopf und küsste ihr weiches, sich wölbendes Dekolleté.

Tatiana errötete. Verlegen und von Glück erfüllt raunte sie ihm zu: »Mein Mann, derart begeistert zu sein von einer Schwangeren ziemt sich nicht.«

Lächelnd legte Alexander den Arm um sie. »Warum? Glaubst du, mit einer schwangeren Frau zu schlafen, ist überflüssig?«

Ihre Hände ruhten auf seinem Unterarm. Sie sahen sich an, blinzelten sich zu, fanden keine Worte.

»Was?«, fragte sie.

»Nichts.« Sein Blick wanderte über ihr Gesicht. »Ich kann eben auch heute noch meine Augen nicht von dir lassen.« Er streichelte ihren Bauch, küsste die Sommersprossen neben ihrer Nase und ihre schwach pulsierenden Lippen. »Wie geht es unserem Kartoffelpfannkuchen-Baby heute?«, fragte er in Anspielung auf jene Novembernacht, in der er sie so verzweifelt geliebt hatte und endlich ein Nachkomme, ein neues Leben entstanden war.

»Läuft, marschiert, stößt, tritt«, antwortete sie. »Ein echter Krieger, wie sein Vater.«

Alexander dachte daran, wie er ihr gestern Abend aus der Badewanne geholfen und beim Abtrocknen zugesehen hatte, und sich dann, als er es nicht mehr aushielt, vor sie hinkniete, ihren großen, prallen, nackten Bauch mit beiden Händen umfasst und den Mund auf ihren Nabel gedrückt hatte.

»Wenn es ein Junge wird«, sagte Alexander nun zu ihr, »möchte ich ihn Charles Gordon nennen, nach dem britischen General und Märtyrer, der Khartum verteidigt hat. Für die Sudanesen war er Gordon von Khartum oder Gordon Pascha. Und wir werden ihn Pascha rufen.«

Tatiana blinzelte. »Was immer du willst, mein Liebster«, sagte sie.

»Und wenn es ein Mädchen wird, soll es Janie heißen.«

»Was immer du willst, mein Liebster«, wiederholte Tatiana flüsternd. Sie trank einen kleinen Schluck Champagner und legte ihre Handfläche auf seine Wange. »In der weißen Nacht, als ich mich im Sommergarten von dir verabschiedet habe, bin ich wie auf Wolken durch den azurblauen Himmel nach Hause geschwebt. Mir sind rote Flügel gewachsen. In dieser Sommernacht, als ich kaum siebzehn war und du zweiundzwanzig, habe ich mich in dich verliebt ...«

Zusammen mit all den Blumen und Geschenken fuhr Alexander Tatiana in seinem treuen Truck der Marke Chevrolet, Baujahr 1947, Kilometerstand 312 000, nach Hause. Tatianas Wagen ließen sie auf dem Restaurantparkplatz stehen.

In der Mittsommernacht funkelten Tausende Sterne am Himmel, die Königin der Nacht, ein Orchideenkaktus, öffnete ihre Blüten und in der fliederfarbenen Morgendämmerung sangen die Schwalben.

Die zweite Ankunft

In einer glutheißen Augustnacht lag Tatiana mit Kissen im Rücken auf ihrem frisch bezogenen großen Bett, in dem sie schliefen, sich liebten, kämpften und verwundeten, und war fast so weit. Sie waren vor zwei Wochen in ihre herrliche neue Villa im Pueblo-Stil eingezogen – ein Haus mit rostrotem Ziegeldach, das nach Holz, noch feuchter Farbe und Schnittblumen roch. Die Vorhänge an der Flügeltür, die zu ihrem kleinen verwunschenen Garten führte, waren beiseitegeschoben und das Licht des zunehmenden Halbmonds fiel herein. Davon abgesehen war es dunkel im Raum, die Dämmerung beruhigte sie. Anthony war in seinem Zimmer auf der anderen Seite des Hauses.

Ihre gute Freundin, die Hebamme Carolyn Kaminski, saß auf einem Hocker am Fußende des Bettes. Alexander, der einen eigenen Stuhl neben Tatiana zugewiesen bekommen hatte, sprang alle paar Minuten auf und stellte sich neben die Hebamme. Die Klimaanlage war ausgeschaltet, das Zimmer hatte die Temperatur des Mutterleibes. Alexander schwitzte so stark, dass er sich eine Entschuldigung murmelnd sein T-Shirt auszog. Mit nacktem Oberkörper stand er neben Carolyn und fragte immer wieder, wann es denn jetzt so weit sei. Sie könne das nicht mehr lange aushalten.

Ich kann das so lange aushalten, wie es sein muss, Shura, flüsterte Tatiana in der Mitte des Bettes.

Bitte, Alexander, setzen Sie sich wieder neben Ihre Frau. Halten Sie ihre Hand, geben Sie ihr einen Schluck Wasser. Hier ist nichts zu sehen, noch nicht.

Alexander folgte der Anweisung, reichte Tatiana etwas zu trinken, schaffte es, eine Minute nervös sitzen zu bleiben, rieb, streichelte, hielt, wischte, flüsterte, küsste. Doch kaum sah er, wie sich ihr Bauch zu einer Wehe zusammenzog, sprang er auf, stellte sich zu Tatianas Füßen und rückte Carolyn auf den Leib.

Tania, dein Mann ist unmöglich. Ist er immer so?

Ja, sagte Tatiana, während sie ausatmete. Immer.

Er bedrängt mich und macht mich nervös. Alexander, verschwinden Sie hier. Lassen Sie mir etwas Platz. Ihre Frau braucht Sie beim Pressen. Ich hatte noch nie den Ehemann bei der Geburt dabei, sagte Carolyn. Jetzt weiß ich auch warum. Das ist sehr anstrengend. Ich glaube nicht, dass Männer sich dafür eignen dabei zu sein. Tania, sag ihm, dass er sich wieder hinsetzen soll. Alexander, auf mich wollen Sie anscheinend nicht hören, aber Sie werden doch tun, was Ihre Frau Ihnen sagt, oder?

Das werde ich, sagte Alexander und stand unbeweglich wie ein betonierter Pfosten am Fußende des Bettes.

Tatiana lächelte. Carolyn, lass ihn meinen Fuß halten. Meine Füße rutschen ständig vom Bett, wenn ich presse. Shura, setz dich oder mach es dir sonst wie bequem und lass mich nicht los, in Ordnung?

Er ging auf ein Knie und hielt einen Fuß fest, während Carolyn auf dem Stuhl saß und den anderen abbremste. Die Bauchmuskeln kontrahierten, Tatiana presste, Alexander atmete aus. Carolyn, schauen Sie. Ist das das Köpfchen?

Ja, und jetzt lächelte sogar Carolyn. Fast geschafft. Das Köpfchen. Die Krönung ihres langen Weges nach Amerika. Alexander blieben dreißig Sekunden, um aufzustehen, sich schnell zu Tatiana zu beugen, seine Lippen auf ihr schweißnasses Gesicht zu drücken und ihr zuzuflüstern, du machst das toll, Baby. Ich kann schon das Köpfchen sehen, Tatiascha. Fast geschafft, oh Gott, fast geschafft.

Tut es sehr weh, Tania?, fragte Carolyn. Du bist so unglaublich tapfer. Alexander, Ihre Frau ist so tapfer.

Sie macht alles sehr gut.

Ja, sagte Tatiana Atem schöpfend, meine Schmerzschwelle ist ja auch recht hoch. Ich könnte noch Limbo tanzen.

Alexander schaffte es, mit seinen langen Armen gleichzeitig Tatianas Hand und ihren Fuß halten zu können. Die nächste Wehe war die schlimmste für sie. Womöglich schrie sie auch, aber Alexander konnte kaum etwas hören, weil er nur auf den Kopf des Babys achtete, der sich in Zeitlupe herausschob. Tatiana keuchte und entspannte sich ein paar Sekunden. Alexander ließ ihren Fuß los, griff an Carolyn vorbei und legte seine Hand auf den feuchten, weichen, grapefruitgroßen Kopf.

Alexander, nicht anfassen, sagte Carolyn.

Carolyn, lass ihn, sagte Tatiana.

Alexander, bitte, ich muss jetzt meine Arbeit tun. Es ist gleich so weit, das Baby ist in einer halben Minute da. Ich werde es saubermachen, in eine Decke wickeln und dann können Sie es in den Armen halten. Aber bitte, um Gottes willen, gehen Sie jetzt hier weg und setzen Sie sich zu Ihrer Frau.

Wo bleibt nur der Rest von ihm?, fragte Alexander, während seine Hand auf dem Kopf des Babys ruhte und er noch ein kleines Stück näher zur Mitte hin trat, anstatt Carolyn Platz zu machen.

Geduld, Alexander, der Rest kommt gleich. Sie sollen sich hinsetzen, sage ich.

Tatiana keuchte und schwieg. Ihre Augen waren nahezu geschlossen. Sie gab ihm ein Zeichen mit der Hand. Ohne auch nur einen Millimeter von seiner neuen Position abzurücken, stand Alexander auf, stützte sich auf einen Arm und beugte sich zu Tatiana vor, während seine andere Hand immer noch zwischen ihren Beinen auf dem Kopf des Babys lag. Er küsste sie. Ihm war so heiß, er war fast so schweißgebadet wie sie. Schließlich weigerte er sich, Carolyn vorzulassen, während sie immer wieder sagte, gehen Sie, Alexander, gehen Sie nur einen kleinen Schritt zur Seite, dorthin, wo Sie vorher gewesen sind. Tania, dein Mann lässt mich meine Arbeit nicht machen.

Alexanders eindringlicher Blick galt einzig und allein Tatiana, die lächelnd sagte: Carolyn, siehst du denn nicht? Er will seinen Platz nicht aufgeben.

Das sehe ich. Sag ihm, dass er damit aufhören soll.

Lass ihn, Carolyn, flüsterte Tatiana. Lass ihn. Zeig ihm, wie er das Baby auffangen muss.

Tania, nein!

Wovor hast du Angst? Sieh doch, wie gern er sein Baby auf die Welt holen möchte.

Danke, Tatiana. Alexander ging auf ein Knie zwischen ihre Beine, während Carolyn sich besorgt neben ihm nach vorn beugte. Ihre Hände waren neben seinen. Für Alexander war nun die Ordnung im Universum wiederhergestellt.

Der Bauch zog sich zusammen, Tatiana atmete die letzte Presswehe, ein sanfter, feuchter Stoß und das purpurfarbene Baby glitt heraus, schwamm mit dem Gesicht nach unten in die ausgebreiteten Hände seines Vaters. Es ist ein Junge, Tania, rief Alexander aus, ohne seinen Sohn jedoch umgedreht zu haben. Halten Sie ihn genau so. Nicht bewegen, sagte Carolyn, während sie den Mund des Kleinen säuberte. Und dann endlich hörte Alexander den ersten Laut ihres neugeborenen Kindes.

»Wah ... wah ... wah ...« Wimmernde Schreie durchbrachen die Nacht. Mit seinem ersten Atemzug wurde er rosa.

Nachdem Carolyn die Nabelschnur durchtrennt hatte, ließ Alexander zu, dass Carolyn den Jungen auf Tatianas Bauch legte, während er seine Hand über Kind und Frau hielt. Nach einer Weile hob er seinen warmen, klebrig feuchten Sohn hoch, verharrte einen Moment und hielt ihn dann nah an Tatianas

Gesicht. Tania, flüsterte er, unser Junge. Schau, wie klein er ist.

Alexander drückte seine schweißnasse Stirn an ihre feuchte Wange.

Schau, wie er strampelt, sich windet und schreit. Was ist, mein Kleiner? Warst du zu lange eingesperrt?

Er hielt den Jungen in seinen gespreizten Händen.

Oh Gott, wie kann es nur sein, dass er so wunderbar winzig ist? Er ist kleiner als meine Hände.

Ja, mein Liebster, sagte Tatiana und berührte ihren Ehemann, ihr Kind. Aber das ist auch kein Kunststück, so groß wie deine Hände sind.

Alexander stand auf und ging zur Flügeltür, damit er das Baby im Mondschein besser betrachten konnte. Charles Gordon Pascha, flüsterte er. *Pascha*.

Der Kleine hörte auf sich zu winden und verstummte. Er entspannte seine Gliedmaßen und lag klein und mäuschenstill in Alexanders Händen. Er blinzelte, versuchte sich auf das Gesicht seines Vaters zu konzentrieren.

Tania, flüsterte Alexander und drückte seinen Sohn an seine nackte Brust, an sein Herz. Schau, Tania, was für ein winzig kleines, hübsches, wundervolles Baby wir haben.

Buch Vier

Moon Lai

Und ich hörte die Stimme des Herrn, dass er sprach:
»Wen soll ich senden? Wer will unser Bote sein?«
Ich aber sprach: »Hier bin ich, sende mich!«

Jesaja, Kap. 6, Vers 8

14

Mann auf dem Mond

Der Lohn des Harold Barrington, 1965

Tatiana und Alexander beobachten Anthony. An diesem Morgen sitzen sie nur zu dritt in der Küche, so wie früher, als es überhaupt nur sie gegeben hat. Die Kleinen schlafen noch. Tatiana liebt den Morgen, die frühen Stunden des Tages, hier in dem ihr liebsten Raum des Hauses. Die Küche ist – genau wie sie es sich erträumt hat – strahlend weiß gehalten mit champagnerfarbenen Marmorböden, weißen Glasschränken und weißen Haushaltsgeräten, an den Fenstern hängen hellgelbe Vorhänge. In der Früh flutet das erste Sonnenlicht zuerst in die Küche, bevor es von Raum zu Raum durch das ganze Haus wandert. Morgens kommen sie alle hier zusammen, um ihren Kaffee zu trinken, ihre Frühstücksflocken und Croissants zu essen und die von ihr selbst eingekochte Marmelade.

An diesem Morgen jedoch um halb acht Uhr früh ist von den Kindern nur Anthony wach. Er sitzt auf einem Hocker an der Kücheninsel, während ihn seine Mutter und sein Vater aufmerksam in Augenschein nehmen. Alexander ist zur Säule erstarrt. Tatiana hat sich an die Rückenlehne eines Barhockers geklammert. Gelassen trinkt Anthony seinen Kaffee und nimmt sich ein zweites Croissant.

»Leute, rührt euch«, sagt er schließlich. »Da bleibt einem ja das Essen im Halse stecken.«

Sie bewegen sich nicht.

»Mama, die Marmelade schmeckt sagenhaft. Was ist es? Heidelbeer-Himbeer?«

Anthony! Tatiana kommen beinahe die Tränen. Sie steht sprachlos vor ihrem Erstgeborenen. Zweiundzwanzig Jahre in drei Wochen! Tatiana hat ein zwanzig Monate altes Mädchen, das noch Windeln trägt und von ihr gestillt wird, zwei Jungs im Grundschulalter und Anthony. Er hat vor zwei Tagen erfolgreich seine Examensprüfung an der Militärakademie in West Point abgelegt.

Die ganze Familie war an die Ostküste geflogen, um mitzuerleben, wie er seine weiße Mütze in die Luft schleuderte. Eine gebrechlich wirkende Tante Esther kam mit Rosa aus Barrington herunter und war die gesamte Feier über in Tränen aufgelöst. Sam Gulotta reiste mit seiner Frau von Washington an. Außerdem kamen Tom Richter und Vikki, zerstritten, aber dennoch weiter zusammen, und Richter hielt die feierliche Abschlussansprache. In voller Galauniform mit Orden, Ärmeltresse und den Rangabzeichen eines Lieutenant-Colonel stand er selbstbewusst auf dem Podium vor fünfhundert Soldaten und deren Familien, die sich alle auf dem offenen Platz in der drückend schwülen Junihitze versammelt hatten. Seine Stimme war laut und deutlich, er sprach zu Tatiana und Alexander, zu Anthony Barrington.

»Sie treten in die Fußstapfen von Eisenhower und MacArthur, von Patton und Bradley – Kommandeure, die eine Zivilisation retteten. Die Augen der Welt sind auf Sie gerichtet.«

Richter war seit 1959 in Südostasien stationiert, zuerst als Offizier in einer Gruppe von Militärberatern, die Südvietnamesen für den Kampf gegen den Norden ausbildeten, inzwischen jedoch als hohes Tier beim MACV, dem Military Assistance Command Vietnam, jener Schaltzentrale, die sämtliche Bereiche des militärischen Engagements Amerikas in Südostasien kontrollierte. Rosa zeigte sich so von ihm beeindruckt, dass sie sogar darum bat, beim Dinner neben ihm Platz nehmen zu dürfen. Die Jungs verlangten, neben ihrem Bruder, dem angehenden Offizier, zu sitzen, ebenso allerdings wie Tante Esther. Sie gaben nicht nach, die Tante gab nicht nach, und so landeten Pascha und Harry am Ende schmollend zwischen ihren Eltern, während Anthony von Tante Esther auf der einen und Vikki und Richter auf der anderen Seite in die Mitte genommen wurde.

Tatiana und Alexander hatten einen Saal im modernen und luxuriösen Vier Jahreszeiten Restaurant in New York City gemietet, wo sie einen ausgelassenen Abend verbrachten. Selbst Tante Esther war bester Stimmung. Mit ihren sechsundachtzig Jahren rückte die fast taube Frau *äußerst* dicht an Anthony – angeblich um ihn besser verstehen zu können – und wollte ununterbrochen Geschichten aus seiner Kadettenzeit von ihm hören. Anthony bemühte sich möglichst unverfänglich zu bleiben, so wie es ihm sein Vater beigebracht hatte. Er hätte sich gut benommen, erzählte er, und Football gespielt, Army gegen Navy, und dann hätten sie endlich gewonnen, der erste Sieg von Army in sechs Jahren. Auf den Freiplätzen hätte er sich an selbst organisierten Basketballspielen beteiligt, »Basketballspiele«, die, wie er seiner Großtante eingestand, »mehr Ähnlichkeit mit Rugbymatches besaßen«. Er hätte Tennis gespielt und sein Trainer sei Lieutenant Arthur Ashe gewesen, woraufhin Esther meinte: »Doch nicht etwa der Arthur Ashe?« Und bevor Ant noch antworten konnte, stellte sie in bestimmtem Ton klar, dass sie nicht das geringste Interesse an Anthonys athletischen Eskapaden habe (und in diesem Punkt wollte Tatiana ihr bereits beipflichten), sondern »vorrangig« an seinen romantischen. Anthony lächelte schweigend (der brave Junge), aber Richter, wie immer dazu aufgelegt, ein wenig Unruhe zu stiften, sagte: »Lieutenant, warum erzählen Sie Ihrer Großtante nicht von Ihren beiden Ausrutschern in Chicago?« Und als Anthony sich rundweg weigerte, erfreute Richter bereitwillig Tante Esther mit der Geschichte von den West-Point-Frischlingen, die nach Chicago eingeladen wurden, wo die Gattin von Bürgermeister Daley für alle Offiziersschüler Treffen mit anständigen Mädchen aus angesehenen Familien der Stadt arrangiert hatte. »Haben eine schöne Zeit dort erlebt, die Kadetten«, erklärte Richter mit breitem Grinsen.

»Ja, und die Daleys reichlich Ärger bekommen«, bemerkte Anthony trocken.

»Details, Anthony, Details!«, rief Tante Esther.

Tatiana lächelte, fütterte Janie mit Süßkartoffeln und warf einen Blick zu Alexander hinüber, der ebenfalls, wenn auch ein wenig angespannt, lächelte, während er Pascha und Harry ermahnte, leiser zu sein und damit aufzuhören, ihre Erbsen herumzuschnipsen und Brotkügelchen durch ihre Strohhalme zu schießen. Vikki erkundigte sich, ob noch etwas zu trinken da sei, Tante Esther fragte Anthony, ob er der ehrenwerten Tradition der West-Point-Kadetten zu folgen und gleich nach seinem Abschluss in der Akademiekapelle zu heiraten gedachte, und Rosa meinte, nur wenn es sich um eine katholische Kirche handelt, und Richter sagte, nur wenn er ein »anständiges Mädchen aus angesehener Chicagoer Familie« heiratet, und Anthony erwiderte mit undurchdringlicher Miene, dass er die nicht gefunden hat, woraufhin Richter ausrief, »obwohl er sich größte Mühe gegeben hat«, und ach, wie sie da alle lachten, und Vikki wollte wissen, wo der Wein denn nun endlich bleibt, und Tatiana rief, »Harry, wenn du noch ein Brotkügelchen auf Anthony schießt ...«, und Harry versicherte sogleich, »das sind keine Brotkügelchen, Mama, das sind dicke Schrotkugeln für die Bockjagd«, und Alexander sagte, »Tom, wie schlagen sich die Südvietnamesen denn so – Harry, was hat deine Mutter dir gerade gesagt!«

Sie unterhielten sich über alles und jeden, mit Ausnahme der einen Sache, über die sie reden sollten und *mussten*: Anthonys Zukunft. Dies war die heikle Frage, die alle beschäftigte, und sie war die einzige Frage, die Tatiana und Alexander seit jenem Tag im August 1964 beschäftigte, als der Kongress die Tonkin-Resolution verabschiedete, die den Einsatz aller notwendigen Mittel einschließlich militärischer Gewalt genehmigte, um die Unabhängigkeit Südvietnams von Nordvietnam im gleichen Maße zu gewährleisten, wie dies für Südkorea gegenüber Nordkorea gelungen war und weiterhin gelang. Tom Richter war im Zweiten Weltkrieg mit MacArthur in Bataan und in den dichten Dschungelgebieten Neuguineas gewesen, hatte mit MacArthur nach dem Krieg in Japan gearbeitet, dann MacArthurs Männer in Korea von der Hafenstadt Incheon bis zum Yalu geführt, und jetzt, da MacArthur selbst dem letzten Trompetensignal ans jenseitige Lebensufer gefolgt war, hatte sich Richter in Vietnam Westmoreland (West Point, Abschlussjahrgang 1936) angeschlossen. Er sprach zwar nicht viel über das, was dort unten geschah, aber wie Tatiana von Alexander wusste, leitete Richter geheime Spezialoperationen. Offenbar war der Versuch, den Südvietnamesen ihre Verteidigung bis auf eine kleine US-Präsenz selbst zu überlassen, schiefgelaufen. Sie schlugen sich nicht erfolgreich. In Wahrheit wurden sie überrannt. Die Nordvietnamesen, der Vietcong, die Self-Defense-Forces und die Secret-Self-Defence-Forces der Vietcong waren durchweg besser ausgerüstet.

Es brauchte mehr.

»Sie glauben, die Welt, in die Sie nun eintreten, unterscheide sich grundlegend von der, in die Ihre Väter eingetreten sind, aber dem ist nicht so. Ich habe im Juni 1941 meinen Abschluss gemacht, und sechs Monate später, am 7. Dezember, sahen unsere Marineoffiziere auf ihren Radarschirmen etwas derart Außergewöhnliches, dass sie es zunächst ignorierten. Da muss es sich um unsere eigenen Flugzeuge handeln, mutmaßten sie. Dreißig Minuten später war fast unser gesamtes Marinegeschwader vernichtet. Ich sage Ihnen hier an dieser Stelle und im Angesicht eines imperialistischen Kommunismus, unser gefährlichster Gegner ist die Selbstzufriedenheit. Während des amerikanischen Bürgerkriegs blickte Nordstaaten-General Sedgwick über einen Wall in Richtung der Konföderierten-Stellungen und erklärte, auf diese Distanz würden die nicht einmal einen Elefanten treffen. Es waren seine letzten Worte. In diesem Moment tötete ihn die Kugel eines Scharfschützen. Über die vergangenen zwanzig Jahre hinweg haben sich Westen und Osten auf festgefahrene Pattsituationen konzentriert, auf Stellvertreterkriege und all dies stets vor dem Hintergrund eines nuklearen Armageddon. Die Zeit der vorgespiegelten Tatsachen wird bald vorüber sein. Das ist die Welt, in die Sie als West-Point-Absolventen eintreten.«

An diesem strahlend hellen Arizona-Morgen warten Tatiana und Alexander darauf, dass Anthony ihnen mitteilt, welchen Weg er beabsichtigt einzuschlagen. Tatiana spürt in Alexander hinter ihr eine so starke Anspannung, dass sie die Stuhllehne loslässt, seinen Arm drückt und ihm beruhigende Worte zuflüstert. Dann hält sie inne und sagt: »Liebling, hörst du auch Harry vorn im Garten? Warum ist er schon auf?«

»Er ist überzeugt davon, am frühen Morgen ein Gilamonster fangen zu können«, erklärt Alexander, ohne den Blick von Anthony abzuwenden. »Er glaubt, es ist wie beim Angeln.« Alexander entzieht Tatiana seinen Arm. »Möchtest du dich lieber später unterhalten, Ant? Ich muss nach Harry sehen.«

»Wenn du gehen musst, dann geh ruhig, Dad«, erwidert Anthony, ohne von der Zeitung aufzusehen. »Ich habe um zehn einen Begrüßungsempfang auf der Luke Air Force Base.«

»Ich muss nicht gehen, aber du weißt ja, wenn die Kinder reinkommen, wird jede Unterhaltung unmöglich«, sagt Alexander. Die Kleinen sind laut, insbesondere die Jungs. Wie streunende Hunde bleiben sie keine Sekunde an einem Fleck. Das Mädchen ist zwar ein wenig ruhiger, verlangt jedoch permanent im Mittelpunkt des Interesses zu stehen. Sobald sie wach ist, würde bis zu ihrem Mittagsschlaf kein Gespräch unter Erwachsenen möglich sein.

Anthony! Siehst du denn nicht, was du dem Herzen deines Vaters, dem Herzen deiner Mutter antust? Wir können nicht sprechen, unsere Kehlen sind viel zu angefüllt mit Stolz, Liebe und Angst um dich.

»Dann lass uns später reden«, sagt Anthony, den Kopf über die Zeitung gebeugt. »Ich bin doch eben erst angekommen. Mein erster Morgen zu Hause. Die nächsten zwei Monate bin ich noch hier. Also können wir nicht bitte einfach ganz locker …«

»Anthony.« Das war Tatiana. Endlich spricht sie. Sein Name ist alles, was sie sagt.

Er seufzt, wischt sich den Mund ab und faltet die Zeitung zusammen. Dann erhebt auch er sich von seinem Hocker. Nun stehen sie sich stocksteif gegenüber, Anthony auf der einen Seite der Kücheninsel, Tatiana und Alexander auf der anderen.

»Sie werden in Kürze die Schutzwälle von Demokratie und Freiheit besetzen. Wir hoffen darauf, dereinst eine Welt zu erleben, die durch Ihren Anteil einen Wandel erfahren hat.«

Anthony nimmt die zu seiner komplett weißen Uniform passende Mütze von der schwarzen Granitplatte und setzt sie auf. Er ist ein West-Point-Absolvent, zum Lieutenant ernannt. Als Gegenleistung für eine erstklassige Ausbildung an einer der prestigeträchtigsten Militärakademien in den Vereinigten Staaten schuldet Anthony der US-Regierung noch vier Dienstjahre. Er weiß das. Seine Mutter und sein Vater wissen das.

Und die Tonkin-Resolution wurde einstimmig verabschiedet. Nach und nach füllen immer mehr US-Truppen die Flugzeuge, die massenweise in Richtung Südostasien entschwinden.

In den vergangenen neun Monaten hat Alexander mit allen Leuten gesprochen, die er beim militärischen Geheimdienst und bei der neu gegründeten Spionageabwehr kennt, und versucht, Anthony einen Posten zu beschaffen, der seinen Talenten gerecht wird, der die Anforderungen eines aktiven Militärdiensts erfüllt und der vor allem in den Staaten beheimatet ist. Vor vier Wochen endlich hatte dann der Direktor der DIA, der Defense Intelligence Agency, erklärt, er würde Anthony in seinem Sonderstab einstellen. Damit würde er direkt dem Leiter jener Abteilung unterstellt, die federführend für die Vereinigten Staaten nachrichtendienstliche Informationen über ausländische Militärgeheimdienste beschafft. Das offizielle Stellenangebot ist vor zwei Wochen an Anthony herausgegangen.

»Pflicht, Ehre, Vaterland – dies sind die Worte, die Sie mit auf den Weg nehmen werden. Douglas MacArthur, der Befreier der Philippinen und Japans, der Mann, der in einer einzigen Nacht dem Koreakrieg die Wende gab und Südkorea rettete, der Oberbefehlshaber der alliierten Streitkräfte, er stand vor drei Jahren an ebendiesem Pult vor Ihnen und erzählte Ihnen, dass er all sein Leben der betörenden Melodie leiser Hörnerklänge oder ferner Trommelwirbel gelauscht hat, dass seine letzten Gedanken, wenn er seinen finalen Gang antritt, jedoch der Truppe, der Truppe und nur der Truppe gelten würden. Pflicht, Ehre, Vaterland. Lassen Sie dies Ihre ersten und Ihre letzten Gedanken sein.«

Anthony steht nun vor ihnen, so groß gewachsen, so breitschultrig, mit solch schwarzen Haaren und dunklen Augen. Er ist der Sohn seines Vaters in allen körperlichen Aspekten bis auf einen: er hat die Zähne seiner Mutter. Männer brauchten zwar kein makellos volles Gebiss, wie sie es besaß, um die Bienen zum

Nektar zu locken, aber Anthony hat es. Er ist jung, idealistisch und schön. Er bricht einem das Herz.

Tatiana wie Alexander senken ihre Köpfe. Obwohl ihr Kind inzwischen fast die Körpergröße ihres hoch aufgeschossenen Gatten, ihres überlebensgroßen Alexander, erreicht hat, sieht Tatiana vor sich nur einen fünfzehn Monate alten Anthony, einen pummeligen, dunklen kleinen Jungen, der in ihrer New Yorker Wohnung sitzt und mit vollgekrümelten und vor Fett glänzenden kleinen Wurstfingern ihre Croissants futtert. Er lächelt sie mit seinen vier Milchzähnen an, während sein Dad zur selben Zeit mit seinem Strafbataillon in Schlamm und Blut an der Weichsel liegt. Sie fragt sich, welches Bild Alexander sieht.

»Ant«, sagt Alexander, »wie hast du dich also entschieden?«

Anthony schaut lediglich seine Mutter an, die argwöhnisch die Augen zusammenkneift. »Es ist ein tolles Angebot von der DIA, Dad«, sagt er. »Ich weiß, du willst helfen, und ich weiß deine Hilfe zu schätzen. Aber ich werde es nicht annehmen.«

»1903 sagte der Kriegsminister zu der West-Point-Abschlussklasse, in der Douglas MacArthur der Jahrgangsbeste war: ›Bevor Sie noch die Armee verlassen, werden Sie an einem neuen Krieg beteiligt sein. Bereiten Sie Ihr Land darauf vor.‹ Und das Gleiche sage ich Ihnen heute auch.«

Anthony holt Luft und sieht an seinen Eltern vorbei. »Ich werde nach Vietnam gehen.«

»Heute klingen in unseren Ohren wieder die unheilvollen Worte Platos: Nur die Toten haben das Ende des Krieges gesehen.«

In der weißen Küche breitet sich knisterndes Schweigen aus. Irgendwo auf der anderen Seite des Hauses knallt eine Tür. Zwei Kinder laufen über den Boden. Tatiana kann das Platschen ihrer nackten Füße hören.

Tatiana sagt nichts, Alexander sagt nichts, aber sie kann spüren, wie es hinter ihr in ihm arbeitet.

»Ach kommt, Leute«, sagt Anthony. »Nachdem ich das sechswöchige Ausbildungsprogramm in den Beast Barracks und meinen Drill Sergeant, den King of Beasts, überlebt habe, dachtet ihr wirklich, ich würde mich dann in der DIA hinter einen Schreibtisch setzen?« Er tut so gelangweilt, so locker und lässig. Er darf sich so geben, denn er ist erst einundzwanzig. Sie waren auch mal einundzwanzig.

»Anthony, sei doch nicht albern«, sagt Alexander. »Du wirst doch nicht hinter einem Schreibtisch sitzen. Es geht schließlich um militärische Geheimdienstarbeit, Herrgott noch mal. Das ist direkte Unterstützung des aktiven Kampfeinsatzes.«

»Das ist ja das Problem, Dad. Mich interessiert nicht die Unterstützung, mich interessiert der Kampfeinsatz.«

»Sei doch nicht ...« Alexander hält inne, um die Lautstärke seiner Stimme zu reduzieren. »Sei doch nicht blöd, Anthony ...«

»Versteht doch, es ist entschieden. Ich habe mit Tom Richter gesprochen. Es ist bereits abgemacht.«

»Ach, mit *Richter* hast du darüber gesprochen!« Vorbei ist es mit der leisen Stimme.

»Er wird mich der 2nd Airborne Division in Company A empfehlen«, erklärt Anthony. »Eine Runde bei denen und dann wird er mir vielleicht eine Stelle bei den Spezialeinheiten von ihm für die nächste Runde besorgen können.«

»Die *nächste* Runde?«, wiederholt Tatiana ungläubig.

Sie verharren regungslos.

»Mom, Dad, euch ist doch wohl klar, dass wir uns im Krieg befinden, oder?«

Tatiana sinkt auf einen Stuhl und legt ihre Hände auf den Küchentisch. Alexander streicht ihr über den Rücken, die Schultern.

»Ach komm, Mom«, sagt Anthony.

»Verflucht spät, um sich Sorgen um deine Mutter zu machen«, sagt Alexander. »Was soll das ganze Theater, Ant? Warum hast du es uns nicht bei der Abschlussfeier erzählt, im Vier Jahreszeiten? Richter muss es offensichtlich bereits gewusst haben, warum hast du es also nicht auch uns erzählt?« Alexanders Stimme klingt erregt, aber seine Hände auf Tatianas Schultern sind ruhig. Sie weiß, sie sollte eigentlich aufstehen und *ihn* beruhigen, doch im Moment ringt sie selbst um ihre Fassung und braucht die Berührung seiner Hände.

»Anthony, bitte«, flüstert Tatiana. »Du musst niemandem irgendetwas beweisen.«

Er wirkt so groß, wie er da mit seinen funkelnden braunen Augen und dem dichten schwarzen Haar steht. So strotzend vor unglaublicher Jugend. »Ich will niemandem irgendetwas beweisen«, sagt er. »Es geht hier nur um mich.«

Tatiana und Alexander starren ihren Sohn düster an, woraufhin er sich abwendet, da er die quälenden Blicke der beiden nicht länger aushält.

»Ich habe in *West Point* studiert«, sagt Anthony. »Eisenhower, Grant, Stonewall Jackson, Patton – MacArthur, Herrgott noch mal! Ich habe an einer Schule studiert, die Kriegsmänner hervorbringt. Was wollt ihr also von mir? Was habt ihr denn geglaubt, weshalb ich auf eine Militärakademie gehe?«

»Um eine erstklassige Ausbildung zu bekommen«, antwortet Alexander auf Anthonys rhetorische Frage. »Militärisches Verständnis von Strategie und Planung, vom Waffenhandel in Südostasien. Du bist zweisprachig, sprichst fließend Russisch. Du verstehst sowjetische Dokumente, in denen steht, welches Ausmaß deren massive Unterstützung für die nordvietnamesische Armee, für das Pathet Lao angenommen hat. Du würdest für den Chef des Zentralkommandos sämtlicher US-Geheimdienste arbeiten. Es ist eine sagenhafte Chance.«

»Dafür haben sie doch schon dich«, entgegnet Anthony. »Nimm die Stelle an, solange sie frei ist. Ich werde jedenfalls nicht herumsitzen und Daten analysieren.«

»Verfluchte Scheiße, du benimmst dich unmöglich.«

»Pscht!«, sagt Tatiana und Alexanders Hände rutschen von ihren Schultern.

»Ich werde mich nicht wieder mit dir streiten«, sagt Anthony zu seinem Vater. »Das tu ich nicht noch mal. Ich werde nicht die nächsten zwei Monate in diesem Haus damit verbringen, mit dir zu diskutieren. Wenn mein Leben hier so aussehen wird, dann hau ich lieber gleich wieder ab und geh nach New York zurück.«

»Anthony!« Tatianas Stimme überschlägt sich.

»Dann geh doch!«, schreit Alexander. »Scher dich hier raus! Worauf wartest du noch?«

»Alexander!« Tatiana ringt um Fassung. »Ihr beiden, *bitte!*« Die Männer schnaufen angestrengt, sie schöpft Atem. »Das ist doch verrückt«, sagt sie. »Ant, du hast eine goldene Gelegenheit, in den Staaten zu bleiben. Warum willst du sie nicht ergreifen?«

»Weil ich sie nicht will!«

»Wie kannst du das nur sagen, wenn du doch weißt, wie sehr dein Vater sich bemüht hat, dir zu helfen?«

»Hab ich ihn darum gebeten, mir zu helfen? Es hat keiner danach gefragt.«

»Da hat er völlig recht«, sagt Alexander. »Da hat er verdammt noch mal recht. Also hau ab, Ant, worauf wartest du noch? Soll dich jemand zum Flughafen bringen?«

»Alexander, nicht!« Tatiana schnellt zu ihm herum.

»Tania, halt dich da raus!«

Anthony senkt den Kopf.

Plötzlich sieht Tatiana den leidenden Blick Alexanders auf sich gerichtet und sie verstummt, da ihr bewusst wird, dass viele ihrer Streitereien in den vergangenen sieben Jahren diesen Verlauf genommen haben. Sie redet dem einen gut zu, dann dem anderen, sie gerät zwischen beide, sie versucht zu vermitteln, sie bleiben bei ihren Standpunkten, der eine ist dickköpfig, der andere unzugänglich, Anthony hebt seine Stimme, Alexander verliert die Beherrschung und auf einmal wirbelt Tatiana zu ihrem Mann herum und bittet ihn, doch vernünftig zu sein, und schlagartig ist der Disput, der zwischen Vater und Sohn war, zwischen Mann und Frau. Seit Anthony vierzehn war, lief das nun schon so.

Alexander hat recht. Mit entschuldigender Miene und hängenden Schultern legt sie ihre Hände auf seine Unterarme. *Tut mir leid,* sagt sie lautlos. Aber sie weicht nicht zurück, denn diesmal liegen die Dinge doch anders. Dies ist nicht einfach nur eine Auseinandersetzung zwischen Vater und Sohn. Hier geht es um das Überleben ihrer Familie. Dies ist Artillerie-Beschuss in der Sonora-Wüste.

Bevor noch ein weiteres barsches Wort fällt, tollen zwei platinblonde Jungen wie kreischende Wollknäuel in die Küche. Gordon Pascha ist sechs, Harry fünf. Sie versetzen Anthony im

Vorbeilaufen einige fröhliche Klapse und rennen dann zu ihrem Vater weiter, wo jeder sich an einen Arm hängt. Tatiana tritt zur Seite, während Alexander sie beide hochhebt und in der Luft zappeln lässt. Alexander trug Pascha in dessen ersten sechzehn Monaten, erst vor seiner Brust, dann auf dem Rücken, und danach trug er Harry. Er überließ sie ihrer Mutter allenfalls zum Stillen. Sie mögen zwar blond wie sie sein, aber sie marschieren in derselben stolzen Haltung wie ihr Dad, sie reden wie er, halten ihre Plastikhämmer und fahren ihre Spielzeuglaster wie er, sie tragen ihre Haare kurz geschoren, schlagen mit der Faust auf den Tisch und manchmal, wenn sie unbedingt die Aufmerksamkeit ihrer Mutter erzielen wollen, dann rufen sie im Tonfall ihres Vaters: »Ta-TIA-na!« Unerschrocken balgen sie mit ihm und turnen auf ihm herum, sie verehren ihn rückhaltlos ohne jedes Wenn und Aber.

»Ameisenmann«, sagt Harry, »warum trägst du denn schon wieder deine Eisverkäuferklamotten?«

»Ich muss gleich auf den Luftwaffenstützpunkt, Brüderchen.«

»Nimmst du mich mit?«

»Und mich auch?«

Ohne auf die beiden einzugehen, deutet Anthony auf den älteren seiner kleinen Brüder und meint zu Alexander: »Wenn du meinem Bruder den Namen des Generals *Charles Gordon* gibst, was glaubst du dann, wird mal aus ihm werden?«

Pascha wirft ein: »Ein Arzt, Ant. Damit ich Menschen heilen kann wie Mommy. Und mein Name ist Pascha.«

Und Harry, der seinen Arm um Alexanders Hals geschlungen hat, meint: »Ich werde mal Waffen machen wie Daddy, Ant. Du solltest mal den Speer sehen, mit dem ich eine Eidechse erwischt hab.«

Tatiana tritt das Bild von Anthony vor Augen, wie er mit vier auf ihrem unbebauten Grundstück Eidechsen jagt, und sie wäre fast in Tränen ausgebrochen.

»Du Dummkopf«, erklärt Pascha, greift um Alexander herum und zieht an den Haaren seines Bruders. »Du Riesendummkopf. Daddy macht gar keine Waffen. Außer Holzspeere, aber die zählen nicht.«

»Mama, ich habe Hunger«, jammert Harry.

»Ich auch«, sagt Pascha.

Von einem entfernt liegenden Zimmer im Haus dringt das zunehmend fordernde Schreien eines kleinen Mädchens zu ihnen.

»Weißt du was, Ant?«, meint Alexander über den Geräuschpegel hinweg. »Hier geht es gar nicht um Pascha, nicht mal um dich und mich. Hier geht es allein um dich.«

»Da hast du tatsächlich mal recht«, erwidert Anthony ebenso laut.

Pascha und Harry blicken erstaunt von ihrem Vater zu ihrem Bruder und dann zu ihrer Mutter, die ihnen bedeutet: *Klettert runter und dann raus hier. Sofort.*

Ein grimmig wirkender Alexander hält seine Söhne fest und bemüht sich, mit sanfter Stimme zu ihnen zu sprechen: »Jungs, hört ihr Jane schreien? Hört ihr sie rufen? Lauft und seht mal nach eurer Schwester, ich komme gleich nach. Wir holen sie und dann gibt es auch etwas zu essen.«

Sie springen herunter und klatschen beim Weggehen mit ihren Handflächen Anthony ab.

»Ant«, sagt Harry, »komm doch mit uns schwimmen. Ich will dir meinen Hechtsprung zeigen.«

»Später, Brüderchen. Und dann zeige ich dir meinen Rückwärtskopfsprung.« Seine Hand streicht über Harrys Stoppelhaar.

»Ant«, sagt Pascha, »du hast versprochen, du würdest ›Do Wah Diddy‹ auf der Gitarre spielen.«

»Das mache ich auch sicher. Wenn ich vom Luftwaffenstützpunkt zurück bin.«

Sie trollen sich und hüpfen »Do Wah Diddy« singend den Flur hinunter.

»Glaubst du wirklich, es ist so geschickt, einfach das zu tun, was du willst?«, sagt Alexander zu Anthony, sobald sie aus der Küche verschwunden sind. Tatiana möchte gern die Hand nach Alexander ausstrecken, wagt es aber nicht. »Du hast nicht mit uns gesprochen, bevor du den Ausbildungsplatz in West Point angenommen hast, und du weißt, wie aufgebracht deine Mutter war …«

»Ich dachte, ihr würdet versuchen, mir die Sache auszureden«, erwidert Anthony. »Und ich hatte recht, oder? Sieh dich doch jetzt an.«

»Und nun sprichst du nicht einmal mit uns, bevor du dich freiwillig zum *Kampfeinsatz* meldest? Verflucht noch mal, Anthony! Glaubst du etwa, hier ginge es nur darum, dass du einfach das Gegenteil von dem machst, was ich möchte oder was deine Mutter möchte? Du bist doch kein Fünfzehnjähriger mehr, der mal zu spät nach Hause kommt. Hier geht es nicht darum, dass du mal versuchst, mir über den Mund zu fahren. Hier geht es darum, einen Lebensweg einzuschlagen, der unumkehrbar ist.« Alexander holt tief Luft. »Warum denkst du nicht ausnahmsweise mal zuerst an dich, statt daran zu denken, wie du mir eins auswischen kannst?«

»Herrgott, hier geht es nicht um *dich!«*, schreit Anthony.

Tatiana beißt sich auf die Unterlippe und schließt die Augen, denn als Nächstes …

»Hörst du Schandmaul gefälligst sofort auf, mich in meinem eigenen Haus anzuschreien«, sagt Alexander und macht bedrohlich einen Schritt nach vorn.

Anthony weicht zurück. Kein weiteres Wort kommt aus seinem Mund.

»Warum erzählst du es uns überhaupt?«, fragt Alexander. »Warum schickst du uns nicht einfach einen Brief aus Kontum? ›Stellt euch vor, wo ich gerade bin, Leute?‹ Du machst es doch sowieso. Warum bist du also überhaupt hergekommen?« Alexander macht eine wegwerfende Geste. »Geh … trainier in Yuma. Deine Mutter verspricht dir, ein Carepaket zu schicken. Sie schickt dir eins nach Yuma und sie schickt dir eins nach Saigon.« Er dreht sich um und packt Tatiana am Arm. »Lass uns gehen.«

Den Blick auf Anthony gerichtet, versucht Tatiana, Alexanders Griff zu lösen, und sagt: »Ich komme gleich, Liebling. Gib mir eine Minute.«

Alexander zieht sie mit sich. »Nein, Tania. Wir gehen jetzt. Keine weiteren Unterhaltungen mehr mit ihm. Siehst du nicht, dass es keinen Sinn hat?«

Sie sieht zu ihm auf und legt eine Hand auf seine Brust. »Bloß … eine Minute, Shura. *Bitte.«*

Er lässt ihren Arm los, stürmt nach draußen und ist noch nicht ganz verschwunden, da wirbelt Tatiana zu Anthony herum.

»Was ist nur in dich gefahren?«, zischt sie wütend.

Sie sieht, dass ihre Verärgerung seine Kräfte übersteigt. Komischerweise erträgt er die Wut seines Vaters, aber bei ihr – ein böses Wort und er wird still und unsicher. »Mom, dieses Land befindet sich im Krieg. Ich weiß auch, sie nennen es nicht Krieg, sondern Konflikt, Auseinandersetzung und was weiß ich noch alles. Aber es ist Krieg! Es wird jeden Augenblick eine Mobilmachung geben. Wenn ich mich nicht jetzt sofort für einen Platz bewerbe, wird Richter schon bald nicht mehr in der Lage sein, mich bei der 2nd Airborne unterzubringen.«

Sie tritt dicht an ihn heran. Er ist anderthalb Kopf größer als sie, doppelt so breit, aber sobald sie näher kommt, sinkt er auf einen Stuhl, damit sie ihn überragt. »Anthony, bitte«, sagt sie. »Du wirst nicht eingezogen, wenn du für den Direktor der DIA arbeitest. Das hat Dad dir versprochen.«

»Mom, ich bin nach *West Point* gegangen, nicht nach Harvard. Meine Zukunft liegt in der US-Armee. Ich gehe da hin, wo sie mich brauchen. Und sie brauchen mich nicht im Nachrichtendienst. Sie brauchen mich in Vietnam.«

Sie ergreift seine Hände und presst sie an sich, während sie sich auf der Kante des Küchentischs abstützt. »Ant, du weißt, was dein Vater durchgemacht hat, du weißt es besser als jeder andere, ausgerechnet du! Du weißt, wo deine Mutter und dein Vater gewesen sind. Krieg, Anthony. Wir haben über den Krieg nicht gelesen. Wir haben ihn durchlebt, und du hast es ebenfalls. Du weißt, dass junge Männer im Krieg sterben, oder nicht? Und das sind noch die Glücklichen. Die Unglückseligen kommen zurück wie Nick Moore. Erinnerst du dich noch an ihn? Oder sie kommen in irgendeinem Zwischenstadium zurück so wie dein Vater. Du weißt doch noch, wie er damals war? Ist es das, was du willst?«

Ohne ihr seine Hände zu entziehen, sagt Anthony: »Ein für alle Mal, ich bin nicht er.«

Tatiana schubst ihn fort und tritt einen Schritt zurück. »Weißt du was?«, sagt sie kalt. »Du tätest gut daran, dich darum zu bemühen, auch nur halb so zu werden wie dein Vater. Warum lernst du nicht erst einmal, mit Anstand und Tapferkeit durchs Leben zu gehen?«

»Ach ja, na klar«, sagt Anthony und nickt mit dem Kopf. »Wie konnte ich es vergessen? Wenn ich doch nur seinen sagenhaften Ansprüchen gerecht werden könnte.« Er sieht seiner Mutter offen ins Gesicht. »Und er hat davon zweifellos ein paar ganz besonders hohe.«

»Aber deshalb hast du dich ja offenbar nicht für Vietnam gemeldet, oder?«, schreit sie ihn an. »Was willst du also damit beweisen?«

»Ich weiß, es fällt dir schwer, es zu verstehen, Mom«, erklärt Anthony kopfschüttelnd, »aber dies hat wirklich nichts mit dir oder mit ihm zu tun.«

Tatiana starrt ihn aus trüben Augen an.

»Hat es wirklich nicht!«, beteuert er. »Versteht doch, das ist mein Leben, das ich lebe.«

»Was ist das denn für eine seltsame Rebellion?«, fährt sie ihn an. »Willst du in die Fußstapfen deines Vaters treten?«

»Deiner Ansicht nach wird doch sowieso niemals jemand in seine Fußstapfen treten können.«

»Auf diese Weise jedenfalls nicht.« Sie geht auf ihn zu, um ihn zu berühren, ihn zu umarmen, sie ist so traurig seinetwegen, aber er ist in diesem Moment so unnahbar, fast so als wolle er sich schützen.

»Er hat immer zu mir gesagt, man entscheidet selbst, was man werden will. Na, und das habe ich jetzt getan. Das ist es, was ich machen will.« Anthony blinzelt.

»Dein Vater«, flüstert Tatiana, »*wollte* nicht in den Krieg gehen. Ihm blieb keine Wahl. Glaubst du vielleicht, er hat das, was er durchlitten hat, um uns zu retten, um sich zu retten, getan, damit sein Ältester gegen die Vietcong in den Krieg ziehen kann?« Sie ist so erregt, sie kann nicht länger bei ihm sein. Sie wendet sich ab, um die Küche zu verlassen. Anthony soll nicht sehen, wie sie vor ihm weint.

Anthony ergreift ihre Hand und hält sie auf. Mit bedrücktem Blick zieht er sie zurück. »Es tut mir leid, Mom. Bitte, sei mir nicht böse«, sagt er. »West Point war meine eigene Wahl, das stimmt, aber das hier ist es nicht. Jetzt muss ich gehen. So wie *er* gehen musste, muss *ich* jetzt gehen. Ich verstehe gar nicht, warum Dad seine Zeit damit vertut, sich gegen das Unvermeidliche zu wehren.«

»Ihre Mission bleibt fest, unverändert, unantastbar. Sie besteht darin, unsere Kriege zu gewinnen. Sie vertreten dieses Land als Gladiatoren in der Kampfarena.«

Irgendwo im Haus kreischen drei Kinder. Selbst Alexander gelingt es nicht, die beiden Jungs lange ruhig zu halten. Einmal brüllte Alexander mit seiner dröhnenden Stimme Harry an: »Sei endlich ruhig!«

Und Harry brüllte mit derselben dröhnenden Stimme postwendend zurück: »Ich bin ruhig, wenn ich tot bin!« Seitdem hat er seinen Vater zwar nie wieder angeschrien, ruhiger geworden war er jedoch auch nicht.

Tatiana beugt sich zu Anthony herunter. Ihre Hand ruht auf seinem kurz geschorenen Haar. »Sei nicht böse auf deinen Vater, mein Schatz«, flüstert sie und küsst ihn auf den Kopf. »Er versucht bloß, seinen Sohn zu retten – mit allen Mitteln, die er kennt.«

Sie ist nicht in der Lage, Anthony zu erklären, warum sein Vater sich stets gegen das stemmt, was letztlich unvermeidlich ist. Tatiana eilt aus der Küche.

»Sollen andere über Fragen diskutieren, die den menschlichen Verstand spalten. Nicht Sie. Mögen Sie, Soldaten aus West Point, sich stets würdig erweisen der langen Traditionslinie, die von Ihnen aus zwei Jahrhunderte zurückführt.«

Sie kann Anthony nicht zeigen, wie groß ihre Angst ist angesichts der Rabenschwärme, die sie über den Köpfen aller Bewohner ihres wunderschönen Wüstenheims kreisen sieht.

Anthony verbrachte den Sommer zu Hause, beteiligte sich an wilden, ausgelassenen Kriegs- und Wasserspielen mit seinen Geschwistern, bevor er im August 1965 nach Vietnam ging. Pascha, Harry und Janie vermissten ihn nach seiner Abreise sehr.

Jeden Abend, wenn Alexander nach Hause kam und Tatiana einen Begrüßungskuss gegeben hatte, fragte er als Erstes: »Irgendwelche Neuigkeiten?«, was so viel bedeutete wie: *Irgendwelche Briefe? Irgendwelche Anrufe?*

Meist rief er mittags an und erkundigte sich: »Kam die Post schon?«

Und wenn die Post ausgeliefert wurde und Nachricht aus La Chu, Laos, Dak To oder Quang Tri brachte, setzte sich Alexander mit seinen Zigaretten ganz allein vor ihrem Schlafzimmer in den Garten und las die Briefe seines Sohnes.

Alexander ergraute langsam. Die sengende Sonne Arizonas hatte sein Gesicht dunkel werden lassen. Falten bildeten sich um seine Augen. Aber die italienischen Gene mütterlicherseits und die Pilgrim-Gene väterlicherseits waren robust. Obwohl er ein wenig zugenommen hatte, arbeitete Alexander zu schwer und trainierte in Yuma zu hart, um die Jahre zu spüren. Aufrecht, breitschultrig und wachsam wie eh und je bewegte er seine imposante Gestalt. Wortlos, aber unmissverständlich übte er auf seine Umgebung einen abwehrenden und unnahbaren Eindruck aus. Nach dem Motto *Leg dich bloß nicht mit mir an.* Niemand konnte daran zweifeln, dass er es bei ihm mit einem Soldaten zu tun hatte.

Seine Aufgaben zur Unterstützung der Kampfverbände wuchsen wie während des Koreakriegs stark an. Oft verbrachte er mehr als siebzehn Tage im Jahr im aktiven Dienst in Yuma, dem bis heute größten Waffentestgelände der Welt. In den späten Fünfzigern und frühen Sechzigern, als die Jungs noch Babys beziehungsweise Kleinkinder waren und Anthony helfen konnte, hatte Tatiana Alexander noch einmal im Monat begleitet und ihre Kinderwagen hatten in einer Reihe mit den anderen draußen vor den Quartieren für Ehepaare gestanden. Aber als die Jungs erst einmal zu groß für ihre Buggys wurden, Anthony nach West Point ging und Janie auf die Welt kam, wurde das riesige Yuma zu klein für ihre beiden wilden Jungs und deren kleine Schwester, die sich ebenfalls für ein männliches Rudelmitglied hielt. Also hieß es, sich entweder im Zaum halten oder gemeinsam mit Mutter zu Hause bleiben, während der Vater allein fortging, um Berge von Rohdaten aus russischen Nachrichtendiensten zu übersetzen, um Übungseinheiten zu trainieren und umfassende Waffentests durchzuführen.

Die Kinder rissen sich zusammen.

1966 wurde Alexander nach seiner viel beachteten Übersetzung der umfangreichen sowjetischen Kritik an der ersten Generation der M-16 – eine US-Version der Kalaschnikow –, die bei unzureichender Reinigung zu Ladehemmungen neigte, endlich zum Major befördert, nachdem er zwanzig Jahre lang als Captain gedient hatte. Richter beglückwünschte ihn telegrafisch aus Saigon mit den Worten: »Du unausstehlicher Mistkerl. Noch bin *ich* Lieutenant-Colonel.«

Alexander telegrafierte zurück: »Du unausstehlicher Mistkerl. Wann kommt mein Sohn nach Hause?«

Nach einer erfolgreichen zwölfmonatigen Dienstzeit bei der 2nd Airborne begann Anthony sein Ausbildungstraining unter Richter, der den zentralen Kommandoposten der Spezialeinheiten in Kontum unter dem hübschen und harmlosen Decknamen »Forschungs- und Beobachtungsgruppe« leitete. Anthony wurde einer Spezialbodeneinheit für unkonventionelle Kriegsführung zugeteilt. Er führte einen Aufklärungstrupp, ein Team für Search, Locate, Annihilate Missions (SLAM) und schließlich die noch größere Hatchet Force. Er wurde ein Green Beret, deren Markenzeichen das grüne Barett war. Anthony überlebte ein blutiges Jahr 1968, überlebte Tet und die Frühjahrsoffensive der Vietcong 1969. Anfang Juli 1969 eroberte er bei einer seiner Aufklärungsmissionen Vietcong-Dokumente, die belegten, dass die feindlichen Truppen erheblich zahlreicher und besser ausgerüstet waren, als das US-Oberkommando behauptete, und dass die nordvietnamesische Armee völlig übertriebene Angaben über die Zahl der amerikanischen Verluste verbreitete. So wären angeblich während der Frühjahrsoffensive 45 000 Angehörige von US-Kampfverbänden getötet worden, obwohl die tatsächliche

Anzahl bei 1718 lag, verglichen mit 24 361 Opfern auf der Gegenseite. Er wurde zum Captain befördert.

Kopien von Anthonys sieben Auszeichnungen trafen zu Hause ein. Zwei Purple Hearts, der violette Orden für Kriegsverwundete – er hatte sich eine Schulterwunde und einen Granatsplitter im Bein zugezogen –, je zwei Silver und zwei Bronze Stars für besondere Tapferkeit vor dem Feind und ein Distinguished Service Cross für sein heroisches Verhalten während eines Anschlags auf sein Aufklärungs-Platoon in Laos. Nach seiner Beförderung zum Captain schrieb Richter: »Höherer Dienstgrad hat seine Vorteile. Zumindest koordiniert unser Junge jetzt Bodenaufklärungseinheiten und liegt nicht mehr selbst auf dem Ho-Chi-Minh-Pfad im Hinterhalt.«

Besonders verblüffte Alexander während dieser Jahre allerdings, dass sein Leben einfach weiterging. Seine drei blonden Kinder schossen in die Höhe, Weihnachtsbäume wurden gekauft, immer mehr große Architektenhäuser gebaut, neue Leute eingestellt. Der gute Johnny ging und heiratete – gleich zweimal. Amanda verließ Shannon und ihre drei Kinder wegen eines aus Wyoming stammenden Bauarbeiters, der auf Montage war, und verschwand über die Staatengrenzen. Die Barringtons machten Ferien in Coconut Grove und Vail, Colorado, damit ihre Kinder etwas namens »Schnee« kennenlernten.

Sie trafen sich mit Freunden, spielten Karten, gingen tanzen und schwammen. Sie feierten 1967 ihre silberne Hochzeit mit einem siebenstündigen Maultierritt zur Phantom Ranch am Colorado River, zelebrierten sie mit der reifen Liebe langjähriger Ehepartner, mit seinen geflüsterten Worten und ihren Tränen.

Jeden Abend, wenn er heimkam, duftete das Haus nach warmem Brot und Essen. Tania war hübsch angezogen, lächelte, trat an die Tür, um ihn zu begrüßen, ihm einen Kuss zu geben, ihr von ihm vergöttertes Haar offen auf den Schultern liegend, und er sagte: »Tania, ich bin zu Hause!«, und sie lachte, wie sie es mit siebzehn in Leningrad getan hatte, in der fünften Sowjet. Sie kümmerte sich um ihn, um seine Kinder, sein Haus und sein Leben, wie sie es in Coconut Grove und auf Bethel Island getan hatte.

Sie lebten – während ihr erstgeborener Sohn in den Bergen von Dak To im Schlamm lag. Sie lebten, während er in Kambodscha und Khammuan war und die Vietcong aus Khe Sanh vertrieb. Sie lebten, während er in Hué am Parfümfluss kämpfte. Sie lebten und fühlten sich schuldig, sie schickten Carepakete und fühlten sich kurzzeitig besser, sie hörten von ihm und fühlten sich eine Weile noch besser. Während all dieser Jahre kehrte er nie in die Staaten zurück, aber an Weihnachten rief er an und sprach mit seiner Mutter, und am Ende sagte er leise: »Grüß Dad von mir«, und Dad, der an dem anderen Anschluss mithörte, sagte ebenso leise: »Ich bin hier, mein Sohn.« Und dann unterhielten sie sich für ein paar Minuten.

»Na, wie läuft's denn so da drüben?«

»Oh, ganz gut. Viel Hektik und Warten.«

»Ja, manchmal ist das so.«

»Ich hasse es.«

»Ja, das mochte ich auch nicht.«

»Keine Schlachtfelder von Verdun hier, keine Panzerschlacht von Kursk. Wir sind ständig im Dschungel. Und es ist furchtbar feucht. So muss wohl Heiligkreuz und Swietokrzyski für dich gewesen sein.«

»In Swietokrzyski war es eiskalt«, sagte Alexander. »Nun, pass auf dich auf.«

»Das werde ich, Dad. Keine Sorge.«

Gordon Pascha war fast elf, Harry neun, Janie bald sechs. Tatiana war fünfundvierzig. Alexander fünfzig.

Am Sonntag, dem 20. Juli 1969, saßen sie abends alle zusammen und blickten gebannt auf den Fernsehbildschirm. Tatiana hatte gedacht, wie schön es doch wäre, wenn Anthony hier bei ihnen sein könnte und mit ihnen fernsehen würde, und als hätte er ihre Gedanken gelesen, meinte Pascha: »Ant würde das gefallen.« Und Tatiana fragte Alexander: »Wie spät ist es denn jetzt in Kontum?« Und Alexander erwiderte: »In Kontum ist schon morgen«, während Neil Armstrong einen kleinen Schritt für einen Menschen und einen gewaltigen Sprung für die Menschheit unternahm und seinen Fuß auf den Mond setzte.

Da klingelte das Telefon.

Tatiana und Alexander drehten die Köpfe vom Fernseher fort und sahen einander an. Ihre Blicke verfinsterten sich. Aus den Vereinigten Staaten war dies niemand, denn hier verfolgte jeder Neil Armstrong.

Tatiana war nicht fähig abzuheben und so ging Alexander.

Als er zurückkam, war sein Gesicht aschfahl.

Was würde ihren Kindern in Erinnerung bleiben von ihrer Mutter an jenem 20. Juli 1969?

Mühsam stand sie von der Couch auf und stellte sich neben Alexander in den bogenförmigen Durchgang zum Arbeitszimmer. Sie öffnete ihren Mund, um etwas zu sagen, aber kein Ton kam heraus. *Was?*, wollte sie sagen. *Was ist?*

Ant wird vermisst, antwortete er ihr ebenso lautlos. Sie musste ihr Gesicht vor ihrer Familie verbergen, vor allem vor Alexander. Sie wollte nicht, dass er sie so sah. Ihre nicht zu verleugnende Schwäche würde ihm Angst einjagen, das wusste sie. Wäre ihr Glaube erschüttert, würde seiner ganz sicher in sich zusammenfallen wie seine zerstörten Dorfhütten.

Aber wie sollte sie vor ihm verbergen, dass Puschkins Pique-Dame, *die versteckte Feindseligkeit*, ihr Haus betreten hatte? In ihren Augen spürte sie die hornigen Schnäbel der Raben, die sie blind machten.

Sie wollte ihn schon bitten, sie jetzt nicht anzufassen, aber er blieb sich treu und ließ sie in solchen Situationen sowieso in Ruhe.

Fünfzehn schreckliche Minuten verbrachte sie allein im Schlafzimmer. Vielleicht auch zwanzig. Dann flog die Tür auf.

»Was meinst du mit vermisst?«, sagte sie, als sie Alexander draußen fand. »Wo vermisst?«

Alexander saß stumm auf der Terrasse und sah seinen Söhnen in dem abendlich beleuchteten Pool zu. Vor ihm stand Janie und zog sich Flossen und Tauchermaske über. Tatiana schwieg, bis er damit fertig war, dem Mädchen zu helfen. Keiner interessierte sich mehr für den Mann auf dem Mond.

Als Jane mit ihren Flossen davonwatschelte, um ins Wasser zu springen, drehte Alexander sich zu Tatiana um.

Nach einer erfolgreichen Aufklärungsmission zu Monatsbeginn waren Anthony sieben Tage Urlaub gewährt worden. Am

18. Juli hätte er sich zurückmelden und seinen Dienst wieder antreten sollen. Aber das hatte er nicht.

»Vielleicht hat er ja einfach vergessen, wann er wieder zurück sein sollte«, sagte Tatiana.

»Ja. Vielleicht.«

»Suchen sie nach ihm?«

»Natürlich suchen sie nach ihm, Tatiana.«

»Wie viele Tage schon?«

»Drei.«

Zusammen mit ihm waren seine Waffen und sein MACV-SOG-Sonderpassierschein verschwunden, der ihn als Truppenmitglied der Military Assistance Command Vietnam, der Studies and Observation Group auswies und ihm auf allen Straßen und in allen Städten Südvietnams uneingeschränkte Vorrechte einräumte. Er musste lediglich diese Kennkarte zücken und konnte sofort jedes Flugzeug, jeden Laster, jeden Helikopter nehmen und sich hinbringen lassen, wo immer er wollte. Der Ausweis war nicht benutzt worden, er war also nirgendwo eingestiegen, hatte sich nirgendwo hinbringen lassen.

»Wer war denn mit ihm auf Urlaub?«

»Keiner. Abgemeldet hat er sich mit den Worten, er ginge nach Pleiku.« Pleiku war eine Stadt fünfzig Kilometer von der Kontum-Basis entfernt. Wie Lieutenant Dan Elkins, Anthonys Freund und Leiter eines Aufklärungstrupps, Richter erzählte, war im Rückblick das einzig Merkwürdige, dass Anthony ganz allein Urlaub machen wollte. Er hatte das im letzten Jahr allerdings häufig getan. Normalerweise hatte sich Ant gemeinsam mit Dan eine Auszeit genommen, die zwei waren seit 1966 miteinander befreundet. Oft wären sie bis weit in den Süden nach Vung Tau gefahren, dort durch die Bars und Offiziersklubs gezogen und hätten sich ein paar schöne Stunden gemacht.

Die andere Sache, die im Nachhinein sonderbar wirkte, war, dass Anthony seine Dienstzeit noch nicht verlängert hatte. Seine aktuelle Runde endete im August, und bislang hatte er die Verlängerung seiner Stationierung noch nicht beantragt, so als hätte er das womöglich gar nicht vor.

Tatiana und Alexander blickten schweigend auf ihre planschenden Kinder. »Und was denkt Richter darüber?«

»Keine Ahnung. Bin ich Richter, oder was?«

»Alexander!«

»Weshalb schreist du mich denn an?« Er deutete auf die in Hörweite spielenden Kinder.

Sie senkte ihre Stimme. »Und warum fährst du mich so an? Was ist ihm denn nach Richters Meinung zugestoßen?«

»Keine Ahnung!«

Tatiana atmete tief durch. »Führen sie ihn denn als *Missing in Action?«*

Zuerst blieb Alexander bewegungslos, dann schüttelte er den Kopf. »Er war ja nicht im Kampfeinsatz.«

Sie sahen einander an.

»Wo steckt er?«, fragte Alexander Tatiana mit matter Stimme. »Liegen in dir nicht immer die Antworten auf alle Fragen?«

Sie öffnete ihre Hände. »Lass uns einfach ein wenig abwarten, Liebling. Vielleicht ...«

»Ja«, sagte Alexander und stand abrupt auf. »Vielleicht.« Sie konnten beide nicht weiter darüber sprechen. Gott sei Dank gab es die drei nassen, ahnungslosen Frösche im Pool, Gott sei Dank mussten sie sich um sie kümmern.

Nachts jedoch, als die Kinder schliefen, sahen sie Anthonys Briefe durch. Sie saßen in ihrem Schlafzimmer auf dem Boden und lasen wie besessen jeden einzelnen wieder und wieder auf der Suche nach Hinweisen, nach einem *einzigen Wort.*

»Lage hier schlimmer, als uns bewusst war ... Widerstandswille der Kommunisten enorm stark ... US-Maßnahmen werden Vietnamesen nicht abschrecken ... Ich trage bloß Nachrichten zusammen, Mom, mach dir um mich keine Sorgen ... Die meisten der einheimischen Bergbewohner, der Montagnards, die wir hier ausbilden, sprechen kein Englisch ... Brave Jungs, diese Yards, aber kein Englisch! Außer einem, und aus diesem Grund bin ich auch ständig mit ihm zusammen. Ha Si beherrscht das Englische besser als ich. Dad würde ihn mögen; ein sagenhafter Kämpfer ... Verheerende Unwetter ... Sintflutartige Regenfälle ... Drückende Schwüle ... Einsamkeit im Dschungel ... Manchmal träume ich von Lupinenfeldern. Ich muss etwas verwechseln. In Arizona habe ich sie nirgends gesehen. Wo waren wir, Mom, wo ich Felder purpurner Lupinen gesehen haben könnte?«

Anthony erkundigte sich nach seinen Brüdern und seiner Schwester, erzählte ein wenig von seinen Kumpels: Dan Elkins, Charlie Mercer, und von Tom Richter und welch ein prima Befehlshaber er seiner Meinung nach ist. Von Mädchen erzählte er nichts. Mädchen erwähnte er nie, weder in seinen Briefen aus Vietnam noch in seinen Erzählungen aus West Point. Seit den Tagen seines High-School-Abschlussballs hatte er niemanden mehr mit nach Hause gebracht. Er sprach nicht über seine Verletzungen. Er sprach nicht über seine Kämpfe oder über die Männer, die er verloren oder gerettet hatte. Solche Dinge erfuhren sie von Richter und aus den Kopien von Anthonys Auszeichnungen.

Keinen Anhaltspunkt, keinerlei Auffälligkeiten vermochte Tatiana zu entdecken. Sie fühlte sich wie betäubt. »Er wird bestimmt jeden Moment auftauchen«, sagte sie ohne große Leidenschaft in der Stimme zu Alexander. »Du wirst schon sehen.«

Mit einem finsteren Ausdruck in seinem bleichen Gesicht hielt Alexander die Briefe in der Hand und sagte nichts. Tatiana zog ihn neben sich und so saßen sie mit Anthonys Briefen zwischen sich auf dem Boden. Sie streichelte seinen Kopf und flüsterte: *Ruhig* und: *Es wird alles gut werden* und: *Bestimmt gibt es eine ganz simple Erklärung*. Er hing so leblos in ihren Armen, dass sie zu sprechen aufhörte.

Sie warteten auf Nachricht.

Ein Tag verstrich. Dann ein weiterer.

Richters Männer durchkämmten die Wälder, Wege und Reisfelder auf der flachen Strecke zwischen Pleiku und Kontum. Sie streiften durch die Strohhütten, die Flüsse und den Morast auf der Suche nach einer Spur, einem Überbleibsel von Anthony, seinen Waffen oder seinem Ausweis. Er muss auf eine Mine getreten sein, meinte Richter schließlich resignierend zu Alexander. Oder in eine Sprengfalle gelaufen sein. Vielleicht war es aber auch ein Hinterhalt, in den er geraten ist. Die Pistenstraße zwischen Pleiku und Kontum war relativ sicher und voll patrouillierender amerikanischer Truppen, aber vielleicht war er ja aus irgendeinem Grund von der Straße abgekommen, vielleicht ...

Aber ohne den kleinsten Hinweis konnte das Oberkommando nichts entscheiden.

Tatiana betete, dass sie keine Überbleibsel von ihm finden.

»Er ist nicht *Missing in Action*«, sagte sie weitere drei Tage später zu Alexander. »Wie bezeichnen sie ihn denn stattdessen?« Sie war ihm in seinen Werkstattschuppen gefolgt, stand nun neben ihm und blickte ihn erwartungsvoll an.

»Gar nicht. Nur *Missing*.« Er sah nicht von seiner Arbeitsbank auf.

»*Missing*? Es gibt eine Kategorie namens *Missing*?«

»Ja.«

»Und wie lautet der offizielle Name für diese Kategorie?«

Es folgte eine lange Pause. »*AWOL* – Unerlaubt der Truppe ferngeblieben.«

Tatiana stolperte aus dem Schuppen heraus und hörte auf, ihm weitere Fragen zu stellen.

Aus drei Tagen wurde eine Woche.

Aus einer Woche wurden zwei.

Sie begann die Steine auf ihrem Lebensweg wieder aufzusammeln, sämtliche Knochen auf den Pfaden ihres Lebens zu benagen. Sie jammerte, jubelte und hauchte ihnen zu, sie untersuchte sie, als ob sie aus den zusammengescharrten Ästen der Erinnerung jene heraussortieren könnte, die gebrochen sind, um sie womöglich zu reparieren, zu kleben oder um sie wegzuwerfen, zu zerstören, um irgendetwas mit ihnen zu machen, nur damit sie den Anruf von Tom Richter aus Vietnam am 20. Juli 1969 nicht bekommen hätte. Vielleicht wenn sie während der Blockade gestorben wäre. Vielleicht wenn sie auf dem Ladogasee umgekommen wäre, oder auf der Wolga, wenn sie an Tuberkulose oder an ihrer kollabierten Lunge gestorben wäre. Vielleicht wenn sie nicht auf Alexanders grässliche Lügen hereingefallen wäre. *Geh, Tatiana. Ich bin tot, Tatiana. Lass mich tot sein und geh einfach – oh, und denk an Orbeli.* Vielleicht wenn sie in Stockholm geblieben wäre, als sie im siebten Monat schwanger war. Inzwischen wäre sie schwedische Staatsbürgerin. Anthony wäre schwedischer Staatsbürger. Kein Vietnamkrieg für Schweden. Sie wusste, sie durfte so nicht denken, durfte sich innerlich nicht derart verkrampfen. Wenn bloß, wenn bloß, wenn bloß.

Während Tatiana sich mit Eventualitäten beschäftigte, hing

Alexander am Telefon. Er sprach mit dem Kommandeur in Yuma, mit dem Kommandeur von Fort Huachuca, mit dem Direktor der DIA. Er kam in Kontakt mit dem Vorsitzenden des Vereinigten Generalstabschefs und dem Präsidenten der Militärschule. Fast täglich telefonierte er mit Tom Richter. Richter, der in Kontum die MACV-SOG Kommandozentrale leitete, befragte dreihundert Menschen, die Anthony gekannt hatten, schon einmal mit ihm zusammengetroffen waren. Er ließ vier Aufklärungsteams von Vang Tau bis Khe Sanh nach Anthony suchen. Niemand hatte ihn gesehen.

Zu den Schwierigkeiten trug die Tatsache bei, dass SOG-Soldaten geheime Missionen ausführten und weder Hundemarken noch Ausweise, Rangabzeichen oder Hinweise irgendwelcher Art bei sich trugen. Sie kämpften und fielen in völliger Anonymität. Aber Anthony hatte sich nicht auf einer geheimen Mission befunden. Er war auf einem genehmigten Urlaub gewesen. Und nun blieb er unerlaubt fern.

Alexander saß mit ausgestreckten Beinen auf dem Boden ihres Wohnzimmers. Harry hatte auf der einen Seite von ihm Platz genommen, Pascha auf der anderen, Janie auf seinem Schoß. Tatiana lag ihnen zugewandt auf der Couch dahinter und fuhr Alexander mit ihrer Hand sanft über Hinterkopf und Nacken, während sie sich gemeinsam *Mission: Impossible* ansahen. Bis zum Werbeblock blieben die Kinder andächtig sitzen, dann stellte Janie sich auf den Kopf, Pascha zog ein Bein von Alexander über das andere und begann das Knie mit einem Metallhammer zu bearbeiten, um zu sehen, ob er so einen Kniesehnenreflex hervorrief, und Harry setzte sich rittlings auf ihn, die Hände in seinem Gesicht, und fragte, ob sein Vater ihm beim Bau einer Zeitschaltuhr für einen Wasserbombenballon helfen könnte.

»Beim *Bau* einer Zeitschaltuhr?«, erwiderte Alexander. »Meinst du bei der *Montage* einer Zeitschaltuhr, Harry?«

»Nein, Dad, ich möchte erst eine eigene Zeitschaltuhr bauen und sie dann montieren.«

»Dad, guck mal, ich steh auf dem Kopf. Hat mir Mama beigebracht. Na, mach ich das gut?«

»Dad, spürst du das?«

»Ja, Pascha. Ich kann den Hammer an meinem Knie spüren.«

Alexander hob den Kopf und lehnte ihn zurück. Tatiana betrachtete Alexanders Gesichtszüge. Dann beugte sie sich vor und küsste ihn auf die Stirn.

»Was soll das mit der Stirn?«, sagte er zu ihr. »Sind wir hier vielleicht auf Deer Isle?« Der Werbeblock war vorbei – und dann klingelte das Telefon. Zwei Sekunden später waren alle Kinder von ihm herunter und Alexander war zum Abnehmen in den Flur gerannt, wo er nun mit leiser, ruhiger Stimme in den Hörer sprach und alles um sich herum vergessen hatte.

»Ich versteh das nicht«, sagte Tatiana später am Abend zu ihm. »Warum sprichst du mit dem Direktor des militärischen Geheimdiensts? Was soll *er* über Anthony wissen?«

»Ich gehe nur alle Möglichkeiten durch«, sagte er. »Ich versuche alles, was ich kann.«

»Das ist schon gut, aber warum telefonierst du mit dem Kommandeur einer Militäreinrichtung in Arizona? Wie sollte ein sympathischer Mann, der den Stützpunkt seit dreißig Jahren nicht verlassen hat, irgendetwas über Anthony in Pleiku wissen?«

»Ich geh bloß alle Möglichkeiten durch, Tania«, wiederholte Alexander und drehte ihr den Rücken zu.

Und so wendete sich auch Tatiana ab, verschanzte sich in jenem Abwehrbollwerk, das sie beide um sich aufgebaut hatten, ein Bollwerk mit breiten Gräben ringsum, fest verschlossenen Toren und keinem Zugang für jemanden außer ihnen. Die Dinge, die sie zusammengebracht hatten, die sie zusammengehalten hatten.

Keiner kannte diese Geschichten, keiner außer ihnen – und Anthony, der Junge, der Deer Isle mit ihnen erlebt und seine Waisenzeit wegen ihrer Mission nach Berlin durchstanden hatte. Ihre jüngeren Kinder, ihre späteren Freunde, keiner von ihnen wusste Bescheid. Diese Geschichte gehörte den überwucherten Abgründen der Vergangenheit an.

Die Wochen vergingen.

»Bitte – lass uns einfach abwarten.« Wieder und wieder sprach Tatiana die leeren Worte zu ihrem immer bedrückter werdenden

Ehemann. Jeden Abend lief sie fieberhaft um ihn herum, nie Ruhe findend, nicht beim Kochen, nicht beim Vorlesen, nicht wenn sie mit ihm im Bett lag. Irgendein Körperteil von ihr war stets in Bewegung, wie wenn sie nimmermüde und wachsam ihr Rudel umkreiste. »Lass uns einfach … wir wissen doch gar nichts. Lass uns einfach abwarten, bis sie ihn finden.«

»Ihn wo finden?« Alexander saß draußen in seinem Sessel und rauchte. Im Gegensatz zu ihr lief er nicht herum.

»Wir werden schon sehen, okay?«, sagte sie, während sie vor ihm auf und ab ging.

»Du meinst, wir werden schon sehen, ob irgendetwas von ihm gefunden wird? Lass uns abwarten, ob er auf eine Mine getreten ist oder von einer Panzerfaust getroffen wurde?« Alexander wurde laut. »Oder ob er auf dem Rückweg nach Kontum in irgendeinen absurden Explosionsunfall geraten ist? Also, ich warte darauf nicht! Wartest du vielleicht auf so was?«

»Hör auf«, flüsterte sie. Ihre Stimme zitterte. »Ich sag dir doch nur, du sollst etwas Zuversicht bewahren, den Glauben nicht ganz aufgeben, Soldat. Das ist alles.« Tatiana hielt ihre Finger fest ineinander verschränkt.

Alexander verstummte. »Woher soll ich meinen Glauben nehmen«, flüsterte er schließlich, »wenn so wenig Anlass dafür vorhanden scheint?«

Sie wäre in Tränen ausgebrochen, wenn sie nicht gesehen hätte, wie dringend er ihrer Tröstung bedurfte. Dies war das Einzige, was sie davon abhielt, auf dem Travertinboden zusammenzubrechen und sich in ihre Bestandteile aufzulösen. »Bitte«, hauchte Tatiana in wenig überzeugendem Ton. »Vielleicht haben sie ja recht, vielleicht ist er wirklich AWOL …«

»Ja, hoffen wir doch darauf. Vielleicht ist er AWOL«, sagte Alexander. »Vielleicht ist er aber auch süchtig. Vielleicht ist ja ein Mädchen das Opiat, das ihm in den Kopf und sonst wo hingestiegen ist, und jetzt lebt er mit ihr im Ural.«

»Mir wäre es lieber, er wäre unerlaubt fern geblieben als tot!«

»Wenn er unerlaubt fern geblieben ist, wird man ihn vor ein Militärgericht stellen«, sagte Alexander. »Nach dreißig Tagen besteht kein großer Unterschied mehr zwischen AWOL und Desertion. Willst du wirklich, dass Ant ausgerechnet in Kriegszeiten wegen Fahnenflucht vor ein Militärgericht kommt? Das würde er nicht lange überleben, Tania.«

Und dann brachen die Tränen aus ihr heraus. Keine Tröstung für Alexander. Er sprang auf und ging ins Haus. Tatiana blieb allein auf dem Travertinboden zurück.

Dreißig Tage verstrichen.

Ihr Leben kam zu einem Stillstand.

Sie saßen einfach nur da und beobachteten, wie Pascha, Harry und Janie sich vergnügten, denn sie waren Kinder und konnten nicht anders. Während die Kleinen im Pool herumtobten und miteinander rauften, war den Eltern ihr Lächeln ins Gesicht gefroren. Die Kinder taten ihr Möglichstes, um Mutter und Vater aufzumuntern. Pascha las ununterbrochen und erzählte ihnen die Geschichten, die er gelesen hatte. Janie buk ununterbrochen mit Tatiana Baisertörtchen und Blätterteigteilchen, von denen sie wusste, dass ihr Vater sie liebte. Harry hatte stets das Gefühl, sich besonders anstrengen zu müssen, da er der dritte Sohn war. (»Anthony mag ja der Erste gewesen sein«, erklärte Gordon Pascha – der Superphilosoph, nicht Superkrieger – seinem jüngeren Bruder, mit dem er ständig zusammenhing, »aber *mich* haben sie sich am meisten gewünscht. Fünfzehn Jahre haben Mom und Dad für mich gebraucht. Du, mein kleiner Harry, warst bloß so eine Art Nachschlag sieben Monate später. Eigentlich hättest du Janie werden sollen.«) Also bemühte sich Harry umso stärker. Er baute Dinge, von denen er annahm, sie würden seinem verehrten, aber verschlossenen Vater gefallen. Aus Holz, aus Stein, aus Eisblöcken, aus Ästen, Kakteen und Metall schnitzte, meißelte, bog und formte Harry ständig irgendwelche Waffen. Er bastelte Pistolen aus Seife, Messer aus Stöcken und graue Panzer aus Pappmaschee. Dutzende seiner perfekt herausgearbeiteten Eishandgranaten lagerten in den drei Gefrierschränken im Haus. Eines Abends fanden sie ihn vor Alexanders Kleiderkammer, wo er sich den prall mit Eisgranaten gestopften Munitionsgurt seines Vaters umlegte und dabei den ganzen Schlafzimmerteppich volltropfte.

Vierzig Tage.

Sie konnten nicht mehr schlafen. Sie wälzten sich herum, liebten sich abwesend und flehten dabei um ein Vergessen, das nicht einsetzte.

»Ich muss wissen, was du denkst«, erklärte Tatiana schließlich nach vielen schlaflosen Stunden in einer dieser unerträglichen Nächte. »Ich *möchte* es nicht wissen, aber ich *muss* es wissen, denn du kannst es nicht länger allein mit dir herumschleppen. Sieh dich an. Harry hat dir heute eine wunderschöne Kopie einer Claymore-Mine gebastelt – wenigstens hoffe ich, dass es sich um eine Kopie handelt –, und du hast dich nicht einmal bedankt. Also sag es mir einfach, heraus damit! Und erzähl mir nicht, was Richter denkt, oder was Dan Elkins mutmaßt. Sag mir, was *du* denkst. Du bist der einzige Mensch, auf den ich höre.« Sie setzte sich im Bett auf.

Alexander lag mit geschlossenen Augen auf dem Rücken. »Hör auf, mich anzustarren«, sagte er. »Ich bin völlig kaputt.«

»Shura, wovor hast du solche Angst? Erzähl es mir. Sieh mich an.« Sie wusste, dass er sie nicht ansehen wollte, weil er nicht wollte, dass sie in ihn hineinsah. Und Tatiana hatte es bislang nichts ausgemacht, dass er sich abwendete, weil auch sie nicht in ihn hineinsehen wollte.

Doch als er sich heute von ihr wegdrehte, kletterte sie über ihn, um ihm ins Gesicht zu sehen. Sie saß auf ihm, stupste und stieß ihn, flüsterte ihm zu und ließ ihn nicht in Ruhe, bis ihm nur die Wahl blieb, das Bett zu verlassen oder es ihr zu erzählen. Alexander tat das, was er stets tat, wenn er über furchtbare Dinge nicht mit ihr reden konnte. Er schlief mit ihr.

Kaum war er von ihr heruntergestiegen, sagte Tatiana: »Du hast jeden Geheimdienstler angerufen, den du kennst. Wonach suchst du?«

»Herrgott noch mal! Hör auf!« Er schlüpfte in seine Boxershorts und ging raus in den Garten. Sie warf ihren Morgenmantel über und folgte ihm. Es war Ende August.

»Ist es denn nicht offensichtlich?«, sagte er und lief dabei rauchend die schmalen Wege durch die Blumenbeete entlang.

»Nein!«

»Ich suche nach Ant, Tania.«

»Bei den Geheimdienstlern?« Sie stellte sich ihm in den Weg.

Er hob die Augen und blickte sie an. »Da inzwischen so viel

Zeit vergangen ist«, sagte Alexander erschöpft, »und er noch immer kein Lebenszeichen von sich gegeben hat und sie auch noch keine Spur von ihm gefunden haben, glaube ich ...«, er legte eine Pause ein, »... dass Anthony womöglich in Gefangenschaft geraten ist.«

Gefangenschaft! Tatiana betrachtete ihn prüfend. Warum sagte er das so niedergeschlagen? War das nicht immerhin besser als die andere Variante?

»Danach halte ich schon die ganze Zeit Ausschau«, gestand er. »Irgendeine Geheimdienstnachricht über ihn in einem Gefangenenlager.«

Sie starrten einander an. Tatiana versuchte, die Folgenschwere seiner Worte zu erfassen, und mit jedem Atemzug, den sie nahm, verfinsterte sich ihre Miene mehr. Sie konnte ihn nicht berühren. Noch über den Weg hinweg spürte sie seine Angst.

»Warum willst du nur noch mehr Probleme heraufbeschwören?«, sagte sie und bemühte sich um einen beiläufigen Ton. »Haben wir nicht schon genug? Ich sag dir doch, warten wir erst einmal ab.« Sie streckte ihre Hand aus. »Komm, lass uns zurück ins Bett gehen.«

»Erst setzt du mir die halbe Nacht zu, und jetzt willst du es nicht hören?«, sagte Alexander ungläubig.

Tatiana zog ihre Hand wieder zurück und antwortete nicht.

»Sag doch selbst«, fügte Alexander hinzu, »wenn Ant von den Nordvietnamesen gefangen genommen wird, glaubst du nicht, dass sich dann der KGB interessieren dürfte für das Schicksal eines amerikanischen Soldaten, der den Namen Anthony Alexander Barrington trägt?«

»Shura, was hab ich gesagt? Du sollst mir nichts mehr erzählen.« Ihre Hände lagen bang über ihrem Herzen.

»Wenn er gefangen wurde ...«

»Bitte, hör auf! Ich flehe dich an.«

Sie trat ein paar Schritte zurück, aber er kam ihr nach und packte sie bei den Armen. Seine Augen leuchteten. »In Rumänien«, sagte Alexander, »haben sie gerade einen achtundsechzig Jahre alten Mann geschnappt und nach Kolyma gebracht. Haben ihm zehn Jahre aufgebrummt. Der Mann war 1934 aus einem Kollektiv in Kasachstan geflohen. 1934, Tatiana, und sie haben ihn *jetzt* verhaftet. Er war ein Niemand – ein Niemand, der auf einen Zug sprang und einfach immer weiter fuhr.«

»Bitte, hör auf zu reden!«

Aber Alexander hörte nicht auf. »Was meinst du – ist meine meterdicke Akte beim KGB noch offen oder geschlossen?«

»Das ist absurd, was du dir da zusammenreimst«, sagte Tatiana atemlos. »Sie werden nicht …«

»Anthony hat drei Runden in Vietnam ohne jeden Zwischenfall absolviert und verschwindet einen Monat, bevor seine vierte vorbei ist. Du glaubst doch wohl nicht, ihn hat einfach nur sein Glück verlassen? Und Puschkins Pique-Dame hat ihm ihre Feindschaft erklärt?«

»Nein«, flüsterte sie und zitterte am ganzen Leib.

»Wirklich? Erinnerst du dich an Dennis Burck vom Auswärtigen Amt? *Er* wusste über mich Bescheid, über dich, über meine Eltern, er wusste *alles!* Wenn die Nordvietnamesen Ant gefangen nehmen, wie viele Wochen wird es wohl dauern, bis irgendein elender Bürohengst meine KGB-Akte mit seinem Namen in Verbindung bringt? Unserem alten Freund und französischen Staatsbürger Germanowskij gelang es in Belgien, durch elf Kontrollposten zu kommen, bevor er schließlich gestoppt wurde. So lange hatten sie gebraucht, um seinen Namen in ihren Büchern zu finden. Wie viele Kontrollposten, meinst du, brauchen sie, um auf einen Anthony Alexander Barrington zu stoßen?« Alexander ließ sie los, machte einen Schritt zurück und betrachtete seine Hände, als würde er hoffen, darin andere Antworten auf seine Fragen zu finden.

Hastig trat auch Tatiana zurück. »Du machst dir unnötig Sorgen.« Ihre Stimme klang sehr schwach. »Es gibt Millionen von Soldaten dort und es herrscht so viel Chaos.«

»Nicht so viel wie in Belgien nach einem Weltkrieg, gewiss nicht«, sagte er.

»Millionen vietnamesischer Soldaten. Sie suchen doch nicht nach amerikanischen Soldaten, die einst bei der Roten Armee gewesen sind. Abgesehen davon ist Anthony sechsundzwanzig, also offensichtlich nicht du. Wir haben 1969. Selbst wenn er … gefangen genommen wurde, niemand könnte da eine Verbindung herstellen. In Gefangenschaft zu geraten, aber am Leben zu sein, wäre gewiss besser für ihn, Shura. Glaub mir«, sagte Tatiana und wich noch einen Schritt und noch einen von ihm zurück. »Damit kenne *ich* mich aus.«

»Auch ich«, sagte Alexander mit seinen Folternarben und Foltertätowierungen aus deutschen und sowjetischen Lagern, »kenne mich damit aus.«

Die Tage verstrichen.

Das Böse drang sogar in ihre makellos weiße Küche ein, wo in elf Jahren kein unfreundliches Wort über die Insel hinweg ausgetauscht worden war. Jetzt standen sie an entgegengesetzten Enden des schwarzen Granitblocks, berührten sich nicht und sprachen nicht miteinander. Es war Abend. Die Kleinen, wie sie ihre großen Kinder noch immer nannten, schliefen. Tatiana hatte gerade den Teig für das morgige Frühstücksbrot zubereitet, und Alexander war damit fertig geworden, das Haus für die Nacht abzuschließen. Jetzt taten sie so, als würden sie zusammen Tee trinken.

»Ich weiß nicht, was ich deiner Meinung nach tun soll«, sagte Alexander schließlich. »Sag mir, wo er ist, und ich werde ihn holen.«

»Ich *weiß* nicht, wo er ist, ich bin keine Hellseherin – und wovon redest du eigentlich? Ich will gar nicht, dass du irgendwo hingehst. Bloß damals – *damals!* – hätte ich mir gewünscht, dass du *ihm* gesagt hättest, nicht zu gehen.«

»Ich habe ihm gesagt, er soll nicht gehen.«

»Du hättest ihn aufhalten sollen.«

»Er hatte seine Ernennung zum Lieutenant in der Tasche! Soll ich da etwa Richter anrufen und ihm sagen, dass Papa einem Zweiundzwanzigjährigen verbietet, in den Krieg zu ziehen?«

»Hör auf, dich über mich lustig zu machen.«

»Ich mach mich nicht über dich lustig. Aber mal ehrlich, was hätte ich deiner Meinung nach denn tun sollen?«

»Mehr. Weniger. Etwas anderes.«

»Oh, warum hab *ich* daran bloß nicht gedacht?«

»Ich wünschte nur, wir hätten früher etwas unternommen!«, fuhr Tatiana auf. »Wir waren so stolz, so gleichgültig.«

»Wer war hier gleichgültig?«, erwiderte Alexander. »Du?« Er

schüttelte seinen Kopf. »Ich jedenfalls nicht. Ich wollte das nicht für ihn, und er wusste es genau. Er hätte überall hingehen können.« Seine Stimme versagte. »Er hätte *alles* werden können. Er war derjenige, der sich dafür entschieden hat.«

»Und warum, glaubst du, hat er *das* wohl getan?«, fragte Tatiana scharf.

Alexanders Hände knallten flach auf die Tischplatte. »Und wie hätte ich *das* deiner Meinung nach ändern sollen?«

»Du hättest ihn davon überzeugen sollen, nicht zu gehen«, sagte sie. »Am Ende hätte er doch auf dich gehört.«

»Auf mich hätte er von allen zuletzt gehört! Er hätte stets das Gegenteil von allem getan, wozu ich ihm geraten hätte. Deshalb hab ich auch versucht, mich da rauszuhalten …«

»Du hättest dich stärker bemühen müssen, genau das nicht zu tun. Du wusstest doch, was auf dem Spiel stand.«

»Tania, dieses Land befindet sich im Krieg! Und wir befinden uns nicht nur im Krieg, wir befinden uns im Krieg, um zu verhindern, dass Vietnam den gleichen Weg geht wie die Sowjetunion, wie China, wie Korea, wie Kuba. Wer sollte besser verstehen können, was das bedeutet, als du und ich? Wer sollte es besser wissen als Ant? Wie sollte ausgerechnet *ich* ihn von *so etwas* abhalten?«

»Oh, wir wissen alle so gut Bescheid«, sagte Tatiana. »Wir sind ja so verdammt clever. Und jetzt sieh uns an. Das hätten wir kommen sehen sollen: die Zukunft. Wir hätten die ganze Sache kommen sehen sollen.«

»Und verhindern?«

»Ja!«, schrie sie. »Du wusstest, welches Risiko er einging! Du wusstest es!«

»Nun komm, jetzt … übertreibst du aber ein wenig«, sagte Alexander. »Und das ist noch so freundlich wie möglich formuliert.«

Tatiana schüttelte ihren Kopf. »Ich glaube nicht, dass ich übertreibe. Überhaupt nicht. Du hättest es stoppen sollen.«

»Wie denn?«, schrie er.

»Wenn du bei deiner Rückkehr aus Berlin nicht dein grünes Militärzeug getragen hättest, wäre seine Begeisterung dafür vielleicht kleiner geblieben. Wenn du damit aufgehört hättest, bei jeder sich bietenden Gelegenheit deine Tarnkleidung zu tragen, aber nein! Wenn du ihm auf Deer Isle nicht ständig deine Offiziersmütze gegeben hättest, wie ich dich gebeten hatte!«

»Na, vielleicht hättest du ja auch aufhören sollen, ihm bei jeder Gelegenheit zu erzählen, dass ich Soldat gewesen bin, aber nein!«, konterte Alexander. »Vielleicht hättest du ihm ja auch nicht so oft meine Verletzungen vorführen sollen. Und ich war auch nicht derjenige, der vor ihm mit meinem dämlichen Orden eines Helden der Sowjetunion geprotzt hat!«

»Ach? Und wer hat ihm schon mit fünf beigebracht, wie man eine Waffe lädt?«, schrie Tatiana sofort zurück. »Ihm mit zwölf beigebracht, wie man schießt? Oder hast du wirklich geglaubt, ich hätte den Geruch von Schwefel und Kaliumnitrat an deiner Kleidung nicht bemerkt, wenn ich von der Arbeit nach Hause kam? Wenn du deinem zwölfjährigen Sohn das Schießen beibringst und wenn du ihn mit sechzehn nach Yuma zum Test neuer Raketenwerfer mitnimmst, was glaubst du, wird er dann wohl mit seinem Leben anfangen wollen?«

»Ich weiß nicht, Tatiana«, sagte Alexander, rieb sich das Gesicht und schloss dabei die Augen. »Wenn du und ich zwei völlig andere Menschen gewesen wären, hätte sich dies nicht ereignet?«

»Nein wie schlau. Aber sieh ihn dir doch mal an, in seiner blütenweißen Uniform, mit all den Purple Hearts, Bronze Stars, Silver Stars, all seine Claymore-Minen und M-16-Gewehre über den Schultern – und vermisst. Was haben ihm all die Orden eingebracht, was deine Mütze und dein Gewehr?« Tatiana war außer sich. »Er wird vermisst!«

»Ich weiß, dass er vermisst wird!«

»Und wo steckt er? Seit zwanzig Jahren bist du im Nachrichtendienst – ist das denn zu gar nichts gut gewesen?«

»Ich weiß sehr genau, welche Waffen die Sowjets entwickeln. Aber ich muss dich enttäuschen, ihre Dossiers mit den Angaben über Anthonys derzeitigen Aufenthaltsort schicken sie mir nicht zu.«

»Das ist ja klasse, Alexander, wunderbar«, sagte Tatiana und verschränkte die Arme. »Trotz all deines Sarkasmus weißt du über nichts Bescheid. Wir hätten es besser wissen sollen und uns geschickter verhalten. Bessere Entscheidungen treffen.«

»Heilige Mutter Gottes!« Alexander fuhr sich mit den Fingern durch die Haare. »Hinterfragen wir jetzt etwa *all* unsere Entscheidungen? Und wie weit zurück gehen wir dabei? Jede winzigste Entscheidung, die wir über die Jahre getroffen haben und die beigetragen haben mag zu Anthonys Lebenshaltung in jenem Augenblick, als er unter sechs Universitäten West Point auswählte, in jenem Augenblick, als er sich zu einer vierten Verlängerung seiner Stationierung entschloss? Willst du das wirklich tun?«

»Er wurde nicht in einem Vakuum zu dem, was er ist«, erklärte Tatiana. »Und wie du sehr wohl weißt, waren diese Entscheidungen keineswegs so winzig.« Sie starrte ihm direkt in die Augen. »Und, ja, sie *alle* haben ihn beeinflusst.«

»Genau!«, rief Alexander aus. »Angefangen von der allerersten.«

Sie verstummten. Tatiana stockte der Atem. Alexander ging es nicht anders.

»Ich rede nicht über die Entscheidung, ihn zu haben«, sagte er, ohne auch nur den Versuch zu machen, leise zu sprechen. »Er begann nicht mit sich selbst. Er begann mit uns. Und ob du es glaubst oder nicht, wir begannen vor dem Moment, als du dich auf dem Weg durch Finnland und Schweden mit ihm im Bauch durch den Schnee schleppen musstest oder blutend im Laster lagst.«

»Ja«, fauchte sie. »Unsere Geschichte begann tatsächlich noch davor, was? Aber wie weit zurück willst du gehen, um dein Schicksal zu ändern, Alexander Below?«

»Ganz zurück, Tatiana Metanowa«, sagte Alexander, bevor er mit seinen Fäusten die chinesischen Teetassen von der Kücheninsel auf den Marmorboden wischte und zur Küchentür stürmte. »Bis dahin, als ich diese verdammte Straße überquert habe.«

Danach gab es nichts mehr zu sagen. Es gab einfach nichts zu sagen. Anthony war verschwunden. Alexander *hatte* die Straße überquert, und jetzt war sein Sohn fort, und es blieb ihnen nichts anderes übrig, als bei jedem Klingeln zum Telefon zu rennen, mit den drei Kleinen zu spielen, zu arbeiten, nach Yuma zu fahren, einander anzusehen und zusammen schlafen zu gehen, Rücken an Rücken die Wände anzustarren auf der Suche nach Antworten.

Sie wandelten mit zusammengebissenen Zähnen umher, schlugen vor ihrem eigenen Leben die Türen zu.

Aus Wochen wurden Monate, und sie vergingen so schnell wie Tage. Und mit jedem Tag belastete die Verpflichtung der langen Traditionslinie, die Anthony eingegangen war, ihre Herzen ein wenig mehr.

Ein weiterer Peitschenhieb, der auf Alexanders Rücken brannte. Eine weitere Last, die Tatianas Kopf niederdrückte, während sie sich um ihre Kinder kümmerte, das Haus versorgte und den Rotkreuzverband in Phoenix leitete – und dabei kaum einmal ihren Blick zu Alexander hob. Ihre Ängste saßen so tief, dass jeder Gedanke an den Verlust zu einem Hammerschlag gegen ihre Herzen wurde, jede Erinnerung zu einem Sichelschlag auf ihre Rücken, bis unter all dem Narbengewebe – sowohl bei Alexander wie bei Tatiana – kaum mehr etwas übrig blieb.

Bloß der Junge, der morgens um drei zu ihnen ins Bett schlüpft, gepeinigt von Albträumen, in denen seine Mutter ihn verlässt, um seinen Vater zu suchen, und dabei genau weiß, dass sie wohl niemals zurückkehren wird, und es in seinem Traum auch niemals tut.

Bloß die Mutter dieses Jungen, wie sie sechzehnjährig bei ihrer Familie in dem kleinen Zimmer in der fünften Sowjet am Morgen jenes 22. Juni 1941, an dem für Sowjetrussland der Krieg begann, die Stimme ihres geliebten Deda sagen hört: »*Wo denkst du hin, Tatiana? Das Leben, wie du es kennst, ist jetzt vorbei. Von diesem Tag an wird nichts mehr so sein, wie es einmal war.*«

Wie recht er hatte. Keine zwei Stunden später hatte Tatiana in ihrem weißen Kleid und ihren roten Sandalen eine Portion Eis in der Hand gehalten, und der Wind hatte ihr die Haarsträhnen um das Gesicht geweht.

Leningrad steckt noch immer in ihnen, wohin sie sich auch wenden. Das Verschwinden von Anthony beweist das Andauern ihres ewigen Kampfs gegen das eigene Schicksal.

Ihr süßer Junge, wie er braungebrannt in Coconut Grove lachend hinter seiner Mutter auf der in den Sand gezogenen Linie herbalanciert. Wie er sich affengleich kopfüber von der Stange baumeln lässt, genau wie sie es tut. Wie er auf den Schultern des Vaters sitzt, ihm auf den geschorenen, vernarbten Schädel klopft und schneller, schneller ruft, und Alexander, der sich weder mit Babys noch mit Kindern oder Jungs auskennt, immer schneller und schneller läuft und dabei einerseits zu vergessen sucht, dass er Harold Barringtons Sohn ist, und andererseits bemüht ist, Anthony Barringtons Vater zu werden.

Und Harold Barrington, der zu einem jungen Alexander sagt: *»Wir gehen in die Sowjetunion, damit sie aus dir den Mann macht, der du sein sollst.«*

Was sie tat.

Und Alexander Barrington, der zu einem jungen Anthony sagt: *»Du entscheidest, zu welcher Art von Mann du heranwachsen willst.«*

Was er tat.

Die Sünden, die Narben, die Wünsche, die Sehnsüchte, die Träume der Väter, alle vereint in diesem einen kleinen Jungen, der auf Bethel Island das Angeln lernt und geduldig auf den urzeitlichen Stör wartet, der nicht kommt. Der Junge, der jetzt vermisst wird, der jetzt verschwunden ist.

Oh Gott, dachte Tatiana, ist dies das, was mein Vater und meine Mutter durchgemacht haben, als unser Pascha verschwand? Wie wenig ich doch damals verstand.

Tatiana und Alexander verirrten sich. Erst ging Anthony verloren, dann gingen sie beide verloren, sie geisterten herum in den Wäldern aus schrecklichen Bildern jener Dinge, die ihm zugestoßen sein mochten.

Eines Abends kehrte Alexander spät von der Arbeit nach Hause zurück und fand Tatiana im Schlafzimmer, wo sie in Embryonalstellung eingekugelt auf der Bettdecke lag, während die Kleinen allein im Spielzimmer waren.

»Komm schon, Tania«, sagte er leise und reichte ihr die Hand. »Wir haben noch drei weitere Kinder, die ihren Weg auch nicht allein finden können. Du musst ihnen helfen. Ohne dich haben sie nichts.«

»Ich warte die ganze Zeit auf den nächsten Akt«, flüsterte

Tatiana und stand mühsam auf. »Wie wird er aussehen? Wann wird er kommen?«

»Sehn dich lieber nicht danach, Baby«, sagte Alexander. »Es wird früh genug so weit sein.«

Es war so weit, als Vikki zu Besuch kam.

Viele Leute riefen an, um ihr Mitgefühl auszudrücken oder weil sie Befürchtungen hegten. Viele Leute riefen an, um Ratschläge zu geben oder Trost auszusprechen. Francesca bereitete wochenlang für Alexander und die Kinder das Abendessen zu. Shannon, Phil, Skip und Linda kümmerten sich gemeinsam um Alexanders Geschäft. Nachdem Amanda ihn verlassen hatte, glaubte Shannon, sein Leben nie wieder neu ordnen zu können, aber schon bald fand er eine Frau namens Sheila, die ebenfalls zwei Kinder hatte und von ihrem Mann verlassen worden war. Sie zog bei ihm ein, sie fügten ihre Familien zusammen und wussten sich der aufrichtigen Zustimmung Tatianas sicher, die in Sheila eine Frau fast von Francescas Format sah. Und inzwischen half Sheila Tatiana, indem sie deren Kinder von der Schule abholte, sie zum Tanzen oder zum Baseball brachte oder sie zum Spielen mit zu sich nach Hause nahm. Jeder zeigte sich zuvorkommend, alle wollten helfen.

Vikki allerdings tat nichts dergleichen.

Ordo Amoris

Vikki hatte sich monatelang in Europa aufgehalten und in dieser Zeit nichts von sich hören lassen. Vom Flughafen Leonardo da Vinci in Rom flog sie schließlich mit einer Zwischenlandung auf New Yorks JFK zum Sky Harbor in Phoenix. Sie mietete einen Wagen, fuhr Richtung Norden auf der Pima-Straße und bog dann rechts in den Jomax-Weg. Vikki stürmte durch das goldfarbene Tor, über den großen steinernen Innenhof mit seinen Wegen, Bäumen und Springbrunnen, sank an ihrem weißen Küchentisch auf einen Stuhl, warf ihre Arme auf die Platte, ließ ihren Kopf darauf sinken und weinte.

Alexander, der eben von der Arbeit gekommen war und noch seinen Anzug trug, und Tatiana in ihrem kurzen, modisch gemusterten Seidenkleid – der aktuelle Trend entsprach endlich ihrem natürlichen Aussehen und ihrem langen, festigerlosen Haar – standen beide verblüfft daneben und verfolgten Vikkis Verzweiflungsausbruch. Nach einer Weile wandten sie den Blick ab und sahen einander mit einer solch ahnungsvollen Besorgnis an, dass Tatiana nicht einmal fähig war, zu ihrer besten Freundin zu gehen und sie in den Arm zu nehmen. Es war Alexander, der Vikki schließlich auf den Rücken klopfte, ihr eine Tasse Kaffee und eine Zigarette brachte und an ihrer Seite stehen blieb, bis dieser lähmende, sich in Zeitlupe abspielende Moment vorbei war. Vikki beruhigte sich so weit, dass sie reden konnte. Sie erzählte, sie hätte Tom angerufen, um ihm zum Geburtstag zu gratulieren, und dabei erfahren, was passiert ist. Mit schriller Stimme wiederholte sie immer und immer wieder, dass ihr Mann Anthony helfen würde, Anthony finden würde …

»Er versucht es bereits, Vikki«, meinte Alexander besänftigend. »Er tut sein Bestes.«

»Tom ist Chef von *Command and Control Central*, Alexander, er weiß alles.«

»*In diesem Fall* weiß er auch nicht weiter.«

»Sie haben Leute, die ständig den Dschungel durchkämmen. Wenn irgendjemand ihn finden kann, dann Tom.«

»Vermutlich. Er lässt seine Männer seit vier Monaten nach ihm suchen.«

Vier Monate!

Es war Zeit zum Abendessen. Die Kinder kamen angerannt und turnten auf Tante Vikki herum, die zunehmend ihre Fassung zurückgewann und sogar lächelte. Tatiana machte Essen für alle, Alexander schenkte Wein in ihre Gläser, und als die Kinder spielen gingen, besprachen die Erwachsenen die Situation.

Eine nüchterne Tatsache ließ sich nicht wegdiskutieren: Anthony befand sich bei seinem Verschwinden nicht im Einsatz. Er hatte Urlaub. Und Leute verschwanden nicht einfach, wenn sie sich abmeldeten, um fünfzig Kilometer eine gerade Straße hinunter in einer sicheren Stadt voller US-Soldaten ein paar Tage auszuspannen, es sei denn, AWOL oder ein Gewaltverbrechen lagen vor.

Vikki machte den Eindruck, als hätte sie zu diesem Punkt etwas zu sagen.

Sie machte überhaupt den Eindruck, als hätte sie über eine ganze Menge von Dingen etwas zu sagen, aber sie vermied, Tatiana anzusehen, und sagte nichts, und da die beiden sie ebenfalls nicht ansahen, stellten sie ihrerseits auch keine weiteren Fragen.

Ohne miteinander zu reden, machten sich Tatiana und Alexander eine Weile später zum Schlafengehen fertig. Während sie noch las, ging er für eine letzte Zigarette auf die Terrasse hinaus. Auch im Bett blieben sie stumm. Ihre zusammengepressten Lippen sagten ihm mehr, als er wissen wollte. Alexander schob sich an sie heran und stupste sie mit dem Kopf an den Arm.

»Pscht. Ich versuche zu lesen.« Sie beugte sich zu ihm hinüber und küsste ihn auf den Kopf, ohne ihn dabei jedoch anzusehen. Alexander blieb an ihrer Schulter liegen und rieb sich nachdenklich das Gesicht. Vikkis Reaktion auf Anthonys Verschwinden unterschied sich stark von Francescas Reaktion, obwohl Francesca fünfzehn Jahre lang Anthony versorgt, ihn herumgefahren und beim Spielen mit Sergio erlebt hatte. Sergio – der sich ebenfalls für den Einsatz in Südostasien gemeldet hatte, bis er erfuhr, dass er an einer Vergrößerung der Lymphknoten litt und nicht würde gehen dürfen. (Inzwischen war er symptomfrei – und *zu Hause.)*

Alexander stupste erneut seinen Kopf an Tatianas Arm.

»Ich. Versuche. Zu. Lesen.«

Langsam zog Alexander das Bettlaken von ihr, umschloss ihre Brustwarze mit den Fingern und schmiegte sein Gesicht an ihren Busen.

Tatiana legte das Buch weg.

Nachdem er sie geliebt hatte, nach ihrem letzten *Oh Shura* und nachdem das Licht gelöscht war, sagte Tatiana leise in seine Halsbeuge: »Es liegt bloß daran, dass Vikki nicht selbst Kinder hat. Deshalb nimmt sie es sich so zu Herzen. Überleg doch nur, wie lange sie Ant schon kennt. Sie kennt ihn schon sein ganzes Leben lang, seit seiner Geburt auf Ellis Island.«

»Ich weiß«, sagte Alexander und massierte ihren Nacken. Er konnte sich nicht mit Tania darüber unterhalten. Er wusste nicht einmal, ob er sich mit Vikki darüber würde unterhalten können.

Alexander wartete, bis er sicher war, dass Tatiana schlief. Sie schlief noch immer in seinem Arm ein – entweder wie jetzt mit dem Gesicht zu ihm wie eine Reminiszenz an ihre lang zurückliegende Nacht im Zelt in Luga oder von hinten umschlungen wie eine Reminiszenz an die einstigen gemeinsamen Nächte in dem schmalen Einzelbett auf Deer Isle. Dann löste er sich vorsichtig, zog seine lange Unterhose an und ging nach draußen. Alexander fand Vikki auf der überdachten Terrasse, wo sie eine Zigarette rauchte. Vikki Sabatella Richter blieb auch mit fast siebenundvierzig, was sie immer gewesen war: eine bemerkenswerte, faszinierende Frau. Dunkel, braungebrannt, schlank, mit langen Haaren, einem langen Hals, langen Armen und fohlenhaft *langen* eleganten Beinen, die in diesem Moment übereinandergeschlagen und nackt waren. Ihre Fesseln waren schmal, ihre Zehennägel rot lackiert wie ihre Finger. Sie trug reichlich Make-up, reichlich Schmuck und roch nach betörendem Parfüm, nach Opernbesuchen und durchfeierten Nächten. Sie war jene bewusst Aufsehen erregende, vollbusige, dunkelhaarige und schwarzäugige Freundin, die den meisten jungen Frauen viel zu attraktiv wäre, um mit ihr befreundet zu sein. Die meisten Frauen blieben stets in Vikkis Schatten.

Alexander kannte Vikki seit fast einem Vierteljahrhundert. Sie waren alte Freunde. Doch mit dem Blick, mit dem Alexander sie jetzt maß, hatte er sie noch nie angesehen. Er sah sie an, wie ein Mann eine Frau musterte. Und diese Frau saß auf seiner Veranda, versunken in ihre Gedanken, rauchend und an ihrem Glas nippend, die Haare ungekämmt und die Wimperntusche verschmiert. Auf den Mann in ihm wirkte diese eindrucksvolle Frau, als würde sie an ihren inneren Qualen zerbrechen.

»Es ist so schön hier, Alexander«, sagte sie mit ihrer rauchigen Stimme, als sie ihn sah. Selbst aus ihrem schwermütigen Ton hörte man noch den Alkohol und die zu vielen nächtlichen Zigaretten heraus. »Ich habe es schon immer geliebt, hier zu sein. Der Ort hat wirklich etwas Zauberhaftes.«

»Ja, es ist schön.« Er zündete sich selbst eine Zigarette an. Sie rauchten und lauschten dem Wind. In dem glitzernden Tal unter ihnen leuchteten immer Lichter, so als wäre jeden Tag Weihnachten. Etwas Beruhigendes ging aus von dem großen Haus, von der braungrauen und tiefblauen Wüste, von der Stille der geheimnisvollen Berge.

»Machst du dir Sorgen?«, fragte Vikki. »Kannst nicht schlafen? Überrascht mich nicht. Wenn du willst, kann ich dir etwas geben. Ich kann auch nicht einschlafen, wenn mich etwas beschäftigt. Ich habe schon eine Tablette genommen. Jetzt bleiben mir noch dreißig nicht sonderlich brauchbare Minuten.«

»Nein, ich will nichts«, sagte Alexander. »Wir leben schon seit Monaten damit. Nur für dich ist es noch frisch.«

Sie schwieg, und dann weinte sie wieder, weinte, als würde man ihr das Herz bei lebendigem Leibe herausschneiden. Alexander wollte *Pscht* machen, aber für einen Moment versagte ihm die Stimme. »Was ist los, Vikki?«, flüsterte er.

»Oh Alexander«, sagte sie.

Oh Alexander?

Minuten vergingen.

Dann schnappte er tief nach Luft und sprach. »Vikki«, sagte er. »Ich telefoniere dreimal in der Woche mit deinem Mann, um zu erfahren, ob es irgendwelche Neuigkeiten über Ant gibt. Ich muss unbedingt von dir wissen« – Alexander holte erneut Luft –, »hegt Richter womöglich wegen irgendetwas einen Verdacht, der ihn davon abhalten könnte, mir aufrichtig und mit aller Kraft zu helfen?«

Durch fast geschlossene Lippen wisperte Vikki: »Nein. Nicht den geringsten.«

»Du hast heute Abend gesagt, mein Mann weiß alles.«

»Das nicht.«

Weitere mit Tränen gefüllte Minuten verstrichen. »Es tut mir unendlich leid, Alexander. Ich trau mich vor Scham gar nicht, dich anzusehen. Bitte, hasse mich nicht.«

»Vikki, wenn ich mir anmaßen würde, dich zu verurteilen, würde mich das postwendend vor das Tor zur Hölle bringen.« Er bemühte sich, seine Missbilligung, sein Missfallen zu verbergen.

»Glaubst du, Tania hat mich durchschaut?«

»Normalerweise entgeht ihr nichts. Aber in diesem einen Fall hat sie es, glaube ich, nicht.«

Alexander setzte sich.

Unter neuen Tränen sagte Vikki: »So viele Jahre lang habe ich es perfekt verheimlichen können.«

»Das hast du in der Tat.« Alexander schüttelte bestürzt den Kopf. »Das habt ihr beide. Wie in aller Welt habt ihr das nur tun können?«

Als sie schwieg, wandte sich Alexander, in Erwartung einer Antwort zu ihr um. Beim Anblick von Vikki, die ihre Arme vor der Brust verschränkt hielt, um ihren schaukelnden Oberkörper zu stützen, verstärkte sich seine Besorgnis noch. Mit dieser Leidenspose hatte Alexander seine Erfahrungen. Er drehte seinen Sessel so, dass er ihr direkt gegenübersaß. »In Ordnung. Beruhige dich.« Er legte eine kurze Pause ein und klopfte ihr leicht auf die Schulter. »Vikki, was hast du dir nur dabei gedacht? Ich versteh nicht, wie ausgerechnet du so etwas hast zulassen können.«

Vikki sammelte sich und suchte angestrengt nach den richtigen Worten. »Ich habe es nicht einfach zugelassen. Ich habe mich gegen ihn gewehrt, seit er siebzehn wurde.«

»Oh mein Gott, Vikki.« Siebzehn!

»Er ließ sich einfach nichts sagen. Schon gleich am Anfang habe ich ihn zur Rede gestellt, Ant, was denkst du dir eigentlich? Hast du denn völlig den Verstand verloren? Und er sagte – *ja.*«

Alexander schloss seine Augen. Siebzehn! Vikki verstummte.

»Von mir hast du nichts zu befürchten«, sagte Alexander mit einem unglücklichen Seufzer und drückte Vikkis Hände. »Ich bin nicht Tania. Ich war einst selbst ein Halbwüchsiger und bin immer noch ein Mann. Als Mann hab ich Verständnis. Als einstiger Halbwüchsiger hab ich Verständnis. Nur ... erzähl mir nur, was passiert ist.«

»Über ein Jahr lang hab ich all seine Avancen kategorisch zurückgewiesen, das ist passiert.« Vikki sprach so leise, als sollten selbst die Berge sie nicht hören dürfen. »Zuerst war ich genauso geschockt wie du. Als ich merkte, wie ernst es ihm war, versuchte ich, es ihm auszureden. Ich habe nicht mal verstanden, warum ich ihm die Gründe, die dagegen sprachen, überhaupt noch auseinandersetzen musste, schließlich waren sie so zahlreich und unüberwindbar. Ganz sicher muss ich sie weder dir darlegen noch der Frau, der es vorkommen wird, als hätte ich eine unbeschreibliche Sünde begangen. Wie auch immer, Anthony jedenfalls wollte nichts wahrhaben, nichts begreifen, ihm war alles egal. Zu behaupten, er wäre jedem einzelnen meiner durchweg gewichtigen Argumente gegenüber starrköpfig und völlig gleichgültig gewesen, wäre noch eine gravierende Untertreibung. Er war unermüdlich.«

»Langsamer, Vikki«, sagte Alexander, »und leiser.«

»Unmittelbar nach seinem High-School-Abschluss, in dem Sommer, bevor er nach West Point ging, gab ich schließlich nach. Du hattest ihm in diesem Jahr seinen Pick-up und eine nagelneue Gitarre gekauft, weißt du noch? Oh, er liebte seinen Pick-up und er spielte ausgezeichnet Gitarre. *Played the guitar like he was ringing a bell,* wie es im Lied heißt. Er sang auch ganz anständig – ›Jailhouse Rock‹ in der Anthony-Version. Er sang mir Lieder vor in Englisch, Russisch, Spanisch und sogar in meiner Muttersprache Italienisch!« Und während Tränen ihre Wangen herunterliefen, sang Vikki für Alexander, wie Anthony für sie gesungen hatte. »›*O sole mio, sta'nfronte a te, the sun, my own sun, is in your face.*‹ Er sang, ›*I will give you my very soul, just to kiss you.*‹ Er sang, ›*Cupido, cupido prego*‹ … und seine ureigene Version von ›Dark Eyes‹ – ja, ›Ochi Chernye‹ war seine Spezialität!« Vikki stieß die letzten Worte laut aus. »›*Ochi chernye, ochi strastnye, ochi zhguchie, i prekrasnye …*‹« Sie brach ab. »Er war so sprachbegabt.« Ihre rauchige Singstimme kippte und sie verschluckte sich. »Ja, ja«, sagte sie nickend, »er hatte schon einiges auf Lager, dein Sohn. Und ein Jahr lang versuchte er es ununterbrochen mit all seinen Tricks. Es macht doch nichts, sagte er. In ein paar Monaten würde er fortgehen. Er wäre kein Kind mehr, würde demnächst achtzehn – als ob darin allein das Problem gelegen hätte –, und jetzt wären wir beide Erwachsene! Wir wussten, was wir wollten – ein langes Wochenende im Biltmore, um seinen Hunger und meine Neugier zu befriedigen. Ich sagte zu ihm, er bräuchte doch bestimmt kein ganzes Wochenende dafür, und er antwortete mir, doch, das bräuchte er.« Sie schüttelte ihren Kopf. »Er war wie besessen, ehrlich«, flüsterte sie. »Es wurde einfach unmöglich, ihn zurückzuweisen, ihm zu widersprechen, ihm zu widerstehen. Und so …«

Alexander konnte sich noch gut daran erinnern, wie Anthony in jenem Sommer, bevor er nach West Point ging, oben allein auf der Dachterrasse saß, halbnackt in der 45-Grad-Hitze Arizonas Gitarre spielte und immer wieder »Ochi Chernye« sang. Alexander und Tatiana hatten heimlich zueinander gesagt, dass dies wohl ein ganz besonderes Mädchen sein musste.

Heute Nacht schüttelte er ungläubig seinen Kopf darüber. »Du gabst nach«, sagte er zu Vikki und zündete sich eine weitere Zigarette an. »Den nächsten Teil kannst du von mir aus gern überspringen.«

Vikki nickte. »Ich gab nach. Selbst Queen Victoria hätte nachgegeben.« Befreiung von einer quälenden Erinnerung suchend, umschlang sie ihren Oberkörper mit den Armen und ließ ihn auf die im Schneidersitz verschlungenen Beine herabsinken. »Möchtest du noch hören, wie es danach mit uns weiterging?«

Alexander erschauderte. »Nein. Den Rest kenne ich.«

»Tust du das?« Aber Vikki sagte es nicht mit Überraschung in der Stimme, sie sagte es wie, *nein, tust du nicht.*

Alexander glaubte es dagegen schon. »Vor vielen Jahren«, erzählte er, »als ich sogar noch jünger als Ant war, hab ich mich mit einer Freundin meiner Mutter in einer ähnlichen Situation befunden. Sie war etwa in dem gleichen Alter wie du damals – neununddreißig –, und ich war kaum sechzehn. Sie war meine erste Frau, und sie war toll, aber sobald ich auf den Geschmack gekommen war, wollte ich sämtliche Mädchen. Wie man sich leicht denken kann, hielt es mit ihr nur einen Sommer.«

Vikki musterte ihre Hände. »Nun, ich war nicht die Erste für Anthony.« Sie wussten beide nicht, was sie dazu sagen sollten.

Alexander blickte sie an und plötzlich wurde ihm etwas klar. »Vik, du bist '58 nach Arizona gezogen und dann '61 völlig unvermittelt nach New York zurückgekehrt. Im August, wenn ich mich recht erinnere. Als Ant nach West Point ging.«

»Ja.«

»Du bist … du bist doch nicht zurück … seinetwegen, oder?«

»Ich dachte, du wüsstest den Rest?«

»Offenbar weniger gut, als ich dachte.«

»Alexander!«, flüsterte Vikki. »Niemand könnte diesem Jungen nahekommen, ohne ihm nicht sofort *völlig* zu verfallen. Ganz sicher nicht eine gewisse neununddreißigjährige Frau, die die ganze Welt bereist hat und die so viel erlebt, geliebt und gelitten hat, dass ihr nichts mehr unbekannt war – zumindest dachte sie das. Er brachte mich vollkommen um den Verstand.« Vikki durchlief ein Zittern. »Es war nicht so, als hätte er mein Herz errungen. Er hat es mir einfach geraubt.« Sie senkte ihr Kinn auf die Brust. »Und er war erst *achtzehn*.«

»Du antwortest nicht auf meine Frage, Vik.«

»Tu ich doch«, entgegnete sie. »Ich beantworte deine Frage.«

Alexander schüttelte den Kopf. Seine Swetlana war ebenfalls todunglücklich gewesen, aber nicht so kühn. Sie hatte etwas von ihm gewollt, das er nicht besaß und das er ihr deshalb nicht geben konnte. Als er sie verließ, hatte sie nicht geklammert. Er konnte sich schon vorstellen, wie sein Sohn die jetzt vor ihm sitzende Frau behandelt hatte. Ihm war nicht klar, was er als Nächstes fragen sollte. »Hast du … ihn noch einmal getroffen?«

»Ja«, erwiderte sie. »Wenn er ein freies Wochenende hatte, kam er nach New York und blieb bei mir.«

»Bis wann?«

»Bis er nach Vietnam ging«, sagte Vikki.

Das war eine erschütternde Neuigkeit.

»Ihr habt euch noch vier Jahre lang getroffen?«, fragte Alexander geschockt.

»Ja. Du weißt also doch nicht alles, wie? Unser unverbindliches Wochenende im Biltmore dauerte dann doch ein wenig länger, als wir erwartet hatten. Ich weiß auch nicht, wie wir es vor dir und vor Tania geheim halten konnten. Vor allem vor Tania.«

Alexander fragte (musste fragen!): »Ant hat nicht Schluss gemacht, oder?«

»Er hat nicht Schluss gemacht«, Vikki versagte die Stimme, ihre Fassade brach. »Denn ich habe immer so getan, als gäbe es nichts zu beenden. Ich war bloß ein unbekümmertes, flatterhaftes Ding. Immer wenn er sich treffen wollte, haben wir uns eben getroffen. Wenn er nicht wollte, dann halt nicht. Keinerlei Druck von irgendeiner Seite. Keine Versprechungen, nicht eine einzige Zusage für den nächsten Tag. Nur Spaß, solange wir zusammen sind. Von Anfang bis Ende, nichts als Spaß.«

Alexander hatte seinen Sessel wieder weggedreht und den Blick von Vikki abgewandt. Seine Ellbogen lagen auf den Knien. Er hielt den Kopf gesenkt, die Zigarette hing in seinem Mundwinkel.

»Ich will dir nichts vormachen«, sagte Vikki. »Es hat tatsächlich oft Spaß gemacht. New York in den Sechzigern für einen jungen, unerfahrenen Mann und seine Stadtführerin. New York ist eine Stadt für alle Semester, für alle Liebenden. Selbst für aussichtslos Liebende wie uns. Und ich habe mich keine Sekunde lang irgendwelchen Illusionen hingegeben, Alexander«, sagte sie. »Niemand wusste besser als ich, dass wir keine Chance hatten. Ich bin zwanzig Jahre älter als er!«, rief sie aus. »Wenn er 40 ist und noch immer ein junger Mann, bin ich 60! Wenn er in deinem Alter ist, noch immer viril und kräftig, bin ich 70! Ich bin älter als seine Mutter, Herrgott! Seine Mutter und ich ... ich kann ihr nicht in die Augen sehen. Es ist beschämend. Es ist schon erniedrigend für mich, dir alles zu erklären.«

»Du musst nichts mehr erklären.«

»Ich wollte ihm nicht das Gefühl geben, dass mich irgendetwas, das er tut, verletzen könnte«, fuhr Vikki fort. »Ich weiß, wie beängstigend das für einen Jungen, der gerade erst anfängt, sein kann. Es ist das Letzte, das er brauchen kann. Also gab ich mich möglichst gleichgültig ihm gegenüber, damit er sein junges Leben leben konnte, das Leben, das zu führen er brauchte und verdiente. Mir war klar dabei, dass er am Ende jemanden findet, den er heiraten und mit dem er Kinder haben würde. Das konnte ich ihm nicht bieten.«

»Schließlich«, sagte Alexander, »bist du ja bereits verheiratet.«

»Das stimmt. Mit seinem Kommandanten.« Sie sah Alexander bei diesen Worten nicht an.

»Was wollte Ant, Vikki?«, fragte Alexander leise.

»Was denkst du wohl, Alexander?«, sagte Vikki. »Er möchte, was du hast. Was du dein ganzes Leben lang gehabt hast.« Sie wirkte wie in einem Leidensrausch. »Das konnte ich ihm nicht bieten und das wusste er auch. Bei mir gibt es Grenzen.« Ihre Hände zitterten. »Außerdem verleiht mir meine vorgetäuschte Ehe scheinbares Ansehen, wodurch mir einige Schwierigkeiten im Leben erspart bleiben. Auf diese Weise ist vieles einfacher. Ich muss mich nie für irgendeinen Mangel meinerseits rechtfertigen. Vikki taugt halt nur dazu, ein Leben für Wochenenden im Biltmore zu führen.«

Alexander hörte zu und wünschte sich, es nicht zu tun. »Antworte mir«, sagte er. »Was wollte Anthony?«

»Ach, komm«, meinte Vikki gespielt geringschätzig, »du weißt doch, wie die jungen Leute sind. Er wollte sein Stück Hintern, seinen Spaß, sein Hotelzimmer, seine kleinen Spaziergänge den Hudson entlang. Klar hat er gesagt, dass er mich will. Er wollte *alle* Mädchen. Er wollte alles. Und warum auch nicht? Er hatte alles zu bieten.« Sie weinte. *»Alles.«*

Alexander vermied es, sie anzusehen, und untersuchte jede Steinfliese auf dem Boden zu seinen Füßen einzeln.

»Ich war mir sicher, dass er nach einem Monat genug von mir hätte, nach sechs Monaten, nach einem Jahr. Aber nein, er kam immer wieder zurück«, sagte Vikki und wischte sich über das Gesicht. »Bis zu seinem Abschluss, bis er, ohne sich noch einmal umzudrehen, nach Vietnam ging. Ich sagte ihm, es ist bloß gut, dass wir nur unseren Spaß haben, Ameisenmann. Da fällt dir der Abschied nicht so schwer. Hab Dank für die schöne Zeit mit dir. Hab Dank auch für die verliebten Walzer im Mondlicht, die wir nie tanzten, Dank für die Versprechen, die wir einander nie gaben, für das Sonnenlicht, das uns nicht beschien. Bist du nicht froh, dass du mir nicht das Herz brichst? Bist du jetzt, wo du gehst, nicht froh darüber, dass du mich nicht liebst?« Vikki verbarg das Gesicht in ihren Händen.

Alexander blieb noch eine Weile bei ihr sitzen, aber es gab wirklich nichts mehr zu sagen.

Als er aufstand, meinte er: »Vielleicht denkst du über die Sache ja noch einmal genauer nach, Vikki. Eltern mögen bisweilen mit Blindheit geschlagen sein, aber lass dir gesagt sein, vor einem Ehemann ist so etwas *erheblich* schwerer zu verbergen.«

Vikki winkte ab. »Alexander, du weißt doch besser als jeder

andere, dass Tom – im Unterschied zu dir – immer ein grauenhafter Ehemann gewesen ist. Ein guter Mann, aber ein grauenhafter Ehemann.«

»Selbst grauenhafte Ehemänner bemerken solche Dinge.«

»Ja, schon, aber wenn der Ehemann seit 1959 in Vietnam ist, nur zweimal im Jahr in die Staaten zurückkommt, und seit 1941 nur für die US-Army lebt, dann weiß ich, dass er nichts bemerkt. Ich habe Tom seit zwei Jahren nicht gesehen. Ich hatte sechs Monate lang nicht mit ihm gesprochen. Wäre nicht sein Geburtstag gewesen, ich hätte nicht angerufen. Und er hat mich nicht einmal angerufen, um mir von Ant zu erzählen, warum auch? Ich würde mir da keine Sorgen machen. Er weiß nichts.« Sie schwieg für einen Moment. »Wirst du es Tania erzählen?«

»Keine Ahnung«, erwiderte Alexander. »Ich *will* es ihr nicht erzählen. Aber es fällt mir schon seit achtundzwanzig Jahren schwer, irgendetwas vor meiner Frau zu verbergen.« Vikki senkte den Blick und Alexander sah fort, während er die Gläser einsammelte und den Aschenbecher leerte. »Hältst du dies vielleicht für den richtigen Zeitpunkt, an meinen Verstellungskünsten zu arbeiten?«

Verstohlen schlüpfte er ins Bett zurück und horchte leise nach Tatianas Atemzügen.

»Ich bin wach«, sagte sie.

Er seufzte. »Natürlich bist du das.«

Sie wandte sich ihm zu und so lagen sie schweigend, die Arme ineinander verschlungen.

»Bist du gegangen, um mit ihr zu reden?«

Er nickte und versuchte, in ihrem Gesicht ihre Stimmung zu lesen.

»Weiß sie, wo Ant ist?«

»Nein.« Alexander zog sie zu sich heran. »Ich habe nicht gefragt.«

Tatiana legte ihr Ohr auf seine Brust und lauschte minutenlang seinen Herzschlägen. »Hast du sie gefragt ... hat sie dir Dinge erzählt, die du nicht hören wolltest?«

»Ja. Sie hat mir Dinge erzählt, die ich nicht hören wollte.«

Alexander berichtete Tatiana von Vikki und Anthony.

Als er geendet hatte, schwieg Tatiana lange und sprach dann

schließlich mit ganz langsamer Stimme: »Auf einmal fällt es viel leichter zu verstehen, dass Dascha nicht erkennen konnte, was direkt vor ihrer Nase geschah, stimmt's? Und sie verbargen es nicht einmal – wie wir es auch nicht getan haben. Sie gaben uns jede Menge Gelegenheit, es zu erkennen – und jetzt erkenne ich es auch überall.« Sie bedeckte einen Moment lang das Gesicht mit ihren Händen. »Meine Freundin Vikki ist schon immer ein temperamentvolles Ding gewesen«, sagte sie dann. »Als ich sie kennenlernte, jammerte sie gerade, weil ihr erster Mann aus dem Krieg nach Hause kam und sie nicht wusste, wie sie dies ihrem Liebhaber sagen sollte, dem sie noch nicht einmal etwas davon erzählt hatte, dass sie verheiratet war. Sie hat ihren ersten Mann betrogen, ihren letzten Mann betrogen und all die Liebhaber dazwischen auch. Sie verliebte sich in Richter – sie wollte sich immer schon in einen Kriegshelden verlieben – und heiratete ihn gegen jede Vernunft. Gewiss hat er sich ihr gegenüber ebenfalls nicht anständig verhalten, und es bringt hier nichts, über die Huhn-oder-Ei-Frage zu spekulieren, aber meiner Meinung nach hat sie sich ihn gerade deshalb als Ehemann ausgesucht, weil sie wusste, dass sie bei ihm stets Liebhaberin und nicht Ehefrau sein würde. Diese Rolle passt zu ihr.« Tatiana hielt für einen Moment inne. »Und als schwachen Trost für uns könnte ich anbieten, dass Vikki attraktive Liebhaber in Afrika, Europa, Asien und Australien gehabt hat. Sie ist um die ganze Welt gereist und hat sich mit den Jungs amüsiert.« Traurig senkte Tatiana ihre Augenlider für eine Sekunde. »Erst als sie heute an unserem Küchentisch weinte … Ich glaube, dass von all diesen Abenteurern, die kamen und gingen, Anthony der einzige Junge bleiben wird, den sie nicht vergessen kann.«

Sie lagen in ihrem Bett und sahen einander an. Tatiana nickte stumm und legte ihre Hand auf Alexanders Gesicht. »Ich kenne den Zauber, der von den Liedern der Liebe ausgeht, nur zu gut«, flüsterte sie.

Er schob sich noch näher an sie heran und fädelte seinen Arm unter ihrem Nacken durch, sodass er spürte, wie sich ihre großen, warmen Brüste sanft und Trost spendend an seine nackte Haut schmiegten.

Beim Frühstück am nächsten Morgen war das Erste, was Vikki mit aschfahlem und verweintem Gesicht zu ihnen sagte, nachdem die Kinder in die Schule aufgebrochen waren: »Alexander, hast du es ihr erzählt?«

Alexander und Tatiana blickten einander an. »Ich habe es ihr erzählt«, sagte er.

Vikki nickte. »Tja, *jetzt* gibt es da noch etwas, das ich euch beiden erzählen muss und von dem ich nicht weiß, wie ich es Tom sagen soll. Wie ihr euch vorstellen könnt, gibt es eine Reihe von Gründen, aus denen er weniger Verständnis aufbringen dürfte als du, Alexander.«

»Ich bringe auch nicht so viel Verständnis auf wie Alexander«, erklärte Tatiana grimmig.

»Ich weiß, dass du das nicht tust«, sagte Vikki. »Weil du dir keine Verfehlungen leistest. Es tut mir leid. Es ist unentschuldbar und ich weiß nicht, was ich dir sagen soll. Wir werden das nächste Jahrzehnt brauchen, es zu klären und wieder in Ordnung zu bringen, aber ich weiß, wir werden es schaffen – denn du hast schon viel schlimmere Dinge verziehen.« Alle drei senkten sie gleichzeitig die Nasenspitzen in ihre Kaffeetassen. »Aber jetzt«, sagte Vikki, »müssen wir erst einmal unseren Jungen finden.«

Darin stimmten sie ihr zu. Sie mussten ihren Jungen finden.

Aus ihrer Tasche zog Vikki einen Brief. »Den habe ich vor vier Monaten von Anthony bekommen. Das war einer der Gründe, weshalb ich mich in Europa versteckt habe. Ich wollte ihn niemandem zeigen, und ich will ihn euch auch heute eigentlich nicht zeigen. Euch wird es schwerfallen, das gleich zu hören, und mir wird es schwerfallen, es gleich vorzulesen. Wenn Anthony jemals zurückkommt, wird es nicht leicht für ihn sein zu erfahren, dass ihr darüber Bescheid wisst. Und es ist völlig *ausgeschlossen,* dass mein Mann – der Ant liebt – diesen Brief jemals sieht oder seinen Inhalt erfährt. Unglücklicherweise gibt es jetzt, da Anthony vermisst wird, einige Dinge in diesem Brief, die ihr erfahren müsst.« Mit zitternden Händen entfaltete sie den Brief. »Ich werde weinen müssen. Kannst du das übernehmen?«

»Wir können das *nicht* übernehmen«, erklärte Tatiana und packte Alexanders Unterarm. »Lies deinen Brief selbst, Vikki.«

Vikki fuhr zusammen, als sie zu lesen begann, fuhr zusammen, als wäre sie geohrfeigt worden – schon mit dem allerersten Wort.

Gelsomina!

In der Hoffnung, Deine Sorgen um mich zu mindern, Sorgen, von denen ich weiß, dass Du sie Dir seit Jahren machst, schreibe ich Dir hier. Vietnam ist nicht der Ort zur Selbstreflexion (ist Italien da besser?), was für mich allerdings ideal ist, da ich mich – wie Du weißt – nicht sonderlich gerne damit aufhalte, und wem bleibt hier schon die Zeit dafür? Du weißt ja, trinken, rauchen und mit den Mädchen einen draufmachen, das ist es, was ich liebe. Deshalb hat es auch mich mehr als jeden anderen überrascht, als ich nördlich von Hué, in der Nähe des Parfümflusses, völlig unerwarteterweise fand, wonach ich schon immer gesucht hatte. Und jetzt bist Du der erste und einzige Mensch, der davon erfährt – ich habe geheiratet. Meine vietnamesische Braut spricht ein wenig Englisch, was sich sehr gut trifft, da ich kein Vietnamesisch beherrsche. Sie ist jung, strahlt auf ihrem Fahrrad wie ein weißer Schwan und wir erwarten ein Baby.

Vikki musste ihr Lesen unterbrechen. Das Gesagte tat seine Wirkung. Während Vikki um ihre Fassung rang, betrachtete Alexander eine angespannt lauschende, hoch konzentrierte Tatiana. Er erkannte an ihrem regungslosen Gesicht, ihrem leicht geöffneten, kaum atmenden Mund und ihrem starren, völlig leeren Blick, dass sie nicht auf den großen Herzschmerz oder triviale Horrorszenarien gewartet hatte, sondern gefasst war auf ganz anders geartete Hirngespinste.

Inzwischen fuhr Vikki, deren zitternde Stimme bei dem restlichen Text, den sie offenbar auswendig kannte, wieder zu versagen drohte, fort zu lesen:

Ich dachte mir, dass Dich dies vielleicht interessieren würde – immerhin warst Du ja stets so gespannt auf mein Leben und meine Entscheidungen, wohin ich ging und nicht ging, was ich tat und was ich nicht tat. Ich hab schon eine Mutter, hab ich Dir immer gesagt, aber Du warst einfach mit Deiner Rolle nicht zufrieden. Du wolltest weitergehende Aufgaben. Daher erzähle ich Dir ganz offen, was mir hier, so weit weg von Dir, widerfahren ist.

Es ist vier Jahre her, seit ich das letzte Mal Gitarre für Dich gespielt hab, »Malaguena Salerosa« für Dich gesungen hab – »Perhaps, Perhaps, Perhaps« denkst Du an mich gelegentlich, wenn sie im Radio spielen »The Rain, The Park & Other Things«.

»Traces«.

»Grazing in the Grass«.

Und »Jane«.

Wir hatten unsere wunderschönen Jahre, Du und ich, doch it's all over now, Baby Blue. Du warst ein »Spooky Wild Thing« und ich war ein Spinner – und so verdammt jung –, berauscht von Central-Park-Kutschfahrten unter einem großen gelben Mond und den Palo-Verde-Bäumen vor unseren beschlagenen Biltmore-Fenstern. Du wurdest nicht müde, mir zu sagen, dass es für uns nie eine gemeinsame Zukunft geben würde – und Du hattest recht. Ich war in Träumen von »La luna ché non c'e« versunken. Erinnerst Du Dich noch, wie wir über Augustinus sprachen? Über etwas, das er »Ordo Amoris« nannte, die Ordnung der Liebe? Er sagte, dass für die Menschen wahre Tugend und wahre Liebe darin bestehen, jedem einzelnen Wesen genau jenen Grad an Liebe zukommen zu lassen, der diesem angemessen ist, den dieses verdient hat.

Wir beide haben in diesem Punkt nie einander entsprochen. Ich bin glücklich, sie jetzt mit Moon Lai gefunden zu haben. Ich habe jetzt, was Du mir immer gewünscht hast – wovon Du immer gesagt hast, dass ich es mir wünsche: verheiratet zu sein, ein Kind zu haben, wahre Liebe zu spüren.

Aber noch bin ich weiter im Herz der Finsternis gefangen, meine Zeit hier ist noch immer nicht vorbei, und nur für den Fall, dass dies der letzte Brief ist, den ich Dir jemals schreibe, sei versichert: Es gab eine Zeit, in der ich glaubte, was ich für Dich empfand, ist echt, wie unvollkommen es auch sein mochte. Es gab eine Zeit, in der ich glaubte, was ich für Dich empfand, ist Liebe. »Vy sgubili menya, ochi chernye«. Jetzt bin ich dankbar dafür, dass Dir, die Du so viel weiser warst, stets der Unterschied bewusst geblieben ist. Hab Dank dafür, mich von dieser Lüge über Dich und mich, die mir einst so wahr erschien, befreit zu haben.

Ti amavo e tremo.

Anthony

Weder Vikki noch Tatiana oder Alexander waren fähig, ihre Augen zu heben. Vikki weinte, während sie Anthonys Brief küsste und an ihre Brust drückte. Tatiana hielt ihr Kinn so tief gesenkt, es sah fast aus, als wäre sie eingeschlafen. Und Alexander, dessen Blick sich angesichts der unglaublichen Wendungen verfinstert hatte, versuchte das Unverständliche zu verstehen. Als Tatiana zu ihm aufsah, waren ihre Augen nicht länger kristallklar, sondern undurchdringlich trüb von all dem Leid.

Er musste einen Arbeitstag und einen von seinen Kindern dominierten Abend durchstehen, aber nachts waren Alexander und Tatiana dann hinten in ihrem Garten, allein und ungestört. Wie im Käfig eingesperrte Tiger liefen sie beide auf und ab. Verzweifelt versuchten sie die Teile eines Puzzles zusammenzufügen, das sie nicht verstanden.

Anthony hatte geheiratet! Anthony hatte ein vietnamesisches Mädchen geheiratet, das ein Kind erwartete. Und dann war Anthony verschwunden. Hatte er etwa so den Kopf verloren, dass er mit seiner schwangeren Frau in den Ural geflüchtet war und seine Männer, seinen Kommandanten, seinen Dienst, seinen militärischen Ehrenkodex und sein Land im Stich gelassen hatte?

Könnte Anthony wegen eines vietnamesischen Mädchens namens Moon Lai Verrat an den Vereinigten Staaten verübt haben?

»Nein«, erklärte entschieden Anthonys Mutter, einem ungebändigten Raubtier gleich. »Dieses Kind kannte sein ganzes Leben lang nur ein Vorbild dafür, was es heißt, ein Mann zu sein, und das warst du. Er ist dein Sohn, Alexander«, sagte Tatiana. »Wir sind 1942 nicht in Lazarewo und 1948 nicht auf Bethel Island geblieben, und beide Male riskierten wir, *alles* zu verlieren. Anthony ist nicht mit ihr in den Ural geflüchtet. Ihm ist etwas zugestoßen.«

Alexander und Tatiana starrten zu Boden. Das war, wovor er Angst gehabt hatte. Anthony war West-Point-Absolvent. Er war Captain bei den Special Forces, bei der MACV-SOG, der Elite der Eliten.

Die SOG operierte abseits der regulären Truppen, im Geheimen, in Stoßtrupps wie in Aufklärungseinheiten, und war direkt den Oberbefehlshabern unterstellt. In Südostasien waren insgesamt 500 000 US-Soldaten stationiert, von denen 2000 den Special Ops angehörten, und von denen wiederum zählte Ant zu den nur 200 Mann starken Bodeneinsatzkommandos. Es war einfach undenkbar.

»Du hast Vikki manchmal *Gelsomina* genannt«, sagte Alexander und hoffte, dass ihr der resignierende Ton in seiner Stimme entgehen würde.

»Ihre heiß geliebte Großmutter Isabella, die sie aufgezogen hat, nannte sie so. Es bedeutet Jasmin«, antwortete Tatiana. »Nur Menschen, die ihr sehr nahe stehen, nennen sie so. Aber warum sagst du das so merkwürdig?«

»Herr im Himmel.« Ratlos blickte Alexander sie an. »Und warum sollte Ant dann eine andere heiraten wollen?«

»Weil Vikki mit Tom Richter verheiratet ist«, sagte Tatiana. »Und Anthony weiß, wo sein Platz ist. Aber vor langer Zeit war mal dein einziges Wort an mich *Orbeli*. Ich hatte dich gebeten, mich nicht ohne ein Wort zurückzulassen, und du hast es nicht getan. Du gabst mir Orbeli. *Moon Lai* ist dieses eine Wort von Anthony an uns. Aus der Ferne, an eine andere Frau, und es ist genauso unergründlich wie Orbeli, genauso Zorn erregend, genauso bedeutungsleer – und zugleich doch so voller Bedeutung wie Orbeli. Es ist unverzeihlich – wie das, was du mir angetan hast, weil dir damals völlig klar war, dass ich nicht wissen konnte, was Orbeli bedeutete, da ich den Namen des Direktors der Eremitage nicht kannte. Dieser verfluchte Kurator mit all seinen Kisten voller Kunst.«

»Ja«, sagte Alexander. »Die Kunst war Orbelis große Leidenschaft. Er trennte sich von ihr, um sie zu retten.«

»Alles schön und gut«, meinte Tatiana, »aber sie taugten nicht unbedingt als Koordinaten zu deinem Aufenthaltsort im Speziallager Nr. 7 von Sachsenhausen.« Sie lächelte schwach.

»Tja, Moon Lai ist Anthonys Ruf aus der Wildnis. Moon Lai ist Anthonys Orbeli.«

Alexander rauchte in ihrem Steingarten eine Zigarette nach der anderen. »Und was sollen wir mit diesem einen kryptischen Wort anfangen?«, fragte er. »Der einzige Mensch, der uns helfen kann, ist der Ehemann der Frau, die einen Brief von unserem Sohn bekommen hat, einen Brief, den ihr Mann niemals lesen darf.« Er schwieg einen Moment. »Wenn ich Richter erzähle, was wir wissen, wird er uns nicht helfen, er wird vielmehr selbst nach Anthony suchen und ihn eigenhändig umbringen.«

»Na ja, du darfst ihm natürlich nicht alles erzählen, was du weißt«, sagte Tatiana. Sie blickte ihm prüfend ins Gesicht. »Was schaust du denn so furchtbar skeptisch und pessimistisch? Hast du etwa ausgerechnet jetzt deine Fähigkeit verloren, zu sagen, was gesagt werden muss? Es geht hier um deinen Sohn. Ruf Richter an, setz deine stoisch-gleichgültige Miene auf und dann lüg von ganzem Herzen.«

Alexander hielt inne und sah sie aus einiger Entfernung an.

Sie schüttelte energisch ihren Kopf, wandte den Blick ab und meinte: »Das kann doch alles gar nicht sein.« Sie gingen aufeinander zu und umarmten sich. Klein und schlank wie immer drückte sie sich unter seinem Kinn an seine Brust und verschwand in seinen Armen.

»Oh Tatia.«

»Nein, Shura.«

Sie befanden sich in einem abgeschiedenen Teil ihres Gartens, den sie gern bei Dunkelheit aufsuchten, wenn sie allein sein wollten. Es war ein kühler Oktoberabend im Jahr 1969. Alexander entzündete ein Feuer in der steinernen Einfriedung, und als es prasselte, zogen sie sich aus und legten sich davor auf eine dick gewebte Decke. Die Pflanzen, das Feuer und die niedrige Ziegelwand schirmten sie von der Außenwelt ab.

Dies war ihr ganz persönlicher Lazarewo-Platz unter dem Sternbild des Perseus in Arizona. Sie liebten sich, erkundeten mal nacheinander und mal zugleich den anderen mit ihren Lippen, und als Alexander sich schließlich mit angezogenen Beinen gegen das Mäuerchen lehnte, schwang sich Tatiana auf seinen Schoß.

Ihre Arme fuhren um seinen Hals, ihr nackter Bauchnabel drückte gegen seinen nackten Bauchnabel, ihr Herz lag auf seinem Herz, ihr Mund auf seinem Mund. Die Hände auf ihren Hüften, auf ihrem Rücken, in ihren Haaren hielt er sie auf gleicher Höhe mit sich.

Anschließend zog er seine Armee-Trainingshose an und sie seinen Pullover. Sie setzte sich vor das Feuer, und er streckte sich aus und legte den Kopf in ihren Schoß. So verharrten sie, ohne sich zu bewegen und ohne zu sprechen, bis das Feuer in dem kleinen Garten niedergebrannt war.

»Was ist, Baby?«, sagte Alexander, »Warum fallen deine Tränen auf mich?«

Sie strich ihm über die Stirn, die Augen, die Bartstoppeln. »Ach Gott«, sagte Tatiana. »Weil mir klar ist, woran du denkst. Es ist *nicht* das, woran ich gedacht habe. Du willst nach Vietnam gehen, um ihn zu suchen. Bitte, tu das nicht. Bitte nicht. Ich schaff das nicht, Shura. Ich schaff das nicht, wenn du auch noch weg bist.« Ein unterdrücktes Schluchzen folgte ihren Worten. »Ich wünschte, ich wäre am Ilmensee im Wald gestorben! Ich hätte sterben sollen. Keiner konnte glauben, dass ich überlebt habe. Wäre ich gestorben, nichts hiervon hätte geschehen können!«

»Tania«, sagte Alexander voller Traurigkeit, »du erzählst die Geschichte vom Ilmensee deinem Mann und deiner Familie nun seit dreißig Jahren – um uns Kraft und Hoffnung zu geben, uns Glauben zu vermitteln. Die beiden wichtigsten Lebensregeln, die Anthony jemals gelernt hat, stecken in dieser Geschichte. Und jetzt willst du mir erzählen, die Quintessenz bestünde darin, dass du hättest sterben sollen?«

»Glaubst du wirklich, Ant erinnert sich an die Geschichte von mir im Wald am Ilmensee?«

»Wie könnte er sie jemals vergessen? Das kann er nicht.« Er streckte die Hand aus, um ihr die Tränen abzuwischen. »Hilf mir. *Gebt starkes Getränk denen, die am Umkommen sind*«, flüsterte er. »Sag du es *mir.*«

Tatiana beugte sich herab, presste ihr nasses Gesicht an sein Gesicht, ihre nassen Lippen auf seine Lippen, küsste ihn und hielt seinen Kopf dann gegen ihre Brüste gedrückt. *»Das Ho-*

helied Salomos«, flüsterte sie. »*Er küsse mich mit dem Kusse seines Mundes; denn deine Liebe ist lieblicher als Wein …*« Sie setzte sich auf. Er zündete sich eine Zigarette an, ohne den Blick von ihr zu wenden, und beobachtete, wie sich ihre Lippen bewegten, wie ihre Augen glänzten. Das Nikotin inhalierend lauschte er ihrem süßen Atem, wie sie ihm leise von dem Erlebnis aus fernen Kindheitstagen erzählte.

15

Die Königin vom Ilmensee

Raben und Brüder

Tatiana ruderte das Boot über den See. Sie sprach weder mit Saika noch mit Marina, sondern konzentrierte sich auf das Rudern und hörte dabei ihrer Unterhaltung zu.

Es war bewölkt. Die heftigen Regenfälle vom Vortag hatten den Himmel nicht aufklaren lassen. Tief hingen die Wolken über dem See, als wollten sie damit drohen, jede beliebige Minute erneut Regen zu schicken. Für die Jahreszeit war es kühl, vielleicht 19 Grad. Die Mädchen trugen langärmlige Hemden und lange Hosen, um ihre Arme und Beine vor Brennnesseln und Stechmücken zu schützen. Eigentlich wollte Saika ein Kleid anziehen, aber Tatiana hatte sie davon abgehalten und insgeheim dankte sie ihr nun für die Warnung. Saika hatte keine Lust, ihren Körper, der von dem gestrigen Blutegelangriff noch immer mit rot geschwollenen Wunden bedeckt war, überall mit stinkendem und brennendem Alkohol einzureiben, aber auch hier überzeugte Tatiana sie davon, dass die Mückenstiche erheblich schlimmer sein würden als der Gestank und fast so schlimm wie die Bisse der Blutegel. Saika folgte dem Rat und war froh darüber. Im Boot lagen unter Tatianas Beinen zwei Weidenkörbe, einer für Blaubeeren, einer für Pilze. Sie hatte ein kleines Schälmesser mitgenommen, so als wollte sie die Pilze nicht mit einer großen Klinge erschrecken.

Ihr Großvater, der zeit seines Lebens dafür eintrat, für alle Fälle gerüstet zu sein, hielt sie stets dazu an, eine Uhr und einen Kompass mit in den Wald zu nehmen. Der Kompass hing ihr an einer Schnur um den Hals, aber ehrlich gesagt vertraute Tatiana ihm nicht mehr recht, denn als kleine Nachwuchswissenschaftlerin ganz in der Tradition von Jules Verne, der mit seinen sorgfältig recherchierten Romanen gerade sehr in Mode war, hatte sie ein wenig mit ihm experimentiert. Von der Uhr, die sie sich von Dascha ausgeliehen hatte, war Tatiana fest überzeugt, dass sie zwei Minuten nachging – zwei Minuten pro Stunde wohlgemerkt. Tatiana selbst besaß keine Uhr, weil die Zeit sie nicht kümmerte.

Leicht schwitzend und in Gedanken verloren, bemerkte Tatiana erst spät die schwarze, schnell fliegende Wolke über ihrem Kopf. Sie sah nach oben und hob instinktiv die Ruder zur Abwehr. Die Wolke bestand aus schwarzen Krähen, die sich in einer aus hunderten Vögeln bestehenden Formation bis dicht über die Köpfe der Mädchen herabstürzten. Die Vögel kreischten, schlugen wild mit den Flügeln und flogen schließlich davon, wobei sie eine verstörte und beunruhigte Tatiana zurückließen, die schon vorher vom Rudern außer Atem geraten war.

»Was haltet ihr nun *davon?«*, meinte sie tief Luft holend.

»Bist du vielleicht abergläubig, Taneschka?«, erklärte Saika mit breitem Grinsen. »Wegen der paar Vögel?«

»Tania hat recht, ich habe auch noch nie so viele gesehen. Und dass sie derart dicht herangekommen sind«, sagte Marina.

Lachend erwiderte Saika: »Ach kommt, ihr Angsthasen. Das sind doch bloß Vögel. Wenn es Tauben oder Möwen gewesen wären, würdet ihr jetzt nicht reglos mitten auf dem See hocken, oder?«

»Aber es waren keine Tauben«, antwortete Marina und bedachte Saika mit einem vielsagenden Blick.

»Und Möwen über einem Binnensee sind ungefähr so wie Polarbären in Afrika.« Nachdenklich senkte Tatiana die Ruder wieder ins Wasser.

»Bist du zu müde, um die restliche Strecke zu rudern, Tania?«, erkundigte sich Saika. »Soll ich das übernehmen? Ich mach's gerne.«

»Was hab ich dir gesagt, Saika? Tania lässt keinen anderen ans Ruder«, meinte Marina grinsend, als Tatiana den Kopf schüttelte. »Das wäre eine vernichtende Schlappe, nicht wahr, Tania?«

»Vernichtend«, stimmte Tatiana zu. »Aber zum Glück ist Pascha ja nicht hier.« Sie spähte noch immer nach oben in den Himmel, wo der Vogelschwarm gewesen war. Dann nahm sie das Rudern wieder auf, und Saika setzte ihre Unterhaltung mit Marina fort. Sie sprachen über einen Ort, an dem Saika gelebt hatte.

»Denkst du vielleicht, ich hätte Oral verlassen wollen?«, sagte Saika zu Marina. »Ich wollte nicht. In Kasachstan ging es uns eigentlich gut. Aber wir wurden gezwungen zu gehen.« Saika spuckte ins Boot. Ihre freundliche Haltung schlug plötzlich in Zorn um. »Es waren diese *Schweine.* Wisst ihr, eines Nachts haben sie versucht, meinen Vater umzubringen.«

Tatiana spitzte die Ohren.

»Wer? Weshalb taten sie das?«, fragte Marina.

»Keine Ahnung. Ich war noch klein. Zehn vielleicht. Mein Bruder erzählte mir, Papa würde seine Arbeit einfach zu gut erledigen. Er tat, wofür man ihn bezahlte, arbeitete ungeheuer hart, und den Faulenzern, Tagedieben und dreckigen Rumtreibern, die er beaufsichtigte, passte das nicht. Also haben sie ihn mitten in der Nacht aus dem Bett gezerrt und fast zu Tode geprügelt. Sie hielten Holzlatten, Spaten und Kohlenschaufeln in ihren gemeinen Drecksfingern.«

»Oh, das ist ja schrecklich! Und was passierte dann?«

»Was meinst du, was dann passierte? Offenbar haben sie ihn nicht umgebracht, oder?« Saika war sichtlich erregt. »Sie haben ihn zwar nicht umgebracht, aber sie schlugen ihm ein Loch in den Kopf und drei seiner Zähne aus. Sie brachen ihm die Rippen auf beiden Seiten und zertrümmerten seine Kniescheibe. Sie haben ihm sogar das Brustbein gebrochen, könnt ihr euch das vorstellen? Wisst ihr, wie fest man jemanden schlagen muss, um ihm das Brustbein zu brechen? Ich würde sagen, es ist der stärkste Knochen im menschlichen Körper, oder, Taneschka?«

»Einer der stärksten.«

»Warum ließen sie von ihm ab? Dachten sie, er wäre tot?«, fragte Marina.

»Nein! Mein Vater gab sich nicht geschlagen und er war nicht tot. Er war ein Ochse von einem Mann und er kämpfte wie ein Ochse.« Bei der Erinnerung an diese Szene atmete Saika scharf die Luft ein. »Dann stürmte mein Bruder mit einem Bleirohr hinaus und stand ihm zur Seite.«

Tatiana unterbrach ihr Rudern. Es gelang ihr nicht, sich gleichzeitig auf das Rudern und auf Saikas Geschichte zu konzentrieren.

»Stefan und ich schrien ihm noch nach, er soll vorsichtig sein, aber er hörte uns nicht mehr. Er schwang das Bleirohr, als ob er sie alle damit umbringen wollte.«

»*Wer* schwang das Bleirohr?«, fragte Tatiana verwirrt nach.

»Hab ich doch gesagt! Mein *Bruder*«, rief Saika aus. »Sabir, schrien wir ihm nach«, fuhr sie fort und ihre Augen leuchteten wie in Trance. »Sabir, halt dich raus aus der Schlägerei! Bring dich in Sicherheit, Sabir! Papa kommt schon alleine zurecht.«

»*Wer* schrie ihm nach?«, sagte Tatiana verständnislos.

»Ich und Stefan! Hörst du denn nicht zu?« Saika verstummte.

Sie schloss für einen Moment die Augen und sah dann zu Tatiana.

Sie sagten nichts. Einige Minuten lang herrschte Schweigen.

»Ja und? Es *gab* also noch einen Bruder«, erklärte Saika schließlich. »Jetzt ist er tot.«

Tatianas einzige Reaktion war, dass sie wieder zu rudern begann, während Marina, der es nicht gelang, Blickkontakt zu Tatiana herzustellen, die Unterhaltung mit Saika stockend wieder in Gang brachte.

Erschöpft schnappte Tatiana nach Luft und drehte ihren Oberkörper, um zu sehen, wie weit es noch bis ans Ufer war. Ihre Arme waren müde und es gab kein Segel und keinen Wind, sondern nur Tatiana und ihre schmalen Holzruder, mit denen sie so schnell ruderte, wie sie nur konnte. *Und wie kommt es, dass du nie von deinem anderen Bruder erzählt hast, Saika?*

Was war an diesem Gedanken offenbar so furchterregend?

Sie erreichten die bewaldete Ostseite des Ilmensees um elf. Die Mädchen hatten Tante Rita versprochen, dass sie höchstens bis um vier Uhr Pilze und Beeren sammeln und sich dann auf den Rückweg machen würden, damit sie um sechs zu Hause sind. Also blieben ihnen ungefähr fünf Stunden im Wald. Tatiana hatte die einzige Uhr, und Marina bat darum, da sie nur ungern versuchen wollte, die Uhrzeit mit der Position der hervorblinzelnden Sonne zu berechnen. Tatiana hatte es ihr schon so oft erklärt, aber Marina war etwas begriffsstutzig. Saika hatte eine Flasche Wasser sowie Brot und Eier dabei. Irgendjemand hungrig, fragte sie, als sie aus dem Boot stiegen. Die Mädchen wollten endlich loslegen und schlangen das Essen herunter. Dann halfen Marina und Saika, das Boot halb auf das sandige Ufer zu ziehen, wo Tatiana es mit einem Seil an einem umgestürzten Baumstamm festband. Bevor sie ins Wasser gestiegen war, um das Boot an Land zu ziehen, hatte sie sich die Galoschen von Onkel Boris über ihre Schuhe gestülpt. Nun zog sie sie aus und legte sie zurück ins Boot. Den Blick nach oben in den Himmel gerichtet, überlegte sie, ob es Regen geben würde.

»Und wenn schon?«, sagte Saika

»Ich möchte nicht, dass sich das Boot mit Wasser füllt«, erwiderte Tatiana und runzelte die Stirn, da sie sich nicht daran erinnern konnte, ihre Besorgnis über den Regen ausgesprochen zu haben. »Dann wird das Zurückrudern schwer. Aber ich schätze, wir können es notfalls immer noch mit diesem Eimer leer schöpfen.«

»Guter Gedanke, Taneschka«, sagte Saika. »Aber du denkst zu viel. Es wird keinen Regen geben. Sollen wir den überflüssigen Wassereimer mitnehmen für den Fall, dass wir sehr viele Pilze finden?«

»Ich meine, wir sollten nicht mehr sammeln, als wir tragen können«, sagte Tatiana. »Ein Korb Pilze und ein Korb Blaubeeren reichen allemal.«

»Oh, da hast du auch wieder recht, natürlich«, meinte Saika vergnügt. »Dein Wort gilt, Tania. Du sagst, wo's langgeht.«

Der sumpfige Waldboden begann unmittelbar am See. Erst kam ein schmaler sandiger Uferstreifen, überzogen mit Baumnadeln, auf dem ansonsten noch ein paar durchweichte Rindenstücke, abgebrochene Äste, Kieselsteine, größere Felsbrocken und Fischkadaver lagen – und dann der Wald. Tatiana griff sich ein paar Hände voll kleiner Kieselsteine und stopfte sie in ihre Hosentaschen.

Es war friedlich im Wald, erholsam und schön.

Saika bat Tatiana um ihren Kompass. Wofür brauchst du den,

hätte Tatiana gerne gewusst, aber die Frage hätte womöglich Blickkontakt bedeutet, und nach der Geschichte im Boot wollte Tatiana dies erst einmal vermeiden. So entschloss sie sich, dem Mädchen einfach wortlos den Kompass zu geben und bei der Übergabe genau darauf zu achten, dass sie Saikas Hand nicht berührte.

»Danke, Taneschka.« Saika lächelte. »Bekommst ihn gleich zurück. Ich liebe Kompasse. Marina, hat sich Tania eigentlich schon immer auf alles so gründlich vorbereitet? Sie ist ja komplett ausgestattet.«

»Ja, Tania stellt sich immer auf alle Eventualitäten ein. Darin ist sie genau wie Deda.«

Das gefiel Tatiana. So zu werden wie Deda war ihr wichtigstes Ziel.

»Ich wünschte, ich wäre auch so«, sagte Saika. »Es ist eine solch nützliche Eigenschaft. Meinst du nicht auch, Marina? Sie ist einfach viel besser als ich. Ich weiß nie, wo ich etwas hingelegt habe. Ich bin nie auf etwas vorbereitet. Alles, was ich mache, mache ich spontan und ohne viel zu überlegen. Tania, sieh mal, ich habe einen Pilz entdeckt und noch nicht einmal ein Messer dabei. Ich bin einfach ein Trottel. Kannst du dir vorstellen, dass ich das noch nie gemacht habe? Bring es mir bei, Tania. Was machst du da zum Beispiel? Warum wirfst du die Steinchen hier auf die Erde?«

»Damit wir wissen, woher wir gekommen sind«, erwiderte Tatiana.

»Aber wir haben doch einen Kompass.«

»Es ist immer gut, Kieselsteine auszulegen. Denen unterläuft nie ein Fehler.«

»Oh, wie wahr.« Saika kicherte. »Du musst das hier schon ganz schön oft gemacht haben. Ist es nicht wunderbar, eine gute Führerin zu haben, Marina?«

»Eine Führerin bin ich bestimmt nicht«, murmelte Tatiana.

»Ja«, sagte Marina. »Sie *ist* tatsächlich gut, aber vieles, was Tania weiß, entspringt auch einfach nur dem gesunden Menschenverstand.«

»Ganz genau«, pflichtete Saika eifrig bei. »Gesunder Menschenverstand ist das A und O. Tania scheint ihn im Überschuss zu besitzen. Ich bin leider so trottelig und habe meins vergessen mitzubringen, aber Taneschka, würdest du mir dein Messer leihen, damit ich diesen *Podberyozovik*-Pilz abschneiden kann?«

»Natürlich«, sagte Tatiana und starrte Saika ungläubig an. Ein kurzer Anflug von Reue breitete sich in ihrer Brust aus, aber dann schloss sie noch einmal die Augen und sie sah die Narben und die Lügen, sah die selbstsicher arbeitenden Hände, nahm den schwachen fauligen Geruch wahr, erinnerte sich des unerwähnten Bruders, und der Anflug war vorüber.

Sie suchten, hielten Ausschau, pflückten und schlenderten weiter. Der Weidenkorb mit den Pilzen füllte sich bereits, doch während sie immer tiefer in den dichten Wald hineingingen, bemerkte Tatiana, dass sie nichts dazu beitrug, dass er sich füllte. Sie hatte bisher mehr Glück mit Blaubeeren gehabt, selbst aber noch keinen einzigen Pilz gefunden. Doch sie dachte nicht weiter darüber nach, weshalb das so war. Gedankenlos pflückte sie die Blaubeeren. Um Pilze zu finden, musste man ganz bei der Sache sein, und dazu war sie derzeit nicht fähig. Sie sah sie einfach nicht. Ständig musste sie an Saika denken und an die Worte, die aus ihrem Mund gekommen waren und die alle wie Lügen oder Hirngespinste klangen, was genau, wusste Tatiana nicht zu sagen. War es Saika selbst bewusst? Lebte sie an einem Ort, murmelte Tatiana vor sich hin, oder an fünf Dutzend Orten gleichzeitig? War sie die Tochter eines Hirten, eine Bauerstochter, die Tochter eines Tagelöhners oder die Tochter eines Ingenieurs? Oder war sie bloß die Tochter eines Säuberers? Saika hatte Tatiana einmal erzählt, dass sie in Kasachstan zu Pferde Schafe gehütet hätte, aber als Marina von einem Pferd berichtete, das ständig in seine Trense biss, fragte Saika nach, was denn eine Trense sei. Obwohl sie ihr ganzes Leben auf Bauernhöfen zugebracht haben will, wusste sie bei einem Besuch in Bertas Haus nicht, wie ein Schaf geschoren oder eine Kuh gemolken wird. Sie war ein Kleinbauernkind, das eigentlich kaum zu lesen in der Lage sein sollte, und dennoch wusste sie über alles Bescheid. Sie war in der letzten Zeit extrem streitsüchtig gewesen, aber an diesem schönen Morgen gab sie sich süßer als Honig. Was sollte Tatiana da glauben?

Warum hatte sie nie von Sabir, ihrem anderen Bruder, erzählt?

Warum hingen in ihrem Haus keine Bilder von ihm? Warum verloren sie niemals in der Familie ein Wort über ihn? Und darin lag das Problem – die Anstrengung, die Tatiana unternahm, um *nicht* daran zu denken, weshalb der Bruder tot war und weshalb die Familie ihn nie erwähnte, machte es ihr unmöglich, sich gleichzeitig auf die nicht leicht zu findenden Pilze zu konzentrieren. Nicht den Blick heben, ermahnte Tatiana sich selbst. Bück dich weit zu den Blättern hinab, such nach ihnen, finde sie und ignoriere auf jeden Fall den dunklen Schatten hinter dir. Schon bald hatte sie Erfolg und konnte Saika nicht mehr aus den Augenwinkeln sehen.

Tatianas Gedanken mussten aus allen Poren ihres Körpers geströmt sein, denn Saika blieb meterweit hinter ihr. Marina und Saika unterhielten sich leise. Es ist besser so, dachte Tatiana und bückte sich nach ein paar Blaubeeren. Aber wo waren bloß diese Pilze?

In dem dichten, mit Laub- und Nadelbäumen bestandenen Mischwald ging Tatiana neben etwas in die Knie, das sie für einen Speisepilz hielt. Trotzdem würde sie ihr Vergrößerungsglas zu Rate ziehen, denn der Unterschied zwischen einem Champignon und einem Knollenblätterpilz zeigte sich nur am Stiel. Sie wuchsen beide gerne unter Eichen, hatten beide einen leicht gewölbten Hut, waren beide grauweiß – nur dass der eine eben wundervoll schmeckte und der andere tödlich war. So hockte sie dort auf der Erde und versuchte zu bestimmen, um welchen Pilz es sich handelte – schließlich schied die Methode »Probieren geht über Studieren« aus, wie sie amüsiert überlegte. Während sie die Lupe zwischen ihre Nasenspitze und den Pilz hielt, rief sie: »Marina, was meinst du, ist der hier gut?«

Im Wald herrschte Stille. In diesem Moment wurde Tatiana bewusst, dass es schon eine ganze Weile still war. Sie hatte sich inzwischen so stark auf die Pilzsuche konzentriert, dass sie es gar nicht bemerkt hatte.

»Marina?«

Sie sah auf.

»Ma-ri-na!«, rief sie ein drittes Mal mit einer um eine weitere Oktave erhobenen Stimme.

Keine Antwort.

Jetzt stand Tatiana auf. Ihre Beine schmerzten vom langen Hocken. Alles war ruhig. Sie rief erneut, diesmal deutlich und laut.

Ihre hohe Stimme schallte über das Dickicht hinweg, durch die Birken, brach sich an irgendeinem Fels oder am Wasser und kehrte als Echo zu ihr zurück, wurde schwächer und verschwand, wie ein Steinchen, das über das Wasser hüpft, erst hart, dann weicher und weicher, und schließlich versinkt.

Ja, es kam keine Antwort, aber da fehlte noch etwas anderes.

Tatiana *spürte* nämlich auch nicht mehr ihre Anwesenheit in der Nähe. Sie spürte nicht eine einzige Menschenseele in Rufweite, spürte nicht Marina, die sich, ohne zu reagieren, wohl über ihre eigenen Pilze beugte. Konnte Tatiana bei ihrer Suche die anderen Mädchen so weit hinter sich gelassen haben? Sie wirbelte ein-, zweimal herum. Aus welcher Richtung war sie gekommen?

Sie hatte ihre Stimmen beim Gehen gehört, hatte gehört, wie sie leise lachten, miteinander sprachen, flüsterten, leiser, noch leiser, schließlich verstummten.

Verschwunden.

»Marina!«

Wo waren die Kieselsteine, die sie auf ihrem Weg vom Boot ausgestreut hatte? Warum konnte sie keine finden? Wie lange war sie schon so in ihre Gedanken vertieft gewesen? Das war das Problem mit der Aufmerksamkeit einer Sache gegenüber, es bedeutete eine völlige Vereinnahmung. Tatiana wusste nicht zu sagen, wann sie zuletzt die Stimmen der Mädchen gehört hatte. Und als sie sich daran erinnerte, wie sie noch im Boot Marina ihre Uhr geliehen hatte, stöhnte sie frustriert auf.

Jetzt fiel ihr auch wieder ein, dass Saika sich ihren Kompass erbeten und sie ihn ihr bereitwillig gegeben hatte.

Keine Uhr, kein Kompass und die Kieselsteine verschwunden. Tatiana sah hinauf zum Himmel. Er war wolkenverhangen. Selbst die Sonne war verschwunden.

Ohne jede Vorstellung, was sie als Nächstes tun sollte, widmete sie sich der einzigen Sache, mit der sie sich selbst demonstrieren konnte, dass sie die Lage noch im Griff hatte. Sie kniete sich wieder auf den Boden und hielt das Vergrößerungsglas an den Pilz, um ein für alle Mal zu klären, ob es sich hier nun quasi um den teuren Belugakaviar oder um die gefährliche Kreuzotter unter den Pilzen handelte.

Sie entschied sich für die erste Variante.

Dann fasste sie in ihre Tasche, als ihr einfiel … *»Taneschka, würdest du mir dein Messer leihen, damit ich diesen Podberyozovik-Pilz abschneiden kann?«*

Tatiana hatte Saika auch ihr Messer geliehen, es nicht zurückgefordert und auch nicht zurückbekommen.

»Marina«, rief Tatiana, diesmal jedoch nur schwach, und riss den weißen Pilz mitsamt der Wurzel aus der Erde. Sie warf ihn in den mit Blaubeeren gefüllten Korb und zog erschrocken die Luft ein. Saika hatte zuletzt den Korb mit den Pilzen getragen.

Was nun?

Sie beschloss, sich nicht von der Stelle zu rühren, bis Marina und Saika nach ihr suchen kamen. Andernfalls würden sie aneinander vorbeilaufen, während sie sich gegenseitig suchten, und am Ende hätten sie sich alle verirrt.

Also blieb sie auf der kleinen Lichtung. Sie entdeckte noch drei weitere Pilze. Die Minuten vergingen. Wie viele konnte sie nicht sagen. Einmal zählte sie bis sechzig, aber es schien endlos und so brach sie ab.

»Marina!«, rief Tatiana immer wieder. »Marina!«

Sabir

Verdeckt durch hohe Büsche saßen Marina und Saika hinter zwei Felsbrocken auf dem Erdboden. Am Anfang schnaufte Marina noch schwer und sagte nichts. Sie war beim Laufen stark außer Atem geraten. Hingegen gab sich Saika völlig entspannt und kicherte unbeschwert. »Wünschst du dir nicht auch manchmal, an zwei Orten gleichzeitig sein zu können?«

Marina grummelte eine Antwort, die wie »ja, wenn einer der Orte trocken ist« klang. Der Boden war vom vielen Regen durchtränkt. Beim Laufen merkte man zwar nichts davon, dass hier ein Sumpf war, aber wenn man sich setzte, belehrte einen der eigene Hintern schon bald eines Besseren. Nach Kurzem waren die Hosen und die Unterhosen bereits so feucht wie der kalte Waldboden. Marina war weder nach entspanntem Zurücklehnen noch nach Kichern zumute.

»Saika, ich finde es hier unbequem.«

»Dann geh in die Hocke, aber achte darauf, dass du dich nicht zeigst. Allerdings werden dir so die Beine einschlafen. Ich hasse dieses Gefühl.«

»Ich hasse das Gefühl, nasse Kleider anzuhaben«, sagte Marina und zog sich in die Hocke hoch.

»Mir ist nicht unwohl. Ich habe mir Plastik in die Hose gestopft. Für alle Fälle.«

Marina warf Saika einen Blick von der Seite zu und ein bitterer Geschmack stieg in ihrer Kehle auf. »Du hast dir Plastik in die Hose gesteckt?«

»Na ja, sagt unsere Taneschka nicht immer, man soll auf alle Eventualitäten vorbereitet sein?«

Marina zuckte zusammen. Sie war verärgert, traute sich aber nicht zu sagen: Wenn du wusstest, dass wir womöglich nass werden, warum hast du mir nicht auch geraten, Plastik in meine Hose zu stecken? Stattdessen schwieg sie und überlegte, wie lange Tatiana wohl brauchen würde, um nach ihnen zu suchen. Sie waren ziemlich schnell gerannt. Marina wusste zwar nicht, wie weit sie von ihrer Cousine entfernt waren, aber ihr war klar, wenn Tatiana sich einmal in etwas vertieft hatte, konnte sie endlos geistesabwesend einer Tätigkeit nachgehen.

»Und wie lange gedenken wir nun hier zu sitzen?«

»Bis sie uns suchen kommt?«

»Das kann ewig dauern!«, meinte Marina missmutig. »Komm schon, wie lange? Wir warten noch fünf Minuten, in Ordnung?«

Saika antwortete nicht.

Zäh verstrich die Zeit.

Dann sagte Saika: »Hast du sie im Boot beobachtet? Wie sie mich andauernd so kritisch angesehen hat, als ich die Geschichte von meinem Vater erzählte?«

Marina zuckte mit den Achseln. »Ich glaube nicht, dass sie dich kritisch angesehen hat. Meiner Meinung nach hat sie bloß aufmerksam zugehört.«

»Ich sag dir was, Marina«, hob Saika an. »Es gibt da draußen eine Welt, von der Tania nie einen blassen Schimmer haben wird. Sie ist äußerst engstirnig und hat eine solch beschränkte Sicht auf die Welt.«

Marina nickte seufzend. Wo aber blieb ihre engstirnige, kritische Cousine?

»Sie glaubt, bloß weil sie sich etwas nicht zu tun traut, müsse es auch für alle anderen falsch sein, es zu tun. Aber ich *hasse* es, so kritisch beäugt zu werden. *Hasse* es einfach!« Saikas Stimme wurde lauter. »Sie macht halt eine Menge von Dingen nicht, die der Rest der Welt tut, aber was beweist das schon?«

Eigentlich wollten sie sich *still* verstecken. Marina hielt die Luft an. Dann meinte sie: »*Ich* kritisiere dich nicht, Saika.«

»Oh, das weiß ich«, meinte Saika geringschätzig.

Marina dachte, dass Saika sich einen Dreck um ihr Wohlwollen scherte. Marina hätte sie genauso gut verfluchen können und es hätte Saika nicht gekümmert.

Vorsichtig sagte Marina: »Ich denke, Tatiana war überrascht, dass du noch einen Bruder hattest. Du hast ihn nie zuvor erwähnt. Deshalb war sie plötzlich so still.«

»Er ist tot. Über die Toten reden wir nicht. Sie sind weg, so als hätten sie nie existiert. Warum soll man das immer wieder aufwärmen?«, sagte Saika und ihre Augen blinzelten kalt in die Ferne.

Sie sagte es so beiläufig. Ihr eigener Bruder war tot. »Ja, Saika«, sagte Marina langsam. Könnte Tania so unbekümmert reagieren, wenn es um ihren Bruder ginge? »Aber die Toten lassen doch etwas von sich zurück, oder? Irgendwelche Zeichen? Die Leute, denen sie wichtig waren, reden über sie, erinnern sich an sie, erzählen Geschichten von ihnen. Fotografien von ihnen hängen an den Wänden. Sie leben weiter.«

Saika brachte sie mit einer abschätzigen Handbewegung zum Schweigen. »Vielleicht in deiner Welt. Aber ... meine Eltern waren mit Sabir nicht zufrieden. Er hatte sie enttäuscht. Sie würden jedenfalls keine Fotos von ihm an die Wände hängen.«

»Was hat er gemacht?«

»Willst du das wirklich wissen?«

Und plötzlich meinte Marina: »Nicht wirklich, glaube ich.«

»Schon gut, Marina. Keine Geheimnisse zwischen uns.« Saika schwieg für einen Moment. »Was soll ich dir sagen? Ich hatte die Sache nicht richtig durchdacht. Mein Bruder und ich spielten ein paar Kinderspiele, die etwas außer Kontrolle gerieten.«

Marina stockte der Atem. Sie wollte dieses Gespräch, dieses Versteckspiel hinter den Felsbrocken beenden. Schaudernd versuchte sie, die in ihrem Kopf entstehenden Bilder zu vertreiben. Hatte Tatiana so etwas womöglich bereits geahnt? Hatte sie deshalb ... Oh mein Gott. »Bitte«, sagte Marina, »erzähl mir nichts mehr. Wir sollten jetzt gehen.«

»Setz dich. Wir warten noch ein wenig auf sie. Wo war ich? Ach ja. Ich weiß, dass Tania, die ja immer alles zu wissen glaubt, denkt, mein Vater wäre mit mir zu hart umgesprungen. Aber was meinst *du*? Hart oder nicht hart genug?«

»Keine Ahnung«, erklärte Marina schwach. »Wie fand er es denn heraus?«

»Es war Stefan, der es herausfand. Er hat uns eines Tages dabei erwischt, als wir gerade *etwas verdammt Schlimmes tun wollten,* wie er sich ausdrückte. Er riet uns zu verschwinden. Er meinte, Papa würde uns umbringen, wenn er davon erfährt. Also sind wir abgehauen.«

Marina mied ihren Blick. »Erzähl mir nichts mehr, Saika«, sagte sie. »Ich meine, überhaupt nichts. Ich möchte kein weiteres Wort mehr hören.« Sie stand auf.

»Marina, setz dich!«

Widerstrebend ging eine aufgewühlte Marina zurück in die Hocke.

Saika fuhr fort: »Vermutlich hat Papa nach unserer Flucht Stefan gezwungen, ihm zu sagen, wohin wir gegangen sind. Und dann ist er uns hinterher. Nachdem er uns kurz vor der iranischen Grenze in der Hütte eines Tadschiken, der uns Unterschlupf gewährte, entdeckt hatte, brachte er Sabir und mich ins Gebirge.«

Sich selbst verfluchend schaukelte Marina unruhig hin und her und flehte: »Saika, bitte ...«

Ungerührt nahm Saika den Faden wieder auf: »Er brachte uns also ins Gebirge, griff nach seinem Gewehr, stellte uns gegen eine Felswand und fragte, wessen Idee es gewesen sei. Wir wussten nicht genau, was er meinte. Wegzulaufen? Oder …? Ich überlegte, ob ich sagen sollte, Sabirs. Sabir war Papas Liebling und ich dachte nicht, dass Papa ihm etwas antun würde. Ich dachte, er würde Sabir nur schlagen, schließlich war er ein Junge und an Schläge gewöhnt. Also trat ich vor und sagte: ›Es war Sabirs Idee, Papa.‹ Mein Bruder sah mich an und sagte noch, *oh Saika*. Und Papa hob sein Gewehr und erschoss ihn.«

Marina rang nach Atem.

»Nachdem er ihn erschossen hatte«, fuhr Saika tonlos fort, »band er seine Pferdepeitsche los und prügelte mich, bis ich halb tot war, ganz ehrlich, und dann warf er mich über sein Maultier und brachte mich nach Hause. Zwei Monate später, als mein Rücken geheilt war, zogen wir nach Saki.«

Saika verstummte. Marina war sprachlos.

»Also, was denkst du? Zu hart oder nicht? Gerechte Bestrafung oder nicht? Dem begangenen Verbrechen angemessen? Lag ein *Nutzen* in der Schwere der Vergeltung?« Sie grinste.

Leise schluchzend flüsterte Marina: »Ich weiß gar nicht, was du mir da erzählst, Saika! Warum erzählst du mir überhaupt solche Sachen? Kein Wunder, dass Tania …«

»Tania«, sagte Saika, »ist eine Hexe. Persönlich«, fügte sie achselzuckend hinzu, »finde ich, mein Vater hat zu hart reagiert. Ich konnte die ganze Aufregung darüber gar nicht nachvollziehen, kann es bis heute nicht. Weißt du, was er zu mir sagte, bevor er mich auspeitschte? Da du selbst nicht den Eindruck machst, als würde es dir leidtun, werde ich dafür sorgen, dass es dir leidtut.«

Oh. Marina stieß ein unhörbares Stöhnen aus. Was würde Tatiana dazu sagen – dass trotz der durch und durch schönen Welt, in der die Kantorows lebten, der Vater noch immer der Auffassung war, dass es Dinge gab, die nach kategorischer Aburteilung verlangten. Saika allerdings dachte nicht so und schien zugleich einen entscheidenden Punkt nicht zu verstehen, ja nicht einmal für bedenkenswert zu halten: dass es für den, der nicht bereut, keine Vergebung geben konnte.

Marina legte die Hände über das Gesicht. »Wie viel Uhr ist es?«

»Viertel nach zwei.«

»Los komm!«, rief Marina aus. »Gib mir die Uhr!«

Saika reichte sie ihr. Die Uhr zeigte 2:15 an.

Marina schüttelte ungläubig den Kopf. »Wir müssen zurück, Saika. Sie hätte uns finden müssen. Irgendetwas ist offenbar schiefgelaufen.«

»Wir gehen nicht zurück. Wenn wir zurückgehen, haben wir verloren.«

»Hör mal, das sollte eigentlich ein Spaß sein. Was ist daran noch lustig?«

»Fall mir jetzt nicht in den Rücken«, erwiderte Saika. »Ein Spaß ist es doch noch immer. Sie wird uns schon finden. Und du warst doch diejenige, die mir gesagt hat, dass sie wie ein Bluthund ist.«

»Bluthund hab ich nicht gesagt. Ich sagte Jagdhund. Und selbst der Jagdhund muss erst mal wissen, dass er nach etwas suchen soll.« Marina schwieg einen Moment. »Warum haben wir sie nicht rufen hören?«

»Woher soll ich das wissen?«

»Sind die Kieselsteine leicht zu finden?«

»Denke schon«, meinte Saika vage.

Eine weitere halbe Stunde verging.

Der Himmel war bedeckt und hatte eine tiefgraue Farbe angenommen. Kein schlichtes Grau, dachte Marina, sondern richtiges dunkles Schiefergrau.

Für die Mitternachtssonne lag der Ilmensee ein Grad zu weit südlich vom Polarkreis. Hier wurde es dunkel.

Hatte Saika nicht gesagt, sie würden sich nur ein paar Minuten verstecken? Tatiana einen Streich spielen, weil die selbst ständig andere Leute hereinlegte? »Es wird *so* lustig sein.« Auch Marina hatte geglaubt, es würde ein Spaß werden. Tania, wie sie nach ihnen ruft und ruft, und wie sie dann aus den Büschen hervorspringen und sie erschrecken. Oh, was würde Tania für ein Gesicht machen. Alles war ihr so lustig erschienen.

Bloß hockten sie nun bereits seit zwei Stunden in ihrem Versteck! Marina kam es langsam so vor, als würde der Streich nicht länger Tatiana gelten. Was hatte sie nur bewegt, in diesen Quatsch einzuwilligen? Marina war durchnässt und Tatiana kam nicht. Sie kletterte hinter den Felsen hervor und klopfte sich den Matsch von der Hose.

Saika blickte auf. »Was machst du da?«

»Offensichtlich kommt sie ja nicht. Also werde ich sie suchen gehen.«

Mit ruhiger Stimme sagte Saika: »Nein, wirst du nicht. Setz dich wieder.«

»Vergiss es, Saika. Es ist nicht mehr lustig.«

»Es wird lustig werden, wenn sie kommt.«

»Sie kommt aber nicht! Vielleicht hat sie einen anderen Weg genommen, vielleicht haben wir sie nicht gehört, aber nach zwei Stunden ist es ziemlich klar, dass sie nicht kommt.«

»Sie wird bestimmt jeden Moment hier sein.«

»Na, dann kannst *du* ja hier hocken und warten.«

Saika stand auf. »Ich sagte, du sollst dich wieder setzen, Marina.«

Verblüfft starrte Marina Saika an, die hoch aufgerichtet vor ihr stand. Das schelmische Funkeln in ihren Augen war verschwunden. Aber womöglich war es im Wald mittlerweile auch zu grau, um irgendein Funkeln zu erkennen. Marina hätte auch nicht sagen können, ob ihr eigenes Gesicht irgendetwas Freundliches ausstrahlte, aber sie bezweifelte es stark. »Was ist los mit dir?«, sagte sie. »Warum regst du dich so auf?«

»Ich reg mich nicht auf. Wer regt sich hier auf? Ich spreche ganz normal. Ich möchte nur, dass du dich wieder hinsetzt, das ist alles.«

»Sie kommt aber nicht.«

»Marina!«

»Saika!« Marina spürte keine Furcht.

Saika trat einen Schritt nach vorn und stieß Marina zu Boden. Marina hob ihren Blick zu der über ihr aufragenden Saika.

Und dann auf einmal bekam Marina es mit der Angst zu tun. »Was ist denn bloß los mit dir?«, sagte sie mit dünner Stimme. »Was ist nur in dich gefahren?«

»Ich mag es nicht, wenn man meine Pläne durchkreuzt«, erklärte Saika. »Wir spielen. Du hast gesagt, du würdest mitmachen, und ich mag keine Freundin, die nicht ihr Wort hält.«

»Mein Wort?«, sagte Marina langsam und stand dabei vom Boden auf. »Was ist denn mit *deinem* Wort? Alle Wörter, die aus deinem Mund kommen, sind doch gelogen. Bislang hat es mir nichts ausgemacht, weil ich dachte, wir seien Freunde, aber stell dich bloß nicht vor mich hin und behaupte, dass ausgerechnet dir *Wörter* etwas bedeuten.«

»Rede so viel du willst, du gehst nicht.«

»Oh doch, das werde ich. Was willst du denn machen, mich noch einmal schubsen?«

Aber Saika schubste sie nicht. Sie stieß mit beiden Armen so kräftig zu, dass Marina zurücktaumelte, stürzte und mit einem lauten Schrei auf einem Stock landete. Sie versuchte aufzustehen, aber Saika hinderte sie daran. Sie hielt Marina am Boden. »Loyalität ist mir bei meinen Freunden sehr wichtig«, sagte Saika und beugte sich über Marina. »Und du wirst loyal mir gegenüber sein.«

»Ach was? Loyalität ist dir wichtig, wie?«, sagte Marina, riss sich los und sprang auf. »Wie wäre es gewesen, wenn du dich so deinem Bruder gegenüber verhalten hättest? Dem bist du doch, ohne mit der Wimper zu zucken, in den Rücken gefallen, als du dachtest, das würde dir deine armselige Haut retten!«

Saika ging auf Marina los und die duckte sich rechtzeitig. Saikas Faust streifte ihre Schläfe nur und schwankend schlug sie Saika in den Magen. Sie kämpften erbittert. Überall mit Blättern und Schlamm bedeckt, zerkratzten sie einander die Gesichter, zogen sich gegenseitig an den Haaren und schrien.

Als sie voneinander ließen, brach Marina keuchend in Tränen aus. »Da bin ich selbst schuld«, stieß sie zwischen zusammengebissenen Zähnen hervor. Was hatte Blanca ihr gesagt? *Du bist anfällig und lässt dich leicht vom Weg abbringen.* Jetzt war ihr klar, dass die alte Frau nicht zu Tatiana gesprochen hatte. In ihrem Kopf konnte Marina Tatianas sanfte, aber eiserne Stimme hören: *Marinka, hättest du nicht wenigstens einen Funken Gegenwehr leisten können, bevor du dich selbst aufgabst? War dir die Einwilligung in die Komplizenschaft wirklich so leicht abzuringen?*

»Da bin ich Idiot doch wirklich selbst schuld.«

Aber noch bevor Marina sich umdrehen und losrennen konnte, hatte die ebenso schnaufende Saika in ihren Stiefel gegriffen und Tatianas Messer zum Vorschein gebracht. Sie sagte: »Du wirst tun, was ich dir sage, und du *wirst* ruhig sein.«

Marina starrte wie benommen auf das Messer. Die Ultrakurzstrecke zwischen dem Gefühl wohlig freundschaftlicher Zuneigung und nackter Feindseligkeit war so rasch zurückgelegt worden, dass Marina sich vorkam, als hätte sie es versäumt, den für einen derartigen emotionalen Quantensprung bei einer Freundin, einer Vertrauten notwendigen langen Weg zu gehen. Sie blinzelte ungläubig, aber bedrohlich richtete Saika nur einen Meter entfernt die glänzende Messerklinge auf sie. Marina konnte die finstere Bösartigkeit, mit der sie diese Augen plötzlich musterten, einfach nicht begreifen. Es schien ihr, als wäre die wahre Saika entführt und durch diese hier ausgetauscht worden.

Sie sagte leise: »Saika, ich will nicht mehr spielen.«

»Marina, glaubst du vielleicht, *du* entscheidest, wann das Spiel vorbei ist? Das ist ja, als würde die Maus zur Katze sagen, *so, jetzt reicht's aber.*«

»Ich bin aber keine Maus ...«

»Nein?«

»Nein.« Trotz ihrer ängstlichen Verwirrtheit zog Marina nachdenklich die Stirn in Falten. »Ich dachte, Tania ist in diesem Fall die Maus.«

»Du verstehst *überhaupt nichts«,* meinte Saika kopfschüttelnd. »Tania glaubt bloß, die Maus zu sein. Eigentlich ist sie ... ach, vergiss es. Ich werde mir nicht die Mühe machen, dir diese Dinge zu erklären. Du bist viel zu klein, um sie zu verstehen.«

Marina begann zu zittern. »Aber sie kommt nicht.«

»Nein?« Saika lächelte. »Vielleicht hast du recht. Und weißt du was? Es wird tatsächlich spät. Es ist schon drei, und wir haben deiner Mutter gesagt, wir würden uns um vier auf den Rückweg machen. Bis zum Ufer sind es noch ein paar Kilometer. Ich habe den Kompass. Der Himmel ist bewölkt. Wir werden eine Weile brauchen, daher hast du völlig recht. Wir sollten uns wirklich auf den Rückweg machen.«

»Rückweg wohin?«, flüsterte Marina.

»Zurück zum Boot, Marina. Was dachtest du denn?«

»Ohne Tania?«

»Tja, ich sehe Tania hier nirgends, du vielleicht?«

Saikas Gesichtszüge lagen in der Dämmerung verborgen. Marina konnte kaum ihre glänzenden Augen ausmachen. Ihre aufkommende Panik bekämpfend keuchte Marina: »Du willst zum Boot zurückgehen *ohne* Tania?«

»Wenn wir nach ihr rufen, wird sie gewinnen. Woher sollen wir denn wissen, ob sie bloß aus Stolz nicht nach uns ruft?«

»Wieso denn aus Stolz?« Und bevor Saika sie davon abhalten konnte, öffnete Marina ihren Mund und schrie aus Leibeskräften: »TANIA!!!!«

Blitzschnell hielt Saika Marina grob den Mund zu.

Marina biss sie in die Hand.

»Miststück! Warum machst du das?«

Marina wich zurück und schrie weiter. »Tania! Tania! Tania! Tania!«

Saika verpasste ihr eine Ohrfeige. »Mach das gefälligst nie wieder mit mir oder ich schneid dir mit dem Messer deiner dämlichen Tania die Zunge aus dem Maul, kapiert? Und jetzt komm endlich, na, wird's bald? Denn in einer Sekunde werde ich hier ohne dich verschwinden.«

Es gab da eine Sache, die Saika nicht über Marina wusste und von der Marina zu diesem Zeitpunkt auch nicht die geringste Absicht hegte, sie ihr zu erzählen, und das war: Marina fürchtete sich vor dem dunklen Wald. Die Vorstellung, nachts allein im Wald bleiben zu müssen, überstieg Marinas Kräfte. Sie hatte zwar Angst vor Saika, aber noch viel mehr vor den übermächtigen schwarzen Schatten ringsum. Saika hatte den Kompass, das Messer, die Uhr und die Streichhölzer. Für die vor Schreck halb gelähmte Marina war Saika der einzige Weg nach draußen. Sie war gezwungen, Saika zu folgen.

Tränen liefen ihr das Gesicht herab und sie musste sich auf die Lippen beißen, um nicht wieder nach Tatiana zu rufen. So lief Marina langsam hinter Saika her, als sie sich auf den Rückweg durch den Wald machten.

Es war kein Laut zu hören, nur das gelegentliche schrille Zirpen der langflügeligen Zikaden.

Aus ihrer Hosentasche zog Saika eine Handvoll matschiger Kieselsteine und warf sie auf den Boden. »Muss ich ja nicht alles herumschleppen.« Sie lächelte und zuckte leicht mit den Achseln. »Ich dachte, die Steine würden es ihr zu einfach machen, uns zu finden.«

Einer der größten Seen Europas

Anfänglich machte sich Tatiana noch Sorgen um sie. Sie wartete, rief immer wieder nach ihnen und bewegte sich nicht von der Lichtung fort, auf der sie von ihnen zurückgelassen worden war. Bald schon schwand das Tageslicht, das den Wald durchdrungen hatte. Viel war es wegen der geschlossenen Wolkendecke sowieso nicht gewesen. Das Unterholz war an zahlreichen Stellen durchbrochen und alle Speichen jener wie ein überdimensioniertes Wagenrad geformten Lichtung sahen exakt gleich aus. Und die Kieselsteine, die ihr den Rückweg weisen sollten, waren verschwunden. Sie wusste nicht, aus welcher Richtung sie gekommen waren.

Mit einiger Verspätung erkannte nun auch Tatiana, dass ihr ein Streich gespielt wurde. Sie verließ die Lichtung und ging erst in die eine Richtung, rief nach ihnen, dann in eine andere. Sie hörte sie nicht, vernahm kein Echo, hörte nicht einmal den Wind durch die Äste rauschen. Wie weit mochten sie fort sein? Sie marschierte weiter und rief nach ihnen. Dann begann Tatiana sich Sorgen zu machen. Was, wenn sie sich verirrt hatten? Die Kieselsteine konnten auch ihnen nicht mehr helfen. Was, wenn sie versuchten, zu ihr zurückzukommen, nachdem sie gemerkt hatten, dass der Scherz nicht funktioniert hatte, und es ihnen nicht gelang?

Marina fürchtete sich vor allem Möglichen. Wenn sie sich verlaufen hatte, würde sie Todesängste ausstehen, vor allem jetzt da der Abend hereinbrach. Wie weit aber mochten sie von ihr weggelaufen sein? Tatiana rief so laut und so lange nach ihnen, bis sie heiser wurde und damit aufhören musste.

Es wurde dunkler.

Sie begann überhastet zu atmen und musste sich hinsetzen.

Die Nacht kam.

Und nun lag Tatiana eingerollt wie ein Fötus auf dem Boden und hatte Angst sich zu bewegen, die Augen aufzuschlagen oder ihre Fäuste zu öffnen. Sie hörte Geräusche im Wald, sie konnte nicht den Himmel sehen, nicht die Sterne, nichts. Sie stellte sich all das Leben um sie herum vor, jedes nachtaktive Wesen schickte Signale aus, dass hier das Mitglied eines fremden Stammes unter ihnen weilte. Sie versuchte, ihre Gedanken abzulenken von der Dunkelheit, fortzubringen aus diesem Wald.

Wann würden Tante Rita und Onkel Boris bemerken, dass sie nicht zurück waren? Einmal angenommen, sie stritten sich nicht gerade, wie lange würde es dann dauern, bis sie sich Sorgen machten?

Aber was konnten sie schon tun, selbst wenn sie sich sorgten? Inzwischen war es spät und dunkel. Heute Abend können wir nichts mehr unternehmen, würden sie sagen. Wir werden morgen früh nach ihnen suchen.

Oh, aber erst mal diese Nacht überstehen.

Warum will der Schlaf nicht kommen? Was regt mich denn hier im Dunkeln so auf? Es sind nicht die Dachse, nicht die Schlangen. Was regt mich so auf? Irgendetwas viel Beängstigenderes frisst mich innerlich auf – sieh nur, wie meine Beine zittern. Ganz ruhig, Tatiana. So spüren dich bloß die Fleischfresser auf, an dem zuckenden Leben in deinem Körper, sie spüren dich auf und fressen dich, während du schläfst. Wie die giftigen Spinnen, die dich erst beißen, um dich einzuschläfern – und man fühlt es nicht einmal –, und dann knabbern sie dein Fleisch ab, bis nichts mehr übrig ist.

Aber selbst die Tiere, die sie bei lebendigem Leibe auffraßen, waren nicht, was Tatiana vor Angst schlecht werden ließ, während sie in den Blättern lag, das Gesicht vom Wald abgewandt und die Arme zum Schutz über dem Kopf gehalten. Sie hätte sich einen Unterschlupf bauen sollen, aber es war so rasch dunkel geworden und sie war so sicher gewesen, zum See zurückzufinden, dass sie gar nicht daran gedacht hatte, es sich im Wald ein wenig bequemer zu machen. Sie war einfach gelaufen und gelaufen, bis sie sich atemlos hatte fallen lassen, ohne auf die pechschwarze Nacht vorbereitet zu sein.

Um den panischen Schrecken in ihrem Innern zu unterdrücken, ihre eigenen Stimmen nicht zu hören, wimmerte Tatiana. Sie lag auf dem Waldboden und weinte, leise und ängstlich. Was quälte sie nur so furchtbar?

War es die Sorge um Marina? Nein ... nicht ganz. Aber *fast*. Irgendetwas mit Marina. Irgendetwas mit Saika ...

Saika. Das Mädchen, das für Ärger zwischen Dascha und ihrem Zahnarztfreund gesorgt hatte, das Mädchen, dessen Fahrrad ausbrach und in Tatianas Vorderreifen stieß, damit sie mit dem Kopf voran unter die Räder eines bergab fahrenden Lastwagens geriet ... das Mädchen, das Tatianas Großmutter mit einem Sack Zucker sah und dies ihrer Mutter erzählte, die es wiederum ihrem Vater erzählte, der dann dem örtlichen Sowjet in Luga berichtete, dass Wassili Metanow Zucker hortete, der ihm nicht gehörte und den er offensichtlich nicht abzugeben beabsichtigte? Das Mädchen, das gemeinsam mit ihrem leiblichen Bruder derart unaussprechliche Dinge getan hatte, dass der eigene Vater sie fast umgebracht hätte – und dann hatte sie noch selbst gesagt, ihren Bruder hätte es schlimmer erwischt –, und nun war dieser vorher nie erwähnte Bruder auch noch tot. Das Mädchen, das völlig furchtlos unter Ebereschen stand oder unter einem Schwarm Krähen saß, das keine schwarzen Omen spürte, das Tatiana ihre schockierenden Geschichten erzählte und sie mit ihrem zerschundenen Körper lockte, das Marina im Stich ließ, als die zu ertrinken drohte, das Marina gegen Tatiana aufgestachelt hatte, das nicht an böse Geister glaubte, das alles auf der Welt für völlig in Ordnung hielt, könnte dieses Mädchen ...

Was, wenn ...?

Was, wenn dies kein Versehen war?

Laut aufstöhnend, als hätte sie gerade einen Albtraum gehabt, wälzte sich Tatiana auf die andere Seite. Aber sie hatte nicht geträumt.

Saika hatte ihr den Kompass und das Messer abgenommen.

Aber Marina hatte ihre Uhr gewollt.

Und das war es. Das war die Frage, die Tatiana nicht zur Ruhe kommen ließ. Würde *Marina* bei so etwas womöglich mitmachen?

Das Herumwälzen von einer Seite auf die andere entspannte ihren verkrampften Magen nicht, erleichterte nicht ihr zentnerschweres Herz. Auch mit geschlossenen Augen und gequälte Laute von sich gebend, konnte sie nicht an Felder denken, an Luga, ans Schwimmen, an Klee oder warme Milch, an gar nichts. Alle guten Gedanken lagen unter einer unglaublichen Trauer verschüttet.

Konnte Marina sie hintergangen haben?

Tatiana gelang es nicht, sich den Morgen vorzustellen, mit Sonnenschein womöglich und Blumen. Es würde bestimmt die Sonne scheinen und der See zu finden sein. Wie schwer konnte es schon sein, auf einen riesigen von Sumpfgebieten umschlossenen See zu stoßen, der so stark nach Süßwasser roch, ein See, der mit einer Länge von dreiundvierzig und einer Breite von vierunddreißig Kilometern flächenmäßig zu den größten Seen Europas gehörte?

Was, wenn sie ohne sich weitere Gedanken zu machen, ganz unbeschwert durch den Wald zum Boot zurückgerannt waren, dabei die Kieselsteine aufgehoben hatten und dann nach Hause gerudert waren? Konnte die unglückselige Marina damit einverstanden gewesen sein, Tatiana im Wald am Ilmensee zu verlieren?

Sich in Embryonalhaltung einzurollen genügte da nicht, um sich vor solch schmutzigem Verrat zu verkriechen.

Gaunerehre

»Und was jetzt?« Ihrem eigenen Gefühl nach waren Marina und Saika schon eine ganze Weile gelaufen. Marina hörte keine anderen Geräusche aus dem Wald. »Wo ist der See, Saika?«

»Ach, sei still. Siehst du nicht, dass ich versuche, unseren Weg hier rauszufinden?«

»Saika, du hast doch wohl nicht *alle* Kieselsteine aufgehoben, oder?«

»Nun lass mich doch endlich mit deinen Kieselsteinen in Frieden. Natürlich habe ich nicht alle aufgehoben. Sie sind verschwunden.« Sie schwieg einen Moment. »Vielleicht hat Tania sie genommen.«

»Warum sollte sie das tun?«

»Vielleicht haben Hasen sie geklaut.«

»Seit wann klauen *Hasen* Kieselsteine?«, sagte Marina.

»Keine Ahnung. Können wir nicht einfach weiterlaufen? Ich hätte jetzt nichts dagegen, einen der Hasen zu erwischen. Ich habe Hunger. Und solch einen Durst.« Saika hob und kippte ihre Wasserflasche, aber sie war leer. Nur ein paar Tropfen rannen ihr noch in den Mund.

Es war unmöglich zu sagen, wie lange oder wie weit sie gelaufen waren. Saika blickte ständig auf den Kompass, was Marina unter anderen Umständen wahrscheinlich amüsiert hätte. Die hohen Kiefern und Fichten verdeckten den Himmel und dichtes Gestrüpp bremste ihr Fortkommen. Es gab umgefallene Bäume, Felsbrocken und welligen Boden, aber es gab keinen Durchbruch, keinen See und es gab keine Tatiana.

»Ich versteh das nicht«, murmelte Saika. »Der Kompass zeigt Nordwest an, was genau die Richtung ist, die wir einschlagen sollten, und ich bin mir sicher, wir sind auch schon so lange gelaufen wie auf dem Hinweg, aber trotzdem ist nirgends der See. Ich verstehe es einfach nicht.«

Marina lachte leise. »Verlässt du dich etwa ganz auf Tatianas Kompass, um uns hier herauszubekommen? Was ist denn mit den Kieselsteinen auf dem Boden?«

»Hör mit diesen Scheißkieselsteinen auf!«, schrie Saika.

Marina lachte weiter. Noch eine Minute und sie würde vermutlich einen hysterischen Anfall bekommen, dachte sie. »Hier sind immerhin zwei Dummköpfe im Wald«, sagte sie. »Gib das her.« Energisch zog sie Saika den Kompass aus den Händen. Sie drehte ihn um, nahm den Deckel ab, packte das quadratförmige Metallplättchen, das auf dem Boden angebracht war, und riss es ab. Die Mädchen betrachteten die Kompassnadel, die erst auf Osten schnellte, dann auf Westen, sich dann im Kreis drehte und schließlich zitternd zwischen Nordost und Nord stehen blieb. Weiter bewegte sie sich nicht mehr.

»Was *soll* das?«, sagte Saika.

»So viel dazu«, sagte Marina, »was Tatiana selbst von deinem kleinen Richtungsanzeiger hält.« Sie schleuderte den Kompass auf die Erde. »Der Kompass ist nicht mehr zu gebrauchen. Erinnerst du dich nicht mehr daran, wie Pascha dir erzählte, dass Tania den ganzen letzten Sommer damit verbracht hat, Schwarzpulver herstellen zu wollen?«

»Was hat *das* denn mit dem Kompass zu tun? Und was meinst du mit *nicht mehr zu gebrauchen?«*

»Ich weiß nicht, wie ich mich noch klarer ausdrücken sollte.« Marina lachte. »Und jetzt ...«, fuhr sie ein wenig gefasster, aber noch immer am ganzen Körper zitternd, fort, »werde ich euch sagen, wie euer weiterer Abend aussehen wird, Saika und Marina. Es ist gleich acht und ihr habt weder einen Kompass noch die Steine, kennt keinen Rückweg, seid ohne Essen, ohne Licht und ohne Streichhölzer. Und ihr seid ohne Tania.«

Saika holte tief Luft und zischte wütend: »Das hat sie absichtlich gemacht.«

»Was?«

»Mir, ohne ein Wort zu sagen, den Kompass zu geben, obwohl sie wusste, dass er nicht funktioniert.«

»Du hast doch nicht danach gefragt! Gib mir den Kompass, hast du gesagt. Und sie hat getan, worum du sie gebeten hast. Wie sollte sie wissen, dass du sie im Stich lassen würdest? Wäre ihr das klar gewesen, hätte sie ihren dämlichen kaputten Kompass wahrscheinlich behalten. Sie hätte es nämlich geschafft, damit ruck, zuck ihren Weg hier rauszufinden, egal in welche Richtung die Nadel zeigt.«

»Na, vielleicht ist ihr das ja auch schon gelungen – sogar ohne ihn. Vielleicht ruft sie deshalb nicht nach uns. Sie ist einfach direkt zum Boot gelaufen und nach Hause gerudert«, sagte Saika. »Und hat *dich* hier nachts im Wald ganz allein zurückgelassen.«

Marina schüttelte den Kopf. »Sie hat *dich* von den Blutegeln befreit. Sie hat *dich* angefasst, als kein anderer in deine Nähe kommen wollte. Tatiana würde niemals nach Hause rudern und *mich* im Wald zurücklassen.«

»Um dir eins auszuwischen? Dafür würde sie alles tun.«

»Nein, würde sie nicht. So ist Tatiana nicht.« Marina brach ab. »So ist sie nicht«, wiederholte sie flüsternd nach einer Weile.

»Da bin ich aber froh, dass du dir so sicher bist«, fuhr Saika sie an. »Ich weiß bloß, dass sie nach uns suchen sollte und es nicht gemacht hat. Und du und ich haben einen kaputten Kompass, den *sie* uns gegeben hat. Sieht für mich so aus, als würde sie ein wenig mit der Maus spielen, Marina.«

»Wessen Idee war das mit dem Verstecken denn? Ihre? Oh, wir wollen uns verstecken, Marina, wir wollen uns verstecken, das wird bestimmt sehr lustig werden!«

»Tja, wenn du dir schon dachtest, dass es nicht lustig wird, warum hast du es dann überhaupt gemacht?«

»Ich habe es gemacht, weil ich dachte, wir würden uns nur fünf Minuten lang verstecken!«, rief Marina aus. »Weil ich dachte, wir liefen an den Kieselsteinen entlang! Weil ich dachte, wir wären noch in Tanias Nähe, weil ich dachte, sie würde uns finden, deshalb.« Schwer atmend fügte sie hinzu: »Ich habe mich versteckt, weil ich es für einen *Scherz* hielt. Weil ich dir vertraute.«

»Warum tust du auch so was? Tania erzählt dir doch immer und immer wieder, dass mir nicht zu trauen ist.«

»Gott im Himmel, hätte ich doch bloß auf sie gehört.«

»Ja«, sagte Saika, »hättest du. Aber ich bereue nichts. Solltet ihr mir im Weg stehen, werde ich mich weder um sie noch um dich scheren. Ich will bloß das Boot erreichen, bevor es völlig dunkel ist, alles andere ist mir egal. Also kommst du jetzt, oder bleibst du lieber hier stehen und verrottest?«

Einen Moment lang stand Marina in der hereinbrechenden Nacht vor Saika, reglos, erschöpft, hungrig und durstig.

Dann sagte sie: »Ich bleibe hier und verrotte.«

»Na großartig«, meinte Saika, drehte sich um und ging davon.

Marina presste ihren zitternden Körper gegen eine Eiche in der Hoffnung, aus der Berührung mit dem mächtigen Stamm ein wenig Mut zu ziehen.

Ein paar Minuten später kam Saika zurück. »Sei doch kein Dummkopf«, sagte sie. »Nun komm. Im Wald ist es zu zweit besser als allein.«

»Wir sind zu zweit im Wald«, sagte Marina. »Tania und ich.«

»Ach wie schlau. Hör schon auf damit und komm mit mir.«

»Nein.«

»Komm, hab ich gesagt.«

»Was willst du denn machen, mich mit dir schleppen? Ich komm nicht mit. Du weißt ja nicht einmal, wohin du gehst. Aber wo auch immer du hingehst, ich will jedenfalls nicht mit. Hau ruhig ab. Geh, finde den See, ruder dich selbst auf die andere Seite und erklär dann meiner Mutter und meinem Vater, wie du Tania und mich im Wald zurückgelassen hast. Geh ruhig und leb weiter in deiner eigenen Welt, Saika.«

Saika stürmte davon. Marina kauerte sich an den Baum und versuchte, sich darauf zu konzentrieren, wie die Rinde sich anfühlte und die durch ihre Finger gleitenden Blätter. Im Wald war es jetzt dunkel. Es gab nirgends ein menschliches Geräusch.

Plötzlich hörte sie hinter sich erneut eine Stimme. »Nun komm schon, sei nicht blöd. Steh hier nicht einfach nur herum. Lass uns zusammen losgehen.«

»Saika, wir laufen schon seit Stunden und haben den See nicht gefunden. Es ist, als wäre er vom Erdboden verschwunden.« Marina begann zu weinen. »Wir haben keine Streichhölzer. Weißt du überhaupt, wie wir ein Feuer entzünden könnten, damit uns warm wird?«

»Ohne Streichhölzer?«

Tatiana hätte es gewusst, dachte Marina. Sie wünschte, sie hätte sich zusammen mit Tania verirrt. Dauernd knackte es irgendwo und gelegentlich schrie eine Eule, aber viel schlimmer noch war das Flattern von Flügeln in der Luft.

Fledermäuse.

Marina schauderte. »Wie wär's denn mit einer Höhle irgendwo?«, sagte sie unsicher. Wenn es eine Höhle gäbe, hätten sie Schutz und bräuchten sich nicht in das Laub zu legen und die Nacht auf dem feuchten Boden im offenen Wald zu verbringen. Waren Höhlen für Menschen sicher? Marina hatte keine Ahnung. Sie wünschte sich, mehr gelesen zu haben. Tatiana würde es wissen.

»Willst du etwa in eine Höhle klettern, Marina? Und wenn es da Fledermäuse gibt?« Saika lachte. »Flugratten?«

Selbst wenn es Flugratten dort gäbe, dachte Marina, solange es nur weg von dir ist. Sie stöhnte auf. Wenn es nicht so stockduster wäre, hätte sie sich die Augen zugehalten. So bewegte sie sich nicht von der Stelle. Inzwischen hob sich das Weiß ihrer Handflächen nicht mehr von ihrer dunklen Kleidung ab. Wieder vernahm sie das Flattern von Flügeln, unterbrochen von einem Kreischen, und die Angst vor der Nacht wurde so übermächtig, dass sie einen Satz nach vorn machte.

»In Ordnung«, stieß sie mit lebloser Stimme aus. »Ich gebe auf. Wohin? Geh du vor.«

In einem nahe gelegenen Erdloch fanden sie in der felsigen Grundschicht eine schmale Öffnung. Marina hatte zwar den Mut besessen, darüber zu reden, aber als Saika ihr bedeutete hineinzukriechen, verlor Marina die Nerven. Wären sie dann in Sicherheit? Sie wusste es einfach nicht. Wer lebte in Höhlen? Robinson Crusoe. Wer noch? »Weißt du was? Ich bleibe doch lieber hier.«

»Du wolltest doch unbedingt eine verdammte Höhle finden!«

Was sollte sie dazu sagen? Was war, wenn Bären in der Höhle schliefen? Oder Fledermäuse kopfüber von der Decke hingen? Fledermäuse und Saika gemeinsam in einem kleinen dunklen Raum? »Nein«, sagte sie.

»Schön, dann bleibst du eben hier allein draußen.« Saika kroch durch das Gestrüpp zu der Höhle. Marina lauschte auf Geräusche. Aber weder schrie Saika noch flog irgendetwas herum, noch war Flattern oder Kreischen zu hören. Gedämpft drang Saikas Stimme zu ihr. »Es ist warm hier«, sagte sie. »Und es ist ruhig. Alles in Ordnung. Du kannst kommen. Hier ist nichts.«

Marina hangelte sich an einem Ast herunter. Es wurde Nacht. Sobald der letzte Lichtschimmer den Himmel verlassen hatte, war es im Wald urplötzlich pechschwarz. Marina konnte Saika nicht sehen, sie konnte gar nichts sehen. Vielleicht würde ja jetzt im Juni der Morgen schon bald anbrechen. Vielleicht würden sie in ein paar Stunden wieder sehen können und dann würden sie losgehen und zum See zurückfinden.

»Saika?«

»Was?«

»Wo bist du?«

»Ich versuche gerade, ein wenig Schlaf zu finden, an der Stelle bin ich.«

»Warum kommst du nicht raus?«

»Warum sollte ich? Es ist schön warm hier. Richtig angenehm.«

Marina würgte ihre Angst hinunter, würgte sie von der Zunge bis in den Hals, wo sie stecken blieb und sie am Atmen hinderte. Dann setzte sie sich auf den Boden. Steif vor Furcht konnte sie keinen Schlaf finden.

Marina wusste nicht, wie viel Zeit verstrichen war. Sie war halb eingenickt, als sie hörte, wie jemand sich schwerfällig neben ihr niederließ.

Als sie die Augen wieder öffnete, zeichneten blaue Schatten die Silhouette des Waldes nach. Es wurde Morgen.

Saika lag neben ihr. Das Tageslicht linderte Marinas Sorgen nur wenig. Der Himmel war bewölkt. Sie fanden keinen Bach, keine Wiese, keinen Weg, nur kilometerlang unberührten Wald, bedeckt mit Gestrüpp, Laub, Flechten und …

»Das ist doch absurd«, sagte Marina, während sie in erbärmlicher Stimmung weitermarschierten. »Warte bloß, bis ich Mama und Papa erzähle, was du getan hast. Warte bloß, bis ich's ihnen sag und sie es dann deiner Mama und deinem Papa erzählen. Die werden dich bestrafen, so etwas hast du noch nicht erlebt.«

Saika lachte. »Glaubst du wirklich, das ist schlimmer als das, was ich durchgemacht habe? Du denkst doch wohl nicht, dass mein Vater sich über so etwas aufregen wird.«

Marina wusste, dass Saika recht hatte.

Sie verbrachten einen Tag voller Verzweiflung. Marina hätte schwören können, dass sie bereits mehrmals über denselben umgeknickten Baum hinweggestiegen waren. Sie hätte schwören können, dass sie dieselbe Lichtung mit genau dieser Anordnung von Birken, Schwarzkiefern und dunkelgrauen Pappeln schon einmal gesehen hatte. Überall gab es Felsen und Steine, Äste und Blattwerk, übrig gebliebene Bruchstücke des Waldes, Leben, das organisch mit dem Wald verbunden war, das heimisch in diesem Wald war, Stoffe, auf die es in diesem Wald ankam. Auf Marina und Saika kam es hier nicht an, und während sie umherstreiften oder sich zum Ausruhen hinsetzten, erkannte Marina mit großer Klarheit, dass der Wald sie hier weder haben wollte noch irgendeine Verwendung für sie hatte. Und ganz sicher würde er ihnen keine Anhaltspunkte dafür geben, wie sie aus ihm herausfinden könnten.

Ihr war kalt. Sie war verdreckt und erschöpft. Sie hatte Hunger. Sie hatte Durst. Ihr Bauch rebellierte gegen die Blaubeeren, die sie ständig aß, um ihren Durst zu bekämpfen. Sie musste aufhören, sie sich in den Mund zu stecken.

Gegen Saika rebellierte Marinas ganze *Seele.* Sie musste aufhören, ihr zuzuhören. Aber Saika schien die Geschehnisse der letzten vierundzwanzig Stunden weitgehend vergessen zu haben, schien vergessen zu haben, dass sie Marina ihr wahres Gesicht offenbart hatte, und quasselte *unentwegt* auf eine sich mürrisch abschottende Marina ein. Sie war freundlich, vergnügt, gleichgültig gegenüber der Tatsache, dass sie sich verlaufen hatten, gleichgültig gegenüber der Tatsache, dass sie den See nicht wiederfanden. Es machte auf Marina den Eindruck, als würde sie nicht einmal besonders angestrengt danach suchen. Saika plapperte einfach immer weiter und weiter, ein ständiger Redeschwall kam aus ihrem Mund, während in Marinas Brust die Worte stecken blieben: *Hilf mir! Hilf mir! Bitte …*

»Meine Eltern machen sich bestimmt furchtbare Sorgen«, sagte sie schließlich, als der Himmel sich verdunkelte und ein weiterer Tag sich dem Ende zuneigte. »Tanias ebenfalls.«

Achselzuckend beugte sich Saika vor, um eine Handvoll Blaubeeren zu pflücken. »Wie häufig bleibst du denn über Nacht im Wald?«

Marina bedachte Saika mit einem frostigen Blick. »Nie.«

»Ahh. Na, wenn sie nicht allzu sehr damit beschäftigt sind, sich gegenseitig abzumurksen, dürften sie es dann ja wenigstens bemerkt haben.« Es klang eher skeptisch.

»Was ist mit dir? Werden deine Eltern nicht nach dir suchen?«

Saika unterbrach ihr Blaubeeressen für einen Moment. »Wie sollte ihnen auffallen, dass ich fehle?« Mehr sagte sie nicht.

Unglaublicherweise verbrachten sie eine weitere Nacht im Wald. Die Pilze, die sie mit so viel Liebe gesammelt hatten, waren schon lange weggeworfen worden. In der zweiten Nacht wirkten die Geräusche im Wald lauter und er schien ihnen dunkler und noch weniger einladend, wenn das überhaupt möglich war.

Tundra und Taiga

Der Morgen war kalt und dunkelgrau. Wie sich herausstellte, war das Aufspüren des Sees, der doch immerhin flächenmäßig zu den größten Seen Europas gehörte, gar nicht so einfach.

Es gab keine Sonne. Mit der Sonne hätte Tatiana die Uhrzeit berechnen, die Himmelsrichtung bestimmen, Feuer machen, um Pilze zu kochen und sich zu wärmen, und Rauchsignale in die Luft senden können. Die Sonne bedeutete alles. Alles. Ohne die Sonne, ohne Kompass und ohne eine Brise Wind in den Bäumen, nur mit einer Wolkendecke und kalter Luft blieb Tatiana gar nichts.

Stunden schienen zu vergehen, die sie auf das Hervorbrechen der Sonne wartete, dann aber beschloss sie, nicht ewig an einem Ort bleiben zu können. Ihr Rufen hatte sie schon lange eingestellt, da ihr die dauernde Schreierei am Vortag die Stimme gekostet hatte. Während Tatiana ging, hielt sie Ausschau nach Wasser, konnte aber keins finden. Sie aß stattdessen Blaubeeren, die ihren Durst ein wenig minderten, zugleich jedoch bei ihr Sehnsucht nach Schwarzbrot mit Sonnenblumenöl und heißem Tee weckten.

Beim Marschieren stellte sich bei ihr ständig das Gefühl ein, nicht den richtigen Weg gewählt zu haben, egal wo auch immer sie langging. Wenn sie dieses Gefühl überkam, vollführte sie eine Vierteldrehung und wechselte die Richtung. Wenn sie dann auf nichts Bedeutsames stieß, vollführte sie noch eine Vierteldrehung.

Und noch eine.

Tatiana versuchte, die Drehungen im Kopf zu behalten, aber nach Stunden und Stunden, mittlerweile war aus dem Morgen grauer Nachmittag geworden, hatte sie bloß das Gefühl, noch näher am Nirgendwo angelangt zu sein.

Weder in den Bäumen noch am Boden änderte sich etwas. Die Nadelbäume, die Birken, die Ulmen, die Lärchen, nichts half ihr weiter, nichts half, die Angst in ihrem Innern zu besänftigen, die Angst davor, sich nicht bloß verirrt zu haben, nicht per Zufall verirrt, nicht versehentlich verirrt, sondern *vorsätzlich* in die Irre geführt worden zu sein.

Während Tatiana sich einen Weg durch den Wald bahnte, brach sie Äste ab und legte sie in bestimmter Anordnung auf den Boden, um so eine wohlüberlegte Spur zu hinterlassen für den Fall, dass jemand nach ihr suchen käme. Tante Rita und Onkel Boris würden womöglich auf die Zweige stoßen und erkennen, dass die hölzernen Muster keine x-beliebigen Brombeertriebe waren.

Um Trost zu finden, versuchte sie an Gedichte zu denken, aber es wollte ihr kein einziger Vers einfallen. Sie versuchte an Bücher zu denken, die sie gelesen hatte und in denen der Held sich verirrt hatte oder in der Wildnis ausgesetzt worden war. Aber der Held oder die Heldin waren nie auf sich allein gestellt. Die Heldin war stets mit jemandem zusammen, einer Freundin, einer Kontrahentin, die sich widerstrebend zur Freundin entwickelte, oder einem Verwandten ohne jede Tatkraft oder mit viel zu viel Tatkraft. *Gemeinsam* trotzten die Leute dem südamerikanischen Urwald, nur um in einem afrikanischen Sklavendorf zu landen. Gemeinsam mit ihren Freunden bahnte sich Dorothy den Weg durch einen dunklen, feuchten Tunnel, nur um am Ende statt in Kansas im Zauberland Oz zu landen. Vielleicht konnte Tatiana der Wildnis am Ilmensee mutig gegenübertreten, um ... ja, um eigentlich wo zu landen? Wo wollte Tatiana Metanowa, die verloren im Wald herumirrte, am Ende herauskommen?

Sie verlangsamte ihre Schritte, blieb stehen und war zu keinem weiteren Schritt mehr fähig, da sie befürchtete, er würde in die falsche Richtung führen. Was hatte Blanca Dawidowna ihr beigebracht? Wie weit du auch immer bereits gekommen sein magst, hatte sie gesagt, wenn du den falschen Weg eingeschlagen hast, ist es immer besser umzudrehen, zurückzugehen und von vorne anzufangen – aber diesmal in die richtige Richtung.

Aber was brachten ihr diese Worte hier? Jeder Weg schien der falsche zu sein. Jede Richtung schien sie nur noch weiter vom See fortzuführen. Tatiana aß noch ein paar Blaubeeren. Diese ekelhaften Blaubeeren! Mit heiserer Stimme rief sie nach Marina, und sie versuchte sich daran zu erinnern, wie tief der Wald um den Ilmensee war. Sie wusste es nicht. Ihr war nie eine Karte der Gegend zu Gesicht gekommen. Sie hatte keine Ahnung, was im Süden, Osten oder Norden jenseits des Waldes lag. Weißrussland vielleicht? Und wo war sie überhaupt, ohne die Sonne?

Sie hatte einmal gelesen, dass die Taiga, jener subarktische Nadelwald östlich des Urals, Hunderte von Kilometern tief war und dass an seinem Ende die Tundra des Mittelsibirischen Berglands begann. Vielleicht endete ja auch die Taiga des Ilmensees erst dort an der sibirischen Tundra.

Aber wer sagte überhaupt, dass sie sich in östliche Richtung bewegte? Sie konnte auch nach Moskau in südliche Richtung oder zur Ostsee in Richtung Norden unterwegs sein. Wer wusste das schon? Im Moment war sie allerdings nirgendwohin unterwegs, da sie aufgehört hatte zu laufen. Nach einer Weile wurde ihr jedoch auf dem umgefallenen Baumstamm zu kalt. Seufzend stand Tatiana auf und marschierte wieder los. Es ging bloß *so* schrecklich langsam vorwärts durch diese Wälder.

Erneut vergaß sie, sich um einen Unterschlupf zu kümmern, und kämpfte sich durch das Unterholz, bis die Nacht hereinbrach und es zu spät war.

Wem bin ich nahe in der Nacht?, überlegte Tatiana, während sie bedeckt mit Zweigen und Laub auf dem Boden lag. Fühle ich mich allein? *Bin* ich allein? Wo sind die Sterne? Der Mond? Wo ist der Himmel, vor allem der Himmel, der vom See reflektiert wird, wo ist dieser Spiegel, der Pflanzen, Algen, Mineralstoffe und Leben birgt? Wo ist noch Leben außer mir? Meine Familie? Marina? Die liegt jetzt wahrscheinlich zu Hause im Bett, sieht zur Zimmerdecke hinauf und kichert bei dem Gedanken an mich vor sich hin. Was glaubt sie wohl, ist mir zugestoßen, nach zwei Nächten allein im Wald? Wie weit kann ich morgen unter der dichten Schicht aus Cirrus- und Nimbostratuswolken laufen? Und wenn ich weit genug laufe, komme ich dann nach Estland? Nach Polen, bis nach Preußen? Zurück nach Leningrad vielleicht? In das Zauberland Oz? Grenzt dieser Wald womöglich an den Finnischen Meerbusen, und strande ich dann dort auch, wenn ich nur weit genug laufe?

Wie weit wird mich dieser Wald fortführen?

Wie kann es sein, dass dieser Wald am Tag so leblos wirkt und nachts doch so gar nicht leblos ist? Es schien in ihm nur so vor Geschöpfen zu wimmeln, die allesamt den Einbruch der Dunkelheit abwarteten, um zum Leben zu erwachen und auf nächtlichen Beutefang zu gehen, während Tatiana verzweifelt einzuschlafen versuchte, um die vielen Geräusche auszublenden. Das Schreien, Heulen, Jammern, Kreischen, Flattern und das Scharren. Sie hörte Fledermäuse, davon war sie fest überzeugt. Zeit, Entfernung – hier schien dies alles seine Bedeutung zu verlieren. Sie mochte zwanzig Kilometer gelaufen sein, aber was bedeutete das schon, wenn sie nur ständig im Kreis rotierte, bis sie auf ihrer schrägen Laufbahn umkippte?

Immer im Kreis gehend, um denselben Fels, dieselbe Weide, dieselbe wolkenüberdeckte Lichtung?

Ja, dachte Tatiana und kugelte sich noch fester zusammen, unsinnig, aber nicht zwecklos. Einen Zweck gab es immer: weiterkommen, die Nacht überstehen, zum See gelangen, zu einer Hütte, zu einem anderen Menschen, nach Hilfe rufen. Zu leben war stets der Zweck. Weil ohne Leben alle anderen Werte zu existieren aufhörten. Das hatte Blanca Dawidowna auch noch gesagt. Sie sagte, das irdische Gefäß sei der Tempel, dem die unsterbliche Seele innewohnt. Leben sei das oberste Gebot. Und deshalb lief sie weiter. Vielleicht im Kreis, qualvoll denselben Weg immer wieder beschreitend, aber dennoch unaufhaltsam auf *irgendetwas* zu.

Wenn sie doch bloß einen kleinen Bach finden könnte. Er würde sie irgendwann zu einer größeren Wasseransammlung führen, vielleicht zu einem Fluss, vielleicht sogar direkt zum See. Wenn sie den See erreichte, war sie gerettet, aber sie fand nicht einmal das kleinste Rinnsal. Zwei Tage lang Blaubeeren, zwei Tage lang keine Sonne.

Tatiana versuchte, es von der positiven Seite zu betrachten. Immerhin regnete es nicht.

Gaunerehre bekommt Risse

Am nächsten Morgen fiel Regen.

Anfänglich war es eine Wohltat. Marina hob ihr Gesicht, öffnete den Mund, streckte die Zunge heraus und ließ die Tropfen sich ansammeln, bevor sie schluckte. Nicht sehr effektiv. Sie nahm ein großes Blatt, hielt es leicht gefaltet in den Regen, wartete, bis sich in der Rille genügend Wasser angestaut hatte, und trank es anschließend. Schon besser. Sie fuhr damit fort, bis ihr Durst nachließ. Dann sah sie zu Saika, die unter einem Baum Schutz vor dem Regen gesucht hatte.

»Warum trinkst du nichts?«

»Ich habe keinen Durst.«

»Wie kannst du keinen Durst haben? Wir haben zwei Tage lang nichts getrunken!«

»Na und? Kamele trinken auch nicht jeden Tag.«

»Ja«, sagte Marina ungehalten. »Aber du bist kein Kamel.«

»Ich bin nicht so besessen wie du und muss jeden Tag etwas trinken«, erklärte Saika. »Außerdem ist in den Blaubeeren, die ich gestern gegessen habe, genug Flüssigkeit. Und dann sieh dich doch mal an, du bist ja tropfnass.«

Als Marina bewusst wurde, wie durchnässt sie war und wie sehr ihr jede Hoffnung fehlte auf Wärme oder darauf, wieder zu trocknen, jede Hoffnung auf Essen oder Rettung, da fühlte sie sich so entmutigt, dass sie zu gehen aufhörte und sich in das nasse Laub legte. »Schluss damit«, sagte sie entmutigt. »Du gehst weiter. Vielleicht findest du den See und schaffst es hinüber, dann kannst du mich ja hier holen. Versuch dich einfach an diesen Ort zu erinnern, so wie du dich an Tatianas erinnert hast.«

»Nun komm schon.« Saika versuchte sie hochzuziehen. »Ist doch bloß Regen. Davon geht die Welt nicht unter.«

»Oh doch«, sagte Marina. »Das tut sie ganz sicher.«

Saika setzte sich dicht neben ihr auf den Boden. Ständig fuhr sie sich mit der Zunge über die Lippen.

»Warum fährst du dir immer so über den Mund?«

»Wie?«

»Na, so.« Marina machte sie nach. »Die ganze Zeit schon.«

»Ich will bloß nichts trinken, das ist alles.«

»Hast du Angst vor Regenwasser?«

»Was zum Teufel meinst du mit dem Scheiß? Wer hat hier Angst, Fräulein? Im Unterschied zu dir wage ich mich auch allein in eine Höhle. Ich habe keine Angst. Ich bin bloß nicht durstig.«

Marina wurde das Gefühl nicht los, dass Saika, wenn diese den Weg aus dem Wald kennen würde und wüsste, wo sich der See befindet, sie ohne Zögern hier allein im Wald zurückließe. Aber Saika wusste selbst nicht wohin.

Marina hasste sie.

Sie wünschte, Saika würde sie allein lassen, so wie sie beide Tatiana allein gelassen hatten in der Vorstellung, der See läge nur ein paar Kilometer in *dieser* Richtung.

Dies ist meine Strafe, dachte Marina, schloss ihre Augen und wandte sich von Saika ab. »Meine *verdiente* Strafe«, flüsterte sie, »weil ich dir gefolgt bin.«

»Und *wer* bestraft dich?« Saika lachte leise.

»Ich habe mein eigen Fleisch und Blut hintergangen«, sagte Marina. »Ich habe sie angelogen, sie im Stich gelassen und jetzt holt mich meine Schlechtigkeit ein. Geschieht mir recht.« Sie begann zu weinen.

»Aber warum werde *ich* dann bestraft? Ich schulde Tatiana gar nichts.«

»Du wirst nicht bestraft. Warum solltest du?«, sagte Marina. »Du lebst in deiner eigenen Welt. In deiner Welt gibt es nichts Schlechtes, wie sollte es da Bestrafung geben? Du denkst, dein Vater hätte überzogen reagiert auf eure kleinen Kinderspiele. Wenn du wegen Sabir keine Reue verspürst, wirst du ganz sicher keine Reue wegen meiner Tatiana verspüren. Aber weißt du, was ich denke?« Marina sprang auf. Der Gedanke war zu schrecklich, um ihn in sitzender, vermeintlich ausruhender Haltung auszusprechen. »Ich denke, du hast das hier absichtlich getan. Du wolltest Tania verlieren, du wolltest, dass sie sich verirrt. Du hast die Kieselsteine mit voller Absicht weggenommen, hast uns absichtlich auf einen anderen Weg geführt, abseits der alten Route, sodass wir sie nicht finden konnten und sie uns nicht.«

»Das denkst du also?«, meinte Saika beiläufig.

»Ja, das denke ich inzwischen. Aber die Tatsache, dass du dich selbst verlaufen hast, die passt nicht in deine Pläne, hab ich recht?« Marina lachte ein wenig. »Du schmiedest wirklich einen Haufen Pläne, Saika, für jemanden, der nicht die kleinste Kleinigkeit in den Griff bekommt, oder wie Tania sagen würde, der nicht mal an einem einzigen schwarzen Haar auf seinem eigenen dämlichen kahlen Schädel etwas ändern kann.«

»Du spinnst doch. Ich will überhaupt nichts in den Griff bekommen. Oder etwas ändern. Ich will bloß raus hier.«

»Du kommst hier aber nicht raus. Schlag es dir aus dem Kopf. Selbst wenn uns jemand suchen kommen würde, wir sind hier im tiefsten Wald. Keiner wird uns jemals finden. Sag mir – gehörte das auch zu deinem großartigen Plan?«

»Ach, halt schon die Klappe, das interessiert doch keinen.«

»Du bist wirklich völlig durchgedreht.«

Marina fiel in Schweigen. Hier gab es keinen freiliegenden Felsgrund mehr, keine Deckschicht über dem Grundwasser, keine Höhlen. Die letzten Überreste des Regens tropften von den nassen Blättern auf die Mädchen herab. Saika saß mit gesenktem Kopf an einen Baum gelehnt. Sie wollte sich nicht hinlegen.

Marina war aufgefallen, dass inzwischen auch Saika ruhiger geworden war. Ihr unentwegtes sinnloses Geplapper hatte aufgehört.

Wieder wurde es dunkel, ihre dritte Nacht im Wald. Das Licht hatte Marinas Welt verlassen. Ein feuchter grauer Überzug bedeckte ihren Körper und unmittelbar neben ihrem Herzen tat sich eine durchdringende Schwärze auf, die im Gleichschritt mit ihr marschierte und ihr inzwischen auch den Weg wies.

Marina lauschte auf Saikas Atmung. Das Mädchen hielt in

regelmäßigen Abständen den Atem an. Dann holte sie tief Luft und hielt ihn erneut an.

»Was machst du da?«

»Nichts.«

»Warum atmest du denn so komisch?«

»Ich atme nicht komisch. Ich versuche nur, nicht zu schlucken«, erwiderte Saika.

»Indem du nicht atmest?«

»Ja.«

»Warum willst du nicht schlucken?«

»Mein Hals tut weh. Ich glaube, ich werde krank.«

»Hast du Fieber?«

»Woher soll ich das wissen? Willst du mal meine Stirn fühlen?«

Marina scheute sich davor, sie zu berühren. »Hast du deshalb nichts mehr getrunken? Wegen der Halsschmerzen?«

»Ich hab es dir doch schon erklärt«, sagte Saika. »Ich habe nichts getrunken, weil ich keinen Durst hatte.«

Marina überlegte. »Du hast aufgehört, Blaubeeren zu essen.«

»Du doch auch. Mich kotzen Blaubeeren an.«

»Du hast keinen Durst, du hast keinen Hunger.«

»Ich werde krank, hab ich dir doch gesagt.«

»Tut dir sonst noch etwas weh?«

»Nein.«

Mitten in der Nacht erwachte Marina, die zur Seite gekippt war, oder besser gesagt, Marina wurde von Saika geweckt, die neben ihr lag und wild herumzappelte.

Zuerst sagte Marina nichts und wartete darauf, dass Saika sich beruhigte, aber Saika wand sich nur minutenlang auf der Erde, kratzte sich den Kopf und warf sich von einer Seite auf die andere. Schließlich hielt Marina es nicht länger aus und rückte von ihr weg. Es gelang ihr zwar wieder einzuschlafen, aber ihr Schlaf war unruhig und das Wissen um den ruhelosen Körper, der zitternd und bebend in ihrer Nähe lag, beschäftigte sie unablässig.

Es war nicht so sehr der morgendliche Regen an sich, der Tatiana Sorgen bereitete. Aber nun würde es, wie sie sofort erkannte, nahezu unmöglich sein, das frische Süßwasser vom Ilmensee zu riechen. Sorgen machte ihr zudem die Vorstellung, dass wieder ein Tag zur Nacht werden würde und sie wäre erneut ohne Unterschlupf, ohne Essen, ohne Feuer, ohne Schutz und ohne erkennbaren Heimweg. Tatiana nahm die Wanderung wieder auf, wobei sie nasse Äste sorgfältig hinter sich legte. Allerlei Zweige und Steine bedeckten hier den Boden, weshalb ihre Spuren nicht leicht zu entdecken sein würden, sollte jemand nach ihr suchen. Obwohl sie kein Messer hatte, dachte sie darüber nach, an den Bäumen Zeichen zu hinterlassen, die ihren Weg markieren würden. Schließlich fand sie einen scharfkantigen Stein, mit dem sie eine kleine dünne Linie in die Baumrinde ritzte, eine kleine, mit Bedacht ausgeführte Linie, die ein anderes menschliches Wesen wissen lassen sollte, dass sie hier gewesen war. Dies war zwar leichter, als mit bloßen Händen Äste abzubrechen, aber zugleich waren die Markierungen schwerer zu entdecken. Jemand musste schon nach dem kleinen Kratzer Ausschau halten. Sollte sie noch einen Ring um den ganzen Baum ritzen?

Tatiana zog den Ring. Es dauerte viel zu lange.

Obwohl sie natürlich Zeit hatte.

Auch nur eine Erfindung der Menschen. Wie Zahlen. Wie das Abmessen der Dinge. Nur etwas, das Menschen erfunden hatten, um das Leben zu erleichtern, es in handlichere Einheiten zu ordnen, ihren Geist von unhandlichen Dingen zu befreien, das Unendliche bewältigen zu helfen. Eine Minute, eine Stunde, ein Tag, ein Jahr, ein halbes Jahrhundert, ein Jahrtausend, zwei Jahrtausende seit dem Beginn der Zeitrechnung, fünftausend Jahre seit den Höhlenzeichnungen und vierzehn Jahre im Leben eines jungen Mädchens. Alles unterteilt in hübsche kleine Einheiten. Neun Monate im Jahr, inklusive der Samstage, ging Tatiana zur Schule. Die anderen drei verbrachte sie in ihrer Datscha in Luga. Jedes Silvester entzündete sie eine Minute vor Mitternacht das bengalische Feuer und zählte die Sekunden ab, und dann begann die Rechnung des neuen Jahres wieder von vorne, dreihundertfünfundsechzig Tage der Organisation. Und was auch immer Tatiana tat, die Sonne zog ihre Bahn unaufhörlich von Osten nach Westen, um 360 Grad in 24 Stunden, 15 Grad pro Stunde, ein viertel Grad pro Minute. Die Sonne bewegte sich, der Mensch teilte das Universum in Einheiten. Grade, Stunden, Minuten, all das sollte ihm dabei helfen, dessen Funktionsweise zu entschlüsseln. Aber was, wenn die Sonne nicht zu sehen war? Was, wenn man keine von Menschenhand gemachte Uhr besaß, wenn man keine Kuh melken konnte, um Milch zu bekommen, und keine geschälte Kartoffel für das Abendessen zur Verfügung hatte, keine Zahnarztpraxis, in der man um 9.00 Uhr erscheinen sollte, und kein öffentliches Bad an Samstagabenden um 7.00? Was, wenn die Bibliotheken nicht um 5.00 Uhr schlossen und die Sonne nicht um 9.30 Uhr aufging, zu einer Zeit, die vom Menschen festgelegt wurde? Was, wenn all dies verloren ging? Was blieb dann noch?

Die Unendlichkeit des Raumes.

Tatiana behielt die Zeit im Auge. Sie lachte über sich selbst beim Zählen und dachte, jetzt zähle ich hier in dieser Zeit der Verzweiflung meine Minuten herunter, um mich als menschliches Wesen und nicht als Tier zu fühlen. Ich zähle, um Sinn in das Sinnlose zu bringen. Um für Ordnung zu sorgen, die es ein wenig einfacher macht, selbst für mich.

Oh, aber das passte ja bestens, einfach perfekt für ein Mädchen, das nie pünktlich sein konnte, das nie die Uhr im Auge hatte! Nicht wenn es Zeit zum Aufstehen war oder für das Kühemelken oder zum Tischdecken für das Abendessen. Tatiana wusste nicht, wann die Bibliotheken schlossen, sie wusste nicht, wann die Kühe von der Weide kamen. In ihrer Kindheit in Luga hatte Zeit keine Bedeutung für sie gehabt. Sie zählte weder Stunden noch Tage, betrachtete gleichgültig die Mondphasen und die Bahnen der Sonne. Sie tat einfach, was sie gerade tat, bis sie mit etwas anderem anfing oder jemand sie anschrie. Als Kind in einer Welt ohne Zeit zu leben – nicht im Unendlichen, aber im Ewigen –, was war dies für eine Freude. Nie die Minuten zu zählen. Einfach in immerwährender Gegenwart zu leben. Welche Wonne.

Aber nun zählte sie – und wurde erwachsen. Zehn, zwanzig, dreißig, vierzig. War sie bei einhundertachtzig oder eintausendachtzig oder einhunderttausendachtzig? Wie viele Einheiten ihrer schwindenden Kindheit zählte Tatiana an ihrem dritten Tag im Wald ab?

Es hatte den ganzen Tag geregnet und sie war nie trocken geworden.

Die Spur, die ich hinter mir lege, ist nicht deutlich genug, dachte sie ständig, während sie Ts in die Bäume ritzte. Mit den Ringen hatte sie schon lange vorher aufgehört und inzwischen hinterließ sie nur noch ihr Initial. Eine zweckgebundene, von Menschenhand gezogene Linie im Sand. Ein Symbol ihrer selbst. So wie die Zeit ein Symbol der Ordnung war. T für Tatiana. Tatiana, die noch immer läuft, noch immer hofft, noch immer glaubt, noch immer lebt.

Was tun? An einem Ort bleiben? Einen Unterschlupf bauen? Ohne Sonne und mit all den durchweichten Ästen lässt sich kein Feuer machen. Nirgends konnte man sich waschen, und es gab nichts, womit man sich hätte waschen können. Ließe sich aus Asche Seife machen? Asche und was noch? Asche vom Feuer und ein wenig … Schweineschmalz?

Ich werde aus Asche Seife machen und mich waschen und weiterlaufen, weiterleben, weiterfliegen, mit Ruß überzogen, unrein, unentdeckt, nur ein kleiner Dreckfleck im Wald, und schon bald werde ich so verloren sein, dass ich mich selbst nicht mehr finde.

Sie rief schwach, Dascha, Dascha. Sie klagte den Himmel an. *Du, der du mich hierhergebracht hast, führ mich auch wieder heraus, um mehr bitte ich nicht.* Sie streckte ihre Arme in der einbrechenden Dunkelheit empor und wartete auf ein Geräusch. Sie gab selbst einen erstickten Laut von sich, senkte ihre Hände, legte sich zum Ausruhen ins Laub, bedeckte sich mit Zweigen und Blättern und hoffte, sie würde nicht wie ein Lebewesen riechen, das andere Lebewesen schmackhaft finden.

War dies, was Blanca Dawidowna meinte, als sie Tatiana erläuterte, ihre drei Hauptlinien in der Hand – ihr Herz, ihr Kopf und ihr Leben, alle mit einem gemeinsamen Ursprung – kündeten von tragischen Schicksalsschlägen? Shavtala waren sie auch aufgefallen. Hatte sie so etwas hier gemeint?

Tatiana konnte es nicht glauben. Keiner hatte von einem kurzen Leben gesprochen. Unabwendbares Trauma, sagten sie. Mit anderen Worten: Kampf, Leiden, Qual – alles Dinge, die notwendigerweise *Leben* voraussetzten.

Blanca hatte nicht von Tod gesprochen. Sie sagte *Krone und Kreuz*. Die Krone – das Allerbeste. Das Kreuz – das Allerschlimmste.

Tatiana wünschte, sie wüsste überhaupt nichts, nichts von all den Linien in ihrer Hand, nichts von ihrem Teesatz, nichts von der schicksalhaften Saturnlinie, die sich schmerzensreich tief mitten durch ihre Handfläche grub.

Wieder wurde es Nacht, die dritte Nacht.

Was tun?

Ich wurde gemordet von trügerischem Lächeln.

Eine Sache stand fest, als mit der Dämmerung Regen einsetzte. Saika hatte Tatiana im Wald allein gelassen, damit sie dort umkam. Und Marina hatte ihr, unüberlegt oder willentlich, dabei geholfen. Marina folgte Saika. Hier handelte es sich aber nicht um ein Gewitter oder eine Überschwemmung, um Frostbeulen oder unglückliche Schlittenunfälle auf der Newa. Nein. Hier handelte es sich um *vorsätzliche Vernichtung*.

Tatiana lief seit mehr als zwei Tagen durch den dichten taigagleichen Wald und suchte, den Weg hinauszufinden. Ihre Kräfte hatten sie verlassen. Die Wahrheit über Marina und Saika hatte ihr die letzten Reserven geraubt. Eine Welt, in der so etwas möglich war, ließ auch noch andere schreckliche Dinge zu: Mit Gewehren an den Feldern zu warten, um Männer zu töten, die aus Not Getreide für ihre Familie stehlen. Unsittlichen Umgang mit engsten Blutverwandten zu führen, ohne von Schaudern erfasst zu werden. Von einem Ort zum anderen zu ziehen, nicht weil es die eigene Arbeit, sondern weil es die eigene Sicherheit verlangt. Ein provisorisches Leben zu führen für den Fall, dass die aufgebrachten Menschen, denen alles genommen wurde, was sie zu verlieren hatten, sich entschlossen, einen Mord zu begehen. Verglichen damit erschien das vorsätzliche Ausgesetztwerden im Wald, um dort zu sterben, schon beinahe trivial.

Welche Wahl blieb Tatiana? Wenn sie davonkommen und eine Erwachsene würde, müsste sie dann inmitten dieses willkürlichen Chaos der Bösartigkeiten leben? War es nicht besser, ihr glückliches, wenn auch kurzes und geordnetes Leben gelebt zu haben und dann zu sterben, als in den Abgründen dieser anderen Welt weiterzuexistieren?

Sie rollte sich mehr und mehr zusammen. Dann stand sie plötzlich auf und ging weiter durch den pfadlosen Wald.

Nein, dachte Tatiana. *Nein.* Sie wollte leben, das war alles.

T.

Die Grube im Boden

Tatiana hatte in der späten Abenddämmerung eine kleine Lichtung gefunden, als sie auf ihn traf. Das Licht zog sich langsam aus dem Wald zurück, auch die Farben schwanden, die grünen Blätter und die braunen Baumstämme verblassten. Alles wurde dunkelgrau, der Boden schwarzbraun. Tatianas Haare waren vor Schlamm und Schmutz ebenfalls schwarz. Sie war auf der Suche nach etwas anderem Essbaren außer Blaubeeren, vielleicht Brombeeren oder Preiselbeeren – obwohl sie wusste, dass Preiselbeersträucher eher auf offenem Gelände statt in Wäldern wuchsen –, mit einem Fuß auf einen Haufen aus Laub und Zweigen getreten, der plötzlich nachgab und im Boden versank. Allein dank ihres immer schon ausgeprägten Gleichgewichtsgefühls gelang es ihr, den zweiten Fuß nicht nachzuziehen und das Gewicht schnell zu verlagern. Tatiana taumelte, schwankte und ruderte mit den Armen. Nachdem sie ihre Balance wiedergefunden hatte, trat sie noch einen Schritt zurück und untersuchte vorsichtig den Boden. Die Zweige waren mit einer sonderbar absichtsvollen Beliebigkeit über eine Fläche von etwa drei Quadratmetern gelegt worden, ganz ähnlich der Zweigspur, die sie selbst zurückgelassen hatte. Sie stieß mit ihrer Fußspitze gegen die verbliebenen Äste, dann trat sie fester zu und noch mehr Boden rutschte ab. Mit einem langen Stock stocherte sie in dem Laub, bis eine große Menge davon in das tiefe Loch darunter rieselte.

Zuerst dachte sie, es könnte sich um ein nicht zugeschüttetes Grab handeln. Die Zweige waren ziemlich tief gefallen. Wenn sich etwas darin befand, war es jetzt mit einer Laubschicht bedeckt. Sie schnupperte, ob ein Geruch aus dem Loch stieg. Früher hatte sie schon ein paar Mal verweste Hasenkadaver im Wald gefunden, aber hier roch es nicht nach Verrottung. Es roch nach Gras, Erde, Laub, Holz und Tannenzapfen. Wer hatte das Loch ausgehoben? Und warum? Da sah sie, dass direkt am Rand des Aushubs Beeren ausgelegt waren. Überreife, faulige Brombeeren, Blaubeeren und Apfelstücke. *Geschnittene* Apfelstücke.

Das war eine Falle!

Eine Falle für ein sehr großes Tier. Ein Tier, das in das Loch fallen und sich dabei die Knochen brechen würde und nicht mehr herausklettern könnte.

Aber gab es derart große Tiere in diesem Landstrich? Ihr wollte nichts einfallen. Hirsche vielleicht?

Und genau in diesem Moment hörte sie hinter sich ein Geräusch. Der Ton verblüffte sie, denn es war weder ein Schreien noch ein Pfeifen. Es war ein Atemgeräusch. Ein Mensch oder ein Tier atmete ein ... und dann langsam wieder aus.

Etwas Großes.

Sie drehte sich langsam um.

Zwanzig Meter von ihr entfernt stand am Rand der Lichtung ein großer, dunkelbrauner Bär auf allen vieren. Sein Kopf war in ihre Richtung geneigt, seine kleinen Augen blinzelten nicht und betrachteten sie mit größter Aufmerksamkeit.

Tatiana erstarrte. Sie hatte noch nie einen Bären gesehen. Sie wusste nicht einmal, dass es in diesem Wald überhaupt Bären gab. Sie konnte sich nicht erinnern, ob Bären zu den Fleischfressern gehörten, ob sie friedlich waren, ob man auf sie zugehen oder sich besser völlig still verhalten sollte, ob man ihnen irgendetwas anbieten sollte, damit sie kommen und es aus der Hand fressen konnten. Sie hatte keine Ahnung. Ihrer Meinung nach würde sich kein Tier, das so mächtig, so haarig und so wachsam war, füttern lassen. Konnte ein Bär schneller laufen als sie? Ein Bär war kein Tiger, konnte ein Bär überhaupt rennen? Er wirkte so schwerfällig und träge. Er stand einfach nur wie angewachsen auf allen vieren vor ihr, sah sie unentwegt an und blinzelte kein einziges Mal.

Tatiana versuchte zu lächeln. Sie atmete durch ihren vor Schrecken aufgerissenen Mund. Ihr Herz hämmerte. Der Bär atmete auch, sie konnte ihn hören. Sie bemühte sich, nichts zu tun, was ihn womöglich ängstigen, nichts zu tun, was er als Drohung auffassen könnte. Sie wollte weder ihre Hände heben noch zurückweichen – und ganz gewiss nicht sich ihm nähern. Sie tat das Einzige, was ihr in den Sinn kam, das Einzige, was sie immer tat, wenn sie zwar nicht wusste, wie sich eine Situation bewältigen ließ, aber wenn sie ihr Gegenüber beschwichtigen, beruhigen wollte und aus dem Unmöglichen das Mögliche machen. Zuerst stand sie nur reglos da, dann öffnete sie ganz langsam ihre Hände mit den Handflächen nach außen, als wollte sie sagen*: Ist schon in Ordnung. Warum die Aufregung? Pscht. Bitte.*

Bärenquälerei. Bei Shakespeare hatte sie irgendwo von Hunden gelesen, die auf Bären gehetzt werden. Auf der Bühne? In einem Käfig? Sie wurden aufeinandergehetzt, bis einer von beiden unterlag. Wie viele Hunde, eine Meute? Wie viele Bären, einer? Hier gab es nur einen verfilzten braunen Bär und eine verfilzte, ursprünglich blonde Tatiana.

Sie schielte zu den Bäumen seitlich von ihr. Es waren Kiefern ohne niedrige Äste. Konnten Bären auf Bäume klettern? Warum hatte sie nicht mehr über Bären gelesen? Warum war sie bei all ihrer Leserei nicht einmal auf das Thema Bär gestoßen? Die Kiefern nutzten ihr gar nichts! Sie eigneten sich nicht zum Hinaufklettern.

Und so standen sie sich allein mitten im Wald gegenüber, Tatiana auf der einen und ein zotteliges, (fleischfressendes?), vierbeiniges, riesiges Tier mit ungeheuren Pranken auf der anderen Seite. Hinter sich hörte sie unvermittelt ein leises Knacken und Flattern. Ein Zweig war unter dem Gewicht eines Vogels abgeknickt und heruntergefallen. Der Bär schien ihren Geruch zu mögen, denn er machte einen langsamen Schritt in ihre Richtung. Tatiana wich in Zeitlupe zurück. Gleich hinter ihr war die Falle. Würde sie über eine drei Meter breite Grube springen können? Sie glaubte nicht. Würde der Bär es können? Sie vermutete es.

»Ganz ruhig, Bär«, sagte sie leise.

Der Bär atmete schwer.

»Lieber, guter Bär. Alter Winterschläfer. Jetzt dreh dich einfach um und geh weg von mir und dieser Grube, in der du gefangen werden solltest. Du willst doch nicht, dass die Fallensteller dich erwischen? Die bringen dich bestimmt um. Geh schon und rette dein Leben. Lass mich in Ruhe.«

Langsam, aber unaufhörlich kam der Bär auf sie zu.

Wie schnell konnte sie laufen?

… die Fallensteller dich erwischen …

Die Worte hallten in ihrem Kopf wider. Der Mensch, der die Grube ausgehoben hatte, würde wiederkommen, um nachzusehen, ob ein Bär hineingefallen war.

Tatiana traf eine Entscheidung. Sie hielt den Atem an, legte ihre Hände an den Körper, machte eine Kehrtwende und wandte dem Tier kurz den Rücken zu. Dann ging sie in die Hocke und sprang in die Bärenfalle, als würde sie von dem großen Kirschbaum in Luga hüpfen. Selbst die Höhe war etwa gleich, zwei Meter.

Sie fiel seitlich in die kratzenden Zweige. Ein Sturz vom Rad, wenn sie zu schnell fuhr, war schlimmer. Reglos lag sie so in der Grube, als sie über sich schemenhaft den Bärenkopf erblickte, der sich in die Grube beugte und zu ihr hinuntersah.

»Nein, nein, komm hier nicht runter zu mir«, sagte Tatiana. »Du wirst nie wieder rauskommen.«

Der Bär bewegte sich nicht.

Aber Tatiana rührte sich nun. Sie stemmte sich mit dem rechten Arm ab, um aufzustehen. Dabei drückte sie gegen einen Gegenstand, der sich wie eine runde Eisenplatte anfühlte. Dann war das auslösende *Pling* einer gespannten Stahlfeder zu hören und in der darauf folgenden halben Sekunde dachte sie noch *Falle,* befahl ihr ihr Instinkt *hoch,* und sie ließ ihren Arm nach oben schnellen, um rauszukommen, doch er schnellte geradewegs in den schweren, halbmondförmigen Eisenbügel, der erbarmungslos nach unten zuschnappte. Es folgte ein gewaltiger Schlag gegen ihren Unterarm, das ekelhafte Knacken brechender Knochen, das noch ekelhaftere einrastende Geräusch einer gusseisernen Falle und schließlich ein brennender, grauenhafter

Schmerz. Eine halbe Sekunde *Zeit.* Ihre grellen Schreie drangen hinauf zu dem schnell flüchtenden Bären und hallten durch den Wald, bis sie ohnmächtig wurde.

Tatiana hatte keine Ahnung, wie lange sie bewusstlos gewesen war. Gleich als sie aufwachte, entfuhr ihr erst mal ein lang gezogenes Heulen. Die entsetzlichen Schmerzen in ihrem Arm hatten nicht nachgelassen. Über ihr endloses, heftiges Weinen hinweg hätte sie nicht einmal mehr das Atmen des Bären hören können. Die zuschnappende Bärenfalle musste ihr den Arm gebrochen haben. Zu ihrem Glück war die Falle nur für eine Tatze ausgerichtet, berechnet zum Festhalten eines riesigen Tiers von zwei oder drei Metern Größe, dessen Pranke allein etwa vierzig Zentimeter maß. Sie war nicht dafür bestimmt, den Unterarm eines heranwachsenden weiblichen Menschenwesens zu fassen, der vom schmalen Handgelenk bis zum dünnen Ellbogen vielleicht fünfundzwanzig Zentimeter lang war. Orientierungslos, benommen, mit Schwindelgefühl im Kopf und vor Schmerzen laut jammernd zog Tatiana ihren kraftlosen, angeschwollenen Unterarm aus der Falle und wurde erneut ohnmächtig.

Als sie wieder zu sich kam, war es in der Grube und darüber pechschwarz. Sie war sich nicht einmal sicher, ob sie wirklich wach war. Sie litt höllische Schmerzen und im Traum hatten ihr stumpfe Messer in die Arme geschnitten, hatten ihren Körper langsam tranchiert, und sie spürte jeden durchtrennten Nerv, jede Ader, jeden Knochen. Wer führte eigentlich die Messer mit den unscharfen Klingen?

Tatiana stellte fest, dass der Traum gar kein Traum gewesen war. Die Messer schnitten ihr erbarmungslos ins Fleisch. Ihre Augen standen zwar offen – zumindest *glaubte* sie, dass ihre Augen offen standen –, aber der Schmerz zerriss ihren Körper von ihren Fingerspitzen bis zu den Schulterblättern, jagte in ihren Kiefer, in ihr pochendes Auge, in ihren Schädel, während das Blut unter der Klinge hervorquoll. Sie vermochte nicht einmal den Ärmel über ihrem Unterarm zu berühren. Es gelang ihr nicht, ihre Hand zur Faust zu ballen, ihren Arm zu heben, zu beugen oder überhaupt zu bewegen. Tatiana hatte sich zwar noch nie zuvor etwas gebrochen, aber sie war überzeugt davon, dass es sich darum handeln musste, so weh wie es tat. Im Dunkeln tastete sie nach dem Blut, befühlte ihre Knochen. Tatiana fuhr sich mit der Zunge über die Lippen. Sie hatte Durst. Sie wünschte, sie könnte irgendetwas sehen, den Mond, einen Stern, die Wipfel der Bäume, selbst die glänzenden Augen des Bären wären noch besser als diese völlige Leere.

Bedächtig öffnete sie ihren ausgetrockneten Mund, während sie an die Grubenwand gepresst dasaß, und mit ausgedörrter Kehle formte sie stumm jene Worte, die sie einst so gut aufsagen konnte, Worte, die Ossip Mandelstam aufgeschrieben hatte, der Mann, der nicht länger unter ihnen weilte. »*Genommen habt ihr mir: die Meere, Lauf und Flug, und gebt den Schritten Zwang der Erde, ihrer Lehme. Und was habt ihr erreicht? Erfolg und Glanz genug: Die Lippen rühren sich, ihr könnt sie mir nicht nehmen.*«

Hier sind meine Worte im Schweigen. Lieber Gott. Ich möchte nicht allein im Wald sterben, hier in der Erde, als wäre ich bereits im Grab.

Bald werden Blätter und Zweige, wird der Herbst über mich kommen, bald werden die Jäger kommen und ihre Fallen an einen anderen Ort bringen. Sie werden frische Erde auf mich werfen und ich werde zugedeckt sein, ohne mich auch nur bewegen zu müssen.

Ich möchte nicht sterben, schrie Tatiana.

Ich möchte mein Leben nicht in einer Grube aushauchen.

Ich habe noch nicht gelebt, flüsterte sie.

Ich weiß doch nicht einmal richtig, wer ich bin.

Ich bin viel zu jung, um meinem La Môle begegnet zu sein.

Bitte ... lass mich nicht sterben, bevor ich nicht einmal gespürt habe, wie es ist zu lieben.

In ihrer Verzweiflung schlug Tatiana ihre Finger im Dunkeln in die Grubenwand.

Oh Gott. Ich tue alles. Ich werde alles ertragen. Lass mich nur leben.

Hilf mir ... Dascha, Pascha, Deda, Babuschka, bitte, irgendjemand, hilf mir doch ... Allmächtiger Gott, hab Erbarmen mit mir.

Den Arm am Bauch und den Kopf leicht zur Seite gekippt, fiel sie aufrecht in der Bärenfalle sitzend in einen halb ohnmächtigen Dämmerzustand, auf ihren Lippen ein verzweifeltes, inständiges Flehen.

Hydrophobie

Am Morgen ihres vierten Tages im Wald stießen Saika und Marina auf einen kleinen Bach.

Welch eine Freude.

Marina sprang hinein und trank. Sie tauchte ihr ganzes Gesicht ins Wasser und schluckte, bis sie zu platzen drohte. Als sie aufsah, hatte sich Saika nicht vom Fleck bewegt und betrachtete sie aus ihren schwarzen, von dunklen Rändern umgebenen Augen.

»Saika, sieh nur, frisches Wasser. Komm schon, trink was. Es wird dir guttun.«

Saika schüttelte den Kopf. Sie zuckte.

»Was hast du denn?«

»Nichts.« Sie rieb sich ihre Augen. »Ich habe schreckliche Kopfschmerzen.«

»Das kommt davon, weil du nichts isst und trinkst.«

»Ach, jetzt reicht's mir aber. Du bist nicht meine Mutter.« Saika zappelte regelrecht.

Nachdem Marina ausgiebig getrunken und sich gewaschen hatte, gingen die Mädchen den Bach entlang. Marina fühlte sich beinahe gut. Sie war zwar nicht trocken, hatte nichts gegessen, ihr war nicht warm und niemand hatte sie gefunden, aber sie spürte Hoffnung, während sie dem Lauf des Bächleins folgte. Wer hatte ihr das erzählt? Alle Flüsse fließen ins Meer.

Was Marina an diesem Morgen Sorgen bereitete, war Saika. Langsam und fahrig schleppte sie sich an der leicht geneigten Rinne entlang, wobei sie sorgsam darauf achtete, nicht zu dicht ans Wasser zu geraten. Dies war nicht dieselbe Saika, die stundenlang, ohne sich zu rühren, hinter den Felsbrocken gehockt hatte, um Tatiana hereinzulegen.

Vorsichtig beobachtete Marina sie aus den Augenwinkeln und

hoffte darauf, dass Saikas Unwohlsein sich verflüchtigen würde, sobald der Vormittag erst einmal wärmer und heller war und der Bach sie dichter an den See gebracht hatte.

Die Hoffnung allerdings mochte etwas verfrüht gewesen sein. Hier handelte es sich offenbar weniger um einen Bach als vielmehr um abfließendes Regenwasser, das den Hang hinabströmte. An der flachen Ebene angekommen, staute es sich in Pfützen und kleinen Tümpeln auf und versickerte allmählich in den Boden. Saika sammelte derweil ihre letzten Kräfte, schlich dennoch so langsam dahin, dass Marina, die ihre Schuhe ausgezogen hatte und durch das Wasser watete, immer wieder anhalten und auf sie warten musste.

Schließlich kam Saika nicht mehr nach. Sie hörte zu laufen auf und lehnte sich gegen einen Baum. Plötzlich schwankte sie, schlenkerte dabei mit Armen und Beinen, fuhr sich mit den Fingern an den Rippen lang, ihre Hüften hinauf bis zu den Haaren und sackte dann auf den Boden.

Marina stieg aus dem Wasser. »Was ist los?« Trotz aller Vorkommnisse der letzten Tage konnte Marina es sich nicht verkneifen, aus einer besorgten Nervosität heraus sich nach ihrem Zustand zu erkundigen.

»Ich kann nicht mehr gehen. Mein Kopf fühlt sich an, als wollte er platzen.«

»Der See kann nicht mehr weit sein. Wir laufen einfach in diese Richtung. Komm schon. Steh auf.«

»Gut, auf geht's«, sagte Saika mit schwacher Stimme. »Hilf mir hoch. Du wirst den See und das Boot finden. Und ich werde dir nicht von der Seite weichen. Gib mir deine Hand. Aber ... verlass mich nicht, Marina.«

»Wovon redest du? Nun komm schon, gehen wir.«

»Gib mir deine Hand, Marina«, flüsterte Saika.

Marina trat dichter an sie heran. »Was ist los mit dir?«

Saika tat einen Schrei. Sie fiel zu Boden, ihr Körper rollte von einer Seite auf die andere und verrenkte seine Gliedmaßen in alle Richtungen. Dann lag sie völlig still. Ihre Augen standen offen, sie blinzelte und schluckte mühevoll. »Mein Hals«, fauchte Saika. »Er ist taub. Erst tat er nur weh, dann fühlte es sich an, als wäre etwas darin stecken geblieben. Jetzt kann ich ihn gar nicht mehr spüren. Ich kann nicht schlucken. Meine Zunge ist taub.« Ihr Mund zuckte krampfartig.

»Aber, was ist denn passiert?«, rief Marina.

Saika war aschfahl. Weißer Schaum bildete sich an ihren Mundwinkeln. »Die Höhle«, flüsterte sie.

»Welche Höhle?«, stieß Marina hervor.

»Die Höhle ... ich muss zu lange dringeblieben sein ...«

»Was meinst du damit?«

»Kapierst du denn nicht?«

»Nein, ich kapiere nicht. Was hast du?«

»Hydrophobie«, hauchte Saika und schloss ihre Augen. »Wasserfurcht. Tollwut.«

»*Tollwut?*«, wiederholte Marina geschockt und schreckte vor ihr zurück.

Saika versuchte, zu Marina zu kriechen. »Ich flehe dich an«, flüsterte sie heiser, »lass mich nicht allein. Hilf mir.« Sie streckte ihre Hand aus.

»Saika, oh mein Gott, lass uns rasch dafür sorgen, dass du zu einem Arzt kommst.«

Saika robbte auf ihren Ellbogen weiter auf Marina zu. Ihre Beine zog sie hinter sich her. Sie öffnete den Mund. Es sah aus wie ein stummer Schrei. »Oh Marina, hast du denn von gar nichts eine Ahnung? Frag Tania nach Tollwut. Sie muss hier irgendwo sein.«

»Wo?«

»Ich weiß nicht. In der Nähe.« Tonlos bewegte sie ihren Mund. Lachte sie? Weinte sie? Sie krächzte auf jeden Fall.

»Nein! Du wurdest nicht gebissen. Das hast du selbst gesagt. Und eine Fledermaus angefasst hast du auch nicht, oder? Nichts ist in dieser Höhle herumgeflogen. Es muss etwas anderes sein. Eine leichte Fieberkrankheit. Wir müssen dich nur nach Hause bringen. Los jetzt.« Aber Marina traute sich nicht einmal in die Nähe von Saika. Mit qualvoll betrübter Miene verfolgte sie, wie sich das Mädchen nur mit Kraft ihrer Arme durch den schlammigen Morast auf sie zuschleppte. Marina trat noch einen Schritt zurück.

»Komm zu mir, Marina«, sagte Saika und streckte wieder die Hand nach ihr aus. »Lass mich ...«

Mit einem Aufschrei stolperte Marina über ihre eigenen Füße und fiel hin. Auf ihrem Hintern versuchte sie von Saika fortzurutschen. Ihre Beine waren vor Entsetzen wie gelähmt. Sie konnte nicht atmen, sie glaubte zu ersticken.

»Ich will nicht allein sein«, wisperte Saika. »Komm her, Marina. Lass mich dich berühren …« Sie öffnete ihren Mund und bleckte die Zähne.

In Saikas Augen lagen Wahnsinn und Angst. Weißer Schaum und Blut tropften von ihrem Mund auf den Waldboden. Zischend kam Saika immer näher gerutscht.

Marina begann zu schreien. Sie schrie und schrie.

Bärenkräfte

Als Tatiana ihre Augen öffnete, war es Morgen, die Vögel sangen, der Himmel leuchtete azurblau durch die hohen Kiefern und ihr Arm pochte schmerzhaft.

Sie rief um Hilfe, hörte aber rasch damit auf. Sie wollte ihre wertvollen Kräfte nicht an nutzlose Aktionen verschwenden. Das Wichtigste war nun, aus der Grube herauszukommen. Was, wenn die Fallensteller erst in einer Woche kamen? Sie konnte nicht warten. War sie erst einmal draußen, würde es besser denn je um sie bestellt sein, denn die Sonne schien. Die Sonne schenkte ihr Hoffnung. Nicht allein ihr bloßes Scheinen, sondern auch weil mit ihr alles klarer wurde. Andere Dinge schienen möglich zu sein. Sie konnte ein Feuer entzünden, sie würde trocken werden, könnte sich aufwärmen. Aber zuerst musste sie irgendwie herauskommen. Wurzelenden ragten aus den Wänden der Bärengrube. Tatiana packte eine Wurzel und zog sich nur mit dem linken Arm daran hoch. Es war eine Qual. Sie musste unbedingt darauf achten, sich den gebrochenen Arm nirgends anzustoßen, weil sie der stechende Schmerz sonst wieder ohnmächtig werden ließe. Dann würde sie auf den Boden der Grube stürzen und sich dabei vielleicht noch etwas anderes brechen, womöglich ihr Genick. Tatiana ruhte sich aus und lehnte die Stirn an die feuchte Erde. Die Wurzel, die sie in der Hand hielt, schlängelte sich um ihren gesunden Arm, der langsam ermüdete. Ihre Beine standen auf herausragenden Wurzelstöcken unter ihr. Sie griff nach einer höhergelegenen Wurzel, zog ihre Beine nach und sie war einen Viertelmeter weiter. Noch eine Wurzel, noch ein Viertelmeter. Erneut hielt sie inne, um Luft zu schöpfen, und berührte dabei einen Stein, der in Höhe ihrer Wange aus der Erde lugte. Sie hob das Gesicht und starrte ihn an, oder besser gesagt sie starrte auf die feuchtweiche, klebrig grüne Substanz, die den Stein überzog. Ah, hauchte sie glücklich. Moos!

Sie rieb ihre Wange daran, sie küsste es! Mit den Zähnen riss sie Stücke davon ab und aß sie. Moos!

Moos wuchs nur in der Nähe von Wasser.

Sie schaffte einen weiteren Viertelmeter, konnte sich aber nicht halten. Erst gab die Wurzel in ihrer Hand nach, dann erlahmte ihr gesunder Arm und sie stürzte zurück auf die Äste, die Eisenfalle, den Grubengrund.

Die Zeit verrann. Verrann und verrann.

Tatiana erwachte aus der Bewusstlosigkeit und versuchte es erneut, diesmal wesentlich langsamer. Sie nahm sich Zeit, weil sie *Zeit* hatte. Scheitern und wieder hinunterstürzen kam nicht in Frage. Wenn sie noch einmal fiel, würde sie nicht wieder aufstehen können. Über ihr stand die Sonne wie ein bleiches Strahlenkreuz am Himmel.

Es war Vormittag, vielleicht zehn oder elf. Sie wusste, wo Süden ist, wo Norden und wo Westen. Womöglich würde sie jetzt sogar den See finden können. Da war nur ein Problem – zum Laufen besaß Tatiana keine Kraft mehr. Die Lichtung, auf die die Sonnenstrahlen erbarmungslos fielen, musste ihr erst einmal genügen.

Nachdem sie mühsam aus der Grube geklettert war, machte sie sich zuerst daran, ihren Arm mithilfe zweier kurzer dicker Äste und ihrer Schnürsenkel zu schienen. Sie verlor nur einmal kurz das Bewusstsein und zog die Schnüre schließlich auf dem Rücken liegend fest. Danach erhob sie sich unsicher und sammelte umständlich einige feuchte Zweige und Äste zusammen, die sie nur mit der linken Hand griff. Es gelang ihr, die Sonnenstrahlen mit ihrer Lupe ausreichend zu bündeln, um etwas trockenes Laub zu entzünden. Es bedurfte mehrerer Anläufe, bis schließlich auch ein kleiner Zweig an den brennenden Blättern Feuer fing, dann aber standen innerhalb weniger Minuten die restlichen Äste in Flammen. Sie legte sich auf ihre unversehrte Seite vor das wärmende Feuer und schloss die Augen.

Kaum hatte sie sich ausgestreckt, da hörte Tatiana Schreie, entsetzliche Schreie, schlimmer, als wenn jemand in eine Bärenfalle stürzte. Aber jetzt, da sie auf der Lichtung im Sonnenschein vor dem Feuer lag, würde sie nicht aufstehen. Wieder in den Wald gehen? Nein – keinen Meter, keinen Zentimeter.

Aber was tun? Die Schreie wollten nicht aufhören.

Widerwillig mühte sich Tatiana auf die Beine und humpelte an den Rand der Lichtung. Wer schrie da? War das Marina? Aber Marina steckte doch zu Hause unter der warmen Bettdecke, oder?

»Herrgott, Hilfe! Hilfe!«, kreischte eine Stimme. Sie klang *sehr* stark nach Marina.

Tatiana stand an einen Baum gelehnt. Schließlich rief sie: »Marina?« Sie war heiser. Sie rief noch einmal, und plötzlich hörte die Stimme auf zu kreischen und verstummte. »Marina?«, rief Tatiana wieder, diesmal leiser. Ein lautes Aufschluchzen, dann Knirschen und schnelle, galoppierende Schritte, die durch den Wald brachen. Es war kein Rufen mehr zu hören, nur noch das Wimmern und Laufen einer Person, aus dem irrsinnige Angst und gleichzeitig Erleichterung sprach.

Zwischen den Bäumen tauchte ein Schatten auf, der von den Umrissen her wie Marina aussah, aber dieses grauenentstellte Gesicht, dieser nasse, zitternde Körper, der schwarz vor Schlamm war, das passte nicht – nein, es war doch Marina!

Als Marina am Rand der Lichtung Tatiana an einen Baum gelehnt stehen sah, verlor sie völlig die Beherrschung. Sie geriet dermaßen außer sich, dass Tatiana schon glaubte, Marina würde sich auf sie werfen. Sie musste ein verdrecktes Wesen abwehren, das schließlich heulend auf den Boden sackte. Marina streckte Tatiana ihre Hände entgegen, doch die drehte sich zur Seite, um ihren Arm zu schützen, und bewegte sich keinen Zentimeter auf ihre Cousine zu.

»Ach, du bist das«, sagte Tatiana. »Überrascht mich, dass du noch hier bist.«

»Oh Tania!« Marina schluchzte ängstlich. »Tania, es tut mir ja so leid. Aber du kannst dir gar nicht vorstellen, was mir passiert ist.«

»Und was noch wichtiger ist, es interessiert mich auch nicht«, sagte Tatiana und hielt ihren gebrochenen Arm gegen die Brust gedrückt. Sie wandte sich um und ging schlurfend zum Feuer zurück.

Humpelnd blieb ihr Marina dicht auf den Fersen. »Wir sind noch nicht weit genug weg, Taneschka«, raunte sie. »Wir können hier nicht bleiben. Wir müssen fort.«

»Fort wovon?«

»Von *ihr*«, flüsterte Marina und schreckte zusammen. Dabei sah sie sich nach allen Seiten um. »Bitte, wir müssen so schnell laufen, wie wir nur können.«

Ruhig und gemächlich setzte sich Tatiana zurück ans Feuer und legte noch ein paar Äste sowie etwas Moos und ein paar alte Beeren hinein. Sie wollte den Rauch so schwarz und beißend wie möglich haben, damit er hoch aufsteigen und sein Geruch noch kilometerweit entfernt wahrgenommen würde. »Ich geh hier nicht weg«, erklärte sie. »Aber du kannst gerne gehen. Warum haust du nicht ab? Beeil dich, Marina. Mach schon.« Sie hielt für einen Moment inne. »Wie das letzte Mal auch.«

»Tania! Bitte! Es tut mir so leid. Tania, Herrgott! Ich weiß, dass du wütend bist. Ich weiß, dass du böse auf mich bist. Und du hast allen Grund dazu. Aber bitte, jetzt müssen wir unbedingt fort. Sie wird uns sonst finden, sie wird uns erwischen.«

»Soll sie doch kommen.« Tatiana drehte nicht einmal den Kopf zum Wald.

»Sie hat die Tollwut, Tania ...«, flüsterte Marina voller Abscheu.

Tatiana schien das Gesagte kaum zu beunruhigen. »Ach«, war alles, was sie dazu sagte.

Marina sprang auf. »Also, was ist? Kommst du oder kommst du nicht?«

»Ich denke, die Antwort dürfte lauten: Ich komme nicht«, erwiderte Tatiana.

»Tania!«

»Hör auf«, sagte Tatiana, das Gesicht weiter dem Feuer zugewandt. Sie würdigte Marina keines Blickes. »Setz dich hin oder geh weg. Lauf oder bleib, aber hör mit diesem Quatsch auf. Hör auf, dich hier so aufzuspielen, und schau lieber mal mich an. Fragst du nicht einmal, was mir zugestoßen ist?«

»Wir haben einen Bach gefunden, Taneschka«, flüsterte Marina, ohne auf Tatiana einzugehen. »Gar nicht weit entfernt haben wir im Wald einen Bach gefunden. Er wird uns zum See führen, genau wie du gesagt hast.«

»*Ich* soll das gesagt haben?« Tatiana zuckte mit den Achseln. »Ich gehe jedenfalls nicht in den Wald zurück. Und wartet *sie* nicht beim Bach?« Nun hob sie den Blick doch zu ihrer Cousine. Die Mädchen sahen einander an. »Ich gehe nicht in diesen Wald zurück, Marina«, wiederholte Tatiana leise.

Marina begann zu würgen und zu weinen. »Es tut mir leid, Tania. Es sollte nur ein Scherz sein. Du solltest kommen und uns suchen.«

»Ach, sollte ich das? Wäre schön gewesen, wenn mir jemand gesagt hätte, was genau ich hätte tun sollen.«

Konfus, hektisch und am ganzen Körper schlotternd erzählte Marina Tatiana alles. Sie verheimlichte nichts. Sie berichtete über ihr eigenes Mittun und wann ihr ein Licht aufgegangen war, berichtete von Sabir und Murak, von den Tagen im Wald und von jenem infizierten, kriechenden Etwas, das Jagd auf sie gemacht hatte.

Am Ende von Marinas Geschichte meinte eine leicht zitternde, aber ansonsten außergewöhnlich ruhige Tatiana nur: »Ja, ja.« Sonst sagte sie nichts.

»Verstehst du jetzt, warum wir hier wegmüssen?«

»Nein.« Tatiana seufzte. »Mach dir keine Sorgen mehr um Saika. Kümmere dich lieber darum, wie du selbst gefunden wirst.«

»Ich bin doch jetzt gefunden worden!«, rief Marina. »Aber wir werden wohl kaum aus dem Wald herauskommen, indem wir hier nur am Feuer sitzen!«

»Dann geh doch«, sagte Tatiana erneut. »Du läufst nun seit drei Tagen durch den Wald und bist auf nichts gestoßen, was dich weitergebracht hätte. Ich laufe auch seit drei Tagen durch den Wald. Was hat es mir gebracht? Aber jetzt haben wir ein Feuer und der Rauch zieht über die Kiefern hinaus. Wenn jemand nach uns sucht, wird er genau danach Ausschau halten. Und wenn nicht, tja, dann ... werde ich trotzdem hier sitzen bleiben und warten. Ich habe einfach nicht mehr so viel Kraft wie am Anfang. Aber bitte, lass dich nicht abhalten. Auf jeden Fall«, Tatiana sah Marina scharf an, »tu, was dir gefällt ... eben wie immer.«

Als ob Marina auch nur einen Meter von Tatianas Seite gewichen wäre. »Warum glaubst du, dass sie nicht herkommen wird?«, fragte sie noch immer keuchend.

»Lähmung des Rückenmarks«, erwiderte Tatiana. »Sie möchte vielleicht, wird aber nicht mehr dazu in der Lage sein.«

»Ist es ...«, Marina verstummte einen Moment, *»überhaupt* heilbar?«

»Nein.«

»Und was wird jetzt mit ihr geschehen?«

»Saika«, sagte Tatiana, »wird im Wald sterben. Wahrscheinlich ist sie schon tot. Wie wir es auch vielleicht bald sein werden.«

Marina legte sich vor Tatiana, direkt ans Feuer. »Ich bin nicht mehr allein«, wisperte sie und schloss die Augen. »Jetzt ist mir egal, was geschieht. Ich bin nicht allein.«

Sie verharrten dicht nebeneinander. Tatiana vermied es, Marina zu berühren.

»Bist du sehr böse auf mich?«, flüsterte Marina.

»Mehr als ich es dir gegenüber zum Ausdruck bringen könnte.«

»Es tut mir leid.« Marina fielen die Augen zu. »Wie spät ist es?«

Tatiana sah zum Himmel hinauf. »Eins vielleicht. Halb zwei.« Oh, diese bleiche gelbe Sonne. Sie wünschte sich ein Leben, wo die Sonne dreihundert Tage im Jahr auf sie niederbrannte und nicht bloß läppische fünfundsechzig wie in diesen nördlichen Breiten. Als sie wieder auf ihre Cousine hinabsah, schlief Marina bereits.

Sie schlief fünfundvierzig Grad lang, während Tatiana im

Sonnenschein saß, das Feuer in Gang hielt und Marina betrachtete, die schlummerte, als würde sie zu Hause in ihrem bequemen Bett liegen.

Als die Frühabendstunden anbrachen, vernahm sie plötzlich Stimmen aus dem Wald, die ihren Namen riefen. »Tatiana ... Tatiana!« Nicht eine Stimme, sondern ein ganzer Chor von Stimmen. Männliche, weibliche, junge, alte.

Sie erhob sich mühsam. Marina erwachte und sprang auf.

»Taaaaaania ... Taaaaaania ...«

»Oh mein Gott!«, rief Marina. »Du hattest recht! Sie haben dich gefunden!«

Tatiana besaß nicht mehr die Kraft zu laufen oder zu rufen, und Marina, die noch stark genug gewesen wäre, tat es ebenfalls nicht. Sie ergriff Tatianas gesunde Hand, wobei sie ihr Zusammenzucken ignorierte.

»Taneschka, ich flehe dich an«, flüsterte sie panisch. *»Bitte* erzähl ihnen nichts. Bitte. Es war bloß ein Scherz, der auf furchtbare Weise schiefgelaufen ist. Ich habe meine Lehre daraus gezogen. Ich wäre selbst beinahe umgekommen. Nie wieder werde ich so etwas machen. Aber bitte, erzähl ihnen nichts.«

»Keine Bange. Es bleibt unter uns, Cousine Marina«, sagte Tatiana emotionslos und zog ihre Hand zurück. »Es wird unser kleines Geheimnis bleiben.«

Dann rannte Marina schreiend los. »Hilfe! Hier! Hierher! Hilfe!«

Dascha erschien weinend und immer wieder Tatianas Namen rufend auf der Lichtung. An ihrer Seite war Pascha, dahinter Babuschka, Deda und dann Mama! Was für eine Überraschung. Mama! Sie konnte nicht aufhören, *Oh Tania, Tania* zu jammern.

Onkel Boris war ebenfalls dabei wegen Marina, seinem einzigen Kind. Er wirkte sehr aufgebracht. »Mit wem müssen wir hier schimpfen?«, sagte er und drückte Marina überschwänglich an sich. »Wer ist an dieser Sache schuld?«

Aber Tatianas Familie war viel zu geschockt über den Zustand, in dem sich ihre Kleine befunden hatte, als dass sie Lust gehabt hätte, irgendjemandem die Leviten zu lesen. Der gebrochene Arm entsetzte sie. Als Tatiana ihnen erzählte, sie wäre in eine Bärenfalle gesprungen, hätte man angesichts der mitfühlenden Reaktionen denken können, sie wären alle mit ihr zusammen hineingehüpft.

»Du hast was gemacht?«, fragte Marina verblüfft.

Pascha sah Marina misstrauisch an. »Was meinst du damit? Wo zum Teufel hast du gesteckt, dass du das nicht weißt?«

Auch Dascha musterte Marina ärgerlich, fast als ahnte sie, dass etwas Ruchloses vorgefallen war, von dem ihnen Tatiana nichts mitteilen wollte.

»Warum hast du so etwas Dämliches gemacht und bist in eine Bärenfalle gesprungen?«, fragte Mama.

»Um mich vor dem Bären zu retten«, erwiderte Tatiana leise. Mama fiel fast in Ohnmacht.

Deda sagte, genug geredet, jeder von euch, sie ist nicht in der Verfassung, um hier zu diskutieren. Er versuchte, Tatiana aus der Umklammerung ihrer Arme zu befreien, aber sie ließen sie einfach nicht los. Er reichte ihr eine Flasche mit Wasser. Sie trank, ihr schwanden die Sinne. Dascha hielt ihr die Flasche an den Mund. Tatiana trank in großen Zügen und das Wasser lief ihr das Kinn hinunter. Deda fragte, ob sie etwas Brot haben wolle, er habe welches dabei. Dankbar biss sie davon ab. Wolle sie Tee? Er habe eine Thermoskanne mit heißem Tee dabei. Vielleicht auch etwas Dosenschinken? Er brachte eine kleine Dose und einen Dosenöffner zum Vorschein. »Dosenschinken?« Die gesamte Familie stöhnte angewidert auf, sogar Tatiana, die den Kopf schüttelte. Allein die Vorstellung von Dosenschinken! Deda steckte ihn wieder ein. Tatiana brauchte nichts. Sie hatte alles.

Der See lag zwei Kilometer nördlich von ihnen. Deda besaß einen guten Kompass und sie hatten einen Pfad frei geschlagen, auf dem Onkel Boris Tatiana zurücktrug. Unterwegs erzählte er den Mädchen, was passiert war.

Nachdem sie nicht zurückgekehrt waren, hatte er am folgenden Morgen nach Luga und Leningrad telegrafiert, um die Metanows zu benachrichtigen. Seit Tagen hatte die Familie nun schon nach den Mädchen gesucht, war in zwei Booten morgens über den See gerudert und bis zum Abend geblieben. Sie hatten

Tatianas Zweige bemerkt, sogar Tatianas Kratzzeichen in den Baumstämmen entdeckt, aber sie konnten die Mädchen einfach nicht finden. Erst das Feuer brachte schließlich den Erfolg.

»Als wir heute Morgen aufwachten und es war sonnig«, sagte Deda, »habe ich allen sofort erzählt, dass wir euch heute finden werden, denn ich wusste, dass du bei Sonnenschein bestimmt ein Feuer machen würdest.« Die Mädchen wurden fast dreizehn Kilometer südwestlich von ihrem Boot gefunden.

Endlich dachte jemand daran, sich nach Saika zu erkundigen. Marina sagte nichts, schüttelte nur den Kopf. Tatiana meinte: »Sie und Marina wurden von mir getrennt.« Sie schwieg einen Augenblick. »Wir hatten uns völlig verirrt. Stimmt's, Marina?«

»Ja, Tania.« Sie senkte ihren Blick.

Deda sagte: »Wenn Saika noch im Wald ist, sollten wir nach ihr suchen.«

»Nein!«, schrie Marina. »Sie ist nachts in eine Höhle gegangen und hat sich die Tollwut geholt.«

»Sie ist *nachts* in eine Höhle gegangen?«, wiederholte Deda fassungslos. »Welcher vernünftige Mensch klettert nachts in eine Höhle?«

Tatiana, die von Onkel Boris in den Armen gehalten wurde, antwortete: »Weil es dort wärmer war. Sie fühlte sich wohl da. Sie mochte nicht unter freiem Himmel bleiben. Also ging sie rein und schreckte die Fledermäuse auf, die sofort wegflogen. Da sie kein Flattern mehr hörte, dachte sie, es wäre gefahrlos. Sie vergaß oder vielleicht wusste sie auch nicht, hatte womöglich nichts darüber gelesen, dass der Tollwutvirus sich in geschlossenen, stark verseuchten Räumen auch durch Speichelpartikel in der Luft überträgt. Offensichtlich hat es sie so erwischt.«

»Welch ein Albtraum«, sagte Deda betroffen. »Was werden nur ihre Eltern denken? Na ja, nicht unsere Sache. Wie ich immer sage, man soll sich nicht um Dinge kümmern, die einen nichts angehen. Aber was wird *dein* Vater denken? Das geht uns wahrlich etwas an. Er kommt nämlich nächste Woche zurück.« Tadelnd schnalzte er einige Male mit der Zunge. »Wir müssen euch beide nach Leningrad zurückbringen. Tania, du musst sofort in ein Krankenhaus.«

»Mir geht's gut, Deda.« Sie lächelte. Jetzt geht's mir gut.

»Du bist doch nicht in die Höhle gegangen, Tania, oder?«

»Nein, mein lieber Deda.«

Er küsste sie auf den Kopf, während Onkel Boris sie weitertrug. »Ich bin mir sicher, dein Vater wird dir aus Polen etwas Hübsches mitbringen, wenn er zurückkommt«, flüsterte er. »Dann wird es dir schon besser gehen, Taneschka.«

»Mir geht es jetzt schon viel besser.«

Sie brachten die Mädchen ins Boot, wo Pascha die Ruder ergriff und mit unverhohlener Schadenfreude erklärte: »Nun rudere *ich* über den Ilmensee, Taneschka. Also hab ich *doch* gewonnen.«

Alexander lachte auf. Er streckte die Hand aus und strich sanft über Tatianas Gesicht, bevor er sie zu sich nach unten zog und küsste. »Du erzählst das wie einen Witz, kleine Taneschka, aber ich bin überzeugt, dieses Detail wurmt dich an dieser ganzen traurigen Geschichte am allermeisten.«

Der Anflug eines Lächelns zeigte sich in Tatianas Mundwinkeln. »Er konnte so unheimlich nerven. Ich sagte, Pascha, das ist die einzige Chance für dich, mich jemals zu schlagen, jetzt, da ich einen gebrochenen Arm habe.«

»Aber klar doch. Und was war mit den Kantorows?«

»Als sie hörten, dass Saika Tollwut hat, sind sie, ohne ein Wort mit jemandem zu wechseln und ohne sich zu verabschieden, weggegangen. Sie haben einfach gepackt und sind verschwunden. Als ich ein paar Wochen später nach Luga zurückkam, waren sie bereits fort. Vielleicht haben sie nach ihr gesucht. Ich weiß es nicht.«

Alexander wirkte nachdenklich, grübelte über die Wüste, den Himmel, die Sterne, ihre Geschichte. »Wenn Anthony etwas von deiner Ilmensee-Geschichte verstanden hat, dann sollte ihn das zwei Dinge gelehrt haben: Erstens, sprich mit deinen Feinden nie über deine Geheimnisse. Und zweitens, hab Vertrauen und bleibe lange genug am Leben, damit jemand dich finden kann.«

Leise sagte Tatiana: »Letzteres wusste mein eigener Mann ganz gut zu beherzigen.«

»Wie du dir vorstellen kannst, brauche ich für beides meine

mystische Führerin«, sagte er, drückte sie kurz und erhob sich von ihrem Schoß. Er dehnte seinen großen, kräftigen Körper und zog seine Zigaretten heraus. Tatiana stand ebenfalls auf und streckte sich. Dann gab sie ihm Feuer. Während er an der Zigarette zog und sie zu ihm aufschaute, legte er seine Hand um ihre Hand und sah ihr in die Augen.

Sie gingen ins Haus, zogen sich aus und legten sich ins Bett. Tatiana wollte seinen ganzen Körper auf sich spüren, all seine Narben und Lebensmale ertasten, die Spuren des Krieges, seine kräftigen Arme, seine weiche Brust, ihn ganz und gar fühlen.

»Tania«, sagte Alexander, als er in ihren Armen lag. Seine Stimme war nur noch ein Flüstern. »Ich muss nach Vietnam gehen, um ihn zu finden. Allein kommt Anthony da nicht heraus. So wie es mir auch nicht gelang. Spürst du das nicht?«

Sie konnte nichts sagen.

»Irgendetwas ist ihm zugestoßen. Du weißt es. Ich weiß es.«

Sie schwieg.

»Ich sterbe hier einen langsamen Tod.« Er sah ihr mit einem schmerzhaften Blick ins Gesicht und fuhr fort: »Ja, *dir* ist es gelungen. Ich ließ dich in Morozowo gehen, weil ich davon überzeugt war, dass du alles überstehen könntest. Und ich hatte recht. Aber ich überlebe das hier nicht. Ich bin nicht so ausdauernd wie du. So oder so« – sein Atmen hörte sich halb erstickt an –, »ich muss ihn zurückholen.«

Sie sagte nichts darauf.

»Ich weiß, es geht um eine ungewisse Reise nach Vietnam und nicht nur um ein Dienstwochenende in Yuma. Und ich habe dir versprochen, mich nie wieder zu einem Kampfeinsatz zu melden. Aber ich werde zurückkommen.«

Sie schaute weg.

»Ich habe noch drei andere Kinder. Ich werde zurückkommen«, sagte Alexander eindringlich. »Wir können unseren Jungen nicht im Wald lassen, Tania.« Fast versagte ihm die Stimme. »Sieh dir doch an, wie es uns geht. So können wir nicht weiterleben.«

»Shura, ich will nicht, dass du gehst«, flüsterte sie.

»Das weiß ich. Aber nicht einmal, um unseren Sohn zu suchen?«

»Ich will nicht, dass du gehst«, wiederholte sie. »Das ist alles, was ich fühle.« Sie wollte noch etwas sagen, unterließ es jedoch. Wenn sie ihm von ihren unbeschreiblichen Ängsten erzählen würde, dann nicht aus freien Stücken. Sie zog ihn dicht an sich heran. Aber er war bereits so dicht, wie es nur möglich war. Zwei Metallschüsseln, die genau ineinanderpassten.

»*Ordo amoris,* Alexander.«

»*Ordo amoris,* Tatiana.«

16

Im Herzen Vietnams

Aykhal

Er konnte den Traum nicht aufgeben. Und jetzt wurde er fortgeschickt, fortgeschickt bis ins entlegene Aykhal, wo sie ihn niemals finden würde. Ihm war mitgeteilt worden, dass die Regeln, die von nun an für ihn galten, simpel waren. Wenn er bei einem Fluchtversuch erwischt würde, hätten die Wächter strikte Anweisung, ihm eine tödliche Kugel zu verpassen. Sie waren fertig mit ihm. Und dennoch gestand er nichts ein, sah ihnen offen ins Gesicht und verleugnete seinen Namen. Vorbei an den Feldern, der Wolga, den Kiefern, dem Ural. Durch Kasan, über die Kama, und fast wäre ihm das Herz beim Überqueren des Flusses stehen geblieben, musste er doch daran denken, wie er ihn durchschwommen hatte, wie er sich ständig umgeblickt hatte, um sicherzugehen, dass sie nicht von der Strömung abgetrieben wurde. Aber das passierte ihr nie. Sie meisterte jede Strömung. Es ging durch den Ural, nach Swerdlowsk und durch die Taiga dahinter. Sie kamen ins Westsibirische Tiefland, in die Steppe und an den Permafrostböden der Tundra vorbei ins Mittelsibirische Bergland. Und dort, noch vor dem Hochgebirge und den Flüssen Lena und Amur, bevor es nach Süden in Richtung Wladiwostok, China und Vietnam ging, lag mitten im Nirgendwo, zu dem nur diese eine Straße führte, in einem schmalen Einschnitt in die gefrorene Erde, den sie Rhone-Tal nannten, Aykhal. Nach seinen fünfundzwanzig Jahren in sowjetischen Haftanstalten hätte er hier seine zehnjährige Verbannung absitzen sollen.

Und jetzt ging er noch viel weiter weg. Noch weiter sogar als Aykhal.

Tatiana umsorgte ihn vor seiner Abreise, als wäre er ein Sechsjähriger vor seinem ersten Schultag.

»Shura, vergiss nicht, den Stahlhelm anzuziehen, wo immer du auch hingehst, selbst wenn es nur kurz den Pfad zum Fluss hinunter ist.«

»Vergiss nicht Ersatzmagazine einzustecken. Sieh dir diese Einsatzweste an. Man kann mehr als fünfhundert Schuss unterbringen. Es ist unglaublich. Steck dir immer reichlich Munition ein. Und nimm ein paar Extrapatronen mit, damit sie dir nicht ausgehen.«

»Vergiss nicht, dein M-16 jeden Tag zu putzen, sonst streikt es irgendwann.«

»Tatia«, erwiderte Alexander, »das ist die dritte Generation der M-16-Gewehre. Da klemmt nichts mehr. Das Schießpulver hinterlässt nicht mehr so viele Rückstände. Die Waffe reinigt sich selbst.«

»Wenn du den Granatengürtel anlegst, zieh ihn nicht zu fest an, sonst wird dir durch die Reibung die Haut aufgescheuert, und dann wird die Stelle wund und entzündet sich ...«

»Nimm mindestens zwei Leuchtraketen für die Hubschrauber mit. Vielleicht auch eine Rauchbombe?«

»Mensch, daran hatte ich überhaupt nicht gedacht.«

»Nimm deine Colt mit – die bringt dir Glück – und auch den Ruger-Revolver. Ach, und ich habe dir deine Arzneisachen zusammengestellt: reichlich Verbandszeug, drei komplette Notfallkits, nein, ich habe mich für vier entschieden. Die sind ja leicht. Außerdem hat mir Helena vom Phoenix Memorial Hospital auf meine Bitte hin Rezepte für Morphium, Penizillin und ...«

Alexander legte seine Hand über ihren Mund. »Tania«, sagte er, »willst du nicht einfach dorthin fahren?«

Sie nahm seine Hand und sagte: »Ja.«

Er küsste sie.

Und es sprudelte weiter aus ihr heraus. »Frühstücksfleisch. Drei Dosen. Und achte darauf, dass deine Feldflasche immer voll Wasser ist, nur für den Fall, dass du nicht an Plasma rankommst. Es hilft.«

»Ja, Tania.«

»Und dieses Kreuz hängst du dir um den Hals. Kannst du noch das Jesusgebet?«

»Herr Jesus Christus, Sohn Gottes, hab Erbarmen mit mir Sünder.«

»Gut. Und den Ehering lässt du immer am Finger. Kannst du noch das Hochzeitsgebet?«

»Gloria in excelsis, und *bitte* noch einen kleinen Zuschlag.«

»Sehr schön. Und nie den Stahlhelm ausziehen. Versprochen?«

»Das sagtest du bereits. Aber versprochen, Tania.«

»Und weißt du noch, was am allerwichtigsten ist?«

»Immer ein Kondom benutzen?«

Sie boxte ihn auf die Brust.

»Die Blutung zu stoppen«, sagte er und umarmte sie.

»Genau. Die Blutung zu stoppen. Alles andere können sie in Ordnung bringen.«

»Ja, Tania.«

Als Alexander im November 1969 mit einem Militärtransportflugzeug in Saigon eintraf, glaubte er in eines anderen Mannes Albtraum von der großen Sintflut geraten zu sein. Es regnete mit solch biblischer Vehemenz, das Flugzeug konnte nicht landen. Alexander befürchtete sogar bereits, ihnen würde das Benzin ausgehen, so lange mussten sie in der Luft kreisen. Endlich konnten sie zur Landung ansetzen. So viel zum Thema schwülheißer Dschungel. Es war windig, kalt und es goss in Strömen.

Aufgrund des stürmischen Wetters war der Weiterflug mit dem Hubschrauber nach Kontum nicht möglich. Richter rief an und sagte ihm, er solle abwarten. Also wartete Alexander, rauchte am Fenster seines Hotelzimmers, sah auf den Saigon Square hinunter und las amerikanische Zeitungen. Die meiste Zeit lief er unruhig im Zimmer auf und ab – oh, das beherrschte er ganz ausgezeichnet, das Auf-und-ab-Laufen.

Als er unten in der Bar etwas trinken ging, trat eine durchnässte und etwas heruntergekommene Vietnamesin zu ihm und meinte, sie würde für zwei Dollar mit ihm Boom-boom machen. Er lehnte ab. Sie sagte, er könne es auch umsonst ausprobieren und würde nur bezahlen, wenn es ihm gefiele. Er lehnte erneut ab. Sie bot ihm für einen Dollar etwas anderes Leckeres an, Yum-yum sagte sie. Alexander schüttelte den Kopf. Ein paar Momente später kehrte sie zurück, hielt ihm ein kleines Kind vors Gesicht und sagte: »Mein Baby braucht Essen. Warum Sie mir nicht geben Piastres für Yum-yum? Muss mein Baby zu essen geben.«

Er gab ihr zwanzig amerikanische Piastres und schickte sie fort. Fünf Minuten später sah er sie mit einem anderen Mann die Treppe hinaufsteigen. Das Baby hielt sie auf dem Arm. Alexander bestellte sich einen weiteren Drink.

Er hoffte auf ein Ende des Regens.

Die Nächte waren lang. Aber die Tage, an denen der Regen kein Ende nahm, waren noch länger. Er ging rastlos umher, als wäre er in seiner Zelle in Wolkow, als würde er in der Hölle seinen Rest Leben ablaufen. Damals dachte er, dass nicht mehr viel davon übrig sei.

Alexander führte nicht das Kommando, so viel hatte er inzwischen begriffen. Sonst würde er nicht hier an dieser Fensterscheibe die Lebenszeit seines Sohnes und seine eigene mit den Fingern wegtrommeln. Er hatte Tania telegrafiert und ihr mitgeteilt, dass er gut angekommen sei. Er legte seine Hand auf das kalte Glas. Unter ihm flackerten die Reklamelichter der Bars.

Warum bist du hergekommen?, schien der weinende Himmel ihm sagen zu wollen. Hier ist es schlimm. Wir lassen dich nicht durch.

Ihm blieb viel zu viel Zeit zum Nachdenken in diesem düsteren Hotelzimmer. Er fragte sich, ob Tania ihn über drei Kontinente hinweg spüren konnte. Er war nicht mehr allein in einem Hotelzimmer gewesen, seit … nun, eigentlich noch nie. Er war schon an vielen Orten allein gewesen, in feuchtkalten Zellen, in Zügen, in regennassen Wäldern, aber derart isoliert hatte er sich nicht mehr seit den Zeiten seiner Einzelhaft in Sachsenhausen gefühlt. Und er war nicht mehr allein gewesen, seit sich diese Tür einen Spaltbreit geöffnet hatte, Licht in die dunkle Zelle geströmt war und eine kleine, schmale Gestalt zitternd vor ihm gestanden hatte.

Danach hatten sie in Hotels und Motels übernachtet, zur Untermiete, in einem Hausboot und einem Mobilhaus gewohnt, das eines Tages komplett angeliefert wurde, und jetzt lebten sie in einem tadellosen gemauerten Haus, geräumig, elegant und gepflegt, in dem sein Bett stets frisch gemacht und sie stets an seiner Seite war. Nie hatte sie ihn allein gelassen, mit Ausnahme jener einhundert Nächte von Freitag auf Samstag, und irgendwie war es ihnen gelungen, selbst diese Trennung zu überleben.

Seine Hand blieb gespreizt auf der feuchten, kalten Scheibe liegen. Doch auch hier in Saigon war er im Grunde nicht allein. Ihr immenser Trost war immer spürbar, selbst in Vietnam, neunzehntausend Kilometer von zu Hause entfernt.

Er telegrafierte ihr: »Grauenhafter Regen. Noch immer in Saigon.«

Drei weitere Regentage vergingen.

Sie telegrafierte ihm zurück: »Sonnig und warm im November. Noch immer in Phoenix.«

Dann kam ein weiteres Telegramm von ihr: »Happy Thanksgiving.«

Und noch eines: »Dezemberausgabe *Ladies Home Journal.* Gesucht: 100 Anlässe sich zu freuen.«

Er lächelte. Das hatte er gemeint. Sie fand selbst aus neunzehntausend Kilometern Entfernung einen Weg. In einem der Zeitschriftenkioske, die die Amerikaner versorgten, fand er die Dezembernummer des *Ladies Home Journal* und den Artikel, auf den sie angespielt hatte: »100 Orte sich zu lieben«, und verbrachte einen glücklichen Tag damit, an einige dieser Orte zurückzudenken.

Ort Nummer 16 im Zelt, Ort Nummer 25 am Feuer, Nummer 33 auf der Kuppe eines Berges. Auf einem Rastplatz, auf einem Picknicktisch, in einer Hängematte, in einem Kornfeld, in einem Schlafsack unter den Sternen. Auf einem Boot auf dem See, in einer Badewanne, in einer Scheune, auf der Ladefläche eines Trucks in einer heißen Sommernacht. Im Wald, im Holzschuppen, auf dem Dielenboden. In der Dämmerung und um zwölf Uhr Mittag. In einem Auto auf einer einsamen Straße, in einem Drive-in-Kino. In einem von Kerzenschein erfüllten Raum, in einem riesigen Messingbett, in jedem Raum im Haus, in einem Zimmer bei Freunden während einer lauten Party, und einmal bei einer Einladung zu einem ruhigen Abendessen unmittelbar vor dem Nachtisch. Auf einer Hollywoodschaukel, auf den Spielplatzschaukeln, auf dem schaukelnden Deck eines Hausboots, im Herzen des Grand Canyon, auf der Gänsedaunendecke in der Pension. Und last but not least auf der Maytag-Waschmaschine, als gerade das Schleuderprogramm lief.

Ein glücklicher Tag. Dann raufte er sich wieder die Haare.

Richter rief an. Alexander machte seinem Unmut Luft: »Es ist mir scheißegal, und wenn ein Tsunami kommt und ganz Südvietnam wegspült, morgen besorgst du mir diesen Hubschrauber.«

Am nächsten Tag hörte der Regen auf. Die Sonne schien, als hätte es nie geregnet, als wäre der Boden nur vom schweren Morgentau so durchnässt. Es wurde heiß und schwül. Alexander flog aus mit zwei jungen Obergefreiten, die gerade ihre Grundausbildung in Fort Bragg abgeschlossen hatten, sowie zwei Logistikern und zwei Sergeants. Die Türen des Armeehelikopters blieben während des dreistündigen Flugs offen. Die jungen Soldaten wollten Alexander in eine Unterhaltung verwickeln, aber er sah nach unten auf die grün bedachte Landschaft und bemühte sich, es wie Tatiana zu machen und seinen Sohn unter der Blätterdecke, den antiken Pagoden, den zerstörten Kirchenruinen französischer Katholiken zu erspüren, dessen aufsteigendes Rauchsignal zu entdecken. Das grüne Blättermeer sah viel zu dicht aus, um einen Landeplatz zu finden, aber dann endete der Dschungel plötzlich und wurde von Reisfeldern abgelöst. Unter ihnen war ein rechteckiges Gebiet akkurat von Menschenhand angelegt worden. Es wurde in der Ferne von Bergen gesäumt. Eine große Militärbasis war symmetrisch in das frisch geschnittene Elefantengras des zentralen Hochlands eingepasst, die Zentrale Kommandostelle der MACV-SOG in Kontum. Der Hubschrauber wirbelte Gras und Staub unter sich auf, als er landete.

Richter erwartete ihn. Alexander hatte Richter seit Anthonys Abschlussfeier viereinhalb Jahre zuvor nicht mehr gesehen. Sie trugen beide grüne Kampfanzüge, beide mit den Insignien eines Offiziers an den Schultern, darunter auch das Scharfschützenabzeichen und Streifenaufnäher für besondere Leistungen am Gewehr und am Maschinengewehr. Beide trugen ihre Haare militärisch kurz, wobei die von Alexander noch überwiegend schwarz waren, die von Richter weitgehend ausgefallen.

»Es tut mir leid, dich unter diesen Umständen zu treffen«, sagte Richter. »Aber ich freu mich wirklich riesig, dein Gesicht wieder mal zu sehen.« Sie begrüßten sich mit festem Händedruck und lächelten kurz. Richters Miene wurde zuerst wieder ernst. »Komm, lass uns was trinken gehen und was futtern«, sagte er. »Du musst ziemlich erschöpft sein.«

»Erschöpft vom Herumsitzen.«

»Ich weiß. Nicht unbedingt Ihre Stärke, wie, Major?« Richter schüttelte seinen Kopf, während sie losgingen. »Mensch, hast du viel Gepäck mitgebracht. Du bist doch ein Spinner. Du hättest hier doch alles bekommen können, was du brauchst. Sieh dir nur unsere Materialposten an. Wenn die Spähtrupps losziehen, sind sie so umfassend ausgerüstet, als würden sie auf Bärenjagd gehen.«

Alexander nickte in Anbetracht der Bärenmetapher zustimmend. »Ich hatte ja keine Ahnung, dass ihr so gut ausgestattet seid. Aber ich muss dringend mit dir und mit Ants Lieutenant reden, Tom.«

»Komm«, sagte Richter und nahm Alexander am Arm. Sie gingen von der Landepiste zu einer Reihe gepflegter Offiziersunterkünfte. »Lieutenant Elkins und Sergeant Mercer erwarten dich bereits.«

Die Basis, deren Umgrenzung von einem Zaun und Stacheldraht gesichert war, machte einen geordneten und gut funktionierenden Eindruck: ein Landeplatz, eine Landebahn, ein Lazarett, eine Poststation, Offiziersbaracken, Soldatenunterkünfte, Kommandozentrale, zahlreiche Geschützstellungen, ein Trainingslager und das alles auf der planierten Grundfläche von drei Fußballfeldern.

In Richters großem, bequemem Quartier, ausstaffiert mit einem Schreibtisch, Stühlen, einem Konferenztisch, Landkarten, Büchern und einem Schrank voller Spirituosen, unzweifelhaft sein derzeitiges *Zuhause,* traf Alexander zwei Männer an. Der gedrungenere der beiden war der Sergeant Major aus Anthonys Special-Forces-Einheit. Sein Name lautete Charlie Mercer, und neben seinem kleinen Wuchs und seiner untersetzten Statur vermittelte er noch den Anschein eines Starrsinns, den er selbst vielleicht für stoische Gelassenheit halten mochte, der Alexander jedoch verdammt aufgesetzt vorkam. Mercer sagte nichts. Er sprach fast nie.

Der andere Soldat, ein gut aussehender junger Mann, war Dan Elkins. Ihn kannte Alexander aus Anthonys Briefen. Aus irgendeinem Grund wirkte Elkins auf Alexander ungeheuer jung, sogar noch jünger als Ant. Zu jung, um beim Militär zu sein. Sein stacheliges blondes Haar war dünn und seine großen Ohren standen etwas zur Seite ab.

»Wie alt sind Sie, Lieutenant?«, fragte Alexander.

»Siebenundzwanzig, Sir.«

Dieser Junge, der zu jung aussah, um beim Militär zu sein, war älter als Alexander, als der nach zehn Jahren grausamen Blutvergießens in die Vereinigten Staaten zurückgekommen war. Alexander senkte den Kopf.

Elkins sah seinem Gegenüber offen in die Augen. Mercer mied jeden Blickkontakt.

»Was hat der Typ?«, flüsterte Alexander zu Richter.

»Sie besitzen in der Gegend hier einen legendären Ruf, Major Barrington«, sagte Richter lächelnd und räumte den Konferenztisch ab, damit sie sich setzen konnten. Im Beisein der anderen wurde sein Ton formeller.

»Hab ich das?« Alexander blickte zu Elkins und Mercer, die nun beide wegsahen.

Es wurden ihnen ein Imbiss, Getränke und Zigaretten gebracht. Elkins sagte: »Sie haben doch nichts dagegen, dass ein Nichtoffizier mit uns isst, oder, Sir?«

»Natürlich nicht.« In Polen und Weißrussland hatten seine Unteroffiziere immer gemeinsam mit ihm und seinem Lieutenant Uspenskij gegessen.

Weiße Zähne von einem abstehenden Ohr bis zum anderen kamen zum Vorschein. Elkins sagte: »Mercer hat schon seit Airborne-Zeiten unter Ant gedient. Anthony war derjenige, der ihn für die SOG empfohlen hat. Über die Jahre hinweg hat er – haben wir alle – einige echt wilde Storys über Sie gehört, Major.«

Alexander nickte leicht und stieß mit dem vor Aufregung fast zitternden Sergeant an.

Elkins lächelte. »Sie müssen schon entschuldigen, dass es uns nun ein wenig ... na ja, umgehauen hat, Sie endlich persönlich kennenzulernen.« Die Männer starrten ihn an.

Über seine Zigarette hinweg blickte Alexander Elkins in die Augen und sagte dann: »Umgehauen, meinen Sie? Und wenn Sie das erst hören ...« Er trank einen Schluck Bier. »In seinem letzten Brief nach Hause schrieb Ant davon, dass er ein vietnamesisches Mädchen geheiratet hätte. Na, das haut einen erst mal um, wie? Wissen Sie vielleicht etwas darüber, Lieutenant?«

Derbe Ausdrücke der Überraschung entfuhren den drei Kehlen.

»Scheint nicht so«, sagte Alexander und zog fast gelassen an seiner Zigarette.

Richter, als Anführer immer um Kontrolle bemüht, erkundigte sich nach den Beweisen. »Komm schon«, sagte er, »zeig ihn uns! Und erzähl mir nicht, du hast den letzten Brief, den dein Sohn schrieb, nicht dabei. Zeig schon her. Vielleicht steht ja etwas drin, das du übersehen hast und ich bislang nicht wusste. Vielleicht weiß ich ja daraus noch andere Informationen zu ziehen.«

»Frag mich danach, so oft du willst«, sagte Alexander und wandte sich von Richter ab. Zu Elkins sagte er: »Ich habe ihn nicht. Ants Mutter hat ihn. Und soweit ich sehe, ist die im Moment nicht hier. Aber ich weiß, was er darin geschrieben hat, und ich sage euch, er hat geheiratet. Oder glaubt ihr vielleicht, ich könnte kein Englisch lesen? Er schrieb, er hätte ein Mädchen geheiratet, das er letztes Jahr in der Nähe von Hué kennengelernt hat und das Moon Lai heißt.«

An dieser Stelle fiel Dan Elkins vor Schreck fast vom Stuhl und verlor völlig die Fassung. Er musste die Baracke für ein paar Minuten verlassen, um sich zu beruhigen. Alexander tauschte einen Blick mit Richter aus. Mercer sprach nicht und saß wie ein zerknirschter Missetäter auf seinem Platz. Er erinnerte Alexander an jemanden, doch die Vertrautheit blieb zu unscharf. Es hatte etwas mit kleinen Kindern zu tun.

Als Elkins zurückkehrte, war er nur unwesentlich ruhiger. »Es ist unmöglich«, sagte er. »Es ist so eine Scheiße, es ist unmöglich. Ich bin geschockt und kann es nicht glauben. Ich muss es schwarz auf weiß vor mir sehen.« Er schüttelte immerzu den Kopf. »Ich glaube es einfach nicht.«

»Was hab ich dir gesagt?«, meinte Richter ruhig. »Also, rausgerückt mit dem Brief, Major.«

»Ant würde das nicht tun«, sagte Elkins zu Alexander. »Ihr Sohn ist nicht so verkorkst wie der Rest von uns hier. Er macht keine idiotischen Sachen.«

»Lieutenant, beruhigen Sie sich«, erklärte Richter in seinem Vorgesetztenton. »Kennen Sie diese Moon Lai?« Sie saßen an dem abgeräumten rechteckigen Konferenztisch und starrten einander an.

»Ja, Sir. Oh ja, Sir«, sagte Elkins und schlug hilflos mit der Faust auf den Tisch. »Und ob ich sie kenne. Genau deshalb kann ich den Scheiß ja einfach nicht glauben.« Elkins' blaue Augen leuchteten. »Es ist nicht wahr. Es kann nicht wahr sein. Merce, glaubst du, dass es wahr ist?«

»Keine Ahnung«, sagte Mercer. »Ich kenne sie nicht.« Er schüttelte den Kopf. »Aber bei Captain Barrington ist alles möglich.« Der Sergeant schwieg einen Moment lang. »Aber warum sollte er heiraten und dir nichts davon erzählen?«, sagte er zu Elkins. »Ihr wart Freunde. Das ergibt keinen Sinn.«

Aber Alexander, der auf die Maserung der Tischplatte starrte, wusste nur zu gut: eine Liebesaffäre mit Tatianas bester Freundin, über vier Jahre hinweg, in ihrem Haus, direkt vor ihrer Nase, und keiner schöpfte Verdacht, nicht der betrogene Ehemann, nicht die weit blickende Tania. Der Junge, der offener als jeder andere war, konnte offensichtlich auch verschlossener als jeder andere sein. Bei Anthony war alles möglich.

»Vielleicht liegt ja ein Irrtum vor, Major«, sagte Richter zu Alexander. »Lieutenant Elkins hier meint, es könne nicht sein.«

»Dass es nicht sein kann, habe ich nicht gesagt, Colonel Richter«, erklärte Elkins. »Ich sagte, der Scheiß kann nicht sein, was bedeutet, es kann schon sein, ich kann den Scheiß bloß einfach nicht glauben.«

»Also gut, Elkins, wer ist die Frau?«, fragte Alexander.

»Wer sie ist? Tja, das dürfte die Eine-Million-Dollar-Frage sein. Oh, dieser Mistkerl! Mir einfach nichts zu sagen, nicht ein einziges Wort, ich meine, wie bescheuert ist das?«

Alexander wartete, bis Elkins sich eine Spur besser im Griff hatte.

»Ant war klar, ich würde ihn in der Luft zerreißen, wenn ich das gewusst hätte«, sagte Elkins schließlich. »Ich hätte es einfach nicht zugelassen, dass er so was macht. Aber er wollte sich von mir wohl nichts sagen lassen. So ist er eben. Wenn er etwas tun will, dann lässt er sich einfach nichts sagen, dieser sture West-Point-Schweinehund.«

»Es reicht, Lieutenant«, sagte Richter. »Dieser sture West-Point-Schweinehund ist der Sohn dieses Mannes. Berichten Sie jetzt, was Sie wissen.«

Daraufhin erzählte Elkins ihnen, was vor einem Jahr, im Sommer 1968, in Hué passiert war. Nach dem Ende der Tet-Offensive, Hué war zerstört – die Bevölkerung terrorisiert und massakriert von den Vietcong, die jetzt von den Amerikanern wieder zurückgedrängt worden waren –, durchkämmten US-Soldaten die Straßen.

»Wir waren ein drei Mann starkes Killer-Team, lautlos und leicht bewaffnet«, sagte Elkins.

»Eine Sicherheitspatrouille, Elkins«, berichtigte Richter.

»Ach ja, hatte ich glatt vergessen. Verzeihung, Colonel«, erwiderte Elkins trocken. »Sicherheitspatrouille. Wir wollen ja schließlich keinem auf den Schlips treten und so tun, als wäre hier Krieg oder so was.«

»Lieutenant.«

»Ja, tut mir wirklich leid, Colonel. Ich fahre fort. Also, wir drehen gerade im Pachinko unsere Runde und jagen – ähh, Verzeihung, *suchen* nach Vietcong, denn es war unser Auftrag, sie aufzuspüren und … ähh …«, er blickte zu Richter, »… was zu machen, Colonel? Sie festzunehmen?«

»Elkins, drei Stunden Bau für Sie«, sagte Richter, »wenn Sie so weitermachen. Also erzählen Sie einfach.«

»Ähh, ja, sie zu *neutralisieren. Das* ist das heikle Wort, nach dem ich gesucht habe!«

»Sechs Stunden, Elkins!«

»'tschuldigung, Sir. Jedenfalls waren wir zu dritt, ich, Ant und unser Kumpel Lieutenant Nils, ein echt netter Typ, der leider nicht mehr unter uns weilt. Ist vor zwei Monaten auf eine Mine getreten«, sagte Elkins und bekreuzigte sich. »Ant wäre traurig, wenn er's wüsste. Sie standen sich nahe.« Er seufzte. »Also, wir gerieten da in einen kleinen Zwischenfall.« Er hustete und rieb die Hände aneinander. »Wir waren in den Randbezirken von Hué, kamen gerade durch einen verwüsteten Vorort, den die Vietcong bei ihrer überstürzten Flucht niedergemacht hatten. Und in diesen ausgebrannten Straßenzügen stießen wir am helllichten Tag auf ein vietnamesisches Mädchen, sehr jung, vielleicht fünfzehn? Keine Ahnung. Äußerst jung, äußerst klein und äußerst splitterfasernackt war sie da an einen Baum gefesselt. Man hatte sie geschlagen, sie offensichtlich auch vergewaltigt. Kaum hatten wir unsere Waffen gesenkt und uns ihr genähert, da eröffnete ein Dutzend Charlies aus den Ruinen ringsum das Feuer, verletzten mich und Nils und verfehlten Ant nur knapp. Eine Kugel streifte ihn am Kopf und er blutete wie ein geschlachtetes Schwein. Er erwiderte das Feuer, spritzte sie ordentlich ab und verpasste ihnen eine Splittergranate. Das erledigte sie zwar, die Splitter erwischten aber unglücklicherweise auch das nackte Täubchen.«

Richter sagte: »Lieutenant, was hat dieses Feuergefecht damit zu tun ...«

»Ich komme ja gleich dazu, Sir. Also, tot war sie nicht. Anthony band sie los, zog seine Jacke aus, deckte sie zu und kümmerte sich um sie. Sie hatte ein Auge und zwei Finger verloren. Er verband sie und gab ihr Morphium. Wir forderten MedEvac zur medizinischen Versorgung an. Anthony fragte sie ständig, wo ist Zuhause? Zuerst konnte sie sich gar nicht beruhigen, sie schrie andauernd. Aber kurz bevor der Hubschrauber kam, erzählte sie uns, dass sie in Pleiku arbeitet, um ... jetzt fällt mir nicht mal mehr ein, wen zum Teufel sie unterstützte, war es ihre im Sterben liegende Mutter oder ihre kranke Schwester? Jedenfalls flog uns die MedEvac in ein Krankenhaus nach Pleiku. Als wir auf dem Dach landeten, schlang das Mädchen ihre Arme um Ants Hals und wollte ihn nicht mehr loslassen. Zusammen stürzten sie auf den Boden. Sie war völlig hysterisch. Anschließend weigerte sie sich, ihn wegzulassen. Er blieb bei ihr, half ihr, ließ sich dann selbst versorgen. Nils und ich erholten uns währenddessen in aller Ruhe. Jetzt fällt mir auch wieder ein, dass

Ant ein paar Tage später, als wir Ausgang erhielten, ohne uns irgendwohin gefahren ist. Wir sahen ihn damals erst kurz vor unserem nächsten Einsatz im Lager wieder. Das war vor einem Jahr. Wir haben das Mädchen nie wiedergesehen und Ant hat sie nie erwähnt. Aber jetzt, wo ich darüber nachdenke, danach ist er nie mehr mit uns auf Tour gegangen. Dabei war er immer verdammt scharf ... ich meine, er hatte immer ein Faible für asiatische Ladys, wenn Sie verstehen, was ich meine. Wir haben ein paar wilde Zeiten zusammen verbracht.« Elkins brach ab und blickte Alexander ernst an. »Ich meine, Sir, Sie wissen schon, bloß was halt so passiert, wenn man unterwegs ist, Sir, nichts irgendwie Abgedrehtes ...«

Alexander fiel ihm ins Wort. »Erzählen Sie einfach weiter.« Warum waren junge Leute eigentlich immer davon überzeugt, sie hätten den Sex erfunden?

»Also, er hörte auf, mit uns wegzugehen. Wenn wir ein paar Tage freibekamen, verschwand er auf eigene Kappe. Ich weiß, dass er sich bei seinem letzten Urlaub nach Pleiku abgemeldet hat.«

Richter bestätigte, dass Anthony den Unterlagen zufolge seine letzten sechs Ausgangszeiten alle in Pleiku verbracht hatte.

Nachdenklich schwieg Alexander und versuchte sich über Elkins klar zu werden, über das, was ihm erzählt worden war, was es bedeuten konnte, und meinte dann: »Und dieses junge Mädchen ist Moon Lai?«

Elkins nickte. »Dieses junge Mädchen ist Moon Lai.«

Alexander fiel erneut kurz ins Grübeln.

»Dann wollen wir losziehen und sie ausfindig machen«, sagte er schließlich. »Wo arbeitet sie in Pleiku?«

Elkins studierte eingehend die hölzerne Tischplatte und sagte nichts.

»Antworten Sie dem Major, Lieutenant!«, bellte Richter.

Elkins hob seinen Blick einen Moment lang zu Alexander, bevor er ihn wieder senkte. Er sagte nichts.

»Elkins«, raunte Alexander ungläubig. Ein paar Sekunden lang hatte er das Gefühl, gleich selbst das Offiziersquartier verlassen zu müssen. »Anthony hat doch wohl nicht« – er konnte kaum sprechen – »eine Nutte aus Pleiku geheiratet?«

»Warum glauben Sie wohl, fluche ich mir hier diesen Scheiß zusammen?«

»Nein.« Alexander schüttelte ungläubig den Kopf. »Das kann nicht wahr sein.«

»Genau, was *ich* gesagt hab!«

Und dann schwiegen sie alle fassungslos und keiner war mehr geschockt als Alexander.

Mercer brach schließlich das Schweigen. »Hey, Major, nehmen Sie es nicht zu tragisch«, sagte er. »Vielleicht ist sie ja inzwischen ausgestiegen.«

»Oh, halten Sie doch die Schnauze, Sergeant!«, platzte Richter heraus.

»*Vielleicht* ist sie ja ausgestiegen?«, sagte Alexander. »Was soll das groß ändern? Tom, in seinem Brief schrieb Ant, dass er das Mädchen nicht nur geheiratet hat, sondern dass sie außerdem ein Kind erwartet!«

Es folgte eine Flücheflut von vier hartgesottenen Soldaten.

Was war nur in seinen Sohn gefahren? Gott, wo steckte er? »Sehen Sie, es muss hier einfach irgendein Irrtum vorliegen«, sagte Alexander zu Elkins. »Weil es einfach *nicht* möglich ist.«

»Das ist doch genau, was *ich* gesagt hab!«, rief Elkins.

Richter sprach mit all seiner Autorität. »Also gut, Männer, jetzt schalten wir mal wieder ein paar Gänge zurück. Alexander, die Situation ist doch folgende ...«

»Glaubst du, mir die Situation erklären zu müssen?«, fuhr Alexander auf. Nun war es an ihm zu brüllen. »Mein Sohn, der Befehlshaber eines A-Teams der Spezialeinheiten, einer verschworenen, hoch qualifizierten Elitegruppe, bekommt Ausgang und kehrt nicht zurück. Seine Waffe, sein Rucksack, seine Ausrüstung, nichts wurde bislang gefunden. Und jetzt stellt sich heraus, dass er verheiratet ist und ein Yum-yum-Mädchen geschwängert hat. Außerdem ist er mittlerweile wie vom Erdboden verschwunden. Hab ich irgendwas vergessen?« Er bemühte sich angestrengt, klar zu denken.

Richter goss jedem noch ein Glas Bier ein. Sie zündeten sich Zigaretten an und schwiegen. »Nein, ich denke, das fasst die Situation ziemlich gut zusammen, Major«, sagte Richter schließlich.

»Hey, vielleicht hat sein Verschwinden ja überhaupt nichts mit

Moon Lai zu tun«, sagte Elkins und seine Miene hellte sich auf. »Vielleicht ist es ja nur ein zufälliges Zusammentreffen.«

Die rauchenden Soldaten schwiegen skeptisch.

Alexanders Gesichtszüge waren angespannt vor Konzentration. »Elkins, sagten Sie nicht, das Mädchen sei Südvietnamesin gewesen?«

»Ja, natürlich war sie das«, sagte Elkins. »Ich meine, was sonst?«

»Was *sonst*?«, sagte Alexander. »Immerhin sind Sie drei doch in einen Vietcong-Hinterhalt geraten, oder?«

Elkins wirkte verwirrt und beunruhigt zugleich. »Ja, aber ... Ich versteh Sie nicht ganz. Was wollen Sie damit sagen? Sie war doch von ihnen *vergewaltigt* worden, Major. Sie hätten sehen sollen, in welchem Zustand sie sich befand.«

»Elkins«, sagte Alexander, »das Mädchen verkauft sich für Geld an Soldaten. Ich kann mir ihren Zustand vorstellen. Woher wollen Sie wissen, woran sie gewöhnt ist? Woher wollen Sie wissen, was sie nicht machen würde? Ein paar Schläge einstecken? Sehen Sie, mir war das klar, seit ich hier angekommen bin – wir müssen diese Moon Lai finden, und zwar sehr rasch.«

»Na, dann viel Glück dabei«, sagte Richter und nickte. »Das dürfte nicht einfach sein, denn Pleiku hat gewiss mehr als ein Bordell voller junger Vietnamesinnen. Es dürfte also ein kleines Problem darstellen.«

»Ja, vielleicht«, stimmte Alexander zu. »Aber wie viele einäugige schwangere Nutten mit acht Fingern wird es in Pleiku geben?«

»Und was sollen wir machen, jedem einzelnen Freudenhaus einen Besuch abstatten, bis wir sie finden?«

»Falls nötig.«

Richter lachte. Er schlug Alexander auf den Rücken und schüttete ihm ein weiteres Glas Bier ein. »Na klar, Major Barrington. Am besten telegrafier ich sofort deiner Frau und sage ihr, dass ihr Mann um die halbe Erdkugel geflogen ist, damit er drei Monate lang Hurenhäuser besuchen kann. Ich werde Tania sagen, es würde einem guten Zweck dienen. Ich bin mir sicher, sie wird Verständnis zeigen.«

Richter und Elkins lachten. Mercer nahm sich solche Freiheiten nicht heraus. Alexander war ganz bestimmt nicht nach Lachen zumute. »Erstens bleiben uns keine drei Monate Zeit«, sagte er und leerte sein Glas. »Wir haben nicht mal fünf Minuten. Und zweitens«, fügte er mit ernstem Gesicht hinzu, »hat meine Frau sehr viel Verständnis für Hurenhäuser, wenn es einem guten Zweck dient. Wir fahren heute Abend rüber. Wie weit ist es? Fünfzig Kilometer?«

»*Heute Abend?*«, wiederholte Richter.

»Abends werden die Bars voll sein.« Alexander blickte Richter scharf an. »Solltest *du* vielleicht nicht wissen, dass das die beste Zeit dafür ist?«

»Alexander, vergiss es, bleib hier«, sagte Richter und sah fort. »Ich weiß, was Tania von mir hält im Hinblick auf meine eigene Frau. Diese Sache hier würde sie mir nie verzeihen.«

»Genug geredet, wir fahren los.« Sie verzeiht weit Schlimmeres.

»Sie wird glauben, ich hätte dich da reingezogen. Vergiss es. Eher nehme ich es mit einer Division Vietcong auf, als so etwas in meinem Verantwortungsbereich geschehen zu lassen. Bleib hier. Elkins und ich können gehen. Ich werde Ha Si, einen unserer Montagnards, als Übersetzer mitnehmen.«

»Den bring mal auf alle Fälle mit. Ich möchte ihn kennenlernen. Welchen Jeep nehmen wir?«

Richter rieb sich das Gesicht. »Ich denke, wir sollten noch mal darüber reden ...«

»Ach, Scheiße noch mal! Wird hier immer erst so viel herumgeredet? Ein Wunder, dass überhaupt jemand noch zu einem Einsatz rausgeht. Also los!«

Alexander tat keinen Schritt aus Richters Unterkunft, nicht einmal um frische Luft zu schnappen. Er blieb drinnen, ging nicht mal zum Zigaretterauchen nach draußen, und zum Abendessen gab es Rinder-Pho – vietnamesische Reisnudeln in Rinderbrühe –, von der Alexander gar nicht genug bekommen konnte. Richter fragte ihn, ob er sich ausruhen oder frisch machen wolle, aber Alexander wollte nur, dass es dunkel wurde und sie losfahren konnten.

Als die Dämmerung einbrach, fuhren sie nach Pleiku. Die

Straße war unbefestigt, aber in gutem Zustand. Nach einer Stunde waren sie da.

Wie in jeder guten kapitalistischen Stadt befanden sich die niedrigen Kaschemmen, die den schmuddeligen Bordellen als Fassaden dienten, alle auf engem Raum in ein paar heruntergekommenen Gassen des dicht gedrängten Zentrums. Ein schmaler schlammiger Fluss, der nach dem Regen über die Ufer getreten war, führte an dem völlig durchfeuchteten Viertel entlang. Die Hurenhäuser lagen aufgereiht wie Enten nebeneinander, was den eiligen Kunden mit ihren bedröhnten Köpfen die Entscheidung erleichterte. Es machte außerdem auch den vier Männern die Suche nach Moon Lai leichter. Alexander hätte gern ein Foto von ihr gehabt, aber zumindest besaß er eins von Anthony, das er herumzeigen konnte. Sie teilten sich auf. Elkins und Ha Si, ein Kämpfer aus dem vietnamesischen Bergland, übernahmen die eine Hälfte der Bars, Alexander und Richter die andere Hälfte. Ha Si brachte ihnen noch bei, wie man auf Vietnamesisch sagt: »Arbeitet hier ein junges Mädchen mit acht Fingern?«

Mit eingezogenen Köpfen marschierten sie von einem Laden zum nächsten, standen in niedrigen Fluren, hinter roten Vorhängen, in kleinen verrauchten Räumen, tranken hier und da ein Bier, sprachen mit den Puffmüttern und warfen einen raschen Blick auf die Mädchen, die auf ihren Stühlen herumrutschten und auf Kunden wie Richter und Alexander warteten. Es gab Dutzende solcher Etablissements, die alle in diesen dunklen, unbefestigten Gassen lagen, Gassen, die nach dem Regen nur noch aus Schlamm und Matsch bestanden. Alexander versuchte seine Stiefel abzuwischen, aber es hatte keinen Sinn, denn mit der Zeit wurde der Schlamm an den Hacken hart wie Zement. Lichter glitzerten, Männer lachten, von irgendwo drangen die Geräusche eines handgreiflichen Streits herüber. Alexander und Richter gingen in sieben Läden, ohne Erfolg zu haben.

Im achten schlug sich die Puffmutter, eine ältere Vietnamesin, an die Brust und rief aus: »Ah, Moon Lai! *Dien cai dau! Dien cai dau!*«

Richter flüsterte: »Dinky Dau. Sie meint, die ist verrückt.«

»Sag ihr«, erwiderte Alexander, »dass so nichts für sie herausspringt. Kennt sie das Mädchen?«

Offensichtlich schon, ja, die Frau kannte das Mädchen gut.

»Wo ist sie?«

Das konnten sie nicht von ihr erfahren. Alexander zog einen Hundertdollarschein aus der Tasche. Mit gierigem Blick auf das Geld ratterte die Frau sofort im Schnellfeuertempo auf Vietnamesisch durchsetzt mit ein paar englischen Brocken los. »I no see her! She go! I no see her! She go! I told you. *Dien cai dau!*«

»Sag ihr, aus den hundert Dollar wird nichts, wenn sie nicht mehr als ›I no see her‹ zu bieten hat.«

Alexander blieb zurück, während Richter sich auf die Suche nach Elkins und Ha Si machte. Sie brauchten Ha Si, um mit der Bordellchefin zu sprechen.

Sobald Richter verschwunden war, begann die Puffmutter damit, einem rauchenden und höflich Aufmerksamkeit vorspielenden Alexander ihre schönsten und jüngsten Mädchen zu präsentieren. »While you wait«, sagte die Madame immer wieder in ihrem gebrochenen Englisch. »No take long. Thirty Piastres.« Die Mädchen waren in diversen Stadien der Unbekleidetheit sowie in – wie es Alexander schien – diversen Stadien erschreckender Minderjährigkeit und versuchten, ihn mit niedrigen Preisen für alle möglichen Leistungen zu locken. »Wo zum Teufel wart ihr denn so lang?«, sagte er, als die drei Männer endlich zurückkehrten.

Ha Si sprach mit der Bordellchefin. Als er fertig war, gab Alexander der Frau, die vor Dankbarkeit fast in Ohnmacht fiel, die hundert Dollar. Sie gingen nach draußen an die frische Luft und stellten sich nahe des braunen Flusswassers an das niedrige Holzgeländer.

»Sie weiß wenig«, sagte Ha Si, ein klein gewachsener Mann mit einer alterslosen, ledergleichen Haut, der unerschütterlich wie ein Fels in der Brandung dastand. Bei Einsätzen bildete er stets den Mann an der Spitze, hatte Alexander von Elkins erfahren, da Ha Si vom Feind erst bemerkt wurde, wenn er auf ihm lag und sein Messer in dessen Hals steckte. »Sie sagt, dass Moon Lai zwei, drei Jahre für sie gearbeitet hat.«

»Zwei, drei *Jahre?* Wie alt ist sie denn?«

»Danach fragt keiner. Es würde sowieso keiner die Wahrheit sagen.«

Elkins ergänzte: »Sie kann zwölf gewesen sein, oder zweiundzwanzig.«

Alexander schüttelte den Kopf. »Zwölf doch wahrscheinlich nicht, wenn sie schon drei Jahre gearbeitet hat?«

Ha Si antwortete nicht, blinzelte nicht und verzog keine Miene. Alexander stöhnte leise auf.

Sie sei ein ruhiges Mädchen gewesen, erzählte Ha Si, habe stets alles getan, was von ihr verlangt wurde, sich nie beschwert, sich nie geweigert zu arbeiten, habe aber auch nur wenige Stammkunden gehabt. »Gewohnt hat sie im kleinsten Zimmer am hintersten Ende des Obergeschosses. Die Madame hat gesagt, dass bei Moon Lai, selbst als sie noch beide Augen gehabt hatte und hübsch gewesen war, die Männer nie ihretwegen zurückgekommen sind. Abgesehen von einem – und das war der Soldat auf dem Foto. Er kam ihretwegen zurück, als sie nur noch ein Auge hatte, und bezahlte viel Geld für sie, sodass sie in ihrem Zimmer wohnen konnte, ohne andere Kunden annehmen zu müssen. Er sei überaus großzügig gewesen, sagte die Madame.

Sie meinte auch, dass Moon Lai mitunter ohne Vorankündigung für zwei, drei Wochen verschwunden ist. Dann tauchte sie wieder auf, bat um ihr altes Zimmer und nahm ohne Murren ihre Arbeit wieder auf. Deshalb nannte die Madame sie auch verrückt. Sie kam und ging einfach, wie es ihr gefiel. Anfang des Frühjahrs hat sie sie das letzte Mal gesehen. Seitdem nicht mehr. Die Madame glaubt, dass sie entweder tot ist oder schwanger wurde und nicht mehr arbeiten konnte.«

Alexander zog nachdenklich an seiner Zigarette. Richter und Elkins gingen unruhig auf und ab. Ha Si stand still. Er war noch nicht entlassen. »Woher stammt Moon Lai, Ha Si?«

»Madame war sich nicht sicher.«

»Soll das ein Witz sein?«, rief Alexander aus.

»Ich mache nie Witze, Sir.« Ha Si wirkte schrecklich klein, wie er so direkt vor Alexander stand.

»Das ist die einzige Information, die wir unbedingt brauchen, bevor wir Pleiku wieder verlassen werden. Hier haben Sie hundert Dollar, gehen Sie auf der Stelle wieder rein und kommen Sie nicht zurück, bis die Frau sich sicher ist. Los.«

Langsam hob Ha Si die Hände. »Warten Sie«, sagte er zögerlich, ohne das angebotene Geld zu nehmen. »Die Madame sagte, sie habe das Mädchen über einen Ort namens Kum Kau sprechen hören. Moon Lais Mutter und Schwester leben offenbar in Kum Kau. Vielleicht ist sie dorthin alle paar Monate gegangen.«

»Ich habe noch nie von diesem Kum Kau gehört«, sagte Richter misstrauisch. »Muss entweder sehr klein sein oder weit weg von hier.«

Ha Si sagte nichts.

»Das ist so eine Scheiße«, sagte Elkins. »Ob Ant mit ihr in dieses dämliche Kaff gegangen ist? Als frischgebackener Ehemann? Angehender Vater? Um seine Schwiegereltern kennenzulernen womöglich?«

»Nehmen wir mal an, er hat das gemacht«, sagte Alexander. »Warum ist er dann nicht zurückgekommen?«

»Vielleicht hat er es ja versucht«, sagte Richter. »Vielleicht haben wir ja in der falschen Gegend nach ihm gesucht. Dieses Kum Kau – wo liegt das, Ha Si?«

Ha Si antwortete nicht, dafür blinzelten aber jetzt seine Augenlider. Sie fragten ihn erneut, aber er antwortete noch immer nicht. Richters Stimme schallte inzwischen über die Gasse am Fluss.

Sehr leise sagte Ha Si: »Das möchten Sie lieber nicht wissen, Colonel Richter.«

»Das ist verdammt noch mal die einzige Sache, die wir wissen wollen!«, fuhr Richter ihn an. »Wegen dieser Information sind wir hergekommen. Hör endlich auf, uns hier zu verarschen. Das ist ein Befehl. Also, wo liegt der Ort?«

»Vierzehn Kilometer nördlich der entmilitarisierten Zone«, erwiderte Ha Si.

»Es liegt in Nordvietnam?«, fragte Richter entsetzt.

»Es liegt in Nordvietnam!« Alexanders Stimme hatte einen eisigen Ton, sein Herz sank ihm immer tiefer.

Auf dem Weg zurück zu ihrem Jeep wechselte er mit keinem ein Wort und war eben noch in der Lage, seine Zigarette zu Ende zu rauchen. Die Waffen im Anschlag legten die Männer schweigend die fünfzig Kilometer durch die dunkle Landschaft bis ins Lager zurück. *Es liegt in Nordvietnam!*, war alles, was Alexander die ganze Zeit über denken konnte.

Zurück in ihrer Unterkunft holte Richter den Whiskey heraus. Bier war jetzt nicht mehr stark genug. Ha Si trank nicht und saß nur still auf einem Stuhl. Man sah ihm nicht die kleinste Regung an. Alexander hielt sich selbst schon für recht gut darin, sein Innenleben zu verheimlichen, aber verglichen mit Ha Si wirkte er wie ein nervöser Epileptiker. Selbst jetzt hatte der kleine Mann die Ruhe weg. Aber warum sollte er auch nicht die Ruhe weghaben? Schließlich war es nicht sein Sohn, der zu allem Überfluss auch noch im Norden des Landes vermisst wurde.

»Verstehen Sie jetzt, worauf ich heute Mittag angespielt habe, Elkins?«, sagte Alexander schließlich. »Es war ein Hinterhalt.«

»Mit allem gehörigen Respekt, Major«, erwiderte Elkins, »und entschuldigen Sie meine offenen Worte, natürlich war es ein Hinterhalt – das ist doch klar wie Kloßbrühe –, aber was soll ein Überfall vor anderthalb Jahren damit zu tun haben, wo Ant heute steckt? Oder mit Moon Lai?«

Richter und Alexander tauschten einen langen, von Whiskey durchtränkten Blick aus. Dann schüttelte Richter den Kopf und goss Alexander aus der Karaffe ein weiteres Glas ein. Sie stießen an und tranken. »Keine Sorge, Major«, sagte Richter. »Morgen werde ich Pinter anrufen, den Commander von CC North. Ich werde ihn bitten, ein Aufklärungsteam in die entmilitarisierte Zone zu schicken bis hoch zu der Stelle, an der einst das Fort Khe Sanh stand. Ich werde ihn außerdem bitten, ein weiteres Team zum Ho-Chi-Minh-Pfad nach Laos zu schicken. Der läuft von Nordvietnam runter und führt etwa dreißig Kilometer nördlich der entmilitarisierten Zone nach Laos rein. Mal sehen, ob sie dort etwas herausfinden können. Und ich werde Pinter fragen, ob er schon mal von diesem Kum Kau gehört hat.«

Alexander verzog den Mund und stellte abrupt sein Glas ab. Dann drückte er seine Zigarette aus, erhob sich vom Tisch und nahm Haltung an, wobei er die Hacken zusammenschlug und Richter grimmig ansah. »Colonel Richter«, sagte er sehr ruhig, »kann ich Sie eine Minute unter vier Augen sprechen?«

Mit großem, unübersehbarem Widerstreben bedeutete Richter den beiden anderen, Elkins und Ha Si, nach draußen zu gehen, und wandte sich Alexander zu, der noch immer mitten im Raum strammstand. »Sieh mal, ich weiß, was du sagen willst ...«

»Du weißt überhaupt nicht, was ich sagen will.«

»Oh doch, das weiß ich, das weiß ich.« Richter ließ sich in seinen Stuhl zurückfallen.

»Tom, was zum Teufel erzählst du hier von Pinter und seinen Aufklärungsteams? Ich meine, wem sollte das nun wieder was bringen?« Alexander begann vor dem Tisch auf und ab zu gehen.

»Dir, allein dir, Alexander. Pinters Leute kennen die Gegend wie ihre Westentasche. Du weißt, dass meine Jungs sich nur im Dreieck aufhalten.« Richter goss sich einen weiteren Drink ein. »Noch einen?«

»Tom!«

»Alexander!«, herrschte ihn Richter an und setzte sein Glas hart auf den Tisch auf. »Es gibt hier etwas, das du offenbar einfach nicht verstehst.«

»Tom!«, sagte Alexander. Seine Faust knallte auf den Tisch. »Es gibt hier etwas, dass *du* einfach nicht verstehst.«

Richter sprang auf. »Jetzt hör mir mal zu! Weißt du etwa nicht, dass wir strengsten Befehl haben, nicht nach Nordvietnam reinzugehen? Das weißt du doch, oder? Strengsten Befehl!«

»Ach, komm schon. Ich weiß doch, wie die SOG arbeitet. Du sagst deinen Leuten, wohin sie gehen sollen, und dahin gehen sie dann. Ende vom Lied. Willst du mir etwa sagen, Elkins würde sich widersetzen? Und Mercer auch?«

»Alexander!« Richter senkte seine Stimme zu einem wütenden Zischen. »Du hast den Verstand verloren! Es gehört nicht zu meinem Operationsgebiet! Ich bin hier. Mein Zuständigkeitsbereich ist Zentralsüdvietnam, Laos, Kambodscha. *Hier.*«

»Ja, und wir dürften eigentlich auch nicht in Laos oder Kambodscha sein, nicht hier, nicht dort oder irgendwo. Du dürftest eigentlich auch weder deine kleinen Ausflugsteams zu dem Pfad schicken noch die SLAM-Einsätze im kambodschanischen Dschungel durchführen, um deren Nachschubleute abzufangen. Trotzdem machst du es.«

Die beiden standen sich jetzt hoch angespannt gegenüber und stemmten ihre Fäuste auf die Tischplatte.

»Vierzehn Kilometer *nördlich* der entmilitarisierten Zone!«, sagte Richter. »Nicht fünf Kilometer von Pleiku oder zehn Kilometer von Kontum, sondern vierhundertfünfzig Kilometer von hier in Nordvietnam. Dabei hat Abrams doch persönlich auf ausdrücklichen Befehl von Johnson hin erklärt, dass wir nicht einen Fußbreit auf dieses Gebiet setzen werden, um nicht die Sowjets zu verärgern und womöglich einen internationalen Konflikt zu verursachen, aus dem dann keiner mehr heil herauskommt!«

»Jetzt hör mir doch auf mit dieser Scheiße!«

»Na, dann frag ich dich, da du doch auf alles eine Antwort zu haben scheinst«, sagte Richter, »was zum Teufel weißt du denn über Kum Kau? Nehmen wir mal an, wir widersetzen uns dem Commander von MACV und dem Präsidenten der Vereinigten Staaten – der übrigens auch dein Oberbefehlshaber ist – und schicken unsere Jungs da rauf, und dann entdecken wir, dass es sich um ein schmuckes Dörfchen handelt, in dem vietnamesische Frauen mit Strohhüten herumlaufen, Reiskörbe auf den Schultern und Babys auf dem Arm. Nehmen wir mal an, wir finden deinen Sohn in diesem Dorf, wo er Pho futtert und auf den Reisfeldern hilft. Was dann? Sollen wir ihn zurückbringen, um hübsch vorm Kriegsgericht zu landen? Es ist immerhin fünf Monate her, und wenn er es sich da in einem Dorf gut gehen lässt, wird er auch nicht freiwillig mitgehen. Willst du wirklich, dass wir deinen Sohn zurückholen, damit er hier in Kriegszeiten wegen Fahnenflucht vor Gericht landet?«

»Die Antwort auf diese Frage lautet: Ja«, knurrte Alexander zwischen seinen Zähnen hindurch, »denn du und ich, wir wissen beide, dass er nicht in Nordvietnam sitzt und es sich einfach gut gehen lässt.«

»Schön«, presste Richter ebenfalls zwischen seinen Zähnen hindurch. »Zweite Frage: Du glaubst also wirklich, er wurde reingelegt ...«

»Genau wie du, sonst würdest du dich doch hier nicht so anstellen.«

»Und bist du denn der Ansicht, er würde sich in diesem Fall völlig unbeaufsichtigt inmitten von Zivilisten in irgendeinem Dörfchen aufhalten?«

»Das werden wir wissen, wenn wir Moon Lai gefunden haben«, sagte Alexander. »Wenn wir sie gefunden haben, wissen wir alles.«

»Okay, angenommen wir finden sie und wir sind mitten auf feindlichem Gebiet, was ist, wenn sie uns dann freundlicherweise mitteilt, dass er dreizehnhundert Kilometer weiter nördlich im Hanoi Hilton ist oder dass er in das kubanische Programm gesteckt wurde und in einem dieser Kriegsgefangenenlager nahe der chinesischen Grenze sitzt, die heimlich von Kubanern geführt werden, die unter dem Deckmantel, Diplomaten zu sein, von der schönen Zuckerrohrinsel nach Nordvietnam eingereist sind und dort Gefangenenlager für die nordvietnamesische Armee eingerichtet haben und nun leiten und amerikanische Soldaten brutal schikanieren. Was dann? Willst du dann dreizehnhundert Kilometer weiter nach Hanoi marschieren?«

»Falls nötig«, sagte Alexander.

»Herrgott im Himmel!«, schnaufte Richter. »Gut, das führt mich zu meiner vierten Frage. Wir sind auf feindlichem Gebiet, geraten in eine brenzlige Situation und brauchen Hilfe. Woher sollen wir die bekommen? Gewöhnlich haben wir für derartige Einsätze hier zur Unterstützung ständig acht Hubschrauber auf Abruf. Aber in diesem Fall? Wenn irgendjemand herausfindet, dass wir in Nordvietnam stecken, ist die Kacke noch viel gewaltiger am Dampfen als bei einem vermissten Jungen.«

»Das ist doch Quatsch«, sagte Alexander. »Und weißt du was? Spar dir deinen Scheiß für einen anderen Idioten auf, Tom Richter, weil du offenbar vergisst, mit wem du hier redest. Die SOG hat ihre eigenen Flugzeuge, ihre eigenen Hubschrauber, ihre eigenen MedEvacs, ihre eigenen Krankenhäuser, ihre eigenen Waffen. Alles geheim, topsecret, um genau solche Dinge zu machen. Du führst die verdeckten Operationen für das militärische Oberkommando in Vietnam durch! Darin allein besteht die Aufgabe deiner *Studies and Observation Group*, denn sonst könnten sie ja auch in offenen Verbänden mit Artillerieunterstützung kämpfen. Sonst wären sie wie die Marines. Versuch nicht – verstehst du mich? –, versuch bloß nicht, ausgerechnet mir diesen Blödsinn weiszumachen!«

»Ich bereue, dir jemals diesen bescheuerten Job in der Geheimdienstabteilung besorgt zu haben!«, schrie Richter.

»Das nutzt nun auch nichts mehr. Jetzt müssen wir Ant finden und da rausholen.«

»Ach du großer Gott.« Richter verschlug es den Atem. »Bist du etwa *deshalb* hergekommen?«

»Was zum Teufel dachtest du denn?«

»Ich gehe nicht nach Nordvietnam!« Richter war außer sich.

»Du wirst schon morgen hingehen.«

»Einen Scheiß werd ich.«

»Die Nordvietnamesen verletzen seit 1954 internationale Regeln und destabilisieren vermeintlich neutrale Länder, um in der Sowjetunion produzierte Waffen nach Südvietnam zu schleusen, mit denen deine Leute dann umgebracht werden sollen«, sagte Alexander. »Sie destabilisieren Laos, Kambodscha, Thailand und Papua-Neuguinea. Und jetzt bereitet es dir Kopfzerbrechen, womöglich eine kleine Regel zu verletzen? Die Nordvietnamesen befestigen und bewaffnen seit fünfzehn Jahren den siebzehnten Breitengrad und die entmilitarisierte Zone mit ihren angeblichen Zivildörfern. Das weißt du doch besser als ich.«

»Das stimmt, aber hier geht es nicht um die entmilitarisierte Zone, sondern wirklich um nordvietnamesisches Gebiet, und wir besitzen überhaupt keine Informationen über Ant! Wir wissen nicht den geringsten Scheiß! Warum wehrst du dich also dagegen, erst mal einen Aufklärungstrupp rüberzuschicken? Pinter kann ein Sieben-Mann-Team vom CCN in Da Nang schicken und dann bekommen wir vielleicht wenigstens die nötigen Informationen zusammen. Was ist, wenn er nicht da ist? Was ist, wenn wir hundert Mann brauchen, um ihn da rauszuholen? Was, wenn wir bloß einen brauchen, der seine Leiche trägt? An diese Möglichkeit hast du doch auch schon gedacht, oder etwa nicht? Gott möge es verhüten, aber er könnte doch tot sein, oder?«

»Lebend oder in einem Sack«, sagte Alexander und alles an seinem Körper schien sich zusammenzuziehen, »wir werden ihn aus Nordvietnam zurückholen.«

»Was, wenn es dieses Kum Kau überhaupt nicht gibt, aber ich habe zwanzig Leute auf feindliches Gebiet geschickt, die alle dabei draufgegangen sind, und ich kann nicht einmal erklären, was sie dort zu suchen hatten?«

»Willst du damit sagen, wenn du Pinters Leute hinschickst und die gehen dabei drauf, dann wäre das weniger schlimm für dich? Du hättest Ant noch immer nicht und zwanzig von Pinters Leuten wären tot. Wäre das vielleicht besser?«

Die beiden standen sich keuchend gegenüber, starrten einander an, zwei fünfzigjährige Männer, Soldaten, Kämpfer. Beide mit ihrer Weisheit am Ende, beide erstaunt darüber, dass es zu dieser Situation kommen konnte. Aber es war zu ihr gekommen und jetzt musste man sie bewältigen.

»Du hast nur deinen Sohn im Kopf, Alexander«, sagte Richter. »Aber ich muss an alle Leute, die mir unterstellt sind, denken. Ich bin hier für tausend Mann verantwortlich.«

»Tom«, sagte Alexander, »du *weißt* doch, was die Nordvietnamesen und diese Scheiß-Kubaner mit amerikanischen Soldaten anstellen.«

»Kum Kau befindet sich in der Nähe der entmilitarisierten Zone. Die Kubaner sitzen in Hanoi und nahe der Grenze zu China. Wir werden China nicht zu nahe kommen, ist das klar?«

»Nordvietnam hat offen gegen jeden Satz der Genfer Konvention verstoßen, die es im Übrigen selbst unterzeichnet hat. Am Pfad werden die Leichen unserer Leute gefunden, ertränkt, verbrannt, bis zur Unkenntlichkeit verstümmelt, weil sie der Welt erzählen könnten, wie die Nordvietnamesen ihre Kriegsgefangenen behandeln, wenn man sie am Leben ließe. Und da willst du Ant lassen?«

»Denen kann doch egal sein, ob sie ihre Gefangenen am Leben lassen und austauschen oder nicht«, sagte Richter. »Als ob es die Welt interessieren würde, wie die Nordvietnamesen ihre Kriegsgefangenen behandeln. Die Welt interessiert doch bloß, was die Amerikaner in My Lai getan haben.«

»Ja«, sagte Alexander, »weil bei *ihnen* darüber hinweggesehen wird, dass sie sich an überhaupt keine Normen halten, während *wir* mit aller Unerbittlichkeit verurteilt werden, sobald wir unseren hohen Standards nicht genügen. Es ist wie mit Karthago, das höher angesehen wird als Rom. Ich *weiß*. Von Rom wird stets mehr erwartet. Doch es bleibt dabei«, fuhr er fort, »du kannst dich hier mit Elkins vor deiner Tür in Pose werfen, so viel du willst, dir ist dennoch völlig klar, dass ich so oder so nach Kum Kau gehen werde, um herauszufinden, was mit meinem Sohn passiert ist. Ich bin nicht nach Vietnam gekommen, um mit dir durch Puffs zu ziehen. Wir sprechen hier über Anthony. *Anthony!*« Alexander wäre fast zusammengebrochen.

»Ich weiß, über wen wir sprechen!« Richter rang ebenfalls um seine Fassung. »Ich habe ihm schließlich weitergeholfen und auf ihn, so gut es ging, seit seiner Ankunft hier aufgepasst. Ihm standen alle Türen offen und ich habe ihm kaum Fragen gestellt. Solange er nur die Einsatzaufgaben erfüllte, konnte er von mir aus tun und lassen, was ihm behagte. Das hab ich für ihn getan, weil er es so haben wollte.«

»Schön«, sagte Alexander. »Und das ist jetzt, was *ich* haben will, nur damit wir uns klar verstehen. Entweder du hilfst mir, wie du es eigentlich tun solltest, oder du bleibst hier stehen und zählst mir noch fünfhundert Gründe auf, warum du es nicht tun kannst. Jedenfalls wird mein Sohn nicht in Nordvietnam bleiben.« Alexanders Fäuste blieben auf die Tischplatte gestemmt. »Nicht einen Tag länger.« Mit hochgezogenen Schultern und gesträubten Körperhaaren atmete er tief durch, ohne auch nur einen Zentimeter zurückzuweichen.

In seinem unverhohlenen Ärger knurrte Richter wütend, bevor er sich etwas lockerte und vom Tisch zurücktrat. Alexander entspannte sich nicht. Er wusste, was Richter durchmachte. Er wollte aber einfach nichts mehr davon hören. Und nach fünf Minuten und einem weiteren Glas Whiskey senkte Richter seinen Kopf. »Ich verstehe nur nicht, warum *dein* Leben unbedingt eine dämliche Neuauflage von Tatianas Mission in Berlin sein muss«, sagte er deutlich ruhiger. »Warum kann es in *deinem* Leben nicht um etwas anderes gehen?«

»In meinem Leben *geht* es um etwas anderes.«

»Oh, das glaube ich dir jetzt aber nicht«, sagte Richter. »Ganz und gar nicht.« Nach zwei Zigaretten hatte sich Richter schließlich so weit beruhigt, dass er Ha Si und Elkins zurück in sein Quartier rufen konnte. Ein erschöpft wirkender Elkins ging, um Mercer zu wecken. Es war schon deutlich nach ein Uhr morgens. Die vier Männer hatten Haltung angenommen, und Richter hatte sie in seiner Aufregung noch nicht rühren lassen.

Er steuerte auf den Montagnard zu, sah ihn durchdringend an und sagte: »Ha Si, Sie kennen sich hier in dieser Gegend aus wie in Ihrer Westentasche. Das weiß ich, aber … lassen Sie mich Ihnen eine Frage stellen und ich möchte, dass Sie sehr genau nachdenken, bevor Sie antworten. Dieser Ort, Kum Kau, ist weit weg von hier, weit weg von Ihrem eigentlichen Spezialgebiet. Schließlich stammen Sie ja aus Bong Son und das ist ganz woanders. Warten Sie, lassen Sie mich zu Ende sprechen. Glauben Sie, dass sich Kum Kau eventuell westlich von Nordvietnam befinden könnte? Könnte es nicht in dieser bergigen Provinz Khammuan ein oder zwei Kilometer innerhalb der laotischen Grenze liegen? Vielleicht ist Ihnen ja ein winziger Fehler unterlaufen. Hmm? Überlegen Sie genau, bevor Sie antworten.«

Ha Si schwieg eine Weile. Dann sagte er langsam: »Ich glaube, Sie dürften recht haben, Colonel. Es könnte gerade noch zu Laos gehören. Der Grenzverlauf ist wegen der Berge sehr unübersichtlich und ich kenne mich dort nicht so gut aus wie hier. Ich habe zu rasch gesprochen. Vielen Dank für die Gelegenheit, mich berichtigen zu dürfen. Es *liegt* in Laos.«

»Schön«, sagte Richter. »Denn Sie wissen ja, Ha Si, wir können viele Dinge unternehmen, aber unter keinen Umständen dürfen wir nordvietnamesisches Gebiet betreten. Wenn sich Kum Kau tatsächlich dort befände, könnten wir es vorab nicht als Parameter unseres Einsatzes festlegen, der uns auf die Spuren von Moon Lai und Captain Barrington führen soll.«

»Ja, Sir. Ich verstehe, Sir.« Ha Si blickte Alexander an. »Es liegt ganz sicher in Laos.«

Richter nickte. Endlich ließ er die Männer bequem stehen. Anschließend steckten die fünf über dem Tisch die Köpfe zusammen und rauchten, grübelten und planten.

»Was ich gerne tun würde – meine Präferenz sozusagen«, sagte Richter, »ist zuerst einen kleinen Spähtrupp hinschicken.« Alexander öffnete den Mund, aber Richter ließ ihn gar nicht erst zu Wort kommen. »Aber ich weiß besser als jeder andere hier«, er warf Alexander einen eindringlichen Blick zu, »dass wir angeschmiert sind, wenn unsere Leute entdeckt werden. Sollte sich in Kum Kau eine Situation entwickeln, in der wir rasch flüchten müssen, nachdem wir zugeschlagen haben, ist dies unsere erste und einzige Chance.

Niemand rechnet mit uns; das Überraschungsmoment wird

unsere wichtigste Waffe sein. Auf der anderen Seite, wenn wir in eine Lage geraten, in der wir uns nicht halten können, sind wir im Arsch. Wir können einfach nicht genug Leute reinbringen, um sowohl unseren Rückzug abzusichern als auch den Kampf gegen deutlich überlegene feindliche Kräfte aufzunehmen. Also lautet der Plan folgendermaßen: Wir werden ein A-Team zusammenstellen und auf eine Topsecret-Fernaufklärungsmission nach Laos gehen, Zielgebiet mit höchster Geheimhaltungsstufe. Haben Sie mich verstanden? Nach Laos. Und wir geben ihr nicht den offiziellen Namen SLAM. Ist das klar? Wir nennen die Mission schlicht Aufklärung. Ein paar nachrichtendienstliche Informationen sammeln und vielleicht ein wenig Nachschubstörung.«

»Verstanden, Sir.«

»Wir werden ohne Kennung reingehen. Sie wissen, was das bedeutet. Wenn Sie in Nordvietnam fallen, wird Sie keiner finden. Sie werden unidentifiziert bleiben. Ich schlage vor, Sie alle erledigen die entsprechenden Anrufe oder schreiben Briefe an Ihre Angehörigen, bevor wir losgehen. Anders als Major Barrington hier, unser Geheimdienstberater direkt aus Fort Huachuca in Arizona, glaube ich persönlich, dass es sich bei Kum Kau um ein ganz normales Dorf handelt.«

»Nun, im Unterschied zu Ihnen, meine Herren«, sagte Alexander, »war ich seit 1946 nicht mehr im Feld und ich bin mir sicher, manche Dinge haben sich seitdem geändert. Und natürlich könnte Colonel Richter, der über wesentlich bessere Lokalkenntnisse verfügt, recht haben. Dennoch bin ich dafür, die Sache anzugehen, als hätten wir es mit einem verminten, sprengfallengesicherten und schwer bewaffneten Militärlager zu tun. Wir müssen all die Mittel mitbringen, mit denen wir unser Ziel zu erreichen hoffen. Obwohl ich davon überzeugt bin, dass es sich bei allen vietnamesischen Dorfbewohnern grundsätzlich um unschuldige Zivilisten handelt, sollten wir für den Fall der Fälle doch genügend Feuerkraft besitzen, um ganz Hanoi damit plattzumachen und nicht nur eine einzelne Lehmhütte.«

Richter warf Alexander einen Seitenblick zu. Alle anderen schielten heimlich zu Richter.

»Ich werde einen Helikopter anfordern, der uns nach Laos bringt«, sagte Richter. »Und eine MedEvac-Crew. Auf dem

Hinweg können die uns absetzen, dann zum Auftanken zurück nach Süden fliegen und dort auf Abruf bereitstehen. Ein kleines Stück unterhalb der entmilitarisierten Zone gibt es eine SOG-Nachschubbasis. Ich werde unsere Kampfhubschrauber zur Entlastung dort warten lassen, plus zwei Extra-Helikopter, falls wir sie brauchen, sowie einen Sani-Hubschrauber. Aber denken Sie daran, selbst diese Geheimmission ist nur auf Laos beschränkt. Sechs *Snakes* können nicht einfach nach Nordvietnam reinfliegen – denn das würde nicht länger als Unterstützung der kämpfenden Truppe gelten, das würde als Scheißinvasion verstanden werden.« *Snakes* wurden die Cobra-Kampfhubschrauber genannt. »Haben das alle verstanden?«

Sie nickten. Nur Mercer fügte nachdenklich hinzu: »Entschuldigen Sie, Colonel. Sie sagen dauernd *wir.* Wollen Sie denn ... auch gehen?«

Alexander sah auf seine Hände herab, um Richter vor seinen Blicken zu verschonen, wenn dieser seinen Sinneswandel vor den eigenen Männern eingestehen musste.

»Eine verfluchte Scheiße ist das«, sagte Richter. »Ich bin viel zu alt für diesen Mist. Aber ich werde mitgehen, weil dann mein Arsch dran sein wird, wenn in Nordvietnam irgendwas schiefläuft. Wir werden zu zwölft sein. Ein sechsköpfiges vietnamesisches Team und wir. Ich werde Tojo überreden mitzugehen, vorausgesetzt er bekommt nicht vorher schon einen Herzschlag, wenn er erfährt, dass ich auch dabei bin. Elkins, Mercer, Ha Si, Sie melden sich wahrscheinlich alle freiwillig, oder?«

Die drei Männer nickten und richteten ihre Blicke dann auf Alexander.

»Was zum Teufel schauen Sie mich alle so an?«, sagte er. »Ohne mich würden Sie sich doch noch immer in Pleiku flachlegen lassen, Käsesandwiches futtern und die Fische im Fluss mit Granaten bewerfen. Natürlich gehe ich mit.«

Die Männer schwiegen.

»Vielleicht sollten Sie lieber zurückbleiben, Major«, sagte Elkins schließlich. »Sie haben selbst eben gesagt, dass Sie seit 1946 nicht mehr an einem Kampfeinsatz teilgenommen haben.«

»Der Kampfeinsatz mit einer Rotkreuzschwester zählt bekanntermaßen nicht«, setzte Richter bissig hinzu.

Alexander sagte nichts. Richter hatte offensichtlich gerne das letzte Wort haben wollen.

»Muss der Colonel nicht erst eine erweiterte Sicherheitsüberprüfung für Sie einholen?«, fragte Elkins weiter. »Das kann einen Monat dauern.«

»Meine Sicherheitsüberprüfung wurde bereits längst vom Kommandanten des Militärischen Nachrichtendiensts in Fort Huachuca auf die höchste Stufe gebracht, haben Sie vielen Dank für Ihre Anteilnahme, Lieutenant«, sagte Alexander. Das Gespräch war beendet. »Tom, kannst du mir meine Baracke zeigen? Ich brauche Schlaf.« Die anderen Männer erhoben sich und salutierten, bevor sie hinausgingen. Alexander wandte sich Richter zu. »Schaffst du es, den ganzen Krempel bis morgen zusammenzubekommen?«, fragte er, während sie zu seiner Unterkunft gingen.

Richter glaubte nicht daran. »Und man sagt hier Hütte, Alexander.«

»Baracke oder Hütte, ist doch scheißegal. Wir haben schon genug Zeit verloren, Tom. Wir müssen los.«

»Wir werden schon ein paar Tage brauchen«, sagte Richter. »Ich muss einen Chinook anfordern, wir müssen all unser Material, unsere Waffen zusammenstellen. Du weißt doch am besten, dass wir auf alles gefasst sein müssen. Mehr als eine Chance werden wir nicht haben.«

Alexander pflichtete ihm bei, dass sie auf sämtliche Eventualitäten vorbereitet sein mussten. Und er wusste auch, dass sie nur diese eine Chance hatten.

Als sie vor Alexanders Unterkunft standen, zündete sich Richter eine weitere Zigarette an und sagte: »Alexander, ist dir eigentlich klar, wie gering unsere Erfolgsaussichten sind?«

»Soll das etwa heißen, du bist zuversichtlich?« Alexander klopfte Richter auf den Arm, er war nun deutlich entspannter. »Tom«, sagte er. »Von schlechten Aussichten brauchst du ausgerechnet mir nichts zu erzählen, das weißt du doch.«

»Und ob ich das weiß.«

»Wie gut standen die Chancen für eine gerade mal eins fünfzig große Frau, die nie in ihrem Leben eine Waffe abgefeuert hatte, in ein von den Sowjets kontrolliertes Gebiet zu gelangen, ohne zu wissen, wo ich war, ob ich überhaupt dort war, geschweige denn ob ich gar noch lebte, und mich dann tatsächlich zu finden? Mich dort zu finden, und zwar *am Leben?*«

»Besser als unsere«, sagte Richter.

Alexander schüttelte den Kopf. »Eine unbewaffnete Frau in einem Gulag-Lager, in dem alle paar Zentimeter Wachposten mit Maschinengewehr postiert sind«, sagte Alexander beinahe ehrfürchtig. »Nicht zwölf Männer mit mehr Munition, als sie zusammen wiegen. Okay, diese nordvietnamesischen Soldaten sind üble Burschen, aber die Sowjets waren nun auch keine vornehmen Ladys, die beim Kentucky Derby Häppchen naschen. Die waren auch bis an die Zähne bewaffnet. Und dennoch hat sie mich gefunden und mich herausbekommen. Also, gute Nacht.« Aber er musste daran denken, was Tania einst zu ihm gesagt hatte. Da können wir hadern, so viel wir wollen, *aber manchmal reicht das, was wir tun, einfach nicht aus.* Davon wusste er ein Lied zu singen. Er versuchte, den Gedanken aus seinem Kopf zu vertreiben.

Richter seufzte, stieß den Zigarettenrauch aus und lächelte bemüht. »Es überrascht mich, dass Tania und du aus eurer Fähigkeit, gegen alle Wahrscheinlichkeit zu gewinnen, nie Kapital geschlagen habt.«

Es war das erste Mal seit dem 20. Juli 1969, dass Alexander laut auflachte. »Tom«, sagte er und legte für einen Moment freundschaftlich seinen Arm um Richters Schultern. »Wer behauptet denn, wir hätten nie?« Ein breites Grinsen erschien auf Alexanders Gesicht. »Zweimal im Jahr heißt es bei uns, auf nach Las Vegas«, sagte er fröhlich. »Die Kinder glauben, wir würden zum Ausspannen nach Sedona fahren. Sobald wir in Vegas sind, spielen wir zwanzig Stunden am Stück. Meine Frau ist eine Meisterin des Roulette und Blackjack.«

Richter blieb fast der Mund offen stehen. »Wir reden hier über *Tania?*«, sagte er. »Deine *Frau,* Tania, an einem Blackjacktisch?«

Alexander nickte. »Und Tom – man muss sie sehen, um es zu glauben. Wir bekommen schon seit sieben Jahren eine Gratis-Penthouse-Suite im Flamingo. Das Hotel gibt uns Chips umsonst, Essen umsonst, Einkaufsgutscheine, es spielt überhaupt keine Rolle – sie verliert einfach nicht. Wenn sie nicht gut drauf ist, dann spielt sie nicht. Erst vor einem Monat waren wir da, um uns ein wenig abzulenken, aber sie war nicht gut drauf und da haben wir aufgehört zu spielen. Sie bekam ständig die Pique-Dame auf die Hand und verlor. Aber das war anormal.« Er brach ab und senkte die Stimme. »Die Kartendealer rechnen einfach nicht mit ihr. Sie sitzt an ihren Tischen, trinkt ein wenig Wein, hat ihr pinkfarbenes Kleid an, die Haare liegen offen auf den Schultern, sie albert mit ihnen herum und schon sind sie wehrlos. Gegen sie haben sie keine Chance. Sie ist unglaublich«, erinnerte er sich voller Zuneigung. »Bei mir ist das eine ganz andere Geschichte. Ich spiele Poker. Ich gewinne, ich verliere. Sie kommt, stellt sich hinter mich, und alle anderen am Tisch verlässt das Glück, während ich in Fahrt komme. Wir machen schon unseren Schnitt. Aber sie *liebt* die Sache wirklich.«

Richter hörte mit weit aufgerissenen Augen zu und lachte dann. »Verdammt noch mal, es ist doch nicht zu fassen. Da kommst du her und innerhalb von zehn Stunden ist meine Welt auf den Kopf gestellt. Ich, ein Lieutenant-Colonel, nehme Befehle an von einem Scheißmajor, Anthony macht mit Nutten vietnamesische Babys, wir marschieren im Alleingang und ohne jede Autorisierung in Nordvietnam ein und *Tania* liebt Vegas. Sonst noch etwas, mit dem du mich schocken willst?«

Abrupt wieder auf die Erde zurückgebracht, hörte Alexander zu lächeln auf. »Nein«, sagte er und gab ihm einen vorsichtigen Klaps auf die Schulter. »Jetzt fällt mir nichts mehr ein.«

Auch Richter wurde nun ernst. »Alexander, tu mir bitte einen Gefallen. Wenn wir losziehen, sprich nicht mit mir, als wären wir seit zwanzig Jahren befreundet.«

Alexander salutierte vor ihm. Richter salutierte zurück.

»Gute Nacht, Colonel Richter«, sagte Alexander.

»Gute Nacht, Major Barrington.«

In seiner Einzimmerhütte zog Alexander sich aus und fiel auf sein Bett. Er zündete sich eine Zigarette an, rauchte sie zu Ende, zündete sich eine neue an und blickte lächelnd zur Decke hinauf.

»Ant, komm doch mal, ich möchte, dass du mit deiner Mutter Domino spielst.«

»Nein! Warum? Ich gewinn ja doch nie.« Anthony war eben nach seinem ersten Jahr in West Point nach Hause gekommen. Es war Juni 1962.

»Ich weiß«, sagte Alexander, »aber ich werde euch beim Spielen genau beobachten. Du spielst gegen deine Mutter, und ich werde sie im Auge behalten und herausbekommen, wie sie schummelt.«

»Hör nicht auf deinen Vater. Ich schummele nicht beim Domino, Ant«, sagte Tatiana. »Ich setzte all meine vitalen Kräfte ein. Das ist etwas anderes.«

»Spiel einfach deine Steine aus, Tania.«

»Ja, spiel einfach deine Steine aus, Mom.«

Es gab achtundzwanzig Dominosteine.

Sieben erhielt Anthony, sieben Tatiana, vierzehn blieben im Topf.

Alexander beobachtete Tania. Sie legte gleichmütig ihre Steine an, zog neue, summte vor sich hin und sah abwechselnd ihren Sohn oder ihren Mann an. Bald waren alle Steine fort, bis auf die in Anthonys und die in Tatianas Hand. Zwischen fünf und sieben Minuten dauerte eine Partie. Sie gewann jede einzelne.

»Hast du es schon herausgefunden, Dad?«

»Noch nicht, mein Sohn. Spiel weiter.«

Alexander hörte damit auf, die Steine zu beobachten. Er achtete nicht mehr darauf, was auf dem Tisch geschah, achtete nicht mehr darauf, was gezogen wurde oder was angelegt wurde, noch nicht einmal darauf, wer gewann oder verlor. Er studierte intensiv allein Tatianas kühlen, unerschütterlichen Gesichtsausdruck und ihre strahlend klaren Augen.

Sie spielten wieder und wieder und wieder.

Anthony beschwerte sich. »Dad, wir haben jetzt dreizehn Partien gespielt, die ich alle verloren habe. Können wir aufhören?«

»Natürlich hast du verloren, Ant«, sagte Alexander langsam. »Ja, ihr könnt aufhören.«

Kaum seiner Aufgabe entbunden, floh Anthony auch schon

aus der Küche. Alexander zündete sich eine Zigarette an, während Tatiana in aller Ruhe die Steine einsammelte und zurück in die Schachtel legte.

Sie hob ihren Blick zu ihm. Sein Mund verzog sich zu einem breiten Grinsen. »Tatiana Metanowa«, sagte er. »Zwanzig Jahre lebe ich nun schon mit dir und schlafe in deinem Bett. Ich habe deine Kinder gezeugt.« Er senkte seine Stimme zu einem Flüstern und beugte sich zu ihr hinüber. »Tania!«, sagte er überschwänglich. »Ich kann es fast gar nicht glauben, dass ich so lange gebraucht habe, um dahinterzukommen. Aber – du zählst die Steine!«

»Was?«

»Du zählst die Scheißsteine!«

»Ich weiß überhaupt nicht, was du meinst«, erklärte sie verdutzt.

»Wenn der Topf leer ist, weißt du genau, welche Steine Ant noch auf der Hand hat! Du zählst mit und weißt, welche Steine übrig sind! In der Schlussphase einer Partie kennst du den nächsten Zug deines Gegners, bevor er auch nur ein Domino in die Finger genommen hat!«

»Shura ...«

Er packte sie, zog sie auf seinen Schoß und küsste sie. »Oh, du bist gut. Du bist richtig gut.«

»Ehrlich, Alexander«, sagte Tatiana ruhig. »Ich habe überhaupt keine Ahnung, wovon du sprichst.«

Er lachte aus vollem Herzen. Dann ließ er sie los, ging zum Schrank hinüber und holte ein Kartenspiel heraus. Nach einigem Suchen fand er noch zwei weitere Blätter. »Rate mal, wohin du und ich nächsten Monat anlässlich unseres zwanzigsten Hochzeitstags fahren, meine kleine Dominozählerin«, sagte er, setzte sich an den Tisch und mischte mit vom Mundwinkel baumelnder Zigarette die Karten.

»Ähm ... Grand Canyon?«

»Viva Las Vegas, Baby.«

Und ausgerechnet hier in Kontum, inmitten von Chaos und Leid, und ohne zu wissen, ob sein Sohn noch lebte oder überhaupt zu retten war, wurde Alexander seines Menschseins, das er doch gewöhnlich nur höchst schmerzhaft erlebte, dieses eine

Mal in solch glücklicher Weise erinnert – indem er einen Faden des Trostes in diesem alles überdeckenden Webstück des Elends fand.

Ein Paket traf per Eilzustellung für Alexander ein. Er war überrascht. Er war doch erst kaum zwei Wochen im Land. Wer würde ihm jetzt schon ein Paket schicken, und warum? Als er zur Poststation kam, sah er dort einen großen, schweren Karton. Absender war seine Familie. Elkins und Mercer waren noch überraschter, als sie versuchten den Karton zu heben.

»Was für ein Carepaket«, sagte Mercer. »Was ist denn da drin, Steine?«

Sie mussten es direkt vor der Poststation abstellen und dort auf dem staubigen Boden öffnen, da es zu schwer zum Tragen war. Im Innern fand Alexander einen sehr langen Brief von Tatiana, der begann: *»Oh mein Mann, Du Vater kleiner Jungs, einer Deiner Söhne hat den Verstand verloren.«* Und im Karton lagen sechzehn Punji-Spieße, wie sie der Vietcong als Fallen benutzte, jeder gut anderthalb Meter lang, gefertigt aus rund gehobeltem Holz, mit einer Einkerbung im oberen Teil und an beiden Enden wie Nadeln zugespitzt, damit sie leichter in die Erde gedrückt werden konnten und mit der herausragenden Seite gefährlichere Wunden verursachten. Auf dem Notizblatt, das an ihnen klebte, stand in Blockbuchstaben: *»Lieber Dad, die wirst Du brauchen. Diagonal in einem Winkel von 45 Grad in den Boden einführen. Außerdem meint Mama, Du sollst auf Bären aufpassen. Dein Sohn Harry.«*

»Ihr *Kind* hat die für Sie gemacht?«, sagte Mercer ungläubig.

»Nicht zu fassen, wie?«

»Und Ihre Frau hat sie Ihnen per Eilzustellung geschickt?«, fragte Elkins. »Das kann ich nicht fassen. Dafür wird sie eine Hypothek auf Ihr Haus aufgenommen haben müssen. Ich weiß gar nicht, wer hier verrückter ist: Ihr Sohn, weil er sie gemacht hat, oder Ihre Frau, weil sie die Dinger alle geschickt hat.«

»Wie alt ist denn der Junge?«, fragte Mercer.

»Er wird zehn an Neujahr.« Harry war am ersten Tag des neuen Jahrzehnts geboren.

Mercer und Elkins pfiffen anerkennend und blickten in den

Karton. »Zehn. Alle Achtung. Die sind fast perfekt«, sagte Elkins.

»Die *sind* perfekt! Was zum Teufel meinen Sie denn mit fast?«

Meine liebe Tatiascha,

ich habe die Kekse von Janie und Dir erhalten, auch den besorgten medizinischen Rat von Gordon Pascha (sag ihm, Du hättest mir schon einen Kanister Silbernitrat mitgegeben) und einige spitze Stöcke von Harry (hätte fast geweint). Ich packe gerade meine Sachen und mache mich zum Aufbruch fertig. Von Dir habe ich einen Brief bekommen, den Du wohl sehr spät nachts geschrieben haben dürftest. Er war voller Dinge, die eine Frau nach siebenundzwanzig Jahren Ehe eigentlich ihrem weit entfernten und einsamen Mann nicht schreiben sollte, die dieser Mann aber dennoch voll Freude und Dankbarkeit gelesen und immer wieder neu gelesen hat.

Tom Richter hat das Carepaket, das Du geschickt hast, mit den Plätzchen darin gesehen und meinte: »Wow, Mann. Irgendwas musst du ja noch immer richtig machen.«

Ich habe ihn fest angesehen und gesagt: »Ist doch schön zu wissen, dass sich in der Armee in den letzten zwanzig Jahren nichts geändert hat.«

Stell Dir nur vor, was er erst gesagt hätte, wenn er von den glühenden Empfindungen in Deinem Brief wüsste.

Nein, ich habe keine giftigen Beeren gegessen, keine giftigen Pilze, gar nichts Giftiges. Die US-Armee bekommt ihre Soldaten satt. Hast Du Dir schon mal eine Feldration angesehen? Würstchen mit Bohnen, Beefsteak, Cracker, Obst, Käse, Erdnussbutter, Kaffee, Kakao und tütenweise Zucker (!). Genug um einem sowjetischen Blockademädchen die Tränen in die Augen zu treiben. Morgen früh werden wir einen kleinen Aufklärungseinsatz durchführen. Ich ruf Dich an, wenn ich zurück bin. Ich habe heute schon versucht anzurufen, aber die Leitungen waren überlastet. Es ist unglaublich. Kein Wunder, dass Ant sich nur einmal im Jahr gemeldet hat. Ich hätte allerdings gerne Deine Stimme gehört, Du verstehst schon, noch ein Wort von Dir, bevor es in die Schlacht geht, so etwas in dieser Art …

Deine Kekse erweisen sich übrigens unter den kriegsmüden Soldaten als RIESEN-Hit.

Grüß die Kids von mir. Und hör auf damit, Janie den Rückwärtskopfsprung beizubringen.

Weißt Du noch, was Du jetzt tun musst? Küss deine Handfläche und leg sie an dein Herz.

Alexander

PS: Ich steige in Coconut Grove vom Boot. Es ist sechs Uhr und Du bist nicht am Hafen. Ich verstaue noch alles und mache mich dann auf den Heimweg in der Annahme, dass Du mit dem Abendessen beschäftigt bist. Dann sehe ich Ant und Dich die Promenade entlanglaufen. Er läuft vor und Du hinter ihm her. Du trägst ein gelbes Kleid. Er springt an mir hoch und Du bleibst schüchtern stehen, und ich sage zu Dir, na los, Kaulquappe, zeig mal, was Du draufhast, und Du lachst, läufst los und springst in meine Arme. So eine schöne Erinnerung.

Ich liebe Dich, Baby.

Hinterhalt in Kum Kau

Zwei Tage später brachen sie noch vor Morgengrauen auf. Alexander, Tom Richter, Charlie Mercer, Dan Elkins, Ha Si, Tojo und sechs Männer des Bannha-Montagnard-Teams, zu denen auch ein Sanitäter gehörte – alles in allem zwölf Mann der Special Forces –, flogen mit einem Chinook-Transporthelikopter, der ein großes rotes Kreuz auf der Nase trug, fünfhundert Kilometer in Richtung Norden in den Dschungel von Laos.

Zwei Cobra-Kampfhubschrauber aus Kontum begleiteten sie. Ein Mal mussten sie auftanken. Sie hatten dehydrierte Verpflegung, die üblichen C-Rationen, Desinfektionsmittel, Wasser, Plasma und Waffen für einhundert Mann dabei.

Ihr anvisierter Landeplatz befand sich kaum einen Meter diesseits der laotischen Grenze, sieben Kilometer westlich der vermutlichen Lage von Kum Kau. Der Chinook flog in großer Höhe durch einen Gebirgspass, denn erst eine Woche zuvor war ein Armeehubschrauber zu tief über ein Tal geflogen und von einem RPG-7-Granatwerfer unter Beschuss genommen worden. Er war abgestürzt; Pilot, Kopilot, Bordschütze und zwei der Indianer starben. Um nicht entdeckt zu werden, hatte Richter deshalb befohlen, dass ihr Hubschrauber über der Wolkengrenze bleiben und keine Abkürzung über die Täler nehmen sollte.

Die Landung in Laos verlief problemlos. Dann machten sie sich auf den Weg durch den Dschungel des tausend Meter über dem Meeresspiegel gelegenen zentralen Hochlands im Norden; das Hochplateau lag tief in feindlichem Gebiet. Im Hubschrauber hatten sie Kaffee getrunken, geraucht, jede Menge Unsinn geredet und Witze gemacht, doch hier im Urwald waren sie alle wie ernüchtert und schweigsam. Sie hielten stumm die Waffen im Anschlag und versuchten, die Farne so wenig wie möglich zu bewegen. Richter ließ Ha Si die Spitze übernehmen, dann folgte Mercer, Alexander war der dritte und Elkins der vierte. Tojo, der gut zwei Meter zehn große Montagnard, bildete die Nachhut – eine Rolle, die er offensichtlich immer übernahm, denn er war wie eine Steinmauer. Vor Tojo befand sich Richter, der das Funkgerät bei sich trug, und vor Richter gingen sechs weitere Bannhas.

Der Pfad, den sie schlugen, war gerade eben noch erkennbar und konnte ihnen so als Rückweg dienen. Es war ein früher Dezembermorgen, trocken und ein wenig kühl. Der Dschungel war hoch gewachsen und bildete ein dichtes, grünes Blätterdach. Nachdem der Hubschrauber noch eine Weile über dem Landegebiet gekreist hatte, bis die Männer verschwunden waren, flog er dreißig Kilometer weit in Richtung Süden zur SOG-Basis, die das Lagezentrum für diese Mission bildete. Dort warteten sechs Cobras und ein Sanitätshubschrauber – nur für alle Fälle. Der Pilot hatte zu Richter gesagt, er solle dafür sorgen, dass sie in der nächsten Stunde nicht in Schwierigkeiten kamen. Er hatte den Befehl, nach dem Auftanken auf weitere Anweisungen zu warten.

Die Soldaten trugen Tarnkleidung, die der Dschungelumgebung angepasst war; sogar ihre Stahlhelme und die leichten Stiefel aus Nylon und Leinen waren beige-oliv gemustert. Über seine Uniform hatte Alexander eine Kampfweste gezogen, die bis zum

Bersten mit 20-Schuss-Magazinen gefüllt war. Der Patronengurt über seiner Hüfte war mit 40-Millimeter-Granaten bestückt, die weiter flogen als Handgranaten und im Nahkampf sehr nützlich sein konnten. Er besaß eine Patronentasche, in der er die Munition für seine Pistolen und zusätzliche Magazine für sein Gewehr mit sich führte. In einer weiteren Tasche befanden sich drei Claymore-Minen samt Stolperdraht und Zündern. In seinen Armen hielt er ein M-16-Gewehr, unter dessen Lafette der Granatwerfer bereits angebracht war. Er hatte seinen Glücksbringer dabei, die Colt M1911, sowie vorschriftsmäßig die Ruger Kaliber .22, die mit einem Schalldämpfer versehen war. Er führte das bei SOG-Spähtruppunternehmen übliche Bowie-Messer mit sich sowie ein Grabungswerkzeug, das auch als Stichwaffe benutzt werden konnte. In seinem Rucksack befanden sich seine Verpflegung und eine Erste-Hilfe-Ausrüstung. Er trug mindestens fünfundvierzig Kilo an Waffen, Munition und anderen Ausrüstungsgegenständen mit sich, und er war fünfzig Jahre alt. Im Heiligkreuz-Gebirge war er fünfundzwanzig gewesen und hatte eine Ausrüstung von dreißig Kilo getragen. Das war ein physikalisches Problem, das einer Tania würdig gewesen wäre. Und dabei trug er nicht einmal Harrys schwere Punji-Spieße oder zusätzliche Munition. *Die* hatten nämlich die Montagnards, samt dem Ehrfurcht gebietenden M-60-Maschinengewehr mit Dreifuß – und zwar *zusätzlich* zu ihrer fünfundvierzig Kilo schweren Ausrüstung. Ohne die Yards, die klaglos geduldigen, stillen, hilfreichen Leute aus den Bergen Südvietnams, die von der SOG zu effizienten Tötungsmaschinen ausgebildet wurden und die Seite an Seite mit den Amerikanern kämpften, wären Erkundungs- und Rettungsmissionen kaum möglich gewesen.

Es war inzwischen fünfundzwanzig Jahre her, seit Alexander das zweihundert Mann starke Strafbataillon für die Rote Armee durch Russland, Estland, Weißrussland und Polen nach Deutschland geführt hatte. Damals hatten sie nichts zu essen und kaum Waffen oder Munition gehabt, und er wusste nicht, warum seine Ausrüstung trotzdem dreißig Kilo gewogen hatte. Seine Männer waren politische Gefangene gewesen, keine Kommandosoldaten der Special Forces; besaßen keine militärische Ausbildung, und viele von ihnen hatten noch nie zuvor ein Gewehr in der Hand gehabt. Doch irgendwie hatten sie den ganzen langen Weg bis nach Deutschland geschafft.

Und vor Heiligkreuz hatte Alexander in Leningrad gekämpft. Er hatte die Stadt zwei Jahre lang auf den Straßen, an den Barrikaden, den Hügeln von Pulkowo und den Sinjawino-Höhen verteidigt, von denen aus die Deutschen Leningrad bedroht und bombardiert hatten. An der Newa und am Ladogasee hatte er erbitterten Widerstand geleistet. Er war mit Panzern über das Eis gefahren und hatte deutsche Flugzeuge mit Luft-Boden-Raketen abgeschossen. Und davor hatte er 1940 gegen Finnland gekämpft – unterernährt, unzureichend bekleidet, unzureichend ausgerüstet und frierend, mit nichts weiter als einem einschüssigen Gewehr bewaffnet; und nie hätte er es sich träumen lassen, dass er eines Tages unter einem dichten Blätterdach auf der Suche nach seinem Sohn durch den vietnamesischen Dschungel marschieren und dabei eine Waffe in der Hand halten würde, die achthundert Schuss pro Minute abfeuern konnte, von der jede einzelne Kugel innerhalb von nur einer Sekunde über tausend Meter weit flog. Ja, die dritte Generation des M-16 war ein ganz unglaubliches Gewehr.

Doch auch seine Schpagin hatte er gemocht, die Standardpistole der Offiziere der Roten Armee. Es war eine gute Waffe. Und die Männer unter seinem Kommando waren gute Männer gewesen. Sogar im Strafbataillon waren seine Unteroffiziere immer echte Kämpfer gewesen, hatten stets Mut bewiesen. Und seine Freunde – wie Anatoli Marasow, der auf dem Eis der Newa in seinen Armen gestorben war. Uspenskij. Sie waren feine Leutnants gewesen. Uspenskij hatte über viele Jahre hinweg Alexanders Haut gerettet, er hatte den Mann mit aller Kraft geschützt, der seine Fahrkarte in die Freiheit war – sogar, als er ihn schon betrogen hatte.

Außer Richter kannte Alexander keinen der Männer, mit denen er in das Herz des Dschungels vordrang, doch es wäre ihm lieber gewesen, er hätte sie gekannt. Gerne hätte er ihre Geschichten erfahren, bevor sie die Berge von Khammuan erreichten. Im Bataillon hatte er über das Leben all seiner Lieutenants und Feldwebel Bescheid gewusst. Und doch zweifelte er an keinem der Männer, die jetzt bei ihm waren. Denn es waren Ants

Männer. Und er kannte seinen Sohn, er glaubte aufrichtig an ihn. Mercer, Ha Si, Elkins – sie waren Ants Telikow, Marasow und Uspenskij.

Alexander war froh, dass er in Yuma weiter trainiert hatte; er hatte sich so fit gehalten, dass er jederzeit an einem realen Einsatz teilnehmen konnte. Er hatte sogar trainiert, während er eigentlich nur nachrichtendienstliche Dokumente hatte übersetzen sollen. Obwohl er es Tania gegenüber nicht gerne eingestehen würde, hatte er Waffen eigentlich immer gemocht, und die Amerikaner stellten Waffen her, die keinen anderen auf der Welt gleich waren. Also war er nach Yuma gegangen, hatte sich die Ohrenschützer aufgesetzt, den Schalldämpfer auf das M-14-Maschinengewehr geschraubt, ganze Nachmittage auf dem Schießstand verbracht und dafür gesorgt, dass er mit seinen Leistungen als Scharfschütze nicht aus der Übung kam. Nachts war er in die Quartiere für Ehepaare zurückgekehrt, hatte so heiß wie möglich geduscht, um sich die Spuren des Schießpulvers vom Körper zu spülen, und sich neben Tania gelegt. Er hatte sie mit seinen Händen berührt, die noch nicht einmal zwei Stunden zuvor 40-Millimeter-Granaten in den Verschluss des Granatwerfers geschoben und den Abzug gedrückt hatten. Und dann war er vollkommen zufrieden nach Scottsdale zurückgekehrt, um am Montag wieder zur Arbeit zu fahren, hatte Holz verleimt und gehämmert, Fliesen ausgetauscht und an seinem Tisch Entwürfe gezeichnet. Lächelnd hatte er mit der Nagelpistole gearbeitet, als gäbe es nichts anderes auf der Welt für ihn – nachdem er gerade erst in Yuma die Waffe eines Scharfschützen abgefeuert hatte, als wäre auch das selbstverständlich für ihn. Vielleicht war es ja so, dass sich sein gut verborgenes wahres Selbst seinem jüngsten Sohn unweigerlich mitgeteilt hatte, denn dieser wünschte sich nichts sehnlicher, als seinen Vater glücklich zu machen. So ein guter Junge.

Es wurde wärmer, doch keineswegs so wie in den Tropen: Die Luft war trocken. Das Zwölf-Mann-Team schob sich eng hintereinander durch den goldenen Zypressen- und Bambusdschungel, wobei jeder praktisch auf die Stiefel des Vordermanns trat, während er Ausschau nach Schlangen, Minen, Sprengfallen, Gift und Punji-Spießen hielt. Ha Si, der alles im Blick hatte, schlug ihnen den Weg frei. Er trug die Reliefkarte, den Kompass und die Uhr, war jeden Augenblick wachsam und hielt seine Waffe ständig im Anschlag. Es war, als hätte er sechs Hände.

»Der Mann ist pures Dynamit«, sagte Alexander und beugte sich zu Mercer vor.

Mercer nickte. »Es gibt Gerüchte«, sagte er leise, »dass er früher auf der anderen Seite gestanden hat. Deshalb weiß er alles und kann alles. Aber wir stellen keine Fragen. Wir sind einfach nur froh, dass er bei uns ist.«

»Absolut«, sagte Alexander und staunte über Ha Sis angeborenen Orientierungssinn in diesem schier undurchdringlichen Urwald. Tania hätte ihn bei sich haben sollen, als sie sich am Ilmensee verirrt hatte. Plus das Bowie-Messer, das scharf wie eine Rasierklinge war, eine C-Ration, Richters auf Militärfrequenz eingestelltes VHF-Sendegerät und ein Zippo-Feuerzeug mit den eingravierten Worten: *Und der Herr sagte, lasset Soldaten sein, und die Fische erhoben sich aus dem Meer.* Dann hätte sie keine Probleme gehabt. Alexander lächelte. Doch irgendwie hatte sie es auch ohne diese Dinge geschafft.

Sie gingen drei Stunden lang. Nach sechs Kilometern setzte Richter einen Funkspruch ab. Genau bei Kilometer sechs hatten sie eine winzige Lichtung entdeckt, die als Landezone im mannshohen Elefantengras gerade groß genug war, und er gab dem Piloten die Koordinaten durch. Sollten sie schnell wieder verschwinden müssen, brauchten sie sich nun nicht vier Stunden lang sieben Kilometer weit bergauf durch feindliches Gebiet zu schlagen, bevor sie evakuiert werden konnten. »Sorgen Sie dafür, dass die Bordwaffen jede Menge Munition haben«, sagte Richter zu dem Piloten. »Ich will hier niemanden außer Ihnen sehen. Kein weiterer Mann soll nordvietnamesisches Territorium betreten, es sei denn, die ganze Aktion läuft völlig aus dem Ruder.«

Schließlich erreichten sie eine Bergkuppe und das Ende des Urwalds. Sie traten hinaus auf eine flache Mesa, die sich fast zweihundert Meter über einer Schlucht erhob, auf deren grünem Grund sich zwischen den steilen Hängen ein Fluss befand. An seinen Ufern lag ein Dorf wie eine Enklave. Die mit Elefantengras und kleinen Pinien bewachsenen felsigen Berge boten dem

Ort von allen Seiten Schutz. Am Fuß des Berges, der gegenüber der Mesa lag, auf der sie standen, befanden sich ein Dutzend sternförmig angelegte Reisfelder.

»*Das* ist Kum Kau?«, fragte Alexander und wagte einen vorsichtigen Blick nach unten über den Grat.

»Ja. Laut meinen Informationen schon«, erwiderte Ha Si. »Finden Sie, es ist zu klein?«

Das Dorf war in der Tat sehr übersichtlich; ihre eigene Basis in Kontum war sechs Mal so groß. An der breitesten Stelle betrug sein Ausmaß etwa fünfzig Meter, an der schmalsten war es kaum fünfundzwanzig Meter breit. Die strohgedeckten Hütten waren symmetrisch angelegt, und die Pfade dazwischen, die alle von ein und demselben Punkt ausgingen, verliefen völlig gerade, als sei das Ganze von einem Pariser Städteplaner entworfen worden. Die einzige Ausnahme bildete ein in einem weiten Bogen angelegter Weg, der dem Verlauf des Flusses folgte. Alles war ruhig, niemand war im Freien. Das Dorf sah verlassen aus.

Alexander beobachtete es noch weitere fünf Sekunden lang, bevor er sein Fernglas absetzte. »Mag sein, dass meine gesamte Ausbildung in einem kleinen Büro in Yuma stattgefunden hat, Colonel Richter«, sagte er, »und nicht im Feld, wie bei Ihnen. Aber das da unten ist kein Dorf. Es ist eine Falle. Das ist eine verdammte Militärbasis.«

Richter war skeptisch. Er griff zu seinem eigenen Fernglas. »Die NVA errichtet mancherorts unterirdische Tunnelsysteme, die als Verstecke dienen. Aber die Hütten hier sehen aus, als gehörten sie zu einem ganz gewöhnlichen zivilen Dorf.« Sie waren so hoch oben, dass sie sich in normaler Lautstärke unterhalten konnten, ohne gehört zu werden. Trotzdem traten sie ein Stück vom Abhang zurück und kauerten sich zusammen.

»Es ist Mittag«, sagte Alexander. »Wo sind die bloß alle?«

»Scheiße, woher soll ich das wissen? Vielleicht schlafen sie ja. Oder holen sich einen runter.«

»Genau das meine ich. Das ist ein *Dorf.* Die Reisfelder sind überreif. Sie sollten eigentlich geerntet werden. Warum ist niemand draußen und kümmert sich um die Felder, wie es eigentlich nötig wäre? Colonel Richter, in einem normalen Dorf spazieren die Bewohner mitten am Tag draußen herum. Sie pflanzen, waschen, kochen, kümmern sich um ihre Familien. Wo sind diese Leute?«

Richter sah durch das Fernglas. »Da. Da sind Frauen. Sie waschen in dieser Schlammbrühe, die hier als Fluss gilt.«

Alexander sah hin. »Es gibt etwa vierzig Hütten, und man sieht niemanden außer drei alte Frauen?«

Ohne ein Fernglas zu benutzen, sagte Ha Si leise: »Colonel Richter, zweihundert Meter unter uns, am Fuß dieses Hügels im Süden, liegen ein Dutzend Männer auf dem Boden. Versteckt hinter den dicken Bambushalmen. Sie haben sich ihre Mützen über das Gesicht gezogen.«

Alexander nickte. »Sie haben die Wachen in fünfzehn Metern Entfernung platziert, wie damals auf Burg Colditz, dem Hochsicherheitsgefängnis für Kriegsgefangene in Deutschland. Sind Sie immer noch der Meinung, es handelt sich um ein ziviles Dorf, Colonel?«

»Ein Plus ist allerdings«, sagte Ha Si versöhnlich zu Richter, der mürrisch dreinblickte, »dass die Wachen *schlafen.*«

Alexander sah ihn von der Seite an. »Ich dachte, Sie machen keine Witze, Ha Si?«

Ha Sis Gesicht blieb völlig ausdruckslos. »Ich meine es ernst, Sir. Sie schlafen wirklich.« Die schwarze Iris in seinen schmalen, schwarzen Augen funkelte ein wenig.

Ha Si sprach ein ausgezeichnetes Englisch, das die anderen Bannhas nicht annähernd so gut beherrschten. Die einzige Ausnahme bildete Tojo, der offensichtlich fließend englisch und vietnamesisch sprach (und als Halb-Japaner auch Japanisch). Trotzdem zog es Ha Si vor, nicht weiterzusprechen.

Alexander hatte den Verdacht, dass das Dorfleben zwar am Tag stillstand, sich in der Nacht jedoch in das reinste Las Vegas verwandelte. Sie würden also warten müssen, bis die Dunkelheit hereinbrach, um zu sehen, ob sich seine Vermutung als korrekt erwies. Ha Si jedenfalls schien ebenso davon überzeugt zu sein: Er machte keinen einzigen Schritt ohne seine Waffe. Doch was es auch immer mit dem Dorf auf sich haben mochte, es handelte sich um Kum Kau. Sie würden so lange bleiben müssen, bis sie herausgefunden hatten, ob Moon Lai hier war.

Sie suchten sich eine gute, zentral gelegene Stelle, beseitigten das Unterholz, um sich freie Sicht zu verschaffen, fanden Felsen und hohes Gras, zwischen denen man sich gut verstecken konnte, schlugen ihr Lager auf und aßen. Sie konnten nicht rauchen, was die zwölf Männer fast verrückt machte, doch die Vietnamesen rochen nichts so gut wie Westzigaretten. Man konnte keinen einzigen Zug nehmen, ohne dass der Wind den Rauch in die Nasen des Feindes trieb. Alexander sagte, hätte er das gewusst, hätte er es sich vielleicht noch einmal überlegt hierherzukommen.

Ha Si sagte: »Ich dachte, Sie rauchen nicht, Sir?«

»Wer macht jetzt hier die Witze?« Seit Sachsenhausen war Alexander nie mehr so lange ohne Zigarette gewesen, aber daran war nun nichts zu ändern. Entweder Zigaretten oder die Suche nach seinem Sohn fortsetzen.

Es war um die Mittagszeit und viel zu heiß. Gründlich reinigten und inspizierten sie ihre Waffen, und dann saßen sie in dem festen gelben Gras und trommelten sich mit den Fingern auf die Knie. Das Gras war dicht und wuchs an einigen Stellen bis zu drei Meter hoch, und die rasiermesserscharfen Halme machten ein Durchkommen fast unmöglich. Richter hasste es, still zu sitzen, und erkundete – was besonders leichtsinnig war – den Abhang mit drei seiner Yards und schlug mit ihnen zusammen eine Schneise durch das Gras zum Dorf, für den Fall, dass sie in Schwierigkeiten gerieten und den Hügel hinauf fliehen mussten. Wenn sie den präparierten Pfad einschlagen würden, konnten ihn die Charlies, die sie verfolgten, natürlich ebenso benutzen. Also steckten Ha Si und Alexander, die still sitzen *konnten,* es aber hassten, Harrys Punji-Spieße auf halber Höhe der Strecke in den Boden. Dann bewegten sie sich leise durch das Gras hinunter fast bis zu der Stelle, an der die Wachen schnarchten, und versenkten die Claymore-Minen im unteren Abschnitt, wobei sie die dünnen Stolperdrähte fünfzig Meter weit spannten. »Die Charlies stolpern über diesen Draht«, flüsterte Ha Si, der sich keine fünf Meter von den schlafenden Männern zusammenkauerte, »und im Radius von einhundert Metern gibt es für alle Stahlkugeln zum Mittagessen.« Fast lächelte er. »Wir bringen auch noch oben ein paar Minen an. Wenn der untere Teil sie nicht stoppt, erwischt es sie zehn Meter weiter oben. Und dann kommen die Punji-Spieße, und ganz oben verlegen wir den Rest unserer Claymores.«

»Eigentlich sollten wir die ganze Gegend verminen«, sagte Alexander und sah von dem grasbewachsenen Hügel hinab ins Dorf.

»Wir haben nicht genug Minen.«

»Doch.« Alexander spürte, wie seine Gedanken abschweiften. »Eine alle hundert Meter am Fuß dieses Hügels geht in Ordnung. Dazu brauchen wir fünf Stück. Zehn Meter weiter oben dann noch mal vier. Und schließlich noch mal drei, ganz oben auf dem Hügel, in der Nähe unseres Lagers. Wir haben genug.«

»Wir werden vergessen, wo wir sie platziert haben«, wandte Ha Si ein.

»Besser nicht.« Alexander blinzelte.

»Wir haben nicht genug Draht.«

»Streck ihn so weit du kannst.«

»Jede Menge Vorsichtsmaßnahmen, was?«

»Ja.«

Ha Si nickte. »Sie bereiten sich auf das Schlimmste vor, Commander?«

»Ja, Ha Si, ich bereite mich auf das Schlimmste vor.«

Sie brauchten zwei Stunden, um ihre Arbeit zu erledigen – so leise wie möglich und überaus sorgfältig, denn der Hügel hätte bereits vermint sein können.

Nachdem sie die Position des Stolperdrahts peinlich genau markiert hatten, schlugen sie sich einen zweiten, geheimen Pfad durch das Elefantengras und gingen zurück zum Lager. Zufrieden mit ihrer Arbeit, setzten sie sich und tranken ein wenig. Aber sie rauchten nicht. Alexander war bereit, nie wieder im Leben einen Tropfen Alkohol zu trinken, hätte er jetzt eine Zigarette haben können. Unterdessen blieb wenigstens ein Fernglas ständig auf das Dorf gerichtet. Alles war ruhig. Nur gelegentlich kamen einige Frauen, junge wie alte, an den träge dahinströmenden Fluss, um etwas zu waschen. Dann kehrten sie rasch wieder in die Hütten zurück. Keine von ihnen glich der Frau, die die Soldaten suchten, obwohl zwei von ihnen verstümmelt waren: Beiden fehlte ein Bein. Die Wachen am Fuß des Hügels schliefen friedlich weiter, wobei sie ihre halbautomatischen Kalaschnikows in den Händen hielten und die Mützen auf ihren Gesichtern sie vor der Sonne schützten.

Um drei Uhr nachmittags sagte Ha Si: »Achtung. Major Barrington, schauen Sie. Könnte sie das sein?« Er benutzte nicht einmal ein Fernglas.

Sie sahen hinab.

Eine kleine, weiße Gestalt war aus einer der weiter entfernt am Fluss liegenden Hütten aufgetaucht. Sie ging auf die Reihe der Hütten zu, die dem Berg der Soldaten am nächsten war. Sie trug ein weißes Kleid und darüber eine weiße Jacke. Sie war von zierlicher Statur – wie eine helle, aufblühende Pfingstrose –, und man konnte sie leicht übersehen. Aber sie war schwanger. Das fiel Alexander zuerst auf. Und zwar hochschwanger. Sie trug einen weißen Verband über ihrem rechten Auge.

»Volltreffer«, sagte Elkins.

In der Tat, ein Volltreffer. Alexander konnte den Blick nicht von ihrem Bauch wenden. Irgendetwas in der Hand haltend, ging sie bis zu den Wachen, hielt dort inne, blieb einige Augenblicke lang stehen, als wolle sie sich sammeln, und verschwand dann in der letzten Hütte der Reihe. Die amerikanischen Soldaten warteten. Alexander atmete fast nicht mehr.

Zwanzig Minuten später tauchte sie wieder auf, wobei sie immer noch irgendetwas bei sich trug, und machte sich watschelnd auf den Rückweg. Durch das Fernglas konnte Alexander jetzt ihre rechte Hand sehen. Ihr fehlten der kleine Finger und der Ringfinger. Sie wirkte schwerer auf ihn als zuvor, als sie in die Hütte gegangen war. Es war, als zöge die Schwerkraft nicht ihren Bauch nieder, sondern drücke auf ihre Schultern, sodass sie sich nach vorn krümmte und den Blick nicht vom Boden hob. Vielleicht konnte sie das auch gar nicht.

»Wenn wir uns nicht beeilen«, sagte Elkins, »bekommt sie das Kind noch vor unseren Augen.«

Beim Anblick dieser schwangeren jungen Frau wurde Alexander bewusst, wie passend diese Bemerkung war. Er sah, wie sie an den vier Reihen der Hütten vorbei zum Fluss ging und die Dinge spülte, die sie bei sich hatte. Ein kleiner Junge von zwei oder drei Jahren rannte auf sie zu. Sie half ihm auf dem Weg ins Wasser und spritzte ihn ein wenig ab. Dann setzten sie sich nebeneinander. Sie waren allein.

Richter, Elkins, Mercer und Ha Si saßen neben Alexander und beobachteten sie schweigend. »Ich bin sicher, dass das nicht ihr Kind ist«, sagte Richter und warf Alexander einen besorgten Blick zu. »Es ist wahrscheinlich das Kind ihrer Schwester. Die Schwester ist tot, und jetzt kümmert sie sich um den Jungen.«

Danach sagte keiner mehr ein Wort.

Besonders Alexander schwieg lange. Er wandte sich ab von dem Dorf, von der jungen Frau, drehte allem den Rücken zu, lehnte sich an einen Felsen und sagte: »Mann, Richter, wenn ich nicht bald eine verdammte Zigarette bekomme, dann sterbe ich.« Er schloss die Augen.

Alexander bekam keine Zigarette, und Stunden später senkte sich die Nacht herab.

Richter befahl seinen Männern zu schlafen und teilte die Posten ein. Zwei Yards hielten Wache, alle anderen schliefen. Bis auf Alexander. Das Dorf verwandelte sich. Signalhörner ließen ein schwaches Wecksignal erklingen. Lichter gingen an und Männer erschienen, die aus den Hütten traten und in andere Hütten gingen. Überall war Bewegung und Aktivität. Dinge wurden transportiert, organisiert und eingerichtet; sogar die Posten am Dorfrand erwachten. Sie erleichterten sich an Ort und Stelle, und einige der Frauen – es waren jetzt Dutzende zu sehen –, brachten ihnen Speisen und aßen mit ihnen. Alexander beobachtete alles durch sein grünäugiges StarLight, sein Nachtsichtgerät mit zehntausendfachem Restlichtverstärker, doch auch ohne dieses Gerät war es offensichtlich, dass hier in Kum Kau die Nacht zum Tag und der Tag zur Nacht wurde.

Alexander befestigte den Schalldämpfer und das StarLight an seinem Gewehr, beugte sich in der Dunkelheit über die Felsen und richtete die Mündung seiner Waffe auf die Männer am Dorfrand. Das Gewehr lag ruhig in seinen Händen.

»Was machen Sie da?«, flüsterte Richter, der aufgewacht war, um selbst Posten zu beziehen. Er kroch neben Alexander. »Wollen Sie einen nach dem anderen erledigen?« Er lehnte sich gegen den Felsen und rieb sich das Gesicht.

»Wenn Sie es wünschen, Colonel Richter«, sagte Alexander.

»Ich würde mich nie meinem befehlshabenden Offizier widersetzen. Einen nach dem anderen. Morgen. Während sie schlafen. Ich brauche fünfzehn Sekunden dazu. Niemand wird es auch nur bemerken.«

Um zwei Uhr morgens erhob sich ein Hubschrauber, der bei Tag gut getarnt gewesen war, unmittelbar jenseits des Dorfes und flog mit knatternden Rotoren davon.

»Na, sieh mal einer an«, sagte Elkins, der ebenfalls aufgewacht war. Richter hatte zwar befohlen, dass sich seine Männer ausruhen sollten, doch die meisten rührten sich inzwischen, als würde eigentlich nicht von ihnen erwartet, dass sie um diese Zeit schliefen.

»Einen hübschen sowjetischen Kamow-Hubschrauber haben die da«, sagte Alexander zu Richter. »Ich wusste nicht, dass harmlos wirkende, von Frauen geführte vietnamesische Dörfer so viel Bedarf an sowjetischem Militärfluggerät haben. Aber was weiß ich schon. Ich bin schließlich nur beim Militärgeheimdienst, nicht direkt im Feld wie ihr Jungs.« Er richtete sein Zielfernrohr neu aus.

Elkins deutete in die andere Richtung auf etwas, das er mit seinem Nachtsichtgerät erkannt hatte. »Da drüben«, sagte er. »Am hinteren Rand des Dorfes. Auf dem niedrigen, rechtwinkligen Flachdach befinden sich lauter Sandsäcke. Am Tag hab ich's übersehen, aber was meint ihr? Was ist das wohl? Was bewahren die unter diesen Sandsäcken auf?«

Alexander dachte an das mit Sandsäcken gesicherte Standbild des Ehernen Reiters und lächelte vor sich hin.

»Genau dasselbe, was wir unter unseren in Kontum haben.« Also einen Vorrat an schwerer Artilleriemunition. »Aber was hier interessant ist«, sagte Alexander, »ist die Länge von diesem Dach mit den Sandsäcken. Unseres in Kontum ist vielleicht viereinhalb Meter lang. Das von denen hat fast fünfzehn Meter. Das ist nicht nur ein kleiner Vorrat. Das ist ein Nachschubdepot.«

»Verdammt, was geht hier nur vor sich?«, fragte Elkins.

Die StarLights vor den Augen, blieben die Männer auch weiterhin in Deckung. Morgens um vier kam der Hubschrauber zurück. Ha Si, der neben Alexander und Richter am Boden lag, sagte, ohne ein Nachtsichtgerät zu benutzen, mit ruhiger Stimme: »Sehen Sie, was ich sehe?«

»Nein, was siehst du denn?«, antwortete Richter ungeduldig. »Wie *kannst* du überhaupt etwas sehen? Du hast ja nicht mal die grünen Linsen vor dem Kopf. Verdammt, geh endlich schlafen.«

»Da funktioniert offensichtlich irgendwas nicht richtig, Sir«, sagte Ha Si. »Mit dem Nachtsichtgerät, meine ich. Ich selbst habe nämlich gerade gesehen, wie sechs uniformierte, schwer bewaffnete Vietcong aus dem Kamow gesprungen sind.«

Richter starrte durch sein StarLight. »Oh Scheiße«, sagte er und nahm das Nachtsichtgerät vom Gesicht. »Wir stecken wirklich in Schwierigkeiten.«

Alexander blieb ungerührt. »Nein«, sagte er ruhig. »Ich habe ein paar HE-Granaten, die den Kamow in drei Sekunden in die Luft jagen können. Das geht so schnell, dass keiner weiß, was eigentlich los ist. Wir haben wenigstens zehntausend Schuss dabei, plus den wartenden Chinook mit weiterer Munition. Sagen wir mal, da unten sind zweihundert Mann. Zehntausend Schuss für zweihundert Charlies. Und das soll nicht genug sein?«

»Nein«, sagte Richter genauso ruhig. »Nicht im Geringsten.«

»Und wir sind oben auf dem Hügel.« Alexander blieb ungerührt. Er hatte zwei Monate im *tief liegenden* Waldgebiet des Heiligkreuz-Gebirges ausgeharrt – mit viel zu wenig Munition und gewiss ohne ein M-60-Maschinengewehr, das eine Reichweite von fast vier Kilometern besaß und dessen Kugeln selbst Schutzwesten durchschlugen.

Elkins und Mercer krochen auf sie zu.

»Colonel, ich muss Major Barrington Recht geben«, sagte Elkins. »Ich weiß, dass Sie sich über deren Panzerabwehr Sorgen machen, aber wir sind hier zwölf Mann, und jeder von uns hat seinen eigenen amerikanischen Granatwerfer. Zweihundertfünfzig 40-Millimeter-Granaten, plus jede Menge zusätzlichen Sprengstoff. Ich weiß wirklich nicht, was Sie so beunruhigt.«

»Elkins, das hört sich ja wirklich hervorragend an«, sagte Richter. »Sie würden offensichtlich nicht einmal bei einem Angriff der Vietcong vermuten, dass Sie in Schwierigkeiten geraten könnten.«

»Diese Männer sind übrigens keine Charlies«, sagte Ha Si. »Sie sind Vietminh. Nordvietnamesische Armee. Der Vietcong mag die Kamows nicht besonders.«

Alexander und Richter beobachteten das Dorf. »Wissen Sie, wo die leben?«, sagte Richter. »Unter der Erde. Sie leben wie Ratten in Tunneln, in dunklen Höhlen. Die Hütten – und darauf würde ich sämtliche Ihrer Las-Vegas-Dollars verwetten – sind fast leer. *Die* sind der Köder. Der größte Teil ihrer Munition, ihrer Männer und Frauen sind unter der Erde versteckt.«

»Als lebten sie schon jetzt in ihren Gräbern«, sagte Alexander.

Richter schwieg einen Augenblick. »Nun, was haben Sie vor, Major Barrington?«, fragte er. »Wollen Sie sich mit zwölf Mann auf einen unterirdischen Kampf einlassen?«

»Nein«, sagte Alexander. »Wir werden uns die junge Frau schnappen.«

»Sie glauben nicht, dass Anthony hier ist, oder?«

Ein knappes Schulterzucken war Alexanders einzige Antwort.

»Oh Major!«, sagte Richter. »Er ist seit fast einem halben Jahr verschwunden. Wahrscheinlich hat man ihn nach Hanoi gebracht. Ins Hoa-Loa-Gefängnis.« Er hielt inne. »Bitte, *bitte* ziehen Sie einen Augenblick lang diese Möglichkeit in Erwägung.«

»Ich möchte diese Möglichkeit aber nicht in Erwägung ziehen«, sagte Alexander, »denn Hoa Loa ist ziemlich weit weg. Wenigstens für einen Tagesmarsch. Wir holen uns die Frau. Wenn wir sie haben, werden wir wissen, wo Ant ist.«

Die in grünem Licht erscheinenden Gestalten im Dorf huschten wie Außerirdische durch die Dunkelheit. Ihre Bewegungen schienen durch die Nachtsichtgeräte noch verstärkt.

Ha Si schwieg. Alexander erschien sein Schweigen besonders auffällig, als hätte er etwas zu sagen, zöge es aber vor, darauf zu verzichten. Das war gut, denn Alexander wollte es nicht hören. Stattdessen wandte er sich an Elkins.

»Glauben Sie«, sagte er zu ihm, »die NVA hält die einäugige Moon Lai in diesem Lager gefangen? Bewegt sie sich da unten wie eine Gefangene?«

»Nein. Ich glaube nicht, dass sie eine Gefangene ist, Major«, sagte Elkins und ließ den Kopf hängen.

»Commander, wenn sie eine von ihnen ist«, meldete sich Ha Si schließlich zu Wort, »dann wird sie Ihnen absolut nichts verraten. Wir können sie in unsere Gewalt bringen, aber wir werden kein Wort aus ihr herausbringen. Eher wird sie sterben.«

Mit einem Stöhnen stimmten die Männer zu, denn das war die Wahrheit. Nur Mercer schwieg, denn er war an Ort und Stelle im Sitzen eingeschlafen, und auch Tojo sagte nichts, denn er sagte nie etwas, ganz zu schweigen davon, dass er gestöhnt hätte. Alexander sagte: »Ich kann Ha Sis Bemerkung durchaus nachvollziehen. Ich bin auch nicht unbedingt anderer Ansicht. Aber wir müssen diese Frau trotzdem schnappen.« Er hielt inne. »Sie ist unsere größte Chance, Anthony zu finden. Sie stimmen mir doch zu, Ha Si?«

Ha Si schwieg. »Ich glaube«, sagte er schließlich, »für Sie ist es beschlossene Sache, das Mädchen zu holen. Also werden wir sie holen.«

Alexander musterte den Yard eindringlich. Er wollte, er *brauchte* Ha Sis Hilfe. Der Vietnamese enttäuschte ihn nicht und sagte zu Richter: »Sir, das Lager wird nur bei Nacht scharf bewacht.« Sie hatten die Posten beobachtet, die jetzt wach und in Alarmbereitschaft waren. »Vielleicht rechnen sie nur in der Nacht mit Schwierigkeiten. Ich denke, dass die Wachen eigentlich auch bei Tag ihren Dienst verrichten sollten, aber offensichtlich tun sie das nicht. Ich persönlich glaube, dass sie nachlässig geworden sind. Was sehr günstig für uns ist. Deshalb meine ich, dass wir bei Tageslicht angreifen sollten.«

»Scheiße, Mann, verarsch mich nicht!«, sagte Richter. »Ich werde doch bei Tag keinen Zugriff durchziehen.«

»Aber Ha Si hat recht«, meinte Alexander.

»Das ist doch völlig durchgeknallt«, sagte Richter. »Unsere Mission bestand darin, einen Mann zu finden und zu befreien und wieder zu verschwinden, ohne entdeckt zu werden. Aber jetzt haben sich die Bedingungen dieser Mission geändert, weil zu allem Überfluss das Hauptquartier der Nordvietnamesischen Armee da unten liegt.«

Die Soldaten verharrten reglos.

»Dafür haben wir nicht genug Männer«, zischte Richter. »Wollt ihr alle sterben?«

»Wir müssen mit dem auskommen, was wir haben«, sagte Alexander und fügte hinzu: »Colonel.«

»Verdammt, wie oft muss ich es Ihnen denn noch sagen? Für das, was Sie vorschlagen, brauchen wir hundert Mann. Ein Kampf unter der Erde? Keiner weiß, was da auf uns zukommt. Und wir sollten besser mit dem Schlimmsten rechnen. Wir müssen mindestens zwei, wahrscheinlich sogar eher drei Cobras anfordern.«

»Die Cobras würden unserer Mission nur schaden, Colonel«, meldete sich Ha Si zu Wort. Er sprach leise und voller Respekt. »Die Kampfhubschrauber eignen sich nicht für einen geheimen Einsatz.«

»Oh, und wir hier oben auf dem Plateau machen wir ein paar hübsche Feuerchen, die alle Welt sehen kann: Wenn ihr uns wollt, kommt her und holt uns. Als was würden Sie so etwas bezeichnen?«

»Wir werden kein Feuer machen«, sagte Alexander in defensivem Ton.

Ha Si streckte seine kleine Hand aus. »Sie haben recht, Colonel. Es sieht ganz danach aus, als ob die hier eine ganz große Aktion abziehen. Es scheint eine wichtige Operationsbasis der NVA und des Vietcong zu sein. Wahrscheinlich transportieren sie Nachschub auf kleinen Barkassen über den Fluss nach Süden. Sollten sie irgendwelche Gefangenen haben, dann befinden die sich in unterirdischen Bambuskäfigen.« Er betrachtete Alexander mit ruhigem Blick und sagte: »Sie foltern sie mit Ratten. Wenn Ihr Sohn da unten ist – sind Sie dann auf so etwas gefasst?« Er blinzelte und sein Blick war einen Moment nervös.

»Mir bleibt ja wohl nichts anderes übrig, oder?«, sagte Alexander, der selbst nicht gerade ruhig war. »Wir sollten morgen reingehen. Um drei. Wenn Moon Lai in diese Hütte geht.«

Ha Si war anderer Meinung. »Nein. Drei ist zu spät. Die Wachposten haben sich lange ausgeruht. Jetzt sind sie fit. Wir dürfen nicht später als eine Stunde, nachdem sie sich hingelegt haben, reingehen. Dann werden sie noch benommen sein. Erschöpft. Möglicherweise betrunken. Ich habe etwas, das ihnen hilft, noch ein wenig länger zu schlafen.« Er zog sein Blasrohr, eine einfache Metallröhre, hervor und lächelte leicht. »Eine Austrittsgeschwindigkeit von dreihundert Metern pro Sekunde. Ein kleiner Opiumpfeil in den Hals. Nicht schlecht, oder?«

»Bei dreihundert Metern pro Sekunde«, sagte Alexander, »fliegt das Opium quer durch ihren Hals und tritt an der anderen Seite wieder aus. Sie könnten sie genauso gut mit meiner Colt erschießen.«

Ha Si lächelte. »Ihre Pistole ist sehr laut, Sir. Mit diesem Rohr schieße ich ihnen *leise* in den Nacken und in die Schulter. Dann schlafen sie tief. Aber wir wissen noch nicht genug, um reingehen zu können. Wir haben die Frau heute um drei Uhr nachmittags gesehen. Aber es wäre möglich, dass sie morgen zum ersten Mal in der Früh in die Hütte geht. Wir müssen noch einen Tag lang auf dem Posten bleiben und in den Morgenstunden nach ihr Ausschau halten. Dann wissen wir, wann der beste Zeitpunkt gekommen ist, um reinzugehen.«

Richter starrte die beiden an. »Scheiße, seid ihr zwei jetzt fertig? Wir gehen überhaupt nirgendwohin. Was glaubt ihr, wie viele Charlies wohl da unten sind? Ich garantiere euch, eine ganze Menge mehr als nur zwölf. Nein, ich werde ein Hatchet-Team anfordern, das uns helfen soll«, sagte er. »Das wären weitere fünfunddreißig Mann. Inzwischen ist es mir scheißegal, dass wir in Nordvietnam sind. Wir gehen mit mehr Männern rein«, fügte er hinzu. »Wir blasen ihnen den Arsch weg und brennen das ganze beschissene Dorf nieder. Wenn irgendjemand vorbeikommt, um Fragen zu stellen, findet er hier nichts als Asche, und wir sind längst wieder zurück in Kontum. Wir sagen, wir haben uns verirrt. Der Kompass ist kaputtgegangen. Wir sind in die falsche Richtung marschiert. Wir dachten, wir seien im Hügelland von Laos, und sind aus Versehen über dieses Dorf gestolpert.«

Alexander legte Richter die Hand auf die Schulter. »Colonel«, sagte er mit fester Stimme, »warten wir doch einfach noch einen Tag. Nur noch einen Tag. Ihr stellvertretender Kommandeur wird schon wissen, was los ist, wenn Sie nicht da sind. Er kann Ihnen innerhalb von drei Stunden ein Hatchet-Team besorgen. Aber schauen wir doch erst mal, ob Ant hier ist.«

»Alexander!«

»Warten wir.« Er fixierte Richter mit eindringlichem Blick. »Bitte.«

Richter grummelte, er sei kein Japaner und liebe keine Kamikaze-Missionen. *Das* endlich sorgte dafür, dass Tojo sein Schweigen brach. Tojo sagte, er sei zwar Japaner, möge solche Missionen aber genauso wenig. Richter funkte seinen schlafenden Piloten in der SOG-Basis an und fragte, wie viel Munition er in dem Chinook habe. Jede Menge, so stellte sich heraus. Der Pilot hatte gut zugehört. Richter sagte, er solle als Allererstes an diesem Morgen zum Landepunkt in Laos fliegen; drei Bannhas würden zurückgehen, um mehr Munition aufzunehmen.

Dann schliefen sie an Ort und Stelle ein. Zwei Stunden später, gerade als die Sonne aufging, erwachten sie im taubenetzten Gras. Es war kalt am Morgen in den Bergen, um die fünf Grad, schätzte Alexander, der seine Decke um sich schlang. In den Wintermonaten gab es hier kaum tropische Feuchtigkeit. Im Dorf war es ruhig geworden. Die Männer waren verschwunden, und jetzt konnte man die Frauen sehen. Dutzende junger Frauen mit ihren Babys und ihren alten Müttern kamen aus den Hütten und schlenderten zum nebelverhangenen Flussbecken, um ihre Kleider zu waschen und ihre Töpfe in kleinen Rinnsalen voller Schlammablagerungen zu reinigen. Doch wo kochten sie? Unter der Erde? Vielleicht strömte der Rauch hinaus in den Nebel und war so unmöglich zu entdecken.

Nachdem sie diese bukolische Szene eine Zeit lang betrachtet hatten, startete Alexander einen neuen Überredungsversuch.

»Also, Colonel Richter, werden Sie ein Hatchet-Team anfordern?«, fragte Alexander. »Um all diese Frauen und Kinder in Flammen aufgehen zu lassen?«

Richter spuckte auf den Boden. »Diese Bastarde verstecken sich hinter ihnen«, sagte er kraftlos. »Und genau darum werden wir sterben und sie diesen beschissenen Krieg gewinnen. Weil sie einen Scheiß auf das Leben ihrer eigenen Frauen geben und wir das anders sehen sollen.«

»Ja«, sagte Alexander. »Von Rom wird stets mehr erwartet.«

Richter spuckte wieder aus. Es würde kein Hatchet-Team auf diesem Plateau geben.

Während die Frauen arbeiteten, waren die Wachen am Dorfrand bereits wieder hinter den Bambushalmen eingeschlafen. Es war acht Uhr, als die kleine dunkelhaarige Frau mit dem Verband über dem Auge aus ihrer Hütte kam. Sie wirkte frisch und ausgeschlafen. Alexander musterte sie so eindringlich durch sein Fernglas, als habe er sie im Fadenkreuz seines Zielfernrohrs. Ihr Bauch wölbte sich vor, während sie an den Wachen vorbei die Reihe der Hütten entlangstolzierte, wobei sie – wie er jetzt erkennen konnte – saubere weiße Gazeverbände trug. Schließlich verschwand sie in der am weitesten entfernten Hütte. Er wartete. Nach zwanzig Minuten erschien sie wieder.

Alexanders Fernglas verrutschte für einen kurzen Augenblick, als er die schmutzigen Verbände in ihren Händen sah.

Als Moon Lai den Fluss erreicht hatte, half sie einer alten Frau zur Latrinenhütte. Vielleicht war es ihre Mutter, denn die Greisin strich mit ihrer Hand über Moon Lais Bauch. Danach trug sie zwei Babys zu einem Waschbottich. Wieder ging der kleine Junge an ihrer Seite. Die einzige Bewegung im Dorf war in der Nähe des schlammigen Flusses auszumachen. Nach und nach wurde es wärmer.

Alexander wandte sich an Richter. »Erstens«, sagte er, »kann ich nicht mehr richtig denken, solange ich nicht eine geraucht habe. Zweitens«, fuhr er fort, »fehlen uns zwar noch die letzten Beweise, was diese junge Frau macht, wenn sie so hin- und herwandert, doch unsere Beobachtungen haben uns schon ein bisschen mehr über sie verraten.« Er hielt inne, um den Rauch einer unsichtbaren Zigarette zu inhalieren. »Das *Erste,* was Moon Lai macht, nachdem sie am Morgen aufgewacht ist – und zwar noch bevor sie sich um die anderen Mütter oder die Babys kümmert und bevor sie sich auch nur wäscht –, besteht darin, dass sie in dieser Hütte verschwindet. Und zwanzig Minuten später mit schmutzigen Verbänden herauskommt.«

»Es ist wahrscheinlich nicht Ihr Sohn, Major Barrington«, sagte Elkins in einem Versuch, ihn zu trösten. »Einäugige, achtfingrige Huren der NVA sind ziemlich launisch. Es könnte ein anderer verletzter Soldat sein.«

»Scheiße noch mal, Elkins!«, fuhr Richter auf. »Ist das der richtige Zeitpunkt für Witze?«

»Ich meine es ernst«, sagte Elkins matt.

Doch Alexander konnte einfach nicht anders. Der Anblick der schwangeren jungen Frau schmerzte ihn. Er konnte nicht mehr richtig urteilen. Ihre Handlungen, ihre Bewegungen, ihre Haltung, der liebliche Ausdruck ihres Gesichts – auch wenn der schwer zu erkennen und zu deuten war durch die Verzerrung, die die vergrößernden Linsen mit sich brachten –, das alles erinnerte ihn an Tatiana. Eine halb blinde, verstümmelte, vietnamesische Tatiana. Wo war Anthony? Hatte Alexander mit all seinen Vermutungen unrecht gehabt? Er war erschöpft und beunruhigt – und litt heftig unter den Qualen des Nikotinentzugs. Er wusste nicht mehr, was er denken sollte. Was würde Tania denken?

Er fühlte sich elend, als er das Lager den ganzen Morgen über beobachtete, und sagte schließlich zu Richter, dass sie entweder jetzt sofort reingehen und Moon Lai auflauern müssten oder dass er jetzt sofort eine Zigarette bräuchte. Richter war amüsiert und fragte spöttisch, was um alles in der Welt Alexander früher getan hatte, zum Beispiel, während er im Gefängnis saß und ihm als Strafe der Tabakkonsum über Wochen hinweg verweigert wurde. Alexander klang gereizt, als er sagte, wenn Richter es nicht vorziehe, ihn acht Stunden lang nackt an den Fußknöcheln aufzuhängen, würde er ihn jetzt eine Zigarette rauchen lassen. Richter dachte ernsthaft über beide Möglichkeiten nach und gab Alexander und Elkins schließlich die Erlaubnis, zwei Kilometer weit in die Wälder zu gehen. Mit der Waffe im Anschlag kam Elkins kaum nach. Tief im Dschungel ging Alexander mitten im Unterholz in die Hocke und rauchte dankbar drei Zigaretten nacheinander, bevor er auch nur ein Wort sagte. Er fand nur wenig Ironie darin, dass er fast vier Jahre ohne eine Frau gelebt hatte, es aber kaum schaffte, vierundzwanzig Stunden ohne Nikotin auszukommen.

»Wie geht's Ants Vater?«, fragte Elkins entspannt und weit weniger verbissen rauchend. »Machen Sie sich Sorgen wegen des Zugriffs?«

Alexander schüttelte den Kopf. »Nun, darum geht es eigentlich nicht.« Er zog das Rauchen genüsslich in die Länge, denn ihre Unterhaltung durfte er nicht allzu sehr ausdehnen.

»Was dann? Können Sie vielleicht nicht glauben, dass Ihr Sohn und mein bester Freund so einer Frau verfallen ist?«

Noch eine Zigarette. »Das geht schon eher in die Richtung.«

»Major Barrington«, sagte Elkins und klopfte ihm kameradschaftlich auf den Arm. »Ich glaube, es kommt häufig vor, dass jemand einer jungen asiatischen Schönheit verfällt, auch wenn es sich dabei um eine verkrüppelte Schönheit handelt. Asiatische Mädchen steigen weißen Männern einfach zu sehr zu Kopf. Wir können nichts dagegen tun. Dass sich Anthony in diese Frau verliebt hat, wird angesichts unseres größten Problems sehr schnell zweitrangig. Was wir wirklich wissen wollen, ist: Hat er sich in eine Mata Hari verliebt? Hat sie ihn, ihren Ehemann und den zukünftigen Vater ihres Kindes, hierhergelockt und ihn dann verraten?«

Alexander rauchte. »Elkins«, sagte er, »genau *darüber* denke ich die ganze Zeit nach. Aber ich verstehe nicht, wie er *jenseits* der demilitarisierten Zone noch immer mit ihr zusammenbleiben konnte.«

Elkins schüttelte den Kopf. »Sie blicken da nicht mehr durch. Aber das ist okay. Das müssen Sie auch nicht.« Er schwieg für einen Moment. »Sie vergessen, wie sehr Sie mich kritisiert haben, als wir vor achtzehn Monaten wegen ihr in Hué in einen Hinterhalt gerieten. Ich hatte keine Ahnung, worüber Sie sprachen. Nun, jetzt weiß ich es. Wenn sie für diesen Hinterhalt wirklich verantwortlich war und er das damals nicht gesehen hatte, noch bevor er sich in sie verliebte, dann ist es gut möglich, dass er mit ihr in den Norden gegangen ist, *nachdem* er sich in sie verliebt hatte.«

Alexander nickte. Auch er war dieser Ansicht. Aber *so weit* nach Norden? Was ihn verwirrte, war die deutlich sichtbare Veränderung in der Art, wie sich diese Mata Hari bewegte, wenn sie zu der Hütte ging und dann langsam wieder herauskam. Alexander konnte seine Beobachtungen nicht mit den Dingen in Einklang bringen, die er ihr vorwarf. Er saß auf dem Boden, dachte nach und rauchte und erzählte Elkins nichts von seinen schlimmsten Befürchtungen über Anthonys Schicksal in den Händen der NVA.

Alexander rauchte acht Zigaretten, bevor er schwankend aufstand und sich viel langsamer als zuvor auf den Rückweg machte. Schließlich brach er neben Mercer zusammen. Er fühlte sich schwindelig, und sein Kopf war benebelt, doch es ging ihm ein wenig besser, nachdem er geraucht hatte, und noch wohler fühlte er sich, weil er mit Anthonys Freunden zusammensaß, als brächte ihm ihre Anwesenheit seinen Sohn ein kleines Stück näher. Mercer warf Elkins einen Blick zu und räusperte sich.

»Was gibt's, Sergeant?«, sagte Alexander. »Nur nicht so schüchtern. Wir stecken alle gemeinsam in dieser Sache.«

Zaghaft antwortete Mercer: »Ich wollte nur sagen, Sir, dass Anthony so viele Geschichten über Ihre Zeit im Krieg erzählt hat. Wie Sie aus Colditz entkommen sind. Ich glaube, alle drei Kommandoteile der gesamten SOG-Truppe kennen die Geschichte Ihrer Flucht von Burg Colditz.«

Alexander lächelte ein wenig, nickte und versuchte nicht, die Freude über die Bemerkung des jungen Mannes zu unterdrücken.

»Sagen Sie, Sir, stimmt das?«, fragte Mercer mit angehaltenem Atem. »Haben Sie es wirklich geschafft, im Dunkeln eine Mauer und einen Abhang von insgesamt dreißig Metern in nur sechzig Sekunden hinunterzuklettern?«

Alexander lachte leise. »Nein. Ich glaube, das mit den letzten fünfzehn Metern hat erst geklappt, nachdem die sechzig Sekunden schon um waren.«

»Aber uns hat man erzählt, dass es niemals irgendjemandem gelungen ist, aus Colditz zu entkommen.«

»Nein, das stimmt nicht. Einige konnten fliehen. Sie wurden nur später wieder gefasst.« Alexander hielt inne. »So wie auch ich gefasst wurde.« Er senkte den Kopf und erinnerte sich voller Schmerz daran, wie er in jenem Februar auf der gefrorenen Erde gesessen und Tatianas toten Bruder in den Armen gehalten hatte, während er auf die deutschen Wachen wartete, die ihn wieder festnehmen würden. Sein Mund zuckte, als er den Blick von Mercer abwandte. Nicht alles war einfach nur eine Geschichte.

»Aber was ist mit dem Gulag-Lager? Sie haben es doch geschafft, zusammen mit Ihrer Frau nach Berlin zu gelangen, während Ihnen die sowjetische Armee auf den Fersen war?«

»Ja, das stimmt«, sagte Alexander. »Und wissen Sie, Gentlemen, möglicherweise fällt es den Sowjets sehr schwer, diese Sache auf sich beruhen zu lassen, was auch der Grund sein könnte, warum wir alle hier sind. Wenn Sie mich jetzt entschuldigen wollen.« Er ging hinüber zu Ha Si, der ihm dankenswerterweise keine Fragen stellte.

Alexander verbrachte viel Zeit damit, seine Waffen zu reinigen und zu inspizieren.

Der Tag schleppte sich langsam dahin.

Jetzt mussten sie zu einer Entscheidung kommen: Würden sie den Zugriff früh am nächsten Morgen durchführen? Ha Si wollte noch einen weiteren Tag warten. Richter knurrte vor sich hin, Alexander tat seinen Widerwillen kund. Doch Ha Si war überzeugt davon, dass sie unweigerlich auf einen Fehlschlag zusteuerten, solange sie nicht genau wussten, wie Moon Lais morgendliches Ritual wirklich ablief, und weil das Risiko ohnehin so hoch war, sollten sie nach Ha Sis Ansicht alles unternehmen, um es ein wenig zu verringern. Richter und Alexander stimmten zähneknirschend zu, und so warteten sie den ganzen Rest des zäh dahinfließenden Tages und erlebten eine weitere aktive Lagernacht, während derer Vietnamesen kamen und gingen, als befänden sie sich auf einem Basar am Samstag in New York City, einem Basar, auf dem Hubschrauber sowjetischer Bauart ankamen und wieder abflogen, nachdem sie Truppen und Nachschub entladen hatten.

Schließlich dämmerte es, und Punkt acht am Morgen tauchte Moon Lai aus ihrer Hütte auf und machte sich auf ihren üblichen Weg. Ha Si, der nicht einmal mehr in ihre Richtung sah, sondern nur noch auf seine Uhr blickte, sprach seine Zufriedenheit aus, und Alexander meinte: »Wie bitte? Nachdem Sie wissen, dass sie so pünktlich ist wie eine Deutsche, geht's Ihnen besser?« Er lächelte.

»Ich verstehe nicht, wovon Sie sprechen, Major Barrington«, sagte Ha Si vollkommen ernsthaft. »Ich kenne keine Deutschen. Aber Sie haben recht, es geht mir besser. Morgen früh gehen wir rein, während die Wachen schlafen. Ich werde ihren Tiefschlaf wie versprochen noch etwas ausdehnen. Sie werden den halben Tag lang außer Gefecht gesetzt sein.«

»Lass *mich* auf sie schießen, Ha Si«, sagte Alexander und hob sein Gewehr. »Dann sind sie noch länger außer Gefecht.«

»Ganz wie Sie wünschen, Sir.« Ha Si lächelte. »Das Mädchen geht in die Hütte, und wir folgen ihr. Ein einziges Wort, das sie warnt, und wir müssen wahrscheinlich hinab in die Tunnel. Unten sollten wir lieber nicht schießen, sondern die Messer benutzen. Aber wenn wir schießen, dann nur mit der Ruger mit aufgesetztem Schalldämpfer. Ein Schuss macht da unten so viel Lärm wie eine Explosion.«

Richter weigerte sich, Alexander mit Ha Si ziehen zu lassen. »Nein. Das ist ein Befehl. Und er ist endgültig. Wir haben neun andere Jungs, um Moon Lai gefangen zu nehmen. Die Yards sind lautlos wie der Tod. Sie werden *nicht* gehen.«

Alexander hörte Richter kaum zu. Er bereitete seine Munition vor. »Colonel«, sagte er, »ich bin auch so lautlos wie der Tod.«

»Sie sind seit fünf Tagen ständig auf und ab gegangen«, sagte Richter. »Sie können keine fünf Minuten stillsitzen ohne eine Zigarette. Ich habe *nein* gesagt.«

»Und doch«, sagte Alexander, »habe ich es geschafft, sechs Tage lang mit sechs Männern in einem einzigen Schützengraben zu überleben. Und viele Monate lang in den Wäldern. Und acht Monate lang in Isolationshaft. Ich schaffe das.«

»Das war vor zwanzig Jahren! Und seither haben Sie sich nur noch an Halloween an Ihr Mäuschen von Ehefrau herangeschlichen und sie beinahe zu Tode erschreckt. Das zählt nicht gerade als geeignetes Training für lautlose Bewegungen.«

»Hat Anthony Ihnen das erzählt?«, fragte Alexander angewidert.

»Ich glaube nicht, dass der Junge irgendetwas verschweigen kann«, sagte Richter und starrte Alexander so merkwürdig an, dass dieser den Blick abwandte.

Elkins meldete sich zu Wort: »Lassen Sie ihn gehen, Colonel. Mercer, Tojo und ich decken ihm den Rücken vom Schützengraben aus. Ha Si wird uns ein Zeichen geben, wenn er in Schwierigkeiten ist und Hilfe braucht.«

»Welcher *Schützengraben?«* Richter schrie fast.

»Der Schützengraben, den wir ausheben werden, sobald wir Ihre Erlaubnis dazu haben, Sir.«

Richter erlaubte Mercer und Elkins, direkt gegenüber Moon Lais Hütte einen Graben anzulegen, und nahm dann Ha Si zur

Seite. Er warf einen Blick hinüber zu Alexander und sagte: »Versprich mir, dass du auf ihn aufpasst.« Und leiser fügte Richter hinzu: »So, wie du auf seinen Sohn aufgepasst hast.«

»Mach ich, Colonel«, sagte Ha Si. »Aber hoffentlich besser als bei seinem Sohn. Schließlich ist der Junge *verschwunden.*«

»Hast du bemerkt, wie angespannt er ist?«, fragte Richter. »Er denkt nur noch an ihn. Womöglich wird er unvorsichtig werden. Alles klar? Nimm Tojo mit. Er kann dir helfen.«

Ha Si schüttelte den Kopf. »Drei sind zu viele«, sagte er. »Außerdem ist Tojo ein Sumo-Ringer. Er ist sehr gut, wenn es zum Kampf kommt, aber wir wollen keinen Lärm machen. Und Major Barrington ist fast so leise wie ich.« Das war das höchste Kompliment, das Ha Si zu vergeben hatte.

Verborgen zwischen Gras und Felsen, verbrachten sie den Rest der Nacht wartend. Sie schliefen nur kurz und schlecht angesichts dessen, was ihnen am nächsten Morgen bevorstand – und aus Angst, dass Schlangen, die die Vorräte und die Männer riechen konnten, aus ihren Löchern gekrochen kämen. Alexander hielt zusammen mit Ha Si und Elkins Wache. Später stand er auf und setzte sich neben Richter. Niemand konnte schlafen, obwohl jeder Ruhe gebraucht hätte und den entsprechenden Befehl erhalten hatte. Alexander glaubte, dass die Sorgen um seinen Sohn so groß waren, dass sie ausgereicht hätten, um ganz Saigon wach zu halten.

»Mach dir keine Gedanken um die Männer, Alexander«, sagte Richter. »Du wirst dich ausschließlich um dich selbst kümmern, hast du das verstanden? Um nichts anderes. Dann gibt es auch nichts zu bedauern. Das ist Ants Team. Er ist ihr Anführer. Sie werden für ihn durchs Feuer gehen. Auch die Yards.« Richter hielt inne. »Besonders Ha Si.« Als Alexander ihn fragend ansah, nickte Richter. »Ha Si stand Anthony sehr nahe. Ich war überrascht, dass Ha Si nichts über Moon Lai wusste.« Nach einer zu langen, vielsagenden Pause fügte er hinzu: »Die Sache mit Moon Lai wird unangenehm. So etwas spüre ich.«

»Du solltest dir nicht so viele Gedanken machen, Tom.« Alexander sorgte sich schon genug für alle zwölf von ihnen.

Richter zuckte mit den Schultern. »Ich kann einfach nicht anders. Was ist, wenn sie noch mehr von unseren Jungs haben? Was machen wir dann? Ihre Position hier ist so günstig.«

»Nein. Sie sind absolute Vollidioten«, sagte Alexander. »Welcher Kämpfer errichtet sein Lager unter der Erde in einem Tal, das von weiten Höhen umgeben ist, wo sich jeder Angreifer oben auf dem Hügel verschanzen kann und fast überhaupt keine Truppen braucht, um einen nach dem anderen umzubringen? Tom, du hast Nordkorea fast im Alleingang plattgemacht, bis kaum mehr ein Gebäude stand. Deine Bombardements hätten die fast in die Knie gezwungen. Du weißt also besser als jeder andere, dass der Krieg schon lange vorbei wäre und wir jetzt nicht in dieser Zwangslage stecken würden, wenn wir direkt in Nordvietnam einmarschiert wären.«

»Versuchen wir doch erst mal, Ant zu finden, in Ordnung?«

Alexander lächelte, hielt sich die Hand vor die Nase und roch seine Zigaretten. »Ich sage ja nur, dass derjenige, der das Hochland kontrolliert, alles kontrolliert.«

»Vergessen Sie nicht, mir alle fünf Minuten Bescheid zu geben, Sie alles kontrollierender Major«, sagte Richter. »Und sorgen Sie dafür, dass es gute Nachrichten sind.«

»Nicht mal meine Frau muss ich alle fünf Minuten anrufen«, sagte Alexander.

»Wenn die Scheiße am Dampfen ist, meldest du dich sofort bei mir. Es ist mir egal, wie viel Lärm unser Hubschrauber macht. Er kommt, und wir evakuieren. Du musst es nur einen Kilometer weit durch die Berge schaffen, bis zu dieser kleinen Lichtung hier. Zehn Minuten. Beten wir, dass wir schneller sind als die.«

»Wir werden schneller sein.«

»Soldat«, sagte Richter, »die Sache ist die: Man kann nicht gleichzeitig nach vorne rennen und nach hinten schießen.«

»Wart's nur ab.«

»Einen Kilometer, Alexander.«

Alexander musterte Richter eindringlich. »Tom, was ist eigentlich los?«

Richter schüttelte den Kopf. »Da unten wimmelt es nur so von Sappers.« Sappers waren Zerstörungskommandos der NVA. »Vikki ist schon jetzt so wütend auf mich, weil ich Ant überhaupt verloren habe. Ich sage ihr immer wieder, dass das nicht mit Absicht geschehen ist.« Er hustete. »Mir wird's besser gehen, wenn wir ihn finden. Aber falls hier alles schiefgehen sollte ... Ich kann nur eine gewisse Menge Trauer schultern.«

»Ich fürchte, du wirst dir noch ein bisschen mehr zumuten müssen«, sagte Alexander.

Als sie so beieinandersaßen, fragte Richter: »Du hast zehn Jahre lang so gelebt. Hast du in der vergangenen Zeit diese Minuten der wahnsinnigen Aufregung nie vermisst?« Er lächelte. »Hörst du das Trommelsignal, das in der Ferne geschlagen wird? Unser Supreme Allied Commander MacArthur hat es sein ganzes Leben lang gehört.«

»Und nicht nur er«, sagte Alexander und lächelte den jetzt etwas dümmlich dreinblickenden Richter an, bevor er ihm dieses Geständnis machte. »Ich vermisse die guten Männer. Manchmal auch den ganzen Schwachsinn, der dabei so geredet wird. Und ich habe absolut nichts gegen Waffen.« Er nickte und sah jetzt selbst ein wenig einfältig aus. »Aber was alles Übrige betrifft – du wirst es kaum glauben. Ich hasse es, nass zu sein, ich hasse es, schmutzig zu sein, ich hasse es zu bluten, ich hasse es, meine Männer zu verlieren, und ich mag meine Frau wirklich sehr.«

Richter lächelte zustimmend. Er wirkte nachdenklich. »Auch ich mochte meine Frau sehr«, sagte er und hielt inne. »Ich mag sie immer noch ein bisschen.«

Alexander sah Richter nicht an.

»Ich kann nichts zu meiner Verteidigung vorbringen, Alexander. Das hier ist mein Leben. Früher einmal hat es auch für Vikki eine Rolle gespielt, doch inzwischen ist sie längst über mich hinweg.« Er seufzte. »Es ist seltsam, aber je älter ich werde, umso mehr wünsche ich mir, sie wäre ... nicht über mich hinweg.« Er rang mit etwas. »Ich erkläre das nicht sehr gut.«

»Du brauchst nichts zu erklären, Mann. Wirklich nicht. Gar nichts.«

»Gut. Immer, wenn ich mich an sie erinnere, muss ich an das erste Mal denken, als wir uns begegnet sind. Damals, 1948. Sie war nach Washington gekommen, um euch zu treffen. Sie war ziemlich mitgenommen und durcheinander, als sie auf Tania und Anthony zurannte. Ihr schwarzes Haar wirbelte durch die Luft, sie weinte, hob deinen Jungen hoch und erstickte ihn fast mit ihren Umarmungen und ihren geräuschvollen Küssen. Ich glaube, in dem Augenblick habe ich mich in sie verliebt, gleich an Ort und Stelle, als ich sah, wie sehr sie ihn liebte.« Ein gequältes Stöhnen entfuhr Richters Brust. »Sie war so … emotional, so italienisch. *Apassionata.* Das gefiel mir. Ich brauchte es.« Er unterbrach sich und schwieg lange. »Es gab eine Zeit, da waren wir so stark. Aber jetzt ist das nur noch Schein«, sagte er leise. »Ich mache, was ich will. Sie macht, was sie will.« Er ließ den Kopf hängen. »Das ist eigentlich keine Ehe, oder?«

»Nein«, sagte Alexander. »Eigentlich nicht.«

»Ja«, flüsterte Richter, »aber ich weiß, wenn es *mit mir* einmal über den Jordan geht, dann wird der letzte Atemzug auf meinen Lippen nicht unserer Einheit gelten und nicht dem hier.«

Auch Alexander senkte den Kopf, voll stummem, schmerzlichem Mitleid.

»Ist alles in Ordnung mit dir und Tania?«, fragte Richter sehr viel später, als die beiden immer noch gegen ihren Willen voller Anspannung wach waren.

»Ja«, sagte Alexander und starrte hinab in das schwarze Tal, das von kleinen grünen Marsmenschen wimmelte, die gekommen waren, um die Erde zu erobern. »Alles ist so, wie es immer war.«

»Das ist gut«, sagte Richter. »Das ist sehr gut.«

Schließlich schliefen sie nebeneinander gegen die Felsen gelehnt ein.

Dann brach die Dämmerung an. Es war um sieben Uhr an einem ungewöhnlich warmen und wolkenlosen Morgen, als Ha Si und Alexander, bewaffnet, behelmt und einsatzbereit, direkt hintereinander den Hügel hinabgingen; Elkins, Mercer und Tojo folgten ihnen. Richter und seine sechs Yards hatten sich auf dem Plateau verteilt und hinter den Felsblöcken versteckt. Sie hatten das M-60-Maschinengewehr auf seinem Dreifuß aufgebaut. Zehn Ladestreifen zu je einhundert Schuss lagen bereit sowie zwei Ersatzläufe für den Fall, dass das Waffenfett durch die Hitze zu rauchen anfinge. Trotz all ihrer Vorkehrungen waren die Soldaten unweigerlich nervös, als sie sich ohne den Schutz der Nacht auf eine so hochriskante Aktion einließen. Zu ihren Gunsten sprach allerdings, dass der Morgen klar und frisch und die Sichtverhältnisse gut waren.

Aus einer leicht erhöhten Position schoss Ha Si einen Opiumpfeil nach dem anderen in die Nacken und Rücken der schlafenden Wachen. *Wusch* – und sofort schlich er durch das Elefantengras zum Nächsten. *Wusch.* Hinter ihm trat Alexander an die Wachen heran und entlud ihre AK-47, indem er die bananenförmigen Magazine löste und zu Elkins und Mercer in den ausgehobenen Graben warf. Die Waffen selbst ließ er bei den tief schlafenden Wachposten, denn er wusste nicht, wie aufmerksam Moon Lai war. Dann sprangen sie alle in den Graben, um zu warten, bis sie kam.

Um acht ging Moon Lai langsam mit sauberen Verbänden den Pfad entlang und erreichte schließlich die letzte Hütte, die nicht einmal zehn Meter von den Soldaten entfernt war. Sie öffnete die Tür und verschwand. Kaum war sie im Inneren, schlichen Alexander und Ha Si leise wie Tiger auf die Hütte zu. Sie blieben stehen, warteten, rissen die Tür auf und glitten in einer einzigen Bewegung hinein.

Das Innere der Hütte war vollkommen leer – nichts weiter als ein etwa vier Quadratmeter großer, mit Stroh bedeckter Boden, und weit und breit keine Moon Lai. Ha Si deutete auf eine verborgene Falltür. Hätten sie nicht gewusst, dass sie danach suchen mussten, hätten sie sie niemals gefunden. Die Hütten waren *tatsächlich* nichts als Tarnung. Es gab kein Leben darin.

Ha Si hob die strohbedeckte Luke ein wenig an, um zu sehen, in welcher Richtung sie sich öffnen ließ. Wie sich herausstellte, lag sie einfach nur locker über einem Erdloch, das einem einzelnen Menschen Platz bot. Die Leiter darin führte von der rückwärtigen Wand der Hütte weg, worauf sich Alexander und Ha Si genau dorthin begaben, denn so würde Moon Lai ihnen den Rücken zukehren, wenn sie die Leiter hinaufstieg.

Zäh schleppten sich zwanzig unerträgliche Minuten dahin. In der Hütte war es feucht und klebrig, die Luft war schwül und stickig und die Männer schwitzten. Obwohl Alexander aufmerksam lauschte, hörte er kein Geräusch von unten. »Bist du

Buddhist, Ha Si? Oder Animist?«, flüsterte er, während er sein Kreuz um den Hals hervorzog und es küsste.

»Nein«, erwiderte Ha Si und küsste sein eigenes Kreuz. »Ich bin ein guter katholischer Junge wie Sie und Ihr Sohn, Major Barrington.«

Ein leichtes Knirschen der Leiter versetzte sie in Alarmbereitschaft. Die beiden kauerten sich zusammen und machten sich bereit zuzuschlagen. Sie atmeten kaum noch. Eine kleine, verkrüppelte Hand hob die Luke. Die junge Frau drückte mit aller Kraft. Sie hatte Mühe, sich mit ihrem schweren Bauch auf den strohbedeckten Boden zu hieven. Sie drehte ihnen den Rücken zu. Alexander roch den Schwefelgeruch einer Medizin, er roch das Salz des Blutes und sah die leeren Opiumfläschchen, die sie neben den blutigen Verbänden auf den Boden legte. Derjenige, um den sie sich kümmerte, war also nicht nur verletzt, er hatte auch Schmerzen. Wer immer es sein mochte.

Alexander und Ha Si warteten noch zwei Sekunden.

Sie hatte das Erdloch kaum verlassen und stand noch nicht aufrecht, als Alexander auf sie zusprang. Er ließ ihr gar nicht erst die Chance, dass sie ihn aus den Augenwinkeln sehen konnte, sondern er riss sie mit einem Ruck um, hielt ihre Arme fest und legte ihr eine Hand über den Mund. Sofort verschloss Ha Si die Luke, sodass unten niemand etwas hören konnte. Alexander hielt sie mit sehr engem Griff. Er beugte sich zu ihrem Ohr und flüsterte: »Wo ist Anthony?«

Gegen ihn ankämpfend, warf sich die Frau hin und her. Sie versuchte, zu schreien und den Kopf zur Seite zu drehen, sodass er sie so festhalten musste, dass er ihr weh tat, doch das hielt sie nicht davon ab, sich zu wehren, und ihre Beine traten in alle Richtungen, bis Ha Si sie packen konnte. Alexander drückte ihr noch immer die Arme gegen die Brust und verschloss ihr mit der anderen Hand den Mund.

Sie versuchte, ihn zu beißen, und er hörte, wie sich ihre Kiefer mit einem Knacken schlossen. Er drehte ihren Kopf so, dass sie sein grimmiges Gesicht sehen konnte, und sagte: »Hör auf, dich zu bewegen. Hör auf zu kämpfen.« Er drückte ihren Kopf zur Seite, riss ihn jedoch sogleich wieder zurück, um ihre Wildheit zu zügeln, weil er dachte, sie hätte ihn nicht verstanden.

Ein mit einem Pflaster befestigter Verband bedeckte eines ihrer Augen, doch ihr anderes, sehendes Auge, das seinem Gesicht so nahe war, war schwarz und rund und zeigte – was? Was zeigte dieses Auge? Seltsamerweise schien es sich nicht um Furcht zu handeln. Trotz des Drucks gegen ihren Hals schüttelte sie den Kopf, versuchte sie auch weiterhin, ihn zu beißen, und wollte sich von ihm befreien.

»*Dâu lá,* Anthony?«, sagte Ha Si auf Vietnamesisch, während er ihre Füße mit einem Seil fesselte. »*Où est* Anthony?«, fragte er auf Französisch.

Noch immer warf sie ihren Kopf in Alexanders Händen hin und her. Zitterte sie oder versuchte sie freizukommen?

»Wo ist Anthony?«, fragte Alexander auf Englisch. »*Gde* Anthony?«, flüsterte er auf Russisch. Sie blinzelte. Sie blinzelte, weil er *Russisch* sprach?

Alexander konnte seine Hand nicht von ihrem Mund nehmen, solange er nicht sicher war, dass sie nicht schreien würde, denn sollte sie schreien, würden sie sie umbringen und fliehen müssen, und die ganze Operation wäre beendet, bevor sie überhaupt angefangen hätte, und sie wüssten noch immer nichts über Anthony. Schwer atmend fragte Alexander Ha Si: »Sollen wir sie in den Graben bringen?«

Sie stöhnte und schüttelte ihren Kopf unter seiner Hand.

Alexander sah zu ihr hinab. »*Sie* versteht mich?«

Sie nickte. Ihr eines Auge wirkte, als begreife sie etwas. Sie sah ihn an, als würde sie ihn kennen.

»Wirst du schreien?«, fragte er.

Sie schüttelte den Kopf.

»Du sprichst Englisch?«

Sie nickte, aber er konnte ihr nicht vertrauen. Was ist, wenn sie doch schrie? Eine ihrer Hände war unter Alexanders Griff weggerutscht. Sie griff nach den schmutzigen Verbänden, die auf dem Boden lagen, und schwenkte sie auf und ab – wie eine weiße Fahne.

Nachdem er einen Blick mit Alexander gewechselt hatte, zog Ha Si sein SOG-Messer und drückte es gegen Moon Lais Hals. »Hör mir gut zu«, sagte er. »Er wird die Hand von deinem Mund nehmen, aber wenn du nur einen einzigen Ton von dir gibst, der lauter ist als ein Flüstern, steckt dieses Messer in deiner Kehle. Hast du das verstanden?«

Sie nickte. Noch immer hielt Alexander ihren zur Seite gedrehten Kopf. »Noch bevor er dich mit seinem Messer erwischt«, sagte er, »breche ich dir deinen verdammten Hals, wenn du zu laut sprichst. Hast du *das* auch verstanden?«

Sie nickte.

»Weißt du, wo Anthony ist?«

Sie schüttelte den Kopf.

»Willst du, dass wir dich in den Dschungel bringen?«, fragte Ha Si. »Sollen dich zwei Männer wirklich in den Dschungel bringen und dort behalten, bis du uns sagst, wo er ist? Denn das erwartet dich als Nächstes.«

Alexander sah zu Ha Si und runzelte die Stirn. Waren diese Drohungen gegenüber einer Schwangeren wirklich nötig? Moon Lai sah, dass er unentschlossen war. Ha Si, der ihn ignorierte, blieb ungerührt. »Hör auf, ihn anzusehen. Schau *mich* an. Wo ist Anthony?«

Wieder zuckte sie mit den Schultern, wieder warf sie sich hin und her. Alexanders Hand blieb über ihrem Mund.

»Wenn du es uns nicht verrätst«, sagte Ha Si, »schnappen wir uns deine Mutter. Und den kleinen Jungen. Nicke, wenn du das verstanden hast.«

Die junge Frau nickte.

»Wo ist er?«, fragte Alexander in milderem Ton als Ha Si, obwohl er ihre zerbrechliche Kehle noch immer fest umschlossen hielt. Er drückte ein wenig fester zu. »Ist mein Sohn da unten?«, fragte er. »Ist er in diesem Loch?« Als sie nicht antwortete, riss Alexander ihren Kopf nach hinten. Sie atmete schwer gegen seine Hand, antwortete jedoch nicht. Sie war eine Schwangere. Das war *Wahnsinn.* »Bitte«, sagte er, rollte sich von ihrem Körper, sodass er nicht länger auf ihr saß und sie jetzt auf der Seite neben ihm lag. »Ich möchte dich nicht verletzen. Ich möchte einfach nur meinen Sohn. Sag mir, ob er da unten ist. Mehr will ich gar nicht.« Alexander ging das Risiko ein und nahm die Hand von ihrem Mund.

Sie lag einfach nur da, schwer atmend und schlaff. Sie versuchte nicht zu fliehen und sie sagte nichts. Ihr braunes Auge war feucht und wissend und betrachtete ihn blinzelnd. Ha Si rückte ein wenig nach hinten, doch sein Messer blieb auf sie gerichtet, und Alexander trat einen Meter zurück, um von ihrem schweren Bauch wegzukommen. Am liebsten hätte er die Augen geschlossen und sie nicht mehr angesehen. Seine Instinkte drohten, ihn im Stich zu lassen, wenn er diese kleine, so deutlich sichtbar schwangere Frau betrachtete, die gegen zwei bewaffnete Soldaten kämpfte. Alles war ein einziger Schlamassel. »Bitte«, sagte er, »sag mir einfach, wo er ist.«

Moon Lai öffnete den Mund und sprach leise und stockend, doch ihr Englisch war sehr gut. »Wissen Sie«, sagte sie, »er hat mir versichert, dass Sie ihn nie aufspüren könnten. Aber ich sagte zu ihm, Sie würden einen Weg finden.«

Jetzt wollte er die Augen nicht mehr schließen. Sie waren weit offen. »*Was?*«, flüsterte Alexander.

»Es nützt Ihnen gar nichts, wenn *Sie* so tun, als seien Sie überrascht«, sagte sie.

»Wer ist hier überrascht? Ist er am Leben?«

»Das weiß ich nicht«, sagte sie knapp. »Als sie ihn von hier wegbrachten, hat er kaum noch gelebt.«

Sie hatten ihn von hier weggebracht! Alexander konnte nicht sprechen. Fast weinte er.

»Sie sind zu spät. Er ist jetzt in der Nähe von Hanoi«, sagte sie. »Sie werden ihn schon bald in ein Castro-Lager an der chinesischen Grenze bringen. Und dann in die UdSSR.«

Mit einem tiefen Stöhnen sank Alexander zu Boden.

Sie beobachtete ihn mit ruhigem Blick. Jetzt saßen sie alle auf der Erde, Moon Lai halb liegend in der Nähe des unterirdischen Ganges. Entsetzt lehnte sich Alexander gegen die Wand und streckte die Beine aus. Ha Si blieb in ihrer Nähe, das scharfe Messer fest umklammert.

»Ich weiß, wo er ist. Ich werde Sie zu ihm bringen«, sagte sie. »Sie kommen mit mir. Er hat noch gelebt, als sie von hier fortgingen. Aber wir haben nicht viel Zeit.«

Alexander konnte nicht mehr sprechen.

»Du bist eine verdammte Lügnerin«, sagte Ha Si. »Wem gehören die Verbände, die du zwei Mal am Tag wechselst?«

Moon Lai lächelte schwach. »Das ist ein Durchgangslager.

Wir haben hier noch andere Kriegsgefangene«, sagte sie. »Denen helfe ich. So, wie ich ihm geholfen habe.« Sie setzte sich auf, klopfte sich den Staub von den Kleider und wischte sich das Stroh aus den Haaren.

»Lass deine Hände vor dem Körper«, sagte Ha Si und rückte ein Stück näher.

»Okay, okay.« Sie legte die Hände auf den Bauch und verzog das Gesicht, als habe sie Schmerzen. Sie versuchte, ihre Atmung zu kontrollieren.

Solange Alexander ihr nicht zuhörte und sie nur stumm ansah, war sie für ihn nichts weiter als eine junge, *schwangere* Frau, die zwei Männer um Mitleid anflehte. Vielleicht war das Anthonys Baby. Oh Gott. Wenn man nicht auf den Verband über ihrem Auge sah, konnte man erkennen, wie jung sie war, wie klein und hübsch. »Wie alt bist du?«, fragte er dumpf.

»Siebzehn.«

Ihm blieb fast das Herz stehen. Er sah zu Ha Si, um neue Kraft zu finden.

Emotionslos und mit hartem Blick musterte Ha Si Alexander und schüttelte den Kopf, als wolle er sagen: Nehmen Sie sich zusammen, Soldat. »Du bist keine siebzehn«, sagte er. »Lüg den Major nicht an. Wie alt bist du wirklich?«

»Sechsundzwanzig«, sagte sie. »Ich wurde 1943 geboren, wie sein Sohn.«

Alexander war überrascht. Sie wirkte so jung, noch wie ein Kind. »Sind da unten Wachen?«, fragte er und runzelte die Stirn angesichts ihrer bisherigen Lügen.

»Viele. Sie bewachen die Kriegsgefangenen. Aber was spielt das schon für eine Rolle? Er ist nicht da.«

»Bewaffnete Posten?«

»Schwer bewaffnet.«

Alle schwiegen.

»Du hast amerikanischen Patrouillen in Hué aufgelauert«, sagte Alexander. »Du hast meinem Sohn aufgelauert.«

»Ich war nur der Köder«, sagte sie und zuckte mit den Schultern. »Üblicherweise haben wir sie an Ort und Stelle umgebracht. Ihren Sohn nicht. Er ist ein echter Krieger. Er ist der Grund, warum ich halb blind bin.«

»Ah«, sagte Ha Si. »Aber unter den Blinden ist der Einäugige König.«

»Es kümmert mich nicht, wenn Sie mein Land beleidigen«, sagte Moon Lai, ohne ihn anzusehen. Sie sprach ruhig und keineswegs anklagend. Ihre Haltung war unterwürfig. »Es ist auch Ihr Land, Bannha.« Sie sah Ha Si nicht ein einziges Mal an. Ihr Blick war ständig auf Alexander gerichtet. »In Hué glaubte Anthony, dass er mich retten würde. Er war so edel und anständig. So ein leichtes Ziel, Ihr Sohn«, sagte sie leise. »Das allerleichteste. Es dauerte nur ein paar Tage, und er war vollkommen abhängig.« Ihr Blick ruhte anerkennend auf Alexander. »Und doch muss ich Ihnen sagen, dass Sie ihm nicht genügend beigebracht haben. Er ist zu vertrauensvoll. Andererseits ist das wahrscheinlich der einzige Grund, warum er immer noch am Leben ist. Denn ich stand kurz davor, ihn umzubringen, so wie ich sie alle umbringe – mit Opium, mit tödlichen Vipern.« Ihre Stimme war ein süßer Singsang. »Aber dann fing er an, mir so interessante Dinge aus seinem Leben zu erzählen. Ich wartete, denn ich wollte zuhören. Er hat mir jedes Mal nur ein wenig erzählt, aber als wir heirateten, hat er mir *alles* gesagt. Ich war nichts weiter als eine vietnamesische Hure, die er gerettet hatte, ein einfaches Mädchen vom Land, das verzweifelt seine Hilfe gesucht hatte.« Ihr Auge funkelte und strahlte, als sie von ihm sprach. »Er hat mir so viel erzählt, wobei er dachte, dass ich ihn kaum verstand. Und ich saß da und hörte zu. Er hat mir alles über seine Mutter erzählt, die aus Russland geflohen war, und über seinen Vater, den Amerikaner, der in die Sowjetunion gekommen war und der in der Roten Armee gedient hatte; der zwei Mal geflohen war, sowjetische Verhörspezialisten und Grenztruppen des NKWD getötet hatte, der aus einem sowjetischen Hochsicherheitsgefängnis entkommen war und der jetzt für den US-Militärgeheimdienst arbeitete.« Moon Lai wirkte, als breite sie voller Zärtlichkeit ihre Erinnerungen aus. »Er war so gründlich, dass wir uns kaum Ihre Akte ansehen mussten, um seine Geschichten zu bestätigen.«

»Oh mein Gott, wer *bist* du?«, flüsterte Alexander, und seine Hände zitterten.

»Ich bin seine Frau«, sagte Moon Lai mit ihrer so angenehmen Stimme. »Ich bin seine schwangere Frau, und ich war seine Krankenschwester.«

Alexander war dankbar dafür, dass er saß. Einst hatte er selbst auf die gleiche sorglose Art *alles* von sich preisgegeben, als er mit einer kleinen, sanften und sehr jungen sowjetischen Fabrikarbeiterin im Sommer auf jener Bank unter den Ulmen im Italienischen Garten von Leningrad gesessen hatte. Er war bleich und zitterte, und ohne die junge Frau aus den Augen zu lassen, fragte er: »Wie hast du es geschafft, dass er den ganzen weiten Weg mit dir hierhergekommen ist?« Er wollte etwas von ihr, einen winzigen, vagen Hinweis auf eine einzige Sache, nichts weiter: Wo war Anthony?

Moon Lai zuckte mit den Schultern. »Er kam völlig arglos. Als er einige Meilen südlich der demilitarisierten Zone Verdacht schöpfte, half ich ihm einzuschlafen, und als er wieder aufwachte, war er hier. Es kam nicht einmal zu einem Kampf.«

Alexander schwieg. Er war wie vor den Kopf gestoßen, als er sich vorstellte, wie sein Sohn erwachte und entdecken musste, wo er sich befand.

Leise murmelnd fuhr Moon Lai fort: »Doch dann war plötzlich jede Menge Überredungskunst notwendig, damit Anthony weitererzählte. Und genau an diesem Punkt begannen die Probleme mit ihm. Denn wenn er sprach, äußerte er nichts als verdammte Lügen über die militärischen Positionen der Amerikaner. Er schickte uns auf aberwitzige Missionen, die mit großen Verlusten für uns endeten. Wir gerieten direkt in Hinterhalte und Minenfelder. Und er versuchte, unsere Wachen umzubringen. Drei Mal hatte er Erfolg – und zwei Mal war er dabei sogar noch gefesselt. Er wurde sehr gefährlich. Wir hatten keine Wahl, wir mussten ihn außer Gefecht setzen und ihn dann weitertransportieren.«

Außer Gefecht setzen? Alexander formte die Worte stumm mit den Lippen.

»*Davon* abgesehen«, sagte Ha Si, »ist jedes Wort von dir eine verdammte Lüge. Er ist da unten. Und zwar immer noch.«

»Nein, das ist er nicht«, sagte Moon Lai, ohne im Geringsten irritiert zu klingen. »Doch da unten sind wirklich fünfzig Wachen mit ihren Gefangenen. Sie wollen es mit ihnen in diesen dunklen Tunneln aufnehmen? Bitte, nur zu!«

»Fünfzig Wachen?«, sagte Ha Si. »Für wie viele Gefangene?«

Keine Antwort. Moon Lai wandte sich an Alexander. »Sagen Sie Ihrem Bannha, er soll seine Waffe von mir wegnehmen, Commander. Ich bin Ihre Schwiegertochter. Dieses Kind könnte Ihr Enkel sein. Das Messer verschwindet *sofort* von meinem Hals.«

Nach einer Minute unter höchster Anspannung gab Alexander Ha Si ein Zeichen, der die Waffe mit größtem Widerwillen zurückzog und sich hinter Moon Lai setzte.

»Ist es … Anthonys Kind?«, fragte Alexander zögernd.

Ihr gesundes Auge starrte in seine beiden Augen. Keiner von beiden blinzelte oder wandte den Blick ab. »Was fragen Sie mich da, Commander? Sie sind nach Vietnam gekommen, haben Ihre Familie im Stich gelassen und Ihr eigenes Leben in tödliche Gefahr gebracht, nur um Ihren Sohn wiederzusehen. Ich helfe Ihnen dabei, wenn Sie vernünftig sind, doch Sie sitzen hier und stellen mir Fragen über *das?«* Sie deutete auf ihren großen Bauch. »Was spielt das für eine Rolle?«

Jetzt zuckte Alexander zusammen und blinzelte. »Was das für eine *Rolle* spielt?« Er atmete tief aus. »Es spielt eine verdammt große Rolle. Weich mir nicht aus. Versuch nicht, mich zu hintergehen. Kannst du mir eine verdammte Frage beantworten, ohne dich zu verstellen? Es ist eine ganz einfache Frage: Ja oder nein. Ist das sein Kind?«

Sie senkte den Kopf, als würde sie beten. »Alexander Barrington«, sagte Moon Lai und betrachtete ihn mit ruhigem Blick, »woran glauben Sie? Wissen Sie, ausgerechnet *Sie*, vielleicht nicht, dass Ihr neues Land Krieg gegen Ihr altes Land führt? Dass Sie mitten in einem heißen Krieg stecken? Ihnen, gerade *Ihnen*, sollte das doch bewusst sein. Wer kümmert sich da um irgendwelche Babys? Was glauben Sie denn, was hier um Sie herum vor sich geht? Wissen Sie, dass Ihr Land auch gegen *mein* Land Krieg führt? Wir kämpfen um nichts Geringeres als um die Seele Vietnams. Vietnam wird *eins* sein. Die eine kommunistische Republik von Vietnam. Nichts, was ihr Amerikaner oder eure Handlanger, die ihr eure südvietnamesischen Verbündeten nennt, tun könntet, wird daran etwas ändern. Wir werden nicht ruhen, bis ihr verschwunden seid. Südostasien – Laos, Kambodscha, Vietnam –, das geht euch alles nichts an. *Uns* geht das etwas an. Doch ihr kommt hierher und tut so, als würdet ihr kämpfen.« Sie lachte leichthin. »Ihr nennt das kämpfen? Wir nennen es verlieren.«

»Wir verlieren nicht«, sagte Alexander. »Wir haben nicht eine beschissene Schlacht gegen euch verloren, seit dieser verdammte Krieg angefangen hat.«

»Ihr verliert trotzdem. Und wissen Sie auch, warum? Weil ihr eure Zeit damit verschwendet, das Land aus sicherer Entfernung aus der Luft zu bombardieren, Kommandounternehmen wie dieses hier durchzuführen und Huren zu ficken.«

»Huren wie dich?«

»Aber wissen Sie, wer *wirklich* kämpft?«, fuhr sie ungerührt fort. »Wir. Die Sowjets trainieren uns, bilden uns aus, unterrichten uns und rüsten uns mit Waffen aus. Sie bringen uns ihre Sprache bei, Commander – Russisch, Englisch und die Sprache des Krieges – denn das ist die einzige Sprache, die *Sie* verstehen. Wir kämpfen mit deren alten Waffen und mit den neuen Waffen, die ihr zurücklasst. Wir kämpfen ohne Stiefel, ohne Helme und ohne C-Rationen. Ihr verbrennt uns mit Napalm? Wir verbinden unsere Wunden und machen weiter. Ihr vernichtet unsere Ernte mit Agent Blue? Wir essen Gras und machen weiter. Eure Bomben und eure Chemikalien kümmern uns nicht. Es kümmert uns nicht, ob wir sterben. Denn wir kämpfen um unser Leben – um unsere nackte Existenz. So wie einst die Rote Armee gegen Hitler gekämpft hat. Sieg war die einzige Option. So haben die Amerikaner im Zweiten Weltkrieg gekämpft und in den allerersten Monaten in Korea. Aber hier in Vietnam tut ihr nur so, als ob ihr kämpfen würdet. Deshalb werdet ihr niemals gewinnen, obwohl ihr die disziplinierteste, am besten ausgebildete und am besten ausgerüstete Armee der Welt habt. Denn ihr seid nicht bereit, auch nur fünfzigtausend Mann für den Sieg über den Kommunismus in Indochina zu opfern, während wir auch noch den letzten Mann opfern werden, um *euch* zu besiegen. Wir werden *Millionen* unserer Männer opfern, mehrere zehn Millionen, und nicht läppische fünfzigtausend. Kein Preis ist zu hoch, kein Opfer zu groß. Wir glauben an diesen Krieg. Ihr nicht. *Sie persönlich* glauben nicht daran, Ihr Land glaubt nicht daran, die Leute in Ihrer Heimat glauben nicht daran. Und Ihre Politiker und Journalisten glauben *ganz sicher* nicht daran.« Moon Lai lächelte ihn warm an. »Ehrlich gesagt, sie erledigen sogar jede Menge entscheidende Arbeit für uns. Sie destabilisieren den Willen unseres amerikanischen Feindes. Und wenn ihr einmal verschwindet, wird die Armee Südvietnams trotz eurer ganzen Ausbildung nicht eine Woche überleben.«

Sie sprach so leise; ihre Stimme war melodiös, sie wurde nie lauter als ein Schnurren. Die Worte flatterten wie Schmetterlinge von ihrer Zunge. Ausgerechnet jetzt fiel Alexander ein Gedicht ein. Wie zart war ihre Stimme, wenn sie sprach ... John Dryden. Wie hieß es in dem Gedicht? Das Wort wie Flocken fedrigen Schnees, das schmolz, wenn es ihren Mund verließ. Doch was sie sagte, passte einfach nicht zusammen. Am liebsten hätte Alexander ihrer Rede Einhalt geboten und das Ganze auf sich wirken lassen. Ich verstehe nicht ein Wort, wollte er sagen.

Doch bei ihm war angekommen, was sie von sich gegeben hatte.

Ihre Stimme und ihr großer Bauch schlugen ihn in ihren Bann. Sie sah aus wie Tania, als sie im achten Monat schwanger war und ohne Alexanders Hilfe nicht von der Couch aufstehen oder aus dem Bett steigen konnte; als sie sich nicht umdrehen konnte, ohne gewaltig ins Taumeln zu geraten; als er ständig mit ausgestreckten Händen hinter ihr her ging für den Fall, dass sie stolperte, ausrutschte oder ins Schwanken geriet.

Jetzt schwankte Alexander selbst hin und her. Als Antwort auf das, was er gerade gehört hatte, sagte er nur: »Die Südvietnamesen glauben auch an diesen Krieg. Oder etwa nicht?«

»Nein. Sie sind schwach. Und ihr führt sie an der Nase herum. Vietnam wird eins werden, auch gegen deren Willen und trotz der Söldner, die ihr ihnen zur Hilfe schickt.«

»Mein Sohn ist kein beschissener Söldner.«

»Nein, das war Ihr Sohn wirklich nicht«, sagte Moon Lai regungslos und ruhig. »Er war die eine Ausnahme unter einer halben Million Männern.« Sie hielt inne und blinzelte. »Aber wissen Sie was? Er hat auch nicht an diesen Krieg geglaubt. Oh, er dachte, er würde daran glauben. Bis er mich getroffen hat, war er davon überzeugt. Und als er mich heiratete, dachte er das immer noch. Aber er hat mich nicht einmal gefragt, ob ich Südvietnamesin bin! Er hat mich sofort geheiratet, als ich ihm sagte, dass ich ein Kind bekäme, und er hat mich nicht einmal gefragt, ob es von ihm ist.«

Alexander ballte die Fäuste, und langsam schwand sein Mitleid mit ihr. »Ja«, sagte er, »weil er an dich *geglaubt* hat.«

Moon Lai schüttelte den Kopf. »Nur an der Oberfläche. Als er hier in Kum Kau die Augen aufschlug und sah, wo er war, und darum flehte, mich zu sehen, wurde ich von dem Soldat, der ihn verhörte, zu ihm gebracht. Ich war schwanger und in Fesseln und ich sagte zu ihm, er solle reden. Nun gut, Anthony redete tatsächlich. Aber wissen Sie, was er sagte?« Sie holte tief Luft. »›Es ist mir scheißegal, was ihr mit ihr macht‹, sagte Ihr Sohn. ›Das Baby ist sowieso nicht von mir. Man sagt, dass eine Ehefrau nur einem Mann gehört. Doch manchmal gehört sie zwei Männern, und manchmal sogar drei. Und meine Frau hat mit jedem amerikanischen Soldaten von hier bis Saigon gefickt. Sie hat sich auf den Rücken gelegt und sie mit ihrer Muschi in die Falle gelockt, wie sie auch mich in die Falle gelockt hat. Bringt sie meinetwegen vor meinen Augen um. Mir macht das nichts aus.‹« Moon Lai lächelte flüchtig, während ein Zittern über ihr Gesicht huschte. »Es ist wohl überflüssig zu bemerken, dass sie mich natürlich nicht umbrachten. Aber ich denke, ich konnte deutlich machen, worauf es mir ankommt. Er hat nicht an mich geglaubt.«

»An dich glauben? An dich glauben? Scheiße, worüber redest du überhaupt?«, sagte Alexander. Er war dankbar dafür, dass Anthony offensichtlich in jenem schrecklichen Augenblick endlich die Wahrheit erkannt hatte – Anthony, der einmal der Ansicht gewesen war, die ganze Welt sei gut. »Meinem Sohn ist schließlich klar geworden, dass er etwas herausgefunden hatte, das noch weniger wert ist als eine Zwei-Dollar-Hure«, sagte Alexander, »und er wollte, dass du das weißt.«

»Ja, das stimmt«, sagte sie. »Die Liebe hat ihn also doch nicht völlig blind gemacht, nicht wahr?« Ihre Gesichtszüge blieben beherrscht. »Sie sollten uns dankbar sein, denn es war hier in Kum

Kau, wo Ihr Sohn schließlich herausfand, woran er glaubte. Das war nicht der Krieg gegen den Kommunismus, und er glaubte auch ganz sicher nicht an mich. Bevor er herausfand, woran er glaubte, konnten wir bei ihm keinerlei Fortschritte machen. Nichts von dem, was wir sagten, konnte ihn davon überzeugen, sich uns anzuvertrauen. Wir drohten ihm damit, ihn ins Castro-Lager zu bringen. Wir zogen unsere besten Verhörspezialisten hinzu, wir benutzten die schärfsten Methoden ...«

Alexander zuckte zwei Mal hintereinander zusammen.

»... doch nichts machte irgendeinen Eindruck auf ihn. Er verfluchte uns auf Englisch, Russisch und Spanisch – und selbst in unserer eigenen Sprache. Er sagte, wir sollten ihn töten. Wir hielten ihn im Wasser gefangen. Wir entzogen ihm Wasser. Wir schlugen ihn, wir ließen ihn hungern, wir fügten ihm Verbrennungen zu. Wir hielten ihn zusammen mit Ratten gefangen. Wir haben ... noch andere Dinge mit ihm gemacht. Und dann kam ich, um ihn zu pflegen.« Ihre Stimme war einschmeichelnd. »Ich habe mich so *gründlich* um ihn gekümmert. Ich war sein einziger Freund. Ich war seine *Ehefrau,* und er war angekettet und nackt und konnte nicht fliehen. Er musste zulassen, dass ich ihn *berührte.* Welche Strafe muss das für ihn gewesen sein, welche *Folter.*« Ihre Hände spannten sich ein wenig an, die Knöchel traten hervor. »Sie schrecken zurück, Commander. Warum?« Moon Lais Hände legten sich wieder träge auf ihren Bauch. »Schließlich fanden wir einen Weg. Wir taten so, als würden wir aufgeben, und sagten zu ihm, wir hätten ihn lange genug im Verborgenen gefangen gehalten. Wir teilten ihm mit, er sei uns nicht länger von Nutzen. In Kürze würden wir seiner Regierung Nachricht geben, dass er immer noch am Leben und ein Gefangener der NVA war. Vielleicht wären sie bereit, über Anthony Barrington zu verhandeln.«

Alexander erbleichte.

Moon Lai lächelte. Ihre Zähne blitzten.

»Genau.« Sie nickte. »Sie sind sehr gut. Sie, Anthonys Vater, sehen die Dinge voraus. Wir sagten zu ihm, seine Eltern würden sicherlich froh sein, wenn sie erfahren würden, dass er noch am Leben ist und sich als Kriegsgefangener in Nordvietnam befindet. Doch Anthony teilte nicht diese Ansicht. Er meinte, er würde uns alles sagen, wenn wir nur verhinderten, dass sein Name auf den offiziellen Kriegsgefangenenlisten erschien, und Sie nie erfahren würden, dass er unser Gefangener war. Wie viel wertvolle geheime Informationen gab er uns daraufhin! Schließlich«, sagte Moon Lai und sah Alexander direkt ins Gesicht, »weiß er, dass Sie ein gesuchter Verräter und Deserteur sind, der achtundsechzig unserer Männer ermordet hat, um sich seiner gerechten Strafe zu entziehen.«

Unserer Männer?

»Nun, wie sieht es aus, Commander?«, fragte Moon Lai. »Kommen Sie jetzt mit mir? Denn Ihr Sohn wartet. Ist Ihre Frau vielleicht auch mit Ihnen gekommen?« Sie wartete auf seine Antwort, und als Alexander schwieg, flüsterte sie: »Wie schade.«

»Wer *bist* du?«, flüsterte Alexander kaum hörbar und versuchte, nicht nach Luft zu schnappen.

Stockend und mit brechender Stimme sagte Moon Lai schließlich: »Sie sollen wissen, dass ich einfach nicht anders konnte. Ich habe ihn *geliebt*.« Ihre Augen füllten sich mit Tränen. »Er war so … offen. Aber Sie fragen mich, wer ich bin. Ihr Sohn hat mich da weitergebracht. ›Stell dir diese drei Fragen, Moon Lai‹, sagte er zu mir, ›dann wirst du wissen, wer du bist. Woran glaubst du? Worauf hoffst du? Und am allerwichtigsten: Was liebst du?‹ Ich werde es Ihnen sagen. Ich bin eine vietnamesische Kommunistin. Daran glaube ich. Darauf hoffe ich. Das liebe ich.«

Noch bevor sie zu Ende gesprochen hatte und Alexander sich bewegen oder Atem schöpfen konnte, blitzte eine Sichel in Moon Lais kleiner Hand auf, die funkelnde Klinge schoss nach vorn und bohrte sich bis zum Griff in die Innenseite von Alexanders Oberschenkel. Sie hatte direkt auf seine Oberschenkelarterie gezielt, doch da er reflexartig einen Zentimeter zur Seite gewichen war, verpasste sie knapp ihr Ziel. Blitzschnell und ohne das Gleichgewicht zu verlieren, riss sie schon mit dem nächsten Atemzug die Klinge wieder heraus, bereit, sie Ha Si ins Gesicht zu stoßen, der nach vorne geschnellt war. Doch Alexander packte ihr Handgelenk, und Ha Si hielt sein Messer fest umklammert. Sie öffnete den Mund, um zu schreien. Ha Si riss ihren Kopf zurück und schlitzte ihr mit einem tiefen Schnitt die Kehle auf. Er drückte sie weg von ihnen beiden auf den Boden, und während sie hinter ihm gurgelnde Geräusche von sich gab, ließ er sein Messer fallen und packte Alexanders Bein.

Beide drückten die Hände auf das herausströmende Blut und versuchten, die tiefe Wunde abzudecken. Mit einer Hand zog Ha Si die QuickClot-Gerinnungswatte aus seinem Erste-Hilfe-Beutel. Sie war schmerzlos und steril und absorbierte die Flüssigkeit des Blutes. Dann griff Ha Si nach dem Fläschchen Silbernitrat, goss eine gewaltige Menge davon über das Bein und zog eine Binde aus seiner Notfall-Packung. Er brachte die erste Binde direkt über der Watte an, legte dann einen Druckverband um Alexanders Oberschenkel, den er mit Pflastern und den dafür vorgesehenen Schnüren befestigte, und umwickelte das Ganze mit einer zweiten Lage Verbandsmaterial. Alles dauerte nicht mehr als dreißig Sekunden.

»Ich kann nicht glauben, dass ich nicht vorsichtiger war«, keuchte Alexander.

»Sie waren vorsichtig genug«, sagte Ha Si und tröpfelte noch etwas Silbernitrat auf die Verbände. »Ihr Sohn ging in die Falle und konnte die Sichel erst sehen, als es zu spät war.«

»Du hast mir eine richtige Aderpresse angelegt«, sagte Alexander.

»Die Blutung muss zum Stillstand kommen«, wandte Ha Si rasch ein.

»Die Blutung wird zum Stillstand kommen, aber ich werde mein verdammtes Bein verlieren.« Alexander lockerte den Verband.

»Aber dafür bleiben Sie am Leben«, sagte Ha Si.

»Ich brauche mein Bein«, sagte Alexander. »Er ist da unten, und wir müssen ihn so schnell wie möglich rausholen, bevor jemand bemerkt, dass sie verschwunden ist. Und pass mit dem Nitrat auf.«

Sie warteten ein paar Augenblicke, um zu sehen, ob die Blutung nachließ.

»Wie können Sie wissen, dass er da unten ist?«, fragte Ha Si. »Ich habe ihr gegenüber nur geblufft.« Er hielt inne. »Aber ich habe es Ihnen ja gesagt. Sie würde eher sterben, als irgendetwas zu verraten.«

»Sie hat es uns verraten«, sagte Alexander, sein Bein mit klebrigen, blutverschmierten Händen festhaltend. »Und sie hat sich genauso verhalten, wie es ihrem wahren Wesen entsprach. Er ist da unten.« Er brach ab, warf einen Blick hinter Ha Si, holte tief Luft und fixierte sein Bein, um nicht die Fassung zu verlieren; sah auf die heftig blutende Wunde herab, um seine Stimme und sein Gesicht unter Kontrolle zu halten, so dass er die nächsten Worte zu dem Yard sagen konnte. »Bannha«, Alexander hielt den Kopf gesenkt, »könntest du sie von mir wegdrehen? Und zwar so, dass ihr Rücken zu mir zeigt? Bitte.« Er blickte nicht auf, als Ha Si über das Stroh kroch. Alexander hörte, wie er die Leiche der schwangeren Moon Lai zur Seite schob. Er atmete auf.

»Alles in Ordnung, Commander«, sagte Ha Si. »Möchten Sie etwas Morphium?«

»Bloß nicht. Dann kann ich ja gar nicht mehr aufstehen.«

»Sie glauben also, dass Sie jetzt aufstehen können?«

»Zuerst muss die Blutung aufhören. Würdest du bitte dafür sorgen?« Der Raum, der zuvor nur heiß gewesen war, war inzwischen erstickend heiß. Winzige rote Partikel flogen durch die schwüle Luft, und es begann nach Rost und nach magnetischen metallischen Bestandteilen zu riechen, als säßen sie beide in einer Schmelzhütte voller Blut. Sie atmeten den ganzen Eisengeruch von Moon Lais Blut ein – und jede Menge von dem Blutgeruch Alexanders. Schweigend drückten sie Verbände, Kleider und ihre Hände gegen den glitschigen Oberschenkel, träufelten noch mehr von dem giftigen Silbermetallsalz auf die Wunde und warteten Sekunde für Sekunde.

»Sie haben vergessen, dass es auf der anderen Seite keine Zivilisten gibt«, sagte Ha Si. »Bei jedem von ihnen handelt es sich um einen feindlichen Kombattanten. Es ist Krieg, und Sie haben das anscheinend vergessen, selbst als die triumphierenden Worte des Mädchens Sie dran erinnert haben. Die Schwangerschaft war eine sehr mächtige Waffe gegen Sie. Sie wusste, dass auch Ant diese Lektion von irgendjemandem lernen musste. Und Sie sind unvorsichtig geworden.«

»Falsch«, sagte Alexander. »Oder nein – du hast ja recht. Ich habe nicht auf das gehört, was sie gesagt hat. Ihre Prinzipien und ihre Überzeugungen und der ganze verdammte Mist, den sie sonst noch erzählt hat, waren mir scheißegal. Außerdem habe ich so viele triumphierende Ansprachen in meinem Leben gehört, dass das ehrlich gesagt einfach so von mir abgeperlt ist. Ich habe mich auf eine einzige Sache konzentriert, und das war die Frage, ob meine Beobachtungen wirklich zutrafen. Mir schien, als würde sie Blei auf ihren Schultern schleppen, wenn sie aus dieser Hütte wieder herauskam. Dieses Blei war ihre Liebe. Jedes Mal, wenn sie ihn gesehen und zurückgelassen hatte, war sie völlig am Boden zerstört.« Die leeren Opiumfläschchen hatten Alexander mehr als genug verraten. »Ich spürte, dass sie ihn einst geliebt hatte und ihn nicht dem kubanischen Programm überlassen würde. Und so wusste ich, dass er da unten ist.«

»Ja, aber sobald Sie es wussten, musste das Mädchen Sie umbringen«, sagte Ha Si. »Sie hat ihr Leben und das Leben ihres Babys geopfert, um Sie zu töten.«

»Ist es ihr denn gelungen?«

»Ich kann das nicht nähen«, sagte Ha Si. »Die Wunde ist zu tief. Sie brauchen …«

»Ha Si«, sagte Alexander. »Ich weiß, was ich brauche. Ich muss zu meinem Sohn. Und jetzt sorg dafür, dass dieses Bein verdammt noch mal zu bluten aufhört. Dann gehen wir runter.«

Ha Si drückte die Wunde energisch zusammen. Die Sekunden tickten vorüber. Aus einer Minute wurden zwei. »Sie haben Glück«, sagte er. »Das Mädchen hat das Messer zu schnell wieder herausgezogen. Sehen Sie, das Blut gerinnt bereits. Warten wir noch fünf Minuten.« Er gab Alexander etwas Wasser.

Alexander nahm einen Schluck und sagte: »Wir haben keine fünf Minuten. Wir haben nicht einmal fünf Sekunden. Los geht's!« Er stand auf und fiel hin. Sein Bein war gefühllos, er konnte nicht stehen.

»Oh, wir sitzen in der Scheiße«, sagte Ha Si. »Wir müssen so schnell wie möglich hier raus.«

»Nein.« Alexander schaltete sein Funkgerät ein. »Viper, Viper«, sagte er in den VHF-Transmitter. »Bitte melden.«

Einen Augenblick später war Richters besorgte Stimme zu hören. »Was ist schiefgelaufen?«

»Brauchen Verstärkung«, sagte Alexander. »Mercer, Elkins,

Tojo. Schick sie zu uns. Sag ihnen, sie müssen absolut leise sein. Jetzt sofort.«

Ha Si starrte Alexander an, der in großen Schlucken noch mehr Wasser trank. »Mit mir ist alles in Ordnung«, sagte Alexander.

»Wir sollen zu fünft hinuntergehen?«

»Nun, du hast ja gehört, was sie gesagt hat. Irgendwas aus ihrem Mund wird ja wohl gestimmt haben, oder? Sie hat viele Wachen erwähnt. Und andere Kriegsgefangene. Wer wird ihnen helfen? Wer wird Anthony helfen? Wir brauchen Tojo.«

»Wenn sie die Wahrheit gesagt hat, sind wir nicht genug. Wenn sie gelogen hat, sind wir zu viele.«

Alexander sah den Montagnard an. »Ha Si«, sagte er ruhig, »du wirst die Luke öffnen und als Erster die Leiter hinuntergehen. Wir folgen dir, finden Anthony und verschwinden wieder.« Er umfasste sein Bein mit festem Griff. »Die Wachen schlafen wahrscheinlich. Die machen hier den Tag zur Nacht, oder ist dir das noch nicht aufgefallen? Das gilt auch für die Höhlenratten.«

Ha Si machte den Mund auf.

»Bannha«, sagte Alexander grimmig, »das ist jetzt absolut nicht der Zeitpunkt für eine Diskussion.«

Ha Si schüttelte den Kopf und hob beschwichtigend die Hand. »Ja, Commander. Jedes Mal, wenn Sie Ihr Bein bewegen, öffnen Sie die Wunde wieder. Mehr wollte ich gar nicht sagen.«

»Ich muss meinen Sohn zurückholen. Das verstehst du doch, oder?«

»Das verstehe ich«, sagte Ha Si. Er zog seine Messer, seine Ruger und sein StarLight heraus. »Mein Sohn wurde von den Vietminh während der Landreformen von 1956 getötet. Er war zwanzig. Und er war auf ihrer Seite. Auf der Seite der Vietminh.« Er hielt inne, und seine schwarzen Augen wurden noch schwärzer. »Genau wie ich.«

Alexander und Ha Si starrten einander einen endlosen Augenblick lang an. Dann schloss Alexander die Augen und sank gegen die Hüttenwand. »Hatte sie recht, Ha Si, mein Vietminh-Freund?«, flüsterte er. »Glauben wir an die falschen Dinge, sodass wir diesen Krieg nicht siegreich beenden können?«

»Sie hatte recht, Major Barrington«, sagte Ha Si. »Wir glauben an verschiedene Dinge.«

Sekunden später waren Elkins, Mercer und Tojo in der Hütte.

»Heilige Scheiße!«, sagte Elkins, als er Alexander sah. Er bot wirklich einen schauerlichen Anblick. Sein rechtes Bein war vom Oberschenkel bis zum Stiefel voller Blut, seine Hände waren klebrig und rotbraun, und auch überall sonst hatte er Blutspritzer. Dann sah Elkins die tote Frau. »Bitte, *bitte,* sagen Sie mir, dass das nicht unser Mädchen ist.«

»Doch, sie ist es«, sagte Alexander und nickte.

»Ist unser Junge hier?« Elkins' Stimme war völlig aufgeregt.

»Das hoffen wir. Unser Junge, andere Kriegsgefangene, vielleicht auch ihre Wachen. Ab jetzt – und das gilt für alle – so leise wie möglich, nur noch Ruger mit Schalldämpfer, Nahkampf, kein Lärm«, sagte Alexander.

»Kapiert«, sagte Mercer. »Aber wir müssen uns beeilen. Sie brauchen Plasma, Major.«

Alexander nahm noch einen Schluck Wasser. »Mir geht's gut«, sagte er und drückte sich mit enormer Anstrengung vom Boden hoch. Blut zu verlieren war ein wenig so, wie wenn man zu lange dem Eis ausgesetzt war – und Alexander hatte zu viele Erfahrungen mit beidem gemacht. Nach und nach verlor man den Sinn für das, was unbedingt notwendig war.

Noch einmal holten sie Richter ans Funkgerät. Alexander teilte ihm mit, was sie vorhatten. Richter forderte sie auf, sich so weit es ging zu beeilen, und sagte: »Unser Hubschrauber ist bereits in Laos, nur sieben Kilometer entfernt. Melden Sie sich, sobald Sie abmarschbereit sind. Siebenunddreißig Sekunden später ist der Hubschrauber nur noch einen Kilometer weit entfernt.«

»Bitte«, sagte Ha Si, »seien Sie leise. Alle. Ich öffne jetzt die Luke und gehe hinunter.«

Keiner bewegte sich. Alexander konnte nur mit Mühe aufrecht stehen. Noch immer sickerte Blut aus seiner Wunde. Er goss mehr Silbernitrat darauf und brachte einen zusätzlichen Verband an.

Die vier Soldaten musterten ihn besorgt. »Wie fühlen Sie sich?«, fragte Elkins.

»Mir geht's fantastisch«, sagte Alexander und zog sich das StarLight über die Stirn. »Hören Sie auf, mich zu bemuttern. Sorgen wir lieber dafür, dass wir die Scheiße nicht vermasseln. Los geht's.« Er warf einen letzten Blick auf Moon Lai und fragte, ob jemand etwas dabeihätte, um sie zu bedecken. So würde Ant ihre Leiche nicht sehen, wenn sie ihn auf diesem Weg zurückbrachten.

Tojo nahm seine Decke aus seinem Rucksack und warf sie über die Tote.

Sie traten an die Luke. »Bereit?«, fragte Alexander. »Beeilung. Falls jemand einen von unseren Leuten findet, bringt er ihn nach draußen und sagt ihm, er soll den Berg hochrennen. Und auf den Stolperdraht hinweisen. Los!«

Ha Si öffnete die Luke und lauschte auf Geräusche von unten. Alles war ruhig. Er holte tief Luft, nickte Alexander zu, ging in die Hocke und sprang die drei Meter nach unten; er brauchte nicht einmal die Leiter.

Mit pochendem Herzen und angehaltenem Atem horchte Alexander angestrengt, während Ha Si unten in der Dunkelheit verschwand. Es gab zunächst keine lauten Schüsse, sondern eine Art grunzendes *wusch, wusch,* dann wurde zwei Mal eine Pistole mit Schalldämpfer abgefeuert, und schließlich hörte man, wie sich eine Klinge ins Fleisch bohrte und jemand rasch atmete. Alexander kam als Nächster. Das Messer zwischen den Zähnen, ließ er sich an den Armen hinab, um sein Bein zu schonen. Den Rest der Strecke sprang er. Rasch packte er sein Messer und seine Ruger. Es dauerte ein paar Sekunden, bis sich sein StarLight an die Dunkelheit angepasst hatte. Mercer, Elkins und Tojo folgten ihm. Bevor sich Alexanders Augen noch völlig umgestellt hatten, sprang eine grüne Gestalt mit einem Bajonett von der Seite auf ihn zu. Er hatte kaum Zeit, den Angriff zu parieren, doch es gelang ihm, sein Messer hochzureißen. Der Mann, gegen den er kämpfte, war kleiner und schwächer, und es war nicht einmal ein richtiger Kampf, denn obwohl er ein Bajonett gehabt hatte, sank der Angreifer zu Boden. Danach traten Elkins und Mercer vor Alexander, und Tojo folgte ihm. Wo war Ha Si? Sie befanden sich in einem rechteckigen, offenen Raum, von dem vier Korridore wegführten. Feuchtes Stroh lag auf dem Boden, in den Ecken bildeten sich Pfützen und rutschige Stellen.

Unsicher und langsam tasteten sie sich voran. Schließlich fanden sie Ha Si, der in einem der Korridore mit einem riesigen Wachposten rang, der Ha Si von hinten umklammert hielt und zu erwürgen versuchte. Also war noch jemand wach. Elkins riss den Posten weg; Mercer erschoss ihn. Doch Ha Si hatte recht gehabt: Trotz des Schalldämpfers machte die Ruger in der Höhle viel zu viel Lärm.

»Erschießt niemanden mehr – wenn sich's verhindern lässt«, flüsterte Alexander. »Versuchen wir einfach nur, Anthony zu finden.«

Mit Ha Si an der Spitze, rückten sie in einer Reihe weiter vor. Es wurde sehr still. Alexander fürchtete, dass die Stille trügerisch sein könnte. Irgendwo tropfte Wasser herab. Ohne die Taschenlampen einzuschalten, folgten sie dem Korridor. Sie trugen nur die StarLights, hielten ihre Ruger Kaliber .22 im Anschlag und die Messer gezückt, und alle fünf flüsterten *Anthony, Anthony.* Nichts weiter war in der stinkenden, engen Höhle mit den nassen Wänden zu hören. Unablässig wiederholte Alexander *Anthony, Anthony.* Nichts sonst.

Er hörte, wie jemand aufstöhnte. »Ant, bist du das?«

Noch ein Stöhnen.

»Anthony? Anthony?«

Sie fanden fünf unbewachte amerikanische Soldaten, die in einem verschlossenen Bambuskäfig dicht aneinandergedrängt auf dem Boden lagen. Fünf Soldaten, ein Wunder! Man hatte die Männer geschlagen, sie waren blutüberströmt. Ha Si brach das Schloss auf. Dann eilten sie zu den Gefangenen. *Anthony, Anthony.*

Keiner von ihnen war Anthony. Elkins und Mercer halfen den Männern auf die Beine. Einer von ihnen war tot. Sollten sie ihn zurücklassen? Für andere Menschen bedeutete er das, was Anthony für Alexander war, und Alexander entschied, dass sie ihn mitnehmen würden. »Schnell, schnappt euch die Übrigen, und dann raus mit ihnen.«

Wer von ihnen war kräftig genug, um einen Toten zu tragen? Einer der Soldaten meldete sich weinend.

»Tojo, hilf ihnen an der Leiter nach oben«, befahl Alexander. »Und wenn sie ein Gewehr halten können, dann gib ihnen eins. Danach kommst du zurück. Aber ruf Richter noch nicht. Nicht bevor …« Er fragte die Gefangenen: *Anthony, Anthony?*

Sie wussten nichts.

Drei von ihnen, einschließlich des Toten, waren erst vor zwei Tagen gefangen genommen worden. Die beiden anderen waren seit einer Woche hier. Sie sahen aus und hörten sich an, als wenn sie nicht mehr fähig wären, ihren Namen und ihren Rang zu nennen.

»Man hat sie überhaupt nicht gut bewacht«, sagte Ha Si. »Diese verdammte Moon Lai. Sie sollte Moon Lüge heißen. Die Männer, die mich angegriffen haben, hatten neben der Leiter geschlafen. Mehr scheinen nicht hier zu sein. Ich glaube nicht, dass sie mit Problemen gerechnet haben.«

»Werd nicht unvorsichtig, Ha Si. Die Sapper schlafen, aber wenn wir sie aufwecken, sind wir erledigt.«

Anthony, Anthony.

Ha Si folgte einem Tunnel und verschwand in der Dunkelheit. Alexander versuchte, Schritt zu halten, doch er musste sich tief bücken und kam nur viel langsamer voran. Der Tunnel endete gut zehn Meter vor ihnen. Alexander sah vier Wachen, die neben einem kleinen Bambuskäfig im Schlaf zusammengesunken an eine Wand gelehnt waren. Vorsichtig machten Ha Si und Alexander einen Schritt nach vorn; und dann noch einen. Doch auch feuchtes Stroh raschelt. Sie konnten nicht vollkommen lautlos sein. Einer der Männer schlug die Augen auf und griff, gut ausgebildet wie er war, sofort nach seiner Waffe. Ha Si, der ebenso gut trainiert war, schleuderte ihm das Messer durch die Dunkelheit in die Kehle. Die drei anderen standen schon. Ein gut gezielter Schuss aus dem leisen Blasrohr von Ha Si und zwei ebenso gut gezielte, aber nicht so leise Schüsse aus Alexanders Ruger. Sie rannten zu den Männern. Ha Si holte sich sein Messer zurück. Der Soldat, der vom Blasrohr getroffen worden war, packte Alexanders verletztes Bein und riss ihn zu Boden. Alexander rang mit ihm, und sein Messer aus Gewehrmetall schoss in der Dunkelheit auf und nieder wie ein Blitz. Schließlich gelang es Alexander, den Angreifer von sich zu schleudern, während Ha Si bereits den Käfig aufschloss.

Er öffnete die Bambustür, blieb jedoch wie angewurzelt vor dem Verschlag stehen. Alexander versuchte, an dem Yard vorbeizukommen.

»Mach Platz, Ha Si!«

Schwer atmend trat Ha Si zur Seite und flüsterte Alexander stockend zu: »Ich werde Richter Bescheid geben, dass wir Captain Barrington gefunden haben. Ich komme sofort wieder mit Tojo zurück und helfe Ihnen. Versuchen Sie dafür zu sorgen, dass er aufsteht.« Er sah Alexander nicht mehr an, als er davoneilte.

Alexander senkte den Kopf unter der niedrigen Decke und ging hinein. Er sah Anthony in dem kleinen Käfig auf blutgetränktem, dreckigem Stroh liegen. Sofort erkannte Alexander, dass etwas nicht in Ordnung war, aber was?

»Ant?«

Er kniete sich neben ihn. Anthony wirkte bewusstlos, doch er war am Leben! Er trug kaum etwas am Leib: eine Art Pyjamahose, wie sie für Gefangene typisch war, und ein altes Vietcong-Hemd. Alexander riss sein Nachtsichtgerät herunter und schob das Hemd, das Anthonys Brust bedeckte, beiseite.

Dann sah er es. Anthonys linker Arm war verschwunden. Man hatte ihn nur wenige Zentimeter unter der Schulter abgetrennt und den Stumpf notdürftig mit sauberer Gaze verbunden – Moon Lai war eben erst hier gewesen. Alexander versuchte, nicht ohnmächtig zu werden, drehte Anthony auf den Rücken und sah im Halbdunkel seinen anderen Arm. Armbeuge und Unterarm waren schwarz von den Einstichen der Injektionsnadeln. Falls Moon Lai dafür gesorgt hatte, dass er am Leben blieb, so war das ausschließlich mit Penicillin und Opium geschehen. Er war schmutzig und hatte am ganzen Körper auffällige Wunden.

Alexander wandte den Kopf ab. Er konnte den Anblick nicht ertragen. Und als er wieder hinsah, war er wie geblendet. »Ant...«, flüsterte er. Seine Hände lagen auf der Brust seines Sohnes. »Ant.« Er schüttelte ihn.

Anthony öffnete mühsam die Augen, starrte seinem Vater mit stumpfem Blick ins Gesicht, und Alexander sah sich selbst vor einem Vierteljahrhundert, wie er blutverkrustet und ohne Hoffnung auf seinem eigenen schmutzig schwarzen Stroh gelegen hatte; wie er auf die Wachen mit ihren Ketten gewartet hatte, die Züge, in denen er abtransportiert werden würde, nachdem er in seiner Verzweiflung seit Tagen jegliche Nahrung verweigert hatte; und wie er dann die Augen geöffnet und seinen Vater Harold Barrington erblickt hatte, der sich über ihn gebeugt und geflüstert hatte: »Frag nach Brot, Alexander. Bitte. Sei nicht so stolz.« Und er hatte zu seinem Vater gesagt: »Hab kein Mitleid mit mir, Dad. Ich führe das Leben, das ich mir eingebrockt habe.«

Und der Geist seines toten Vaters, den er auf einmal so nahe spürte, flüsterte mit kaum hörbarer Stimme, aber mit deutlich gebrochenem Herzen: »Nein, mein Sohn. Du führst das Leben, das ich dir eingebrockt habe.«

Und jetzt kniete Alexander, wahrhaftig und keineswegs nur eine Erscheinung, neben seinem Sohn, der im gleichen Alter wie er damals war, im gleichen Stroh lag, an der Schwelle des gleichen Todes und in der gleichen Hoffnungslosigkeit auf die gleichen Wärter wartete, und sagte mit kaum hörbarer Stimme, aber mit deutlich gebrochenem Herzen: »Anthony, ich bin hier. Du wirst wieder ganz in Ordnung kommen. Ich werde dir helfen. Aber steh auf, denn wir müssen *jetzt sofort* gehen, wenn wir es schaffen wollen.«

Anthony blinzelte. Seine Augen waren glasig und trüb. Er stand schwer unter Drogen. Doch wie klar wurde alles, als er sagte: »Dad?«

»Steh auf, Ant.«

Anthony fing an zu zittern. »Oh mein Gott. Ich habe schon wieder Halluzinationen. Bitte geh. Ich weiß, dass du das nicht bist. Gott, was geschieht nur mit mir?«

»Du hast keine Halluzinationen. Steh auf.« Alexander schauderte. Anthonys Beine steckten in einer Eisenfessel, und sein verbliebener Arm war mit einem Seil umschlungen und an einem Ring in der Wand befestigt worden. Alexander schnitt das Seil durch, und Anthony, der seitlich auf dem Boden lag, streckte die Hand aus und berührte das überaus reale Gesicht seines Vaters. Er stöhnte. »Oh Gott. Nein, Dad. Nein ... Du verstehst das nicht. Du *musst* von hier verschwinden.«

»Ich verstehe es, und wir beide müssen von hier verschwinden.« Alexander fummelte mit den Schlüsseln an der eisernen Fessel herum. Erfolglos. Er schob sich nach oben zu Anthonys Kopf und legte die Arme um ihn, wobei seine Hände überall blutige Abdrücke hinterließen.

»Ich kann mich nicht bewegen«, murmelte Anthony. »Schau, was sie mir angetan haben.«

Was würde Tania sagen?

»Anthony, Anthony ...«, flüsterte Alexander, drückte sein Gesicht gegen Anthonys Kopf und zog ihn vom Stroh hoch in eine sitzende Position. »Kannst du mich hören, mein Sohn? Du bist mein Leben, und du bist das Leben deiner Mutter. Für mich wirst du immer der dreijährige Junge sein, der im Garten spielt, der sich das Haar schneidet, dass es so aussieht wie meins, der geht wie ich, spricht wie ich, der auf meinem Schoß sitzt, der mir Marienkäfer bringt, der mir Freude macht, der mich am Leben hält. Wenn ich dich ansehe, sehe ich genau *das*. Ant, erinnerst du dich daran, wie wir zusammen geangelt haben, als du klein warst? Du hattest absolut keine Ahnung davon, wie viel Glück du mir geschenkt hast. Du hast mich mein ganzes Leben lang stolz gemacht. Und jetzt komm, Kumpel. Du musst aufstehen und mit mir kommen. Du wirst sehen, du wirst dabei nicht versagen – du nicht. Es wird alles wieder in Ordnung kommen mit dir, aber steh jetzt auf, mein Sohn. Los, steh auf, Anthony.«

Der Junge rührte sich nicht.

Er starrte seinen Vater an, und seine leidenden Augen füllten sich mit Unverständnis, Verwirrung und Schmerz, und dann wandte er das Gesicht ab. »Meine Mutter darf mich nicht so sehen«, flüsterte er.

»Deine Mutter«, sagte Alexander, »hat mich in Sachsenhausen so gesehen. Deine Mutter hat die Leiche ihrer Schwester in ein Tuch gewickelt und sie mit bloßen Händen in einem Eisloch begraben. Deine Mutter wird mit allem zurechtkommen, das verspreche ich dir. Und jetzt steh auf.« Alexander küsste ihn. »Es gibt nichts, über das du dir Sorgen machen müsstest. Steh einfach nur auf.« Als Anthony sich immer noch nicht rührte, fügte er hinzu: »Weißt du, wer noch hier ist für dich? Tom Richter.« *Jetzt* drehte Anthony den Kopf. Für einen kurzen Moment flackerten gleichermaßen Bedauern und Begeisterung in seinen Augen, als er den Namen hörte.

Alexander, der nicht die Zeit hatte, in irgendeiner Weise darauf einzugehen, nickte nur. »Ja, es ist wahr. Tom Richter. Er ist zum ersten Mal seit 1962 wieder im Dschungel, und er ist hier. Wegen dir. Elkins ist hier. Und Charlie Mercer. Ha Si ist hier. Und Tojo, der dich auf seinem Rücken tragen wird.«

Anthony flüsterte etwas.

»Mein Sohn, ich kann dich nicht hören.« Alexander beugte sich ganz nahe an ihn heran.

Wortlos zog Anthony die Ruger aus Alexanders Holster, und ohne seine Schultern oder seine Beine zu bewegen oder seinen zur Seite geneigten Körper zu strecken, hob er die Waffe mit seiner verbliebenen Hand, zielte und feuerte zwei Mal hinter seinen Vater. An der Tür des Bambuskäfigs stürzte ein Mann schwerfällig zu Boden. Alexander drehte sich um.

»Wo der herkam, gibt's noch mehr von der Sorte«, sagte Anthony mit krächzender Stimme und gab ihm die Pistole zurück. »Ich brauche eine andere Waffe. Eine, mit der ich aus der Hüfte heraus schießen und bei der ich das Magazin selbst wechseln kann. Mit nur einer Hand.«

»Wie wär's mit dem M-60 und einem Ladestreifen von einhundert Schuss?«, sagte Alexander lässig und schob Anthony wieder in eine aufrechte Position.

»Perfekt.« Anthony lächelte fast.

Ha Si kam zurück und beförderte den toten Wachposten mit einem Tritt zur Seite. Elkins und Mercer waren hinter ihm. »Oh mein Gott, Ant!« Elkins schrie auf und wandte sich ab. »Was haben diese Schweine nur mit dir gemacht!«

Auch Tojo tauchte wieder auf. Die amerikanischen Gefangenen waren im Freien und eilten bereits auf den Pfad zu, der den Hügel hinaufführte. Alexander bat Ha Si um Hilfe bei der eisernen Fußfessel. Ha Si fand sofort den richtigen Schlüssel am Schlüsselring und befreite Anthony. »Elkins, dreh dich verdammt noch mal um und schau mich an«, sagte Anthony, während er versuchte aufzustehen. »Was zum Teufel machst du denn da, Mann. Mercer Mayer, bist du das?«

Das war nun wirklich mal eine vertraute Bemerkung! Mercer

Mayer war ein Kinderbuchautor. Anthony hatte recht, Mercer teilte tatsächlich einige Züge mit dessen Comicfiguren; er war klein, untersetzt und wirkte sehr zäh.

Doch auch Mercer konnte Anthony nicht ansehen. »Ja, ich bin's wirklich, Captain«, sagte er, und seine Tränen fielen auf das Stroh.

Mit Hilfe der anderen stand Anthony schließlich auf und lehnte sich, gestützt von Alexander und Ha Si, gegen die Wand. Alexander sah, dass der Anblick des so schwer verwundeten Anthony Elkins und Mercer durcheinandergebracht hatte und sie offensichtlich Schwierigkeiten hatten, das Notwendige zu tun. »Soldaten, auf geht's!«, befahl er. »Nur Mut. Wir haben ihn gefunden.«

»Stimmt«, sagte Anthony. »Nehmt euch verdammt noch mal zusammen. Außerdem muss mir jemand etwas zum Anziehen geben, sodass ich diesen verfluchten Pyjama ausziehen kann.«

Alexander zog einen zusätzlichen Kampfanzug aus seinem Rucksack. Tojo, der eine weitere Schutzweste dabeihatte, fing sofort an, seine eigenen Stiefel auszuziehen, während Alexander Anthony dabei half, die NVA-Gefängnishose auszuziehen. Dann brachte Ha Si mit geschickten Händen über Anthonys Armstumpf einen neuen, sauberen Verband an, den er straff festzog, indem er die Binden mehrmals diagonal über Anthonys Schulter führte.

Anthony stand nackt gegen die Wand gelehnt. Er blinzelte, und sein Kopf wurde langsam klarer.

»Tojo, Mann«, sagte er. »Danke für die Stiefel. Aber was ziehst du jetzt an? Dad, oh mein Gott, Dad, was ist mit deinem Bein passiert?« Anthonys eigene Beine sackten unter ihm zusammen. »Du bist ...«

»Mach dir darüber keine Sorgen. Nicht jetzt«, sagte Alexander zu ihm und streifte ihm das Hemd über. »Ich komme schon zurecht.« Er hielt seinen Sohn aufrecht, während Elkins und Mercer sich mit der Hose und den Stiefeln abmühten; Anthonys angeschwollene Beine und Füße zeigten wenig Kooperationsbereitschaft. Anthony stöhnte. Er rutschte immer wieder zur Seite. Ha Si hielt ihn, Alexander hielt ihn. Fünf erwachsene Männer umrundeten seinen Sohn, ihren Commander.

»Tut das weh, Mann?«, flüsterte Elkins.

»Ich fühle überhaupt nichts«, sagte Anthony mit matter Stimme. Er stand aufrecht – aber nicht aus eigener Kraft. Ha Si flüsterte, dass er einen Schuss Dexedrin dabeihabe. Ein Amphetaminpräparat. Doch stattdessen gaben sie ihm Brot und etwas zu trinken. Sie rissen eine Ration auf und gaben ihm Erdnussbutter und einen Cracker. Er kaute lustlos, trank gierig und schwankte hin und her.

»Was ist? Was brauchst du noch, mein Sohn«, fragte Alexander.

Anthony hatte seinen Arm um die Schultern seines Vaters gelegt. »Eine verdammte Zigarette.«

»Mein Gott, und ich genauso. Verschwinden wir endlich von hier, damit wir eine rauchen können.«

Ha Si sagte ihnen immer wieder mit ruhiger Stimme, dass sie sich beeilen mussten. Doch bevor sie gingen, befahl Anthony Elkins und Mercer, dicht nebeneinander im Haupttunnel, der zu den Schlafquartieren führte, zwei Claymores zu vergraben. Sobald beide Minen direkt hintereinander hochgingen, sagte Anthony, würden sie das unterirdische Tunnelsystem mitten auseinanderreißen, als öffne die Erde selbst ihren Schlund. Sie brachten die Claymores an und spannten den Stolperdraht in alle Richtungen. Anthony ordnete weiterhin an, zwei CS-Rauchbomben unmittelbar vor den Claymores zu platzieren. Nach Ausführung seiner Befehle sagte er, dass sie jetzt alle von hier verschwinden würden, doch er konnte nicht gehen.

»Hast du die ganze Zeit gelegen?«, fragte Alexander.

»Oh nein«, sagte Anthony mit unverhülltem Hass. »Einmal am Tag haben sie mich gefesselt und mit einer Winde hochgezogen, und dann kam sie und hat mich sauber gemacht und sich … um mich gekümmert. Sie hat mich *gepflegt,* sodass ich wieder gesund wurde.« Seine Stimme war voll bitterer Ironie. »Hast du … sie gesehen?«

Alexander warf Ha Si einen kurzen Blick zu. Er wollte nicht lügen, aber er wusste auch, dass sie für so eine Diskussion nicht genügend Zeit hatten. »Wir haben sie gesehen, Ant.«

Anthony war desorientiert. Er fragte, welcher Tag heute sei, und wurde noch desorientierter, als sie es ihm sagten und er versuchte, im Kopf zu überschlagen, wie lange er gefangen gewesen war. »Mein Einsatz war im August vorbei«, murmelte er. »Dabei hätte es bleiben sollen. Und ich wäre wieder nach Hause gefahren. Zusammen mit ihr.« Da war noch etwas, das er nur mit Mühe herausbrachte. Man sah ihm an, wie schwer ihm das alles fiel. »Es kann nicht Anfang Dezember sein.« Er unterbrach sich und versuchte, die richtigen Worte zu finden. »Ihr ... ihr Baby sollte Anfang Dezember auf die Welt kommen.«

»Komm, Ant«, sagte Alexander und schob ihn unnachgiebig weiter nach vorn, ohne ihn loszulassen. »Wir haben keine Zeit für ein Plauderstündchen. Verschwinden wir.«

»Sag ehrlich, welchen Monat haben wir?«

»Gehen wir doch einfach erst mal zum Hubschrauber. Wir unterhalten uns später.«

Tojo trug Anthony zur Leiter, aber wie sollten sie Anthony hinaufbringen, nachdem er nur noch einen Arm hatte. Irgendwie würde er sich selbst helfen müssen. Tojo war zwar hinter ihm und stützte ihn, doch Anthony musste nach den Sprossen greifen. Das tat er nicht. Er konnte es nicht. Er konnte sich nicht mehr halten, fiel nach hinten, und nur Tojo fing seinen Sturz auf.

Alexander trat vor seinen Sohn, hielt ihn fest, bis er wieder ruhig stand, nahm seinen Kopf in die Hände und sah ihm direkt ins Gesicht. »Anthony«, sagte er, »deine Mutter ist mit vierzehn Jahren aus einer verdammten Bärenfalle geklettert, ohne Leiter und mit einem gebrochenen Arm. Da war kein Tojo, der sie von hinten geschoben hat. Also zieh dich verdammt noch mal mit dem Arm hoch, den du noch hast. Verstanden?«

»Verstanden.«

Alexander küsste Anthony auf die Stirn und schob ihn nach vorn. Bevor er zu klettern begann, befahl Anthony Ha Si, zwei weitere Minen im Stroh unter der Leiter zu verstecken und direkt daneben noch eine Rauchbombe zu platzieren. »Damit sie ersticken«, sagte Anthony, »während sie in Stücke gerissen werden.«

Fünfundfünfzig Minuten waren vergangen, seit Moon Lai ihre Hütte verlassen hatte. Alexander war furchtbar angespannt. Er kam sich vor wie schweres Kristallglas, das wieder und wieder auf Marmorfliesen fällt. Endlich kamen sie alle wieder aus der Erde hervor. Anthony hielt sich gerade fest genug, so dass Tojo ihn mühsam Sprosse für Sprosse nach oben drücken konnte, und auf dem letzten Stück zog ihn Elkins von oben heraus.

Und dann war da Moon Lai, die unter Tojos Decke lag.

Rasch versperrten die fünf Männer Anthonys Sicht und drängten ihn zur Tür, doch der Gestank des geronnenen Blutes in der schwülen Hitze war überwältigend, und selbst unter der Decke konnte man die Form des kleinen Körpers unmöglich mit einem anderen verwechseln. Anthony starrte seine Soldaten an, die ihm in den Weg getreten waren, und sagte: »Mag sein, dass ich nicht in der Lage bin, meinem Vater zu sagen, was er tun soll, doch mit euch ist das eine ganz andere Geschichte. Geht mir verdammt noch mal aus dem Weg. Das ist keine Bitte.« Widerwillig traten sie beiseite. Anthony hob die Decke und beugte sich über sie. Seine Beine zitterten.

Er drehte sich zu seinem Vater um, und sein von blauen und schwarzen Flecken übersätes Gesicht war eine undurchdringliche Maske. Nur seine Lippen zitterten. Er musterte Alexander, betrachtete Alexanders triefend rotes Bein, versuchte, seine Stimme unter Kontrolle zu halten, schluckte und sagte so ruhig er konnte: »Sie war ein Dämon von einer Hure. Sie hat alle Wahrheiten verdreht – alle Dinge, an die ich glaube, alle Dinge, die ich ihr gesagt habe. Sie hat alles auf bösartige Weise verzerrt. Denk nicht mehr an sie.« Keiner erwähnte ihre Schwangerschaft. Es gab nichts, das noch irgendjemand hätte sagen können. Anthony wandte sich an Ha Si. »Also, mein Mann an der Spitze«, sagte er kühl, »steh hier nicht einfach so rum und starr mich mit deinen undurchdringlichen Augen an. Sag mir lieber, ist es sicher, wenn wir jetzt losgehen?«

Ha Si schob den Kopf nach draußen. »Alles klar, Captain«, sagte er.

Anthony bat Alexander um seinen Colt.

Alexander gab Anthony die Waffe. »Ha Si, lass Tojo zuerst gehen. Tojo, du hast nur eine einzige Mission. Du wirst einen Kilometer weit durch die Berge gehen und Anthony hier rausschaffen. Verstanden?«

»Ja, Sir.«

»Tojo, du bist ein Riese unter den Menschen«, sagte Anthony anerkennend.

»Captain Barrington, wenn Sie es so sagen«, meinte Tojo.

Alexander funkte Richter an. Er sagte ihm, dass sie Anthony gefunden hatten und nun den Rückweg antraten. Richter könne jetzt den Hubschrauber rufen.

Ha Si machte einen Schritt nach draußen, und Anthony, Tojo und Alexander folgten ihm.

Dann fiel Alexanders Blick auf zwei Frauen, die in etwa dreißig Metern Entfernung auf die Hütte zukamen. Die Frauen sahen die Männer, fingen an zu *schreien* und rannten auf die schlafenden Wachen zu. Offensichtlich hatten sie sich auf den Weg gemacht, um zu sehen, was Moon Lai so lange aufgehalten hatte, denn in den letzten drei Tagen war während des Tages niemand außer Moon Lai und den Wachposten in diesen Teil des Dorfes gekommen.

Ha Si hob seine Waffe, doch noch bevor er feuern konnte, gab Anthony hinter ihm ohne zu zögern zwei Schüsse aus der Colt ab. Die Frauen stürzten zu Boden und verstummten augenblicklich. Doch zuvor waren ihre Schreie laut gewesen, und die beiden Schüsse erst recht. Einen Augenblick lang verharrte alles in völliger Stille. Dann durchschnitt der Lärm einer jaulenden Sirene die Ruhe des Dorfes, die genauso klang wie die Sirenen, die im belagerten Leningrad die Bombardements angekündigt hatten. Vielleicht waren es ja dieselben Sirenen, dachte Alexander. Das Gerät klang auf eine unheimliche Weise wirklich so wie diejenigen in Leningrad.

Das Gute an Tojo war, dass er mit dem fast einen Meter neunzig großen Anthony auf dem Rücken in den fünf Sekunden zwischen dem Öffnen der Hüttentür und dem Erklingen der Sirene bereits zehn Meter weit den Hügel hinaufgerannt war. Er hätte nichts Besseres tun können, denn sie durften keine Sekunde verlieren. »Pass auf den Stolperdraht auf«, schrie Alexander. Er selbst, Elkins, Mercer und Ha Si rannten Tojo den schmalen Pfad hinauf hinterher, wobei ihre Köpfe in dem dichten Elefantengras fast nicht zu sehen waren. Jetzt bildete Ha Si die Nachhut – eine Rolle, für die er Alexanders Meinung nach nicht besonders geeignet war. Sie rannten, so schnell sie konnten, aber es ging knapp zweihundert Meter bergauf durch das wuchernde Gras hindurch, über Felsen und unebenes Terrain hinweg, und Tojo, der einen gut einhundert Kilogramm schweren Verwundeten trug, konnte nicht noch schneller laufen, sodass der Rest der Gruppe sich seinem Tempo anpassen musste, auch wenn Alexander ihn immer wieder anfeuerte – »lauf, Tojo, schneller, schneller« –, während das Blut aus seinem Bein tropfte. Doch er kannte die eiserne Regel des Krieges: Alles, was sich nicht bewegt, wird getroffen. Und wenn man bergauf rennt und der Feind hinter einem her ist, wird man leicht in den Rücken getroffen. Er hörte das Krachen der Gewehrschüsse und schrie: »Direkt zum Hubschrauber, Tojo. Das ist ein Befehl. Auf keinen Fall stehen bleiben.«

»Ja, Sir«, keuchte Tojo.

Als hundert Meter hinter ihnen lagen und sie die halbe Höhe des Hügels erreicht hatten, warf Ha Si einen Blick zurück. Alexander hörte noch, wie er in einer für ihn untypischen Weise einem Gefühl Ausdruck gab: »Oh, *Scheiße.*«

Das waren seine letzten Worte. Ein Schuss traf ihn in den Rücken und er stürzte zu Boden. Mercer packte ihn, warf ihn sich über die Schulter, und das war gut so, denn sofort wurde Ha Si von einem weiteren Schuss getroffen.

Alexander wandte sich um und sagte in einer für ihn eher typischen Art: »Oh, *Scheiße.*« Obwohl das Elefantengras seine Sicht behinderte, erkannte er mindestens einhundert Soldaten der nordvietnamesischen Armee, die ihre charakteristischen pyjamaartigen Uniformen trugen. Sie strömten aus den Hütten des Dorfes und aus Erdlöchern, hielten Kalaschnikows in den Händen und rannten, ja flogen geradewegs auf den Hügel zu, ignorierten das rasiermesserscharfe Gras und die Regel, sich in einer einzigen geordneten Reihe zu bewegen. Eine chaotische Welle von Männern schob sich quer durch das Gras, obwohl sie sich dabei Schnitte zuzogen. Sie rannten ohne Helme und Stiefel, legten an und feuerten den Hügel hinauf.

Alexander schickte seine ganze Truppe nach vorn und bildete selbst den Schlussmann. Er zählte, eins, zwei, drei – und da war es. *Endlich* war einer der barfüßigen Soldaten der NVA über den Draht einer Claymore-Mine gestolpert. Es gab eine laute, dumpfe Explosion und überall waren Schreie zu hören. Jemand löste eine zweite Claymore aus. Und noch eine. Weitere Explosionen, weitere Schreie. Die Scheißkerle wurden ein wenig langsamer. Alexander holte Mercer ein, der sich mit Ha Si auf dem Rücken den Berg hinaufkämpfte. Er befahl Mercer stehen zu bleiben. Aus dem an seinem M-16 angebrachten Granatwerfer feuerte er in hohem Bogen drei Granaten mitten in die verwirrte, von Minen aufgehaltene, weit zerstreute Menge unter sich. Die Granaten behinderten das Vorankommen der Soldaten noch mehr. Und sie machten sie wütend. Er nahm Mercer Ha Si ab, warf ihn sich über den Rücken und rannte weiter.

Die Granaten hielten die NVA zwar auf, stoppten sie aber keineswegs. Dasselbe galt für die Claymores. Immer wieder warf Alexander einen Blick zurück. Die Soldaten der NVA gaben laute Schreie von sich und rannten weitere zehn Meter bergauf. Mit Ha Si auf dem Rücken hörte Alexander, wie die zweite Lage der Claymores explodierte. Ein paar Männer konnten nach vorn durchbrechen und rannten parallel zu Alexander auf dem als Köder angelegten Pfad direkt in Harrys versteckte Punji-Spieße. Die Männer schrien auf und sanken nieder. Harry wäre stolz gewesen. Alexander eröffnete das Feuer direkt aus der Hüfte und schoss durch das mannshohe Gras, wobei er Ha Si noch immer auf dem Rücken trug.

Er hatte jetzt drei Viertel der Strecke zum Gipfel hinter sich. Tojo war schon fast oben. Mercer, der inzwischen die Nachhut bildete, rannte, blieb stehen, drehte sich um, feuerte kurze Salven ab, drehte sich wieder um und rannte weiter. Weiter vorne schoss Elkins ein Magazin nach dem anderen leer, lud nach und rannte weiter. Gott sei Dank erreichte Tojo die Hügelkuppe, doch anstatt in den Dschungel zu rennen, wie es ihm befohlen worden war, setzte er Anthony ab.

Fünfzehn Meter unter ihm schrie Alexander: »Weiter! Scheiße, was hab ich dir gesagt? Lauf weiter!« Doch Tojo reagierte nicht. Stattdessen riss er sich das Gewehr vom Rücken und eröffnete das Feuer.

Alexander drehte sich um und sah, warum Tojo beschlossen hatte, sich einem direkten Befehl zu widersetzen. Alexander spürte, wie er in Panik geriet. Das Gefühl packte ihn und ließ ihn nicht mehr los. Es waren die Sapper. Sie rannten, fielen, krochen auf dem Bauch durch das Gras und kamen noch immer in Wellen näher. Während sie sich über den Boden schoben, lösten sie die Claymores aus und wurden zerrissen, doch die übrigen Soldaten folgten ihnen, selbst wenn sie verletzt waren und stöhnten. Immer weiter krochen und rannten sie bergauf. Und es wurden immer mehr. Zehn, Dutzende, Hunderte schoben sich aus der Erde wie kleine, sich windende Nattern. Überall erschienen sie, glitten aus ihren Löchern und rannten den Hügel hinauf.

Alexander ließ Ha Si zu Boden gleiten, wirbelte herum und stand in einer Reihe mit Elkins, Mercer und Tojo, und dann feuerten sie auf die dunklen Gestalten unter ihnen. Richter und die sechs Yards hielten sich seitlich von ihnen. Ihre höher gelegene Position auf dem Plateau war ausgezeichnet. Sie hatten mit ihren Granaten gewaltige Schäden angerichtet – und mit dem M-60, das eher ein Feuer speiender Drache als ein Maschinengewehr zu sein schien.

Trotzdem hatten einige nordvietnamesische Soldaten bereits ein Viertel des Hügels erklommen. Alexander konnte sehen, wie ihre schwarzen, unbehelmten Köpfe durch das gelbe Gras glitten. Er befahl seinen Männern, Deckung zu suchen, fand selbst einen Felsen und etwas Gestrüpp, hinter dem er sich verbergen konnte, stellte sein Gewehr auf Einzelfeuer und nahm sich einen Sapper nach dem anderen vor, ohne Munition zu verschwenden. Sie bewegten sich nur langsam durch das helle Gras, denn sie nahmen an, dass sie gut getarnt waren und dass Alexander sie nicht sehen konnte; und wenn sie plötzlich zu rennen versuchten, schienen sie zu glauben, dass Alexander kein Ziel treffen würde, das sich bewegte.

Beide Vermutungen waren vollkommen falsch.

Vierzig Sekunden um zu zielen und zwanzig Schuss abzugeben, drei Sekunden um nachzuladen und dann weiter zu feuern. Das tat er fünf Mal. Hatte er damit einhundert Mann erwischt? Tojo, Mercer und Elkins bemühten sich so verzweifelt wie Alexander, die heranrückenden Sapper abzuwehren. Auch Mercer hatte seine Waffe auf Einzelfeuer gestellt, während Elkins die weit ausgeströmten Männer unter automatischen Dauerbeschuss nahm und Tojo Granaten direkt in die Dorfhütten feuerte. Von einem unbemerkten Entkommen, einem lautlosen Zugriff und einem elegant durchgeführten Rückzug konnte nicht mehr die Rede sein. Kum Kau brannte in einer schwarzen, von beißendem Rauch erfüllten Schlacht um die Ordnung des Universums. Erwischte jeder von ihnen einhundert Mann, während er feuerte?

Richter und seine sechs Yards verteilten sich. Wo Richter sich verschanzt hatte, wehrten zwei Yards den Strom der heranstürmenden Sapper mit Granaten ab, während drei andere sie mit Salven aus ihren M-16 niederstreckten. Ein Yard bediente das M-60, das, wie Alexander wusste, seine zwölfhundert Schuss Munition, die selbst Schutzwesten durchschlug, bald aufgebraucht hätte. Konnten sie damit zwölfhundert Nordvietnamesen ohne Schutzwesten außer Gefecht setzen?

Alexander hoffte es, denn jetzt hatte das M-60 keine Munition mehr, und das Dauerfeuer hörte plötzlich auf. Einen Augenblick später erklangen wieder die einzelnen Schüsse aus ihren M-16.

Die Sapper waren nicht so sparsam. Sie hatten ihre AK-47 auf Dauerfeuer gestellt und mähten damit einfach das Elefantengras nieder, während sie weiter bergauf rannten.

»Wo ist Ant?«, schrie Alexander, ohne sich umzudrehen. »Tojo, könnte ihn irgendjemand zu diesem verdammten Landeplatz schaffen?« Niemand hörte ihn.

Richter funkte Alexander an. »Der Hubschrauber wartet. Geben Sie Ihre Position auf und ziehen Sie sich zurück. Gehen Sie zum Hubschrauber. *Jetzt.*« Die Verbindung war tot.

Genau das war das Problem; *jetzt* konnte Alexander unmöglich zum Hubschrauber gehen. Er und seine Männer konnten keine zwei Meter weit durch den Dschungel rennen, ganz zu schweigen von einem Kilometer, denn in dem Augenblick, in dem sie das Feuer einstellten, würden die Sapper noch schneller vorrücken und ihnen in den Rücken schießen. Die Nordvietnamesen zogen sich nicht zurück. Sie stürmten den Hügel hinauf, und obwohl viele von ihnen von Granaten, Minen und dem Maschinengewehr niedergemäht worden waren, kamen immer mehr. Wie in einem Albtraum strömten sie aus ihren Verstecken unter der Erde. Alexander hatte so etwas noch nie gesehen. Sie waren wie diese verdammte Hydra, dachte er, lud den Granatwerfer und drückte den Abzug. Man schlägt einen Kopf ab, und sofort erscheinen zwei neue.

Alexanders Männer konnten ihre Position nicht aufgeben, aber genauso wenig konnten sie bleiben, wo sie waren, denn es würde nur noch fünf kurze Minuten dauern, dann war ihre Stellung oben auf dem Hügel nicht mehr zu halten. Alexanders Munition wäre früher erschöpft als die Soldaten der NVA, das wurde immer deutlicher. Bevor sie von drei Bataillonen barfüßiger Männer im Pyjama mit Kalaschnikows überrannt wurden, musste sich Alexanders Truppe den einen Kilometer durch den Dschungel zum Hubschrauber zurückziehen, denn gleichgültig, was sonst noch geschehen mochte, *eines* mussten sie schaffen: Anthony hier rauszubringen.

Alexander schoss eine CS-Granate ab und sorgte damit für noch mehr schwarzes Chaos und Verwirrung unter sich. Dann zog er sich aus seiner Stellung zurück und rannte in den Dschungel, wo er Anthony fand. Vor ihm auf dem Boden lag Ha Si.

»Wie geht es ihm?«, fragte er schwer atmend.

»Nicht gut«, war Anthonys Antwort.

Alexander schaltete sein Funkgerät ein, um einen von Richters Yards zu rufen, doch Anthony hielt ihn auf. »Leg ihn mir auf den Rücken, Dad«, sagte er, wobei er langsam aufstand und die Colt in die Tasche an seinem Hosenbein schob. »Etwas anderes schaffe ich nicht. Lass mich helfen. Du brauchst die Yards für andere Dinge. Leg ihn mir auf den Rücken und ich ziehe los. Wie weit ist es?«

»Ein Kilometer. Aber verdammt, beeil dich«, sagte Alexander und hob Ha Si hoch zu Anthony, der sich wie ein Betrunkener hin und her schwankend auf den Weg machte, wobei er Ha Sis herabhängenden Kopf mit seiner noch verbliebenen Hand hielt.

Inzwischen war die Lage am Rand der Hügelkuppe noch aussichtsloser geworden. Die Sapper hatten sich geschickt über die Bergflanken verteilt, und Alexander begriff, dass sie versuchten, seine Männer in die Zange zu nehmen. Und eher früher als später hätte das A-Team keine Munition mehr und säße immer noch einen Kilometer vom Hubschrauber entfernt fest. Jemand schrie: »Wir sind erledigt. Rückzug. Rückzug.«

Richter funkte Alexander an. »Die Scheiße läuft völlig aus dem Ruder«, sagte er. »Ich habe die Cobras und das Bright-Light-Rettungsteam angefordert. Die entscheidende Botschaft lautet: Wir werden hier *nicht* mehr alleine rauskommen. Die beschissene Situation ist völlig klar. Das ist ein Präriefeuer.«

Es gab drei Arten von Notfällen: diejenigen, die ein Team betrafen, taktische und das Präriefeuer, bei dem man sich einem zahlenmäßig überlegenen Feind gegenübersah, der einen eingeschlossen hatte, während man kurz davor stand, ausgelöscht zu werden.

»Wie lange dauert es, bis die Bright Lights da sind?«

»Dreißig Minuten«, sagte Richter.

»Richter!«, schrie Alexander. »Wir haben nicht einmal mehr *drei* beschissene Minuten.«

Einer der Sapper hatte sich darangemacht, einen RPG-7-Granatwerfer in Stellung zu bringen. Alexander sah ihn, Tojo sah ihn und schrie: »Heilige Scheiße! Rakete im Anflug!« Er mähte den Mann nieder, doch das Geschoss befand sich bereits in der Luft. Es landete sechs Meter vor Richters Stellung zwischen den Felsen und explodierte. Erstickender schwarzer Rauch stieg nach oben.

Die Funkverbindung war tot.

Während der fünf Sekunden, die Alexander brauchte, um zu Richter zu rennen, war alles vollkommen still.

Richter lag am Boden.

Sowie drei der sechs Yards.

Tojo fiel auf die Knie und begann zu weinen. Immer wieder fragte er Alexander: »Wie schlimm ist es? Wie schlimm ist es?«

»Absolut beschissen, Tojo«, sagte Alexander. Ein Bein Richters war abgerissen, ein Stück seines Oberkörpers fehlte, und sein Hals hatte ein Loch von der Größe einer Grapefruit. Einen Augenblick lang konnte Alexander nicht sprechen. Er hob Richter leicht an und machte auf seiner Stirn das Kreuzzeichen. Unhörbar flüsterte er, was er schon für über eintausend Männer geflüstert hatte: *Jesus Christus voll der Gnaden, Herr der Erde, ich bitte dich, empfange diesen Mann in deinen Armen, damit er sicher bewahrt werde in dieser Not, wie du es uns verkündet hast in deinem grenzenlosen Mitleid.*

Sie mussten gehen, und zwar sofort. »Tojo«, sagte Alexander zu dem weinenden Riesen, »wir müssen hier so schnell wie möglich verschwinden, oder wir sind völlig im Arsch. Sie werden versuchen, uns im Dschungel in die Zange zu nehmen und uns den Weg abzuschneiden. Ich hole Mercer und Elkins. Sag deinen Yards, dass sie ihre Gefallenen mitnehmen sollen. Alle, die noch schießen können, erhalten den Befehl, den Rückzug zu decken. Jetzt pack den Commander, und dann verschwinden wir hier.«

Die ganze Zeit über hatte Alexanders Hand auf Richters Kopf geruht. »Es kommt alles wieder in Ordnung, Tom«, sagte er. »Nur nicht aufgeben, Mann.« Er drückte die Lippen auf Richters blutige Stirn und flüsterte: »Nicht aufgeben, mein guter Freund.« *In meines Vaters Haus sind viele Wohnungen. Wenn es nicht so wäre, so wollte ich zu euch sagen: Ich gehe hin, euch die Stätte zu bereiten.* Dann erhob sich Alexander und rannte los, während Tojo unter Tränen Tom Richter vom Boden hochhob.

Die Yards sammelten ihre eigenen Männer ein. Mercer war ins Bein getroffen worden und humpelte zusammen mit Elkins, der ihm Deckung gab, den Pfad hinab. Alexander gab Tojo Deckung, während sie in einer Reihe durch den Dschungel rannten.

Tojo, der Richter auf dem Rücken trug, lief in großem Tempo an der Spitze, doch Alexander war ein Kilometer noch nie so quälend lang vorgekommen. Es waren im Augenblick nicht mehr so viele Sapper, die ihnen durch den Urwald folgten, denn auf der Hügelkuppe waren drei weitere Claymores hochgegangen und hatten sie aufgehalten. Doch diejenigen, die durchgekommen waren, schwärmten aus und versuchten, die amerikanischen Soldaten einzukreisen, und immer weitere Männer kamen von unten herauf, auch wenn sie jetzt etwas langsamer waren. Aber sie waren nicht langsam genug. Der Feind verbarg sich im Unterholz, und Alexanders Yard, der den Schlussmann bildete, wurde immer wieder getroffen – einmal in den Arm, einmal in die Hüfte –, sodass er schließlich zu Boden stürzte. Alexander musste zurücklaufen, um ihm zu helfen und ihn zu stützen. Schritt für Schritt fiel Alexander immer weiter zurück mit dem Yard, der jetzt an einem Arm und beiden Beinen blutete, doch es irgendwie immer noch schaffte, aufzustehen, zu laufen und einige Schüsse abzufeuern. Als der Yard nicht mehr laufen und schießen konnte, trug ihn Alexander durch das Bambusgehölz, doch er konnte so nicht weitermachen, denn er musste seine Männer schützen. Er sagte zu dem Yard, er solle so weit wie möglich zur Lichtung kriechen. Alexander blieb als Letzter zurück und gab seinen verwundeten Männern Deckung, während sie sich auf den Hubschrauber zuquälten.

Aber wo *war* dieser verdammte Hubschrauber eigentlich?

Mercer wurde wieder getroffen. Er stand auf, schleppte sich langsam weiter, doch keinen Augenblick hörte er auf zu feuern. Er war sehr gut, dieser Mercer Mayer. Hartnäckig, stoisch, entschlossen, einfach gut. Anthony hatte recht gehabt. Obwohl er verwundet war, sah Mercer den Feind im hellbraunen Bambusdickicht – sah ihn und tötete ihn. Das galt auch für Elkins, doch als Elkins in die Schulter getroffen wurde, konnte er sein Gewehr nicht mehr mit beiden Händen halten und seine Schüsse wurden ungenauer. Alexander schrie ihm zu, er solle das Einzelfeuer einstellen und stattdessen nur noch Granaten dorthin abfeuern, wo sich das Blattwerk bewegte, und genau das tat er dann.

Immer, wenn es möglich war, rannte Alexander los; wenn er es für zu gefährlich hielt, versteckte er sich im Bambusdickicht, und dazwischen ging er halb vorwärts, halb rückwärts weiter, wobei er in alle Richtungen um sich feuerte und versuchte, die Sapper im dicht gewachsenen Unterholz am Rand des Pfades zu erwischen. Er zog den Draht einer Claymore hinter sich her und versteckte rasch eine der wenigen Minen, die er noch hatte. Wenn die nordvietnamesischen Soldaten so nahe waren, dass er sie durch das Laub hindurch sehen konnte, feuerte er eine Splittergranate in die Büsche. Außerdem setzte er das Unterholz um sich herum mit seinem Gewehr in Brand – doch weitere Sapper kamen nach. Sie bildeten kleine Gruppen, versteckten sich, schossen, rückten auf.

Alexander kam es so vor, als hätte er irgendwo in der Luft einen Turbinenmotor und Rotorblätter gehört. Vielleicht war das ja nur Wunschdenken. Er sah zwischen den Baumkronen hindurch. Nein, da *war* der Chinook. Das Geräusch der Rotoren erklang nur fünfzig Meter entfernt im dichten Dschungel.

Alexander schrie Tojo, den er kaum sehen konnte, zu: »Tojo, wer ist im Hubschrauber?«

Kurz darauf packte Tojo den schwer verwundeten Yard, der sich als Letzter zurückgezogen hatte, und Alexander hörte Tojos Stimme neben sich. »Fast alle, Sir. Ich bringe ihn hin. Alleine schafft er's nicht. Und Sie auch. Los geht's, Major. Rennen Sie vor mir her.«

»Nein.« Elkins war nicht im Hubschrauber. Mercer auch nicht. »Geh, Tojo«, sagte Alexander. »Nimm ihn mit und hol dann die anderen beiden. *Geh,* hab ich gesagt.« Tojo rannte.

Vierzig Meter.

Elkins und Mercer halfen einander auf die Beine. Blutend, hinter Bäumen versteckt, schwankend, aber immer noch feuernd. Gut getarnt hatten sie fünf Meter geschafft, als sich Tojo vom Hubschrauber aus schon wieder auf den Rückweg machte.

»Tojo!«, rief Alexander. »Ist mein Sohn definitiv im Hubschrauber?«

Direkt neben sich hörte er eine Stimme. »Nein, Dad«, sagte Anthony. »Das ist er definitiv nicht.« Er hielt das M-16 gegen die rechte Hüfte gedrückt mit dem einen Arm, den er noch besaß.

»Anthony!«, schrie Alexander und starrte ihn an. »Bist du völlig durchgedreht? Verschwinde in diesen Vogel.«

»Ich steige ein, wenn du einsteigst«, sagte Anthony. »Also, auf geht's. Und lass Tojo aus der Sache raus. Er gibt mir keine Befehle. Ich gebe ihm Befehle.«

Aber Alexander konnte sich einfach nicht in Sicherheit bringen, solange vier seiner Männer, *einschließlich Anthony,* noch immer zwanzig Meter von dem rettenden Helikopter entfernt waren. Ringsum gingen die noch verbliebenen Soldaten der NVA in Position und versuchten, sich der Lichtung zu nähern. Der Chinook war mit Waffen ausgestattet und besaß einen Bordschützen, doch der konnte nicht blindlings das Artilleriefeuer auf einen Abschnitt des Urwalds eröffnen, in dem amerikanische Soldaten so nah am Feind kämpften – einem Feind, der jeden Augenblick die Landezone erreichen konnte, wodurch die Evakuierung exponentiell schwieriger, wenn nicht unmöglich wurde. Und wenn die NVA nahe genug herankam, um eine Rakete auf den Chinook abzufeuern, würde überhaupt niemand mehr rauskommen. Alexander blieb stehen und feuerte nach hinten, um Tojo, Mercer, Elkins und vor allem Anthony Geleitschutz zu geben. Er verließ den Pfad, versteckte sich zwischen den Zypressen, stellte die Waffe auf Dauerfeuer und ging selbst keinen Schritt weiter auf den Hubschrauber zu.

Mercer und Elkins erreichten schließlich den Rand der Lichtung und humpelten auf den Chinook zu, wobei sie sich so gut es ging im Unterholz hielten. Tojo, der aus einer Wunde am Hals blutete, bewegte sich langsam vorwärts, doch alle drei standen unter Beschuss.

Mercer Mayer wurde erneut getroffen. Er stürzte zu Boden und stand diesmal nicht wieder auf. Tojo ging zu ihm zurück und hob ihn hoch.

Versteckt hinter den Bäumen stand Anthony Rücken an Rücken mit seinem Vater und schoss mit seinem Gewehr aus der Hüfte. Als seine Munition aufgebraucht war, ließ er das leere Magazin fallen, klemmte sich die Waffe mit gesenktem Lauf unter den verbundenen Stumpf. Er konnte sie kaum halten, streckte die rechte Hand aus und sagte: »Magazin, Dad.« Alexander gab ihm ein weiteres Magazin mit zwanzig Schuss. Anthony rammte es in die Halterung, legte den Sicherungshebel um, schob das Gewehr auf Hüfthöhe und feuerte weiter. Sorgfältig und wohl überlegt hatte Alexander seine Magazine fast ganz unten mit Leuchtspurmunition gefüllt; danach kamen jeweils nur noch zwei Patronen, sodass er wusste, wenn ein Magazin erschöpft war.

»Magazin, Dad.«

»Anthony«, schrie Alexander. »Bitte! Steig in diesen verdammten Vogel.«

»Magazin.« Anthony antwortete seinem Vater nicht einmal.

»Sind sie drin?« Alexander konnte es nicht erkennen, weil Anthony in seinem Blickfeld stand.

Anthony sah sich um. »Elkins ist drin. Tojo ist mit Mayer fast schon drin«, sagte er. Sie waren zehn Meter von der Lichtung entfernt. Noch immer versteckten sich Dutzende Nordvietnamesen zwischen den Farnen und nahmen sie gezielt unter Beschuss.

»Schweine«, sagte Anthony. »Magazin, Dad.«

Schulter an Schulter standen sie da und schossen in das Bambusdickicht.

»Ist das wie in Heiligkreuz?«, fragte Anthony.

»Nein«, sagte Alexander. In Heiligkreuz wuchs kein Bambus, und mein Sohn war nicht dabei.

»Ha Si hat es nicht geschafft.« Anthony stöhnte leise. »Magazin, Dad.«

Wie viele hatte er noch? Mein Gott, wie viele hatte er überhaupt dabeigehabt? Alexander feuerte eine Granate in die Büsche. Er konnte nicht mehr sehen, auf wen er schoss, und er konnte fast nichts mehr hören. Sein ganzes Leben lang hatte er in Kämpfen wie diesem wolfsartige Instinkte entwickelt, während das Adrenalin durch seinen Körper strömte. Er sah, hörte und roch alles mit geradezu schmerzhafter Deutlichkeit. Doch jetzt musste er zugeben, dass der ohrenbetäubende Lärm, den mehrere tausend Schüsse und die Rotorblätter verursachten, ihm zusetzte.

Versteckt hinter einem Busch feuerte ein Sapper eine RPG-7-Rakete direkt auf die Lichtung. Das Geschoss explodierte keine fünfzehn Meter vom Hubschrauber entfernt, der daraufhin sofort aufstieg und eine Minute in der Luft blieb, bevor er wieder im brennenden Gras aufsetzen konnte. Der Chinook eröffnete kurz das Feuer, doch die Sapper waren zu tief im Bambusdickicht versteckt. Man konnte sie nicht sehen, man konnte sie nicht treffen. Sie griffen von zwei, drei, vielleicht sogar vier Positionen aus an. Der Bordschütze des Chinook musste befürchten, die eigenen Männer zu treffen, und war deshalb gezwungen, das Feuer wieder einzustellen.

Anthony sagte: »Dad, Rakete auf ein Uhr von diesem Scheißkerl mit der RPG.«

Alexander schob eine 40-Millimeter-Granate in den Granatwerfer und feuerte in Richtung der Ein-Uhr-Position.

Anthony schwieg. Dann sagte er: »Versuch's noch mal. Ein Uhr. Nicht zwei Uhr fünfzehn.«

Alexander lud den Granatwerfer und feuerte erneut. »Das war die letzte«, sagte er, seine Weste und den Patronengurt abtastend.

»Mehr war auch nicht nötig für diesen Bastard. Das war perfekt. Magazin, Dad.« Er ließ das leere Magazin zu Boden fallen, rammte das neue in die Waffe und schoss.

Anscheinend wurde das Feuer nicht mehr so heftig erwidert – oder wurde Alexander einfach nur taub? Nein, er war nicht taub. Er hörte seinen Sohn laut und deutlich.

»Scheiße. Magazin, Dad.«

Schon bald würde er ihm keine Magazine mehr geben können.

Richter hatte recht gehabt. Zehntausend Schuss Munition waren nicht genug.

Moon Lai hatte recht gehabt. Ihre eigenen Leute waren bereit, sämtliche Soldaten bis zum letzten Kämpfer zu opfern, während Alexander nicht bereit war, auch nur einen Mann zu verlieren.

Er musste sie so lange aufhalten, dass Anthony in den Hubschrauber steigen konnte. Alexander packte seinen Sohn, zog ihn von den Bäumen weg und trat mit ihm langsam rückwärts hinaus auf die kleine Lichtung, während er ununterbrochen Salven zu je drei Schuss in das dichte Blattwerk des Dschungels abgab.

»Anthony«, schrie er verzweifelt über den Lärm der Rotorblätter und seiner eigenen Waffe hinweg. »Bitte! Geh einfach in diesen verdammten Hubschrauber. Lauf, ich gebe dir Deckung. Lauf. Ich bin direkt hinter dir.«

»Ja, aber wer gibt dir dann Deckung?«

»Der Bordschütze. Tojo aus dem Hubschrauber. Geh, Ameisenmann, geh.« Er schob seinen Sohn nach vorn, drückte ihn mit seinem ganzen Körper von sich, während er weiter schoss. Widerwillig gab Anthony schließlich nach und ging.

Wie lange dauerte Alexanders wahnsinnige Minute? Das Feuern aus allen Rohren, mit größter Intensität, mit höchster Geschwindigkeit? Wie viele Magazine hatte er schon geleert, wie viele Granaten abgefeuert? Wie viel Schuss hatte er noch, bevor all seine Munition aufgebraucht war? Geh, Anthony. Geh, mein Sohn.

Plötzlich rannte Alexander nicht mehr. Es kam einfach so. In der einen Sekunde stand er noch da und feuerte, und in der nächsten lag er auf dem Boden, ohne dass er auch nur Zeit gehabt hätte zu blinzeln. Er fragte sich, ob er in Ohnmacht gefallen war, für einen Augenblick das Bewusstsein verloren hatte; oder ob er vielleicht einfach nur müde geworden war und sich hingelegt hatte. Er konnte sich nicht mehr daran erinnern. Er wusste nicht, was geschehen war. Scheiß drauf, sagte er sich und versuchte wieder aufzustehen. Doch er schaffte es kaum sich aufzusetzen. Er spürte, wie etwas seine Kehle hinaufsprudelte. Er runzelte die Stirn, blickte an sich herab und erbrach sich. Blut spritzte aus seinem Mund auf seine Kampfweste, und, oh nein!, sofort rang er japsend nach Luft. Er riss Weste und Hemd auf. Blut strömte aus einem Loch in seiner Brust. Alexander machte den Mund auf, doch er konnte nicht atmen. Er würgte. Sein Mund und seine Nase waren voller Blut. Er versuchte, es auszuhusten, um seine Luftröhre frei zu bekommen. Vorsichtig griff er nach hinten und tastete seinen Rücken ab. Uniformfetzen, Blut und Knochensplitter blieben an seiner Hand kleben. Die verdammte Kugel war direkt durch ihn hindurchgegangen. Alexander sackte zusammen; seine Augen wurden trüb. Er wusste nicht, wo sein Sohn war, wusste nicht, ob es ihm gut ging, ob er es in den Hubschrauber geschafft hatte; er wusste nicht, wo er sich selbst befand und wo die Sapper waren. Er wusste überhaupt nichts mehr. Er konnte sein Verbandsmaterial nicht finden, er konnte nicht atmen, und er blutete immer heftiger.

Und er geriet in Panik.

Und in diesem Augenblick, in dem eine unkontrollierbare Furcht und Besorgnis ihn überwältigten, hörte er von hinten eine sanfte, ruhige, vertraute Stimme – nur eine Stimme, er sah kein Gesicht –, und kaum dass er sie gehört hatte, sagte er selbst mit ruhiger, aber sehr lauter Stimme: *Scheiße, kommt überhaupt nicht in Frage, nein, Tatiana. Geh weg von mir,* und er begann, unkontrolliert mit den Händen eines Blinden auf dem Boden nach seinem Rucksack zu tasten, während ihm eine unnachgiebige Stimme in seinem Rücken ihren Atem ins Ohr blies und flüsterte: *Alexander, beruhige dich, mach langsam. Mach die Augen auf. Beruhige dich einfach und mach die Augen auf. Dann wirst du es sehen.*

Er kroch zurück in der Hoffnung, einen Baum zu finden, gegen den er sich lehnen konnte, und stolperte über seinen Rucksack. Sofort fuhr er mit der Hand hinein, zog das Verbandsmaterial heraus, legte sich mit zitternder Hand den Druckverband um die Brust und zog an einer speziell angebrachten Leine, die dafür sorgte, dass sich der Verband selbstständig festzurrte. Die Ausrüstung war so eingerichtet, dass sie von einem Verwundeten mit nur einer Hand benutzt werden konnte; genau dafür war sie im Kampfeinsatz vorgesehen. Der Druckverband war besser als nichts. Alexander lehnte seinen Rücken gegen einen Baumstamm und schnappte nach Luft. Plötzlich konnte er wieder etwas sehen – und erkannte Anthonys verzweifeltes Gesicht. Ich bin getroffen, aber das ist schon in Ordnung, Ant, mein Sohn, wollte Alexander sagen. Bitte, steig einfach nur in diesen verdammten Hubschrauber.

Jetzt wusste er, was das Wichtigste war: in den Hubschrauber zu gelangen. Alles andere würde sich schon wieder einrenken lassen.

Mit seiner verbliebenen Hand wickelte Anthony eine Plastikplane um Alexanders Rücken und seine Brust, darüber legte er einen weiteren Verband, schrie irgendetwas und half ihm auf die Beine. *Mach die Augen zu, Dad. Rauchbombe im Anflug.* Anthony bedeckte Alexanders Mund und Nase mit feuchter Gaze, es gab einen zischenden Knall, und plötzlich konnte Alexander wirklich nicht mehr atmen, und er konnte Anthony in dem erstickenden Kohle-Teer-Tränengas um sich herum nicht mehr sehen.

Anthony *hob ihn hoch* – wie machte er das nur mit einem Arm? –, er hob ihn hoch und rannte mit ihm durch den Rauch. Oh, *jetzt* rennt er. Er schleppt einhundert Kilo, und *jetzt* rennt er.

Was war dieses schwache Geräusch? Der Klang der Rotorblätter? Der Wind? Und was war dieses laute Feuern? Nachdem außer den Sappern niemand mehr im Dschungel war – Alexander war der letzte Mann –, eröffnete der Hubschrauber das Feuer aus seinem M-60. Und dann – endlich! – war der Junge im Vogel.

Alexander sah die grauen Innenwände des Hubschraubers, sah Anthony über sich, als läge sein Kopf in Anthonys Schoß, und obwohl er fast nicht atmen konnte, schaffte er es jetzt doch irgendwie, Luft zu holen.

Denn sein Junge war in dem Vogel.

Und dieser Vogel erhob sich, stieg mit dem dumpfen Schlagen seiner rotierenden Flügel auf in die Luft, neigte sich noch einmal kurz zur Erde und dann zur Sonne und flog davon.

Alexander hätte lieber nicht auf dem Boden gelegen, aber offensichtlich konnte er sich nicht aufsetzen, sonst hätte Ant dafür gesorgt, dass er saß. Denn Anthony wusste, wie sehr sein Vater es hasste, so dazuliegen.

Überall um sich herum sah er besorgte Gesichter, Tojo, Elkins, Gesichter, die er nicht kannte, und einen Sanitäter. Er wurde umgedreht, fühlte, wie etwas gegen ihn gedrückt wurde, irgendetwas machten sie mit ihm, und dann lag er wieder auf dem Rücken. Sein Hemd wurde aufgerissen. Er spürte, wie alles um ihn herum in Bewegung war.

Doch Ant war genau über ihm. Zutiefst erleichtert sah Alexander in das verwundete Gesicht seines Sohnes, doch als er den Kopf drehte und die Augen weit aufmachte, war es nicht mehr Anthony, den er sah.

Alexander sah Tatiana.

Sie starrten einander an. Jeder Ozean, jeder Fluss, jede Minute, die sie zusammen verbracht hatten, lag in ihren Blicken. Er schwieg, und sie schwieg. Sie kniete neben ihm, legte die Hände auf seine Brust, auf sein Herz, auf seine Lunge, die die Luft einatmete, aber nicht mehr abgeben konnte, legte die Hände auf seine offene Wunde. Ihr Blick ruhte auf ihm, und in ihren Augen spiegelte sich jeder einzelne unerschöpfliche Moment, den sie seit dem 22. Juni 1941 zusammen verbracht hatten, dem Tag, an dem für die Sowjetunion der Zweite Weltkrieg begonnen hatte. Alles, was sie für ihn fühlte, spiegelte sich in diesem Blick. Ihre Augen waren voller Wahrheit.

Alexander tat es unendlich weh, sie so *verzweifelt* zu sehen, und dann hörte er ihre Stimme. *Shura,* sagte Tatiana, *du hast junge Söhne. Du hast ein kleines Mädchen. Und ich bin immer noch jung und habe noch mein ganzes Leben vor mir. Ich kann die andere Hälfte meines Lebens auf dieser Erde nicht ohne meine Seele leben. Bitte. Bitte verlass mich nicht, Shura.*

Er hörte andere Dinge, andere Stimmen. Jemand hob seine Arme. Ein spitzer Gegenstand stach ihn, irgendetwas floss tropfenweise in ihn hinein. Ein scharfer, dünner, langer Gegenstand durchbohrte seine Seite, es fühlte sich an, als steche jemand mit einem Eispickel durch seine Rippen hindurch direkt in sein Herz. Er konnte nichts sehen, nicht einmal mehr Tatiana. Seine Augen ließen sich weder schließen noch öffnen. Sie bewegten sich nicht mehr.

17

Helden und Könige

Der Himmel

Der Himmel war, wie sich zeigte, voller Lärm.

Voller scheppernder, klappernder, durchdringender Geräusche. Und begleitet von einem fast unablässigen, widerwärtig lauten Pfeifen ganz in der Nähe seines Kopfes. Und jedes Mal, wenn das Pfeifen erklang, schob sich der Eispickel von Neuem in sein Herz. Der Himmel hatte unangenehme Medizingerüche. War das Formaldehyd, mit dem das Blut in seinen Adern ersetzt wurde, um ihn als Beispiel einer organischen Lebensform haltbar zu machen? War das altes, geronnenes Blut? Oder waren es andere Körperflüssigkeiten? War es ein Bleichmittel, um alles zu übertünchen? Was auch immer es war, es stank und es war schrecklich. Er hatte sich den Himmel immer als einen heiteren Ort vorgestellt, der Tatianas Luga ähnelte, wo ihm, wenn die Zukunft heraufdämmerte, jemand den Kopf streichelte, während er Tanias Haar flocht und sie zwischen seinen Beinen saß und mit ihrer sanft wie eine Harfe klingenden Stimme Witze erzählte. Das war der Himmel. Vielleicht stand auch noch etwas Duftendes zu essen vor ihm. Blinschiki. Flambierte Kochbananen in Rum. Vielleicht auch andere tröstliche Gerüche. Salzige Meeresluft. Zigarettenrauch. Oh ja! Zigarettenrauch. Dasitzen, rauchen, auf das Meer hinaussehen, hören, wie die Wellen brechen, während hinter ihm im Haus das warme Brot im Ofen aufging. *Das* war der Himmel. Und dann vielleicht auch noch ein paar andere Dinge, die einen fleischlichen Ursprung hatten und dennoch zum Himmel strebten. Eros und Venus zugleich.

Aber in diesem Himmel hier war von all dem nichts zu spüren; es umgab ihn sogar so viel anderes hier, dass der Ort eher dem Berg des Fegefeuers glich als einer Wiese der heiteren Gelassenheit. Der Lärm war chaotisch, und von überall her kamen zermürbende Geräusche von knallenden Türen, klappernden Fenstern, hektischen Schritten. Von Dingen, die kratzend über Linoleumböden geschleift wurden; von herabfallenden Bettpfannen aus Metall, deren Inhalt sich plätschernd auf den Boden ergoss; von lauten Worten, die aus heiseren, wütenden Kehlen strömten und die das Ganze begleiteten, als befände man sich mitten in einem Gemetzel. »Kannst du nicht ein Mal aufpassen, wohin du gehst! Wie oft muss ich dir das denn noch sagen? Verdammt, wer soll die ganze Scheiße jetzt aufwischen?« Kreischende Fledermäuse mit laut schlagenden Flügeln.

Er konnte sich nicht bewegen. Er konnte nichts schmecken. Er konnte die Augen nicht öffnen. Er konnte nur riechen und hören. Und sein Geruchs- und sein Gehörsinn verrieten ihm, dass er sich nicht im Elysium befand. Was war mit ihm geschehen? Man hatte ihn hierhergebracht und dazu verdammt, sich bis in alle Ewigkeit anzuhören, wie die unflätigen Bewohner dieses Orts sich über Bettpfannen stritten. Vielleicht gab es in der Nähe ja auch einen Cholla-Kaktus und er konnte ihnen einen abgebrochenen Zweig in den Rachen stopfen, während sie darüber stritten, wer nun sauber machen müsste. War das ihr Ruhmestempel? Sah so die Bestattung eines Helden und Königs aus?

Oh nein, es hörte einfach nie mehr auf. Noch mehr Lärm. Der Streit eskalierte. Alexander seufzte, und sein pfeifendes Seufzen schlug kleine Wellen auf der Oberfläche des Flusses Styx, während er zwischen dem Land der Lebenden und dem Land der Toten dahinruderte. Zur *Hölle* sollten sie fahren, wollte er allen sagen, und endlich die Klappe halten. Die Auseinandersetzung war zu nah, fast direkt neben ihm.

Er wollte die Augen öffnen. Warum konnte er in diesem Jenseits nichts sehen? Ja, er konnte nichts sehen – aber wie laut und deutlich konnte er alles hören!

»Im Koma, ich hab's Ihnen doch schon gesagt. Ich weiß, dass Sie aufgebracht sind, aber er liegt im *Koma*. Eine lange, tiefe Bewusstlosigkeit. Er ist wahrscheinlich hirntot und befindet sich, was durchaus häufig vorkommt, in einem dauerhaft vegetativen Zustand, der nach einer so schweren Verwundung mit einer damit einhergehenden verminderten Sauerstoffversorgung seiner Organe verbunden ist. Er liegt im Koma! Wir tun für ihn, was wir können, damit er es so angenehm wie möglich hat. Für wen halten Sie sich eigentlich, dass Sie mir unterstellen, wir täten nicht genug?«

»Genug? Sie machen *überhaupt nichts!*«, hörte er eine Stimme schreien.

Aha.

Diese Stimme war wütend, laut, empört, aber das war etwas anderes als der scheppernde, chaotische Lärm. »Zunächst einmal, er liegt *nicht* im Koma. Das ist schon der erste Punkt. Vielleicht ist es einfacher für Sie, Ihre medizinischen Privilegien zu missbrauchen, indem Sie vorgeben, dass Sie ihm nicht helfen können, aber ich sage Ihnen auf den Kopf zu, dass Sie nicht wissen, womit Sie es zu tun haben.«

»Er liegt *im Koma.* Ich habe mich hier in Saigon eine Woche lang um ihn gekümmert. Sie sind gerade mal vor fünf Sekunden hier aufgetaucht. Ich habe Tausende gesehen, denen es so ging wie ihm. Sein Puls ist kein einziges Mal über vierzig gestiegen, und sein Blutdruck existiert so gut wie nicht.«

»Haben Sie den Patienten während der letzten sieben Tage auch nur eines Blickes gewürdigt? Haben Sie ihn auch nur ein Mal genauer angesehen? Er hat also einen Puls von vierzig, richtig?«

Alexander spürte, wie sein Handgelenk angehoben, von einer kleinen, warmen Hand umfasst und dann wieder zurückgelegt wurde.

»Wann haben Sie ihn zum letzten Mal gemessen? Im Augenblick beträgt sein Puls zweiundsechzig. Und auch ohne ihm eine Manschette anzulegen, kann ich Ihnen versichern, dass ich allein durch den Anblick seiner Haut sehe, dass sein Blutdruck nicht sechzig zu vierzig beträgt, wie Sie es der Bequemlichkeit halber auf seiner Krankenkarte eintragen, die Sie übrigens seit gestern Morgen nicht mehr abgezeichnet haben, sondern siebzig zu fünfundfünfzig! Dieser Patient liegt nicht im Koma. Haben Sie überhaupt eine Ausbildung?«

»Ich habe fünfzig solcher Männer, um die ich mich kümmern muss, nicht nur ihn! Ich tue, was ich nur kann. Für wen halten Sie mich? Wer sind Sie überhaupt?«

»Wer Sie sind, ist mir egal. Und wer ich bin, tut nichts zur Sache. Es zählt einzig und allein, dass dieser Mann ein Major der United States Army ist, dass er schwer verwundet wurde und davon abhängig ist, dass Sie sich um ihn kümmern, damit er weiterleben kann. Und Sie stehen hier herum, werden unverschämt und besitzen die Frechheit zu sagen, dass Sie den Inhalt einer Bettpfanne in die Toilette im zweiten Stock schütten müssen, während ein Mensch hier in Ihrem Bett liegt, dessen Lungen nicht mehr selbstständig ausatmen können und dessen Verband, den er über seiner *Brustwunde* trägt, seit mindestens zwölf Stunden nicht mehr gewechselt wurde!«

»Das stimmt nicht! Das ist einfach nicht wahr! Wir wechseln ihn alle vier Stunden, wenn wir seinen Lungendruck einer Dekompression unterziehen.«

»Schwachsinn! Hören Sie dieses pfeifende Geräusch? Klingt das für Sie etwa wie eine Lunge, bei der eine Dekompression durchgeführt wurde? Er kann nicht ausatmen! Wo ist der Dekompressionskatheter? Und dieser Verband, den er um die Brust trägt – ich muss nicht einmal in die Nähe dieses Mannes kommen, und schon rieche ich, dass dieser seit mehr als zwölf Stunden nicht mehr gewechselt oder die Wunde gespült wurde. Außerdem sehe ich sofort, dass die Infusionsnadel, die seinen Körper mit Flüssigkeit versorgen soll – lebensnotwendiger Flüssigkeit! –, aus der Vene gerutscht ist und seinen gesamten Unterarm auf das Dreifache seiner normalen Größe aufgebläht hat. Was? Können Sie das etwa nicht erkennen?« Die Stimme wurde lauter und lauter, bis sie die lauteste in diesem ganzen Fegefeuer war. »Legen Sie die Bettpfannen aus der Hand, Schwester, denn die behindern Sie nur, das Wesentliche zu erkennen. Und dann sehen Sie Ihren Patienten an. Riechen Sie an ihm. Er hat eine fast fünfzehn Zentimeter lange Stichwunde in seinem Bein, die sich nur deshalb infiziert hat, weil auch dieser Verband nicht gewechselt wurde und weil das Penicillin, mit dem Sie ihn behandeln, von seiner Armbeuge tropft und nicht mehr in seine Vene fließt, und Sie wollen mir weismachen, Sie kümmern sich um ihn? Das soll alles sein, was Sie tun können? Verdammt, ein *Gesunder* würde bei Ihrer Pflege ins Koma fallen. Wo ist der verantwortliche Arzt? Ich will ihn sofort sprechen.«

»Aber …«

»Sofort. Und von Ihnen will ich kein einziges Wort mehr hören. Nur von mir bekommen Sie noch etwas zu hören. Eine einzige Sache. Ich werde dafür sorgen, dass Sie Ihren Job verlieren, und wenn es das Letzte ist, was ich tun werde. Sie können in diesem Krankenhaus nicht einmal Bettpfannen reinigen, ganz zu schweigen davon, dass Sie in der Lage wären, sich um verwundete Soldaten zu kümmern. Und jetzt holen Sie mir den Arzt. Dieser Mann bleibt keine Minute länger Ihrer sogenannten Pflege unterstellt. Keine *Sekunde* mehr. Die NVA würde sich besser um ihn kümmern als Sie. Und jetzt gehen Sie mir augenblicklich aus den Augen. Augenblicklich, hab ich gesagt!«

Sein Arm wurde angehoben, sein Krankenhausnachthemd beiseitegeschoben, und eine lange, dünne, scharfe Nadel schob sich sanft und schmerzlos durch seine Rippen und seine Muskeln hindurch in den die Lunge umgebenden Pleuraraum. *Pscht, Liebling, es geht dir gut, pscht, atme jetzt. Alles wird wieder in Ordnung kommen.*

Aha, dachte Alexander, nicht länger benommen. Sein Körper entspannte sich, sein Kopf wurde klarer, seine Hände, seine Finger und sein Herz fühlten sich besser. Seine Augen waren noch immer geschlossen, und es gab keinen Zigarettenrauch, kein Meer, kein Luga, keine Blinschiki, kein Brot, keine Stille, keine Harmonie; es war immer noch laut, der Lärm war immer noch durchdringend. Und doch …

Der Himmel.

Auf einmal hörte und roch er nichts mehr, doch er schien sehen zu können, denn als er die Augen aufschlug, saß Tatiana vor ihm auf einem Stuhl. Sie war so bleich, dass es wirkte, als seien ihre Sommersprossen verschwunden. Sie hatte sich die Lippen nicht geschminkt und trug kein Make-up. Ihr Haar war straff nach hinten gekämmt. Ihre Lippen waren mattrosa, ihre Augen graugrün. Reglos lagen ihre Hände in ihrem Schoß. Sie saß ruhig da und schwieg. Schlagartig fiel es ihm wieder ein: Das letzte Mal, dass er in ähnlich hilfloser Situation die Augen geöffnet hatte, hatte er Tatiana gesehen, und als er jetzt das erste Mal nach, er wusste nicht wie langer Zeit, die Augen öffnete, sah er ebenfalls

Tatiana. Sie war bei ihm und ihr sanfter Blick ruhte auf ihm. Um sie herum erkannte er ein Zimmer in einem Krankenhaus, und er sah fliederfarbene Sandverbenen, Agaven und Goldmohn in Töpfen auf dem Fensterbrett. Auf einem Tisch in einer Ecke stand ein kleiner, reich geschmückter Weihnachtsbaum, dessen bunte Lichter funkelten. Und neben ihm an der Wand hing ein farbenfrohes Gemälde, das keine fliederfarbenen Sandverbenen, sondern richtigen Flieder im Frühling zeigte. Er sah aus wie die Fliederbüsche auf dem Marsfeld gegenüber der Kaserne seiner Leningrader Garnison.

Alexander rührte sich nicht. Er bewegte weder seinen Kopf noch seine Lippen, doch er versuchte, seine Finger, Zehen und seine Zunge zu bewegen. Eine minimale Bewegung, nur damit er wusste, dass er noch am Leben war. Nur ein kleines Zeichen, bevor er den Mund aufmachen würde. Kann er ihre Stimme in seinem Kopf hören? Gibt es Erinnerungen, die sie beide teilen? Sagt sie etwas zu ihm, zum Beispiel, dass er sich keine Sorgen machen soll? Hat sie tröstende Worte für ihn?

Er wusste es nicht. Aber er glaubte es auch nicht. Er hatte Angst davor, sich zu bewegen, denn sie rührte sich auch nicht. Sie saß einfach nur still da und sah ihn an. Da schien es ihm, als hätte er die Augen vielleicht gar nicht geöffnet, als träume er nur und als seien sie immer noch geschlossen. Sie konnten unmöglich offen sein, denn *sie* reagierte nicht darauf, dass er die Augen aufgeschlagen hatte. So schloss er sie wieder. Und in diesem Augenblick hörte er eine weitere Stimme.

»Mom, schau. Daddy hat geblinzelt.«

Seine Augen öffneten sich blitzschnell.

Pascha stand vor ihm und sah ihm mit düsterer Miene ins Gesicht. Er beugte sich vor und küsste Alexander auf die Wange.

»Dad? Hast du geblinzelt?« Ein energischer Kopf mit rotblondem Haar erschien und schob sich vor Pascha. Es war Harry mit seinen klaren, grünen Augen. Er hatte neue Sommersprossen. Harry beugte sich über ihn und küsste ihn auf den Mund, die Nase und die Wange. »Mom, du musst ihn wieder rasieren. Ihm wächst ein Bart. Aber er ist heute nicht mehr so bleich, findest du nicht auch?« Eine kleine Hand lag auf seinen Stoppeln und rieb daran. Nur Zentimeter von Alexanders Gesicht entfernt, hob Harry Alexanders SOG-Messer mit der schimmernden grünblauen Klinge und sagte: »Dad, ich habe noch *nie* etwas gesehen, das so scharf ist. Sogar ich könnte dich damit rasieren. Das ist ein erstaunliches Messer. Hat dir jemand mit so etwas ins Bein gestochen? Hast du gewusst, wie scharf es ist? Es hat sogar den Lack von der Kurbel an deinem Bett abgekratzt. Nach dem Mittagessen werde ich damit deinen Namen hineinritzen.«

Sanft grunzende Töne drangen an sein Ohr. Ein weiterer Körper drängte sich heran und schob sich nach vorn. Ein kleiner Kopf erschien, aber er reichte nicht besonders weit in die Höhe. Er konnte sich nicht über Alexander beugen, und so sprang die Besitzerin des Kopfes in die Höhe, um gesehen zu werden. Ein rundes Gesicht mit braunen Augen, das von kurzem blondem Haar umgeben war, erschien, und eine Stimme sagte: »Daddy, schau, ich habe mir das Haar so geschnitten, wie du es hast und die Jungs. Mommy gefällt es nicht. Aber dir schon, nicht wahr, Daddy?«

Jetzt rührte sich Alexander. Er bewegte seine Finger, hob den Arm und streckte seine Hand nach den drei Köpfen vor sich aus. Wie ein Bär tastete er nach ihnen und legte ihnen nacheinander die offene Handfläche auf Augen, Nase und Haare. Sie hatten ihre Köpfe seiner Hand entgegengebeugt und standen nun reglos da. Die Haut der Kinder fühlte sich warm an. Sauber. Harry hatte einen kleinen schwarzen Stich auf seiner Wange. Pascha trug eine Brille. Janie hatte ihr Haar tatsächlich bis fast auf die Kopfhaut abgeschnitten. Offensichtlich verbrachte sie zu viel Zeit mit ihren Brüdern, worauf auch die Narbe an ihrer Schläfe hinwies. Alexander machte den Mund auf, drückte seine Zunge gegen den Gaumen, räusperte sich und sog Luft in seine Lungen – oder besaß er nur noch einen Lungenflügel? Ging es ihm jetzt so wie dem verfluchten Uspenskij, der nur einen Lungenflügel gehabt hatte? Schließlich sagte er: »Anthony?«

»Ich bin hier, Dad.« Die Stimme kam von links.

Alexander drehte seinen Kopf zur Seite. Anthony saß auf einem Stuhl neben dem Bett; er trug Jeans und einen dunklen Pullover. Seine Haare waren länger, sein Gesicht frisch rasiert und ohne blaue Flecken, er schien nicht verletzt zu sein. Alexander blinzelte erleichtert, und für einen kurzen Augenblick, flüchtig wie der Schlag eines Schwalbenflügels in der Luft, dachte er: *Bitte, Gott, vielleicht ist das alles nur ein Traum. Vielleicht ist nichts von alledem geschehen – unsere Träume, meine und die von Ant, unser ganzes Leben, das Loch unter der Erde, der brennende Dschungel, wie wir gerannt sind –, aber das war ein anderer Traum, und er war wirklich schlimm, aber jetzt habe ich die Augen geöffnet, und vielleicht ist alles okay und Anthony geht es gut.*

Doch der Augenblick versank. Die Schwalbe war verschwunden. Eine Million aufblitzender Entscheidungen, eine Million Situationen, in denen man eine Wahl treffen muss, eine Million Backsteine und Treppen, die mit dem Leben seines Vaters und seiner Mutter ihren Anfang nehmen, mit ihrer Zugfahrt durch die blauen Alpen von Paris nach Moskau im Dezember 1930, als seine Mutter das Geld bereits tief in ihren Koffern versteckt hatte, versteckt vor Harold, den sie liebte, an den sie glaubte, und doch … Ihre zehntausend amerikanischen Dollar waren ihr Geheimnis, nur für alle Fälle, sie waren für ihren einzigen Sohn, ihren Alexander, für den sie so große Hoffnungen hegte und den sie mehr als alles andere liebte. Eine Zugfahrt von Paris nach Moskau, und jetzt, vierzig Jahre später, saß Alexanders Sohn leibhaftig auf einem Stuhl und hatte nur noch einen Arm.

Während sich seine Augen mit Tränen füllten, eindeutig ein Zeichen des *Lebens,* wandte sich Alexander rasch zur Seite, denn er konnte Anthonys Anblick, dessen Augen auch überzulaufen drohten, nicht länger ertragen. *Tania,* flüsterte Alexander. *Wo bist du, Tania?*

Jemand hatte die Kinder ein kleines Stück nach hinten geführt, und obwohl sie immer noch versuchten, ihre kleinen Köpfe nach vorn zu strecken, wurden sie kurzerhand beiseitegeschoben, und dann saß Tania vor ihm neben seinem Bett, auf Höhe seiner Rippen. Seine Hand hob sich und sank in ihren Schoß. Er drehte die Handfläche nach unten und tastete nach ihrem Rock; er war weich – Baumwolljersey oder Kaschmir. Er spürte die Schenkel darunter. Ah, wie straff. Er schob seine tastende Hand ihren Pullover hoch, der ebenfalls aus weichem Kaschmir bestand, schob die Hand über ihre Brüste – ah, dieses Gewicht – und ihren Hals entlang zu ihrem Gesicht. Ja, es war Tatiana. Kein Gespenst, sondern Materie. Man konnte Maß nehmen an ihr. Sein kleiner Newton hatte Masse und nahm einen bestimmten Raum ein. Eine kleine, begrenzte Menge an Materie im grenzenlosen Raum. Das hatte ihm die Mathematik gegeben – grundlegende Strukturen, die das unendliche Universum zusammenhielten. Deshalb vermaß er sie. Denn sie war die Ordnung.

Ihre Arme legten sich um ihn. Alexander roch den Fliederduft ihrer Seife, den Erdbeergeruch ihres Shampoos, den schwachen Geruch nach Kaffee, Moschus und Schokolade, nach Brot, Zucker, Karamell und Hefe – all diese vertrauten, tröstlichen Gerüche, die wie eine Zuflucht wirkten, und er drückte sich gegen ihren Hals, sein Kiefer lag an ihren Brüsten, und ihr seidiges Haar lag in seinen Händen. Er lebte. Sie sagte nichts, doch sie seufzte so schwer, dass ihr eigener Styx kleine Wellen aufwarf, während sie ihn hielt und ihr heftig pochendes Herz an seine Wange drückte.

Da sagte er etwas. Flüsterte, um sie zu trösten. *»Baby, wie könnte ich denn sterben, wenn du mich mit deinem unsterblichen Blut erfüllt hast?«*

Und viel, viel später, als er dachte, dass sie gegangen waren oder dass er vielleicht gar nicht mehr da war – dass er schlief oder sich an einen Ort in seinem Kopf zurückgezogen hatte, wo sie ihn, von Dunkelheit umgeben, nicht mehr erreichen konnten –, öffnete er die Augen und sah Anthony neben sich sitzen. Alexander schloss umgehend wieder die Augen, denn er wollte nicht, dass Anthony all die Dinge sah, die in ihm vorgingen. Anthony beugte sich weit nach vorn und senkte seine Stirn auf Alexanders von Verbänden umwickelte Brust.

»Dad«, flüsterte er, »bei Gott, du musst damit aufhören. Du machst das jetzt schon seit Wochen. Nachdem du mich gesehen hast, drehst du dich immer gleich wieder weg. Bitte. Hör auf damit. Ich habe genug gelitten. Denk an dich damals. Erinnere dich an dich selbst. Wolltest du, dass meine Mutter das Gesicht von dir abwandte, als du aus dem Krieg zurückkamst? Bitte. Der Arm ist mir scheißegal. Wirklich. Ich bin nicht wie Nick Moore. Mom ist mir da viel eher ein Vorbild. Und ich werde lernen, damit umzugehen. Schritt für Schritt. Ich bin einfach froh, am Leben zu sein, wieder hier zu sein. Ich habe gedacht, mein Leben sei zu Ende und ich würde nie wieder zurückkommen, Dad«, sagte Anthony und hob den Kopf. »Warum bist du so aufgebracht? Es war nicht einmal mein guter Arm.« Er lächelte schwach. »Ich habe ihn nie gemocht. Ich konnte keinen Ball mit ihm werfen, ich konnte nicht mit dieser Hand schreiben. Und anders als du konnte ich damit ganz eindeutig keinen so beschissenen Typen wie Dudley erschießen. Also komm schon. Bitte.«

»Ja«, flüsterte Alexander, »aber du wirst nie wieder Gitarre spielen.« Und es gibt noch andere Dinge, die du nie wieder tun wirst. Baseball spielen. Fangen. Dein neugeborenes Kind in beiden Händen halten.

Anthony schluckte. »Oder in den Krieg ziehen.« Er unterbrach sich. »Ich weiß, dass ich mich erst noch daran gewöhnen muss. Es ist so, wie es ist. Das sagt Mom, und du solltest auf sie hören. Sie sagt, ich bin mit dem Leben davongekommen, und alles wird so in Ordnung sein. Wir alle wollen, dass es dir gut geht«, sagte Anthony. »Keiner von uns hat je irgendetwas anderes beabsichtigt.«

»Ameisenmann«, sagte Alexander und legte die Hand auf den Kopf seines Sohnes, und es war, als zerreiße es ihm die Brust, »du bist ein guter Junge.«

»Ich habe absolute Scheiße gebaut«, sagte Anthony zu seinem Vater – vielleicht in einer anderen Nacht, obwohl alle Nächte und Tage ineinander übergingen, nicht mehr zu verstreichen schienen und wie ein einziger Tag und eine einzige Nacht wirkten. »Ich habe nie auf das gehört, was meine Mutter zu mir gesagt hat. Alle unsere Geheimnisse gingen direkt an den Feind. Es tut mir wirklich leid. Ich habe ihr so sehr vertraut.«

»Du warst dein ganzes Leben lang so. So offen.«

»Ich habe sie nicht durchschaut. Ich war wirklich in sie verliebt. Ich dachte, sie sei Andromeda, doch dann stellte sich heraus, dass sie die Gorgone Medusa war. Ich hatte nie einen Verdacht. Bis es viel zu spät war.« Seine Stimme war unsicher. »Ich weiß nicht, was mich mehr erschüttert hat – die Leere in ihrem Herzen oder meine eigene Dummheit.«

»Ant, es ist absolut unnötig, dass du dich selbst so quälst«, sagte Alexander. »Du hast genug gelitten.« Er wollte Anthony sagen, dass selbst in Moon Lais unheiliger Welt, in der Schwarz Weiß und Weiß Schwarz war, in der Alexanders Verurteilung zu fünfundzwanzig Jahren Haft wegen unangebrachtem Zurückweichen vor dem Feind und seiner Desertion als *gerechte* Strafe galten, in der Anthonys Herz nur ein Spielzeug war und Neugeborene nichts zählten – dass selbst in dieser Welt die Medusa zwei Mal am Tag zu seiner Zellentür gekrochen kam, um seine Verbände zu wechseln und ihm zur Linderung der Schmerzen Opium zu geben.

»Das mit Tom Richter macht mir wirklich zu schaffen«, sagte Anthony mit brechender Stimme.

»Ja, Kumpel«, sagte Alexander. »Mir auch.« Sie saßen einander gegenüber und konnten nicht über Tom sprechen. Alexander wandte sich ab. Vielleicht weinte er sogar. Er wurde zu weichherzig in diesem Krankenhausbett. Es wurde Zeit, dass er wieder auf die Beine kam.

Anthony erzählte Alexander, dass Richter ihn 1966 zu sich gerufen habe, schon bevor er zur SOG kam, und ihm sagte, es gäbe da eine ganz bestimmte Sache, die er wissen und klären müsse, bevor er Anthony seinem Kommando unterstellen könne. Richter hatte betont, dass er schon seit 1957 offiziell von seiner Frau geschieden sei und deswegen die Zeit für irgendwelche Vorwürfe längst vorüber sei. Aber eine kleine Frage gebe es noch, die an ihm nage, und er würde auf eine Antwort bestehen. Nach der Abschlussfeier im Vier Jahreszeiten, als die Gäste im Hotelfoyer auf ihre Autos warteten, hatte Anthony nach seinem Feuerzeug gesucht, und Vikki war auf ihn zugegangen, hatte ihr eigenes Feuerzeug hervorgeholt und ihm Feuer gegeben. Richter hatte gesagt, der einzige Grund, warum er das überhaupt erwähne, sei der, dass er in den ganzen siebzehn Jahren, die er seine Frau kannte, noch nie gesehen hatte, dass sie irgendjemandem eine Zigarette anzündete.

»Ich habe ihm gesagt«, meinte Anthony, »dass ich keine Ahnung hätte, worüber er sprach, und dass ich mich überhaupt nicht mehr an den Vorfall erinnern würde. Ich entschuldigte mich für den Fall, dass ich etwas Unangebrachtes getan hätte, und Richter sagte, an *diesem Ereignis* sei nichts unangebracht gewesen. Ich erwiderte, dass sonst nichts geschehen sei und es nichts gebe, über das man sich Gedanken machen müsse. Wir beließen es dabei und sprachen nie wieder darüber.«

Vater und Sohn hielten die Köpfe gesenkt und starrten in verschiedene Richtungen. Alexander wollte sagen, dass manchmal selbst schlechte Ehemänner gewisse Dinge erkannten und dann doch das Richtige taten, wenn sie große Männer waren. Manchmal geschah das Unmögliche, und obwohl es gewiss niemals so sein sollte, hatte das Anzünden einer Zigarette Folgen für ein wildes Mädchen in New York und einen wilden Soldaten in Leningrad. Und er wollte fragen, ob Vikki auch in Zukunft Anthonys Zigaretten anzünden würde, doch er tat es nicht.

Alexander schloss die Augen, während sich Tatiana um ihn kümmerte und ihn pflegte, seine Verbände löste und neu anlegte, ihn wusch und umarmte und ihn eigenhändig fütterte, und langsam erholte er sich und wurde ruhiger angesichts des wie in einem festgelegten Takt an- und abschwellenden Lärms seiner Familie um ihn herum.

»Liebling«, sagte Tatiana und berührte seine Füße, um zu sehen, ob sie kalt waren, während sie seine Decken zurechtzog, »weißt du, was dein jüngster Sohn dieses Jahr als wissenschaftliches Projekt gebaut hat? Die Nachbildung einer Atombombe.« Sie hielt inne. »Wenigstens hoffe ich, dass es eine Nachbildung war.«

»Es war eine, Mom«, versicherte ihr Harry, der auf dem Bett seines Vaters saß, nicht gerade überzeugend. »Dad, ich hab allen gezeigt, wie sie funktioniert – von der Atomspaltung bis zum Abschuss der Rakete. Sie war so gut, dass sie den Preis des Staates Arizona bekommen hat.«

»Ja, mein Sohn«, sagte Tatiana. »Glückwunsch. Aber danach wurde deine Mutter zusammen mit einem Schulpsychologen in das Büro des Rektors zitiert und gefragt, ob sie schon einmal darüber nachgedacht habe, ihren Sohn unter Beobachtung zu stellen ... oder war das Wort vielleicht *Überwachung?*«

Alexander lachte leise. Seine Brust schmerzte noch immer, wenn er ausatmete. »Als wissenschaftliches Projekt«, sagte er langsam. »Es ist doch noch nicht Januar, oder?«

»Doch«, sagte Tatiana und drückte seine Füße.

Alexander streckte die Hand aus. »Harry, mein Junge, komm her. Habe ich etwa deinen zehnten Geburtstag verpasst?«

»Ja, Dad. Aber du hast jetzt noch drei Narben *mehr!*«, sagte Harry glücklich, während er sich zu seinem Vater aufs Bett setzte. »Und eine davon befindet sich auf der Brust! Das ist umwerfend. Meine Freunde können es gar nicht glauben. Ich habe ihnen erzählt, dass sie dir ins Herz geschossen haben und du überlebt hast. Ich bin der beliebteste Junge in der ganzen Schule. Ich glaube, dein Ruhm färbt sogar auf Pascha ab.«

»Na, wenn du meinst«, sagte Pascha ungerührt. »Ich brauche die Zustimmung der anderen nicht, um mich gut zu fühlen.« Er nahm die Hand seines Vaters. »Dad, für mein wissenschaftliches Projekt habe ich die Nachbildung einer menschlichen Lunge angefertigt, und zwar im Zustand eines offenen Pneumothorax.«

»Ja, und die hat nicht den ersten Preis gewonnen«, sagte Harry.

Pascha ignorierte ihn. »Nachdem einer deiner Lungenflügel einen offenen Pneumothorax erlitten hat«, fuhr er an Alexander gewandt fort, »würdest du dann wenigstens darüber nachdenken, ob du ihn nicht mehr weiter mit Nikotin vergiften willst?«

»Pascha, misch dich nicht in die paar Freuden ein, die dein Vater im Leben hat«, sagte Tatiana. »Er ist schon bald wieder so gut wie neu.« Mit einem Glas in der Hand ging sie auf Anthony zu, der sich vorbeugte und den Strohhalm mit den Lippen ergriff, wobei er kaum den Blick von der Zeitung löste, die er vor sich aufgeschlagen hatte, denn er konnte nicht gleichzeitig die Zeitung und das Glas halten. Und so trank er denn aus den Händen seiner Mutter, warf ihr lässig einen Blick zu, lehnte sich noch weiter nach vorn und küsste ihre Hand.

Alexander griff nach Paschas Arm. »Nikotin ist nicht schlimm für deine Lungen, mein Sohn«, sagte er. »Weißt du, was wirklich schlimm für deine Lungen ist? Eine akute Bleivergiftung durch ein feuerndes Maschinengewehr.«

Pascha, dessen Hand noch immer in Alexanders Hand lag, wandte sich an seinen älteren Bruder. »Ant, juckt dein Stumpf?«, fragte er. »In einem meiner Naturwissenschaftsbücher habe ich gelesen, dass man noch nach Jahren einen Phantomarm spürt, weil die durchtrennten Nerven einem melden, dass noch einer da ist.«

»Danke für diese Information, Pasch. Wie viele Jahre würdest du schätzen?« Anthony musterte seinen Bruder kurz mit einem amüsierten Blick.

»Pascha«, sagte Alexander und zog seinen Sohn zu sich, »was hast du dir da bloß angelesen? Was zum Teufel ist ein offener Pneumothorax?«

»Ein durch eine äußere Verletzung herbeigeführter Kollaps eines Lungenflügels«, erwiderte Pascha, sichtlich zufrieden, Rede und Antwort stehen zu können. »Er ist absolut lebensbedrohlich. Im Sanitätshubschrauber mussten sie bei dir eine Notfalldekompression durch das sofortige Anlegen einer Drainage durchführen. Aber in der Klinik hat Mommy dafür gesorgt, dass sie dir durch einen Schnitt unter dem Arm einen Plastikschlauch in die Brust geführt haben, der deine Lunge ausgedehnt und die nicht ausgeatmete Luft abgeleitet hat, die sich im Pleuraraum ansammelte, bis das Loch in deiner Lunge verheilt war.«

Alexanders Kopfschütteln galt gleichzeitig seinem Sohn und seiner Frau. Dann lächelte er. »Also *das* war mein Problem? Ein Loch in der Lunge?«

»Nein, Dad«, sagte Pascha in nüchternem Ton. »Für die meisten deiner Probleme war der Blutverlust im Allgemeinen und der Blutverlust der Lunge im Besonderen verantwortlich.«

»Pascha«, sagte Tatiana, »das reicht. Ich werde euch verbieten zu sprechen, bis euer Vater in ein paar Wochen entlassen wird. So lange werdet ihr nur hier sitzen und einfach hübsch aussehen. Pascha, *nein.*« Sie zog ihn von Alexander weg und drohte ihm mit dem Finger. Pascha war mit seinen noch nicht einmal elf Jahren bereits fünf Zentimeter größer als seine Mutter. »Kein Wort mehr«, sagte sie. »Und wage es nicht noch einmal, den Mund aufzumachen.«

Alexander lächelte seinen gescholtenen Sohn an, doch noch mehr galt sein Lächeln dieser Löwin von einer Mutter, die vorgab, wütend zu sein, und die doch so vollbusig und zierlich war, verführerische Hüften besaß, eng anliegende, weiße Rohseide trug, ihr Haar mit Satinbändern zurückgebunden und die Lippen geschminkt hatte, und deren schlanke Beine in Nylonstrümpfen mit Borte steckten, was bedeutete, dass er ihre Strumpfhalter ungehindert berühren konnte. Er streckte die Hand nach ihr aus, regte sich, beugte sich vor, war voller Sehnsucht und voller Leben.

»Daddy«, sagte Janie auf und ab springend. »Ich habe gelernt, im Stehen zu pinkeln, genau wie die Jungs. Bist du stolz auf mich?«

»Sehr stolz. Aber ich habe schon drei Söhne. Was ich brauche, ist ein kleines Mädchen, Janie.«

»Anthony«, sagte Janie, stieß Harry von Ants Schoß, kletterte selbst an ihm hoch und gab ihrem Bruder einen dicken Kuss auf die Wange, »Tante Vikki hat vor ein paar Tagen draußen auf der Veranda geweint, und als ich sie fragte, warum, hat sie gesagt, sie hätte ihren Mann verloren, und ich sagte, das täte mir leid für sie, aber ich sei froh, dass Mommy Daddy nicht verloren hat, doch dann musste ich anfangen zu weinen wegen deinem Arm, weil Mommy deswegen so traurig ist, und weißt du, was Tante Vikki gesagt hat? Sie hat gesagt, dass ich nicht weinen soll, denn obwohl sie dir die silbernen Saiten deiner Gitarre durchgeschnitten haben, haben sie dir dein Pfeifen nicht genommen, und du hast Lippen, die selbst in der Stille Worte formen können, und du kannst singen, in *fünf* Sprachen – und sie hat gesagt, dass das für sie in Ordnung sei.«

»Das hat Tante Vikki gesagt? Wirklich?«, fragte Anthony. Er sah seine Eltern an, die sich wiederum gegenseitig Blicke zuwarfen, und die Gegenwart verschwand in einem zitternden, flackernden Strudel, in dem die Jahre unaufhaltsam an ihnen vorüberzogen, Bethel Island und Scottsdale, Moskau, Luga und Leningrad, und sie starrten stumm auf den Linoleumboden des Krankenhauszimmers, als hofften sie, dort Trost zu finden.

»Tatiana«, sagte Alexander plötzlich, »bin ich wieder zu Hause?«

»Natürlich, Liebling.«

Er blinzelte und erkannte seine Frau und seine Kinder um ihn herum. Anthony saß neben ihm auf dem Stuhl. »Zurück in Phoenix?«

»Natürlich, Liebling. Du bist zu Hause.«

Er sah sie an. Dann weiteten sich seine Augen und er fixierte sie. »Tatiana«, sagte er. »Oh mein Gott. Bitte sag und schwöre mir vor allen Kindern, dass du mich nicht an die Wurzel allen Übels gebracht hast, dass du mich nicht in den Hades geschickt hast. Sag mir, dass ich *nicht* im Phoenix Memorial zur Ewigen Verdammnis bin!«

Es kam keine Antwort.

»Oh, um der Liebe willen zu allem, was heilig ist! Schaff meine Kinder hier raus, bevor sie hören, wie ihr Vater Dinge sagt, die nicht für Kinderohren bestimmt sind. TATIANA!«

Sohn und Vater

Dem Präsidenten der Vereinigten Staaten ist es eine Ehre, im Namen des Kongresses die Medal of Honor zu verleihen an:

Captain Anthony Alexander Barrington
13. März 1970
5th Special Forces Group
1st Special Forces MACV/SOG Republik Vietnam
Diensteintritt in West Point, New York
Geboren am 30. Juni 1943 auf Ellis Island, New York

Belobigung:
Captain Anthony Alexander Barrigton, United States Military Assistance Command Vietnam, Studies and Observation Group, war Bataillonskommandeur einer Fernaufklärungseinheit, die für verdeckte Operationen in Laos und Kambodscha verantwortlich war. Am 18. Juli 1969 wurde er zum Zeitpunkt seiner Rückkehr in den aktiven Dienst als vermisst gemeldet. Er wurde von einem zwölf Mann umfassenden Special-Forces-Einsatzkommando in einem nordvietnamesischen Kriegsgefangenenlager entdeckt, das gleichzeitig als Armeestützpunkt und Ausbildungslager diente und als ziviles nordvietnamesisches Dorf Kum Kau in der Nähe der laotischen Grenze getarnt war. Der Kommandoeinheit gelang es, Capt. Barrington und fünf

andere Kriegsgefangene zu befreien. Capt. Barrington, der während seiner Haft misshandelt, geschlagen und verwundet worden war und während der Gefangenschaft seinen linken Arm verloren hatte, verwickelte den Feind trotz seiner schweren Verwundungen in ein heftiges Feuergefecht, nachdem er und die Kommandoeinheit anderthalb Kilometer weit verfolgt und von drei Seiten eingekreist worden waren. Das Team konnte bei seinem Versuch, einen auf feindlichem Territorium gelegenen Hubschrauberlandeplatz zu erreichen, an dem die Evakuierung stattfinden sollte, über einen steilen Berg in den Dschungel entkommen. Trotz schwerer eigener Verluste konnten sie dem Feind schweren Schaden zufügen und bis auf wenige Ausnahmen alle nordvietnamesischen Soldaten töten. Getrennt von seinen Kameraden gelang es Capt. Barrington, dem Rest seiner verletzten Soldaten ein Erreichen des Landeplatzes zu ermöglichen und die Angreifer abzuwehren. Trotz schwerer Verwundung trug er zwei Männer nacheinander auf seinem Rücken zum Evakuierungspunkt. Bei dem einen der Männer handelte es sich um den mit militärischen Ehren ausgezeichneten Montagnard Special Forces Soldaten Ha Si Chuyk und bei dem anderen um Maj. Anthony Alexander Barrington, Capt. Barringtons Vater. Sein mutiges und unerschrockenes Handeln während dieser Zeit hat ihm die höchste Auszeichnung erworben, die die US-Army zu vergeben hat.

Major Anthony Alexander Barrington
13. März 1970
5th Special Forces United States Army Training Advisory Group
MACV/SOG Republik Vietnam
Diensteintritt in Fort Meade, Maryland
Geboren am 29. Mai 1919 in Barrington, Massachusetts

Belobigung:
Major Anthony Alexander Barrington, United States Army Reserve Corps, kam im November 1969 auf der Suche nach seinem Sohn, der vermisst wurde und möglicherweise tot war, nach Vietnam. Er führte ein hoch spezialisiertes und schwer

bewaffnetes Special-Forces-Kommando nach Kum Kau in Nordvietnam. Obwohl Maj. Barrington bereits im Nahkampf mit dem Feind schwer verwundet worden war, fand und barg er seinen Sohn, Capt. Anthony Alexander Barrington, und fünf weitere amerikanische Soldaten, die von der nordvietnamesischen Armee gefangen genommen worden waren. Während des Rückzugs durch den Dschungel zu einem Hubschrauberlandeplatz, an dem die Evakuierung stattfinden sollte, gerieten Maj. Barrington und seine Männer unter schweren feindlichen Beschuss durch Handfeuerwaffen, automatische Waffen, Mörsergranaten und Raketen. Elf Angehörige der Special Forces bekämpften unter Maj. Barringtons Kommando einen in außerordentlichem Umfang überlegenen nordvietnamesischen Feind in Divisionsstärke von 550 Mann. Während dieses Kampfes wurden sechs seiner Männer getötet und fünf schwer verwundet. Zu den sechs Gefallenen gehören Lieutenant-Colonel Thomas Richter, Commander des MACV-SOG-Hauptquartiers in Kontum, und Squad Sergeant Charles Mercer sowie vier ortsansässige Bergkrieger, die seit 1964 an der Seite der US-Army gekämpft hatten. Trotz massiven Blutverlustes trug Maj. Barrington drei seiner verwundeten Männer durch feindliches Feuer und blieb dann zurück, um den Feind in ein Gefecht zu verwickeln und dadurch seinen Männern die Möglichkeit zu geben, sich dem Landeplatz weiter zu nähern und nicht überrannt zu werden. Maj. Barrington und sein Sohn wurden von ihren Kameraden getrennt und wehrten die Angriffe ab, indem sie durch Granatbeschuss und Maschinengewehrfeuer einen zielgerichteten Angriff der nordvietnamesischen Armee so lange unmöglich machten, bis ihre Kameraden sicher evakuiert werden konnten. Durch diese heroische Tat war es möglich, siebzehn Verwundete und Gefallene nach Hause zu bringen. Maj. Barrington war immer noch in den Kampf gegen den Feind verwickelt, als er vom Schuss einer AK-47-Kalaschnikow beinahe tödlich verwundet wurde. Seine außerordentlichen Führungsqualitäten, sein überragender Mut, seine Weigerung, die Gefallenen zurückzulassen, und sein Einsatz für seine Soldaten retteten mehreren seiner Kameraden das Leben. Die Hintansetzung seiner persönlichen Sicherheit und der heldenhafte Einsatz, der weit über das hinausging, wozu er als Soldat verpflichtet gewesen wäre, sichern Maj. Barrington einen außerordentlichen Rang in der ehrenvollen militärischen Tradition und verpflichten dazu, ihm selbst, seiner Einheit und der US-Army höchste Anerkennung zu zollen.

18

Scheidewege

SDI

Im März 1985 hatte Anthony Neuigkeiten, die so bedeutend waren, dass er sie nicht am Telefon berichten wollte. Tatiana fragte, ob sie Blinschiki machen sollte – und er lehnte nicht ab! Er flog über das Wochenende nach Hause und stellte sicher, dass Pascha keinen Dienst hatte und sich Harry vom MIT in Boston loseisen konnte, dem Massachusetts Institute of Technology, und am Abend, als alles ruhig war, die Lichter in der weißen Küche heruntergedreht und sie alle ihre bequemen Jeans, T-Shirts und Jerseyhemden trugen, versammelten sie sich zu fünft um die »Granitinsel«: Tatiana, Alexander, Anthony, Pascha und Harry. Jane war in Cabo San Lucas, Mexiko. Tatiana wärmte die Blinschiki, stellte Brot, Olivenöl, Wein, Käse und Tomaten bereit. Alle außer ihr saßen auf hohen Hockern und aßen, nur sie konnte nicht stillhalten, denn sie machte sich Sorgen, und so ging sie ständig hin und her und tat so, als müsse sie unablässig die ganze Truppe versorgen.

Als sie wieder einmal an ihm vorbeiging, nahm Alexander ihren Arm, beugte sich zu ihr und flüsterte: »Setz dich, Tania. Begreifst du nicht? Bevor du nicht ruhiger wirst, wird er uns nicht erzählen, was los ist.«

»Wirklich, Mom«, sagte Anthony, »ich ziehe nicht wieder in den Krieg. Bitte, nimm Platz. Ich habe Neuigkeiten. Gute und schlechte.«

Sie setzte sich widerwillig. »Erst die schlechten«, sagte Tatiana.

Anthony lächelte, zog einen Brief hervor und reichte ihn ihr und Alexander. Es war eine Mitteilung aus dem Pressebüro des

Weißen Hauses. »Wie so oft im Leben«, sagte er, »liegt beides oft nah beieinander.«

Früherer Special Forces Captain von Präsident Reagan zum Vorsitzenden der Vereinigten Generalstabschefs nominiert

»Vorsitzender der Vereinigten Generalstabschefs!«, riefen Tatiana und Alexander. Sie schwiegen einen Augenblick lang. »Wie kann das eine schlechte Nachricht sein?«, fragte Tatiana schließlich zögernd.

Anthony lächelte wieder. »Lies weiter.«

General Anthony Alexander Barrington, Berufsoffizier der US-Army, wurde von Präsident Ronald Reagan zum Vorsitzenden der Vereinigten Generalstabschefs der US-Streitkräfte nominiert. Sollte die Nominierung bestätigt werden, wäre Gen. Barrington der jüngste Vorsitzende, der jemals im Dienst eines amerikanischen Präsidenten stand.

Gen. Barrington kann auf eine lange und illustre Karriere in der US-Army zurückblicken. Nach seinem Abschluss in West Point absolvierte er vier außerordentlich erfolgreiche Einsätze in Vietnam und geriet 1969 in nordvietnamesische Gefangenschaft, in deren Folge er sich schwere Verwundungen einschließlich des Verlusts seines linken Armes zuzog. Sein heroisches Verhalten während einer gut dokumentierten Befreiungsaktion führte später zur Verleihung der Ehrenverdienstmedaille des Kongresses und trug zu seinem kometenhaften Aufstieg in der Ära nach Vietnam bei.

Anthony Barrington wurde zum Lieutenant-Colonel befördert, war Commander von Fort Bragg in North Carolina und später Commander einer Gebirgsdivision in Fort Drum, New York. Vor drei Jahren kam er ins Pentagon, wo er zum vorsitzenden General des United States Special Operations Command befördert wurde. Überdies war er Ehrenvorsitzender des Komitees für Kriegsgefangene und im militärischen Dienst Vermisste, wodurch er bei den multinationalen Bemühungen, alle vermissten Soldaten der Ko-

alition zu finden und aus Südostasien nach Hause zu überführen, in vorderster Front stand.
Im Zusammenhang mit der Ankündigung seiner Nominierung sagte Präsident Reagan: »General Barrington hat für eine wahrhaft edle Sache gekämpft, für die er beinahe sein Leben ließ. Der Krieg, den er in Vietnam gekämpft hat, wurde nicht verloren; er begann nicht in Vietnam und endete nicht in Vietnam. Er geht weiter. Wie ich schon früher gesagt habe und gerne wiederhole: Sofern wir nicht ernsthafte Maßnahmen ergreifen, steht es für die Vereinigten Staaten fünf Minuten vor zwölf. General Barrington versteht das. Er ist im gegenwärtigen Kampf für die Freiheit im höchsten Maße engagiert, und ich selbst betrachte mich als sehr glücklich, einen Mann wie ihn in meinen Reihen zu haben. Ich schätze sein unbeirrtes Eintreten für ein operationales strategisches Verteidigungssystem, das, wie ich glaube, entscheidend für unsere Bemühungen sein wird, der Welt Frieden zu bringen. Genau wie ich glaubt General Barrington nicht, dass Menschen ein zivilisiertes Leben führen können, wenn man sie durch die Drohung eines nuklearen Albtraums in Geiselhaft nimmt. Ich kann mir keinen qualifizierteren Menschen als wichtigsten militärischen Berater des Präsidenten, des Verteidigungsministers und des Nationalen Sicherheitsrates vorstellen.«

Das gute Bleikristall und der Cristal wurden herausgeholt. Tatiana wusste, dass Alexander den Champagner für ihren Jahrestag aufgehoben hatte, doch heute Abend öffnete er die Flasche voller Stolz, und dann stießen sie an und tranken und gratulierten ihrem Sohn und Bruder. Und auch wenn Tatiana noch so stolz auf Anthonys neuen Erfolg war, ihre Gefühle für ihn ließen sich nicht mehr beeinflussen. Keine seiner Leistungen konnte das unteilbare, irreduzible Atom ihrer Gefühle vermehren oder verringern, die sie seit dem Augenblick empfunden hatte, als sie sich in jenem Lazarettzelt in Morozowo, das mit der Zeit so fern schien, zu ihrem verwundeten Ehemann gebeugt, ihn geküsst und gesagt hatte: »Wir werden ein Kind bekommen. Und zwar in Amerika.« Anthony wurde in der Asche und unter den

Sternen, auf eisiger, verlorener Erde und doch in hoffnungsvollem Feuer empfangen. Nichts, was Anthony je in seinem Leben tat, konnte Tatianas Überzeugung schmälern, dass er schlechthin alles erreichen würde. Und als Tatiana jetzt in Alexanders Gesicht sah, schmunzelte sie vor Freude, denn Alexander war so unglaublich und fast schon auf peinliche Weise stolz auf seinen erstgeborenen Sohn.

Anthony hingegen schien nur vordergründig glücklich über die Nominierung als Vorsitzender, und er murmelte, es sei natürlich eine Ehre, dem Präsidenten in welcher Funktion auch immer zu dienen, und, ja, oberflächlich betrachtet sei es ein gewaltiger Erfolg, und, ja, die Verantwortung wäre gewaltig, aber seine Begeisterung war gedämpft. Er wirkte verwirrt, wie er so an der Spitze der Kücheninsel saß; Tatiana hatte Alexander gegenüber Platz genommen, sodass sie sich gegenübersaßen und einander direkt ins Gesicht sehen konnten. Harry saß neben Alexander, Pascha neben Tatiana.

»Also, wo bleiben die schlechten Neuigkeiten, Ant?«, fragte Pascha.

Anthony seufzte. Er sagte, nächste Woche beginne die nicht öffentliche Anhörung vor der Armed Services Joint Session, bei der es um die Bestätigung seiner Nominierung ginge. Er rechne damit, dass ihm die Anhörung große Probleme bereiten und seine Nominierung bezweifeln werde.

»Ihr hört mir einfach nicht richtig zu«, sagte er. »Habt ihr die Pressemitteilung denn nicht genau gelesen? Den Abschnitt, in dem mich der Präsident für meine Unterstützung der SDI-Pläne lobt? Operationales strategisches Verteidigungssystem, dass ich nicht lache.« Er hustete. »Seht ihr dabei nicht eine winzige Schwierigkeit?«

»Du weißt gar nicht, was die SDI ist?«, fragte Harry.

»Klappe.« Anthony räusperte sich. »Ich glaube, die Strategic Defense Initiative ist ein gewaltiger Haufen dampfender Mist.«

Synchrones Gelächter. Seit Anfang der Achtzigerjahre hatten sie sich immer wieder über die scheiternden Abrüstungsverhandlungen mit der Sowjetunion unterhalten, doch über den im Weltraum geplanten Abwehrschirm gegen Interkontinentalraketen hatten sie nie gesprochen.

»Seht ihr mein Problem?«, fragte Anthony. »Die Presse und viele Mitglieder des Kongresses verachten und kritisieren die lächerliche Idee des Präsidenten, während mir der Präsident dafür dankt, dass ich auf seiner Seite stehe. Doch in meinem tiefsten Inneren stimme ich den Leuten zu, die über seinen Plan spotten. Ich stecke in der Klemme, was?« Er lächelte gezwungen. »Und sobald ich die Anhörungsräume betrete, wird es sehr schwer für mich werden, meine wahren Gefühle zu verbergen, wie Dad sehr wohl weiß. Bei jeder anderen politischen Entscheidung, die auf der Tagesordnung des Präsidenten steht, bin ich voll und ganz auf seiner Seite. Aber sie brauchen mir nur zwei Sua-sponte-Fragen zur SDI zu stellen, und schon werden sie wissen, wohin mein Herz wirklich tendiert. Stimmt's, Dad?«

»Anthony, weigere dich doch einfach, diese Fragen zu beantworten. Sua sponte bedeutet immerhin freiwillig«, sagte Alexander. »Aber was genau passt dir eigentlich nicht? Hast du nicht verfolgt, was mit den Sowjets vor sich geht? Hast du keinen einzigen meiner Berichte gelesen?«

Alexander arbeitete noch immer an mindestens fünf Tagen im Monat für die militärische Aufklärung. Das Baugeschäft lief mittels mehrerer Manager, Vorarbeiter, Buchhalter, zweier Architekten und der Tatsache, dass sich Tatiana ebenfalls um die Buchführung kümmerte, so gut, dass Alexander in der Lage war, einen beträchtlichen Teil seiner Zeit seit dem ABM-Vertrag von 1972 der atomaren Frage zu widmen.

»Natürlich habe ich sie gelesen«, sagte Anthony. »Aber was kann ich dafür, wenn ich davon überzeugt bin, dass die SDI ein Witz ist?«

Harry schüttelte seinen zerzausten rotblonden Schopf. »Anthony, Anthony, Anthony.«

»Harry, wirklich«, sagte Anthony. »Das ist jetzt nicht der richtige Moment für mich, mir deine verrückten Theorien über Impulsbeschleuniger und Radialmotoren ohne Krümmungsabweichung anzuhören. Ich muss mir innerhalb der nächsten sieben Tage darüber klar werden, ob ich bei diesem Thema mit meiner wahren Meinung hinter dem Berg halten soll – oder ob ich das überhaupt kann.«

»Ant«, sagte Harry, »genau darum geht's doch, um Radialmotoren. Wenn du darüber Bescheid wüsstest, müsstest du mit überhaupt nichts hinterm Berg halten. Wenn du den Job nicht willst, dann bedanke dich einfach beim Präsidenten und lehne ab.«

»Aber das ist doch der springende Punkt. Ich will diesen Job ja!«, rief Anthony aus. »Vorsitzender der Vereinigten Generalstabschefs? Ich will diesen Scheißposten, aber ich will nicht diesen *Krieg der Sterne*-Schwachsinn verteidigen. Nukleare Abrüstung? Auf jeden Fall. Konventionelle Abrüstung? Keine Frage! Die Sowjets überall in ihre Schranken verweisen, wo sie ihre Enterhaken zücken? Nur zu! Da bin ich euer Mann. Aber *Krieg der Sterne?* Nein, danke.«

»Anthony«, sagte Tatiana, »wenn du das nächste Mal das Bedürfnis hast, dich auf die Seite der Journalisten zu schlagen, flieg kurz nach Vietnam.«

»Mom, du hast recht«, sagte Anthony. »Vietnam macht einem wirklich den Kopf frei. Vollkommen aus dem Ruder und vollkommen unversöhnt mit dem Rest des Universums.« Er lächelte. »Aber genau das ist mein Problem mit dem *Krieg der Sterne*-Programm. Wir sollten uns wirklich um Vietnam kümmern. Und um El Salvador, Nicaragua und Angola. Anstatt mit Laserkanonen im Weltall herumzuspielen. Ich kann meine Skepsis einfach nicht verhehlen. Der Präsident wird die Nominierung zurückziehen, sobald er erkennt, was für ein falscher Hund ich bin. Und ich werde mir selbst und meiner Familie Unehre bereitet haben.«

»Jetzt bist du aber zu hart gegenüber dir selbst«, sagte Pascha, versöhnlich wie immer.

»Du bist nicht hart *genug* gegenüber dir selbst, Ant«, sagte Harry, unversöhnlich wie immer. »Du wirst deiner Familie in der Tat Unehre bereiten, wenn du nicht ernsthaft die Möglichkeiten einer nuklearen Abschreckung in Betracht ziehst, die auf die Entwicklung neuer russischer Interkontinentalraketen und neuer Atom-U-Boote reagiert.«

»Ant«, sagte Pascha, »diesmal, dieses *eine* Mal, würde ich Harry vielleicht zuhören. Denn das ist die *eine* Sache, von der er etwas versteht.«

»Pascha, ich weiß diesen Vertrauensbeweis zu schätzen«, sagte Harry. »Aber es geht um die Entwicklung eines Verteidigungssystems, das –«

Alexander legte die Hand auf Harrys Unterarm. »Entschuldige, mein Sohn, aber du siehst nicht, worum es wirklich geht.«

»Ich sehe sehr wohl, worum es geht«, sagte Harry. »Und was ich sehe, macht den entscheidenden Unterschied.«

»Ja, in der Tat«, sagte Alexander, »aber aus ganz anderen Gründen, als du denkst.«

»Langsam, langsam, Dad«, sagte Harry, ohne die Stimme zu erheben. Tatiana lächelte. Harry forderte alle heraus – nur seinen Vater nicht. Harry würde sich nicht mit Alexander streiten. Und doch ... Was den Raketenabwehrschirm im Weltraum betraf, äußerte er seine Meinung leise, aber nachdrücklich. »Gleich zu Beginn seiner ersten Amtsperiode«, sagte Harry, »wollte der Präsident wissen, ob es möglich wäre, ein System zu entwickeln, das sowjetische Atomraketen bereits beim Verlassen ihrer Silos aufspürt und vernichtet. Man sagte ihm, das sei möglich, so etwas könne geschaffen werden.«

»Ich habe noch nie etwas gehört, das so sehr an den Haaren herbeigezogen ist«, sagte Anthony.

»Was ist hier an den Haaren herbeigezogen?«, fragte Harry. »Wie steht's denn mit einer Bombe, bei der zwei unterhalb der kritischen Masse liegende Komponenten innerhalb einer Mikrosekunde zur Explosion gebracht werden, woraufhin sich ein Gramm harmloser Masse in das Äquivalent von 10 000 Kilo tödlicher Energie verwandelt? Ant, man hat dich für die höchste militärische Position nominiert, die die Vereinigten Staaten zu vergeben haben, und du hast beschlossen, dass es zwar mit Titan gepanzerte Fahrzeuge geben darf, die im direkten Beschuss ein Projektil stoppen können, das eine Geschwindigkeit von eintausend Metern pro Sekunde besitzt – aber die SDI, ein weltraumgestütztes Nuklearprogramm mit einer Leistung von unzähligen Megawatt, einem offenen Reaktorkreislauf und terminaler Ballistik kann deiner Meinung nach nicht funktionieren? Dad hat recht, was zum Teufel ist nur los mit dir? Offen gesagt, ich glaube nicht, dass wir im Rahmen deiner Vorstellungen über die SDI urteilen sollten. Schließlich glaubst du immer noch nicht, dass das gigantische Flugboot Spruce Goose geflogen ist!« Harry lachte.

»Oh Harry, mach mal halblang!«, rief Anthony. »Wirf doch nur mal einen einzigen Blick über deinen Tellerrand. Ein Computernetzwerk steuert eine Reihe von Beobachtungssystemen, die Laser- und Hypergeschwindigkeitskanonen im Weltraum kontrollieren?«

»Genau!«

Jetzt war es Anthony, der lachte. »Ein *Computer* entdeckt feindliche Raketen, die tausende von Meilen entfernt starten, und dann fangen im Weltraum stationierte Laserwaffen die Raketen ab und zerstören sie mitten im Flug? Ein *Computer?* Ich hab noch nicht mal die Steuerrückzahlung vom letzten Jahr bekommen, weil alle fünf Minuten irgendein Computer aufblinkt und eine Fehlermeldung abschickt.«

»Keine Angst, mach die Sache nur weiterhin mies«, sagte Harry vollkommen ungerührt, »aber Computer *werden* feindliche Nuklearraketen entdecken, und dann werden superleitende Abwehrkanonen sie aus dem Weltraum angreifen und vernichten.«

»Ant, hör auf Harry«, sagte Pascha. »Er kennt sich mit Abwehrkanonen aus.«

»Vergiss es«, sagte Anthony. »Man wird Milliarden von Dollars ausgeben und Milliarden von Arbeitsstunden investieren, und das alles für ein lückenhaftes, funktionsunfähiges, schwachsinniges Verteidigungssystem, das bereits Probleme bekommt, wenn man auch nur den Computer neu hochfährt. Und genau *das* ist der Punkt, an dem mich das Komitee erwischt und an einem Haken aus dem Wasser zieht. Genau damit habe ich meine Probleme. Wisst ihr«, fuhr er fort, »als ich ursprünglich sagte, ich unterstütze den Präsidenten im Hinblick auf die SDI, wollte ich damit ausdrücken, dass ich genau wie er der Ansicht war, dass die Sowjets bei allen bisherigen Verhandlungen stur und übertrieben militaristisch aufgetreten sind und wild entschlossen waren, ohne eine einzige Alternative am Konzept der möglichen gegenseitigen Vernichtung festzuhalten. Ich habe ihm aus ganzem Herzen darin zugestimmt, dass etwas getan werden musste. Nur eben nicht gerade *das.*« Anthony nickte, als Tatiana ihm noch ein Glas Champagner einschenkte. »Ich weiß sehr gut, was unser Präsident durchgemacht hat. Ich weiß, wie wütend er darüber ist, dass die Sowjets ihre militärischen Aufwendungen als pseudozivile Unternehmungen tarnen. Und ich weiß, dass er ihre gewaltige Überlegenheit bei konventionellen und nuklearen Waffen hasst, die sie auch weiterhin herstellen, ohne damit groß auf internationale Proteste zu stoßen. Nur meine ich, dass dies nicht das geeignete Projekt ist, in das wir unsere Ressourcen investieren sollten.«

»Ich habe in der Zeitung gelesen, dass die Sowjets drei bis vier Mal mehr Mittel für ihre konventionelle Rüstung aufwenden als wir. Stimmt das?«

Anthony schüttelte den Kopf und warf Alexander einen Blick zu. »Lies keine Zeitungen, Pascha, lies einen von Dads Berichten. Die Sowjets geben noch viel mehr aus. Jedes Stahlwerk und jede Fabrik in der Sowjetunion produziert Waffen, Munition, Bomben und Panzer. Und das wissen wir nicht nur, weil wir Insiderinformationen von unserer Mutter haben, der sowjetischen Bombenherstellerin in den Kirow-Werken.« Er richtete ein schwaches Lächeln an seine Mutter. »Sie stellen sie in Kirow her und verkaufen sie dann an ihre kleinen Vietnams überall auf der Welt. Dad, weißt du, was nach der Kalaschnikow die beliebteste Waffe bei den Nordvietnamesen war? Deine 1941 in der Sowjetunion entwickelte Schpagin-Maschinenpistole.«

Alexander stieß einen Pfiff aus.

»Das nenne ich eine ökonomische Ressourcenverwertung«, sagte Tatiana ironisch und zugleich beeindruckt.

»Allerdings, Mom. Und da ist noch etwas. Dad hat letztes Jahr geschätzt, dass die Sowjets sechzig Prozent ihres Bruttosozialprodukts für Verteidigungsausgaben aufwenden, und nicht die vierzehn Prozent, die sie offiziell verkünden. Wir geben übrigens sechs Prozent aus.«

»Schau mal, Ant«, sagte Harry, »ihr Bruttosozialprodukt ist hundertmal kleiner als unseres. Also müssen sie mehr ausgeben, um mit uns Schritt zu halten. Aber du solltest dir wegen der bereitgestellten Mittel für die konventionelle Rüstung nichts mehr vormachen. Schpagins, Kalaschnikows und Studebakers, die aufgrund von Lend-Lease-Abkommen in der Sowjetunion verblieben sind und jetzt nach Angola und Vietnam verschifft werden – das sind alles kleine Fische. Es ist die nukleare Bedrohung, die dem Präsidenten am meisten Sorgen macht. Jedes Mal, wenn die Sowjets sagen, dass sie über Rüstungsbeschränkungen nachdenken werden, ziehen sie los und bauen ein neues Atom-U-Boot. Die letzten Verhandlungen in den Sechzigerjahren brachten uns die Interkontinentalraketen. Der ABM-Vertrag in den Siebzigerjahren hat beide Waffenarsenale um zwanzig Prozent vergrößert. Deshalb kann der Präsident nachts nicht mehr schlafen. Er möchte einen Atomkrieg verhindern, bei dem – selbst im allergünstigsten Fall – einhundertfünfzig Millionen Amerikaner sterben würden. Und er hat recht, wenn er sagt, dass die Menschheit noch nie eine Waffe erfunden hat, die sie nicht früher oder später auch benutzt. Das fürchtet er, und das ist sein Argument für die SDI. Es ist wie 1925, als sich die Welt zusammengesetzt und den Einsatz von Giftgas geächtet hat. Aber wir haben trotzdem unsere Gasmasken behalten.«

Pascha nickte seinem jüngeren Bruder zustimmend zu. »Für mich persönlich ist das bereits ein Grund, meine Vorbehalte gegenüber der Strategic Defense Initiative zurückzustellen.«

»Na ja, vielleicht hätten sie dich nominieren sollen und nicht mich«, sagte Anthony. »Und in der Zwischenzeit, während Harry sich über mich lustig macht, werde ich vor diesen Männern sitzen und etwas verteidigen müssen, das ich nicht verteidigen kann. Auch wenn er mich noch so sehr mit Erkenntnissen der Nuklearphysik bombardiert.«

Während des größten Teils der Unterhaltung verzichteten Tatiana und Alexander darauf sich einzumischen. Während ihre Söhne sich stritten, blieben sie bei ihnen sitzen, hörten ihnen zu, tranken Champagner und warfen einander Blicke zu. Alexander griff nach Tatianas Glas, schenkte ihr den letzten Rest Champagner ein und stand auf.

»Dad, wohin gehst du?«, fragte Anthony. »Wir sind noch lange nicht fertig.«

»Als ob ich das nicht wüsste«, sagte Alexander, verschwand aber trotzdem.

Tatiana wandte sich an Anthony. »Ant«, sagte sie, »weißt du, woran du erkennen kannst, was dein Vater von dieser Nominierung hält? Daran, dass er aufgestanden ist, um noch eine Flasche Cristal zu holen.« Sie nickte. »Er glaubt wirklich daran. Und jetzt, möchtest du rauchen? Du darfst in der Küche rauchen, das geht schon in Ordnung. Ich habe die Lüftung eingeschaltet.«

Dankbar zündete sich Anthony eine Zigarette an. Er war ziemlich geschickt darin geworden, viele Dinge einhändig zu erledigen, und sich eine Zigarette anzuzünden gehörte dazu. »Warum seid ihr so still, du und Dad? Stimmt ihr mir nicht zu?«

Einen Augenblick lang antwortete Tatiana nicht. »Lass Dad erst mal zurückkommen«, sagte sie leise. »Er wird schon noch etwas dazu sagen.«

Sie warteten schweigend, bis Alexander wieder auftauchte, die Flasche entkorkte und jedem noch ein Glas Champagner einschenkte. Sie hoben die Champagnerflöten und Alexander sagte: »Anthony, dieses Glas trinke ich auf dich. Alle Wege, die wir – deine Mutter, ich und du – gewählt haben, haben dich dorthin geführt, wo du jetzt bist. Ich möchte, dass du mit erhobenem Haupt vor den Ausschuss trittst und ohne zu zögern sagst: Danke, Mr President, es wird mir eine Ehre und ein Privileg sein, Ihnen zu dienen. Und deshalb trinken wir auf den eigentlichen Sinn deiner Aufgabe, den du auf so schmerzliche Weise nicht zu erkennen scheinst.«

Anthony stellte sein Glas ohne zu trinken ab. »*Ich* erkenne den eigentlichen Sinn meiner Aufgabe nicht?«, sagte er verärgert.

»Genau«, antwortete Alexander und nahm einen großen Schluck. »In dieser Frage ist es so.«

»Dad, ich habe während der letzten drei Jahre zusammen mit dem Präsidenten an der Ratifizierung der SALT II-Verträge zur nuklearen Rüstungsbegrenzung gearbeitet.«

»Nun, dann ist dir nicht aufgefallen, was während der letzten sechs Monate mit den SALT II passiert ist«, sagte Alexander ruhig.

»Soll das ein Witz sein?«, fragte Anthony und senkte ein wenig die Stimme.

»Dir ist es absolut nicht aufgefallen. Seit 1946 gab es zwanzig Verhandlungen mit der Sowjetunion zur nuklearen Abrüstung – zwanzig, Ant! Und jede davon wurde von den Sowjets abgebrochen, die sich weigerten, auch nur ein einziges Zugeständnis zu machen, eine einzige und sei es auch nur kosmetische Reduktion ihres Kernwaffenarsenals. Das Einzige, was vereinbart wurde – und das schließt den so hoch gelobten ABM-Vertrag mit ein –, bestand darin, dass wir keine weiteren Abwehrraketen aufstellen würden, um unsere Ostküste vor ihren Offensivraketen zu schützen.«

»Das stimmt. Aber wegen unserer Bemühungen haben die SALT II eine sehr gute Chance, unterzeichnet zu werden«, sagte Anthony.

»Eine Unterschrift bedeutet noch nicht, dass die Waffenarsenale tatsächlich reduziert werden«, warf Harry ein. »Aber wie auch immer. Einer der Gründe, warum die SALT II eine gute Chance haben, unterschrieben zu werden, besteht darin, dass der Präsident der Aufstellung von MX-Raketen und der Stationierung von Pershings in Europa zugestimmt hat, um die Sowjets wieder an den Verhandlungstisch zu bringen, indem er ihnen unmissverständlich klarmachte, dass er ihnen ihre weitere Aufrüstung nicht durchgehen lassen würde. Nach Ansicht des Präsidenten waren vier Kriege in diesem Jahrhundert genug.«

»Die MX und die Pershing waren ein Mittel zum Zweck, Harry«, sagte Alexander. »Sie brachten die Sowjets an den Verhandlungstisch. Aber was sie bei dieser Diskussion geradezu kopfstehen lässt, ist die SDI.«

»Was hat die SDI denn mit den SALT II zu tun?«, sagte Anthony. Er hatte Mühe damit, auch weiterhin leise zu sprechen.

»Genau das habe ich gemeint, als ich darüber sprach, dass hier einige den entscheidenden Punkt nicht erkennen!«, antwortete Alexander, der sich überhaupt nicht darum bemühte, leise zu bleiben. Er setzte das Glas ab und wandte sich an seinen Sohn. »Begreifst du das denn nicht? Alles hängt von der Abwehrinitiative ab. Es geht nicht darum, was Harry davon hält, oder was du davon hältst oder was die Journalisten darüber schreiben. Es geht einzig um eine Frage: Was halten die Sowjets von der SDI?«

»Scheiße, wen interessiert das? Entschuldige, Mom.« Anthony entschuldigte sich nur selten, denn es war kaum nötig, nachdem seine Mutter schon seit vierundvierzig Jahren mit einem Soldaten zusammenlebte.

»Anthony.« Tatiana meldete sich mit milder Stimme zu Wort. Anthony holte tief Luft, nahm einen Schluck, schüttelte frustriert den Kopf und wandte sich seiner Mutter zu. »Du brauchst dich nicht zu verteidigen«, sagte sie. »Aber du hörst deinem Dad nicht zu. Hör ihm doch einfach zu. Er sagt, dass es keine Rolle spielt, wenn *du* glaubst, dass die SDI nicht funktioniert – nein, Harry, lass mich ausreden«, sagte sie quer über den Tisch zu ihrem jüngsten Sohn, der bereits den Mund aufgemacht hatte, um zu protestieren. »Ich weiß, *du* glaubst daran. Aber – und das sollte Anthony eigentlich eine Hilfe sein – *es spielt keine Rolle*, ob es funktioniert. Es zählt einzig und allein, ob die Sowjets glauben, dass es funktionieren kann«, sagte Tatiana. Sie wandte sich an Alexander. »Shura, sag mir, ob die Sowjets an das Funktionieren der Abwehrinitiative glauben.«

»Verdammt, und wie sie daran glauben, dass sie funktioniert«, sagte Alexander und schlug mit der flachen Hand auf den Tisch. »Die Sowjets sind vollkommen panisch. Es wäre witzig, wenn es nicht so schockierend wäre. Ant, die Sowjetunion kommt den amerikanischen Vorstellungen im Hinblick auf die SALT II entgegen. Schon in den Vorgesprächen haben sie zugestimmt, eine ganze Reihe ihrer Atomwaffen zu demontieren, eine Forderung, die sie, wie du weißt, vierzig Jahre lang abgelehnt haben. Sie haben zugestimmt, ihre Interkontinentalraketen aus Europa abzuziehen. Scheiße, Mann, das ist absolut erstaunlich«, sagte Alexander, ohne sich bei irgendjemandem für irgendetwas zu entschuldigen. »Was den Abbau von Atomwaffen angeht, haben sie fast allen unseren Forderungen zugestimmt. Und weißt du, was sie als Gegenleistung verlangen?« Alexander hielt inne und musterte seinen Sohn eindringlich. »Das *Einzige*, was sie als Gegenleistung verlangen, ist, dass wir die SDI nicht weiter verfolgen.« Alexander lachte. »Ich bitte dich! Ich habe noch nie ein eindeutigeres Signal gehört, sich mit einer Sache weiter zu beschäftigen.«

Auch Tatiana lachte.

»Ja, Dad«, sagte Harry, »da gibt es nur noch eine winzige Kleinigkeit, die man hinzufügen –«

»Ja, mein Sohn, ich weiß, ich weiß«, sagte Alexander und legte in einer väterlichen Geste seinen Arm um Harrys Schultern. »Unser anwesender Atomphysiker glaubt, dass die Sache funktioniert. Das ist großartig. Aber es spielt keine Rolle. Die Sowjets glauben, dass es funktioniert, und *das* ist es, was zählt.«

Anthony schwieg. Er rauchte. Leerte sein Glas. Alexander

schenkte ihm nach. Er sah zu Pascha und dann zu Harry, der stumm mit den Lippen den Satz bildete: *Es wird funktionieren*, rollte mit den Augen und sagte mit nachdenklicher Stimme: »Ich bin mir nicht ganz klar darüber, ob ich all das verstehen kann.« Er sah Alexander an. »Verrate mir Folgendes: Die SDI ist als Verteidigungsinitiative konzipiert, in Ordnung. Aber was ich nicht verstehe, ist: Wie kann die Entwicklung unseres nuklearen Verteidigungssystems dazu führen, dass sie *ihre* nukleare *Abrüstung* vorantreiben? Wie sollte die SDI bei den Sowjets den Wunsch nach Abrüstung wecken? Ich würde eher vermuten, dass genau das Gegenteil eintritt. Dass sie neue Waffen entwickeln, die den Abwehrschirm überwinden können, oder nicht?«

Alexander schwieg bedeutungsvoll. Tatiana sah ihn an, bevor sie antwortete: »Nein. Sie werden einfach versuchen, ihre eigene SDI zu entwickeln, Ant.«

»Wie bitte?«

»Mein Sohn«, sagte Alexander, »weißt du, was die Sowjets so sehr in Aufregung versetzt? Sie glauben, dass wir kein Verteidigungssystem bauen, sondern ein Angriffssystem. Dass wir uns hinter Worten wie Abrüstung und SALT, hinter Verträgen und Vereinbarungen genauso verstecken, wie sie sich hinter ihren zivilen Stahlwerken verstecken und ihre Fabriken dazu benutzen, um hunderttausende von Panzern herzustellen, die sie für die Invasion in Afghanistan brauchen. Sie glauben, dass wir uns hinter dem SDI-Abwehrschirm verstecken und sie in die Steinzeit bomben werden, sobald das System funktioniert. Deshalb wollen sie, dass wir unsere Arbeit daran einstellen. Wenn sie nicht davon überzeugt wären, dass es funktionieren kann, wäre es ihnen vollkommen gleichgültig, wie viele Mittel wir dafür aufwenden. Aber sie spüren, dass ihnen unsere nuklearen Waffensysteme in Kürze überlegen sein werden, und ihr Stolz und ihr Selbsterhaltungstrieb können das einfach nicht zulassen. Genauso wie sie gegen Ende des Zweiten Weltkriegs noch einmal eine Million Soldaten geopfert haben, um wenige Tage vor den Amerikanern in den Besitz der Fabriken zur Urananreicherung in der Umgebung Berlins zu gelangen, und sie danach in großem Stil Spionage betrieben haben, um ihr Atomprogramm aufzubauen.« Alexander musterte Anthony mit zusammengekniffenen Augen. »Und weißt du, *davon* verstehe ich wirklich was, denn ich stand in vorderster Front dieser einer Million Mann, als ich mein Strafbataillon nach Deutschland geführt habe.«

Alexander schenkte jedem Champagner nach. »Die Sowjets haben unseren Präsidenten gebeten, seine Pläne aufzugeben, und er hat abgelehnt. Die SDI wird fortgeführt werden. In ihrer Panik sind die Sowjets genau in diesem Augenblick damit beschäftigt, eine Möglichkeit zu finden, sämtliche ihrer Ressourcen in die Entwicklung eines eigenen SDI-Programms zu stecken.« Er sprach langsam und wohlüberlegt. Tatiana wusste, er wollte, dass Anthony wirklich genau verstand, was er sagte. »Aber was meinst du? Wie können die Sowjets das schaffen? Wo werden sie das Geld für ihre Verteidigungsinitiative hernehmen?«

»Wo sie das Geld hernehmen werden?«, wiederholte Anthony ungläubig.

»Ja. Frag deine Mutter, die etwas von Mathematik versteht, Ant. Was ist ihre Meinung? Wir würden sie gerne hören.« Alexander lächelte Tatiana an. »Sag es deinem Sohn, Tatia. Werden es die Sowjets riskieren, ihr Land *in den Ruin* zu treiben, um das von ihnen angestrebte Gleichgewicht bei atomaren Angriffswaffen zu erreichen? Oder werden sie das einzig Vernünftige tun – nämlich diese verrückten wissenschaftlichen Überlegungen aufgeben, ihre atomaren Sprengköpfe abrüsten und ihr Land *retten* und stattdessen unserem Präsidenten vertrauen, der geschworen hat, die Erkenntnisse über die Technik, die er entwickeln lässt, zu teilen?«

Tatiana lächelte und sagte: »Dein Vater legt einfach nur alle Möglichkeiten dar, Ant, alle Aktionen und Reaktionen, alle Abwägungen und gegenteiligen Abwägungen, alle Maßnahmen und Gegenmaßnahmen, alle Positionen und Gegenpositionen. Er zeigt dir eine Waage. Doch die Wahl bleibt dir absolut selbst überlassen.«

Anthony stöhnte. Sein Vater lachte, und seine Brüder stimmten in das Gelächter ein.

»Tatiana«, sagte Alexander, »sei nicht so zurückhaltend. Sag ihm nicht, dass er die Wahl hat. Beantworte meine Frage. Hilf deinem Sohn.«

Tatiana legte die Hände flach auf die schwarze Granitplatte, die ihr Ehemann auf der Kücheninsel verankert hatte, damit sie sich alle darum versammeln und die großen und kleinen Probleme ihres Lebens wie zum Beispiel das Problem heute besprechen konnten. »Obwohl ich mich natürlich irren kann«, sagte Tatiana, »glaube ich, dass die Sowjets ihr Land in den Ruin treiben werden, um ihr eigenes SDI-Programm zu entwickeln.«

Ungläubig schüttelte Anthony den Kopf. Ein oder zwei Minuten lang sagte er kein Wort. »Du bist meine Mutter«, sagte er schließlich, »und du entschuldigst, wenn ich immer noch skeptisch bin. Du wirst doch nicht im Ernst behaupten, dass die Sowjetunion, ein Land mit den umfangreichsten Ressourcen aller Industrienationen, nicht genügend Geld für ein wenig Forschung und Entwicklung aufbringen kann? Sie haben genügend Mittel. Und wenn ihnen das alles so wichtig ist, werden sie das Geld zur Verfügung stellen, genauso, wie sie zu Dads Zeiten das Geld für die Atombombe hatten. Sie sind damals nicht bankrottgegangen. Sie werden tun, was sie tun müssen. Das war schon immer so und wird auch immer so sein. Sie werden ihre Prioritäten neu ordnen. Sie werden ihre Ressourcen umlenken, um ihre aktuellen Ziele zu verfolgen. Das machen alle Länder so, einschließlich unseres eigenen.«

»Ant, mein Sohn, genau das können und werden sie definitiv machen.« Tatiana sah zu Alexander. »Weißt du, Perestroika, Glasnost, Solidarność – das kostet alles Geld. Aber ich sage ja nicht, dass sie dieses Geld nicht haben.« Tatiana hielt inne. »Ich sage nur, dass es ihnen sehr schwerfallen wird, dieses Geld aufzubringen.« Wieder unterbrach sie sich und fügte schließlich hinzu: »Sie werden in der Tat *ihre Ressourcen umlenken* müssen.«

Anthony schwieg. »Was erzählt ihr beide mir da?«, fragte er dann. »Es sieht wohl so aus, als seien wir bei der entscheidenden Frage angelangt. Wollt ihr mir sagen, dass ich meine Karriere und mein Ansehen aufs Spiel setzen soll, indem ich auf die Möglichkeit spekuliere, dass die Sowjets ihr Land zerstören werden, indem sie ihr eigenes Verteidigungssystem entwickeln?« Er starrte seine Mutter an.

»Wir stellen dir gegenüber nur alle Aspekte dar«, sagte Tatiana.

Anthony warf seiner Mutter einen zutiefst ratlosen Blick zu und wandte sich an seinen Vater. »Dad, ich werde der führende Militärberater des Präsidenten der Vereinigten Staaten sein. Er wird zu Recht verlangen, dass mein Kopf klar ist, wenn ich ihm raten sollte, dass er die SDI gegen alle Widerstände weiterverfolgen soll. Du kennst meine Einstellung. Glaubst du, es ist ein gangbarer Weg für die Sowjets, sich um eine eigene SDI zu bemühen? Und wenn sie das tun, hat Mom dann recht? Und wird das alles auf lange Sicht eine Rolle spielen?«

»Das sind sehr gute Fragen, mein Sohn«, sagte Alexander. »Ich werde versuchen, in meinen Antworten direkter zu sein als deine Mutter. Sie ist wirklich lange genug um den heißen Brei herumgeschlichen. Tania, du musst lernen, eindeutiger zu werden, sodass deine Kinder und dein Ehemann dich verstehen können.« Er grinste ihr zu und wandte sich dann an Anthony. »Dann wollen wir mal«, sagte Alexander. »Ja, ich glaube, dass die Sowjets versuchen werden, dieses nicht zu verwirklichende System zu entwickeln. Harry, bitte!«, rief er. »Ich wollte natürlich sagen, dieses durchaus zu verwirklichende, gut funktionierende, fabelhafte System. Ist das ein gangbarer Weg für sie? Praktikabel? Das weiß ich nicht. Wahrscheinlich nicht. Nachdem sich der Krieg in Afghanistan schon seit sechs Jahren hinzieht, ohne dass ein Sieg absehbar wäre, haben sie die Grenzen ihrer finanziellen Möglichkeiten erreicht. Nein, sie haben ihre Grenzen nicht nur erreicht, sie haben sogar schon bei der Weltbank Kredite für ihren kleinen Krieg aufgenommen. Sie schulden der Weltbank mehr Geld als 172 andere Staaten. Und es gibt nur 175 Staaten auf der Welt.«

Alle lachten.

»Abgesehen vom Krieg in Afghanistan«, fuhr Alexander gut gelaunt fort, nahm einen Schluck Champagner und zündete sich eine Zigarette an, »wenden sie für alle ihre Satellitenstaaten im Osten sehr viele Mittel auf – Ostdeutschland, Polen, die Tschechoslowakei, Rumänien, Ungarn, Bulgarien. Und sie unterhalten eine mehrere Millionen Mann starke Armee in ganz Osteuropa. Sie zahlen für die tschechische Grenze und das dortige Wachpersonal, sie zahlen für die Berliner Mauer und das dortige Wachpersonal. Sie bezahlen die Wachen vor Lech Walesas Gefängniszelle, und sie bezahlen die Leute, die verhindern, dass die Polen in die Kirchen gehen. Können sie ihre Ressourcen von diesen Aufgaben abziehen und umlenken, Ant? Weg von der Berliner Mauer zugunsten einer SDI?« Alexander zuckte mit den Schultern und lächelte. »Vielleicht. Vielleicht sollten sie ihre Ressourcen ja in diesem Sinne umleiten. Doch die Mauer wird fallen, wenn sie sie nicht verteidigen können, Walesa wird freikommen, und die Katholiken werden die Messe in Krakau besuchen. Die Sowjets haben die größte Mühe damit, Christus von den polnischen Kommunisten fernzuhalten. Aber darüber hinaus unterstützen sie jede neue Rebellenbewegung in Afrika und Südamerika, sie unterstützen Kuba und Vietnam. Und alle Aufständischen in Angola, Äthiopien, Nicaragua, El Salvador und Grenada. Wenn man überall auf der Welt für Chaos sorgen will, ist das nicht ganz billig, weißt du?« Alexanders Blick ruhte auf Tatiana, als erinnere er sich an etwas, vielleicht an etwas über das Chaos in einem Universum, in dem alles eins war, in dem alles richtig und miteinander versöhnt war. Und er fuhr fort. »Im Jahr 1979 haben die Sowjets die vietnamesische Invasion in Kambodscha bezahlt, und sie haben dafür bezahlt, dass die Chinesen zurückgedrängt werden. Im selben Jahr haben sie durch ihre Invasion in Afghanistan ihre Mittel völlig überreizt. Sie unterstützen die vietnamesische Armee auch weiterhin – eines der größten stehenden Heere der Welt. Warum machen sie das? Und wozu braucht Vietnam noch immer eine so große Armee? Laos, Kambodscha, Vietnam – sie alle sind *eins.*« Jetzt lächelte er Tatiana an. »Die Sowjetunion produziert *nichts* von Wert außer Gold und Öl, und weil die Maschinerie des Gulags nach und nach zerfällt, sind Arbeitskräfte zwar immer noch sehr billig, aber doch nicht mehr völlig kostenlos. Mit kriminellen Gefangenen allein lässt sich die sowjetische Planwirtschaft nicht aufrechterhalten. Anthony Barrington, mein Sohn, du willst wirklich wissen, ob die Sowjets, nachdem ihre Hände schon so tief in jedem Topf stecken, hunderte Milliarden Rubel, die sie nicht haben, für den größten Schwachsinn ausgeben werden, von dem *du* je gehört hast?« Alexander lachte. »Aber natürlich, sage ich. Sie *müssen!*«

Schlussakkord

»Lebe beständig wohl, o Königin, bis dich das Alter
Sanft beschleicht und der Tod, die allen Menschen bevorstehn!
Jetzo scheid' ich von dir. Sei glücklich in diesem Palaste,
Samt den Kindern, dem Volk, und Alkinoos, deinem Gemahle!«

Homer, Die Odyssee, 13. Gesang, Strophe 60

Eins

Viele Jahre waren vergangen seit den Möwen im Stockholmer Hafen, dem Lazarett in Morozowo und der Hütte in Lazarewo, und noch viel mehr seit jenen Abenden an den Granitufern der Newa im dämmrigen Zwielicht unter der Sonne im Norden.

Es war Thanksgiving 1999.

Während die beiden Truthähne friedlich im Ofen schmorten, war es im Haus selbst turbulent wie in einem Affenhaus. Fünf Frauen, die mit ihrer Meinung noch nie hinter dem Berg gehalten hatten, hielten sich in der Küche auf, fünf laute Köchinnen, bereit, den sprichwörtlichen Brei zu verderben. Die Erste machte Kartoffelbrei, die Zweite eine Grüne-Bohnen-Kasserolle, und die Dritte kochte Süßkartoffeln. Die Lauteste von allen bewachte die Milch auf der Herdplatte, während sie ihren Still-BH zurechtzog, und die Ruhigste bereitete die Schinken-Lauch-Füllung zu sowie Yamswurzeln mit Rum und einem Überzug aus braunem Zucker. Sieben Mädchen, von denen einige noch nicht in der Pubertät und andere bereits im Teenageralter waren, saßen um den Küchentisch herum und plapperten wild durcheinander; sie unterhielten sich über Musik und Schminke, Spielzeug und Jungs. Neben ihnen stand ein Hochstuhl, und darin saß ein Kleinkind. Die jungen Mädchen warteten ungeduldig darauf, dass ihre Großmutter mit der Lauchfüllung fertig wurde, damit sie die Kekse backen konnte, die sie ihnen versprochen hatte.

Am Ende der langen, sonnigen Galerie liegt das Wohnzimmer, in dem fünf erwachsene Männer saßen und einen rechteckigen Kasten verfluchten, in dem die Dallas Cowboys von den Miami Dolphins regelrecht auseinandergenommen wurden. Ein Kleinkind saß auf dem Schoß seines Großvaters, der ihm immer wieder die mächtigen Hände über die Ohren legte.

Vier Jungen rannten hintereinander her durchs Haus, wobei sie im Augenblick Ping-Pong-Polo spielten. Drei Jungen und ein schlaksiger Zwanzigjähriger spielten draußen Basketball. Aus den Lautsprechern dröhnte Musik. Es war so laut im Haus, dass niemand hörte, wie es an der Türe klingelte.

Es ist Ende November, draußen hat es 22 Grad. Nach dem Essen würden alle in dem beheizten Pool schwimmen gehen.

Erinnerungen bedecken die frisch gestrichenen Wände. Die Betten sind gemacht. In den Vasen stehen Schnittblumen. Die Spiegel haben keine Streifen, und die Holzfußböden wurden poliert. Kalifornischer Goldmohn, orangerote Amsinckia-Pflanzen und Wüstenlavendel blühen im Winter wild in der Landschaft und von Menschenhand angepflanzt im Garten neben dem Schlafzimmer.

Das Esszimmer hat die Ausmaße eines Bankettsaals, denn derjenige, der das Haus entworfen hat, hatte dabei schon an die zukünftigen Generationen gedacht. Es bietet Platz für zwei lange, aneinandergeschobene Holztische. Die Tische sind mit scharlachrot-golden gemusterten Tischtüchern bedeckt, und darauf stehen Bleikristallgläser und Porzellangedecke für sechsundzwanzig Personen: vier erwachsene Kinder samt drei Ehepartnern, deren fünfzehn Kinder und zwei Gäste.

Eine Mutter.

Ein Vater.

An einer Wand des Zimmers, wo normalerweise sein Platz am Tischende ist, verkündet eine kleine Tafel: *»Er hat mich hierher an seine Tafel geführt, und sein Banner über mir war Liebe.«* Hier steht der schlaksige Basketballspieler, der in diesem Haus fremd ist und neugierig die aufgehängten Fotografien anstarrt.

In jenem Tollhaus, das sich Küche nennt, leuchten Tatianas meerschaumfarbene Augen, als sie ihren Enkelinnen zeigt, wie man die Kekse macht. »Schaut nur gut zu«, sagt sie, »dann lernt ihr es. Eine halbe Tasse geschmolzene Butter, zwei Tassen Zucker. Eine halbe Tasse Milch. Und dann aufkochen lassen.« Ihr weiches, flachsfarbenes Haar reicht ihr bis weit in den Nacken. Sie hat nur wenig Make-up aufgetragen. Ihre Brüste und ihre Hüften sind inzwischen etwas fülliger, doch ansonsten ist sie schlank geblieben, und wie um das zu beweisen, trägt sie ein eng anliegendes, ärmelloses dunkelgrünes Kleid aus Wolljersey. Ihre Schultern und ihr Nasenrücken sind voller Sommersprossen. Das runde Gesicht ist weich und voll, ihre Haut wirkt glatt. Noch immer schwimmt und taucht sie jeden Tag im Pool, reitet im benachbarten Carefree Resort, wandert durch die Wüste, pflanzt Blumen und trägt ihre kleinen Enkelkinder auf dem Arm herum. Das Alter meint es gut mit ihr.

»Wenn alles gekocht hat«, sagt Tatiana, »gebt ihr drei Tassen Haferflocken und eine Tasse ungesüßtes Kakaopulver hinzu. Danach, je nach Geschmack, entweder eine halbe Tasse Kokosraspel, eine halbe Tasse Walnüsse oder eine halbe Tasse Erdnussbutter.«

Jetzt melden sich zehn verschiedene Stimmen mit zehn verschiedenen Meinungen zu Wort. Tatiana seufzt theatralisch und entscheidet sich für die halbe Tasse Kokosraspel. »Euer Großvater mag sie mit Kokos, also mache ich sie so. Bei euch zu Hause könnt ihr sie so machen, wie ihr sie wollt.« Sie rührt minutenlang um, bis die Flocken zerfallen sind und eine breiartige Konsistenz erreicht ist. Dann nimmt sie den Topf vom Herd und löffelt kleine Teigkleckse auf eine Backfolie. »Nach dem Backen müssen sie auskühlen«, sagt sie. Doch sie könnte genauso gut Russisch sprechen, denn die älteren Mädchen, die Mädchen im Teenageralter, die jüngeren Mädchen und sogar ihre festlich gekleideten Mütter greifen sich kichernd jeweils einen lauwarmen Klecks vom Blech und schieben ihn sich genüsslich in den Mund.

Aus dem Esszimmer, in dem so viel edles Kristall steht, klingt plötzlich Lärm. Eine Stimme berichtet Tatiana verlegen, dass Tristan und Travis, Harrys zehn Jahre alte Zwillinge, mit ihren beiden älteren Brüdern, die es eigentlich besser wissen sollten, Football spielen. Niemand möchte ihr gegenüber eingestehen, dass es bei diesem Spiel, das um ihr festliches Porzellan herum gespielt wird, mit vollem Körpereinsatz zur Sache geht.

Rachel und Rebecca, Anthonys neunzehn Jahre alte Töchter, beide Studentinnen im zweiten Jahr in Harvard, unterhalten sich mit schokoladeverschmierten Mündern laut über den Tisch hinweg. Rebecca hat einen Freund zu Thanksgiving eingeladen – er ist ihr erster, und der erste, den die Familie kennenlernt. Jetzt beschreibt sie ihn ihren jüngeren Cousinen, die mit offenem Mund zuhören; in Tatianas Hörweite liefert sie ihnen eine jugendfreie Version, als hoffe sie, dass ihre Großmutter zuhört und ihre Wahl gutheißt. Nachdem er draußen Basketball gespielt und sich danach das Haus angesehen hat, kommt Rebeccas Freund schließlich in die Küche, wo er allen schlicht als »Washington« vorgestellt wird. Er ist groß, hat lange Haare und ist unrasiert – an diesem Feiertag! Während er spricht, erkennt Tatiana mit einem leicht missbilligenden Stirnrunzeln, wie eine kleine silberne Kugel auf seiner Zunge funkelt.

»Grammy, Washington hat Mathematik als Hauptfach!«, verkündet Rebecca überschwänglich und hängt sich bei ihm ein. »Findest du das nicht beeindruckend? Meine Großmutter *liebt* Leute mit Mathematik als Hauptfach, stimmt's, Grammy? Und Washington ist *brillant!*«

Tatiana lächelt Washington höflich an, der versucht, brillant *und* lässig auszusehen. Er schenkt Tatiana ebenfalls ein Lächeln, mustert ihr Gesicht aufmerksam, scheint darin nach irgendetwas zu suchen, entschuldigt sich zehn Sekunden später und geht, um sich etwas zu trinken zu holen, ohne Rebecca zu fragen, ob sie auch etwas möchte.

Rebecca strahlt wie ein Honigkuchenpferd und sagt mit leiser Stimme: »Grammy, ich glaube, er ist meine erste wahre Liebe. Obwohl, wenn man so jung ist wie ich, kann man das dann überhaupt schon wissen?« Sie wirft Washington einen sehnsüchtigen Blick hinterher.

»Nein, Liebes«, sagt Tatiana zu Rebecca. »Wenn man jung ist, weiß man überhaupt nichts über die Liebe.«

»Grammy, das meinst du doch ironisch, oder?«, erwidert Rebecca und zieht mit ihren Schokoladelippen einen Schmollmund. »Ich werde ein Buch über dich schreiben, und dann wird's dir leidtun.«

»Ich gebe ihnen bis Weihnachten«, sagt Tatiana leise zu Anthony, der gerade in die Küche gekommen ist und sich auf die frisch gebackenen Kekse stürzt.

»So lange?«, sagt er, während er den klebrigen kleinen Ball verschlingt.

Ein kleiner, dunkelhaariger, sensibel aussehender Junge tritt von hinten auf ihn zu. »Dad«, sagt er, »darf ich in Grandpas Schuppen gehen? Als wir das letzte Mal hier waren, haben wir angefangen, ein Schachbrett zu machen. Er sagte, ich darf es zu Ende bauen.«

»Frag nicht *mich*, Tomboy«, antwortet Anthony und legt eine Hand auf die Schulter seines Sohnes, »frag deinen Großvater. Obwohl es vielleicht besser wäre, bis zur Halbzeit zu warten, bevor du ihm überhaupt irgendeine Frage stellen solltest.« Er dreht sich zu Tatiana um. »Mom, sammelst du immer noch Blutspenden für das Rote Kreuz?«

»Wer will das wissen?« Tatiana lächelt. »Als Präsidentin der Ortsgruppe in Phoenix muss ich das ja wohl. Nächste Woche haben wir wieder eine Aktion. Warum? Willst du vorbeikommen und einen halben Liter spenden?«

»Warum nur einen halben Liter?«, sagt Anthony. »Nimm alles, was in diesem Arm steckt.« Er grinst sie an.

Ihren kleinen Bruder zur Seite drängend, geht Rebecca auf ihren Vater zu und greift nach seinem Arm, den er ihr jedoch entzieht, weil er sich noch einen Keks holen will. Wieder packt sie seinen Arm und sagt schmollend zu Tatiana: »Grammy, frag Daddy, was er von Washington hält. Frag du ihn.«

»Becky, Schätzchen, dein Vater steht genau vor dir. Ich gebe dir die Erlaubnis, ihn selbst zu fragen.«

»Er will's mir aber nicht verraten!«

»Und was sagt dir das?«, erwidert Anthony. »Lass los. Ich muss wieder zurück, um zu sehen, wie es den Cowboys an den Kragen geht. Tom, kommst du mit?«

»Dieser Washington spielt ziemlich gut Basketball«, wendet der zehn Jahre alte Tommy ein. »Falls das irgendwas zu sagen hat.«

»Dad«, sagt Rachel, die von links an ihn herangetreten ist und ihm in die Rippen knufft, »warum erzählst du Grammy nicht, was Grandpa gerade in Anwesenheit des Zweijährigen vor dem Fernseher gerufen hat?« Die Zwillingsschwestern, beide so groß wie Fotomodelle und perfekt geschminkt, gleich gekleidet und gleichermaßen atemberaubend hübsch, nehmen ihren Vater in die Mitte und werfen ihm die gleichen liebevollen Blicke zu.

Anthony blinzelt Tommy zu. »Das werden wir ihr nicht verraten, in Ordnung, Kumpel?« Er sieht seine Töchter an. »Werdet ihr beiden mich wohl loslassen? Tom, wo ist dein Bruder? Onkel Harry will, dass er sich um Samson kümmert, bis Grandpa sich wieder beruhigt hat.«

»Grandpa ist auf einmal aufgesprungen«, flüstert Rachel breit grinsend und mit gedämpfter Stimme, sodass die Jüngeren sie nicht hören können, »und hat seiner Footballmannschaft zugeschrien: ›Hey, Jungs! Was soll denn jetzt diese Scheiße?‹«

»Pscht!«, mahnt Tatiana. »Rachel Barrington!«

»Was ist? Er ist *dein* Mann.«

Tatiana schüttelt den Kopf und nimmt Tommy bei der Hand. Sie legt zwei Kekse auf eine Papierserviette, verlässt die Küche und geht durch die lange Galerie mit den Pflanzen und den Bildern und den vom Boden bis zur Decke reichenden Fenstern zum Wohnzimmer, wo sie hinter der Couch stehen bleibt und sich über einen weißen Haarschopf beugt.

»Shura«, sagt sie leise und streckt die Hand mit den Keksen aus, »sei ein guter Kerl und bring dem kleinen Kind noch nicht gleich alles bei, was du weißt.«

Ohne den Blick vom Fernseher zu lösen, hebt Alexander die Hand, nimmt einen Keks, schiebt ihn sich in den Mund, neigt seinen Kopf ein Stück in ihre Richtung und sagt mit rauer Stimme: »Ich *war* ein guter Kerl und hab ihm die Ohren zugehalten. Und wenn du gesehen hättest, wie die ihre Abwehr aufbauen – mein Gott, wann ist Halbzeit? Ich brauche eine Zigarette.«

Zögernd nähert sich Tommy der Armlehne. »Grandpa, was ist mit meinem Schachbrett? Können wir es fertig bauen?«

»Das ist eine sehr gute Idee, Tomboy«, sagt Alexander. »Wir gehen am besten gleich los.« Er steht auf und dreht sich zu Tatiana. Obwohl sein Haar weiß und dünner ist, ist es ihm kaum ausgefallen. Tatiana stutzt es selbst jeden Monat mit ihrem elektrischen Haarschneider. Trotz seines Alters besitzt Alexander noch immer viele seiner früheren körperlichen Eigenschaften: seine Größe, seine aufrechte Haltung, das eiserne Zupacken seiner Hände, die immer noch wie ein Schraubstock wirken, wenn er jemandem zur Begrüßung die Hand schüttelt, und die zugleich sanft wie Federn sein können; Hände, mit denen er immer noch in seinem Werkstattschuppen arbeitet, Schachfiguren drechselt, Büsche schneidet, Zügel und Kinder hält, Basketball spielt und seine Frau berührt. Seine Arme, die ihn beim Schwimmen durch den Pool ziehen und die im Bett sein Gewicht tragen. Der klare Blick seiner sanft funkelnden Augen unter den schwarzgrauen Augenbrauen, seine karamellfarbenen Augen – die sich jetzt plötzlich verengen.

»Hey!«, ruft er zwei Jungen zu, die mit federnden Schritten aus dem Esszimmer kommen. »Ja, Tristan und Travis, euch meine ich. Schluss jetzt! Wie oft soll ich es euch noch sagen? Ich werde es nicht ein einziges Mal mehr wiederholen, habt ihr mich verstanden? Kein Herumalbern im Haus während der Feiertage. Die lebensgefährlichen Spiele werden draußen gespielt.«

Bevor Harry auch nur vom Sofa aufstehen und seinen Söhnen einen strengen Blick zuwerfen kann, verlassen sie unverzüglich, gehorsam und schweigend das Zimmer, um in den Garten zu gehen. Alexander lächelt Tatiana an, und Tommy greift nach seiner Hand. »Einen Augenblick, Kumpel«, sagt Alexander. »Heute habe ich das Haus voll. Aber du bleibst ja eine Woche. Ich verspreche dir, dass wir das Spiel fertig machen, okay?«

»Okay, Grandpa.«

»Wie hat dein Bruder dich behandelt?«

»Schrecklich.«

»Achte nicht auf ihn. Er hat schlechte Laune.«

»Er hat schlechte Laune seit dem Tag, an dem er geboren wurde.«

Als die erste Halbzeit gnädigerweise abgepfiffen wird, gehen Alexander und seine Söhne Anthony und Harry, der angeblich aufgehört hat, in den Innenhof, um dort in Ruhe zu rauchen; Pascha gesellt sich mit einem kalten Bier zu ihnen.

Alexanders Söhne sind groß gewachsen. Harry, der magerste und größte von ihnen, überragt sogar noch seinen Vater, eine Tatsache, für die er nicht ganz ernsthaft seine Mutter verantwortlich macht, weil sie ihn gestillt hat, bis er zweieinhalb war. (»Du willst, dass ein Zweijähriger sich eigenständig entwöhnt? Selbst Erwachsene schaffen das nicht!«, hatte Alexander zu Tatiana gesagt.) Harry und Pascha sind blond. Anthonys pfefferfarbenes Haar wird nach und nach salzfarben.

Pascha nennt sich inzwischen gerne Charles Gordon Barrington. Seine immer adrette Frau Mary nennt ihn »Chaaarles«. Sobald sie sich umdreht, machen seine Brüder sie nach.

»*Chaaarles*«, formen ihre Lippen stumm. Für seine Familie wird er immer Pascha sein, außer für Jane, die ihn neckt, indem sie ihn inzwischen ebenfalls *Chaaarles* nennt. Was nicht *ganz* der Anrede des Märtyrers von Khartum entspricht. Mit einundvierzig Jahren ist Charles Gordon Barrington der leitende Chirurg der US-Army im Hayden Veterans Medical Center direkt an der Indian School Road in Phoenix. Einmal pro Woche kommt seine Mutter zum Mittagessen vorbei. Sein Vater hat seine Abneigung gegen Krankenhäuser zeitlebens nie überwunden, weswegen Vater und Sohn stattdessen zusammen Golf spielen. Seit Alexander im März 1970 das Krankenhaus gerade noch rechtzeitig zur Verleihung der Ehrenverdienstmedaille des Kongresses verlassen hat, hat er nie wieder einen Fuß in eine Klinik gesetzt. Für alle seine Beschwerden hat er seine eigene Krankenschwester, die ihn rund um die Uhr versorgt, sowie einen Sohn, der seinen Zustand zwei Mal die Woche sorgfältig auf dem Weg von Loch eins bis Loch achtzehn kontrolliert. Dieser Sohn sucht nach Anzeichen für eine Herzkrankheit, ein Lungenemphysem und Altersschwäche. Alexander ist achtzig. Er kann sich gut vorstellen, dass Pascha in naher Zukunft schon Symptome von Alterskrankheiten bei ihm feststellen wird. Aber nicht, solange dieser Sohn zwei Mal pro Woche zum Golf möchte und Alexander dazu bringt, alle achtzehn Loch zu spielen. Auch mit Harry geht Alexander auf den Golfplatz.

Anthony spielt kein Golf.

Pascha ist das letzte der vier Kinder, das geheiratet hat. Zwischen zwanzig und dreißig hatte er eine kurze Beziehung nach der anderen, bis er sich schließlich mit dreißig Jahren während seiner Assistenzzeit im Krankenhaus in eine Ärztin verliebte. 1988 begannen sie ihr gemeinsames Leben voller Arbeit. Gut organisiert, besonnen und wohl überlegt bekamen sie 1990 Zwillinge – ein Mädchen, Maria, das Mia genannt wurde, und einen Jungen, Charles Gordon –, und mehr Kinder sollten es nicht werden. Das Familienleben verlief ruhig und in geordneten Bahnen, und beide arbeiteten sechzig Stunden pro Woche. Jetzt leben sie in Paradise Valley, in einem Haus, das Barrington Custom Homes für sie gebaut hat, und an den Sonntagen kommen sie oft zu Besuch und verbringen den Tag hier. Nun ist Mary unerklärlicherweise mit einundvierzig Jahren noch einmal schwanger geworden und sie wissen nicht, wie sie das irgendjemandem sagen sollen. Dies nicht geplant zu haben, ist völlig untypisch für sie. Pascha hat Mary empfohlen, sich von seiner Mutter fernzuhalten, wenn sie nicht will, dass die ganze Familie es herausfindet.

Harry Barrington ist neununddreißig und arbeitet als Spezialist für nukleare, biologische, chemische und konventionelle Waffen für die US-Army. Harry betont gerne: »Ich bin nicht *ein* Waffenspezialist, ich bin *der* Waffenspezialist.« Seit er 1985 am MIT in Atomphysik promoviert hat, arbeitet er auf dem Testgelände von Yuma für das Verteidigungsministerium. Seine Karriere war gesichert, als er Ende der Achtzigerjahre ein fast sechs Meter langes, aber nur fünfunddreißig Zentimeter dickes Rohr entworfen hatte. Seine Brüder nannten es »nichts weiter als einen aufgemotzten Punji-Spieß«. Als der Irak plötzlich in Kuwait einfiel, mussten Harry und sein Team von Wissenschaftlern rund um die Uhr arbeiten; in Rekordzeit entwarfen sie eine lasergestützte Rakete, die in ihrer endgültigen Form fast zweieinhalbtausend Kilo wog und mit über dreihundert Kilo Sprengstoff ausgerüstet war.

Alexander sagte: »Harry, mein Sohn, wenn die Rakete zweieinhalbtausend Kilo wiegt, warum muss sie dann überhaupt explodieren?« Doch offensichtlich musste sie das wirklich. Sie sollte die Betonwände unterirdischer irakischer Befehlsstellungen durchschlagen, *bevor* sie explodierte. Sie wurde »Bunkerbrecher« genannt. Die Arbeit musste unter so hohem Zeitdruck erledigt werden, dass die ersten Bunkerbrecher aus altem Artilleriematerial der Armee angefertigt wurden.

Im Jahr 1985 heiratete Harry ein zierliches Mädchen namens Amy; er war fünfundzwanzig. Seine Frau schenkte ihm einen Jungen nach dem anderen. 1986 bekamen sie Harry jr., 1987 Jake, und 1989 die Zwillinge Tristan und Travis. Ihr letzter Versuch, doch noch ein Mädchen zu bekommen, führte 1997 dazu, dass Samson geboren wurde, ein Junge, der den anderen durchaus gewachsen ist. Jetzt folgen alle fünf Söhne Harry wie Welpen, und er bringt ihnen bei, was er weiß. Der Rest der Familie macht sich lautstark Sorgen über das Schicksal der Welt. Einmal im Monat kommen alle aus Yuma und verbringen das Wochenende im Haus. Amy und Mary haben sich angefreundet.

Janes Problem ist das genaue Gegenteil von Harrys Problem. Als sie 1983 gerade ihren Abschluss an der Schwesternschule gemacht hatte, heiratete sie einen Jungen, den sie schon kannte, seit sie auf der Welt war – einen netten jungen Mann namens Shannon Clay jr., den ältesten Sohn von Shannon und der vor langer Zeit verstorbenen Amanda, der sich jetzt für beide Familien um Barrington Custom Homes kümmert, nachdem sich Alexander und Shannon fast vollständig aus dem Geschäft zurückgezogen haben. 1985 bekamen Jane und Shannon jr. ein Mädchen, Alexandra; 1986 kam noch ein Mädchen, Nadia; 1989 kam Victoria, und 1990 bekamen sie Veronica, *noch ein Mädchen*. Die Achtzigerjahre waren für die Barringtons Babyboom-Jahre, besonders als 1989, dem Jahr, in dem die Berliner Mauer fiel, sechs der sechzehn Kinder der nächsten Generation geboren wurden. Dass Harry fünf Söhne hat, kann man als kosmische Gerechtigkeit verstehen, aber dass Jane, das so jungenhafte Mädchen dieser Familie, einer ironischen Laune des Schicksals zufolge vier Töchter bekam – Sascha, Nadia, Vicky und Nicky –, obwohl sie und Shannon unbedingt wenigstens einen kleinen Jungen haben wollten, hat mit kosmischer Gerechtigkeit nichts mehr zu tun. Harry hat den beiden den Rat gegeben, bei vier Kindern aufzuhören, denn mit fünfen käme man auf geradezu komische Weise nicht mehr zurecht. Er sagte, fünf Kinder seien wie Krieg. »Das kommt einzig und allein daher, dass du deinen fünften Sohn Samson genannt hast«, sagte Alexander zu Harry. »Du hast nichts anderes verdient, wenn du ein Kind so nennst.« Und Jane, die sich nicht nur vor einer weiteren Tochter fürchtete, sondern auch vor dem latenten Zwillingsgen ihrer Mutter, nahm sich Harrys Rat hinsichtlich zusätzlicher Nachkommenschaft zu Herzen – bis sich das Jahrtausend zu Ende neigte. Jetzt hat ihr neugeborener *Sohn* fünf Mütter, die ständig um ihn herum sind und wie die zahlreichen Köche im Sprichwort den Brei verderben. Er schläft in der lauten Küche, wird bewundert wie ein König, doch er ist noch ohne Namen. Sie haben sich monatelang über seinen Namen den Kopf zerbrochen und sind sich nicht einig geworden. Shannon würde gerne seinen eigenen nehmen, Jane den ihres Vaters.

Jane und Shannon leben in unmittelbarer Nähe am Fuße des Jomax-Hügels in einem wunderschönen Pueblo-Haus. Doch Jane ist fast ständig hier.

Trotz der großen Arbeitsbelastung in Washington versucht Anthony seine Aufenthalte im Elternhaus mit Harrys Besuchen aus Yuma zu koordinieren, sodass es jedes Jahr wenigstens ein paar Gelegenheiten gibt, bei denen ihre Mutter und ihr Vater das erleben können, was sie sich am meisten gewünscht haben: all ihre Kinder zusammen in einem Haus voller Leben.

Anthony ist sechsundfünfzig und im Augenblick stellvertretender Berater des Nationalen Sicherheitsrats. Er hat für drei Regierungen gearbeitet, angefangen mit derjenigen Ronald Reagans. Die Aktivitäten der Kommunistischen Partei der Sowjetunion sind fast vollständig zum Erliegen gekommen, was auch für die von ihr angezettelten Aufstände in Afrika, ganz Südamerika und Südostasien gilt – als seien sämtliche Schlangen zuckend verendet, nachdem der Gorgone Medusa das Haupt abgeschlagen wurde. Jetzt gehören Kuba, Angola, Kambodscha, Laos und Vietnam zu den ärmsten Ländern der Welt. Und obwohl Alexander schließlich den Dienst quittiert hat – nach dem Untergang der Sowjetunion hielt er seine Arbeit für beendet –, bleibt die Welt, soweit es Anthonys Arbeit betrifft, auch weiterhin ein unruhiger Ort. Im Nahen Osten brauen sich wieder dieselben alten Probleme zusammen – von den neuen ganz abgesehen. Und in Nordkorea haben dieselben alten Problemen zu neuen Problemen geführt. Einige nachrichtendienstliche Informationen deuten an, dass sich die Nordkoreaner nicht an die Vereinbarungen hinsichtlich der Entwicklung von Atomwaffen halten. Bei jeder Begegnung mit ihnen kämpft Anthony auch weiterhin seinen dreißig Jahre währenden Feldzug, um die 1300 Soldaten zu finden, die noch immer in Vietnam vermisst werden. In derselben Angelegenheit ist er gerade aus Russland zurückgekehrt, wo er sich mit Regierungsvertretern in Moskau und St. Petersburg getroffen hat, um sich größere Klarheit über das Schicksal von einundneunzig amerikanischen Militärangehörigen zu verschaffen, die seit dem Ende des Zweiten Weltkriegs in Russland vermisst werden.

Über all die Jahre hinweg hat er sich standhaft geweigert, eine Prothese zu tragen. Angesichts des Grads seiner Verwundung war eine funktionelle Prothese nicht möglich, und nur aus kosmetischen Gründen eine zu tragen, empfand er als erniedrigend.

Jahrelang litt er unter brennenden, stechenden Schmerzen im Stumpf, und auch heute noch spürt er die elektrischen Nervenimpulse in seinem Phantomarm, wenn er unter Stress steht.

Und obwohl es einige Dinge gibt, zu denen er nicht in der Lage ist (Golf spielen, Gitarre spielen, einen Truthahn zerlegen), kommt er meistens ganz gut zurecht, und den Leuten, die ihn kennen, fiel irgendwann während der Siebzigerjahre gar nicht mehr auf, dass er nur noch einen Arm hat. Die Leute, die ihn nicht kennen, fragen ihn nicht danach, jedenfalls dann nicht, wenn es sich um Soldaten handelt, denn Anthony ist General, und niemand fragt einen General nach irgendetwas, falls er nicht dazu aufgefordert wurde, und Anthony fordert niemanden dazu auf. Manchmal fragen ihn Unbekannte auf der Straße, in Geschäften, während Alexanders Siegesparade. Sie sagen zu ihm: »Mann, was ist denn mit Ihnen passiert?« Und er sagt nur: »Vietnam.« Üblicherweise stoßen die Menschen dann einen Pfiff aus und schütteln den Kopf. »Vietnam« ist Aussage genug. Aber manchmal wollen sie mehr wissen. »Wurden Sie angeschossen?«

Und dann erzählt er es ihnen. »Nein«, sagt Anthony. »Ich war Kriegsgefangener, und die nordvietnamesischen Soldaten haben mir Stück für Stück den Arm abgeschnitten, und dabei haben sie mit meinen Fingern angefangen. Denn ich habe immer wieder die Wachposten getötet, die mich gefoltert haben.«

Danach sagt keiner mehr etwas.

Im Jahr 1979 heiratete Anthony eine Indonesierin namens Ingrid, die Janes Musiklehrerin in der zwölften Klasse war. Jane hatte ihren sechsunddreißigjährigen Bruder der vierundzwanzigjährigen Ingrid, die Klavier bei einem Konzert gespielt hatte, nach der Aufführung vorgestellt. Zuvor hatte Jane ihr begeistert von ihm erzählt – wo er gekämpft hatte, wie viele Einsätze er gehabt und wie viele Auszeichnungen er bekommen hatte und wie oft er verwundet worden war. Ohne es besonders zu betonen, hatte sie auch einfließen lassen, dass ihr Bruder nur noch einen Arm besaß und gerne sang. Ingrid war exotisch, musikalisch begabt und sichtlich von Anthony angetan. Sie heirateten nur vier Monate später, und Anthonys Töchter Rachel und Rebecca wurden 1980 geboren. Zur großen Enttäuschung ihrer Mutter studieren ihre Mädchen zwar in Harvard, doch Rachel hat russische und

Rebecca englische Literatur gewählt. Beide sind schwarzhaarige eurasische Schönheiten, die von ihrem Vater die Größe und von ihren Eltern und Großeltern indonesisch-italienisch-russische Züge geerbt haben. Nur wenige Menschen, denen sie begegnen, nehmen mehr an ihnen wahr als ihr umwerfend gutes Aussehen. In ihrem ersten Jahr an der Universität haben die beiden einen Kalender entworfen und mit dem Verkaufserlös die Familien vermisster und im Krieg gefangener Soldaten unterstützt. Das recht freizügige Werk trug den Titel *The Ivy Girls* und wurde zum bestverkauften Kalender in Cambridge. Sie meinten, ihr Vater sei zu alt, um ihn zu sehen. Dieses Jahr haben sie auf Grund der großen Nachfrage eine Neuauflage herausgebracht. Bei dieser Gelegenheit hat Rebecca Washington zum ersten Mal gesehen: Er hatte den Kalender gekauft.

Im Jahr 1985 schenkte Ingrid nach zwei Fehlgeburten Anthony schließlich einen Sohn, Anthony Alexander Barrington III. Nach einer weiteren Fehlgeburt folgte noch ein Sohn. Tommy wurde 1989 geboren.

Es ist gewissermaßen ironisch, dass von Anthonys vier Kindern ausgerechnet Anthony jr. das musikalische Talent seiner Mutter und die Stimme seines Vaters hat – ironisch deshalb, weil sich Anthony junior inzwischen lieber in siedendem Öl kochen lassen würde als eine Klaviertaste zu berühren oder gar ein Lied zu singen. Früher hatte er Klavier gespielt und gesungen; er hatte sogar Gitarre gespielt. Doch jetzt nicht mehr.

Nachdem er aus Vietnam zurückgekehrt war und sie Tom Richter in Arlington, Virginia, begraben hatten, lebte Anthony mit Vikki zusammen. Sie hörte auf zu arbeiten und wurde etwas ruhiger. Immer blieb sie in seiner Nähe, verreiste nur noch zusammen mit ihm. Vikki ging nie einer Auseinandersetzung aus dem Weg. Auf die ein wenig indiskrete, mehrmals an sie gerichtete Frage: »Und wie lange kennt ihr beide euch schon?«, antwortete sie am liebsten: »Obwohl wir beide manchmal getrennt wurden, waren wir eigentlich schon seit dem Tag seiner Geburt zusammen.« Und auf die noch indiskretere, manchmal mit doppeldeutigem Unterton geäußerte Frage nach Anthonys fehlendem Arm pflegte sie zu sagen: »Machen Sie sich keine Sorgen. Der Mann hat noch alle vier Gliedmaßen, das kann ich bezeugen.«

Sie waren bis 1977 zusammen, als Vikki im Alter von vierundfünfzig Jahren Brustkrebs bekam und daran starb. Anthony wich bis zum Schluss nicht von ihrer Seite. Eines der letzten Dinge, die Vikki zu ihm sagte, war: »Ameisenmann, wegen dir, *come un fiume tu, adesso lo so – questo è amore. Ti amo,* Anthony. *Ti amo. Quale vita dolce ho trascorso con te.*«

Vikki kannte ihren Vater nicht, und sie hatte weit weg von ihrer kranken Mutter gelebt. Sie war bei Travis und Isabella aufgewachsen, ihren italienischen Großeltern, die nach einem nicht gerade vielversprechenden Tristan-und-Isolde-Anfang über siebzig Jahre lang verheiratet und jetzt längst verstorben waren. Da es keinen Ort gab, dem sie sich besonders nahe gefühlt hätte, wurde sie nach ihrem Tod nach Phoenix überführt und dort eingeäschert. Ihre Asche verstreute man über Tatianas und Alexanders mit Kandelaberkakteen bestandenem Stück Land in der Wüste und einem Garten, in dem wild wachsender, rot blühender Kerzenstrauch einen gelben *O sole mio*-Palo-Verde-Baum umgab, der in ihrem Namen gepflanzt worden war, *ex animo, ad lucem.*

Alexander, Anthony, Gordon Pascha und Harry kommen ins Haus zurück und führen ihre Unterhaltung während der Halbzeit im Esszimmer fort. Wie Säulen stehen sie in ihren dunklen Pullovern und dunklen Hosen vor den weißen Wänden, halten ihr Bier in der Hand und diskutieren über die neuesten verrückten Dinge, mit denen Anthony zu tun hat, und darüber, was Harry alles entwickeln soll, um ihn davor zu schützen, und Pascha fragt, wie lange er denn noch hinter ihnen Schadensbegrenzung machen soll. Harry ist verantwortlich für die Ballistic Missile Defense Organization, die einst aus der Strategic Defense Initiative, der SDI, hervorgegangen ist. Er überwacht den Einsatz der nationalen Raketenabwehr, die entwickelt wurde, um alle fünfzig US-Staaten vor einem Angriff zu schützen. Er hatte schon immer Interesse daran, ein robustes und praktisch perfektes Verteidigungssystem zu entwickeln, das in der Lage wäre, eine atomare Bedrohung abzuwehren, und ebenso interessiert er sich für die Möglichkeiten eines Gegenschlags mit konventionellen Waffen, zu welchem Zweck er ebenfalls ein entsprechendes System entwickelt. Abwehr und Angriff, so sagt er, liegen ihm gleichermaßen.

Er entwickelt und testet auf der Erde und im Weltraum stationierte Laserwaffen und computergesteuerte Raumsonden und streitet sich permanent mit dem Energieministerium über die Kosten von im Weltraum stationierten atomar betriebenen Einrichtungen. Er berichtet seinem Vater von dem unglaublichen Widerstand, auf den seine Pläne bezüglich gewisser aus dem All gesteuerter kinetischer Waffen gestoßen sind, die, wie er zugibt, ein hohes Maß an Energie verbrauchen würden.

»Wie hoch?«, fragt Alexander.

»Nun ... hoch«, sagt Harry. »Aber verstehst du, ich baue Verteidigungssysteme, weil das *mein* Job ist, und von ihnen wird erwart, dass sie die Vorrichtungen zur Energieerzeugung liefern, weil das *ihr* verdammter Job ist. Ich stelle ihnen schließlich keine Fragen zu Plasmabögen lasergeleiteter Kanonen, oder?«

»Ich glaube, das ist auch besser so«, sagt Pascha.

Sie sind so angeregt ins Gespräch vertieft, dass sie nicht einmal bemerken, wie sehr sie Tatiana im Weg stehen, als diese ihre eigenen Energielieferanten auf den Esstisch stellen will – hausgemachtes Hefegebäck.

»Hmm«, sagt Alexander genüsslich und nimmt sich eine noch warme Scheibe vom Tablett, während sie versucht, sich an ihnen vorbeizuschieben. Er teilt das Gebäck in vier Stücke, gibt seinen Söhnen jeweils eines, nimmt ihr das Tablett ab und stellt es auf den Tisch. Sie will nach rechts ausweichen, dann nach links, aber sie lassen sie nicht vorbei und kreisen sie schließlich ein. Alexander steht vor ihr, Pascha und Harry nehmen sie in die Mitte, und Anthony steht hinter ihr. Ihr grünes Kleid verschwindet zwischen all den marineblauen Pullovern, sie blickt auf zu ihrem Mann und sieht ihren Söhnen nacheinander ins Gesicht. »Was ist?«, sagt sie schließlich. »Habt ihr vier nichts Besseres zu tun, als hier faul herumzustehen, während ich mir die Hacken ablaufe, um dreißig Gäste zu versorgen?«

»Wir stehen nicht faul herum«, sagt Harry. »Wir diskutieren das Schicksal der freien Welt.« Er beugt sich so weit vor, dass er fast nur noch halb so groß ist, um seiner Mutter einen Kuss auf die Wange zu geben.

»Mom, was macht deine Verbrennung?«, fragt Pascha, greift nach ihrem Arm und dreht ihn herum. »Wie ich sehe, hast du meinen Verband abgenommen.«

Einen Augenblick lang stehen die fünf schweigend beieinander. Tatiana tätschelt Paschas Hand und sagt: »Das mit der Verbrennung wird schon wieder. Auch das mit der freien Welt geht in Ordnung. Aber ihr habt zu viel Football geschaut. Hört auf, mich zu blocken.« Sie dreht sich um und blickt auf zu ihrem erstgeborenen Sohn. Sie berühren einander nicht, doch er mustert sie schweigend. In seinen Augen liegt kein Friede. Sein Armstumpf zuckt. Er hat ihr etwas mitzuteilen, doch er sagt kein Wort.

Jane kommt aus der Speisekammer, im einen Arm ihr Baby, in der anderen Hand ein Glas Preiselbeermarmelade, und sagt entnervt: »Würdet ihr bitte alle aus dem Weg gehen? Seht ihr nicht, dass sie beschäftigt ist?« Als niemand reagiert, ist ihre Missbilligung deutlich zu hören. »Anthony, bitte, könntest du wenigstens an die Tür gehen und aufmachen? Da klingelt jemand schon seit einer Stunde.«

»Wenn du es gehört hast, warum gehst du dann nicht und machst auf?«, sagt Anthony zu seiner Schwester.

»Ich weiß nicht, ob du das schon bemerkt hast, aber ich koche heute nicht nur. Ich stille auch den Kleinen. Und was machst *du*? Genau! Mach die Tür auf, hab ich gesagt. In diesem Haus bist du kein General. Ich muss nicht neunzehn Mal vor dir salutieren wie meine Brüder. Nun mach schon.«

Als Anthony gehorsam zur Haustür geht, zieht Alexander Tatiana für einen Augenblick in die leere Galerie, wo er sie gegen die Wand drückt. Sanft hebt er ihr Kinn und küsst sie in einem unbeobachteten Moment, bevor Washington die beiden unter den Topfpflanzen und den Bildern an den Wänden erspäht.

Die Person, die an der Tür geklingelt hat, ist eine attraktive, sehr zierliche, blonde Frau Anfang dreißig in einem hübschen Kleid. Auf ihrem Gesicht erstrahlt ein freundliches Feiertagslächeln, und in ihren Händen hält sie einen Blaubeerkuchen und einen Strauß blaue Iris. Sie stellt sich als Kerri vor und sagt, dass sie Victoria in der vierten Klasse unterrichte und eine gute Freundin von Jane sei, die sie offensichtlich zum Essen eingeladen hat, weil Kerris eigene Familie an die Ostküste gefahren ist. »Sie müssen Anthony sein«, sagt sie leicht errötend und ein wenig schüchtern.

Anthony fragt sich, was Jane und Vicky ihr über ihn erzählt haben. Er lässt Kerri eintreten und nimmt ihr die Blumen ab. »Blaubeeren«, sagt er. »Mein Lieblingskuchen.«

»Wirklich?« Sie sieht erleichtert aus und entspannt sich.

In der Küche drängte Rebecca ihren Bruder Anthony jr. in eine Ecke und sagte: *»Tony!* Du kleine Bestie, du sagst mir jetzt sofort, was du mit Washington gemacht hast, oder ich erzähle es Dad.« Anthony war in die ihm angeblich so verhasste Küche gekommen (»Hier sind nichts als zusammengluckende Weiber«), um sich ein warmes Teilchen zu holen, doch er konnte nicht schnell genug wieder entwischen.

»Das macht mir überhaupt nichts aus«, sagte er und drückte Rebecca von sich weg. »Sag's ihm doch. Und nenn mich nicht immer Tony.« Mit seinen fast fünfzehn Jahren ist Anthony ein gertenschlanker Kerl von über einem Meter achtzig, und damit ist er schon zweieinhalb Zentimeter größer als seine Schwestern. Er ist ein dunkler, ebenfalls eurasischer Typ, dessen Gesicht nur aus Kanten und Knochen, Augen und Lippen zu bestehen scheint, denn er hat sich die Haare zu einem Irokesenschnitt abrasiert, der ihm von der Stirn bis in den Nacken reicht. Obwohl Thanksgiving ist, trägt er bedrohlich wirkende schwarze Kleider, in denen er wie ein Westgote aussieht. Auch sein Grinsen passt dazu.

»Was hast du mit ihm gemacht?«, wiederholte Rebecca. »Er schleicht wie ein Gespenst durchs Haus und starrt die Wände an. Er will sich nicht mal mit Dad und Grandpa zusammen das Footballspiel anschauen. Zu Grandpa hat er noch kein einziges Wort gesagt, und du weißt, wie sehr unser Großvater so etwas hasst. Wie soll er sie nur jemals kennenlernen?«

»Wenn du mich nicht immer Tony nennen würdest, müsste ich die Dinge vielleicht nicht selbst in die Hände nehmen«, sagte Anthony jr.

»Also gut. Anthony. Okay«, gab seine Schwester nach. »Und jetzt sag mir, was du meinem Washington angetan hast, bevor ich dir den Hals umdrehe. Hast du ihm Angst gemacht?«

»Nein«, sagte Anthony jr. »Ich meine, wenn er Angst bekommen hat, ist das sein Problem.«

»Oh nein! Was hast du gesagt?«

»Nichts.« Anthony jr. hielt inne. »Nichts. Er ist sehr neugierig. Immer wieder fragt er mich nach Dad. Er hat mich gebeten, ihm etwas aus Dads Zeit in Vietnam zu zeigen.«

»Oh nein! Was hast du ihm gezeigt? Sein SOG-Messer?«

»Hätte ich ihm das gezeigt, wäre er schon längst nicht mehr in diesem Haus. Nein. Ich habe ihm etwas ganz Harmloses gezeigt. Und ich sage dir, Beck, wenn dein zimperlicher Freund nicht einmal ein Zippo-Feuerzeug aus dem Vietnamkrieg aushält, dann hat er in dieser Familie nichts verloren.«

»Welches Zippo-Feuerzeug?« In Anthonys alte Feuerzeuge aus Special-Forces-Zeiten waren allerlei derbe Soldatensprüche und Zeichnungen eingraviert. »Was stand drauf?« Sie schloss die Augen. »Bitte, lass es nicht …«

»Auf diesem Zippo stand: *Und wandere ich auch durch das finstere Tal, so fürchte ich doch kein Unglück.*« Die Küche seiner Großmutter war voller Kinder, doch der kriegerisch aussehende Anthony jr. senkte die Stimme kaum; er bemerkte auch nicht, wie Kerri plötzlich in der Tür stand. *»Denn in diesem Tal bin ich der übelste Hurensohn von allen.«*

»ANTHONY JR.!« Rebecca, Tatiana, Jane, Rachel schrien ihn allesamt gleichzeitig an.

»Mach, dass du rauskommst, und hör auf, ständig für Ärger zu sorgen«, sagte sein Vater Anthony, der das Ganze offensichtlich gar nicht lustig fand. Kerri allerdings lächelte, und sie war sichtlich amüsiert.

Während er aus der Küche gedrängt wurde, sagte Anthony jr. ungerührt zu Rebecca: »Ich hab's dir doch gesagt. Wenn dieser dumme Junge nicht einmal mit einem kleinen Zippo-Feuerzeug zurechtkommt, was zum Teufel will er dann von *dir*?«

»Darum brauchst du dich wirklich nicht zu kümmern, Tooonieee!«, rief ihm Rebecca provozierend hinterher.

Anthony lächelte Kerri höflich an. »Diese Kinder heutzutage«, sagte er und reichte seiner Mutter die Blumen. »Jane!«, rief er, »deine Freundin ist hier.«

Das Essen geriet außer Kontrolle, wie nur ein Thanksgiving-Essen mit fünfzehn Kindern außer Kontrolle geraten kann, die sich an ihrem eigenen Tisch über alles Mögliche zanken. Zwei Porzellanteller gingen zu Bruch, fünf Gläser fielen um, der Kartoffelbrei war fast kalt, und jemand schnitt sich mit einem Buttermesser. Nur gut, dass ein Arzt im Haus war.

Alexander zerlegte die beiden Truthähne. Am Tisch lud sich niemand etwas auf den Teller, nicht einmal die Jüngeren, bevor sich Alexander nicht die erste Gabel voll Fleisch genommen hatte. Er goss Tatiana etwas zu trinken ein, erhob sich, um einen Toast auszusprechen und den Thanksgiving-Segen über den so reich gedeckten Tisch. Und die ganze Zeit über sah er sie an. *»Alles, was wir besitzen, ist eine Gabe, die von Dir kommt, Herr.«*

Und Washington beobachtete die beiden.

Bis auf Anthonys Frau, die nicht hier war, saßen alle Frauen neben ihren Männern. (»Wo ist Ingrid, Mom?«, hatte Jane gefragt. »Wir wissen es nicht und wir fragen nicht«, hatte Tatiana erwidert. »Hast du verstanden? Wir fragen *nicht.*« Worauf Janie im typischen Stil ihres Vaters antwortete: »Verdammtes Glück, dass wir die los sind. Ich hoffe, sie kommt nie mehr zurück. Es tut mir leid, dass ich die beiden einander vorgestellt habe. Sie bringt nichts als Ärger. Das Einzige, was sie je geschafft hat, war, ihm das Leben noch schwerer zu machen.«) Kerri saß neben Jane, und Anthony hatte neben seinen Töchtern Platz genommen, die ihn bemutterten, ihm Essen auf den Teller gaben, ihm das Fleisch zuschnitten und das Glas nachfüllten. Weil alle sorgfältig darauf achteten, schafften sie es, die abwesende Ingrid mit keinem Wort zu erwähnen. Anthonys Söhne, von denen der eine murrte, weil er mit »diesen Babys« zusammensaß, und der andere beunruhigend still war, saßen so weit von den Erwachsenen entfernt, dass ihnen kaum jemand eine Frage über ihre Mutter stellen würde.

Nach zwölf Minuten war das Dinner für die Kinder vorbei. Sie hatten selbst, wie es sich gehört, die letzten Krümel von ihren Tellern gegessen, und ein schmollender Anthony jr. wurde gebeten, im Pool auf Samson aufzupassen, während die Erwachsenen noch ein wenig sitzen blieben. Er protestierte lautstark. Harry sagte, dann werde er nach dem Kind sehen, und Anthony wandte ein, nein, sein Sohn werde *sehr wohl* auf den Kleinen aufpassen. Tommy zog seinen Bruder am Ärmel und sagte, er werde ihm dabei helfen. Anthony jr. meinte, er wolle nicht vom Tisch fortgeschickt werden wie ein kleines Kind. Anthony antwortete, er habe keine Wahl, worauf Anthony jr. mit einem lauten Knurren aufstand, Anthony sich erhob und die Faust ballte, was Tatiana dazu brachte aufzuspringen, bevor Alexander sich erheben konnte und die Dinge wirklich aus dem Ruder liefen. »Anthony jr.« Das war alles, was Tatiana sagte, und schon verließ der Junge eilends den Tisch. Anthony setzte sich wieder; alles beruhigte sich. Die Erwachsenen blieben noch eine Stunde sitzen. Mach dich nicht verrückt, sagte Harry. Das ist das Alter. Frag Dad. Was hast du nicht alles gemacht, als du vierzehn warst. Alexander und Anthony wechselten einen raschen Blick. Alexander sagte: »Er war immer ein guter Junge. Aber davon abgesehen ... Immer den eigenen Kopf durchsetzen, das gab's nicht.«

»Das gibt's bei mir auch nicht«, sagte Anthony. »Er will trotzdem immer mit dem Kopf durch die Wand.«

Um das Thema zu wechseln, sagte Washington, seine Mutter habe es sicher auch nicht leicht gehabt mit ihm, als er vierzehn und sein Vater nicht bei ihnen war – was sehr oft vorgekommen sei.

Und um dem Verlauf des Gesprächs eine ganz andere Richtung zu geben – denn auch Anthony war oft nicht zu Hause bei seiner Familie –, fragte Janie Tatiana, wie lange sie das Baby stillen solle. Die Männer am Tisch – besonders die drei erwachsenen Männer im reifen Alter, die einst von Tatiana gestillt worden waren – seufzten.

Mary stieg in die Diskussion ein und fragte Tatiana, ob sie irgendwelche Probleme mit ihrer Schwangerschaft gehabt habe, da Janie ja erst geboren wurde, als sie neununddreißig war. Anthony wollte wissen, ob es für Frauen – und besonders für Ärztinnen – überhaupt möglich sei, beim Essen an Thanksgiving über etwas anderes zu sprechen als über Geburten und gynäkologische Probleme. Genau, meinte Harry, sprechen wir doch lieber über Laserkanonen. Nein, antwortete Tatiana auf Marys Frage, es habe keine Komplikationen gegeben, und dann starrte sie ahnend Pascha an, bis dieser mit den Augen rollte, sich an

Mary wandte und sagte: »Na, ich hab's dir doch gesagt. Aber du hörst mir einfach nicht zu, oder?« Dann waren sie gezwungen, der Runde am Tisch zu offenbaren, dass sie ein Baby erwarteten. Die Familienmitglieder waren überrascht und freuten sich. Alexander öffnete noch eine Flasche Napa-Wein.

Washington war fast vollkommen verstummt. (Vielleicht lag das an seinem Zungenpiercing, dachte Tatiana.) Einsilbig beantwortete er die Fragen der Familie. Sogar Rebecca, die ihn mit leuchtenden Augen ansah, wurde nach und nach stiller. Schließlich ließen sie von ihm ab und fragten stattdessen Kerri aus, die viel ungezwungener redete, eine leise Stimme hatte, gerne lachte und hübsch anzuschauen war.

Nachdem er sich ausgiebig geräuspert hatte, ergriff Washington schließlich das Wort. »Mrs Barrington –«

»Bitte nennen Sie mich Tatiana.«

Offensichtlich war das unmöglich für ihn. Und so nannte Washington sie weder beim Vor- noch beim Nachnamen, als er fortfuhr. »Äh, Rebecca hat mir erzählt, dass Sie beide, also Sie und Ihr Mann, dass Sie, äh, aus Russland kommen. Sind Sie seit all diesen – Sie wissen schon, all diesen Veränderungen, noch einmal dort gewesen?«

Tatiana erzählte Washington, dass ihre Kinder ihnen beiden vor sieben Jahren zum fünfzigsten Hochzeitstag ein Gemeinschaftsgeschenk gemacht hätten und ihnen zwei Wochen in St. Petersburg zur Zeit der Weißen Nächte schenken wollten, doch schließlich seien sie doch nicht gefahren.

»Und warum nicht?«, fragte Washington.

Tatiana wusste nicht, was sie sagen sollte. *Eto bylo, bylo i proshlo, vse proshlo, i viugoy zamelo …*

Es war Alexander, der Washington antwortete. »Wir hätten beinahe die Reise angetreten«, sagte er. »Aber wir waren schon in Leningrad, und dann, sehen Sie, haben wir von diesem Ort in den Vereinigten Staaten gehört, an dem es ebenfalls lange Nächte und funkelnde Lichter gibt – aber darüber hinaus auch noch Flüsse, die mitten durch Hotels fließen, Zirkusvorstellungen mit gezähmten Tigern, schwindelerregende Achterbahnen und – was noch, Tania?«

»Ich weiß nicht. Kostenlose Drinks? Kein Rauchverbot in öffentlichen Gebäuden? Günstiges Essen? Interessante Sendungen im Fernsehen?«

»Genau. Und Poker.« Alexander lächelte seine Kinder an. »Der Gedanke, dass ihre Mutter in diesen Hexenkessel der Dekadenz geraten könnte, hat unsere erwachsenen Kinder zwar schockiert, aber wir dachten, wir versuchen's mal, einfach nur so zum Spaß, also haben wir uns gegen Leningrad entschieden und stattdessen zwei Wochen im MGM Grand Hotel gebucht.« Dann wandte er sich lächelnd an Tatiana. »Tatiana, du hast dich wacker geschlagen, stimmt's? Anfängerglück, nennt man das wohl.«

Tatiana stimmte nickend zu. »Las Vegas ist ein faszinierender Ort«, sagte sie leichthin. »Wir denken darüber nach, ob wir wieder hinfahren sollen.« Sie warf Alexander einen Blick zu. Wie wäre es wohl, wenn sie diese kleine Reise einmal im Monat machen würden? Las Vegas lässt sie leichtlebig lächeln und das Bedauern über die Unmöglichkeit vergessen, mit altersschwachen Augen die Straßen ihres früheren Lebens wiederzusehen, die die Zeit unscheinbarer gemacht hat und die doch in ihren Herzen so groß geblieben sind, wie sie immer waren. Sie müssen nur die Augen schließen. Denn in Leningrad starb alles und wurde gleichzeitig neu geboren: jeder einzelne Kerzenstrauch, den sie heute anpflanzen, wurde in den ausgebombten, sonnigen Straßen der Stadt von gestern geboren, einer Stadt, die die Seele nicht begraben, nicht verstecken und nicht verschwinden lassen kann.

Washington flüsterte: »Wissen Sie, ich habe noch nie jemanden getroffen, der, äh, siebenundfünfzig Jahre verheiratet war«, sagte er. »Ich bin wirklich … beeindruckt. Meine Mutter war fünfundzwanzig Jahre lang verheiratet.« Er hielt inne. »Aber mit drei verschiedenen Ehemännern. Und dazwischen gab es immer wieder längere Pausen und mehrere Freunde.«

»Grammy, ich habe Washington erzählt«, sagte Rebecca kichernd, »dass es bei euch Liebe auf den ersten Blick war, und er hat gesagt, das glaube er nicht, denn er glaube nicht an Liebe auf den ersten Blick.«

»Das habe ich überhaupt nicht gesagt«, warf Washington ein. »Ich glaube vielmehr, dass da schon etwas da sein kann auf den ersten Blick, nur vielleicht nicht unbedingt Liebe …« Er brach ab und errötete heftig. Am Tisch wurde es still. Die erwachsenen

Kinder warfen ihren Eltern unbehagliche Blicke zu. Tatiana und Alexander sahen einander amüsiert an. Anthony starrte Rebecca an, die ihrerseits den Blick auf Washington geheftet hatte.

Tommy kam herein und fragte Washington: »Willst du …«, und bevor er die Frage zu Ende stellen konnte, sprang Washington auf und rannte geradezu aus dem Zimmer. »… schwimmen gehen?«, schickte Tommy irritiert hinterher.

Rebecca entschuldigte sich und sagte, sie wisse nicht, was mit ihm los sei. »Er ist heute Abend so nervös. Normalerweise ist er wirklich süß.«

Alexander hustete gekünstelt. Tatiana versetzte ihm unter dem Tisch einen Tritt. An ihre Tochter gewandt sagte sie: »Janie, deine Freundin Kerri scheint ja eine ganze Menge über uns zu wissen, denn sie stellt uns keine einzige der üblichen Fragen.« Wo haben Sie sich getroffen? Wie konnten Sie fliehen? Was ist in Vietnam passiert? Und sie forschte auch in ihren Gesichtern nicht nach Dingen, nach denen man aus Gründen der Höflichkeit nicht fragen konnte, wie Washington das den ganzen Tag über trotzdem getan hatte. Kerri tat nicht das Geringste in dieser Richtung.

Die rosige, hübsche Kerri wurde ein bisschen rot und kicherte verlegen. »Jane und Vicky haben mir das eine oder andere erzählt«, gab sie zu. »Und die Geschichten hatten *wirklich* eine einschüchternde Wirkung auf mich. Als Lehrerin treffe ich ja nur ganz normale Väter, deren Sprösslinge in der Kinderliga spielen, und zum Beispiel Bibliothekarinnen.«

»Väter, deren Sprösslinge in der Kinderliga spielen, können ziemlich einschüchternd sein«, sagte Tatiana. »Sie kennen unseren Freund Sam Gulotta nicht.«

»Wie geht's ihm? Vielleicht kann er an Weihnachten vorbeikommen?«, fragte Jane. »Dann könnte Kerri ihn kennenlernen.«

»Ich habe bisher nicht die Bekanntschaft von Generälen, Präsidentenberatern und ehemaligen Kriegsgefangenen gemacht«, fuhr Kerri fort. Sie räusperte sich und wirkte ein wenig, als würde sie gleich der Mut verlassen. »Und trotzdem«, sagte sie, »auch wenn ich keine ehemalige Harvard-Studentin bin, bin ich noch lange keine Zynikerin. Ich glaube an Liebe auf den ersten Blick.«

Daraufhin schwiegen alle, aber nicht unangenehm lange, denn Jane rief strahlend aus: »Und Kerri spielt *fantastisch* Gitarre!«

Jetzt lachte Anthony. »Wirklich?«, sagte er und betrachtete die verwirrt und verlegen dreinblickende Kerri höchst amüsiert.

Bevor Kerri Anthonys offenes Lächeln noch länger analysieren oder – was Gott verhüten möge – gar erwidern konnte, erhob sich Tatiana vom Tisch und gab damit das Zeichen, dass die Tafel aufgehoben war. Ihrer Tochter flüsterte sie zu: »Kind, du bist absolut schamlos.«

»Das stimmt, heilige Mutter«, sagte Janie. »Absolut schamlos.«

Die Männer wurden fortgeschickt, um Billard oder Poker zu spielen oder fernzusehen, während Rachel und Rebecca, die normalerweise immer versuchten, sich wie Erwachsene zu benehmen, mit den übrigen Frauen in diesem Fall nur recht widerwillig in die Küche gingen, um abzuspülen und aufzuräumen. Tatiana selbst konnte gar nicht tätig werden. Niemand ließ zu, dass sie auch nur ihren eigenen Teller trug. Sie musste sich hinsetzen und bekam eine Tasse Tee, während sie den anderen sagte, welche Reste in Kunststoffschüsseln gefüllt und welche in Plastikfolie gewickelt wurden. Fast alle Kinder lärmten draußen im Pool; nur Samson, der in der Küche saß, drückte sich in die Arme seiner Mutter Amy, und Washington, der sich inzwischen wieder angezogen hatte, saß mit feuchten Haaren neben Tatiana am Tisch.

Bereits nach fünf Minuten hatte Rebecca vom Aufräumen genug. Sie setzte sich zu ihnen und sagte: »Grammy, Washington gefallen deine Bilder sehr.«

Washington, der nicht weiter als einen halben Meter von Tatiana entfernt war, sagte nichts.

»Nun«, erwiderte Tatiana, »sag Washington, das freut mich.«

»Er ist ein guter Beobachter. Er sagt, dass du alle möglichen Fotos hast, nur keine Hochzeitsbilder von dir und Grandpa. Er wollte wissen, warum das so ist.«

»Tatsächlich? Das wollte Washington wissen?«, sagte Tatiana und musterte Washington amüsiert. »Hat sich Washington jede

Wand in meinem Haus angesehen? Und falls ja, dann frag ihn, was er in meinem Schlafzimmer gemacht hat.«

Washington wurde so rot wie eine Kaktusblüte im Frühling und sagte stotternd: »Nein – das stimmt – was ich sagen will – ja, vielleicht sind dort welche.«

»Dort sind auch keine«, erwiderte Rebecca. »Ich weiß das. Und ich habe ihm auch den Grund verraten. Ich habe ihm gesagt, dass es in Russland in der Zeit, als ihr geheiratet habt, noch keine Kameras gegeben hat.«

»Du weißt so viel«, sagte Tatiana.

»Aber weißt du, was *er* darauf geantwortet hat?« Rebecca musterte sie mit großen, listig lächelnden Augen, senkte die Stimme und sagte: »Er glaubt, das liegt eher daran, dass ihr beide, du und Grandpa, gar nie wirklich geheiratet habt.«

»Tatsächlich? Das glaubt er?«

»Ja, ist das nicht *lustig?«*, rief Rebecca aus.

»Becky«, sagte Washington, »musst du immer allen absolut alles erzählen, was du denkst?«

»Ja!«, sagte Rebecca.

»Nur damit ich das richtig verstehe«, sagte Tatiana. »Washington hat also nicht nur Zweifel daran, dass mein Mann mich geliebt hat, seit wir uns das erste Mal begegnet sind, sondern er glaubt auch, dass er mich gar nicht geheiratet hat? Stimmt das?«

»Genau!«, sagte Rebecca fröhlich. »Denn warum sollte er dich überhaupt geheiratet haben? Er hat dich ja nicht mal geliebt!« Sie zwickte, knuffte und kitzelte Tatiana. »Los, Grammy, rette die Familienehre. Beweise Washington, dass Grandpa dich sehr wohl geliebt *und* dich auch geheiratet hat. *Oder* erzähl uns etwas, das wirklich für Tratsch sorgt.«

»Ja«, sagte Tatiana, »das hättest du wohl gerne.« Sie amüsierte sich köstlich über ihre Enkelin.

Alexander und Anthony kamen in die Küche. Sie rochen nach Zigarettenrauch. »Mayday, Mayday«, sagte Jane. »Männer in der Küche, während hier Ordnung geschaffen wird.«

»Ich wollte nur sicherstellen, dass du immer noch an diesem Tisch sitzt«, sagte Alexander zu Tatiana und tätschelte ihr im Vorbeigehen die Schulter. »Ich kenne dich.« Er nahm vorsichtig Janes schlafendes Baby in die Arme und setzte sich neben sie.

Rachel wandte sich an Anthony. »Daddy, hast du das gehört? Becks neuer Freund glaubt, dass du ein uneheliches Kind bist.«

»Oh, er ist einfach unbezahlbar«, sagte Anthony.

Alexander blinzelte Tatiana zu, und alle johlten, außer Washington, der jetzt zutiefst verlegen *und* verschüchtert aussah und immer tiefer in seinen Stuhl sank.

Rachel und Rebecca feuerten Tatiana an, und Amy, Mary und Jane, die den Abwasch machten, stimmten ebenfalls in das Gejohle mit ein. Nur Kerri verteilte das Dessert auf Tellerchen und sagte nichts.

Alexander sagte in entspanntem Ton zu Anthony: »Komm, mein Sohn, rette den guten Namen deiner Mutter. Du kannst den Mädchen die Bilder zeigen, wenn du möchtest.« Er wandte sich an Tatiana. »Was ist? Willst du, dass alle glauben, ich hätte dich nicht zu einer ehrbaren Frau gemacht?«

Rachel und Rebecca schnappten vor Aufregung nach Luft. »Ich kann's einfach nicht glauben. Endlich sehen wir eure Hochzeitsfotos!«, kreischte Rachel. »Ich nehme alles zurück, Beck. Washington ist *wirklich* brillant. Und das alles nur wegen ihm und seinen provozierenden Unterstellungen. Noch *nie* hat irgendjemand diese Fotos gesehen. Wir waren nicht einmal sicher, ob sie überhaupt existieren.«

Jetzt war das Baby wach und schrie.

»Eines musst du wissen, Grammy«, sagte Rebecca in gespieltem Ernst. »Ich habe dich verteidigt. Ich habe Washington gesagt, dass ihr beide, du und Grandpa, eine wahnsinnige Liebesgeschichte hattet. Und das stimmt doch, oder?«

»Wenn du das sagst, Liebes.«

Rebecca schlang die Arme um Alexander. »Grandpa, sag, dass das stimmt.«

»Warum? Schreibst du vielleicht ein Buch?«

»Ja!« Sie lachte auf. »Ich schreibe ein Buch über dich und Grammy. Als Abschlussarbeit an der Uni.« Sie nahm ihm fast die Luft zum Atmen, so fest umarmte sie ihn. »Ich werde all die Dinge erzählen, für die wir eurer Meinung nach noch viel zu jung sind«, flüsterte sie. Dann drängte sie sich an Tatiana, setzte sich fast auf ihren Schoß. »Sei so gut, Grammy«, sagte sie voller Zuneigung und küsste Tatiana auf die Wange, »und zeig dieser aufstrebenden Romanautorin ein hübsches Hochzeitsfoto, das ihre ausgeprägte Phantasie weiter anregt. Dann verrate ich dir auch, was Washington wirklich über dich und Grandpa gesagt hat. Und er wird mir helfen, mein Buch der Liebe zu schreiben.«

»Ein Buch der Liebe?«, sagte Tatiana. »Na ja, was mich angeht, *ich* kann es kaum erwarten.«

Nachdem seine beiden Töchter ihn hinreichend bedrängt hatten, verließ Anthony schließlich das Haus und ging den gewundenen Pfad hinauf zum »Museum«, dem alten Wohnwagen, in dem er und seine Eltern von 1949 bis 1958 gelebt hatten.

Nichts war darin verändert worden. Die Einrichtung, die Tische, die Farbe an den Wänden, die Kommoden, Vitrinen und Schränke aus den Fünfzigerjahren – alles war noch genau so, wie es einst gewesen war.

Und in Tatianas Schlafzimmerschrank, in der hinteren rechten Ecke des obersten Regalbretts über ihren Schwesternuniformen, liegt der schwarze Rucksack, der Tatianas Seele enthält.

Manchmal, wenn sie die Kraft dazu findet – oder auch dann, wenn sie es eigentlich nicht ertragen kann –, sieht sie sich an, was darin ist. Alexander wirft nie einen Blick hinein. Tatiana weiß, was Anthony gleich herausholen wird. Zwei Portionen Dosenfleisch. Eine Flasche Wodka. Die Schwesternuniform, in der sie aus der Sowjetunion geflohen ist, hängt geschützt in einer Plastikhülle über einem Bügel, gleich neben der Tracht aus dem Phoenix Memorial Hospital, die von der Zeit kündet, in der ihre Ehe fast zu Bruch gegangen war. Der Orden eines Helden der Sowjetunion steckt in einer Seitentasche des Rucksacks. Dazu die Briefe, die sie von Alexander bekommen hat – einschließlich des letzten aus Kontum, den sie tatsächlich für den letzten überhaupt gehalten hatte, nachdem sie von seiner Verwundung erfuhr. Jener Flug nach Saigon im Dezember 1970, die längsten zwölf Stunden in Tatianas Leben. Francesca und ihre Tochter Emily hatten sich in alter Verbundenheit um Tatianas Kinder gekümmert. Vikki, ihre gute Freundin, der sie längst verziehen hatte, war mit ihr gekommen, um die Leiche Tom Richters zu überführen und Anthony nach Hause zu begleiten.

Im Rucksack liegt ein altes, vergilbtes Buch: *Der Eherne Reiter und andere Gedichte*. Die Seiten sind so alt, dass sie auseinanderfallen, wenn man sie umblättert. Man kann sie nur noch ganz vorsichtig einzeln anheben. Und zwischen den rissigen Seiten stecken pergamentene Fotos. Anthony sollte nur zwei dieser Fotos finden und sie mitbringen. Das müsste eigentlich nur ein paar Minuten dauern.

Brüchige Bilder aus Tatianas Leben, bevor sie zu Alexander gehörte. Hier ist sie nur ein paar Monate alt, ihre Mutter hält sie in einem Arm und Pascha im anderen. Hier planscht sie im Wasser der Luga als kleines Kind neben Pascha. Und da ist sie ein paar Jahre älter und liegt mit Dascha in einer Hängematte. Die strahlende, hübsche dunkelhaarige Dascha ist etwa vierzehn. Hier ist Tania etwa zehn; ihre langen blonden Zöpfe baumeln herab, während sie auf einem Baumstumpf einen atemberaubenden einarmigen Handstand vollführt. Und da sitzen Tania und Pascha zusammen im Boot, während Pascha drohend ein Ruder über ihren Kopf hält. Hier ist die ganze Familie. Ernst sitzen die Eltern nebeneinander. Deda hält Tanias Hand, Babuschka hält die Hand Paschas, und ganz vorne lächelt fröhlich Dascha.

Irgendwann muss Tatiana Alexander erzählen, wie froh sie ist, dass ihre Schwester Dascha nicht gestorben ist, ohne wenigstens ein Mal gefühlt zu haben, was es bedeutet zu lieben.

Alexander. Hier ist er, bevor er zu Tatiana gehörte. Er ist etwa zwanzig und erhält gerade die Tapferkeitsmedaille dafür, dass er Jurij Stepanow während des Kriegs im Winter 1940 zurückgebracht hat. Alexander trägt seine sowjetische Paradeuniform, die eng an seinem Körper anliegt, er steht entspannt da und salutiert, indem er auf eine geradezu lässige Art und Weise seine Hand an die Schläfe führt. Ein strahlendes Lächeln liegt auf seinem Gesicht, seine Augen sind sorglos, der ganze Mann strahlt eine atemberaubende, fast schmerzliche Jugendlichkeit aus. Und doch war Krieg, und seine Männer waren bereits getötet worden, waren erfroren und verhungert … und seine Mutter und sein Vater lebten nicht mehr … und er war weit fort von zu Hause, immer weiter und weiter, und jeder Tag konnte sein letzter sein – und auf die eine oder andere Art *war* jeder Tag sein letzter. Und doch lächelt er. Er strahlt, er ist glücklich.

Anthony bleibt so lange fort, dass seine Töchter mutmaßen, etwas müsse mit ihm passiert sein. Doch dann taucht er plötzlich wieder auf. Von seinem Vater hat er gelernt, ein unnahbares Pokerface aufzusetzen, und äußerlich wirkt er tatsächlich ungerührt. Genau wie ein Mann sein soll, denkt Tatiana. Niemand steht das durch, was Anthony durchgestanden hat, und wird Mitglied des Nationalen Sicherheitsrats, wenn er es nicht versteht, sich gegen die kleinen Unannehmlichkeiten des Lebens zu wappnen. Anthony hält zwei verblichene Fotos in der Hand. Die Seiten des Buches haben sie geglättet, die vielen Jahre haben die Kontraste grau werden lassen.

In der Küche wird es still, und sogar Rachel und Rebecca warten mit angehaltenem Atem. »Zeig her ...«, murmeln sie und greifen behutsam mit ihren langen Fingen nach den brüchigen Fotos. Tatiana sitzt ein Stück weit von ihnen entfernt. »Möchtet ihr sie zusammen mit uns anschauen, Grammy? Grandpa?«

»Wir kennen sie«, sagt Tatiana und ihre Stimme stockt leicht. »Seht ihr Kinder sie euch ruhig an.«

Kinder und Enkelkinder sowie die Gäste stecken die Köpfe zusammen und betrachten die Fotos mit offenem Mund. »Washington, schau! Schau sie dir nur an! Was haben wir gesagt?«

Shura und Tania, dreiundzwanzig und achtzehn Jahre alt. Gerade haben sie geheiratet. Mit strahlenden Gesichtern stehen sie auf den Steinstufen der Kirche in der Nähe von Lazarewo, er trägt seine Ausgehuniform der Roten Armee, sie ein weißes Kleid mit dunklen Rosen. Sie steht neben ihm und hält seinen Arm. Er blickt mit einem breiten Grinsen in die Kamera. Sie drückt sich an ihn und sieht zu ihm auf, das helle Haar reicht ihr bis auf die Schultern, ihre Arme sind nackt, ihr Mund ist leicht geöffnet.

»Grammy«, ruft Rebecca, »wie du Grandpa anhimmelst, das treibt einem wirklich die Schamesröte ins Gesicht.« Sie dreht sich vom Tisch weg Alexander zu. »Grandpa, ist dir jemals aufgefallen, wie sie dich angeschaut hat?«

»Ein oder zwei Mal«, antwortet Alexander.

Das andere ausgeblichene Foto. Tania und Shura, achtzehn und dreiundzwanzig Jahre alt. Er umarmt sie und hebt sie hoch, sie hat ihre Arme um seinen Hals geschlungen, ihre Gesichter sind einander zugewandt, atemlos treffen sich ihre Lippen in einem Kuss, Tanias Füße schweben in der Luft.

»Wow«, murmelt Rebecca.

Tatiana wischt eifrig über die Tischplatte.

»Wollt ihr wissen, was mein Washington über euch beide gesagt hat?«, fragt Rebecca, den Blick auf die Großeltern gerichtet. »Er nannte euch ein nebeneinander liegendes Zahlenpaar der Fibonacci-Folge.« Sie kichert. »Ist das nicht sexy?«

Tatiana schüttelt den Kopf und betrachtet Washington gegen ihren Willen mit einer gewissen Bewunderung. »Noch ein Mathematikexperte. Das hat uns gerade noch gefehlt. Ich weiß einfach nicht, was ihr euch alle von Mathematik versprecht.«

Janie setzt sich neben Alexander an den Küchentisch. Sie beugt sich zu ihrem Vater, küsst ihn, legt einen Arm um ihn und flüstert ihm ins Ohr: »Daddy, mir ist gerade klar geworden, wie ich mein Baby nennen werde. Es ist so einfach.«

»Fibonacci?«

Sie lacht. »Nein, Shannon. Shannon natürlich.«

Das Kaminfeuer brennt. Draußen ist es dunkel und still. Sie haben den Nachtisch gegessen. Kerris Blaubeerkuchen war so gut, dass Anthony sie um ein zweites Stück gebeten hat, und nicht nur das. Er hat sie sogar gefragt, welche Kuchen sie noch backe, ob sie akustische oder elektrische Gitarre spiele und ob sie sein Lieblingslied spielen könne, *Carol of the Bells.* Amy und Mary wollten wissen, wo sie den Tortenguss gekauft habe, denn er sei köstlich gewesen, und Kerri war rot geworden und hatte ihnen geantwortet, sie mache ihn immer selbst. »Wer macht denn heute noch so was?«, hatte Amy ungläubig gefragt.

Die Aktivitäten der Familie wurden immer lauter und entspannter. Aus den anderen Zimmern hörte man kleine Kinder, die einen Flipperautomaten in Gang setzten und sich um einen Billardstock stritten. Es wurde herumgealbert, über Baseball philosophiert, Gläser fielen zu Boden und ältere Mädchen riefen im Ton ihrer Mutter: »Wenn du nicht sofort damit aufhörst, dann schwöre ich, werde ich …«

Schließlich versammelten sich die fünfzehn Jugendlichen um das Karaokegerät in der Galerie, und während Eltern, Großeltern und Gäste fasziniert zuhörten und fröhlich johlend Beifall klatschten, schmetterten sie einen Song nach dem anderen, ohne in ihrer Begeisterung auch nur einen Gedanken an Tonart und Takt zu verschwenden. Rachel und Rebecca veranstalteten eine ziemliche Show und sangen so laut sie konnten, sie wollten für den Rest ihres Lebens jung sein, es fühle sich so gut an, lebendig zu sein, und sie wollten bis zum Tag ihres Todes achtzehn bleiben.

Jeder liebt Karaoke. Alexander und Tatiana haben früher zur Freude ihrer Enkel und ihrer eigenen Kinder zusammen *I walk the line* und *Groovy kind of love* (das absolut beliebteste Stück) gesungen; und wenn Alexander alleine zum Mikrofon greift, mimt er einen Auftritt von Leonard Cohen, schaut Tatiana an und singt von der Liebe; und alle drei Brüder geben ausgelassen wie die Animals damals *When I was young* zum Besten. Doch jetzt ist das Gerät eindeutig in den Händen der Jungen.

Und dann greift Anthony jr. zum Mikrofon, richtet den Blick seiner schwarzen Augen auf seinen Vater und singt ohne begleitende Musik und ohne Rhythmusmaschine. Drei Minuten lang streift er seinen Groll und sein *Gothic*-Auftreten völlig ab und trägt eine faszinierende A-cappella-Version von *The Summer of '69* vor, die das ganze Haus mit seinem Klang erfüllt, seine außerordentliche, tief verborgene Begabung verrät und die *alle*, sogar die Zehnjährigen, sprachlos macht. Die Textzeile daraus *Those were the best days of my life* bringt Anthony dazu, die Galerie zu verlassen, worauf Tommy ihm hinterherrennt und ihn fragt: »Was ist los, Dad? Er war *so* gut. Was hast du?«

Alexander sitzt etwas abseits und beobachtet sie alle, er ist ein wenig am Rande des Geschehens, obwohl sich Vicky und Nicky, die beiden jüngsten Töchter von Janie, an ihn gekuschelt haben.

Tatiana kommt herüber, stellt sich hinter ihn und beugt sich nach vorn. »Bist du okay?«, flüstert sie. »Ist es zu laut hier drin? Geh ins Schlafzimmer und leg dich hin. Du bist sicher müde.«

Sie kann ihm nicht einmal *flüsternd* etwas mitteilen, ohne dass ihre Kinder, die die beiden beobachtet haben, das Gesagte aufgreifen und es inständig wiederholen: »Dad, geh ins Bett. Du siehst erschöpft aus.« – »Es war so ein langer Tag, wie fühlst du dich?« – »Daddy, du sollst nicht wach bleiben wegen uns. Du weißt, was wir für Nachteulen sind.«

Er lacht. »Hört auf, mich von allen Seiten zu bemuttern. Mir geht's gut«, sagt er. »Aber seht ihr nicht, was Pascha und Harry jetzt am liebsten täten? Sie wollen die Familienfilme sehen. Das ist ein *hervorragender* Zeitpunkt für mich, einen langen Spaziergang zu machen.« Er wendet sich Tatiana zu. »Kommst du mit?«

Das ist eine rhetorische Frage. Er weiß, wie sehr es ihr gefällt, in seiner Nähe zu sein, während die anderen ausführlich über die Vergangenheit sprechen. Er mag das nicht. Nicht mehr. Alexander nimmt Janie das Baby ab, um mit dem neu getauften Monarchen Shannon Clay III auf dem Arm durch die von Strahlern beleuchteten Agaven zu schlendern, während sich Tatiana für ihren Marsch bereit macht.

Das gemeinsame Ansehen alter Familienfilme an Thanksgiving ist genauso eine Feiertagsgewohnheit wie der Karaokegesang. Im Wohnzimmer gehen die Lichter aus und die Menge rückt zusammen: Mädchen im Teenageralter, die beiden Studentinnen und dieses Jahr ein etwas distanzierter Freund und die neugierige zierliche Grundschullehrerin. Zwar ist Anthony jr. nirgendwo zu sehen, doch Tommy sitzt neben Anthony, der den alten Super-Acht-Projektor anwirft, und kurz darauf erscheinen wacklige Schwarz-Weiß-Bilder auf der weißen Wand, auf denen ein paar Momentaufnahmen aus dem Canyon ihres Lebens eingefangen wurden; sie zeigen nichts und doch irgendwie alles. Die Zuschauer betrachten die alten Filme von 1963, 1952, 1948 und 1947, und je älter die Filme werden, umso ausgelassener werden Kinder und Eltern.

Weil Ingrid dieses Jahr nicht hier ist, zeigt Anthony den anderen noch nie Gesehenes. Es ist der Film von 1963. Man sieht einen Kuchen und die noch nicht brennenden Kerzen. Anthony wird zwanzig. Tatiana ist deutlich sichtbar schwanger mit Janie. (»Mommy, schau, das bist du in Grammys Bauch«, ruft Vicky.) Harry krabbelt durchs Gras, unter lautem Gekreische unermüdlich verfolgt von Pascha. Oh, welchen Spaß die sechs Kinder im Jahr 1999 haben, als sie sehen, dass ihre Väter genauso wild waren wie sie, und wie liebevoll Mary und Amy ihren Ehemännern Blicke zuwerfen, ihren Männern, die noch so klein auf dem Streifen sind. Die Stimmung im Wohnzimmer ist ausgelassen.

Anthony sitzt im Innenhof, nur mit einer Badehose bekleidet. Er hat ein Bein über das andere geschlagen und spielt auf seiner Gitarre. »Ich hab für mich selbst *Happy Birthday* gespielt«, kommentiert er jetzt, doch es war nicht *Happy Birthday,* und ein Schleier der Traurigkeit breitet sich lautlos über den Köpfen der Familie aus: Es tut ihnen allen im Herzen weh, den Bruder und Vater so zu sehen, schön und unversehrt – und plötzlich kommt eine dunkelhaarige, attraktive Frau mit endlos langen Beinen ins Bild. Sie trägt ein Minikleid und lässt sich neben Anthony nieder. Die Kamera bleibt auf ihn gerichtet, während er singt und sie am Bildrand mit einem Feuerzeug die Kerzen auf seinem Kuchen anzündet. Eine Kerze nach der anderen leuchtet auf, während er weiterspielt und den größten Hit jener Tage anstimmt, *I fell into a burning ring of fire.* Anthony und die Frau sehen einander nicht an, doch man kann deutlich erkennen, wie sich die ganze Zeit über ihr nackter Schenkel gegen seine Fußsohle drückt, bis sie seine zwanzig Kerzen und noch eine zusätzliche für seine Zukunft angezündet hat. *And it burns, burns, burns …* Und dann ist sie fertig, und die Kamera, die niemals lügt, fängt genau die Mikrosekunde ein, in der sie einander einen Blick zuwerfen. Ein Gramm neutraler Materie, die mit einer Sprengkraft von 10 000 Kilo TNT explodiert.

Die Spule ist zu Ende. Die nächste. Die angehende Romanautorin Rebecca fragt: »Dad, wer war das? Etwa Grammys Freundin Vikki?«

»Ja«, sagt Anthony. »Das war Grammys Freundin Vikki.«

Tak zhivya, bez radosti, bez muki, pomniu ya ushedshiye goda, i tvoi serebryannyiye ruki, v troike yeletevshey navsegda …

So lebe ich und erinnere mich voller Trauer an all die glücklichen und jetzt vergangenen Jahre, erinnere mich an deine langen und silbernen Arme, auf ewig in der Kutsche, die vorüberflog …

Er führt sie noch weiter zurück, in das Jahr 1947. »Schau nur, wie komisch Grammy ist!«, kreischen die Enkel. »Kämpft sie wirklich gegen Grandpa im *Armdrücken?«* Die wackelig gehaltene Kamera zeigt nicht mehr als ihre beiden dünnen, weißen Arme und den kräftigen, dunklen Unterarm eines Mannes, der hoch aufgerichtet auf den Picknicktisch gestützt ist. »Sie ist dir ständig hinterhergerannt, Ant.« – »Sie war einfach umwerfend.« – »Das ist sie immer noch«, sagt Rebecca. »Daddy, schau nur, du sitzt auf ihrem Schoß und sie küsst dich. Das ist so süß! Wie alt warst du da?«

»Hmm – vier.«

»Wo ist Grandpa? Schon seit Jahren zeigst du uns all diese Filme, und nie ist er irgendwo drauf.«

»Na ja, irgendjemand musste schließlich die Kamera halten, oder? Ihr habt seinen Unterarm gesehen. Was wollt ihr denn noch? Das ist genug. *Sie* ist immer für ihn aufgetreten«, sagt Anthony.

»Ich bitte dich, Dad. Hast du keinen einzigen Film mit ihm?«

»Ich glaube nicht.«

»Bitte, Dad. Du musst doch *irgendwas* haben! Los, zeig uns was! Zeig uns Großvater in jungen Jahren, Dad, Ant. *Bitte.*«

Widerstrebend sieht Anthony im Schrank nach, in dem die Filme aufbewahrt werden. Unwillig spannt er eine Spule in den Apparat, wobei er höchst geschickt vorgeht, obwohl er nur noch eine Hand hat. Nachdem alle einen Augenblick lang die Luft angehalten haben, erscheint wie durch Zauberei auf der weißen Wand ein junger, dunkelhaariger Mann, der sich neben dem Swimmingpool ein T-Shirt über den von Narben übersäten Rücken zieht, als er entdeckt, dass die Kamera ihn im Visier hat. Er steigt schwungvoll auf das Sprungbrett, breitet die Arme aus und hält sich einen Augenblick lang völlig gerade, bevor er gleich hineinspringen wird. Die blonde Frau ist bereits im Wasser. Der Projektor surrt. Die weißen Zähne, das nasse schwarze Haar, die langen Beine und der muskulöse Oberkörper des Mannes füllen die ganze Wand aus. Die unscharfen Umrisse seiner dunklen Tätowierungen sind sichtbar. Er hat auf dem Bau gearbeitet. Seine Brust ist breit, seine Arme sind gewaltig. Er springt einen hohen, weiten Bogen, taucht ein in den Pool und zieht die Frau, die sich heftig wehrt, unter Wasser. Als beide wieder strampelnd nach oben kommen, um Luft zu holen, will sie ihm davonschwimmen, doch das lässt er nicht zu. Nur wenn die Kamera sie zusammen eingefangen hat, kann man erkennen, wie groß er und wie winzig sie in Wirklichkeit ist. Lautlos bis auf das Surren des Projektors sieht man, wie sich die beiden aneinanderdrücken, Wasser treten und sich gegenseitig nass spritzen; dann hebt er sie über seinen Kopf, während sie, die nur einen winzigen Bikini trägt, sich langsam aufrichtet, die Arme ausbreitet und hin und her schwankt, bis sie das Gleichgewicht gefunden hat, und nun stehen sie beide einen Augenblick lang aufrecht – sie in seinen Händen mit geöffneten Armen über ihm. Dann wirft er sie aus dem Handgelenk heraus in die Luft, sie fällt in hohem Bogen zurück ins Wasser, die Kamera schüttelt sich vor Lachen, und als sie wieder aus dem Wasser auftaucht, springt sie auf seinen Rücken, bedeckt seinen Hals und seinen Kopf mit Küssen, während er sich mit einem Lächeln im Gesicht schwankend zur Kamera hin verbeugt. Klick, klick, surr, surr, die Spule spult das Ende des Kurzfilms ab, die Wand wird weiß, und das einzige Geräusch im Raum ist das Vibrieren des Projektors.

»Sie waren so jung«, flüstert Rebecca.

»Wie wir«, sagt Washington.

Zu später Stunde sitzen die drei Brüder mit ihrer Schwester noch zusammen. Irgendwo spielt leise Musik. Ihre angeheirateten Partner schlafen. Die Kindeskinder schlafen – sogar die Teenager, die nach Hockey, Pingpong, Basketball und Brettspielen müde geworden sind; sogar die beiden Harvard-Studentinnen. Auch für sie ist es Zeit geworden, ins Bett zu gehen. Der junge Mann mit Mathematik als Hauptfach teilt sich mit Tommy und Anthony jr. ein Zimmer, und er und seine Piercings ruhen weit entfernt von der makellos schönen und wohlbehüteten Becky.

Gemeinsam sitzen die vier Kinder in dem Haus zusammen, in dem sie aufgewachsen sind. Sie haben sich einen Mitternachtsimbiss geholt: kalte Lauch- und Speckfüllung und Truthahnstreifen direkt aus der Kunststoffbox. Sie trinken alten Wein und frisches Bier.

Entspannt lehnen sie sich zurück. Dieses Jahr bleiben sie noch eine Weile länger auf als üblich – um des Trostes und des Friedens willen, der Familie und der glücklichen Kindheit, die sie miteinander geteilt haben und die vor nun schon so langer Zeit so rasch zu Ende gegangen ist. Sie sitzen in dieser Oase beieinander und essen das Brot ihrer Mutter. Während des Tages haben sie in Gegenwart ihrer Ehefrauen, ihres Ehemanns und ihrer Kinder über Sport, den jüngsten Nachwuchs, Politik, Waffen und die Arbeit gesprochen, doch zu solch später Stunde sprechen sie an einem solchen Tag nie über diese Themen.

Harry und Pascha erzählen davon, dass sie, als sie noch sehr klein waren, mit ihrem Vater in einem Boot aufs Meer hinausgefahren sind, möglicherweise in der Biscayne Bay. Sie erinnern sich an die Palmen, das grüne Wasser, die Hitze und seine massige Gestalt zwischen ihnen, den beiden Däumlingen. Keine Janie, kein Ant. Er hat sie auf die Bank gesetzt und ihnen gezeigt, wie man das Stagsegel aufrollt. Er gab ihnen Angelruten und Haken und Würmer, und sie saßen neben ihm und hielten die Leinen ins Wasser. Ihre Mutter hielt die Ruder. *Folget mir nach, ich will euch zu Menschenfischern machen.* Er rauchte, zog gelegentlich an seiner eigenen Leine, und sie machten ihn nach und zogen an ihren. Die Fische fraßen die Würmer um die Haken herum, und sie fingen keinen einzigen. Dann zeigte Harry plötzlich großes Interesse an seinem Haken. Was ließe sich noch alles damit fangen? Konnte man damit ein Stück Kleidung aufspießen? Holz? Ein Stück von Paschas Schenkel?

»Siehst du, Harry, mit dir hat von Anfang an irgendwas nicht gestimmt«, sagt Janie.

»Richtig«, pflichtet Pascha bei, »aber ich habe mir den Haken aus dem Bein gezogen und mir selbst erste Hilfe geleistet, und das gar nicht so schlecht.«

»Genau. Du bist wirklich der Sohn deiner Mutter«, sagt Harry kopfschüttelnd. »*Ich* habe dir das gezeigt – und nie kam dafür auch nur ein Wort des Dankes. Hätten wir doch nur alle das Glück, von Anfang an zu wissen, wer wir sind.«

»Wir alle wussten, wer wir waren«, sagt Jane Barrington. »Schon von Anfang an.« Sie wendet sich an Anthony. »Ist er jemals mit dir fischen gegangen, Ant?«

»Ein oder zwei Mal«, antwortet Anthony.

Und nur wenige Meter entfernt in der dunklen Speisekammer zwischen dem Esszimmer mit den Ausmaßen eines Bankettsaals und der Küche befindet sich zwischen Wand und Schränken eine kleine Nische. Dort steht ein kleiner Hocker, und auf diesem Hocker sitzt Tatiana mit geschlossenen Augen. Sie hat den Kopf nach hinten an die Wand gelehnt, zittert ein wenig am ganzen Körper, nickt und hört zu, wie die Kinder mit erwachsenen Stimmen von ihrem Vater reden.

Auf der Suche nach ihr kommt Alexander an ihrem Versteck vorbei, und obwohl Tatiana noch nicht schlafen kann, zieht sie sich aus und legt sich zu ihm. Sie möchte mit ihm über diesen Tag sprechen, doch er ist müde und sagt zu ihr, dass sie sich morgen in aller Ausführlichkeit darüber unterhalten würden. Sie wartet, bis er eingeschlafen ist. Dann löst sie sich aus seiner Umarmung, streift ihren Morgenrock über, geht in die verlassene Küche und macht sich eine Tasse Tee. Die leisen Geräusche des Hauses beruhigen sie. Sie weiß, welche Dielenbretter knarren und wo sich der schmierige Fleck befindet, der von einem kleinen, klebrigen Finger stammt. Sie kennt die Ecke des Wohnzimmerteppichs, die von Janies ungebändigtem Labrador zerfetzt wurde. Sie weiß, welcher Wasserhahn tropft, und sie nimmt den Knoblauchgeruch wahr, wenn sie am »Knoblauchgrab« vorbeikommt, wie sie das nennt, an jenem runden Tontopf mit Löchern im Deckel, der wie eine Art umgekehrte Duftkerze wirkt.

Das Haus ist *alles*.

Sie fühlt sich wohl in dieser Einsamkeit und denkt nach. Sie will nicht, dass der Tag endet.

Sie macht Brot.

Sie gibt Zucker und Trockenhefe in etwas warme Milch und stellt die Tasse unter eine Heizlampe, um das Ganze aufquellen zu lassen. Sie setzt sich auf ihren hohen Hocker, nippt an ihrem Tee und beobachtet, wie sich durch die Hefe kleine Blasen in der Mischung bilden, die sich nach und nach zu einem cremigen Schaum vereinen. Dann rührt sie mit einem Löffel um, bis alles flüssig ist, setzt sich wieder und sieht zu, wie die Mischung erneut aufquillt.

Nach fünfzehn Minuten holt sie das Mehl heraus, gibt Butter hinein und macht noch zwei Tassen Milch warm. Sie trennt mehrere Eier und schlägt das Eiweiß, bis ein fester Schaum entsteht. Als sie sich umdreht, sitzt ihr Anthony am Tisch mit müden Augen gegenüber und beobachtet sie. »Ich kann einfach nicht glauben, dass du immer noch auf bist.«

»Das Gleiche könnte ich zu dir sagen.«

Sie macht ihm eine Tasse Tee. »Na, was hältst du von der neuen großen Liebe deiner Tochter?«

Anthony zuckt mit den Schultern. »Ich muss schließlich nicht mit ihm schlafen, oder? Was kümmert's mich? Es wäre mir zwar lieber gewesen, wenn er die Juwelen auf seiner Zunge nicht gerade vor ihrer Familie vorgeführt hätte, aber mich hat ja keiner gefragt.«

»Rebecca sagt, er sei ihre erste wahre Liebe«, sagt Tatiana.

»Mit achtzehn sieht es immer wie wahre Liebe aus«, erwidert er, bricht dann aber ab. Sie sehen einander schweigend an. So sieht es wirklich aus, denkt Tatiana. Und manchmal stimmt es sogar.

Über den Tisch gebeugt, sieht Anthony ihr zu. Sein Blick folgt jedem ihrer Schritte, während sie hin und her geht und Mehl, Zucker, Eier, Milch und Hefe vermischt und die Masse zu kneten beginnt, wobei sie gelegentlich etwas geschmolzene Butter hinzugibt, bis der ganze Teig die richtige Konsistenz hat.

Sie nahm ein Stück Schwarzbrot, das so hart war wie ein Kieselstein, und schnitt es in vier Teile, von denen jeder die Größe eines Stapels Spielkarten hatte. Dann halbierte sie den Spielkartenstapel noch ein Mal. Die eine Hälfte packte sie ein für morgen. Die andere Hälfte verteilte sie auf vier Teller. Einen Teller stellte sie vor ihre Schwester, einen vor sich, einen vor Alexander und einen vor den Stuhl ihrer Mutter. Sie nahm Messer und Gabel und schnitt ein kleines Stück von ihrer Portion ab. Ein Tropfen Blut rann aus ihrem Mund und fiel auf den Teller. Sie ignorierte ihn. Sie schob das Brot in den Mund und kaute es mehrere Minuten lang, bevor sie es schließlich schluckte. Es schmeckte schimmelig und schwach nach Heu.

Alexander hatte sein Stück schon lange gegessen. Dascha hatte ihr Stück schon lange gegessen. Die Schwestern sahen nicht zum Brot oder zum leeren Stuhl ihrer Mutter. Alle Stühle waren jetzt leer bis auf ihren und den von Dascha. Und den von Alexander. Ein weiterer Tropfen Blut fiel auf den Tisch. Was hatte ihr ihre Schwester wenige Tage zuvor beigebracht, als sie vor ihrer Mutter gekniet hatten, die gestorben war? Und gib uns unser täglich Brot, hatte Dascha gesagt.

»Und gib uns unser täglich Brot«, sagte die fünfundsiebzig Jahre alte Tatiana in ihrem Haus in Scottsdale, Arizona.

»Amen«, sagte Anthony. »Ich kann mich daran erinnern, wie du schon vor fünfzig Jahren Brot gemacht hast. Man begreift nicht, welch komplette Mahlzeit Brot darstellt, wenn man nicht gesehen hat, wie viele Zutaten darin enthalten sind.«

Tatiana nickte und lächelte leicht. »Ja«, sagte sie und senkte den Kopf vor dem durchgekneteten Teig. »Baumwollsamen oder Heu. Pappe oder Sägemehl. Leinsamen oder Leim. Brot, eine komplette Mahlzeit.«

Nachdem sie eine große, feuerfeste Form mit Butter bestrichen hatte, hob sie den Teig hinein, bedeckte das Ganze mit einem sauberen weißen Geschirrtuch und stellte es in den Ofen. Jetzt musste der Teig aufgehen. Sie setzte sich neben ihren Sohn. Beide nippten an ihrem Tee. Es war so still im Haus, nur der Wasserhahn tropfte.

»Mom«, sagte er, »dir ist doch klar, dass wir wissen, dass du hier in deiner Nische sitzt und uns zuhörst, oder nicht?«

Sie lachte. »Ja, mein Sohn«, sagte sie zärtlich. »Das weiß ich.« Sie strich ihm über das Gesicht und küsste ihn auf die Wange. »Erzähl mir von Ingrid. Es geht ihr wohl nicht besser?«

Anthony schüttelte den Kopf. Er sah seine Mutter nicht mehr an. »Es geht ihr schlechter als je zuvor. Sie hat dem Arzt gesagt, es sei alles meine Schuld. Ich hätte sie dazu getrieben. Ich sei nie da, nie zu Hause.« Tief enttäuscht presste er die Lippen zusammen. »Seit fünfzehn Jahren sagt sie das. Du bist immer unterwegs, Anthony. Als sei ich ein Lastwagenfahrer.« Er seufzte. »Ich habe es geschafft, dass sie sich vor zwei Tagen in die Betty-Ford-Klinik in Minnesota hat einweisen lassen.«

»Das ist gut. Das wird ihr helfen.«

Er schien nicht überzeugt. »Sie bleibt dort mindestens acht Monate. Ich habe ihr gesagt, dass sie erst wieder zurückkommen soll, wenn es ihr besser geht.«

Tatiana sah ihn an. »Was ist mit deinen Söhnen? Wer kümmert sich um sie?«

»Sie kümmert sich jetzt auch nicht um sie, Mom! Das ist ja das Problem. Tommy ist ein guter Junge, aber Anthony jr. macht immer wieder Schwierigkeiten.« Anthony seufzte. »Und ich meine *richtige* Schwierigkeiten. Mal in der Schule. Mal hat er handfesten Streit mit seinen Freunden. Mal kommt er sogar mit dem Gesetz in Konflikt.« Er schüttelte den Kopf. »Ich wollte heute gar nicht darüber reden. Es gibt keinen Grund, warum man deswegen alle beunruhigen sollte. Aber ich habe den Präsidenten um meine Entlassung gebeten. Mir bleibt keine andere Wahl. Ich kann so nicht weitermachen. Ich meine, ganz ehrlich, was soll ich denn tun? Die Jungs … ich kann sie nicht einfach so im Stich lassen, und *sie* ist jetzt nicht mehr da.« Er hielt inne. »Wir werden aus Washington weggehen.«

Das war ein tiefer Einschnitt. Anthony hatte über zwanzig Jahre in Washington gelebt.

»Ich habe eine neue Stelle akzeptiert – als Commander von Yuma.«

Yuma! Tatiana nickte und versuchte, ihre Aufregung zu verbergen.

»Es ist ein Posten für drei Jahre«, fuhr Anthony fort. »Militärische Aufklärung, Waffen, einige Reisen. Die Jungs werden mit mir kommen, und die meiste Zeit über werde ich an einem festen Ort sein. Ich habe zwar noch nicht gefragt, aber ich bin sicher, dass Harry mir helfen wird, wenn ich mal unterwegs bin. Nach einer Woche mit ihm werden meine Kinder gar nicht mehr wissen, was ihnen da widerfahren ist.«

»Ich bin sicher, dass Harry dir helfen wird«, sagte Tatiana vorsichtig. Sie wusste, dass ihrem Sohn die Entscheidung nicht ganz leichtgefallen war, und ihm zu zeigen, wie zufrieden sie damit war, hätte respektlos gewirkt. Hier ging es schließlich nicht um sie. »Ich weiß, dass du skeptisch bist, aber das hört sich gut an, mein Sohn«, sagte sie. »Deinen Söhnen wird es besser gehen, wenn sie ihren Dad um sich haben, und Harry wird vor Freude in die Luft gehen. Stell dir nur vor, ihr beide in Yuma. Am liebsten würde ich ihn aufwecken und es ihm sagen.« Sie löste ihre Hand nicht von Anthonys unglücklichem Gesicht. »Was du tust, ist richtig. Was du getan hast, war richtig. Nur Mut!«, sagte sie leise. »Sei stark. Du hast noch viel zu tun. Perseus ist nur ein einzelner Mann.« Sie lächelte. »Er kann nicht überall zur gleichen Zeit sein.«

»Danke«, flüsterte er, küsste ihre Hand und schmiegte sich

hinein. Dann sagte er voll tiefem Bedauern: »Und außerdem, wie viele Andromedas kann ein Mann schon in seinem Leben haben?«

Sie hatten die Köpfe aneinandergelehnt, und Tatiana hoffte: Noch eine mehr. »Hab Vertrauen, Kumpel«, flüsterte sie ihrem Sohn zu.

Plötzlich hörten sie das Geräusch vertrauter Schritte. Alexander erschien in der bogenförmigen Türöffnung. Er wirkte nicht gerade gut gelaunt. »Was muss ich denn noch tun«, sagte er laut zu Tatiana, die in diesem Augenblick dreinblickte, als wäre sie auf frischer Tat ertappt worden, »damit meine Frau bei mir im Bett bleibt? Du bist seit Sonnenaufgang auf den Beinen, und jetzt ist es drei Uhr nachts. Was kommt als Nächstes? Wirst du deinen Stuhl bei ihm im Garten aufstellen?« Er drehte sich um und machte ihr ein Zeichen. »Komm«, sagte er in einem Ton, der keinen Widerspruch duldete. »Jetzt gleich.«

Im Schlafzimmer zog sie ihren Morgenmantel aus und schlüpfte nackt zu ihm in das große, alte Messingbett, das sie seit 1949 geteilt hatten. Er schmollte, doch nur einen kurzen Moment, denn er wollte schlafen, und dabei musste er sie spüren. »Du hast es in meinem Bett nicht mehr ausgehalten, nicht wahr?« Sie lagen einander zugewandt. »Wir hatten es so nett, so warm. Aber nein.« Er streichelte ihren Rücken, ihre Brüste, ihre Hüften.

»Ich musste Brot machen für morgen«, flüsterte sie und knetete seinen Körper.

»Du lebst nun schon seit sechsundfünfzig Jahren in diesem Land, da muss ich dich in nächster Zeit mal in einen Supermarkt mitnehmen«, sagte Alexander, »und dir dieses Ding zeigen, das es bei uns dort gibt. Es heißt *Brot.* Alle möglichen Sorten. Zu jeder Zeit. Keine Lebensmittelkarten, keine Schneestürme und man muss nicht einmal anstehen dafür.« Jetzt entspannte er sich. Ihm war warm, und er wurde größer in ihren Händen. Er strich ihr über den Rücken und murmelte, dass Anthony wütend sei, Tommy traurig und das Baby wirklich gewitzt; es sei ein guter Tag gewesen, er verschwende kaum einen Gedanken an Washington, auch wenn der sich mit seinen mathematischen Kenntnissen bei ihr einzuschmeicheln versuche ... Er murmelte immer weiter und schmiegte sich an sie, und sie streichelte ihn und er schlief erleichtert ein.

Ihre Gedanken fliegen weit zurück in die Vergangenheit, sie hört Anthonys Stimme, hört, wie er lernt, sich zur Gitarre zu begleiten. In ihre Winterjacken gehüllt, sitzen er und sein Vater im Dezember 1947 auf einem Bootssteg namens »Mein Vorrecht« in der Nähe des Hauses namens »Frei« auf Bethel Island; Alexander hält beide Angelleinen, und Anthony singt für ihn »Have yourself a merry little christmas«, während Tatiana am offenen Fenster Schinken mit brauner Zuckerkruste als Festtagsessen kocht. Sie sieht hinaus zu ihnen, während die beiden, die Köpfe zusammengesteckt, mit Noten und Gesang und Angelleinen beschäftigt sind, der vierjährige Anthony seine Gitarre in beiden kleinen Armen hält und sich zu seinem rauchenden, achtundzwanzig Jahre alten Vater beugt, und sie hört ihre fröhlichen Stimmen, die eine tief, die andere hoch, die über den alten Kanälen aufsteigen und auf die Baldachine niedersinken ...

Here we are as in olden days,
Happy golden days of yore ...

Zwei

Von einem Meer zum andern und wieder zurück haben Tatiana und Alexander die Alte Welt durchschritten; sie haben die Neue Welt durchschritten. Sie haben gelebt.

Doch die Mangos sind immer noch reif und süß, die Avocados und die Tomaten frisch. Noch immer pflanzen sie in ihrem Garten Blumen. Sie lieben es, ins Kino zu gehen, Zeitungen und Bücher zu lesen. Einmal im Monat fahren sie nach Yuma, um ihre Söhne und Enkel zu besuchen. (Harry zeigt Alexander die neuesten Waffen, an denen er arbeitet, das gefällt Alexander am meisten.) Einmal im Monat fahren sie nach Sedona und zum Canyon. Einmal im Monat fahren sie nach Las Vegas. Sie lieben das Fernsehen, vor allem Komödien. Und auch noch andere Dinge, die von der Penthouse-Suite im sechsunddreißigsten Stock des Bellagio Hotels am Las Vegas Strip zu sehen sind.

»Tania, schnell, komm her. Schau mal, was im Fernsehen läuft.«

Sie kommt. »Ach du meine Güte. Was für ein Land. Brot im Supermarkt – und dann auch noch das.«

Zu Hause sitzen sie bis spät in den Abend zusammen auf dem Sofa. Der Fernseher ist aus, und sie weiß, dass *er* fast schon eingeschlafen ist. Eine Decke liegt auf ihrem Schoß. Sie lehnt ihren Kopf an seinen Arm.

»Tatia«, ruft er plötzlich. »Tatiana, Tania, Tatiascha …«

»Hmm?«, sagt sie schläfrig.

»Willst du in Arizona leben, Tatia«, flüstert er und sieht ins Feuer, »im Land der Kleinen Quelle?«

»Ja«, antwortet sie. »Ja, mit meinem Pferd und meinem Wagen, ja, meine Seele.«

Er raucht eine letzte Zigarette draußen vor dem Schlafzimmer und atmet den Duft der Nachtschattengewächse ein.

Jeden Morgen schwimmen sie im Pool. Einmal, nachdem sie fünf Bahnen geschwommen waren und sich schwer atmend am Beckenrand festhielten und ausruhten, sagte Alexander: »Weißt du, dass die Ratgeber König David im hohen Alter empfahlen, sich eine Jungfrau zu nehmen, um wieder warm zu werden?«

Tatiana errötete, so unerwartet kam diese Bemerkung.

»Nein, keine Sorge, *du* wirfst mich immer noch um«, sagte Alexander und zog sie zu sich heran.

»Ich glaube«, meinte Tatiana und schloss die Augen in seinen Armen, »König David hat sich schon längst eine Jungfrau besorgt.«

»Ja …« Seine Lippen strichen über ihr Gesicht. »Und sie hat ihn sein ganzes Leben lang gewärmt.«

Er sagt ihr immer wieder, dass die Siegreichen ihre Waffen niemals strecken. Nie legen sie ihr Schwert ab, vielmehr wickeln sie es in scharlachrote Tücher und sind immer bereit, es noch ein Mal zu benutzen. Er sagt zu ihr, dass sie behutsam sein soll, »ich bin schließlich keine einundachtzig mehr«. Und manchmal hört sie auf ihn.

Sie macht ihm selbst gebackene Waffeln zum Frühstück. Wenn er zum Mittagessen zu Hause ist, stellt sie einen Thunfischsalat mit Äpfeln auf den Tisch. Am Nachmittag gönnen sie sich eine lange Siesta, und dann bereitet Tatiana das Abendessen vor, während sich Alexander in der Küche die Nachrichten ansieht oder ihr etwas aus der Zeitung vorliest. Sie essen allein zu Abend, und danach machen sie einen langen Spaziergang, bevor die Sonne untergeht. Manchmal fahren sie ins Tal, essen Eis und spazieren durch die Innenstadt von Scottsdale, und hin und wieder fahren sie die wenigen Kilometer Richtung Norden nach Carefree und reiten durch das bergige Land voller uralter Christusdorne und Kandelaberkakteen. Ruhige Monate, bevor der nächste Babyboom einsetzt. Die wilden Enkel werden erwachsen, sind nicht mehr so laut wie früher und gehen ihre eigenen Wege.

Anthony hat nie aufgehört zu arbeiten. Besonders jetzt, da es in der Welt drunter und drüber geht, gibt es mehr zu tun als je zuvor. Wenn es ruhiger werden wird, wird er den Dienst quittieren. Doch diese Zeit ist noch nicht gekommen. Anthonys Sohn Anthony jr. hat sich in Yuma gut entwickelt. Er hat sich direkt nach der High School beim OCS, dem Office of Community Services, gemeldet und ist in den Irak gegangen. Tommy wohnt immer noch bei Anthony. Ingrid ging es schließlich besser, doch diese Besserung kam zu spät, denn die acht Monate, die sie in der Klinik verbrachte, waren auch für Anthony eine heilsame Zeit; er hat sein Leben neu ausgerichtet und sich wieder verliebt. Er ließ sich von Ingrid scheiden und heiratete Kerri, die ihn nun auf der Gitarre begleitet, wenn er singt. Jeden Tag backt sie für ihn, sie bewundert ihn vorbehaltlos. Und sie wurde schwanger und schenkte ihm die blonde Isabella.

Anthonys Tochter Rebecca wird nächsten Monat ihr erstes Kind zur Welt bringen. Washingtons Schwäche für Beck, so sollte sich zeigen, war also durchaus von Dauer.

Konnte es tatsächlich sein, dass Rebecca ein Baby bekam? Denn es war nur ein Atemzug vergangen seit jenem Augenblick, als sich eine achtzehnjährige Krankenschwester über den Vater von Rebeccas Vater beugte, einen verwundeten Soldaten in einem sowjetischen Feldlazarett, und sagte: Shura, wir werden ein Kind bekommen.

Und jetzt sitzt der Vater des Vaters, ein alter Krieger, auf der Veranda im Sonnenuntergang vor der Sonora-Wüste und raucht.

Und die Krankenschwester sitzt neben ihm und nippt an ihrer Tasse Tee.

Seine Arme liegen auf der Lehne der weißen Hollywoodschaukel. Die Sonne flammt orangerot auf über den Kandelaberkakteen und dem wilden Beifuß und spiegelt sich an den felsigen Bergen.

Sie ist umgeben von dem Land, gekauft von dem Geld seiner Mutter, Land, für das ein bestimmter Preis zu bezahlen war und das doch zugleich unbezahlbar ist. Hinter ihnen liegen Deutschland und Polen und Russland. Und noch weiter hinter ihnen, jenseits der Wiesen und Steppen, liegt die große, uralte Stadt Perm, die einst den Namen Molotow trug, und von dort aus führt ein unscheinbarer Weg durch die Wälder zu einem kleinen Fischerdorf namens Lazarewo, das sie 1942 verlassen haben und von dem sie wussten, dass sie es nie wiedersehen würden. Und so ist es auch gekommen.

Weit, weit im Osten liegen nach einer scharfen Biegung Richtung Süden der trügerische Dschungel von Vietnam, Hué und Kum Kau. Sie schauen nicht in diese Richtung.

Stattdessen sehen sie hinüber zu den Bergen im Westen, zu den McDowell Mountains jenseits des Tals, über denen die Sonne jeden Abend untergeht; sie blicken auf das Hochland, durch das sie geritten sind und wo sie ihre ersten weiß blühenden Kandelaberkakteen gesehen haben, wo Anthony Schlangen und Kaninchen aufstöbert, Pascha Skorpione untersucht, Harry mit seinen Punji-Spießen Gilamonster verfolgt und Janie absichtlich einen Cholla-Kaktus angefasst hat, um zu beweisen, dass sie genauso hart ist wie die Jungs. Ihre Kinder, die zwischen Kreosotbüschen aufgewachsen sind, haben sich gut entwickelt. Sie haben allesamt viel erreicht.

»Ich will nicht, dass dieses Leben aufhört«, sagte Alexander. »Das Gute, das Schlechte, das weit Zurückliegende – *all das* soll nicht aufhören.« Er legte den Arm um sie. »Es ist fantastisch hier – der Sonnenuntergang ist großartig, die golden und violett schimmernde Wüste und die Millionen funkelnder Lichter unterhalb des Landes von meinem Vater und meiner Mutter.« Er achtete darauf, dass seine Stimme entspannt und leise blieb, und deutete in die Ferne. »Schau unsere neununddreißig Hektar

Land an. Unseren eigenen Sommergarten, direkt neben jenem russischen Flieder, wo Sandverbenen, Phacelia, Wüstenlavendel und roter Salbei wachsen. Siehst du das?«

»Ich sehe es.« Und die Ringelblumen.

»Kannst du das Marsfeld sehen, wo ich, als wir Kinder waren, neben meiner Braut herging, die ein weißes Hochzeitskleid trug und ihre roten Sandalen in den Händen hielt?«

»Ich kann es gut sehen.«

»Wir fürchteten uns davor, dass alles aufhören könnte, da es zu schön war, um wahr zu sein, Tatiana«, sagte Alexander. »Jeden Tag hatten wir Angst, dass uns nur fünf Minuten geliehene Zeit blieben.«

Sie nahm sein Gesicht in ihre Hände. »Keiner von uns hat mehr Zeit, mein Geliebter«, sagte sie. »Und alles fliegt so rasch dahin.«

»Ja«, sagte er, sah sie an und blickte dann hinaus in die korallenrote und gelbe Wüste voller Goldastern und Malven. »Aber welch unvergessliche fünf Minuten waren das!«

Rebeccas Buch der Liebe, gewidmet ihren Großeltern, ist fast beendet, aber es gibt Dinge, die Rebecca nicht weiß, nicht wissen kann und nie erfahren wird.

Tatiana denkt an den Fontanka- und den Moika-Kanal, an die Palastbrücke und andere Brücken, an Ruder und Sandalen, Gipsverbände und Kleider, an Väter und Brüder, an eine Schwester und eine Mutter an einem Sonntag vor langer Zeit.

»Schau, Tania, dein neues Kleid.« Papa zog einen mit braunem Papier umhüllten Karton hervor. Tatiana sprang auf, trotz ihres Gipsarmes, der juckte und schmerzte.

Sie schnappte aufgeregt nach Luft, vergaß ihren Arm, die zurückliegenden Erlebnisse und den verlorenen Sommer. Oh, das versprochene Kleid! Weiß, aus fließendem, weichem Stoff und mit tanzenden karmesinroten Rosen bestickt. Es war ärmellos, Satinbänder verliefen kreuz und quer über das Rückenteil und eine Satinschärpe umgab die Taille. Nach unten hin öffnete es sich zu einem wallenden Rock. »Aber Papa!«

»Aber Papa!«, machte er sie nach.

»Wo hast du das nur bekommen?«

Ihre Hände gruben sich in das Kleid, drehten es um und tasteten nach dem Etikett, das in den Saum eingenäht war. »Fabriqué en France.«

»Du hast es in … Frankreich gekauft?« Tatiana stieß die Luft aus. Sie konnte an nichts anderes denken als an Königin Margot und ihren schönen Liebhaber, den von Unheil bedrohten Soldaten La Môle, und wie sie sich verrückt vor Liebe in Paris trafen.

»Nein«, erwiderte Papa, »in Polen. Ich war in einer kleinen Stadt namens Swietokrzyski, und dort hatten sie einen Sonntagsmarkt. Lauter bemerkenswerte Dinge gab es da. Ich habe das hier gefunden und dachte, es würde meiner Tania gefallen.«

»Gefallen? Papa, ich bin hingerissen! Lass es mich anziehen, und dann machen wir einen Spaziergang.«

Dascha sagte: »Du wirst doch mit einem gebrochenen Arm nicht so ein Kleid anziehen.«

Tatiana runzelte die Stirn. »Wenn nicht mit einem gebrochenen Arm, wann dann?«

»Wenn der Gips runter ist«, sagte Dascha.

»Aber ich brauche es jetzt, damit ich mich gleich besser fühle. Stimmt's, Papa?«

»Stimmt.« Papa lächelte und nickte. »Dascha, du bist zu pragmatisch. Du hättest die Stadt sehen sollen, wo ich es gekauft habe. Die Stadt, das Kleid – einfach geschaffen für die Jugend, geschaffen für die Liebe. Man könnte das Kleid selbst dann tragen, wenn man keine Beine hätte.«

»Nun, dann ist es ja perfekt für sie, denn sie hat keinen Arm«, grummelte Dascha.

»Zieh es an, Sonnenschein«, sagte Papa zu Tatiana. »Weißt du, was die in Polen zu mir gesagt haben? Dass dein Name Märchenprinzessin bedeutet. Ich wusste das gar nicht.«

»Ich auch nicht, Papa. Wie hübsch. Märchenprinzessin!« Sie wirbelte herum, das Kleid gegen die Brust gedrückt.

Und so kam es, dass Tatiana zum ersten Mal die Erlaubnis erhielt, sich die roten, hochhackigen Riemchensandalen ihrer Schwester auszuleihen, die ihr eigentlich zu groß waren. Sie band sich die Riemchen um die Knöchel und zog ihr neues Kleid an, und dann verließen alle die enge Gemeinschaftswoh-

nung in der fünften Sowjet und machten einen Spaziergang. Sie tat, was sie konnte, um sich aufrecht zu halten, auch wenn sie gelegentlich über das Leningrader Kopfsteinpflaster stolperte. Ihr frisch gekämmtes goldenes Haar wehte im Wind.

Das ist eine Beschreibung, die zu ihr passt: Sie tat, was sie konnte.

Sie trugen Hüte und ihre Sonntagsschuhe, kauften sich ein Bier und gingen plaudernd, Zigaretten rauchend, die staubige Leningrader Sommerluft einatmend zum Ingenieursschloss, über die Fontanka-Brücke und durch die Hintertore des Sommergartens. Sie schlenderten die Wege hinab an Springbrunnen vorbei, beschattet von den überhängenden Ästen der Ulmen. Paare saßen zusammen auf den Bänken zwischen den Marmorstatuen antiker Helden: Saturn, der seine eigenen Kinder verschlingt, Amor und Psyche sowie Alexander der Große, der größte Heerführer der antiken Welt.

Die Metanows traten durch die vergoldeten Tore des Sommergartens hinaus auf die Uferpromenade der Newa gegenüber der Peter-und-Pauls-Festung und folgten dem schimmernden Flusslauf. Sie gingen am Winterpalast und dem goldenen Turm der Admiralität vorbei auf den Platz vor der Isaakskathedrale zur Statue des Ehernen Reiters.

Sie hatten einen langen Weg zurückgelegt und waren jetzt müde. Es wurde Abend, und die bernsteinfarbenen Schatten wurden immer länger. Tatianas Arm hing immer noch in der Schlinge, aber das war auch schon die einzige Erinnerung, die von einem Mädchen namens Saika Kantorowa zurückblieb. Alles andere war vergessen. Niemand aus der Familie sollte je wieder ihren Namen erwähnen, nicht einmal beiläufig.

Es war, als hätte es sie nie gegeben.

Tatiana hatte sich bei Dascha mit ihrem gesunden Arm eingehakt, und Pascha ging auf der anderen Seite neben ihr her, wobei er ständig gegen ihren Gips stieß. Mama und Papa schlenderten Arm in Arm dahin und nutzten die so seltene Gelegenheit, sich einmal alleine miteinander zu unterhalten. Papa kaufte Tatiana ein Crème-brûlée-Eis. Dann setzten sie sich auf eine Bank und betrachteten den granitenen Tribut Peters des Großen, den Ehernen Reiter, der von arktischem Licht angestrahlt wurde, und sahen in der träge dahinfließenden Newa die Sonne des Nordens reflektiert.

»Papa, hast du nicht gesagt, Heiligkreuz in Polen sei eine hübsche Stadt?«, fragte Tatiana. »Doch nichts lässt sich mit Leningrad an einem Sommerabend vergleichen, findest du nicht auch?«

»Nichts«, stimmte Papa zu. »Hier möchte ich sterben.«

»Wir sind hier, genießen einen schönen Tag, und du sprichst über das Sterben«, rief Mama aus. »Was ist bloß los mit dir?«

»Er ist so melancholisch und so russisch«, flüsterte Pascha der lachenden Tatiana zu. »Du wirst doch hoffentlich nicht mal so sentimental werden, oder?«

»Ich hoffe nicht, Pascha.«

»Als ich in Heiligkreuz war«, sagte Papa, »war auch Sonntag, und am Abend habe ich einen Spaziergang an der Weichsel gemacht, am Stadtrand. Sie ist nicht so breit wie die Newa, aber sie ist ebenso blau und ruhig, und die Brücke, die in die Stadt führt, war ebenfalls blau gestrichen. Paare und Familien schlenderten über die Brücke, sie trugen weiße Hüte, aßen Eis und Wassermelone, die Kinder lachten, und unter der Brücke ruderte ein junger Mann mit seiner Freundin in einem Boot.«

»Da siehst du es, Tania«, sagte Pascha. »Es gibt Kulturen, in denen es als angemessen und sogar als erwünscht gilt, dass die Männer rudern.«

Sie versetzte ihm einen leichten Stoß mit dem Ellbogen.

Papa fuhr fort. »Der Mann ließ die Ruder ruhen, und die beiden saßen einfach zusammen in ihrem schaukelnden Boot. Sie trug ein weißes Kleid und einen Hut mit breiter Krempe. In ihren Händen hielt sie einen Strauß weißer Lupinen. Die Blumen leuchteten in der Sonne. Ich stand auf der Brücke und sah ihnen lange nach.« Er seufzte. »Ich war einfach so glücklich, am Leben zu sein. Ich wollte, du hättest es sehen können, milaya *Tania.«*

»Hätte es die milaya *Dascha nicht auch sehen sollen?«, fragte Dascha.*

»Und was ist mit mir, Georgi? Hätte es deine geliebte Frau nicht auch sehen und dabei ein Eis in Händen halten und einen weißen Hut auf dem Kopf tragen sollen?«, fragte Mama.

Irgendwo in der Nähe erklang die Stimme eines Sängers. Auf den Gehwegen war seine schöne Tenorstimme zu hören, die der wie ein Spiegel schimmernde Fluss als Echo zurückwarf.

»Gori, gori, moya zvezda
Zvezda lyubvi privetnaya
Ti u menya odna zavetnaya
Drugoi ne budet nikogda ...«

»Leuchte, leuchte, mein Stern,
mein Stern der ewigen Liebe,
dich hab ich einzig erwählt,
es gibt keine andre je für mich ...«

Und so aß die vierzehnjährige Tatiana zwischen Papa und Pascha geschmiegt ihr Eis, während die ganze Familie vor dem Ehernen Reiter saß, und sie sah mit ihrer Seele, ja fühlte sogar mit ihrer ganzen Seele den weißen Tag, die Stuckhäuser, den Hut mit der breiten Krempe und den jungen Mann mit den Rudern in den Händen und dem Lächeln auf dem Gesicht, während er mit seiner lupinenweißen Geliebten unter der blauen Brücke hindurchglitt, die zu einer kleinen, heiteren Stadt in Polen namens Heiligkreuz führte, sah mit ihrer Seele, ja fühlte sogar mit ihrer ganzen Seele das göttliche Leben, die Existenz einer göttlichen Liebe.

Drei

Im neuen Jahrtausend sitzt Tatiana an einem Sonntag auf einer Bank, umgeben von Palmen, Häusern im Westernstil und zahllosen Kunstgalerien, im sauberen Stadtzentrum Scottsdales, einer multikulturellen und doch amerikanischen Stadt. Sie haben eingekauft, zu Mittag gegessen, waren in einer Buchhandlung, einem Antiquitätenladen, einem Stoffgeschäft, einer Eisenwarenhandlung und einem DVD-Laden. Jetzt ist es Nachmittag, zwischen drei und halb vier. Um sich vor der Sonne zu schützen, ist sie ganz in Weiß gekleidet und trägt einen Hut, doch die Wahrheit ist, dass sie diese Sonne *liebt*. Sie schwitzt, ist außer Atem und schnappt nach Luft, doch das kümmert sie nicht. Sie denkt vielmehr: Wenn ich auch nur noch eine Minute hierbleibe, fange ich an zu kochen wie karamellisierter Zucker. Es ist kein guter Zeitpunkt, im Freien zu sein, es ist so heiß, man riecht überhaupt nichts, nur die Hitze; doch auch das kümmert sie nicht. Alexander, der die Hitze nicht ganz so sehr liebt, ist gerade aufgestanden und losgezogen, um sich etwas zu trinken zu holen.

Tatiana sitzt auf der Bank und isst ihr Eis. Es ist Sommer, es ist Juni, morgen hat sie Geburtstag. Unter ihrer Hutkrempe summt sie leise ein langsames, liebliches russisches Lied aus lange zurückliegenden Zeiten.

Sie blinzelt und blickt von ihrem Eis auf.

Auf der anderen Straßenseite steht Alexander und lächelt sie an.

Ein städtischer Bus, der unterwegs nach Phoenix ist, fährt heran und versperrt ihm die Sicht auf sie. Er verdreht den Kopf nach ihr.

Das war sein Augenblick in Leningrad, als er am Straßenrand verharrte und sein Leben erst möglich wurde – als Alexander noch einmal geboren wurde. Dort stand er, so wie er war – ein junger, unbedarfter Offizier der Roten Armee, der keine Zukunft zu haben schien und dessen Lebenshunger schier unendlich war; er war auf Patrouille an dem Tag, an dem für Russland der Krieg begann. Er stand da, die Waffe geschultert, und warf ihr begehrliche Blicke zu, während sie ihr Eis aß – strahlend, ein Lied summend, blond, erblühend, atemberaubend schön. Er sah sie an, und sein ganzes unbekanntes Leben lag vor ihm, und er überlegte …

Die Straße überqueren oder nicht?

Ihr folgen? Hinter ihr in den Bus springen? Welch absoluter Wahnsinn.

Er geht um den Bus herum. Nur er selbst glaubt, dass er noch rennt. Aber er rennt nicht mehr. Er geht langsam zur Bank, auf der sie sitzt. Er steht vor ihr, und sie hebt den Blick, um ihn anzusehen. Hebt den Blick höher und höher, denn er ist sehr groß.

Ihr weißes Haar wird langsam dünner. Alexander blinzelt, und auf einmal ist es wieder blond und lang. Die Falten sind aus ihrem Gesicht verschwunden. Die grünen Augen funkeln, sie hat immer mehr Sommersprossen, die Spitze ihrer roten Sandale wippt auf und ab, sie hat die Beine übereinandergeschlagen, und der Träger ihres weißen Kleides ist ihr von der Schulter gerutscht. Lächelnd sagt er: »Tatiana, dein Eis schmilzt. Wie immer.« Er streckt die Hand aus, wischt ihr den Mund ab und zieht ihr den Träger des Kleides hoch.

»Mir ist auf geradezu lächerliche Weise heiß«, sagt Alexander, setzt sich auf die Bank, öffnet die Cola und zündet sich eine Zigarette an. »Ich kann nicht glauben, dass ich damals zugestimmt habe – nein, dass ich sogar *beschlossen* habe – hierherzukommen. Wir könnten jetzt an der Biscayne Bay in Miami sein.« Er schüttelt den Kopf und zuckt mit den Schultern. Dann zieht er tief an seiner Zigarette und sieht sie an. Sie sitzen Schulter an Schulter. »Na? Suchst du nach einer witzigen Antwort für mich?«

Tatiana dreht sich zu ihm, blickt zu ihm auf und lächelt. »Weißt du, was für einen Russen ein Happy End ist?«, sagt sie. »Wenn der Held am Ende seiner Geschichte schließlich erfährt, wozu all seine Leiden gut waren.«

Alexander trinkt einen Schluck und sagt: »Deine Witze werden auch immer schwächer.« Er tippt sie mit seinem ausgestreckten Bein an. Sie nimmt seine Hand. »Was?«, fragt er.

»Nichts, Soldat«, sagt Tatiana.

Er denkt an Segelboote auf fernen Meeren, die Wüste aus frühester Kindheit, den Geist des Glücks, das Mädchen auf der Bank. Als er sie sah, sah er etwas Neues. Er sah es, weil er es sehen wollte, weil er sein Leben ändern wollte. Er trat vom Bordstein herab und entkam der Falle.

Die Straße überqueren. Ihr folgen. Und sie wird deinem Leben einen Sinn geben, sie wird dich retten. Ja, die Straße überqueren.

»Eines Tages treffen wir uns in Lwow, mein Liebster und ich …«, summt Tatiana, während sie an ihrem Eis schleckt, in unserem Leningrad, im nach Jasmin duftenden Juni, in der Nähe des Fontanka-Kanals, der Newa, im Sommergarten, wo wir für immer jung sind.

ENDE

Quellennachweise

Alfred, Lord Tennyson, *Die Lotosesser*, zitiert nach der Übersetzung von Adolf Strodtmann, *Tennysons ausgewählte Dichtungen*, Copyright Verlag des Bibliographischen Instituts, Leipzig, 1895, S. 62–63

Emily Brontë, zitiert nach der Übersetzung von Elsbeth Ort, *Gedichte/ Poems*, Copyright Popa Verlag, 1984, S. 169

Näher, mein Gott, zu dir, Liedtext zitiert nach der Übersetzung von Erhardt Wunderlich

Alexander Block, *Skythen*, zitiert nach der Übersetzung von Reinhold von Walter, *Skythen. Die Zwölf*, Copyright Verlag Skythen, Berlin, 1920, S. 8

Homer, *Die Odyssee*, zitiert nach der Übersetzung von Johann Heinrich Voß, Insel Verlag, Frankfurt am Main 1990;
http://gutenberg.spiegel.de/homer/odyssee/odyss131.htm

Ossip Mandelstam, zitiert nach http://www.eurozine.com/articles/ 2000-11-13-sedakova-de.html (Buch eins)
Ders., Vierzeiler vom Mai 1935, zitiert nach der Übersetzung von Ralph Dutli, *Die Woronescher Hefte, Letzte Gedichte 1935–37*, Zürich 1996, S. 39 (Buch vier)

Alexander Puschkin, *Die Pique-Dame*, zitiert nach der Übersetzung von Alexander Eliasberg, Wegweiser-Verlag, Berlin 1921;
http://gutenberg.spiegel.de/puschkin/erzaehlg/pique-da.htm

William Shakespeare, *Troilus und Cressida*, zitiert nach der Übersetzung von Wolf Graf Baudissin, *Sämtliche Werke II: Historien* (nach der dritten Gesamtausgabe, Berlin 1843–44, der Shakespeare-Übersetzung von Schlegel-Tieck), Copyright Verlag Lambert Schneider, Heidelberg, 1978, S. 882

W.H. Auden, *Wiegenlied*, zitiert nach der Übersetzung von Richard Pietraß, *Englische und amerikanische Dichtung Band 3: Von R. Browning bis Heaney*, Copyright C.H. Beck Verlag, München, 2000, S. 279

Die deutsche Fassung der zitierten Bibelstellen stammt aus der Lutherbibel.